# MARTHA GRIMES

## Drei Kriminalromane

*Über die Autorin:*
Martha Grimes gilt vielen als „der unumstrittene Star des Kriminalromans" *(Newsweek)*. Sie wurde 1931 in Pittsburgh, USA, geboren und studierte Englisch an der University of Maryland. Lange Zeit unterrichtete sie Kreatives Schreiben an der Johns Hopkins University. Mit ihren Inspector-Jury-Romanen erlangte sie internationalen Ruhm. 2012 wurde Martha Grimes von den „Mystery Writers of America" für ihr Lebenswerk als „Grand Master" ausgezeichnet. Sie hat einen Sohn und zwei Enkelkinder und lebt in Washington und Santa Fe.

# Inhalt

## Inspector Jury schläft außer Haus 5

Eine grausame Mordserie erschüttert das idyllische Long Piddleton. Kurz vor Weihnachten werden zwei Unbekannte in den beiden Pubs des kleinen Städtchens tot aufgefunden. Ermordet und auf bizarre Weise zur Schau gestellt. Man ruft Inspector Richard Jury von Scotland Yard zur Hilfe. Er muss sich unter den Honoratioren des Ortes umsehen, die alle zu den Tatzeiten in den Pubs waren: der vertrottelte Pfarrer, der kultivierte Wirt, die schöne Dichterin, der zweifelhafte Krimiautor und seine sinnliche Sekretärin, der standesabtrünnige Graf Melrose Plant und seine amerikanische Tante. Einer von ihnen muss der Mörder sein. Die Alibis sind wasserdicht – auf den ersten Blick.

## Inspector Jury spielt Domino 193

Karnevalsstimmung im britischen Fischerdörfchen Rackmoor. Im tiefsten Nebel feiert man so ausgelassen, wie es im unterkühlten England eben möglich ist. Doch dann wird eine auffällig kostümierte, schöne Unbekannte ermordet aufgefunden. Inspector Jury reist schleunigst aus London in die Provinz, um die örtliche Polizei – gegen ihren Willen – bei den Ermittlungen zu unterstützen. Wer war die Tote? Der ortsansässige Baron Sir Titus Crael etwa hält das Opfer für seine jahrelang vermisste Ziehtochter. Oder hat er sich von einer gerissenen Doppelgängerin täuschen lassen?

## Inspector Jury sucht den Kennington-Smaragd 387

Eigentlich ist in Littlebourne nicht viel los. Nur die Sichtung des seltenen Tüpfelsumpfhuhns sorgt für ein bisschen Aufregung. Doch plötzlich ist es um die Dorfidylle geschehen: Die Bewohner erhalten anonyme Briefe, ein Mädchen wird brutal niedergeschlagen, und im Wald findet man die Leiche einer unbekannten Frau. All diese Verbrechen scheinen etwas mit dem Diebstahl des wertvollen Smaragds von Lord Kennington zu tun zu haben. Inspector Richard Jury von Scotland Yard und sein Freund Melrose Plant stehen vor einem Rätsel. Bis sie eine mysteriöse Karte finden …

# Inspector Jury

schläft außer Haus

Für
June Dunnington Grimes
und
Kent Holland

Kommt her, liebe Wirtin, wie geht's immerzu?
Wo sind Cicely die Reine und Prudence und Sue?
Und wo ist die Witwe, die wohnt' nebenan?
Und der Stallknecht, der vor acht Jahren hier sang?

Auf mein Leben, Sir, glaubt mir vertrauensvoll:
Ich weiß nicht, was zuerst ich beantworten soll;
's ist ganz wunderlich anders, seit ich Euch damals geschaut,
Der Knecht ward gehängt und die Witwe getraut.
Und Prue hat der Pfarrei ein Kindlein vermacht,
Und Cicely das Geld eines Herrn durchgebracht.

*Matthew Prior*

# 1

Samstag, 19. Dezember

Draußen vor der Hammerschmiede knurrte ein Hund.

Drinnen in dem Vorsprung des Erkers, ohne auf die Dorfstraße blicken zu können, da ihm die Sicht durch das Fenster in Schulterhöhe versperrt wurde, saß Melrose Plant, trank Old Peculier und las Rimbaud.

Der Hund gab ein tiefes, kehliges Knurren von sich und fing dann wieder an zu bellen; seit einer Viertelstunde ging das nun so.

Die Sonne strömte durch das tiefe Blau und das satte Grün des Tulpenmusters der bleigefassten Fensterscheiben und warf sämtliche Farben des Regenbogens auf den Tisch, während Melrose aufstand, um über die seitenverkehrten Buchstaben der Hardy-Crown-Reklame auf die Straße zu spähen. Der Hund, der vor dem Gasthof im Schnee hockte, war ein verwahrloster Jack Russell; er gehörte Miss Crisp, der Inhaberin des Trödelladens gegenüber. Normalerweise bellte er von dem Stuhl vor ihrer Tür herunter, heute hatte er jedoch die Straßenseite gewechselt, um sich vor der Hammerschmiede zu postieren. Er bellte weiter.

„Dick, darf ich Sie auf diese eigentümliche Episode mit dem Hund während des Tages aufmerksam machen?"

Dick Scroggs, der Wirt, der auf der anderen Seite des Raums den geschliffenen Spiegel hinter der Bar putzte, unterbrach seine Tätigkeit. „Was meinen Ihre Lordschaft?"

„Nichts", sagte Melrose Plant. „Ich bediente mich nur der Worte Sir Arthurs."

„Sir Arthurs, Ihre Lordschaft?"

„Conan Doyle, Sherlock Holmes, wenn Ihnen das ein Begriff ist." Melrose nahm einen kräftigen Schluck von seinem Ale und widmete sich wieder Rimbaud. Aber er kam nicht weit, da sich gleich darauf wieder der Hund vernehmen ließ.

„Oder warten Sie", sagte Melrose und klappte das Buch zu. „Ich glaube, das mit dem Hund war nachts."

Scroggs fuhr mit seinem Lappen über den Spiegel. „Tag oder Nacht, ist ganz egal. Wenn der verdammte Köter nur aufhören würde. Dieser Mord bei Matchett hat mich schon genug Nerven gekostet, kommt man denn nie zur Ruhe!" Trotz seiner Größe und seines Umfangs war Dick das reinste Nervenbündel. Seit dem Mord in Long Piddleton blickte er ständig um sich und musterte misstrauisch jeden Fremden, der die Hammerschmiede betrat.

Es war der Mord, vermutete Melrose, der ihn an Conan Doyle erinnerte. Ein Mord, der tatsächlich begangen wurde, war weit weniger interessant als ein Mord in der Vorstellung. Aber er musste zugeben, dass der Mord, der ihnen da beschert worden war, einen gewissen Reiz hatte: Der Kopf des Opfers war in ein Bierfass gesteckt worden.

Der Hund bellte immer noch. Es war nicht das Bellen, mit dem Hunde über Zäune hinweg kommunizieren, und es war auch nicht besonders laut. Es war nur fürchterlich hartnäckig, als hätte sich dieser Köter den Platz vor der Hammerschmiede als Wachtposten auserkoren, um der Welt seine Hundebotschaft zu verkünden.

Dick Scroggs schmiss sein Tuch auf den Boden und lief zu den Flügelfenstern hinter Plants Tisch, die zur Hauptstraße hinausgingen. Er stieß eines auf, und eine Handvoll Schnee wirbelte herein. Er brüllte den bellenden Hund an: „Ich komm gleich raus und tret dir deine dreckige Schnauze ein, du verdammter Köter! Warte nur!"

„Wie grässlich unenglisch von Ihnen, Dick", sagte Plant, der die Goldrandbrille auf seiner wohlgeformten Nase zurechtrückte und sich wieder seiner Rimbaud-Lektüre zuwandte. Es war ein Geschenk, das er sich selbst zu seinem vierzigsten Geburtstag gemacht hatte: eine frühe Ausgabe von „Les Illuminations", für die er einfach lächerlich viel bezahlt hatte, aber er sagte sich, er habe es verdient, um sich gleich daraufhin zu fragen, wieso eigentlich.

Scroggs' Gebrüll bewirkte nur, dass das Gebell noch lauter wurde, denn der Hund glaubte, endlich die Aufmerksamkeit eines Menschen erregt zu haben, und wollte sie auf keinen Fall verlieren. Dick Scroggs stieß die Tür auf und ging nach draußen, um dem Hund zu beweisen, dass er es ernst meinte.

Plant war es gerade gelungen, einen Teil von „Enfance" zu lesen, als er Scroggs keuchen hörte: „Um Himmels willen, kommen Sie schnell!"

Plant blickte auf und sah den Kopf des Wirts im Rahmen des verschneiten Fensters. Das Gesicht war grau und gespenstisch, eine vergrößerte Version der Wasserspeier, die unter dem vorderen Balken hervorschauten und dem alten Gebäude ein kurioses, kirchenähnliches Aussehen verliehen.

Plant ging zur Tür. Draußen watete er durch knöcheltiefen Schnee bis zu der Stelle, wo Dick Scroggs und der kleine braune Jack Russell Seite an Seite nach oben starrten.

„Großer Gott", flüsterte Melrose Plant, als die Uhr zwölf schlug und ein weiterer Schneeklumpen von der Figur auf dem hervorspringenden Holzbalken fiel. Die Figur war nicht der mechanische Schmied, der gewöhnlich dort stand und dessen Hammer auf eine Esse herunterzusausen schien.

„Mein Gott, das ist dieser Mr Ainsley, der gestern Abend angekommen ist und ein Zimmer genommen hat." Scroggs' Stimme klang heiser und brüchig. „Wie lange der wohl schon da oben ist?"

Melrose Plant, der gewöhnlich alle seine Regungen unter Kontrolle hatte, war sich nicht sicher, wie seine Stimme klingen würde. Er räusperte sich. „Schwer zu sagen, ein paar Stunden vielleicht – oder auch schon die ganze Nacht."

„Und niemand hat ihn gesehen?"

„In sechs Meter Höhe und unter einer dicken Schneedecke, Dick!" Während er sprach, fiel wieder ein Klumpen herunter, der in der Sonne geschmolzen war; plopp, lag er vor ihren Füßen. „Ich schlage vor, einer von uns geht zur Polizei und holt Sergeant Pluck."

Aber das war nicht nötig. Das Hundegebell und das Auftreten von Plant und Scroggs in dieser makabren Geschichte schien die Hauptstraße aus ihrem Tiefschlaf unter dem Schnee geweckt zu haben, und die Leute kamen plötzlich aus den Geschäften, streckten die Köpfe aus den Fenstern, versammelten sich in den Gassen und auf den Bürgersteigen. Melrose sah, wie ein paar Straßen weiter Sergeant Pluck aus der Polizeiwache kam und sich seinen blauen Mantel überzog.

„Und meine Frau hat sich noch gefragt, ob er wohl was zum Frühstück haben möchte", sagte Dick mit heiserer, tonloser Stimme.

Melrose polierte die Gläser seiner Brille und meinte: „Ich glaube, Mr Ainsley legt keinen Wert mehr darauf."

DIE HAMMERSCHMIEDE war zwischen Truebloods Antiquitätenladen und einem Textilgeschäft eingezwängt, das schlicht und einfach „Der Laden" hieß und dessen Schaufenster, in dem Fadenrollen, Teewärmer, Fausthandschuhe und alle möglichen Kurzwaren lagen, nur jeweils zu Weihnachten und Ostern neu dekoriert wurde. Auf der anderen Straßenseite waren eine kleine Autoreparaturwerkstatt mit einem großen Fenster, Jurvis der Fleischer, ein kleines dunkles Fahrradgeschäft und Miss Crisps Trödelladen. Noch etwas weiter, kurz vor der Brücke über den Piddle, war die Polizeiwache von Long Piddleton.

Der Gasthof war einmal in einem ziemlich auffälligen Ultramarinblau gestrichen worden. Noch auffälliger war jedoch die Konstruktion auf der Vorderseite, der er auch seinen Namen verdankte: Auf einem schweren Balken war die aus Holz geschnitzte Figur eines Schmieds angebracht, der die Nachbildung eines Eisenhammers aus dem 17. Jahrhundert in der Hand hielt. Wenn die große Uhr unter dem Balken die volle Stunde anzeigte, hob „Jack" seinen Hammer und ließ ihn auf eine unsichtbare Esse heruntersausen.

Der Balken befand sich sechs Meter über dem Boden, war ungefähr zweieinhalb Meter lang, einen halben Meter im Umfang und ragte über den Bürgersteig darunter. Die geschnitzte Figur (inzwischen von dem Balken entfernt) war beinahe lebensgroß, Jacke und Hose der Figur waren ursprünglich einmal hellblau angemalt gewesen, doch mittlerweile war die Farbe stumpf und rissig geworden und blätterte ab. „Jack" war Zielscheibe für alle möglichen Späße, vor allem die Kinder hatten es auf ihn abgesehen; sie kostümierten ihn und holten ihn manchmal auch herunter. Die Holzfigur wurde wie eine Rugbytrophäe behandelt – die Bengel aus der nahe gelegenen Kreisstadt Sidbury entführten sie, und die Bengel von Long Piddleton holten sie wieder zurück. Irgendwie war sie das Dorf-Maskottchen.

Erst vor Kurzem, am Guy Fawkes Day, hatten sich ein paar Kinder in den Gasthof geschlichen, während Dick und seine Frau fest schliefen. Sie waren die hintere Treppe hochgestiegen und in die Abstellkammer, die über dem Balken lag, eingedrungen. Und sie hatten „Jack" von seinem Stützpfosten genommen (von dem er sich nach all dem Schabernack, der im Lauf der Jahre mit ihm getrieben worden war, sowieso schon halb gelöst hatte), auf den Friedhof der St-Rules-Kirche geschleppt und dort begraben.

„Der arme Jack", hatte Mrs Withersby von ihrem Stammplatz am Kamin der Hammerschmiede aus lamentiert, „nicht einmal ein christliches Begräbnis – auf der Hundeseite haben sie ihn verscharrt, in ungeweihter Erde. Wenn das mal kein Unglück bringt! Der arme Jack."

Da der Gin Mrs Withersbys prophetische Fähigkeiten schon etwas beeinträchtigt hatte, hörte ihr kaum einer zu. Aber ein Unglück war's schon. Nur eine Nacht vor der Entdeckung von Mr Ainsleys Leiche war in einem kaum einen Kilometer entfernten Gasthof eine andere Leiche gefunden worden – die eines gewissen William Small.

Nachdem es sich herumgesprochen hatte, dass ein Mörder unter ihnen weilte, blieben die Dorfbewohner in ihren guten Stuben und am Kamin, aber wahrscheinlich hätten sie das bei diesem Schnee sowieso getan. Seit zwei Tagen hatte es in ganz Northamptonshire oder vielmehr im ganzen Norden Englands ununterbrochen geschneit – herrlich weichen Schnee, der sich auf den Dächern türmte und in den Ecken der Fenster festsetzte, deren bleigefasste Scheiben durch den Widerschein des Feuers in goldene und rubinrote Quadrate verwandelt wurden. Mit den Schneeflocken, die vom Himmel wirbelten, und dem Rauch, der aus den Kaminen stieg, sah Long Piddleton trotz des eben geschehenen Verbrechens wie eine Weihnachtskarte aus.

Am Morgen des 19. Dezember hörte es dann endlich auf zu schneien, und die Sonne kam zum Vorschein; sie schmolz gerade so viel von dem Schnee, dass man die hübsch, ja geradezu verschwenderisch bunt gestrichenen Häuser sehen konnte. Bis zur Brücke nahm sich die Hauptstraße je nach dem Geschmack des Betrachters bezaubernd, faszinierend oder einfach grotesk aus. Sie sah aus, als sei sie von einer Versammlung wild gewordener Anstreicher gestaltet worden. Vielleicht hatten sie einfach nur den für Northamptonshire typischen Kalkstein satt gehabt und in Eiscafèfarben geschwelgt, da etwas Erdbeerrot, dort etwas Zitronengelb, weiter hinten ein Tupfen Pistaziengrün und dann ganz unvermittelt ein Klacks Smaragdgrün. Wenn die Sonne am höchsten stand, glitzerte die Straße richtig. Ihr Licht färbte die rostbraune Brücke am Ende der Straße so dunkel, dass sie beinahe mahagonifarben wirkte. Einem Kind musste es vorkommen, als würde es zwischen riesigen Fruchtbonbons auf eine Brücke aus Schokolade zugehen.

Nicht gerade der passende Ort für einen Mord, geschweige denn für zwei.

„WENN SIE KURZ beschreiben könnten, was sich zugetragen hat, Sir, unter welchen Umständen die Leiche gefunden wurde", sagte Superintendent Charles Pratt von der Polizei von Northamptonshire, der gerade gestern erst in Long Piddleton gewesen war.

Melrose beantwortete die Fragen, während Sergeant Pluck danebenstand und eifrig mitschrieb. Pluck war dünn wie ein Strich, hatte aber ein rundes, rosiges Engelsgesicht, das durch die beißende Kälte noch rosiger wurde, sodass es aussah wie ein Apfel am Stiel. Er war sehr tüchtig, wenn auch ziemlich geschwätzig.

„Soviel Ihnen bekannt ist, war dieser Ainsley also fremd hier? Genau wie der andere ..." Pratts konsultierte sein Notizbuch und klappte es dann wieder zu. „William Small."

„Soviel mir bekannt ist, ja", sagte Melrose Plant.

Superintendent Pratt hielt den Kopf etwas schief und schaute Plant aus milden blauen Augen an, die sehr arglos aussahen, aber – Melrose war sich dessen bewusst – alles andere als arglos waren.

„Sie haben also Grund zu der Annahme, dass diese Männer nicht fremd hier waren?"

Melrose zog eine Augenbraue hoch. „Ja, natürlich, Superintendent, Sie etwa nicht?"

„GEBEN SIE MIR einen Whisky, Dick – pur, wenn ich bitten darf."

Pratt war gegangen und hatte die Leute aus dem Labor mitgenommen; Melrose Plant und Dick Scroggs waren also wieder allein in der Hammerschmiede.

„Und für Sie auch einen, Dick."

„Nehm ich gern an", sagte Dick Scroggs. „Was für ein Schlamassel!" Obwohl inzwischen schon ein paar Stunden vergangen waren, hatte Dicks Gesicht immer noch keine Farbe bekommen. Er hatte die Untersuchung durch den Rechtsmediziner und den Abtransport der Leiche, die in eine Plastikplane gewickelt worden war, aus nächster Nähe miterlebt. Der Superintendent hatte Pluck zurückgelassen, damit er das Zimmer des Opfers versiegelte. Bei dieser Gelegenheit erlebten sie dann ihren zweiten Schock; sie entdeckten, dass der Mörder sich ein weiteres groteskes Detail hatte einfallen lassen – in dem Bett des Opfers steckte die Figur des „Jack".

Kein Wunder also, dass Dick Scroggs immer noch zitterte, als er das Fünfzigpencestück einstrich, das Melrose auf den Tresen gelegt hatte. Einen Augenblick lang starrte jeder auf sein Glas, allein mit seinen Gedanken.

Allein – das heißt, wenn man von Mrs Withersby absah, die zusammen mit all den anderen von Pratt vernommen worden war; um ihr Gin-Budget etwas aufzubessern, verdingte sie sich gelegentlich bei Scroggs als Putzfrau. Im Augenblick saß sie auf ihrem Lieblingshocker und spuckte in das Feuer, das in den letzten hundert Jahren noch kein einziges Mal erloschen war.

Als sie entdeckte, dass die harten Sachen auf den Tresen kamen, hievte sie sich von ihrem Hocker und trottete mit schlappenden Pantoffeln herüber. Zigarettenstummel und Speichel machten sich in ihrem Mundwinkel den Platz streitig – sie nahm also Ersteren zwischen Daumen und Finger und wischte sich Letzteren mit dem Handrücken ab. Dann sagte sie – oder brüllte vielmehr: „Spendiert Eure Lordschaft eine Runde?"

Dick blickte Melrose Plant mit hochgezogenen Brauen fragend an.

„Gewiss", sagte Melrose und legte eine Pfundnote auf den Tresen. „Ich tue alles für die Frau, mit der ich in Brighton die Nacht durchtanzt habe."

Als Dick ihr jedoch ein Bier hinstellte, schlug Mrs Withersby Krach. „Gin! Ich möchte Gin, nicht diese Katzenpisse." Und mit diesen Worten nahm sie neben ihrem Wohltäter an der Bar Platz; ihr vergilbtes Haar stand wie der Mopp einer Vogelscheuche von ihrem Kopf ab. Sie achtete genau darauf, dass Dick ihr Glas auch bis zum Strich füllte. „Wenn du noch 'n Schnippel getrockneten Maulwurf reinmachst, dann kriegen wir kein Wechselfieber."

Getrockneter Maulwurf?, fragte sich Plant und zog sein flaches Goldetui hervor, dem er eine Zigarette entnahm.

„Vielleicht war's auch Malaria. Unsere Mudder hatte immer was von dem Zeug – neun Tage hintereinander morgens in den Gin, und man ist wieder auf dem Damm."

Oder unter dem Tisch, dachte Melrose und hielt Mrs Withersby das Etui hin. „Und haben Sie die Fragen des Inspector auch wahrheitsgemäß beantwortet, Gnädigste?"

Sie schnappte sich mit ihren arthritischen Fingern zwei Zigaretten; die eine steckte sie sich in den Mund, die andere wanderte in die Tasche ihres karierten Baumwollrocks. „Wahrheitsgemäß? 'türlich sag ich die Wahrheit", erwiderte sie mit hoher, klagender Falsettstimme. „Was der warme Bruder von nebenan wohl kaum von sich behaupten kann."

Sie bog den Daumen in die Richtung von Truebloods Antiquitätenladen. Die sexuellen Neigungen seines Inhabers sorgten seit Langem im Dorf für Gesprächsstoff.

„Keine Verleumdungen, bitte", sagte Plant, der gerade das Heilmittel für Wechselfieber und Malaria bezahlt hatte, das sie nun an ihre warzigen Lippen führte. Er gab ihr Feuer, und sie blies ihm zum Dank eine dicke Rauchsäule ins Gesicht.

Dann rückte sie noch etwas näher an ihn ran, und ihr tabak-, bier- und gingeschwängerter Atem schlug wie die Schwaden von Küstennebel über ihm zusammen. „Und jetzt läuft dieser Verbrecher im Dorf rum und schlägt uns unschuldige Leut tot." Sie schnaubte. „Das ist kein Mensch, das ist der Leibhaftige, ich sag's euch. Ich hab ihn gerochen, den Tod, als der Vogel deinen Kamin runterkam, Dick Scroggs. Und seit fünf Jahren steht keiner mehr am Friedhofstor in der Nacht zum 11.11. Die Toten werden umgehen! Ich sag's euch! Die Toten werden umgehen!" Vor Aufregung fiel sie beinahe von ihrem Stuhl, und Melrose dachte schon, die Toten begännen bereits, an ihnen vorbeizudefilieren. Als sie aber ihr leeres Glas erblickte, das keiner zu beachten schien, beruhigte sie sich schnell wieder und fragte listig: „Und wie geht's dem Tantchen, Eure Lordschaft? So was von spendabel, jedes Mal gibt sie mir einen aus, so nett is' die." Melrose bedeutete Scroggs, ihr das Glas neu zu füllen. Als das geregelt war, fuhr sie fort: „Und wie bescheiden sie lebt, macht nichts von sich her, und jedes Weihnachten verteilt sie ihre Geschenkkörbe ..."

Für die Melrose bezahlte. Während sie weiter die Tugenden seiner Tante rühmte, studierte Melrose ihre Spiegelbilder und fragte sich, wer wohl der Frosch und wer die Prinzessin sei. Er wollte gerade in sein Ei beißen, als Dick von einem Hustenanfall geschüttelt wurde, für den Mrs Withersby auch gleich ein Heilmittel wusste. „Sag deiner Frau, sie soll dir 'n Schnippel durchgebratenes Mäusefleisch geben. Wenn von uns einer Keuchhusten hatte, gab uns unsere Mudder immer 'n Schnippel von 'ner gebratenen Maus."

Melrose sah das Ei auf seinem Teller hin und her kullern und stellte fest, dass er doch nicht so hungrig war. Er bezahlte seine – ihre – Rechnung und verabschiedete sich sehr höflich von Mrs Withersby – Long Piddletons Dorfapothekerin, Dorforakel und Dorfsäuferin.

# 2

Sonntag, 20. Dezember

„Diese Morde", sagte der Pfarrer, „erinnern mich an den Strauß in Colnbrook." Er biss in seine Makrone, und Krümel rieselten über seinen dunklen Anzug.

Den Mund voller Kuchen, meinte Lady Agatha Ardry: „Ich hab den Eindruck, ein neuer Ripper weilt unter uns."

„Jack the Ripper, liebe Tante, hatte es nur auf Frauen abgesehen, auf Frauen von zweifelhafter Moral", sagte Melrose Plant.

Lady Ardry schob sich den letzten Rest Kuchen in den Mund und wischte sich die Hände ab. Sie inspizierte den Teetisch. „Sie haben sich die letzte Makrone genommen, Denzil", sagte sie vorwurfsvoll zum Pfarrer.

Vor dem in kleine Quadrate unterteilten Fenster des Pfarrhauses driftete ein feiner englischer Regen in zarten Schlieren über den Friedhof. Direkt hinter dem Dorfplatz und mit Blick auf ihn standen die St-Rules-Kirche und das Pfarrhaus auf einem Hügel, so niedrig, dass er diese Bezeichnung kaum verdiente. Sie befanden sich auf der anderen Seite der Brücke, bei der die Hauptstraße endete, und die Atmosphäre, die dort herrschte, war gesetzter. Den Platz umgaben Häuser im Tudorstil, deren Dächer entweder mit Stroh oder Holzziegeln gedeckt waren; alle sehr herausgeputzt und alle eng aneinandergekuschelt.

Melrose ging ungern zum Tee ins Pfarrhaus, vor allem, wenn seine Tante eingeladen war. Die Haushälterin des Pfarrers zeichnete sich nicht gerade durch ihre Backkünste aus. Ihre Plätzchen hätten in der Schlacht um England gute Dienste geleistet – als Ersatz für Kugeln und Geschosse. Melrose suchte auf der dreistöckigen Gebäckplatte nach etwas Essbarem: Der Sandkuchen machte seinem Namen alle Ehre, die „Brautjungfern" schienen von Victorias Hochzeit übrig geblieben zu sein, und das Früchtebrot hatte wohl einen langen Anmarsch hinter sich.

Er hatte den Pfarrer und seine Tante nun fast zwei Stunden lang über diese beiden Morde reden hören und einen gewaltigen Hunger. Mit den schlimmsten Bedenken streckte er die Hand nach einem gefüllten Brandy-Snap aus und fragte den Pfarrer sehr höflich: „Sie erwähnten den Strauß?"

Durch seine Frage ermutigt, fuhr Denzil Smith mit großem Eifer fort: „Ja, wissen Sie, wenn dem Wirt ein etwas betuchterer Gast über den Weg lief, gab er ihm das Zimmer mit dem Bett, das auf einer Falltür stand." Der Pfarrer hielt inne und nahm ein vertrocknet aussehendes Plätzchen von der Platte. „Und wenn der unglückselige und nichtsahnende Gast dann eingeschlafen war, sprang die Falltür auf, und er fiel in einen Kessel mit kochendem Wasser."

„Wollen Sie damit sagen, dass Matchett und Scroggs sich ihrer Gäste entledigen, Herr Pfarrer?" Vierschrötig, kompakt und grau wie ein Betonblock saß Lady Ardry in der Bibliothek; die kurzen, stämmigen Beine hatte sie übereinandergeschlagen, und ihre plumpen Finger nahmen ein zweites Stück Kuchen in Angriff.

„Nein, nein", sagte der Pfarrer.

„Offensichtlich ein geistesgestörter Psychopath", sagte Lady Ardry.

Plant überging den Pleonasmus, fragte aber: „Wieso bist du so sicher, dass der Mörder ein Psychopath ist, Agatha?"

„Ich bitte dich – eine Leiche auf diesen Balken da vor dem Haus zu hieven, auf einen Balkon, der bestimmt sechs Meter hoch ist, wer würde so etwas tun?"

„King Kong?", schlug Melrose vor und hielt sich den Brandy-Snap wie den Korken einer Weinflasche unter die Nase.

„Sie scheinen diese schreckliche Sache recht leicht zu nehmen, Melrose", sagte Pfarrer Denzil Smith.

„Von Melrose brauchen Sie kein Mitgefühl zu erwarten", meinte seine Tante selbstgefällig und ließ sich in den überdimensionalen viktorianischen Sessel zurücksinken. „Du lebst ja auch ganz allein in diesem riesigen Haus und hast außer diesem Ruthven niemand um dich herum – kein Wunder, dass du so wenig sozial bist."

Und trotzdem saß er hier, trank Tee und benahm sich entsetzlich sozial. Melrose seufzte. Seine Tante konnte alles vom Tisch fegen. Er biss in den Brandy-Snap und bereute es sofort.

„Nun?", fragte Lady Ardry.

Melrose zog die Brauen hoch. „Nun was?"

Sie bewegte die Kanne in die Richtung ihrer Tasse und setzte sie dann wieder ab. „Ich hätte eigentlich erwartet, dass du mehr über diese Morde zu sagen hast. Schließlich warst du doch mit Scroggs zusammen dort." Das war offensichtlich eine Provokation. Listig fügte sie hinzu: „Auch wenn Dick derjenige war, der ihn gefunden hat. Deshalb hast du auch keinen solchen Schock bekommen wie ich, als ich die Kellertreppe runterstieg und da diesen Small aus dem Bierfass geradezu *baumeln* sah ..."

„Du hast ihn nicht gefunden. Die kleine Murch war's." Melrose fuhr sich mit der Zunge über den Gaumen. Die Füllung hatte eindeutig einen metallischen Geschmack. Aber besser ein vergifteter Kuchen, als Agatha zuhören zu müssen. „Ob die Creme in diesem Brandy-Snap wohl noch gut ist? Sie schmeckt etwas seltsam." Er legte das Gebäckstück auf seine Untertasse und fragte sich, wie viel Zeit ihm noch bliebe, bis sie den Krankenwagen rufen würden.

„Es gab da einen ähnlichen Fall, damals im Jahr – Moment mal –, war es 1892? Eine Frau namens Betty Radcliff, Wirtin der Glocke. Irgendwo in Norfolk. Sie wurde von ihrem Liebhaber, dem Gärtner, ermordet, wenn ich mich recht erinnere."

Denzil Smith zeichnete sich weniger durch seine Frömmigkeit aus als durch seine Neugierde, was ihn zu einem idealen Gesprächspartner für Lady Ardry machte. Sie hingen auf eine völlig unreflektierte Art und Weise aneinander, zwei Gibbons, die sich gegenseitig mit Hingabe die Flöhe aus dem Fell zupften. Er speicherte alle Anekdoten aus dem Dorf wie der weiteren Umgebung, eine wandelnde Chronik.

Melrose blickte um sich und befand, dass das Pfarrhaus die ideale Umgebung für Denzil Smith war; dunkel und so verstaubt wie die Wachsfrüchte unter den Glasglocken. Auf dem Kaminsims breitete eine ausgestopfte Eule ihre Schwingen aus. Und die nicht zusammenpassenden Klauenfüße, die unter dem Chintz-Volant des Sofas und der Sessel mit den klobigen Armlehnen hervorschauten, vermittelten Melrose den Eindruck, bei den drei Bären zum Tee zu sein. Clematis und Teufelszwirn rankten ungehindert an den Fenstern empor. Er fragte sich, wie man sich wohl mit einer Schlinge aus Teufelszwirn um den Hals fühlen mochte. Schlimmer als der Kuchen konnte es nicht sein. Das erinnerte ihn an den Mord, dem William Small zum Opfer gefallen war, erwürgt mit einem Draht von der Art, mit der man den Korken einer Champagnerflasche umwickelte.

Lady Ardry sprach über den bevorstehenden Besuch von Scotland Yard. „Die Polizei von Northants hat sich mit Scotland Yard in Verbindung gesetzt. Ich weiß das von Pluck. Ich bin mal gespannt, wen sie uns schicken."

Melrose Plant gähnte. „Den alten Swinnerton wahrscheinlich."

Sie richtete sich kerzengerade in ihrem Sessel auf. Ihre Brille steckte in ihrem grauen Kraushaar wie die Schutzbrille eines Rennfahrers. „Swinnerton? Ja, kennst du den denn?"

Er bedauerte, dass er den Namen erfunden hatte – aber gab es nicht immer einen Swinnerton? –, denn nun würde sie darauf herumkauen wie ein Hund auf seinem Knochen. Da Melrose mit seinem Titel zur Welt gekommen war (im Gegensatz zu seiner

Tante, die sich den ihren nur erheiratet hatte), schien sie sich gar nicht darüber zu wundern, dass er vom Premierminister abwärts einfach jeden kannte. Er versuchte, sie abzulenken. „Ich weiß auch nicht, zu was sie Scotland Yard hier noch brauchen, wo sie doch dich haben, Agatha."

Seine Tante zierte sich etwas und reichte ihm dann zur Belohnung dafür, dass er ihr Genie erkannt hatte, die Platte mit dem schrecklichen Gebäck. „Ich erfinde faszinierende Storys, nicht wahr?"

Long Piddleton hatte in letzter Zeit immer mehr Künstler und Schriftsteller angezogen, und Lady Ardry, die schon seit vielen Jahren hier lebte, betrachtete sich selbst als Autorin von Detektivromanen, als würdige Nachfolgerin der großen Kriminalschriftstellerinnen. Aber wie Melrose festgestellt hatte, kokettierte sie nur damit. Er hatte noch nie ein fertiges Produkt von ihr gesehen; wahrscheinlich betrachtete sie die Schriftstellerei wie einen geliebten kleinen Sprössling, eine Art Elfe, die anmutig im Garten umhertanzt, aber nie ins Haus kommt und warmes Essen verlangt. Seines Wissens hatte sie noch nie eine ihrer „faszinierenden Storys" zu Ende geschrieben.

Agatha schlug sich mit der Faust gegen die flache Hand und meinte: „Scotland Yard wird natürlich sofort mit mir sprechen wollen ..."

„Dann will ich mich mal verabschieden", sagte Plant, der befürchtete, seine Tante würde ihre Rolle bei diesen Morden weiter ausschmücken und Geschichten wiederholen, die er bereits mehrere Male gehört hatte. Er stand auf und machte eine knappe Verbeugung.

„Ich hätte gedacht, das würde dich etwas mehr berühren", sagte Agatha. „Aber deine Leiche hat ja auch Scroggs gefunden." Sie wollte Melroses Rolle auf das absolute Minimum beschränken.

„Genauer gesagt, es war ein Jack Russell. Scotland Yard wird ihn bestimmt als Ersten verhören. Auf Wiedersehen, Agatha."

Als der Pfarrer Plant durch den gotischen Bogen der Bibliothek und zur Tür begleitete, verfolgte sie Lady Ardrys Stimme – um sämtliche Ecken und durch den Korridor. „Deine Frivolität ist bei dieser grauenvollen Sache wirklich fehl am Platz, Melrose." Dann lauter: „Es wundert mich aber keineswegs." Und noch lauter: „Vergiss nicht, du hast uns heute Abend zu Matchett eingeladen. Du kannst mich um neun abholen."

Melrose spürte schon fast selbst das Unheil im Nacken, als der Pfarrer die Geschichte eines grässlichen Verbrechens erzählte, dem vor ein paar Jahren eine Bardame in Cheapside zum Opfer gefallen war.

# 3

Ardry End war den Bewohnern des Dorfes als das Große Haus bekannt. Es war ein großer, aus Sandstein gebauter Landsitz mit vielen Türmchen und Erkern – seine Farbe schwankte je nach dem Stand der Sonne zwischen Rosa und Rotbraun. Die Auffahrt war so elegant wie das Haus selbst; über eine Brücke aus demselben Stein führte eine kleine Straße durch grüne, nun jedoch mit Schnee bedeckte Felder. Die Lage von Ardry End, am Fluss und zwischen Hügeln mit Schafherden und Lavendelfeldern, brachte Lady Agatha jedes Mal den Tränen nahe, wenn sie daran dachte, dass ihr das Anwesen nicht gehörte. Sie hatte es nie verwunden, dass ihr Mann nicht der achte Earl von Caverness und der zwölfte Viscount Ardry gewesen war. Der hochwohlgeborene Robert Ardry war immer nur der nichtsnutzige jüngere Bruder von Melrose Plants Vater gewesen. Als ihr Neffe den Titel eines Lord Ardry wie ein Taschentuch fallen ließ, hob ihn Agatha wieder auf, staubte ihn ab und verwandelte sich über Nacht in „Lady" Ardry. Melroses Onkel starb mit 59 Jahren in einem Spielsalon, nachdem er auch noch den Rest des Geldes verspielt hatte. Lady Ardry war also mehr oder weniger auf die Großzügigkeit ihres Schwagers angewiesen, was Melroses Beliebtheit nicht gerade steigerte. Sein Vater war ein sehr eifriges Mitglied des Oberhauses gewesen und außerdem stellvertretender Direktor eines Konsortiums von Börsenmaklern. Reicher, als er es zu Lebzeiten zugegeben hatte, hatte er dafür gesorgt, dass der Witwe seines Bruders eine angemessene Rente ausbezahlt wurde.

Da keine Aussicht bestand, dass Ardry End mit seinen Marmorhallen und Parkettböden jemals in ihre Hände fallen würde, erging sich Agatha in endlosen Hinweisen und Andeutungen auf das „fehlende weibliche Element im Haus". Melrose tat so, als würde er ihre Winke mit dem Zaunpfahl als Aufforderung betrachten, sich nach einer Frau umzuschauen, obwohl er natürlich wusste, dass sie nichts mehr befürchtete als das, da sie, wie er annahm, inbrünstig den Tag herbeisehnte, an dem ihn irgendeine seltsame Krankheit in der Blüte seiner Jahre hinwegraffen würde und sie in den Genuss eines Erbes käme; anscheinend rechnete sie fest damit, dass er ihr in Ermangelung anderer Verwandter seinen ganzen Besitz vermachen würde. Und sie registrierte auch die kleinste Veränderung auf Melrose Plants Gütern – so kam es ihm zumindest vor.

Melrose Plant betrachtete seine Tante als den Albatros, den sein Onkel erlegt und seinem Neffen aufgebürdet hatte. Robert Ardry hatte sie auf einer Tour durch die Vereinigten Staaten in Milwaukee, Wisconsin, abgeschossen. Agatha war Amerikanerin, aber sie verbarg das so gut sie konnte unter Tweedkostümen, Wanderstöcken, festem Schuhwerk, endlosen Platten mit Gurken-Sandwiches und einem guten Ohr für englische Redewendungen, auch wenn ihr die Aussprache von Eigennamen Schwierigkeiten machte.

Seine Tante nutzte jede Gelegenheit, um auf Ardry End aufzutauchen und begehrliche Blicke auf die Porzellanfiguren, die Porträts, die chinesischen Teppiche und William-Morris-Wandbehänge, den Waterford, den Teich und die Schwäne zu werfen – alles Dinge, die zu der Ausstattung eines herrschaftlichen Hauses gehörten. Lady Ardry kam zu jeder Tageszeit, bei jedem Wetter und immer uneingeladen. Es war äußerst lästig, um Mitternacht, wenn der Regen gegen die dunklen Scheiben peitschte, ins Arbeitszimmer zu kommen und vor den Flügeltüren ihre in einen schwarzen Umhang gehüllte Gestalt stehen zu sehen, deren Gesicht in den Blitzen weiß aufleuchtete. Ebenso lästig war es, diese massige, triefende Gestalt hereinzubitten, damit sie wie ein großer Hund Wasserlachen auf dem Perserteppich hinterließ und die Schuld an allem auch noch Melrose zuschob – warum war dieser Dummkopf von Butler Ruthven (ein Name, den sie grundsätzlich falsch aussprach) denn nicht an die Tür gegangen? An dieser Stelle pflegte sie zu seufzen und ihre „Kein Platz in dieser Herberge"-Miene aufzusetzen, als wäre ihr Neffe ein erbarmungsloser Wirt, der sie in ihren Stall im Dorf verbannte.

MELROSE fuhr auf seinem Fahrrad die Straße entlang, atmete tief und genüsslich die frische Dezemberluft ein und dachte über die beiden Morde nach, die sich innerhalb von 24 Stunden ereignet hatten. Wenigstens beschäftigten die Dorfbewohner sich nun nicht mehr ausschließlich mit seinem Familienstand, und sie taten nun auch sehr, sehr ungern das, was Melrose gerade tat – eine einsame Landstraße entlangzufahren. Dabei war er nicht einmal besonders tapfer, er besaß nur einen besonders gesunden Menschenverstand. Er hatte bereits ein bestimmtes Muster erkannt, in das er, als Opfer, nicht hineinpasste. Beide Morde waren in Gasthöfen begangen worden und äußerst grotesk, ja schon beinahe absurd. Was immer der Mörder beabsichtigte, er folgte einem bestimmten Plan, und er schien zu den Leuten zu gehören, denen ihre teuflischen Verbrechen auch noch Vergnügen bereiten. Zumindest schien er bei seinen Inszenierungen keine Mühe zu scheuen.

Die letzten Meter bis zu dem schmiedeeisernen Tor von Ardry End schob Plant sein Fahrrad. Das Tor wurde von zwei vergoldeten Löwen auf hohen Steinsäulen bewacht. Seine Tante stellte sich häufig unüberhörbar die Frage, warum er nicht ein paar große, edle Hunde zur Begrüßung seiner Gäste losschickte: „Der Hund der Baskervilles" hatte sie wohl in ihrer Jugend gewaltig beeindruckt. Melrose stieß das Tor auf, schloss es hinter sich wieder und schob das Rad die geschwungene Einfahrt hoch, während er mit den geübten Augen seiner Tante um sich blickte. Die Weißdornhecken zu seiner Linken und seiner Rechten waren hoch und ordentlich geschnitten. Melrose hätte seinen Gärtner beinahe mit der Hacke daran hindern müssen, mit seiner Schere aus den Hecken eine Sehenswürdigkeit zu machen in der Art, die es seiner Nachbarin Lorraine Bicester-Strachan angetan hatte.

Wenn Ardry End auch nicht Hampton Court war, so war das Grundstück doch groß genug, um sich mit Hatfield House messen zu können, zumindest in den Augen des Gärtners, Mr Peebles. Seine Versuche, Ardry End in eine Sehenswürdigkeit zu verwandeln, fanden Lady Ardrys ungeteilten Beifall. Die beiden verstanden sich wie ein altes Gespann von Zugpferden, die in ihrer Fantasie ganze Fuhren exotischer Zierpflanzen ankarrten, um den weiten, grünen Flächen, die Melrose einfach dem Wind und dem Wetter überlassen wollte, Form und Gestalt zu verleihen. Seine Tante plädierte für Panorama, Perspektive und Blickfang, für ein Miniatur-Pantheon mit blendend weißen korinthischen Säulen, das auf der anderen Seite des Sees überraschend auftauchen würde. Hätte Melrose seiner Tante Agatha und Mr Peebles freie Hand gelassen, wären seine Wiesen und Wälder bald von kunstvoll angelegten Gärten und komplizierten Mustern aus gestutztem Zwergbuchsbaum, Dornensträuchern, Liguster und Eibe verdrängt worden. Unterstützt von Melroses Tante, hatte Peebles jedoch einen Seelilienteich durchgesetzt, der von einer gestutzten Eibenhecke umgeben war und einen dezenten kleinen Springbrunnen aufwies. Einmal hatte der Gärtner auch versucht, heimlich künstliche Fische in den Teich zu schmuggeln, aber Melrose bestand darauf, dass sie wieder entfernt wurden. Als Entschädigung für die künstlichen Fische erklärte Melrose sich bereit, zwei echte Schwäne sowie eine Entenfamilie auf dem Teich zu dulden. Aber die Schwäne und der Teich waren sein einziges Zugeständnis. Lady Ardry und Mr Peebles hätten am liebsten wie vor einem öffentlichen Gebäude in Lettern aus blühenden Pflanzen den Namen Mountardry-Plant auf die Rasenfläche vor dem Haus geschrieben.

Die Tür von Ardry End wurde von Ruthven, dem Butler, geöffnet. Ruthven als einen Butler der alten Schule zu bezeichnen wäre eine glatte Untertreibung gewesen. Plant hegte den Verdacht, dass jeder zweite Hausdiener Englands bei Ruthven in die Lehre gegangen war. Er erinnerte sich an Ruthven noch aus der Zeit, als er ein kleiner Knirps gewesen war; Ruthven konnte alles zwischen fünfzig und hundert sein – für Melrose sah er immer gleich aus.

Zusammen mit den Porträts, den Aktien und den Morris-Wandbehängen war auch Ruthven in seinen Besitz übergegangen, und Seine Lordschaft hatte während der ganzen Zeit, in der sie zusammen gewesen waren, seinen Butler nur ein einziges Mal aus der Fassung gebracht. Melrose hatte ein paar Jahre zuvor seine Titel abgelegt, nachdem er an mehreren Sitzungen des Oberhauses teilgenommen hatte. Auf diese Enthüllung hin hatte Ruthven sich beinahe zu Bett legen müssen. Melrose hatte seinen Butler eines Morgens beim Frühstück davon unterrichtet – so beiläufig, als würde er ihm seinen Teller reichen, um sich noch etwas von dem Bückling geben zu lassen: „Ach, was ich noch sagen wollte, Ruthven, ‚Eure Lordschaft' entfällt in Zukunft." Und Ruthven stand wie versteinert da, sein Gesicht zeigte nicht die geringste Regung. „Ich fand es einfach unpassend, einen Job zu haben und gleichzeitig diesen lästigen Titel zu führen." Ruthven hatte sich nur kurz verbeugt und ihm die Silberplatte mit den von prallen Würstchen umkränzten Eiern hingehalten. „Ich habe auch nie daran gedacht, Mitglied des Oberhauses zu bleiben." Eine tödlich langweilige Angelegenheit. Als ein Würstchen auf den Teller plumpste, bat Ruthven, sich zurückziehen zu dürfen, da er sich etwas unwohl fühle.

Lady Ardry hatte die Neuigkeit mit sehr viel gemischteren Gefühlen aufgenommen. Auf der Plusseite verzeichnete sie die Tatsache, dass sie nun endlich Melrose etwas voraushatte: Jetzt hatte sie einen Titel, während er keinen hatte, etwas, was ihr Herz höherschlagen ließ. Auf der Minusseite registrierte sie das Unenglische seines Verhaltens: Wie konnte er es wagen, etwas wegzuwerfen, was durch Generationen hindurch kultiviert worden war? Außerdem pflegte Lady Ardry anlässlich der ziemlich seltenen Besuche von entfernten Verwandten aus Amerika voller Stolz ihren „Familienbesitz" vorzuführen, und Melrose war ein Teil davon – „Mein Neffe, der achte Earl von Caverness und zwölfte Viscount Ardry" – worauf sie ihn anschauten, als wäre er eines der *objets d'art*. Agatha befand sich in einer richtigen Zwickmühle: einerseits, welch ein Vergnügen, ihren Neffen als „einen Bürgerlichen" betrachten zu können, andererseits hatte sie aber das Gefühl, sie würde im Beisein ihrer Verwandten die hübsche rosa Decke wegziehen und die Entdeckung machen, dass das Baby plötzlich Warzen bekommen hatte.

Der Titel war daher das Einzige, was sie ihm voraushatte. Mehr hatte sie nicht zu bieten. Er war zwar nicht besonders reich, aber doch reich genug; nicht besonders gut aussehend, aber doch gut aussehend genug; nicht besonders groß, aber doch groß genug.

Und wenn er seine seriöse Goldrandbrille abnahm, funkelten einen erstaunlich grüne Augen an. Seine Arbeit als „Job" zu bezeichnen war auch etwas untertrieben. Melrose hatte nämlich einen Lehrstuhl an der Universität von London, sein Spezialgebiet war die französische Poesie der Romantik. Vier Monate im Jahr lehrte er, um in den restlichen acht von sich reden zu machen.

Er war also auch noch Professor Melrose Plant. Lady Ardry erschauerte bei dem Gedanken. Er war wie eine Katze mit neun Leben oder wie der Mann mit der eisernen Maske oder wie Scarlet Pimpernell: ein Mann mit mehreren Persönlichkeiten, die er wie Visitenkarten auf einem silbernen Tablett ablegen konnte.

Und er hatte noch ein anderes Laster, das ihr endloses Leid bereitete: Er war so verdammt klug.

Plant konnte das Kreuzworträtsel der *Times* in weniger als fünfzehn Minuten lösen. Einmal hatte sie ihn zu einem Kreuzworträtsel-Duell aufgefordert. Unglücklicherweise verbrachte Lady Ardry eine halbe Stunde nur damit, sich über oben und unten klar zu werden; verärgert gab sie deshalb auf und erklärte, es sei kindisch, pure Zeitverschwendung. Aber Melrose lebte ja auch nicht von seiner Hände Arbeit. Sich selbst sah Lady Ardry in der Rolle eines unglückseligen Aschenbrödels, an dem alle Bälle vorbeirauschten und dessen Schicksal es war, die Asche der ganzen Welt hinauszutragen, damit die anderen (Leute wie Melrose) die Nächte durchtanzen und morgens in Betttüchern aus Satin aufwachen konnten, ihr Frühstück und das *Times*-Kreuzworträtsel neben dem Bett.

Plant seufzte, als er missvergnügt vor seinem Kamin saß. Jetzt waren ihnen auch noch diese bestialischen Morde beschert worden, und seine Tante würde ihren ganzen, nichtexistenten Scharfsinn auf ihre Auflösung verwenden. Und ihn in den Strudel mit hineinziehen, einfach nur, weil er sich in der Nähe befand. Aber wahrscheinlich steckte er sowieso schon drin, einfach weil er gestern Morgen in der Hammerschmiede gewesen war. Er hatte jedoch nicht die geringste Lust, sich ständig über dieses Thema auslassen zu müssen. Und er wollte auch nichts von diesem Small hören und von dem anderen ebenso wenig. Doch wahrscheinlich würden ihn diese Namen bis ans Ende seiner Tage verfolgen.

Von dem Scharfsinn der Polizei seines Landes hielt Melrose nämlich auch nicht besonders viel.

# 4

Montag, 21. Dezember

Die Augen mit der Hand schützend wie einer, der in das grelle Licht der Sonne blickt, blinzelte Chief Inspector Richard Jury misstrauisch zu Superintendent Racer hinüber. Racer saß auf der anderen Seite des leergefegten Schreibtischs – er schaffte es immer, die Arbeit von seinem auf den eines anderen wandern zu lassen – und rauchte ruhig und bedächtig eine seiner teuren Zigarren. Die andere Hand des Superintendent spielte mit seiner goldenen Uhrkette, die von einer Westentasche zur anderen lief. Sein Hemd mit den

Stulpenmanschetten war kobaltblau und sein Anzug aus Donegal-Tweed offensichtlich maßgeschneidert. Für Inspector Jury hatte sein Vorgesetzter etwas von einem Dandy, etwas von einem Amateur und etwas – sehr wenig – von einem Kriminalbeamten.

Nicht dass Inspector Jury sich der Illusion hingab, seine Kollegen von Scotland Yard bestünden aus nichts als purer Redlichkeit und seien voll der Milch der frommen Denkungsart – der Londoner Bobby mit seinem Helm und Regencape, der den Touristen liebenswürdig den Weg weist. Oder dass Höhergestellte wie er in hübschen glänzenden Anzügen unter der Lünette eines Hauseingangs auftauchen und zu der Frau im Morgenrock sagen würden: „Nur eine Routineangelegenheit, Gnädigste." Nein, sie waren keineswegs alle diese nüchternen, mit einem messerscharfen Verstand ausgestatteten Hüter des Gesetzes. Aber Racer trug wirklich rein gar nichts zu diesem liebenswerten alten Klischee bei. Er sah einfach schrecklich großbürgerlich aus, wie er so dasaß und wahrscheinlich über sein Abendessen oder seine neueste Eroberung nachdachte, die ihm dabei Gesellschaft leisten würde, während er es den Jurys dieser Welt überließ, mit dem Schlamassel fertigzuwerden.

Jury schaute unter dem Schirm seiner Hand hervor. „Ein Mann mit dem Kopf in einem Bierfass?" Er hoffte noch immer, das Ganze würde sich als schlechter Witz entpuppen.

Racer lächelte säuerlich. „Noch nie was von dem Herzog von Clarence gehört, wie?" Dem Superintendent machte es Spaß, sich mit Jury zu messen, und wie ein richtiger Spieler oder ein Masochist versuchte er es immer wieder, obwohl er nie gewann.

„Er wurde, wie es heißt, in einem Fass Malmsey ertränkt", sagte Jury und ließ das bisschen Bildung, das Racer besaß, noch weiter schrumpfen.

Verärgert schnippte Racer mit den Fingern, als wolle er einen Hund rufen. „Die Fakten, zuerst die Fakten."

Jury seufzte. Die beiden Mordfälle in Northamptonshire waren ihm in ihren Grundzügen geschildert worden, und er sollte nun wie ein Stenograf das Ganze wiederholen. Racer passte immer genau auf, ob ihm irgendwelche Fehler unterliefen.

„Das erste Opfer, William Small, wurde in dem Weinkeller der Pandorabüchse gefunden. Er war mit einem Stück Draht erdrosselt worden, sein Kopf steckte in einem Bierfass. Der Besitzer braut gelegentlich sein eigenes Bier ..."

Racer unterbrach ihn: „Zu viele von diesen alten Gasthäusern lassen sich beliefern. Mir sind die andern bedeutend lieber." Er zog einen kleinen goldenen Zahnstocher hervor, und während er in seinen Backenzähnen herumstocherte, bedeutete er Jury fortzufahren.

„Das zweite Opfer, Rufus Ainsley, wurde bei der Hammerschmiede auf einem Stützbalken über der Uhr gefunden; der Balken, auf dem sich die geschnitzte Figur eines Schmieds befand ..." In der Hoffnung, doch noch von Racer zu hören, dass es sich um einen Scherz handelte, versuchte Jury seinen Blick aufzufangen. Aber der Superintendent saß einfach nur stumm da; den Zahnstocher hatte er weggelegt, und seine ledernen Lippen sahen aus, als wären sie über Nacht, zusammen mit seinen Schuhen, von irgendwelchen Kobolden zugenäht worden. Am frustrierendsten fand Jury, dass Racer anscheinend nichts an dieser Geschichte befremdete. Nachdem der Herzog von Clarence schon so geendet hatte, wunderte er sich wohl nicht mehr über Köpfe, die in Bierfässern steckten.

Jury fuhr fort: „Eine Kellnerin, die in dem Gasthof arbeitet – Daphne Murch –, entdeckte als Erste die Leiche von William Small, und sie rief den Wirt, Simon Matchett. In der Bar saßen mehrere Leute; sie behaupteten aber alle, den Toten nicht gekannt zu haben. Small war nach der Aussage des Wirts erst an diesem Tag angekommen und hatte ein Zimmer verlangt. Das war das erste Verbrechen. Das zweite erfolgte 24 Stunden später. Die Leiche von Ainsley hatte den Platz der geschnitzten Figur auf dem Balken eingenommen …"

Jury verstummte. Ein Mörder, der sich solche Scherze erlaubte, ließ ihm das Blut in den Adern gefrieren.

„Fahren Sie fort."

„Ainsleys Leiche wurde anscheinend von dem Fenster der Abstellkammer direkt über dem Balken heruntergelassen. Dass sie erst Stunden später entdeckt wurde, lässt sich durch die Höhe des Balkens und durch den Schnee erklären …" Er fragte sich, ob das alles nur ein Traum war. „Die Opfer waren beide fremd in Long Piddleton; sie kamen in einem Abstand von ein oder zwei Tagen dort an …"

„Ein oder zwei? Was soll das heißen, junger Mann? Was denken Sie, Jury, ist das hier eine Lotterie? Ein Polizeibeamter darf nichts über den Daumen peilen!" Er steckte sich wieder die Zigarre in den Mund und starrte Jury an. Die Sprechanlage summte. Racer drückte auf den Knopf. „Ja?"

Es war eines der Mädchen, die in C-4 arbeiteten. Sie brachte die Akte über die Northamptonshire-Morde.

„Na, kommen Sie schon, her damit", sagte Racer gereizt.

Fiona Clingmore trat ein, und in einer von ihren Gefühlen bestimmten Reihenfolge schenkte sie Jury ein warmes Lächeln und gab dann Racer den Schnellhefter. Sie war ganz im Stil der 1940er-Jahre gekleidet, für die sie eine besondere Vorliebe zu haben schien: schwarze, hochhackige Schuhe mit einem Riemchen über dem Spann, eine schwarze Nylonbluse mit langen, weiten Ärmeln, in der sie aussah, als säße sie en négligé. Wie gewöhnlich war ihr Ausschnitt ziemlich tief und ihr Rock ziemlich kurz. Fiona schien immer Trauer zu tragen; vielleicht trauert sie ihrer Unschuld nach, dachte Jury.

Jury beobachtete, wie die Blicke des Superintendent sie auszogen, Schicht um Schicht, wie eine Zwiebel. „Das wär's", sagte Racer und verscheuchte sie mit einer Handbewegung.

Beim Hinausgehen bedachte sie Jury wieder mit einem kurzen Lächeln und einem Augenzwinkern. Racer bemerkte es und meinte sarkastisch: „Sie haben wohl viel Erfolg bei Frauen, was, Jury?" Dann zischte er: „Könnten wir jetzt vielleicht weitermachen?" Er breitete ein paar Fotos aus, die er dem Schnellhefter entnommen hatte, und tippte auf das erste: „Small, William. Ermordet zwischen 19 und 23 Uhr, am Donnerstag, dem 17. Dezember, genauer können die Jungs aus Northants die Todeszeit nicht bestimmen. Ainsley wurde am 18. Dezember nach 19 Uhr ermordet. 24 Stunden später. Keiner von beiden konnte identifiziert werden. Ihre Namen haben wir auch nur, weil sie sich in das Fremdenbuch eingetragen haben. Small stieg in Sidbury aus dem Zug – wo er eingestiegen ist, wissen wir nicht. Zwischen ihnen und den Leuten aus dem Dorf scheint keine Verbindung zu bestehen. Das ist alles. Wahrscheinlich einer, der aus der Klapsmühle ausgebrochen ist." Racer begann, seine Fingernägel mit einem Taschenmesser zu säubern.

„Wenn sie uns wenigstens sofort gerufen hätten; jetzt ist die Spur kalt."

„Das haben sie aber nicht, junger Mann! Fahren Sie also in das Kaff, und verfolgen Sie die kalte Spur. Was erwarten Sie denn – dass Ihnen die Dinge in den Schoß fallen? Als Polizist ist man Kummer gewohnt. Zeit, dass Sie das lernen." Er klappte sein Taschenmesser zu und begann, mit dem kleinen Finger sein Ohr zu säubern. Jury hoffte nur, er würde seine Toilette zu Hause beenden.

Jury wusste, wie wütend es Racer machte, dass er ihn mit diesem Fall beauftragen musste. In der Abteilung war man sich einig, dass eigentlich Jury Chef sein sollte; Jury selbst legte aber keinen besonders großen Wert darauf. Er wollte nicht für eine ganze Abteilung verantwortlich sein, und weiß der Himmel, er wollte auch nicht seine Zeit damit verbringen, Klagen über andere Kriminalbeamte nachzugehen. Da er weder Frau noch Kinder hatte, für die er sorgen musste, konnte er sich auch mit weniger Geld zufriedengeben; für seine bescheidenen Bedürfnisse war es immer noch mehr als genug. Wozu überhaupt der ganze Überbau? Jury hatte einfache Polizisten kennengelernt, deren Erfahrung und Wissen genauso unschätzbar gewesen war wie das der Männer auf den olympischen Höhen von Scotland Yard.

„Wann möchten Sie, dass ich fahre, Sir?"

„Gestern", zischte Racer.

„Ich hab noch diesen Mord in Soho..."

„Sie meinen die Sache mit dem Chinarestaurant?"

Das Telefon unterbrach sie; unwirsch griff Racer nach dem Hörer. „Ja?" Einen Augenblick lang hörte er zu, während seine Blicke zu Jury hinüberwanderten. „Ja, er ist hier." Er wartete, und auf seinen dünnen Lippen erschien ein boshaftes Grinsen. „Über 1,80 groß, kastanienbraunes Haar, dunkelgraue Augen, gutes Gebiss und ein unwiderstehliches Lächeln?", flötete er. „Richtig, das ist Inspector Jury, wie er leibt und lebt." Das Lächeln verschwand. „Sagen Sie ihr, er ruft zurück. Wir haben zu tun." Racer knallte den Hörer auf die Gabel, dass die Kugelschreiber auf dem Schreibtisch tanzten. „Abgesehen von dem unwiderstehlichen Lächeln könnte diese Beschreibung auch auf ein Pferd zutreffen."

Geduldig fragte Jury: „Könnten Sie mir sagen, um was es ging?"

„Eine der Kellnerinnen aus dem Soho-Restaurant." Racer schaute auf seine Uhr. Der Anruf hatte ihn wohl an seine eigenen Verpflichtungen erinnert. „Ich bin zum Abendessen verabredet." Er schob den Schnellhefter über den Schreibtisch. „Fahren Sie in dieses gottverdammte Kaff. Und nehmen Sie Wiggins mit. Außer sich zu schnäuzen, tut er ja nichts."

Jury seufzte. Wie üblich hatte ihn Racer nicht einmal gefragt, wen er als Assistenten haben wollte. Wiggins war noch ziemlich jung, aber ein solcher Hypochonder, dass er wie ein alter Mann wirkte. Er war nicht unangenehm und auch nicht faul, aber dauernd der Ohnmacht nahe. „Ich werde Wiggins abholen und morgen früh losfahren", sagte Jury.

Racer war von seinem Stuhl aufgestanden und schlüpfte in seinen elegant geschnittenen Mantel. Jury fragte sich, woher sein Chef das Geld nahm. Schmiergelder? Und wenn schon, Jury interessierte es nicht.

„Ja, tun Sie das." Der Superintendent klopfte auf seine flache Golduhr. „Dinner im

Savoy. Ein Mädel erwartet mich." Anzüglich lächelnd beschrieb er ein paar Kurven in der Luft. An der Tür drehte er sich um und sagte: „Und denken Sie um Gottes willen daran, dass Sie hier arbeiten! Wenn Sie in dieses dämliche Kaff kommen, erwarte ich, dass Sie sich zur Abwechslung mal melden."

JURY ging den Korridor entlang – wie trist diese Korridore doch im Vergleich zu der viktorianischen Eleganz des alten Gebäudes waren. Von Marmor und Mahagoni war hier nichts zu sehen. So vollgestopft und unübersichtlich der alte Scotland Yard auch gewesen war, Jury hatte ihn trotzdem vorgezogen. Als er vor der Tür seines Büros angelangt war, sah er ganz in der Nähe Fiona Clingmore herumschwirren; sie tat so, als wäre sie rein zufällig hier gelandet, und knöpfte gerade ihren schwarzen Mantel zu.

„Hallo, Inspector Jury, endlich Feierabend?" Ihre Stimme klang hoffnungsvoll.

Jury lächelte, griff hinter die Tür und nahm seinen Mantel vom Haken. Da seine Mitarbeiter bereits gegangen waren, knipste er das Licht aus und schloss die Tür ab. Er blickte zu ihr hinunter, auf ihr Gesicht, das weniger jung war, als man vielleicht von Weitem vermutet hätte, auf ihr aufgetürmtes gelbes Haar, auf dem ein Pillbox-Hut saß, und sagte: „Fiona, wissen Sie, an was Sie mich erinnern?" Sie schüttelte den Kopf, schaute ihn aber erwartungsfreudig an. „An diese alten Kriegsfilme, in denen die Amis nach London strömen und sich in die Londonerinnen verlieben."

Fiona kicherte. „Das war wohl etwas vor meiner Zeit."

Das stimmte, trotzdem schien sie aus einer anderen Ära zu stammen. Vielleicht war sie noch nicht ganz vierzig, aber viel fehlte bestimmt nicht.

„Mein Joe hätt's bestimmt nicht gerne, wenn Sie so mit mir reden, Inspector Jury", sagte sie züchtig.

Immer sprach sie von ihrem Joe. Gesehen hatte ihn noch keiner. Jury war schon vor einiger Zeit der Verdacht gekommen, dass dieser Joe vielleicht überhaupt nicht existierte. Gegeben hatte es ihn womöglich einmal, aber nun nicht mehr. Er betrachtete Fiona, die lächelnd zu ihm hochblickte, sah, wie leer ihre Augen waren, und Mitgefühl, ja sogar ein Gefühl der Verbundenheit stieg in ihm auf. „Hören Sie", sagte Jury und schaute auf seine Uhr. „Ich muss noch was in Soho erledigen. Da es sich um ein Restaurant handelt und ich noch nicht gegessen habe … was halten Sie davon? Wie wär's mit einem kleinen Essen? Ich jedenfalls brauche dringend eine Pause."

Wie der Himmel bei Sonnenaufgang überzog sich ihr Gesicht mit einer zarten Röte. Dann senkte sie die getuschten Wimpern und sagte: „Oh, ich weiß nicht, ob mein Joe damit einverstanden wäre, aber …"

„Joe braucht's ja nicht zu erfahren, oder?" Sie blickte auf, und Jury zwinkerte ihr zu.

ES WAR BEINAHE MITTERNACHT, als Jury sich von dem Restaurantbesitzer und der unaufhörlich plappernden Fiona verabschiedet hatte. Und als er aus der Untergrundstation Angel auftauchte, war er einfach hundemüde und nicht sehr begeistert von der Aussicht, einen Frühzug nach Northamptonshire nehmen zu müssen. Er tröstete sich damit, dass es vielleicht ganz angenehm sein würde, für ein paar Tage – oder vielleicht sogar für ein paar Wochen – aus London herauszukommen. Außer dem armseligen Häuschen seiner Kusine in den Potteries, wo er von den beiden Gören malträtiert wurde, wusste Jury keinen Ort, an dem er Weihnachten verbringen konnte.

Jury zog eine übrig gebliebene *Times* unter dem Backstein neben dem Stationsausgang hervor, warf ein paar Münzen auf den dünnen Stapel und machte sich auf den Heimweg.

Es hatte angefangen zu schneien – ein feiner Pulverschnee, nicht diese dicken, nassen Flocken, die in den Wimpern hängen blieben und auf der Zunge hafteten. Jury mochte Schnee, aber nicht den Londoner Schnee, der mit seinem grauen, matschigen Schmelzwasser nur den Verkehr behinderte. Es schneite immer stärker, Schneeflocken so körnig wie Zucker, die ihm ins Gesicht stachen, als er die Islington High Street in Richtung Upper Street entlangging. Er bog in die Camden Passage ein, die er um diese Zeit besonders mochte – die kleinen Läden waren so gespenstisch still, und außer dem kratzenden Geräusch der Papierfetzen, die der Wind über den Boden fegte, unterbrach nichts die nächtliche Stille. Das Camden Head war geschlossen, und die kleinen Stände der Antiquitätenhändler waren abgebaut. Wenn sie im Freien ihren Geschäften nachgingen, war hier allerhand los, und Jury mischte sich gelegentlich auch unter die Menge und schaute den Taschendieben bei der Arbeit zu. Sein Favorit, Jimmy Pink, bevorzugte die Camden Passage – Jimmy konnte einem die Tasche samt Inhalt entwenden, ohne dass man auch nur das Geringste bemerkte. Jury hatte ihn hier schon so oft geschnappt, dass er ihm schließlich vorschlug, er solle doch seinen eigenen Stand aufmachen.

Die Passage führte auf Charlton Place, und von dort ging es weiter zur Colebrook Row, einer hübschen, halbmondförmigen Häuserzeile, in der er auch gerne gewohnt hätte. Danach waren es nur noch ein paar Straßen bis zu seinem Wohnblock. Die meisten Häuser in seiner Straße waren in Mietshäuser umgewandelt worden. Die Straße selbst war etwas schäbiger, aber keineswegs unerfreulich, da auf der einen Seite ein Park lag, zu dem die Mieter einen Schlüssel besaßen.

Jurys Wohnung war im sechsten Stock. Es gab in dem Haus noch fünf weitere Wohnungen, aber wegen seiner ungewöhnlichen Arbeitszeiten lief er seinen Nachbarn nur selten über den Weg. Allerdings kannte er die Frau, die im Souterrain wohnte, Mrs Wasserman. Er sah, dass hinter dem schweren Gitter und den vorgezogenen Vorhängen noch Licht brannte. Die Stufen wurden sommers wie winters von zwei Geranientöpfen flankiert. Mrs Wasserman war wie immer um diese Zeit noch wach.

Er schloss seine Tür auf und knipste die Deckenbeleuchtung an. Der Raum wurde in Licht getaucht, und er war wieder einmal entsetzt über die Unordnung, die dort herrschte – als hätten Einbrecher seine Wohnung durchwühlt und dann schnell wieder das Weite gesucht. Vor allem lag das an den Büchern. Sie quollen aus den Regalen und stapelten sich auf den Tischen. In dem Erker – mit Blick auf den Park – stand sein Schreibtisch. Er legte den Schnellhefter auf die Platte und zog den Mantel aus. Dann setzte er sich und ging noch einmal die Fotos durch. Kaum zu fassen.

Das erste war im Weinkeller der Pandorabüchse aufgenommen und ziemlich dunkel und grobkörnig; trotzdem sah man mit erschreckender Deutlichkeit die beinahe torsolose Leiche. Das Opfer war in das hüfthohe Fass, in dem der Wirt sein eigenes Bier braute, gesteckt worden, sodass Kopf und Schultern in dem Fass waren und der übrige Körper an der Seite herunterbaumelte.

Jury fragte sich, warum. Angenommen, William Small war mit dem Stück Draht erdrosselt worden, warum hatte sich der Mörder dann noch die Mühe gemacht, diesen ausgefallenen Schnörkel hinzuzufügen?

Das Foto von der Hammerschmiede war noch grotesker. Der nach der Leichenstarre in sich zusammengesackte Körper von Rufus Ainsley wurde von der dünnen Metallstange gehalten, mit der die geschnitzte Figur an dem Balken befestigt gewesen war; dieses Rohr war unter das Hemd des Opfers geschoben worden. Um seinen Leib war ein Seil geschlungen, und darüber hatte man ihm das Jackett zugeknöpft. Auf seinen Schultern lag noch nicht geschmolzener Schnee. Eine Leiche, die an einem für alle sichtbaren Ort versteckt worden war, dem besten Versteck überhaupt – unter den Füßen oder über dem Kopf. Da das Opfer nicht sehr groß war, etwa ein Meter siebzig, konnte es ohne Schwierigkeit den Platz der geschnitzten Figur einnehmen. Schwer zu sagen, wann jemand hochgeschaut hätte; außerdem sahen die Leute sowieso nur das, was sie zu sehen erwarteten.

Aber wozu das Ganze? Welchen Zweck erfüllte dieses ausgeklügelte Arrangement?

Er sammelte die Fotos wieder ein, öffnete die flache Schreibtischschublade und ließ den Schnellhefter neben eine kleine, gerahmte Fotografie gleiten, die mit der Bildseite nach unten in der Schublade lag. Jury hatte sie von seinem Schreibtisch genommen, konnte es aber nicht über sich bringen, sie wegzuwerfen. Als er noch jünger war, hatte Jury kaum je ans Heiraten gedacht; inzwischen dachte er häufiger daran. In den vierzig Jahren seines Lebens war ihm nur selten einmal eine außergewöhnliche Frau über den Weg gelaufen. Maggie war eine gewesen.

Jury legte die Fotografie wieder mit der Bildseite nach unten in die Schublade zurück und wollte gerade mit einem kleinen Schlüssel wieder abschließen, als er ein Klopfen an der Tür hörte.

„Inspector Jury", sagte die Frau, die nervös die Finger ineinander verflocht, als er ihr die Tür öffnete. „Er ist wieder da. Ich weiß nicht, was ich tun soll. Warum lässt er mich nicht in Ruhe?"

„Ich bin gerade eben nach Hause gekommen, Mrs Wasserman."

„Ich weiß, ich weiß, es tut mir auch leid, Sie damit zu belästigen. Aber ..." Sie breitete hilflos die Hände aus. Sie war eine ziemlich korpulente Frau, die ein schwarzes Kleid mit einer Filigranbrosche am Ausschnitt trug. Ihr Haar war straff nach hinten gekämmt und in einen Knoten zusammengefasst, der wie eine aufgerollte Spiralfeder aussah. Ihr ständiges Händeringen und die nervöse Bewegung, mit der sie den Ärmel ihres Kleides hochschob, ließen die Frau selbst wie eine fest aufgerollte Spirale erscheinen.

„Ich komme mit runter", sagte Jury.

„Es sind dieselben Schuhe, Inspector. An den Schuhen erkenne ich ihn immer wieder. Was will er nur von mir? ... Warum lässt er mich nicht endlich in Ruhe? ... Denken Sie, dieses Gitter ist stark genug ...? Warum kommt er immer wieder zurück ...?" Im Kielwasser ihrer Fragen stieg er die Treppe zu ihrer Wohnung hinunter.

„Ich schaue mal nach."

„Ja, bitte." Sie nahm die Hände vors Gesicht, als könnte Jurys kurzer Blick aus dem kleinen, zur Straße gehenden Fenster für sie beide sehr gefährlich werden. Das Fenster lag gegenüber von der Tür auf einer Höhe mit der letzten Stufe und dem Bürgersteig. „Es ist niemand da, Mrs Wasserman." Jury war das von vornherein klargewesen.

Diese Szene spielte sich ungefähr alle zwei Monate ab. Zuerst hatte Jury versucht, sie ganz einfach von der Wahrheit zu überzeugen: Es war niemand da. Mrs Wasserman verbrachte einen großen Teil ihrer Zeit damit, die Füße auf dem Bürgersteig zu beobachten, Füße und Beine ohne Körper, die an ihrem Fenster vorbeigingen. Ein Paar Füße, ein Paar Schuhe hatten ihre Aufmerksamkeit erregt, und sie behauptete, sie kämen immer wieder zurück, um sie zum Wahnsinn zu treiben: Füße, die stehen blieben. Warteten. Sie lebte in ständiger Angst vor diesen Füßen.

Jury hatte immer wieder versucht, sie davon zu überzeugen, dass es die Füße nicht gab und dass es ihn auch nicht gab; schließlich begriff er aber, dass er sie dadurch nur noch mehr verunsicherte. Sie musste daran glauben. Jury hatte ihr also das ganze letzte Jahr über geholfen, ihre Wohnung in eine uneinnehmbare Festung zu verwandeln: stärkere Gitter, Schlösser, Ketten, Alarmanlagen. Trotzdem tauchte sie unweigerlich immer wieder bei ihm auf. Und er installierte immer etwas Neues – noch ein Schloss oder noch eine Alarmanlage –, und jedes Mal war sie unendlich erleichtert. Er versicherte ihr, dass es einfacher sei, New Scotland Yard zu plündern, als in die Wasserman'sche Wohnung einzudringen, und sie fand das sehr komisch. Inzwischen fiel ihm aber auch nichts Neues mehr ein.

Er schaute aus dem Fenster, sah nichts und prüfte der Form halber noch einmal das Gitter. Angstvoll beobachtete sie ihn. Er wusste, dass sie den Glauben verlieren würde, wenn er zu lange zögerte. Er griff in seine Tasche und zog ein winziges, rundes Stück Metall hervor, das er triumphierend hochhielt. „Mrs Wasserman, eigentlich dürfte ich das gar nicht tun, es ist nämlich nicht legal …", er grinste, und sie grinste verschwörerisch zurück –, „aber ich bringe das an Ihrem Telefon an." Er hob das Telefon hoch und befestigte die Scheibe an der Unterseite. „Da. Sollte jemals einer hier reinkommen, dann nehmen Sie einfach den Hörer ab und schieben die Metallplatte zur Seite. Es klingelt dann bei mir." Ihr Gesicht strahlte. „Aber hören Sie, nur wenn's nicht anders geht – in einem Notfall –, es klingelt nämlich in der Zentrale, und das könnte sehr unangenehm für mich werden."

Erleichterung breitete sich auf ihrem Gesicht aus – ein rührender Anblick. Er wusste, sie würde keinen Gebrauch davon machen, sie wollte nur beruhigt werden, und die nächsten zwei Monate würde sie ihn auch nicht damit belästigen. Dann hätte sich jedoch wieder so viel Angst in ihrem Innern angestaut, dass sie die Füße wieder sehen würde. Es war beinahe wie eine sexuelle Perversion oder eine Sucht. Und es gab so wenig Dinge, die sie von ihrer fixen Idee ablenkten. Er dachte oft über die Leere ihres Lebens nach. Und manchmal blickte er in ihre dunklen, kleinen Augen und entdeckte sein eigenes Spiegelbild darin.

„Ach, Inspector Jury, was würde ich bloß ohne Sie tun? Es ist so beruhigend zu wissen, dass Sie hier wohnen, ein echter Beamter von Scotland Yard." Sie lief zu dem Kamin hinüber, in dem ein elektrisches Holzscheit brannte, und nahm ein Päckchen von dem weißen Gipssims. Sie hielt es ihm hin. „Zu Weihnachten. Kommen Sie, machen Sie es auf." Sie machte eine auffordernde Bewegung mit den Händen.

„Ich weiß nicht, was ich dazu sagen soll. Vielen Dank." Er knotete das Band auf und entfernte das dünne Papier. Es war ein Buch. Und ein sehr schönes, in Leder gebunden, mit Goldschnitt und einem Lesezeichen aus schwarzer Seide. Vergils „Aeneis".

„Ich hab Sie es mal in der U-Bahn lesen sehen, erinnern Sie sich? Ich weiß, dass Sie gern lesen. Für mich ist das zu hoch. Böhmische Dörfer." (Jury lächelte.) „Ich lese Filmmagazine, Liebesromane und ähnlichen Schund. Gefällt es Ihnen?" Es schien ihr viel daran gelegen zu sein, dass sie das richtige Buch ausgesucht hatte.

„Ein wunderschönes Buch, Mrs Wasserman. Wirklich. Ich wünsche Ihnen ein frohes Fest. Sind Sie jetzt beruhigt?"

Arme Frau, dachte Jury, als er mit seinem Buch die Treppe hochstieg. Von welchem Blickwinkel aus hatte sie den Mann gesehen, ihn, dessen Füße sie immer noch terrorisierten? Vom Boden? Von einer Matte? Von einem Bett? Hatte sie auf seine Füße geschaut, um ihm nicht ins Gesicht blicken zu müssen? Es war wohl besser für Mrs Wasserman, dass die Füße vor ihrem vergitterten Fenster haltmachten und nicht die Türen der Erinnerung eintraten.

# 5

In englischen Gasthöfen werden wohl immer die Wege der Geschichte, der Erinnerung und der Romanzen zusammenlaufen. Wer hat sich in seiner Fantasie noch nicht über ihre Holzgalerien gebeugt und auf den mit Kopfsteinen gepflasterten Hof hinuntergeblickt, um zu beobachten, wie die Kutschen einfahren und der dampfende Atem der Pferde die Luft erfüllt, wenn sie an einem kalten Winterabend stampfend vor den Ställen stehen? Und wer kennt nicht die Beschreibungen dieser lang gestreckten, flachen Gebäude mit den unterteilten Fenstern, den eingesunkenen, unebenen Fußböden, den dicken Holzbalken und dem Kupfergeschirr an den Wänden, den Küchen, in denen Braten sich einst auf Spießen drehten und in denen die Schinken von der Decke hingen? Die weniger betuchten Reisenden saßen auf den Hockern oder Bänken um den Kamin und tranken ihr Ale. Und eine geschäftige Wirtin trieb die Hausmädchen an, dass sie wie aufgescheuchte Hühner davonstoben. Es gab ganze Bataillone von Zimmermädchen, beladen mit Bettwäsche, die nach Lavendel duftete, von Küchenjungen, Bediensteten, Zapfern, Kutschern und Burschen, die darauf warteten, den Reisenden bis zu den schweren Eichentüren oder wieder zurück zur Kutsche bringen zu können. Häufig wusste der Gast nicht, was ihn erwartete, ob der Boden mit Heu bedeckt war oder über welche Körper er auf seinem Weg zum Frühstück steigen oder kriechen musste, wenn er in einem der inneren Räume genächtigt hatte. Aber das Frühstück entschädigte ihn dann reichlich für die in der Nacht erlittenen Unannehmlichkeiten; es bestand aus Nierenpasteten und Taubenpasteten, heißen Hammelfleischpasteten, Krügen mit Bier, Gebäck und Tee, pochierten Eiern und dicken Speckscheiben.

Wer ist noch nicht mit Mr Pickwick im Hof des Blauen Löwen in Muggleton abgestiegen; wer hat noch nicht mit Tom Jones in der Glocke in Gloucestershire Austern geschlürft oder mit Keats in dem Gasthof in Burford Bridge gelitten? Wer ist noch nie eingekehrt, um seinen Hunger und Durst mit einem bitteren Ale und einer Scheibe blau geädertem Stilton, brüchigem Chester oder einem Stück Cheddar zu stillen? Und wer erwartet schon etwas anderes als schimmerndes Messing, auf Hochglanz poliertes Holz, dunkles Bier, einen in Tweed gekleideten Wirt, enge, dunkle Gänge auf dem ersten Stock, ein gemütliches Zimmer, das unauffindbar zu sein scheint – zwei Stufen hinauf, drei runter, dann rechts, wieder fünf Stufen hoch und zehn Schritte bis zur Tür –, ein Versteckspiel oder ein Abzählspiel für Kinder. Auch wenn sich die Bänder von den weißen Hauben gelöst haben und der Wirt eher im Geist als tatsächlich vorhanden ist – ein Lächeln, das in der Luft hängt –, lassen einen diese Schatzkammern der Erinnerung beinahe vergessen, dass das Pfund so tief gesunken ist.

DIE PANDORABÜCHSE war keine Ausnahme – ein Fachwerkhaus aus dem 16. Jahrhundert, durch dessen Torbogen Melrose Plant gerade seinen Bentley chauffierte, um ihn in einem der nicht mehr benutzten Ställe abzustellen. Hier hätte auch die Kutsche von Barnet hereinrumpeln und auf dem gepflasterten Hof haltmachen können, um den sich die Galerie zog, von der aus Molly Mog den Bediensteten zuwinkte und mit ihnen flirtete. Für Lady Ardry war es der Inbegriff eines englischen Gasthofs. Im Sommer wucherte Clematis im Wettstreit mit den Kletterrosen über die Fassade des Hauses. Der Gasthof lag auf einer kleinen Erhöhung und blickte nach Süden, ein längliches Gebäude, das eine schlingernde Linie bildete, die sich aus mehreren Teilen zusammenzusetzen schien. Das strohbedeckte Dach legte sich um die Fenster wie ein Kragen. Umgeben von Feldern, die im Sommer üppig grün und leuchtend und im Winter grau und verhangen waren, blickte er mit seinen rautenförmigen Fenstern auf die Häuser von Long Piddleton.

Als Lady Ardry und Melrose Plant ankamen, war es bereits dunkel, und das erleuchtete Innere des Gasthofs wirkte umso einladender. Der Gasthof war an keine Brauerei gebunden, und sein Besitzer war auch entschlossen, das mit allen Mitteln zu verhindern.

Dieser Mann, Simon Matchett, war zu ihrer Begrüßung an die Tür gekommen; eine Begrüßung, die bei Agatha ziemlich überschwänglich, bei Melrose wesentlich kühler ausfiel. Er bedachte ihn mit einem kurzen Nicken und einem sehr zurückhaltenden Lächeln. Melrose mochte ihn nicht; er hielt ihn für geldgierig und ehrgeizig, und hinter der ansprechenden Fassade vermutete er einen gemeinen, rohen Charakter. Aber fair, wie er war, fragte er sich auch, ob er nicht einfach eifersüchtig war. Matchetts Erfolg bei Frauen war atemberaubend. Er brauchte nur durch eine Tür zu schreiten, um sie zum Tor zu machen. Sein offenkundiges Interesse für Vivian Rivington war Melrose ein Dorn im Auge.

Wahrscheinlich hatte selbst die Tragödie in Matchetts Vergangenheit – seine verstorbene Frau und eine andere Frau spielten dabei eine Rolle – wie die Narbe im Gesicht eines Duellanten seine romantische Aura nur noch verstärkt. Es lag jedoch schon so lange zurück, dass selbst Lady Ardry nicht mehr alle Einzelheiten in Erfahrung bringen konnte.

Sie waren inzwischen in der niedrigen, schwach beleuchteten Halle angelangt, die mit Sportlerfotos und ausgestopften Vögeln dekoriert war; seine Tante und Simon Matchett tauschten Belanglosigkeiten aus, die sie noch belangloser werden ließen. Melrose lehnte sich einfach gegen die Wand, und sein Kopf berührte ein ziemlich mitgenommenes, ausgestopftes Fasanenpaar. Er studierte die verstaubten Drucke alter Kutschen auf der gegenüberliegenden Wand. Auf einem flogen die Passagiere in hohem Bogen in einen Schneehaufen, während die Kutsche fröhlich umkippte. Auf einem anderen fuhr die Belegschaft mit großem Hallo in den Hof ein, während ihnen Betsy Bunt von der oberen Galerie aus zuwinkte. Melrose fragte sich, wieso das Kutschenfahren früher als Sport betrachtet wurde, vergleichbar mit Rugby oder Kegeln. Er sah, wie seine Tante und Matchett durch die Halle zur Bar schlenderten, ohne sich weiter um ihn zu kümmern, und Melrose ging zu dem schmalen Treppenhaus hinüber, an dessen Wand weitere Bilder hingen – von Mooshühnern und Fasanen, die mit dem Kopf nach unten an ihren dünnen Beinen aufgehängt waren. Die Treppe führte zu dem langen Gang mit den kleinen Dachkammern des oberen Stockwerks. Rechts von ihm war der Speiseraum. Er hatte eine niedrige Balkendecke, die von ein paar Steinblöcken gestützt wurde. Sie bildeten gleichzeitig auch die Nischen, in denen die Tische standen. Die Steine waren nur roh behauen, und das Gleichgewicht, in dem sie sich zwischen Boden und Decke hielten, erschien zu prekär, um den Raum noch gemütlich wirken zu lassen. Seine Tante fand ihn jedoch pittoresk; er erinnerte sie an das Refektorium eines alten Klosters, was er vielleicht auch einmal gewesen war. Melrose hatte hier immer das Gefühl, in Stonehenge zu speisen. Der kalte, ungemütliche Eindruck wurde jedoch durch Perserteppiche, frische Blumen, rote Lampenkugeln über den Tischen und glänzende Messingplatten an den Wänden gemildert. Twig, ein ziemlich betagter Kellner, bemühte sich nach Kräften, einen beschäftigten Eindruck zu machen; umständlich stopfte er rote Servietten in leere Wasserbecher, während er die schwerere Arbeit Daphne Murch, der Kellnerin, überließ. Mit einem hochbeladenen Tablett näherte sie sich vorsichtig den beiden gepflegten alten Damen, die in einer der Nischen saßen. Viel war an diesem Abend nicht los; vielleicht war der Mord daran schuld.

Twig schien Daphne die Leviten zu lesen. Arme Murch, nie konnte sie es ihm recht machen; ihre Ungeschicklichkeit ging so weit, dass sie im Keller auch noch über Leichen stolperte.

„Melrose!" Die Stimme seiner Tante ertönte aus der Bar. „Willst du ewig vor dem Speiseraum stehen bleiben? Komm schon!"

Hätte er „Ja, Tantchen" antworten und sich weiter mit seinem Reifen und seinem Ball vergnügen sollen?

Agatha hatte an dem kleinen Tisch im Fenstererker Platz genommen; sie hatte sich den weichen, gepolsterten Sessel ausgesucht und Melrose die harte Bank überlassen. Matchett lungerte in dem Sessel neben ihr. Die rautenförmigen Fensterscheiben reflektierten das lodernde Feuer in dem mächtigen Steinkamin auf der anderen Seite des Raums. Riesige Holzscheite lagen auf seinem Boden herum, einen Schutzschirm gab es nicht. Die Flammen schossen hoch, fielen in sich zusammen und loderten wieder in die Höhe, als würden sie ihren eigenen finsteren Gedanken nachhängen. Davor lag ein ungeschlachter Hund von zweifelhafter Abstammung und döste vor sich hin, ohne sich von der Nähe des Höllenfeuers stören zu lassen. Als er Melrose hereinkommen sah, öffnete er ein Auge und beobachtete, wie er den Raum durchquerte. Kaum hatte Melrose sich gesetzt, erhob er sich und lief zottelig und unbeholfen auf ihren Tisch zu. Melrose verstand nicht, was das Tier von ihm wollte, er hatte seine Zuneigung nie erwidert, sondern immer nur versucht, den Hund zu ignorieren. Es war aber nicht einfach, einen zotteligen Mammut zu ignorieren, der ihm bis zu den Hüften reichte. Der Hund steckte seine Schnauze in Melroses Achselhöhle.

„Mindy, Platz", sagte Matchett ohne großen Nachdruck.

Inzwischen war auch Twig an ihren Tisch geschlurft und hatte die Bestellung für die Drinks entgegengenommen. Ein Pink Gin für Agatha, ein Martini für Melrose. Den mächtigen Busen auf ihren verschränkten Armen, meinte Agatha: „Mein lieber Matchett, rufen Sie doch Murch. Vielleicht ist ihr noch was eingefallen." Seine Tante hatte sich die blödsinnige Angewohnheit zugelegt, Männer mit ihrem Nachnamen anzureden (Mein lieber Plant, mein lieber Matchett). Melrose fand das affektiert, keiner redete mehr so, außer vielleicht in dem Allerheiligsten irgendwelcher verstaubter Clubs, in denen die Leichenstarre eher zu den Todesursachen als zu den Begleiterscheinungen zählte.

Melrose wusste, dass seine Tante nur eine Gelegenheit suchte, um Daphne Murch in ihrer besten Scotland-Yard-Manier zu verhören. „Warum lässt du das arme Mädchen nicht in Ruhe?", fragte er und zündete sich seine Zigarre an.

„Sie interessiert mich nun mal, diese Angelegenheit, auch wenn sie dich kaltlässt! Vielleicht hat das Mädchen sich noch an was Ungewöhnliches erinnert?"

„Ist es nicht schon ungewöhnlich genug, einen Gast mit dem Kopf im Bierfass vorzufinden? Ungewöhnlicher kann es kaum werden."

„Ja, lassen wir sie besser in Ruhe", stimmte Matchett ihm zu. „Das Ganze hat sie ziemlich mitgenommen, Agatha."

Agatha war unzufrieden. Offensichtlich hatte sie damit ihren eigenen Auftritt vorbereiten wollen: die Schilderung der Rolle, die sie bei dem grausigen Fund gespielt hatte; sie fiel jedes Mal etwas bunter aus. Immerhin, dachte Melrose, blieb die kleine Murch bei ihrer Version. Wahrscheinlich hatte sie Angst, dass die kleinste Abweichung in ihrer Aussage sie auf die Anklagebank von Old Bailey bringen könnte.

Als Twig ihre Drinks servierte, sagte Matchett: „Plant, was halten Sie denn von dieser Geschichte?" Jedes Mal, wenn er Melrose ins Gespräch zog, klang das so, als habe er ihn gerade wie einen alten Anzug auf der Kleiderstange eines Trödelladens entdeckt.

Melrose starrte auf seine Zigarre. „Ich bin einer Meinung mit Wilde. Mord ist ein Fehler. Man sollte generell nichts tun, über das man nicht beim Dinner sprechen kann."

„Wie abgebrüht", begann Agatha. Sie wurde jedoch unterbrochen, als Matchett sich erhob, um zwei Gäste zu begrüßen, die in die Bar gekommen waren. „Oliver und Sheila."

Melrose beobachtete, wie seine Tante ein passendes Lächeln ausprobierte. Sie verabscheute beide, konnte es sich aber nicht erlauben, ihre Abneigung zu zeigen. Was Oliver Darrington betraf, teilte Melrose ihre Gefühle. Sheila hingegen mochte er ganz gerne. Sie wurde zwar beschönigend als Darringtons „Sekretärin" bezeichnet, aber jeder wusste, dass sie seine Geliebte war. Obwohl scheinbar nichts weiter als ein Anhängsel, das Starlet am Arm des Produzenten, vermutete Melrose, dass sie doppelt so viel Grips besaß wie Darrington – kein großes Kompliment, da Darrington überhaupt keinen hatte. Sie konzentrierte sich vor allem darauf, eine gute Figur zu machen, die zusammen mit ihrem Gesicht auch einen sehr erfreulichen Anblick bot. Sie war zwar nicht gerade Melroses

Typ, aber er konnte verstehen, dass viele Männer auf sie flogen. Ihm gefiel es, wenn ihn eine Frau aus hellen, klaren Augen anblickte – aus Augen wie Vivian Rivingtons. Sheilas waren jedoch so stark geschminkt, dass er von Nahem häufig den Eindruck hatte, einem sehr hübschen Pandabär ins Gesicht zu schauen.

Sheila und Oliver zogen sich Stühle heran, warfen ihre Mäntel darüber und schienen nur noch auf ein Stichwort zu warten, um über das Thema zu reden, das Melrose bereits zum Hals heraushing.

„Oliver hat eine Theorie", sagte Sheila.

„Nur eine?", fragte Melrose und starrte auf den Elch über der Bar, dessen rissige, weiße Lippen aus Gips geradezu nach einem Präparator schrien.

„Eine wahnsinnig schlaue", sagte Sheila. „Hör dir das an."

Melrose zog es vor, den Elch zu studieren.

„Findest du nicht, Mel?" Sheila stieß ihn an.

„Was soll ich wie finden?" Melrose gähnte. Sein Magen knurrte.

Sheila schmollte. „Ich spreche von Olivers Theorie. Über die Morde. Hast du nicht zugehört?"

„Achten Sie nicht auf ihn", sagte Lady Ardry, ihren Fuchspelz zurechtrückend. „Er hört nie zu." Melrose hatte den Eindruck, die kleinen Glasaugen des Fuchses blickten ihn hilfesuchend an. Zuerst der Elch und jetzt der Fuchs – hatte er sich in einen Tierliebhaber verwandelt?

Ohne sich darum zu kümmern, ob es ihn interessierte oder nicht, lehnte sich Sheila über den Tisch und unterbreitete ihm Olivers Theorie. „Er meint, es ist einer, der was gegen Long Piddleton hat, dem durch die Stadt ein Unrecht zugefügt wurde. Eine Wunde, die so lange schwärte, bis er schließlich den Tag seiner Rache gekommen sah."

„Warum hat er seinen Sheriffstern nicht einfach in den Dreck geworfen?", fragte Melrose und streifte die lange Asche von seiner Zigarre. „Gary Cooper hat das getan." Melrose liebte alte Western.

Sheila blickte ihn verblüfft an, und Olivers smartes Lächeln verschwand.

„Ich sagte Ihnen doch, achten Sie nicht auf ihn, Sheila. Tun Sie so, als wäre er nicht da", sagte Agatha und bestellte sich noch einen Pink Gin.

Aber Sheila ließ nicht locker. „Oliver schreibt nämlich ein Buch. Eine Art fiktiver Dokumentarbericht über solche Dinge …"

„Solche Dinge?", erkundigte sich Melrose höflich.

„Na ja, über besonders seltsame Mordfälle …"

„Schon gut, Sheila, verrat nicht alles", sagte Darrington. „Du weißt, ich red nicht gern über das, was ich gerade schreibe."

Agatha starrte grimmig vor sich hin. In Long Piddleton war Darrington ihr größter Konkurrent, da er schon seit einigen Jahren einen gewissen Ruf als Autor von Kriminalromanen genoss. Mit seinem Ruf (wie sie zu ihrem großen Vergnügen feststellte) war es jedoch nach seinem letzten Werk ziemlich bergab gegangen.

Oliver fragte mit einem abweisenden Lächeln: „Wer war das noch, der gesagt hat, wenn ich ein gutes Buch lesen will, schreibe ich eines?"

Wahrscheinlich du, dachte Melrose und widmete sich wieder dem Elch.

Simon Matchett versuchte die Rolle des perfekten Gastgebers zu spielen, obwohl er, wie Melrose wusste, nicht viel von Darrington hielt. „Eine interessante Theorie, Oliver, jemand mit Rachegelüsten – es muss sich aber wohl um einen Psychopathen handeln?"

„Großer Gott, das auf jeden Fall – einer, der Leute in Bierfässer steckt und auf Häuserbalken hievt! Der Punkt ist, diese beiden Männer waren vollkommen fremd in Long Pidd; welches Motiv kann es denn *überhaupt* ..."

„Sie meinen, wir sagten, sie seien hier fremd gewesen", warf Melrose ein, der genug hatte von all den Hypothesen, die als Tatsachen ausgegeben wurden.

Sie schauten ihn an, als hätte er eine Schlange unter dem Tisch hervorgeholt.

„Was in aller Welt meinst du damit, Mel?", fragte Sheila. Melrose sah, wie sie ihre Hand auf Matchetts legte. Selbst die gute Sheila, die immer nur an das Eine dachte und die mit Freuden das ganze Dorf hopsgehen lassen würde, nur um ihren Oliver zu behalten, konnte sich anscheinend diese kleine Geste nicht verkneifen.

„Er meint, dass jemand in Long Pidd sie gekannt haben muss", sagte Simon und zündete sich eine Zigarre an. Er zog daran und fragte lächelnd: „Und wer, glauben Sie, hat es getan?"

„Was getan?"

Simon lachte. „Nun, die Leute umgebracht, alter Junge. Sie scheinen ja zu glauben, es war jemand aus unserem netten, kleinen Dorf."

Warum hatte er nicht den Mund gehalten? Jetzt musste er auch noch mitspielen. „Sie wahrscheinlich."

Die an dem Tisch versammelte Gruppe erstarrte zu einem hübschen kleinen Fries: Hände verharrten in der Luft, Unterkiefer fielen herunter, als würden die Scharniere nicht mehr funktionieren. Gläser blieben an den Lippen hängen, und Zigaretten rutschten in die Mundwinkel. Der Einzige, der nicht von dieser Starre ergriffen wurde, war Simon selbst; er lachte. „Fabelhaft! Vielleicht habe ich die Ehre meiner weiblichen Gäste verteidigt – gegenüber Small, der ihnen unsittliche Anträge machte."

Melrose war beeindruckt von Matchetts Fähigkeit, eine Beleidigung so zu drehen, dass daraus etwas Schmeichelhaftes wurde.

„Ich finde deine Art von Humor einfach haarsträubend, Melrose", sagte Agatha.

„Und wenn mein Magen knurrt, wird er nur noch schlimmer, liebe Tante."

# 6
Dienstag, 22. Dezember

Chief Inspector Richard Jury und sein Begleiter, Sergeant Alfred Wiggins, stiegen aus dem 14 Uhr 05 aus London eintreffenden Zug und verschwanden in einer dicken Dampfwolke, während auf der anderen Seite eine gespenstisch aussehende Gestalt daraus hervortrat. Als der Dampf verflog, wurde Sergeant Pluck von der Polizeizentrale Northamptonshire sichtbar.

Während er Jurys ramponierte Reisetasche im Kofferraum seines leuchtend blauen

Morris verstaute, sagte Pluck: „Superintendent Pratt erwartet Sie in Long Piddleton. Es war ihm leider nicht möglich, Sie persönlich zu begrüßen, Sir."

„Ist in Ordnung, Sergeant." Als sie vom Bahnhof nach Sidbury hineinfuhren, fragte Jury: „Haben Sie eine Ahnung, was Ainsleys Leiche über der Uhr zu suchen hatte?"

„O ja, Sir. Diese Morde gehen offensichtlich auf das Konto eines Verrückten."

„Aha, ein Verrückter also?"

Wiggins saß wie ein Granitblock auf dem Rücksitz, nur ein gelegentliches Schnäuzen verriet, dass er noch unter den Lebenden weilte, vorläufig jedenfalls.

Sie kamen an einen Platz mit dichtem Kreisverkehr, was Pluck jedoch nicht davon abhielt, mit voller Geschwindigkeit in ihn hineinzufahren, ohne Rücksicht auf einen Morris Mini, der bei diesem Manöver beinahe am Heck eines Ford Cortina verendet wäre. Der blaue Kegel auf dem Dach des Polizeiwagens brachte die Hupen zum Verstummen. „Das war aber knapp." Pluck war offensichtlich der Meinung, dass alle anderen schuld gehabt hatten, nur nicht er. Er bog in die Straße nach Dorking Dean ein. Als ein Schild das Ende der Geschwindigkeitsbegrenzung anzeigte, beugte sich Pluck über das Steuer, beschleunigte und überholte noch in der Kurve einen dicken Laster. Mit knapper Mühe schaffte er es gerade, einem schwarzen Mercedes, der aus der Gegenrichtung kam, auszuweichen. Als Jury seine Hand mit den weiß hervortretenden Knöcheln vom Armaturenbrett nahm, strahlte Pluck und tätschelte das Brett. „Nette kleine Karre, was? Ist gerade einen Monat alt."

„Viel älter wird sie auch nicht werden, Sergeant, wenn Sie so weitermachen." Jury zündete sich eine Zigarette an. „Ich nehme an, im Dorf wimmelt es von Reportern?"

„Und ob. ‚Die Gasthof-Morde' haben sie sie getauft. Die Leute finden das aber gar nicht komisch, glauben Sie mir; sie haben Angst, morgen erdrosselt in ihren Betten zu liegen."

„Wenn sie sich nicht gerade in Gasthofbetten legen, dann wird ihnen schon nichts passieren."

„Da haben Sie recht, Sir. Warum gehen diese Idioten mit ihrem verdammten Vauxhall nicht zu Fuß nach Hause." Gemeint war das alte grüne Auto vor ihnen mit den beiden betagten, ihre Hühnerhälse reckenden Insassen, die mit 40 Stundenkilometern die Straße entlangzockelten und Pluck das Leben zur Hölle machten. Wütend ließ er sich in seinen Sitz zurückfallen, da er offensichtlich Angst hatte, in der Gegenwart eines Vorgesetzten noch weitere todesmutige Überholungsmanöver zu versuchen.

Long Piddleton präsentierte sich zu Jurys Linker als eine Reihe erhöht stehender niedriger Kalksteinhäuser und zu seiner Rechten als eine Weide mit Kühen; es folgte eine weitere Reihe von Häusern, die mit Stroh gedeckt waren; auf der anderen Straßenseite lag ein kleiner Tümpel, auf dem eine einsame Ente herumschwamm. Als sie nach links abbogen, bemerkte Jury eine Frau, die offensichtlich in großer Eile aus einem überwucherten kleinen Gartentor trat und dabei mit dem Arm in ihren Burberry fuhr. Sie starrte so interessiert dem Auto nach, dass Jury dachte, sie würde gleich den Daumen herausstrecken.

„Als Sie in London erfahren haben, was hier vorgefallen ist, dachten Sie bestimmt, wir wären total übergeschnappt", sagte Superintendent Pratt.

„Um ehrlich zu sein – ich dachte zuerst, jemand wollte uns verulken." Jury vertiefte sich wieder in das Protokoll der Aussage des Pfarrers, Denzil Smith. „Was ist mit diesem Mädchen, Ruby Judd?" Nach den Angaben des Pfarrers war seine Hausangestellte zu ihren Eltern nach Weatherington gefahren, aber nicht wieder zurückgekommen.

„Ruby Judd. Ah ja. Ich glaube nicht, dass das etwas mit den Morden zu tun hat. Tatsache ist, dass Miss Judd häufiger solche, äh, verlängerten Wochenenden einschiebt. Männergeschichten, Sie wissen schon."

„Aha. Hier steht nur, dass ihre Eltern sie überhaupt nicht gesehen haben. Wird sie immer noch vermisst?" Pratt nickte.

„Ich nehme an", sagte er, „sie musste sich für den Pfarrer etwas ausdenken. Ich kenne das Mädchen nicht, aber ..."

„Ich schon!", sagte Pluck mit einem anzüglichen Lächeln. „Ich glaube, der Chef hat recht, Inspector."

„Ich verstehe", sagte Jury, was jedoch nicht stimmte. Das Mädchen war schon beinahe seit einer Woche verschwunden. „Wurde dieser Small identifiziert?"

Pratt schüttelte den Kopf. „Noch nicht. Small kam mit dem Zug, stieg in Sidbury aus und nahm den Sidbury-Dorking-Bus. Der Stationsvorsteher erinnert sich auch noch an ihn, aber nicht mehr genau; wir zeigten ihm ein Foto von Small, und er konnte uns nur sagen, dass er mit dem Elf-Uhr-Zug aus London gekommen ist. Der Zug hält an jedem Bahnhof, und wir haben keinerlei Hinweise, wo er eingestiegen sein könnte. Und wenn er aus London gekommen ist, Inspector ..." Der Superintendent breitete resigniert die Arme aus.

„Und der andere, Ainsley?"

„Kam mit dem Auto. Wir kriegten heraus, dass das Auto von einem Gebrauchtwagenhändler in Birmingham stammt. Sie wissen, wie das läuft: Man kauft sich ein Auto und hat sein Nummernschild. Der Händler stellte sich dumm, absolut dumm: Äh, was woll'n Sie, Chef, was soll 'n Geschäftsmann wie ich tun! Dieser Bursche drückt mir für die alte Mühle vier Riesen in die Hand ...! Und so weiter, und so weiter. Wir tappen also noch völlig im Dunkeln, was das Auto und den Namen betrifft. Ich nehme an, es ist nicht sein richtiger. Jedenfalls gab es unter der Adresse, die er dem Händler gegeben hat, keinen Ainsley."

„Also auch in diesem Fall nichts?"

Pratt schnäuzte sich. „Richtig. Die Zentrale hat in Weatherington ein Labor aufgebaut. Sie machen alles dort, falls Sie was brauchen."

Jury fand es unglaublich, dass sie trotz der wissenschaftlichen Methoden und der Erfahrung des Labors noch nicht die geringsten Anhaltspunkte hatten. Dabei brauchten sie keineswegs Fußspuren im Sand oder Blutstropfen auf der Schwelle. „Irgendetwas müssen sie doch gefunden haben – Textilfasern, Haare –, es ist doch unmöglich, dass der Mörder überhaupt nichts hinterlassen hat."

Pratt schüttelte den Kopf. „Oh, es gab schon ein paar Haare, die von der Kellnerin und die von dem Burschen, mit dem Small etwas getrunken hat – Marshall Trueblood, so viel ich mich erinnere, falls Ihnen das weiterhilft. Aber nicht die geringste Spur von einem Motiv. Wir haben auch Fingerabdrücke gesichert, ja, das auch, Fingerabdrücke, die uns nicht weiterhelfen, wie zum Beispiel von den Wirten und den Zimmermädchen, Leuten, die Zugang zu den Zimmern von Small und Ainsley hatten. Unter denjenigen, die an dem Abend, als Small ermordet wurde, in dem Gasthof zu Abend gegessen haben, gibt es zwei Personen, deren Fingerabdrücke bereits bekannt sind." Pratt ließ sich von Jury wieder die Akte geben und rückte seine Brille zurecht. „Es handelt sich dabei um Marshall Trueblood und eine Frau namens Sheila Hogg." Pratt blickte Jury mit einem Lächeln an: „Ein Warmer und eine Prostituierte. Keine richtige Prostituierte! Schauspielerin wäre richtiger. In Pornos und ähnlichem Schweinkram. Die Süße von der Sitte."

„Und Trueblood?"

„Ab und zu ein kleiner Deal. Aber nichts Großes. Versorgt nur seine Freunde. Seine Wohnung in Belgravia wurde schon einmal durchsucht."

Pratt sah so erschöpft aus, dass Jury ihm vorschlug, er solle nach Hause gehen und sich ins Bett legen.

„Danke, Inspector. Ich könnte eine kleine Pause brauchen." Er blätterte immer noch in der Akte herum. „Wir wissen, dass die Unterschrift auf dem Anmeldeformular Smalls Unterschrift war, er hat nämlich auch einen Scheck unterschrieben, mit dem er sein Essen bezahlte. Wir konnten also vergleichen. Aber auf dem Anmeldeformular der Hammerschmiede könnte auch ein anderer Ainsleys Namen eingetragen haben."

„Ist aber nicht anzunehmen. Er hat unter diesem Namen doch auch das Auto gemietet."

„Ja, richtig. Ich dachte nur, der Mörder wollte vielleicht verhindern, dass wir die beiden identifizieren."

„Anscheinend hatte er nicht genügend Zeit, sich um den Wagen zu kümmern." Jury zog eine Zigarette aus der zerdrückten Player's-Packung und zündete sie an. „Haben Sie schon eine Theorie?"

Pratt legte die Füße auf den Schreibtisch und lehnte sich zurück. „Nehmen wir doch mal Folgendes an – sagen wir, dieser Small trifft aus London hier ein; vielleicht hat er dort irgendwelchen Ärger gehabt. Unser Freund folgt ihm; er richtet es so ein, dass er ihn in diesem gottverlassenen Kaff trifft, und als dann Small in dem Gasthof absteigt, ist das für ihn die Gelegenheit …"

„Ist sonst noch jemand in Sidbury ausgestiegen?"

„Ja, mehrere. Wir sind dabei, ihre Personalien festzustellen."

„Er folgt also Small und bringt Small und Ainsley um die Ecke?"

Pratt hielt die Hand hoch. „Ich weiß, ich weiß. Sie haben recht. Unser Freund lebt also in Long Pidd oder zumindest in der Nähe. Die beiden – Small und Ainsley – treffen sich in Long Pidd, um … warum wissen wir leider nicht. Scheint auf jeden Fall brenzlig für unseren Freund zu werden, er kriegt Wind davon und schafft sich die beiden vom Hals."

Jury nickte. „Das erscheint mir wahrscheinlicher. Ainsley könnte auch auf der Durchreise gewesen sein, da er mit dem Auto unterwegs war. Aber Small? Wer einen Bus von Sidbury nach Long Piddleton nimmt, ist nicht auf der Durchreise." Pratt nickte. „Small hat also jemanden hier gekannt, er muss jemanden gekannt haben. Oder muss zumindest mit einer bestimmten Absicht hierhergekommen sein. Wäre es voreilig zu behaupten, dass zwischen den beiden eine Verbindung besteht?"

„Würde ich nicht sagen. Sie sind doch beide Opfer eines Mordes geworden."

Nachdem Pratt gegangen war, setzte sich Jury an den Schreibtisch und vertiefte sich in die Aussagen der Zeugen, die an dem betreffenden Abend in der Pandorabüchse gewesen waren. Er schreckte aber wieder hoch, als die Tür zum Vorzimmer aufgestoßen wurde und Pluck und eine ältere Frau auftauchten. Sie trug einen Burberry, und er erkannte sie auch sofort wieder – es war die Frau, die sie bei ihrer Ankunft in Long Piddleton gesehen hatten. Anscheinend war es zwischen ihr und Pluck zu einer kleinen Auseinandersetzung gekommen, da Pluck zu Recht annahm, dass es den Dorfbewohnern nicht erlaubt sein dürfte, das Büro des Inspector zu stürmen.
„Tut mir leid, Sir …", begann Pluck. „Es ist Lady Ardry, Sir."
„Sie brauchen sich nicht zu entschuldigen, Sergeant", sagte Agatha. „Der Inspector wird mit mir sprechen wollen." Und sie wandte sich an Jury. „Inspector Swinnerton, nicht wahr?"
„Swinnerton? Nein, Gnädigste, Inspector Richard Jury. Sie wollen mich sprechen?"
Sie machte ein langes Gesicht, als er seinen Namen nannte, fing sich aber sofort wieder. „Zum Spaß hab ich mich nicht mit Ihrem Faktotum rumgeschlagen. Natürlich wollte ich mit Ihnen sprechen. Oder eigentlich sollten Sie mit mir sprechen wollen. Wer schreibt mit? Sie brauchen gar nicht so zu stöhnen, Sergeant Pluck. Wenn Sie und Ihr Chef, Wieheißt-er-gleich?, in Northampton sofort richtig reagiert hätten, wäre es vielleicht gar nicht nötig gewesen, Scotland Yard einzuschalten. Ich wette, der Inspector hier interessiert sich für das, was ich zu sagen habe."
Jury sagte zu Pluck, Wiggins solle hereinkommen und ihre Aussage zu Protokoll nehmen; er hatte das Gefühl, von einer gestrengen alten Tante gemaßregelt zu werden. „Bitte, fahren Sie fort, Lady Ardry."
Sie setzte sich, strich ihren Rock glatt und räusperte sich. „Ich bin diejenige, die die Leiche gefunden hat. Ich und dieses Mädchen, Murch", fügte sie hinzu, und es klang so, als wäre dies ohne Belang, als hätte „dieses Mädchen" auch taub, stumm und blind sein können. „Ich war auf dem Weg zur, hmm, zur Toilette, als Matchetts Bedienung, diese Murch, kreidebleich die Treppe heraufgerannt kam; sie gab irgendwelche komischen Laute von sich und zeigte die Treppe hinunter – völlig aufgelöst war sie. Dann ließ sie sich auf einen Stuhl fallen und heulte in ihre Schürze. Ich musste die Sache also selbst in die Hand nehmen; die anderen rannten nur rum und taten nichts weiter, als diese Murch zu beruhigen. Ich bin runtergegangen, und da war er, dieser Small. Es stank überall ganz fürchterlich nach Bier."
„Haben Sie ihn erkannt, Lady Ardry?"
„Erkannt? Natürlich nicht. Sein Kopf steckte in dem Bierfass. Ich hab ihn doch nicht rausgezogen, um sein Gesicht zu sehen, guter Mann. Nichts hab ich berührt. Weil ich nämlich weiß, dass man das nicht tun soll. Ich kenne mich da schließlich auch etwas aus …"
Jury bemerkte, dass Wiggins, der hereingekommen war und Platz genommen hatte, zweifarbige Kapseln mit seinem Tee hinunterspülte. Er lächelte und sagte: „Fahren Sie fort, Gnädigste." Jury kannte die Einzelheiten, die Lady Ardry zum Besten gab, schon aus Pratts Bericht – abgesehen von dem kleinen Zusatz, die Hysterie der Kellnerin und ihre eigene Kaltblütigkeit betreffend; Jury glaubte jedoch weder das eine noch das andere. „Und was haben Sie dann getan?"

Sie schob die Schultern vor und legte ihr Kinn auf den Stock. „Ich präge mir alles genau ein, weil ich mir sagte, das könne später sehr wichtig sein." Dann fügte sie mit öliger Stimme hinzu: „Als Schriftstellerin habe ich eine ziemlich gute Beobachtungsgabe. Der Mann war nicht allzu groß – es ist allerdings ziemlich schwierig, die Größe zu schätzen, wenn jemand aus einem Bierfass baumelt. Er ist erdrosselt worden, stimmt's?" Sie umfasste ihren eigenen Hals, als wolle sie ihn abschrauben. „Er trug einen Anzug mit einem Hahnentrittmuster – wie ihn die Buchmacher tragen, nur dass seiner etwas unter dem Bier gelitten hatte." Sie grinste über ihren kleinen Scherz. „Als ich mir alles genau angeschaut und eingeprägt hatte, ging ich wieder zu den andern zurück."

„Das heißt, zu den Leuten in dem Speiseraum und der Bar? Ich habe gehört, es soll ziemlich voll gewesen sein. Könnten Sie die Anwesenden kurz beschreiben?"

Nichts hätte sie lieber getan. Sie rückte mit ihrem Stuhl an den Schreibtisch heran und zog aus ihrer ledernen Einkaufstasche einen Bogen Papier. „Ich hab mir ein paar Notizen gemacht." Sie rückte ihre Brille zurecht. „Also gut, erst einmal ich und das Personal, Murch und Twig, ein junges, dummes Ding und ein tattriger, ziemlich seniler Kellner, der als Verdächtiger wohl kaum infrage kommt. Dann mein Neffe, Melrose Plant. Er lebt auf Ardry End. Vielleicht haben Sie schon von meiner Familie gehört? Unsere Vorfahren waren Baron Mountardry of Swaledale – er lebte um 1600 herum – und Ardry-Plant – der Name wurde zu Plant verkürzt –, Marquis von Ayreshire und Blythedale, Viscount von Nithorwold, Ross und Cromarty; Melroses Vater war der achte Earl von Laverness; er heiratete Lady Patricia-Marjorie Mountardry, die zweite Tochter des dritten Earl von Farquhar. Dessen Vater war Major Clive D'ardry De Knopf, vierter Viscount von ..."

Jury unterbrach sie. „Ich komme nicht mehr mit, Lady Ardry. Eine illustre Ahnenreihe, Gnädigste, wirklich! Mir schwirrt schon der Kopf."

Sie nickte unwirsch. „Ich weiß. All das bekam mein Neffe sozusagen auf einem silbernen Tablett serviert. Lord Ardry, achter Earl von Caverness, et cetera. Ein Titel, der ihm einfach in den Schoß fiel, ohne dass er auch nur einen Finger rühren musste. Und was tut dieser Narr – er verzichtet dankend."

„Er verzichtete?"

„Er gab sein Ticket zurück, oder was immer man hierzulande da tun muss."

„Hmm, so was kommt selbst hierzulande nicht alle Tage vor. Hat er gesagt, wieso?"

„Wieso? Oh, er sagte, er wolle nicht immer nach London fahren, um im Oberhaus rumzusitzen, wie das seine Pflicht gewesen wäre, während Ardry End von Einbrechern, Hausbesetzern und ähnlichem Gesindel heimgesucht würde. Ich sagte, ich würde schon nach dem Rechten schauen, aber er meinte ... oh, ich erinnere mich nicht mehr ... irgendwelchen Blödsinn. Bei Melrose weiß man nie, was er meint." Sie senkte die Stimme. „Ich glaube, manchmal tickt er einfach nicht richtig." Sie umklammerte ihren Stock, als wolle sie ihn auf Melroses Bild, das vor ihr aufgetaucht war, niedersausen lassen. „Jedenfalls heißt er jetzt nur noch Melrose Plant. Das ist sein Familienname."

„Und die übrigen Gäste?"

„Da waren noch Oliver Darrington und Sheila Hogg ..."

„Darrington. Der Name kommt mir bekannt vor. Schreibt er nicht Kriminalromane?"

„Ja, er hat ein paar schwachsinnige Thriller geschrieben. Sheila ist seine Sekretärin –

ein kunstbeflissenes Flittchen, mit blutroten Fingernägeln und einem Ausschnitt bis zum Nabel. Ich sollte vielleicht sagen, dass sie sich seine Sekretärin nennt. Wie oft die an einer Schreibmaschine sitzt, kann man sich ja vorstellen. Sie lebt mit ihm unter einem Dach." Agatha rümpfte die Nase. „Ja und dann Vivian Rivington. Sie schreibt Gedichte. Etwas verschroben. Ziemlich farblos, trägt lange braune Pullover mit Taschen, in die sie ihre Fäuste steckt. Wahrscheinlich sexuell frustriert. Stille Wasser sind verdächtig, finden Sie nicht auch? Ich weiß, sie hat was übrig für Melrose, obwohl es heißt, sie wolle Simon Matchett heiraten. Matchett gehört die Pandorabüchse, ein netter Junge. Angeblich sind sie so gut wie verlobt, aber ich kann das nicht beschwören. Vivian ist überhaupt nicht Simons Typ. Melroses Typ ist sie übrigens auch nicht. Wahrscheinlich ist sie niemandes Typ."

„Wo war Mr Matchett, als Sie die Leiche fanden?"

„Oben bei seinen Gästen. Als die kleine Murch mit ihrem Gebrüll anfing, ging er natürlich als Erster runter. Das heißt, gleich nach mir. Sie können sich vorstellen, was er für ein Gesicht machte, als er einen seiner Gäste ermordet auffand."

„Kann ich. Gab es noch weitere Gäste?"

„Isabel Rivington, Vivians Stiefschwester. Sie ist älter als Vivian, fünfzehn Jahre oder noch mehr, sieht aber so jung aus wie ihre Schwester. Oder Vivian sieht schon so alt aus. Blass, verhuscht, diese Sorte. Sie werden ja sehen. Isabel hat sich seit eh und je um Vivian gekümmert, schon als Vivian noch ein Kind war. Sie verwaltet Vivians Erbe. Das Geld gehört Vivian oder wird ihr einmal gehören, wenn sie dreißig ist oder wenn sie heiratet. Ich kann Ihnen aber nicht genau sagen, wie viel es ist." Sie schwieg erwartungsvoll, als hoffte sie, der Inspector könne ihr weiterhelfen. „Sie ist auf jeden Fall eine gute Partie ... wenn sie vorhat zu heiraten, sollte sie sich allmählich darum kümmern, meinen Sie nicht auch? Aber Frauen wie sie werden von den Männern meistens übersehen. Außer, sie haben es auf ihr Geld abgesehen. Ihr Vater kam bei einem Unfall ums Leben. Ich meine Vivians Vater. Sie spricht nicht gern darüber. Ich glaube, das hat sie geistig etwas verwirrt."

„Sonst noch jemand?"

„Lorraine und Willie Bicester-Strachan. Nicht gerade das verliebteste Paar in Long Pidd. Willie muss ein Jahrhundert älter sein als Lorraine, ein ziemlicher Langweiler. Ist ständig beim Pfarrer, schmökert in alten Büchern und unterhält sich mit ihm über die Dorfgeschichte. Oh, der Pfarrer hat an dem Abend auch in der Pandorabüchse gegessen. Also wenn Sie mich fragen, ich bin der Meinung, dass Männer, die dem geistlichen Stand angehören, sich mit Alkohol etwas zurückhalten sollten, auch während der Feiertage. Der Pfarrer ist der Maulwurf von Long Piddleton; er ist immer am Wühlen. Sein Hobby ist die Geschichte des Dorfes. Ja, das war's ..." Sie schwieg, dann schlug sie sich aufs Knie. „O nein, doch nicht. Wie konnte ich nur unseren Antiquitätenhändler, Marshall Trueblood, vergessen! Die gute Marsha, wie wir ihn nennen. Sie verstehen. Rosa Hemden und getönte Brillengläser."

„Hmmm. Nach meinen Informationen war das Schloss an der Kellertür aufgebrochen. Haben Sie das zufällig bemerkt?"

Sie antwortete nicht sofort. „Hätte ich eigentlich bemerken müssen", meinte sie dann ausweichend.

Jury insistierte nicht weiter. „William Small kam in den Speiseraum, als alle Übrigen schon versammelt waren, stimmt das?"

„Ich glaube, ich erinnere mich an ihn. Hat ihm nicht jemand Drinks spendiert? War das nicht Marshall Trueblood?"

„Hmmm. Erinnern Sie sich, wann das war?"

Sie zögerte und schien von Jurys Gesicht den Zeitpunkt – *irgendeinen* Zeitpunkt – ablesen zu wollen, an dem sie Small erscheinen lassen könnte. „Nein, nicht ... genau. Auf jeden Fall vor dem Essen, und das begann gegen neun. Ich erinnere mich noch, dass ich einen Riesenhunger hatte. Als Horsd'œuvre gab es Krabbencocktail, nicht besonders frisch ..."

„Haben Sie Small dann noch einmal gesehen, bevor Sie in den Keller gingen?"

„Nein." Schnell fügte sie noch hinzu: „*Niemand* hat ihn mehr gesehen. Er muss auf sein Zimmer gegangen sein ... ach ja, Marshall Trueblood hat gesagt, er – das heißt Small – sei etwas angeheitert gewesen ..."

„Vielleicht kann mir Mr Trueblood in diesem Punkt weiterhelfen." Jury bezweifelte, dass sie sich an das, was sich vor ihrem grässlichen Fund zugetragen hatte, noch erinnern würde. Er wechselte das Thema. „Was diesen Ainsley betrifft ..."

„Oh, der." Sie zuckte mit den Schultern. Jury nahm an, dass sie diese Leiche für unwichtig hielt, da sie bei ihrer Entdeckung nicht dabei gewesen war.

„Waren Sie auch in der Hammerschmiede an diesem Abend?"

„Nein. Aber am Nachmittag hab ich mal kurz reingeschaut und ein paar Worte mit Scroggs gewechselt ..."

„Sie können sich also zu dieser Sache nicht weiter äußern?"

„Nein." Ihre Stimme hatte einen grollenden Unterton.

„Ich danke Ihnen, Lady Ardry." Jury erhob sich, Wiggins klappte sein Notizbuch zu und verlangte eine Tasse Tee. Pluck beehrte ihn mit dem Bodensatz.

„Lady Ardry, entschuldigen Sie, wir haben versäumt, Ihnen etwas anzubieten", sagte Jury.

Sie klopfte ihren Rock aus und baute ihren Stock vor sich auf. „Schon gut. Ich hab keine Zeit, herumzusitzen und Tee zu trinken, nicht wenn hier die Hölle los ist. Und wo werden Sie sich einquartieren, Inspector?"

Sergeant Pluck, der gerade eine Packung Zwieback aufriss, sagte: „Ich habe Sie in der Pandorabüchse untergebracht, Sir. Ich dachte, Sie sind dann gleich an Ort und Stelle."

Als Jury Lady Ardry zur Tür brachte, zupfte sie ihn am Ärmel und flüsterte: „Könnte ich Sie einen Augenblick unter vier Augen sprechen ..."

„Aber natürlich." Sie traten in den kleinen Vorraum, der auf die Straße hinausging.

„Inspector, werden Sie über diese Sache auch mit meinem Neffen Melrose Plant reden?"

„Ich muss mit allen Anwesenden sprechen."

„Das dachte ich mir. Die Sache ist – ich sag's Ihnen am besten gleich –, zwischen uns gibt es gewisse Spannungen."

„Sie meinen, er könnte versuchen, Sie da hineinzuziehen?"

Agatha presste ihren Stock gegen ihren Busen. „Mich? Mich? Wie könnte er das?"

„Ich dachte nur ..."

„Sollte er das wagen, sollte er versuchen, die Tatsachen zu verdrehen ..." Ihre rechte Hand umklammerte ihren Stock, während ihre linke Jury am Revers packte. Aufgebracht flüsterte sie: „Jeder in Long Pidd wird Ihnen erzählen, wie furchtbar schlau er ist. Schlau, dass ich nicht lache! Er treibt sich auf der Universität herum und unterrichtet gerade einen Kurs. Einen ganzen Job hat er nicht gekriegt. Und nur weil er es schafft, in knapp einer Viertelstunde das Kreuzworträtsel der *Times* zu lösen ..."

„In knapp einer Viertelstunde?"

„Mein Gott, und wennschon, wenn Sie nichts anderes zu tun hätten, als mit einer Flasche Portwein vor Ihrem Kamin herumzusitzen, hätten Sie auch bald Übung darin. Aber Sie und ich, wir müssen uns unseren Lebensunterhalt selbst verdienen. Wir erwarten nicht, dass uns alles auf einem silbernen Tablett serviert wird. Sehen Sie, ich habe gewisse Ansprüche auf Ardry End. Mein Mann, Melroses Onkel, hätte bestimmt von Melrose erwartet, dass er mehr für mich tut." Als Jury nicht darauf einging, schüttelte sie seinen Ärmel, als wollte sie ihn zur Vernunft bringen. „Der Punkt ist ..."

„Ich verstehe. Ihr Neffe wird sich vielleicht nicht gerade sehr freundlich über Sie äußern."

„Richtig. Sie wissen also, was Sie davon zu halten haben."

„Ich werde daran denken."

Agatha tippte ihn mit ihrem Stock an. „Sie sind ein Mann mit Verstand, Inspektor. Ich hab das gleich bemerkt." Und sie segelte aus der Tür, die Jury für sie aufhielt.

OHNE WIGGINS UND PLUCK bei ihrem Tee zu stören, verließ Jury das Gebäude, über dessen Tür ein leuchtend blaues Schild mit der Aufschrift POLIZEI angebracht war. Er ließ seine Blicke die Dorfstraße entlangwandern, fasziniert von der Ansammlung bunt gestrichener Läden, deren Farben in der winterlichen Dämmerung schon etwas gedämpfter wirkten.

Da die Hammerschmiede an diesem Tag früher geschlossen hatte, waren Türen und Fenster fest verriegelt. Jury hielt die Hände über die Augen und spähte hinein. Er sah aber nur die schattenhaften Umrisse von Tischen und Stühlen. Wahrscheinlich waren alle für den Rest des Tages weggegangen. Er trat ein paar Schritte zurück und starrte auf den Balken über seinem Kopf, auf dem die Leiche gefunden worden war.

Während Jury hochblickte, postierte sich ein jüngerer Mann vor der Tür des Antiquitätenladens neben dem Gasthof. Jury nahm an, dass er der Besitzer war, und ging zu ihm hinüber.

Der Laden befand sich in einem hübschen kleinen Gebäude mit einem neoklassizistischen Erker. Im Gegensatz zu den anderen Geschäften und Häusern war es nicht den Anstreichern in die Hände gefallen.

Jury zeigte seinen Ausweis. „Inspektor Jury, Scotland Yard. Sind Sie Mr Trueblood?"

„Sie haben's erraten. Ich dachte mir schon, dass Sie der von Scotland Yard sind. Ist es nicht entsetzlich?"

„Dürfte ich Ihnen ein paar Fragen stellen, Mr Trueblood?"

„Kommen Sie rein. Ich habe gerade Tee aufgesetzt. Nehmen Sie doch Platz." Trueblood zeigte auf ein kleines Sofa, das für jemanden wie Jury viel zu zerbrechlich wirkte.

Die Beine waren geschwungen und hatten kunstvoll geschnitzte Akanthusblätter an den Knien.

„Georgianisch", sagte Trueblood, als wäre Jury ein Kunde. „Ein besonders schönes Stück – keine Angst, es ist stabiler, als es aussieht."

Trueblood selbst setzte sich in einen Sessel und faltete die Hände über den Knien. Er trug ein meergrünes Hemd, und die Gläser seiner Brille waren, wie Lady Ardry schon bemerkt hatte, leicht getönt. Während Jury seine Zigaretten herauszog, blickte er sich kurz um. Truebloods sexuelle Präferenzen waren vielleicht fragwürdig, nicht aber sein Geschmack in Möbeln. Das, was in seinem Laden herumstand, musste über 100 000 Pfund wert sein.

„Mr Trueblood, Sie waren in der Pandorabüchse an dem Abend, als der erste Mord geschah?"

„Ja, allerdings, Inspector." Trueblood schnappte nach Luft. „Und stellen Sie sich vor, ich hab dem Mann sogar noch einen Drink spendiert ..." Er presste die Stirn gegen die sorgfältig manikürte Hand, als hätte er ihm einen Schierlingsbecher kredenzt.

„Ja, ich weiß. Worüber haben Sie gesprochen?"

Ein lautes Atemholen war zu hören, als Trueblood, der offensichtlich noch mehr Sauerstoff benötigte, sich zu konzentrieren versuchte. Hinter den getönten Gläsern ließ er seine weit aufgerissenen Augen in dem Raum umherschweifen. „Wissen Sie, eigentlich sprachen wir nur übers Wetter – es hatte seit zwei Tagen ununterbrochen geschneit, und an diesem Abend regnete es dann plötzlich in Strömen –, na ja, was man eben so redet."

„Dieser Small war nicht irgendwie nervös oder verstört?"

„Nein, eher in Hochstimmung."

„In Hochstimmung?"

„Ja, als hätte er gerade eine gute Nachricht bekommen oder beim Wetten gewonnen. ‚Mensch, glaub mir, so 'n Glück hat man nicht alle Tage!' Der Mann jubilierte. Aber er wollte mir nicht verraten, warum."

„Das war vor dem Essen?"

„Ja. So gegen acht, halb neun. Er hatte schon gegessen. Ja, ich erinnere mich wieder, Lorraine – Lorraine Bicester-Strachan – zerrte mich förmlich von meinem Hocker an den Tisch."

„Und danach haben Sie ihn nicht mehr gesehen? Zwei volle Stunden scheint er dann von der Bildfläche verschwunden zu sein."

„Ich glaube, der Ärmste war etwas wetterfühlig. Er sagte, er wolle auf sein Zimmer gehen. Hatte zwei, drei Stunden am Stück getrunken." Von nebenan war das Pfeifen des Teekessels zu hören. „Sie dürfen wirklich nicht ablehnen. Der Darjeeling ist ein Genuss, und außerdem habe ich noch köstliche Petits Fours, die mir ein Freund zu Weihnachten geschenkt hat." Ohne eine Antwort abzuwarten, stand er auf und tänzelte in die Küche. „Eine Sekunde." Er verschwand in den inneren Regionen.

Jury schaute sich Truebloods Bestände an. Hepplewhite- und Sheraton-Stühle, Sekretäre, Kommoden, Teebüchsen aus Atlasholz, Waterford-Glas in einer Vitrine. Eine vergoldete Bronzeuhr tickte leise an seinem Ellbogen. Wahrscheinlich kostete sie so viel, wie Jury in einem halben Jahr verdiente.

Trueblood war mit einem silbernen Tablett und dem allerfeinsten Porzellan zurückgekommen. Jury wusste nicht, wie er mit den hauchdünnen Tassen und Tellern umgehen sollte. Seine Tasse hatte die Form einer Muschel, der Henkel war eine zarte grüne Ranke. Er getraute sich kaum, sie anzufassen. Auf einem Teller lag hübsch glasiertes Konfekt.

„Und waren Sie an dem betreffenden Freitagabend auch in der Hammerschmiede?"

„Ja, gegen sechs, auf einen Campari mit Limone."

„Sie haben diesen Ainsley nicht gesehen? Ich meine später. Er soll gegen sieben, vielleicht auch gegen halb acht dort angekommen sein."

„Nein, tut mir leid."

„Die Hammerschmiede hat doch noch einen Hintereingang, der gewöhnlich nicht verriegelt ist?"

„Ja, ich habe ihn auch schon benutzt." Trueblood öffnete weit den Mund. „Ah! Ich sehe, worauf Sie hinauswollen. Wie bei Small – der Mörder kam durch den Hintereingang?"

Aber Jury zog überhaupt keine Parallelen; die Kellertür der Pandorabüchse hatte für ihn eine ganz andere Bedeutung. Jury blickte zur Decke. „Haben Sie noch weitere Räume über dem Laden?"

„Nein, Inspector. Früher einmal, aber der Lärm der Kneipe …"

„Sie haben also nichts gesehen und auch nichts gehört?"

Die Tasse an den Lippen, schüttelte Trueblood den Kopf.

„Und Sie leben – wo?"

„In einem kleinen Haus gleich hinter dem Platz, jenseits der Brücke. Sie können es nicht verfehlen, es ist das mit den Krummstreben."

„Sie haben auch schon in London gelebt – in Chelsea, genauer gesagt –, stimmt das?" Jury ging im Geist noch einmal Pratts Bericht durch. „Und Sie hatten einen Laden in der Jermyn Street?"

„Donnerwetter! Ihr Polizisten!" Trueblood schlug sich mit gespielter Verwunderung gegen die Stirn. „Es ist, als würde die Vergangenheit auferstehen!"

„Northamptonshire liegt ja nicht gerade im Zentrum des Geschehens", sagte Jury.

Trueblood warf ihm einen lauernden Blick zu. „Sie meinen, für jemanden wie mich?" Jury bemerkte, dass seine Stimme etwas tiefer klang. Irgendwie erschien er verstört oder irritiert oder beides. Aber Trueblood fiel schnell wieder in seinen früheren Ton und sagte: „Ich hatte genug von der Stadt. Und ich hörte, dass sich hier bessere Leute ansiedelten: Leute mit Geld, Künstler, Schriftsteller, diese Sorte."

„Ich nehme an, dass Sie die Leute hier über Ihrem Laden ziemlich gut kennengelernt haben? Den Besitzer der Pandorabüchse zum Beispiel …?"

„Simon Matchett. Ein netter Kerl, aber seine altenglischen Eichenmöbel werden eines Tages auseinanderfallen, so wurmstichig sind sie. Na ja, ein Gasthof muss schließlich wie ein Gasthof aussehen. Isabel Rivington findet ihn jedenfalls wundervoll. Ihn und Matchett." Trueblood zwinkerte ihm zu. „Dabei hat sie überhaupt nichts Rustikales an sich." Als er aufstand, um Jury den Kuchenteller zu reichen, blickte er kurz aus dem Fenster. „Und hier kommt Madam. Todschick wie immer."

„Wer ist das?"

„Lorraine Bicester-Strachan." Er verzog das Gesicht. „Louis Quinze."

„Meinen Sie ihren Begleiter? Oder den Stil?", fragte Jury trocken.

Trueblood lachte. „Sehr komisch. Den Stil, Inspector, den Stil. Sie ist aber nicht in der Lage, eine Kopie von einem Original zu unterscheiden. Ein richtiges kleines Aas. Ich möchte nicht mit dem guten alten Willie tauschen – das ist ihr Mann –, auch nicht für ein Oeben-Original. Auch eine, die's auf Matchett abgesehen hat. Simon braucht nur Viv Rivington einen Blick zuzuwerfen, und schon gerät sie aus dem Häuschen. Läuft allem nach, was Hosen trägt, abgesehen natürlich von mir." Er rückte seine Brille zurecht. „Muss ein harter Schlag gewesen sein für unsere liebe Lorraine, als ihr Melrose Plant einen Korb gab. Plant, das ist jemand mit Geschmack. Einer meiner besten Kunden. Bevorzugt Queen Anne. Was seine verrückte alte Tante beinahe umbringt; sie mag's viktorianisch. Waren Sie schon einmal bei ihr? Ein fürchterlicher Plunder, eine Beleidigung fürs Auge."

„Ihr Neffe ist – oder vielmehr war – Lord Ardry?"

„Was halten Sie davon, Inspector, seinen Titel wie ein Paar alte Schuhe abzulegen? Ich meine, das ist nicht gerade üblich hier. Aber Melrose fällt ja sowieso aus dem Rahmen."

„Wissen Sie mehr über Small?"

„Nein, eigentlich nicht. Als ich ihn fragte, wohin er unterwegs sei, lachte er nur und sagte: ‚Ich bin am Ziel meiner Wünsche.' Er sah so aus wie die Typen, die man in den Wettbüros herumhängen sieht."

„Interessant." Jury stellte seine Tasse ab. „Ich danke Ihnen, Mr Trueblood, dass Sie mir so viel Zeit gewidmet haben." Jury stand auf. „Sie kennen nicht zufällig Ruby Judd, die Hausangestellte des Pfarrers?"

Trueblood rutschte verlegen auf seinem Sitz hin und her und stand dann auch auf. „Doch, natürlich kenne ich sie. Jeder kennt sie. Sie ist Long Piddletons Version von einem halbseidenen Mädchen. Wenn man von Sheila absieht. Aber keine üble Nachrede!" Trueblood lächelte. „Was ist mit Ruby?"

„Nichts weiter, nur dass sie seit einer Woche verschwunden ist, wie ich gehört habe."

„Das wundert mich nicht. Von Ruby heißt es, sie habe überall ihre Liebhaber."

„Ja, vielleicht. Vielen Dank jedenfalls." Jury blickte sich noch einmal in dem Laden um. „Sie haben hübsche Sachen hier. Leider verstehe ich nicht viel davon."

„Oh, ich bezweifle, dass es irgendetwas gibt, wovon Sie nichts verstehen, Inspector."

Das Kompliment klang aufrichtig, wenn auch etwas gesucht. Jury fühlte sich Trueblood einen Augenblick lang seltsam nahe. Er hatte etwas, was auf Männer wie auf Frauen wirkte. Sicher, er war homosexuell, aber gehörte er wirklich zu der Sorte mit den Seidenschals, den getönten Gläsern und dem affektierten Benehmen?

Jury blieb an der Tür stehen und sagte: „Ich frage mich, ob er das wörtlich gemeint hat."

Trueblood blickte ihn verständnislos an. „Wer meinte was?"

„Small. ‚Ich bin am Ziel meiner Wünsche.' Er muss mit einer bestimmten Absicht nach Long Piddleton gekommen sein."

Trueblood lachte. „Wer käme hier schon mit einer Absicht her, vor allem mitten im Winter? Und dazu noch ein vollkommen *Fremder*?"

„Vielleicht war er kein vollkommen Fremder. Auf Wiedersehen, Mr Trueblood."

Als Jury und Wiggins von dem betagten Kellner in die Bar der Pandorabüchse geführt wurden, unterhielt sich Simon Matchett gerade angeregt mit einer dunkelhaarigen, gut gekleideten Frau, die zu dem Typ Frau gehörte, deren Alter sich unmöglich schätzen lässt. Sie konnte fünfunddreißig oder fünfundfünfzig sein.

Der Besitzer brauchte sich nur vorzustellen, und schon war Jury klar, warum er so erfolgreich war bei Frauen. Hätte Jury nicht in Pratts Bericht gelesen, dass er bereits 43 Jahre alt war, hätte er ihn bestimmt zehn Jahre jünger geschätzt. Hellbraunes, dicht gelocktes Haar, ein ziemlich kantiges Gesicht, ein schmaler, aber sympathischer Mund. Der ganze Mann machte einen sehr liebenswürdigen Eindruck, auch wenn diese Liebenswürdigkeit etwas Berechnendes an sich hatte. Sein Gesicht glich einer aristokratischen, feinziselierten Maske; die Augen waren leuchtend blau, kleine Stückchen eines gefrorenen Himmels. Es lag wohl an seiner Fähigkeit, ihren Ausdruck so intensivieren zu können, dass jede Frau das Gefühl hatte, das alleinige Objekt seiner Begierde und vielleicht auch seiner Liebe und Zuneigung zu sein. Die Farbe von Matchetts Augen wurde außerdem noch durch das am Hals offene blaue Wollhemd betont, dessen lange Ärmel über die Handgelenke hochgerollt waren.

Diese Miss Rivington war gewiss nicht unscheinbar und verhuscht; ihr elegantes, blaues Wollkleid schien passend zu seiner Augenfarbe ausgesucht zu sein; vielleicht sollte es aber auch nur unterstreichen, wie gut sie zusammenpassten. Eine Kaskade russischer Bernsteinperlen endete kurz vor ihrer Taille. Über dem Barhocker lag eine Nerzstola.

Matchett stellte sie als Isabel Rivington vor; dann zog er zwei eichene Barhocker herbei und sagte: „Darf ich Ihnen und dem Sergeant etwas anbieten?"

Wiggins, der wie ein Laternenpfahl dastand, fragte, ob er etwas Heißes haben könne, eine Tasse Tee vielleicht. Er spüre eine Erkältung nahen. Matchett entschuldigte sich und ging in die Küche.

„Ich würde gern einmal bei Ihnen vorbeikommen", sagte Jury zu Isabel Rivington. „Ich hätte da ein paar Fragen."

„Ich kann mir nicht vorstellen, was Sie mich noch fragen könnten. Ich hab alles, was ich weiß, bereits diesem Kommissar erzählt, der da war."

„Das ist mir bewusst. Aber vielleicht gibt es doch noch ein paar Kleinigkeiten, die Sie vergessen oder übersehen haben."

„Warum schießen Sie nicht gleich los?" Sie blickte zu der Tür, durch die Matchett verschwunden war, als suche sie nach moralischem Beistand. Über den Rand ihres kleinen Glases, das mit einer giftig aussehenden Flüssigkeit gefüllt war, warf sie Jury einen abschätzenden Blick zu. Sie hatte dunkle Augen, stark geschminkte, lavendelfarbene Lider und Wimpern, in deren Spitzen kleine Perlen von Wimperntusche hingen.

„Ich bin gerade mit Mr Matchett beschäftigt", sagte Jury.

Sie stellte ihr Glas ab und nahm ihre Nerzstola von dem Hocker. „Mit anderen Worten, ich kann mich verabschieden."

Matchett war zurückgekommen und sagte Wiggins, der Koch habe das Teewasser aufgesetzt.

„Na schön, ich gehe", sagte Isabel Rivington und glitt von ihrem Barhocker. „Bis später, Simon, Morde hin, Morde her", fügte sie mit eisiger Freundlichkeit hinzu.

Als sie gegangen war, bat Jury Matchett, das Fremdenbuch zu holen. Er entdeckte am 17. Dezember den mit ungelenker Hand geschriebenen Namen von William T. Small, Esq.

„Er kam nachmittags gegen drei hier an. Ich wollte gerade nach Sidbury fahren, um einen Laib Stilton zu holen, vorsichtshalber, da am Donnerstag die Geschäfte früh schließen."

„Und er hat nicht gesagt, warum er hier haltgemacht hat?"

„Nein, nichts."

Jury wiederholte die Namen der Gäste, die in Matchetts Lokal zu Abend gegessen hatten. „Fehlt noch einer?"

„Nein. Oder doch, Betty Ball tauchte auch einmal auf. Sie brachte gegen sechs oder sieben das Gebäck und den Kuchen vorbei. Sie hat hier im Dorf eine Bäckerei. Ich erwähne das, weil sie durch den Hintereingang gekommen ist und vielleicht die Kellertür gesehen hat. Natürlich war das sehr viel früher …"

„Ja. Ich werde mit ihr sprechen. Wiggins!", rief Jury. Der Sergeant, der zusammen mit Matchetts Hund vor dem Feuer saß, schien eingenickt zu sein. Wiggins fuhr hoch, und alle drei gingen nach hinten und dann einen kurzen Gang entlang, der zum Keller führte. Rechts und links befanden sich die Toiletten mit kleinen schwarzen Schattenrissen auf den Türen, die diskreten Hinweise auf „Damen" und „Herren".

„Ist die Kellertür gewöhnlich abgeschlossen?"

„Nein. Wir müssen ja immer wieder runter; eine Hälfte davon ist der Weinkeller."

„Dann kann also durch diese Tür jeder in den Keller gehen?"

„Ja, im Prinzip schon." Matchett blickte ihn fragend an. „Aber wie ich der hiesigen Polizei schon sagte, ist die hintere Kellertür aufgebrochen worden."

Jury erwiderte nichts darauf. Der Keller war ziemlich groß. Der linke Teil war mit Kästen und Gerümpel vollgestellt; im rechten standen mehrere Reihen von Regalen, in denen die Flaschen mit den Hälsen schräg nach unten gelagert waren. In der Wand gegenüber der Treppe war die Tür, die nach draußen führte. Jury und Wiggins inspizierten sie. Es war eine kleine, sehr alte Tür mit verrosteten Scharnieren, und der Teil des Riegelschlosses, der am Türpfosten festgenagelt gewesen war, hing noch an einem alten Nagel. Jury öffnete sie, und er und Wiggins blickten auf schmale, mit halbverfaultem Herbstlaub bedeckte Zementstufen. Jurys Blick wanderte über den Zementfußboden des Kellers. Die Tür aufzubrechen musste auch für jemanden, der über keine großen Körperkräfte verfügte, einfach gewesen sein. Aber warum alle zu glauben schienen, dass sie aufgebrochen worden war, fand Jury einfach unverständlich.

„Sehen Sie, Inspector, die Tür war vorher noch in Ordnung gewesen, der Mörder muss also hier eingebrochen sein."

Jury ging zu den Regalen hinüber. Zwischen den einzelnen Reihen standen große Holzfässer. „Das war das Fass, Inspector", sagte Matchett. „Ich hab im letzten Jahr etwas herumexperimentiert, ich wollte mein eigenes Bier brauen. Aber ohne großen Erfolg. Hier fand Daphne die Leiche – sie baumelte da im Fass", meinte Matchett mit matter Stimme. „Hat ihn denn jemand nach Long Piddleton verfolgt? Er war doch nicht vorbestraft, oder?"

„Die Ermittlungen zu Mr Small sind noch nicht so weit gediehen. Wir sind gerade dabei, die Fakten zusammenzutragen." Die wenigen Fakten, die es gab.

„Ja, natürlich." Matchett legte den runden Holzdeckel auf das inzwischen geleerte Fass. „Möchten Sie hier unten noch etwas sehen, Inspector?"

„Nein, ich denke nicht. Ich würde gern mit der Kellnerin sprechen, wenn das möglich ist." Die drei Männer stiegen wieder die Treppe hoch.

Als Matchett Jury in den Speiseraum führte, war Twig gerade dabei, den Tisch mit den Soßen und Zutaten herzurichten, während Daphne das Besteck auflegte.

„Twig, Daphne – das ist Chief Inspector Jury aus London; er möchte euch ein paar Fragen stellen. Ich lasse Sie allein, Inspector. Wenn Sie mich brauchen, ich bin in der Bar."

Das Mädchen erblasste und zupfte nervös an seiner weißen Schürze. So nervös, wie das zu erwarten ist, dachte Jury.

„Mr Twig, nicht?"

„Nur Twig, Sir." Er nahm Haltung an.

„Und Miss Murch? Darf ich Daphne zu Ihnen sagen?" Jury setzte ein herzerwärmendes Lächeln auf – eines, das auch von Herzen kam, da das arme Mädchen gleich umzufallen drohte. Sie nickte beinahe unmerklich.

„Sie haben dem Superintendent bestimmt schon alles haargenau erzählt, aber könnten wir noch ein paar Einzelheiten durchgehen? Vielleicht sollten wir uns besser setzen."

Twig und Daphne blickten auf den Tisch, als wäre es für sie völlig unvorstellbar, sich an ihm niederzulassen. Jury bot Daphne einen Stuhl an, und sie nahm nur zögernd darauf Platz.

„Twig, Sie sind an diesem Abend zwischen halb neun und neun in den Keller gegangen. Ist Ihnen irgendetwas aufgefallen?"

„Viertel vor neun, würde ich sagen, Sir. Alles war in bester Ordnung – ich hab das auch schon diesem Mr Pratt gesagt."

„Und das Schloss und der Riegel an der Tür waren intakt?"

Twig kratzte sich an dem grauen Wuschelkopf. „Die Tür war auf jeden Fall zu, Sir. Nicht wie später. Aber ich kann nicht beschwören, ob das Schloss schon aufgebrochen war. Ich hab mir die ganze Zeit darüber das Hirn zermartert."

„Schon gut. Also, Daphne ..."

Ein tiefes Atemholen war zu vernehmen, als wäre sie aufgerufen worden, für einen ewig nörgelnden Lehrer etwas aufzusagen.

„Sie haben sich vorbildlich benommen, Daphne. Die wenigsten hätten sich so unter Kontrolle gehabt." Das entsprach zwar nicht dem, was ihm Lady Ardry erzählt hatte, aber er gab sowieso nicht viel auf ihr Gerede. Twig schnaubte verächtlich.

In ihre Wangen war wieder etwas Farbe zurückgekehrt, und schon nicht mehr ganz so hilflos wandte sie sich an Twig: „Sie brauchen gar nicht so zu tun, Mr Twig. Wären Sie mal völlig ahnungslos die Treppe runtergegangen, und hätten Sie mal den armen Mann gefunden ..." Sie hielt die Hand vor den Mund, und ihre Augen füllten sich mit Tränen.

„Es muss schrecklich für Sie gewesen sein."

„O ja, es war entsetzlich, einfach entsetzlich. Er war halb drin in dem Fass und halb draußen. Ich traute meinen Augen nicht. Zuerst hielt ich es für einen Scherz. Einen Streich oder so was. Dann sah ich aber an dem Anzug, dass es Mr Small war."

„Und was haben Sie dann gemacht?"

„Ich rannte wieder die Treppe hoch. Und an der Tür stieß ich auf Lady Ardry, die gerade aus dem Klo kam – entschuldigen Sie, Sir ..." Sie errötete. „Ich kriegte kaum ein Wort raus, solches Herzklopfen hatte ich. Sie fragte mich, was denn passiert wäre, und ich zeigte die Treppe hinunter. Sie ging dann selbst runter, und gleich darauf hörte ich diesen Schrei – wie eine Herde Elefanten kam sie hochgestürmt und brüllte wie wahnsinnig. Es gab ein großes Durcheinander. Ich rannte in die Küche und hielt mir die Hände vors Gesicht."

Jury legte die Hand auf ihren Arm. „Danke, Daphne. Ich hab keine weiteren Fragen mehr." Als sie von ihrem Tisch aufstanden, dachte Jury, dass Daphne bis jetzt wohl die Einzige gewesen war, die ihm die reine, ungeschminkte Wahrheit gesagt hatte.

MATCHETT erschien in der Tür zum Speiseraum. „Inspector, wenn Sie und der Sergeant etwas früher zu Abend essen wollen, dann geht das in Ordnung."

Wiggins, der sich, wie er sagte, in dem feuchten Keller erkältet hatte, saß wieder mit dem Hund zusammen vor dem Feuer. „Ja, wollen wir", sagte Jury. „Und ich hätte mich auch noch gern mit Ihrer Köchin unterhalten."

DASS DIE KÖCHIN ihm nicht weiterhelfen würde, war zu erwarten gewesen. Mrs Noyes hatte diesen Small überhaupt nicht zu Gesicht bekommen. Die Sache hatte ihr einen solchen Schrecken eingejagt, dass Mr Matchett sie nur mit Mühe und Not überreden konnte, bei ihm zu bleiben. Jury dankte ihr und ging zur Bar zurück, wo Matchett die leeren Flaschen aussortierte.

„Versuchen Sie sich zu erinnern – was hat Small an diesem Abend alles gemacht?"

Matchett schenkte sich und Jury einen Whisky ein und dachte nach. „Er hat gegen sieben gegessen, bevor die andern gekommen sind. Dann verschwand er – wahrscheinlich ging er auf sein Zimmer zurück – und tauchte erst wieder gegen acht oder halb neun auf. Er trank etwas an der Bar. Danach kann ich mich nicht erinnern, ihn noch einmal gesehen zu haben."

„Nahm er den Drink mit Mr Trueblood zusammen?"

„Ja. Ich glaube, Willie Bicester-Strachan war auch an der Bar."

„Alle haben ihn also gesehen oder hätten ihn zumindest sehen können?"

„Ja, ich denke doch. Ich selbst war ziemlich beschäftigt, darum habe ich mir auch nicht gemerkt, wer wann wohin ging."

„Und die wenigsten waren nüchtern? Was Ihnen nicht gerade geholfen hat, alles im Gedächtnis zu behalten."

„Ich muss zugeben, dass ich selbst schon etwas intus hatte. Die Feiertage, Sie wissen schon."

„Sie können also nicht ausschließen, dass zwischen 20 Uhr 45, als Twig den Wein heraufholte, und 23 Uhr, als Miss Murch dann runterging, jemand die Kellertreppe benutzt hat?"

„Nein." Matchett schüttelte den Kopf. „Etwas verstehe ich nicht, Inspector …"
„Und das wäre?"
„Ihre Fragen. Sie scheinen anzunehmen, dass einer von denen hier drin, hier im Gasthof … den Mord begangen hat. Dabei kannte doch überhaupt keiner diesen Small."
„Sie meinen, keiner sagte, dass er ihn kannte."

Dick Scroggs wischte gerade seinen Tresen, als Jury etwas später am Abend in die Hammerschmiede kam, sich vorstellte und seinen Ausweis zeigte. Daraufhin erhob sich ein Gemurmel unter dem halben Dutzend Stammgästen, die Jury wie das Wasser zu teilen schien, sodass er drei zu seiner Rechten und drei zu seiner Linken hatte. Sie zogen sich die Mützen ins Gesicht oder ließen die Nasen einfach tiefer in ihr Glas mit Bass und Ind Coope hängen. Man hätte denken können, Jury wäre im Begriff, sie alle auf der Stelle zu verhaften.

„Guten Abend, Sir", sagte Scroggs, der nervös mit dem Gläsertuch herumhantierte. „Ich hörte schon, dass Sie in der Stadt sind. Ich nehme an, Sie wollen mir ein paar Fragen stellen."

„Ja, das würde ich gerne, Mr Scroggs. Kann ich mir mal das Zimmer von Mr Ainsley anschauen?" Jury spürte, wie sich die Blicke der Männer in seinen Rücken bohrten, als Scroggs ihn die enge, wacklige Treppe hochführte und ihm dabei erklärte, dass er nur selten eines seiner Fremdenzimmer vermiete, da die Hammerschmiede im Gegensatz zu Matchetts Gasthof eher eine Bierkneipe sei. Dieser Ainsley sei vor ein paar Tagen hereingeschneit gekommen und habe nach einem Zimmer gefragt. Ohne zu sagen, woher er kam oder wohin er wollte.

Das Zimmer war eine schwach beleuchtete Zelle mit dem üblichen Mobiliar – Bett, Schreibtisch und ein ziemlich abgewetzter Sessel. In dem Schrank gab es keine Geheimnisse; das Dachfenster war das dritte von fünf; es ging wie alle anderen auf die Straße hinaus.

Scroggs war zu einer Tür in der Wand gegangen, die sich im rechten Winkel zum Fenster befand. „Diese Tür führt in das nächste Zimmer. Alle Zimmer sind miteinander verbunden. Da es aber außer ihm keine weiteren Gäste gab, meinte dieser Ainsley, es sei nicht nötig, die Türen abzuschließen."

„Mit anderen Worten, jemand konnte von diesem Zimmer hier in die Abstellkammer gelangen, ohne den Gang zu benutzen?"

„Ja, das stimmt."

„Sehr praktisch für den Mörder."

Sie gingen durch die Tür in das nächste Zimmer, das bis auf die Anordnung der einzelnen Möbelstücke genauso wie das erste aussah, und kamen dann in die mit alten Möbeln, ausrangierten Lampen, Koffern, Zeitungen und Magazinen vollgestopfte Abstellkammer.

Das Flügelfenster war sehr niedrig und zum Teil von dem Strohdach verdeckt; als Jury dagegendrückte, sprang es sofort auf. Direkt darunter, in einem Abstand von ungefähr 30 Zentimetern, befand sich der Balken, auf dem die geschnitzte Figur des „Jack" gestanden hatte. Der Mörder hatte einfach den Schmied von dem Stützpfosten abgehoben und stattdessen sein Opfer auf den Balken gesetzt.

„Sie haben Superintendent Pratt gesagt, dass dieser Ainsley ungefähr um sieben hier ankam, nicht?"

„Ja, Sir."

„Und was hat er dann gemacht?"

Scroggs kratzte sich am Kopf und erinnerte sich dann wieder. „Er wollte sein Abendessen haben – das heißt, zuerst habe ich ihm sein Zimmer gezeigt. Um acht aß er dann und saß noch eine Weile herum, bis er wieder auf sein Zimmer ging; soviel ich mich erinnere, hatte es gerade neun geschlagen." Dick Scroggs dachte einen Augenblick nach und fügte hinzu: „Das heißt, ich hab angenommen, dass er auf sein Zimmer gegangen ist."

Jury blickte ihn an. „Das ist eine interessante Unterscheidung, Mr Scroggs. Wollen Sie damit sagen, dass er auch weggegangen sein könnte? Durch den Hinterausgang?"

„Ja, das wäre durchaus möglich. Aber nicht durch die vordere Tür, da hätte ich ihn nämlich gesehen. Bleibt also die Tür hinten …", Scroggs zeigte mit dem Daumen darauf – „sie ist eigentlich immer offen."

„Er hätte sich also draußen mit jemandem treffen können."

Scroggs nickte. „Oder jemand hätte zu ihm auf sein Zimmer hochgehen können, ohne dass ich es gesehen hätte."

„Wer war sonst noch in der Hammerschmiede?"

„Praktisch das ganze Dorf." Er zog eine Grimasse, so angestrengt dachte er nach; dann ratterte er die Namen derselben Leute herunter, die auch in der Pandorabüchse gewesen waren, abgesehen von Trueblood und Lady Ardry. Aber das, dachte Jury, hat nichts zu bedeuten. Wie Scroggs schon gesagt hatte – jeder hätte durch die hintere Tür hereinkommen und die Treppe hochsteigen können.

Scroggs schaute aus dem Fenster. „Ist doch nicht zu fassen. Bugsiert ihn auf den Balken, wo jeder ihn sehen konnte. Ist das nicht bescheuert?"

„Das scheint nur so, Mr Scroggs. Schließlich dauerte es eine ganze Weile, bis ihn einer gesehen hat, nicht?"

# 7

Mittwoch, 23. Dezember

Am nächsten Morgen erwachte Jury in einem sehr bequemen Himmelbett und stellte fest, dass es wieder angefangen hatte zu schneien. Das Flügelfenster war das Erste, was in sein Blickfeld rückte, als er sich aufstützte und nach dem Wecker tastete, um die Uhrzeit festzustellen: 8 Uhr 15. Er lehnte sich zurück, beobachtete, wie der Schnee in großen, dicken Flocken vorbeiwirbelte, und fühlte sich sehr wohl. Jeder andere, dachte er, würde lamentieren: „Wie beschissen, so seine Feiertage zu verbringen." Aber Jury hatte nichts dagegen einzuwenden: ein Dorf wie auf einer Weihnachtspostkarte, das langsam eingeschneit wurde.

Er sprang aus dem Bett und lief zu dem Fenster hinüber; er stieß es auf und ließ sich von der Kälte munter machen. Keats fiel ihm ein, der im Gasthof von Burford Bridge von dem Lied geschrieben hatte, das „Magie durch Zauberfenster trug, umtöst / Vom Sturmmeer, im verlornen Märchenland". Ein Gefühl der Wehmut überkam ihn. Bevor es jedoch Besitz von ihm ergreifen konnte, zog er sich schnell an und ging zu Wiggins hinunter.

IM GEGENSATZ ZU JURY schien Wiggins nicht sehr darauf erpicht zu sein, Regenmantel und Gummistiefel anzuziehen, um im Schnee herumzustapfen.
„Mir ist so heiß, als hätte ich Fieber, Sir. Vielleicht könnte ich noch ein bisschen liegen bleiben und später nachkommen?"
Jury seufzte. Armer Wiggins. Da er ihm aber mit seinen Tropfen und Pillen doch nur im Weg sein würde, meinte Jury bereitwillig: „Natürlich. Machen Sie das. Vielleicht hilft Ihnen ein heißer Rum wieder auf die Beine." Wiggins, der unter dem Berg von weißen Decken und Laken wie ein Schneemann aussah, stieß rührend dankbar einen Seufzer der Erleichterung aus.
Da vielleicht eine tödliche Erkrankung der Atemwege vermieden werden konnte, wenn es gelang, Wiggins von den Flaschen auf seinem Nachttisch abzulenken und stattdessen für den Fall zu interessieren, zog Jury seinen Stuhl heran, setzte sich rittlings darauf und fragte: „Was halten Sie von der Sache, Wiggins?"
Wiggins' Taschentuch war gegen seine Nase gepresst. „Vvn wws, Sah?"
„Von unserem Fall, Wiggins. Dem Zustand des Kellers."
Wiggins starrte nachdenklich vor sich hin und fuhr ein paarmal mit dem Taschentuch unter seiner Nase hin und her. Dann faltete er es sorgfältig zusammen und hielt es so andächtig, als wäre es ein Teil vom Schweißtuch der Veronika.
„Meinen Sie dieses Schloss, das im Keller aufgebrochen wurde?"
Jury nickte und wartete geduldig. Als Wiggins sich jedoch nicht weiter dazu äußerte, sagte er: „Es ist unwahrscheinlich, dass jemand durch die Tür gekommen ist, was? Pratt sagte, dass es in der Nacht zum Siebzehnten ziemlich gegossen hat."
Wiggins wurde munterer und setzte sich etwas auf. „Und die Treppen sahen aus, als wären sie seit Jahren nicht geputzt worden. Drinnen war aber alles sauber."
„Genau", sagte Jury lächelnd. Wiggins machte einen zufriedenen Eindruck. „Außerdem, überlegen Sie sich doch mal ..." Jury zündete sich eine Zigarette an. „Warum in aller Welt sollte jemand, der sich mit Small im Keller verabredet hatte, von draußen kommen? Und dann auch noch das Schloss aufbrechen müssen? Irgendwas stimmt da nicht."
„Aber wenn er nicht von draußen gekommen ist, muss er schon im Haus gewesen sein", er deutete auf die Decke. „Es muss also einer von den Gästen gewesen sein."
Jury nahm seine Beine von dem Stuhl. „Sie haben's erraten, Wiggins. Schauen Sie zu, dass Sie gesund werden. Ich brauche nämlich Ihre Hilfe."
Als Jury sich an der Tür noch einmal umdrehte, sah Wiggins schon bedeutend besser aus.

NACH DEM FRÜHSTÜCK – einem sehr üppigen Frühstück mit Eiern, Würstchen und Bücklingen, das ihm von Daphne Murch serviert wurde – ging Jury über den Hof zu dem Polizeiwagen, den sie dort abgestellt hatten. Eine dicke Schneedecke lag auf dem Stroh, dem Pflaster und um das Vogelbad herum, in dem selbst jetzt noch die Zaunkönige ihre Spuren hinterließen. Als Erstes musste er Pluck seinen kostbaren Morris zurückbringen, dann konnte er im Schnee herumstapfen und Erkundigungen einziehen. Während er den Motor warm laufen ließ, lehnte sich Jury gegen das Auto und fing mit dem Gesicht die nassen Schneeflocken auf; er studierte Plucks Skizze, einen kleinen Lageplan, auf dem die Häuser der Leute eingezeichnet waren, mit denen er sprechen wollte. Er beschloss, mit Darrington anzufangen, der am anderen Ende des Dorfes wohnte. Jury leckte sich den Schnee von den Lippen und stieg in das Auto. Der Winter war seine liebste Jahreszeit, er mochte ihn sogar noch lieber als das Frühjahr. Und Regen war ihm lieber als Sonnenschein, Nebel lieber als klare Sicht. Ein verdammter Melancholiker bin ich, dachte er, als er vom Hof fuhr.

UM ZU OLIVER DARRINGTON zu kommen, musste man Long Piddleton in Richtung Sidbury durchqueren. Als die Dorking Dean Road zu der von regenbogenfarbenen Geschäften und Häusern gesäumten Hauptstraße von Long Piddleton wurde, entdeckte Jury zu seiner Rechten die St-Rules-Kirche und das Pfarrhaus; er fuhr weiter auf den Platz zu und sah die Bäckerei, in der Miss Ball wohl bis zu den Ellbogen im Mehl steckte. Auf der anderen Seite der Brücke erblickte er Marshall Trueblood, der hinter seinem feinen Schaufenster stand und ihm zuwinkte. Jury grüßte kurz zurück. Die Hammerschmiede war verschlossen und verriegelt und bot jenen trostlosen Anblick, den manche Lokale vor elf Uhr morgens bieten.

Jury stellte das Auto vor der Polizeiwache ab und übergab Pluck die Schlüssel, der sofort herausgelaufen kam, offensichtlich in größter Sorge um seinen Morris.

„Ich bin bei Darrington, falls Sie mich brauchen, Sergeant."

„Gehen Sie zu Fuß, Sir?", fragte Pluck leicht erstaunt.

„Hmm. Ich war zu lange in der Stadt eingesperrt."

Pluck schien es jedoch völlig gleichgültig zu sein, wie lange Jury in der Stadt eingesperrt gewesen war; seine ganze Aufmerksamkeit galt dem Auto, das er eifrig nach irgendwelchen Kratzern und Schrammen untersuchte.

Jury machte sich auf den Weg und ging die Hauptstraße hinunter, beeindruckt von den farbenprächtigen Häusern, die wie bunte Steine in der Sonne glänzten. Als er sie hinter sich gelassen hatte, fing er an zu singen – ein Lied über die tapferen Männer von Coldstream –, anscheinend ziemlich laut, da in einem strohgedeckten Haus in der Nähe der Sidbury Road ein Fenster aufgestoßen wurde und ein Kopf auftauchte. Er hörte auf zu singen und beobachtete, wie der Vorhang langsam wieder zugezogen wurde. Er schaute auf seinen Plan. Es war Lady Ardrys Haus.

DARRINGTONS HAUS sah genauso aus, wie man sich das Haus eines vermögenden Schriftstellers vorstellte – abgelegen und elisabethanisch. Es war umgeben von Eschen, hohen Hecken, Weiden und Ulmen und lag ein gutes Stück von der Straße zurück.

Der Verfasser der Kommissar-Scharf-Reihe musste gut daran verdient haben, das sah man an diesem Haus. Den ersten Band, „Scharf auf Mord", hatte Jury gelesen. Gar nicht so übel, fand er, wenn man diese coolen und knallharten Helden mit den eisernen Nerven mag. Als Jury auf die Klingel drückte und das silberne Echo in der Eingangshalle hörte, hoffte er nur, dass der Autor sich nicht mit seinen Helden identifizierte und ihm stundenlang seine eigenen Theorien unterbreiten würde.

Die Frau, die ihm öffnete, war das, was man Klasse nannte, auch wenn sie in dem burgunderroten Morgenmantel, der ihr beinahe von der Schulter rutschte, etwas nuttig aussah. Nur um ihre Reaktion zu sehen, fragte Jury „Mrs Darrington?" und beobachtete, wie ihr Gesicht in schneller Abfolge Verwirrung, Ärger und Hoffnungslosigkeit ausdrückte. Aus Erfahrung wusste er, dass die Darringtons dieser Welt selten ihre „Mannequins" aus London heirateten. Dieser hier hätte man in der Downing Street Nummer 10 begegnen und trotzdem denken können, man befinde sich in einer anrüchigen Umgebung.

„Ich bin Sheila Hogg. Langes o, bitte. Oliver Darringtons Sekretärin. Sie sind von der Polizei, stimmt's? Kommen Sie herein." Nicht sehr enthusiastisch hielt sie ihm die Tür auf. Sie machte einfach einen zu gelangweilten Eindruck, um überzeugend zu wirken. Niemand konnte unter diesen Umständen den Besuch eines Kriminalbeamten einfach so abtun.

Er folgte ihr ins Wohnzimmer und zog bereits im Gehen seinen Regenmantel aus. Durch eine mit Voluten und Spitzbögen verzierte Tür führte sie ihn in einen schönen großen Raum. Links und rechts vom Kamin stand je eine bequeme Couch, und Sheila ließ sich auch gleich in eine fallen; dann erinnerte sie sich jedoch, dass Scotland Yard wahrscheinlich auch mit Oliver sprechen wollte, entschuldigte sich, ging zur Treppe und rief hoch, dass jemand von der Polizei da sei. Als sie zurückkam, schob sie die Zeitungen und Magazine auf der Couch zur Seite und bot Jury einen Platz an. Auf dem Tischchen standen noch die Reste eines aus Toast und Kaffee bestehenden Mahls, und sie bot Jury lustlos eine Tasse Kaffee an. Er lehnte ab, doch bevor sie in Ermangelung eines anderen Themas übers Wetter reden konnte, kam er zur Sache.

„An dem Abend, an dem Mr Small ermordet wurde – wann kamen Sie da in die Pandorabüchse?"

Sie hatte sich eine Zigarette aus der Packung auf dem Tisch genommen und wartete darauf, dass er ihr Feuer gab. Sie verzog das Gesicht bei seiner Frage. „Um neun oder halb zehn. Wir folgten Marshall Trueblood praktisch auf den Fersen." Als sie sich vorbeugte, um sich von Jury die Zigarette anzünden zu lassen, klaffte ihr Bademantel etwas auseinander. Wie Jury schon vermutet hatte, trug sie nichts darunter. „Lassen Sie mich mal überlegen: Agatha und Melrose Plant waren bereits da. Aber Agatha ist überall die Erste. Sie hat wohl Angst, sie könne was verpassen. Wie Melrose das aushält, ist mir ein Rätsel. Er hat eine Engelsgeduld. Ich frage mich, wie er es geschafft hat, so lange ledig zu bleiben."

Jury stellte sich vor, dass Sheila bei den meisten Männern ans Verkuppeln dachte. Entweder sie schnappte sie sich selbst oder schob sie einer anderen zu.

„Sind Sie's?", fragte sie und musterte ihn von oben bis unten.

„Was?"

„Ledig?" Er schien ihren Beifall gefunden zu haben.

Die Stimme hinter ihm enthob ihn einer Antwort. „Sheila, was fällt dir ein! Es geht dich doch überhaupt nichts an, ob der Inspector verheiratet ist oder nicht. Oliver Darrington, Inspector." Er streckte ihm eine tief gebräunte, sehr gepflegte Hand entgegen, und Jury erhob sich, um sie zu schütteln. Darrington wandte sich noch einmal Sheila zu – ihre bloße Gegenwart schien ihm peinlich zu sein – und sagte: „Scotland Yard empfängt man nicht im Negligé, Sheila."

Sheila, die sich unbekümmert auf der Couch fläzte, zeigte sehr viel Bein. Sie drückte ihre Zigarette aus und nahm die Beine von der Couch. „Um Himmels willen, Oliver, er ist doch von der Polizei. Die kann doch nichts erschüttern, sie sind wie Ärzte. Stimmt doch, nicht?" Das Lächeln, mit dem sie Jury bedachte, war sehr einschmeichelnd und gewinnend.

Jury lächelte einfach nur zurück. Sie war vielleicht eine Schlampe, aber Darrington war ein Schnösel, und Jury zog Schlampen eindeutig vor. Er empfand gegen Darrington dieselbe Abneigung wie gegen Isabel Rivington.

Darrington trug ein rehbraunes Jackett, genau in der Farbe seiner Haare, und ein teures, am Hals offenes Seidenhemd, in dem ein ebenso teures Ascot-Tuch steckte. Jury wurde sich seiner eigenen blauen, etwas schief hängenden Krawatte bewusst. Der Mann sah gut aus, aber sein Profil war etwas zu griechisch, und seine Züge schienen etwas zu regelmäßig; er wirkte wie eine Statue, starr und kalt.

Darrington schenkte sich Kaffee ein und erzählte Jury dieselbe Geschichte, die ihm auch schon die anderen erzählt hatten – oder vielmehr nicht erzählt hatten, da sie alle zu benebelt gewesen waren, um die Ereignisse klar zu beobachten. Als Einziges fügte er noch hinzu, dass Matchett den Champagner spendiert hatte. „Die Feiertage und das ganze Drum und Dran. Manchmal kann er sehr großzügig sein." Er gab damit zu verstehen, dass Matchett auch alles andere als großzügig sein konnte.

„Sprichst du gerade über Simon?", fragte Sheila, die wieder zurückgekommen war; ihr Erscheinungsbild hatte sich jedoch nicht verändert. Sie hatte nur ihren offenherzigen Bademantel durch einen genauso offenherzigen Einteiler ersetzt, eine Art Pyjama aus grünem Samt, dessen Reißverschluss unterhalb ihres Busens endete. Das vielsagende Lächeln, das sie aufgesetzt hatte, ließ Jury vermuten, dass Matchett sich auch schon in anderer Hinsicht sehr großzügig gezeigt hatte. Das änderte jedoch nichts an Jurys erstem Eindruck, dass Sheila nur eine Sache in ihrem Leben verfolgte – Oliver Darrington.

Oliver sagte, er habe nicht mit Small gesprochen und auch niemanden die Kellertreppe hinuntergehen sehen, außer einmal den alten Kellner.

„Wir waren beide stockbesoffen", warf Sheila ein und zwinkerte Jury durch eine Wolke von Zigarettenrauch zu. Er bemerkte, dass die Finger, die die Zigarette hielten, sehr lange Nägel aufwiesen. Etwas ungewöhnlich für eine Sekretärin.

„Später im Speiseraum hat also keiner von Ihnen diesen William Small gesehen?" Sie schüttelten die Köpfe.

„Ich kann mich nicht erinnern, ihn vor oder während dem Essen gesehen zu haben", sagte Darrington.

„Und Ainsley...?" Sie schüttelten wieder die Köpfe. „Aber Sie waren an dem Abend, an dem Ainsley ermordet wurde, in der Hammerschmiede?"

„Ja. Sheila ist etwas vor mir nach Hause gegangen. Wir hatten ... eine kleine Auseinandersetzung, ein Missverständnis. Der Anlass war ein Drink, zu dem ich Vivian Rivington eingeladen hatte." Ein Lächeln machte sich auf Darringtons Gesicht breit, als wären Missverständnisse dieser Art eine ständige Quelle der Erheiterung für ihn.

Eine Kohle fiel auf den Rost und verglühte langsam. Seine Bemerkung hatte keine Wirkung auf Sheila. „Ach, das ist doch lächerlich", lautete ihre matte Antwort.

Jury dachte an die – bestimmt nicht sehr zuverlässige – Beschreibung, die Lady Ardry von den Beziehungen zwischen diesen Leuten gegeben hatte. „Ich habe gehört, Mr Matchett ist mit Miss Rivington, Vivian, verlobt." Er hörte gleichzeitig ein ärgerliches Nein von Darrington und ein Ja von Sheila.

Oliver protestierte. „Es wird zwar allerhand geredet, aber Vivian würde sich nie an jemanden wie Matchett wegwerfen."

„An wen würde sie sich denn wegwerfen, Liebling?" Von jedem Wort hing ein Eiszapfen.

Sheila tat Jury beinahe leid. Sie war vielleicht oberflächlich, aber keineswegs dumm. Darrington hingegen schien sowohl das eine wie das andere zu sein. Jury sah darin einen Widerspruch zu dem glasklaren Stil der Scharf-Romane und sagte: „Ich habe etwas von Ihnen gelesen, Mr Darrington. Aber nur Ihr erstes Buch, ehrlich gesagt."

„,Scharf auf Mord'?", fragte Oliver beifallheischend. „Ja, das war wahrscheinlich auch das beste."

Sheila wandte den Blick ab und schien sich irgendwie unbehaglich zu fühlen. Jury fragte sich, was sie an dieser Bemerkung stören konnte. Es würde sich auf jeden Fall lohnen, dieser Sache nachzugehen, dachte Jury, der häufig seine Kollegen irritierte, weil er sich nicht an die Fakten hielt. Aber was waren das schon für Fakten, die durch das Sieb individueller Wahrnehmung gegangen waren, selbst wenn man davon ausging, dass das betreffende Individuum die Wahrheit sagen wollte. Und das war schon etwas, was die wenigsten wollten, da die wenigsten ein reines Gewissen hatten. Er war beinahe froh, dass diese hier betrunken gewesen waren – oder zumindest dafür gehalten wurden –, da es ihnen vor Augen führte, wie verschwommen ihre Wahrnehmung war. Jury bemerkte sofort, wenn sich die Aufmerksamkeit verschob, und Sheilas Aufmerksamkeit hatte sich offensichtlich verschoben. Mit der Erwähnung von Vivian Rivington konnte es nicht zusammenhängen, das war ein klarer Fall von Eifersucht gewesen. Aber diese Sache hier – was immer es auch war, ein klarer Fall war es nicht. Sie starrte über seinen Kopf hinweg ins Leere.

„Hätten Sie denn vielleicht ein Exemplar von Ihrem zweiten Buch zur Hand?"

Darringtons Blick wanderte zu dem Bücherregal neben der Tür und wandte sich dann rasch wieder ab. Sheila, die es geflissentlich vermied, Jury in die Augen zu schauen, erhob sich von der Couch und ging zum Kamin hinüber. Sie warf ihre Kippe ins Feuer und fing tatsächlich an, die Hände wie beim Waschen zu bewegen. Das klassische Lady-Macbeth-Syndrom. Jury hatte es oft genug gesehen.

„Das zweite kam nicht besonders gut an", sagte Darrington, machte aber keine Anstalten, zu dem Bücherregal hinüberzugehen.

Jury tat es an seiner Stelle. Und in dem Regal standen sie auch alle in einer Reihe, die Scharf-Krimis mit ihren bunten Schutzumschlägen. „Das ist es doch?" Jury nahm den Band aus dem Regal und sah, wie Darrington Sheila einen kurzen Blick zuwarf. „Dürfte ich es mir wohl ausleihen? Und auch den dritten Band? Vielleicht inspiriert mich Ihr Kommissar Scharf."

Darrington hatte sich wieder gefasst und sagte: „Wenn Sie sich langweilen wollen, bitte." Sein Lachen klang nicht sehr überzeugend.

Beide wirkten sehr erleichtert, als sie Jury zur Tür begleiteten.

Während er die Dorfstraße entlangging, schaute Jury noch einmal auf der Skizze, die Pluck für ihn angefertigt hatte, nach dem Kreuz, das das Haus der Rivingtons kennzeichnete. Hätte man doch nur eine Viertelstunde nach dem Mord all diese Leute in einem Raum zusammentreiben können, eine große Familie, die betreten vor ihrem Tee saß, während die Dienerschaft in der Küche eines geheimnisumwitterten Landhauses hockte. Alle auf einem Haufen. Stattdessen musste er halb Northants abklappern, und die Fährte war schon so alt, dass selbst ein trainierter Bluthund nichts gerochen hätte. Er ließ seine Blicke die Dorfstraße entlangwandern, sah die bonbonfarbenen Häuser in der Wintersonne aufleuchten, deren Strahlen von den verschneiten Dächern reflektiert wurden, und einen Augenblick lang hatte er das Gefühl, in eine Märchenstadt versetzt worden zu sein.

Das Haus der Rivingtons war das eindrucksvolle Tudor-Gebäude an dem Platz gleich hinter der Brücke. Als er etwas näher herankam, konnte er von der Brücke aus erkennen, dass es eigentlich zwei zusammengebaute, ziemlich große Häuser waren.

ISABEL RIVINGTON trug an diesem Vormittag eine weiße Seidenbluse und ein kamelhaarfarbenes Kostüm, in dem sie genauso elegant aussah wie am Tag zuvor. Die etwas handfestere Sheila Hogg war jedoch eher nach Jurys Geschmack. Diese hier erinnerte ihn an einen Piranha, und es hätte ihn nicht gewundert, wenn er die Wohnung mit ein paar Fingern weniger verlassen hätte.

„Ich hoffe, auch Ihre Schwester anzutreffen – Vivian, so heißt sie doch?"

„Sie ist im Pfarrhaus."

„Ach. Können Sie sich daran erinnern, Small an dem Abend, an dem er ermordet wurde, noch vor dem Essen in der Bar gesehen zu haben?"

Nachdem sie Jury aufgefordert hatte, Platz zu nehmen, zog sie eine Zigarette aus einem Porzellanbehälter und beugte sich etwas zu dem Streichholz vor, das er ihr hinhielt. Sie schien es nicht gerade eilig zu haben. „Falls es der Mann war, der mit Marshall Trueblood zusammensaß, ja. Dann muss ich ihn wohl gesehen haben, aber er ist mir nicht weiter aufgefallen. Die Bar war ziemlich voll."

„Und Sie gingen nicht in den Keller, nachdem man seine Leiche dort gefunden hatte?"

„Nein." Sie schlug ihre schimmernden Beine übereinander, und auf dem einen erschien ein goldener, vom Widerschein des Feuers erzeugter Streifen. „Ich bin nicht gerade tapfer in solchen Situationen."

Jury lächelte. „Wer ist das schon? Ihre Schwester ist aber runtergegangen."

„Vivian? Oh, Vivian ist ..." Sie zuckte mit den Schultern, als nehme sie die seltsame Vorliebe ihrer Schwester für Leichen nicht besonders ernst.

„Sie ist auch nicht meine richtige Schwester. Wir sind Stiefschwestern."

„Sie verwalten das Vermögen Ihrer Schwester?"

„Barclays Bank und ich, Inspector. Was hat das mit der Ermordung von zwei Unbekannten zu tun?" Sie schien eine Antwort zu erwarten.

Er überging jedoch ihre Frage. „Sie können also nicht frei über das Geld verfügen?" Die gelangweilte Duldermiene zeigte nur mühsam unterdrückten Ärger. „Und wann kommt sie in den Genuss des Vermögens?", fragte Jury.

Ihr schweres Goldarmband schlug klirrend gegen den Aschenbecher, als sie ihre Zigarette abklopfte. „Mit dreißig."

„Ziemlich spät, finden Sie nicht auch?"

„Ihr Vater – mein Stiefvater – war noch von der alten Sorte. Frauen können nicht mit Geld umgehen und so weiter. Sie hätte es aber bekommen, wenn sie geheiratet hätte. So stand es in dem Testament. Andernfalls erst mit dreißig."

„Und wann wird sie dreißig?" Die Tatsache, dass sie so angestrengt an ihm vorbeischaute, bewies Jury, dass er einen wunden Punkt berührt hatte. Etwas an Isabel Rivington, etwas Zügelloses, Ausschweifendes, hatte seine instinktive und spontane Abneigung erweckt. Sie sah zwar gut aus, aber ihre Tranigkeit verriet eine Vorliebe für süße Liköre und zu viele Martinis. Ihre Haut hatte noch nicht darunter gelitten; sie war feinporig und straff und, wie ihre Hände, sehr gepflegt. Die Nägel waren in einem modischen Braunrosa lackiert und so lang, dass die Spitzen sich schon zu krümmen begannen. Einen Mann mit solchen Nägeln zu erwürgen, ohne irgendwelche Kratzspuren zu hinterlassen, dürfte ziemlich schwierig sein, dachte Jury. Manchmal fragte er sich, ob der Teil seines Gehirns, der solche Details registrierte, auch wenn er über ganz andere Dinge sprach, nicht einfach zugefroren und für menschliche Regungen taub war – eine Falle, die Fakten konservierte wie Fliegen in Bernstein.

„Vivian wird ungefähr in einem halben Jahr dreißig."

„Kann sie dann mit ihrem Geld tun und lassen, was sie will?"

Irritiert drückte Isabel ihre Zigarette aus; der Stummel löste sich dabei völlig auf. „Warum wollen Sie mir partout irgendwelche Machenschaften unterschieben?"

Die Unschuld in Person, fragte Jury: „Klang das so? Ich wollte mich eigentlich nur ein bisschen informieren."

„Mir ist immer noch nicht klar, was das mit den beiden Männern zu tun hat, die hierherkamen und dann getötet wurden."

„Wie lange wohnen Sie schon in Long Piddleton?"

„Sechs Jahre", antwortete sie und nahm verärgert eine Zigarette aus einem Silberetui.

„Und davor?"

„In London", antwortete sie kurz und bündig.

London, dachte Jury, hat Long Piddleton wirklich entdeckt. „Nicht gerade das gleiche Leben."

„Ist mir auch schon aufgefallen."

„Vivians Vater – der Vater Ihrer Stiefschwester – war wohl ziemlich vermögend?"

Wieder mit dem Thema konfrontiert, drehte sie abrupt den Kopf zur Seite und gab keine Antwort.

„Er hatte einen Unfall, nicht? Ich meine, Miss Rivingtons Vater?"

„Ja, als sie ungefähr sieben oder acht war. Ein Pferd, das plötzlich ausschlug, hat ihn getötet. Er starb auf der Stelle."

Jury bemerkte, dass in ihrem kurzen Bericht kein großes Bedauern mitschwang. „Und ihre Mutter?"

„Sie starb gleich nach Vivians Geburt. Meine Mutter ist etwa drei Jahre nachdem sie James Rivington geheiratet hatte, gestorben."

„Ich verstehe." Jury beobachtete, wie sie das linke Bein über das rechte und dann das rechte über das linke Bein schlug und dabei nervös die Hand mit der Zigarette nach dem Aschenbecher ausstreckte. Er beschloss, einen Versuchsballon loszulassen. „Ihre Stiefschwester und Mr Matchett werden bald heiraten, stimmt das?" Das entsprach zwar nicht ganz der Wahrheit, aber es verschaffte ihm ihre ungeteilte Aufmerksamkeit. Die Hand verharrte über dem Aschenbecher, während der Kopf sich blitzschnell nach ihm umdrehte; die Füße schienen mit dem Boden verwachsen zu sein. Dann glätteten sich jedoch ihre Züge wieder, und eine ausdruckslose Gleichgültigkeit gewann die Oberhand. Jury fragte sich, ob sie wirklich nur freundschaftliche Gefühle für Simon Matchett hegte.

„Woher haben Sie das?", fragte sie beiläufig.

Jury wechselte sofort wieder das Thema. „Erzählen Sie mir mehr über den Unfall, den James Rivington hatte."

Sie seufzte, eine Frau, die mit ihrer Geduld bald am Ende war. „Es passierte während der Sommermonate in Schottland. Als ich in den Schulferien dort war. Mein Gott, wie ich es hasste – Sutherland. Im Norden Schottlands. Ein gottverlassener Ort, an dem einem der Wind um die Ohren pfiff – es gab dort nichts zu tun, außer die Felsen, die Bäume und das Heidekraut zu zählen. Für mich das reinste Niemandsland. Abgesehen von einer alten Köchin konnten wir auch keine Hausangestellten mitnehmen. Sie, das heißt Vivian und James, fanden es wundervoll. Vivian hatte ein Pferd, das ihr besonders ans Herz gewachsen war; es war zusammen mit den anderen im Stall untergebracht. An einem Abend hatten sich Vivian und ihr Vater wieder einmal furchtbar gestritten, und sie war so wütend, dass sie einfach aus dem Haus lief, obwohl es stockdunkel war, und sich auf ihr Pferd schwang. Er – James – rannte hinter ihr her. Sie brüllten einander an, das Pferd wurde scheu, schlug aus und traf ihren Vater am Kopf."

„Das muss ein richtiges Trauma für Ihre Schwester gewesen sein – sie war ja noch so jung und saß selbst auf dem Pferd, als es passierte. War Ihre Schwester denn sehr verwöhnt? Und wurde sie sehr gegängelt?"

„Verwöhnt? Nein, eigentlich nicht. Sie hat sich nur oft mit James gestritten. Was das Gängeln betrifft, so hatte sie eben ihre Kindermädchen und alles, was dazugehört. James war ziemlich streng. Wie ich schon sagte, noch von der alten Sorte. Natürlich hat Vivian sehr unter dieser Sache gelitten, vielleicht hat es sogar..." Sie verstummte und nahm die schon halb verglühte Zigarette aus dem gläsernen Aschenbecher.

„Vielleicht hat es sogar was...", Isabel blies eine dünne Rauchsäule in die Luft, „... sie geistig etwas verwirrt." Seltsamerweise waren das genau die Worte Lady Ardrys.

„Glauben Sie, Ihre Schwester leidet möglicherweise unter einer Psychose?"

„Nein. Das wollte ich nicht damit sagen. Sie ist aber ein ziemlicher Einzelgänger. Sie fragen sich vielleicht, warum wir aus London weggezogen sind. Meine Idee war das nicht. Sie sitzt immer nur herum und schreibt Gedichte."

„Aber deswegen ist sie doch nicht geistig verwirrt. So seltsam ist das doch nicht."

„Warum meinen die Leute nur immer, sie müssten Vivian beschützen, selbst wenn sie sie überhaupt nicht kennen?" Ihr Lachen wirkte gezwungen.

Jury erwiderte nichts darauf. „Wurden Sie in dem Testament Ihres Stiefvaters ebenfalls bedacht?"

Ein Schatten flog über ihr Gesicht, ein Schatten wie ein großer, dunkler Vogel. „Darauf wollen Sie also hinaus – Sie wollen wissen, was passiert, wenn Vivian das Geld kriegt. Wenn Sie annehmen, sie würde mich in den Schnee setzen, dann täuschen Sie sich aber gewaltig."

Jury musterte sie noch einmal kurz, steckte sein Notizbuch ein und erhob sich. „Ich danke Ihnen, Miss Rivington. Ich will mich wieder auf den Weg machen."

Als er ihr zur Tür folgte, versuchte Jury, sich die Geografie Schottlands und eine Bemerkung, die ein Maler über das Licht dort gemacht hatte, ins Gedächtnis zu rufen. Irgendetwas schien ihm an ihrer Geschichte von dem Tod James Rivingtons nicht koscher zu sein.

JURY holte tief Luft und betrachtete die Spuren, die seine Stiefel auf der dünnen Kruste frisch gefallenen Schnees hinterlassen hatten; er blickte sehnsüchtig auf die glitzernde, weiße Fläche des Dorfplatzes. Als er die Straße überquerte, bemerkte er auf der Brücke zwei Kinder von ungefähr acht oder neun Jahren; sie rollten den Neuschnee entlang der grauen Steinbalustrade zu dicken Kugeln. Es war eine merkwürdige kleine Brücke mit zwei halbkreisförmigen Bögen. Als er sie überquerte, sagte er den Kindern feierlich guten Tag und fragte sich, wie man sich wohl in diesem Alter fühlte; er erinnerte sich an die von der Kälte geröteten Wangen und die Haare, die wie nasse Zapfen vom Kopf abstanden. Nach ungefähr hundert Metern, als er sich noch einmal nach ihnen umdrehte, bemerkte er, dass sie ihm folgten. Sie blieben sofort stehen und taten so, als würden sie eine der gestutzten Linden entlang der Hauptstraße inspizieren.

Er machte kehrt und holte sie gerade noch ein, bevor sie Reißaus nehmen konnten. Offensichtlich wussten sie, wer er war. Er versuchte, ein strenges Gesicht aufzusetzen, zog seinen Dienstausweis in dem abgetragenen Lederetui hervor und schwenkte ihn. „He, ihr beiden, seid ihr mir gefolgt?"

Sie rissen die Augen auf, und das Mädchen presste die Lippen aufeinander. Beide schüttelten heftig die Köpfe.

Jury räusperte sich und sagte in einem sehr offiziell klingenden Ton: „Ich wollte gerade in das Café da drüben", er zeigte auf die Bäckerei, „und frühstücken. Da gibt's bestimmt auch Schokolade; ich würde euch gern ein paar Fragen stellen, wenn ihr mitkommen wollt."

Der Junge und das Mädchen starrten einander an; jeder forschte in dem Gesicht des anderen nach einem Zeichen der Zustimmung. Dann blickten sie wieder zu Jury hoch, und in ihren Gesichtern spiegelten sich Angst, Verwirrung und Versuchung. Die Versuchung war jedoch zu groß. Sie nickten und trabten mit Jury in ihrer Mitte auf den Platz zu.

Das Torweg-Café und die Bäckerei befanden sich in einem kleinen Haus aus Stein, das seinen Namen einem Tor mit einem schmalen, runden Bogen verdankte, durch den man zur St-Rules-Kirche hochgehen konnte; es war eine ziemlich kurze Gasse, die direkt vom Platz abging. Das Café lag auf der Höhe des Bogens, die Bäckerei in dem Stockwerk darunter.

Ungefähr die Hälfte des Platzes war von fliesengetäfelten Fachwerkhäusern umgeben, deren obere Stockwerke über einen schmalen Gehweg, die äußere Umgrenzung des Platzes, ragten. Auf der Westseite des Platzes standen weitere kleine Häuser, darin unter anderem ein Süßwarengeschäft, ein Textilwarenladen und ein Postamt. Die meisten Läden waren jedoch vor der Brücke; diese hier hatten sich in dem ruhigeren Teil des Ortes eingeschmuggelt. Sie waren so kunterbunt gemischt, als hätte sie ein Kind zusammengeklebt.

Jury stellte sich den Platz im Sommer sehr grün und schattig vor. In der Mitte war ein kleiner Ententeich, und er konnte aus der Entfernung erkennen, dass die Enten sich alle auf einer Seite versammelt hatten und wie Bojen im Schilf schaukelten. Es schneite inzwischen etwas stärker, und der Platz bot die verführerischste Fläche von glitzerndem, verharschtem und völlig unberührtem Schnee dar, die Jury je gesehen hatte. Keine Abdrücke, keine Spuren. Jury blieb stehen; er sagte sich, dass es ein schlechtes Beispiel für die Kinder wäre, wenn ihr Mann vom Scotland Yard, dieser Bastion von Gesetz und Ordnung, einfach quer über die Anlage ginge, wo es doch genug Gehwege gab, die darum herumführten. Aus dem Augenwinkel bemerkte er, dass beide zu ihm aufblickten und warteten, dass er sich in Bewegung setzte. Die Wege Scotland Yards waren unergründlich und würden es immer bleiben.

Jury hustete, schnäuzte sich und fragte dann streng: „Was wisst ihr über die Auswertung von Spuren? Von Fußspuren? Ihr erinnert euch nicht zufällig, welche in der Nähe der Hammerschmiede gesehen zu haben? Irgendwelche komischen Spuren? Ungefähr so groß?" Jury drückte seinen überdimensionalen Gummistiefel fest in den frischen Schnee über dem Rasen. Ein wundervolles Knirschen ließ sich vernehmen.

Ihre Blicke wanderten von dem riesigen Schuhabdruck zu Jury, und sie schüttelten wieder die Köpfe. Er dachte, er könnte ihnen bei dieser Gelegenheit gleich noch etwas beibringen. „Könnt ihr von den Fußspuren ablesen, ob jemand gegangen oder gerannt ist?" Verwundert bewegten sie ihre kleinen Köpfe hin und her. „Wollt ihr Scotland Yard ein bisschen helfen?"

Die Köpfe gingen nun mit derselben Vehemenz auf und ab.

„Wunderbar. Wie heißt du denn?", fragte er den Jungen.

„James." Der Junge spuckte den Namen aus und presste dann die Lippen aufeinander, als hätte er ein Geheimnis verraten.

„Gut. Und du, wie heißt du?"

Das Mädchen senkte jedoch nur den Kopf und zupfte an ihrem Mantelsaum.

„Hmmm. Wohl auch James. Wunderbar, James und James." Er dachte, sie würde ihn korrigieren, aber sie hielt einfach nur den Kopf gesenkt, obwohl er glaubte, ein Lächeln bemerkt zu haben, das wie eine kleine Maus über ihre herabgezogenen Mundwinkel huschte.

„Und jetzt hört gut zu. Vielleicht ist das noch einmal sehr wichtig. Du, James, du rennst, so schnell du kannst, zu dem Ententeich und wartest dort. Und du, James …", er hatte die Hand auf die Schulter des Mädchens gelegt –, „du *gehst* ganz gemütlich auf den Teich zu. Ab und zu beschreibst du einen Kreis."

Sie blickten ihn an, als warteten sie nur noch auf den Startschuss, und als er dann mit dem Kopf nickte, sprintete der Junge los, in einer Geschwindigkeit, die der des Lichts nahe kam, Wolken von Schnee hinter sich aufwirbelnd. Das Mädchen marschierte ganz langsam und bedächtig los; sie setzte die Füße fest auf und beschrieb hin und wieder einen sich weitenden Kreis. Jury suchte sich eine glatte, unberührte Fläche aus und stapfte so geräuschvoll wie nur möglich darüber. Als er den Teich erreichte, erwartete ihn der Junge hechelnd vor Erschöpfung, während das Mädchen noch ihre Kreise drehte. Schließlich schraubte sie sich bis zu ihnen vor.

Alle drei standen nun zusammen und betrachteten ihr Werk.

„Ausgezeichnet", sagte Jury. „Schaut euch mal die Spuren an, die James beim Rennen hinterlassen hat; er ist nur mit dem vorderen Teil seiner Stiefel, nur mit dem Ballen aufgetreten. Und dann schaut euch diese an ...", er ging in die Hocke und fuhr mit seinem behandschuhten Finger den Fußeindruck des Mädchens nach –, „seht ihr, wie das Gewicht sich nach außen verlagert, wenn man in einem Kreis geht?"

Beide nickten nachdrücklich.

„Und nun kann ich euch vielleicht noch ein Rätsel aufgeben." Jury und die Kinder gingen um den Teich herum. Die Enten ließen sich nicht stören; sie nahmen nicht einmal die Köpfe unter den Flügeln hervor. Er blickte über die noch unberührte, verharschte Schneedecke und sagte: „Wir gehen jetzt alle drei zur Straße zurück, und zwar in einem Abstand von anderthalb Metern, damit jede Spur für sich ist. Los geht's."

In zwei oder drei Minuten waren sie dort; sie drehten sich um und blickten zurück. Jury fühlte sich wunderbar, wie ein Süchtiger, der sich gerade eine Spritze verpasst hat. Er musste ein Grinsen unterdrücken, als er über die zertrampelte Rasenfläche blickte; das makellose, glitzernde Weiß war nur noch ein Gewirr von schwarzen Abdrücken und Löchern.

Einen Augenblick lang, während sie ihn anstarrten, konnte er sich nicht mehr erinnern, was er ihnen eigentlich beibringen wollte. Ach ja, das Rätsel. „Angenommen, hier direkt vor uns liegt eine Leiche." Das Mädchen versteckte sich hinter ihm und hielt sich an seinem Mantel fest. „Und angenommen, die drei Leute, die diese Spuren gemacht haben, sind wieder an dem Ententeich: Wie konnten sie das schaffen, ohne Fußspuren zu hinterlassen, die in diese Richtung gehen?" Es war das altbekannte Reichenbachfall-Eröffnungsmanöver, aber er nahm nicht an, dass die beiden „Das letzte Problem" aus der Sherlock-Holmes-Reihe gelesen hatten. Außerdem hat er sich nicht besonders verständlich ausgedrückt. Jury kratzte sich am Kopf. Warum sollte der Verdächtige überhaupt zum Teich zurückgehen wollen?

Keiner wusste eine Antwort. Er drehte sich um und ging ein paar Schritte rückwärts. „So!"

Der Junge grinste übers ganze Gesicht und zeigte dabei eine riesige Zahnlücke. Das Mädchen kicherte, hielt sich aber sofort die Hand in dem Fausthandschuh vor den Mund.

Jury hob den Finger wie ein Lehrer, der die Aufmerksamkeit seiner Schüler erregen will. „Merkt euch also: Bei einem Mord ...", sie schnappten nach Luft bei diesen Worten – „gibt es immer was Komisches, etwas, was nicht stimmt." Er wünschte nur, dem wäre auch so; es klang zu sehr nach Lehrbuch. „Ich danke euch für eure Hilfe. Gehen wir rein. Da ist das Café." In der Ecke des oberen Erkerfensters hing ein kleines weißes Schild, auf dem in hübscher Schreibschrift *Frühstück wird jetzt serviert* stand. Sie gingen das dunkle Treppenhaus zum ersten Stock hoch, eingehüllt von dem Duft nach Frischgebackenem. Als sie sich aus ihren nassen Jacken und Mänteln geschält hatten, kam eine ältere Frau, die so appetitlich aussah wie die Obsttörtchen in der Auslage, hinter dem Vorhang in den rückwärtigen Teil hervor. Jury bestellte Kaffee, heiße Schokolade und einen Teller mit Plätzchen; dann vervollständigte er das Ganze noch durch Kuchen, Scones, Marmelade und Schlagsahne.

„Also, dann mal los", sagte Jury aufmunternd und rieb sich die zum Kamin hingestreckten Hände, an dem ihnen die Frau freundlicherweise einen Tisch angeboten hatte. Der Junge riss die Augen auf und grinste; sein schneeverklebtes Haar stand noch wilder vom Kopf ab. Das Mädchen senkte den Kopf und starrte auf die glänzende Tischfläche, als würde sie selbstverliebt ihr Spiegelbild betrachten. Jury störte es nicht, dass sie so schweigsam waren. Er hatte nicht erwartet, von ihnen einen Vortrag über die Molekülstruktur des Universums zu hören.

Endlich kamen auch Kaffee und Kuchen, mit frischer Schlagsahne, Marmelade und Butterbrötchen, genug, um ihre Gesellschaft mehrmals zu verköstigen. Die beiden James mussten nicht lange aufgefordert werden, zuzugreifen. Der Junge hielt in der einen Hand einen Scone, in der anderen ein Stück Kuchen und biss abwechselnd mal in das eine, mal in das andere. Das Mädchen nahm sich mit ihren flinken kleinen Mäusefingern ein Obsttörtchen und knabberte so atemlos daran, als würde sie sofort in ihr Loch zurückhuschen, wenn Jury auch nur einen Pieps von sich gäbe.

Bevor die ältere Frau sich wieder zurückziehen konnte, holte Jury seinen Ausweis hervor und fragte sie nach Miss Ball, der Besitzerin.

Der Effekt war dramatisch. Ihre Wangen fingen an zu glühen, und sie hielt erschreckt die Hand vors Gesicht. Die Schuldigen fliehen, dachte Jury und seufzte, auch wenn keiner sie verfolgt, aber die Unschuldigen fliehen auch.

„Einen Augenblick, Sir", sagte sie und ging rückwärts zur Tür.

Die Kinder hatten den Kuchenteller beinahe leer gegessen, und Jury dachte, dass ihnen wahrscheinlich schlecht werden würde, aber schließlich war Weihnachten, und sie sahen nicht so aus, als würden sie mit Süßigkeiten verwöhnt. Er war gerade dabei, sich noch etwas Kaffee nachzugießen, als eine Frau in einer Schürze hereinkam; Miss Ball, wie er annahm. Eigentlich kam sie gar nicht herein; es sah vielmehr so aus, als hätte sie alles niedergewalzt – Hunde, Katzen –, um sich einen Weg zu ihm zu bahnen, als wäre er ein längst überfälliger Besucher aus ihrer Vergangenheit.

„Sie sind also Chief Inspector Jury vom New Scotland Yard?"

Er erhob sich und streckte seine Hand aus. „Ja, der bin ich – Miss Ball?"

Miss Ball nickte, als wäre sie entzückt, Miss Ball zu sein. Sie nahm Platz. „Ich war unten in der Backstube bei meinen Christstollen – es gibt so viele Bestellungen, übermorgen ist ja auch schon Weihnachten, und ..." Sie verstummte, als sie Jurys Frühstücksgäste bemerkte. „Das sind doch die Doubles. Wo haben Sie denn die aufgelesen?" Ohne Jurys Antwort abzuwarten, fuhr sie fort: „Ich weiß, Sie sind wegen dieser schrecklichen Morde hier ..."

Als hätten sie plötzlich bemerkt, dass sie mit Kuchen und Schokolade in das Café gelockt worden waren, tauschten die Doubles ein paar kurze Blicke aus und sprangen auf.

„Wir müssen gehn. Wirklich. Unsere Mami wird sonst fuchsteufelswild", sagte James und entfernte sich ein paar Schritte vom Tisch. Für James war das eine ziemlich lange Rede. Das Mädchen hatte die Augen immer noch auf den Kuchenteller geheftet. Bevor auch sie weglief, schlich sie noch einmal zu Jury und kniff ihn in den Arm; wahrscheinlich kam das für sie einem Kuss am nächsten. Dann schnappte sie sich das letzte Stück Kuchen von dem Teller und stürzte zur Tür.

Betty Ball verzog ihren schmallippigen Mund und sagte: „Sie haben sich nicht einmal bei Ihnen bedankt! Diese Jugend von heute!"

Jury lächelte und wunderte sich über die seltsamen Vorstellungen der Erwachsenen. Dann sagte er: „Miss Ball, wie ich hörte, haben Sie an dem Abend, an dem, hmm, an dem die Leiche gefunden wurde, etwas bei Mr Matchett abgeliefert. Oder vielmehr kamen Sie schon am Nachmittag." Sie nickte. „Und Sie gingen durch den Hintereingang?"

„Ja. Das mache ich immer. Die Küche ist auch hinten."

„Ist Ihnen irgendetwas aufgefallen, irgendeine Veränderung?"

Sie schüttelte den Kopf.

„Auch nichts an der Kellertür?"

„Wie ich dem Superintendent schon sagte – ich sah weder Licht im Keller noch sonst was." Sie drehte sich plötzlich um und rief nach Beatrice, die dann auch hinter dem Vorhang erschien, eine schlaksige Halbwüchsige, die wie eine Kuh einen Kaugummi wiederkäute. „Beeil dich, Mädchen! Bring dem Inspector noch etwas Kaffee. Fürs Rumsitzen und Rumschmökern wirst du nicht bezahlt."

Beatrice, die eine entfernte Ähnlichkeit mit Betty Ball aufwies, kam an ihren Tisch geschlendert. Jury ließ sich etwas Kaffee nachgießen, lehnte aber die frischen Brötchen ab, die Betty Ball ihm anbot. Betrübt blickte sie ihn aus ihren zitronatfarbenen Augen an, als wären ihre Backwaren das einzige Bollwerk gegen das Dasein einer alten Jungfer.

„Es hat doch ziemlich gegossen, Miss Ball? Wie ich hörte, war es ein richtiges Gewitter."

„Ja, das stimmt. Allein vom Auto bis zur Küche und wieder zurück wurde ich schon klatschnass. Haben Sie eigentlich schon mit Melrose Plant gesprochen? Ein kluger Kopf, wirklich, glauben Sie mir." Jury hörte ihre Lobreden auf Melrose, sah, wie ihre Augen aufleuchteten, und fragte sich, ob er der Prinz des Aschenbrödels sei.

ALS JURY das Torweg-Café verließ, wies der Platz wieder eine makellose Schneedecke auf. Nur bei genauerem Hinschauen entdeckte er die Spuren, die er und die Kinder hinterlassen hatten, aber wie er an den Eindrücken in seiner Nähe beobachten konnte, schlossen sie sich wie Löcher im Teig. Der Wind hatte sich gelegt und trieb den Schnee nicht mehr vor sich her; die Flocken fielen wieder langsam und gleichmäßig und waren genauso dick und nass wie am Morgen. Jurys Blick fiel auf den Turm der St-Rules-Kirche, und er beschloss, den Pfarrer etwas später aufzusuchen. Ein langer Spaziergang im Schnee – die anderthalb Kilometer bis zu den Bicester-Strachans und Ardry End – war genau das, was er brauchte. Er dachte an all die frischen Spuren, die er hinterlassen würde.

GLEICH NACH DEM ORT begann das Land. Die Hecken trugen wilde Bärte aus Schnee und Eis. Wäre er ein Schriftsteller gewesen, hätte er sich bestimmt zu einer Hymne auf englische Hecken hinreißen lassen, auf diese endlos langen Wälle aus Eiben, Heckenrosen oder Blutbuchen, ein wahres Paradies für all die Pflanzen, die der Pflug von den Feldern vertrieben hatte, wie auch für zahllose Vogelarten. Jury seufzte, während er mit seinen nassen schwarzen Stiefeln weiterstapfte und einen Fasanenhahn aufscheuchte, ein Wirbel aus Grün und Kastanienbraun, der vor ihm in die Höhe schoss. Jurys Gesicht war schon ganz starr vor Kälte, und die Aussicht auf ein prasselndes Kaminfeuer und ein Glas alten Portwein war ihm nicht gerade unangenehm.

STATTDESSEN begrüßte ihn die Stimme von Lorraine Bicester-Strachan, die auf ihrer kastanienbraunen Stute thronte. „Wenn Sie wegen der Geschirrspülmaschine gekommen sind, könnten Sie dann bitte den Hintereingang benutzen?"

Jury hatte gerade die Hand auf den schweren Türklopfer aus Messing gelegt, als er etwas um die Ecke trappeln hörte. Er hatte sich umgedreht und Pferd und Reiterin zwischen den Bäumen auftauchen sehen. Er war überzeugt, dass Mrs Bicester-Strachan ihn nicht für den Handwerker hielt, als sie ihn auf der Treppe ihres Hauses stehen sah. Er trug weder entsprechende Kleidung, noch war ein Lieferwagen in seiner Nähe geparkt. Wahrscheinlich gehörte es zu ihren Gewohnheiten, Leute vor den Kopf zu stoßen.

Er tippte höflich gegen seinen Hutrand. „Inspector Richard Jury, New Scotland Yard. Ich würde mich gerne mit Ihnen und Ihrem Mann unterhalten, wenn das möglich ist."

Sie stieg ab, entschuldigte sich aber nicht. Im selben Augenblick ging die Tür auf, und Jury blickte in das Gesicht eines älteren Mannes von seiner Größe und Statur, der ihn aber überragt hätte, wenn er sich aufrecht gehalten hätte.

„Oh, entschuldigen Sie bitte, dass ich Sie hier rumstehen lasse. Ach, meine Frau hat Sie schon entdeckt ..." Er setzte einen an einem Ripsband befestigten Zwicker auf.

Als Lorraine sie einander vorstellte, kam ein vermummter Junge um das Haus und führte das Pferd weg.

„Wir hatten gerade einen gewissen Pratt zu Besuch. Er kam von der Polizei in Northampton", bemerkte Willie Bicester-Strachan, als Jury seinen Mantel ablegte.

„Ja, ich weiß, ich habe aber auch noch ein paar Fragen, Mr Bicester-Strachan." Sie gingen in den Salon, der auf Jury einen ziemlich kalten und steifen Eindruck machte. Das Mobiliar sah zwar teuer, aber nicht sehr gemütlich aus, und als Lorraine Bicester-Strachan sich ihm zuwandte, machte sie auf ihn genau denselben Eindruck. Sie trug ihre Reitkleidung – eine schwarze Melton-Jacke, glänzende Stiefel. Als sie ihre Samtkappe abnahm, bemerkte Jury, dass ihr Haar betont altmodisch im Stil der zwanziger Jahre frisiert war. Es bauschte sich um ihr Gesicht und war auf dem Kopf zu einem Knoten zusammengesteckt. Ihre Haut schimmerte elfenbeinfarben, und ihre Augen waren schwarz wie Onyx. Sie wirkte wie ein Mannequin aus einem Modejournal, kalt, aber von einer attraktiven Herbheit und Strenge.

„Sollten wir dem Inspector nicht einen Drink anbieten, Liebling?", sagte Willie Bicester-Strachan.

„Trinkt denn Scotland Yard?", fragte sie mit gespielter Verwunderung, während sie sich aus einer Kristallglaskaraffe ein Glas Sherry eingoss.

Verärgert durch diese Sammelbezeichnung hätte Jury am liebsten gleich zwei runtergekippt, aber er besann sich und setzte eine ausdruckslose Miene auf. Er wusste jedoch, dass ihm der Ärger im Gesicht geschrieben stand. Schon während seiner Ausbildung war ihm diese ausdruckslose Miene nie richtig gelungen. Bicester-Strachans höfliche Aufforderung, doch einen Drink zu nehmen, lehnte er ab. Lorraine drückte den Stöpsel in die Karaffe und ging mit ihrem Glas zu einem rosa Samtsessel. Sie machte es sich darin bequem; die Beine hatte sie auf eine schlaksige, jungenhafte Art von sich gestreckt und an den Knöcheln überkreuzt. „Wir haben es aber doch mit Chief Inspector Jury zu tun? Warum so bescheiden?" Sie hob ihr Glas zwei Zentimeter, um ihn willkommen zu heißen.

„Ich wette, Sie wussten ganz genau, dass ich nicht der Klempner war."

Sie machte einen leicht verlegenen Eindruck, aber ihre Arroganz gewann schnell wieder die Oberhand. „Oh, ich hab's mir zusammengereimt. Hier spricht sich alles ziemlich schnell herum. Es ist nur irgendwie lästig, auf Schritt und Tritt der Polizei zu begegnen; man könnte meinen, sie wäre hier zu Hause. Und dieser Superintendent Pratt war eine ziemliche Nervensäge, gelinde ausgedrückt."

„Sie scheinen diese Verbrechen eher als eine Belästigung aufzufassen."

Sie zuckte mit den Schultern. „Was erwarten Sie – dass ich in Tränen ausbreche?"

„Ich muss doch bitten, Lorraine", sagte ihr Mann; er hatte sich in einem Sessel beim Kamin niedergelassen, vor dem ein kleiner Tisch mit einem Schachbrett stand. Er senkte den Kopf, als würde er sich eine Strategie zurechtlegen.

„Ich würde von Ihnen gern hören, was sich an den beiden fraglichen Abenden, am Siebzehnten und Achtzehnten, abgespielt hat."

„Am besten, ich sag's Ihnen gleich", meinte Lorraine, „ich war so betrunken, dass ich mich nur noch ganz verschwommen daran erinnere."

„Sie erinnern sich also nicht, wer zwischen neun und elf in dem Speiseraum war und wer nicht?"

„Ich weiß nicht einmal, ob ich in dem Speiseraum war", sagte Lorraine.

Bicester-Strachan hob den weißhaarigen Kopf. „Ich saß mit dem Pfarrer – Mr Smith – bei einem Damespiel. Was meine Frau getrieben hat, weiß ich nicht", fügte er trocken hinzu.

„Ich saß eine Weile bei Oliver – Oliver Darrington – am Tisch und später bei Melrose Plant, bis ich schließlich seinen Snobismus nicht mehr ertragen konnte ..."

„Wie ungerecht, Lorraine. Wenn du Plant für einen Snob hältst, dann verstehst du diesen Mann überhaupt nicht."

Sie hatte ihr Glas wieder aufgefüllt und stand nun neben dem Kamin; ihre Hand lag auf dem Sims, und ihr Fuß ruhte auf dem Kamingitter. Jeder Zoll von ihr war eine Anzeige für *Country Living*. „Plant ist ein Anachronismus, wie man ihn nur in England findet. Es fehlt nur noch das Monokel, dann wäre er perfekt."

„Aber wie erklären Sie sich", fragte Jury, „dass jemand mit einem so ausgeprägten Statusdenken auf seinen größten Trumpf verzichtet? Ich meine den Adelstitel."

Bicester-Strachan gluckste beifällig. „Was sagst du nun, Lorraine?"

Sie beharrte jedoch auf ihrer Position. „Melrose Plant gehört zu der Sorte, die so etwas macht, nur um sich von seinen Schwert und Halskrause tragenden Vorfahren zu unterscheiden."

„Ich habe diesen Zug ziemlich bewundert", sagte Bicester-Strachan und blickte lächelnd auf das Schachbrett, als säße Plant ihm gegenüber. „Plant ist ein Mann von Charakter, Plant ist Plant. Wissen Sie, was er zu mir gesagt hat, Inspector? Er meinte, er habe bei den Sitzungen des Oberhauses immer das Gefühl, sich in einer Pinguinkolonie zu befinden."

Jury lächelte, während Lorraine das überhaupt nicht komisch zu finden schien. „Es beweist nur, dass ich recht habe", sagte sie.

Jury bemerkte, dass ihr das Blut ins Gesicht gestiegen war. Wenn eine Frau so über einen Mann herzog, bedeutete das meistens, dass sie keinen Erfolg bei ihm gehabt hatte. „Können Sie sich noch erinnern, wann Sie mit Mr Plant zusammensaßen?"

„Das ist praktisch unmöglich; die Leute wechselten dauernd die Tische, und ich habe die Einzelnen nicht im Auge behalten. Es gab nur zwei ruhende Pole, meinen Mann und den Pfarrer, Hochwürden Denzil Smith. Der ist ein Fall für sich, eine wandelnde Trivialitätensammlung; er weiß einfach alles über Long Piddleton und die Gasthäuser der Umgebung, und er redet einem ständig die Ohren voll mit diesen Geschichten – wie viele Gespenster in ihnen umgehen oder wie viele geheime Verstecke sie im Kamin haben …"

„Denzil ist ein Freund von mir, Lorraine", sagte Bicester-Strachan, die Augen auf das Schachbrett geheftet. Nachdenklich machte er einen Zug mit seinem Läufer.

„An dem Abend, als der zweite Mord passierte, waren Sie da auch in der Hammerschmiede?"

„Ganz kurz nur. Eine halbe Stunde ungefähr", sagte Lorraine.

„Und haben Sie mit dem Opfer gesprochen?"

„Nein, natürlich nicht", sagte sie. „Wer diese Verbrechen begangen hat, muss einen ausgeprägten Sinn für schwarzen Humor haben, finden Sie nicht?"

„Gewöhnlich bringt man Leute nicht zum Spaß um. Sie hatten also keinen dieser beiden Männer schon einmal gesehen, Mr Bicester-Strachan?"

Er schüttelte den Kopf. „Soviel ich weiß, kannte sie niemand in Long Piddleton. Sie waren absolut fremd hier."

„Sie haben früher in London gelebt?" Jury vergegenwärtigte sich Pratts Bericht. „In Hampstead, soviel ich mich erinnere?"

„Sie wissen ja gut Bescheid über uns, Inspector", sagte Lorraine.

Etwas in ihrer Stimme ließ ihn zögern. Die Pause, die daraufhin entstand, musste ihr sehr vielsagend vorgekommen sein. „Sollte ich etwa einen Anwalt hinzuziehen?"

„Meinen Sie denn, Sie könnten einen gebrauchen?"

Lorraine Bicester-Strachan setzte ihr Glas mit einem völlig unnötigen Kraftaufwand ab und verschränkte die Arme fest über der Brust, als wolle sie einen Angriff auf ihre Ehre und Intimsphäre abwehren. Nervös wippte sie mit dem rechten Bein in dem schwarz glänzenden Lederstiefel.

„Wir sind hierhergezogen, weil es so ein pittoreskes kleines Dorf ist, das gerade erst entdeckt wurde – von Schriftstellern, Künstlern und so weiter. Nach Cotswolds geht inzwischen ja keiner mehr. Diese Märchenwald-Ästhetik ist wohl etwas passé. Ich habe zwei Hobbys – ich reite und male." Sie machte eine ausholende Armbewegung, die vier Wände voll miserabler Bilder einschloss. Es waren schlecht gemalte Seestücke mit tosenden Wellen, in denen knorrige Äste herumwirbelten. Sie hatte nicht einmal ein Auge für die Schönheit der Landschaft, die sie umgab. Das Dorf musste ein Traum für einen Künstler sein.

„Etwas langweilig nach London, oder nicht?"

„Wir hatten genug von London. Es ist nicht mehr wie früher. Man könnte glauben, man ist in Arabien oder Pakistan, wenn man die Oxford Street entlanggeht …"

„Warum sagst du nicht die Wahrheit, Lorraine?", meinte Willie Bicester-Strachan unter seinen gefalteten Händen hervor, die den über das Schachbrett geneigten Kopf abstützten.

„Was redest du denn da, Willie?" Die abweisende elfenbeinfarbene Maske war gefallen, und ihre Stimme klang unnatürlich hoch.

„Der eigentliche Grund, weshalb wir hierherzogen …" Bicester-Strachan blickte nicht einmal von seinem Schachbrett hoch. „Wir – ich – hatten in London eine unangenehme Sache am Hals. Aber vielleicht haben Sie das schon in Erfahrung gebracht?" Er blickte auf und lächelte; es war aber kein sehr glückliches Lächeln.

Wie von der Tarantel gestochen fuhr Lorraine aus ihrem Sessel hoch. „Ich dachte, damit wäre endlich Schluss – die Zeitungen, die Reporter, diese ganze Chose – deshalb sind wir ja aus London weggezogen. Und jetzt geht das wegen dieser verdammten Morde wieder von vorne los."

Sie schien zu glauben, die Morde seien nur begangen worden, um sie zu ärgern. Bicester-Strachan kümmerte sich jedoch nicht weiter um ihren Ausbruch, und Jury erkannte, dass trotz ihrer Arroganz und der vertrottelten, geistesabwesenden Art, die sich ihr Mann zugelegt hatte, Willie Bicester-Strachan doch der Stärkere von beiden war.

„Vor ein paar Jahren arbeitete ich für die Regierung. Im Verteidigungsministerium, Inspector. Ich hoffe, Sie verzeihen mir, wenn ich auf Einzelheiten verzichte …"

„Mein Gott, Willie! Das ist doch lächerlich. Warum gräbst du denn das wieder aus?"

Bicester-Strachan machte jedoch nur eine ungeduldige Handbewegung. „Das ist Scotland Yard, Lorraine, sei vernünftig."

Vernunft schien offensichtlich nicht Lorraines Stärke zu sein. Jury fragte: „Und dann ist etwas passiert?"

„Allerdings. Es wurde aber nicht richtig publik, weil ich es vorzog, mein Amt aufzugeben, bevor der Skandal in der Öffentlichkeit ausgewalzt wurde. Ich beging – es ist mir ziemlich peinlich, darüber zu sprechen – eine Indiskretion; ich gab eine Information weiter, die ich nicht hätte weitergeben dürfen. Glücklicherweise war ich selbst falsch informiert gewesen, was ich aber nicht wusste." Er lächelte gequält. „Deshalb wurde ich auch nicht angeklagt."

„Weitergegeben – an wen?"

„Das spielt doch keine Rolle, Inspector."

Jury wollte nicht weiter in ihn dringen; allein die Sache zu erwähnen war für Bicester-

Strachan schon äußerst unangenehm gewesen. „Ich weiß nicht, Mr Bicester-Strachan." Geheimnisse aus der Vergangenheit hatten schon mehr als einen Mord motiviert. Jury erhob sich. „Ich mache mich wieder auf den Weg. Vielen Dank einstweilen. Vielleicht muss ich Ihnen irgendwann noch einmal ein paar Fragen stellen."

Bicester-Strachan war ebenfalls aufgestanden und gab Jury die Hand. „Es ist wirklich eine üble Geschichte. Und das in einem so friedlichen Dorf – na ja, leben Sie wohl."

„Auf Wiedersehn."

„Ich begleite Sie noch hinaus", sagte Lorraine.

AN DER TÜR fragte sie ihn: „Und wohin gehen Sie jetzt?"

„Nach Ardry End."

„Aha, mit *ihm* werden Sie Ihren Spaß haben. Wo sind Sie denn untergebracht?"

„In der Pandorabüchse." Um ihre Reaktion zu sehen, sagte er: „Ich habe gehört, dass Miss Rivington – Vivian – mit dem Besitzer verlobt ist."

Sie erstarrte, als hätte man ihr einen Peitschenhieb versetzt. „Simon Matchett? Und Vivian? Das ist doch absoluter Blödsinn." Sie beruhigte sich etwas. „Sie haben bestimmt mit Agatha gesprochen. Sie hat nur ein Ziel im Leben – Vivian von Melrose fernzuhalten. Wahrscheinlich, um sich ihr sogenanntes Erbe zu sichern. Vivian gehört zu den ganz Scheuen. Sie ist so unbeholfen, dass ich es ermüdend finde."

„Hmm, nochmals vielen Dank, Mrs Bicester-Strachan."

„Lorraine."

Jury lächelte nur und wandte sich erleichtert dem frisch gefallenen Schnee zu.

# 8

Während Inspector Jury die Bicester-Strachans befragte, blies Lady Ardry in die Tasse Tee, die ihr Ruthven nur sehr unwillig gebracht hatte. Aber aus der Küche von Ardry End kamen sogar die Törtchen zum Vorschein, auf die sie so versessen war.

„Ich hoffe nur, er versteht etwas von seinem Beruf", sagte sie in Bezug auf Inspector Jury. Sie beobachtete, wie Melrose sich ein Glas sehr dunklen Portwein eingoss. „Ist es nicht etwas früh für Alkohol, Melrose?"

„Es ist für *alles* etwas früh", antwortete Melrose gähnend und korkte die Flasche wieder zu.

„Wie du meinst. Ich hab Jury jedenfalls die interessanteren Details über all die Leute erzählt, die am Donnerstagabend bei Matchett gewesen sind."

„Das kann nicht länger als eine halbe Minute gedauert haben." Wütend starrte er seine Tante an, die an diesem Morgen schon um halb neun Uhr bei ihm aufgetaucht war. Er hatte die halbe Nacht durch gelesen und konnte kaum die Augen offen halten. Aber er hörte nur mit halbem Ohr zu. Fasziniert beobachtete er, wie ein Törtchen nach dem anderen von dem silbernen Tablett verschwand: grässliche kleine Dinger mit schwarzen Johannisbeeren obendrauf, die wie tote Fliegen aussahen. Er hatte Ruthven gesagt, er solle sie für Agatha auf Lager halten, da sie so verrückt nach ihnen war. Sie hatte bereits drei davon verschlungen und war gerade dabei, sich das vierte in den Mund zu schieben, den sie sich jedes Mal zierlich mit der Serviette abwischte.

„Wen hast du denn verdächtigt, Agatha? Ich meine, außer mir?" Melrose starrte abwesend in das Feuer und hoffte, der Kriminalbeamte würde dem Ganzen ein schnelles Ende bereiten.

„*Dich* verdächtigen? Um Himmels willen, Melrose. Ich hab noch so viel Ehrgefühl im Leib, um nicht mein eigen Fleisch und Blut zu verraten ..."

„Oder Oliver Darrington? Um die Konkurrenz auszuschalten. Es muss doch ziemlich unangenehm sein, mit einem Kollegen in ein und demselben Dorf zu wohnen. Obwohl seine Bücher nicht gerade überwältigend sind." Er sah, wie sie aufstand, zu dem Kamin hinüberging und einen frühen Derby-Teller herunterholte, um den Stempel auf der Unterseite zu untersuchen.

Agatha stellte den Teller wieder zurück. „Du bist schon immer eifersüchtig auf ihn gewesen, mein lieber Plant, nicht?"

„Eifersüchtig? Auf Darrington?" Auf welchem geistigen Misthaufen scharrte sie nun herum?

„Wegen Sheila Hogg. Glaub nicht, ich wüsste nichts davon." Sie hatte eine Latticino-Vase in die Hand genommen. War ihre Handtasche groß genug, um sie darin zu verstauen? Und wie kam sie nur darauf, dass er sich für Sheila interessierte?

Als er nichts darauf erwiderte, drehte sie sich blitzschnell nach ihm um, als wolle sie ihn auf frischer Tat ertappen. „Vivian Rivington also?" Agatha war es völlig gleichgültig, wie weit sie am Ziel vorbeischoss. Sie versuchte einfach ihr Glück. Einmal würde sie schon die Richtige erwischen.

Melrose gähnte wieder. „Hast du etwa meine Tanzkarte studiert, liebe Tante?"

Als sie sich wieder gesetzt hatte und die silbernen und goldenen Gegenstände auf dem Tisch zurechtrückte, fragte Melrose: „Hat der Inspector schon eine Theorie? Ich meine, abgesehen davon, welche von diesen charmanten Damen ich nun heiraten werde?"

„Bild dir nur nicht so viel ein, mein lieber Plant. Nicht jeder interessiert sich für deine Privatangelegenheiten." Sie ließ einen Aschenbecher aus Muranoglas von einer Hand in die andere wandern, als wolle sie sein Gewicht für den Zoll abschätzen. „Aus irgendeinem Grund interessierte sich Inspector Jury ganz besonders für die Anwesenden – *uns*, meine ich. Warum, ist mir nicht klar. Er sollte sich besser um diesen Verrückten kümmern, bevor wir noch alle tot im Bett liegen."

„Unser Freund schlich sich also in den Keller, erdrosselte diesen Small, steckte seinen Kopf in das Bierfass und schlich sich wieder hinaus?"

„Natürlich." Sie schaute ihn mit großen Augen an. „Du glaubst doch nicht im Ernst, dass es einer von denen war, die schon da waren?"

„Aber gewiss."

„Du lieber Himmel, das ist doch absurd. Ich dachte, du hättest das neulich nur im Spaß gesagt." Fassungslos griff sie nach einem neuen Törtchen, einem mit Kokosraspeln, die wie Flimmerhärchen aussahen.

Ekelhafte Dinger, dachte Melrose und ließ sich tiefer in seinen Sessel gleiten. Er hörte die Standuhr in der Halle die halbe Stunde schlagen. Du lieber Himmel, es war beinahe Mittag, und sie war immer noch da. Er beschloss, sie nicht auch noch zum Lunch einzuladen.

„Also?"

Durch seine halb geschlossenen Lider konnte er sehen, dass sie erwartete, er würde seine Behauptung, einer ihrer lieben Nachbarn könne all diese Gräueltaten begangen haben, wieder zurücknehmen. Da er sich nicht auf eine Diskussion einlassen wollte, meinte er ausweichend: „Die Polizei wird bald alles aufgeklärt haben." Er hoffte nur, dass das auch der Fall sein würde; sie würde ihn sonst jeden Morgen mit dem ersten Sonnenstrahl heimsuchen, um ihre Bulletins zu verkünden.

„Es gibt natürlich auch noch eine andere Möglichkeit." Sie hatte ihr Katz-und-Maus-Lächeln aufgesetzt.

„Und die wäre?", fragte er ohne großes Interesse.

„Dass dieser Small gar nicht in dem Gasthof ermordet wurde. Der Mörder hat ihn *draußen* erdrosselt und durch die hintere Kellertür hereingeschleppt. Er muss nach einem Platz für die Leiche gesucht haben. Small kann überall ermordet worden sein."

„Warum?"

Sie blickte ihn misstrauisch an. „Was heißt warum?"

„Warum sollte ihn jemand in die Pandorabüchse gebracht haben? Warum hat der Betreffende diesen Small nicht einfach liegen lassen, irgendwo, auf freier Wildbahn, über einen Baum drapiert oder sonst was?"

Agatha hatte den Blick auf ein Rosinenbrötchen geheftet. „Weil er wusste, dass die Polizei so argumentieren würde wie du und die Polizei das nun auch tut! Dass einer von uns der Schuldige sein muss." Ihre Augen glitzerten triumphierend, und sie machte sich über das Rosinenbrötchen her.

Melrose goss sich etwas Port nach und sagte: „Aber selbst in diesem Fall kann es nur einer aus Long Piddleton sein, begreifst du das nicht? Ich kann mir nicht vorstellen, dass jeder Killer der Britischen Inseln wusste, dass unsere kleine, illustre Runde in diesem Gasthof speisen würde und dass er seine Leiche nur in unserem Keller abzuladen brauchte, damit einer von uns es dann – wie es so schön heißt – auszubaden hat." Er nippte an seinem Portwein; über sein Glas hinweg sah er, wie sich ihre Augen zu bösen kleinen Schlitzen verengten. Er hatte schon wieder eine ihrer Tontauben abgeschossen, und sie wollte sie zurückhaben.

„Und was ist mit dem zweiten Mord? Mit diesem Ainsley? Mein lieber Plant, nur ein Verrückter würde eine Leiche auf ..." Melrose war in seinen braunen Ledersessel gerutscht und hatte die Augen geschlossen, in der Hoffnung, seine Tante würde auf diesen Wink reagieren. Aber nein, wie eine alte, senile Spinne spann sie ihre klebrigen, kleinen Theorien weiter ...

„Melrose!"

Seine Augendeckel klappten wieder auf.

„Du bist schon wieder in meiner Gegenwart eingeschlafen! Ruthven möchte dich sprechen."

Der Butler schloss gequält die Augen. Seit Jahren sprach Agatha seinen Namen falsch aus. War es Absicht? Nein, dachte Melrose, sie hat einfach nur Schwierigkeiten mit englischen Namen.

„Eure Lordschaft", sagte Ruthven. „Ich frage mich, was wir wegen der Weihnachtsgans unternehmen sollen. Martha braucht Maronen für die Füllung, Sir, und es sieht so aus, als hätten wir keine."

Verdammt, dachte Melrose und wünschte, Ruthven hätte dieses Thema nicht in Agathas Gegenwart erwähnt. „Vielleicht können Sie jemand zu Miss Ball schicken. Wenn alle andern nichts mehr haben, sie hat immer noch was."

Ruthven nickte und glitt aus der Tür.

„Gans? Es gibt eine Gans dieses Jahr? Wie hübsch!" Das Festessen vor Augen, rieb sich Agatha erwartungsfreudig die Hände.

Er hätte sie natürlich wie immer zum Weihnachtsessen eingeladen. Sein Plan war jedoch gewesen, einen alten Truthahn für sie zu besorgen und die Gans für einen kleinen Mitternachtssnack aufzuheben, zu dem er sich eine Flasche Château Haut-Brion gönnen wollte. „Kannst du überhaupt eine Gans von einem Truthahn unterscheiden? Ich meine, wenn du sie gerupft auf einem Teller siehst?"

„Was brabbelst du denn da, Melrose? Natürlich kann ich das." Sie begutachtete einen Limoges-Aschenbecher.

„Auch wenn der Truthahn ganz *dünn* ist?"

„Ich glaube, du hast einen Nervenzusammenbruch, Melrose. Deine Augen sehen ganz fiebrig aus. Also wenn Ruthven..."

„Könntest du dir bitte angewöhnen, seinen Namen richtig auszusprechen. *Rivv'n*, nicht *Ruth-ven. Rivv'n.*"

„Warum wird er dann *Ruth-ven* geschrieben? *Rivv'n* hat kein *th*."

„Da wir schon dabei sind, du sprichst Bicester-Strachan aus, als hätte das Wort zwanzig Silben. Sie heißen *Bister-Strawn*."

Noch bevor sie diesen Angriff parieren konnte, stand Ruthven wieder in der Tür. „Ein Herr vom Scotland Yard möchte Sie sprechen, in der Halle. Chief Inspector Jury ist sein Name."

Gerettet! „Um Himmels willen, lassen Sie ihn nicht draußen rumstehen, Lady Ardry wollte sowieso gerade gehen..." Melroses Griff konnte wie ein Schraubstock sein, wenn er es darauf anlegte. In der einen Hand hielt er ihre Handtasche, während er mit der anderen Agatha praktisch aus ihrem Sessel zog; an der Tür brüllte sie jedoch: „Meine Uhr! Meine Uhr! Ich hab meine Uhr verloren!" Und sie befreite ihren Arm und stürzte in den Salon zurück, um zwischen den Kissen danach zu suchen.

Melrose seufzte – wieder eine Runde, die er verloren hatte.

Während Agatha im Salon die Kissen durchwühlte, stand Jury in der Eingangshalle, eine Bezeichnung, die eigentlich viel zu banal war für diesen prachtvollen Raum mit seiner faszinierenden Sammlung mittelalterlicher Waffen: Schwerter, Gewehre, Speere, Lanzen, die über den Rundbögen der Eingänge hingen und so blank poliert waren, dass man den Eindruck hatte, die Klingen wären aus Licht geschmiedet.

Der Butler kam zurück und führte Jury durch die Holztüren. Zu seinem Erstaunen erblickte er Lady Ardry, die die Wohnung zu durchsuchen schien. Kaum hatte er einen Schritt in das Zimmer getan, kam sie auch schon mit ausgestreckter Hand auf ihn zugestürmt. „Inspector Jury! So trifft man sich wieder!" Während sie ihm die Hand schüttelte, musterte Jury den Mann, der in der Mitte des Raums stand. Er war groß, sehr sympathisch und trug einen legeren, seidenen Liberty-Morgenmantel; die Haare waren so zerzaust, als hätte man ihn gerade aus dem Bett geholt. Am auffälligsten fand Jury jedoch den Ausdruck der smaragdgrünen Augen, vor die er gerade eine Goldrandbrille schob: äußerst wach und intelligent.

„Meine Tante wollte gerade aufbrechen, Inspector. Ich bin Melrose Plant."

Jury ergriff seine Hand und bemerkte, dass Lady Ardry nicht gerade den Eindruck machte, als wolle sie aufbrechen. Ihre Beine schienen mit dem Fußboden verwurzelt zu sein.

„Der Inspector hätte vielleicht gern eine Bestätigung deiner Aussage", sagte sie.

„Erst einmal braucht er die Aussage, Agatha. Und dazu wird er mich wahrscheinlich unter vier Augen sprechen wollen."

Ihre Augen verengten sich. „Unter vier Augen? Aber warum denn? Du wirst ihm doch nichts erzählen, was nicht für meine Ohren bestimmt ist?"

Melrose packte sie entschlossen am Arm, schob die Handtasche darunter und führte sie zur Tür. „Wir sehen uns morgen. Aber nicht in aller Herrgottsfrühe, es sei denn, auf dem Rasen vor meinem Haus soll ein Duell stattfinden."

Agatha bellte immer noch Anweisungen, während ihr die Tür vor der Nase zugeschlagen wurde.

Plant wandte sich an Jury und sagte: „Entschuldigen Sie, Inspector, aber meine Tante hat in den letzten drei Stunden pausenlos auf mich eingeredet, ich hatte nicht einmal Zeit zum Frühstücken. Wenn Sie mir Gesellschaft leisten wollen – wir könnten uns ja unterhalten, während wir essen."

„Danke, ich habe schon gefrühstückt, aber ich würde mich gern dazusetzen."

Ruthven erschien, fragte Melrose nach seinen Wünschen und verschwand wieder, um sie zu erfüllen.

Melrose Plant bot Jury den Platz an, von dem seine Tante gerade vertrieben worden war. „Sie haben sich in der Pandorabüchse einquartiert?"

Jury nickte und nahm eine Zigarette aus dem Lackkästchen, das Melrose ihm hinhielt.

„Sie wollen bestimmt etwas über Donnerstag- und Freitagabend hören? Was möchten Sie haben, Tatsachen oder meine persönlichen Eindrücke?"

Jury lächelte. „Schaffen wir uns erst mal die Tatsachen vom Hals, wenn Ihnen das recht ist, Sir."

„Inspector, ich bin wohl kaum älter und bestimmt nicht weiser als Sie. Es besteht also keine Veranlassung, mich mit ,Sir' anzureden."

Jury spürte, wie ihm das Blut ins Gesicht stieg. „Gut, äh ... Mr Plant, sollte einer der Fakten, die ich zusammengetragen habe, nicht stimmen, berichtigen Sie mich bitte." Jury charakterisierte die Anwesenden, erwähnte die Verfassung, in der sich die Gäste befunden hatten, das Auftauchen und Verschwinden Smalls.

„Ja, genauso hab ich das auch in Erinnerung. Es muss acht oder halb neun gewesen sein, als Small mit Trueblood an der Bar saß."

„Und danach haben Sie ihn nicht mehr gesehen?"
Melrose schüttelte sehr bestimmt den Kopf. „Nein, nicht, bis meine Tante brüllend ..."
„Ihre Tante? Brüllend?" Jury unterdrückte ein Lächeln.
„Und wie. Man konnte ihr Gebrüll bis nach Sidbury hören." Plant musterte Jury durch halb geschlossene Lider. „Sie hat Ihnen wohl erzählt, sie hätte die Situation im Griff gehabt. Sie brauchen mir gar nicht zu antworten. Ich sehe schon: Um sie herum das Chaos. Agatha selbst fest und unerschütterlich wie ein Fels."
„Sie meinte, die Serviererin – Miss Murch – sei völlig durchgedreht."
„Oh, das ist sie wohl auch. Alle reagierten, wie man in solchen Fällen reagiert – man fasst sich an die Kehle, rollt mit den Augen, springt vom Stuhl auf ..."
„Das hört sich ja sehr theatralisch an, Mr Plant."
Plant lächelte. „Ich muss zugeben, dass ich mich auch fragte, wer von ihnen es wohl gewesen war."
Jurys Hand mit der Zigarette verharrte auf halbem Weg. „Sie dachten also, es war jemand in dem Gasthof?"
Melrose blickte ihn erstaunt an. „Daran ist meiner Meinung nach überhaupt nicht zu zweifeln. Sofern man nicht die Ripper-Theorie meiner Tante vertritt oder diese andere Theorie von dem Mann, der Long Piddleton unsicher macht, weil er einen geheimen Groll gegen Gasthofbesucher hegt. Aber alle in der Pandorabüchse schienen zu glauben, der Mörder sei durch die Kellertür hereingekommen."
„Und Sie nicht?"
Melrose schaute ihn an, als hätte er von Scotland Yard mehr erwartet, sei aber zu höflich, es zu sagen. „Dieser Small wird immer als ‚Ortsfremder' bezeichnet, der ganz zufällig in Long Piddleton aufkreuzte, was eigentlich schon ziemlich unwahrscheinlich ist."
„Und wieso, Mr Plant?"
„Weil er den Zug und anschließend den Bus genommen hat. Wie kann er da ‚auf Durchreise' gewesen sein?" Der Butler erschien, und Plant sagte: „Ah, das Frühstück."
„Ich habe es im Esszimmer serviert, Sir."
„Vielen Dank, Ruthven. Kommen Sie, Inspector Jury."

UNTER DEM FÄCHERGEWÖLBE des Esszimmers hingen riesige, prachtvolle Porträts der Ardry-Plant-Linie. Eines der kleinsten am Ende der Reihe zeigte Melrose Plant an einem Schreibtisch mit einem aufgeschlagenen Buch vor sich.
„Etwas selbstherrlich, finden Sie nicht auch? Von sich selbst ein Porträt aufzuhängen? Aber meine Mutter bestand darauf. Sie ließ es kurz vor ihrem Tod malen. Das hier ist meine Mutter. Die Frau in Schwarz."
Es war das Porträt einer hübschen jungen Frau in einem schwarzen Samtkleid, die sehr schlicht und würdevoll wirkte. Neben ihr hing das Bild eines untersetzten, freundlich dreinblickenden Mannes, der von einer Meute Jagdhunde umgeben war. Plant war seiner Mutter nachgeschlagen.
Während Melrose sich auftat, sagte er: „Martha hat wohl angenommen, meine Tante würde bleiben – das hier reicht für zwölf Personen. Bitte, nehmen Sie doch etwas, Inspec-

tor Jury" Er hob die gewölbten Silberdeckel hoch: gebratene Nieren, seidig schimmernde Eier in Butter, Seezunge, heiße Brötchen.

Jury musste zugeben, dass er sich in einem sehr gastfreundlichen Dorf befand; dennoch lehnte er dieses elegante zweite Frühstück ab. „Vielen Dank, Mr Plant. Eine Tasse Kaffee genügt mir. Sie sagten, Sie glauben nicht, dass Smalls Mörder die Kellertür aufgebrochen hat?"

„Inspector – ich nehme auch nicht an, dass Sie das glauben, aber ich will Ihnen gern meine Gründe nennen. Angenommen, der Mörder kam *von draußen* – ist es dann anzunehmen, dass er sich ein öffentliches Lokal aussuchte, um sich mit seinem Opfer zu treffen? Aber gehen wir trotzdem davon aus, dass er diese seltsame Verabredung getroffen hat und dass Small ihn wie abgemacht im Keller erwartete – warum musste er dann die Tür aufbrechen, um *hinein*zukommen? Hätte Small ihm nicht aufgemacht? Es ist wohl kaum anzunehmen, dass der Mörder rein zufällig um den Gasthof herumging, Small durch das verstaubte Kellerfenster erblickte und sich sagte, ‚Oh, mein Gott, das ist doch Small, mein Erzfeind!' Worauf er dann die Tür eintrat." Melrose Plant schüttelte den Kopf und schenkte Kaffee ein.

Jury lächelte, da Plant seine eigenen Gedanken wiedergegeben hatte. Er zog seine Player's hervor und bot Plant eine an. Sie fingen an zu rauchen.

„Was glauben Sie also, Mr Plant?"

Plant betrachtete einen Augenblick lang die Bilder an der Wand und sagte dann: „Bei einem solchen Treffpunkt kann es meiner Meinung nach nur eine ganz spontane Sache gewesen sein. Für einen der Anwesenden muss Small überraschend aufgetaucht sein; im Lauf des Abends hat er sich dann mit ihm im Keller verabredet. Die Art und Weise, wie er ihn ermordet hat, scheint das auch zu bestätigen. Der Mörder erdrosselte ihn mit dem Stück Draht von einer Champagnerflasche und steckte dann seinen Kopf in dieses Bierfass. Soll ich Ihnen den Ablauf schildern?"

„Ich bitte darum."

„Unser Mörder diskutiert mit Small und dreht dabei den Draht auf, und dann ..." Plant hob die Arme und legte sich ein fiktives Stück Draht um den Hals. „Er drückt so lange gegen den Kehlkopf, bis Small ohnmächtig wird, dann steckt er den Kopf des Opfers in das Fass. Das scheint ganz spontan passiert zu sein. Oder ..."

„Was?"

„Es ist natürlich auch möglich, dass der Mord geplant war, dann aber so ausgeführt wurde, dass es spontan aussah. So groteske Details, wie Smalls Kopf in ein Bierfass zu stecken und Ainsley auf diesen Balken zu stellen ..." Plants grüne Augen glitzerten. „Warum das alles? Dieses bizarre Beiwerk kommt mir irgendwie schon zu bizarr vor."

„Sie meinen, weil es die Aufmerksamkeit auf die Ausführung lenkt und gleichzeitig von etwas anderem ablenkt – zum Beispiel von dem Motiv? Ein Ablenkungsmanöver also?"

„Oder ist der eine Mord nur begangen worden, um von dem anderen abzulenken?", gab Melrose zu bedenken. „Ainsley wurde vielleicht nur umgebracht, um die Aufmerksamkeit von Small abzulenken, oder umgekehrt."

„Damit die Polizei schließlich vor lauter Bäumen den Wald nicht mehr sieht?" Jury ließ sich Kaffee aus der silbernen Kanne nachgießen und dachte, dass Plant ein außergewöhnlich scharfsinniger Mann war. Er hoffte nur, er war nicht der Mörder.

„Komisch", meinte Melrose, „Small und Ainsley schienen hier wirklich völlig fremd gewesen zu sein. Keiner kannte sie, und sie kannten einander auch nicht – oder zumindest sah es so aus. Was für ein Schlamassel; praktisch kommt jeder infrage, aber keiner scheint ein Motiv zu haben. Es würde die Sache wesentlich vereinfachen, wenn das Opfer einer von uns gewesen wäre."

„Warum das?"

„Weil dann kein Mangel an Motiven bestünde. Wäre es zum Beispiel Willie Bicester-Strachan gewesen, hätte man Lorraine verdächtigen können. Und wäre ich es gewesen, dann würde es gleich eine Reihe von Verdächtigen geben – angefangen mit meiner Tante. Wäre Sheila Hogg das Opfer gewesen, käme Oliver Darrington in die engere Wahl ..."

„Darrington sollte Miss Hogg ermorden wollen? Aber wieso denn?"

„Weil er dann versuchen könnte, Vivian Rivington zur Ehe zu bewegen. Das Geld, Sie verstehen. Zweifellos hat Sheila sich schon genau überlegt, wie sie Oliver erpressen kann, falls er ihr zu entlaufen droht. Und im Falle meiner Tante Agatha käme praktisch das ganze Dorf infrage."

„Und bei Vivian Rivington?"

Melrose warf ihm einen prüfenden Blick zu. „Was ist mit Vivian?"

„Die Tatsache, dass Miss Rivington in sechs Monaten ein ziemlich großes Vermögen erben wird, ist doch wohl ziemlich bedeutsam, oder nicht? Wer gewinnt und wer verliert dabei?"

„Ich habe doch nur so herumgespielt. Was hat denn Vivs Vermögen mit Small und Ainsley zu tun?"

„Nichts, soviel mir bekannt ist. Es wäre aber nicht das erste Mal, dass mehrere Leute getötet wurden, um von dem eigentlichen Motiv abzulenken."

„Ich kann Ihnen nicht folgen, Inspector."

Jury wechselte das Thema. „Mrs Bicester-Strachan erzählte, sie hätte eine Zeit lang Ihren Tisch geteilt. An dem Abend, als Small ermordet wurde."

„Nicht wirklich ,geteilt'. Ich hab meine Tischhälfte mit einem strategischen Scharfsinn verteidigt, um den mich Rommel beneidet hätte." Melrose nahm sich eine Scheibe Toast von dem silbernen Toastständer, biss hinein und sagte: „Warum sagt man den *Engländern* eigentlich nach, sie äßen am liebsten kalten Toast?" Er legte den Rest der Scheibe auf seinen Teller.

„Mrs Bicester-Strachans Gefühle für Sie scheinen etwas zwiespältig zu sein."

„Das ist sehr höflich ausgedrückt." Melrose seufzte. „Nein, Inspector, zwischen Lorraine und mir hat es nie was gegeben."

„Und auch nicht zwischen Ihnen und Miss Rivington?"

„Sie erinnern mich an meine Tante. Ich sehe keinen Zusammenhang zwischen meinem Privatleben und dieser Sache."

„Ach, kommen Sie, Mr Plant. Wenn wir das Privatleben ausklammern würden, hätten wir überhaupt keine Chance, jemals einen Schuldigen zu finden."

Plant hob die Hand. „Schon gut, schon gut. Auch wenn meine Tante denkt, jede heiratsfähige Frau der Grafschaft hätte es darauf abgesehen, mich einzufangen und sie um ihr ‚rechtmäßiges' Erbe zu bringen, kann ich Ihnen nur versichern, dass sich bis jetzt nur ganz wenige für mich interessiert haben. Es gab natürlich ein paar Frauen in meinem Leben, ganz normale Beziehungen zu ganz normalen schönen Frauen. Ich war einmal verlobt, aber meine Verlobte hat sich wieder entlobt, da sie der Meinung war, ich sei ein Snob und Müßiggänger, was ich wahrscheinlich auch bin. Es ist der Albtraum meiner Tante, dass eine Frau ‚mich an Land ziehen' könnte, um einen ihrer putzigen Amerikanismen zu gebrauchen. Aber keine hat das wirklich vor."

Jury bezweifelte das, aber er wechselte wieder das Thema. „Wie mir Mr Scroggs erzählte, kamen mehrere von Ihnen am Abend darauf in die Hammerschmiede – am Freitag, als Ainsley ermordet wurde."

„Ja. Ich war ungefähr um acht oder halb neun dort. Auch die andern hatten sich wieder beinahe vollständig eingefunden. Neben mir saß Vivian; Matchett kam vorbei und bestellte sich etwas zu essen. Anscheinend hielt er es bei sich nicht mehr aus. Auf jeden Fall gibt es in der Hammerschmiede diesen hinteren Ausgang. Jeder aus Long Piddleton kann dort ein und aus gegangen sein …"

„Ihnen ist das also auch bekannt?"

„Natürlich, es ist jedem bekannt. Es hilft Ihnen also nicht viel weiter, wenn Sie wissen, wer im Lokal war."

„Was halten Sie von dem Gerücht, dass Mr Matchett sich mit Vivian Rivington verlobt hat?"

„Dazu kann ich nichts sagen. Ich hoffe, nicht."

„Warum?"

„Weil ich Matchett nicht leiden kann. Sie ist viel zu gut für ihn. Sie sprachen davon, dass das ‚eigentliche' Motiv vielleicht verschleiert werden sollte. Denken Sie denn, dass es noch weitere Morde geben könnte?"

„Ich möchte keine solche Voraussage machen. Sie sagten doch selbst, dass in Long Piddleton mehrere Leute ein Motiv hätten."

„Ach, das habe ich nicht wirklich ernst gemeint." Melrose drehte sich nach der Tür um, hinter der ein aufgeregtes Hin und Her und ärgerliche Stimmen zu vernehmen waren.

Ruthven kam herein. „Es tut mir leid, Sir. Es ist Lady Ardry. Sie besteht …"

„Meine *Tante?* Zweimal an einem Tag …?"

Bevor er seinen Satz beenden oder Ruthven zur Seite treten konnte, kam Agatha schon mit fliegendem Cape durch die Tür gestürmt, Ruthven vor sich herschiebend. „Was sehe ich da, alle beide gemütlich bei Nieren und Speck, während das ganze Dorf in Aufruhr ist!"

„Das Dorf ist schon seit Tagen in Aufruhr, Agatha. Was, um Himmels willen, hat dich zurückgebracht?"

Lady Ardry baute ihren Stock vor sich auf und hätte den Triumph in ihrer Stimme wohl kaum verheimlichen können, selbst wenn sie es gewollt hätte. „Was mich zurückbringt? Ich wollte nachsehen, ob Chief Inspector Jury abkömmlich ist. Es gab wieder einen!"

„Wieder einen?"

„Einen Mord. Im Schwanen."

# 9

„Als ich das hörte, bin ich sofort zurückgefahren!", sagte Lady Ardry aus dem Fond von Plants Bentley. Fünf Minuten hatte es gedauert, bis der Motor ansprang, jetzt fuhren jedoch alle drei in vollem Tempo die Landstraße entlang, die Dorking Dean mit Sidbury verband.

Jury unterdrückte nur mühsam seinen Ärger. „Warum hat Wiggins mich nicht einfach angerufen? Dann hätten wir die halbe Stunde, die Sie mit Ihrem Fahrrad unterwegs waren, eingespart."

Sie summte vor sich hin und starrte auf die Felder mit dem schmelzenden Schnee. „Wahrscheinlich wusste er nicht, wo Sie waren."

Jury drehte sich auf seinem Sitz nach ihr um und sagte mit eiserner Selbstbeherrschung: „Aber Sie wussten es, Lady Ardry."

Sie strich sich den Rock glatt. „Ich hatte keine Ahnung, dass Sie immer noch bei Plant herumsitzen und Kaffee trinken würden."

DER DORFGASTHOF „Zum Schwanen" war kaum zwei Kilometer von Ardry End und auch nur wenige Kilometer von Dorking Dean entfernt. Als sie ankamen, sahen sie auf dem kleinen Parkplatz vor dem Gasthof bereits drei Polizeiautos stehen. Auch mehrere Sensationslüsterne hatten ihre Autos wahllos am Straßenrand abgestellt. Kaum war Plants Bentley hinter der Kaskade von Schneematsch sichtbar geworden, kam auch schon Wiggins angerannt.

„Tut mir schrecklich leid, Sir. Ich habe überall herumtelefoniert, wirklich, glauben Sie mir ..."

Jury beruhigte ihn. „Ich war auf Ardry End."

„Und frühstückte", warf Agatha ein, die sich mühsam aus dem Auto hievte.

Pratt trat hinzu. „Die Leute haben schon alles inspiziert, Sie können also tun und lassen, was Sie wollen. Ich muss nach Northampton zurück. Der Sergeant ist ... na ja, Sie können sich's ja denken. Wiggins wird Ihnen alles Weitere erzählen." Pratt salutierte andeutungsweise und verschwand in dem Wagen, der vorgefahren war.

Melrose Plant mischte sich unter die Leute, und Lady Ardry trabte empört hinter ihm her. Sie schien zu denken, die Tatortbesichtigung wäre in ihrer Abwesenheit nicht richtig vorangekommen und könnte erst jetzt zu Ende geführt werden.

„Pluck!", rief Jury. „Diese Leute sollen sofort aus dem Weg gehen. Der Polizeiarzt braucht Platz für seinen Wagen."

Es sprangen auch ziemlich viele Kinder herum, die sich wohl irgendwelche blutigen Gräuel versprachen. Er entdeckte die Doubles unter ihnen und winkte. Ganz hektisch winkten sie zurück.

„Wo ist die Leiche, Wiggins? Und wer hat sie gefunden?"

„Im Garten, Sir. Mrs Willypoole, die Besitzerin, hat sie gefunden."

Mehrere Reporter drängten sich zu ihnen vor. „Handelt es sich um einen Geistesgestörten, Inspector?"

„Kann ich Ihnen nicht sagen. Nach dem, was in den Zeitungen steht, scheinen Sie das ja zu glauben."

„Aber es gibt ein bestimmtes *Grundmuster*: ein weiterer Mord in einem Gasthof, Inspector."

„Erklären Sie mir, was es mit dem Muster auf sich hat, wenn Sie dahintergekommen sind." Jury drängte sich an ihnen vorbei.

Bevor er die Tür öffnete, blieb er einen Augenblick lang stehen und betrachtete das Schild des Gasthofs, das an seiner eisernen Stange knarrte. Die Farben waren schon ziemlich verblasst, aber der Schwan mit den beiden Hälsen und den beiden in entgegengesetzte Richtung blickenden Köpfen war deutlich erkennbar. Er schwamm fröhlich einen Fluss hinunter, der einmal grün gewesen sein musste, und seine seltsame Entstellung schien ihn überhaupt nicht zu stören. Über dem Bild stand in hübscher Kursivschrift: *Zum Schwanen mit den zwei Köpfen*.

„Wie sie nur auf so was kommen?", meinte Jury zu Wiggins.

„Äh, wassa?", fragte Wiggins, dessen Stimme sich in den Falten seines Taschentuchs verlor.

„Auf diese Namen, Wiggins, auf diese komischen Namen."

Jury stieß eine Tür aus Milchglas auf, die offensichtlich zur Bar führte. Eine Frau, Mrs Willypoole, wie er annahm, kippte gerade ein Gläschen Gin hinunter. Als sie Jury sah, zwang sie sich ein Lächeln ab und schwenkte die Ginflasche wie eine Trophäe.

„Das ist Mrs Willypoole", sagte Wiggins. „Sie hat ihn gefunden."

„Inspector Jury, Madam, New Scotland Yard." Er zeigte ihr seinen Ausweis, aber es fiel ihr offensichtlich schwer, sich darauf zu konzentrieren. Eine orangefarbene Katze, die sich auf dem Tresen zusammengerollt hatte, öffnete ein blankes Auge. Anscheinend hatte sie an Jurys Papieren nichts auszusetzen; sie gähnte und schlief weiter.

„Wie wär's mit einem Drink?" Jury schüttelte den Kopf. „Sie müssen schon entschuldigen, so 'n Schock kriegt man nicht alle Tage. Als ich in den Garten ging, glauben Sie mir ..." Sie ließ den Kopf in die Hände fallen.

„Natürlich, ich versteh schon, Mrs Willypoole. Ich würd mir gern mal den Garten anschauen und Ihnen dann ein paar Fragen stellen." Sie schien ihn nicht zu hören, und er sagte sich, dass er einen anderen Ton anschlagen musste, wenn er keine völlig bewusstlose Zeugin haben wolle. Er lehnte sich an den Tresen und versuchte, den richtigen Ton zu treffen. „Sie ham ja auch was mitgemacht, aber hör'n Sie, meine Liebe, nicht zu viel von dem da." Er schnipste mit dem Nagel gegen die Flasche. „Ich brauch Sie noch." Er zwinkerte ihr zu.

Sie blickte zu ihm hoch und setzte das Glas ab. „Hetta heiß ich." Obwohl sie nicht mehr die Jüngste war, hatte sie doch noch etwas Glamouröses an sich. Trotz Übergewicht und hennarotem Haar sah man sofort, dass das nicht immer so gewesen war. Kleine Gesten und das Knistern von unsichtbarer Seide verrieten, dass sie schon bessere Tage gesehen hatte. Sie verkorkte die Flasche und sagte: „Zum Garten geht's durch diese Tür."

Es war eisig.

„Warum um Gottes willen ist er mit seinem Bier in die Kälte hinausgegangen?", fragte Wiggins, als sie vor der Leiche standen, die auf einem der Gartentische lag. Neben der Leiche stand ein zur Hälfte geleertes Bierglas.

„Ich nehme an, weil er sich mit jemandem verabredet hatte."

„Oh. Mit wem denn, Sir?"

Jury warf Wiggins, der anscheinend eine Antwort von ihm erwartete, einen kurzen Blick zu. „Wenn ich das wüsste, Sergeant. Schauen Sie sich mal das an." Jury zeigte auf ein Buch, auf dem die Hand des Ermordeten lag. Da, wie Pratt gesagt hatte, die Leute vom Labor schon da gewesen waren, brauchte er sich wegen der Fingerabdrücke keine Gedanken zu machen, und er zog vorsichtig das Buch hervor. „Sieh an, ‚Scharf auf Mord'. Von unserem Mr Darrington."

Wiggins sagte: „Na so was. Kann doch wohl nur ein Ablenkungsmanöver sein?"

Manchmal verblüffte Wiggins Jury. Er konnte, wie eben, vollkommen blödsinnige Fragen stellen und dann wieder ganz scharfsinnige Schlüsse ziehen. Vielleicht hing das davon ab, ob seine Nase frei oder verstopft war. „Würde mich gar nicht wundern, Sergeant. Erzählen Sie mir bitte, was Sie wissen."

Wiggins holte seine in Zellophanpapier eingewickelte Schachtel mit Hustenbonbons hervor, und Jury wartete geduldig, während er sie umständlich öffnete und sich ein Bonbon in den Mund steckte. „Es handelt sich um einen gewissen Jubal Creed, Sir. Seinem Führerschein entnehmen wir, dass er aus einer Stadt in East Anglia kommt, die Wigglesworth heißt. Gehört zu Cambridgeshire. Die Polizei in Weatherington hat versucht, sich mit seiner Familie in Verbindung zu setzen. Sein Auto stand auf dem Parkplatz vor dem Gasthof. Es wurde auch nach Weatherington gebracht. Er kam gestern Abend an und hat heute Morgen noch sein Frühstück hier eingenommen. Mrs Willypoole sagte, er sei gegen zehn Uhr dreißig oder vielleicht auch etwas später heruntergekommen."

Jury nickte und ließ sich auf ein Knie nieder, um Creed genauer zu inspizieren. Die rote Furche um seinen Hals, das bläulich verfärbte Gesicht und die Augen sagten schon alles. Wiggins hatte sie geschlossen, aber sie wölbten sich noch unter den Lidern. Die Furche um den Hals stammte wahrscheinlich wie bei Small von einem Stück Draht, das sich in die Haut eingeschnitten hatte. Einen Kampf konnte es wohl kaum gegeben haben.

„Sauber, ordentlich und lautlos. Man braucht nur ein paar Sekunden hinter seinem Opfer zu stehen und ..." Jury erhob sich.

„Ich hab Superintendent Racer angerufen. Ich hoffe, das ist in Ordnung?"

„Danke. Es hat ihn bestimmt interessiert."

Wiggins gestattete sich ein Lächeln. „Er wollte wissen, warum nicht Sie anrufen. Ich sagte, Sie hätten zu viel zu tun, Sir."

„Hätte Lady Ardry nicht darauf bestanden, mir die Nachricht persönlich zu überbringen, hätten Sie mich bestimmt schon früher erreicht. Vielleicht sollten wir die alte Sitte wieder einführen und dem Überbringer schlechter Nachrichten den Kopf abschlagen."

„Sie war mit ihrem Fahrrad unterwegs, und ein Autofahrer hat ihr von dem Mord erzählt. So hat sie es zumindest dargestellt."

Jury schnaubte. „Dieses Alibi haben wir sofort vom Tisch gefegt, Wiggins."

Wiggins lachte tatsächlich und musste sein Inhaliergerät herausholen. Zu allem Übel plagte ihn auch noch Asthma.

„Versuchen Sie herauszufinden, wann und warum Creed von Cambridgeshire aufbrach."

Jury schaute sich Creed genauer an; der Kopf ruhte auf dem Arm, das Gesicht war leicht nach oben gedreht. „Wiggins, was zum Teufel ist denn das?" Jury zeigte auf eine Verletzung, einen kleinen Schnitt auf der Nase. Das Blut schien noch ziemlich frisch zu sein. Jury streckte den Arm aus und drehte den Kopf des Mannes in seine Richtung. Er entdeckte noch einen weiteren Schnitt. Als hätte jemand mit einer Rasierklinge zwei Kerben in den Nasenrücken gehauen. Das meiste Blut war zur anderen Seite hin abgeflossen. Die Kerben waren nicht sehr tief, aber sie ließen Jury erschauern. War wieder der Spaßvogel am Werk gewesen? Aber worin lag der Spaß?

Bevor Wiggins sich zu den Kerben äußern konnte, wurde die Tür zum Garten von einem behänden kleinen Männchen aufgestoßen, der sich als Dr. Appleby vorstellte und sich für sein spätes Erscheinen entschuldigte. Bissig meinte er, er müsse sich auch noch um die Lebenden kümmern. Nachdem er das Opfer schnell und gründlich untersucht hatte, sagte er: „Das wär's mal wieder: Er wurde von einem, der hinter ihm stand, erdrosselt. Der Kehlkopf hat den größten Druck abgekriegt. Die Haut ist etwas verletzt. Wahrscheinlich wurde ein Stück Draht benutzt – wie bei den andern. Schnell, sauber, und wenn ich das noch hinzufügen darf –" Appleby musterte Jury über seine randlose Brille mit hochgezogenen Augenbrauen – „der dritte bislang."

„Das ist also eine Tatsache?", sagte Jury. „Warum erfahre ich solche Dinge nicht von den Londoner Burschen?"

Appleby grunzte. „Nach der Obduktion lässt sich vielleicht noch etwas mehr sagen, aber viel wird's nicht sein. Nicht, wenn es wie bei den andern beiden aussieht. Die Todeszeit kann ich Ihnen auch gleich sagen; es muss zwischen neun und wann immer die Leiche gefunden wurde, gewesen sein – war's nicht um die Mittagszeit?"

„Wir können das noch weiter eingrenzen. Um halb elf hat er noch gelebt." Jury bot Appleby eine Zigarette an, die der Arzt auch annahm. „Es gibt keinen Grund zu der Annahme, dass der Mörder nicht auch eine Frau sein könnte."

„Natürlich. Alle drei waren ziemlich klein – Fliegengewichte. Und schließlich haben wir inzwischen auch eingesehen, dass das schwache Geschlecht gar nicht so schwach ist. Die Tötungsarten jedoch eher untypisch: Gift, Pistolen, derlei Zeug – das ziehen Frauen gewöhnlich vor."

„Wie chauvinistisch von Ihnen, Dr. Appleby", sagte Jury mit einem Grinsen. „Wie erklären Sie sich denn die beiden Schnitte auf dem Nasenrücken?"

„Das ist wirklich komisch." Appleby hob Creeds Kopf, um ihn noch einmal genauer anzuschauen, und ließ ihn dann wieder auf den Arm zurückfallen. „Ehrlich gesagt, ich habe keine Ahnung. Scheint noch ziemlich frisch zu sein. Der Mörder?"

„Beim Rasieren kann es nicht passiert sein."

„Gut, ich möchte mich verabschieden." Appleby blickte auf die Leiche und sagte: „Plastikplane und Bahre kommen gleich. Bis dann, Inspector." Und weg war er.

Jury schlug den Mantelkragen hoch, steckte die Hände in die Tasche und inspizierte seine Umgebung: Es war ein von einer Mauer umgebener Garten mit einer Seitenlänge von ungefähr fünfzehn Metern. Dort, wo die Tische standen, war er gepflastert, der Rest war Rasen. Auf der linken Seite befanden sich die alten Ställe, die zum Teil modernisiert und in Toiletten umgewandelt worden waren. Auf den anderen drei Seiten war die Mauer sehr hoch. „Gibt es irgendwelche Öffnungen in dieser Mauer, Wiggins?"

„Nein, Sir."

Jury drehte sich um und inspizierte die Rückseite des Schwanen. Die rückwärtige Mauer wies zwei Vorsprünge auf, die einen Teil der gepflasterten Terrasse begrenzten, den Teil, auf dem die Tische standen und in dem sich auch Creed aufgehalten hatte. Das Erdgeschoss hatte zwei Fenster, die sich gleich an die Vorsprünge anschlossen. Aber selbst wenn jemand einen Blick in den Garten geworfen hätte, wäre der Ermordete nicht in seinem Blickfeld gewesen, da der Tisch in der von den beiden Vorsprüngen gebildeten Nische stand. Im Mittelteil gab es keine Fenster; die Terrasse selbst war mit billigem Plexiglas überdacht, das Wind und Regen abhalten sollte. Praktisch für den Mörder, der keine Fußspuren im Schnee hinterlassen wollte. Das Dach versperrte auch jedem die Sicht, der von einem der auf den Hof gehenden Fenster des ersten und zweiten Stocks hinunterblickte. Für ein öffentliches Lokal war es ein erstaunlich abgeschirmtes Plätzchen. Nur der hintere Ausgang war ein Risiko, da die Tür jederzeit geöffnet werden konnte.

„Haben sich die Leute die Mauer auch von außen angesehen, Wiggins?"

„Ja, Sir. Pratt hat seine Männer das ganze Gelände absuchen lassen. Sie haben aber keine Spuren gefunden. Über die Mauer wäre auch keiner so schnell gekommen. Sie ist zu hoch."

„Hmm", sagte Jury. „Sprechen wir mit Mrs Willypoole. Gab es noch weitere Gäste?"

„Keine, die übernachteten. Gegen elf, als die Bar geöffnet wurde, kamen zwei Leute aus Long Piddleton vorbei. Miss Rivington und Mr Matchett."

Jurys Augenbrauen gingen in die Höhe. „Tatsächlich? Welche von den Rivingtons?"

„Vivian Rivington."

„Und wieso?"

„Sie sagten, zum Mittagessen."

„Haben Sie mit ihnen gesprochen?"

„Nein, Sir. Sie waren schon gegangen, als wir hierherkamen."

„Haben Sie sich mit ihnen in Verbindung gesetzt?"

„Ich habe Pluck losgeschickt; er soll sich darum kümmern, dass sie uns zur Verfügung stehen. Er sagt, sie seien in Long Piddleton."

Jury schwieg einen Augenblick lang und schaute sich noch einmal prüfend in dem Garten um.

„Sie denken wohl dasselbe wie ich, Sir?"

Am meisten überraschte es Jury zu hören, dass Wiggins überhaupt etwas dachte. Gewöhnlich überließ er das Jury. „Und das wäre, Sergeant?"

„Dass es der typische Fall von abgeschlossenem Zimmer ist."

„Wie das?"

„Wer immer es war, er muss von drinnen gekommen sein. Aber Mrs Willypoole sagt,

Mr Matchett und Miss Rivington hätten ihren Tisch nicht verlassen. Und sie kann das nur behaupten, wenn sie selbst auch nicht den Raum verlassen hat. Alle drei haben also ein Alibi."

„Sehr schlau, Wiggins. Und über die Mauer kann auch keiner geklettert sein. Also kann auch keiner diesen Mord begangen haben. Ist das der Schluss, zu dem Sie gekommen sind?"

Wiggins hatte ein breites Grinsen aufgesetzt. „Richtig, Sir."

Jury grinste ebenfalls. „Aber jemand muss ihm den Draht um den Hals gelegt haben! Schauen Sie doch noch mal die Mauer von außen an."

„Sie sagten, Sie hätten den Toten gefunden, als Sie nachschauen wollten, was er denn so lange im Garten trieb?"

„Ja, richtig", sagte Mrs Willypoole. „Ich fand es gleich ziemlich komisch, dass er nach draußen gehen wollte. Und da lag er dann auf einem der Tische. Zuerst dachte ich, es sei ihm vielleicht schlecht geworden. Aber irgendetwas sagte mir, ich sollte die Finger von ihm lassen." Sie erschauerte und bat Jury um eine Zigarette.

„Er hat hier übernachtet?"

Sie nickte. „Ich hab nicht so viele Zimmer in Benutzung. Besonders nicht im Winter. Aber er hat vor ein paar Tagen hier angerufen ..."

„Angerufen? Von wo?"

Sie zuckte mit den Schultern. „Weiß ich nicht. Er sagte nur, er wolle ein Zimmer für eine Nacht, das war alles. Ich war einigermaßen überrascht, ich meine, wer kennt das Gasthaus denn schon, außer den Leuten aus Dorking Dean oder Long Pidd."

„Sie wussten, dass er fremd hier war?"

„Na ja, ich kannte ihn zumindest nicht. Er hätte auch aus Dorking Dean kommen können, aber dann hätte er ja wohl kein Zimmer gebraucht."

Jury hatte das Fremdenbuch aufgeschlagen vor sich liegen. „Jubal Creed. Er sagte nicht, was er vorhatte?" Sie schüttelte den Kopf. „Sagte er etwas, als er nach draußen ging?"

„Nur dass er frische Luft schnappen wolle."

„Haben Sie häufig Gäste aus Long Piddleton?"

„Ja. Ziemlich viele. Meistens sind sie auf dem Weg nach Dorking Dean oder fahren noch weiter. An dem Morgen waren zwei da, das habe ich auch schon Ihrem Sergeant gesagt."

„Und das waren Simon Matchett und Miss Rivington?" Sie nickte. „Kennen Sie sie?"

„Ihn schon. Er ist der Besitzer der Pandorabüchse." Ihr Blick wurde weicher. „Ein netter Mann, dieser Mr Matchett. Sie war auch schon ein paarmal hier, aber kennen tu ich sie eigentlich nicht."

„Warum sind sie denn gekommen?"

„Warum? Sie wollten etwas essen, einen Ploughman's Lunch – Brot und Käse, Sie wissen schon."

„Um welche Zeit war das?"

„So gegen elf. Zum Mittagessen war es noch zu früh."

„Sind sie zusammen angekommen?"

„Sie kamen zusammen herein. Aber ich hab gesehen, dass sie in verschiedenen Autos kamen und sich erst hier trafen."

„Sie sagten, das war um elf Uhr?"

„Kurz danach. Auf die Minute genau kann ich es nicht sagen, aber ich erinnere mich, dass ich die Bar für ihn aufgemacht habe."

„Haben sie an der Bar gesessen und sich unterhalten? Oder was machten sie?"

„O nein, ich habe ihnen das Essen an den Tisch da in der Ecke gebracht." Sie zeigte auf den hintersten der Tische.

„Sie konnten also nicht hören, über was sie sprachen?"

„Nein."

„Ist einer von ihnen mal aufgestanden?"

„Nein. Und ich war die ganze Zeit hinter der Bar, ich bin mir also ganz sicher."

„In den Garten kommt man nur durch die hintere Tür?" Sie nickte. „Ich habe gesehen, dass die Terrasse zum Teil von den beiden Vorsprüngen eingefasst wird." Jury nahm Wiggins' Hustenbonbons in die Hand und schob die Schachtel zwischen die Ketchupflasche und das Branston-Pickle. „Hinter den Vorsprüngen sind auch Fenster, aber man kann von ihnen nicht in diesen Teil des Gartens sehen." Er legte die Hand auf die Packung mit den Hustenbonbons. „Die Terrasse ist also nur von einem Punkt aus einzusehen, von der Tür. Und die war zu, weil es Winter ist." Sie nickte wieder.

„Kennen Sie ein paar von diesen Leuten, Hetta?" Jury rasselte die Namen der Leute herunter, die an dem Abend, an dem Small ermordet wurde, in der Pandorabüchse gewesen waren.

„Sie waren alle schon mal hier. Sogar der Pfarrer. Ich könnte Ihnen wahrscheinlich nicht sagen, wie sie aussehen, aber ihre Namen kommen mir bekannt vor."

„Wie lange haben sich Mr Matchett und Miss Rivington hier aufgehalten?"

Sie fuhr sich mit einem roten Fingernagel, von dem der Lack schon teilweise abgesplittert war, über die Stirn. „Hmmm. Vielleicht eine Stunde, vielleicht auch nur eine Dreiviertelstunde."

In diesem Augenblick kam Wiggins mit einem sehr zufriedenen Gesichtsausdruck durch den Vordereingang des Schwanen. „Ich hab was gefunden, Sir. Ein Fenster. Kommen Sie doch mal mit nach draußen." Als Jury sich erhob, fiel Wiggins' Blick auf das Ketchup-und-Hustenbonbon-Arrangement, und er schnappte sich seine Packung.

„Vielen Dank, Hetta." Jury lächelte. „Sie haben uns sehr geholfen."

Hetta erinnerte sich anscheinend, dass es für einen Versuch nie zu spät war. Sie zog ihren Pullover glatt, damit ihre Formen besser zur Geltung kamen, und strich die roten Locken nach hinten. „Einer, der gleich durchdreht, ist für dieses Gewerbe nicht geeignet. Ich hab das immer gesagt. Früher hab ich auch schon welche eigenhändig aus dem Lokal befördert, Mr Jury. Männer müssen lernen, nicht nach allem zu grapschen, stimmt's?" Sie blickte Jury lächelnd an.

„Absolut. Falls wir noch ein paar Fragen haben, können wir uns dann wieder an Sie wenden?"

„Aber ja." Ihr Lächeln wurde immer kecker.

„Es ist die Toilette, Sir", sagte Wiggins und zeigte nach oben. Sie standen draußen vor der Mauer, vor dem Teil, den die ausgebauten Ställe bildeten. „Es ist nicht besonders schwierig, ich hab eben selbst das Fenster aufgestoßen und mich durchgezwängt. Dann bin ich durch die Tür in den Hof gegangen."

Jury blickte von dem Fenster auf den Boden. Der Schnee war beinahe geschmolzen, und der Boden war steinhart. Spuren waren wohl kaum zu erwarten. Jury ging in die Hocke. „Pratts Leute müssen hier auch gewesen sein. Ich frage mich, ob ..."

Er hörte hinter sich ein Pssst. Als er sich umdrehte, um festzustellen, aus welcher Richtung es kam, sah er einen kleinen Kopf hinter einer Eiche verschwinden.

„Was war denn das, Sir?", fragte Wiggins verstört und schlug den Mantelkragen hoch, als wolle er sich gegen irgendwelche seltsamen Waldgeister schützen.

„Ich kann mir's schon denken", sagte Jury und beobachtete den Baum. Der Kopf zeigte sich wieder, und über ihm tauchte auch noch ein zweiter auf.

Pssst. Pssst.

„Kommt schon raus aus euerm Versteck!", rief Jury so autoritär wie nur möglich.

Es wirkte. Die beiden erschienen auf der Stelle und ließen die Köpfe noch tiefer als gewöhnlich hängen. Die kleine Hand des Mädchens zerknautschte den Saum ihres Mantels.

Jurys Stimme klang etwas freundlicher. „Was macht ihr denn da, ihr beiden, James und James?"

Der Junge, wie immer der Tapfere, blickte von Jury auf Wiggins, den er einer gründlichen Inspektion unterzog, und dann wieder auf Jury; sein Gesicht sagte alles. *Schick den da weg. Oder wir sagen kein Wort.*

„Wiggins, schauen Sie doch mal nach Hetta, vielleicht ist ihr nach ein paar Gläschen noch etwas eingefallen."

Kaum war der Sergeant verschwunden, hüpfte das Mädchen von einem Bein aufs andere, kaum in der Lage, seine Erregung zu unterdrücken, und der Junge sagte beinahe ehrfürchtig: „Spuren!" Er deutete mit dem Finger auf den Wald. Gleich hinter der Mauer stand eine Gruppe Eichen, die in einen kleinen Wald überging.

Das kleine Mädchen blickte Jury mit tellergroßen blauen Augen an, offensichtlich noch ganz fassungslos, dass ihre Lektion so schnell Anwendung gefunden hatte.

James flüsterte aufgeregt, während er Jury mit sich zog: „Wir haben es genau so gemacht, wie Sie gesagt haben, Mr Jury. Wir haben nach was Komischem geschaut. Sie meinten doch, bei einem Mord gibt es immer was Komisches."

Hatte er das gesagt, fragte sich Jury, als sie ihn wie einen Kinderwagen vor sich herschoben. Schließlich ließen sie ihn los und rannten zwischen den Bäumen voraus. Im Wald lag noch sehr viel mehr Schnee als bei dem Gasthof, und als er sie wieder eingeholt hatte, deutete James auf den Abdruck eines Schuhs oder eines Stiefels. Ein paar Schritte weiter war noch einer, wiederum an einer Stelle, an der der Schnee nicht geschmolzen war. Nach ungefähr sechs Metern hatten sie eine kleine Lichtung erreicht; der Boden war hartgefroren und zerfurcht.

James zeigte zurück auf die von Bäumen verdeckte Landstraße von Sidbury nach Dorking Dean und sagte: „Früher gab es hier mal eine Straße. Aber niemand benutzt sie mehr. Sie ging nach Dorking."

Jury entdeckte alte Reifenspuren, und als er sich bückte, um sie genauer zu inspizieren, bemerkte er, dass eine zumindest doch nicht so alt aussah. Ein Wagen hätte von der Landstraße von Sidbury nach Dorking Dean abbiegen und hierherfahren können.

Jury stand auf. „James", sagte er, „und James." Er legte seine Hand auf die gestrickte Mütze des Mädchens. „Wirklich glänzend!" Mit offenen Mündern starrten sie einander an, überwältigt, dass ein Wort, das für Gold und Kronjuwelen reserviert war, nun auf sie angewandt wurde. Jury zog seine Brieftasche hervor und sagte: „Scotland Yard zeigt sich in solchen Fällen immer erkenntlich." Er gab jedem eine Pfundnote, die sie kichernd in Empfang nahmen. „Ihr dürft natürlich nichts von dieser Entdeckung verlauten lassen." Das Kichern verstummte, die Köpfe nickten, und ein feierliches Schweigen breitete sich aus. „Und jetzt ab nach Hause. Macht keine Dummheiten, ich brauche euch noch." Die beiden verschwanden zwischen den Bäumen, aber eine Minute später tauchte der Junge wieder auf und schob etwas in Jurys Hand.

„Das ist für Sie, Sir. Ich hab es selbst geschnitzt." Er rannte wieder los. Einmal drehten sich beide noch nach Jury um, winkten stürmisch und waren dann weg.

Jury betrachtete sein Geschenk. Es war eine kleine Schleuder, eine sehr primitive, mit einem Gummiring als Band. Er lächelte. Dann tappte er im Schnee herum und suchte nach Steinen; er fand ein paar kleinere Kiesel und zielte probeweise auf die Bäume. In James' Alter hatte er einmal aus einer Entfernung von ungefähr 300 Metern eine ganze Reihe von Schulfenstern zertrümmert.

Dann blickte er sich wie ertappt um. Er steckte die Schleuder in die Innentasche seines Mantels und stapfte zum Schwanen zurück.

# 10

„Der Boden war steinhart, aber wir haben es doch geschafft, einen Vergleichsabdruck von den Reifenspuren zu machen", sagte Superintendent Pratt. Die Füße hatte er auf der Platte von Sergeant Plucks Schreibtisch liegen.

„Ich glaube aber, es hilft uns genauso wenig weiter wie die Fußspuren. Mir ist niemand bekannt, der solche Quadratlatschen trägt. Und wenn er so schlau war, seine Schuhe zu wechseln, dann hat er bestimmt auch daran gedacht, die Reifen zu wechseln."

„Hmm. Wir gehen der Sache auf jeden Fall nach. Es war ein ziemlich sicheres Plätzchen, um den Wagen abzustellen." Pratt schloss die Augen, als wolle er sich noch einmal die Lichtung vergegenwärtigen. „Von der Straße nicht einsehbar, weil die Bäume und dieser kleine Hügel sich davor befinden." Er öffnete die Augen und blickte Jury an. „Was die Schnitte auf der Nase betrifft …"

Pratt wurde jedoch von Sergeant Pluck unterbrochen, der Lady Ardry ankündigte. „Sie haben sie hierherbestellt, Sir? Zumindest behauptet sie das." Pluck war entsetzt und blickte Jury an, als wäre er von allen guten Geistern verlassen.

„Ja, ich habe sie kommen lassen. Und wenn Miss Rivington und Mr Matchett hier eintreffen, sagen Sie ihnen bitte, sie sollen sich etwas gedulden."

Lady Ardry stand jedoch bereits im Zimmer; sie hatte Pluck ihren Stock vor die Brust gehalten und ihn beiseitegeschoben. Pratt trank seinen Tee aus und sagte, er müsse gehen. Er nickte und verschwand.

Agatha nahm in ihrem voluminösen, über den Stuhl wallenden Cape Platz, ihren Spazierstock hielt sie mit beiden Händen umklammert. Jury hatten es besonders die Handschuhe angetan; sie waren aus brauner Wolle gestrickt, und die Finger waren oberhalb der Knöchel abgeschnitten. Wahrscheinlich hatte ein Finger ein Loch gehabt, und sie wollte es nicht flicken. Sie genoss es offensichtlich, von ihm hergebeten worden zu sein. „Handelt es sich um diesen Creed?"

Jury war überrascht. „Woher wissen Sie denn seinen Namen, Lady Ardry?"

„Vom Stadtausrufer", sagte sie mit einem boshaften Lächeln. „Sergeant Pluck. Ich hab Sie vor ihm gewarnt, erinnern Sie sich? Er posaunt die Geschichte überall herum." Sie blies die Backen auf und gab ihre Schlussfolgerung zum Besten. „Inspector, es sieht ganz so aus, als würde dieser Irre sich immer noch in Long Piddleton herumtreiben!"

„Wollen Sie etwa sagen, dass sich irgendein Fremder hier herumtreibt und nur darauf wartet, wieder zuschlagen zu können?"

„Großer Gott, meinen Sie denn etwa, dass es jemand ist, der *hier* lebt?", schnaubte sie. „Sie haben eben mit unserem verrückten Melrose gesprochen." Das klang so, als beziehe Scotland Yard seine Hinweise ausschließlich von dem verrückten Melrose.

„Ich befürchte, dieser Irre, falls es überhaupt ein Irrer ist, befindet sich unter Ihnen, Lady Ardry." Sie fuhr empört hoch. „Sie haben gesagt, Sie seien mit dem Fahrrad die Straße nach Dorking Dean entlanggefahren. Um wie viel Uhr war das?"

„Nachdem ich Sie und Melrose verlassen habe, wann denn sonst?"

Sie *Idiot*, hörte Jury sie im Geist hinzufügen. „Ja, gut. Aber können Sie es nicht etwas genauer sagen? Wie lange brauchten Sie von Ardry End bis zu der Straße?"

Ihre Stirn legte sich in tiefe Falten, so angestrengt dachte sie nach. „Eine Viertelstunde."

„Und auf dem Weg zur Dorking Dean Road überholte Sie dann das Auto?"

„Das Auto? Welches Auto?"

Jury betete um Geduld. „Das Auto, das, wenn ich recht verstanden habe, anhielt und dessen Fahrer Ihnen dann erzählt hat, was im Schwanen passiert ist."

„Ach, *das* Auto? Warum haben Sie das nicht gleich gesagt. Ich war bereits auf der Straße nach Dorking Dean. Das war Jurvis, der Fleischer. Er hatte den Auflauf vor dem Schwanen gesehen und mir davon erzählt."

„Bis zu dem Gasthof war es dann ungefähr noch ein Kilometer", schätzte Jury. „Sie hätten das in ein paar Minuten geschafft."

„Ja, wenn ich gewollt hätte. Ich kann diese grässliche Willypoole nicht ausstehen, aufgetakelt, wie sie ist. Aber was kann man von so einer schon erwarten."

Jury unterbrach sie. „Theoretisch können Sie also gegen halb elf hier losgefahren und noch vor zwölf am Schwanen gewesen sein." Jury wartete darauf, dass sie begriff.

Sie begriff jedoch nicht. „Warum hätte ich das tun sollen?"

Jury unterdrückte ein Lächeln. „Also, eine gute Nachricht habe ich für Sie." Er blickte auf das Stück Papier, auf dem er die Zeiten überschlagen hatte. „Aber ich möchte, dass niemand davon erfährt", flüsterte er.

Sie lag beinahe auf dem Schreibtisch, so begierig war sie, das Geheimnis zu erfahren.

„Meine Lippen sind versiegelt." Sie legte einen aus dem Handschuh ragenden Finger auf ihren Mund.

„Es gibt eine Person in Long Piddleton mit einem absolut hieb- und stichfesten Alibi." Er lächelte.

Agatha plusterte sich auf. „Das bin natürlich ich."

Jury blickte sie mit gespielter Verwunderung an. „O nein, Gnädigste. Ich hab Ihnen das doch gerade eben vorgerechnet. Die Zeiten, überlegen Sie doch! Nein, es ist Melrose Plant." Er setzte sein gewinnendes Lächeln auf. „Ich wusste, dass Sie das freuen würde."

Ihr Mund klappte auf und zu. Ihr Gesicht war puterrot. „Aber ..."

„Wie Sie wissen, war Mr Plant von elf Uhr dreißig bis zu dem Zeitpunkt, als Sie wieder zurückkamen, mit mir zusammen. Und vorher war er mit Ihnen zusammen."

Sie spielte an ihrem Stock herum, zog an den Enden ihrer Handschuhe und blickte verstört um sich. Dann fing sie an zu strahlen. „Aber dann habe ich ja auch ein Alibi!" Der Stolz auf ihren Scharfsinn stand ihr im Gesicht geschrieben, als sie das Kinn in die Hand legte und die Ellbogen auf den Schreibtisch aufstützte.

„Wie kommen Sie darauf? Creed wurde zwischen halb elf und zwölf ermordet. Und wir wissen auch, wann Sie von Ardry End losgefahren sind und wie lange Sie bis zu dem Gasthof gebraucht hätten."

Endlich dämmerte es ihr. Er beobachtete, wie die Röte sich auf ihrem Hals und ihrem Gesicht ausbreitete. Sie baute sich vor ihm auf. „Wäre es das jetzt, Inspector?" Ihre Stimme bebte, und er wusste ganz genau, was sie am liebsten mit ihrem Stock getan hätte.

„Für den Augenblick, ja. Aber halten Sie sich bitte für weitere Fragen bereit." Jury lächelte strahlend.

Kaum war ihre voluminöse Gestalt aus der Tür, drehte er sich nach dem Fenster hinter ihm um und lachte.

DA ER IMMER NOCH lauthals lachte, hörte er kaum, wie die Tür hinter ihm auf- und zuging. Erst als er die Stimme hörte, blickte er sich um.

„Inspector Jury?"

Ohne einen klaren Gedanken fassen zu können, fuhr er herum, das Gesicht immer noch zu einem Grinsen verzogen.

„Ich bin Vivian Rivington. Ihr Sergeant sagte mir, ich solle hereinkommen." Sie schaute ihn mit gerunzelter Stirn ratlos an.

Jury stand einfach nur da, idiotisch lächelnd und unfähig, sich zu rühren. Er hatte nur einen Blick auf Vivian Rivington geworfen und sich Hals über Kopf in sie verliebt.

ES STIMMTE, dass sie einen dunkelbraunen Pullover mit einem Gürtel trug, wie Lady Ardry gesagt hatte, aber die Fäuste steckten nicht in den Taschen. Sie zerknautschten vielmehr – ähnlich wie die kleine James das zu tun pflegte – den Saum ihres Pullovers. Ihre Farben waren die eines Herbsttages, lohfarben und tiefgolden, mit einem rötlichen Schimmer wie eine Abendlandschaft. Ihr karamellfarbenes Haar glänzte seidig; das Gesicht war dreieckig und ohne Make-up; die Augen waren bernsteinfarben und wie Halbedelsteine in sich gesprenkelt. Vor allem war es aber ihre Ausstrahlung, die ihn an Maggie erinnerte: eine Trauer, die ihr seltsamerweise etwas Leuchtendes verlieh. Auf ihn wirkte sie charismatisch.

Ihr verlegenes Hüsteln brachte ihn aus weiter Ferne zurück. Jury ging um den Schreibtisch herum, streckte seine Hand aus, zog sie zurück und streckte sie dann wieder aus. Sie starrte zweifelnd darauf, als würde er sie gleich wieder zurückziehen und sie ins Leere greifen lassen.

Jury versuchte gerade, sich zu zwingen, ihr seine Fragen zu stellen, überhaupt etwas zu sagen, als Wiggins den Kopf durch die Tür steckte und Mr Matchett ankündigte. Jury sagte: „Danke. Ich werde gleich mit ihm sprechen. Können Sie bitte hierbleiben und mitschreiben, Sergeant Wiggins." Er übersah geflissentlich Wiggins' fragenden Blick.

Er hätte ihn genauso gut bitten können, das Lindisfarne-Evangelium zu vervollständigen, so feierlich klang seine Stimme. „Miss Rivington", sagte er und fuhr sich mit der Hand durch die Haare, als wäre ihr Gesicht ein Spiegel. „Ich bin Inspector Jury. Richard Jury. Bitte setzen Sie sich."

„Danke."

Er blickte auf das Stück Papier, auf dem er bei verschiedenen Gelegenheiten herumgekritzelt hatte, und entdeckte darauf Figuren, die an beleibte Damen in großen Capes erinnerten. Dann faltete er die Hände auf dem Schreibtisch und versuchte eine todernste Miene aufzusetzen. Anscheinend gelang ihm das nur zu gut, denn sie blickte hilfesuchend zu Wiggins hinüber. Wiggins lächelte, und sie schien sich etwas zu entspannen.

Jury bemühte sich, freundlicher dreinzublicken. „Miss Rivington, Sie waren im Schwanen, als, äh, ich meine, kurz bevor ..." Er fand nicht die richtigen Worte.

„Als der Mann ermordet wurde. Ja." Sie senkte den Blick.

„Können Sie mir sagen, was Sie dort getan haben?"

„Ja, natürlich, ich war zum Mittagessen dort. Ich hatte mich mit Simon Matchett verabredet."

Matchett. Jury hatte völlig vergessen, dass Matchett angeblich mit dieser Frau verlobt war. Er konnte sie danach fragen. Nein, besser nicht; zumindest nicht jetzt.

„Habe ich etwas Falsches gesagt, Inspector?"

„Etwas Falsches? Nein, nein, natürlich nicht." Er musste wohl sehr stark die Stirn gerunzelt haben, da sie so besorgt aussah. Er konzentrierte sich auf Wiggins, um ihn als Quelle seines Missbehagens erscheinen zu lassen. „Haben Sie das – haben Sie auch nichts vergessen, Sergeant Wiggins?"

Wiggins' Kopf ging in die Höhe. „Entschuldigen Sie ... Was denn, Sir? Ja, ja, natürlich, warum ...?!"

Jury nickte seinem Sergeant zu und widmete sich wieder Vivian Rivington. „Erzählen Sie, Miss Rivington."

„Eigentlich gibt es gar nichts zu erzählen. Simon musste nach Dorking Dean, und wir wollten uns danach um elf Uhr im Schwanen zum Mittagessen treffen."

„Gehen Sie dort oft hin?"

„Nur ab und zu. Um aus Long Piddleton rauszukommen, und da er nach Dorking musste ..." Sie verstummte.

Jury riss kleine Stückchen von Plucks Löschblatt. Er räusperte sich. „Sie haben diesen Mann nicht gesehen?" Sie schüttelte den Kopf. „Und Sie sind die ganze Zeit nicht von Ihrem Tisch aufgestanden?" Wieder schüttelte sie den Kopf. „Diese Mrs Willypoole war auch die ganze Zeit über in der Bar?"

Vivian dachte nach. „Ganz sicher bin ich mir nicht. Ich glaube aber."

„Und Sie und Mr Matchett verließen das Lokal gegen Mittag?"

„Ja." Sie war etwas an den Schreibtisch herangerückt und legte ihre Finger auf den Rand. „Was geht hier vor, Inspector Jury?"

Jury betrachtete ihre Finger – unlackierte Nägel wie eine kleine Kette von Opalen – und legte das Löschblatt aus der Hand. „Genau das versuchen wir herauszubekommen." Selten hatte eine Antwort so matt geklungen. „Kamen Sie nach Mr Matchett an? Oder mit ihm zusammen?"

„Wir kamen jeder in seinem Auto, waren aber ungefähr zur selben Zeit da. Ich kann nicht glauben …" Sie ließ den Kopf in ihre Hände fallen, hob ihn aber gleich wieder, als wäre diese Geste viel zu dramatisch. Wie ein zurechtgewiesenes Kind setzte sie sich aufrecht auf ihren Stuhl. Jury hatte den Eindruck, dass Vivian Rivington sich ständig selbst zurechtwies. „Am schlimmsten ist, dass dieser Mann ermordet wurde, während ich sozusagen dabeisaß. Darüber komme ich einfach nicht weg."

Auch Jury kam nicht darüber weg.

„Inspector? Ist alles in Ordnung?" Sie lehnte sich besorgt zu ihm hinüber. „Wahrscheinlich arbeiten Sie zu viel."

„Mir fehlt nichts. Hören Sie, es gibt da noch ein paar Fragen, aber im Augenblick würde ich mich gern mit Mr Matchett unterhalten." Er brannte darauf, sie nach Matchett zu fragen. Er befeuchtete seine Lippen, ließ aber kein Wort darüber kommen. Dann wandte er sich Wiggins zu: „Bitte begleiten Sie Miss Rivington hinaus und sagen Sie Mr Matchett, ich wäre gleich so weit."

„Ja, Sir." Wiggins erhob sich, nahm sein Taschentuch und das Notizbuch und öffnete Vivian die Tür; sie warf dem Chief Inspector noch einen fragenden Blick zu, bevor sie sich umdrehte und hinausging.

Jury ließ sich auf seinen Stuhl fallen und holte tief Luft. *Du Idiot*, beschimpfte er sich, *du dämlicher Schwachkopf!*

ALS MATCHETT hereinkam und Platz nahm, machte Jury sich immer noch die schwersten Vorwürfe.

Jury bot ihm eine Zigarette an und stellte ihm dieselben Fragen wie Vivian Rivington.

„Ich habe das unangenehme Gefühl", sagte Matchett, „dass ich an erster Stelle rangiere."

„Bei was?"

„Tun Sie doch nicht so unschuldig, Inspector. Der Superintendent hat Sie sicher von der Sache mit meiner Frau unterrichtet. Wie viele Verdächtige haben Sie schon, die früher mal in einen Mordfall verwickelt waren?" Er versuchte zu lächeln, aber es wirkte nicht sehr überzeugend. Jury konnte ihm das nachfühlen.

„Ich glaube, jeder hat schmutzige Wäsche, die er nicht in der Öffentlichkeit waschen will."

Simon Matchett starrte düster auf seine Zigarette. „Aber vielleicht nicht gerade eine ermordete Ehefrau."

Jury unterzog ihn einer gründlichen Inspektion. Im Gegensatz zu Oliver Darrington schien er keine besondere Vorliebe für italienische Seide und Maßanzüge aus der Savile Row zu haben. Jury war jedoch überzeugt, dass sein Geschmack nicht weniger kostspielig war, er trug ihn nur nicht so auffällig zur Schau. Matchetts Stil war eher eine Art sorgloses Understatement, was Kleidung, Auftreten und Ausdrucksweise betraf. Er trug Bluejeans und ein Baumwollhemd, dessen Ärmel über die Handgelenke hochgerollt waren. Schlicht genug. Nur jemand mit Jurys Beobachtungsgabe konnte erkennen, dass das Hemd ein teures Liberty-Lawn-Hemd war und dass die Bluejeans aus demselben Konfektionsgeschäft stammten. Ein solcher Schnitt war bei Marks & Spencer nicht zu finden. Nein, er war sehr viel subtiler als Darrington. Darrington kleidete sich wie eine Schaufensterpuppe. Matchett hingegen wirkte wie ein Schatten, der sich hinter einer Jalousie bewegt. Er konnte jeder Frau suggerieren, es stehe allein in ihrer Macht, diese Jalousie hochzuziehen.

„Unterhalten wir uns über diesen spezifischen Mord, Mr Matchett. Gab es irgendeinen besonderen Grund, weshalb Sie gerade im Schwanen zu Mittag gegessen haben?"

„Nur dass er auf dem Weg lag."

Jury warf ihm einen Blick zu. Zufälle gab es natürlich immer. Aber er wurde nicht dafür bezahlt, dass er an Zufälle glaubte. Matchett fuhr fort: „Ich finde es nur seltsam, dass der Mann die ganze Zeit über in der Kälte herumstand."

„Er muss ja nicht unbedingt die ganze Zeit am Leben gewesen sein, oder?"

Matchett zuckte zusammen. „Ich scheine wohl Mörder anzuziehen."

„Hmm, tun Sie das?"

„Das ist bereits das zweite Mal, dass ich mich an einem Ort aufgehalten habe, an dem ein Mord verübt wurde."

Zumindest besaß er den Anstand, Vivian Rivington aus dem Spiel zu lassen.

„Hielt sich Mrs Willypoole die ganze Zeit über in der Bar auf, während Sie da waren?"

Matchett dachte einen Augenblick lang nach und nickte. „Ja. Sie hat sich ein Glas eingeschenkt und Zeitung gelesen."

„Und Sie haben sonst niemanden gesehen? Keiner ist durch diese Tür in den Hof gegangen?"

„Nein. Ich bin mir da ganz sicher. Wir saßen mit dem Gesicht zur Tür."

„Erzählen Sie mir von Ihrer Frau, Mr Matchett. Ich habe das Protokoll gelesen, aber vielleicht können Sie auf ein paar Punkte noch etwas näher eingehen."

„Ja, natürlich. Wir lebten in Devon und hatten – das heißt, sie hatte – mehrere Gasthöfe. Die Ziege mit dem Kompass, in dem wir wohnten, war einer davon. Es war einer dieser alten Gasthöfe mit einer Galerie auf jeder Etage. Ich dachte, in dem Innenhof könnte man gut mal ein altes Stück aufführen. Wir ließen alles dafür herrichten: die Bühne und ein paar Bänke für das Publikum. Auf den Galerien brachten wir auch Leute unter, wenn der Platz unten nicht reichte. Nach dem ersten Sommer kamen erstaunlich viele. Es waren zwar nicht gerade die Chichester-Festspiele, aber wir hatten doch ziemlich Erfolg damit. Um auch nachts spielen zu können, ließen wir Scheinwerfer installieren.

Habe ich eigentlich schon erwähnt, dass ich einmal Schauspieler war? Vielleicht kein sehr guter, aber für ein paar kleinere Rollen im West End hat es gereicht. Über die Schauspielerei habe ich auch Celia, meine Frau, kennengelernt. Sie bildete sich ein, eine talentierte Schauspielerin zu sein, und tauchte eines Sommers bei einer Inszenierung in Kent auf. Wahrscheinlich hat ihr Vater sich ihre Rolle einiges kosten lassen. Er war vermögend, vor allem hatte er sehr viel Grundbesitz. Zum Beispiel gehörten ihm diese ganzen Gasthöfe. Zwei weitere davon in Devon, Der Eiserne Teufel und Der Sack voll Nägel. Als Celia sie übernahm, wurde jeder Penny zweimal umgedreht. Ich möchte mich nicht weiter darüber auslassen, warum unsere Ehe nicht glücklich war, es gab viele Gründe dafür. Nach fünf Jahren konnte ich sie nicht mehr ausstehen. Sie war furchtbar besitzergreifend. Ich wollte weg. Damals spielten sich die schrecklichsten Szenen zwischen uns ab. Ich könnte Ihnen da einiges erzählen." Und bissig fügte er noch hinzu: „Die Dienstboten übrigens ebenso. Und als die Polizei kam, taten sie das auch."

„Warum haben Sie sie nicht verlassen?"

„Ich war drauf und dran. Damals tauchte dann Harriet Gethvyn-Owen auf, ein entzückendes Geschöpf. Auch eine Laienschauspielerin, nur war sie begabt, ziemlich begabt sogar. Eines ergab das andere – die alte Geschichte. Wir verliebten uns. Ein Grund mehr für mich, Celia zu verlassen.

In jenem Sommer hatten wir „Othello" auf dem Programm. Etwas vermessen von mir, aber ich war schon immer auf diese Rolle scharf gewesen. Harriet spielte Desdemona. Celia war misstrauisch geworden und richtete sich in einem Zimmer gegenüber der Bühne ein kleines Büro ein. Der hintere Teil des Hofs mit der zweiten Etage und der Galerie, die um den ganzen Innenhof geht – wussten Sie übrigens, dass solche Gasthäuser die Vorläufer unserer Theater waren? –, hatten mich überhaupt erst auf die Idee gebracht. Celias Büro war also gerade ein paar Meter von der Bühne entfernt. So besitzergreifend war sie. An dem Abend, als sie umgebracht wurde, hatte ihr das Hausmädchen – Daisy Soundso – wie üblich etwas Heißes zu trinken gebracht. Eine halbe Stunde später kam dann die Köchin, Rose Smollett, um das Tablett abzuholen, und sah Celia zusammengesackt an ihrem Schreibtisch sitzen. Sie war tot." Matchett zog an seiner Zigarette. „Der Schreibtisch war gründlich durchsucht worden, der Safe geöffnet. Schließlich wurde der Fall zu den Akten gelegt – Täter unbekannt."

„Aber doch nicht sofort?"

Matchetts Lachen klang bitter. „Oh, bestimmt nicht, wie Sie sich denken können. Ich war natürlich der Hauptverdächtige. Großer Gott, meine Motive lagen sozusagen auf der Hand. Hätte ich nicht auf der Bühne gestanden, als Celia ermordet wurde, wäre ich bestimmt im Gefängnis gelandet. Und Harriet vielleicht auch. Was lag näher, als dass der Ehemann und seine Geliebte die eifersüchtige Ehefrau um die Ecke brachten – aber damit hatten sie kein Glück. Wir führten nämlich zu diesem Zeitpunkt gerade unser Stück auf."

„Ich nehme an, es gab genügend Leute, die bezeugen konnten, dass Sie auch derjenige waren, der vor ihnen auf der Bühne stand?"

„Dreißig oder vierzig. Das dürften wohl genug Zeugen sein." Diesmal konnte Matchett sich ein Lächeln erlauben.

„Das perfekte Alibi."

Matchett drückte seine Zigarette aus und lehnte sich etwas vor. „Inspector, in Darringtons schwachsinnigen Detektivgeschichten ist immer von ‚perfekten' oder von ‚hieb- und stichfesten' Alibis die Rede. Und immer mit diesem Unterton, den Sie gerade hatten. Meiner Meinung nach ist ein Alibi, das nicht perfekt ist, überhaupt kein Alibi. Ich würde ein perfektes Alibi als einen Pleonasmus bezeichnen. Und ich weiß nicht, was ich davon halten soll."

„Da haben Sie nicht ganz unrecht, Mr Matchett."

„Außerdem haben Unschuldige immer ein ‚perfektes' Alibi, einfach weil sie unschuldig sind."

„Stimmt auch, Mr Matchett. Aber eigentlich hatte ich überhaupt keinen Hintergedanken, als ich das sagte."

„Den Teufel hatten Sie!"

Jury ließ das durchgehen. „Hatte Ihre Frau irgendwelche Feinde?"

Matchett zuckte mit den Schultern. „Wahrscheinlich. Sie war nicht besonders beliebt, das steht fest. Aber es gab niemand, der ihr nach dem Leben trachtete." Matchett fuhr sich mit einer Bewegung, die unendlich müde wirkte, übers Gesicht. „Harriet verließ mich danach. Sie ging in die Staaten."

„Warum denn das? Sie hatte doch endlich freie Bahn. Trotz der unglücklichen Umstände stand Ihrem Glück nun nichts mehr im Wege. Warum ist sie weggegangen?"

„Aus Schuldgefühlen, nehme ich an. Der ganze Rummel. Sie war sehr sensibel. Und auch ziemlich scheu."

Jury hatte seine Zweifel.

„Sie packte einfach ihre Koffer. Sagte, sie könne nicht mit mir zusammenleben, Celias Tod läge wie ein Schatten über uns …" Matchett schüttelte den Kopf, als wolle er die Erinnerung daran verscheuchen. „Aber all das liegt schon sechzehn Jahre zurück. Und schlafende Hunde soll man nicht wecken." Er warf Jury einen Blick zu. „Ich hoffe zumindest, dass sie schlafen, sicher bin ich mir nicht."

„Irgendwas kommt immer dazwischen!" Jury lächelte und nahm sich vor, sich von Wiggins die Akte über den Fall Celia Matchett besorgen zu lassen. „Etwas anderes – dieses Gerücht, dass Sie sich mit Miss Rivington – ich meine, mit Vivian Rivington – verlobt haben, was hat es damit auf sich?", fragte Jury so beiläufig wie nur möglich.

Matchett war überrascht. „Was hat denn das mit dem Mord zu tun?"

Jury lächelte matt. „Keine Ahnung, deswegen frage ich ja."

„Nun ja, dass zwischen mir und Vivian was ist, möchte ich nicht abstreiten."

„‚Was' kann sehr viel bedeuten."

„Sagen wir, ich habe sie gefragt, ob sie mich heiraten wolle. Aber das bedeutet noch lange nicht, dass sie es auch tut."

„Warum sollte sie nicht?"

Matchett zuckte mit den Schultern und lächelte. „Wer weiß schon, was in den Köpfen der Frauen vor sich geht, Inspector." Er zündete sich eine Zigarre an.

Jury ärgerte sich weniger über die männliche Überheblichkeit, die in dieser Bemerkung zum Ausdruck kam, als über die Tatsache, dass er Vivian einfach mit allen anderen Frauen in einen Topf warf. „Sollten Sie nicht wissen, was in Miss Rivingtons Kopf vorgeht, wenn Sie sich mit der Absicht tragen, sie zu heiraten?" Wie absurd, die Partei einer Frau zu ergreifen, die er erst vor knapp einer Stunde kennengelernt hatte. Aber Matchetts banale Bemerkung irritierte ihn auch, weil er durch seine Arbeit zu nah an den Kern der Dinge geriet, um nichtssagende Verallgemeinerungen wie die von Matchett dulden zu können.

Matchett zog einfach nur an seiner Zigarre und betrachtete Jury durch seine halb geschlossenen Lider. „Ja, wahrscheinlich."

Jury, der sich einen Bleistift geschnappt hatte und auf einem Blatt Papier herumkritzelte, um sich ein wenig abzulenken, fragte: „Lieben Sie Miss Rivington, Mr Matchett?" Matchett rollte die Zigarre in seinem Mund und musterte Jury. „Was für eine zynische Frage, Inspector. Ich sagte Ihnen doch, dass ich ihr einen Heiratsantrag gemacht habe."

*Ja oder nein, Kumpel,* hätte Jury am liebsten gesagt, aber stattdessen fragte er: „Ich nehme an, ihre Schwester weiß Bescheid?"

„Ich glaube schon. Und sie ist wohl auch damit einverstanden."

Jury wusste, dass Matchett weder dumm noch unsensibel war – warum stellte er sich dann so? „Es wäre nicht gerade einfach für ihre Schwester, wenn Vivian heiraten würde. So wie es jetzt aussieht, kann Isabel mehr oder weniger über das Geld verfügen."

„Meinen Sie, sie würde sie auf die Straße setzen oder so was Ähnliches? Vivian würde das Isabel nie antun. Und Isabel würde für Vivian auch durchs Feuer gehen."

Jury war sich dessen nicht so sicher – keine Sekunde lang glaubte er daran. Er kam wieder auf sein ursprüngliches Thema zurück. „Sie sind also um elf Uhr am Schwanen angekommen?"

„Ja, richtig. Er macht um diese Zeit auf."

„Wo waren Sie um zehn? Oder zwischen zehn und elf?" Matchetts Alibi wies immer noch eine Lücke von einer halben Stunde auf.

„In Dorking Dean. Einkaufen."

„Und wann fuhren Sie weg?"

„Oh, ungefähr Viertel vor elf. Ich erinnere mich, dass ich eine gute Viertelstunde in dem Kreisverkehr steckte. Der Weihnachtsrummel!"

„Aha, ich glaube, das wär's für heute, Mr Matchett. Ich melde mich wieder."

Als Matchett aufstand, steckte Pluck den Kopf durch die Tür und sagte Jury, Mr Plant sei draußen und wolle ihn sprechen. Jury ließ ihn eintreten.

Ohne lang Platz zu nehmen, drängte ihn Melrose: „Inspector, ich glaube, Sie sollten mit zum Pfarrhaus kommen. Der Pfarrer kann Ihnen vielleicht weiterhelfen. Er stand vor dem Schwanen und hörte, was die Polizisten über den Zustand der Leiche sagten. Das war kurz bevor wir ankamen."

Jury war aufgestanden und zog seinen Mantel an. „Wieso, was ist mit der Leiche, Mr Plant?"

„Der Pfarrer sagte, er habe gehört, dass der Mann ein paar Schnittwunden im Gesicht habe. Ich glaube auf der Nase. Schnittwunden, für die es keine Erklärung gibt."

Jury hätte sich gewünscht, die Polizei wäre zurückhaltender mit ihren Auskünften – etwas zumindest. „Ja, das stimmt, diese Schnitte sind wirklich sehr seltsam."

„Nun, der Pfarrer weiß, was sie bedeuten, oder zumindest behauptet er das."

# 11

„Es ist eine Verballhornung der eigentlichen Bedeutung, verstehen Sie?" Pfarrer Denzil Smith zeigte auf eine Abbildung in einem Buch über Wirtshausschilder. Das Buch lag aufgeschlagen auf einem kleinen Tisch zwischen Jury und Plant; daneben stand ein Teller mit Sandwiches und Bier, das die Haushälterin für sie bereitgestellt hatte. Jury betrachtete die Abbildungen und war beeindruckt von der Fantasie des Schildermalers oder der Person, die sich Schwäne mit zwei Köpfen ausgedacht haben mochte.

„Früher", fuhr der Pfarrer fort, „wurden den königlichen Vögeln kleine Kerben in die Schnäbel geritzt. Soviel ich weiß, pflegten die Mitglieder der Londoner Weinhändlerzunft das auch zu tun, um ihre Schwäne von den Übrigen zu unterscheiden. Es müsste also eigentlich der Schwan mit den zwei Kerben heißen. Was Sie hier sehen, ist das Werk eines ungebildeten Schildermalers, der nicht richtig lesen oder schreiben konnte und einfach zwei Köpfe daraus gemacht hat." Zufrieden lehnte sich der Pfarrer zurück, nachdem er sich noch ein halbes Käse-Gurken-Sandwich genommen hatte.

„Großer Gott", sagte Jury immer noch auf das Bild starrend, „der Mörder hat also Creed mit zwei Kerben markiert."

„Das nehme ich an", sagte der Pfarrer. „Die Schnitte waren auf der Nase, nicht?"

„Aber warum, um Himmels willen?", sagte Plant. „Nur um seinen Spaß zu haben?"

Jury zündete sich eine Zigarette an. „Seinen Spaß? Ich denke nicht. Wahrscheinlich wieder ein Ablenkungsmanöver."

Der Pfarrer hatte nicht die Absicht, sogleich wieder abzutreten, nachdem er einen Augenblick lang im Mittelpunkt des Interesses gestanden hatte. „Es gibt noch andere Beispiele dafür – ich meine für diese Art von Verballhornungen. Am Ortsausgang von Weatherington steht der Gasthof Zum Bullen und Maul. Können Sie sich vielleicht denken, wie dieser Name zustande kam?" Ohne ihre Antwort abzuwarten, fuhr er fort: „Das Schild sollte an die Einnahme des Hafens von Boulogne durch Heinrich VIII. erinnern, verstehen Sie? Maul steht für Mole. Boulogner Mole." Der Pfarrer setzte seine Brille wieder auf. „Eins meiner Lieblingsbeispiele ist das Elefant und Burg. Da kursieren eine Menge Theorien, von Elefantenknochen, die an der Stelle gefunden worden sein sollen, bis zu Eleanor von Burgos. Aber ich glaube, die ‚Burg' steht nur für die Sänfte auf dem Rücken eines Elefanten. Wissen Sie, dass ein Beamter nur die Aufgabe hatte, durch London zu streifen und die Schilder zu überprüfen? Es war seine Pflicht, die ganzen blauen Eber und fliegenden Schweine und Säue mit Panzer abzuschaffen." Der Pfarrer lachte und fuhr fort: „Ja, das stand damals, siebzehnhundertnochwas, im *Spectator*."

Jury wollte aus dem 18. wieder ins 20. Jahrhundert zurück, fühlte sich jedoch verpflichtet, sich diesen Exkurs anzuhören, da er von dem Pfarrer etwas erfahren hatte, was er sonst nie erfahren hätte.

„Wussten Sie, dass Hogarth das ursprüngliche Schild für Die Pandorabüchse gemalt hat? Es gibt mehrere Gasthöfe mit diesem Namen. Aber Zur Glocke ist natürlich ein viel häufigerer Name – muss über fünfhundert davon in England geben. Die Gasthöfe hier in der Gegend haben alle häufige Namen. Etwa der Bulle und Maul, von dem ich eben gesprochen habe. Schwäne mit zwei Köpfen ist schon seltener, obwohl es auch einen in Cheapside gibt – ein Schild an einer langen Eisenstange, wie das Schild des Weißen Herzens in Scole. Es kostete viel Geld, dieses Schild, und das im Jahr 1655. Ist das nicht unglaublich? Diese Schilder hingen weit über die Straße und fielen immer wieder herunter und erschlugen irgendwelche Passanten. Etwas außerhalb von Dorking gibt es einen Sack voll Nägel, ein sehr häufiger Name. Ich glaube, ursprünglich hieß das Zum Teufel mit dem Sack voll Nägel, ein sehr interessanter Name …"

Jury hielt es nicht mehr aus und versuchte die Aufmerksamkeit des Pfarrers von etymologischen Spitzfindigkeiten und Wirtshausschildern, die den Leuten auf die Köpfe fielen, auf ihre eigenen, etwas aktuelleren Probleme zu lenken. „Ich bin Ihnen sehr dankbar für Ihre Auskünfte, Herr Pfarrer. Ich kann mir nicht vorstellen, dass einer von uns – ich meine von der Polizei – jemals draufgekommen wäre." Der Pfarrer strahlte. „Sie waren doch auch am Donnerstagabend in der Pandorabüchse? Ich hätte da noch ein paar Fragen an Sie."

„Entsetzlich." Seine Schilderung des Abends, an dem Small ermordet worden war, enthielt jedoch noch weniger Details als die der anderen Gäste. Zwischen neun und zehn hatte der Pfarrer mit Willie Bicester-Strachan Dame gespielt. „Dass so etwas in Long Piddleton passieren kann! Ich bin nun schon seit fünfundvierzig Jahren hier. Angefangen habe ich als Vikar. Meine Frau – Gott segne sie – starb vor neun Jahren. Danach hat mich Mrs Gaunt recht gut versorgt, sie und die jeweiligen Hausangestellten, Ruby zum Beispiel." Sein Gesicht nahm einen etwas ratlosen Ausdruck an. „So lange wie diesmal war Ruby noch nie weg."

„Ja, was diese Ruby Judd betrifft – soweit ich informiert bin, müsste sie eigentlich schon längst wieder zurück sein. Wann genau ist sie denn gefahren?"

„Letzten Mittwoch, soviel ich mich erinnere – mein Gott, eine Woche ist das nun schon her. Wie die Zeit vergeht! Sie hat mich gefragt, ob sie sich ein paar Tage freinehmen dürfe, um ihre Familie in Weatherington zu besuchen."

„Aha. Gibt es irgendwo ein Foto von Ruby? In ihrem Zimmer vielleicht?"

Verwirrt blickte ihn der Pfarrer an. „Das kann ich Ihnen nicht sagen. Vielleicht weiß es Mrs Gaunt." Er rief Mrs Gaunt herein, eine hagere, unglücklich aussehende Frau, und bat sie, in Rubys Zimmer nach einem Foto zu suchen.

Mrs Gaunt gab ein paar gutturale Laute von sich, die an jeden von ihnen gerichtet sein konnten, und zog sich zurück.

Mr Smith senkte die Stimme zu einem Flüsterton, als hätte er ein wenig Angst vor ihr. „Mrs Gaunt ist nicht gerade zufrieden mit Ruby. Sie sagt, sie sitze nur herum und lese Filmzeitschriften. Gaunt hat sie auch schon mal dabei erwischt, wie sie in einem Kirchenstuhl herumlungerte, statt die Kirche zu fegen."

„War sie denn sehr fromm?", fragte Jury.

Der Pfarrer kicherte. „Wohl kaum. Sie lackierte sich die Fingernägel."

Der alte Mann schien selbst nicht übermäßig fromm zu sein. Rubys Benehmen amüsierte ihn offensichtlich nur.

Mrs Gaunt kam im Laufschritt zurück; sie hatte die Lippen zusammengekniffen und hielt zwei Schnappschüsse in der Hand. „Sie steckten am Spiegel." Das klang, als hätte sie unanständige Pin-up-Fotos gefunden. Sie rümpfte die Nase und ging.

Der Pfarrer gab sie Jury. „Sie denken doch nicht, dass Ruby etwas zugestoßen ist, oder? Sie sollten mit Daphne Murch sprechen. Sie und Ruby sind ungefähr gleichaltrig und dicke Freundinnen. Die kleine Murch hat mir Ruby übrigens empfohlen."

Jury steckte die Schnappschüsse in seine Brieftasche. „Sie scheinen sich keine großen Sorgen um sie zu machen, Herr Pfarrer. Ist sie schon öfters verschwunden?"

„Ja, ein- oder zweimal. Ich nehme an, sie hat irgendwo einen Freund, vielleicht in London. Ruby ist schon in Ordnung. Nur etwas leichtsinnig, wie so viele in ihrem Alter."

Jury wechselte das Thema. „Sie sind mit Mr Bicester-Strachan befreundet. Ich weiß, Sie werden nicht über Vertrauliches sprechen wollen, aber vielleicht könnten Sie mir etwas weiterhelfen, was diese Sache in London betrifft ...?" Jury fügte nicht hinzu, dass er über ‚diese Sache' überhaupt nichts wusste. Er rechnete damit, dass die Klatschsucht des Pfarrers die Oberhand über seine edleren Gefühle gewinnen würde, und er wurde nicht enttäuscht, obwohl Smith sich lange genug zierte. Er nuschelte irgendetwas und machte sich dann ans Erzählen.

„Bicester-Strachan hatte keinen sehr wichtigen Posten im Verteidigungsministerium. Eines Tages kam es zu diesem, hm, Zwischenfall: Anscheinend waren irgendwelche Informationen in die falschen Hände geraten, Dinge, über die nur Bicester-Strachan und ein paar andere Bescheid wussten. Er wurde jedoch nie zur Verantwortung gezogen; soviel ich weiß, ließ sich auch nichts beweisen. Er spricht nicht gern darüber, wie Sie sich denken können. Aber es erklärt seine frühe Pensionierung. Bicester-Strachan ist nicht so alt, wie er aussieht. Er ist knapp über sechzig, obwohl man ihn auf achtzig schätzen könnte, und das kommt sicher von dem Schock, den ihm diese Geschichte versetzt hat." Pfarrer Smith lehnte sich zurück und verkündete feierlich: „Agatha glaubt, dass die Kommunisten dahinterstecken, und vielleicht hat sie recht damit."

Melrose Plant, der bisher geschwiegen hatte, konnte sich nicht mehr zurückhalten. „Und wie stellt meine Tante sich das vor?"

Der Pfarrer dachte kurz nach. „Ehrlich gesagt, das weiß ich auch nicht. Agatha ist ja so verschlossen."

„Verschlossen?" Es war das erste Mal, dass jemand seiner Tante das nachsagte.

„Hmmm. Wir entwickelten unsere Theorien, und sie dachte, dass bei Bicester-Strachans Vergangenheit ... nun ja, möglich ist alles. Sie könnten es doch auf ihn abgesehen haben, oder?"

„Wie gut kennen Sie Mr Darrington?", fragte Jury und versuchte ihn von Doppelagenten und Ähnlichem abzulenken.

„Nicht besonders gut. Nicht gerade ein fleißiger Kirchgänger, dieser Darrington. Er hat für einen Londoner Verlag gearbeitet. Dass er Kriminalromane geschrieben hat, ist Ihnen wohl bekannt?" Seine nächste Bemerkung schien er offensichtlich zu genießen:

„Manchmal habe ich ja meine Zweifel, ob diese Miss Hogg wirklich seine Sekretärin ist, wie er behauptet."

„Daran zweifeln wir gelegentlich alle", sagte Melrose.

Pratts Bericht zufolge war der Pfarrer an dem Abend, als Ainsley ermordet wurde, nicht in der Hammerschmiede gewesen. Trotzdem fragte ihn Jury: „Waren Sie am Freitagabend zufällig in der Nähe der Hammerschmiede?"

Der Pfarrer schien beinahe enttäuscht, ihm antworten zu müssen: „Nein, leider kann ich Ihnen da nicht weiterhelfen. Ungewöhnlich, diese Figur des Schmieds. Es gibt nur noch eine ähnliche, und zwar in Abinger ..."

Jury unterbrach ihn. „Diese Sache mit den Kerben, die ist doch den wenigsten bekannt. Haben Sie davon schon andern hier in der Gegend erzählt?"

Der Pfarrer errötete. „Ich muss gestehen, dass es mir die Geschichten der alten Gasthöfe besonders angetan haben. Bestimmt habe ich auch mit dem einen oder dem anderen darüber gesprochen. Ich könnte aber nicht mehr sagen, mit wem." Von seinem bequemen, mit Chintz überzogenen Sessel aus blickte er zur Decke. „Es sind nicht die ersten Morde in einem Gasthof. Es gab da den Strauß von Colnbrook ..."

Melrose Plant unterbrach ihn hastig. Er hatte nicht die Absicht, sich noch einmal die Falltürgeschichten anzuhören. „Ich glaube, Inspector Jury sieht da keinen direkten Zusammenhang, Herr Pfarrer."

„Nun, ich glaube jedenfalls nicht, dass Matchett oder Scroggs etwas mit diesen schrecklichen Todesfällen zu tun haben ... obwohl diese Geschichte mit Matchetts früherer Frau ... Dass die Vergangenheit sich auch nie begraben lässt!" Er warf Jury einen kurzen Blick zu, offensichtlich in der Hoffnung, in dieser Ecke ein kleines Feuer gelegt zu haben. „Verbrechen aus Leidenschaft, etwas in dieser Richtung. Matchett stand einer Dame nahe ..."

Jury lächelte. „Die Polizei war damals überzeugt, dass Mr Matchett nichts mit dem Mord zu tun hatte."

„Aber sie fanden nie heraus, wer es war", sagte Smith, der Jury einen so saftigen Happen erst einmal gründlich durchkauen sehen wollte, bevor er ihn schluckte.

„Sie wären überrascht, wenn Sie wüssten, wie viele Morde wir zu den Akten legen müssen. Es kann schon enttäuschen, wie wenig effizient die Polizei im Grunde ist." Als der Pfarrer errötete, erhob sich Jury. „Wir danken Ihnen für Ihre Hilfe, Sir. Leider muss ich mich jetzt wieder auf den Weg machen."

ALS ER MIT PLANT auf der Straße stand, nahm sich Jury einen Augenblick Zeit und bewunderte das prächtige Fenster auf der Ostseite der Kirche mit seinem netzartigen Maßwerk.

„Wenn Sie hineingehen wollen ...", sagte Plant.

Jury schüttelte den Kopf. „Ein ernster Ort auf einer ernsten Welt."

Sie blickten beide zu dem Glockenturm hoch, dessen Schallbretter schräggestellt waren, um den Ton bis zum höchsten Punkt ansteigen zu lassen. Plant fragte: „Interessieren Sie sich für Lyrik, Inspector?"

Jury nickte.

„Ich traf Vivian, als sie zur Polizeiwache ging, um mit Ihnen zu sprechen. Sagen Sie, was halten Sie von ihr?"

Jurys Blick wanderte von dem Glockenturm zu einem faszinierenden kleinen Zweig zu seinen Füßen. „Oh", er zuckte die Achseln, „sie scheint … eine ganz angenehme Person zu sein."

Mrs Jubal Creed traf kurz nach vier auf der Polizeiwache in Weatherington ein und wurde sofort in die Leichenhalle des Kreiskrankenhauses gebracht, um die sterbliche Hülle ihres Gatten zu identifizieren. Als sie zurückkam, war ihre Gesichtsfarbe nicht unbedingt fahler als vorher; Mrs Creed hatte nämlich einen so fahlen Teint, dass man den Eindruck gewann, die Natur habe bei ihr an allen Farben außer an einem schmutzigen Beigegrau gespart. Ihre Figur war genauso unglücklich: eine Vogelscheuche in altmodischen, schlecht sitzenden Kleidern.

Nur als sie den vollen Namen ihres Mannes angab, erwähnte sie auch seinen Vornamen Jubal, danach war er für sie ausschließlich Mr Creed.

Das Taschentuch gegen den Mund gepresst – der schmal und breit war und wie ausgeschnitten wirkte –, blickte sie Chief Inspector Jury aus trüben Augen an, während sie seine Frage nach Creeds Stellung beantwortete: „Mr Creed war seit fünf Jahren pensioniert; vorher war er bei der Polizei von Cambridgeshire. Ein Posten, dem er nicht nachgetrauert hat."

„Fühlte er sich denn schlecht behandelt?"

„Das kann man wohl sagen. Er wurde nie befördert und endete als Sergeant in Wigglesworth. Kein Wunder, dass er verbittert war." Ihr missbilligendes Schnauben galt der Polizei im Allgemeinen und Jury und Wiggins, die ihr in dem kahlen Raum des Polizeireviers von Weatherington gegenübersaßen, im Besonderen.

„Mrs Creed, haben Sie eine Ahnung, ob es jemanden gab, der, äh, der ihm übelwollte?"

Sie schüttelte heftig den gesenkten, zwischen den Händen vergrabenen Kopf. Jury hatte nicht den Eindruck, als sei sie von ihren Gefühlen überwältigt; die Ehe der Creeds hatte wohl bestenfalls auf dem Papier bestanden. Mrs Creed schien ihm nicht gerade eine Frau von tiefen Gefühlen zu sein.

„Sie wissen nicht, ob er irgendwelche Feinde hatte?"

„Nein. Wir haben sehr zurückgezogen gelebt, Mr Creed und ich."

„Hat er sich während seiner Arbeit die Feindschaft bestimmter Leute zugezogen?"

„Nicht dass ich wüsste."

Für Jury waren diese Fragen nur Routine, denn instinktiv wusste er schon, dass nichts dabei herauskommen würde. Er glaubte nicht, dass Creeds Tod sich durch irgendwelche dunklen Punkte in seiner Vergangenheit erklären ließe. Jury entnahm einem braunen Umschlag ein Foto von William Small, für das man ihn etwas hergerichtet hatte, trotzdem bot er keinen erfreulichen Anblick. „Mrs Creed, kennen Sie diesen Mann?"

Sie schaute es sich an, wandte sich dann aber schnell wieder ab und schüttelte den Kopf.

„Sagt Ihnen der Name William Small etwas?"

Ungeweinte Tränen verschleierten ihre Augen, aber trotz der längeren Pause bezweifelte Jury, dass sie ernsthaft nachdachte. „Nein, dieser Name sagt mir überhaupt nichts."

Auf das Foto von Ainsley, das auch in den Zeitungen erschienen war, reagierte sie genauso. Aber dann schaute sie es noch einmal genauer an. „Moment mal, ist das nicht ein Foto von diesem Mann, der kürzlich ermordet wurde – warten Sie – wurden sie nicht beide hier in der Gegend ermordet – wie hieß der Ort schon wieder?"

„Long Piddleton. Ungefähr vierzig Kilometer von hier."

Fassungslos starrte sie ihn an: „Wollen Sie mir erzählen, dass Mr Creed da auch ermordet wurde? Ein Massenmörder läuft frei herum, und Sie haben nichts Besseres zu tun, als mir dumme Fragen zu stellen?"

INZWISCHEN hatte die Polizei von Cambridgeshire einen genauen Bericht über Creeds Laufbahn geschickt – eine Karriere, die ziemlich schnell im Sand verlief, wie Superintendent Pratt erklärte. „Es gibt eine Art von Absahnen, die noch toleriert wird. Und dann gibt es das, was Creed praktiziert hat: Er kassierte von bestimmten Werkstätten eine Kommission dafür, dass er ihnen Unfallautos zum Reparieren besorgte. Hätte es sich nur um billige Reparaturen für sein eigenes Auto gehandelt, dann hätten seine Vorgesetzten vielleicht noch ein Auge zugedrückt. Hier und da ein freies Essen wäre auch noch durchgegangen. Tun wir doch alle. Ich hätte heute gern ein Pfund für jede kostenlose Mahlzeit, die ich mir von den Restaurants anbieten ließ, wenn ich auf Streife war. In Creeds Fall war es zwar auch noch keine echte Bestechung, aber doch schon sehr nahe daran. Er machte ein nettes kleines Geschäft nebenbei, auf den Kopf gefallen war er nicht. Trotzdem ließen sie ihn ‚in den Ruhestand' treten. Wir haben jedenfalls mal seine früheren Kollegen nach seiner jetzigen Tätigkeit gefragt, sie hatten aber keine Ahnung. Creed war eine Null, ein Nichts. Und kein besonders guter Polizist, auch nicht unter den besten Voraussetzungen. Höchst unwahrscheinlich, dass er es bis zum Inspector gebracht hätte. Nichts weist darauf hin, dass er die beiden andern – Small und Ainsley – gekannt hat. Seine Kollegen haben sowieso keinen Kontakt mehr mit ihm." Pratts lange Beine lagen auf dem Schreibtisch des Polizeibüros. Er trug immer noch seinen schweren Mantel und versuchte, eine uralte Pfeife anzuzünden. „Die Sache ist …" Er zog daran und probierte es mit einem neuen Streichholz. „Die Presse macht uns die Hölle heiß; die Reporter sind hinter mir her wie ein Rudel hungriger Wölfe. Deshalb verbringe ich auch so viel Zeit hier in Northampton. Das hält sie fest, und Sie haben sie nicht auf der Pelle." Er zog mehrere Male an seiner Pfeife und brachte schließlich ein schwaches Glimmen zustande. „Ich habe alles gelesen, was mir auf den Schreibtisch flatterte, und ich kann nur sagen, dass ich die Geschichte absolut rätselhaft finde. Ich frage mich, ob die Morde willkürlich geschehen sind oder ob ihnen ein bestimmtes Schema zugrunde liegt." Pratt kratzte sich mit dem Stiel der Pfeife an dem Vierundzwanzig-Stunden-Bart, der sein Kinn zierte. Ein leichtes Schaben ließ sich vernehmen. „Oder wurden zwei nur begangen, um von einem andern abzulenken? Dem eigentlichen Opfer?"

„Es ist mir auch schon durch den Kopf gegangen, dass das eigentliche Opfer vielleicht noch gar nicht ermordet wurde."

Pratt blinzelte mit seinen rot umränderten Augen. „Großer Gott, das sind ja schöne Aussichten." Seine Pfeife war wieder ausgegangen. „Und Sie glauben, dass das einer aus dem Dorf sein wird?"

„Ich weiß nicht. Aber durchaus möglich."

„Wer auch immer Small ermordet hat, er ist nicht durch diese Kellertür gekommen, das steht fest. Infrage kommen also nur diejenigen, die an jenem Abend in der Pandorabüchse waren."

„Einer scheidet aus: Melrose Plant, wie ich mit gutem Gewissen behaupten kann. Er hat zwar kein Alibi im Fall von Small und Ainsley, aber es ist kaum anzunehmen, dass es mehr als einen Mörder gibt."

Pratt kratzte sich wieder am Kinn. „Dann sind wir unserem Ziel ja um einiges näher. Bei seinem nächsten Anruf werde ich Superintendent Racer sagen, dass Sie beträchtliche Fortschritte gemacht haben. Entschuldigen Sie, wenn ich Sie frage – hat er eigentlich was gegen Sie? Wenn er auf Sie zu sprechen kommt, dann klingt das immer so bissig."

„Oh, er klingt immer so", sagte Jury.

# 12

Donnerstag, 24. Dezember

Am nächsten Morgen saß Jury an Plucks schäbigem Holzschreibtisch, und Wiggins blickte ihm über die Schulter. Sie studierten Darringtons Buch „Scharf auf Mord" und die Fortsetzung, die gleich daneben lag. Jury fuhr mit dem Finger eine Zeile entlang und wechselte dann von dem einen Buch auf das andere über. „Der Qualitätsunterschied zwischen den beiden ist einfach enorm. Auch der Stil ist völlig anders. Mit anderen Worten, das eine wirkt wie eine plumpe Imitation des andern."

Wiggins schüttelte den Kopf. „Das kann ich nicht beurteilen, Sir. Aber ich bin auch kein großer Leser."

Jury klappte die Bücher zu und legte sie zu den anderen beiden Bänden. „Ich glaube nicht, dass Darrington ‚Scharf auf Mord' geschrieben hat. Er hat nur versucht, den Stil zu imitieren, und das zweite Buch zusammengepfuscht. Ich glaube, der Verfasser des ersten Buchs hat auch den dritten Band geschrieben." Jury zog aus dem Stapel von vier Büchern eines hervor. „‚Scharf macht Ferien'. Ja. Diese beiden stammen aus derselben Feder. Aber nicht die andern beiden. Darrington muss sich zwei Manuskripte unter den Nagel gerissen und daraus seine eigenen gestrickt haben."

„Aber wer hat die andern beiden – die guten – geschrieben?"

„Keine Ahnung. Das Interessante an der Sache ist – jemand hat vielleicht gewusst, dass es sich um ein Plagiat handelt, und versucht, Darrington zu erpressen."

„Meinen Sie Small zum Beispiel? Aber was machen Sie dann mit Ainsley und Creed?"

„Sie können es ja zu dritt geplant haben … Rufen Sie doch mal London an – sie sollen über den Verlag, für den Darrington gearbeitet hat, mehr in Erfahrung bringen. Bei seiner Tätigkeit kam er wahrscheinlich ganz einfach an Manuskripte ran." Jury stand auf und steckte seine Zigaretten in die Tasche. „Ich werd's ihm direkt auf den Kopf zusagen. Mal sehen, was passiert."

Jury war gerade dabei, in den blauen Morris zu steigen, als Melrose Plant in seinem Bentley neben ihm hielt und die Scheibe herunterkurbelte. „Was haben Sie vor, Inspector?"
„Oliver Darrington einen Besuch abzustatten."
„Morgen ist nämlich Weihnachten, wie Sie wohl wissen, und ich würde Sie gerne zum Abendessen einladen."
„Es wird mir ein Vergnügen sein – falls die Umstände es erlauben."
„Wunderbar. Ich wollte gerade nach Sidbury fahren, um Agathas Geschenk abzuholen."
„Was schenken Sie ihr denn?"
„Ich dachte an ein Paar Pistolen. Mit Perlmuttgriffen, für besondere Anlässe."
Jury lachte, während Plant wieder davonfuhr, und bog dann mit seinem Morris in die Sidbury Road ein.

Diesmal kam Darrington an die Tür, und er sprudelte auch gleich los. „Was zum Teufel soll das? Kommen Sie, weil die Leiche, die im Schwanen gefunden wurde, eines meiner Bücher in der Hand hatte?" Seine Augen funkelten. Offensichtlich interessierte ihn die Lektüre der Leiche sehr viel mehr als die Leiche selbst.
„Kann ich reinkommen, Mr Darrington?"
Darrington riss die Tür weit auf, und Jury sah Sheila Hogg im Salon sitzen, sehr hübsch, aber auch etwas nervös und gequält. Er ging hinein und setzte sich auf den Platz, auf dem er auch schon am Tag zuvor gesessen hatte. Oliver Darrington warf ihm finstere Blicke zu, während Sheila unruhig hinter der Couch gegenüber stand und einen unsichtbaren Faden von der Rückenlehne zupfte. Sie war an diesem Nachmittag vollständig angezogen; sie trug einen geblümten Seidenanzug, schaffte es aber trotzdem, unangekleidet auszusehen. Die Konturen ihres Körpers sprangen einem einfach ins Auge, und der Teil von Jurys Gehirn, der nicht damit beschäftigt war, Darrington ein Geständnis abzuringen, registrierte sie beifällig.
„Ich hab noch ein paar Fragen, Mr Darrington." Da sie immer noch keine Anstalten machten, sich zu setzen, legte Jury eine kleine Pause ein und zündete sich eine Zigarette an. „Wie Sie wissen, wurde wieder jemand ermordet. Ich würde nun gern von Ihnen erfahren, wo Sie sich gestern zwischen zehn und kurz nach zwölf aufgehalten haben."
„Hier im Haus. Sheila war bei mir."
Nichts in ihrem Gesichtsausdruck schien dem zu widersprechen, aber Jury wusste, dass keiner einem so offen in die Augen blickt wie die Schuldigen, wenn sie ihre Lügen erzählen. Er lächelte und sagte: „Außerdem wollte ich Ihnen Ihre Bücher zurückbringen." Jury hielt sie hoch. „Sehr interessant, vor allem die Unterschiede zwischen ihnen." Er bemerkte bei Sheila dieselben Zuckungen und fahrigen Handbewegungen wie beim letzten Mal. „Um die Wahrheit zu sagen, ich vermute, jemand hat Ihnen da ein bisschen geholfen." Jury hatte sich so vorsichtig ausgedrückt, dass er höchst erstaunt war, als Darrington Sheila anfuhr.
„Luder!"
„Ich hab ihm nichts gesagt, Oliver! Ich schwör's!"
Sein Ärger verflog so schnell, wie er gekommen war, und er seufzte: „Ach zum Teufel, diese Komödie ist auch ausgespielt. Du kannst ihm die Geschichte ruhig erzählen."

Anscheinend war es Sheilas Rolle, für ihn die Kohlen aus dem Feuer zu holen.

„Es war mein Bruder", sagte Sheila. „Er kam bei einem Motorradunfall ums Leben. Ganz zufällig, als ich nach seinem Tod seine Sachen durchging, stieß ich auf diesen Brief von Oliver. Ich hatte überhaupt nicht gewusst, dass Michael – mein Bruder – überhaupt ein Buch geschrieben hatte, und erst recht nicht, dass er versuchte, einen Verleger zu finden. Ich glaube, niemand hat das gewusst. Er war ein ziemlicher Geheimniskrämer. Auf jeden Fall ging ich zu dem Verlag, für den Oliver arbeitete; irgendwie schwebte mir wohl vor, ich könnte veranlassen, dass das Buch veröffentlicht würde, sozusagen als Andenken an meinen Bruder. Oliver war der Lektor, auf dessen Schreibtisch das Manuskript gelandet war. Er war sehr nett und verständnisvoll; wir gingen zusammen Mittag essen und sprachen über Michaels Buch – wie gut es war. Später gingen wir dann zusammen zu Abend essen. Zuerst Lunch, dann Dinner, dann ..." Sheila seufzte. „Na ja, ich hab mich in ihn verliebt, und genau das ...", sie funkelte Darrington an – „war auch seine Absicht, stimmt's, Liebling?"

Darrington hatte den Blick auf sein Glas geheftet.

„Es gab da noch ein zweites Manuskript, ‚Scharf macht Ferien', das ich auch unter Michaels Sachen fand. Oliver las es und meinte, es sei genauso gut wie das erste. Die Versuchung war zu groß für ihn: Er konnte das erste unter seinem eigenen Namen veröffentlichen und sich das zweite für schlechte Zeiten aufheben." Sheila lächelte gezwungen. „Und wenn Oliver schreibt, dann sind die Zeiten immer schlecht."

„Vielen Dank", sagte Darrington.

„Oh, bitte, Liebling", sagte sie hart. Und zu Jury gewandt: „Das ist alles. Schäbig, armselig – was kann ich schon sagen?"

Ein nettes Andenken, dachte Jury. Die Liebe, dachte er traurig. Liebe hatte sie da hineingezogen, und was kam dabei heraus? Nicht einmal ein Trauschein. Sie tat ihm leid. „Das zweite Manuskript war für Sie also eine Art Reserve, falls Ihr eigenes Buch ein Reinfall werden sollte?"

Oliver hob das Gesicht. Zumindest schien er so etwas wie Schamgefühl zu besitzen. „Ja, richtig. Ich wollte es einfach mal versuchen. Ich dachte, es würde schon klappen. Es klappte aber nicht. Ich bin ein miserabler Schreiber. Als das zweite Buch sich nicht verkaufte und nur schlechte Kritiken bekam, hab ich Hoggs zweites Manuskript herausgeholt – danach war mein Stern wieder im Steigen. Ich war felsenfest überzeugt, dass ich beim zweiten Mal mehr Glück haben würde. Aber jetzt ..." Er breitete hilflos die Hände aus. Dann schien er sich daran zu erinnern, dass eigentlich etwas ganz anderes zur Debatte stand. „Moment mal, Inspector, was hat das alles mit der Leiche von heute Morgen zu tun?"

„Sie haben den Mann nicht gekannt?"

Darrington blickte ihn wütend an. „Verdammt noch mal, natürlich nicht!"

Jury genoss es, ihn für sein schäbiges Verhalten Sheila gegenüber büßen zu lassen. „Komisch. Er war ein Bewunderer von Ihnen. Dieses Buch, Sie wissen schon." Jury tat so, als hätte er gerade einen glänzenden Einfall gehabt, und schnalzte mit den Fingern. „Oder vielleicht doch kein Bewunderer. Erpressung war schon immer ein guter Grund, jemanden um die Ecke zu bringen."

Darrington fuhr von seinem Stuhl hoch. „Mein Gott! *Ich hab ihn nicht umgebracht, ich hab den Mann noch nie in meinem Leben gesehen ...*"
„Wie wollen Sie das wissen, Mr Darrington?"
„Was meinen Sie?"
„Ich nehme an, Sie haben den Toten nicht gesehen, seit er ermordet wurde. Wie wollen Sie also wissen, ob Sie ihm nicht schon einmal begegnet sind?"
„Soll das eine Falle sein? Dass er mein Buch in der Hand hatte, beweist wohl alles?"
Sheila, etwas scharfsinniger als Darrington, sagte: „Mein Gott, Oliver, der Inspector wird doch wohl nicht annehmen, dass drei verschiedene Männer hier aufgekreuzt sind, um dich zu erpressen!"
Wie ein Kind, das seine Eltern verdächtigt, gemeinsame Sache gegen es zu machen, blickte Oliver von einem zum anderen. Was zum Teufel, fragte sich Jury, fand Sheila nur an diesem Mann?
„Das Buch beweist eigentlich eher, dass Sie es *nicht* waren." Jury stand auf und steckte seine Zigaretten in die Tasche. „Es wäre doch ziemlich seltsam, wenn Sie bei dem Ermordeten etwas hinterlassen hätten, was den Verdacht auf Sie lenkt. Nur jemand ganz Tolldreistes, jemand mit eisernen Nerven und einem ausgesprochenen Sinn für Makabres würde das wagen. Bei Ihnen, Mr Darrington, habe ich noch keine dieser Eigenschaften festgestellt."
Sheila brach in schallendes Gelächter aus.

# 13

Melrose Plant zockelte die Sidbury Road entlang und lächelte bei der Vorstellung, wie außer sich Agatha sein würde, wenn sie begriff, dass sie immer noch zu den Verdächtigen zählte, während er ein einwandfreies Alibi hatte. Nicht gerade fair von Melrose, sich auf diese Weise aus den Fängen von Scotland Yard zu befreien, während sie (trotz ihrer aufopfernden Mitarbeit) zusehen konnte, wie sie allein zurechtkam. So würde Agatha die Sache betrachten. Und sie würde glauben, dass Melrose an allem schuld war; dass Jury und Melrose sich gegen sie verbündet hatten.

Während weite, in der Sonne schimmernde Wiesen an ihm vorbeirollten, ließ Melrose sich in die Polster seines Bentley sinken und fragte sich, ob er sich insgeheim nicht etwa wünschte, Detektiv zu sein – eine dunkle Seite seines Wesens, die ihm noch nicht bewusst geworden war. Er betrachtete es als Zeitvertreib, sich alle möglichen Erklärungen für diese Serie von Morden durch den Kopf gehen zu lassen. Hatte es der Mörder nur auf einen abgesehen und die anderen beiden umgebracht, um von seinem Motiv abzulenken? Ein alter Trick, um Verfolger in die Irre zu führen. Durchaus denkbar natürlich, aber die Tatsache, dass alle drei ortsfremd gewesen waren, sprach eigentlich dagegen. Warum sollte jemand irgendwelche Fremde hierherbestellen, um sie dann um die Ecke zu bringen? Hätten es nicht auch zwei überflüssige Einheimische getan?

Ein wenig schuldbewusst blickte Melrose aus dem Fenster. Eine ziemlich kaltblütige

Art, die Dorfbewohner zu betrachten. Die einzigen Lebewesen, die seinen Blick erwiderten, waren ein Mutterschaf und ihr Junges; sie standen mitten auf einer Wiese und kauten langsam vor sich hin. Was konnten sie bei dieser Kälte wohl noch zu fressen finden?

Es war natürlich auch möglich, dass die bisher begangenen Morde zu einem anderen führen würden, wie Jury es angedeutet hatte; ein fürchterlicher Gedanke. Er ließ das Blut in seinen Adern erstarren, weil er sofort an Vivian Rivington dachte, die eine wirkliche Zielscheibe darstellte: so viel Geld und so viele, die darauf scharf waren. Die dunklen Gedanken, die ihm durch den Kopf gingen, schienen sich in dem Schild mit dem schwarzen Punkt konkretisiert zu haben, das zu seiner Linken auf der Höhe des Gasthofs Zum Hahn mit der Flasche auftauchte.

Plant nahm den Fuß vom Gaspedal und fuhr nur noch im Schritttempo, damit sein Auspuff nicht beschädigt würde, wenn er über die Bodenwelle fuhr, die die Autos vor der nächsten Kurve zum Verlangsamen zwingen sollte und die im Volksmund sinnigerweise „Toter Mann" genannt wurde. Als er näher kam, blinkte etwas in dem grellen Sonnenlicht. Er fuhr vorsichtig über den „Toten Mann" und spähte dabei aus dem Fenster; er entdeckte, dass das Glitzern von einem Gegenstand in der Erde herrührte, wahrscheinlich von einem Stückchen Glas. Dann erstarrte seine Wahrnehmung zu einem Bild, und er bremste so abrupt, dass er beinahe gegen die Windschutzscheibe geprallt wäre. Einen Augenblick lang saß er völlig regungslos da und sagte sich, dass diese Sache, die da in der Erde steckte, unmöglich das sein konnte, was er zu sehen geglaubt hatte.

Ein Ring. Aber hatte er wirklich an einem *Finger* gesteckt?

WÄHREND Sheila immer noch lachte, schlüpfte Jury in seinen Mantel und streifte sich die Handschuhe über. „Ich hab noch mehr Fragen, Mr Darrington. An Sie und Miss Hogg. Im Augenblick fehlt es mir aber an der Zeit. Ich würde gerne Ihr Telefon benutzen, um mit meinem Sergeant zu sprechen."

„Dort bitte", sagte Darrington und zeigte auf die Tür zum Flur. Etwas von seiner alten Überheblichkeit war zurückgekehrt, als er sich Jury zuwandte: „Wenn ich Sie recht verstanden habe, Inspector, dann ist die Tatsache, dass ‚Scharf auf Mord' bei der Leiche gefunden wurde, mehr oder weniger der Beweis, dass ich nichts mit der Sache zu tun habe?"

Durch und durch ein Schuft, dachte Jury. Nicht das geringste Mitgefühl für Sheila, die wahrscheinlich ihre ganze Selbstachtung geopfert hat, um Darrington zu einer glanzvollen Karriere zu verhelfen. Der verdammte Kerl benötigte einen Dämpfer. „Ich meinte damit nur, dass es Sie entlasten könnte, nicht mehr. Es gibt da ein Motiv, das eigentlich nur Sie haben können, Mr Darrington: öffentliches Aufsehen. Bei Ihrem angeschlagenen Ruf hätte Ihnen doch gar nichts Besseres passieren können, oder? ‚Scharf auf Mord' auf allen Titelseiten. Ihre Bücher würden plötzlich einen enormen Absatz finden. Sie hätten sich den Erpresser vom Hals geschafft und obendrein noch die Werbetrommel für sich gerührt."

Darrington erblasste wieder.

„Das Telefon, Mr Darrington?"

Wie auf ein Stichwort hin fing das Telefon an zu klingeln. Sheila, die sehr viel gefasster war als Darrington, ging hinaus, um den Hörer abzunehmen. „Es ist für Sie, Inspector!", rief sie vom Flur aus.

Er bedankte sich, und als er den Hörer von ihr entgegennahm und ihr dann nachblickte, wie sie in den Salon zurückging, hoffte er nur, dass sie eines Tages einen besseren Mann finden würde als Oliver Darrington. Trotzdem schied Sheila keineswegs aus dem Kreis der Verdächtigen aus. Fest stand nur, dass sie sehr viel couragierter war als ihr Freund.

„Jury am Apparat", sagte er und hörte mit wachsendem Erstaunen, was Melrose zu berichten hatte. „Hören Sie, Mr Plant, bleiben Sie, wo Sie sind. In zehn Minuten bin ich bei Ihnen." Er knallte den Hörer auf die Gabel und wählte dann das Revier von Long Piddleton. Er hörte das Brr-Brr des Telefons und fing schon an, Wiggins und Pluck zu verfluchen. Endlich antwortete Pluck, und Jury sagte ihm, er solle sich sofort mit Weatherington in Verbindung setzen, den Tatortsachverständigen und Appleby benachrichtigen, die ganze Mannschaft zusammentrommeln und sie auf dem schnellsten Weg zum Hahn mit der Flasche schicken. Eine weitere Leiche sei gefunden worden. Der arme Pluck stammelte ein paar unzusammenhängende Worte und brachte schließlich hervor: „Ja, Sir, sofort, Sir. Aber hier wimmelt es nur so von Reportern, die alle mit Ihnen sprechen wollen. Sie sind vor knapp einer halben Stunde aus London hier eingefallen."

„Vergessen Sie die Reporter, Sergeant. Und erzählen Sie ihnen um Himmels willen nicht, was passiert ist, sonst blockieren sie mit ihren Autos die ganze Straße nach Sidbury, und wir kommen nicht mehr durch."

„In Ordnung, Sir. Ich wollte Ihnen nur noch sagen", er senkte die Stimme, „dass Lady Ardry diesen Londoner Zeitungsfritzen Interviews gibt und dabei gleich sechs auf einmal ranlässt. Außerdem soll ich Ihnen ausrichten, dass Superintendent Racer eine Stunde lang versucht hat, Sie zu erreichen. Er kocht vor Wut."

„Danke, Sergeant, wenn er wieder anruft, verbinden Sie ihn mit Lady Ardry."

Mit dem blauen Morris schaffte Jury die zwanzig Kilometer von dem Haus bis zum Hahn mit der Flasche in knapp zwanzig Minuten, rief jedoch empörte Reaktionen bei gelasseneren Verkehrsteilnehmern hervor, die am Heiligen Abend eine gemütliche Spazierfahrt machen wollten.

Ungefähr einen halben Kilometer vor dem Gasthof Zum Hahn mit der Flasche fuhr Jury auf die rechte Straßenseite und bremste kurz vor dem Erdhügel. Er sprang aus dem Wagen, und ohne die Tür hinter sich zuzuschlagen, rannte er zu der Stelle, an der Melrose Plant auf dem Boden kniete. Auf dem Hügel lag eine Plastikplane.

„Ich hab gar nicht erst versucht, die Erde wegzuscharren; sie ist auch steinhart. Ich dachte, alles soll möglichst so bleiben, wie es ist. Nur die lose Erde auf ihrem Arm habe ich entfernt."

„Gut so, Mr Plant." Aus der schneeverkrusteten Erde ragten bis ungefähr zum Ellbogen ein Arm und eine Hand hervor. Die Fingernägel waren unpassenderweise grellrot lackiert, und an einem Finger steckte ein großer, billiger Ring. Jury betastete den Arm. Er war so hart wie ein Eiszapfen.

„Es war ziemlich offensichtlich", sagte Plant, „dass diejenige, der dieser Arm gehörte, unter dem Erdhaufen nicht mehr nach Luft gerungen hat. Ich habe also nichts unternommen. Die Plane warf ich wegen der vorbeifahrenden Autos darüber. Ich dachte mir, dass Sie keinen Wert auf Neugierige legen. Ich habe mich nur davorgestellt und sie vorbeigewinkt. Wahrscheinlich hielten sie mich für einen Straßenarbeiter."

Trotz der schrecklichen Umstände musste Jury lächeln. Der Anzug, den Plant trug, war nicht gerade das, was Straßenarbeiter zu tragen pflegten. Es sickerte auch gleich in Jurys Bewusstsein, dass der „Tote Mann" sich direkt vor der Abfahrt zu dem Hahn mit der Flasche befand; der Gasthof selbst lag ein ziemliches Stück abseits der Straße. Wieder ein Gasthof. Die Zeitungen würden sich freuen.

Er sagte zu Plant: „Gut gemacht, Mr Plant. Vor allem, dass Sie nicht versucht haben, sie auszubuddeln. Der Tatort-Sachverständige würde uns den Kopf abreißen, wenn wir irgendetwas durcheinandergebracht hätten."

Sie standen noch ungefähr zehn Minuten herum, bis Jury die Sirene aufheulen hörte. Pluck hatte sich zum Glück beeilt. Weatherington kam nach Sidbury – es war ungefähr zwanzig Kilometer von der Kreisstadt entfernt. „Mr Plant, warum gehen Sie nicht zu dem Gasthof und reden schon einmal mit dem Wirt – kennen Sie ihn?"

„Nicht gut. Nur vom Sehen. Ich bin einmal an der Bar eingeschlafen, als er mir seine Lebensgeschichte erzählen wollte. Was soll ich ihm sagen?"

Jury blickte gerade auf die erstarrte Hand, als der Polizeiwagen um die Kurve kam. „Sagen Sie ihm, dass ich gleich vorbeikomme, um ihm ein paar Fragen zu stellen."

DR. APPLEBY WARTETE, geduldig eine Zigarette rauchend, während der Tatort-Sachverständige, ein Mann mit einem wie aus Stein gemeißelten Gesicht, jedes Detail festhielt. Am Hals des Opfers waren deutlich Strangulierungsmale zu erkennen. Und das Opfer war, wie Jury schon vermutet hatte, eine gewisse Ruby Judd, das Hausmädchen des Pfarrers.

Als der Polizeifotograf die Leiche fotografiert hatte, blickte Dr. Appleby dem Chief Inspector so strafend in die Augen wie Väter ihren Kindern, wenn sie einmal zu oft von dem schmalen Pfad der Tugend abgekommen waren. Jury, der selten den Blicken seiner Mitmenschen auswich, wandte die Augen ab. „Inspector Jury, am besten, Sie nehmen mich bei Ihren Exkursionen gleich mit. Ich lande doch immer wieder am Schauplatz Ihrer Verbrechen." Mit nikotinverfärbten Fingern zündete sich Appleby am Stummel seiner letzten eine neue Zigarette an.

„Sehr komisch, Dr. Appleby. Es sind aber eigentlich nicht meine Verbrechen, wie Sie es auszudrücken belieben. Sie gehen vielmehr auf das Konto eines anderen." Jury wünschte, er hätte nicht auch noch einen witzereißenden Mediziner am Hals. Er hatte Appleby im Verdacht, sich bestens zu amüsieren, wenn auch auf etwas perverse Weise: Wie oft hatte er es wohl schon mit etwas anderem als mit Masern, Frauenleiden oder Magenbeschwerden zu tun?

Dr. Appleby blies den Rauch in die Luft und parierte rasch: „Ja, auf das Konto eines anderen. Es fragt sich nur, auf wessen? Die Bevölkerung hier in der Gegend nimmt von Tag zu Tag ab." Der Arzt ließ die Asche in die neu ausgehobene Kuhle fallen. Die Leiche, die in einen Plastiksack gesteckt worden war, damit auch nichts verloren ging, war bereits in den Krankenwagen geschoben worden. Der Spezialist für Fingerabdrücke, der Mann mit dem Bürstenhaarschnitt, dem Kaugummi und der Trillerpfeife, hatte hier kaum etwas zu tun gefunden und war auf dem Weg zum Pfarrhaus, um Ruby Judds Zimmer zu inspizieren.

„Dr. Appleby, die Fakten, bitte."

„Die habe ich Ihnen schon dreimal genannt, warum nehmen Sie nicht einfach die der anderen Fälle?"

Jury wurde ungeduldig. „Dr. Appleby ..."

Appleby seufzte. „Na schön. Nach dem Zustand der Leiche zu urteilen, liegt die Tat ungefähr drei Tage bis eine Woche zurück. Ist schwer zu sagen – die Leiche ist ziemlich gut erhalten, als hätte sie in einer Gefriertruhe gelegen." Appleby zündete sich wieder eine Zigarette an, und Wiggins, der sich die Auskünfte des Arztes notiert hatte, nutzte die Gelegenheit, um sich zu schnäuzen und eine neue Packung Hustenbonbons anzubrechen. Dr. Appleby setzte seinen Bericht in leierndem Tonfall fort. „Tötung durch Erdrosseln, diesmal mithilfe eines geknoteten, strickartigen Werkzeugs. Es könnte ein dünnes Kopftuch oder ein Strumpf gewesen sein: Blutungen im Gesicht und unter den Augenlidern. Sonst kann ich nichts feststellen. Hier versteckt sich nicht hinter jedem Busch ein Rechtsmediziner wie bei euch in London. Deshalb muss ich die Obduktion auch selbst durchführen. Was übrigens diesen Creed betrifft, kann ich Ihnen leider nicht viel weiterhelfen. Dass er zwischen zehn und zwölf Uhr ermordet wurde, wissen Sie ja bereits. Genauer konnte ich die Todeszeit auch nicht bestimmen."

Appleby überwachte noch den Abtransport der Leiche, dann schloss er seine Tasche und entfernte sich. Kriminalbeamte suchten links und rechts von der Straße die vereisten Wiesen nach Beweisstücken ab. Jury hoffte, irgendeine Tasche – ein Koffer vielleicht – würde im Wald oder auf den Wiesen in der Nähe des Hahns mit der Flasche gefunden werden. Er stellte sich vor, dass der Mörder sie vielleicht veranlasst hatte, eine Tasche zu packen – wahrscheinlich hatte er ihr ein Liebeswochenende in Aussicht gestellt (was bedeuten würde, dass es sich um einen Mann handelte) –, weil dann zumindest ein paar Tage lang niemand nach ihrem Verbleib fragen würde. Appleby sagte, nichts deute darauf hin, dass eine „sexuelle Handlung" stattgefunden habe; ob sie schwanger gewesen sei, ließe sich jedoch erst nach der Obduktion sagen. Eine heiße Spur war nirgendwo in Sicht. Aber in einem Punkt hatte Jury recht behalten: Ruby Judd war keine Ortsfremde.

ALS JURY endlich den Hügel zum Hahn mit der Flasche hochgestiegen war und in die Gaststube trat, sah er Melrose Plant an der Bar sitzen, ein Glas Guinness vor sich. Der deftig aussehende Wirt lehnte über dem Tresen und unterhielt sich mit ihm. Sein Name war Keeble. Auf seinem Gesicht standen Schweißperlen, die er sich mit einer Serviette abwischte. Während er einen ziemlich aufgelösten Eindruck machte, zeigte seine Frau, die gerade durch eine Tür rechts neben dem Tresen hereingekommen war, keinerlei Emotionen.

Plant bot Jury eine Zigarette aus seinem goldenen Etui an, und Jury bediente sich dankbar. „Was wissen Sie über diese junge Frau, Mr Keeble?"

„Wie ich dem Herrn Sergeant schon gesagt habe ..." Er deutete auf Wiggins, der wie immer pflichtbewusst sein Notizbuch aufgeschlagen und zusammen mit dem Taschentuch auf den Tresen gelegt hatte. „Diese Ruby ist mir kaum über den Weg gelaufen, vielleicht ein- oder zweimal beim Einkaufen. Ich kann Ihnen also nicht viel weiterhelfen. Es dauerte ewig, bis sie ihren ‚Toten Mann' da draußen fertig hatten." Mrs Keeble fügte noch hinzu, wie schlecht das fürs Geschäft sei, wenn ständig die Straße aufgebuddelt würde.

„Und wann hatten die Straßenarbeiter wieder alles aufgefüllt?"

Keeble dachte angestrengt nach. „Moment, ich kann Ihnen das ganz genau sagen – ja, ja, am Fünfzehnten, nachmittags. Dienstag vor einer Woche. Ich erinnere mich, weil wir am Tag darauf einen Schwung voll Leute zum Abendessen hatten. Gott sei Dank war da die Straße nicht mehr aufgerissen." Er feierte die Rolle, die er bei dem schrecklichen Geschehen spielte, indem er sich ein Bier zapfte; seine Frau schnaubte missbilligend. „Am Abend kam dann noch einer von ihnen zurück und brachte die Sache vollends in Ordnung. Das war am Dienstagabend, Dienstag, dem Fünfzehnten."

Am Dienstag war auch Ruby losgezogen, angeblich um ihre Familie in Weatherington zu besuchen.

Als Keeble das Abendessen erwähnte, verspürte Jury plötzlich einen Riesenhunger. Er sagte: „Wir könnten eigentlich auch was vertragen. Wär's denn möglich, dass Sie uns was zu essen richten? Sie sind doch bestimmt auch hungrig, Mr Plant? Und Sie, Sergeant, wie steht's mit Ihnen?" Beide nickten.

„Wir haben aber nur Scholle", sagte Mrs Keeble.

Plant gab einen gutturalen Laut von sich, aber Wiggins nickte. „Mit Pommes frites und Erbsen, bitte."

Sie blickte die Männer an, als hätten sie die Leiche des Mädchens in ihre Wirtschaft geschleppt, nur um ihr Unannehmlichkeiten zu bereiten. Sie schien sich auch zu fragen, ob Scotland Yard dafür aufkommen würde oder ob es zu ihren Bürgerpflichten gehörte, ihnen etwas aufzutischen. Als sie sich auf den Weg zur Küche machte, sagte Plant: „Wenn wir dazu eine Flasche Bâtard-Montrachet haben könnten, damit der Fisch auch schwimmt?"

Sie starrte ihn an, und er fügte noch hinzu: „Jahrgang 1971?"

Ihr Kinn schob sich etwas vor. „Wir haben keinen Weinkeller. Sie sind hier nicht im Savoy."

Plant blickte sich in dem einfach eingerichteten Raum um. „Seltsam, ich hätte schwören können …"

Mr Keeble schien das Wohlergehen seiner Gäste eher am Herzen zu liegen. „Wie wär's mit einem Glas Bitter, Sir? Vom Feinsten, auf Kosten des Hauses." Er senkte die Stimme und blickte zur Küche.

„Sehr nett von Ihnen, Mr Keeble", sagte Jury. Er nahm das Glas dankbar entgegen und leerte es bis zur Hälfte. Plant war aufgestanden und zu dem vorderen Giebelfenster des Gasthofs getreten. Er blickte hinaus. „Von hier aus kann man den ‚Toten Mann' nicht sehen, Inspector. Wahrscheinlich kann man ihn von keinem der Fenster aus sehen, da ist diese Baumgruppe davor."

„Das heißt?"

„Dass der Straßenarbeiter davon ausgehen konnte, dass ihn von hier aus keiner beobachten würde. Genauso wenig wie von der Straße aus. Das Gelände ist ziemlich eben, und man sieht gut einen halben Kilometer weit in beide Richtungen. Es gibt natürlich diese Vertiefung in der Straße, dort, wo der schwarze Punkt ist, aber trotzdem ..."

„Mit anderen Worten, der Straßenarbeiter war gar kein Straßenarbeiter? Ja, der Boden hätte sich am Fünfzehnten nachts ziemlich einfach wieder ausheben lassen. Und wenn ihn jemand gesehen hätte, jemand, der zufällig vorbeifuhr, hätte er ihn für einen Arbeiter gehalten, der zurückgekommen war, um noch etwas zu erledigen. Er hätte sich sogar eine Laterne anzünden können."

„Ein fix und fertig gestaltetes Grab, besser konnte er sich's gar nicht aussuchen", sagte Plant. „Er brauchte sich nur ein bisschen umzuziehen, eine Mütze und so weiter, und niemand wäre etwas aufgefallen."

„Er hätte zwar gesehen werden können, als er die Leiche von – von wo wohl? Sagen wir, von der Baumgruppe – zu dem ‚Toten Mann' schleppte, was wirklich nicht sehr weit ist. Aber von wem? Von hier aus kann man vielleicht sehen, dass jemand auf der Straße arbeitet, wenn die Leiche aber in eine Plane oder etwas Ähnliches eingewickelt war, hätte man das aus dieser Entfernung nicht erkennen können."

„Und einer, der so kaltblütig zu Werke geht, würde auch ein Auto vorbeiwinken, falls eines auftauchte."

„Oder *eine*, Mr Plant!"

„Ich kann mir nicht vorstellen, dass eine Frau so was gemacht hat."

„Es wäre aber möglich. Eine Frau kann sich genauso gut als Straßenarbeiter verkleiden."

„Ja, natürlich. Denkbar wäre es."

Mrs Keeble kam mit einem Tablett aus der Küche hereingepoltert und stellte das Essen vor sie hin. Die drei saßen an einem Tisch an der Wand neben dem kalten Kamin, einen mit Besteck, Servietten und drei weißen Steinguttellern gedeckten Holztisch; auf ihren Tellern lagen gleich große Portionen von Fisch, Kartoffeln und breiigen grünen Erbsen.

Melrose warf einen Blick darauf und schob seinen Teller beiseite; stattdessen verlangte er das Bier, das Keeble aufgefüllt hatte. Auch Jury betrachtete entmutigt den Fisch, der bestimmt in einer dieser Fertigteigmischungen gebraten worden war. Nur Wiggins, der gegen den Boden der Malzessig-Flasche schlug, um etwas Essig aus den winzigen Löchern zu schütteln, schien es zu schmecken.

„Der Wein", sagte Plant, „wird gleich kommen. Ich hoffe nur, sie lässt ihn auch etwas atmen."

Wiggins gab einen Laut von sich, der zwischen einem Kichern und einem Wiehern lag. Jury, der nicht daran gewöhnt war, Wiggins lachen zu hören, gelang es nicht, das Geräusch eindeutig zu identifizieren. „Bevor ich's vergesse, Sir", sagte Wiggins, den Mund voller Pommes frites, „Superintendent Racer möchte, dass Sie ihn sofort zurückrufen. Ich hab ihm gesagt, Sie hätten kaum eine ruhige Minute gehabt, seit Sie hier sind, Sir."

Wiggins hatte offensichtlich ein schlechtes Gewissen, weil er einen Vormittag im Bett verbracht hatte, aber er schien ihm bekommen zu sein, zumindest hatte es ihm die Zunge gelöst. Er verschlang den Fisch und die Pommes frites und zierte sich auch nicht, als Plant und Jury ihre Portionen auf seinen Teller kippten.

Die Gasthoftür wurde aufgestoßen, und drei Männer – darunter Superintendent Pratt – kamen herein. Jury, der auch gleich die Reporter hinter ihnen entdeckt hatte, stöhnte auf.

Sie hatten ebenfalls ein Talent, die Polizei zu entdecken, und stürmten die Bar; der Fotograf knipste die Bar von allen Seiten, als hätte er ein Fotomodell vor sich, das freche Posen für ihn einnahm.

„Sie müssen Chief Inspector Jury von Scotland Yard sein. Ich komme vom *Weatherington Chronicle*." (Kleine Fische, dachte Jury, die werden sich einfach abwimmeln lassen.) Der andere schien es nicht für nötig zu halten, sich vorzustellen, er stand einfach nur da, Füllfederhalter und Schreibblock in der Hand. Sie stellten die üblichen Fragen und bekamen die üblichen Antworten. Nein, die Polizei hatte den Täter noch nicht, aber die Ermittlungen waren im Gange ... Jury dachte, dass er sich das einmal auf seinen Grabstein meißeln lassen könnte: ERMITTLUNGEN IM GANGE. Ja, in ein, zwei Tagen könnten sie der Presse Genaueres sagen. Einer der Reporter bemerkte missbilligend, dass Jury in einem Augenblick wie diesem vor einem Bier saß und provozierte damit Pratts Ärger: „Wenn Sie nur halb so viel arbeiten würden wie der Chief Inspector, hätten Sie gar nicht die Zeit, blöde Kommentare loszulassen." Daraufhin packten die Zeitungsleute zusammen und verließen den Raum mit wehenden Rockschößen.

Jury machte den Superintendent mit Melrose bekannt. „Mr Plant ist der Mann, der die Leiche entdeckt hat."

„Können Sie sich vorstellen, wie Tante Agatha darauf reagieren wird?", sagte Melrose. „Das Fest ist für sie verdorben."

KURZ BEVOR sie sich auf den Weg machen wollten, tauchte Sergeant Pluck bei ihnen auf und stellte stolz ein Köfferchen auf den Tisch.

Es war ein dunkelblauer, billiger, kleiner Vinylkoffer, für ein paar Wäschestücke und Toilettenartikel gedacht. In einem herausnehmbaren Plastikbehälter befanden sich mehrere Flaschen und Döschen, auf dem Kofferboden lagen frische Slips, ein Nachthemd und eine Bluse. Auch ein paar auffällige Ohrringe kamen zum Vorschein. Jury nahm die Kleidungsstücke heraus, öffnete die Dosen und roch an den Flaschen. „Lag sonst noch was im Wald herum?"

Pluck schüttelte den Kopf. „Nein, Sir. Der Koffer war zu, so wie Sie ihn vor sich sehen. Er lag unter einem Haufen von nassem Laub und Zweigen."

„Sehr gut, Pluck. Könnten Sie nicht versuchen, die Judds wach zu halten? Ich würde gern noch heute Abend mit ihnen sprechen, es kann aber ziemlich spät werden. Andererseits werden sie wohl heute Nacht sowieso nicht viel schlafen."

„ICH BEGREIFE DAS NICHT", sagte der Pfarrer. „Wer sollte diesem armen, harmlosen Mädchen etwas antun wollen? Sie kann nicht älter als neunzehn oder zwanzig gewesen sein."

„Vierundzwanzig war sie, Mr Smith. Und vielleicht nicht ganz so harmlos, wie wir es gern hätten. Wir müssen jedenfalls noch einmal verschiedene Dinge durchgehen, der Mord lässt alles in einem anderen Licht erscheinen." Der Experte für Fingerabdrücke war in Rubys Zimmer, und die Fotografen waren auch schon ein und aus gegangen; aber Jury wusste, dass nichts dabei herauskommen würde. Er stellte sich vor, dass Mrs Gaunt gründliche Arbeit leistete, wenn sie saubermachte, und sie hatte Rubys Zimmer vor zwei Tagen geputzt. Der Experte kam die Treppe heruntergepoltert, seine Ausrüstung in der Hand. Er meinte, die Abdrücke seien keinen Pfifferling wert, er habe immer nur dieselben gefunden – die von Mrs Gaunt höchstwahrscheinlich und die von einem Mann – Jurys vielleicht, er habe ja auch schon das Zimmer inspiziert. Ob seine Fingerabdrücke denn in einer Kartei seien? Der Beamte grinste.

„Wie ich Ihnen schon sagte, Inspector", meinte der Pfarrer, „hat mir Daphne Murch das Mädchen vermittelt. Ich glaube, die beiden waren eng befreundet. Wenn jemand etwas weiß, dann Daphne." Der Pfarrer schenkte sich ein Glas Port ein und bot auch Jury und Wiggins etwas an, sie lehnten jedoch ab. Dann machte er es sich in seinem Sessel bequem, und Jury nahm an, er wolle sich an den Gedanken gewöhnen, dass sein Hausmädchen nun tot war. Stattdessen sagte er: „Dieser Wirtshausname – Zum Hahn mit der Flasche –, das hat nichts mit dem männlichen Huhn zu tun, sondern Hahn bedeutet hier vielmehr Zapfen. Ein Zapfen, wie man ihn für Fässer benutzte. Sie wissen, was ich meine? Mit dem Namen wurde also für gezapftes Bier Reklame gemacht; die Flasche bedeutete, dass man auch abgefülltes Bier zu trinken bekam." Eine leichte Röte überzog sein Gesicht; anscheinend war ihm bewusst geworden, dass das nicht der richtige Augenblick für einen Exkurs über Wirtshausgebräuche war. „Wenn man sich vorstellt, dass all diese Morde praktisch nur den Mord an dem armen Mädchen vorbereiteten!"

„Vorbereiteten?", fragte Jury. „Nein, ich glaube, Sie sehen das falsch, Mr Smith. Ruby wurde vor den anderen ermordet. Das bedeutet natürlich nicht, dass dieser Mord nichts mit den anderen zu tun hat." Wiggins hatte nach längerem Wühlen zwischen Hustenpastillen, Husten- und Nasentropfen ein paar Player's aus seiner Manteltasche gefischt und reichte sie Jury. „Hatten Sie jemals den Verdacht, Ruby könnte über jemanden im Dorf etwas wissen, was der Betreffende lieber für sich behalten hätte?"

„Erpressung? Wollen Sie darauf hinaus?"

Jury antwortete nicht.

„Nein. Sie plapperte ziemlich viel, aber ich hörte nicht immer zu. Obwohl eine Zeit lang das Gerücht kursierte – ich gebe natürlich nichts auf diese Art von Gerüchten –, dass Ruby sich mit Marshall Trueblood eingelassen hatte."

„Mit Marshall Trueblood?" Jury und Wiggins tauschten ungläubige Blicke aus, und Wiggins erstickte beinahe. Jury sagte: „Das kann ich mir kaum vorstellen, Herr Pfarrer, Sie etwa? Trueblood ist doch homosexuell."

Der Pfarrer sah eine günstige Gelegenheit, sich auch in solchen Dingen beschlagen zu zeigen. „Er könnte auch das sein, was man bisexuell nennt, Inspector."

Das war nicht von der Hand zu weisen, zumal Trueblood sein affektiertes Benehmen bewusst zu übertreiben schien. „Aber Sie wissen das nicht genau?" Der Pfarrer schüttelte den Kopf. „War Ruby vielleicht vor ihrer Abreise besonders aufgeregt, oder benahm sie sich sonst irgendwie komisch?" Wieder schüttelte der Pfarrer den Kopf. Da Jury auch schon mit Mrs Gaunt gesprochen hatte, der an Rubys Verhalten genauso wenig aufgefallen war, nahm er an, dass von ihnen keine weiteren Aufschlüsse zu erwarten seien. Für den Augenblick zumindest musste er sich zufriedengeben. Jury erhob sich, und Wiggins klappte sein Notizbuch zu.

Draußen fragte Jury Wiggins, ob er nicht einstweilen nach Weatherington fahren und die Judds auf seinen Besuch vorbereiten könne; auch wenn es schmerzlich für Rubys Eltern wäre, er müsse sie unbedingt noch heute Abend sprechen.

ALS JURY die Bar der Pandorabüchse betrat, stand Twig in seiner Lederschürze herum und rieb die Gläser blank. Erschöpft hievte sich Jury auf einen der eichenen Barhocker und bestellte einen Whisky. Im Spiegel entdeckte er nur einen einzigen Gast – eine Frau mittleren Alters, die auf einem Wettschein offenbar die aussichtsreichsten Namen ankreuzte.

„Wo ist Mr Matchett, Twig?"

„Er nimmt gerade im Speisesaal einen Aperitif zu sich, Sir." Jury machte Anstalten, sich zu erheben. „Mit Miss Vivian, Sir." Jury setzte sich wieder. Er starrte auf die bernsteinfarbene Flüssigkeit in seinem Glas. Aber Job war Job. Er sollte bereits dort drinnen sein und Fragen stellen.

Er zwang sich, in den Speiseraum hinüberzugehen.

Zuerst dachte er, der Raum sei leer. Zumindest war er kaum beleuchtet – nur die roten Kugeln warfen ihr flackerndes Licht auf die Tische und die Wände. Jury stand im Schatten der Türnische. Schließlich entdeckte er sie, Simon Matchett und Vivian. Sie saßen halb verdeckt hinter einem Pfeiler. Vivian wandte ihm ihr Profil zu, von Matchett war nur eine Hand zu sehen, die auf ihrem Handgelenk lag.

Eigentlich war er ganz in ihrer Nähe, der Abstand zwischen ihnen konnte nicht mehr als sechs Meter betragen. Er versuchte, sich in Bewegung zu setzen, um diese kurze Strecke zurückzulegen, an ihren Tisch zu treten und seine Fragen zu stellen. Er rührte sich jedoch nicht vom Fleck. In diesem Augenblick erfuhr er am eigenen Leibe die Bedeutung des Ausdrucks „wie angewurzelt stehen zu bleiben".

Matchett beugte sich zu Vivian hinüber, und die Hand, die ihr Handgelenk umschlossen gehalten hatte, legte sich hinter ihrem Rücken auf die Stuhllehne.

Jury zog sich etwas tiefer in den Schatten zurück; kurz vor der Tür blieb er stehen, da er in dieser Position immer noch den Anschein erwecken konnte, gerade eingetreten zu sein, falls einer von ihnen sich umdrehen und ihn entdecken sollte.

Während dieser kurzen Augenblicke verharrten alle drei wortlos auf ihrem Platz, ein lebendes Tableau. Dann schnappte er die letzten Worte eines Satzes auf, den Matchett von sich gab: „... wo wir leben werden, Liebling."

Jury stand unbeweglich in dem Schatten; sein Glas wog so schwer wie ein Stein in seiner Hand.

„... *hier* könnte ich nicht mehr, Simon. Nicht, nachdem all das passiert ist. Und jetzt auch noch die arme Ruby Judd. Mein Gott!" Sie zog ihren Pullover an sich; Matchett half ihr dabei, und seine Hand blieb auf ihrer Schulter liegen.

„Großer Gott, denkst du ich, mein Herz? Du solltest einfach alles hinter dir lassen. Oder vielmehr, wir beide sollten das tun. Zu viele unangenehme Erinnerungen für jeden von uns. Vivian, mein Liebes ..." Seine Finger fuhren von ihrem Nacken zu den Haaren hoch und schienen sich in den goldbraunen Strähnen zu verfangen. „Irland. Wir gehen nach Irland, Viv. Das wäre genau das Richtige für dich. Bist du schon einmal in Sligo gewesen?" Sie hielt den Blick gesenkt und schüttelte den Kopf. „Wirklich, das sollten wir tun – es ist das Land für dich. Komisch, nichts kann die Ruhe und den Frieden Irlands stören, nicht einmal dieser endlose Krieg. Es gehört immer noch zu den friedlichsten Plätzen dieser Welt."

Sie verschränkte die Arme auf dem Tisch und schaute ihm in die Augen. „Ich glaube, du bist ein bisschen zu unternehmungslustig, um dich nach Irland zurückzuziehen. Es sei denn, du hast vor, dich der IRA anzuschließen."

Seine Hand wanderte etwas tiefer, bis er mit einem Finger die Rundung ihrer Wange nachfahren konnte. „Das ist Unsinn. Ich sehne mich genauso nach Ruhe wie du. Ich möchte mit ein paar Wolfshunden vor einem prasselnden Kaminfeuer sitzen, in einem großen, mit Rauchschwaden erfüllten Raum. Hör zu, für die Pandorabüchse kriege ich schon einiges, und mit dem Geld kann ich mir dort was Neues kaufen – eine Kneipe vielleicht. Oder ich werde Waffenschmuggler, ganz egal was, wenn wir nur davon leben können ..."

Daraufhin erfolgte eine kurze Pause. „Ich glaube, um unseren Lebensunterhalt brauchen wir uns nicht zu viel Sorgen zu machen."

Die Hand fiel von ihrer Wange auf ihre Schulter und zog sich dann wieder auf den Tisch zurück. „Gib's weg, Vivian!"

„Was soll ich weggeben?"

„Das Geld. Gib's für einen guten Zweck, egal was. Du brauchst es nicht, und ich will's nicht haben; bis jetzt hat es nur Unglück gebracht – mir zumindest. Mein Gott, du willst nicht einmal, dass die andern von uns erfahren. Und Weihnachten willst du auch nicht mit mir verbringen!"

Sie lachte. „O Simon! Das ist doch kindisch." Sie legte ihre Hand auf seine. „Ich hab das Melrose schon vor Monaten versprochen."

„Er ist wahrscheinlich der einzige Mann, bei dem du dir sicher bist, dass er es nicht auf dein Geld abgesehen hat. Wenn ich nur die Hälfte hätte von dem, was er hat, würdest du mich auf der Stelle heiraten", sagte er bitter.

Während er versuchte, sich noch weiter in das Dunkel zurückzuziehen, hatte Jury das unwirkliche Gefühl, einer Theateraufführung beizuwohnen.

„Ich mache dir deswegen weiß Gott keine Vorwürfe", fuhr Simon fort, „nicht nach der schrecklichen Kindheit, die du gehabt hast. Offen gestanden, es würde dir auch nicht schaden, Isabel mal los zu sein."

„Das ist das erste Mal, dass du etwas gegen Isabel sagst."

„Es ist gar nicht gegen sie, ich denke nur, du solltest sie dir vom Hals schaffen. Sie erinnert dich an diese unglückselige Geschichte. Und ich bin mir nicht sicher, ob sie das nicht auch ausnützt. Du denkst, du schuldest ihr so verdammt viel. Mein Herz, du schuldest überhaupt niemandem was. Und wenn du mich nicht heiraten willst, dann geh einfach so mit mir weg. Und leb mit mir zusammen. Dann kann ich überhaupt nie an dein Geld rankommen ..." Sie schien nicht zu wissen, ob sie lachen oder weinen sollte. „Hör zu, mein Herz. Wir kaufen uns irgendeine alte Burgruine. Kannst du dir vorstellen, wie gut Irland für dich als Schriftstellerin sein wird? Und ich würde dich auch nicht stören, sondern einfach nur mit meinen Wolfshunden losziehen, mich um die Kneipe kümmern oder was sonst gerade anfällt – wenn ich dich nur bei mir habe. Das Land von Yeats! Ich kauf dir einen Turm wie Yeats für seine Frau. Obwohl ich schon froh bin, dass du nicht George heißt." Sie lachte nun wirklich. „Was schrieb er noch? Etwas über ein Gelände mit einer Mühlenschmiede – ‚Den Turm baut ich für meine Frau, George, / Und möge dieses Bild bestehn / Wenn alles das wird untergehn.'"

„Wunderschön", sagte Vivian. „Aber eigentlich liebte er sie gar nicht so sehr, oder? Seine große Liebe war doch Maud Gonne."

„Verzeih, dann ist es Maud Gonne, an die du mich erinnerst. Nicht der gute alte George."

Sie lachte. „Nett von dir."

„Maud Gonne. Oder wie wär's mit Beatrice? Oder du erinnerst mich an Jane Seymour – war sie nicht die Einzige, die Heinrich der Achte wirklich geliebt hat?"

„Ich glaube. Zumindest war sie eine der wenigen, die er nicht hinrichten ließ."

„Lassen wir das. Kleopatra! Du erinnerst mich an Kleopatra."

„Ist das nicht etwas weit hergeholt?"

„Nicht in deinem Fall. Und Dido – ach! Dido, Königin von Karthago. Weißt du, was sie sagte, als sie Aeneas erblickte?"

„Es ist mir peinlich, aber ich weiß es nicht. Siehst du dich selbst in der Rolle des Aeneas?"

„Natürlich. *Agnosco veteris vestigia flammae.* Sie sagt ..."

„‚Ich erkenne' ..." Jury blickte Vivian in die Augen und stellte sein Glas auf den Tisch – „‚die Spuren einer alten Flamme.'"

Sie starrten mit offenen Mündern zu ihm auf. Dann riefen sie gleichzeitig: „Inspector Jury!"

„Entschuldigen Sie, ich wollte mich nicht an Sie heranschleichen. Sie waren nur so ... vertieft."

Vivian stieß ein kurzes, atemloses Lachen aus. „Sie brauchen sich nicht zu entschuldigen! Ich bin nur ganz überwältigt, so gebildete Männer um mich zu haben. Setzen Sie sich doch."

Jury zog einen Stuhl hervor und zündete sich eine Zigarette an. „So gebildet bin ich gar nicht. Es klingt nur großartig. Ein Mann, der für solche Dinge ein Ohr hat, kann dem nicht widerstehen."

„Ebenso wenig wie eine Frau, Inspector." Sie lächelte ihm zu, aber er wandte den Blick sofort ab. „Es klingt wirklich sehr gut."

„Ja, aber leider bleibt uns nicht viel Zeit für schöne Dinge", sagte er etwas zu scharf und schob das Besteck zur Seite. „Wir haben es mit einem neuen Mordfall zu tun, wie Sie wohl schon gehört haben. So etwas spricht sich ja schnell rum."

Er bemerkte, wie Vivian rasch den Blick abwandte und auf das Tischtuch starrte – wie ein Kind, dem man die Leviten gelesen hatte. „Ruby Judd", sagte sie kaum hörbar.

„Ja, Ruby Judd."

„Wir haben gerade darüber gesprochen", sagte Matchett.

Ach, tatsächlich, gerade eben, dachte Jury.

„Wir warten auf unser Abendessen, Inspector. Wollen Sie nicht mitessen?"

„Ja. Danke."

Twig kam an ihren Tisch, und Matchett bestellte den Salat.

„Isabel ist zu den Bicester-Strachans gegangen", sagte Vivian. „Und ich wollte nicht allein zu Hause bleiben." Sie starrte auf den Stein hinter Matchetts Stuhl, als erwartete sie auf seiner uralten Oberfläche ein Menetekel geschrieben zu sehen. „Vielleicht haben wir irgendwie schon damit gerechnet."

„Mit was?", fragte Jury überrascht. „Mit Ruby Judds Tod?"

„Nein, aber dass irgendwann mal einer aus Long Piddleton an der Reihe sein würde. Im Grunde glaubte doch keiner von uns, dass all diese Leute nur so zum Spaß umgebracht wurden."

„Ich weiß nicht. Was glaubten Sie denn?"

Sein scharfer Ton schien sie etwas aus der Fassung zu bringen. Begreiflicherweise, dachte er. Ihr Verhältnis zu Matchett ging ihn ja schließlich nichts an. Oder doch? Matchett hatte Vivians bauchiges Weinglas sehr großzügig gefüllt; Jury winkte ab.

Lächelnd meinte Matchett zu Vivian: „Das sagst du. Ich glaube eher, die meisten von uns dachten, dass ... dass sie gewissermaßen planlos umgebracht wurden. Aber warum sollte jemand Ruby Judd etwas antun wollen? Sie ist die Letzte, auf die ich getippt hätte."

Während Twig den Tisch mit den Salaten hereinrollte, zog Jury aus dieser Bemerkung den Schluss, dass Matchett anscheinend eine bestimmte Vorstellung von Schicklichkeit hatte: Wenn sich schon jemand darauf verlegte, Leute umzubringen, dann sollte er wenigstens die Reichen und nicht die Armen umbringen.

Twig stellte Salatschüssel, Salatteller und die Flasche mit dem Öl bereit. Als er die Zitrone über den Blättern ausdrücken wollte, stand Matchett auf und sagte: „Ich mach das schon, Twig." Geschickt besprenkelte er die Schüssel mit Öl und mischte den Inhalt mit einem hölzernen Salatbesteck.

„Wo waren Sie beide am Dienstagabend vor einer Woche?"

Matchett zerbrach ungerührt ein Ei über dem Salat, Vivian hingegen machte einen ziemlich nervösen Eindruck, als sie sagte: „Zu Hause – ich kann mich nicht mehr erinnern ... Simon?"

War Simon auch schon ihr Gedächtnis?

Matchett schüttelte den Kopf. „Kann ich Ihnen auch nicht so ohne Weiteres sagen. Oder Moment mal. Zwei Abende davor wurde doch dieser Small umgebracht ..." Gabel und Löffel des Bestecks verharrten in der Luft. „Ich war hier, jetzt erinnere ich mich wieder, den ganzen Nachmittag und Abend."

„Ich muss zu Hause gewesen sein", sagte Vivian unsicher. „Ich glaube, Oliver kam vorbei."

Jury bemerkte, dass Matchett das Gesicht verzog.

„Machen Sie denn nie eine Pause, Inspector?" Matchett rieb frischen Käse über den Salat und streute noch eine Handvoll geröstete Brotwürfel darüber.

„Würde ich, wenn unser Mörder das auch täte."

Matchett reichte ihnen zwei Glasteller mit Salat. Als Jury ihn versuchte, fand er ihn köstlich. Es gab bestimmt nicht viele Männer, die sich über einen noch frischen Mord unterhalten, einen Caesar-Salat mischen und die Rolle des Erwählten bei einem so exquisiten Wesen wie Vivian Rivington spielen konnten. Was immer er auch war, ein einfacher, unkomplizierter Bursche war er nicht.

„ALSO, DAPHNE, sprechen wir über Ruby Judd."

Es war eine Stunde später, und er saß mit ihr am selben Tisch im Speiseraum. Matchett war gegangen, um Vivian Rivington nach Hause zu bringen.

Daphne hatte einen Berg Kleenextücher vor sich aufgetürmt und aufgebraucht, so viele Tränen waren geflossen, seit sie von Rubys traurigem Schicksal gehört hatte.

„Sie waren doch mit ihr befreundet? Ich habe gehört, dass Sie sie auch bei dem Pfarrer untergebracht haben." Jury hatte die Fotos aus seiner Brieftasche gezogen und auf den Tisch gelegt. Eines zeigte Ruby in einer der üblichen starren Posen. Sie hatte langes schwarzes Haar und ein hübsches, ausdrucksloses Gesicht. Auf dem anderen Schnappschuss war mehr von ihrer üppigen Figur zu sehen: große Brüste, die sich unter einem zu engen Pullover abzeichneten, und wohlgeformte Beine. Ihr Mund war zu einer nicht gerade schmeichelhaften Grimasse verzogen, da sie direkt in die Sonne blinzelte. Ihr Gesicht war halb im Schatten.

„Ja, Sir, das hab ich", sagte Daphne und strich sich die Locken aus der schweißbedeckten, glänzenden Stirn. Ihr Gesicht war vom Weinen schon ganz rot und verquollen.

„Wie lange haben Sie sie gekannt, Daphne?"

„Oh, schon seit Jahren. Seit der Schulzeit. Wir waren in derselben Klasse. Ich komme auch aus Weatherington, wissen Sie. Als die letzte Hausangestellte des Pfarrers gekündigt hat, weil sie heiraten wollte, und nur noch diese Mrs Gaunt bei ihm war – ein richtiger Hausdrachen ist das –, hab ich ihn gefragt, ob er nicht wieder ein Mädchen haben will, ich würde eine kennen, die sehr tüchtig ist und Arbeit sucht. Er hat gesagt, ich soll sie vorbeischicken." Daphne blickte auf ihre Schuhe und sagte mit matter Stimme: „Ich hätte mir das vielleicht doch überlegen sollen, Sir. Ich meine, sie war nicht gerade die Zuverlässigste." Sie hielt sich die Hand vor den Mund, weil sie einer Toten etwas Schlechtes nachgesagt hatte.

„Was meinen Sie mit nicht zuverlässig?" Jury bemerkte, dass Twig die Kristallgläser besonders hingebungsvoll polierte, schon seit fünf Minuten hielt er ein und dasselbe Glas in der Hand.

Daphne senkte ihre Stimme. „Ruby saß ein- oder zweimal ganz schön in der Patsche, verstehen Sie?"

„In was für einer Patsche?" Jury war überzeugt, dass die Schwierigkeiten mit Rubys Liebesleben zu tun gehabt hatten, denn das Gesicht der Kellnerin war auf einmal puterrot geworden. Und da ihr anscheinend auch die Worte im Hals stecken blieben, kam er ihr zu Hilfe: „War Ruby schwanger?"

„O nein, Sir, nicht dass ich wüsste. Sie hat nie was davon gesagt. Aber ... einmal ist sie auch schwanger gewesen. Einmal. Vielleicht aber auch mehr als einmal." Daphne sah fast aus, als wäre sie selbst vom Pfad der Tugend abgekommen.

„Sie hatte eine Abtreibung, meinen Sie das? Oder vielleicht auch mehrere?"

Daphne nickte stumm und warf einen verstohlenen Blick in Twigs Richtung. Aber der alte Diener hatte sich nach hinten verzogen, als er Jurys Augen auf sich spürte.

„Manchmal tat sie mir beinahe leid. Was soll ein Mädchen wie sie auch machen, wenn ihre Familie sie immer nur abschieben will. Ihre Alten sind schreckliche Spießer. Sie hat sich aber nie getraut, ihnen das zu sagen. Als Kind hatte sie eine Tante und einen

Onkel, zu denen sie geschickt wurde. Zu ihrer Tante Rosie und ihrem Onkel Will, hat sie gesagt. An ihnen hing sie viel mehr als an ihren Alten. Die wollten sie bloß loswerden, bestimmt."

„Sie und Ruby sind also sehr gute Freundinnen gewesen?"

Daphne presste ein Kleenex gegen ihre Nase. „Ja, schon. Aber wenn sie mir was erzählte, wollte sie mich eigentlich nur neugierig machen. Anvertraut hat sie mir nie was."

Jury fand es bemerkenswert, dass das Mädchen in der Lage war, solche Nuancen zu erkennen. Die meisten Mädchen hätten gekicherte Anspielungen schon für einen Austausch von Vertraulichkeiten gehalten.

Sie fuhr fort. „Soviel ich weiß, hat Ruby mit keinem aus dem Dorf was gehabt. Aber sie machte immer solche Andeutungen, dass sie mit mehr als einem ..." Daphne errötete und strich den Rock ihrer schwarzen Uniform glatt.

„... schläft, meinen Sie das?"

Sie nickte; anscheinend fand sie das Wort weniger anstößig, wenn ein Polizeibeamter es aussprach. „Die Sache ist, Ruby war schon immer eine Geheimniskrämerin. Ganz egal, ob nun was dahintersteckte oder nicht. Sie versuchte aus allem was zu machen. Zum Beispiel fragte sie mich, ob ich denn nicht wissen wolle, woher ihr neues Kleid, ihre neue Handtasche, ihr Schmuck oder was weiß ich noch alles, stammen würde – als ob einer in Long Pidd sie, hmmm, sie aushalten würde. Sie hatte dieses Goldarmband, das sie immer trug – ich hab sie nie ohne gesehen –, du lieber Himmel, was hat sie damit für ein Theater gemacht! Zuerst sagte sie, sie hätte es geschenkt bekommen, und dann behauptete sie, sie hätte es gefunden. Bei Ruby wusste man nie, ob sie die Wahrheit sagte. Und dann diese ganzen Geschichten mit Mrs Gaunt. Ruby machte gerade die Hälfte von dem, wofür sie bezahlt wurde. Wenn sie abstauben oder aufräumen sollte, fing sie mit dem Pfarrer an zu quatschen; er erzählte ihr dann meistens auch was, und sie tat so, als würde sie das brennend interessieren. Er merkte überhaupt nicht, dass sie sich nur um ihre Arbeit drücken wollte und gerade einmal mit dem Staubwedel über seinen Schreibtisch fuhr. Wenn sie die Kirche ausfegen sollte, setzte sie sich einfach wo hin und las ihre Filmzeitschriften oder schrieb in ihr Tagebuch. Manchmal hat sie sich auch die Fingernägel lackiert." Daphne kicherte.

„Ruby hat ein *Tagebuch* gehabt? Haben Sie es gesehen?"

„O nein, Sir. Sie hätte es mir auch nie gezeigt, wo sie doch immer so geheimnisvoll tat."

Jury nahm sich vor, Wiggins zu Mrs Gaunt zu schicken, um mehr darüber in Erfahrung zu bringen.

„Stutzig wurde ich erst, als Ruby behauptete, sie wüsste was über jemanden in Long Pidd."

„Hat sie das so gesagt?"

Daphne nickte. „Haben Sie eine Ahnung, was sie damit gemeint hat?" Daphne schüttelte den Kopf so entschieden, dass ihre hellbraunen Löckchen wie kleine Korken am Rand ihres gestärkten weißen Häubchens auf und ab hüpften.

„Nein, Sir. Ich war wirklich neugierig und hab immer wieder versucht, es aus ihr rauszukriegen, aber je mehr ich mich anstrengte, desto komischer schien sie das zu finden. Es wäre doch wirklich eine Überraschung, meinte sie, wenn herauskäme, dass sie jemanden am Bändel hätte. Eine richtige Überraschung würde das werden."

Jury seufzte. Bei jemandem wie Ruby Judd würde es praktisch unmöglich sein, die Spreu vom Weizen zu trennen. Ihr Geheimnis konnte alles sein – von der Frau aus dem Dorf, die für den Milchmann die Beine breitgemacht hatte, bis ... zu Mord.

WEATHERINGTON war eine mittelgroße Stadt, die ungefähr doppelt so viele Einwohner hatte wie Sidbury. Und Sidbury war ungefähr doppelt so groß wie Long Piddleton. Die drei Orte waren auch gleich weit voneinander entfernt; Sidbury lag etwa achtzehn Kilometer westlich von Long Piddleton und Weatherington achtzehn Kilometer südwestlich von Sidbury. Zur Unterstützung der örtlichen Polizei hatte die Londoner Zentrale eines ihrer Labors in Weatherington aufgebaut. Und es gab ein kleines Krankenhaus, in dem Appleby seine Obduktionen durchführte.

Auf dem Revier mit den glänzenden beigefarbenen Wänden sprang einem vor allem die abblätternde Farbe ins Auge. Aber auf Schönheit kam es hier nicht an. Jury ging an der Telefonzentrale vorbei, in der eine großmütterlich aussehende Frau an einem roten Wollschal strickte. Im Büro beugte sich der diensthabende Beamte über sein Buch unter einem gelben Schild. „Herumlungern verboten". Jury hatte sich schon oft gefragt, wer wohl an Orten wie diesen herumlungern wollte. Er ging an Tischen und Schränken vorbei, die vor Akten überquollen, während die Angestellten vor allem ihre Schreibmaschinen hin- und herzutragen schienen. Er ließ sich mit Dr. Appleby verbinden.

„Nein, das war sie nicht", antwortete der Arzt auf Jurys Frage, ob Ruby Judd schwanger gewesen sei, als sie starb. „Wahrscheinlich hätte sie gar keine Kinder bekommen. An ihr ist schon zu viel rumgepfuscht worden. Sie hatte mit Sicherheit schon mehr als eine Abtreibung hinter sich. Vor ein paar Jahren."

Irgendwie war Jury erleichtert. Wäre sie nämlich schwanger gewesen, hätte er nach dem Liebhaber suchen müssen, der sie nicht heiraten wollte und dessen Ruf ruiniert gewesen wäre, wenn Ruby geplaudert hätte. Eine solche Erklärung hätte ihn gezwungen, den Mord an Ruby getrennt von den anderen Morden zu behandeln. Genau das Gegenteil von dem, was der Pfarrer gesagt hatte, war der Fall: Die anderen Morde führten nicht zu dem Mord an Ruby, sondern von ihm weg.

„Vielen Dank, Dr. Appleby. Es tut mir leid, dass ich Sie so spät noch belästigen musste."

„Spät? Es ist doch erst halb elf, Mann. Wir in der Provinz arbeiten doch rund um die Uhr." Appleby kicherte und legte auf.

Jury ging zu dem Kriminalbeamten an dem Schreibtisch. Selbst um diese Zeit waren noch über ein Dutzend Leute auf dem Revier. Sie warteten nur darauf, auch endlich eine Rolle spielen zu dürfen, und es schien ihnen sehr zu gefallen, dass Jury endlich gekommen war. „Der Superintendent ist nicht da?"

„Nein, Sir."

„Haben Sie die Akte über den Fall Celia Matchett? Der Mord in diesem Gasthof in Dartmouth. Liegt schon einige Jahre zurück."

„Ja, Sir, wenn Sie einen Augenblick warten, bring ich ..."

„Ist nicht nötig, ich muss zu den Judds und kann sie mir auf dem Rückweg abholen."

Jury wandte sich Wiggins zu, der sein Notizbuch und seine Schreibutensilien zusammenpackte. „Haben Sie bei den Judds angerufen?" Wiggins nickte. „Nun, dann mal los."

MR UND MRS JUDD lebten in dem neueren Teil von Weatherington, einer Siedlung aus langen Reihen niedriger Backsteinhäuser, die nachts kaum voneinander zu unterscheiden waren und sich wohl auch tagsüber zum Verwechseln ähnlich sahen. Vielleicht bedeuteten sie einen Fortschritt gegenüber den grauen Sozialwohnungen auf der anderen Seite der Stadt, aber sehr groß konnte er nicht sein. Weatherington hatte nicht viel zu bieten. Es war als Siedlung, als eine dieser sozialen Gartenstädte angelegt worden, und irgendwann musste dann das Geld ausgegangen sein, oder es war von anderen, weniger auf Ästhetik bedachten Bauherren kassiert worden. Das Ergebnis war eine amorphe Masse von Häusern ohne erkennbaren Stil.

Auf dem Rasen vor dem Reihenhaus der Judds konnte Jury die Umrisse schmückender Elemente erkennen, Gipsenten und Gipsgänse und kleine Grotten wahrscheinlich, die unter dem Schnee fast völlig verschwanden.

Eine junge Frau öffnete ihnen die Tür. Sie war eine etwas eckigere Ausgabe von Ruby, falls Ruby ungefähr so ausgesehen hatte wie auf den Fotos. Ihre Schwester, dachte Jury. „Ja?" Ihre näselnde Stimme und ihre vorgetäuschte Ahnungslosigkeit erinnerten ihn an Lorraine Bicester-Strachan. Miss Judd fehlte nur deren angeborene Arroganz.

„Miss Judd?" Sie nickte und schaffte es, ihre kecke kleine Nase, die sie sowieso schon ziemlich hoch trug, auch oben zu behalten.

„Inspector Richard Jury, Miss, Scotland Yard. Und Sergeant Wiggins." Wiggins tippte an seinen Hutrand. „Ich glaube, Sergeant Wiggins hat bei Ihnen angerufen und unseren Besuch angekündigt."

Sie trat zur Seite. Als er mit Wiggins an ihr vorbeiging und in die dunkle Diele trat, bemerkte Jury, dass sie keineswegs sehr niedergeschlagen wirkte. Da sie keine Anstalten machte, ihnen ihre Mäntel abzunehmen, warf Jury seinen Mantel einfach über das Treppengeländer.

„Dort", sagte sie nur und zeigte auf einen Raum am Ende des engen, dunklen Flurs, der in den hinteren Teil des Hauses führte. Wahrscheinlich war es das hintere Wohnzimmer, da in dem Zimmer vorn kein Licht brannte. Es wurde bestimmt nur sonntags benutzt. In einer Ecke stand ein kümmerlicher, mit Lametta behängter Baum, auf dessen Sockel künstlicher Schnee gesprüht war.

In dem hinteren Wohnzimmer, das mit elektrischen Speicheröfen und einem elektrischen Kaminfeuer geheizt wurde, saßen – erstaunlich ungerührt – die Judds.

Mrs Judd, eine stämmige, untersetzte Frau, die kaum von ihrem Strickzeug aufblickte, wenn sie sprach, und auch dann noch so klang, als wäre sie überhaupt nicht Rubys Mutter, meinte: „Es ist schrecklich, da arbeitet man sich die Finger für sie wund, und das ist dann der Dank dafür."

Jury konnte nur mit Mühe seine Empörung über ihre Gefühllosigkeit unterdrücken. „Ich glaube nicht, dass Ihre Tochter sich das ausgesucht hat, Mrs Judd. Ich nehme nicht an, dass sie ihr Leben in einem Graben beenden wollte." Seine Worte klangen so kalt und unbeteiligt, wie Mrs Judd sich bei der Nachricht vom Tod ihrer Tochter gezeigt hatte.

Mr Judd sagte überhaupt nichts, er begnügte sich mit ein paar kehligen Lauten. Er gehörte zu der Sorte von Männern, die ihren Frauen das Reden überlassen.

„Schon als Kind ließ sich Ruby nie was sagen. Die Einzige, von der sie sich was sagen ließ, war ihre Tante Rosie – das ist Jacks Schwester. Deshalb schickten wir sie auch immer nach Devon, wenn wir nicht mit ihr fertigwurden. Später, als sie mit der Schule fertig war, ging sie hier aus und ein, als wäre sie überhaupt nicht mit uns verwandt und schon gar nicht unsere Tochter. Sie schickte uns nie Geld, und wenn sie keine Arbeit hatte und monatelang hier rumhockte, zahlte sie auch nichts für ihren Unterhalt. Wir waren für sie ein billiges Quartier, nichts weiter. Unsere Merriweather ist da ganz anders ..." Und die Mutter lächelte dem spröden Wesen zu, das bei dem elektrischen Kaminfeuer saß und eine Filmzeitschrift las. Merriweather lächelte gezwungen zurück und versuchte den Anschein zu erwecken, als wäre sie bei dem Gedanken an den Tod ihrer Schwester zutiefst erschüttert. Sie hatte sogar ein Taschentuch parat, um die Tränen zu trocknen, die nicht kommen wollten.

„Wegen unserer Merriweather haben wir noch keine schlaflose Nacht gehabt." Mrs Judd setzte ihren Schaukelstuhl in Bewegung, schaute selbstzufrieden auf das Mädchen und klapperte dabei mit ihren Stricknadeln. Judd, der im Unterhemd und in Hosenträgern dabeisaß, warf schließlich ein: „Sprich nicht schlecht von der Toten, Mutter. Das gehört sich nicht für einen Christen."

Eine solche Gleichgültigkeit dem Tod eines Kindes gegenüber hatte Jury noch nie erlebt. Und dabei war es nicht einmal ein natürlicher Tod, sondern ein *Mord*. Dass ihre Tochter Schreckliches erlebt haben musste, schien die Judds nicht im Geringsten zu interessieren. Zum Teufel mit ihnen. Ihm wurde dadurch die Arbeit nur leichter gemacht – kein Beileid, keine vorsichtigen, geflüsterten Fragen, um ihre Gefühle zu schonen.

„Mrs Judd, wann haben Sie Ihre Tochter zum letzten Mal gesehen?" Wiggins hatte sein Notizbuch und eine Schachtel Lakritzpastillen hervorgeholt. Er fing an, Pastillen zu lutschen und mitzuschreiben, während Mrs Judd ihr Strickzeug beiseitelegte, zur Decke blickte und sich ihre Antwort zurechtlegte.

„Das muss – warten Sie mal, heute ist Donnerstag, ja, das muss Freitag vor einer Woche gewesen sein. Ich weiß noch, ich kam gerade vom Fischhändler. Ich hatte frische Scholle eingekauft und mit Ruby noch darüber gesprochen."

„Aber Sie sagten doch, sie sei selten zu Besuch gekommen. Das wäre ja vor zwei Wochen gewesen. Wenige Tage bevor sie starb. Wir glauben, dass sie am Fünfzehnten ermordet wurde."

„Ja, ja, es muss vor zwei Wochen gewesen sein. Aber sie blieb nur die Nacht über. Behauptete, sie müsste am Samstag wieder zurück sein, weil der Pfarrer sie brauchen würde."

„Warum ist sie gekommen?"

Mrs Judd zuckte mit den Schultern. „Bei Ruby wusste man nie. Wahrscheinlich wollte sie irgendeinen Kerl treffen. Sie hatte mehr von der Sorte, als ihr guttat, das kann ich Ihnen sagen. Der Polizeibeamte von heute Nachmittag hat uns erzählt, dass Ruby letztes Wochenende, bevor sie abhaute, gesagt hat, sie geht uns besuchen. Dass ich nicht lache. Sie war mit irgendeinem Kerl unterwegs – so war das."

„Offensichtlich nicht, Mrs Judd", sagte Jury betont gleichmütig. Aber er traf ins Schwarze damit. Sie wurde puterrot. „Sie hatte anscheinend viel Erfolg bei Männern, stimmt das?"

„Dazu gehört nicht viel, Inspector." Sie musterte ihn, als müsste er das aus eigener Erfahrung wissen. „In der Zeit, in der sie hier war, trieb Ruby sich immer nur herum, während Merriweather ..."

Jury zeigte jedoch kein Interesse für die tugendhafte Merriweather Judd mit ihrem spitzen Gesicht und ihren gekräuselten Haaren. Als sie bemerkte, dass Jury sie anschaute, betupfte sie sich mit ihrem Taschentuch die Augen.

„Wo war Ruby, bevor sie hierher zurückkam? Ich meine, wo hat sie zuletzt gearbeitet?"

„In London. Aber fragen Sie mich nicht, was. Sie behauptete, bei einem Friseur, aber wo soll sie das gelernt haben?"

„Sie wissen nicht, wo sie in London gewohnt hat oder mit wem sie befreundet war? Oder warum sie wieder zurückgekommen ist?"

Mrs Judd blickte ihn an, als wäre er keine sehr frische Scholle. „Ich sagte Ihnen doch, weil sie kein Geld mehr hatte, kein Geld, um es zum Fenster rauszuwerfen, wie sie das gewohnt war."

„Wahrscheinlich arbeitete sie gar nicht in einem Friseurladen", unterbrach sie Merriweather. „Wahrscheinlich kam das Geld von ganz woanders her."

„Wollen Sie damit sagen, dass Ruby eine Prostituierte war?"

Das schlug ein wie eine Bombe. Mrs Judd bekam einen hochroten Kopf und ließ ihr Strickzeug fallen. Merriweather schnappte nach Luft. Sogar Judd rührte sich in seinem Sessel.

„Schrecklich, so was von der armen Kleinen zu sagen – jetzt wo sie tot ist!" Mrs Judd suchte in ihrer Schürzentasche nach einem Taschentuch. Judd tätschelte ihren Arm.

„Tut mir leid, Mrs Judd." Er wandte sich Merriweather zu. „Es war Ihre Bemerkung über das Geld, Miss; ich nahm an, Sie hätten das damit gemeint."

„Sie hat nur gesagt, sie würde sich bald ein schönes Leben machen. Und jede Menge Geld haben."

Jury konzentrierte sich auf Merriweather. „Wann hat sie das gesagt?"

Das Mädchen befeuchtete ihren Finger und blätterte eine Seite in ihrem Magazin um. „Als sie hier war, Freitag vor einer Woche, wie Mama gesagt hat. Sie machte immer irgendwelche Andeutungen. Ich hörte schon gar nicht mehr zu."

„Was für Andeutungen?", fragte Jury.

„Oh, zum Beispiel: ,Ich kauf dann nur noch bei Liberty ein und nicht mehr bei Marks & Spencer.' Blödsinn von der Art."

„Nichts darüber, von wem sie das Geld erwartete oder wofür?"

Merriweather schüttelte den Kopf, den Blick immer noch auf ihre Zeitschrift geheftet.

„Ruby soll ein Tagebuch geführt haben. Hat einer von Ihnen es schon einmal gesehen?"

Alle drei schüttelten verneinend die Köpfe.

„Ich schicke dann morgen mal einen Beamten vorbei, damit er in ihrem Zimmer danach sucht."

„Es ist schon einmal durchsucht worden", sagte Mrs Judd. „Sie könnten ruhig etwas mehr Rücksicht nehmen auf die armen Angehörigen."

Von ihrer Scheinheiligkeit angewidert, erhob Jury sich rasch. Auch Wiggins stand auf und steckte den Füllfederhalter in seine Hemdentasche. „Sobald wir die Genehmigung der Zentrale haben, wird die Leiche Ihrer Tochter zur Beerdigung freigegeben."

Mrs Judd schaffte noch einen ehrenwerten Schlussauftritt: „O Jack", heulte sie, „unsere arme Ruby." Und Judd sagte: „Ist ja schon gut, Mutter, beruhige dich."

Nur Merriweather fiel aus der Rolle. Als sie sie zur Tür begleitete, lächelte sie auf ein Foto von Robert Redford hinunter.

AUF DEM WEG zurück nach Long Piddleton verlangsamte Jury seine Geschwindigkeit auf der Höhe des Hahns mit der Flasche bei dem „Toten Mann", der nun durch ein paar Laternen beleuchtet worden war. Er sah wieder Ruby Judds Arm aus der gefrorenen Erde ragen. Er erschauerte und fuhr sich mit der Hand übers Gesicht. Irgendein Gedanke schien aus der Tiefe seines Bewusstseins an die Oberfläche kommen zu wollen. Was war es nur? Als er mit dem Morris auf den Hof der Pandorabüchse fuhr, grübelte er noch immer darüber nach.

In dieser Nacht schlief Jury mit Matchetts Akte auf der Brust ein.

## 14

Freitag, 25. Dezember

Als er am Morgen des ersten Weihnachtstags aufwachte, lag die Akte auf dem Fußboden. Er sammelte sie auf und verbrachte eine volle Stunde damit, die losen Seiten zu studieren. Was Matchett erzählt hatte, fand er in ihr bestätigt. Sowohl Matchett wie dieses Mädchen, Harriet Gethvyn-Owen, hatten ein Alibi – das gesamte Publikum des Stücks hatte sie auf der Bühne gesehen. Ein Hausmädchen namens Daisy Trump hatte Celia Matchett das Tablett gebracht. Ihre Herrin hatte sie hereingerufen (normalerweise stellte sie das Tablett an der Tür ab) und ihr gesagt, sie solle es auf den kleinen Tisch neben der Tür stellen. Daisy konnte also bezeugen, dass Celia Matchett zu diesem Zeitpunkt noch am Leben gewesen war. In der Schokolade war ein Betäubungsmittel gewesen, etwas, was die Polizei sich nicht erklären konnte: Warum sollte ein gewöhnlicher Dieb ihr erst was in die Schokolade mischen und dann zurückkommen, um ihr Büro auszurauben? Warum hatte er nicht gewartet, bis die Luft rein war? Auch Jury fand diese Sache sehr merkwürdig. Er schaute sich den Plan des Büros an. Der Schreibtisch, an dem sie gesessen hatte, stand vor einem Fenster. Gegenüber dem Schreibtisch war die Tür zum Korridor. Kleine Kästchen markierten Tisch, Stühle und den Sekretär.

Allmächtiger! Vor zwei Tagen waren es noch zwei Morde gewesen, die er aufklären sollte. Und jetzt am Weihnachtsmorgen hatte er plötzlich fünf Morde am Hals.

„Noch etwas Kaffee, Sir?", fragte Daphne, die sich in der Nähe seines Ellbogens aufhielt und darauf wartete, sich nützlich machen zu können.

„Nein, danke. Hat Ruby irgendwann mal erwähnt, dass sie in einem Londoner Friseurladen gearbeitet hat?"

„Ruby? Dass ich nicht lache. Sie hätte so was nie gemacht. Sie hatte andere Jobs, stand Modell – für Fotos, Sie wissen schon."

Jury dachte an Sheila Hogg und ihre angebliche Karriere als Model in Soho. Er fragte sich, was es wohl damit auf sich habe. In diese Überlegungen drang das entfernte Summen des Telefons; im nächsten Augenblick holte ihn auch schon Twig.

„Jury am Apparat."

„Ich bin auf dem Polizeirevier in Long Pidd, Sir." Wiggins benutzte bereits die liebevolle Kurzform für das Dorf. Das durchdringende Pfeifen von Plucks Teekessel bildete die Geräuschkulisse. „Kein Tagebuch in Rubys Zimmer, weder bei ihren Eltern noch bei dem Pfarrer." Wiggins unterbrach sich, um sich bei Pluck für seine Tasse Tee zu bedanken. „Diese Mrs Gaunt – so heißt sie doch, der alte Drachen? – sagt, sie hat Ruby häufig in ein Buch schreiben sehen. Sie meint, es sei ziemlich klein und dunkelrot eingebunden gewesen. Als ich sie fragte, ob sie auch mal reingeschaut habe, war sie gleich eingeschnappt. Und wie! Sagte, sie kann sich nicht mehr erinnern, wann sie Ruby das letzte Mal dabei erwischt hat."

„Gut. Folgendes würde ich gern noch wissen. Erstens: William Bicester-Strachan. Er war im Verteidigungsministerium – Sie rufen also das C 1 an und versuchen herauszufinden, was es mit dieser Untersuchung auf sich hatte, die damals, als er noch in London lebte, angeordnet wurde. Zweitens: Die tödlichen Unfälle, die ungefähr vor zweiundzwanzig Jahren in Schottland, genauer gesagt in Sutherland, passiert sind, sollen nachgeprüft werden. Es dreht sich um einen gewissen James Rivington. Mich interessiert vor allem, wann genau sich der Unfall ereignete."

„Geht in Ordnung, Sir. Fröhliche Weihnachten, Sir." Wiggins legte auf. Jury fühlte sich etwas beschämt. Er hatte Wiggins eigentlich immer unterschätzt, obwohl er sich sehr tapfer hielt. Würde sein armer Leichnam einmal ein Notizbuch und ein Taschentuch umklammern? Jahrelang hatte Jury versucht, ihn mit seinem Vornamen anzureden, aber irgendwie kam er nie über „Al" hinaus. Jedenfalls war Wiggins mit seinem Füllfederhalter und seinen Hustenbonbons immer zur Stelle. Wahrscheinlich freute er sich schon auf das Weihnachtsessen bei Sergeant Pluck und Familie. Jury zumindest freute sich auf das Essen bei Melrose Plant. Und Familie. Doch zuerst musste er noch den Darringtons und Marshall Trueblood einen Besuch abstatten.

„Diese Kleine – Ruby Judd – hatte überall ihre Finger drin. Kein Wunder, dass der Pfarrer sie mochte, sie konnte jeden unter den Tisch reden. Ich wette, sie haben bestimmt ein paar nette Plauderstündchen zusammen verbracht." Von Sheila Hoggs drittem Gin Tonic war nicht mehr viel übrig.

„Wo sind Sie ihr begegnet, Sheila?", fragte Jury.

„In den Läden. Sie hielt sich immer in meiner Nähe auf, wahrscheinlich, weil sie hoffte, ich würde sie mal einladen und ihr den großen Schriftsteller zeigen." Sie saß neben Jury und wippte mit dem seidig schimmernden Bein und dem Samtpantöffelchen in der Farbe ihres langen Rocks. Sie blickte jedoch Oliver an – ein trostloser Blick trotz ihres Sarkasmus, fand Jury.

„Und hat sie es geschafft?", fragte Jury. „Ich meine, wurde sie eingeladen?"

„O ja. Ein paarmal half sie mir, Pakete nach Hause zu tragen. Sie sah sich alles gründlich an und stieß dabei hundert Ahs und Ohs aus; sie steckte den Kopf durch die Türen und so weiter. Neugieriges kleines – aber lassen wir das, sie ist tot."

„Und Sie, Mr Darrington, haben Sie etwas mit Ruby Judd zu tun gehabt?"

Die Pause war eine Sekunde zu lang. „Nein."

„Bist du dir ganz sicher, Liebling?", fragte Sheila. „Warum wurde sie plötzlich so aufdringlich? Hast du sie nicht doch ab und zu ein bisschen betätschelt?"

„Mein Gott, Sheila, du bist so ordinär!"

„Mr Darrington, es ist für uns sehr wichtig, so viel wie möglich über Ruby Judd zu erfahren. Wissen Sie irgendetwas, was uns weiterhelfen könnte? Hat sie zum Beispiel gewisse Dinge über jemanden aus Long Piddleton gesagt, die ein Grund für eine Erpressung gewesen sein könnten?"

„Verdammt noch mal, ich weiß überhaupt nicht, wovon Sie reden." Er schob sein beinahe leeres Glas zu Sheila hinüber. „Gib mir noch einen Drink."

„Wo waren Sie beide Dienstagabend vor einer Woche? An dem Abend vor dem Essen in der Pandorabüchse?"

Oliver senkte die Hand, die das Glas hielt, und blickte Jury mit glasigen Augen an – entweder hatte er zu viel getrunken, oder er hatte Angst. „Für Sie ist inzwischen wohl klar, dass ich Ruby Judd umgebracht habe?"

„Ich muss über alle Erkundigungen einziehen, die an dem Abend, als Small ermordet wurde, in dem Gasthof waren. Denn offensichtlich besteht da ein Zusammenhang."

Sheilas Fuß kam zu einem abrupten Halt. „Wollen Sie damit sagen, dass es einer von uns gewesen sein muss? Einer von den Leuten, die an diesem Abend in der Pandorabüchse gegessen haben?"

„Das ist durchaus möglich." Jury blickte von Sheila zu Oliver. „Und wo waren Sie?"

„Wir waren zusammen." Oliver leerte sein Glas. „Hier in diesem Zimmer."

Jury wandte sich wieder Sheila zu, die einfach nur nickte, die Augen auf Oliver geheftet.

„Sind Sie sich da ganz sicher?", fragte Jury. „Die meisten müssen nämlich erst lange überlegen, wenn man sie fragt, was sie vor zwei Tagen getan haben. Und das ist schon über eine Woche her."

Oliver erwiderte nichts darauf, aber Sheila blickte Jury mit einem etwas zu strahlenden Lächeln an, ein Lächeln, das die wilde Entschlossenheit in ihrer Stimme Lügen strafte: „Glauben Sie mir, ich weiß, wann Oliver zu Hause ist." Das Lächeln verschwand, als sie Darrington anblickte. „Und wann nicht."

DA TRUEBLOODS LADEN über Weihnachten geschlossen war, ging Jury zu seinem Haus am Dorfplatz hinüber. Ein reizvolles Haus. Der Dachstuhl bestand aus Krummstreben, und auf der ihm zugewandten Seite waren zwei weit auseinanderliegende Fenster mit Butzenscheiben.

Trueblood war gerade dabei, seiner Toilette (anders ließ es sich wohl kaum bezeichnen) den letzten Schliff zu geben, bevor er sich zum Dinner bei den Bicester-Strachans begab.

„Wollen Sie nicht mitkommen, alter Freund? Da hätten Sie uns alle auf einem Haufen. Die Crème de la crème von Long Pidd. Alle außer Melrose Plant. Ihn würden keine zehn Pferde auf Lorraines Partys bringen." Er band seine graue Seidenkrawatte.

„Ich bin bei Mr Plant eingeladen." Jury schaute sich nach einer Sitzgelegenheit um, aber alles sah so kostbar und so zerbrechlich aus, dass er Angst hatte, es würde unter ihm zusammenbrechen. Schließlich ließ er sich auf einem pflaumenblauen kleinen Sofa nieder. „Anscheinend hat sich Mrs Bicester-Strachan einmal für Melrose Plant interessiert?"

„Interessiert? An einem Abend in der Pandorabüchse hat sie ihn beinahe aufs Kreuz gelegt, Herzchen." Trueblood ließ die Krawatte in die Weste gleiten, zog sein tadellos geschnittenes Jackett zurecht und holte eine Kristallkaraffe, zwei wie Tulpenkelche geformte Sherry-Gläser und eine Schale mit Walnüssen, die er Jury hinstellte.

„Ich nehme an, Sie wissen, was mit Ruby Judd passiert ist?"

„O Gott, ja. Die Kleine, die sich aus dem Staub machen wollte. Ein Jammer!"

„Aus dem Staub machen wollte sie sich wohl nicht. Ich glaube, sie wurde vielmehr in eine Falle gelockt. Wahrscheinlich hat ihr der Mörder vorgeschlagen, sie solle ihre Tasche packen, damit ihre Abwesenheit nicht gleich auffalle. Sonst hätten sich ja alle möglichen Fragen gestellt."

„Fragen, wie sie sich jetzt stellen, wenn ich Sie recht verstehe?" Trueblood zündete sich eine kleine Zigarre an. „Und Sie möchten wissen, wo ich mich an dem betreffenden Abend aufgehalten habe. Welcher Abend das auch immer gewesen ist, wie ich in aller Unschuld hinzufügen möchte."

„Ja. Aber das ist nur eine Frage. Die andere lautet, welche Beziehung hatten Sie zu Ruby Judd?"

Trueblood war schockiert. *„Beziehung?* Das soll wohl ein Witz sein?" Er schlug seine maßgeschneiderten Hosenbeine übereinander und klopfte etwas Asche auf einen Porzellanteller. „Wenn die Knaben vom Scotland Yard mich mit einem Ring im Ohr auf einer Seitenstraße in Chelsea anträfen, könnte ich mir wahrscheinlich nicht einmal mehr den Schaumgummi rausnehmen, so schnell hätten sie mich in die Minna verfrachtet."

Jury verschluckte sich. „Nun übertreiben Sie mal nicht, Mr Trueblood."

„Nennen Sie mich doch Marsha. Wie alle andern."

Jury hatte keine Zeit für Truebloods Geplänkel. „Haben Sie mit Ruby Judd geschlafen, ja oder nein?"

„Ja."

Jury, der auf weitere Wortgefechte mit Trueblood gefasst gewesen war, saß mit offenem Mund da. Seine direkte Antwort brachte ihn aus dem Konzept.

„Aber nur einmal. Sie war zwar ein dralles kleines Ding, aber einfach tödlich langweilig. Ohne Sinn und Verstand. Aber ich möchte doch sehr um Diskretion bitten, Herzchen."

Jury konnte sich vorstellen, dass Trueblood auch bei Frauen Erfolg haben könnte, wenn er sein Benehmen etwas ändern würde. „Es würde meinen Ruf ruinieren. Ich könnte meinen Laden zumachen. Und dann ist da auch noch dieser Freund in London, wenn der erfährt, dass ich ihm untreu geworden bin, bricht ihm das Herz. Ruby war eine dumme kleine Gans. Aber was kann man in einem Kaff wie diesem schon anderes tun, als dem Hickhack zweier alter Krähen wie Miss Crisp und Agatha zuzuhören. Ich nehme an, sie wird auch diesmal wieder Melrose das Fest verderben. Ach, kommen Sie doch mit zu Lorraine, Sie würden sich besser amüsieren. Dort sind viel mehr Leute, die Sie verdächtigen könnten ..."

„Ich versuche herauszufinden, über wen Ruby so viel wusste, dass es sie das Leben kostete."

Trueblood blickte ihn verständnislos an. „Tut mir leid, ich kann Ihnen nicht folgen."

„Ich glaube, sie hat versucht, jemanden zu erpressen."

„Mich etwa? Das sieht den Bullen ähnlich, kutschieren in ihren Minnas herum, immer auf der Jagd nach Schwulen, die haben wieder mal an allem schuld..."

„Ehrlich gesagt, ich glaube nicht, dass Sie es waren, aber ich muss Sie vielleicht doch mit aufs Revier nehmen, damit Sie mir meine Fragen beantworten."

Trueblood senkte seine Stimme, bis sie etwas normaler klang. „Schon gut, ich werde versuchen, mich an etwas zu erinnern, was Ihnen weiterhelfen könnte. Sie gab nur nicht viel Interessantes von sich. Geschichten aus ihrem Leben, so was."

„Dann erzählen Sie mir das."

„Ich hab nur mit ihr geschlafen, Inspector, nicht Material für ihre Biografie gesammelt. Meistens hörte ich nur mit halbem Ohr zu."

Jury wünschte, irgendjemand hätte ihr zugehört.

„Sie hat mal gesagt, dass ihre Mutter eine bigotte, alte Spießerin ist und dass ihr Vater eine Trockenkur macht, aber immer wieder abspringt. Und Schwesterherz hockt anscheinend den ganzen Abend vor der Glotze und schaut sich amerikanische Krimis an." Trueblood nahm einen Schluck Sherry und zündete sich wieder eine seiner kleinen Zigarren an. „Dann gab es noch diese Tante und diesen Onkel in Devon, bei ihnen hat sie den größten Teil ihrer Kindheit verbracht; ein vernachlässigtes, ungehobeltes Kind. Später hatte sie dann alle möglichen Jobs, mal hier, mal da..."

„Zum Beispiel als ‚Model', für Pornos."

„Wer, Ruby? Kann ich mir kaum vorstellen. Vielleicht hat sie sich ab und zu einen Kunden von der Straße aufgegabelt. Als Pornodarstellerin hätte sie bestimmt wenig getaugt."

„Wo waren Sie letzten Dienstagabend, am 15. Dezember?"

„Zu Hause, mutterseelenallein. Und wo waren Sie?"

„Noch etwas Gans, Sir?"

Ruthven stand bei Jurys Ellbogen und hielt ihm eine riesige Silberplatte hin, auf der die mit Kirschen und Trüffeln garnierten Reste von zwei Bratvögeln lagen. Jury schien ihn jedoch kaum wahrzunehmen; sein Blick galt Vivian Rivington, die ihm direkt gegenübersaß. Ihr bernsteinfarbenes Haar lockte sich über einem Kaschmirpullover, und sie sah aus, als wäre sie den Nebeln von Dartmore oder den geheimnisvollen Mooren Yorkshires entstiegen. Die Gans hätte sich erheben und über den Tisch watscheln können, ohne dass es Jury aufgefallen wäre. Ihre Schwester Isabel hatte den Bicester-Strachans den Vorzug gegeben.

Lady Ardry ergriff das Wort. „Sie haben wohl keinen sehr großen Hunger, Inspector? Sie müssten sich vielleicht etwas mehr bewegen, um Appetit zu kriegen. So wie ich."

„Was du nicht sagst, Tante. Was hast du denn so getan?"

„Ich habe meine eigenen Nachforschungen angestellt, mein lieber Plant. Wir wollen doch nicht jeden Tag einen neuen Mord!" Sie häufte sich ein paar Löffel Maronenfüllung auf ein halbes Brötchen und stopfte sich den kohlehydratreichen Bissen in den Mund.

„Oh, ich weiß nicht", sagte Plant. „Vielleicht noch einen. Nein, danke, Ruthven."

„Ich nehme noch etwas", sagte Agatha. „Apropos Nachforschungen – wie steht's denn mit Ihrem Alibi, Vivian?"

Jury warf Agatha einen feindseligen Blick zu. Offensichtlich hatte sie ihm noch nicht verziehen, dass er Melrose Plant mit einem Alibi versehen hatte.

„Ich muss gestehen", meinte Vivian, „dass mein Alibi auf sehr wackligen Füßen steht. Nur das von Simon ist vielleicht noch wackliger. Wir saßen im Schwanen, als der Mann ermordet wurde." Der Blick, den sie Jury zuwarf, war so unglücklich, dass er die Augen abwandte und auf sein Weinglas starrte.

„Wir sitzen alle im selben Boot, meine Liebe", meinte Agatha zuckersüß. „Abgesehen von Melrose natürlich. Der Einzige in Long Pidd mit einem einwandfreien Alibi." Man hätte glauben können, Melrose drucke in einem Hinterzimmer Alibis und weigere sich, welche davon abzugeben, so ingrimmig klang diese Bemerkung. Sie kämpfte gerade mit einem Gänseschlegel, den sie sich von der Platte gespießt hatte. Es sah aus, als wäre sie mit dem Vogel in einen Kampf auf Leben und Tod verwickelt. „Sie brauchen gar nicht so zu grinsen, Inspector, Plant ist auch nicht über jeden Zweifel erhaben. Sie erinnern sich vielleicht, dass Sie nur von halb zwölf bis ungefähr zwölf mit ihm zusammen waren, dann kam ich wieder zurück."

„Aber davor hatten Sie ihm ja schon drei Stunden Gesellschaft geleistet, Lady Ardry." Was zum Teufel hatte sie jetzt schon wieder ausgeheckt?

„Das klingt ja so, als würde es Ihnen leidtun, dass Melrose ein Alibi hat", sagte Vivian.

„Werfen wir doch eine Münze, Tante Agatha, vielleicht gewinnst du", sagte Melrose und zog ein Geldstück aus der Tasche.

„Sei nicht so leichtfertig, Melrose", sagte sie zu ihrem Neffen, und dann zu Vivian: „Natürlich würde ich mich freuen, wenn Plants Unschuld erwiesen wäre. Die Wahrheit kommt aber doch immer an den Tag …"

„Wahrheit? Welche Wahrheit denn?", fragte Jury.

Sorgsam legte sie Messer und Gabel ab – die erste Pause, die sie nach einer halben Stunde einlegte. Sie bettete ihr Kinn auf die verschränkten Hände, stützte die Ellbogen auf den Tisch auf und sagte: „Ich will damit nur sagen, dass ich nicht jede Minute mit dir zusammen war. Erinnerst du dich nicht, mein lieber Plant? Einmal ging ich in die Küche, um nach dem Weihnachtspudding zu schauen. Martha geht manchmal etwas zu sparsam mit der Muskatnuss um."

Ruthven erinnerte sich noch genau, auch wenn Melrose es vielleicht vergessen hatte. Ohne einen Tropfen von dem Wein zu verschütten, den er gerade einschenkte, schloss er gequält die Augen.

„Ich dachte, du seist nur auf die Toilette gegangen." Melrose seufzte und bat Ruthven, die Teller abzuräumen. „Lange kann das aber nicht gedauert haben." Sein Ton besagte, dass die Atempausen, die Agatha einem gönnte, nur von kurzer Dauer waren.

Sehnsüchtig beobachtete Jury, wie Vivian ihre Hand auf Melroses Hand legte, die an dem Stiel seines Weinglases drehte. „Agatha! Sie sollten sich schämen!"

„Wir müssen alle unsere Pflicht tun, mein liebes Kind, auch wenn es uns manchmal schwerfällt. Wir können nicht einfach unsere Lieben beschützen, nur weil wir sie gern unschuldig sähen. Die Tugend, die England groß gemacht hat ..."

„Lassen wir die Tugend Englands mal aus dem Spiel, Agatha", sagte Melrose. „Erzähl uns lieber, wie ich es bewerkstelligt habe, in der kurzen Zeit, in der du Martha zur Verzweiflung getrieben hast, zum Schwanen zu eilen, Creed um die Ecke zu bringen und mich dann wieder hierher zurückzuschleichen?"

Gelassen bestrich sie eine Toastscheibe. „Mein lieber Plant, du erwartest doch wohl nicht, dass ich dir auch noch deine Strategien liefere."

Jury blinzelte. Er hatte zwar einige Bücher über formale Logik gelesen, aber Lady Ardry schlug sie alle.

„Da wir schon am Spekulieren sind", fuhr sie fort, „du hättest dich ja nur in deinen Bentley setzen müssen, Gas geben ..."

Jury konnte sich nicht mehr zurückhalten. „Aber Lady Ardry, Sie erinnern sich doch bestimmt noch, dass der Motor völlig kalt war. Er brauchte fünf Minuten, um anzuspringen." Vivian schenkte Jury ein herzerwärmendes Lächeln.

Als Agatha ein langes Gesicht machte, meinte Melrose: „Gib nicht auf, Agatha. Wie wär's mit meinem Fahrrad? Nein, zu langsam." Er schien ernsthaft darüber nachzudenken. Dann schnalzte er mit den Fingern. „Mein Pferd! Das ist es! Ich hätte ja Folgendes tun können – den alten Bouncer satteln, über die Wiese zum Schwanen galoppieren, Creed umbringen und schwuppdich! wie ein Kaninchen zurückhoppeln!"

Vivian sagte: „Ja, schwuppdich! Wie ein Kaninchen – so hätte es wohl ausgesehen, bei deinem Pferd."

Melrose schüttelte den Kopf. „Zu dumm, Agatha. Es haut nicht hin. Mein Alibi ist einfach hieb- und stichfest."

Während Agatha sich zähneknirschend geschlagen gab, brachte Ruthven den Nachtisch – einen prächtigen Weihnachtspudding. Er hielt ein Streichholz an die mit Brandy übergossene Oberfläche. Und als er ihn serviert hatte, goss er den Gästen noch Madeira in das dritte Glas.

Melrose sah Agatha missvergnügt am Tisch sitzen, wahrscheinlich damit beschäftigt, einen neuen Angriff vorzubereiten, und er sagte zu Ruthven: „Sehen Sie das Päckchen auf dem Kaminsims? Könnten Sie das bitte Ihrer Ladyschaft überreichen?"

Agathas Miene hellte sich auf, als sie das Geschenk in Empfang nahm und öffnete.

Vivian schnappte nach Luft; Agatha zog ein mit Smaragden und Rubinen besetztes Armband aus der kleinen Schachtel. Sie glänzten und glitzerten und verwandelten sich beinahe selbst in kleine Flammen, als das Kerzenlicht auf sie fiel. Agatha bedankte sich überschwänglich bei Melrose, ohne ihrer Attacken wegen die geringste Spur von schlechtem Gewissen zu zeigen. Dann ließ sie Vivian das Armband bewundern, die es an Jury weiterreichte.

Als er das letzte Mal echte Juwelen in der Hand gehabt hatte, war Jury noch ganz jung und für Einbrüche zuständig gewesen. Er verstand nun, warum man Rubine als „blutrot" bezeichnete. Und plötzlich driftete auch jenes Detail, das immer noch gefehlt hatte, in sein Bewusstsein. Rubine. Ruby. Ein Armband. Das Bild eines Handgelenks, das aus dem Boden ragte. *Sie hat es immer getragen, Sir – ich hab sie nie ohne es gesehen,* hörte er Daphne sagen.

Wo war es dann? Seine Augen hingen immer noch an den Steinen, als er Agatha das Armband zurückgab, und der Gedanke an Rubys nacktes Handgelenk beherrschte ihn so ausschließlich, dass Agathas Kommentar kaum in sein Bewusstsein drang: „Sehr hübsch, Melrose, für Strass."

DIE DAMEN zogen sich in den Salon zurück und überließen Jury und Melrose ihrer Flasche Portwein. Eigentlich war Lady Ardrys Abgang alles andere als ein Rückzug. Vivian schaffte es mit Mühe und Not, sie aus dem Esszimmer zu bugsieren; aber dann blies Agatha noch einmal zum Angriff und tauchte triumphierend wieder auf, um nach irgendwelchen Gegenständen, die sich anscheinend verselbstständigt hatten, zu suchen – nach Taschentüchern, Knöpfen und dem Armband, das ein Häufchen auf dem Tisch bildete, als wäre die ganze rot-grüne Pracht nichts weiter als eine Handvoll Oliven.

Nachdem sie mit ihrer Beute abgezogen war, meinte Jury: „Das war aber ein sehr großzügiges Geschenk, Mr Plant."

„Ich glaube, die symbolische Bedeutung der roten und grünen Steine ist ihr entgangen. Die Weihnachtsfarben. Ich hielt das für eine hübsche Idee." Er blickte auf seine Zigarrenspitze und blies daran, um sie zum Brennen zu bringen.

„Entschuldigen Sie die Frage, aber was haben Sie von ihr bekommen?"

„Nichts." Plant lächelte. „Sie schenkt mir nie was. Angeblich spart sie für ein besonders großartiges Geschenk. Was das wohl sein wird? Ein neuer, von der IRA ausgestatteter Wagen?"

Jury grinste und meinte dann: „Ich habe mir ein paar Gedanken gemacht, was diese Morde betrifft, und würde gerne mit Ihnen darüber sprechen."

„Ich höre."

„Also, am bemerkenswertesten finde ich ihre Auffälligkeit. Wer denkt sich so was aus?"

„Jemand ganz Abgebrühtes. Vielleicht auch ein Psychopath, aber man würde nicht so schnell dahinterkommen. Die Morde sind unglaublich *öffentlich*. Da bin ich ganz Ihrer Meinung. Wenn er jemanden aus dem Weg räumen will, warum verabredet er sich dann nicht mit ihm an einem weniger öffentlichen Ort?"

Jury zog die zusammengefaltete Titelseite des *Weatherington Chronicle* aus seiner Jackentasche. „Ich glaube, ich kann Ihnen sagen, warum." Er klopfte mit dem Finger gegen das Blatt. „GASTHOF-MORDE GEHEN WEITER." Es folgte ein langer Bericht über den Mord an Ruby Judd, im Anschluss daran ein Vergleich mit dem Mord an Creed. „Es scheint ein bestimmtes Muster zu geben. Die Sache mit den Gasthöfen kann relevant sein oder auch nicht."

Melrose Plant blies einen Rauchkringel. „Diese Feststellung, Inspector, fasst wahrscheinlich eine Million Jahre philosophischen Denkens zusammen: ‚Es kann relevant sein oder auch nicht.'"

„Mr Plant, manchmal bin ich froh, dass ich nicht Ihre Tante bin."

„Wenn Sie so weitermachen, kann ich Sie bald nicht mehr auseinanderhalten."

„Seien Sie vorsichtig, ich könnte Ihr Alibi platzen lassen."

„Das würden Sie nicht tun."

„Wir haben doch eine ganze Auswahl an Morden, nicht? Sie haben doch nur für den an Creed ein Alibi."

„Konzentrieren wir uns lieber auf unsere Theorien: Gibt es in diesen Gasthöfen etwas, hinter dem der Mörder her sein könnte? Gold in einem Sekretär? Oder vielleicht besitzt Matchett, ohne es zu wissen, das von Hogarth gemalte Wirtshausschild – klingt aber ziemlich unwahrscheinlich. Oder ist diese Sache mit den Gasthöfen nur zur Ablenkung inszeniert?"

„Aha, daran dachten Sie also auch schon? Manchmal gibt es ja für einen Mord, der in aller Öffentlichkeit begangen wurde, die wenigsten Zeugen. Ein Mörder, der seine Leichen nicht versteckt, versucht vielleicht sein Motiv zu verbergen."

„Abgesehen von der Leiche Ruby Judds. In ihrem Fall gibt es gleich zwei Abweichungen von dem Schema. Sie wurde begraben, und sie war *keine* Fremde."

„Die Abweichungen sind immer am interessantesten. Bei den andern war es ihm vielleicht gleichgültig, wann sie entdeckt wurden, *nicht* aber bei Ruby."

„Aber warum hat er Ruby Judd überhaupt umgebracht?" Melrose ließ sein Glas kreisen.

„Vielleicht wusste sie etwas über einen im Dorf?"

„Erpressung? Du lieber Himmel, was haben wir nicht alles auf dem Gewissen!"

Jury gab nur eine indirekte Antwort darauf. „Einiges deutet darauf hin, dass Ruby auch mal was mit Darrington gehabt hat."

Plant wirkte erstaunt. „Tja, diese kleine Judd kam wirklich rum. Dieses pausbäckige Bauernmädel! Manche Männer haben schon einen seltsamen Geschmack!" Plant schüttelte den Kopf.

„Auch mit Marshall Trueblood."

Melrose ließ beinahe die Portweinflasche fallen. „Das soll wohl ein Witz sein?"

Jury lächelte. „Nein, auch wenn sich ganz Long Piddleton über Trueblood lustig macht."

„Ja, leider. Ich halte Scherze, die mit der Rasse, Religion oder den sexuellen Neigungen eines Mannes zu tun haben, für ziemlich abgeschmackt. Nicht, dass ich ihn besonders mag. Wenn er auf den Händen die Dorfstraße runterginge, könnte er nicht lächerlicher wirken." Melrose schüttelte ungläubig den Kopf. „Trueblood hat also tatsächlich mit der kleinen Judd geschlafen?"

„Nur einmal, behauptet er. Aber in Truebloods Vergangenheit – genau wie in Darringtons – gibt es einige Dinge, die er wohl lieber für sich behalten würde, und diese Ruby Judd ist vielleicht dahintergekommen. Dann sind da noch die Bicester-Strachans ..."

„Ich persönlich würde Lorraine unter die Lupe nehmen. Sie wäre zu jedem Mord bereit, nur um ihren hochheiligen Ruf zu schützen."

In diesem Augenblick tauchte Agatha wieder in dem Speiseraum auf, um sich auf dem Laufenden zu halten; als Entschuldigung brachte sie hervor, sie brauche einen Tropfen Brandy gegen ihre quälenden Kopfschmerzen.

„Ruthven, bringen Sie mir doch bitte einen."

Ruthven, der eben hereingekommen war, um das Büfett abzuräumen, wandte sich hoheitsvoll nach ihr um und sagte: „Mein Name wird *Rivv'n* ausgesprochen, gnädige Frau, *Rivv'n,* wie Ihnen Ihre Lordschaft schon des Öfteren erklärt hat."

„Warum schreibt man ihn dann nicht so?"

„Ich schreibe ihn so." Ruthven ging mit dem Tablett in der Hand in die Küche zurück.

„Unerhört", zischte Agatha Melrose an, „diesen Ton erlaubst du deinen Bediensteten? Und was habt ihr versucht, Lorraine Bicester-Strachan anzuhängen?"

Ruthven, der sich in der Küchentür noch einmal umgedreht hatte, brüllte beinahe: „Gnädige Frau, es heißt *Bister-Strawn! Bister-Strawn!"* Daraufhin machte er wieder kehrt und verschwand in der Küche.

Agatha stand mit offenem Mund da.

Melrose glaubte alten Malt Whisky gerochen zu haben, als ihn Ruthvens weihnachtlicher Atem streifte, und grinste: „Agatha, Rivv'n hat dich angegriff'n."

Sie drehte sich abrupt um und stapfte hinaus.

Plant setzte das Gespräch da fort, wo Agatha sie unterbrochen hatte. „Ich glaube, auf Bicester-Strachan selbst würde ich als Letzten tippen. Ein netter, Schach spielender alter Mann."

„Ich habe nette, Schach spielende alte Männer schon seltsame Dinge tun sehen. Aber wir haben ja auch noch Simon Matchett ..."

Plants grüne Augen funkelten. „Und ob! Wenn ich nur etwas über diese schmutzige Sache mit seiner Frau wüsste, damit ich es Vivian unter die Nase reiben könnte; diesem ahnungslosen Mädchen."

„Sind Sie da nicht ein bisschen voreingenommen Mr Plant?" Er wäre nicht der Einzige, dachte Jury schuldbewusst. „Diese Heirat ist Ihnen wohl ein Dorn im Auge?"

„Sie kennen sie doch auch. Und können mir doch wohl nur beipflichten?"

Jury zog es vor, seinen Teller zu studieren. „Ich verstehe nicht, warum diese Verlobung, falls es überhaupt eine gibt, so in der Luft hängt?"

„Ich auch nicht. Diese sogenannte Verlobung ist Isabels Werk. Sie hat sie zusammengebracht, warum, ist mir jedoch völlig schleierhaft – wo Isabel doch Matchett so anhimmelt und allen Einfluss einbüßt, wenn das Vermögen an Vivians dreißigstem Geburtstag nicht in ihre, sondern in seine Hände wechselt. Wirklich rätselhaft."

„Nicht, wenn ..."

„Wenn was?"

„Nein, nichts. Was halten Sie von der Geschichte mit dem Unfall ihres Vaters?"

„Komisch, dass Sie mich das fragen – ich habe oft darüber nachgedacht. Vivian scheint wirklich davon überzeugt zu sein, dass sie als Kind ein richtiger Rabauke war, dass sie sich ständig mit ihrem Daddy kabbelte und was sonst noch alles. Diese Story von dem kleinen Teufelsbraten ist Ihnen doch wohl auch etwas mysteriös vorgekommen? Vor allem, wenn man bedenkt, dass sie erst – lassen Sie mich mal nachrechnen – sieben oder acht Jahre alt war, als er starb. Pflegt man traumatische Kindheitserlebnisse nicht möglichst schnell zu verdrängen? Vivian scheint sich aber noch an jede Einzelheit zu erinnern, als wäre es erst gestern passiert. Wissen Sie, ich frage mich ..." Melrose starrte nachdenklich auf die Spitze seiner Zigarre, bevor er die Asche abklopfte – „wer für sie das Bild vervollständigt hat."

„Sie meinen, sie hätte sich dieses Bild von Isabel malen lassen?"

„Wer käme sonst infrage? Von den Angehörigen lebt sonst keiner mehr."

„Isabel muss einen Grund gehabt haben, weshalb sie Vivian diese Version von dem Unfall eingeredet hat. Und jetzt muss sie vielleicht dafür sorgen, dass an der Vergangenheit nicht gerührt wird."

„Sie glauben doch nicht ernstlich, dass eine Frau diese Morde begangen haben könnte?"

„Sie sind ein sehr sentimentaler Mensch, Mr Plant."

JURY fragte ihn, ob er das Telefon benützen dürfe, und Melrose ging in den Salon, um den Damen Gesellschaft zu leisten.

Jury entschuldigte sich, dass er Pluck bei seinem Weihnachtsessen störe; er müsse aber dringend mit Wiggins sprechen.

Als er sein „Ja, Sir?" hörte, sagte Jury: „Hören Sie, Wiggins, wenn Sie mit dem Essen fertig sind, setzen Sie sich bitte mit der Polizei in Dartmouth in Verbindung und geben Sie für mich eine Liste von Namen durch. Wahrscheinlich müssen Sie sich dafür mit der Zentrale in Verbindung setzen." Dann verlas Jury die Namen auf der Liste; alle waren vor sechzehn Jahren entweder Gäste oder aber Angestellte in dem Gasthof Zur Ziege mit dem Kompass gewesen.

Der arme Wiggins war nicht gerade begeistert. „Aber das sind dreiundzwanzig Namen, Inspector. Von denen sind bestimmt nicht mehr alle aufzutreiben."

„Ich weiß. Aber ein paar davon. Und vielleicht hat einer ein gutes Gedächtnis." Er hörte ein knirschendes und dann ein mahlendes Geräusch. Wiggins hatte wohl gerade in eine Selleriestange gebissen. Er murmelte, dass er sich so bald wie möglich mit der Liste beschäftigen würde.

ALS JURY den Salon betrat, war Agatha gerade dabei, ihren Rock auf einem durchbrochenen Kalamanderholzstuhl auszubreiten. Marshall Trueblood wäre bestimmt ohnmächtig geworden, hätte er ihre massige Gestalt darauf Platz nehmen sehen. Sie spielte an ihrem neuen Armband herum und sagte: „Das muss doch ziemlich teuer gewesen sein, Melrose?" Offenbar erinnerte sie sich nicht mehr an ihre frühere Andeutung, dass die Steine nicht echt seien.

„Ich kann dir ganz genau sagen, was es gekostet hat, Agatha."

„Das schickt sich nicht, Melrose. Es ist wirklich sehr hübsch. Auch wenn es nicht *alt* ist wie Marjories Schmuck."

„Wer ist Marjorie?", fragte Jury.

„Meine Mutter", sagte Melrose. „Sie besaß eine schöne Schmucksammlung." Er starrte zur Decke. „Ich bewahre sie im Tower auf. Bei den Raben. Für fünfzig Pence können Sie ihn besichtigen, wenn Sie wollen."

„Oh, versuch nicht dauernd, den Komiker zu spielen, mein lieber Plant. Es passt nicht zu dir."

Vivian erhob sich. „Melrose, es war ein wunderbares Essen. Aber jetzt muss ich leider gehen ..."

„Warum denn, um Gottes willen?", fragte Melrose und erhob sich ebenfalls. „Du könntest doch noch ein bisschen bleiben und mithelfen, mein Alibi zu durchlöchern."

„Melrose!" Vivian blickte ihn an, als wäre er ein ungezogenes Kind.

„Aber Agatha braucht doch Beistand ..."

„Melrose, hör auf damit!" Vivian war offenbar etwas verstört.

Sie nimmt alles ein bisschen zu ernst, dachte Jury, nicht dass diese Morde nicht ernst zu nehmen waren, aber Plant hatte doch nur versucht, die gedrückte Stimmung zu heben. Vielleicht gingen Dichter die Dinge so an. Dichter und Polizeibeamte. Aber nein, er hatte Sinn für Melroses Humor.

„Sie wollen gehen?", fragte Agatha. „Ich denke, ich bleibe noch ein Weilchen."

„Aber du bist doch mit Vivian gekommen, liebe Tante. Willst du sie jetzt allein nach Hause gehen lassen?"

„Ich wage zu behaupten, Vivian ist alt genug, um auf sich selbst aufzupassen", sagte Agatha mit honigsüßer Stimme. „Inspector Jury kann sie ja mitnehmen."

Melrose lächelte. „Ich würde mir an deiner Stelle dem Inspector gegenüber nicht zu viel herausnehmen, Tantchen." Er stand vor seinem Kamin aus Marmor und blies Rauchkringel in die Luft.

Jury half Vivian in den Mantel, und Melrose begleitete sie zur Tür. „Nicht gerade fair von Ihnen, Vivian zu entführen und mich mit Agatha hier sitzen zu lassen."

„Fairness war noch nie meine Stärke, Mr Plant."

„Was kann ich Ihnen anbieten, Inspector? Einen Drink? Oder Kaffee?"

Er beeilte sich, ihr klarzumachen, dass sein Besuch nicht gesellschaftlicher Natur war. „Danke, nichts. Ich möchte Ihnen nur noch ein paar Fragen stellen."

Sie seufzte. „Schießen Sie los, Inspector. Sie scheinen sich auch nie eine Pause zu gönnen."

Jury zeigte sich empört. „Das ist auch nicht einfach bei vier Morden."

„Tut mir leid", sagte sie und rieb sich die Arme, als wäre es plötzlich kalt um sie herum geworden. „Ich wollte die Sache nicht auf die leichte Schulter nehmen. Nur ..." Sie setzte sich auf das Sofa und griff nach einer Zigarettenschachtel.

Jury hatte in dem Sessel ihr gegenüber Platz genommen. Zwischen ihnen stand ein kleiner Kaffeetisch. Irgendwie hatte er Angst, er könnte sich zu wohl fühlen. „Also – meine erste Frage: Wie ich gehört habe, sind Sie mit Simon Matchett verlobt?"

Ihr Blick hatte für Jury etwas Gehetztes an sich, als sie ihm die Zigaretten über den Tisch reichte. Er gab ihr Feuer und zündete sich dann seine Zigarette an, auf ihre Antwort gespannt.

„Ja, doch, das stimmt wohl schon." Sie erhob sich. „Ich hole mir was zu trinken. Trinken Sie doch auch was."

Jury starrte auf das winzige rot glühende Ende seiner Zigarette. „Whisky."

Während sie zu dem Büfett ging und Gläser und Flaschen herausholte, schaute er sich etwas in dem Zimmer um.

Sie kam wieder zurück und sagte: „Was Simon betrifft, habe ich mich noch nicht ganz entschlossen." Sie gab ihm sein Glas.

Er starrte darauf und fragte sich, ob die Flüssigkeit sich nicht gleich purpurrot färben würde. „Sie meinen, Sie wissen nicht, ob Sie ihn heiraten wollen? Was spricht denn dagegen?"

Sie stand vor ihm und blickte in Fernen, die er nicht ermessen konnte. „Weil ich nicht glaube, dass ich ihn liebe."

Die Möbel, die Jury bis zu diesem Augenblick noch gar nicht wahrgenommen hatte, fingen plötzlich an, in der Dunkelheit zu schimmern. Er räusperte sich und fragte sich, ob seine Stimme überhaupt menschenähnlich klingen würde. „Wenn Sie ihn nicht lieben, warum wollen Sie ihn dann heiraten? Ich hoffe, Sie nehmen mir diese Frage nicht übel", fügte er rasch hinzu und kippte fast seinen ganzen Whisky.

Vivian, die sich wieder ihm gegenüber gesetzt hatte, starrte auf ihr Glas und bewegte es wie eine Kristallkugel in ihren Händen. Dann zuckte sie die Achseln, als könne sie sich das alles selbst nicht erklären. „Man kriegt das Alleinsein auch mal satt. Und er scheint mich zu mögen ..."

Jury setzte unsanft sein Glas ab. „Deswegen zu heiraten ist doch absolut blödsinnig."

Sie riss die Augen auf. „Also wirklich, Inspector! Welche Gründe würden denn vor Ihren Augen Gnade finden?"

Jury war von seinem Stuhl aufgestanden und ans Fenster getreten; er starrte auf den Schnee hinaus, der im Schein der Straßenlaterne zu Boden fiel. „Leidenschaft! Besessenheit! Sex, wenn Sie wollen. Von jemandem nicht die Finger lassen können, so was in dieser Art!" Er drehte sich nach ihr um. „,Sich mögen' – was für ein verwaschener Begriff! Haben Sie noch nie andere Empfindungen gehabt?"

Einen Augenblick lang schaute sie ihn einfach nur an. „Ich weiß nicht. Aber Sie anscheinend."

„Lassen wir meine Person aus dem Spiel. Wie viel Geld werden Sie erben?"

„Eine viertel Million Pfund, falls Ihnen das weiterhilft." Ihre Stimme klang ein paar Töne höher.

„Haben Sie schon mal daran gedacht, dass Simon Matchett hinter Ihrem Geld her sein könnte?"

„Natürlich. Jeder könnte das!"

„Ist das nicht etwas zynisch? Nicht alle Männer sind Mitgiftjäger. Frauen wie Sie –", seine Gedanken drifteten zu dem Foto in seiner Schreibtischschublade, – „fordern das Schicksal geradezu heraus. Sie wickeln sich in ihre Verletzlichkeit ein wie in einen Mantel und sind dann bass erstaunt, wenn die Leute das ausnutzen."

„Das ist wohl kaum Zynismus, was Sie da beschreiben." Ihre Stimme klang wieder normal. „Das klingt eher poetisch."

„Lassen wir die Poesie aus dem Spiel. Wie gut haben Sie Ruby Judd gekannt?"

Sie fasste sich an die Stirn. „Du lieber Himmel. Mit Ihnen zu reden ist, als wollte man einen Wirbelsturm anhalten. Ich weiß nicht mehr, wo mir der Kopf steht."

„Sie kannten sie?"

„Ja, natürlich. Aber nicht besonders gut. Ich sah sie immer nur im Pfarrhaus."

„Was hielten Sie von ihr?"

Als sie zögerte, sagte Jury: „Versuchen Sie bitte nicht, pietätvoll zu sein, Miss Rivington."

„Na schön, ich fand Ruby nicht unsympathisch. Aber sie hatte diese Angewohnheit, immer den Kopf reinzustecken, wenn ich mit dem Pfarrer sprach. Sie war einfach zu neugierig. Überall war sie dabei. Wahrscheinlich platzte sie vor Energie. Sie soll hinter den meisten Männern im Dorf her gewesen sein: Oliver, wahrscheinlich auch Simon. Und sogar Marshall Trueblood, ob Sie's glauben oder nicht. Vielleicht ist Melrose Plant der Einzige, der ihr entgangen ist." Sie schwieg einen Augenblick, dann sagte sie: „Apropos Mitgiftjäger –" ihr Lachen klang etwas gekünstelt –, „bei Melrose wenigstens habe ich nicht den Verdacht."

Es war die Art und Weise, wie sie das sagte. Jury starrte blind auf den Rest Flüssigkeit in seinem Glas. Hätte sie sich nicht einen anderen aussuchen können, irgendeinen Robert Redford zum Beispiel?

„Isabel kann Melrose nicht ausstehen. Warum, habe ich noch nicht herausgefunden."

Der Grund war ziemlich offensichtlich, wenn Isabel schon Simon für Vivian auserkoren hatte. Eine äußerst rätselhafte Sache: Welches Interesse konnte Isabel daran haben, dass das Geld, das sie sicherlich von Vivian bekommen würde, in die Hände eines Mannes fiele, den sie nicht wie ihre Stiefschwester unter dem Daumen hatte. Aber vielleicht hatte sie ihn ja unter dem Daumen! Der Gedanke, der Jury bei seiner Unterhaltung mit Plant gekommen war, ließ ihm das Blut in den Adern gefrieren.

„Was macht es schon, was Ihre Stiefschwester will oder nicht will?", fragte er.

Sie beantwortete seine Frage nur indirekt. „Haben Sie schon von dieser Sache mit meinem Vater gehört?" Er nickte, und sie fuhr fort. „Es war meine Schuld, verstehen Sie. Ich saß auf meinem Pferd, und er kam in die Ställe. Es war stockdunkel, Neumond wahrscheinlich, und er ist um das Pferd herumgegangen. Das Pferd bäumte sich plötzlich auf und schlug aus." Vivian zog steif die Schultern hoch. „Er war auf der Stelle tot."

„Das tut mir schrecklich leid." Jury dachte einen Augenblick lang nach. „Sie sagten, es geschah in Nordschottland?"

Sie nickte. „In den Highlands. Sutherland."

„Und es waren nur drei Leute anwesend – Sie, Ihr Vater und Isabel?"

„Ja. Und eine uralte Köchin. Sie ist inzwischen gestorben." Vivian starrte auf die unberührte Flüssigkeit in ihrem Glas, als würden sich die Gesichter von damals darin spiegeln.

„Wie hat sich Ihre Schwester – Ihre Stiefschwester – mit Ihrem Vater verstanden?"

„Nicht besonders gut. Um ganz ehrlich zu sein, ich glaube, sie hat ihm nie verziehen, dass sie nicht mehr Geld bekommen hat. Ich meine, dass er sie in seinem Testament nicht bedacht hat."

„Aber warum hätte Ihr Vater einer Stieftochter, die er nur – wie lange denn? – drei oder vier Jahre gekannt hat, etwas hinterlassen sollen?"

„Ja, natürlich, das stimmt schon." Vivian nahm sich eine Zigarette aus der Porzellandose. Ihre erste hatte sich in dem Aschenbecher in eine kleine Schlange aus Asche verwandelt. Sie wedelte mit der Hand, als wolle sie den Rauch der Vergangenheit vertreiben.

„Sie hatten Ihren Vater sehr gern, nicht wahr?" Sie nickte, den Blick noch immer gesenkt. Er vermutete, dass sie den Tränen nahe war. „Isabel zufolge sind Sie nach dem Streit mit ihm zu den Ställen gerannt und haben sich auf Ihr Pferd gesetzt. Können Sie sich daran tatsächlich noch erinnern?"

Sie machte einen verwirrten Eindruck. „Erinnern? Aber ja, natürlich. Ich meine, nicht genau."

„Man hat Ihnen das so erzählt, stimmt's? Ihre ..."

„Ein kleiner Umtrunk?"

Erstaunt drehten sich beide um. Keiner von ihnen hatte Isabel hereinkommen hören. Sie stand in der Tür zwischen den zerfließenden Schatten und sah sehr geheimnisvoll und attraktiv aus – wenn auch etwas zu herausgeputzt für Jurys Geschmack. Ein grüner Jagdanzug aus Samt, russischer Bernstein und dieser silbergraue Nerz, den sie sich nachlässig über die Schulter geworfen hatte. „Wie fühlen Sie sich heute Abend, Chief Inspector Jury?"

Jury erhob sich und verneigte sich leicht. „Ausgezeichnet, Miss Rivington."

Sie trat in das Zimmer, ließ den Nerz auf einen Stuhl fallen und ging zu dem Büfett. „Darf ich mich dazusetzen?"

„Ja, natürlich", sagte Vivian nicht gerade begeistert, wie Jury auffiel. Ihre moralische Verpflichtung Isabel Rivington gegenüber gab ihr wohl diesen leicht verkniffenen Zug um den Mund.

Isabel goss sich eine tüchtige Portion Bourbon ein, dem sie ein paar Spritzer Soda hinzufügte, und kam dann zu ihnen zurück, um ihren Arm um Vivian zu legen und sie an sich zu ziehen. Die Geste wirkte auf Jury eher besitzergreifend als zärtlich. Dann ließ sie sich auf das Sofa plumpsen und versetzte den Kissen hinter ihr ein paar Knüffe. „Ihr macht so lange Gesichter. Habt ihr denn bei Melrose kein anständiges Essen gekriegt? Ihr hättet mal zu Lorraines Party gehen sollen – da ging es üppig zu."

„Das Essen bei Melrose war wunderbar", sagte Vivian etwas schnippisch. Jury registrierte zufrieden den rebellischen Unterton.

„Simon war nicht gerade glücklich über deine Abwesenheit", fügte Isabel beiläufig hinzu.

Vivian sagte nichts.

„Unglücklicherweise war auch Pfarrer Denzil Smith da, und wir mussten uns den ganzen Abend lang seine Geschichten über geheime Verstecke für Priester und Schmuggler in den Gasthäusern an der Küste anhören. Und die Geschichte der Wirtshausschilder. Die Morde haben ihn sehr beflügelt. Die übrige Zeit sprachen wir über die arme Ruby. Ist es nicht schrecklich! Der Pfarrer sagte, Sie hätten das Haus von oben bis unten nach irgendeinem Armband durchsuchen lassen. Und nach dem Tagebuch des Mädchens."

Jury erwiderte nichts darauf. Er wünschte nur, diese Dörfler würden sich ihre Puste für ihren Porridge aufheben. Jury schaute auf seine Uhr. „Vielen Dank für den Drink. Ich muss jetzt gehen."

Vivian begleitete ihn hinaus, und er war schon auf dem Weg zu seinem Morris, als sie ihm nachrief: „Warten Sie!" Sie rannte nach oben und kam mit einem schmalen Bändchen zurück, das sie ihm hinstreckte. „Ich weiß zwar nicht, ob Sie sich für Lyrik interessieren ... aber jemand, der Vergil zitiert, muss wohl ..."

Er betrachtete den Band – eine Broschüre mit einem Umschlag aus dickem dunklem Papier, dessen Titel er in der Dunkelheit nicht lesen konnte. „Ja, ich mag Gedichte. Haben Sie das geschrieben?"

Es war ihr sichtlich peinlich, und sie schien überallhin zu blicken, nur nicht auf ihn. „Ja. Diese Gedichte sind von mir. Sie kamen vor drei oder vier Jahren heraus. Nicht gerade ein Bestseller, wie Sie sich wohl denken können." Als er nicht antwortete, redete sie rasch weiter, als wolle sie den Raum zwischen ihnen ausfüllen. „Aber Sie haben wohl keine Zeit, neben Ihren Berichten noch etwas anderes zu lesen. So viele Gedichte sind es zwar auch nicht – ich schreibe nicht so viele. Ich meine, überhaupt nur eines zu schreiben ... es ist gar nicht so leicht."

Sie verstummte, und Jury sagte: „Ich werde die Zeit dafür finden."

ER VERBRACHTE den Rest des Abends im Bett und las Vivians Gedichte. Sie waren keineswegs das Werk einer labilen jungen Frau, die sich herumkommandieren ließ oder die sich davon abbringen ließ, den Mann zu heiraten, den sie heiraten wollte.

Und dann durchzuckte ihn plötzlich ein Gedanke – vielleicht war das Problem, dass Melrose Plant Vivian Rivington gar nicht heiraten wollte.

Das Buch fiel ihm aus der Hand, als er dann endlich einschlief. Dass jemand eine Frau wie Vivian Rivington nicht haben wollte, fand er einfach unbegreiflich.

# 15

Samstag, 26. Dezember

Bei einem aus Würstchen, Spiegeleiern und Bücklingen bestehenden Frühstück berichtete Sergeant Wiggins, er habe sich gestern nach Jurys Anruf auch gleich mit dem Yard in Verbindung gesetzt und die Adressen von zwei Leuten bekommen, die früher einmal für das Wirtshaus Zur Ziege mit dem Kompass gearbeitet hatten. „Daisy Trump und Will Smollett, Sir. Von den Angestellten sind sie anscheinend die Einzigen, die sie ausfindig machen konnten. Ich kann versuchen, Trump und Smollett anzurufen und einen Termin mit ihnen auszumachen."

„Tun Sie das", sagte Jury und nahm sich noch von den Bücklingen. „Bei der Entdeckung von Mrs Matchetts Leiche spielten Trump und Rose Smollett die Hauptrolle."

„Und ich hab mir noch ein paar Dinge über Mr Rivington notiert." Wiggins schob Jury ein Blatt Papier hin.

Jury überflog die ordentlich getippte halbe Seite; die spärlichen Informationen fügten dem, was er schon von Vivian und Isabel erfahren hatte, nichts Neues hinzu. Aber er erfuhr den Zeitpunkt des Unfalls, und darauf kam es ihm an.

„Vielen Dank, Sergeant. Sie haben verdammt gute Arbeit geleistet. Es tut mir aufrichtig leid, dass ich Ihnen das Weihnachtsessen verdorben habe."

Ein Lob von Jury war für Wiggins wichtiger als jede Weihnachtsgans. Er strahlte, aber ein Hustenanfall bereitete dem Strahlen ein abruptes Ende. Er entschuldigte sich und ging auf sein Zimmer, um seinen Rachen zu bepinseln.

„Sagen Sie doch bitte auch gleich Daphne Murch, dass ich sie sprechen möchte."

Daphne erschien fünf Minuten später mit der Kaffeekanne in der Hand. „Wollten Sie noch Kaffee, Sir?"

„Haben Sie einen Augenblick Zeit, Daphne? Setzen Sie sich doch." Ohne zu zögern nahm sie Platz. Anscheinend hatte sie sich an ihre Rolle als Kronzeugin und Ruby Judds einzige Freundin gewöhnt. „Daphne, es gibt da zwei Dinge, die Ruby gehört haben, die aber nicht aufgetaucht sind, was mir ziemlich komisch vorkommt: dieses Armband und ihr Tagebuch. Haben Sie nicht einmal gesagt, dass sie ihr Armband nie ablegte?"

„Sie sagte das, Sir. Und es stimmte auch – ich hab sie nie ohne es gesehen."

„Sie hat es aber nicht umgehabt, als wir sie fanden."

„Das ist wirklich sehr komisch. Vor allem, wo sie doch verreisen wollte. Ich meine, wenn sie es nicht einmal beim Putzen und Staubwischen abnahm, dann hätte sie es doch bestimmt auch auf diesem Trip getragen, oder? Vielleicht ist der Verschluss kaputtgegangen oder sonst was. Ich erinnere mich, es ist noch gar nicht so lange her …" Daphne verstummte plötzlich und wandte den Kopf ab.

„Ja?"

Sie hustete nervös. „Oh, wahrscheinlich hat das überhaupt nichts zu sagen. Ich war bei ihr im Pfarrhaus. Wir haben uns immer gegenseitig besucht. Mal kam sie hierher, mal ging ich zu ihr. Wir fingen an, uns rumzubalgen – es kam zu einer richtigen Kissenschlacht –, und wir haben so aufeinander eingedroschen, dass Ruby vom Bett fiel und darunterrollte. Wir wären beinahe gestorben vor Lachen. Ich griff unters Bett und versuchte, sie zu erwischen. Während ich mit den Armen rumruderte, packte sie mich so fest am Handgelenk, dass mein Armband abging. Der Verschluss war nicht besonders gut. Ich lachte und wollte es gerade auflesen, als sie unter dem Bett hervorkam und sagte: ‚Das ist vielleicht komisch!' Ich weiß das noch ganz genau. ‚Komisch, wirklich komisch!' Sie machte ein Gesicht, als hätte sie ein Gespenst gesehen. Oder einen Schock. Total entgeistert hockte sie da und hielt mein Armband in der Hand. Dann schaute sie auf ihr Armband und sagte: ‚Ich dachte, ich hätte es gerade eben gefunden', als würde sie mit sich selbst sprechen. Ich sagte, sie solle aufhören, verrückt zu spielen. Sie ist dann aufgestanden, hat sich aber gleich wieder aufs Bett plumpsen lassen und immer nur den Kopf geschüttelt. Kurz danach fing sie dann auch mit dieser Geschichte an – dass sie was wüsste und jemanden in der Hand hätte."

„Wie sah das Armband denn aus?"

„Ganz gewöhnlich. Ein Armband mit kleinen Anhängern. Aber ich glaube, die Anhänger waren aus Gold. Zumindest hat sie das behauptet, Ruby konnte man aber nicht alles glauben. Ich erinnere mich – eines war ein kleiner Würfel mit einer Münze drin. Ein Pferdchen war auch dabei. Und ein Herz. Was sonst noch dran war, hab ich vergessen." Erschrocken blickte sie Jury an. „Hat das, was passiert ist, denn mit dem Armband zu tun?"

„Es würde mich nicht wundern."

JURY stellte den blauen Morris vor der Polizeiwache von Long Piddleton ab und ging hinein. Er zog gerade seinen Mantel aus, als das Telefon schrillte. Sergeant Wiggins war am Apparat.

„Ich hab mich mit dieser Daisy Trump in Verbindung gesetzt. Und auch mit den Smolletts – das heißt mit einer Kusine, die nebenan wohnt. Smollett ist weggefahren, und seine Frau ist vor ein paar Jahren gestorben. Rosamund hieß sie."

Verdammt, dachte Jury. „Und was ist mit der anderen Frau – kann ich die sehen?"

„Daisy Trump? Ja, sie lebt in Robin Hood's Bay. In Yorkshire."

„Lassen Sie sie hierherkommen, Sergeant. Oder warten Sie, am besten, Sie fahren selbst nach Robin Hood's Bay – mehr als ein paar Stunden kann das nicht dauern. Und reservieren Sie dieser Trump dann irgendwo hier ein Zimmer. Vielleicht finden Sie ja in dieser gottverdammten Gegend einen Gasthof, in dem noch niemand umgebracht wurde, oder ist das unmöglich?"

Wiggins hatte den Hörer beiseitegelegt, und Jury hörte, wie sie beratschlagten. Dann ließ sich der Sergeant wieder vernehmen. „Es gibt den Sack voll Nägel, ganz in der Nähe von Dorking Dean. Ein paar Kilometer hinter dem Schwanen." Wiggins schlürfte seinen Tee. „Hieß so nicht auch einer von Matchetts Gasthöfen?", fragte er unschuldig.

„Ja", sagte Jury. „Es ist ein ziemlich häufiger Name. Gut, quartieren Sie sie dort ein, und stellen Sie um Gottes willen einen Wachtposten vor die Tür der armen Frau."

„Ja, Sir", sagte Wiggins. „Superintendent Pratt möchte wissen, ob Sie nicht nach Weatherington kommen könnten. Er hat da ein paar Dinge mit Ihnen zu besprechen." Wiggins senkte seine Stimme, als befürchtete er, London könne ihn hören. „Und Superintendent Racer hat auch angerufen. Er scheint auf hundertachtzig zu sein. Kann ich ihm denn was ausrichten, wenn er das nächste Mal anruft?"

„Aber ja. Wünschen Sie ihm frohe Feiertage von mir. Mit etwas Verspätung, aber trotzdem von ganzem Herzen." Jury legte auf, während Wiggins noch in sich hineinkicherte. Offensichtlich hatte er Racer auch nicht gerade ins Herz geschlossen.

MELROSE PLANT saß an dem Tisch in der Fensternische und verschlang gerade ein Stück von Mrs Scroggs' Kalbfleischpastete; als die Tür aufging und Marshall Trueblood hereinkam. Trueblood gehörte zu den Leuten, die Melrose sehr viel sympathischer waren, wenn er ihnen begegnete, als wenn er nur an sie dachte. An einem Spätnachmittag im Winter bei einem Glas Bier konnte Trueblood sehr unterhaltsam sein.

„Hallo, alter Knabe, darf ich mich dazusetzen?" Trueblood schüttelte seinen grauen Kaschmirschal aus und drapierte ihn über den Stuhl.

„Bitte, tun Sie das." Während Melrose auf den Platz am Fenster deutete, ging die Tür noch einmal auf, und Melrose fügte mit einem Grinsen hinzu: „Jetzt, wo Ihre Hoheit eingetroffen ist, sind wir sozusagen komplett."

Mrs Withersby stand in der Tür und blickte sich misstrauisch um, als könnte der

Gasthof über Nacht den Besitzer gewechselt und sich in ein Nest von Dieben und Totschlägern verwandelt haben.

„Hallo, Withers, altes Haus", sagte Trueblood. „Willst du diese Runde spendieren oder soll ich? Aber streiten wir uns nicht, deine Großzügigkeit ruiniert dich noch." Trueblood warf eine Handvoll Kleingeld auf den Tisch.

Mrs Withersby hatte ihr Gebiss nicht eingesetzt, und wenn sie sprach, wölbte sich ihr Mund weit nach innen.

„Wenn das nicht der Besitzer vom Bubisalong ist! Zeit, dass du mal 'ne Runde ausgibst. Die letzte hab ich bezahlt, ist kaum 'ne Woche her."

„Withers, die letzte Runde von dir fand im Ring statt. Was soll's denn sein?"

„Das Übliche", sagte sie und plumpste neben Melrose auf den Stuhl; sie nahm ihn auch gleich unter Beschuss. „Wär's nicht mal an der Zeit, dass Sie sich nach 'ner ehrlichen Arbeit umschaun, gnädiger Herr?"

Melrose neigte höflich den Kopf und hielt ihr sein goldenes Zigarettenetui hin; der Geruch, der ihm entgegenschlug, ließ ihn zurückprallen – es war eine Mischung aus Gin, Knoblauch und was sonst noch in den Rezepten ihrer seligen Mutter für ein langes Leben enthalten war.

„Und was macht der gnädige Herr hier im Dunkeln mit unserem Hübschen, hmmm? Hoffentlich kommt das Tantchen nicht dahinter. Oh! Vielen Dank, du bist ein Schatz." Ihr Ton veränderte sich plötzlich, als Trueblood ihr ein Glas hinstellte. „Du bist wirklich ein Schatz, der Beste bist du, ich hab das immer gesagt. Wenn alle so spendabel wären." Sie warf Melrose einen bösen Blick zu.

„Sag mal, Withers", meinte Trueblood leutselig, während er sich eine lavendelfarbene Balkan Sobranie anzündete, „was hältst du von den Gräueltaten, die sich hier in Long Pidd zugetragen haben? Ich hoffe, du hast dich kooperativ gezeigt bei der Polizei?" Trueblood lehnte sich zu ihr hinüber und senkte die Stimme. „Ich hab natürlich keinem erzählt, dass ich dich den Balken runterklettern gesehen habe ...", er zeigte zum Fenster – „in der Mordnacht."

„Verpiss dich, Bubi. Das ist erstunken und erlogen!" Sie zog aus der Tasche ihrer Strickjacke einen Zigarettenstummel, knipste das verkohlte Ende ab und steckte sich den Rest in den Mund. Sie brachte die Kippe zum Brennen, blies Melrose den Gestank ins Gesicht und sagte stolz: „Heute Morgen hab ich 'nen Skunk gehäutet."

Trueblood hatte ein kleines silbernes Taschenmesser hervorgeholt und säuberte sich die Fingernägel. Die Sache schien ihn nicht weiter zu beeindrucken. „Einen Skunk hast du gehäutet? Was du nicht sagst!"

Mrs Withersby nickte, klopfte mit ihrem leeren Glas auf den Tisch, blickte gen Himmel und brüllte beinahe. „Ja, gehäutet, und den Kadaver hab ich an einen Baum genagelt! War wohl eine Warnung an die Götter dort oben. Meine Mudder hat das auch gemacht, wenn was im Anzug war. Vertreibt die bösen Geister ..."

Und noch einmal ging die Tür auf, und Lady Ardry erschien, in ihr Inverness-Cape gehüllt.

„Anscheinend nicht alle", meinte Melrose. Er beobachtete, wie seine Tante ins Dunkel spähte und dann die heitere Runde entdeckte. Was für ein Bild sie wohl abgaben?

Sie kam an ihren Tisch gestapft. „Hier bist du also!"

„Hallo, altes Mädchen", sagte Trueblood; er klappte sein kleines Taschenmesser zusammen und ließ es in die Tasche gleiten. „Setzen Sie sich zu uns?"

„Ja, setz dich doch", sagte Melrose. „Drei deiner liebsten Menschen in Long Pidd haben sich hier versammelt, um dich zu begrüßen." Er stand auf, um ihr einen Stuhl anzubieten. Mrs Withersby nuschelte gerade ein Willkommen, als Lady Ardry plötzlich ihren Stock schwenkte und sie beinahe enthauptet hätte. „Ich muss mit dir reden, Plant." Sie starrte düster auf die anderen. „Unter vier Augen."

Trueblood machte keine Anstalten zu gehen; ungerührt trank er sein Bier. „Setzen Sie sich doch, Withers hat ein Stinktier gehäutet."

Agatha sah aus, als würde sie Trueblood am liebsten unter den Tisch prügeln. „*Sie* hab ich auch schon gesucht, Mr Trueblood. Hätte mir ja denken können, dass Sie sich hier herumtreiben und zechen, statt nach Ihrem Laden zu schauen. Dabei steht die Tür sperrangelweit auf. Wissen Sie denn nicht, dass jeder reinspazieren und sich bedienen könnte?"

„Stimmt. Und haben Sie sich bedient? Taschen nach außen, ja, so ist's brav – unter diesem Cape könnte sich mein kleines viktorianisches Sofa verbergen."

Agatha fuchtelte mit ihrem Stock herum, und Trueblood wich zurück. „Ein Wort unter vier Augen, mein lieber Plant."

Melrose gähnte. „Oh, warum kommst du nicht nach Torquay. Wir haben einen hübschen kleinen Ausflug geplant, du wärst die Vierte im Bunde."

Als Agatha mit ihrem Stock auf den Tisch schlug, fuhr Mrs Withersby hoch, brabbelte etwas und schlurfte davon.

„Scroggs!", brüllte Agatha und nahm auf Mrs Withersbys Stuhl Platz. „Bringen Sie mir von diesem kratzenden Sherry."

Mrs Withersby war jedoch wieder zurückgekehrt.

„Wenn's heute Abend runterfällt, wenn's vom Baum fällt, dann ist der Zauber gebrochen, und nichts kann mehr passieren." Und sie ließ ihren leeren Krug auf den Tisch heruntersausen, sodass diesmal Agatha von ihrem Stuhl aufsprang.

„Was fantasieren Sie da, gute Frau?"

„Ich sagte Ihnen doch", meinte Trueblood, „das Stinktier. Wir warten darauf, dass es vom Baum fällt, damit wir wieder ruhig in unseren Betten schlafen können."

„Mr Trueblood, in Ihrem Laden warten zehn Leute darauf, bedient zu werden. Sollten Sie sich nicht um sie kümmern?"

Trueblood leerte sein Glas und erhob sich träge. „Zehn Leute in meinem Laden, das gab's noch nie. Aber ich seh schon, ich bin hier nicht erwünscht. Tja ..." Er entfernte sich.

„Du hast's geschafft, alle zu vertreiben, Agatha. Was zum Teufel willst du?"

Triumphierend verkündete sie: „Wir haben Ruby Judds Armband gefunden!"

„*Was?* Wer ist ‚wir'?"

„Ich. Und Denzil Smith." Sie erwähnte den Namen so beiläufig, dass Melrose sofort vermutete, dass der Pfarrer den Fund gemacht hatte.

„Sie haben doch das Pfarrhaus von oben bis unten durchsucht. Wo war es denn?"

Agathas Antwort ließ auf sich warten. Er stellte sich einen Maulwurf vor, der in den Gängen ihres Gehirns nach einer Antwort suchte, die sie nicht in Verlegenheit bringen würde. „Ich glaube, ich sollte nicht darüber sprechen." Beiläufig fügte sie hinzu: „In der Nähe des Hauses."

„Mit anderen Worten, liebe Tante, du weißt es nicht. Der Pfarrer hat es gefunden. Hat er es denn schon Inspector Jury gegeben?"

„Hätte er bestimmt gern", sagte Agatha mit einem liebreizenden Lächeln. „Wenn er Inspector Jury nur *finden* könnte. Er scheint immer unterwegs zu sein, wenn man ihn braucht."

„Hast du es weitererzählt?" Melrose hatte ein ungutes Gefühl bei der Vorstellung, dass die Neuigkeit im Dorf die Runde machte.

„Ich? Nein, *ich* nicht. Ich kann den Mund halten. Aber du weißt doch, was für eine Klatschbase Denzil Smith ist. Ich war eben bei Lorraine, und sie wusste es bereits." Sie klang verärgert; offensichtlich hatte sie gehofft, es ihr brühwarm erzählen zu können.

Melrose seufzte. „Der Inspector wird es wieder als Letzter erfahren."

„Wenn er mal fünf Minuten lang im Dorf bleiben würde, dann könnte er auch der Erste sein. Ich war gerade auf der Polizei. Aus Sergeant Pluck war kein Wort rauszukriegen. Den ganzen Morgen habe ich getan, was eigentlich Jury tun sollte."

Melrose bezweifelte das, konnte es sich aber nicht verkneifen, sie zu fragen: „Und was hast du getan?"

„Ich habe systematisch alle Verdächtigen auf dieser Liste verhört." Sie zog ein Blatt Papier aus ihrer Tasche und gab es Melrose; gleichzeitig brüllte sie noch einmal zu Dick Scroggs hinüber, er solle sich beeilen und ihr endlich ihren Sherry bringen. „Ich habe mich die Dorfstraße hochgearbeitet."

Melrose rückte seine Brille zurecht und überflog die Liste. Es gab zwei Rubriken: *Verdächtige* und *Motive*. „Was haben denn diese ganzen Eifersuchtsgeschichten unter Motiven zu suchen? Auf wen sollte denn Vivian Rivington eifersüchtig sein? Und Lorraines Namen hast du ganz ausgestrichen?"

„Sie war's offensichtlich nicht. Ah, da ist mein Sherry." Dick stand neben ihr und wartete darauf, dass sie bezahlte. Melrose fischte in seiner Tasche nach Kleingeld.

„Übrigens treffen wir uns heute Abend alle in der Pandorabüchse zum Abendessen."

Melrose hielt in der einen Hand sein Glas, in der anderen die Liste. „Wer ist ‚wir alle'?"

„Die Bicester-Strachans, Darrington und diese Person, mit der er liiert ist. Und dein Sonnenschein Vivian." Maliziös bemerkte sie noch: „Simon war übrigens bei ihr, als ich heute Nachmittag vorbeiging."

Melrose ignorierte diese Bemerkung. „Woher willst du wissen, dass Lorraine nichts mit den Morden zu tun hat?"

„Weil sie aus einem guten Stall kommt, mein lieber Melrose."

„Das würde ihr Pferd freisprechen, aber nicht Lorraine."

Er hatte inzwischen auch seinen Namen auf der Liste entdeckt, versteckt und in kleinen Druckbuchstaben zwischen Sheila und Darrington eingeschoben, als wäre er erst nachträglich eingetragen worden. Unter *Motiven* war ein Fragezeichen. „Heißt das, dass dir für mich kein Motiv eingefallen ist, liebe Tante?"

Sie grunzte: „Zuerst warst du überhaupt nicht drauf. Wegen diesem verdammten Alibi, das du mit dem Inspector zusammengebastelt hast."

„Wie ich sehe, fehlt dein Name."
„Natürlich, du Schlaukopf, ich war's nicht."
„Aber unter Trueblood's Name steht Drogen. Was hat er denn mit Drogen zu tun?"
Sie grinste: „Mein lieber Plant. Trueblood handelt doch mit Antiquitäten, oder nicht?"
„Ja, das ist mir bekannt."
„Diesen ganzen Kram, den er aus dem Ausland bezieht – wahrscheinlich auch aus Pakistan und Arabien –, also, wo würdest du dein Haschisch oder Kokain verstecken, wenn du es ins Land schaffen wolltest?"
„Keine Ahnung, in meinem Ohr vielleicht?"
„Diese Männer, die um die Ecke gebracht wurden, waren – wie nennt man das? – Mittelsmänner. Vielleicht haben sich irgendwelche Verbrecherbanden gegenseitig liquidiert."
„Aber Creed war doch ein pensionierter Polizeibeamter."
Gegen seine bessere Einsicht ließ er sich auf eine Diskussion mit ihr ein.
„Das ist ja der Punkt, mein lieber Plant! Er war ihnen auf der Spur, begreifst du denn nicht? Dem ganzen Ring. Trueblood musste also ..." Sie fuhr sich mit dem Finger über die Kehle.
Melrose verfluchte sich. „Und Ruby Judd ...?"
„Auch eine Mittelsperson."
„Zwischen wem?"
„Mittelsleute gibt es *immer*."
Melrose gab auf. „Hör zu, Jury muss verständigt werden."
Agatha nippte an ihrem kratzenden Sherry. „Vielleicht kann Interpol ihn finden", meinte sie mit einem maliziösen Lächeln.

JURY saß an der Bar der Pandorabüchse und wartete auf Melrose Plant. Sie hatten sich am Vormittag für diesen Abend in der Pandorabüchse verabredet. Jury blickte auf seine Uhr: 20.35.

Jury gähnte. Wo blieb er nur? Als er sein Gesicht in dem bronzefarbenen Glas des Barspiegels mit dem komplizierten Filigranmuster aus Winden und Reben betrachtete, fand er seine Züge völlig verzerrt. Er hatte den ganzen Nachmittag lang mit Superintendent Pratt die Aussagen verglichen und war hundemüde.

Außerdem war er voller Selbstmitleid, da er Vivian Rivington und Simon Matchett tête-à-tête an einem Tisch in der Ecke sitzen sah. Nicht weit von ihnen saßen Sheila Hogg und Oliver Darrington, die sich noch angegiftet hatten, als er hereinkam, jetzt aber lächelnde Gesichter für Lorraine Bicester-Strachan und Isabel Rivington aufsetzten. Willie Bicester-Strachan wanderte auf der Suche nach dem Pfarrer durch alle Räume. Vor ein paar Minuten hatte er auch Jury nach Smith gefragt.

Jury hörte seinen Namen und sah im Spiegel Melrose Plant hinter sich stehen. „Ich ... wir sind gerade erst angekommen. Entschuldigen Sie, dass es so lange gedauert hat, aber meine Tante hat mir eine Stunde lang die Ohren vollgeredet. Sie steht jetzt draußen in der Halle und tut dasselbe mit Bicester-Strachan." Plant setzte sich auf den Hocker neben Jury „Haben Sie Denzil Smith gesehen?"

„Nein, aber er wollte auch hierherkommen."

Plant schien sich Sorgen zu machen. „Hören Sie, nach dem, was Agatha gesagt hat ..."

„Danke, Melrose, aber Agatha kriegt selbst den Mund auf!" Sie drängte sich zwischen sie und schubste dabei Jury zur Seite. „Einen Pink Gin, bitte, Melrose."

Als Melrose die Getränke bestellte, sagte er: „Ob Sie's glauben oder nicht, Inspector, aber selbst ich bin der Meinung, dass Sie sich anhören sollten, was meine Tante zu sagen hat."

Jury bemerkte, dass Lady Ardrys Armband einen eleganten Lederhandschuh umschloss. Er fragte sich, was wohl aus den Wollhandschuhen geworden war, und verspürte so etwas wie Bedauern. Sie blickte ihn an wie Ihre Majestät eine Küchenmagd und sagte: „Wenn Sie sich an mich gewandt hätten, Inspector, hätte ich Ihnen vielleicht ein paar nützliche Tipps geben können."

„Ich würde mich freuen, wenn Sie das jetzt auch noch tun könnten, Lady Ardry." Jury bemühte sich, bescheiden und unterwürfig zu wirken, und hoffte nur, sie würde gleich zur Sache kommen ... was sie natürlich nicht tat. Zuerst musste sie sich noch um ihr Aussehen kümmern – sie drückte den kleinen Knopf an dem Handschuh zu, verrückte den schäbigen Fuchspelz um einen halben Zentimeter und brachte ihre Haare noch mehr durcheinander. Als Melrose den Pink Gin vor sie hinstellte, war sie dann so weit. „Heute Nachmittag bin ich bei dem Pfarrer vorbeigegangen. Vorher hab ich noch kurz bei den Rivingtons reingeschaut. Und ich muss schon sagen, Melrose, deine liebe Vivian könnte ruhig etwas freundlicher sein. Wenn Sie *mich* fragen, Inspector ..."

„Warum ist die Banane krumm?", sagte Melrose. „Komm zur Sache, Agatha!"

„Du brauchst dich gar nicht so aufzuspielen. Ich bin bei meinen Nachforschungen auf verschiedene kleine Dinge gestoßen, die Inspector Jury bestimmt interessieren werden", meinte sie selbstgefällig. Jury fasste sich in Geduld. Sie antreiben zu wollen würde alles nur noch schlimmer machen. „Man kann ja auch", fuhr sie fort, „ganz offensichtliche Dinge übersehen – wie zum Beispiel die Tatsache, dass Trueblood Antiquitätenhändler ist ..."

„Komm zu dem Pfarrer, Agatha."

„Wer spricht, du oder ich?"

Er zuckte mit den Schultern. „Zarathustra?"

„Nachdem ich beinahe sämtlichen Personen auf meiner Liste einen Besuch abgestattet hatte ..."

„Das Armband, Agatha."

„Sie meinen doch nicht das Armband der kleinen Judd, Lady Ardry?"

„Doch, darauf wollte ich hinaus, die ganze Zeit schon, wenn mich mein Neffe nur nicht immer unterbrochen hätte. Ich fand das Arm..."

„Du meinst, er fand es", verbesserte Melrose sie. „Du hast bereits zugegeben, dass der Fund ohne dich gemacht wurde."

„Und *wo*, Lady Ardry? Wir haben das ganze Haus danach durchsucht."

Agatha studierte die Spitzen ihrer Schuhe. „Ich weiß nicht genau, aber ..."

„Oh, zum Teufel, Agatha, Smith hat es dir nur nicht gesagt, weil er nicht wollte, dass ganz Long Piddleton davon erfährt."

„Das war nicht der Grund." Sie hatte eine nachdenkliche Miene aufgesetzt. „Er wollte mein Leben nicht in Gefahr bringen!" Beunruhigt fragte sie: „Du lieber Himmel, das ist doch wohl nicht zu befürchten?"

Jury spürte, wie ihm die Kopfhaut prickelte. „Wann hat er es gefunden? Seit wann ist der Fund bekannt?"

„Ich weiß nicht genau. Ich war heute Morgen bei ihm. Er hat versucht, Sie zu erreichen, aber Sie waren gerade wieder einmal unterwegs – wahrscheinlich haben Sie wieder eine falsche Fährte verfolgt."

„Und Sie haben das Armband mit eigenen Augen gesehen?"

„Ja, natürlich!"

„Wo ist es jetzt?"

„Denzil hat es wieder versteckt. Er sagte, er wolle es wieder da hinlegen, wo er es gefunden habe, es sei ein so gutes Versteck. Aber er wollte mir nicht sagen, wo." Sie schubste schmollend ihr Ginglas hin und her. Dann sagte sie: „Meine Theorie ist, dass dieser Katalog der Verbrechen mit Marshall Truebloods ..."

„Mit Marshall Truebloods was, altes Haus?"

Jury hatte ihn nicht hereinkommen sehen. Trueblood schien die Tatsache, dass hinter seinem Rücken über ihn geredet wurde, nicht im Geringsten zu stören. Lächelnd blickte er in die Runde. „Hör'n Sie, meine Liebe, den Brieföffner rücken Sie am besten gleich wieder heraus, dann brauch ich nicht die Polizei zu verständigen. Sie waren heute in meinem Laden, erinnern Sie sich?"

Agatha wurde puterrot. „Ich muss doch bitten! Ich würde mich nie an Ihrem arabischen Ramsch vergreifen."

„Oho. Ich würde den Brieföffner nicht als Ramsch bezeichnen. Er hat mich zwanzig Pfund gekostet. Also her damit, meine Liebe." Er schnalzte ein paarmal mit den Fingern.

Jury stand von ihrem Tisch auf und ging zu den Bicester-Strachans hinüber. „Mr Bicester-Strachan, hat der Pfarrer gesagt, er würde zu einer bestimmten Zeit hier sein?"

„Ja." Bicester-Strachan zog eine große, plumpe Uhr hervor. „Eigentlich schon vor einer Stunde. Punkt acht, sagte er."

„Verdammt", murmelte Jury. Er eilte zu seinem Tisch zurück und fragte: „Mr Plant, könnten wir Ihren Bentley nehmen?"

Bevor die anderen ihre offenen Münder wieder zukriegten, waren sie schon aus der Tür.

# 16

Der messerähnliche Brieföffner steckte bis zum elfenbeingeschnitzten Heft in der Brust des Pfarrers. Die Leiche lag mit dem Gesicht nach oben auf dem Boden der Bibliothek.

Die Bibliothek selbst war zwar nicht verwüstet, aber doch gründlich durchsucht worden: Bücher waren von den Regalen gefegt, Schubladen herausgezogen und Schränke geöffnet worden.

„Ich versteh das nicht", sagte Melrose Plant. „Gut, er war hinter dem Armband her – aber lohnte es sich wirklich, dafür ein solches Risiko einzugehen? Für alle außer Ruby und ihm war das doch ein ganz gewöhnliches Armband."

„Ich glaube nicht, dass er es nur auf das Armband abgesehen hat. Vielleicht suchte er noch was anderes: Rubys Tagebuch. Nachdem einer von den vermissten Gegenständen aufgetaucht war, dachte er wohl, der Pfarrer sei auch im Besitz des andern. Und das war ihm offensichtlich zu gefährlich." Jury ging um den Schreibtisch herum, setzte sich und rief die Polizei in Weatherington an; er vergaß dabei nicht, sein Taschentuch zu benutzen. Nachdem er Wiggins damit beauftragt hatte, die Laborleute zusammenzutrommeln, rief er Sergeant Pluck an.

„Großer Gott, schon wieder einer?" Pluck schnappte nach Luft.

„Ja, wieder einer. Und Sie sollten auf dem schnellsten Weg zur Pandorabüchse fahren und die Leute dort vernehmen – Simon Matchett, Sheila Hogg und Darrington. Und auch Lady Ardry. Alle Übrigen schaffen Sie sich vom Hals."

In einem Tonfall, der am Bett eines kranken Kindes angebracht gewesen wäre, sagte Pluck: „Ich weiß nicht, ob das geht, Sir, der Morris, Sie verstehen? Er gibt diesen komischen Summton von sich, ich ..."

„Sergeant Pluck", sagte Jury mit ausgesuchter Liebenswürdigkeit, „wenn Sie nicht sofort zur Pandorabüchse fahren, dann werden Ihnen die Ohren summen. Verdammt noch mal, Mann! Nehmen Sie irgendein Auto. Das von Ihrer Nachbarin, Miss Crisp. Oder halten Sie jemanden auf der Straße an ..."

Etwas in Jurys Stimme ließ Pluck strammstehen. Sogar seine Stimme salutierte. „Jawohl, Sir."

Jury knallte den Hörer auf die Gabel und knüllte das Papier zusammen, auf das er einen Morris gekritzelt hatte, der an einem Baum klebte. Er wollte es gerade in den Papierkorb werfen, als er einen Zettel bemerkte, der halb verdeckt unter einem lavaähnlichen Gesteinsbrocken lag, dem Briefbeschwerer des Pfarrers. Jury zog ihn hervor und überflog die zusammenhanglosen Stichwörter, die anscheinend für eine Predigt gedacht gewesen waren.

„Hören Sie sich das an", sagte Jury zu Melrose, der immer noch mitten im Raum stand und auf die Leiche des Pfarrers starrte: *„Savonarola ... Essence de dieu ... Cichoreum compascuum ... God encompasseth us ...'* Können Sie sich einen Reim daraus machen?"

Plant trat an den Schreibtisch, blickte auf den Zettel und schüttelte den Kopf.

„Wir nehmen das mit, wenn die Spuren gesichert worden sind. Offen gestanden, habe ich nicht die geringste Hoffnung, dass dabei was herauskommt." Er betrachtete die Gegenstände auf dem Schreibtisch: Löscher, Tintenfass, Federhalter, eine Vase mit späten Rosen. Sein Blick wanderte zu den offenen Schubladen, und er bemerkte, dass der Inhalt zwar durchwühlt, aber nicht beschädigt worden war. Im Hof des Pfarrhauses war das Quietschen von Reifen zu hören, und durch die dunklen Scheiben konnten sie das Blaulicht aufleuchten sehen, das entweder zum Polizeiwagen oder zur Ambulanz gehörte. Dann kam die Mannschaft von Weatherington hereingestolpert, gefolgt von Sergeant Wiggins. Es hatte angefangen zu regnen, graue, schräg einfallende Regenschnüre und gelegentlich ein kurzes Donnern, das wie ein Trommelwirbel von einem fernen Planeten klang, begleitet von Wetterleuchten – ein perfekter Rahmen für einen Mord.

„Wer ist es denn dieses Mal?", fragte Appleby mit einem Lächeln so strahlend wie Lametta.

Jury, der sich am Tod des Pfarrers mitschuldig und dementsprechend erbärmlich fühlte – hätte er vermieden werden können, wenn er, statt nach Weatherington zu fahren, in Long Piddleton geblieben wäre? –, sagte niedergeschlagen: „Reverend Smith. Denzil Smith. Der Pfarrer von St. Rules."

Der Polizeifotograf – Jury erinnerten sie immer an grimmig aussehende Touristen – nahm die Leiche aus jedem nur möglichen Blickwinkel auf und verrenkte sich dabei wie ein Schlangenmensch. Jury zog eine Zigarette aus seiner Packung und beobachtete, wie der Experte für Fingerabdrücke alles von den Türklinken bis zu den Lampenschirmen einstaubte. Ein Kriminalbeamter hatte sich an der Tür postiert, ein anderer inspizierte die oberen Räume, und ein dritter stand einfach nur herum und wartete auf Anweisungen.

Als der Fotograf fertig war, beugte sich Dr. Appleby über die Leiche; Wiggins stand hinter ihm, das Notizbuch in der Hand. Er sah miserabel aus, was nicht gerade verwunderlich war. Appleby rasselte die Details herunter – Zustand der Leiche, Größe, Gewicht, Alter. Der Mord musste zwischen sechs und acht Uhr an diesem Abend passiert sein. Er sagte jedoch, die Totenstarre allein sei kein hinreichendes Kriterium. Die ganze Szene wirkte erschreckend vertraut, als werde immer wieder dieselbe Filmrolle abgespult.

Wieder quietschten Reifen, und Türen wurden aufgerissen und zugeschlagen. Dieses Mal waren es die Männer, die die Leiche abtransportieren sollten. Sie standen stumm herum und warteten darauf, dass Appleby ihnen ein Zeichen gab. Appleby beendete seine flüchtige Untersuchung, und sie hüllten die Leiche in eine Plastikplane.

Als alle fertig waren, zündete Appleby sich eine Zigarette an. Er blies einen kleinen Rauchkringel in die Luft und sagte: „Ich hatte schon mit dem Gedanken gespielt, mir hier ein kleines Häuschen zu kaufen, für meine alten Tage. Aber unter diesen Umständen bin ich mir nicht mehr so sicher, ob sich die Investition lohnen würde." Er ließ seine Tasche zuschnappen und war schon an der Haustür, als er sich noch einmal umdrehte, um Jury ein „Bis auf bald" zuzurufen.

„Dieser Arzt hat einen seltsamen Humor", meinte Melrose.

Jury hatte sich wieder an den Schreibtisch gesetzt und über den Zettel mit den Notizen des Pfarrers gebeugt. Er hatte an einem Finger des Pfarrers einen Tintenfleck bemerkt, der dem Fleck auf dem Papier sehr ähnlich sah.

Man hörte, wie draußen die Autotüren auf- und zuklappten; Scheinwerfer färbten den Nebel gelb, als die Autos rückwärts aus dem Hof fuhren. Wiggins kam zurück, ließ sich auf das Sofa fallen und zog sein Taschentuch hervor. Long Piddleton war anscheinend Gift für seine Leiden. Ein Donnerschlag und ein Schrei des Entsetzens, der sich Wiggins entrungen hatte, veranlassten Jury, sich blitzschnell umzudrehen: Vor der Fenstertür, die hinter dem Schreibtisch ins Freie führte, waren in dem grellen Licht des Blitzes eine Silhouette und ein weißes Gesicht sichtbar geworden. Jury stürzte auf die Tür zu, blieb aber sofort wieder stehen, als er erkannte, wer es war: „Lady Ardry! Was zum Teufel ...?"

Sie trat in das Zimmer; das Wasser rann nur so in Strömen an ihr herunter. „Sparen Sie sich Ihre Flüche, Inspector. Ich habe alles genau gesehen."

Jury hatte genug. „Wiggins! Die Handschellen!"

In schneller Abfolge spiegelten sich auf ihrem Gesicht alle möglichen Seelenregungen, von Fassungslosigkeit bis zu Entsetzen. Wiggins, der keine Handschellen bei sich hatte und auch noch nie welche gehabt hatte, warf Jury einen fragenden Blick zu.

Sie fand ihre Stimme wieder. „Melrose! Sag diesem verrückten Polizisten, er könne nicht ..."

Melrose zündete sich seelenruhig eine Zigarre an. „Keine Angst, Agatha, ich besorge dir den besten Anwalt, den es gibt."

Sie wollte sich gerade auf ihren Neffen stürzen, als Jury dazwischentrat. „Schon gut. Dieses Mal lassen wir Sie laufen. Aber was hatten Sie denn da draußen verloren?"

„Ich schaute zu, was denn sonst? Bräunen wollte ich mich nicht", bemerkte sie bissig.

„Du solltest dir dem Inspector gegenüber einen andern Ton zulegen, Agatha; *du warst vielleicht die letzte Person, die mit dem Pfarrer gesprochen hat!*"

Sie schluckte und wurde leichenblass. Sie hatte zwar nichts dagegen, als Zeugin aufzutreten, als eine so wichtige nun auch wieder nicht. „Na schön, ich bin euch gefolgt. Gleich nachdem ihr weggegangen seid. Auf Matchetts Fahrrad. Nicht gerade ein Vergnügen bei diesem Wetter."

„Sie standen die ganze Zeit über da draußen?"

„Ich kam dazu, als dieser Arzt sich an der Leiche zu schaffen machte. Ich hab's mit eigenen Augen gesehen! Truebloods Brieföffner! Hab ich's Ihnen nicht gesagt!" Dann erinnerte sie sich wohl, dass der arme Denzil einer ihrer besten Freunde gewesen war; sie nahm den Kopf zwischen die Hände und gab ein paar klagende Laute von sich.

Jury fragte sie: „Sie haben das Armband doch hier gesehen?"

Sie nickte. „Mir ist ganz flau. Könnte ich einen Schluck Brandy haben?"

Plant stand auf, um die Flasche zu holen, während Jury ihr gegenüber Platz nahm. „Lady Ardry, mit was war der Pfarrer denn beschäftigt, als Sie bei ihm waren?"

„Er hat sich natürlich mit mir unterhalten."

Ungeduldig fragte Jury: „Und außerdem?"

„Kann ich Ihnen nicht sagen, oder warten Sie mal, ja, er hat seine Predigt vorbereitet. Er versuchte wieder einmal, aus einem Kieselstein einen Diamanten zu schleifen. Irgendwelchen Blödsinn über das Bauen von Kirchen." Sie nahm von Melrose den Kurzen entgegen, leerte ihn zur Hälfte, wischte sich dann ziemlich unelegant mit ihrem neuen Lederhandschuh die Lippen ab und blickte sich niedergeschlagen im Raum um.

Jury zeigte ihr den Zettel. „Könnten das Notizen sein, die sich der Pfarrer zu seiner Predigt gemacht hat?"

Agatha holte ihre Brille hervor und hielt sich das Blatt vor die Nase. „*Essence de dieu* – was soll denn das, so ein Blödsinn. Klingt auch gar nicht nach Denzil. Französisch und viel zu religiös."

Jury faltete das Blatt zusammen und steckte es in die Innentasche seiner Jacke. „Wo lag denn das Armband?"

Sie streckte den Finger aus: „Er holte es aus der Schreibtischschublade."

„Und er sagte, er würde es wieder in das alte Versteck legen, stimmt das?" Sie nickte. „Wir haben dieses Haus von oben bis unten durchsucht", sagte Jury kopfschüttelnd.

„Und wie steht's mit der Kirche?", fragte Melrose.

„O mein Gott!", meinte Jury. „Natürlich – an die Kirche hat keiner gedacht. Gehn wir doch gleich mal rüber." Wiggins befahl er, das Haus zu bewachen.

„Meidet die Hundeseite des Friedhofs", flüsterte Agatha, die hinter ihnen her den Weg zur Kirche einschlug.

„Die was?"

„Oh, du weißt doch, bei ungetauften Kindern und Selbstmördern wird ein Hund mitbegraben, damit sie nicht als Geister umgehen."

„Wie interessant", sagte Jury.

JURY hatte seine Taschenlampe dabei, und auch Plant hatte noch eine in seinem Bentley gefunden. Die Kirche war modrig und kalt, und das Mondlicht, das durch das Maßwerk der Fenster fiel, lag wie ein Netz aus Spinnweben auf den Steinen. Jury knipste seine Taschenlampe an und fuhr mit dem Strahl über das Gestühl auf den beiden Seiten des Mittelschiffs. Matte Felder auf der Täfelung ließen erkennen, dass es früher einmal an den Bänken Namensschilder gegeben haben musste, die dann demokratischerweise entfernt worden waren. Er stellte sich vor, dass eine der Bänke Melrose Plants Familie gehört hatte. Die größeren waren mit grünem oder braunem Stoff ausgekleidet, während die Reihen der einfacheren, für die Bauern und das gemeine Volk bestimmten Bänke keine Dekorationen aufwiesen.

Da Agatha keine Taschenlampe bei sich hatte und sich auch nicht Plants Taschenlampe bemächtigen konnte, hielt sie sich mal an dem einen, mal an dem anderen Ärmel fest. Einmal blieb sie mit ihrem Absatz in dem weichen, nicht befestigten Teppich hängen und wäre beinahe gestürzt. Plant und Jury hievten sie wieder hoch.

„Wo zum Teufel sind denn die Lichtschalter?", fragte Jury. Keiner schien es zu wissen.

Sie gingen das Mittelschiff entlang und leuchteten dabei die Seitenschiffe aus; Agatha hing an ihren Ärmeln wie eine Blinde.

Es gab einen Lettner, der zweifellos nach der Reformation wiederaufgebaut worden war. In das Mauerwerk war eine Treppe gehauen worden. Die Kanzel war ungewöhnlich hoch, die höchste, die Jury je gesehen hatte, ein sogenannter Dreidecker aus dem 18. Jahrhundert, bei dem Kanzel, Pult und Sitz des Messdieners drei Ebenen bildeten. Der Pfarrer gelangte über eine kleine Treppe zur Kanzel.

„Ich schau mir das mal an", sagte Jury und ging die enge, nicht sehr stabile Treppe hoch. Auf der Innenseite der Kanzel lief ein Regal entlang, auf dem ein paar Bücher standen, die er mit seiner Taschenlampe inspizierte. Es waren jedoch nur ein abgegriffenes Neues Testament und ein Gebetbuch.

„Haben Sie was entdeckt?", fragte Melrose.

Jury schüttelte den Kopf und bemerkte die Lampe, die an einem Messingarm über der Kanzel hing. Er streckte die Hand aus und zog an der Schnur. Ein warmes Licht breitete sich über der Kanzel aus; es erhellte auch noch den Chor bis zum Altar, wo es dann von dem Dunkel geschluckt wurde.

Er stieg von der Kanzel, und sie gingen gemeinsam durch den Chorbogen. Lady Ardry hatte sich an Plants Mantel geklammert, als stünde der Mörder hechelnd in einem der dunklen Seitenschiffe. Der Altar war für die Feiertage mit Blumen geschmückt worden. Sie erfüllten den schwach erleuchteten, feuchten Chorraum mit einem schweren, exotischen Duft. In der nördlichen Ecke befand sich eine winzige Sakristei, in die man durch eine Tür in der Chorwand gelangte. Jury öffnete sie und leuchtete den kleinen Raum aus; bei dem Kelch verweilte er einen Augenblick. Vielleicht war es einfach nur die unersättliche Neugierde eines Kriminalbeamten, die ihn trieb; jedenfalls ging er zu dem Kelch hinüber und zog das Tuch, das ihn bedeckte, herunter.

In dem Kelch lag ein goldenes Armband mit kleinen Anhängern.

Schnell zog er ein Taschentuch aus seiner Hosentasche, schüttelte es auf und griff damit in den Kelch. Dann ging er zum Altar zurück, bei dem Melrose und Agatha standen und sich umschauten.

„Großer Gott!", rief Agatha, als sie sah, was er in der Hand hielt.

„Im Kelch, ob Sie's glauben oder nicht!"

Einen Augenblick lang herrschte Schweigen, während sie den Fund betrachteten. „Hätte es nicht schon letzten Sonntag gefunden werden müssen?"

„Da gab es kein Abendmahl", sagte Lady Ardry. „Denzil vergaß es immer. Er hätte den Kelch auch gar nicht benutzt, den hielt er für unhygienisch. Stattdessen nahm er gelegentlich kleine Silberbecher."

„Sie glauben also, Ruby hat es dort deponiert? Bevor sie verschwand?", fragte Melrose.

„Ja. Das war ziemlich schlau von ihr. Ich glaube, das Armband war eine Art Pfand. Sie wusste, dass viel davon abhing, und sie wusste, dass es dort irgendwann gefunden werden würde, falls sie es nicht selbst abholte. Man möchte fast glauben, sie hatte Köpfchen, die Kleine."

„Das", sagte Lady Ardry, „möchte ich doch bezweifeln."

ALS SIE eine Viertelstunde später wieder in der Pandorabüchse auftauchten, stellte Jury befriedigt fest, dass Pluck seinen Anweisungen nachgekommen war und die ganze Gesellschaft festgehalten hatte. Und auch, dass ihnen das nicht gerade zu behagen schien. Alle drängten sich in der Bar: Trueblood, Simon Matchett, die Bicester-Strachans und Vivian Rivington. Isabel saß allein am Tresen und trank einen sirupartigen Likör. Sheila Hogg war, wie Pluck berichtete, schon gegangen, als er ankam, anscheinend erbost darüber, dass Darrington so schamlos mit Mrs Bicester-Strachan geflirtet hatte.

Jury ließ sich von Daphne Murch eine Schachtel Zigaretten bringen und las die von Pluck zu Protokoll genommenen Aussagen durch. Es gab keinen mit einem hieb- und stichfesten Alibi für die ein, zwei Stunden vor dem Essen in dem Gasthof. Er erinnerte sich vage, dass Plant gesagt hatte, Lady Ardry sei bei ihm zu Hause gewesen, was zumindest sie freisprechen würde. Aber Jury wollte das erst einmal für sich behalten. Was die anderen betraf, so konnte jeder von ihnen den Gasthof für kürzere Zeit verlassen haben, ohne große Aufmerksamkeit zu erregen. Das Pfarrhaus war nur wenige Minuten entfernt, und in dem gepflasterten Hof fuhren ständig Autos ein und aus. Jury entnahm Plucks Bericht, dass Darrington Lorraine nach Hause gefahren hatte, weil sie ihr Scheckbuch holen wollte. Sehr überzeugend! Sheila Hogg musste das auch gefunden haben. Jury erinnerte sich, dass auch Matchett einmal die Bar verlassen hatte. Ein anderes Mal war Isabel eine Zeit lang verschwunden gewesen. Vielleicht war sie nur auf die Toilette gegangen; möglich war alles. Infrage kamen alle und keiner.

Als er von dem Protokoll hochblickte, starrten sie entweder in die Luft oder spielten mit Knöpfen, Gürteln oder ihren Haaren herum. Jury schickte Wiggins zu Sheila Hogg, damit er auch von ihr eine Aussage einholte; er selbst wollte im Gasthof bleiben und Sergeant Plucks Bericht vervollständigen.

Simon Matchett brach schließlich das Schweigen, indem er sagte: „Ich hab das Gefühl, das alles schon einmal erlebt zu haben. Man könnte an eine Wiederholung des Abends glauben, an dem Small ..." Er war nicht imstande, seinen Satz zu beenden.

„Wie wahr, Mr Matchett. Und wenn ich jetzt bitte jeden einzeln sprechen könnte. Sergeant Pluck, ich glaube, das vordere Zimmer ist für diesen Zweck am besten geeignet."

„MR BICESTER-STRACHAN, für Sie muss das besonders schmerzlich sein. Ich weiß, Sie waren ein guter Freund des Pfarrers." Bicester-Strachan hielt den Kopf abgewandt; er suchte nach einem Taschentuch, das er dann aber wieder wegsteckte. „Sie sagten doch, Sie wollten sich mit Mr Smith hier treffen?"

Er nickte. „Ja, wir wollten nach dem Essen Dame spielen. Zum Essen selbst wollte er nicht kommen, sondern erst danach, wenn er seine Predigt fertig hatte ..." Seine Stimme versagte.

„Wann hatten Sie sich mit ihm verabredet?"

„Heute Nachmittag. Ich glaube, so gegen zwei." Der alte Mann ließ seine Augen im Raum umherwandern, als suchte er nach etwas, was ihn vom Tod des Pfarrers ablenken könnte.

„Sie gingen nach draußen, um sich die Beine zu vertreten – haben Sie das Grundstück verlassen?"

„Was? O nein, ich bin nur ein paarmal auf und ab gegangen. Die Luft wird unerträglich in der Bar, wenn alle rauchen. Außerdem machte ich mir Sorgen wegen Denzil." Er machte einen verstörten Eindruck. „Er ist immer so pünktlich." Und Bicester-Strachans Blick wanderte zur Tür, als erwarte er immer noch, dass der Pfarrer gleich eintreten würde.

„Erkennen Sie das, Mr Bicester-Strachan?" Auf dem Klapptisch lag auf Jurys ausgebreitetem Taschentuch Ruby Judds Armband. Bicester-Strachan schüttelte den Kopf und blickte Jury missbilligend an, als finde er es unpassend, in diesem Augenblick über Schmuck zu reden.

„Aber Sie wussten, dass Mr Smith es heute Morgen gefunden hat?"

Bicester-Strachan runzelte die Stirn. „Ich weiß nicht, wovon Sie sprechen."

„Hat Ihnen der Pfarrer nicht erzählt, dass er Ruby Judds Armband gefunden hat?"

„Ruby? Die arme Kleine, die ... ja, doch, ich glaube schon. Aber ich habe mir keine großen Gedanken darüber gemacht."

Jury dankte ihm und ließ ihn gehen; der Mann schien in den letzten zwei Stunden um zehn Jahre gealtert zu sein.

„Mr Darrington, Sie haben Mrs Bicester-Strachan nach Hause gefahren, damit sie ihr Scheckbuch holen konnte. Stimmt das?"

„Ja." Oliver vermied es, ihm in die Augen zu schauen.

„Warum wollte sie es haben?"

„Warum? Du lieber Himmel, woher soll ich denn das wissen?"

„Mr Bicester-Strachan hatte doch bestimmt genügend Geld bei sich, um das Essen zu bezahlen. Außerdem würde Matchett wohl jedem von Ihnen Kredit geben."

„Inspector, ich weiß nicht, warum Lorraine ihr Scheckbuch haben wollte."

„Erkennen Sie dieses Armband, Mr Darrington?"

„Es kommt mir irgendwie bekannt vor."

Ein unmöglicher Lügner, dachte Jury. Darrington konnte die Augen nicht davon abwenden. „Sie haben es schon mal gesehen."

Oliver zündete sich eine Zigarette an und sagte achselzuckend: „Vielleicht."

„An Ruby Judds Handgelenk vielleicht?"

„Möglich."

„Sie sagten aus, Sie hätten Mrs Bicester-Strachan abgesetzt und seien dann nach Hause gefahren. Warum?"

„Warum? Um Geld zu holen, deswegen."

„Heute Abend scheinen ja alle ziemlich knapp bei Kasse zu sein. Sind Sie sicher, dass Sie Mrs Bicester-Strachan nicht nach Hause begleitet haben?"

„Hören Sie, Inspector, ich verbitte mir diese Anspielungen!"

„Sie ist doch nicht mit Ihnen nach Hause gegangen?"

„Nein!"

„Ich verstehe. Zu dumm. Ich meine, wenn sie mitgekommen wäre, dann hätten Sie beide ein Alibi."

LORRAINE BICESTER-STRACHAN schlug die seidenbestrumpften Beine übereinander. Da ihr langer Tweedrock nur von der Taille bis kurz über dem Knie zugeknöpft war, zeigte sie sehr viel Bein. „Nein, ich hab es noch nie gesehen", sagte sie von dem Armband. „Soll es denn mir gehören und ist am Tatort gefunden worden?"

Die Gleichgültigkeit, die manche Leute an den Tag legten, erstaunte Jury immer wieder. „Der Tod des Pfarrers hat Ihren Mann sehr erschüttert. Die beiden müssen eng befreundet gewesen sein." Auf diese Bemerkung hin klopfte sie einfach ihre Asche über dem Kamingitter ab. „Aber vielleicht bedeutet Ihnen das nichts, Freundschaft und Loyalität."

„Was soll das heißen?"

„Diese Information, die damals durch Ihren Mann in die falschen Hände gelangt sein soll – das waren doch Ihre Hände, nicht wahr? Oder zumindest haben Sie sie an jemanden weitergegeben, der nicht gerade ein Gentleman der alten Schule war."

Sie hätte eine Skulptur aus Eis sein können.

„An Ihren Liebhaber, stimmt's? Der sogleich ein ‚Freund' Ihres Mannes war. Um Ihren Ruf zu schützen, hat Mr Bicester-Strachan seinen eigenen ruiniert. Immer wieder hat er sich vor Sie gestellt. Das verstehe ich unter Loyalität. Manche nennen es sogar Liebe ..."

Lorraine beugte sich plötzlich zu ihm hinüber; ihre Hand schoss auf ihn zu, aber Jury fing sie wie einen Ball in der Luft auf, und er drückte sie nicht gerade sanft in ihren Sessel zurück. „Sollen wir uns wieder der Gegenwart zuwenden? Sie haben sich heute Abend wohl etwas gelangweilt, Mrs Bicester-Strachan? Haben Sie deshalb Mr Darrington mit nach Hause genommen?"

Inzwischen war sie nicht nur wütend, sondern auch noch verunsichert. Von Jurys ausdruckslosem Gesicht ließ sich unmöglich ablesen, ob Oliver ihm etwas gesagt hatte oder nicht.

„Nun?", fragte Jury, amüsiert über das Dilemma, in das Darrington und Lorraine geraten waren.

„Er lügt, wenn er behauptet, ich sei mit ihm nach Hause gegangen." Sie drehte an dem Diamantverschluss ihres Uhrarmbands.

Jury lächelte. „Er hat es nicht behauptet, Mrs Bicester-Strachan. Es ist nur eine Vermutung von mir."

Ihre Selbstzufriedenheit und dieses kleine Lächeln, das eher der eigenen Schlauheit als ihm galt, reizten ihn zum Lachen. Und als sie beim Hinausgehen die Hüften schwenkte, dachte er, dass allein schon die Vorstellung von Oliver und Lorraine, wie sie sich in einer dunklen Ecke liebten, unsäglich langweilig war.

PLUCK öffnete Simon Matchett die Tür.

„Es gehörte Ruby Judd", sagte Matchett, ohne zu zögern. Er rollte seine dünne Zigarre im Mund.

„Woher wissen Sie das so genau, Mr Matchett?"

„Weil das Mädchen ziemlich oft hierherkam, um Daphne zu besuchen. Sie hat es immer getragen."

Jury nickte. „Haben Sie heute Abend das Haus verlassen? In der Zeit zwischen sechs und acht?"

„Sie wollen wissen, ob ich ein Alibi habe, Inspector?"

Jury fragte noch einmal. „Haben Sie das Haus verlassen?"

„Nein, ich bin nur mal kurz rausgegangen, um nach den Sicherungen zu schauen. In der Küche hatte es einen Kurzschluss gegeben."

„Wann war das?"

„Gegen sieben, halb acht."

„Hier steht" – Jury zeigte auf Plucks Bericht –, „dass Sie nach Sidbury gefahren sind und ungefähr um halb sieben wieder zurückkamen."

„Ja, soviel ich mich erinnere. Die Läden schließen um sechs, und für den Rückweg braucht man ungefähr eine halbe Stunde."

„Ich verstehe." Der Name des Geschäfts, das er als Letztes aufgesucht hatte, war vermerkt. Es würde sich also leicht überprüfen lassen, ob er dort gewesen war. Jury änderte seine Taktik. „Mr Matchett, wie stehen Sie zu Isabel Rivington?"

„Zu *Isabel?*"

„Ja, zu Isabel."

„Ich glaube, ich verstehe nicht."

„Doch, Sie haben richtig verstanden. Ich habe den Eindruck, dass die Gefühle, die sie für Sie hegt, nicht nur rein freundschaftlicher Natur sind. Das ist Ihnen doch bestimmt aufgefallen."

Matchett ließ sich mit seiner Antwort viel Zeit; schließlich sagte er: „Sie müssen verstehen, das liegt schon lange zurück. Schon sehr lange. Auch wenn es nicht gerade galant ist, möchte ich doch hinzufügen, dass zumindest für mich die Sache vorbei ist."

Jury war verblüfft. Dass sie früher einmal ein Verhältnis gehabt haben könnten, an diese Möglichkeit hatte er überhaupt nicht gedacht. Das war zumindest eine gute Erklärung für die Gefühle, die er bei Isabel entdeckt zu haben glaubte. „Weiß Vivian Bescheid?"

„Ich hoffe nicht."

Jury funkelte ihn an. „Wie rücksichtsvoll, Mr Matchett."

ISABEL RIVINGTON saß ihm gegenüber, und alles an ihr sah sehr elegant und sehr teuer aus. Das raffiniert einfache Kleid aus dem groben braunen Stoff musste ein Vermögen gekostet haben.

„Wo waren Sie, Miss Rivington, bevor Sie hierherkamen?" Er streckte den Arm aus, um ihre Zigarette anzuzünden, die sie der Packung auf der Lehne ihres Sessels entnommen hatte.

„Ich erzählte das schon Sergeant Pluck."

Er lächelte. „Ich weiß, und nun erzählen Sie es mir."

„Ich machte einen Spaziergang. Zuerst bummelte ich die Dorfstraße entlang und schaute mir die Läden an. Ich ging bis zur Sidbury Road und nahm dann einen Feldweg."

„Hat Sie jemand gesehen?" Isabel machte auf Jury keinen sehr wanderlustigen Eindruck.

„Auf der Dorfstraße bestimmt. Später wohl nicht." Als sie sich vorbeugte, um ihre Zigarette über dem Porzellanaschenbecher abzuklopfen, fiel ihr Blick auf das Armband. Ohne etwas zu sagen, lehnte sie sich wieder zurück.

„Haben Sie dieses Armband schon einmal gesehen, Miss Rivington?"

„Nein. Warum?"

„Wie stehen Sie zu Mr Matchett?"

Dieser plötzliche Themenwechsel überraschte sie. „Simon? Was soll das heißen? Wir sind Freunde, nichts weiter."

Jury machte ein Geräusch in seiner Kehle, das, wie er hoffte, seine Zweifel ausdrückte, und wechselte wieder das Thema. Seit zwei Tagen brannte er darauf, ihr diese Frage zu stellen: „Miss Rivington, warum haben Sie all diese Jahre Vivian in dem Glauben gelassen, sie sei für den Tod ihres Vaters verantwortlich?" Mit ihrem erstaunt geöffneten Mund und der Zigarette, die sie starr vor sich hielt, sah sie wie eine Schaufensterpuppe aus. Und als sie antwortete, klang ihre Stimme unnatürlich hoch und zittrig. „Ich weiß nicht, was Sie meinen."

„Machen Sie mir doch nichts vor, Miss Rivington. Angenommen, es war tatsächlich ein Unfall, so saßen doch Sie und nicht Vivian auf dem Pferd."

„Sie hat sich daran erinnert? Vivian hat sich erinnert?"

Gut, dachte er mit einem Seufzer der Erleichterung, das wäre geklärt. Wenn sie etwas geistesgegenwärtiger gewesen wäre, hätte sie es vielleicht geschafft, sich herauszureden. „Nein, sie hat sich nicht erinnert. Mich störte nur, dass weder Ihre noch Vivians Geschichte sehr plausibel klangen. Vivians klang beinah wie auswendig gelernt. Ich nehme an, Sie haben sie ihr vorgebetet. Vivian hat offensichtlich sehr an ihrem Vater gehangen, und wenn das kleine Mädchen auch nur die geringste Ähnlichkeit mit der Erwachsenen hatte, dann erscheint es höchst unwahrscheinlich, dass sie ständig auf ihren Vater losgegangen sein soll. Vor allem war es aber die Beschreibung, die Sie beide von dieser Nacht gaben. ‚Es war eine dunkle, mondlose Nacht', als sie zu den Ställen rannte. Sie war damals gerade acht Jahre alt – es ist zwar durchaus möglich, dass eine Achtjährige noch nicht im Bett liegt, wenn es draußen dunkel wird, aber wir sprechen hier von Sutherland. Ich habe einen Freund, der Maler ist; er liebt die Highlands, und er malt sehr gern dort. Nicht nur wegen der Landschaft, sondern auch wegen des Lichts. Er macht Witze darüber, dass er um Mitternacht noch auf der Straße ein Buch lesen könne, so hell sei es. Es ist aber höchst unwahrscheinlich, dass ein kleines Mädchen noch vollständig angezogen um Mitternacht herumtollt." Jury zog den Bericht über James Rivington aus der Mappe, die er in der Hand hielt. „Zeit des Unfalls: 23 Uhr 50. Es wundert mich nur, dass die Polizei damals nicht weiter nachfragte." Er hatte beobachtet, wie Isabel immer blasser geworden war. „Ich zog also meine Schlüsse: Ob die Sache mit dem Pferd tatsächlich ein ‚Unfall' war oder von Ihnen inszeniert wurde, weiß ich nicht. Ich stelle mir es ungefähr so vor: Sie sitzen auf dem Pferd, das Pferd schlägt aus und trifft Ihren Stiefvater; sie rennen auf das Zimmer Ihrer Schwester, ziehen ihr was über und nehmen sie mit in die Ställe. Sie auf das Pferd zu setzen war nicht einmal nötig. Es genügte, ihr einzureden, dass sie draufsaß. Und im Lauf der Jahre haben Sie ihr dann auch den ganzen Quatsch mit den Auseinandersetzungen, die sie mit ihrem Vater gehabt haben soll, eingeredet. Damit sie sich schuldig fühlte und Sie sie umso fester in der Hand hatten." Jury, der sich selten einen Kommentar erlaubte, konnte sich nicht mehr zurückhalten. „Wie gemein, Miss Rivington, wie abgrundtief gemein und niederträchtig. Warum haben Sie ihn um die Ecke gebracht? Sein Testament muss ja eine herbe Enttäuschung für Sie gewesen sein."

Ihr Mund war so rot in ihrem weißen Gesicht, dass sie wie ein hübscher, grell geschminkter Clown aussah. „Was werden Sie tun?"

„Mit Ihnen einen Deal machen. Sie werden Vivian die Wahrheit sagen ...", als sie protestieren wollte, hob er die Hand – „sagen Sie ihr gerade so viel, dass sie nicht mehr diese unerträgliche Schuld mit sich herumschleppen muss; erzählen Sie ihr, Sie hätten den Unfall verursacht. Als Erklärung dafür, dass Sie ihr die Schuld zugeschoben haben, sagen Sie, man hätte Sie wegen Totschlags anklagen können, wenn Sie zugegeben hätten, auf dem Pferd gesessen zu haben. Sie können ja eine große Show abziehen und Ihre Angst und das Durcheinander etwas übertreiben. Und lassen Sie auch Tränen fließen. Sie schaffen das schon. Sie haben ihr zwanzig Jahre lang was vorgemacht; es dürfte Ihnen also nicht schwerfallen, noch einmal Theater vorzuspielen."

In Isabels Gesicht war wieder etwas Farbe und auch gleich sehr viel von ihrer alten Überheblichkeit zurückgekehrt. „Und wenn ich mich weigere? Können Sie denn irgendwas beweisen?"

Jury beugte sich zu ihr vor. „Vielleicht schon. Ihnen ist doch wohl klar, dass man bei Ihnen nicht lange nach einem Motiv suchen müsste?"

„Das ist absurd!"

Jury schüttelte den Kopf. „Und wenn Sie es ihr nicht sagen, dann sag ich's ihr, darauf können Sie sich verlassen. Und ich mache vielleicht keinen Unfall daraus."

Sie schoss aus ihrem Sessel und rannte zur Tür.

„… Und, Miss Rivington, ich brauche hier nur ein paar Andeutungen fallenzulassen, und Sie sind erledigt."

An der Tür drehte sie sich noch einmal nach ihm um. „Und Ihre Berufsethik? Ein anständiger Polizist würde so etwas nie tun."

„Ich habe auch nie behauptet, ich wäre einer, oder?"

NERVÖS DIE HÄNDE RINGEND saß ihm Vivian in einem einfachen rosa Wollkleid gegenüber. „Ich kann das einfach nicht glauben. Wer konnte dem Pfarrer nur so etwas antun? Diesem harmlosen alten Mann!"

„Opfer sind gewöhnlich harmlos. Nur eben nicht für den Mörder. Kommt Ihnen dieses Armband bekannt vor, Miss Rivington?" Er schob es zu ihr hinüber.

„Ist das das Armband, das er gefunden hat?"

„Sie wissen davon? Wann hat er es Ihnen erzählt?"

„Heute. Irgendwann heute Nachmittag. Ich schaute kurz im Pfarrhaus vorbei, um mit ihm zu plaudern."

Jury verließ der Mut. „Wann war das?"

„Oh, so um fünf. Vielleicht auch etwas später. Ich bin doch nicht …" Ihre Hände bedeckten ihr Gesicht. „Nein, doch nicht schon wieder. Sie wollen mir hoffentlich nicht erzählen, dass ich wieder dabei gewesen bin, als der Mord passierte."

„Ich will Ihnen gar nichts erzählen", Jury lächelte, aber es war ihm nicht danach zumute. Warum zum Teufel war sie nicht zu Hause geblieben und hatte Gedichte geschrieben? Er schaute auf Plucks Notizen. „Danach waren Sie dann zu Hause? Ich meine, nach Ihrem Besuch im Pfarrhaus und vor dem Essen in der Pandorabüchse?"

„Ja." Ihr Kopf hing über ihrem Schoß, und ihre Hände zerknitterten ihren Rock.

„Möchten Sie einen Brandy, Miss Rivington?", fragte Jury besorgt. Er beugte etwas den Kopf, um ihr Gesicht sehen zu können. Nach dem Zucken ihrer Schultern zu urteilen, weinte sie – ja, er war sich ziemlich sicher. Automatisch streckte er die Hand aus, zog sie aber sofort wieder zurück. Er stellte sich ihr Gesicht vor – verquollen wie das eines heulenden Kindes –, und es tat ihm in der Seele weh. Er zog ein zusammengefaltetes Taschentuch aus der Tasche und legte es ihr in den Schoß. Dann stand er auf, ging zu einem der Fenster und setzte sein Verhör fort.

„Waren Sie zu Hause mit Ihrer Schwester zusammen?"

Den Blick immer noch gesenkt, schüttelte sie den Kopf. „Nein, Isabel war nicht da."

„Und die Haushälterin?"

Vivian schnäuzte sich. „Auch weggegangen."

Jury seufzte. Verdammtes Pech. „Vielen Dank, Miss Rivington. Soll Sie jemand nach Hause begleiten? Sergeant Pluck?"

Sie war aufgestanden, blickte aber immer noch auf den Boden. Sie schüttelte den Kopf. Ihre linke Hand hielt sein Taschentuch umklammert, mit der rechten strich sie sich den Rock glatt. Sie sagte nichts und ging mit gesenktem Kopf zur Tür.

„Miss Rivington!"

Sie wandte sich nach ihm um.

Jury fühlte sich elend. „Das ist, äh, ein sehr hübsches Kleid, was Sie da anhaben." Idiot, dachte er, wütend auf sich selbst.

Aber es hatte ihr ein winziges Lächeln entlockt. Und schließlich blickte sie auch zu ihm hoch; ihr Gesicht war so todernst, und ihre Bernsteinaugen wirkten so gefasst, dass er plötzlich von der Angst gepackt wurde, sie könne ihm diese ganze Serie von Morden gestehen.

Als sie die Lippen öffnete, um zu sprechen, hätte er ihr am liebsten die Hand auf den Mund gelegt. „Inspector Jury ..."

„Ist schon gut ..."

„Ich werde Ihr Taschentuch waschen." Sie drehte sich um und ging aus dem Zimmer.

„LADY A legt mir jeden Moment ein Paar Manschetten an, Inspector." Marshall Trueblood schlug elegant ein Bein übers andere. „Sie ist überzeugt, dass ich es war. Du meine Güte, ich, der keiner Fliege was zuleide tun könnte. Oder gar dem reizenden alten Herrn."

„Wann haben Sie diesen Brieföffner das letzte Mal gesehen, Mr Trueblood?"

Er starrte einen Augenblick zur Decke hoch und meinte dann: „Genau kann ich Ihnen das nicht sagen. Vor ein paar Tagen vielleicht."

„Lassen Sie Ihren Laden oft unbeaufsichtigt?"

„Ich geh manchmal zu Scroggs rüber; das ist gleich nebenan. Gewöhnlich schließe ich ihn dann nicht ab."

„Heute Nachmittag hätte also jeder in Ihrem Laden ein und aus gehen können, ohne dass Sie was bemerkt hätten?"

„Ja, aber wer will das schon? Gibt es nicht so etwas wie einen Modus Operandi, Inspector? Ich meine, warum plötzlich ein Messer? Alle andern wurden doch erdrosselt." Trueblood besann sich. „Entschuldigen Sie, ich hätte mich vielleicht etwas anders ausdrücken sollen ..."

„Sie brauchen sich nicht zu entschuldigen, das ist eine gute Frage, Mr Trueblood. Ich nehme an, das Messer diente demselben Zweck wie Darringtons Buch, das im Schwanen gefunden wurde: Es sollte den Verdacht auf einen andern lenken. Wer war heute in Ihrem Laden?"

„Da war einmal Miss Crisp, die mir irgendwelchen Kram aus ihrem Ramschladen andrehen wollte. Die Gute hat es gewöhnlich mit Landfahrern zu tun und bildet sich ein, sie könne mir – mir, stellen Sie sich vor – einreden, ihr Silber sei georgianisch. Ich würde auf Zigeuner tippen ..."

Jury seufzte. „Können wir bitte beim Thema bleiben?"

„Tut mir leid. Dann tauchte dieses Pärchen aus Manchester auf, das eine Kohlespur hinterließ und nach Art déco suchte – fürchterliches Zeug. Und Lorraine, die Simon Matchett suchte. Wahrscheinlich hatte sie schon das ganze Dorf nach ihm abgeklappert. Danach – das weiß ich nicht." Er zündete sich eine rosarote Zigarette an.

„Wann haben Sie bemerkt, dass das Messer fehlte?"

„Der Brieföffner, mein Lieber. Heute Nachmittag. Nachdem Lady A auf ihre unnachahmliche Art Dick Scroggs' Kneipe geleert hatte."

Jury beobachtete, wie Trueblood zu dem Armband hinsah, wegblickte und sich dann darüberbeugte, um es sich genauer anzuschauen. „Woher haben Sie denn das? Gehörte es nicht der kleinen Judd?"

„Sie erkennen es also?"

„Ja, wertloser Plunder." Er lehnte sich zurück und hielt sich mit gespieltem Entsetzen die Hand vor den Mund. „Wahrscheinlich habe ich gerade mein eigenes Todesurteil gesprochen. Und dann noch dieser Brieföffner in der Leiche des armen alten Pfarrers, das bricht mir wohl das Genick?" Sein spöttischer Ton konnte jedoch nicht über die Tatsache hinwegtäuschen, dass sein Gesicht aschgrau aussah.

„Welches Motiv käme denn infrage? Gibt es denn etwas in Ihrer Vergangenheit, Mr Trueblood, worüber Sie lieber nicht reden möchten?"

Truebloods Erstaunen war nicht gespielt. „Das soll wohl ein Witz sein, alter Junge?"

# 17

Samstag, 27. Dezember

In dem trüben Licht des frühen Morgens saßen Jury und Plant auf der Polizeistation von Long Piddleton. Jury starrte auf das Blatt Papier, das er von dem Schreibtisch des Pfarrers mitgebracht hatte, und sagte: „Wenn es keine Notizen für eine Predigt sind, was ist es dann?"

Melrose blickte Jury über die Schulter. „Essence de dieu. Das klingt wirklich nicht nach Pfarrer Smith. Zum ersten Mal in meinem Leben muss ich meiner Tante recht geben."

„Vielleicht ist es ein Zitat. Aus der Bibel?"

Plant nahm das Blatt. „Savonarola, ein mittelalterlicher Bußprediger. Sagt Ihnen das was?"

Jury schüttelte den Kopf. Sie starrten volle fünf Minuten auf die Wörter, bis Jury frustriert den Füllfederhalter auf den Tisch warf. „Ich bin wohl etwas beschränkt. Aber ich krieg's beim besten Willen nicht raus." Er griff nach der Packung Zigaretten, nahm sich eine und zündete sie an; während er den Rauch ausstieß, sagte er: „Ich nehme einfach mal an – obwohl ich natürlich völlig falsch damit liegen kann –, dass der Mörder Mr Smith einen kleinen ‚nachbarlichen Besuch' abgestattet hat, um zu sehen, was er von ihm in Erfahrung bringen konnte. Er wollte rauskriegen, wie viel der Pfarrer wusste. Und während sie sich unterhielten, durchzuckte den Pfarrer der Gedanke, dass sein Besucher vielleicht diese Verbrechen auf dem Gewissen habe. Er blieb ganz ruhig an seinem Schreibtisch sitzen und machte sich diese Notizen. Hätte er nicht einfach den Namen des Schuldigen aufschreiben können? Offenbar hat Smith gewusst, dass sein Leben in Gefahr war und dass der Mörder alles, was ihn belasten könnte, verschwinden lassen würde. Ich glaube, wir haben Mr Smith unterschätzt. Bleibt nur zu hoffen, dass er uns nicht überschätzt hat. Er hat wohl gehofft, wir könnten diese Codeworte, die für den Mörder belangloses Gekritzel waren, entschlüsseln." Jury rauchte und dachte nach. „Eine Theorie, die vielleicht hinhaut. Was riskiere ich schon, wenn ich annehme, dass dieses Gekritzel etwas bedeutet? Es zu ignorieren könnte fatale Folgen haben." Er stand auf und streckte sich. Dann schob er Melrose Plant das Blatt hin. „Da. Sie schaffen das Kreuzworträtsel der *Times* in einer Viertelstunde. Dann müssen Sie auch das schaffen."

Plants Antwort wurde durch das Summen des Telefons unterbrochen.

„Jury am Apparat."

„Inspector Jury", sagte Superintendent Racer mit ausgesuchter Höflichkeit, „seit wir Sie losgeschickt haben, wurde uns von drei weiteren Morden berichtet. Was haben Sie gemacht? Reklame?"

Jury seufzte innerlich und suchte in Plucks Schreibtischschubladen nach etwas Essbarem. Er fand eine Packung mit altem Zwieback. „Ich habe gehofft, Sie würden anrufen, Sir." Er stopfte sich einen Zwieback in den Mund.

„Oh, haben Sie das, Jury. *Ich habe praktisch jeden Tag angerufen, seit Sie in diesem Kaff sind, junger Mann.* Und wurde nicht zurückgerufen – Sie kauen mir ins Ohr, Jury! Können Sie nicht mit Essen und Trinken so lange warten, bis Sie Ihren Bericht durchgegeben haben? Eine Kneipe oder ein Partyservice, das wäre der richtige Beruf für Sie! Auf jeden Fall, genug ist genug. Morgen um zwölf Uhr treffe ich in Northants ein. Nein, heute Mittag um zwölf. Für mich sieht die Sache so aus: Heute ist der Siebenundzwanzigste. Sie kamen am Zweiundzwanzigsten dort an. Zählt man den heutigen Tag nicht hinzu, dann kommen auf jeden Tag, den Sie sich in dem Kaff aufhielten, 0,66 Morde!"

„Ja, Sir. Genau so sieht es aus, Sir. Hinter dem Komma." Jury kritzelte kleine Gasthofschilder auf Plucks Löschblatt, während Racer die Bestrafungen herunterrasselte, die seinen Chief Inspector erwarteten. Sie rangierten von der Streckleiter bis zur Vierteilung, dem auf der Tower Bridge aufgespießten Kopf und dem anschließenden Zusammenflicken der Einzelteile, damit sein Körper auf einen öffentlichen Hinrichtungsplatz gekarrt werden konnte. Für seine Strafandrohungen hatte sich der Superintendent schon immer vom Mittelalter inspirieren lassen. „Tut mir leid, dass wir nicht mehr erreicht haben. Aber ein Mord allein ist schon schwierig genug, und ich habe inzwischen vier Morde an der Hand, wenn Sie sich das bitte vergegenwärtigen wollen. Außerdem ist Weihnachten, das erschwert alles."

„Weihnachten? Weihnachten?" Racer vermittelte den Eindruck, als sei durch Parlamentsbeschluss ein neuer Feiertag eingeführt worden. Dann fuhr er jedoch mit gedämpfter Stimme fort: „Ist es nicht komisch, Jury, dass die Wahnsinnigen selbst an Weihnachten ihr Unwesen treiben? Hat Jack the Ripper vielleicht an Weihnachten eine Pause eingelegt, Jury? Oder Crippen?"

Jury nutzte die Gelegenheit. „Ehrlich gesagt, ich glaube nicht, dass Jack the Ripper an Weihnachten unterwegs war. Soviel ich mich erinnere ..."

Schweigen. „Soll das ein Witz sein, Jury?"

„O nein. So komisch ist das Ganze wirklich nicht."

Wieder Schweigen. Dann zischte Racer: „Also seien Sie pünktlich, ich komme mit dem Mittagszug. Und Briscowe wird mich begleiten."

„Geht in Ordnung, Sir. Wenn Sie meinen." Jury hatte angefangen, eine kleine Lokomotive mit einer dicken Rauchfahne zu malen, die frontal mit einem anderen Zug zusammenstieß. Er hielt den Hörer ein paar Zentimeter von seinem Ohr weg, sodass die Stimme Racers durch den Raum schrillte.

„Noch was – ich möchte nicht in einem mit Küchenschaben verseuchten Gasthof und auch nicht in irgendeiner aufgemotzten Absteige einquartiert werden. Besorgen Sie mir ein Zimmer im ersten Haus am Platz!" Er senkte die Stimme. „Und möglichst in einem, in dem ich nicht im Schlaf erdrosselt werde. Der Gedanke, dass ich nur Sie zu meinem Schutz habe, macht mich etwas nervös, mein Freund. Und achten Sie bitte darauf, dass die Speisekarte einigermaßen anständig ist und auch ein paar Flaschen Wein im Keller stehen. Nett wäre auch", die Lüsternheit in seiner Stimme war beinahe mit Händen greifbar, „wenn was Hübsches hinter der Bar stünde."

Wie wär's mit dem Neunten Höllenkreis, fragte sich Jury.

„... Aber es ist mir natürlich bewusst, dass man in einem Kaff wie Ihrem keine zu großen Ansprüche haben darf. Bis bald."

Racer knallte den Hörer auf die Gabel.

„Jawohl, Sir", sagte Jury und gähnte in den toten Hörer. Als er aufgelegt hatte, fragte Plant: „Ein Freund von Ihnen?"

„Superintendent Racer. Er findet, dass ich schlechte Arbeit geleistet habe. Kommt persönlich und möchte untergebracht werden – im Savoy am liebsten. Auf jeden Fall im ersten Haus am Platz." Jury grinste boshaft.

„Also, wenn Sie meinen, alter Junge, kann ich Ruthven Bescheid sagen ..."

Jury schüttelte den Kopf und schob Plant das Telefon hin. „Ich dachte nicht an Ardry End."

Melrose hielt beim Anzünden seiner Zigarre inne und grinste Jury durch den Rauch hindurch an. „Ich glaube, ich habe verstanden ..." Er wählte und wartete längere Zeit, bis sich ein heiserer Laut vernehmen ließ. „Tante Agatha? Tut mir leid, dich so früh zu stören. Aber Inspector Jury hätte eine große Bitte ..."

EINE STUNDE SPÄTER, als Wiggins und Pluck hereinkamen und sich den Schnee von den Mänteln klopften, saßen sie immer noch über den Notizen des Pfarrers. „Sie ist da, Sir", sagte Wiggins, „Daisy Trump."

Pluck unterbrach ihn. „Wir haben sie etwas außerhalb von Dorking Dean im Sack voll Nägel untergebracht. In die andern Gasthöfe wollte sie nicht, kann man ja verstehen. Wir haben den Dorfpolizisten bei ihr gelassen, wer weiß, welcher Gasthof als nächster dran ist." Pluck genoss offensichtlich seine Rolle.

„Wer ist Daisy Trump?", fragte Melrose.

Wiggins wollte schon antworten, dann fiel ihm jedoch ein, dass er damit vielleicht eine wichtige Information preisgebe, und er presste die Lippen aufeinander.

„Ist schon in Ordnung, Sergeant. Mr Plant arbeitet mit mir zusammen." Er wandte sich an Melrose. „Also dann, auf zu dem Gasthof."

„Sie möchten, dass ich mitkomme?"

„Ja, wenn Sie nichts dagegen haben. Wiggins kann hier die Stellung halten. Und Sergeant Pluck kann fahren."

Pluck strahlte und salutierte.

MISS TRUMP war, wie die Kellnerin erklärte, die ihnen im Sack voll Nägel den Kaffee servierte, kurz auf ihr Zimmer hochgegangen, um sich frisch zu machen. Sie würde den Herren sofort zur Verfügung stehen.

„Daisy Trump", sagte Jury, während er den Zucker in seinem Kaffee verrührte, „arbeitete im Gasthof Zur Ziege mit dem Kompass. Ein komischer Name. Es wundert mich nicht, dass Ihre Tante mit unseren englischen Namen nicht zurechtkommt. Ich meine *Bister-Strawn* statt *Bicester-Strachan* und so weiter."

Plant lächelte. „Und *Ruthven, Ruthven, Ruthven* statt *Rivv'n*." Plant hielt den Atem an und starrte Jury ins Gesicht. „Pluck!"

Jury grinste. „Oh, ich nehme an, Pluck kann selbst Ihre Tante richtig aussprechen."

Plant lächelte nicht mehr. Er wiederholte nur noch einmal: „Pluck!"

Jury schaute ihn fragend an.

„Mann, lassen Sie sofort Pluck holen."

Jury war so verblüfft, von Plant einen Befehl zu erhalten, dass er ihm sofort nachkam.

„Wiederholen Sie, Pluck!", befahl ihm Melrose, ohne weitere Erklärungen abzugeben, und seine grünen Augen funkelten.

Der arme Pluck zerdrückte seine Mütze in den Händen wie ein Wilddieb, der in den Wäldern seiner Herrschaft geschnappt worden war. „Was denn, Ihre Lordschaft?"

„Was Sie vorhin gesagt haben, als Sie mit Sergeant Wiggins aufs Revier kamen. Los, Mann, machen Sie schon!"

Pluck blickte sich hilfesuchend nach Jury um. Jury zuckte aber nur mit den Schultern und meinte: „Sie sagten, Sie hätten Daisy Trump ..." Jury verstummte.

Melrose nickte. „Richtig, Sie haben Daisy Trump wo untergebracht?" Er nickte Pluck aufmunternd zu und versuchte, ihm die richtigen Worte zu entlocken.

Pluck kratzte sich ratlos am Kopf. „Jawohl, Sir. Ich sagte, wir hätten sie im Sack voll Nägel untergebracht."

Melrose schaute Jury an, aber Jury reagierte genauso verständnislos wie Pluck.

„Das ist es! Das ist es!", triumphierte Plant, schloss die Augen und formte stumm die Worte. Lady Ardry hätte zweifellos darauf hingewiesen, dieses Verhalten sei bei ihrem verrückten Neffen durchaus nicht ungewöhnlich. „Ja, das ist es! Wie konnte ich nur so dumm sein!" Auf Melroses ernstem Gesicht breitete sich ein Grinsen aus. „Sagen Sie es noch einmal, Pluck."

„Sie meinen Sack voll Nägel, Sir?"

„Hören Sie das, Inspector? Es klingt ganz anders, wenn Pluck das ausspricht, da seine Art und Weise zu reden – entschuldigen Sie bitte, Sergeant – nicht so präzise ist. Er zieht es mehr zusammen. Hören Sie gut zu, Inspector: Sa volla Neel."

Jury schlug sich die Hand vor die Stirn. „Mein Gott. *Savonarola!*" Er warf Pluck einen kurzen Blick zu, Pluck schien jedoch überhaupt nichts zu verstehen und runzelte ratlos die Stirn.

Gut so, dachte Jury, da er die Geschichte nicht gerade dem Stadtausrufer auf die Nase binden wollte. „Sergeant, gehen Sie bitte aufs Revier zurück und sagen Sie Sergeant Wiggins, er soll am Telefon bleiben. Ich werde mich bei ihm melden."

Pluck salutierte und verzog sich schnell.

„Und jetzt, Inspector", sagte Melrose Plant, „Zur Ziege mit dem Kompass. Sagen Sie das zwei- oder dreimal hintereinander, schnell und nicht sehr deutlich."

Jury formte die Worte mit den Lippen, ohne einen Ton von sich zu geben. „Cichoreum compascuum! Matchett. Es ist Matchett. Das sind zwei von seinen Gasthöfen. Aber wie hieß denn der dritte? Ein Gasthof heißt doch nicht ‚Essence de dieu'!"

„Natürlich nicht. Es ist ein Wortspiel wie die andern auch. Großer Gott, jetzt weiß ich auch, warum der Pfarrer dachte, Sie könnten die Botschaft entziffern. Er hat sich ja lange genug mit uns über Wirtshausschilder unterhalten. Sie haben recht, wir haben ihn unterschätzt. Das ist wirklich verflucht schlau."

„Und tapfer. So geistesgegenwärtig wären die wenigsten gewesen."

„Aber wie heißt denn nun Matchetts dritter Gasthof?"

Jury ging bereits die Papiere durch, die er mitgebracht hatte, die Matchett-Akte. „... Ziege mit dem Kompass. Devon. Devon ... hier! Heiliger Strohsack!"

„Wie heißt es?"

„Der Eiserne Teufel."

DAISY TRUMP war eine rundliche, kleine Person um die fünfzig – ein Ball, der gleich davonhüpfen würde. Sie könne sich nicht vorstellen, meinte sie, was Scotland Yard von jemandem wie ihr wolle; aber sie schien das Ganze als einen von der Regierung bezahlten Urlaub aufzufassen. Ihr Haar sah frisch gewellt aus.

„Wie lange leben Sie schon in Yorkshire, Miss Trump?"

„Ach, zehn Jahre schätzungsweise. Ich bin nach Yorkshire gezogen, als meine Schwägerin gestorben ist – Gott hab sie selig –, um für meinen Bruder den Haushalt zu führen."

Jury unterbrach sie, bevor sie begann, die Familienverhältnisse näher zu schildern. „Miss Trump, Sie waren einmal in Devon – Dartmouth hieß der Ort – Zimmermädchen in einem Gasthof, der von Mrs und Mr Matchett geführt wurde. Das war vor ungefähr sechzehn Jahren."

„Ja, ja. Wo dann dieser schreckliche Mord passierte. Wollten Sie mich deswegen sehen? Wegen dem Mord an Mrs Matchett? Man hat ja nie rausgekriegt, wer es war – wer damals in ihr Büro eingebrochen ist und das Geld gestohlen hat."

„Sie erinnern sich doch bestimmt noch an die Smolletts? Sie war Köchin; was er getan hat, weiß ich nicht genau."

„Meistens gar nichts. Ein richtiger Tagedieb, dieser Will Smollett. Rose war meine beste Freundin. Sie ist inzwischen auch gestorben, die Ärmste." Bei diesen Worten zog sie ein Taschentuch aus dem Ärmel ihres Kleides und führte die rituelle Bewegung zur Nase aus. „Die gute Rose. Sie war eine treue Seele. Aber dieser Mann von ihr, der arbeitete mal hier, mal da, wie es ihm gerade passte. Er und dieser Ansy-Hansi." Sie verzog das Gesicht.

Jury lächelte. „Wer war denn das?"

„Ein total Verquerer. Aber er und Smollett waren richtig dicke Freunde."

Jury erinnerte sich nicht, in dem Bericht auf diesen Namen gestoßen zu sein.

„Wie hieß er sonst noch? Ich meine, mit seinem richtigen Namen?"

Daisy Trump zuckte die Achseln. „Andrew vielleicht. Ich kann mich nicht erinnern. Wir sagten immer nur ‚Ansy-Hansi' zu ihm. Ja, er muss wohl Andrew geheißen haben."

„Wir haben versucht, Mr Smollett ausfindig zu machen, vielleicht könnte er sich noch an ein paar Einzelheiten erinnern. Ich nehme nicht an, dass Sie noch mit ihm in Verbindung stehen?"

„Nein, nicht mehr, seit Rosie gestorben ist. Ich bin noch zu ihrer Beerdigung gefahren. Sie lebten irgendwo außerhalb von London. Crystal Palace, wenn ich mich nicht täusche."

Sie fragte, ob sie noch etwas Tee haben könne.

Jury rief die Kellnerin und fragte: „Glauben Sie, Sie können sich noch an diesen Abend erinnern? Ich weiß, es ist lange her, aber ..."

„Erinnern? Und ob. Mir wär's lieber, wenn ich ihn endlich vergessen könnte; man hat mich damals sogar verdächtigt. Sie wollten wissen, ob ich der armen Frau etwas in die Schokolade getan hätte. Ich hab ihnen erzählt, dass Mrs Matchett abends immer ihre Tropfen zum Einschlafen brauchte. An diesem Abend hat sie offenbar besonders viel genommen. Gewöhnlich brachte ich ihr das Tablett ins Büro, und später holten ich oder Rose es dann wieder ab. An diesem Abend ging die arme Rose. Der Anblick von Mrs Matchett, wie sie so über ihrem Schreibtisch hing, hat ihr einen fürchterlichen Schock versetzt. Einen Augenblick lang dachte sie, sie wäre vielleicht eingeschlafen. Aber dann sah sie das Durcheinander in dem Zimmer. Und dass das ganze Geld weg war. Obwohl es sich wegen dem Betrag nicht gelohnt hat, jemanden um die Ecke zu bringen. Ein paar hundert Pfund ..."

Jury unterbrach sie. „Ein Teil des Gasthofs – der Innenhof – wurde zum Theaterspielen benutzt, stimmt das? Und das Büro von Mrs Matchett war nur durch einen schmalen Gang von der Bühne getrennt?"

„Stimmt genau. Ich glaube, Sie wollte vor allem Mr Matchett im Auge behalten. Ehrlich gesagt, ich kann mir gar nicht vorstellen, dass er überhaupt Zeit gefunden hat, sich mit diesem Mädchen einzulassen."

„Harriet Gethvyn-Owen?"

„Ja, so hieß sie. Überspannter Name für so 'ne überspannte Person." Jury lächelte. „Einiges jünger als er. Aber er war auch jünger als die Gnädigste. Ich frage mich, warum er sie überhaupt geheiratet hat. Vielleicht wollte er sein Schäfchen ins Trockene bringen."

Jury zog das sorgsam in sein Taschentuch eingewickelte Armband hervor. „Haben Sie das schon einmal gesehen, Miss Trump?"

Sie nahm es in die Hand, schaute es sich genau an und blickte schockiert zu ihm hoch: „Woher haben Sie das, Sir? Dieses Armband – das hat doch der gnädigen Frau gehört. Da mach ich jede Wette. Jeder dieser kleinen Anhänger hatte eine besondere Bedeutung, deshalb erinnere ich mich auch noch so gut; ich weiß aber nicht mehr, für was sie alles standen. Dieser Fuchs da – sie ritt gerne bei den Fuchsjagden mit. Und dieser kleine Würfel mit der Münze – sie hatte irgendwas mit Mr Matchett gewettet, das weiß ich noch ..."

Staunend betrachtete sie das Armband.

„An dem Abend wurde doch auch ein Stück aufgeführt. Othello. Mr Matchett hatte die Hauptrolle, und das Mädchen – Harriet Gethvyn-Owen – spielte auch mit. Die Rolle der Desdemona?"

„Ich weiß nicht mehr, welches Stück das war. Was Schauerliches. Als ich mit dem Tablett zu ihr ging, konnte ich hören, wie Mr Matchett einem der Schauspieler etwas zubrüllte."

„Ja. Und?"

„Ich wollte gerade das Tablett vor der Tür abstellen, als ich sah, dass die Tür einen Spalt aufstand. Mrs Matchett fragte, ob ich es sei – ich solle doch bitte das Tablett auf den kleinen Tisch neben dem Sessel stellen. Ich ging also rein."

„Wo saß Mrs Matchett?"

„An ihrem großen Schreibtisch wie immer. Sie bedankte sich, und ich ging wieder."

„Können Sie die Augen schließen und sich das Zimmer in allen Einzelheiten vorstellen, Miss Trump? Und nun beschreiben Sie ganz genau der Reihe nach, was sich abgespielt hat."

Gehorsam klappte Daisy die Augen zu, als wäre Jury ein Bühnenhypnotiseur. „Sie sagt zu mir durch den Türspalt: ‚Daisy, bitte stellen Sie das Tablett auf den Tisch neben dem Sessel.' Ich geh rein, stelle das Tablett ab, und sie sagt so über die Schulter: ‚Danke.' Und ich frage: ‚Kann ich Ihnen sonst noch was bringen?' Sie sagt: ‚Nein, vielen Dank', und macht sich wieder an die Arbeit. Sie erledigte die ganze Buchführung. Eine gescheite Frau, aber ziemlich kalt. Ganz und gar nicht wie Mr Matchett. Ein netter Mensch! Und sehr beliebt bei den Damen, was nicht verwunderlich war, wo er doch so gut aussah. Wahrscheinlich hat sie sich darüber geärgert. Dieses Büro hat sie auch nur deswegen gleich neben der Bühne eingerichtet – er sollte wissen, dass sie immer aufpasste. Sie führte ein strenges Regiment, das kann ich Ihnen sagen. Eifersüchtig. Ich hab noch nie eine so eifersüchtige Frau gesehen."

„Wer hat Ihrer Meinung nach Mrs Matchett umgebracht?", fragte Jury.

Die Antwort kam wie aus der Pistole geschossen. „Was glauben denn Sie, ein Einbrecher natürlich. Die Polizei hat das auch gesagt. Er stieg durch das Fenster ein und hat alles mitgenommen." Sie senkte die Stimme. „Wenn ich ganz ehrlich bin, ich dachte auch an diesen Smollett und an Ansy-Hansi. Den beiden hätte ich was zugetraut. Aber ich hütete mich natürlich, was zu sagen. Wegen Rose, Sie verstehen."

„Alle, die damals mit von der Partie waren, hatten ein Alibi, Miss Trump, einschließlich der Küchenhilfe."

Sie schnaubte nur, offensichtlich nicht überzeugt.

„Haben Sie denn nicht auch an ihren Mann, Mr Matchett, gedacht?"

Mit bewundernswerter Offenheit sagte sie: „Natürlich. Rosie und ich hörten, wie sie die ganze Zeit über stritten – in dem Zimmer direkt über der Küche. Er wollte sich immer scheiden lassen. Und sie fing unglaublich zu brüllen an, wenn sie mal richtig in Fahrt kam. Ja, so war sie, die Gnädigste, sie hatte die Hand auf dem, was ihr gehörte. Und sie war entschlossen, sie auch drauf zu lassen, da war nichts zu machen. Ich erinnere mich noch, dass Rose und mir derselbe Gedanke durch den Kopf schoss, als wir erfuhren, dass sie tot war. ‚Jetzt hat er ihr also doch den Hals umgedreht.' Aber die Polizei meinte, weder er noch seine Freundin könnte es getan haben. Wie sagen die Franzosen? *Crime* – und noch was?"

„*Crime passionnel*", ergänzte Jury lächelnd.

„Klingt hübsch. Irgendwie haute es zeitlich nicht hin: Es muss passiert sein, *nachdem* ich ihr die Schokolade gebracht habe und *bevor* Rose das Tablett wieder abholte und die Leiche entdeckte. Sie hatten es beinahe bis auf die Minute genau festgelegt. Und da beide die ganze Zeit über auf der Bühne standen, konnten es weder Mr Matchett noch seine überspannte Freundin gewesen sein. Die arme Rose war wirklich völlig fertig …"

Etwas in Jurys Kopf wurde umgeschlagen wie die Seite eines alten Buches: Devon. Dartmouth lag in Devon. Konnte er wirklich so blind gewesen sein? Rose. Rosie. Mrs Rosamund Smollett. Will Smollett. *„Sie wollte ihre Tante Rose und ihren Onkel Will besuchen."* Mrs Judds Worte fielen ihm wieder ein. Will Smollett. William Small. Es bedurfte keiner großen Kombinationsgabe, um diese Verbindung herzustellen.

Er nahm die Fotos von Small und Ainsley aus der Mappe und schob sie ihr hinüber. „Miss Trump, kennen Sie diese Männer?"

Sie nahm Smalls Foto in die Hand und studierte es eingehend. „Ich glaub schon … ja, das ist doch Will, wie er leibt und lebt. Nur hatte er damals einen Schnurrbart." Ihre Augen wanderten zu dem zweiten Foto. „Du meine Güte, wenn das nicht Ansy-Hansi ist. Nur trug er keinen Schnurrbart."

„Nicht Andrew", sagte Jury. „Ainsley. ‚Ansy' stand für Ainsley."

Daisy starrte ihn an. „Ainsley. Ja, richtig. Wir zogen ihn immer damit auf, dass der das H nicht richtig aussprach. Sein Name war Hainsley. Rufus Hainsley. ‚Nicht einmal deinen Namen kriegst du auf die Reihe', ärgerten wir ihn."

Und Smollett hat sich einfach Small genannt, dachte Jury.

„Woher haben Sie denn diese Bilder, Sir?"

Jury gab ihr keine Antwort darauf. „Hatten die Smolletts nicht auch eine Nichte, die manchmal für längere Zeit bei ihnen zu Besuch war?"

„Und ob!" Daisy hob mit gespieltem Entsetzen die Hände. „Ruby. Das kleine Fräulein Naseweis. Sie war immer mit von der Partie. Gewundert hat's mich nicht: bei solchen Eltern – bei jeder Gelegenheit haben sie sie abgeschoben –, was konnte man da von der Kleinen schon anderes erwarten?"

Jury hielt das Armband hoch. „Vielleicht hat sie das dann gestohlen?"

„Das Armband? Würde mich wundern, Sir. Mrs Matchett hat es die ganze Zeit getragen, so hing sie daran. Wie manche Frauen an ihrem Ehering. O nein, Ruby wäre da nicht rangekommen. Nur über ihre Leiche."

DAISY TRUMP verabschiedete sich, um von der Landpolizei, wie es sich gehört, nach Yorkshire gefahren zu werden. Jury saß an dem Tisch – die Tasse mit dem kalten Kaffee hatte er zur Seite geschoben – und starrte auf den Plan des Büros, in dem Celia Matchett sich an dem verhängnisvollen Abend aufgehalten hatte. Matchett musste seine Frau umgebracht haben, anders ließen sich diese Morde nicht erklären. Ergo: Die kleine Szene im Büro war nur für einen einzigen Zuschauer gedacht gewesen – für Daisy Trump, die als Einzige bezeugen konnte, dass Celia Matchett in diesem Augenblick noch am Leben gewesen war. Aber Jury hätte seinen Kopf wetten können, dass sie es nicht mehr war. Ergo: Die Frau am Schreibtisch war nicht Celia Matchett, sondern ein Double gewesen. Und infrage kam eigentlich nur die Geliebte, Harriet Gethvyn-Owen. Die Leute sehen auch immer nur das, was sie erwarten, und Daisy Trump hatte Celia erwartet. Außerdem hatte sie sie nur von hinten gesehen, in derselben Aufmachung und vielleicht auch mit einer Perücke. Und das Zimmer war ziemlich dunkel gewesen.

Blieb nur noch ein scheinbar unüberwindliches Problem: das Alibi. Jury las sich noch einmal den Polizeibericht durch. Beide, Matchett und diese Gethvyn-Owen, waren angeblich auf der Bühne gewesen, als Celia Matchett ermordet wurde. Zeugen hatten sie mehr als genug – die ganze Zuschauerschaft. Jury vergegenwärtigte sich die Rolle des Othello. Um den Mohr zu spielen, musste man sich kräftig schminken – ein Make-up, hinter dem sich jeder verstecken konnte. Aber wenn ein anderer für Matchett eingesprungen wäre, hätte das einen weiteren Mitwisser bedeutet, und das war ziemlich unwahrscheinlich. Oder vielleicht doch nicht? Vielleicht war einer von diesen drei Männern in die Sache verwickelt – Ainsley, Creed, Small. Aber auf eine andere Art und Weise. Keiner von ihnen hatte die richtige Größe, und außerdem wäre auch keiner in der Lage gewesen, vor einem Publikum aufzutreten. Aber angenommen, es war nur eine Frage der Vertretung, warum musste dann seine Geliebte die Rolle Celias spielen?

Frustriert gab Jury auf. Er trat an das Fenster und sah Melrose Plant gegen den blauen Morris gelehnt mit Sergeant Pluck sprechen, der schon vor einer guten halben Stunde hätte auf das Revier zurückgehen sollen. Jury seufzte und stieß das Fenster auf.

„Sergeant Pluck, ist es denn zu viel von Ihnen verlangt, dass Sie meinen Anordnungen Folge leisten?", brüllte Jury.

„Oh, ist schon alles erledigt, Sir. Ich war in Long Pidd und bin bereits wieder zurück. Ich dachte, Sie könnten vielleicht den Morris gebrauchen."

„Ah, gut, vielen Dank. Und Sie, Mr Plant, könnten Sie mal kurz reinkommen? Ich möchte etwas mit Ihnen besprechen."

Plant riss sich von dem Auto und von Pluck los und ging in das Gebäude.

Jury ließ frischen Kaffee kommen und sagte: „Ich wäre Ihnen dankbar, wenn Sie sich das mal durch den Kopf gehen lassen könnten: Ich bin überzeugt, dass Matchett in diesem Gasthof in Devon seine Frau umgebracht hat. Die Frage ist nur, wie zum Teufel hat er das gemacht?" Jury zählte noch einmal alle Einzelheiten des Falles auf und meinte abschließend: „Der Haken ist das Alibi. Allem Anschein nach konnte zum Zeitpunkt des Mordes keiner von beiden in Celias Büro gewesen sein."

„Aber ist das nicht eine ganz gängige Praxis, Inspector? Ich meine, man bringt jemand um die Ecke, wirft die Leiche zum Beispiel in einen Brunnen und ersetzt ihn in der für das Alibi wichtigen Zeit durch einen andern?"

Jury schüttelte den Kopf. „Ja, schon. Nur sieht's in diesem Fall etwas anders aus. Celia war noch am Leben, als das Stück anfing. Ein halbes Dutzend Leute hat sie noch kurz vor dem Stück gesehen. Bei verschiedenen Gelegenheiten. Das Problem bleibt: Wie konnte der Mann an zwei Orten gleichzeitig sein?"

Plant antwortete nachdenklich: „Nun, ein Schauspieler ist gewissermaßen immer an zwei Orten gleichzeitig ..."

„Ich kann Ihnen nicht folgen."

„Wann hat das Stück angefangen?"

Jury öffnete die Mappe: „Um halb neun, oder wenige Minuten danach."

„Und wann wurde Celia – oder diese andere Frau – in ihrem Büro gesehen?"
Jury drehte eine Seite um und fuhr mit dem Finger über die Zeilen. „Ungefähr um 22 Uhr 40, nach der Aussage von Daisy Trump."
Zwei oder drei Minuten lang sagte Plant überhaupt nichts, sondern rauchte nur stumm. Seine grünen Augen schienen die Höhlen, in denen sie lagen, von innen zu erleuchten. Schließlich sagte er: „Das Stück, Inspector. Das Stück ist die Antwort."
„Ich bitte Sie, Sie wollen doch nicht behaupten, Sie wüssten, wie er es gemacht hat?"
„Doch. Aber ich würde es Ihnen lieber zeigen als erklären; ich muss nur noch ein paar Vorbereitungen treffen. Entschuldigen Sie also, wenn ich gleich mal Ruthven anrufe."
Und bevor Jury protestieren konnte, hatte Plant sich auch schon das Telefon geschnappt.

EINE HALBE STUNDE SPÄTER setzte Pluck Jury vor dem Polizeirevier in Long Piddleton ab. Drinnen traf er auf Wiggins, der sich gerade seine Tropfen in die Nase flößte.
„Ich werde auf Ardry End sein, Wiggins."
„Ja, Sir. Aber Superintendent Racer ist hier – ich meine, er war hier. Er ist mit Superintendent Pratt nach Weatherington gefahren."
„Machen Sie sich da keine Sorgen. Hören Sie, statten Sie doch mal der Pandorabüchse einen Besuch ab und beschatten Sie Matchett. Lassen Sie ihn nicht aus den Augen, aber so, dass er nichts merkt."
Wiggins war überrascht. „Sie meinen, Sie haben ihn im Verdacht?"
„Richtig, Sergeant. Und noch was ..." Jury bekam einen Hustenanfall. Er hoffte nur, dass er sich keine von Wiggins' namenlosen Krankheiten zugezogen hatte. Er schnäuzte sich und fuhr fort: „Noch was, wenn Superintendent Racer zurückkommt und Sie sich nicht mehr erinnern können, wohin ich gegangen bin, würde ich Ihnen das nicht verübeln."
Wiggins grinste übers ganze Gesicht. „Ich hab ein miserables Gedächtnis, Sir. Aber hier ..." Er wühlte in seinen Taschen und brachte eine nagelneue Packung Hustenbonbons zum Vorschein. „Nehmen Sie die mal. Einen Husten wie Ihren darf man nicht unterschätzen." Wiggins teilte mit Vergnügen seine Taschenapotheke mit seinem Vorgesetzten.
Jury versuchte, sie ihm zurückzugeben. „Eigentlich brauche ich sie gar nicht ..."
Aber Wiggins, der sich sonst so leicht abwimmeln ließ, zeigte sich unnachgiebig. „Ich bestehe darauf. Stecken Sie sie ein."
Jury gab sich geschlagen und tat, wie ihm geheißen.

# 18

Als sie den Salon von Ardry End betraten, erblickte Jury zu seinem Erstaunen sowohl Lady Ardry als auch Vivian Rivington.
Agatha schien erstaunt zu sein, den Chief Inspector zu sehen. „Hier sind Sie! Sie wissen wohl, dass Superintendent Racer – ein unangenehmer Mann, muss ich sagen – schon seit seiner Ankunft hinter Ihnen her ist." Offensichtlich kämpfte sie mit sich, ob sie nun

Racers Sache vertreten oder ihre Informationen für sich behalten sollte. Sie nahm sich Melrose Plant vor. „Plant, als du angerufen hast, habe ich dich nach dem Chief Inspector gefragt, und du hast gesagt, du hättest ihn den ganzen Tag nicht gesehen."

„Ich habe gelogen."

„Und wo steckt Superintendent Racer nun?", fragte Jury, der sich vergewissern wollte, um welche Orte er einen Bogen machen musste.

„Mich dürfen Sie das nicht fragen. Ich hatte schon alles für ihn hergerichtet – wenn ich kann, helfe ich gern aus –, und der schreckliche Mensch kommt herein, schaut sich einmal um und macht dann auf der Stelle wieder kehrt. Kein Wunder, dass es in diesem Staat drunter und drüber geht …"

„Mit Verlaub, Sir", sagte Ruthven diskret hüstelnd. „Aber ich glaube, der Kriminaldirektor hat sich in der Pandorabüchse einquartiert. Ich glaube, er wollte am Ort des Verbrechens sein." Ruthven wirkte fast aufgeregt.

„Vielen Dank, Ruthven." Am Ort des Verbrechens oder vielmehr dort, wo es den besten Wein gab. Matchetts Weinkeller war mit Abstand der beste in der Gegend, und auch seine Küche war exzellent.

„Ist Martha so weit?", fragte Plant. Ruthven nickte. „Und Sie haben auch den Nebenraum hergerichtet, wie ich sehe. Sehr gut."

Jury bemerkte, dass der Nebenraum am anderen Ende des Salons mit einem kleinen Vorhang versehen worden war, als wäre er eine kleine Bühne. Die Flügeltüren führten in den Garten, der unter einer dicken Schneedecke lag. Aber an Stelle des Tischs und der antiken Stühle, die gewöhnlich vor dieser Tür standen, war eine Art Chaiselongue aufgestellt worden, auf der so viele Kissen und Samtdecken lagen, dass sie schon eher wie ein Bett aussah.

„Was ist denn hier los?", fragte Jury.

„Fragen Sie mich nicht", sagte Agatha und schlug sich mit der Faust gegen den üppigen Busen. „Einer von Melroses verrückten Einfällen. Er hat schon immer ein Faible für Theatralisches gehabt."

„Wenn Sie nur aufhören würden, sich zu beklagen", sagte Vivian, „könnten wir alles sehr viel schneller abwickeln. Obwohl ich zugeben muss, dass ich auch gern wüsste, was hier vor sich geht."

„Ihr braucht das nicht zu wissen", sagte Melrose. „Ihr spielt einfach eure Rolle. Sie müssen uns einen Augenblick entschuldigen, Inspector, die Generalprobe."

Ruthven führte Jury so gebieterisch aus dem Raum, dass er das Gefühl hatte, abgeführt zu werden. In der Halle blieb ihm nichts anderes übrig, als sich die Lanzen und Speere anzuschauen. Ein paar Minuten später sah er eine Frau, von der er annahm, dass sie Martha, Ruthvens Frau war, durch die Halle laufen und einen kurzen Knicks machen. Und nach weiteren zehn Minuten öffnete Plant die Tür und bat ihn herein.

Plant holte einen Stuhl für Jury, den er ungefähr zehn Meter vor dem verhängten Nebenraum aufstellte.

„Inspector Jury, wir werden Ihnen eine Szene – oder den Teil einer Szene – aus „Othello" zeigen. Die Rolle des Othello spiele ich, Martha spielt Emilia und Vivian Desdemona. Geht das in Ordnung, weiß jeder, was er zu tun hat?"

Agatha meinte grimmig: „Ihr habt wenigstens alle eine Rolle. Während ich nur ..."
„Taten, keine Worte!", sagte Melrose.
„Ich verstehe trotzdem nicht, warum ich nicht Desdemona sein kann, schließlich hat Vivian ..."
„Großer Gott! Wir sind nicht die Royal Shakespeare Company, wir spielen doch nur dem Inspector eine Szene vor. Er muss es sehen. Geh also hinter den Vorhang und tu, was man dir sagt!"
Verdrossen verschwand sie. „Keinen einzigen Satz darf ich sagen."
„Wenn du einen hättest, würdest du den ganzen Nachmittag nur diesen einen Satz wiederholen."
Agatha schnitt ihm hinter seinem Rücken eine Grimasse und ließ den Vorhang vor sich herunterfallen.
Melrose wandte sich an Martha, die Köchin: „Also, Martha, Sie brauchen nur die paar Zeilen, die ich Ihnen herausgeschrieben habe, abzulesen. Wie es klingt, ist völlig gleichgültig." Martha wurde puterrot. Anscheinend betrachtete sie es als ihr Bühnendebüt.
„Tut so, als wäre das ..." Melrose stand vor dem Vorhang und machte eine ausholende Handbewegung – „die Bühne. In der durch den Vorhang abgetrennten Nische befindet sich Desdemonas Bett. Othello ist schon seit einiger Zeit mit Desdemona auf der Bühne. Es dreht sich um das Taschentuch und um Jago. Vivian – ich meine, Desdemona – liegt auf dem Bett."
Vivian nahm ihren Platz ein; ungeschickt streckte sie sich zwischen den Kissen und Decken aus und sagte: „Töte mich morgen; lass mich heut noch leben!"
„Die Regieanweisung lautet: ‚Er erstickt sie.'" Melrose nahm ein Kissen vom Bett und hielt es vor Vivians Gesicht. Dann wandte er sich ab, ließ das Kissen fallen und zog den Vorhang zu. Martha, die links vorne stand und alles genau verfolgt hatte, näherte sich und tat so, als würde sie gegen eine unsichtbare Tür hämmern.
Hinter dem Vorhang hörte man das Rascheln von Stoff und ein Stöhnen: „O Herr! Herr! Herr!" Martha hämmerte immer noch mit beiden Fäusten gegen die Tür aus Luft.
Melrose bemühte sich, sehr auffällig von Martha zu dem Bett zu blicken und rezitierte: „Nicht tot? Noch nicht ganz tot?" Er ging zu dem Vorhang und zog ihn auf. Desdemona lag halb verdeckt zwischen den zerwühlten Decken und Kissen auf dem Bett. Melrose stand vor ihr, hob das Kissen in die Höhe und ließ dann die Arme wieder fallen. Dabei sagte er: „Nicht möcht' ich dir verlängern deine Qual." Wieder waren vom Bett ein wildes Umsichschlagen und ein Stöhnen zu vernehmen.
Martha-Emilia hämmerte währenddessen unermüdlich mit erhobenen Fäusten gegen die nicht vorhandene Tür. Melrose, der sich über die unglückselige Desdemona gebeugt hatte, richtete sich auf und zog den Bettvorhang wieder zu. Er ging zu der imaginären Tür, tat so, als würde er sie öffnen, und Martha trat herein, steif ihren Text ablesend: „Ich bitt euch dringend, gönnt mir nur ein Wort, o bester Herr!"
Plant legte ihr die Hand auf den Arm. „Das reicht, Martha, wir haben bewiesen, was wir beweisen wollten. Jetzt, Inspector, würde eine kleine Änderung im Text erfolgen. Emilia geht zu dem Bett, und Desdemona müsste sagen: ‚Empfiehlt mich meinem güt'gen Herrn – leb wohl!' – worauf sie stirbt. Diesen Satz müssten wir jedoch weglas-

sen, weil nämlich Desdemona" – und Melrose zog den Bettvorhang zurück – „bereits tot ist."

Agatha richtete sich auf und rieb sich den Hals. „Du hast das absichtlich getan, Plant; du hast mich beinah umgebracht ..."

Vivian war unterdessen durch die Flügeltür von draußen hereingekommen, vor Kälte zitternd. „Du lieber Himmel, Melrose. Wenn ich nochmal die Desdemona spielen soll, dann möchte ich einen Mantel haben. Ich bin beinahe erfroren."

Einen Augenblick lang war Jury sprachlos. Ein Austausch. Sie waren ausgetauscht worden – die betäubte Celia Matchett war an Stelle von Harriet Gethvyn-Owen in das Bett gelegt worden. Jury applaudierte.

Melrose verbeugte sich und sagte: „Das war's, meine Damen. Ich danke Ihnen."

Agatha, die von dem Bett geklettert war und ihren Rock glattstrich, starrte ihn ungläubig an. „Das war's? Das war wirklich alles? Du lässt uns hierherkommen, lässt uns diese lächerliche Scharade aufführen, und dann hältst du es nicht einmal für nötig, auch nur die geringste Erklärung abzugeben? Idiot!"

Selbst Vivian schien etwas pikiert. „Ja, wirklich, Melrose. Was soll das alles?"

Eine gute Frage, dachte Jury. Sie wusste es zwar nicht, aber Melrose Plant hatte ihr möglicherweise gerade das Leben gerettet.

NACHDEM PLANT die beiden losgeworden war, ließ er sich mit Jury am Kamin nieder; neben ihnen standen eine Flasche Whisky und Sandwiches oder vielmehr das, was Martha nach ihrem Bühnendebüt noch zustande gebracht hatte.

„Die paar Worte, die sie ihrer Haushälterin über die Schulter hinweg zugeworfen hat, erforderten keine große schauspielerische Begabung", sagte Jury.

„Nein. Und ich nehme an, sie trug Celia Matchetts Kleider unter ihrem Kostüm und Celias Frisur unter ihrer Perücke. Wahrscheinlich hat Harriet Gethvyn-Owen auch darauf geachtet, dass das Zimmer nur schwach beleuchtet war. Irgendwie mussten sie es bewerkstelligen, dass jemand ‚Celia' sah, während das Stück schon im Gang war. In Wirklichkeit lag sie aber bereits tot auf der Bühne." Plant zündete sich eine Zigarre an.

„Auf der Bühne. Großer Gott, wie kaltblütig – sie vor den Augen der Zuschauer zu ersticken."

„Meinen Sie, dass sie betäubt war?", fragte Plant. „Und dann von Matchett hinter den Vorhang geschleppt wurde? Das Bett hatte auch auf der anderen Seite einen Vorhang. Durch ihn wurde Celia zuerst rein- und dann rausbugsiert. Als ich ihn zuzog, stand Vivian – das heißt Harriet – von ihrem Bett auf und ging durch die Flügeltür nach draußen; an ihrer Stelle legte sich dann Agatha ins Bett. Harriet hatte natürlich Celia, die dasselbe Kostüm wie sie trug, hochheben müssen. Aber aus der Entfernung bei all den zerwühlten Kissen und Decken und da Othello auch noch die Sicht versperrte, kam wohl keiner der Zuschauer auf den Gedanken, dass zwei Desdemonas im Bett liegen könnten."

„Die Gethvyn-Owen geht dann die paar Schritte zu Celias Büro, legt ihr Kostüm und ihre Perücke ab und setzt sich an den Schreibtisch", sagte Jury. „Als Nächste kommt Daisy, und sie nimmt natürlich ganz selbstverständlich an, dass die Frau am Schreibtisch Celia Matchett ist. Danach muss Harriet wieder auf die Bühne zurück und die inzwischen tote Celia in ihr Büro bringen. Mrs Matchett war ziemlich zierlich, sie kann also nicht so schwer gewesen sein. Außerdem waren es nur ein paar Meter. Gleich darauf nimmt sie den Schlussapplaus entgegen. Ein Muster an Kaltblütigkeit!"

„Ich frage mich nur, warum sie, abgebrüht, wie sie war, nicht einfach von ihrem Bett auf der Bühne zu Matchetts Frau hinübergegangen ist und sie an Ort und Stelle um die Ecke gebracht hat. Das wäre doch wesentlich einfacher gewesen", sagte Melrose.

„Hätten Sie das gemacht? Ich meine, an Harriets Stelle? Sie war nicht nur abgebrüht, sondern auch ganz schön gerissen. Auf diese Weise hingen sie beide drin", sagte Jury. Er zuckte die Achseln. „Natürlich kann sie Celia auch im Büro umgebracht haben. Dagegen spricht nur, dass inzwischen in Long Piddleton noch vier weitere Leute umgebracht worden sind, um das, was vor sechzehn Jahren passierte, zu kaschieren." Jury beugte sich etwas vor. „Ich vermute, Ruby Judd hat dieses Armband irgendwo auf der Bühne in der Nähe des Betts gefunden. Für Simon Matchett muss das ein ziemlicher Schock gewesen sein! Was zum Teufel hatte das Armband seiner Frau, ein Armband, das sie ständig getragen hatte, an Ruby Judds Handgelenk zu suchen – sechzehn Jahre später? Er muss erraten haben, wo sie es gefunden hatte. Aber er sah keine Möglichkeit, es in seinen Besitz zu bringen. Die Angst, dass sie sich erinnern könnte, saß ihm wohl im Nacken." Jury goss sich noch etwas Whisky nach. „Und dann findet er heraus, dass mehr als eine Person Bescheid weiß. Vielleicht hatte Ruby ihren Onkel Will eingeweiht, weil sie von ihm einen Rat haben wollte. Und Will hatte dann seinem alten Freund Ansy-Hansi die Geschichte erzählt. Wer von beiden Creed gekannt hat, lässt sich nicht entscheiden. Jedenfalls war auch noch ein Polizist mit von der Partie, falls Matchett Schwierigkeiten machen sollte. Man braucht nicht viel Fantasie: Für ihn war das so was wie ein verhängnisvolles Dominospiel. Zuerst entdeckte er, dass Ruby mit ihrem Onkel darüber gesprochen hat, dann lässt ihr Onkel durchblicken, dass er es Hainsley erzählt und vielleicht auch noch Creed eingeweiht hat. Matchett musste also auf irgendeine Weise Creed und Hainsley hierherlocken. Es war ein Wettlauf mit der Zeit; außerdem konnte er das Dorf nicht verlassen. Für ihn als Schauspieler war es bestimmt ganz einfach gewesen, Smolletts Stimme nachzuahmen und sie hierherzubestellen. Das erklärt vielleicht auch, warum diese Morde so öffentlich waren. Es ist schon schwer genug, sich eine Leiche vom Hals zu schaffen, ganz zu schweigen von vier. Er konnte ja schlecht mit einer Schaufel die Dorfstraße von Long Piddleton entlanggehen, um seine Leichen zu begraben. Er tut also genau das Gegenteil – er stellt sie zur Schau, tolldreist, wie er ist – und rechnet damit, dass die Leute auf einen Irren tippen werden."

„Denken Sie, Ruby hat Matchett in eigener Regie erpresst?"

„Sexuell wahrscheinlich. Vielleicht dachte sie, sie könne ihn zwingen, sie zu heiraten. Schließlich hatte sie die ganzen Männer hier durchprobiert, und Matchett war bestimmt der attraktivste. Wohin ist sie denn gefahren, wenn nicht zu einem Rendezvous, das dumme Ding. Aber sie hat zumindest das Armband dagelassen. Und irgendwo, verflucht noch mal, auch dieses Tagebuch!"

„Aber wenn sie geplant hatten, Matchett zu erpressen – ich meine Small und seine Freunde –, mussten sie bei ihm auch flüssiges Geld vermuten – oh, wie dumm von mir, da ist ja Vivian Rivington. Matchett hätte sie aber heiraten müssen, um an das Geld ranzukommen, vergessen Sie das nicht."

„Matchett könnte Ruby erzählt haben, dass er sich Vivian schon wieder vom Hals schaffen würde, wenn er erst das Geld hätte, und dann frei wäre, Ruby zu heiraten. Ich bin sicher, Matchett kann jede Frau überzeugen, egal von was. Wie zum Beispiel ..." Jury hielt inne.

„Wen?"

„Zum Beispiel Isabel Rivington."

Plant schwieg einen Augenblick lang. „Wie meinen Sie das?"

„Haben Sie sich nicht auch schon gefragt, warum Isabel Vivian mit Matchett verkuppeln will, wo sie doch selbst so vernarrt in ihn ist? Außerdem würde sie auch noch die Vollmacht über das Geld verlieren!"

„Wollen Sie damit sagen, Simon und Isabel hätten eine Art Arrangement getroffen? Eines wie Simon und Ruby vielleicht?"

„Ja, natürlich. Ich bezweifle zwar, dass wir jemals Licht in diese Sache bringen werden, aber ich habe das immer vermutet."

Melrose starrte Jury an. „Und was, denken Sie, ist mit Harriet Gethvyn-Owen passiert?"

Jury dachte einen Augenblick nach und meinte dann: „Ich frage mich vor allem, was mit Vivian Rivington passiert wäre."

Sie tranken ihren Whisky-Soda, schauten sich an und sahen dann ins Feuer.

## 19

Jury näherte sich langsam der Dorfstraße; er fuhr aber nicht in die Richtung der Pandorabüchse, da er das lästige, wenn auch unvermeidliche Treffen mit Superintendent Racer so lange wie möglich hinausschieben wollte. Vielleicht konnte er bei der Hammerschmiede haltmachen und Mrs Scroggs bitten, ihm ein Essen aufzutischen.

Als er die Zufahrt zur Kirche sah, bog er ab und parkte den Wagen. Die Kirche war ein Ort, an dem der Superintendent wohl kaum herumschnüffeln würde, und Jury brauchte etwas Zeit zum Nachdenken.

DIE ST-RULES-KIRCHE war immer noch so feucht und kalt wie am frühen Morgen und würde auch bald wieder so dunkel sein. Von einer der hinteren Reihen aus konnte er zuschauen, wie das abendliche Dämmerlicht aus den Seitenschiffen und Nischen wich. Er hatte es sich auf der harten Bank so gut es ging bequem gemacht und blickte sich um – auf die Streben, die Bossen, den „Dreidecker" und das kleine schwarze Brett mit den Nummern der Lieder, die von der Gemeinde gesungen worden wären, wenn der Gottesdienst stattgefunden hätte. Die dünnen Gesangbücher standen auf einem schmalen Brett, das an der Rückseite der Bänke angebracht war. Jury nahm sich eines, schlug die Nummer 136 auf und begann „Wohlauf, ihr christlichen Soldaten" zu singen. Er kam sich sofort lächerlich dabei vor und klappte das Buch zu; abwesend starrte er auf den Einband. Auf dem Deckel stand in verblichenen Goldlettern: GESANGBUCH. Es war ziemlich klein, ungefähr 15 auf 17 Zentimeter, und in rotes Leder gebunden. Er erinnerte sich an die Stimme von Mrs Gaunt – oder war es die von Daphne gewesen? *„Ich kam rein und sah sie in ein Buch schreiben. In ihr Tagebuch. Ein kleines rotes Buch."*

IN EINER KNAPPEN VIERTELSTUNDE – Jury hatte hinter jedem Sitz nachgeschaut, jedes Gesangbuch hervorgezogen und wieder zurückgestellt – hielt er es dann schließlich in der Hand: Es war kaum dicker als die Gesangbücher, und der Einband war ebenfalls rot, nur etwas greller. Nicht schwer zu finden, man musste nur danach suchen, da die Gesangbücher von dem schmalen Holzbrett auf der Rückseite der Sitze teilweise verdeckt wurden. Wäre am vergangenen Sonntag ein Gemeindemitglied auf diesem Sitz gesessen, so hätte er es gefunden. Es gab jedoch weit mehr Gesangbücher als Dorfbewohner, die daraus sangen. Hatte Ruby ihr Tagebuch, ähnlich wie das Armband, als eine Art Pfand zurückgelassen? Oder hatte sie es einfach bei den Gesangbüchern abgestellt und dann vergessen?

Statt GESANGBUCH stand in goldener Kursivschrift TAGEBUCH auf dem Deckel. Dramatisch große Blockbuchstaben zierten die erste Seite: RUBY JUDD.

Inzwischen war es völlig dunkel geworden; schon bei seiner Suche hatte er die Taschenlampe einschalten müssen. Er ging mit dem Buch zur Kanzel, stieg die kleine Treppe hoch und zog die schmale Messinglampe so weit herunter, dass das Licht direkt auf die Seiten des Buchs fiel.

Das meiste davon – der Teil, in dem die ersten Monate des Jahres abgehandelt wurden – war irgendwelcher Blödsinn über irgendwelche Männer in Weatherington oder Long Piddleton – Geschäftsleute, ein Verkäufer; nichts über Trueblood oder Darrington –, die Art von Blabla, die er erwartet hatte. Das Stichwort Simon Matchett fiel erst später; zwischendurch entdeckte er noch Bemerkungen über Trueblood (ein erstaunlich guter Liebhaber für einen Mann mit seinen Neigungen) und Darrington (ein erstaunlich schlechter). Sie kam aber immer wieder auf Matchett zurück, der „einfach umwerfend gut aussah", wie sie des Öfteren betonte. *Augen wie der Rydal River.* Dieser überraschend hübsche Vergleich aus Ruby Judds prosaischer Feder versöhnte Jury etwas. *Wenn ich daran denke, dass Daphne immer in seiner Nähe sein kann, während ich mich mit dem Drachen – Mrs Gaunt höchstwahrscheinlich – und dem Pfarrer rumschlagen muss! Sie wären ganz schön sauer, wenn sie wüssten, dass ich hier herumsitze und mein Tagebuch schreibe, während ich eigentlich abstauben sollte. Wenn schon, ich krieg auch nicht annähernd so viel wie Daphne, die außerdem noch für ihn arbeiten darf.* Auf den folgenden Seiten beschrieb sie ihre sexuellen Abenteuer mit Darrington, mit der Aushilfskraft des Zeitungshändlers und anderen; hin und wieder ließ sie sich darüber aus, wie langweilig das Leben in Long Piddleton sei. Jury überblätterte ein paar Seiten und fand, was er gesucht hatte: die Kissenschlacht mit Daphne. *Dann bin ich unters Bett gerollt, und als sie mit ihrem Arm über den Bettrand angelte und mich packen wollte, ging der Verschluss ihres Armbands auf, ein geschmackloses Ding mit einem goldenen Kreuz dran. Plötzlich fiel mir alles wieder ein: Ich lag unter dem Bett, und ein Arm baumelte herunter. Und von dem Arm rutschte das Armband. Ist schon Jahre her, das alles.* War es möglich, dass Ruby, neugierig, wie sie war, tatsächlich unter das Bett auf der Bühne gekrochen war und während der ganzen Vorstellung dort gelegen hatte? Sie konnte dabei gewesen sein, als Matchett Celia erstickte und überhaupt nichts bemerkt haben. *Gott!!! Ich erinnerte mich auch plötzlich, was das für ein Armband war, das ich damals gefunden hatte. Es gehörte ihr, Mrs Matchett, die an diesem Abend ermordet worden war. Was hat das zu bedeuten???* Das war fünfmal unterstrichen. Ein paar Tage lang gab es keine Eintragungen. Ruby hatte anscheinend in der Bibliothek von Weatherington alte Zeitungen durchgesehen: nach dem Mord im Gasthof der Matchetts. Und es war ihr klargeworden, dass Celia Matchett auf diesem Bett und nicht in ihrem Büro erwürgt worden war. Sie sah plötzlich wieder den schlaffen Arm vor sich, so wie sie ihn als Siebenjährige gesehen hatte.

Sie lungerte jetzt nur noch in der Pandorabüchse herum und versuchte, trotz der Entdeckung, die sie gemacht hatte, Simon Matchett rumzukriegen. Sie fing an, Pläne zu schmieden. *Heute hab ich Onkel Will angerufen. Wenn er sich nur erinnern könnte, dann könnten sich auch die andern wieder erinnern. Zuerst erklärte er mich für total übergeschnappt – „Ruby, du warst damals gerade sieben Jahre alt, du kannst nicht mehr wissen, was da passiert ist." Nach langem Hin und Her hab ich ihn dann doch überzeugt, dass Simon es gewesen sein muss, dass er sie umgebracht haben muss. Entweder er oder diese Harriet, die immer im Zusammenhang mit ihm erwähnt wurde. Ich erinnere mich auch wieder, was für einen Schreck ich gekriegt habe. Dieser Arm!! Uhh!!! Und ich hab auch nie jemandem von diesem Armband erzählt, weil ich dachte, ich würde mich damit nur in die Nesseln setzen.*

Am Tag darauf: *Onkel Will hat mich zurückgerufen und hat gesagt, ich soll nichts unternehmen, er will mit einem Freund von ihm sprechen, einem Bullen. Ich fragte ihn, ob er Simon verhaften lassen will, und er lachte nur. Ich glaube, er meint, er kann von Simon Geld kriegen. Ich erzählte ihm, hier würde gemunkelt, dass Simon diese komische alte Erbin heiraten will. Und die schwimmt im Geld.*

Zwei Tage später: *Wenn er Geld aus ihm herausschlägt, warum kann ich dann nicht was anderes rausschlagen?* Jury konnte Ruby vor sich sehen, ihre blitzenden Augen und ihr Schulmädchengekicher, das von dem Gebälk der Kirche aufgefangen wurde.

Zwei oder drei Tage fehlten, dann schrieb sie: *Er war im Keller, um den Wein für das Essen zu holen, und ich ging einfach auch runter, hielt ihm das Armband unter die Nase und fragte ihn, ob er sich nicht daran erinnern kann. Er würde doch immer daran herumspielen, wenn ich es trage. Und dann erzählte ich alles, was ich wusste. Zuerst dachte ich, er will mich schlagen. Aber er packte mich nur, zog mich an sich und küsste mich!!! Er sagte, es wäre wirklich dumm, dass ich meinem Onkel davon erzählt hätte, und fragte mich, ob ich auch mit andern darüber gesprochen hätte. Ich sagte nein, mit keinem. Was auch stimmte. Er meinte, im Augenblick sei wohl nichts zu machen – zu schade, aber er hätte sich nie recht getraut, weil ich so viel jünger sei als er. Richtig traurig sah er aus. Und dann fragte er mich, ob ich mit ihm übers Wochenende wegfahren will, wir könnten dann die Sache in Ruhe besprechen. Aber so dumm bin ich auch nicht. Ich sagte ihm, er braucht das gar nicht erst zu versuchen. Er will doch nur, dass ich den Mund halten soll. Er machte eine Champagnerflasche auf, und wir prosteten uns zu, alberten herum und küssten uns. Ich weiß jetzt auch, dass er es ernst meint. Ich soll meine Tasche packen und den andern sagen, ich würde nach Weatherington fahren, damit sich niemand Gedan-*

ken macht. Ich erinnerte mich aber auch wieder, dass Onkel Will gesagt hat, ich soll das Armband abnehmen und gut aufheben. Von mir aus. Ich trage ja doch bald einen dicken Diamanten am Finger. Eben ist mir auch ein prima Versteck für das Armband eingefallen. Wenn das nicht komisch ist!!!

Und der letzte Eintrag: *Kann jetzt nicht schreiben. Sie kommt angewalzt. Mrs Gaunt wahrscheinlich. Muss Schluss machen. Fortsetzung folgt!!!*

Ruby musste ihr Tagebuch zu den Gesangbüchern gestellt und den Besen zur Hand genommen haben. Wahrscheinlich hatte sie es nur weggestellt, um es später wieder hervorholen zu können, und es dann in der Aufregung vergessen.

*Fortsetzung folgt!!!* Jury blickte noch einmal auf die rührend hoffnungsvollen Worte. Die kleine Närrin. Für Ruby Judd hatte es keine Fortsetzung mehr gegeben. Er stand in der dunklen Kirche, nur die kleine Lampe warf ihren Lichtkegel auf die weißen Seiten von Rubys Tagebuch. Jury war so absorbiert von dieser blinden Schulmädchenleidenschaft, die Ruby Judd für Simon Matchett empfunden hatte, dass er überhaupt nicht bemerkte, wie die schwere Eichentür aufging und dann wieder ins Schloss fiel.

Jury konnte in der dunklen Halle der Kirche nichts erkennen, als er jedoch die Stimme hörte, wusste er sofort, dass es Simon Matchett war.

„Ich hab von der Straße aus Licht gesehen und fragte mich, wer sich um diese Zeit wohl noch in der Kirche aufhält. Ein ungewöhnlicher Ort für einen Kriminalbeamten – die Kanzel."

Einen Augenblick lang herrschte Stille, dann bewegte sich etwas; Jury nahm an, dass Matchett in einem der hinteren Kirchenstühle Platz genommen hatte.

„Und Sie, Mr Matchett? Was tun Sie noch in der Kirche? Oder sind Wirte noch eifrigere Kirchgänger als Kriminalbeamte?"

„Wohl kaum. Ich war nur neugierig."

Jury hätte es in jeder Situation als unangenehm empfunden, sich mit einer körperlosen Stimme unterhalten zu müssen. Die einzige Lichtquelle in der Kirche war die kleine Lampe, die die Kanzel erleuchtete. Jury kam sich vor wie ein geblendetes Wild.

„Ich folgte wohl derselben Eingebung wie Sie, Inspector. Wenn das Tagebuch nicht im Pfarrhaus war, dann blieb doch wohl nur noch die Kirche übrig ...? Ich nehme nicht an, dass Sie dort oben das Gebetbuch lesen?"

„Wenn ich das täte, Mr Matchett, dann hätten Sie wohl ausgespielt, nicht?"

Ein kurzes Lachen driftete durch die Dunkelheit. „Oh, tun Sie doch nicht so, als wüssten Sie von nichts. Ihr Sergeant war mir ständig auf den Fersen. Ich konnte machen, was ich wollte, er schien fest entschlossen zu sein, mich in seiner Nähe zu behalten. Nein, nein, keine Angst, es ist ihm nichts passiert; er schläft wie ein Murmeltier beim Feuer. In seinem Rum waren ein paar Tropfen Baldrian. Wie wär's, Inspector, wenn Sie mir jetzt das kleine Buch herunterbringen würden?"

Jury nahm an, dass eine Pistole auf ihn gerichtet war. Dass Matchett so sicher damit rechnete, das Tagebuch ausgehändigt zu bekommen, schien das zu beweisen.

„Und wenn Sie eine Knarre bei sich haben, Inspector, dann werfen Sie die am besten auch gleich weg. Ich hab Sie zwar noch nie mit einer gesehen, aber man kann ja nie wissen."

Jury hatte keine Waffe bei sich. Er war schon vor Jahren zu der Überzeugung gekommen, dass es im Allgemeinen viel gefährlicher war, eine zu haben. Aber es war sinnlos, Matchett das zu erklären. Jury lag vor allem daran, Zeit zu gewinnen, um seine missliche Lage zu überdenken. Nicht weit von der Kanzel entfernt – etwas höher und in einem Abstand von ungefähr einem Meter – befand sich die Lettnerempore. „Mr Matchett, wenn Sie die Absicht haben – und die haben Sie wohl –, mich aus dem Weg zu räumen, sollten Sie sich da nicht vorher noch vergewissern, ob außer mir jemand Bescheid weiß?" Jury hatte nicht vor, Plant zu erwähnen, er wollte nur versuchen, Matchett zum Sprechen zu bringen.

„Was soll das, Inspector? Diesen alten Trick können Sie sich bei mir sparen. Nicht einmal Ihr Superintendent weiß was. Ihrem Sergeant müssen Sie ja wohl was gesagt haben, aber um den kümmere ich mich später."

Die Höhe und Entfernung der Empore waren nicht besonders groß, aber, Gott sei's geklagt, er war auch nicht mehr so beweglich, wie er es einmal gewesen war. „Dürfte ich Sie bitten, in einem oder zwei Punkten meine Neugierde zu befriedigen, Mr Matchett? Warum, um Gottes willen, haben Sie Ihre Leichen auf eine so groteske Art zur Schau gestellt? Sie hätten Hainsley doch einfach in seinem Bett liegen lassen und Ruby im Wald verscharren können?" Jury wusste, dass Massenmörder wie Matchett unglaublich eitel waren. Sie waren fasziniert von ihrer eigenen Schlauheit. Es musste ja auch frustrierend sein, etwas so schlau einzufädeln und dann niemandem von dem Geniestreich erzählen zu können. Zuerst dachte er jedoch, Matchett würde nicht antworten. In den dunklen Gewölben wurde das kleinste Geräusch um ein Vielfaches verstärkt, und Jury glaubte das Klicken eines Sicherungshebels gehört zu haben. Er behielt jedoch recht, was das zwanghafte Mitteilungsbedürfnis von Massenmördern betraf.

„Inspector, Sie haben doch bestimmt erraten, dass das nur ein Ablenkungsmanöver war. Ein schrilles Geräusch übertönt man durch ein noch schrilleres. Ich hatte ja gar nicht die Zeit, diese Leute diskret und unauffällig, äh, beiseitezuschaffen. Die kleine Judd, ihr Onkel, Hainsley und dieser Polizist Creed, den sie sich noch angeheuert hatten – sie stürzten sich beinahe gleichzeitig auf mich. Und da ich nicht diskret zu Werke gehen konnte, entschied ich mich für das Gegenteil: Ich wollte ein solches Spektakel veranstalten, dass man einen Irren verantwortlich machen würde, einen, der die Leute einfach nur so abschlachtet. Einen Psychopathen."

„Eine Zeit lang hat man das ja auch gedacht." Jury missfielen die Geräusche, die darauf hindeuteten, dass Matchett aufgestanden war und durch das Mittelschiff ging. Von der Lettnerempore bis zu der Empore, die an den anderen Seiten der Kirche entlanglief – das ließ sich noch schaffen, es musste nur schnell geschehen.

„Dürfte ich Sie auch etwas fragen? Ich vermute, Sie wissen, dass ich meine Frau umgebracht habe. Aber wie zum Teufel …"

„Nicht sehr klug von Ihnen, Mr Matchett, eine solche Vermutung zu äußern. Und gleichzeitig den Mord zu gestehen. Was ich mich die ganze Zeit über fragte, war, was Sie eigentlich mit Miss Rivington verband."

Matchett schwieg einen Augenblick, dann fragte er: „Mit welcher Miss Rivington?"

„Ich glaube, damit ist meine Frage schon beantwortet." Jury schätzte immer noch die Entfernungen ab. „Und hat Small – ich meine Smollett – die andern beiden hierherbestellt, oder haben Sie das getan?"

„Ich habe sie kommen lassen. Smolletts Stimme nachzuahmen war kein Problem mehr, nachdem er mir erzählt hatte, dass auch Hainsley und Creed von ihm eingeweiht worden waren. Ich hab sie einfach angerufen und ihnen gesagt – als Smollett –, dass sie sofort hierherkommen sollten. Und ich sagte ihnen auch, dass sie in der Hammerschmiede und im Schwanen absteigen sollten – ich konnte sie ja nicht alle in der Pandorabüchse abkratzen lassen."

„Sie waren also nicht um elf, sondern schon um halb elf beim Schwanen. Sie haben Ihren Wagen im Wald abgestellt ... dass wir dieses Fenster und die Fußspuren entdecken würden, war Ihnen ja wohl klar?"

„Ja, natürlich. Das lag auch in meiner Absicht; da ich zu dem Zeitpunkt des Mordes – oder zumindest um den Dreh – mit Vivian im Schwanen saß, war mir egal, wen Sie verdächtigen würden, durch dieses Fenster eingestiegen zu sein. Übergroße Stiefel und ein Overall, um mich nicht zu beschmutzen – eine todsichere Sache."

Jury wollte, dass er weiterredete. „Und wie haben Sie es geschafft, sich von hinten an Creed ranzuschleichen?"

„Er dachte – oder vielmehr legte ich ihm das nahe –, ich würde nach der Heizung schauen. Der Overall kam mir dabei sehr zustatten. Und außerdem bin ich nun mal Schauspieler, Inspector ..."

„Das kann ich bestätigen. Aber warum in Gottes Namen haben Sie sich mit Creed nicht irgendwo anders getroffen, warum haben Sie ihn denn nach Long Piddleton kommen lassen?"

„Ganz einfach – weil Sie uns festgehalten haben. Mir blieb gar nichts anderes übrig. Und allmählich fand ich auch Gefallen an dem Gasthof-Motiv, das sich die Zeitungen ausgedacht haben."

„Ich verstehe." Jury war zu sehr damit beschäftigt, den Kraftaufwand abzuschätzen, den dieser Sprung erfordern würde, um sich noch um die Gefühle dieses unsichtbaren Mannes in dem pechschwarzen Raum unter ihm kümmern zu können. „Wird denn Mord mit der Zeit zur Gewohnheit?"

„Vielleicht. Aber ich möchte Sie doch bitten, mir jetzt dieses Tagebuch zu übergeben, Inspector. Und seien Sie so nett und kommen Sie ganz langsam die Kanzeltreppe herunter."

„Bleibt mir wohl nichts anderes übrig, Kumpel?" Jury knipste plötzlich das Licht aus und ging hinter dem Pult in Deckung, als die erste Kugel schon in das Holz über seinem Kopf einschlug. Dann schwang er sich auf den Rand der Kanzel und verlagerte sein Gewicht, um den Sprung auf die Empore zu wagen. Sein einziger Schutz war die Dunkelheit, und er brauchte seine ganze Kraft, um den Rand der Empore zu erreichen. Seine Hände griffen danach, hielten sich fest, und einen Augenblick lang baumelte er in der Luft, bis er sich dann mit letzter Anstrengung hochhieven konnte. Eine weitere Kugel flog in die Richtung der Bosse über ihm, und dann herrschte wieder absolute Stille, eine Stille, die er nicht durch seine Atemstöße unterbrechen wollte, obwohl er das Gefühl hatte, seine Lungen würden gleich platzen. Von der Lettnerempore auf die Seitenempore zu springen war ein Kinderspiel – wie ironisch, dachte Jury, dass die Kirche einem Theater gleicht; im Augenblick beschäftigte ihn jedoch die Frage, was für einen Revolver Matchett in der Hand hielt und wie viele Kugeln noch in dem Magazin steckten. Matchett würde nicht so dumm sein und sie einfach verballern.

Jury hörte das leise Scharren von Füßen, und er wusste, dass Matchett die Treppe zur Lettnerempore hochstieg, eine Treppe, die in die Mauer zu seiner Linken gehauen worden war. Geduckt schlich er sich auf die andere Seite und sprang dann von der Lettnerempore auf die Seitenempore rechts von ihm; im selben Augenblick hatte auch Matchett die oberste Treppenstufe erreicht – ein kurzes Aufblitzen und ein Schuss, der, wie Jury hätte schwören können, knapp an seinem Ohr vorbeigegangen war. Immer noch geduckt, bewegte er sich zwischen den Bänken entlang und blieb dann stehen. Wieder herrschte Totenstille. Vorsichtig holte er die Taschenlampe aus der Tasche seines Regenmantels; er stellte sie auf den Sims der Empore, knipste sie an und rannte die westliche Empore entlang, während Matchett einen weiteren Schuss abgab. Die Taschenlampe fiel um und schlug auf dem Boden des Kirchenschiffs auf.

Beim Herauskramen seiner Taschenlampe waren Jury die Hustenbonbons in der Innentasche seines Mantels eingefallen. Wenn er nur das Zellophanpapier abreißen könnte, ohne seinen Standort zu verraten – in der anderen Tasche befand sich nämlich die Schleuder des kleinen Jungen. *Gott segne dich, James.* Er löste ein klebriges Bonbon von dem Klumpen in der Packung, presste es gegen den Gummi und zielte auf das nächste Fenster. Auf das Klirren erfolgte dann auch gleich der nächste Schuss. Er versuchte, Matchetts Reflexe weiter zu reizen, indem er den Gummi schnell wieder anspannte und ein weiteres Hustenbonbongeschoss in das Kirchenschiff sandte. Er zielte in eine dunkle Nische und hörte ein Splittern; vielleicht hatte er die Gipsstatue der Heiligen Jungfrau getroffen. Jury betete so inbrünstig wie nie zuvor in seinem Leben.

Aber statt eines Schusses hörte er, wie Matchett die Treppe zu der Lettnerempore hinunterrannte und in das Mittelschiff lief.

Wieder war nichts zu vernehmen, bis dann plötzlich ein Lichtstrahl die Empore entlangwanderte. Jury duckte sich.

„Ihre Täuschungsmanöver waren großartig, Inspector", ertönte es von unten, „aber Sie machten den Fehler, Ihre Taschenlampe aufzugeben, und das war genauso dumm, wie dass ich keine mitgebracht habe. Da Sie offensichtlich keine Kanone besitzen, während ich meine in der Hand halte, sollten Sie sich vielleicht doch bequemen herunterzukommen, finden Sie nicht auch?"

Da Matchett bestimmt keinen weiteren Schuss mehr vergeuden würde, blieb Jury keine andere Wahl. Würde er ihn gleich abknallen, wenn er in sein Blickfeld käme? Oder würde er warten, bis er das Tagebuch in der Hand hätte? Jury hoffte nur, er würde warten.

„Wenn Sie sich bitte in den Mittelgang begeben, Inspector. Tut mir leid, aber ich muss dieses Tagebuch haben. Danach können wir dann eine kleine Spazierfahrt machen."

Jury atmete auf. Zwischen hier und einem Grab im Wald würde ihm bestimmt noch etwas einfallen. „Ich komme herunter, Matchett."

„Sachte, immer sachte!"

Jury ging zwischen den Bankreihen zu der Treppe hinüber, die Matchett vor ein paar Minuten hinuntergerannt war. Jury blickte in das Kirchenschiff und sah Matchett ungefähr in der Mitte zwischen den Stuhlreihen stehen. Jury schnappte sich eines der Gesangbücher und hielt es mit beiden Händen fest. Dann stieg er die Treppe hinunter. Als er unten angekommen war, hielt er das Buch über seinen Kopf.

„Bringen Sie es hier rüber ..."

Jury ging auf ihn zu, und als er ungefähr drei Meter von ihm entfernt war, befahl ihm Matchett stehen zu bleiben. „Das ist nahe genug ..."

In diesem Augenblick lockerte Jury seinen Griff, und das Gesangbuch fiel auf den weichen Teppich, auf dem sie standen.

„Wie ungeschickt", meinte Matchett.

Jury tat so, als wolle er sich bücken, wusste jedoch, dass Matchett ihn davon abhalten würde.

„Schon gut, Inspector. Schubsen Sie es einfach mit dem Fuß zu mir rüber."

Darauf hatte er gewartet; er hoffte nur, dass ihn sein Bein nicht im Stich lassen würde. Jury trat mit dem Absatz gegen den dünnen Deckel, und das Buch flog zu ihm zurück. Das geschah so schnell, dass Matchett keine Zeit zum Überlegen blieb. Der letzte Schuss ging los, und die Kugel streifte Jurys Arm. Mit einem Satz stürzte sich Jury auf ihn, und es fiel ihm nicht besonders schwer, Matchett gegen den Kirchenstuhl zu drängen; Jury war so geladen – seine ganze Wut auf diesen Wahnsinnigen brach aus ihm hervor –, dass der Tritt und der Kinnhaken, die er Matchett versetzte, beinahe gleichzeitig erfolgten und auch die erhoffte Wirkung hatten. Matchett sackte zusammen und blieb auf den Fliesen zwischen den Stuhlreihen liegen.

Jury hob das Gesangbuch auf. Das Tagebuch lag immer noch auf der Kanzel. Er hatte es unter die riesige, beleuchtete Bibel geschoben, während er sich mit Matchett unterhalten hatte. Er blickte auf ihn hinunter und fragte sich, ob dieser Mann eine Vorliebe fürs Töten entwickelt hatte wie andere für Austern. Jury sagte zu der reglosen Gestalt: „Mr Matchett, Sie sind berechtigt, die Aussage zu verweigern; wenn Sie jedoch eine Aussage machen, kann diese zu Protokoll genommen und gegen Sie verwandt werden, kapiert?"

Er drehte sich um, ging auf den Altar zu und stieg noch einmal die Kanzel hoch. Oben angelangt, knipste er die kleine Lampe an, hob die Bibel hoch und zog Rubys Tagebuch darunter hervor. Die Arme auf dem Pult ausgebreitet – einem Geistlichen zum Verwechseln ähnlich –, blickte er auf das Buch, das Simon Matchetts Ende bedeutete.

Und wieder hörte er hinter sich die schwere Tür aufgehen und gleich darauf wieder zuschnappen. Aus der dunklen Eingangshalle tönte ihm die angriffslustige Stimme von keinem Geringeren als Superintendent Racer entgegen.

„Haben Sie endlich Ihre Berufung entdeckt, Jury?"

MATCHETT wurde auf das Polizeirevier in Weatherington gebracht. Er war „offiziell" von Racer und seiner rechten Hand, Inspector Briscowe, verhaftet worden. Wie Briscowe es später an diesem Abend den Reportern gegenüber formulierte, war er seinem Chef nach Long Piddleton gefolgt, um der Sache „etwas Dampf" zu machen. Und tatsächlich hatte sich der Fall auch von dem Augenblick an, als der Superintendent auf der Bildfläche erschien, wie von selbst aufgelöst. Racer hatte das natürlich etwas anders ausgedrückt, aber die Reporter aus London begriffen sofort.

„DIESER FIESE KERL", sagte Sheila Hogg, die um Mitternacht noch so freizügig Scotch ausschenkte, als käme er aus dem Wasserhahn. „Sie haben die ganze Dreckarbeit geleistet, und er heimst die Lorbeeren ein. Und dabei wäre es Ihnen beinahe an den Kragen gegangen. Hier!" Sie drückte ein Halbliterglas in Jurys freie Hand; der andere Arm war ihm von einem ziemlich kleinlauten Dr. Appleby verbunden worden.

Eine Stunde nach Matchetts Verhaftung wusste ganz Long Piddleton Bescheid – ohne Zweifel Plucks Verdienst. (Jury hatte amüsiert beobachtet, wie Pluck Briscowe aus dem Bild zu drängen versuchte.) Sheila hatte Jury förmlich zu sich nach Hause geschleppt, um ihm einen Drink aufzunötigen. In ihren Augen war er der Held des Tages.

Auf diese anklagende Feststellung antwortete ihr Jury: „Was soll's. Ende gut, alles gut, finden Sie nicht?"

„War auch an der Zeit", sagte Darrington, dessen alte Feindseligkeit inzwischen noch von Eifersucht verstärkt wurde. „Sie wollten ja schon mich zur Strecke bringen." Darrington grinste hämisch.

In gespielter Verwunderung zog Jury die Augenbrauen hoch. „Sie? Oh, das ist doch wohl nicht Ihr Ernst? Sie standen noch nie auf meiner Liste. Das war doch wohl klar. Sie haben gar nicht so viel Fantasie. Schauen Sie sich doch Matchett an – er hätte Schriftsteller werden können, wenn er nicht so abnorm veranlagt wäre."

Sheila kicherte amüsiert und angeheitert. Darrington wurde rot und stand auf. „Warum, zum Teufel, hauen Sie nicht endlich ab? Seit Sie hier sind, hab ich nur Scherereien. Sie haben hier nichts mehr zu suchen!"

Sheila knallte ihr Glas auf den Tisch. „Dasselbe gilt für mich!" Obwohl sie ziemlich wacklig auf den Beinen stand, versuchte sie eine würdevolle Haltung einzunehmen. „Oliver, du bist ein Mistkerl. Meine Sachen lasse ich später abholen."

Darrington hatte sich wieder gesetzt und beachtete sie kaum. „Du bist betrunken", sagte er und starrte in sein Glas.

Jury stützte sie mit seinem Arm ab, während sie sich nach Darrington umdrehte und ihm entgegenschleuderte: „Besser betrunken, du Narr, du verdammter, als ... als *fantasielos!* Hab ich nicht recht, Inspector?"

Obwohl ihre Aussprache nicht mehr ganz klar war und sie sich an ihn klammerte, als befände sie sich auf einem schlingernden Schiff, pflichtete ihr Jury voll und ganz bei. Er bot ihr sogar seinen Arm an, als sie zusammen aus dem Zimmer gingen.

„Er denkt, ich mache Witze. Es ist aber mein Ernst. Ich werde mir bei Scroggs ein Zimmer nehmen. Es sei denn ..." Und sie blickte ihn unter ihren dichten Wimpern hervor hoffnungsvoll an.

Er lächelte. „Tut mir leid, Süße. Die Pandorabüchse ist besetzt. Keine weiteren Gäste." Als er ihr in den Mantel half, bemerkte er, dass sie vor Enttäuschung ganz zerknittert aussah. Er blinzelte ihr zu: „Aber London ist ja auch noch da. Sie kommen doch bestimmt ab und zu mal in die Stadt, oder nicht?"

Aufgemuntert antwortete sie: „Verlass dich drauf, Süßer!"

Als sie zum Wagen gingen, sah Jury Darringtons Silhouette, die sich gegen das Licht der Eingangshalle abzeichnete. „Sheila? Was zum Teufel ...!"

Nachdem er Sheila Mrs Scroggs' mütterlicher Fürsorge anvertraut hatte, fuhr Jury stockbetrunken zur Pandorabüchse zurück. Als er aus dem Morris stieg, bemerkte er, dass unten in der Bar noch Licht war.

Völlig aufgelöst wartete Daphne Murch auf ihn. Jury fiel ein, dass sie dabei gewesen sein musste, als Matchetts Sachen abgeholt wurden.

Sie lief ihm entgegen und sagte: „Ich konnte es einfach nicht fassen, Sir. Mr Matchett! Wo er doch immer so offen und ehrlich gewesen ist!"

„Tut mir leid, Daphne. Ich weiß, es muss schrecklich für Sie sein." Sie saßen an einem der Tische, und Daphne servierte Tee – ob müde Füße oder ein Massenmörder, Tee war dem wahren Engländer Heilmittel für alles. Sie schüttelte immer noch ungläubig den Kopf.

„Hören Sie, Daphne, Sie haben jetzt keinen Job mehr, nicht?"

Sie sah ihn niedergeschlagen an, und Jury fügte hinzu: „Ich hab da ein paar Freunde in Hampstead Heath." Er holte sein kleines Adressbuch hervor, schrieb die Adresse auf und gab sie ihr. „Ich weiß zwar nicht, ob Sie nach London wollen" – ihr Gesichtsausdruck verriet ihm, dass sie die Vorstellung offensichtlich sehr aufregend fand –, „aber ich kann Ihnen versichern, dass es sehr nette Leute sind, und ich weiß auch, dass sie eine Hausangestellte suchen." Er wusste außerdem, dass sie einen sehr stattlichen jungen Chauffeur hatten. „Wenn Sie wollen, setze ich mich in London gleich mit ihnen in Verbindung und …"

Er konnte seinen Satz nicht beenden, da Daphne um den Tisch gelaufen kam und ihn küsste. Dann flüchtete sie hochrot aus der Bar.

# 20

Montag, 28. Dezember

Als Jury am nächsten Morgen aufwachte, konnte er sich kaum erinnern, wie er noch die Treppe hochgestolpert war und sich aufs Bett hatte fallen lassen. Ausgezogen hatte er sich nicht. Darringtons Bourbon und der Schlafmangel während der letzten achtundvierzig Stunden hatten ihm wohl den letzten Rest gegeben. Das Klopfen, das ihn geweckt hatte, war jedoch eher zaghaft gewesen. Er rief: „Herein!", und Wiggins streckte seinen Kopf durch den Türspalt.

„Es tut mir aufrichtig leid, Sir, Sie wecken zu müssen. Aber Superintendent Racer sitzt unten im Speisesaal und fragt schon seit einer Stunde nach Ihnen. Ich hab ihn immer wieder hingehalten, aber ich glaube, lange schaffe ich's nicht mehr." Jury hatte ihm erzählt, zu welchem Zweck er die Hustenbonbons verwandt hatte, und das war für Wiggins, der sich die schrecklichsten Vorwürfe machte, weil ihm Matchett durch die Lappen gegangen war, der einzige Trost gewesen. „Wenn Sie nicht gewesen wären, Sergeant …" Dass er Inspector Jury gleichsam das Leben gerettet hatte, hatte dem Sergeant Auftrieb gegeben. Vierschrötig stand er in Jurys Zimmer und sagte deutlich: „Ehrlich gesagt, Sir, ich finde es eine Schande, wie er Sie behandelt. Seit einer Woche haben Sie kaum ein Auge zugetan. Nehmen Sie es mir nicht übel, aber Sie arbeiten viel zu viel. Ich hab Superintendent Racer gesagt, ich würde Sie schon wecken, aber zu einer annehmbaren Zeit, nicht vorher." Sergeant Wiggins verstummte plötzlich, als könnten seinen Worten Flügel wachsen und sie nach New Scotland Yard tragen.

„Das haben Sie tatsächlich gesagt?" Jury stützte sich auf einen Ellbogen auf und starrte Wiggins an.

„Jawohl, Sir."

„Da kann ich nur sagen, dass Sie verdammt viel Zivilcourage haben, mehr als ich, Wiggins."

Strahlend ging der Sergeant aus dem Zimmer, damit Jury sich ankleiden konnte. Und Jury war nicht entgangen, dass er kein einziges Mal sein Taschentuch hervorgezogen hatte.

„SIE WOLLTEN MICH SPRECHEN?" Jury verzichtete geflissentlich darauf, ihn mit „Sir" anzureden.

Superintendent Racer hatte es sich im Speisesaal bequem gemacht, und um ihn herum standen die Teller mit den Resten eines üppigen Frühstücks: halbe Brötchen, Eierstückchen, Bücklinggräten. Der Onyx-Ring an seinem Finger funkelte, während er eine frisch angezündete Zigarre in seinem Mund rollte.

„Sie haben auf dem Land wohl etwas Schlaf nachgeholt? Es war wirklich höchste Zeit, dass dieser Fall abgeschlossen wurde, Jury ..." Jury bemerkte, dass derjenige, dessen Verdienst das war, mit keinem Wort erwähnt wurde –, „oder das Sanitätsbataillon wäre aufgetaucht, das garantiere ich Ihnen."

Immer noch glühend, stellte ihnen Daphne eine silberne Kaffeekanne hin und entfernte sich dann strahlend, ohne zu bemerken, dass Racer ihre Beine begutachtete.

„Gar nicht so schlecht, die Kleine", sagte er, bevor er sich wieder umwandte und über den Tisch beugte, um Jury anzufunkeln. Sein Jackett, das er sich elegant über die Schultern geworfen hatte, war auf der einen Seite heruntergerutscht, und er zog es wieder hoch. „Jury, auch wenn ich nicht alles gutheißen kann, was Sie getan haben, so ist die Sache doch zu einem guten Ende gekommen, und ich meinerseits möchte Ihnen auch keine Vorwürfe machen. Ich hab Sie nie für einen schlechten Mann gehalten, obwohl Sie sich für meinen Geschmack einer zu großen Beliebtheit erfreuen. Ich meine, Ihre Beliebtheit bei Ihren Untergebenen – dieses verdammte Kumpel hier und Kumpel da. Die Leute sollen Sie respektieren, Jury, nicht ins Herz schließen. Es ist aber nicht nur das. Sie ignorieren grundsätzlich alles, was man Ihnen aufträgt. Sie hätten sich jeden Tag melden und mich auf dem Laufenden halten sollen, und das haben Sie nicht getan. So werden Sie nie Superintendent, Jury. Sie müssen lernen, wie Sie mit den Männern über Ihnen und den Jungs unter Ihnen umzugehen haben."

Jury hatte das Gefühl, in einem schlechten amerikanischen Kriegsfilm zu sein.

„Na schön, ich verabschiede mich jetzt. Sie können hier reinen Tisch machen." Racer warf eine Handvoll Kleingeld auf den Tisch – knickrig war er nicht, das musste man ihm lassen – und blickte sich um. „Gar nicht so schlecht für dieses Kaff. Das Essen gestern war auch sehr anständig. Man muss es jemandem schon hoch anrechnen, wenn er sein eigenes Bier braut ..."

Wenn nur Jack the Ripper sein eigenes Bier gebraut hätte, dachte Jury und strich sich etwas Butter auf eine Scheibe kalten Toasts.

„Was gibt es, Wiggins?", zischte Racer.
Sergeant Wiggins war wie ein Gummiball an ihrem Tisch aufgetaucht. „Sergeant Pluck hat den Wagen vorgefahren, Sir."
„Gut." Als Wiggins wieder kehrtmachen wollte, rief ihn Racer zurück. „Sergeant, den Ton von heute Morgen möchte ich mir verbitten!"
Jury wurde allmählich ungeduldig. „Wiggins hat mir sozusagen das Leben gerettet." Als Racer fragend die Augenbrauen hochzog, fuhr Jury fort: „Sie kennen doch bestimmt die Geschichte von dem Soldaten, der mit dem Leben davonkam, weil seine alte Mutter darauf bestanden hatte, dass er die Bibel in seiner Brusttasche trug?" Jury warf die Schachtel mit den Hustenbonbons auf den Tisch.
„Und was zum Teufel hat das verhindert?", fragte Racer und schubste die Schachtel mit spitzen Fingern von sich.
„Das und eine Schleuder haben mir das Leben gerettet." Jury trank seinen Kaffee aus und beschloss, die Sache noch etwas auszuschmücken. „Wiggins wusste, dass ich keine Pistole bei mir hatte. Meiner Meinung nach hat er erstaunliche Geistesgegenwärtigkeit bewiesen."
Wiggins, dem dieses unerwartete und (wie er vermutete) unverdiente Lob in der Seele guttat, strahlte und warf Jury gleichzeitig einen fragenden Blick zu. Er schien sich nicht sicher zu sein, wie er diese verschlüsselte Botschaft, die Jury gerade seinem Vorgesetzten übermittelt hatte, interpretieren sollte.
Racer blickte von dem einen zum anderen und grunzte. Dann sagte er mit honigsüßer, vor Bosheit triefender Stimme: „Wenn Sie nichts dagegen haben, Inspector, dann lassen wir es besser nicht an die Öffentlichkeit dringen, dass Scotland Yard nur Kinderschleudern zu seiner Verteidigung mit sich führt."

JURY, der seinen Abschied von Vivian so lange wie möglich hinausschieben wollte, ging auf dem Polizeirevier von Long Piddleton irgendwelche Papiere durch und hörte zu, wie Pluck und Wiggins sich stritten. Pluck, der die Vorzüge des Landlebens verteidigte, blätterte gerade die *Times* nach Vergewaltigungen, Überfällen und Morden in dunklen Londoner Gassen durch, als die Tür wie von Geisterhand aufging und Lady Ardry hereingerauscht kam, gefolgt von Melrose, der sich entschuldigend umschaute. Pluck und Wiggins tauschten einen kurzen Blick und verzogen sich dann mit Tee und Zeitungen in den Vorraum.
Lady Ardrys Hand schnellte wie ein Schnappmesser hervor und schüttelte Jurys. „Wir haben's geschafft, Inspector Jury, wir haben's geschafft!" In ihrem Siegestaumel hatte sie sogar ihren alten Groll gegen Jury vergessen.
„*Wir*, liebe Tante?", fragte Melrose und nahm in dem Sessel in der Ecke Platz, sodass er etwas hinter ihr im Dunkeln saß. Er zündete sich eine schlanke Zigarre mit einem besonders betörenden Aroma an.
Jury lächelte. „Ist ja nicht so wichtig, wer es war, Lady Ardry, Hauptsache, die Sache hat ein Ende."
„Ich wollte Sie eigentlich zum Lunch einladen, Inspector; unterwegs traf ich dann zufällig meine Tante."

„Lunch?", fragte Lady Ardry, die ihr Cape wie einen Krönungsmantel um ihren Stuhl drapierte. „Eine gute Idee. Um wie viel Uhr denn?"

„Die Einladung, liebe Tante, galt dem Inspector ..."

Ungeduldig winkte sie über die Schulter hinweg ab. „Wir haben Wichtigeres zu besprechen als Essen." Ihre Hände lagen auf ihrem Stock, und Jury stellte zufrieden fest, dass sie wieder ihre Handschuhe mit den abgeschnittenen Fingern hervorgeholt hatte. Einen der braunen Handschuhe umschloss Plants Armband. Jury kam es so vor, als hätten die Smaragde und Rubine bereits etwas von ihrem Glanz verloren.

„Er musste es ja gewesen sein, dieser Matchett. Mir war das von Anfang an klar. Es lässt sich alles von den Augen ablesen, Inspector. Paranoid, irre sahen sie aus, Matchetts Augen. Hart und kalt ... Aber na ja!" Sie schlug mit der Hand auf den Schreibtisch. „Ich kann nur sagen, gut, dass Sie da waren. Ein Mann, auf den Verlass ist – Sie und nicht dieser schreckliche Kerl, Ihr Superintendent. Sie wollen bestimmt nicht noch mal hören, wie unmöglich er sich in meinem Haus benommen hat ..."

„Nein, bestimmt nicht, Agatha", sagte Melrose, um den sich die Rauchschwaden wie eine durchscheinende Rüstung gelegt hatten.

Über die Schulter hinweg schleuderte sie ihm entgegen: „Für dich ist ja alles in Ordnung, wenn du nur auf Ardry End herumlungern kannst und eine Flasche Portwein und Walnüsse in Reichweite hast."

„Lady Ardry", sagte Jury und war sich bewusst, dass er seine neugewonnene Popularität aufs Spiel setzte, „wenn Mr Plant nicht mitgeholfen hätte, hätten wir es nie geschafft, Matchett hinter Schloss und Riegel zu bringen."

„Sehr anständig von Ihnen, mein lieber Jury, Sie sind eben ein großzügiger und anständiger Mensch."

Hinter ihr erstickte Plant beinahe an seiner Zigarre.

„Aber", fuhr sie fort, „wir wissen, wer hier die eigentliche Arbeit geleistet hat." Sie schenkte ihm ein honigsüßes Lächeln. „Und das war weder Plant noch dieser verrückte Superintendent, der alle Mädchen im Dorf beschnüffelt hat." Mit ihrer behandschuhten Hand polierte sie einen Smaragd ihres Armbands, beugte sich zu ihm hinüber und flüsterte: „Ich hab gehört, er war gestern Abend in der Hammerschmiede und hat sich an Nellie Lickens rangemacht."

Jury ließ seiner Neugierde freien Lauf. „Und wer ist Nellie Lickens?"

„Sie wissen doch, Ida Lickens' Tochter. Die mit dem Trödelladen. Nellie hilft ab und zu bei Dick Scroggs aus; mich wundert es ja nicht ..."

„Das ist doch nur Klatsch, Agatha."

„Schon gut, Plant. Zugegeben, mein bescheidenes Zuhause ist nicht Ardry End" – sie warf Plant einen herausfordernden Blick zu –, „aber Superintendent Wie-heißt-er-schon-wieder? hatte kein Recht, mich so zu behandeln. Er kam hereinstolziert, schaute sich einmal um und machte wieder kehrt. Sogar ein Abendessen hatte ich für ihn gerichtet, Aalstew, eine Spezialität von mir – du brauchst gar nicht solche Geräusche zu machen, Plant –, und der Kerl hatte die Frechheit, in meine Küche zu gehen und in den Topf zu schauen!"

„Tut mir schrecklich leid, Lady Ardry, wenn New Scotland Yard Ihnen Unannehmlichkeiten bereitet hat."

„Glauben Sie mir, ich lasse es meinen Gästen an nichts fehlen. Mir kam übrigens heute die Idee, dass ich ja ein Schild raushängen könnte, ‚Zimmer mit Frühstück'. Ich glaube, ich hätte schnell den Dreh raus …"

„Wunderbar", sagte Melrose durch seinen Rauchschleier. „Unsere nächste Serie könnten wir vielleicht ‚die Northants-Touristenmorde' nennen."

„Übrigens, Plant", meinte sie über die Schulter, „warum machst *du* das nicht? Würde dir auch nicht schaden, mal was zu deinem Lebensunterhalt beizutragen."

„Du meinst, ich soll Ardry End in eine Pension verwandeln?"

„Genau das. Du würdest bestimmt ein tolles Geschäft machen." Das Glitzern ihrer Augen bewies Jury, dass ihr diese verrückte Idee gerade eben gekommen sein musste. Sie würde jetzt jede Windmühle angreifen, die ihr im Weg stand. „Zweiundzwanzig Zimmer – du lieber Himmel! Warum haben wir nicht schon früher daran gedacht? Martha könnte das Frühstück zubereiten, und ich könnte das Ganze managen – eine Goldgrube!"

„Ich hab nicht die Zeit dafür", sagte Melrose gelassen.

„Zeit? Du hast doch *nur* Zeit. An der Universität bist du vielleicht eine Stunde in der Woche. Du brauchst eine Arbeit, Melrose …"

„Aber ich hab eine. Ich habe beschlossen, Schriftsteller zu werden." Durch die Rauchschlieren hindurch lächelte Melrose Jury vielsagend an. „Ich schreibe ein Buch."

Sie warf beinahe ihren Stuhl um, so abrupt sprang sie auf. „Was, um Himmels willen, meinst du damit?"

„Nun, dass ich schreiben will, Agatha, ein Buch über diese ganzen Gräueltaten."

„Aber das ist unmöglich! Wir würden beide über dieselbe Sache schreiben! Ich hab dir doch gesagt, dass ich eine Art Dokumentarbericht geplant habe. Wie dieser Capote über die Morde in Amerika."

„Nicht *Ka-put*, um Gottes willen, *Ca-po-te*. Drei Silben, langes o. Musst du selbst die Namen deiner Landsleute verstümmeln?"

„Schon gut. Ich hab die Sache schon vor Augen."

„Dann mach dich am besten gleich an die Arbeit. Oder ich werde noch vor dir fertig."

„Fertig! So schnell geht das nicht, mein Lieber. Erst musst du einen Verleger finden. Wer tagaus, tagein am Schreibtisch sitzt, weiß, wie schwer das ist."

„Ich kauf mir einfach einen Verlag." Melrose hatte die Augen auf Jury geheftet.

„Oh, das sieht dir ähnlich, Plant."

„Ja, nicht wahr? Mein erstes Kapitel ist schon fertig!" Melrose klopfte die Asche seiner Zigarre fein säuberlich in seine hohle Hand.

Sie drehte sich nach Jury um, als erwarte sie von ihm, dass er diesem Wahnsinnigen Einhalt gebiete. Jury zuckte nur mit den Schultern. „Von mir aus könnt ihr beiden den ganzen Nachmittag hier vertrödeln, ich muss jedenfalls an meinen Schreibtisch zurück." Ihren Stock hinter sich herschleifend, eilte sie aus der Tür.

„Für heute Nachmittag zumindest sind wir sie los, Inspector", sagte Melrose, „und haben Zeit für ein nettes kleines Essen. Das heißt, wenn Sie Lust haben?" Plant stand auf und legte seine Zigarre in den Aschenbecher auf dem Tisch.

„Es wird mir ein Vergnügen sein."

Plant streckte die Hand aus, und Jury erhob sich. „Vielleicht ist es unter diesen Umständen etwas unpassend", sagte Melrose, „aber irgendwie bedauere ich, dass alles vorbei ist. Man trifft so selten einen Menschen, dessen Verstand auch noch in Krisensituationen funktioniert." Er streifte seine Glacéhandschuhe über und zog seine Mütze zurecht.

Als er sich zum Gehen anschickte, sagte Jury: „Noch eine Frage, Mr Plant: Warum haben Sie eigentlich Ihren Titel abgelegt?"

„Warum?" Plant machte ein nachdenkliches Gesicht. „Ich werd's Ihnen verraten, wenn Sie mir versprechen, es nicht weiterzusagen." Jury lächelte und nickte. Plant senkte die Stimme zu einem Flüstern. „Wenn ich dieses capeähnliche Gewand und diese Perücke anlege, Inspector, sehe ich meiner Tante Agatha zum Verwechseln ähnlich." Er trat aus der Tür. Bevor er sie jedoch hinter sich schloss, wandte er sich noch einmal um. „Es gab tatsächlich einen Grund, aber den erzähle ich Ihnen ein anderes Mal. Bis dann, Inspector." Er tippte an seine Mütze.

ALS JURY kurz nach Plant aus dem Zimmer ging, hörte er Pluck und Wiggins diskutieren.

„Hier, schauen Sie mal, was gestern in Hampstead Heath passiert ist", sagte Pluck und klopfte mit den Fingern gegen eine Seite des *Telegraph*: „Brutaler Überfall auf Fünfzehnjährige." Er legte die Zeitung beiseite. „Und Sie behaupten, London sei in Ordnung. Ha, keine zehn Pferde würden mich dahin bringen." Jury schloss die Tür hinter sich, während Pluck seinen Tee schlürfte und hinzufügte: „Da ist man ja seines Lebens nicht mehr sicher."

ER HATTE VIVIAN GESAGT, er wolle gegen Mittag bei ihr vorbeikommen; inzwischen war es auch beinahe so weit, aber er versuchte das Treffen noch etwas hinauszuschieben. Deshalb war er auch ganz froh, als er Marshall Trueblood wie einen Vogel mit dem Finger von innen gegen die Scheiben seines Fensters klopfen sah.

„Verehrtester!", sagte Trueblood, als Jury in den Laden trat. „Ich habe gehört, Sie wollen uns wieder verlassen! Ich kann Ihnen nur sagen, es war die Überraschung meines Lebens – ausgerechnet Simon, ein so attraktiver Mann. Hat denn der Elende auch noch versucht, mich in die Sache zu verwickeln, indem er meinen Brieföffner benutzte?"

„Sieht so aus. Den Pfarrer konnte er anscheinend nicht von hinten angreifen und erdrosseln."

„Mein Gott, ich dachte eben an die arme Vivian. Was wäre passiert, wenn sie den Kerl geheiratet hätte?" Trueblood erschauerte und zündete sich eine leuchtend rosa Zigarette an. „Matchett hat also auch seine Frau umgebracht?"

„Ja. Zu guter Letzt hat er auch das noch zugegeben." Jury blickte auf seine Uhr und stand auf. „Wenn Sie nach London kommen, Mr Trueblood, würde ich mich über Ihren Besuch freuen."

„Die Gelegenheit werde ich nicht verpassen, mein Lieber!"

IN DER ANLAGE stand eine Bank, und da es die ganze Nacht über geschneit hatte, war der Platz wieder eine einzige glitzernde, weiße Fläche. Jury setzte sich und starrte auf die Enten; dann starrte er auf den dunklen Stein, aus dem das Haus der Rivingtons gebaut war. Er sollte, wie versprochen, hinübergehen. Aber er blieb einfach sitzen. Schließlich sah er, wie die Haustür aufging und eine weibliche Gestalt in Schal und Mantel herauskam. Sie hinterließ auf der glatten, weißen Fläche eine Reihe ordentlicher Spuren, während sie auf ihn zustapfte.

Als sie an dem Teich angelangt war, stand er auf. „Ich dachte, Sie wollten gegen elf vorbeikommen", sagte sie lächelnd. „Ich hielt nach Ihnen Ausschau und sah dann jemanden auf dieser Bank sitzen. Ich fragte mich, ob Sie das vielleicht seien." Als Jury nicht antwortete, fuhr sie fort: „Vor allem möchte ich mich bei Ihnen bedanken."

Seine Lippen waren steif vor Kälte. Aber schließlich brachte er doch etwas hervor. „Ich hoffe, diese Enthüllung hat Sie nicht allzu sehr ... deprimiert, Miss Rivington."

Ihre Augen wanderten über sein Gesicht. „Deprimiert. Eine glückliche Wortwahl. Nein, nicht wirklich. Es war nur ein furchtbarer Schock. Anscheinend habe ich mich mit Leuten umgeben, denen ich nicht trauen konnte." Sie verschränkte die Arme über der Brust, um sich warm zu halten, und die Spitze ihres Überschuhs schob den Schnee zurück. „Isabel hat mir die Wahrheit gesagt: über den Unfall, den mein Vater hatte." Sie blickte zu ihm hoch, aber Jury äußerte sich nicht dazu. „Sie sagte, die Sache hätte ihr auf dem Gewissen gelegen. Was ich bezweifle. Warum sollte sie nach all den Jahren plötzlich Gewissensbisse bekommen ... Sie waren ihr Gewissen, stimmt's?" Vivian lächelte. Jury starrte auf den Schnee, als würden plötzlich wie auf einem Foto im Entwicklungsbad Gänseblümchen aus ihm hervorsprießen. Als er nicht antwortete, sagte sie: „Etwas müssen Sie mir jedoch noch sagen."

„Und was?" Seine Stimme kam ihm selbst sehr komisch vor.

„Simon und Isabel?" Sie hatte die Hände in den Taschen ihres Mantels vergraben und den Kopf so tief gesenkt, dass er nur ihre gestrickte Mütze sehen konnte. „Hatten sie ein Verhältnis?" Sie hob den Kopf und blickte ihm ins Gesicht. „Hatten sie vor, mich unauffällig um die Ecke zu bringen und sich dann mit der Beute aus dem Staub zu machen?"

Sie lächelte immer noch, aber der Schmerz in ihren Augen versetzte ihm einen Stich. Jury war überzeugt, dass das Matchetts Plan gewesen war. Er hatte Isabel gebraucht, um an Vivian ranzukommen. Dass ihr Verlobter und ihre Schwester sich hinter ihrem Rücken vergnügt und über sie gelacht hatten – diese Vorstellung musste sie wohl verfolgt haben.

„War es so?", fragte sie.

„Nein. Sie – und das Geld – hätten Matchett wohl genügt."

Vivian stieß die Luft aus, als hätte sie lange Zeit den Atem angehalten. „Ich weiß auch nicht, warum mich das immer noch beschäftigt, wo sich das Ganze doch sowieso erledigt hat. Es ging mir einfach nicht aus dem Kopf." Sie seufzte. „Ich sollte das vielleicht nicht sagen, aber irgendwie bin ich froh, dass es so gekommen ist, ich meine, dass ich ihn nicht zu heiraten brauche."

„Wer hätte Sie denn dazu gezwungen! Niemand."

„Ja, ich weiß."

„Er wäre sowieso nicht der Richtige für Sie gewesen." Jury blickte zu den Wolken hoch, die über den wasserblauen Winterhimmel trieben. „Nicht Ihr Typ." Er stand einfach nur da und überließ es dem lieben Gott, die Dinge in Ordnung zu bringen.

„Was ist denn mein Typ?"

„Oh, vielleicht jemand mit einem größeren Reflexionsvermögen."

Sie schwieg. Dann fragte sie, „Wie hieß dieser Satz, den Sie zitiert haben, *Agnosco* ...?"
„Oh ... *Agnosco veteris vestigia flammae:* Ich erkenne die Spuren einer alten Flamme."
„Sehr eindrucksvoll."
„Wer? Aeneas?"
„Nein, die alte Flamme. Nicht einmal Aeneas konnte über sie triumphieren."
„Vielleicht doch."
„Ich bin mir da nicht sicher." Sie starrte auch in den blauen Himmel. „Ich glaube, ich ziehe nach Frankreich oder besser noch nach Italien."
Oder auf den Mars.
Einen Augenblick lang blieb sie noch bei ihm stehen und blickte ihn an, dann wandte sie sich um. „Leben Sie wohl. Und vielen Dank. Manchmal sind Worte doch sehr unzulänglich." Ihre Hand streifte seine.

Während er ihr nachschaute und beobachtete, wie sie eine zweite sehr ordentliche Spur in dem unberührten Schnee hinterließ, beschimpfte er sich. *Du bist wirklich ein Frauenheld, Jury. Kein Wunder, dass sie, wenn du vorbeigehst, schreiend aus den Büschen gestürzt kommen und sich die Kleider vom Leib reißen.* Aus der Entfernung sah es aus, als ginge eine Puppe in ihr Puppenhaus und schlösse die Tür hinter sich.

WIE LANGE er auf der Parkbank gesessen und den Enten zugeschaut hatte, wusste er schon nicht mehr. Sie schaukelten in dem wärmeren Wasser unter dem braunen Schilf; manche waren zu zweit – als hätten selbst die Enten mehr Glück als Jury. Er erinnerte sich, dass Melrose Plant ihn zum Lunch erwartete. Er riss sich von seiner Bank los, hörte, wie es hinter ihm in den Büschen raschelte, und drehte gerade noch rechtzeitig den Kopf, um einen kleinen braunen Haarschopf verschwinden zu sehen.

„Na gut. Ihr kommt auf dem schnellsten Weg hier raus", sagte er mit Furcht einflößender Stimme. „Ich brauch nur mal meine gute alte Magnum .45 abzudrücken, und eure Bäuche sehen aus wie Doughnuts."

Kichernd kamen die Doubles zum Vorschein. Das Mädchen hielt den Kopf gesenkt und beschrieb mit der Spitze ihres alten Stiefels einen kleinen Kreis.

„Nun, James? Und James? Warum seid ihr mir heute auf den Fersen? Los – heraus mit der Sprache!"

Das Mädchen ließ ein kurzes Gezwitscher vernehmen und senkte den Kopf noch tiefer, als wolle sie ihr Gesicht in den Schnee tauchen. Der Junge sagte: „Wir haben gehört, dass Sie abreisen, Sir. Wir haben Ihnen was mitgebracht." Aus seiner ausgebeulten Manteltasche zog er ein ziemlich schmutziges, in altes Weihnachtspapier eingewickeltes Paket hervor. Es war flach und mit einem grauen Band zugeschnürt, das einmal weiß gewesen sein musste.

„Ein Geschenk! Das ist aber nett von euch." Er schnürte es auf und sah ein Stück Pappe, das zu einem primitiven Rahmen zurechtgeschnitten war. Dahinter klebte ein Bild: eine gigantische, schneebedeckte Erhebung und in der Entfernung eine dunkle, amorphe Gestalt, die wie ein verschwommener King Kong aussah. Jury kratzte sich am Kopf.

„Das ist das vermaledeite Schneemonster", sagte James, dem *vermaledeit* nicht recht über die Lippen kommen wollte. „Es lebt – wie heißt der Ort schon wieder?", fragend blickte er seine Schwester an, die aber nur mit einem heftigen Kopfschütteln antwortete. Ihre Lippen waren wie immer versiegelt.

„Im Himalaja?"

„Ja, da lebt es, Sir. Sieht es ihm nicht furchtbar ähnlich?"

Jury wusste nicht recht, was er darauf antworten sollte. Aber er sagte: „Das ist wirklich phänomenal, James, wirklich, er gleicht ihm aufs Haar."

„Und schauen Sie sich bloß mal diese *Spuren* an, Mr Jury. Ich hab mir gleich gedacht, dass Ihnen das gefallen würde; stellen Sie sich mal vor, wenn der hier rumstapfen würde!" James breitete die Arme aus, eine Bewegung, die den ganzen Dorfplatz einschloss. Dabei bemerkte er die Spuren, die Vivian beim Kommen und Gehen hinterlassen hatte. „Wer ist denn hier schon rumgetrampelt?", fragte er.

Jury lächelte; er wickelte das Bild wieder ein und sagte: „Euer erstes Geschenk hat mir praktisch das Leben gerettet", und er berichtete der Reihe nach, was sich in der Kirche abgespielt hatte.

Die Augen schienen ihnen aus dem Kopf zu fallen, als sie diese ans Wunderbare grenzende Geschichte hörten.

„Jesus, Maria und Josef!", sagte das Mädchen und hielt sich schnell die Hand vor den Mund.

Jury sagte: „Eine Liebe ist die andere wert. Ich dachte, vielleicht habt ihr Lust auf eine kleine Spazierfahrt ..." Er zeigte auf das Polizeiauto.

„Herrje!", rief James. „Sie meinen mit dem Polizeiauto?"

Fassungslos blickten sie einander an und nickten wild entschlossen mit den Köpfen, immer wieder ihren Entschluss bestätigend.

Als Jury sie in dem Wagen verstaut hatte, bemerkte er, dass er sich schon viel besser fühlte. Er stellte sich die weite, ungehinderte Sicht auf Ardry End vor, die glitzernden, schneeverkrusteten, glatten, leicht geschwungenen Flächen.

Als die Dorfstraße in die Dorking Dean Road überging, dachte Jury, *was soll's!*

Und er ließ die Sirene aufheulen.

# 21

15. April, Brief von Melrose Plant an Richard Jury

Lieber Jury,

vor drei Monaten haben Sie uns verlassen, und da mir nur Agatha Gesellschaft leistet, kommt es mir vor wie vor drei Jahren. Ihre Besuche sind jedoch sehr viel seltener geworden, da sie sich immer noch in dem Glauben befindet, wir seien erbitterte Konkurrenten. Ich brauche ihr nur zu erzählen, dass ich wieder ein Kapitel fertig habe, und schon stürzt sie aus dem Haus.

Was unsere Kollegen betrifft – Darrington hat sich nach Amerika abgesetzt, um den amerikanischen Roman um ein paar Jahrhunderte zurückzuwerfen. Die Sache mit dem Plagiat hat mich überhaupt nicht gewundert. – Sie glaubten doch auch nicht, dass Pluck in einem solchen Fall schweigen würde? Sheila war froh, ihn los zu sein. Sie hat vor, den ganzen Schwindel aufzudecken, darüber zu schreiben, auch wenn sie selbst dafür ins Gefängnis wandert. Sie hat eben doch ein Gewissen.

Lorraine kommt jeden Monat gealtert von ihren Stippvisiten in London zurück; sie erwähnte, sie wolle Ihnen auch mal einen Besuch abstatten.

Also verrammeln Sie die Türen, alter Junge. Willie hat in dem neuen Pfarrer wieder einen Freund gefunden; er ist zwar sehr viel jünger, aber irgendwie sehen Pfarrer immer so aus, als müssten sie täglich abgestaubt werden.

Isabel ist weggezogen, Vivian ebenfalls, aber jede für sich. Unter der Bedingung, dass sie nicht mehr von Isabel belästigt wird, hat Vivian ihr eine gewisse Summe überschrieben. Vivian selbst hat sich eine Villa in Neapel gekauft. Wann ist denn Ihr nächster Urlaub fällig?

Ich bin Hundebesitzer. Ich hatte mich schon länger mit dem Gedanken getragen – ich dachte an diese schlanken, wie Rennhunde aussehenden Tiere, die auf den Salonbildern von englischen Landadligen erscheinen. Ich habe jedoch an einem verregneten Nachmittag einen Ausflug zur Pandorabüchse gemacht (vielleicht, weil ich in Erinnerungen schwelgen wollte – oder klingt das zu makaber?) und wanderte auf dem Grundstück umher, inspizierte die Ställe, die Dachrinnen und das alte Schild, von dem der Regen heruntertroff. Dann ging ich hinter die Ställe und entdeckte – raten Sie mal? – Mindy, Matchetts Hund, um den er sich nicht mehr gekümmert hat. Schlimm genug, fünf Leute auf dem Gewissen zu haben, aber dann auch noch einen Hund seinem Schicksal zu überlassen – das schlägt dem Fass den Boden aus. Ich ließ es jedenfalls zu, dass Mindy mich nach Hause begleitete, ein ziemlich langwieriges Unternehmen, da sie nicht gerade die Schnellste ist, wie Sie sich vielleicht erinnern.

Diese merkwürdigen Kinder – die Doubles? – besuchen mich ab und zu. Ihre Köpfe tauchen zu den unmöglichsten Zeiten aus den Büschen auf. An dem Mädchen bewundere ich vor allem, dass sie in ihrem zarten Alter schon gelernt hat, was einen guten Gesprächspartner ausmacht: schweigen zu können. Sie verlangt nicht von einem, dass man vor Witz sprüht, etc., und wir hatten viele interessante, wenn auch etwas einseitige Gespräche.

Dürfte ich Sie um einen Gefallen bitten? Wenn Sie wieder mal einen Fall haben – ich bin da überhaupt nicht anspruchsvoll – und mir erlauben würden, Ihnen dabei behilflich zu sein, würde mir das ein unendliches Vergnügen bereiten. Mein Leben hier ist nicht gerade eine Herausforderung an die Fantasie.

Der Schnee ist inzwischen vollständig geschmolzen. Die Unterschrift auf dem gehämmerten Briefbogen bestand aus einem einzigen Wort, mit dicker schwarzer Tinte geschrieben:

Plant

Jury steckte den Brief wieder in seinen Umschlag und legte ihn auf den Kaminsims wie eine Botschaft von einem, der gekommen und wieder gegangen war. Als er auf das kleine weiße Rechteck mit den schwarzen Buchstaben blickte, dachte er an weiße, schneebedeckte Flächen, die von Spuren durchzogen waren. Aber Plant hatte ja geschrieben, dass es keinen Schnee mehr gab. Er schaute aus dem Fenster: Der Himmel war grau und trostlos.

Er nahm seinen Regenmantel von dem Haken hinter der Tür und ging hinaus.

Jury mochte auch Regen.

# Inspector Jury

spielt Domino

Für meinen Bruder Bill

## Erster Teil

## Nacht an der Engelsstiege

### 1

Die eine Gesichtshälfte schwarz, die andere weiß geschminkt, tauchte sie aus dem Nebel auf und ging die Grape Lane hinunter. Es war Anfang Januar, der Seenebel drang von Osten her ein und verwandelte die mit Kopfsteinen gepflasterte Straße in einen wabernden Tunnel, der sich bis zum Wasser hinunterschlängelte. Die Bucht war den Sturmböen voll ausgesetzt, und mit ihrer sichelförmigen Krümmung wurde die Grape Lane zu einem Windfang für die hereinwehenden Böen. In der Ferne stieß das Nebelhorn, Whitby Bull genannt, vier lang gezogene Klagelaute aus.

Der Wind blähte ihren schwarzen Umhang auf, um ihn dann um ihre Knöchel zu wirbeln. Sie trug ein weißes Satinhemd und weiße Satinhosen, die in schwarzen, hochhackigen Stiefeln steckten. Außer dem Klicken ihrer Absätze war nur das heisere Gah-Gah der Möwen zu hören. Eine tippelte über ihr auf dem Sims einer Hauswand und pickte gegen die Fensterscheiben. Schutzsuchend drängte sie sich an die Mauern der niedrigen Häuser. Sie blickte die Gässchen hoch, die alle oben zu enden schienen, in Wirklichkeit aber über verwinkelte Treppchen zu anderen Durchgängen führten. Die Hauseingänge mit den schwarzen eisernen Fußabstreifern lagen direkt an der engen Straße. Als jemand auf der anderen Straßenseite an ihr vorüberging, blieb sie einen Augenblick lang in dem trüben Licht der Laterne stehen. In diesem Nebel war es jedoch unmöglich, jemanden zu erkennen. Am Ende des Sträßchens sah sie den Gasthof an der Mole, dessen Fenster wie Opale in der diesigen Dunkelheit schimmerten.

Bei dem Gittertor der Engelsstiege blieb sie stehen. Die breiten Stufen zu ihrer Linken verbanden die Grape Lane und die darüberliegende Scroop Street mit der Marienkapelle, die am höchsten Punkt des Dorfes lag. Sie schob den Eisenriegel zurück und stieg die Treppe hoch; es war ein gutes Stück bis zur Plattform, auf der eine Bank zum Ausruhen einlud. Jemand saß darauf.

Die Frau in Schwarzweiß erschrak und tat einen Schritt zurück nach unten. Sie wollte gerade etwas sagen, als die Gestalt sich erhob und zwei Arme, wie von unsichtbaren Schnüren gezogen, hervorschnellten – vor, auf und ab. Sie schlugen so lange auf die Frau ein, bis sie wie eine Puppe zu Boden fiel, und wenn diese andere Gestalt sie nicht an ihrem Umhang festgehalten hätte, wäre sie die Treppe hinuntergerollt. Arme und Beine von sich gestreckt, blieb sie auf der Treppe liegen; ihr Kopf hing nach unten. Die Gestalt drehte sich um, stieg beinahe achtlos über sie hinweg und ging, um nicht in die Blutlache zu treten, dicht an der Mauer die Engelsstiege hinunter, zurück zur Grape Lane.

Es war die Nacht vor dem Dreikönigsfest.

# 2

„Es gab schon *immer* welche, die ungestraft morden konnten!" Adrian Rees knallte sein Glas auf den Tresen. Er hatte gerade ein Loblied auf die russische Literatur und Raskolnikow gesungen.

Im „Alten Fuchs" schien das jedoch niemanden besonders zu interessieren.

Adrian tippte gegen das leere Glas. „Noch eines, Kitty, mein Schatz."

„Nichts ‚Kitty mein Schatz', bevor ich kein Geld sehe, kriegst du nichts." Kitty Meechem fuhr mit dem Lappen über den Tresen, um das Bier aufzuwischen, das wie Gischt aus dem Glas seines Nachbarn gespritzt war, als er seines so schwungvoll aufsetzte. „Mal wieder sternhagelvoll."

„Sternhagelvoll, was ...? Ah, Kitty, mein Herzblatt ...", sagte er einschmeichelnd, während seine Hand nach ihren hellbraunen Locken griff; sie versetzte ihr sofort einen Klaps. „Nicht einmal einem Landsmann willst du einen spendieren?"

„Bah! Du und Landsmann, du bist so irisch wie der Rote."

Der Rote war ein Kater, der zusammengerollt auf einem alten Teppich vor dem glühenden Ofen lag. Er lag immer dort, unbeweglich wie eine Porzellanfigur. Adrian fragte sich, wann er sich wohl all die Wunden und Schrammen zuzog, die er aufwies.

„Faul genug ist er für einen Iren", sagte Adrian.

„Hört euch das an – du bist mir der Richtige, den ganzen Tag schmierst du nur herum und malst splitternackte Weiber."

Diese Bemerkung rief am Tresen ein paar Lacher hervor. „An dieser Katze könnt sich manch einer ein Beispiel nehmen."

Adrian lehnte sich über den Tresen und flüsterte für alle hörbar: „Kitty, ich werd in ganz Rackmoor rumerzählen, dass du für mich nackt Modell gestanden hast!"

Kichern von links und Gekrächze von rechts, wo Billy Sims und Corky Fishpool saßen. Ohne mit der Wimper zu zucken, wischte Kitty ihren Tresen. „Lass mich mit deinen dreckigen Bildern und deiner dreckigen Schnauze zufrieden. Mich interessiert nur –", sie strich den Schaum von ein paar frisch gezapften dunklen Bieren, „dein dreckiges Geld. Oder ist da heute Abend nichts zu erwarten?"

Adrian blickte erwartungsvoll von Billy zu Corky, die sogleich mit ihren Nachbarn ein Gespräch anfingen. Keiner, der ihm einen ausgab. Auch für seine Bilder gaben sie nichts aus – kein Wunder, dass er pleite war.

„Ihr solltet euch mehr um euer Seelenheil als um eure Geldbeutel kümmern!"

Corky Fishpool sah ihn an und stocherte in seinen Zähnen herum. Adrian kam wieder auf Raskolnikow zu sprechen: „Immer wieder ging er zu der verschlagenen Alten zurück, um die paar Habseligkeiten, die er noch besaß, zu verpfänden ... geizig war sie wie sonst was." Bei diesen Worten sandte er Kitty Meechem einen Blick zu, doch die ignorierte ihn. „Eines Tages schlich er sich die Treppe hoch ..." Adrians Finger krochen auf Billy Sims' Glas zu, das schnell zurückgezogen wurde. „Und als er im Zimmer stand und ihren Rücken vor sich sah – Wumm! Da gab er's ihr!" Er bemerkte, dass sich hinter ihm noch ein paar Zuhörer versammelt hatten. Aber keiner wollte was spendieren. Nicht einmal Homer hätte diesem Haufen einen Drink entlockt.

„So 'n Blödsinn, für 'n paar Kröten jemand abzumurksen." Dies kam von Ben Fishpool, Corkys Vetter, einem humorlosen, schwerfälligen Kerl, einem bulligen Fischer mit einem Gesicht wie aus dem Fels der Klippen gehauen und einem tätowierten Drachen auf dem Unterarm. Er hatte seinen eigenen Bierkrug, der an einem Haken über der Bar hing. Wenn er daraus trank, schob er den Finger durch den Henkel und legte den Daumen auf den Rand, als wolle er sichergehen, dass er ihm auch nicht entrissen würde.

„Weil er das Wesen der Schuld erfahren wollte, aber das ist wohl zu hoch für euch Bierköppe." Adrian fischte in einer Schüssel nach einem Solei, aber Kitty schlug ihm die Hand weg.

„Ist doch der Gipfel an Blödheit", murmelte Ben, den diese Erklärung nicht befriedigte.

„Schuld, Erlösung, Sünde! Das sind die wichtigsten Themen." Adrian hatte sich umgedreht und sprach in den Raum. Der beißende Rauch der verschiedenen Tabaksorten mischte sich in der Luft; Rauchschwaden hingen über den Tischen, als wäre der Seenebel durch Wände, Türen und Fenster eingedrungen. Nach Adrians Meinung gab es überhaupt keinen besseren Ort, um über Schuld und Sünde zu sprechen; die Gesichter derjenigen, die bis zum Schluss herumlungerten, zeigten eine wilde Entschlossenheit, das Leben als Schicksalsprüfung zu betrachten. Jedes Auflachen wurde sofort unterdrückt, als hätte der Schuldige sich auf einem Friedhof beim Kichern ertappt.

„Raskolnikow wollte beweisen, dass es Menschen gibt, die andere umlegen können, ohne dafür zu büßen." Niemand schien ihm zuzuhören.

„Und lass dir ja nicht einfallen, Bertie um Geld anzuhauen", sagte Kitty, als hätte sie nichts von Sünde, Schuld oder Raskolnikow gehört. „Das hast du erst letzte Woche gemacht, ich hab's gesehen. Eine Schande!" Sie schlug mit der Serviette in seine Richtung. „Ein erwachsener Mann, der sich von einem kleinen Knirps sein Bier bezahlen lässt, einem armen, mutterlosen Jungen."

Adrian höhnte. „Bertie? Arm und mutterlos? Heiliger Strohsack, er nimmt mehr Zinsen als die Bank. Ich glaube, Arnold macht für ihn die Buchführung." Hinter seinen dicken Brillengläsern hatte der Kleine die reinsten Röntgenaugen. Er hätte Raskolnikow innerhalb von zwei Minuten ein Geständnis abgerungen.

„Und nichts gegen Arnold. Ich hab gesehen, wie er auf einem Pfad die Klippen runterging, der war gerade breit genug für eine Schlange. Und du schaffst es nicht einmal ohne zu torkeln die High Street hoch."

„Ha, ha, ha", sagte Adrian nur, wie gewöhnlich nicht in der Lage, Kitty Kontra zu geben oder sich eine witzige Antwort auszudenken. Sein Blick fiel auf Percy Blythes Drink. Percy Blythe kniff die scharfen, kleinen Augen zusammen und breitete schnell beide Hände über das Glas. Adrian setzte seinen Vortrag fort.

„Spießbürger! Ihr wisst ja überhaupt nicht, was das ist, Sünde und Schuld!"

„Wunderbar – gib mir noch fünfzig Pence, und du kriegst ein Bier", sagte Kitty.

„Bitte, meine Herrschaften: Feierabend!"

Die Tür fiel hinter ihm ins Schloss; Adrian knöpfte das Ölzeug über seinem blauen Wollpullover zu und zog sich die Mütze über die Ohren. Rackmoor im Januar war die Hölle.

Der „Alte Fuchs" war so nahe ans Wasser gebaut, dass die Wellen schon seine Mauern umspült hatten. Und einmal hatte die Sturmflut sogar den Bug eines Schiffes gegen sie prallen lassen. Schließlich wurde dann eine Flutmauer gebaut. Die Vorderfront des Pubs ging auf eine kleine Bucht, in der kleine Boote auf dem Wasser schaukelten. Von Norden her, aus der Richtung von Whitby, drang das Geheul des Whitby Bull an sein Ohr.

Vier enge Straßen kamen hier zusammen: Lead Street, High Street, Grape Lane und Winkle Alley. Nur die High Street war breit genug für ein Auto, falls ein unerschrockener Fahrer sich von dem halsbrecherischen Gefälle nicht abschrecken ließ. Adrian wohnte beinahe am anderen Ende der High Street, dort, wo die Straße einen Knick machte, bevor sie sich, allen Gesetzen der Schwerkraft zum Trotz, weiter in die Höhe schraubte. Er beschloss jedoch, die Grape Lane hinaufzugehen; sie war nicht ganz so steil, und das Kopfsteinpflaster war nicht ganz so kaputt. Aus dem „Fuchs" drangen immer noch die Stimmen der Stammgäste, die die letzte Viertelstunde auskosteten. Spießer!

Er hörte sie, bevor er sie sah.

Er ging gerade an der Engelsstiege vorbei, als er das Stakkato ihrer Absätze vernahm. Sie tauchte auf der anderen Seite der Grape Lane aus dem Nebel auf und ging in die Richtung der Engelsstiege und der Flutmauer. Der Wind wickelte ihren schwarzen Umhang um ihre weißen Hosen. Adrian hätte nicht gedacht, dass ihn in Rackmoor noch etwas aus der Fassung bringen könnte; bei ihrem Anblick drängte er sich jedoch etwas dichter an den kalten Stein einer Hauswand. Eine Sekunde lang blieb sie unter dem Bogen einer der wenigen Straßenlaternen stehen, und er prägte sich dieses Bild in allen Einzelheiten ein.

Um sich an etwas erinnern zu können – an das bunte Muster des Herbstlaubs, das Schimmern des Mondlichts oder den Faltenwurf eines Stückes Samt, der über einen Arm drapiert war –, brauchte Adrian nie ein zweites Mal hinzuschauen. Er brauchte sozusagen nur auf den Auslöser zu drücken, und das Bild war für immer abrufbereit in seinem Gedächtnis gespeichert. Er würde einen fabelhaften Zeugen abgeben, Adrian hatte das schon immer gedacht.

Die Sekunde im Schein der Straßenlaterne hatte ihm genügt, um alles in seiner Erinnerung festzuhalten: den schwarzen Umhang, das weiße Satinhemd, die weißen Satinhosen, die schwarzen Stiefel und die schwarze Kappe, die sie auf dem Kopf trug. Am auffallendsten war jedoch das Gesicht gewesen. Als hätte man mit dem Lineal eine Linie an ihrem Nasenrücken entlang gezogen, die linke Seite war weiß, die rechte schwarz geschminkt. Eine schmale schwarze Maske vervollständigte das seltsame, schachbrettartige Aussehen.

Rasch ging sie weiter auf die Engelsstiege und das Meer zu, und das Klappern ihrer Absätze verhallte im Nebel. Er stand da und starrte einen Augenblick lang ins Leere.

Dann fiel ihm wieder ein, dass es die Nacht vor dem Dreikönigsfest war.

# 3

„Soll ich Mutter spielen?"

Bertie Makepiece hielt eine Teekanne aus Steinzeug hoch. Eigentlich war es schon zu spät, um noch auf zu sein und Tee zu kochen; morgen war aber schulfrei, und Bertie dachte, er könne sich das einmal erlauben. Seit dem Abendessen hatte er Lust auf etwas Essbares. Er trug eine Schürze, die viel zu groß für ihn war und die er sich deshalb in Achselhöhe umgebunden hatte. Und so stand er da, geduldig die Teekanne über die Tasse haltend und auf Arnolds Antwort wartend.

Aber sein Gegenüber auf dem anderen Stuhl antwortete nicht. Blickte man in Arnolds ernste Augen, hatte man jedoch den Eindruck, er würde ihm die Antwort nicht schuldig bleiben, weil er ein Hund war, sondern weil er – nein, er wollte wirklich nicht Mutter spielen.

Arnold war ein Staffordshire-Terrier von der Farbe eines Yorkshire-Puddings oder eines sehr feinen trockenen Sherrys. Seine dunklen Augen, die einen auf irritierende Weise fixieren konnten, ließen eher einen Hundeimitator als einen wirklichen Hund vermuten. Arnold war ein sehr ruhiger Hund; man hörte ihn nur ganz selten bellen – als hätte er erkannt, dass Bellen allein nicht genügte, um durchs Leben zu kommen. Die anderen Hunde folgten ihm in respektvollem Abstand: Arnold war ein Überhund. Wenn er auf den Bürgersteigen und in den Gassen herumschnupperte, hatte man immer das Gefühl, er sei etwas Bedeutsamem auf der Spur.

„Hast du was gehört, Arnold?"

Arnold hatte die Schüssel Milch mit dem Schuss Tee beinahe ausgetrunken und setzte sich auf, die Ohren gespitzt.

Bertie rutschte von seinem Stuhl und trottete zum Fenster. Ihr Häuschen in der Scroop Street war zwischen zwei anderen Häusern eingekeilt: Das eine gehörte irgendwelchen Leuten, die nur im Sommer kamen, und in dem anderen wohnte die alte Mrs Fishpool, die Arnold ihre Abfälle hinstellte; er schleppte sie zu den Mülleimern am Ende der Straße und begrub sie dort.

Das Häuschen der Makepieces war ganz in der Nähe der Engelsstiege. Die Dorfbewohner, die noch im Vollbesitz ihrer Kräfte waren, kletterten sie jeden Sonntag zur Marienkapelle hoch. Bertie schaute hinaus und auf das Dorf hinunter; außer den gespenstischen Umrissen der spitzen Dächer und Schornsteinkappen konnte er in dem Nebel jedoch nichts erkennen.

An dem Fenster über ihm, seinem Schlafzimmerfenster, hörte er plötzlich ein Klopfen. Bertie fuhr zusammen. Eine Silbermöwe oder ein Eissturmvogel: *Ag – ag – aror*; sie schien zu kichern, als hätte sie einen Witz über das Dorf gehört. Immer klopften sie an sein Fenster, manchmal weckten sie ihn sogar morgens auf, wie Besucher, die Einlass begehrten. Möwen und Seeschwalben, verdammtes Gesindel – sie taten so, als gehörte ihnen das Haus.

Arnold stand hinter ihm und wartete darauf, dass er ihm die Tür öffnete. „Zisch schon los, Arnold." Bertie öffnete die Tür, und Arnold schlüpfte wie ein Schatten an ihm vorbei. Bertie rief ihm nach: „Aber nicht so lange!"

Der Hund blieb stehen und schaute sich nach Bertie um, wahrscheinlich verstand er, was er sagte. Bertie starrte noch ein Weilchen in den vorbeidriftenden Nebel. Er hatte wie ein Schrei geklungen, dieser Laut, den er gehört hatte. Aber die Vögel schrien immer.

Und in Rackmoor klang ein Schrei wie der andere.

## 4

Sie wurde von dem Nachtwächter gefunden.

Billy Sims hatte mit Corky Fishpool noch lange nachdem der „Fuchs" dichtgemacht hatte, weitergefeiert; zuerst hatten sie einen ihrer Kumpel in der Lead Street aufgesucht und dann einen, der in der Winkle Alley wohnte. Schließlich war diese Nacht ja zum Feiern da.

Nun war er jedoch fest entschlossen, den Heimweg anzutreten, seinen Dreispitz auf dem Kopf und die lohfarbene Uniformjacke falsch herum übergezogen. Obwohl er wusste, dass sie nicht beleuchtet und in der winterlichen Dunkelheit auch nicht ganz ungefährlich war, wollte er doch die Engelsstiege hochgehen zu seinem kleinen Haus in der Psalter Lane gleich neben der Marienkapelle. Das Horn unter den Arm geklemmt, stolperte er im Zickzack die Stufen hoch.

Sein Fuß stieß gegen etwas. Etwas Weiches, das aber nicht nachgab, kein Stein. Er hatte keine Taschenlampe bei sich, kramte aber ein paar Streichhölzer hervor und zündete sich eines an.

Das Streichholz flackerte auf; er sah das blutüberströmte, nach unten hängende Gesicht und die seltsam abgespreizten Extremitäten, die der schwarzweißen Gestalt das Aussehen einer großen Puppe verliehen.

Billy Sims wäre beinahe selbst kopfüber die Treppe hinuntergepurzelt. Als ihm einfiel, dass es der Abend vor dem Dreikönigsfest war und dass diese Frau wahrscheinlich von einem Kostümfest gekommen war, wurde der Albtraum Realität.

## 5

Inspector Ian Harkins von der Kriminalpolizei Pitlochary war außer sich. Es war der erste wirklich interessante Fall, der ihm hier beschert worden war, und der Polizeidirektor wollte ihn an jemanden aus London verschleudern. Nur über meine Leiche, dachte Harkins und grinste über seinen Galgenhumor. Harkins hatte auch das entsprechende Aussehen – klapperdürr mit tief liegenden Augen.

Er hielt den Hörer so fest umklammert, dass seine Knöchel weiß hervortraten. „Ich sehe keine Veranlassung, London hinzuzurufen. Ich war noch nicht einmal am Tatort, und

Sie sprechen schon von Scotland Yard. Seien Sie so nett, und geben Sie mir eine Chance."
Es lag eine gewisse Schärfe in diesem *Seien Sie so nett*.

Zögernd bewilligte ihm Polizeidirektor Bates vierundzwanzig Stunden. Es sah ganz so aus, als würde ihnen dieser Fall noch Probleme bescheren; Leeds würde sich bestimmt nicht freuen.

Harkins beendete seine Toilette. Ian Harkins verstand darunter nicht ungebügelte Anzüge und bunt zusammengewürfelte Socken. Einen Drehspiegel hielt er für unerlässlich. Und er hatte nicht nur einen Schneider in der Jermyn Street, sondern auch eine reiche Tante in Belgravia, die ihn maßlos verwöhnte, obwohl sie seine Vorliebe für den kalten Norden nicht begriff und über seine Arbeit sprach, als wäre sie ein Hobby, auf das er sich versteift hatte.

Es war jedoch kein Hobby; Harkins war ein hervorragender Polizist. Und er besaß einen glasklaren, durchdringenden Verstand, dem Gefühle nichts anhaben konnten.

Harkins knotete den Gürtel seines für die harten Winter von Yorkshire eigens gefütterten Kamelhaarmantels zu und zog sich ein Paar Handschuhe über, deren Leder so weich war, dass es auf den Händen zu zergehen schien. Auch wenn er ein ausgezeichneter Kriminalbeamter war, so brauchte man ihm das, verdammt noch mal, nicht schon von Weitem anzusehen.

Aber ein Mann von der Kriminalpolizei sollte seine Zeit nicht über seiner Garderobe vertrödeln. Um die verlorene Zeit wieder wettzumachen, sprang er in seinen Lotus Elan, jagte den Motor auf hundertfünfzig hoch und hoffte beinahe, irgendeine idiotische Streife würde versuchen, ihn auf der fünfundzwanzig Kilometer langen und total vereisten Strecke zwischen Rackmoor und der Küste anzuhalten.

„Die hat ihr Fett abgekriegt, was?"
Sergeant Derek Smithies verzog das Gesicht. So redete man vielleicht beim Fußball, aber nicht bei einem blutigen Mord.

Ian Harkins erhob sich von der Stelle, an der er gekniet hatte, und rückte die Schultern seines Mantels zurecht. Sein ausgemergeltes Gesicht ließ ihn zehn Jahre älter erscheinen, als er tatsächlich war. Um den skelettartigen Eindruck etwas zu mildern – die Backenknochen ragten hervor wie Balkone –, trug er einen langen, vollen Schnurrbart. Er hatte seine schönen butterweichen Handschuhe ausgezogen, um die Leiche zu inspizieren; wie ein Chirurg streifte er sie nun wieder über.

Von dem Polizeirevier in Pitlochary, einer Stadt, die fünfmal so groß war wie Rackmoor, aber trotzdem nur eine kleine Polizeieinheit besaß, hatte Inspektor Harkins ein halbes Dutzend Männer angefordert, unter ihnen den Arzt des Orts und den Wachtmeister, der hinter ihm stand und sich Notizen machte. Der Tatort-Sachverständige war bereits wieder gegangen. Der Spezialist für Fingerabdrücke, ein Mann, der angeblich selbst von den Flügeln einer Fliege Abdrücke nehmen konnte, wurde noch erwartet. Der Rechtsmediziner stand auf, grunzte und wischte sich die Hände ab.

„Und?", fragte Harkins und schob sich eine dünne, handgerollte kubanische Zigarre in den Mund.

Der Arzt zuckte mit den Schultern. „Ich weiß nicht. Es sieht aus, als hätte jemand mit einer Mistgabel auf sie eingestochen."

Harkins blickte ihn an. „Eine ziemlich unhandliche Waffe. Raten Sie noch mal."
Genauso bissig erwiderte der Arzt: „Vampire."
„Sehr komisch."
„Ein Eispickel, eine Ahle, weiß der Himmel; sie sieht aus wie ein Sieb. Der Eispickel scheidet aus – was immer es war, es muss mehr als einen Zinken gehabt haben. Wenn ich die Leiche genau untersucht habe, kann ich Ihnen mehr sagen."
Harkins ließ sich wieder auf dem Boden nieder. „Das Gesicht ... Können Sie mal Ihre Taschenlampe draufhalten!", rief er einem der Männer zu, die die Treppe absuchten. Wie riesige Glühwürmchen bewegten sich drei oder vier Taschenlampen die Stufen rauf und runter. Eine davon wurde zu ihnen herübergeschwenkt und beleuchtete das Gesicht der Frau. „Unter dem Blut scheint Make-up zu sein, sieht aus wie Theaterschminke. Die eine Hälfte ist schwarz, die andere weiß. Merkwürdig." Harkins stand auf und klopfte mit seinen Handschuhen den Staub von seinen Hosen. „Zeit?", zischte er.
Umständlich zog der Arzt seine dicke Taschenuhr hervor und sagte: „Genau ein Uhr neunundfünfzig."
Harkins warf seine Zigarre auf den Boden und zertrat sie mit dem Absatz. „Verdammt, Sie wissen genau, was ich meine."
Der Arzt ließ seine Tasche zuschnappen. „Ich bin Ihnen nicht unterstellt, vergessen Sie das bitte nicht. Ich würde sagen, sie ist seit zwei, vielleicht auch schon seit drei Stunden tot. Ich bin nichts weiter als ein Landarzt, und Sie haben mich hierhergebeten. Also seien Sie höflich."
Als wäre Höflichkeit nur eine Vokabel im Wörterbuch von Landärzten, wandte sich Harkins an Wachtmeister Smithies: „Lassen Sie die Treppe oben und unten absperren und ein paar Verbotsschilder dranhängen. Und jagen Sie die Leute da weg." Seit Harkins und dann die anderen Polizeiautos aufgetaucht waren, erschienen unten auf der Grape Lane ständig neue, gespenstisch wirkende Gesichter. Mehr und mehr Dorfbewohner taumelten aus ihren Betten, um nachzuschauen, was der Krach zu bedeuten hatte. Harkins schaffte es, seiner nächsten Frage, einer ganz simplen und naheliegenden Frage, einen absolut ätzenden Ton zu verleihen. „Temple war der Name, nicht wahr?"
Smithies versuchte, sich so klein wie möglich zu machen, was für einen Mann von seiner Größe nicht gerade einfach war. „Jawohl, Sir. Sie soll im ‚Fuchs' abgestiegen sein, dem Gasthof an der Mole."
„Fremd hier?"
„Ich nehme an."
„Sie nehmen an. Und wie erklären Sie sich diese seltsame Aufmachung? Tauchen in Rackmoor häufig solche Gestalten auf?" Als trüge Smithies persönlich die Verantwortung für das Auftauchen dieser Frau in Schwarz und Weiß.
„Es ist ein Kostüm, Sir ..."
„Was Sie nicht sagen." Harkins zündete sich eine neue Zigarre an.
„... der Abend vor dem Dreikönigsfest. Im Old House fand ein Kostümball statt. Sie muss auf dem Weg dahin gewesen oder von dort gekommen sein."

„Wo zum Teufel ist das Old House?"

Smithies deutete die Engelsstiege hoch. „Wenn Sie aus der Gegend sind, müssen Sie das Herrenhaus kennen, Sir. Es heißt ‚Zum Alten Fuchs in der Falle'."

„Ich denke, so heißt der Gasthof?"

„Stimmt. Nur gehört der Gasthof dem Colonel zur Hälfte, und er hat ihn nach dem Haus benannt. Damit es keine Verwechslung gibt, nennen wir das eine Old House und das andere den ‚Fuchs'. Ursprünglich hieß Kittys Kneipe ‚Zum Kabeljau'. Aber der Colonel, Colonel Crael, ist ein passionierter Jäger –"

„Von mir aus kann es auch Tante Fannys Bierstübchen heißen, ist doch – Moment mal, meinen Sie Sir Titus Crael? Diesen Colonel Crael?"

„Ja, ihn, Sir."

„Sie meinen, sie –", er zeigte auf die Stufe, von der die Leiche gerade in einem Plastiksack heruntergetragen wurde, „hat zu seinen Gästen gehört?"

„Ich nehm's an, Sir." Harkins murmelte etwas und blickte auf den mit Kreide markierten Umriss, als hätte er sie am liebsten wieder dorthin geschafft.

Inspector Harkins hatte wenig Respekt vor seinen Vorgesetzten; sie mochten sich in Pitlochary, Leeds oder London befinden. Und vor seinen Untergebenen hatte er überhaupt keinen; er war vielmehr der Meinung, dass sie ihre untergeordneten Positionen innehatten, weil sie es nicht anders verdienten.

Vor einer Sache hatte er jedoch Respekt: vor einem guten Namen. Und die Craels gehörten zu den besten Familien von Yorkshire.

Er befand sich in einer Zwickmühle: Einerseits hätte er die Leiche am liebsten wieder auf ihren Platz zurückgelegt – sollte sich doch London den Kopf darüber zerbrechen.

Andererseits war er Ian Harkins.

# Zweiter Teil

## Vormittag in York

### 1

Melrose Plant legte die Zeitung auf sein Knie und drehte die Sanduhr um.

„Woher hast du dieses Ding?" Zwischen Lady Agatha Ardry und ihrem Neffen befand sich ein farbenfroher Axminster-Teppich und eine Tortenetagere. Seit einer Stunde lungerte sie wie ein junger Wal auf dem Queen-Anne-Sofa und stopfte sich mit Obsttörtchen und Brandy-Snaps voll, ihr zweites Frühstück, wie sie erklärte.

Kuchen um elf Uhr? Melrose erschauerte, beantwortete aber ihre Frage.

„Aus einem Antiquitätenladen bei den Shambles." Er schob seine Goldrandbrille auf seiner eleganten Nase zurecht und vertiefte sich wieder in seine Zeitung.

„Und?" Sie hielt ihre Teetasse mit abgespreiztem kleinem Finger. Es musste ihre dritte oder vierte Tasse sein, dachte er.

„Was, und?" In der Hoffnung, auf ein Kreuzworträtsel zu stoßen, mit dem er sich die Zeit vertreiben konnte, blätterte er die Seite um.

„Und warum drehst du es jede Minute um?"

Melrose Plant blickte sie über den Brillenrand hinweg an. „Es ist ein Stundenglas, liebste Agatha. Wenn ich sie jede Minute umdrehen müsste, hätte sie ihren Zweck verfehlt."

„Red nicht in Rätseln. Möchtest du denn nichts von den hübschen Dingen, die uns Teddy hingestellt hat?"

„Teddy wird nicht merken, dass ich nichts gegessen habe."

Teddy. Eine Frau, die zuließ, dass man sie *Teddy* nannte, hatte es auch verdient, Agatha vierzehn Tage lang auf dem Hals zu haben. Er fragte sich, für was *Teddy* eigentlich stand: Theodora wahrscheinlich, so wie sie aussah. Eine stattliche Frau mit feuerroten Haaren, die wie ein brennender Busch ihren Kopf umstanden. Heute Morgen war sie einkaufen gegangen.

„Du hast mir immer noch nicht meine Frage beantwortet. Warum hast du die Sanduhr umgedreht? Auf dem Kaminsims steht doch eine wunderbare Uhr, eine Uhr, die geht." Sie blinzelte zum Kamin hinüber. „Was Teddy wohl dafür bezahlt hat? Sieht italienisch aus."

Sie hätte die ganze Einrichtung innerhalb von zehn Minuten taxiert und mit Preisschildern versehen, dachte Melrose. „Früher waren die Kirchenstühle mit einem Vorhang versehen, und die Pfarrer hatten eine Sanduhr auf der Kanzel stehen. Dauerte die Predigt länger als eine Stunde, dann drehte der Pfarrer die Sanduhr einfach um. Und wer genug hatte von dem Gepredige, konnte den Vorhang vorziehen. Wenn ich mich nicht irre, hat Lord Byron, als er in Yorkshire Freunde besuchte und mit ihnen in die Kirche ging, sofort den Vorhang zugezogen."

Agatha kaute daran, im wörtlichen wie im übertragenen Sinn, während sie ein Törtchen mit einer fürchterlichen hellblauen Glasur verdrückte. Nach einer längeren, für sie ziemlich ungewöhnlichen Schweigepause fragte sie: „Melrose, erinnerst du dich noch an diesen merkwürdigen Onkel Davidson? Den aus der Familie deiner lieben Mutter, Lady Marjorie."

„Ich erinnere mich an den Namen meiner Mutter. Was ist mit diesem Onkel?"

„Er war ziemlich verrückt, jeder in der Familie wusste das. Er redete nur wirres Zeug, und ich frage mich manchmal ..." Sie entfernte das Papier von dem nächsten Törtchen. „Ich meine, du sagst und tust auch die seltsamsten Dinge. Gerade jetzt denkst du daran, dich aufzumachen in dieses öde, kleine Fischerdorf an der Küste –"

„Fischerdörfer pflegen nun einmal an der Küste zu liegen." Er erinnerte sich, dass sie es ein „pittoreskes, kleines Fischerdorf" genannt hatte, als sie sich noch in dem Glauben befand, die Einladung dorthin gelte auch ihr.

Schaudernd fuhr sie fort: „Die Nordsee mitten im Winter! Wenn es Scarborough wäre – Scarborough im Sommer –, das würde ich mir noch gefallen lassen!"

Ein Gräuel, dachte Melrose. Scarborough im Sommer bedeutete Strandpromenaden und Badegäste und Agatha, die wie eine Klette an ihm hing. Melrose gähnte und blätterte eine Seite der *York Mail* um. „Nun gut. Mag sein."

„Ich verstehe nicht, wie du überhaupt auf den Gedanken kommst."

„Weil ich eingeladen wurde, liebe Tante, deswegen geht man doch im Allgemeinen irgendwohin." Das war jedoch danebengegangen: Agatha hatte sich *selbst* bei Teddy eingeladen, als sie herausfand, dass Melrose nach Yorkshire fahren würde. Und er glaubte, ihr auch nicht abschlagen zu können, sie nach York mitzunehmen, da es ja praktisch auf seinem Weg lag. Und im Grunde hatte er nichts dagegen, in York haltzumachen, denn es war ein reizvoller Ort: Einmal gab es die Kathedrale mit der goldenen Kanzel, dann das verwinkelte Shambles mit seinen eng zusammengebauten, krummen und schiefen Läden und Häusern. Und gestern hatte er sogar einen hübschen, ganz versteckten Club entdeckt, in dem er sich in einem rissigen Ledersessel ausstrecken und ausruhen konnte, bis die Leichenstarre einsetzte. Heute Morgen war er ein Stück an der Stadtmauer entlanggegangen. Schönes, altes York.

„... doch nur ein Baron."

In seinen Betrachtungen über Stadtmauern und Stadttore gestört, fragte Melrose: „Was?"

„Dieser Sir Titus Crael. Er ist doch nur Baron, während *du* ..."

„Während ich überhaupt keinen Titel habe. Es gibt aber viele von uns, wir schießen in ganz England wie Pilze aus dem Boden, und ich habe gehört – das kann allerdings auch ein Gerücht sein –, dass wir London umzingelt haben und dass Cornwall schon in unserer Gewalt ist. Vielleicht müssen wir es aber erneut aufgeben." Er schnappte sich wieder die Zeitung.

„Oh, hör auf mit dem Quatsch, Melrose. Du weißt ganz genau, was ich meine. Du kannst dich nicht einfach Melrose Plant nennen, niemand nimmt dir das ab. Statt Earl of Caverness. *Und* zwölfter Viscount Ardry, und Enkel von –"

Sie war in Fahrt geraten und würde wie eine Gebetsmühle sämtliche Titel herunterrasseln, wenn er sie nicht daran hinderte: „Ich fürchte, sie *müssen* sich damit abfinden, da ich mich selbst damit abgefunden habe. Ist es nicht komisch, dass die Welt sich trotzdem weiterdreht?"

„Ich weiß wirklich nicht, warum du dich darauf versteifst. Du bist einfach apolitisch. Dein Vater hätte vielleicht das Zeug zu einem Politiker gehabt. Aber du hast überhaupt keine Ambitionen."

Nur die eine, mich davonzumachen, dachte Melrose. Sie würde immer weiter bohren, aber er hatte nicht die Absicht, sich dazu zu äußern. Er lehnte sich zurück und starrte zur Decke hoch. Er dachte an seinen Vater, den er sehr geliebt und verehrt hatte. Nur seine blödsinnige Jagdleidenschaft konnte er nicht nachempfinden. Wahrscheinlich war sie auch die Basis seiner Freundschaft mit Titus Crael gewesen. Melrose Plant war Sir Titus Crael vielleicht vor dreißig Jahren das letzte Mal begegnet. Er erinnerte sich nur noch an den Tag, an dem er mit ihm zusammen junge Füchse gejagt hatte, eine große, imposante Gestalt, die neben ihm stand und einen toten Fuchs in den Händen hielt. Sie vollführten dieses grässliche Ritual der Bluttaufe, und zu Melroses Entsetzen waren die von dem Blut des Fuchses triefenden Hände über sein Gesicht gefahren; er war damals gerade zehn Jahre alt gewesen.

Wo war das gewesen? Er konnte sich nicht mehr erinnern. Irgendwo in den Shires?

Rutland vielleicht? Oder hier in den Mooren von Yorkshire? Er sah noch die Bluttropfen im Schnee vor sich. Nach dieser Erfahrung hatte er jedenfalls nichts mehr vom Jagen wissen wollen.

„Gar nicht übel, dieses alte Haus." Wieder riss ihn Agatha aus seinen Träumereien. „Dürfte heute einiges wert sein. Die Decke ist von Adam."

Melrose hatte eingehend die zarten Pastellfarben und den Stuck studiert. „Eine Imitation." Decken waren sein Steckenpferd. In Ardry End, seinem eigenen Haus, kannte er jeden Zentimeter Decke. Das kam davon, weil er immer hochstarrte, wenn seine Tante zu Besuch war.

„Die Teller sind Crown Derby. Und der Tisch ein besonders hübscher Sheraton", sagte Agatha.

Melrose beobachtete, wie ihre flinken Äuglein den ganzen Raum absuchten und dabei jede Staffordshire-Porzellanfigur, jede Lackarbeit und jedes Kameenglas erfassten – wahrscheinlich funktionierte ihr Gehirn wie eine Registrierkasse, die alles zusammenzählte. In ihrem früheren Leben war sie bestimmt Auktionator gewesen.

„Hast du gesehen, wie groß der Ring war, den Teddy heute Morgen getragen hat? Was ist das eigentlich für ein Stein, was denkst du?"

Melrose schlug wieder die erste Seite seiner Zeitung auf. „Ein Gallenstein."

„Du kannst es einfach nicht ertragen, wenn jemand mehr hat als du, stimmt's?" Sie schaute auf die Kuchenplatte. „Dieser Butler soll kommen; die Brandy-Snaps sind alle." Sie zog an einem Klingelzug. Dann schüttelte sie die Kissen auf und ließ sich wieder zurücksinken. „Ich hatte keine Ahnung, dass Teddy eine so gute Partie gemacht hat, als sie seine Frau wurde. Was hier rumsteht, kann sich mit deinen Sachen auf Ardry End durchaus messen."

„Du meinst, indem sie Witwe von Harries-Stubbs wurde?"

„Wie kaltblütig, Melrose. Aber es ist wohl zu erwarten, dass du so über die Ehe denkst."

Er ließ sich nicht auf eine Diskussion über dieses Thema ein. Er hatte wenig Hoffnung, jemals diesem undefinierbaren weiblichen Wesen zu begegnen, dem er sowohl Ardry End als auch seine eigene Person anvertrauen könnte. Agathas Sorge galt natürlich nur Ardry End. Es machte ihr Spaß, das Terrain zu sondieren und dabei alte Erinnerungen und die Namen von Frauen auszugraben, die er einmal gekannt hatte, Leichen, mit denen sie seinen Weg pflasterte und über die er, wie sie hoffte, auch einmal stolpern würde – er würde sich verplappern und ihr den Namen einer heimlichen Geliebten verraten, die ihr, seiner einzigen Verwandten, Ardry End streitig machen konnte –, Ardry End mit seinen Robert-Adam-Decken, seinen frühgeorgianischen Möbelstücken, seinem Meißener Porzellan und den Baccarat-Gläsern. Wieso sie überhaupt auf den Gedanken kam, ihn einmal zu beerben, war Melrose nicht klar. Sie war bereits über sechzig und Melrose gerade einundvierzig, trotzdem schien sie es für ausgeschlossen zu halten, dass er sie überleben könnte. Der Wunsch war offensichtlich der Vater des Gedankens.

„Ob Vivian Rivington wohl jemals wieder aus Italien zurückkommt?"

Auch einer ihrer Seitenhiebe.

Melrose antwortete jedoch nicht, weil eine Schlagzeile auf der ersten Seite der *York Mail* seine Aufmerksamkeit gefesselt hatte.

EIN MORD IN RACKMOOR.

Dem Bericht zufolge war in einer verlassenen Gasse die Leiche einer verkleideten Frau gefunden worden. Die Polizei von Yorkshire rechnete damit, den Täter bald gefasst zu haben (was bedeutete, dass sie noch völlig im Dunkeln tappte). Das Opfer war angeblich mit Sir Titus Crael – dem Parlamentsmitglied und prominenten Jäger, einem der reichsten und einflussreichsten Männer von Yorkshire – verwandt.

Eine Verwandte von Sir Titus – Melrose sah sich vor eine schwierige Entscheidung gestellt. In einem so kritischen Augenblick wie diesem bei den Craels hereinzuplatzen, eingeladen oder nicht … vielleicht sollte er einfach wieder seine Sachen packen und nach Northants zurückfahren, den Craels ein Entschuldigungsschreiben schicken … Northants, Agatha und allgemeines Unwohlsein. Von bloßem Unwohlsein war in Rackmoor zurzeit wohl nicht die Rede.

Der Schnee war dort blutrot gefärbt …

„Was ist los mit dir, Melrose? Du bist ja ganz blass."

Glücklicherweise erschien in diesem Augenblick Miles, der Butler der Harries-Stubbs, und Agatha wandte sich ihm zu: „Ich hätte gern noch etwas Tee und ein oder zwei Brandy-Snaps. Die Köchin soll darauf achten, dass die Schlagsahne auch frisch ist. Sagen Sie ihr, sie soll einfach welche schlagen."

Miles blickte sie aus stahlharten Augen an. Agatha gelang es immer, sich in kürzester Zeit beim Personal unbeliebt zu machen.

„Sehr wohl, Madam", erwiderte er mit frostiger Stimme. Wesentlich liebenswürdiger fragte er Melrose: „Und Sie, Sir, haben Sie auch einen Wunsch?"

„Das Telefon, bitte", sagte Melrose. „Das heißt, vielleicht könnten Sie diese Nummer für mich anrufen, um zu sehen, ob jemand zu Hause ist?" Er riss ein Blatt aus seinem Notizbuch und gab es dem Butler.

„Gewiss, Sir."

„Wen willst du denn anrufen, Melrose?"

„Die Geister in der Tiefe", sagte er und versuchte, die Zeitung zwischen die Stuhllehne und das Kissen zu schieben. Wenn sie erfahren würde, dass in dem Ort, den er aufsuchen wollte, ein Verbrechen passiert war, würde sie nicht mehr von seiner Seite weichen; sie würde sich auf alles stürzen, was ihr unter die Finger käme, es konnte noch so unbedeutend sein. Agatha betrachtete sich nämlich als Kriminalautorin. Und in ihrem Kopf geisterte immer noch die geniale Lösung herum, die sie damals, als in ihrem eigenen Dorf ein paar Leute ermordet worden waren, beigesteuert hatte.

Der Butler schwebte wieder herein. „Ich habe –", er blickte in Agathas Richtung, „die Person, die Sie sprechen wollten, erreicht."

„Ich danke Ihnen. Ich gehe nach nebenan." Butler waren schon erstaunliche Wesen; Melrose dachte an Ruthven, seinen eigenen Butler. Sie konnten Gedanken lesen, die noch nicht einmal gedacht worden waren. Er warf Agatha einen kurzen Blick zu und ging aus dem Zimmer.

Aber gewiss doch, Sir Titus rechnete mit ihm, sogar mehr denn je. Im Haus, vielmehr im ganzen Dorf, wimmelte es von Polizei. Und es wurde sogar gemunkelt, dass Scotland Yard eingeschaltet werden sollte. Titus Crael lachte, es klang aber nicht überzeugend. So wie sie Julian in die Mangel nähmen, könnte man meinen, er gehöre zu dem, hmm, dem Kreis der verdächtigen Personen.

„Hören Sie, mein Junge", sagte Titus Crael. „Sie könnten uns eine große Hilfe sein. Ich mache mir Sorgen, Sie verstehen."

„Weswegen, Sir Titus?"

„Ehrlich gesagt, weiß ich das selbst nicht genau. Es ist alles so verworren. Sie war – wir reden besser darüber, wenn Sie hier sind."

Melrose versuchte, sich an Julian Crael zu erinnern; es gelang ihm jedoch nicht. Er bezweifelte, dass sie sich jemals begegnet waren; nicht einmal damals, als Kinder. Aber er wollte wie vereinbart nach Rackmoor kommen und ihm, so weit das möglich war, zur Seite stehen.

„Mit wem hast du gesprochen?", fragte Agatha, als er zurückkam.

„Mit Sir Titus Crael: Wann ich bei ihnen eintreffen werde. Ich glaube, in zwei Stunden lässt es sich schaffen." Als der Butler mit dem Tee und dem Gebäck auftauchte und Agatha giftige Blicke zuwarf, meinte Melrose: „Könnten Sie bitte meine Tasche packen, Miles? Ich fahre bald ab!" Miles nickte und verschwand.

„Was, du willst jetzt schon losfahren?" Der Brandy-Snap verharrte einen Augenblick lang in der Schwebe wie ein kleines Flugzeug. Melrose nickte. „Im Winter über die *Moore* von North York!"

„Dieses Land, aus dem kein Reisender zurückkehrt." Vielleicht gar keine so schlechte Idee.

Sie starrte ihn an. „Weißt du, dein Onkel Davidson, ich erinnere mich …" Melrose Plant drehte die Sanduhr um.

# Dritter Teil

## Nachmittag in Islington

### 1

Chief Inspector Richard Jury wurde durch das rücksichtslose Schrillen des Telefons aus einem Traum gerissen, in dem winzige Männlein versuchten, ihn wie Gulliver am Boden festzubinden. Verschlafen tastete er auf seinen Armen nach Seilen, und als er keine entdecken konnte, nahm er den Hörer ab.

Er vernahm Superintendent Racers Stimme, die vor Sarkasmus triefte: „Es ist ein Uhr vorbei, und Sie schlafen immer noch Ihren Schönheitsschlaf. Die weiblichen Beamten werden uns das Haus einrennen. Haben Sie Mitleid, Mann."

Jury gähnte. Es war zwecklos, den Superintendent daran erinnern zu wollen, dass Jury in den letzten achtundvierzig Stunden kein Auge zugetan hatte. Und man brauchte auch nicht Freud zu bemühen, um sich die Liliputaner, die ihn am Boden festgebunden hatten, zu erklären. „Sie rufen wegen einer bestimmten Sache an, Sir?"

„Nein, Jury, nichts Bestimmtes", sagte Racer mit großer Selbstbeherrschung. „Eigentlich wollte ich nur etwas mit Ihnen plaudern. Jury, Sie sind dran, verflucht noch mal."

Jury wusste, dass er auf der Liste stand. Aber erst an dritter Stelle, vor ihm waren mindestens noch zwei andere. Er hievte sich in seinem Bett hoch, massierte seine Kopfhaut und hoffte, nicht nur sie, sondern auch sein Gehirn zu beleben.

„War Roper nicht vor mir?"

„Er ist nicht erreichbar", zischte Racer.

Unmöglich, dachte Jury; Roper musste von einem Tag auf den anderen erreichbar sein. Hatte Racer überhaupt versucht, ihn zu erreichen?

„Yorkshire hat angerufen. Sie wollen einen Mann haben. Und zwar pronto."

Jury schwante nichts Gutes. Yorkshire. „Sind Sie sicher –"

„… Der Ort heißt Rackmoor." Jury hörte das Rascheln von Papier, als Racer ihn unterbrach. „Ein Fischerdorf an der Nordsee." Racer sagte das offensichtlich mit großem Vergnügen.

Jury schloss die Augen. Letztes Jahr um diese Zeit war er in Northamptonshire gewesen. Winterlich genug für seinen Geschmack. Gegen Yorkshire im Frühjahr, im Sommer oder im Herbst war nicht das Geringste einzuwenden. Aber im Januar! Wollte Racer ihn und seinen Begleiter wie ein Rudel Schlittenhunde immer weiter nach Norden treiben? Er blickte aus seinem Schlafzimmerfenster und sah Schneeflocken vorbeiwirbeln. Es waren jedoch nur wenige, die wie Überbleibsel vom letzten Winter wirkten. Er schloss wieder die Augen und sah die Moore Yorkshires vor sich – die unendlich weiten, von einer glatten Schneekruste überzogenen Flächen. Und er sah (oder hörte vielmehr), wie er – den köstlich knirschenden Schnee unter den Füßen – über die Moore spazierte. Und dann ging sein geistiges Auge wie ein Zoom in die Höhe, und er sah sich als einen winzigen, dunklen Punkt in diesem Weiß. Er lächelte. Jury war einfach verrückt nach diesen makellosen, schneeverkrusteten Flächen. Es bereitete ihm ein unendliches Vergnügen, darin herumzustapfen.

Aus dem Hörer drang ein quakendes Geräusch; seine Augen klappten auf. Er musste eingenickt sein.

„Ja, Sir?"

„Ich sagte, Sie sollen ins Büro kommen. Und zwar fix. Es dreht sich um einen Mord, und sie brauchen unsere Hilfe. Alles Weitere kann Ihnen Wiggins erzählen."

„Wann ist es passiert?"

„Vor zwei Tagen. Oder vielmehr vor zwei Nächten."

Jury stöhnte. „Das heißt, die Leiche wurde schon abtransportiert. Und das bedeutet –"

„Hören Sie auf zu lamentieren, Jury. Ein Kriminalbeamter ist Kummer gewohnt."

EINE HALBE STUNDE SPÄTER trat Jury in einen Tag hinaus, an dem vielleicht noch eine blasse, kraftlose Sonne durchkommen würde. Er ließ den Blick über die Metallbriefkästen neben der Haustür wandern und ging dann seine Post durch, die aber nur aus Reklame bestand; er stopfte sie in den Briefkasten zurück und ging die Steinstufen hinunter. Der kleine Park auf der anderen Straßenseite schimmerte in dem schwachen Licht der Sonne; die hellen Grüntöne und das stumpfe Gold sahen wie die Farben einer ausgeblichenen Leinwand aus.

Am Eingangstor erinnerte er sich an das kleine Geschenk, das er für Mrs Wasserman gekauft hatte. Er machte wieder kehrt, ging den kurzen Weg zum Haus zurück und dann die vier Stufen zu ihrer Wohnung im Erdgeschoss hinunter. Er klopfte sehr vorsichtig, um sie nicht zu erschrecken. Nichts rührte sich, wahrscheinlich wusste sie nicht, ob sie antworten sollte oder nicht. Links von ihm wurde ein Vorhang zurückgeschoben, und durch das doppelte Eisengitter vor dem Fenster konnte er ein Auge und die Nase erkennen. Mrs Wassermans Verfolgungswahn befand sich in einem fortgeschrittenen Stadium. Islington war für sie identisch mit dem Warschauer Ghetto. Er winkte. Die Kette schlug klirrend gegen die Tür, die für ihn geöffnet wurde. Ein üppiger Busen und ein breites Lächeln schoben sich in sein Blickfeld.

„Mr Jury!"

„Hallo, Mrs Wasserman. Ich hab was für Sie." Jury zog ein kleines Paket aus der Tasche seines Burberrys.

Ihr Gesicht strahlte, als sie es öffnete und die Trillerpfeife hochhielt.

„Eine Trillerpfeife für Polizisten", sagte Jury. „Ich dachte, vielleicht würden Sie sich mit diesem Ding um den Hals etwas sicherer fühlen, wenn Sie zum Markt oder zur Camden Passage gehen. Ein Pfiff, und jeder Polizist im Umkreis von einer Meile wird die Islington High Street zu Ihnen heruntergerast kommen." Das war natürlich maßlos übertrieben, aber er wusste, dass sich die Gelegenheit dazu nie bieten würde. Es war ein altes Ding, das er in einem der Trödelläden bei der Passage entdeckt hatte.

Jury hatte häufig von seinem Fenster aus beobachtet, wie Mrs Wasserman mit ihrem schwarzen Mantel, ihrem flachen schwarzen Hut und der geblümten Einkaufstasche den Weg hochging, vor dem Tor stehen blieb und sich umschaute. Und wenn sie draußen stand, blickte sie sich wieder um; sie blickte nach links und nach rechts und den gepflasterten Weg zurück ...

Im Lauf der Jahre hatte sie ihn auch ein paarmal mit zaghafter Stimme gebeten, sie doch bis zur High Street oder zur Underground-Station Angel zu begleiten. Um sie zu beruhigen, sagte er gewöhnlich, er gehe auch in diese Richtung; an seinen freien Tagen, wenn er nicht ins Büro musste, war sein Tagesablauf sowieso völlig unstrukturiert, und er konnte ebenso in ihre wie in jede andere Richtung gehen. Er schaute zu, wie sie mit kindlichem Vergnügen die Trillerpfeife ausprobierte. Jury überragte die kleine, dickliche Frau; ihr schwarzes Haar war zu einem Knoten zusammengebunden und so straff nach hinten gekämmt, dass es wie eine eng anliegende Satinkappe aussah. Am Ausschnitt ihres dunklen Kleides steckte eine Filigranbrosche. Er fragte sich, was sie wohl für eine Jugend gehabt hatte – vor dem Krieg. Sie musste ein sehr, sehr hübsches Mädchen gewesen sein.

Der Krieg verband sie auch miteinander. Weder sein Vater noch seine Mutter hatten ihn überlebt. Sein Vater war in Dünkirchen gefallen, und seine Mutter war bei dem letzten Bombenangriff auf London ums Leben gekommen. Als er sieben Jahre alt war, fiel das Haus, in dem sie beide lebten, wie ein Kartenhaus über ihnen zusammen. Er hatte die ganze Nacht über im Dunkeln nach ihr gesucht und sie dann schließlich unter den Trümmern der Balken und Backsteine entdeckt – ihren Arm, ihre Hand, die aus dem Schutt herausragten, als hätte sie sie im Schlaf unter einer dunklen Decke herausgestreckt. Sieben Jahre lang wurde er innerhalb der Familie weitergereicht, von einer Tante oder Cousine zur nächsten, bis er sich dann mit vierzehn auf eigene Faust durchs Leben schlug. Danach verspürte er jedes Mal, wenn er die Hand oder den Arm einer Frau auf dem dunklen Bezug eines Sessels oder auf dem Holz eines Tischs liegen sah – nur die Hand und den Arm, nicht das Gesicht, nicht den Körper –, einen dumpfen Schmerz, als würde sein Gehirn ausgebrannt. Dieses Bild, das eigentlich zum Albtraum hätte werden müssen, besaß jedoch etwas von dem, was Yeats mit „schrecklicher Schönheit" gemeint haben musste. Die porzellanweiße Hand, die sich gegen die schwarzen, verkohlten Reste eines Londoner Mietshauses abhob, erschien ihm in seinen Träumen wie eine Fackel im Dunkeln, eine Lichtung im Wald.

„Inspector Jury", sagte Mrs Wasserman und holte ihn aus dem brennenden Gebäude wieder in die Gegenwart zurück. „Ich weiß gar nicht, wie ich Ihnen danken soll. Es ist wirklich furchtbar nett von Ihnen." Sie umklammerte seinen Arm wie die Planke eines sinkenden Schiffs. „Mein Bruder Rudy – Sie wissen schon, der, dem ich immer schreibe, der in Prag lebt –, glauben Sie, dass die Briefe, die sie kriegen, zensiert werden?" Jury schüttelte den Kopf; er wusste es nicht. „Äh, wer weiß das schon? Ich schreib ihm immer, er soll sich wegen mir keine Sorgen machen. Er macht sich nämlich dauernd Sorgen. Und ich hab ihm auch geschrieben, dass ein Polizeibeamter im Haus wohnt. Nein, nicht nur ein Polizist, ein richtiger englischer Gentleman. Gott segne Sie!"

Er versuchte zu lächeln, konnte aber nur noch schlucken; er blickte auf den von der Sonne beschienenen Park. „Danke, Mrs Wasserman." Das Lächeln erstarb, und er hob die Hand zu einem kurzen Gruß.

Als er durch die Camden Passage zur Angel Station ging, fühlte er sich richtig benommen. Sie hatte einen Teil seines Tages gerettet. Obwohl er nun schon seit zwanzig Jahren bei Scotland Yard arbeitete und es häufig mit dem Abschaum der Menschheit zu tun hatte, war Jury keineswegs so abgebrüht, dass ihn nichts mehr berührte.

*Ein richtiger englischer Gentleman!*

Jury betrachtete das immer noch als das größte Kompliment, das man jemandem machen konnte.

# 2

„Es ist an der Küste. Ein Fischerdorf – zumindest war es das mal. In der Nähe von Whitby. Im Sommer gibt es dort jede Menge Touristen." Sergeant Alfred Wiggins zog ein Taschentuch von der Größe eines kleineren Tischtuchs hervor und schnäuzte sich. Dann legte er den Kopf in den Nacken und träufelte sich mit einer kleinen Pipette etwas Flüssigkeit in die Nase; schnaubend zog er jeden Tropfen hoch. Wiggins hatte aus seiner Hypochondrie eine Kunst, wenn nicht einen Sport gemacht.

„Haben Sie immer noch diesen Schnupfen, Sergeant?" Die Frage war so offensichtlich rhetorisch, dass Wiggins erst gar nicht darauf antwortete. „Ist dieser Mord denn zu viel für die Leute in Yorkshire? So blöd sind sie doch auch nicht."

„Sissnich nurn Mor."

Jury hatte im Laufe der Jahre gelernt, Sergeant Wiggins' schnupfengeschädigte Ausdrucksweise zu deuten. Er hatte so oft ein Taschentuch vor der Nase oder ein Hustenbonbon im Mund, dass seine Äußerungen meist ziemlich unverständlich klangen. „Wieso ‚nicht nur 'n Mord'?"

Wiggins pfropfte die kleine Flasche zu und neigte den Kopf, damit die Flüssigkeit schneller ablief. „Komplizierte Geschichte. Das Opfer, eine gewisse Gemma Temple, ist in Wirklichkeit jemand anders, zumindest wird das in Rackmoor behauptet."

Jury fragte sich, ob sich aus diesem Satz ein Tipp herausschälen ließ. „Können Sie das erklären?"

„Ja, Sir. Es scheint da gewisse Zweifel zu geben, was die Identität dieser Frau betrifft. Sie war nur vier Tage in Rackmoor und hat in einem Gasthof übernachtet. Nannte sich Gemma Temple. Aber diese Craels behaupten, sie sei eine Verwandte von ihnen gewesen. Inkognito – oder so." Wiggins überflog seine Notizen. „Dillys March. So nannten sie die Craels. Ist vor – oh – fünfzehn Jahren von zu Hause ausgerissen und erst jetzt wieder aufgetaucht. Um sich gleich um die Ecke bringen zu lassen."

„Sie wissen also nicht genau, wer sie ist?", fragte Jury. Wiggins schüttelte den Kopf. „Es dürfte doch nicht so schwer sein, über diese Gemma Temple was in Erfahrung zu bringen –"

„Die Polizei in Yorkshire weiß, dass sie aus London kam, Sir. Ihr letzter Wohnsitz war in Kentish Town. Viel mehr kann ich Ihnen auch nicht sagen."

„Die Leiche?"

„Im Leichenschauhaus von Pitlochary. Ist ungefähr dreißig Kilometer von Rackmoor entfernt."

„Und alles wurde aufgeräumt und saubergemacht? Wahrscheinlich sind sie auch noch mit dem Staubsauger drübergegangen."

Wiggins' Lachen klang eher wie ein Wiehern.

„Warum, zum Teufel, kommen mir die Fälle immer kalt auf den Tisch! Verdächtige?"

Wiggins schüttelte den Kopf. „Ich hab nichts gehört, abgesehen vielleicht von einem verrückten Maler, der an diesem Abend große Reden über irgendwelche Verbrecher schwang. Ich glaube über Rasputin."

Jury blickte von seiner Tasse Tee hoch. „Rasputin? Was hat der damit zu tun?"

„Irgendein Russe. Er quasselte was von Übermenschen, die sich alles erlauben können."

Jury dachte einen Augenblick lang nach. „Raskolnikow?"

„Klingen alle gleich, diese Russen."

Jury blickte auf seine Uhr. „Haben Sie nach einem Zug geschaut?"

„Ja, Sir. Um fünf Uhr, Victoria Station; vorher gibt's leider nichts. In York werden wir dann abgeholt."

# Vierter Teil
## Rackmoor-Nebel

### 1

Die Heizung des kleinen Ford Escort tuckerte verzweifelt und blies warme Luft auf den Boden, aber nirgendwo anders hin, sodass es Jury an den Füßen heiß und an der Nase eiskalt war.

Zu seiner Rechten wie zu seiner Linken erstreckten sich die Moore von North York, endlos weite, vereiste Flächen. Ganz in der Ferne waren die durchsichtigen Grautöne des Horizonts zu erkennen. Sie kamen an einigen bröckelnden Mauern vorbei. Ansonsten war das Land weder bebaut noch besiedelt. Es gab keine Straßen, keine Eisenbahnen, keine Bauernhöfe, keine Hecken, keine Mauern. Die Moore waren wie ein anderer Kontinent.

Von York aus waren sie ungefähr neunzig Kilometer lang immer nur geradeaus gefahren; in Pitlochary hatten sie haltgemacht, damit Jury sich die Leiche anschauen und mit dem Arzt sprechen konnte, der die Autopsie durchgeführt hatte. Nach ein paar Stunden Schlaf waren sie dann so früh aufgestanden, dass Jury das Gefühl hatte, den längsten Tag seines Lebens vor sich zu haben.

Sie überquerten Fylingdales Moor, aus dem in der Ferne die Kuppeln des Frühwarnsystems der amerikanischen Marine völlig deplatziert aufragten. Vom Straßenrand her drängte sich ein Dutzend Moorjocks – die schwarzgesichtigen Schafe der Moore – an das Auto heran: dicke Wülste aus lockiger, vereister Wolle auf schwarzen, dünnen Beinen. Sie hatten lange, schwarze und (wie Jury dachte) sehr melancholische Gesichter. Als das Auto vorbeifuhr, kurbelte Jury das Fenster herunter; das letzte Schaf war stehen geblieben, um sich an einem alten Steinkreuz zu reiben. Neugierig schaute es dem Auto nach.

Jury dachte an die Leiche der jungen Frau auf der Metallplatte im Leichenschauhaus von Pitlochary, und er wäre am liebsten in die grenzenlose Gleichgültigkeit der Natur geflüchtet.

„Großer Gott, dieses Fenster, Sir, können Sie es bitte wieder schließen", fing Wiggins hinter dem Steuer an zu lamentieren.

Jury drehte das Fenster hoch, machte es sich auf seinem Sitz bequem, starrte auf die trostlose, gottverlassene Landschaft mit den unberührten Schneeflächen und gab einen tiefen Seufzer von sich.

IN DEN SPALTEN der Klippen hing Rackmoor, die Nordsee zu Füßen, die Moore im Rücken. Ein sehr verschwiegener Ort, dem etwas beinahe Schuldbewusstes anhaftete.

Das Auto mussten sie auf einem Parkplatz abstellen, der listig am höchsten Punkt des Ortes angelegt worden war. Ein paar Meter unter ihnen, auf Rackmoors abschüssiger

High Street, war ein Laster stehen geblieben; die Fahrerkabine hing in einer Haarnadelkurve, während der Anhänger die enge Straße blockierte.

Jury blickte auf das Meer und die roten Ziegeldächer hinunter, die in mehreren Reihen an den Klippen klebten. Am grauen Horizont tauchte ein Schiff auf und schien in dem nebligen Morgen stecken zu bleiben. Über dem Dorf vermischte sich der Nebel mit den Rauchfahnen. Abgesehen von dem stumpfen Rotbraun der Dächer war alles grau in grau. Wie im Moor hatte Jury das Gefühl, sich aus der Zeit herauskatapultiert zu haben und nun ziellos herumzuirren.

„Sieht so aus, als müssten wir zu Fuß gehen", sagte Wiggins und sog unglücklich die Seeluft durch die Nase. Es muss doch ein besseres Klima geben, schien sie ihm zu sagen.

Als sie an der „Glocke", dem Gasthof zu ihrer Linken, vorbeikamen, hörten sie das Gebrüll des Fahrers; er lehnte aus der Fahrerkabine und schrie die Dorfbewohner an, die sich um ihn versammelt hatten. Jury fragte sich, welches blinde Vertrauen in die Gesetze der Schwerkraft den Laster überhaupt in diese Situation gebracht hatte. Sie drängten sich an der Fahrerkabine und an einem Fischhändler vorbei – er war in seiner weißen Schürze auf die Straße getreten und beinahe gegen den Anhänger geprallt –, bogen um die Haarnadelkurve und gingen dann nach rechts. Einen Häuserblock lang verlief die Straße gerade; sie entdeckten verschiedene Geschäfte: einen Kiosk mit einem drehbaren Postkartenständer, der um diese Jahreszeit kaum Käufer finden würde; einen Gemüseladen, aus dem eine Frau mit Haaren wie Stahlwolle Steckrüben heraustrug und Jury und Wiggins gleich geschäftstüchtig ins Auge fasste; auf der rechten Seite die Galerie Rackmoors, in deren Fenster eine grau gestreifte Katze schlief, und daneben ein kleines Textilgeschäft mit Kleidern so grau und schlicht wie das Kopfsteinpflaster unter ihren Füßen.

Ein zweiter, nach Jurys Meinung unentbehrlicher Parkplatz war auf einem Plateau rechts von ihnen eingerichtet worden. Nach dem nächsten Knick ging es wieder steil nach unten. Am Ende der Straße erspähte Jury das Meer, das wie ein Trompe-l'œil-Bild am Ende eines Tunnels auftauchte. Links und rechts davon gingen winzige Plätze und schmale Gässchen ab. Bridge Walk war eines davon; es bestand nur aus ein paar Stufen, neben denen das Wasser vorbeischoss. Die Stiegen waren gleichzeitig die Treppen zu den Häusern, und die Dächer waren so gestaffelt, dass man von der einen Reihe auf die nächste blickte.

Am Ende der High Street lag eine kleine Bucht; an diesem Morgen brachen sich die Wellen schon sehr weit draußen, und obwohl die Sonne noch nicht durchgekommen war, warf das Wasser sein eigenes gleißendes Licht auf die Felsen und Tümpel. Kleine Boote – Ruderboote und Fischerboote – waren auf dem schmalen Streifen Kiesstrand aufgebockt, in leuchtenden Farben gestrichen: Saphirblau, Aquamarin. Wellenbrecher bildeten einen Teil der Kaimauer.

Das Schild des „Alten Fuchs" hing an einer eisernen Stange, die vom Wind hin und her bewegt wurde. Es zeigte einen Fuchs, dem offensichtlich schon heftig zugesetzt worden war; auf dem Bild ruhte er sich jedoch gerade im Schatten irgendwelcher Büsche aus und fraß Trauben. Hinter jedem Baum und jedem Busch schien ein Hund zu sitzen und dem armen Tier aufzulauern; wahrscheinlich war es eine ganze Meute von Jagdhunden.

Jury und Wiggins gingen um die Bucht herum zu dem Gasthof. Vor ihm stand ein atemberaubender Sportwagen, ein Lotus Elan.

Wiggins pfiff durch die Zähne. „Ham Sie gesehen, ist doch nicht zu fassen. Mein ganzes Jahresgehalt würde dafür draufgehen."

„Wie er wohl die Arktis überquert hat?", sagte Jury. „Wahrscheinlich sind ihm Flügel gewachsen."

Mrs Meechem, die sich als „Kitty" vorstellte, blickte erstaunt zu Jury hoch – entweder hatten es ihr seine Größe, sein Lächeln oder sein Dienstausweis oder alle drei Dinge zusammen angetan – und führte sie in einen kleinen Speiseraum im rückwärtigen Teil. Er war durch eine niedrige Tür mit der Bar verbunden; Jury musste sich bücken, als er unter ihr hindurchging.

Ein sehr schlanker, noch jüngerer Mann stand von seinem Tisch auf. Er musste der Besitzer des Lotus sein. Und da er offensichtlich auf sie gewartet hatte, musste er Inspector Harkins von der Kriminalpolizei in Pitlochary sein. Neben ihm saß ein kleiner, rundlicher Bursche, der aussah, als würde er sich am liebsten in Luft auflösen.

„Ich bin Harkins." Er schüttelte Jurys Hand, nachdem er sorgfältig einen perlgrauen Handschuh abgestreift hatte. „Schön, dass Sie so schnell gekommen sind. Wir können Ihre Hilfe gebrauchen."

Eine glatte Lüge, dachte Jury. Harkins machte nämlich keinen sehr erfreuten Eindruck. Es war ja auch verständlich, wenn sie sich in der Provinz darüber ärgerten, dass ihre Macht beschnitten wurde. Aber es würde die Dinge nicht einfacher machen.

Harkins stellte den anderen Mann als Billy Sims vor. „Er fungiert hier als Wachmann."

„Wachmann? Was ist denn das, Mr Sims?"

Billy Sims zerdrückte seine Mütze zwischen den Händen und blickte sich nervös um; er fixierte alles, nur nicht Scotland Yard. „Seit zehn Jahren mach ich das schon. Colonel Crael bezahlt mich dafür."

Harkins, dem vor allem daran lag, die Sache möglichst schnell über die Bühne zu bringen, sagte: „Es ist ein alter Brauch. Früher war der Wachmann für die Sicherheit des Dorfes verantwortlich. Nicht hier in Rackmoor. Soviel ich weiß, hat es hier noch nie einen gegeben. Es war Sir Titus' Idee. Aber in Ripin hatten sie einen. Billy hat die Leiche gefunden."

„Aha, und wann war das?"

Billy Sims starrte auf den Fußboden, als erwarte er jeden Augenblick, wieder von dieser grässlichen Erscheinung heimgesucht zu werden. „Es war gegen Mitternacht auf der Engelsstiege ..."

„War irgendwas zu sehen oder zu hören?"

Er schüttelte den Kopf. „Nein, Sir, nichts, Sir."

„Es würde uns sehr helfen, wenn Sie noch mal mit uns dorthin gingen."

Jury dachte, der unglückselige Billy würde gleich auf die Knie fallen und seinen Mantel umklammern. „Äh, lieber nicht, Sir, wenn's geht. Wie die aussah!" Billy machte wirklich einen mitgenommenen Eindruck.

„Geht in Ordnung. Sie haben uns sehr weitergeholfen, Mr Sims."

Sie starrten auf Billy Sims' Rücken, der sich zur Tür hinbewegte, und Harkins schien ganz und gar nicht dieser Meinung zu sein.

Jury warf seinen Mantel über einen Stuhl und nahm Platz. Er bemerkte, dass Harkins seinen sündhaft teuren Kamelhaarmantel erst gar nicht ablegte. Er schien nicht gewillt zu sein, auch nur einen Augenblick länger zu bleiben, als es seine Pflicht erforderte.

„Waren Sie in Pitlochary? Und haben Sie die Leiche gesehen?", fragte Harkins. Jury nickte. Harkins zeigte ihm einen ordentlich beschrifteten braunen Umschlag. „Da ist alles drin, Inspector." Der Umschlag landete haarscharf auf der Tischkante.

„Richard", sagte Jury. Er hielt ihm seine Zigaretten hin. „Möchten Sie eine?"

Harkins schüttelte den Kopf, schenkte Jury ein schmallippiges Lächeln und zog ein Lederetui aus der Tasche. „Ich rauche nur die hier. Aus Kuba. Die Besten. Möchten Sie eine?"

„Gern. Vielen Dank!" Jury zündete beide Zigarren an und öffnete den Umschlag. Er sah sich die Aufnahmen an, die der Fotograf gemacht hatte. „Von wem stammen die Fotos? Sie sind ausgezeichnet."

„Ein Fotograf aus dem Dorf."

„Können Sie den Tatort beschreiben?"

Daraufhin erfolgte ein kurze Pause. „Steht alles da drin, Inspector."

„Ja, der Bericht lässt bestimmt nichts zu wünschen übrig. Aber ich kriege einen besseren Eindruck, wenn ich's höre. Sie sind mir gegenüber im Vorteil: Sie konnten sich an Ort und Stelle umsehen, ich nicht."

„Vorteil? Das bedeutet hoffentlich nicht, dass ich den Kopf hinhalten muss." Er täuschte ein Lächeln vor. Offensichtlich fühlte sich Harkins wie die kleine rote Henne im Märchen, die das Brot backt, das der Truthahn dann frisst – und Jury ist der Truthahn.

Kitty Meechem kam mit dem Kaffee, und Jury blieb die Antwort erspart. Als die Tassen weitergereicht wurden, blickte Wiggins Kitty trübe an und fragte, ob er Tee haben könne. Er könne schon die nächste Erkältung spüren, Seeluft bekomme seinen Nebenhöhlen nie.

Kitty, die ihr Tablett wie ein Bündel Liebesbriefe gegen den Busen presste, meinte: „Äh, dann sollten Sie aber keinen Tee trinken. Sie brauchen ein Bier mit Schuss." Sie stolzierte hinaus. Eine attraktive Frau, dachte Jury, in den besten Jahren, etwas üppig, seidig schimmernde braune Locken.

„Was ist das, ein Bier mit Schuss?", flüsterte Wiggins.

„Weiß ich auch nicht", meinte Jury. „Eine richtige Rosskur wahrscheinlich."

„Aber im Dienst kann ich doch nicht trinken, Sir."

„Wenn's Medizin ist, Sergeant." Jury nahm den Umschlag vom Tisch – Harkins war offensichtlich nicht gewillt, sich auf normale Art und Weise mit ihnen zu verständigen – und breitete die auf Hochglanzpapier abgezogenen Fotos aus. Er studierte eines von ihnen.

Die Aufnahme zeigte ein paar steinerne Treppenstufen. Die breiteste bildete eine Plattform, auf der eine Bank stand; sie befand sich in einer Nische in der Mauer links von der Treppe. Jury prägte sich die Lage der Toten ein.

Die Leiche lag mit dem Kopf nach unten, halb über der Plattform. Die Beine waren abgespreizt, und der Oberkörper hing über zwei Stufen. Der rechte Arm war nach hinten über den Kopf geworfen und hing bis über die dritte Stufe. Der linke Arm war zwischen Körper und Mauer eingeklemmt. Das Gesicht war der hohen Mauer auf der linken Seite zugewandt. Alles, was er auf dem Foto erkennen konnte, war voller Blut und Schminke –

schwarz, weiß und dunkelrot. Nuancen waren in dem Licht nicht auszumachen. Die schwarze Maske, die ihre Augen bedeckt hatte, baumelte an dem Gummiband. Das Blitzlicht des Fotografen hatte der weißen Satinbluse einen fluoreszierenden Schimmer verliehen, und auch die Stiefel reflektierten das Licht. Ihr schwarzer Umhang floss über die Stufen. Auf dem Foto, das er in der Hand hielt, kam der Kopf zuerst und dann der Rest. Es sah sehr dramatisch aus. Er wünschte nur, er hätte die Leiche am Tatort gesehen. Jury steckte die Fotos wieder in den Umschlag zurück.

Das Kinn auf die Hand gestützt, fragte er Harkins: „Und der Rechtsmediziner, wie heißt der?"

„Dudley. Er macht das nur aushilfsweise."

„Er sagte, er wüsste nicht, wie die Wunden zustande kamen. Haben Sie eine Ahnung?"

Harkins blickte weg und schien nachzudenken; er wollte gerade antworten, als Kitty mit Wiggins' Medizin hereinkam. „So, das wird Ihnen wieder auf die Beine helfen", meinte sie und knallte den Bierkrug auf den Tresen.

Wiggins schaute misstrauisch hinein. „Was ist das?"

In der unterkühlten Atmosphäre war es ein Vergnügen, Kitty lachen zu hören. „Ein bisschen Zucker und Butter und ein Ei. Ein Ei wirkt manchmal Wunder, glauben Sie mir."

Sie wollte wieder gehen, aber Jury hielt sie zurück. „Kitty, wenn Sie mir später noch ein paar Fragen beantworten könnten – ich habe gehört, dass Gemma Temple hier übernachtet hat."

„Ja, hat sie. Ich stehe Ihnen zur Verfügung." Ihre Hand wanderte zu ihren Haaren hoch.

Als sie gegangen war, wandte sich Jury wieder Harkins zu. „Wir sprachen über die Mordwaffe."

„Ja." Harkins klopfte seine Zigarre an dem Aschenbecher ab. „Etwas mit zwei Zinken, meint Dudley. Der Abstand zwischen den Stichen lässt das vermuten. Es gibt mindestens vier von diesen doppelten Stichen. Ich frage mich, wieso sich der Mörder eine so ausgefallene Waffe ausgesucht hat."

Jury lächelte. „Damit wir uns den Kopf zerbrechen können – darum. Ich würde mir gern mal die Engelsstiege anschauen."

„Wie Sie wollen, Inspector." Harkins erhob sich und zupfte an sich herum, als sei er eine wertvolle Figurine, die vom Kaminsims auf den Tisch gestellt wird.

Wiggins leerte seinen Bierkrug. „Dieses Zeug hat es in sich."

Jury wünschte, er hätte ein Ei. Ein Ei, hatte Kitty gesagt, wirkt manchmal Wunder.

SIE STANDEN ALLE DREI auf einer breiten Stufe, hinter der die Engelsstiege in die Scroop Street zu ihrer Linken mündete. Jury schaute hinunter und dann wieder hoch. „Da kann einem schon die Puste ausgehen."

Wenn man zu der Kapelle hochblickte, befand sich links von der Engelsstiege eine ziemlich hohe Steinmauer, während rechts von ihr nur ein kleines Mäuerchen errichtet worden war, wohl damit man über die Dächer und Kamine aufs Meer sehen konnte. Malvenfarbene Rauchfahnen verschlangen sich ineinander; Silbermöwen hockten auf den Simsen und besprenkelten die Kieselsteine unter ihnen mit kleinen weißen Tupfern.

Jury blickte auf die Grape Lane hinunter. „War das Tor geschlossen?"

„Ja."

„Die Engelsstiege ist nachts also ziemlich unbelebt?"

„Ja, richtig."

„Die Läden und Gasthöfe sind wohl auch noch anders erreichbar?"

Harkins nickte. „Von der Scroop Street kann man die Dagger Alley nehmen, die an der ‚Glocke' vorbeiführt. Sie mündet in die High Street."

„Bei dem Bau der Stiege haben wohl vor allem religiöse oder ästhetische Kriterien den Ausschlag gegeben, nicht irgendwelche praktischen Erwägungen." Jury betrachtete die Aufnahmen, die er mitgebracht hatte. Sein Blick wanderte von ihnen zu den leeren Stufen. Alles wieder hübsch sauber, dachte er voller Bedauern.

Wiggins, dessen Lebensgeister durch Kittys Bier wieder etwas geweckt worden waren, ließ sich auf die Knie nieder und inspizierte die Stufen. „Getrocknetes Blut. Und was sind denn das für weiße Streifen?" Er fuhr mit dem Finger an der Mauer links von ihnen entlang. Die winzigen weißen Linien waren mit dem bloßen Auge kaum wahrzunehmen.

„Ihr Kopf hat die Mauer berührt", sagte Harkins. „Es ist Schminke. Sie wollte auf ein Kostümfest."

„Erzählen Sie, Ian", sagte Jury.

„Sir Titus Crael gibt jedes Jahr am Abend vor dem Dreikönigsfest einen Kostümball. Die Craels wohnen dort oben im Old House."

Wiggins richtete sich wieder auf und klappte das Taschenmesser zu, mit dem er auf dem Boden herumgekratzt hatte. „Sie kam aus London, nicht?" Harkins nickte. „Es ist doch wohl kaum anzunehmen, dass ihr jemand hierher gefolgt ist. Der Mörder muss sich in Rackmoor ausgekannt haben."

Jury war überrascht. Wiggins war zwar immer eifrig bei der Sache und machte auch fleißig seine Notizen, aber er zog ganz selten irgendwelche Schlüsse. „Ich meine wegen dieser Stiege. Es muss einer von hier gewesen sein, einer, der wusste, dass da kaum jemand hochkommen würde."

„Sie haben recht, Wiggins." Jury blickte auf die Fotos und mischte sie wie Karten. „Gemma Temple..." Er schüttelte den Kopf.

„*Falls* sie so hieß." Harkins lächelte grimmig; es schien ihm ein Vergnügen zu bereiten, ihnen einen Knüppel zwischen die Beine zu werfen.

„Es ist eine Frage der Identität", sagte Harkins. Sie saßen wieder im „Fuchs". „Colonel Crael – Sir Titus, er hört aber ‚Colonel' lieber – hat zu Protokoll gegeben, diese Frau, die sich Gemma Temple nannte, sei wohl Dillys March gewesen. Dillys March ist vor fünfzehn Jahren, als sie achtzehn oder neunzehn war, von zu Hause weggelaufen. Und ist nie wieder aufgetaucht. Bis jetzt. Dillys March war Craels Mündel."

„Wieso ‚sei wohl gewesen'? War Crael sich denn nicht sicher?"

„Colonel Crael denkt, dass sie diese March war. Aber sein Sohn, Julian, ist anderer Meinung. Man sollte annehmen, das Rätsel sei einfach zu lösen, aber dem ist nicht so. Wir haben ihre Mitbewohnerin aus London kommen lassen. Eine gewisse Josie Thwaite. Sie identifizierte die Leiche als Gemma Temple, wusste aber verdammt wenig über sie. Die Temple ist ungefähr vor einem Jahr bei ihr eingezogen."

„Und wo lebt diese Thwaite?"

Übertrieben geduldig deutete Harkins auf den Umschlag. „In Kentish Town. Ist alles vermerkt."

„Fahren Sie fort."

„Sie erinnerte sich, dass Gemma Temple eine Familie erwähnt hatte, die Raineys in Lewisham. Wir haben uns bei ihnen nach handschriftlichen Dokumenten umgesehen, und wir fanden auch einiges von Gemma Temple, aber nichts von Dillys March. Keinen einzigen Fetzen Papier und keine einzige Unterschrift. Die Unterlagen beim Zahnarzt: dasselbe. Der Colonel sagt, Lady Margaret – seine verstorbene Frau – hätte sich um diese Dinge gekümmert. Konnte sich nicht erinnern, zu welchem Zahnarzt sie mit ihr gegangen ist. Zu irgendeinem in London."

„Dann klappern wir am besten mal alle ab. In London wimmelt es zwar von Zahnärzten, aber irgendwo muss doch was vorhanden sein. Ich kann einfach nicht glauben, dass sie in den ganzen Jahren keine einzige Spur hinterlassen hat, die von Gemma Temple zu Dillys March führt."

Hartnäckig sagte Harkins: „Die Frau da hat verdammt gute Arbeit geleistet."

„Warum ist die kleine March denn überhaupt abgehauen? Was ist passiert?"

„Sie setzte sich in ihr Auto und fuhr davon."

Nicht sehr aufschlussreich, aber Jury hatte auch gar nichts anderes erwartet. „Und wie kam die Temple hierher? Mit dem Auto?"

Harkins nickte und zündete sich eine weitere kubanische Zigarre an. „Mit dem Auto ihrer Mitbewohnerin Josie Thwaite. Wir haben es genau untersucht. Brachte uns aber auch nicht weiter."

„Gemma Temple muss Dillys March wohl ziemlich ähnlich gesehen haben?"

„Offenbar." Harkins blies ein paar Ringe in die Luft. „Sie war ihre Doppelgängerin, man braucht sich nur die fünfzehn Jahre wegzudenken."

Harkins öffnete den Umschlag, zog ein Foto aus einem Manuskripthalter und legte es wortlos auf den Tisch.

Jury betrachtete es. Der Schnappschuss zeigte ein sehr hübsches junges Mädchen, das sich gegen eine Steinmauer lehnte oder vielmehr davor posierte. Dunkles, glattes Haar, das bis zum Kinn reichte und leicht eingedreht war, Ponyfransen, dunkle Augen. Sie trug einen Reitanzug, hatte ziemlich ausgeprägte Gesichtszüge, schräge Augen und ein spitzes Kinn. Ihr Gesicht mit den nach oben gezogenen Mundwinkeln, die jedoch kein Lächeln bedeuteten, wirkte irgendwie verschlagen. Sie glich der Ermordeten oder, genauer gesagt, dem jungen Mädchen, das sie vor fünfzehn Jahren gewesen sein musste, aufs Haar. „Ich nehme an, das ist Dillys, das Mündel?"

Harkins machte ein enttäuschtes Gesicht, als hätte Jury bei einem Test gemogelt. „Was veranlasst Sie zu dieser Annahme?"

„Eigentlich nur der Reitanzug. Colonel Crael ist doch ein begeisterter Jäger. Es ist also anzunehmen, dass die Kleine sich angepasst hat –" Jury verstummte. Harkins' Feindseligkeit war nicht mehr zu übersehen. Er wechselte das Thema. „Vater und Sohn sind sich also nicht einig?"

Harkins nickte und zog einen kleinen silbernen Nagelknipser aus seiner Westentasche, als gäbe es im Augenblick nichts Wichtigeres für ihn als seine Maniküre.

„Erzählen Sie mir mehr von diesem Colonel Crael." Ein zum Scheitern verurteilter Versuch.

„Reich. Steinreich. Seinem Vater wurde der Baronstitel verliehen. Die Craels hatten unter anderem auch eine Reederei. Er ist Master of Foxhounds. So viel ich gesehen habe, gehört ihm halb Rackmoor. Der Ort steht unter Denkmalschutz."

„Wie, das ganze Dorf?"

„Richtig. Anscheinend lohnt es sich, es zu erhalten."

„Hat er Erben?"

„Einen. Es gibt nur einen, und das ist Julian Crael, sein Sohn."

Wiggins hatte sich eine zweite Tasse Tee eingeschenkt; er dachte nach und rührte dabei um. „Die verlorene Tochter", murmelte er. Beide, Jury und Harkins, blickten ihn an. „Das war bestimmt die letzte Person, die sein Sohn sich nach so vielen Jahren herbeisehnte. Und über deren Rückkehr sich jeder im Dorf das Maul zerriss." Er klopfte mit dem Löffel gegen seine Tasse und nahm einen Schluck.

Die Fahrt übers Moor musste Wiggins' Zunge gelöst und sein Gehirn mit Sauerstoff versorgt haben. Das war schon der zweite Kommentar innerhalb einer Stunde. „Da haben Sie wohl recht, er war sicher nicht begeistert", sagte Jury.

„Es würde auch erklären, warum der Sohn so energisch bestritt, dass sie diese March war", sagte Wiggins.

„Ja. Er kann natürlich auch recht haben. Ihre Geschichte klingt ziemlich unwahrscheinlich." Harkins blickte auf, anscheinend das Schlimmste befürchtend – als erwarte er, noch weitere Dinge zu hören, auf die er selbst nicht gekommen war –, und Jury wechselte wieder das Thema. Er warf einen Blick auf die Fotos und sagte: „Das reinste Blutbad. Es ist kaum anzunehmen, dass der Mörder nicht auch ein paar Spritzer abgekriegt hat."

„Wir fanden ein Stück Leinwand, das voller Blut war."

Nett, dass Sie das sagen, dachte Jury grimmig. „Was für eine Leinwand war das denn?"

„Eine Malerleinwand. Wie man sie auf Keilrahmen spannt. Sie könnte aus Adrian Rees' Beständen stammen. Aus seinem Studio oder wie er es nennt. Er hat im ‚Fuchs' große Reden über irgendwelche Mordgeschichten geschwungen." Harkins zog ein weiteres Blatt Papier aus dem Umschlag und schob es Jury hinüber. „Das ist eine Liste mit Namen für Sie. Wir haben mehr oder weniger das ganze gottverdammte Dorf verhört –", wieder die kleine rote Henne, dachte Jury, „und dann die Spreu vom Weizen getrennt. Übrig geblieben sind diese Namen hier, mit denen sollten Sie anfangen. Die Craels sind natürlich auch dabei. Adrian Rees scheint der Letzte gewesen zu sein, der Gemma Temple gesehen hat. Er traf sie auf der Grape Lane, kurz bevor sie ermordet wurde."

Jury faltete die Liste zusammen und steckte sie in die Tasche. „Dann unterhalte ich mich am besten zuerst mit ihm. Bevor ich zu den Craels gehe."

Harkins nickte und streifte seine Handschuhe über. „Sie nehmen es mir hoffentlich nicht übel, wenn ich jetzt nach Pitlochary zurückfahre. Ich erwarte einen Bericht aus London."

Es war ungewöhnlich – wenn nicht ungehörig –, dass ein Bezirksinspector sich unaufgefordert verabschiedete; Jury hielt sich jedoch zurück.

Harkins rückte die Schultern seines Mantels zurecht und ließ dann endlich die Katze aus dem Sack: „Oh, was ich noch sagen wollte, die Geschichte hat noch einen Haken: Lily Siddons – das ist die junge Frau, der das Café „Zur Brücke" gehört – behauptet, dem Mörder sei ein schrecklicher Irrtum unterlaufen."

„Ein Irrtum!"

„Lily Siddons behauptet, er hätte es eigentlich auf sie abgesehen gehabt." Harkins lächelte in die Runde, als wolle er ihnen sagen, dass der Code, den sie gerade entschlüsselt hatten, auf Fehlinformationen beruhte. „Meiner Meinung nach ist das dummes Gerede. Wahrscheinlich will sie sich nur wichtig machen. Aber das Kostüm hat ihr gehört, wie sie sagt. Deswegen sei dem Mörder auch dieser Irrtum unterlaufen. Ich möchte mich verabschieden. Es ist ein ganzes Ende bis nach Pitlochary. Ich hoffe, Ihnen etwas weitergeholfen zu haben."

Jury starrte auf seine Füße. „Ich bin Ihnen unendlich dankbar."

## 2

Während der Auspuff des Lotus Elan noch in Jurys Ohren röhrte, machte Kitty Meechem sich daran, die Bar für die Elfuhrkunden herzurichten; sie wischte die Porzellangriffe der Bierpumpe ab und rieb den dunklen Tresen blank. Jury entschied, dass er sich lieber mit Kittys seidigen Locken hätte abgeben sollen als jemals mit Harkins. „Welche Zimmer haben Sie uns denn gegeben, Kitty?"

Sie warf die Serviette über die Schulter und zog ihr Kleid zurecht, sodass Jury etwas mehr Busenansatz sehen konnte. „Ach ja, ich zeig sie Ihnen –"

„Ist nicht nötig. Sergeant Wiggins wird sie schon finden. Sagen Sie ihm nur, wo. Ich würde gerne noch etwas mit Ihnen plaudern."

Sie zeigte durch die Tür auf eine dunkle, enge Treppe rechts neben der Bar. „Ich hab nämlich nur drei Zimmer. Und die Polizei will nicht, dass ich ihres vermiete." Jury lächelte in sich hinein; anscheinend galten sie hier nicht als Polizei. „Sie können sie nicht verfehlen, Sergeant. Es sind die ersten beiden auf dem ersten Stock. Mit Blick aufs Meer. Viel frische Luft für Sie. Sie sehen ziemlich angegriffen aus."

Wiggins lächelte trübe.

„Ruhen Sie sich aus", sagte Jury. „Ich hol Sie, wenn ich Sie brauche."

Wiggins sandte ihm einen dankbaren Blick zu, schnappte sich die beiden kleinen Koffer neben der Tür und ging hinauf.

„Sie kommen nicht aus Dublin, Kitty, oder?" Jury lächelte. Mit diesem Lächeln hatte Jury schon härtere Herzen erweicht als das von Kitty Meechem.

„Sie sind ein ganz Schlauer. Was meinen Sie denn, woher?"

„Aus dem Westen. Sligo vielleicht."

Sie war verblüfft. „Sie haben's erraten. Wirklich sehr schlau, Inspector. Dass Sie solche Unterschiede heraushören können!"

„So schlau auch wieder nicht." Er hob den Umschlag hoch und warf zwei Fünfzigpencestücke auf den Tresen. „Harkins hat alles aufgeschrieben. Wie wär's mit einem Bier, Kitty?"

Sie lachte. „Ich hab nichts dagegen."

„Ein Guinness, bitte. Das ist Medizin."

„Da haben Sie recht. Meine Mutter musste einen Liter pro Tag trinken; der Doktor hatte ihr das verordnet, als Stärkungsmittel."

„Warum sind Sie hier in Yorkshire, Kitty? Irland ist doch ein schönes Land?"

„Mein Mann ist aus Yorkshire. Ich hab ihn in Galway kennengelernt, als er Urlaub machte. Eine Zeit lang haben wir in Salthill gewohnt. Aber er mochte Irland nicht. Wie alle Engländer. Wegen der Unruhen."

„Die gibt es schon seit zweihundert Jahren, Kitty."

Sie hatte die Arme in die Hüften gestemmt und wartete darauf, dass sich der Schaum setzte. „Haben Sie schon Bertie Makepiece kennengelernt, Sir? Er wohnt in dem Cross Keys Cottage in der Scroop Street." Jury schüttelte den Kopf. „Das ist direkt neben der Engelsstiege. Seine Mutter ist jedenfalls vor ein paar Monaten nach Irland zurückgegangen. Ich schau ab und zu mal nach dem Rechten, aber ich versteh das nicht – einfach abzuhauen und das Kind seinem Schicksal zu überlassen! Hin und wieder hab ich einen kleinen Job für ihn. Ihre Großmutter sei krank, hat sie gesagt." Kitty schüttelte den Kopf, füllte die Gläser bis zum Rand und schob Jury das eine über den Tresen.

„Cheers", sagte Jury und hob sein Glas. „Was ist an dem Abend passiert, als sie ermordet wurde, Kitty? Haben Sie Gemma Temple gesehen?"

„Ja, hab ich. Ich ging gegen zehn auf mein Zimmer, und sie war auf ihrem. Sie rief mich herein – ich sollte mir ihr Kostüm anschauen. Es war auch wirklich toll, der weiße Satin und der schwarze Samt. Und dazu die schwarzen Stiefel. Sie sagte, sie wolle sich noch das Gesicht schminken. Die eine Hälfte weiß, die andere schwarz. Und eine Maske aufsetzen ..." Kitty stockte und wandte den Blick ab. „Sie soll schrecklich ausgesehen haben, als sie gefunden wurde."

Jury äußerte sich nicht dazu. „Sie sagten, das war um zehn?"

Kitty nickte.

„Zehn oder kurz danach."

„Und sie wollte sich nur noch schminken und dann gehen?"

„Das hat sie gesagt. Sie wollte gleich weg. Und das war auch das Letzte, was ich von ihr gesehen habe. Die Ärmste, ich hab sie ja kaum gekannt, aber leid tut sie mir doch."

„Ja, natürlich. Sie hat sich also auf den Weg zur Party gemacht, soweit Sie wissen?"

Wieder nickte Kitty.

„Anscheinend hat sie keiner von den Gästen weggehen sehen. Wie kommt das?"

„Na ja, das überrascht mich nicht. Sie waren ja alle stockbesoffen. Außerdem brauchte sie hier gar nicht durch. Sie konnte die Treppe runter und gleich aus der Tür gehen. Ich hab mich ja auch gefragt, was sie auf der Engelsstiege zu suchen hatte. Wissen Sie, am einfachsten kommt man nämlich zum Herrenhaus, wenn man Richtung Meer geht, die Fuchsstiege nimmt und dann an der Kaimauer entlanggeht. Wir haben sie die Fuchsstiege genannt, um die beiden Treppen auseinanderhalten zu können." Jury nickte. „Von der Kaimauer führt ein Pfad die Klippen hoch bis zum Old House."

„Das ist aber nicht der einzige Weg?"

„O nein, man kann auch die Engelsstiege bis zur Kapelle hochgehen, dann die Psalter Lane nehmen und anschließend durch den Wald gehen. Aber wer will das schon? Ist dunkel und unheimlich."

„Hat sie sich denn in den paar Tagen, die sie hier war, mit jemandem angefreundet?"

Kitty schüttelte den Kopf. „Nein, mit keinem, nur mit Maud Brixenham hat sie ein paarmal gesprochen. Maud kommt jeden Mittag hier vorbei. Sie wohnt in der Lead Street. Auf der anderen Seite der Mole. Und Adrian, mit dem –" Sie zögerte.

„Adrian?"

„Adrian Rees. Ich glaube, mit dem hat sie auch mal geredet."

„Warum wollten Sie das unter den Tisch fallen lassen?"

„Oh ..." Sie beugte sich über den Tresen und ließ Jury noch etwas tiefer in ihren Ausschnitt blicken. „Ich möchte nicht, dass Adrian Ärger kriegt. Aber er war hier an dem Abend, an dem sie ermordet wurde, und er sprach über irgendwelche Mordgeschichten. Über eine Romanfigur. Schlimm ist nur, dass Adrian sie als Letzter lebend gesehen hat. Dieser Mr Harkins hat ihn ganz schön in die Mangel genommen."

„Und was halten Sie von der Sache?"

Kitty winkte ab. „Bah, Adrian könnte keinen Mord begehen. Angeben, rumkrakeelen, das ja, aber –" Sie schüttelte den Kopf und trank ihr Bier.

„Und die Craels? Die Frau war anscheinend befreundet oder verwandt mit ihnen."

„Davon weiß ich nichts, ich weiß nur, dass sie zum Old House hochgegangen ist. Diese Kneipe hier gehört dem Colonel zur Hälfte. Als er sie kaufte, hieß sie ‚Zum Kabeljau'. Ich arbeitete hinter dem Tresen. Der Colonel ist ein richtiger Gentleman und sehr beliebt hier in Rackmoor."

„Was hat Gemma Temple über die Craels gesagt?"

„Nichts. Wir haben uns nicht weiter unterhalten. Aber dieser Julian, der Sohn, der ist schon ein ziemlich komischer Vogel."

„Komisch? Warum?"

„Immer für sich. Kommt kaum ins Dorf runter. Vierzig und nicht verheiratet."

Sie sagte das, als wäre es der Gipfel aller möglichen menschlichen Verirrungen.

„Ich bin auch vierzig und noch nicht verheiratet, Kitty."

Sie starrte ihn an. „Kaum zu glauben. Ist wohl nicht nach Ihrem Geschmack?"

„Oh, es ist schon nach meinem Geschmack. Das Mündel der Craels, diese Dillys March, haben Sie wohl nicht gekannt? So lange sind Sie wahrscheinlich noch gar nicht hier."

„Nein. Aber ich kenne die Geschichte: Sie haute ab und heiratete, stimmt's?"

Das Heiraten schien es ihr angetan zu haben. „Das ist uns nicht bekannt. Das Kostüm soll einer gewissen Lily Siddons gehört haben?"

Kitty nickte. „Lily, ja, Sir, das stimmt, sie hat es ihr gegeben oder geliehen, das weiß ich nicht genau. Und Lily ging zusammen mit Maud Brixenham als –" Kitty schob die Unterlippe vor, „als irgendwas aus Shakespeare. Ich kann mich nicht mehr erinnern."

„Ist Lily Siddons mit den Craels befreundet?"

„Ja, ihre Mutter war bis zu ihrem Tod Köchin im Old House – Mary Siddons."

„Die Tochter von Craels Köchin? Sir Titus scheint ja sehr demokratisch zu sein ..."

Jury half Kitty aus der Verlegenheit. „Ich meine, wenn er sogar die Kinder seiner Dienstboten um sich schart."

„Oh, mit Lily ist es was anderes. Sie ist ihm ans Herz gewachsen. Als ihr Vater einfach weglief, hat sie mit ihrer Mutter eine Zeit lang bei ihnen gewohnt."

„Hier scheinen ja viele Leute zu verschwinden! Haben Sie Lily in der Mordnacht gesehen?"

„Ja, hab ich. Wenn ich den Laden dichtmache, unterhalten wir uns meist noch ein bisschen. Sie wohnt gleich da drüben, in dem komischen kleinen Haus, wo sich High Street und Grape Lane treffen. Nach Feierabend bin ich zu ihr rübergerannt."

Jury zog sein Notizbuch heraus. „Wann war das?"

„Fünf vor halb zwölf. Ich sah, dass sie noch Licht anhatte."

„Ich dachte, sie wäre auf das Fest gegangen?"

„Sie ist gleich wieder zurückgekommen. Mit Maud Brixenham und Mauds Neffen, Les Aird. Lily sagte, es wäre ihr schlecht geworden." Sie beobachtete, wie Jury den Umschlag öffnete, und fügte hinzu: „Ist wohl wichtig, weil um diesen Dreh auch Gemma Temple umgebracht wurde?"

Jury sah hoch. „Sie wissen, um wie viel Uhr das passiert ist?"

„Sicher. Jeder in Rackmoor weiß das. Zwölf Messerstiche hat sie abgekriegt."

„Wie lange braucht man von hier zur Engelsstiege, Kitty?"

Kitty setzte ein gewinnendes Lächeln auf. „Genau das hat mich Mr Harkins auch gefragt. Zehn Minuten bis zu der Stelle, wo sie ermordet wurde. Ich kann's also unmöglich gewesen sein, wo ich doch fünf vor halb zwölf schon bei Lily war!"

Jury lachte. „Sie und Lily haben ein ganz gutes Alibi." Kitty strahlte, und er fügte hinzu: „Aber hieb- und stichfest ist es nicht. Eine von Ihnen könnte ja gerannt sein wie der Teufel ..."

Kitty fühlte sich sicher genug, um zu lachen. „Oh, das ist doch nicht Ihr Ernst, Sir." Sie senkte die Stimme. „Womit wurde sie denn umgebracht?"

„Ich dachte, das könnte ich von Ihnen erfahren. Sie wissen doch sonst alles. Hören Sie, Kitty, wer könnte Interesse daran haben, Lily Siddons um die Ecke zu bringen?"

Schockiert blickte sie ihn an. „Lily, Sir? Wie meinen Sie denn das?"

„Sie sind doch mit ihr befreundet. Hat sie Ihnen nicht erzählt, dass sie dachte, der Mörder habe sie mit Gemma Temple verwechselt? Die Temple trug ja auch ihr Kostüm."

„Du lieber Himmel! Nein, davon hat sie nichts gesagt."

„Sahen sie sich denn sehr ähnlich?"

„Nein, aber das Kostüm ... ist schwer zu sagen, ich meine bei dem Nebel und der Dunkelheit ..."

„Hmm, ich glaube, ich schau mir am besten mal das Zimmer von der Temple an."

Sie ging mit Jury durch die Tür und die enge Treppe hinauf; das Zimmer lag am Ende des Flurs, ein großer, heller Raum, von dem aus man auf den Wellenbrecher und auf das schiefergraue Wasser blickte.

Während Jury das Zimmer inspizierte – die Schränke öffnete und hinter die Möbelstücke und Spiegel schaute –, erzählte Kitty, dass sie ihre Zimmer selten vermiete. „Im Winter kommt doch niemand. Gestern Nachmittag ist mir zum ersten Mal seit zwei

Monaten wieder ein Fremder über den Weg gelaufen, ein Herr, der sich in eine Ecke setzte, ein französisches Buch las und dabei Old Peculier trank – wer trinkt das heutzutage noch? Bitsy, die hier serviert, falls sie überhaupt etwas tut, sagte, er sei auf dem Weg zum Old House gewesen und hätte sich nur noch ein bisschen im Dorf umschauen wollen. Bitsy hat natürlich mit ihm getratscht, so lange es nur ging. Wenn sie nur nicht zu arbeiten braucht ..."

Old Peculier und ein französisches Buch. „Wie sah er denn aus?"

„Ziemlich groß. Helles Haar. Wirklich tolle Augen."

„Grün?"

„Ja, grün. Sie glitzerten richtig. Woher wissen Sie das?"

Melrose Plant. Was zum Teufel tat er in Rackmoor?

# 3

Melrose Plant saß an dem einen Ende des dunkel schimmernden Speisezimmertischs, der sich wie ein vom Mond beschienener See vor ihnen ausdehnte; er schien mindestens einen halben Kilometer lang zu sein. Melrose frühstückte gerade, und zwar zunächst weiche Eier mit Butter. Er hatte so lange geschlafen, dass es ihm schon peinlich war, und dann den Butler gefragt, ob er noch eine Tasse Kaffee haben könne. Während der Colonel sich offensichtlich über seinen Besuch freute, war Julian alles andere als erfreut. Es war nicht die Person Melrose, die Julian störte, sondern allein die Tatsache, dass irgendein Neuer auftauchte. Julian hatte mit der Polizei bereits genug am Hals.

Wood versicherte Melrose, der Colonel habe darauf bestanden, dass das Frühstück warm gehalten würde. Colonel Crael war zu seinen Hundezwingern nach Pitlochary gefahren, berichtete Wood. Julian Crael machte seinen Morgenspaziergang.

Melrose kam das ganz gelegen. Er hielt den Colonel für einen großartigen alten Mann, während er Julian nicht besonders mochte – unter anderem, weil er so blendend aussehenden Männern einfach misstraute. Julian war, was das Aussehen betraf, von der Natur mehr als verschwenderisch bedacht worden. Vielleicht war Melrose aber auch nur eifersüchtig auf seine Jugend, weil er selbst schon Anfang vierzig war. Aber so jung war Julian auch wieder nicht – wahrscheinlich nur fünf oder sechs Jahre jünger. Aber die Jahre konnten Julian nichts anhaben. Und das fand Melrose unverzeihlicher als alles Übrige.

Als Melrose seinen zweiten Bückling zerlegte, hörte er ein leises Klirren, und Olive Manning, die Haushälterin, kam in das Speisezimmer gerauscht. Melrose hatte angenommen, mit den Brontës und den Geisterromanen wären auch die Schlossfrauen verschwunden, doch nun stand eine leibhaftig vor ihm, den Schlüsselbund am Gürtel.

„Colonel Crael hat mich gebeten, nachzusehen, ob Sie irgendetwas benötigen. Außerdem soll ich Sie fragen, ob Sie später mit ihm ausreiten wollen."

Verdammt, dachte Melrose. Geschah ihm ganz recht, warum hatte er dem Colonel auch von seinem Pferd auf Ardry End erzählt. „Nett von ihm. Wenn nur mein Knie nicht so verflucht weh täte. Muss mir letzte Woche beim Springen eine Sehne gezerrt haben."

(Melrose verfiel immer, wenn er log, in diesen kumpelhaften Jargon. Als müsse er dazu in eine andere Rolle schlüpfen.)

Olive Manning nickte, verzog aber keine Miene; kaputte Knie schienen nicht in ihr Ressort zu fallen. Sie murmelte jedoch ein paar teilnahmsvolle Worte, die nicht sehr aufrichtig klangen. „Hoffentlich wird Ihr Knie bald besser, sonst können Sie nicht mit auf die Jagd gehen."

„Du liebe Güte, wie schrecklich." Er erhob sich und zog einen Stuhl hervor. „Wollen Sie nicht einen Kaffee mit mir trinken?"

Sie schien mit sich zu kämpfen, aber nicht, weil sie ihren Platz kannte – Olive Manning wurde beinahe wie ein Familienmitglied behandelt –, sondern weil er ihr irgendwie verdächtig erschien. Melrose würde sein Thema – den Kostümball – vorsichtig einkreisen müssen.

Das Missfallen war gegenseitig. Ihm missfielen ihre verkniffenen Züge, ihr spitzes Kinn, ihre zusammengezogenen Brauen und ihre gespitzten Lippen. Sie schien gegen Gott und die Welt einen unterdrückten Groll zu hegen. Der Kopf mit dem schwarzen Haarschopf saß auf einem dürren, in dunklen Batist gehüllten Körper (bestimmt das Feinste, was es bei Liberty zu kaufen gab). Sie setzte sich – den Kaffee lehnte sie ab – und legte die Hände auf den Tisch. An ihrem Finger steckte ein rosafarbener Topas, an dem selbst ein Pferd erstickt wäre. Offensichtlich nagte im Old House keiner am Hungertuch.

„Sir Titus sagte, Sie seien Lady Margarets engste ... Vertraute gewesen." „Zofe" oder „Hausangestellte" wollte er nicht sagen.

„Ahh." Sie sprach diese Silbe sehr weich aus; einen Augenblick lang entspannte sich ihr Mund.

„Ich habe sie leider nicht kennengelernt. Aber mein Vater, Lord Ardry, hat mir viel von ihr erzählt ... Er sagte, er hätte nie eine schönere Frau gesehen."

Das war offensichtlich die richtige Strategie. Mrs Manning lächelte beinahe. „Ja, ich hab auch noch keine gesehen, die ihr das Wasser reichen konnte. Ihr Haar glitzerte wie ein Wasserfall, wenn sie es offen trug. Die beiden Jungen, Julian und Rolfe, haben es von ihr geerbt." Sie wandte den Blick ab. „Rolfe lebt auch nicht mehr, aber das wissen Sie wohl."

„Ja, schrecklich, beide auf einmal zu verlieren, Frau und Sohn. Ein Autounfall, sagte mir der Colonel."

Sie seufzte. „Vor achtzehn Jahren ist das passiert. Rolfe war erst zweiunddreißig." Sie spielte ständig mit einem Silbermesser herum, als wollte sie es gleich hochheben und sich – oder ihm – in die Brust stoßen. Ihr verkrampftes Gesicht hatte sich etwas entspannt und einen leidenden Zug angenommen. Er wusste, dass ihr Sohn in einer Anstalt war, aber er hatte nicht vor, dieses Thema anzuschneiden. Er sah sie von der Seite an.

„Eine Tragödie. Es ist also nur noch Julian übrig?"

„Ja." Ihr Blick war wie ein Peitschenhieb. Er war zu nahe an das Thema herangekommen, über das sie nicht sprechen wollte. Melrose schob sich den Rest seiner Zigarre in den Mundwinkel und lehnte sich zurück, die Hände hinter dem Kopf verschränkt. Er blies einen Rauchkringel in die Luft. „Gehen Sie gern auf die Jagd, Mrs Manning?"

Das war ungefährlicher. Ihre Züge entkrampften sich wieder. „Ja, sehr gern. Ich bin schon als kleines Mädchen mit auf die Jagd gegangen. In diesem Haushalt geht das gar nicht anders." Das Licht, das auf ihr Haar fiel, war so matt und gedämpft, als käme es durch eine Milchglasscheibe. Sie musste einmal eine hübsche Frau gewesen sein, bevor diese unterdrückte Wut von ihr Besitz ergriffen hatte.

„Julian ist aber nicht so versessen darauf. Für seinen Vater muss das ja eine herbe Enttäuschung sein." Melrose lächelte.

„Nein, Julian ist ..." Ihr Blick streifte ihn wieder wie ein Schlag mit der flachen Hand, dann wandte sie sich ab und starrte aus den hohen Fenstern.

„Und von Partys hält er wohl auch nicht gerade viel?" Melrose blickte überallhin, nur nicht auf sie.

Ihr Körper versteifte sich, und sie lehnte sich in ihrem Sessel zurück. „Julian ist einfach nicht sehr gesellig. Nicht wie –"

Als sie stockte, hakte er sofort nach. „‚Nicht wie' –"

„Ich dachte an Rolfe. Rolfe war eher der Sohn seines Vaters. Und seiner Mutter, was das betrifft." Ihr Ton war unbeteiligt, neutral. Ob sie nun Julians Verhalten billigte oder nicht, ließ sich nicht erraten.

Melrose beschloss, die Sache direkter anzugehen. „Es ist wirklich zu dumm, dass er jetzt auch noch unter Verdacht steht. Ich meine Julian."

„Ich weiß, wen Sie meinen, Lord Ardry. Es ist natürlich lächerlich." Sie erhob sich und strich sich das Haar, das im Nacken zu einem Knoten geschlungen war, an den Schläfen zurück. „Ich muss noch ein paar Anrufe für die Köchin erledigen. Wie lange werden Sie bei uns bleiben, Lord Ardry?"

„Oh, ich weiß nicht. Ich bin gerade von York hierhergeflitzt. Ich denke, noch ein paar Tage. Zwei oder drei." Oder vier oder fünf. „Und nennen Sie mich doch einfach Plant, Mrs Manning. Nicht Lord Ardry."

Sie schien es überhaupt nicht komisch zu finden, dass der einzige Sohn sich nicht mit dem Titel seines verstorbenen Vaters schmücken wollte. „Ah, gut. Wenn Sie mich jetzt bitte entschuldigen."

Eine Glanzleistung, beschimpfte sich Melrose, als er vom Speisezimmer in den Raum hinüberging, den der Colonel sein „Nest" nannte. Einfach umwerfend, mit welcher Leichtigkeit du das aus ihr herausgeholt hast. Eine Wurzelbehandlung ist nichts dagegen. Wütend ließ sich Melrose in einen Sessel fallen und schlug die Beine übereinander. Er drückte den Stummel seiner Zigarre aus und zündete sich eine neue an; dann blickte er sich suchend nach einer Karaffe um und entdeckte gleich zwei, die eine astronomische Summe gekostet haben mussten. Er holte sich ein Glas Portwein, lehnte sich zurück, rauchte und trank und starrte zur Decke hoch. Mit Decken kannte er sich aus. Diese hier war ein wahres Kunstwerk. Angelika Kauffmann? Joseph Rose? Er war sich nicht sicher. Es war auf jeden Fall ein fabelhafter Stuckateur gewesen – eine Decke, die beruhigend wirkte, die ihm half, sich zu konzentrieren. Die Unterhaltung vom Abend zuvor war ihm so gegenwärtig, als hätte er sie gedruckt vor sich liegen.

„Erpressung?", hatte Julian Crael zu ihm gesagt und frostig gelächelt. „Und womit zum Teufel hätte diese Temple mich erpressen können?"

Melrose hatte strahlend geantwortet: „Was weiß ich, alter Junge, was haben Sie denn so auf dem Gewissen?"

Sie waren im Salon gewesen; Julian hatte neben dem Kamin unter dem Porträt seiner verstorbenen Mutter gestanden. Und Melrose hatte sich gefragt, ob die Flammen nicht auch diese gletscherblauen Augen zum Schmelzen bringen könnten. „Ich befürchte, es gibt nichts in meiner Vergangenheit, für das es sich lohnt, ein paar Scheine hinzublättern."

„Ein über jeden Verdacht erhabener Bürger? Angenommen, jemand sagte Ihnen auf den Kopf zu: ‚Ich weiß, was Sie getan haben', würden Sie dann nicht rennen, was das Zeug hält?"

Er behielt sein frostiges Lächeln bei, verzichtete aber auf eine Antwort.

„Du lieber Himmel", bohrte Melrose weiter, „selbst ein Unschuldslamm wie ich, das sich einfach nur ziellos treiben lässt, kann sich an ein oder zwei Dinge erinnern, über die ich keinen reden hören möchte." Melrose lächelte einnehmend.

Julian stellte sein Glas auf den Tisch und sagte: „Dann schlage ich vor, dass Sie selbst auch nicht darüber reden." Damit entschuldigte er sich und ließ Melrose einfach stehen.

Melrose seufzte und starrte zur Decke hoch. Er befürchtete, Sir Titus würde nicht gerade begeistert sein, wenn er entdeckte, dass Melrose – ein Außenstehender – Julian zum Reden bringen wollte. Julian war in Melroses Augen ein Hagestolz ohne jeglichen Charme; einer, vor dem Hunde und kleine Kinder davonliefen. Aber nicht die Frauen, die bestimmt nicht. Julian Crael war zwar nicht verheiratet, aber Melrose hätte wetten können, dass es von York bis Edinburgh keine Frau im heiratsfähigen Alter gab, die sich nicht die Hacken nach ihm ablaufen würde. Sein Aussehen, sein Geld, sein Name!

Melrose dachte (in aller Bescheidenheit, ein dünnes Stimmchen schien es ihm zuzuflüstern), ich kenne das schließlich. Obwohl er nicht so blendend aussah. Beim Aufundabgehen konnte er es sich nicht verkneifen, gelegentlich einen kurzen Blick in den Spiegel zu werfen, dessen Goldrahmen durcheinanderpurzelnde Putten zierten. Sein Spiegelbild erschien ihm durchaus passabel, auch wenn er sich nicht mit Julian messen konnte. Aber wer konnte das schon! Er dachte an das Porträt über dem Kamin im Salon. Julian sah aus wie seine Mutter. Er trat an einen mit Zeitschriften, Füllfederhaltern und Büchern übersäten Lesetisch und schaute sich die Buchrücken an: Whythe-Melville, „Das Vergnügen der Jagd", Jorrocks – alles nur Bücher über die Jagd. Dann goss er sich noch etwas Portwein nach, stöpselte die Waterford-Karaffe zu, ging zu seinem Sessel zurück und starrte wieder zur Decke.

Julian Craels Motiv lag sozusagen auf der Hand. Falls diese Temple wirklich das Mündel des Colonel gewesen war, hätte sie nicht nur Anspruch auf sein Geld gehabt. Sie hätte auch die Zuneigung des alten Mannes für sich beanspruchen können. Also ein Dorn im Auge des jüngeren Crael ...

Leider hatte Julian Crael auch ein hieb- und stichfestes Alibi.

Das war der Haken an der Sache. Zum Zeitpunkt des Mordes war Julian auf seinem Zimmer gewesen. Er war von einem Spaziergang zurückgekommen und sofort auf sein Zimmer gegangen, ohne sich um die Partygäste zu kümmern. Und dort war er auch geblieben – was er beweisen konnte.

Melrose Plant schloss die Augen und massierte sich die Kopfhaut, wohl damit sein Gehirn durchblutet würde und ihm die Lösung des Rätsels lieferte. Als er damit aufhörte, stand sein helles Haar in allen Richtungen von seinem Kopf ab. Er wollte nicht verzagen vor diesem Carter-Dickson-Rätsel mit verschlossenen Türen.

Wo steckte bloß Jury?

## 4

Die grau gestreifte Katze streckte sich auf dem Fenstersims, fixierte Jury, gähnte ihn durch das Glas hindurch an und rollte sich wieder zu einer Kugel zusammen. Zwischen der Scheibe und dem Fensterrahmen steckte ein kleines Schild: GEÖFFNET. Ein zweites hing an der Tür: TRETEN SIE EIN. Was Jury und Wiggins auch taten.

Ein Glöckchen bimmelte, aus den oberen Regionen ließ sich ein kräftiger Bariton vernehmen, der sie bat, sich einen Augenblick zu gedulden. Kurz darauf kam ein Mann, dem die Baritonstimme gehörte, die Stufen heruntergepoltert. Er trug Jeans, einen blauen Wollpullover, eine Schirmmütze (der glänzende Schild saß im Nacken), eine mit Magentarot verschmierte Lederschürze und eine Zigarre hinter dem Ohr.

„Mr Rees? Mein Name ist Jury."

„Chief Inspector. Von der Kriminalpolizei. Scotland Yard. Und Sergeant Wiggins. Ich bin auf dem Laufenden."

Jury ließ seinen Ausweis wieder in die Tasche gleiten. „Hat sich ja schnell rumgesprochen."

Rees zog den Zigarrenstumpen hinter seinem Ohr hervor und zündete ihn an. „Sonst gibt's ja nichts, was sich rumsprechen könnte, Inspector. Sie wollen mich wegen diesem Mord vernehmen. Reicht es, wenn ich Ihnen sage, dass ich's nicht war?"

Jury lächelte. „Wird nicht lange dauern, Mr Rees."

„Oh, das kenn ich. Zu Thomas More hat man das wahrscheinlich auch gesagt, als er aufs Schafott stieg."

„Worauf er antwortete: ,Helft mir rauf. Runter brauch ich keine Hilfe mehr.'"

Adrian war verblüfft. „Hat er das tatsächlich gesagt?"

„Soviel ich weiß. Ich war natürlich nicht dabei."

Adrian schüttelte den Kopf. „Weiß der Himmel, damals besaßen die Leute noch Haltung. Warum fangen wir nur gleich zu winseln an, wenn wir den Tod zu Gesicht bekommen? Warum sind wir so erbärmlich?"

„Raskolnikows Philosophie?"

„Heiliger Strohsack!" Adrian griff sich ins Haar und ballte die Hände zu Fäusten. „Das wird mich noch bis ans Ende meiner Tage – aber lassen wir das."

Jurys Blick wanderte über die Bilder an den Wänden des langen, schlauchartigen Raums, in dem sie sich aufhielten. „Gute Sachen. Aber dort hinten, diese Postkartenmalerei von der Klosterkirche, die stammt bestimmt nicht von Ihnen?"

Adrian sah sich um.

„Allerdings nicht. Ich muss dieses Zeug in Kommission nehmen, damit die Kasse stimmt. Einheimische Künstler, Lokalkolorit, Folklorescheiße, so was verkauft sich im Sommer."

"Kann ich mir denken. Was halten Sie denn von dem da, Wiggins?"

Sergeant Wiggins schlenderte zu einem Ölbild mit einem zerlegten Akt. Er räusperte sich. "Interessant."

"Hören Sie, können wir nicht nach oben in mein Atelier gehen und dort weiterreden? Ich will nicht den großen Künstler markieren, aber wenn die Farbe trocken ist, lässt sich nichts mehr machen. Sie haben doch nichts dagegen?"

"Nein, natürlich nicht." Jury zog Wiggins am Ärmel. Der Sergeant hatte den Kopf verdreht, um den Akt – oder die Akte, es schienen mehrere zu sein – besser sehen zu können. Die einzelnen Körperteile bildeten eine kubistische Collage; sie verflochten sich zugleich auf eine Weise, der Jury im Augenblick nicht weiter nachgehen wollte.

Jury und Wiggins stiegen hinter Adrian Rees die enge, steile Treppe hinauf und kamen in einen sehr großen Raum, erfüllt von grauem Licht, das durch ein Oberlicht hereinfiel. "Deswegen hab ich dieses Haus auch gekauft", sagte Adrian. "Alle andern Häuser, die ich mir anschaute, waren dunkel wie Gruften. Weil das ganze Dorf in die Klippen hineingebaut ist. Die oberen Häuser nehmen den unteren das Licht weg. In manchen muss den ganzen Tag über elektrisches Licht brennen."

Abgesehen von den Leinwänden, von denen gleich mehrere übereinander gegen die Wände gelehnt waren, befand sich nichts in dem Raum: Landschaften, Stillleben, abstrakte Bilder, die so aussahen, als hätte der Maler die Finger in einen Farbtopf gesteckt und die Farbe auf das Bild gespritzt. Und Porträts. Rees hatte offensichtlich Talent. Der Beweis war das traditionelle Porträt einer Frau in einem langen grünen Gewand. "Sehr hübsch", sagte Jury.

"Was für übers Sofa. Langweilig." Adrian beugte sich über eine riesige Leinwand. Sie war auf dem Boden ausgebreitet und auf der einen Seite etwas in die Höhe gezogen; auf der anderen war eine lange Rinne angebracht, die die Farbe auffing; sie sah aus wie ein der Länge nach aufgeschnittenes Aluminiumrohr. Er nahm einen kleinen Eimer in die Hand und kippte ihn darüber. Wie ein Schwall Blut ergoss sich die rote Farbe über die Leinwand, verästelte sich nach links und sammelte sich dann in dem Behälter. Wiggins war fasziniert.

"Sie gießen einfach die Farben drüber und lassen sie ineinanderfließen? Und damit hat's sich dann?"

"Ja, damit hat's sich, Sergeant."

Wiggins zog sein Taschentuch heraus und blickte Jury mit wässrigen Augen an. "Könnte ich nicht auch allergisch gegen Farben sein, was meinen Sie, Sir?"

Jury wollte nicht Wiggins' Hausarzt spielen. Er setzte sich auf einen von oben bis unten mit Farbe bespritzten Hocker. "Sie haben Gemma Temple noch gesehen, kurz bevor sie ermordet wurde, Mr Rees?"

Adrian, der damit beschäftigt war, eines der roten Rinnsale nach links zu leiten, nickte und sagte: "Ich ging die Grape Lane hoch. Vom ‚Fuchs' aus."

"Auf welcher Höhe? In der Nähe der Engelsstiege?"

Er nickte. "Kurz danach. Ich war schon ein paar Meter weiter. Sie kam mir von oben entgegen." Adrian richtete sich auf und versuchte mit einem Streichholz, das er durch einen Schnipser mit dem Fingernagel zum Brennen gebracht hatte, seine Zigarre anzuzünden, auf der er schon die ganze Zeit über herumgekaut hatte. „Sie hätte jedem die Show gestohlen. Zuerst dachte ich, ich hätte vielleicht einen zu viel getrunken. Aber das tu ich ja immer. An dem Abend hatte ich nur nicht genügend Kleingeld bei mir." Er schnappte sich einen Eimer mit leuchtend blauer Farbe und goss sie langsam über die Leinwand. Dann rannte er auf die andere Seite und leitete den dünnflüssigen blauen Strom mit einem dicken Pinsel um, sodass er über die rote Farbe lief, Schleifen bildete und wieder zurückfloss. „Ich sah sie nur über die Straße hinweg. Und es war neblig. Wie immer."

„Wollen Sie damit sagen, dass Sie sie nicht richtig gesehen haben?"

„Nein, das nicht. Ich hab sie mir ganz genau angeschaut. Ich werd das auch nie vergessen." Er richtete sich wieder auf. „Kommen Sie." Jury folgte ihm auf die andere Seite des Raums, wo Adrian ein Tuch von einer kleinen Leinwand zog. Die Figur war zwar noch nicht ganz fertiggemalt, aber der Hintergrund wirkte umso atmosphärischer: dunkel, Nebel, der Schein der Straßenlaterne und die undeutlichen Umrisse einer in einen Umhang gehüllten Figur.

„Soll das Gemma Temple sein?" Adrian nickte. „Können Sie das nicht fertigmalen, vielleicht hilft es uns weiter."

Adrian bedeckte es wieder. „Ich hatte vergessen, dass es die Nacht vor dem Dreikönigsfest war. Ich geh nie auf solche Bälle, ich finde sie schrecklich. Aber sagen Sie das bitte nicht dem Colonel. Er ist ein Förderer der schönen Künste und beschafft mir immer ein zinsloses Darlehen. Ab und zu gibt er auch was in Auftrag." Sie standen wieder neben der großen Leinwand, und Adrian brachte einen Eimer mit grüner Farbe in die richtige Position. Zu Wiggins, der fasziniert jede seiner Bewegungen verfolgte, sagte er: „Sergeant, können Sie mir mal zur Hand gehen? Wenn das Grün auf Ihre Seite läuft, kippen Sie es bitte wieder zurück."

Wiggins schien sich geschmeichelt zu fühlen. „Oh, wenn Inspector Jury ..."

Jury nahm ihm das Notizbuch ab, Wiggins krempelte die Ärmel hoch und ging in die Hocke. Kopfschüttelnd holte Jury seinen Federhalter aus der Tasche. „Fahren Sie fort, Mr Rees."

„Ich glaube nicht, dass sie mich gesehen hat. Sie blieb einen Augenblick lang unter der Straßenlaterne in der Nähe der Treppe stehen." Er stand auf und warf sich einen imaginären Umhang über die Schultern. „Schwarzes Cape, weißes Hemd." Er bedeckte eine Gesichtshälfte. „Die linke Hälfte war weiß, die rechte schwarz. Außerdem trug sie noch eine schwarze Maske –"

„Woher wussten Sie denn, dass es Gemma Temple war?"

„Wusste ich natürlich nicht. Das hab ich erst erfahren, als ich ein paar Stunden später mit den andern Schaulustigen herumstand. Ich hatte die Polizeisirenen gehört. Polizeisirenen in Rackmoor? Ich konnte es nicht glauben. Zuerst dachte ich, es sei vielleicht ein Krankenwagen. Obwohl ich nun schon gut fünf Jahre hier wohne, hab ich noch nie einen gesehen. Die Leute hier sterben nicht, Percy Blythe ist der Beweis. Ich schaute aus dem Fenster und sah den Auflauf. Daraufhin zog ich mir die Hose an und ging auch auf die Straße."

„Haben Sie die Leiche gesehen?"

„Nein. Wie denn auch? Auf der Engelsstiege wimmelte es nur so von Polizisten. Ich hab aber gehört, dass es einer von den Ballgästen sei, eine Frau in einem schwarzweißen Kostüm."

„Und was haben Sie dann getan?"

„Ich bin wieder nach Hause gegangen. War aber zu aufgeregt, um schlafen zu können, und hab dieses Bild in Angriff genommen."

„Sie haben doch auch mit ihr gesprochen? Ein- oder zweimal in dem Gasthof?"

Adrian blickte ihn aufmerksam an und zog an seiner Zigarre. „Ja, ein- oder zweimal. Sie sprach aber nicht über sich; sie sagte nur, dass sie aus London sei – Kentish Town, soviel ich mich erinnere – und dass sie die Craels schon lange kenne."

„Sind Sie auch gut bekannt mit ihnen?"

„Ja. Zumindest mit dem Colonel. Mit Julian ist wohl keiner gut bekannt." Adrian tauchte den Pinsel in Ocker und verschmierte die Farbe zum Rand hin.

„Hat sie gesagt, wieso sie hierhergekommen ist?"

Adrian schüttelte den Kopf. „Verdammt merkwürdig, das Ganze. Wer fährt schon im Januar nach Rackmoor? Ich glaube, sie sagte, sie sei Schauspielerin oder so was Ähnliches."

Jury dachte einen Augenblick nach. „Kennen Sie Lily Siddons?"

Er blickte erstaunt auf. „Ja, natürlich. Ihr gehört das Café ‚Zur Brücke'."

„Könnte denn jemand Interesse daran haben, sie aus dem Weg zu räumen?"

Er war schockiert. „*Lily?* Um Himmels willen, nein. Warum fragen Sie?"

Jury gab keine Antwort. Er stand auf und nickte Wiggins zu, der sich daraufhin von der Leinwand losriss. „Ach, noch was, Mr Rees, vermissen Sie nicht ein Stück Leinwand?"

„Leinwand. Ahh …" Sein Blick wanderte in eine Ecke, in der Farbtöpfe, Keilrahmen und Leinwände herumstanden. „Ich hab nicht nachgeschaut. Warum?"

„Schließen Sie gewöhnlich Ihren Laden ab, wenn Sie weggehen?"

„Du lieber Himmel, nein. Die Vorstellung, jemand könnte meine Bilder klauen, ist etwas …" Er zuckte die Achseln.

„Vielen Dank, Mr Rees. Und auf Wiedersehen."

„Bestimmt werden Sie mich wiedersehen wollen." Adrian wischte sich die Hände an dem Lappen ab und führte sie die Treppe hinunter.

Als sie durch die Galerie gingen, blieb Wiggins noch einmal vor dem Akt – oder den Akten – stehen.

„Gefällt Ihnen wohl?", fragte Rees. „Ich nenne es die Zielscheibe."

„Interessant", sagte Wiggins. „Man könnte meinen, hier in der Mitte seien lauter kleine Löcher. Hat es damit zu tun, dass die Männer die Frauen als Zielscheiben oder Lustobjekte betrachten? Was in der Art?" Er schnäuzte sich sorgfältig, zuerst das eine, dann das andere Nasenloch.

Wiggins als Kunstkritiker war für Jury ein neues Phänomen.

„Nicht schlecht, haut aber nicht ganz hin. Eigentlich war's so, dass ich eines Nachts nicht wusste, was ich tun sollte, und die Leinwand über Kork spannte und eine Zielscheibe daraufmalte. Hier …" Sie beugten sich darüber. „Hier können Sie noch die Ringe unter dem flockigen Weiß sehen. Nur die Löcher konnte ich nicht übermalen. Der Effekt ist aber ganz hübsch. Die Akte sehen wie von Kugeln durchsiebt aus."

„Als hätten sie die Pocken oder so was."

„Hmm. Der Vergleich gefällt mir. Prima Idee. Ich werd's Pax Britannica nennen und den Preis um fünfzig Pfund erhöhen."

„An Ihrer Stelle würde ich in dieses Gesicht noch ein paar Pfeile reinhauen. Dann sieht es noch mehr nach Pocken aus." Wiggins lächelte und bot Adrian ein Hustenbonbon an.

## 5

Sir Titus Crael, Baron, lebte in einem prächtigen elisabethanischen Herrenhaus, von dem aus man auf die gigantischen, zerklüfteten Klippen der Nordseeküste blickte. Es schien aus demselben Kalkstein wie die Stadtmauern Yorks gebaut zu sein; der Regen hatte ihn nur schon so ausgewaschen, dass er ganz weiß wirkte. Das Gebäude tauchte aus dem dicken Bodennebel auf – eine massige Silhouette hinter vorbeidriftenden Nebelfetzen.

Wiggins fuhr mit dem polizeieigenen Ford die geschotterte Einfahrt hinauf und an den Stallungen vorbei, wo sich ein stattliches Pferd überrascht aufbäumte. Der Reiter, ein hochgewachsener, hagerer und sehr distinguiert aussehender älterer Mann, schien es jedoch vollkommen in der Kontrolle zu haben. Er stieg ab und ging zu dem Auto hinüber.

„Sie sind die Herren von Scotland Yard? Ich bin Titus Crael." Er streckte eine kräftige, knochige Hand aus.

Jury und Wiggins stiegen aus dem Wagen.

„Um das Auto brauchen Sie sich nicht zu kümmern. Lassen Sie es einfach hier stehen. Entschuldigen Sie bitte, dass ich Sie bei den Ställen abfange, ist nicht gerade sehr förmlich, eine Eigenschaft, die mir leider abgeht. Ich wollte Sie eigentlich nur kurz sprechen, bevor Sie hineingehen. Sie haben doch nichts dagegen, wenn wir uns hier unterhalten? Bracewood wird sich taub stellen."

Jury schaute sich nach Bracewood um und entdeckte, dass der Colonel von seinem Pferd sprach. Colonel Crael hatte die Hände in den Lederhandschuhen durch die Zügel geschoben und lehnte sich an das Pferd, wie andere sich an ihre Freunde anlehnen – physischen oder moralischen Halt suchend. „Nichts dagegen, Inspector? Sergeant?"

Jury dachte, der Colonel wolle ihre Fragen hier draußen beantworten, und befürchtete, dass Wiggins seine Leichenbittermiene aufsetzen würde, obwohl es eher feucht als kalt war. Er sagte: „Nein, eigentlich nicht. Ich werde Sergeant Wiggins schon mal vorausschicken, damit er sich mit den Hausangestellten unterhalten kann."

„Ja, tun Sie das. Hier durch diese Tür. Wood – mein Butler – wird Ihnen weiterhelfen." Er wies auf das eindrucksvolle Portal des herrschaftlichen Hauses, als wäre es der Eingang zu einer Lehmhütte. „Lassen Sie sich etwas Tee geben, Sie sehen ganz durchgefroren aus."

Worauf Wiggins sehr dankbar dreinblickte. Er ging auf das Haus zu.

„Um ganz ehrlich zu sein, Inspector Jury – ich wollte erst mal ein paar Worte mit Ihnen wechseln, bevor Sie sich mit Julian über diese verfahrene Geschichte unterhalten. Wir haben uns wegen diesem Mädchen schon so in die Haare gekriegt, dass ich in seiner

Gegenwart nicht mehr über dieses Thema sprechen möchte. Wir streiten uns ja doch nur." Der Colonel spielte mit den Zügeln seines Pferdes. „Ich bin überzeugt, dass diese Gemma Temple mein Mündel war, Dillys March." Sein Blick wanderte von den grau wattierten Mauern zu den Bäumen, gespenstisch aus dem Nebel aufragenden Birken, und er sprach über Dillys March. Er sagte, sie sei als Achtjährige zu ihnen gekommen, nachdem ihre Eltern bei einem Flugzeugunglück ums Leben gekommen waren. „Sie waren eng befreundet mit Lady Margaret –" Der Colonel stolperte über den Namen. „Margaret war meine Frau. Im Haus hängt ein herrliches Porträt von ihr. Adrian Rees hat es gemalt – nach einem Foto. Er hat wirklich Talent. Es sieht vielleicht so aus, als hätte er sie idealisiert – hat er aber nicht. Sie war wirklich eine Schönheit ..."

„Sie sprachen über Dillys March."

„Ja ... sie war eine Art ... Adoptivtochter für uns. Ich meine, wir behandelten sie so, als wäre sie unsere eigene Tochter, obwohl wir sie nie wirklich adoptiert haben."

„Wie Inspector Harkins notiert hat – Ihre eigene Aussage, Sir –, sollte Dillys March von Ihrer verstorbenen Frau eine bestimmte Summe erben; sie ist dann verschwunden und nie wieder aufgetaucht."

„So viel war das nicht." Der Colonel tat die Summe mit einem Achselzucken ab. „Nur fünfzigtausend Pfund. Sie sollte sie mit einundzwanzig kriegen."

„Und wird das Geld noch für sie verwaltet?"

„Es wurde wieder investiert. Margarets Erbe ging an Julian und Rolfe. Auch Dillys' fünfzigtausend Pfund. Als Rolfe starb –" Er verstummte.

„Erbte Julian das ganze Geld."

„Ja." Der Colonel schluckte heftig. „Sie kamen beide ums Leben, Margaret und Rolfe, bei einem Autounfall."

Einen Augenblick schwieg Jury. „Das muss schlimm für Sie gewesen sein. Ihre Frau und Ihren Sohn auf einen Schlag zu verlieren." Sir Titus gab keine Antwort, er starrte einfach durch die Bäume ins Leere. Dann fragte Jury: „War Dillys March denn jemand, der einfach so verschwindet und auf sein Erbe verzichtet? Alles in allem wären es wohl mehr als fünfzigtausend Pfund gewesen – von Ihnen hätte sie doch bestimmt auch was bekommen."

„Um Ihre beiden Fragen zu beantworten: Nein, eigentlich nicht. Ja, hätte sie. Ich muss zugeben, dass wir fassungslos waren. Aber sie hatte sich auch schon früher solche Eskapaden geleistet. Sie setzte sich in ihr Auto und fuhr los. Zu ihrem sechzehnten Geburtstag hatte ich ihr einen roten Mini geschenkt, und sie unternahm häufig längere Ausflüge damit. Einmal war sie über eine Woche weg. Wir holten sie aus London zurück."

„Hatte sie viele Männerbekanntschaften?"

„So ... würde ich das nicht bezeichnen."

Also doch. „Als sie das letzte Mal wegfuhr, haben Sie da die Polizei benachrichtigt?"

„Nein, die Polizei hat uns benachrichtigt. Ihr Auto war irgendwo in London gefunden worden. Anscheinend hat sie es einfach stehen lassen. Von ihr keine Spur."

„Und was passierte dann?"

„Es war alles ziemlich kompliziert. Die Polizei nahm natürlich an, dass sie in eigener Regie gehandelt hat. Aber sie konnten wohl nicht ganz ausschließen, dass an der Sache vielleicht auch etwas faul war. Ich hatte einen Fahrer, Leo Manning, den Sohn meiner Haushälterin Olive Manning. Wie sich herausstellte, hatte Dillys mit Leo ein Verhältnis. Und Leo war auch der Letzte, der sie gesehen hat. Anscheinend war sie bei ihm gewesen. Was natürlich den Verdacht auf ihn lenkte. Seine Mutter glaubt, das hat ihm den Rest gegeben. Leo hatte einen Zusammenbruch und kam in eine Anstalt. Olive hat Dillys March nie gemocht."

„Wie erklärte sie – ich meine Gemma Temple – ihre jahrelange Abwesenheit?"

„Reue. Scham. Ihr Lebenswandel war wohl nicht gerade vorbildlich gewesen. Sie sagte, sie wäre im ‚Fuchs' abgestiegen, weil sie nicht gewusst hätte, ob sie hier willkommen sei. Aber natürlich war sie das. Hören Sie, Inspector, wenn diese Frau, diese Gemma Temple, eine Schwindlerin war, dann hätte sie das alles doch gar nicht so durchziehen können. Woher hätte sie denn wissen sollen, was damals, als Dillys noch ein Kind war, passiert ist?"

„Ein abgekartetes Spiel. Sie hat sich mit jemandem in Rackmoor zusammengetan, vielleicht mit jemandem aus Ihrer nächsten Umgebung, der Dillys March gut gekannt hat. Einer, der darauf spekulierte, etwas von der Beute abzukriegen. Oder der aus Eifersucht, aus Rache handelte ... es gibt viele Motive."

„Aber so ein Riesenschwindel, das ist doch irgendwie undenkbar." Er seufzte. „Ich seh schon, Sie denken auch, Julian hat recht."

„Nein. Ich denke gar nichts. Ich weiß einfach nicht genug. Aber solche Dinge hat es schon gegeben, Colonel Crael. Wer käme denn infrage, wer hat sie so gut gekannt?"

„Außer Julian und mir kommen nur noch Olive Manning, Wood, der Butler, und eine alte Hausangestellte, Stevens, infrage. Die Vorstellung, dass einer von ihnen ... aber lassen wir das ... Ich hab auch häufig mit Maud Brixenham, einer guten Bekannten von mir, über sie geredet. Sie lebt im Dorf, in der Lead Street. Und mit Adrian Rees, als er Margarets Porträt gemalt hat. Ich saß bei ihm im Atelier rum und schaute ihm bei der Arbeit zu ..." Er massierte Bracewoods Hals. „Als Margaret noch lebte, war alles ganz anders. Das Haus war immer voller Gäste. Und Rolfe und Julian tollten herum. Rolfe war vierzehn Jahre älter als Julian. Sie sahen ihr beide sehr ähnlich, beide hatten dieses goldglänzende Haar. ‚Die Goldjungs' wurden sie genannt. Julian ist ihr wie aus dem Gesicht geschnitten, wenn er ihr nur auch in seinem Wesen etwas ähnlicher wäre! Keine Ahnung, wem er nachgeschlagen ist. Rolfe war sehr viel lebenslustiger, vielleicht zu sehr. Immer hinter den Frauen her. Und dann war da auch noch Dillys. Margaret machte aus dem kleinen Pummelchen sozusagen ihr Ebenbild, was Kleidung, Auftreten und so weiter betraf. Sie besaß natürlich nicht ihr Aussehen. Und auch nicht Julians. Margaret war zwar nicht das, was man eine gute –" Er wandte den Blick ab, und ein Schatten flog über sein Gesicht. „Aber Julian hing sehr an ihr. Eine Schönheit wie sie ... irgendwie konnte man sie nicht mit normalen Maßstäben messen. Finden Sie nicht auch?"

Jury schaute ihn sich genau an, die scharfen Züge, die kräftigen Hände, die die Zügel hielten, das eisgraue Haar und den vollen Schnurrbart. „Nein, finde ich nicht."

Der Colonel blickte auf den vom Nebel bedeckten Boden; ihre Füße und die Hufe des Pferdes verschwanden in dem See aus Nebel. Schließlich meinte er müde lächelnd: „Warum fragen Sie mich nicht, wo ich mich in der betreffenden Nacht aufgehalten habe? Inspector Harkins' Lieblingsfrage."

„Wollte ich gerade", sagte Jury und grinste. „An dem Abend vor dem Dreikönigsfest fand hier ein Ball statt, nicht? Ich nehme an, Sie waren mit Ihren Gästen beschäftigt?"

„Sie drücken sich nur etwas höflicher aus."

„Ich wollte gar nicht höflich sein. Ich hab nur Ihre Aussage gelesen."

„Ach so, es reicht also, wenn ich wiederhole, was ich bereits gesagt habe. Ja, ich war mal da, mal dort und kümmerte mich um meine Gäste. Aber ich habe kein richtiges Alibi, ich meine, ich weiß auch nicht genau, wo ich war zu der fraglichen Zeit. Im Gegensatz –", er blickte Jury ins Gesicht, „zu Julian."

„Aha. Vielleicht sollte ich mal mit Julian reden." Jury schaute zu dem Haus hinüber. „Ich finde mich schon zurecht. Sie wollten doch gerade ausreiten?"

„Sind Sie sicher? Ja, das wollte ich. In ein paar Tagen fängt die Jagd an; ich hatte vor, mal nach den Hunden zu schauen. Wood wird Julian schon ausfindig machen – falls er zurück ist. Julian macht endlos lange Spaziergänge, egal, wie das Wetter ist." Er schwang sich wieder in den Sattel und tätschelte sein Pferd. „Gut, ich reite los. Falls Sie mich brauchen, ich stehe Ihnen immer zur Verfügung."

„Ich denke, das wird der Fall sein. Noch was anderes: Sie haben Besuch, nicht wahr?"

Sir Titus war überrascht. „Ja, warum? Hab ich tatsächlich. Ein alter Freund – oder vielmehr der Sohn eines alten Freundes, Lord Ardry: ein prachtvoller Mensch und natürlich auch ein passionierter Jäger. Dieser Lord Ardry – ich meine den Sohn – lässt sich mit seinem Familiennamen anreden. Melrose Plant nennt er sich."

Jury lächelte. So wie der Colonel seinen Namen aussprach, klang er eher wie ein Pseudonym.

„Er hat jedenfalls auf den Titel verzichtet – warum, weiß ich auch nicht. Ich hab lang genug auf meinen gewartet, und ich bin nur Baron. Aber Plant – er lässt einfach –"

„Ich weiß, ich bin ihm schon begegnet. Damals in Northamptonshire."

„Ach ja, jetzt erinnere ich mich wieder; er hat mir davon erzählt. Fürchterliche Geschichte."

„Mord ist das meistens."

DER BUTLER half Jury aus dem Mantel und sagte ihm, Mr Julian sei noch nicht zurück, er werde aber sofort Lord Ardry holen. Während er die Empfangshalle betrachtete – eine eindrucksvolle Mischung aus dunklem Holz und dorischen Säulen –, dachte Jury über Plant und seinen Titel nach: Er hatte vielleicht darauf verzichtet, nicht aber seine Umgebung. Er blickte auf das schwarzweiße Muster des Marmorfußbodens und wünschte, seine eigenen Gedanken würden ein so hübsches, geometrisches Muster bilden. Zu seiner Rechten befand sich eine Galerie. Er schlenderte unter den Fächergewölben an den Bildern vorbei und fragte sich, ob er auch auf das Porträt von Lady Margaret stoßen würde ...

„Warum stehen Sie denn so verträumt hier rum, Chief Inspector?"

Melrose stand an dem Eingang der Galerie und rauchte gelassen eine Zigarette. Die Entfernung war so groß, dass er die Stimme heben musste und ihr Echo von der Stuckdecke, den Scagliola-Säulen und den Spiegeln mit den Goldrahmen widerhallte. Er trug einen grauen Anzug von einem begnadeten Maßschneider.

Jury freute sich offensichtlich, ihn zu sehen. „Mr Plant." Er ging mit ausgestreckter Hand auf ihn zu. „Was für eine Überraschung. Ich hörte, Sie sind ein alter Freund der Familie."

„Ich war in York, als ich von dieser Geschichte erfuhr. Anscheinend tauche ich immer auf, wenn Sie mich gerade nicht brauchen."

„Ganz im Gegenteil, Mr Plant. Sie könnten uns sehr von Nutzen sein. Als einem Freund der Familie stehen Ihnen hier bestimmt Tür und Tor offen." Jury blickte ihn an. „Sie könnten die Gewässer erkunden."

„Ha. Das ist gar nicht so einfach. Julian Crael ist sozusagen ein gewaltiger Eisberg. Er unternimmt lange Wanderungen über die Klippen und die Moore und sieht blass und interessant aus."

„Soll das heißen, dass Sie Julian Crael nicht gerade ins Herz geschlossen haben?"

Melrose zuckte die Achseln, lächelte und wechselte das Thema. „Ich habe Ihre Karriere in den Zeitungen verfolgt."

„Keine sehr interessante Lektüre."

„Im Gegenteil. Ich erfuhr auf diese Art und Weise, dass Sie mit diesem Fall beauftragt wurden. Ich muss gestehen, dass ich die Geschichte in Long Piddleton wirklich spannend gefunden habe, auch wenn das vielleicht etwas makaber klingt. Ich glaube, ich hab das Ganze genauso genossen wie meine Tante Agatha."

„Wie kommen Sie überhaupt ohne sie zurecht?" Jury drehte sich um. „Sie ist nicht –"

„Die Luft ist rein, Inspector. Sie ist nicht hier. Könnte ich Sie dazu bewegen, mit mir im ‚Alten Fuchs' Ihr Abendessen einzunehmen? Das Essen soll dort sehr gut sein."

„Gute Idee. So gegen sieben?"

„Warum nicht um sechs? Sie machen um diese Zeit auf, und ich würde gern mal einen Rackmoor-Nebel probieren."

„Was ist das?"

„Das ist eine Kreation der Wirtin, Mrs Meechem – um die Touristen anzulocken, nehme ich an. Aus Gin, Rum, Brandy, Whisky und Haifischzähnen. Sagen Sie Sergeant Wiggins, er soll sich auch einen genehmigen. Er kuriert jede Krankheit, einschließlich der Beulenpest."

„Haben Sie Wiggins schon gesehen?"

„Ja. Er ist in der Küche und versucht, der Köchin ein Geständnis abzuringen."

„Ich werde ihm beistehen. Wir sehen uns also um sechs. Wenn ich nicht auftauche, trinken Sie einen Doppelten."

„Dann würde mich der Nebel verschlucken." Melrose rief Jury nach: „Und in der Zwischenzeit, könnten Sie da nicht auch etwas Hilfe gebrauchen? Einen Resonanzboden für die eigenen Gedanken? Eine Art Versuchskaninchen?"

Jury dachte einen Augenblick lang nach. „Vielleicht. Da Sie schon mal hier sind, Mr Plant, könnten Sie ja auch bei den Makepieces vorbeigehen und versuchen, etwas in Erfahrung zu bringen. Es ist das Haus gleich neben der Engelsstiege, oben in der Scroop Street. Es heißt Cross Keys – kann ja sein, dass sie was gehört haben."

Jury sah, wie Plant strahlte, als er etwas in sein Notizbuch kritzelte. Das kleine Buch sah dem von Jury erstaunlich ähnlich.

In der Küche, die die Größe eines Fußballplatzes hatte, beugte sich Wiggins über sein Notizheft, vor sich eine Teekanne und eine Platte mit sehr appetitlich aussehenden belegten Broten. Ihm gegenüber saß eine rundliche, rotgesichtige Frau unbestimmbaren Alters; ihr braunes Haar war zu einem ordentlichen Knoten zusammengefasst.

„Das ist Mrs Thetch, Inspector. Sie war so nett und hat mir Tee gemacht."

Jury verspürte plötzlich ebenfalls Hunger – es musste die Seeluft sein – und nahm sich ein Brot. Das fein gehackte Hühnerfleisch schmeckte köstlich.

„Ich hole Ihnen eine Tasse, Sir." Mrs Thetch wollte aufstehen, aber Jury winkte ab. „Nein, vielen Dank. Das genügt schon. Sagen Sie, Mrs Thetch, wie lange sind Sie schon bei den Craels?"

„Seit sechzehn Jahren, wie ich eben schon dem Sergeant sagte."

„Sie haben also Lady Margaret noch gekannt?"

„Ja, Sir. Aber nicht sehr gut. Ich kam, kurz bevor … Sie wissen schon." Sie setzte eine obligatorische Trauermiene auf. „Die ersten paar Monate war ich nur Küchenhilfe, als dann aber Mary Siddons starb, wurde ich zur Küchenchefin befördert. Arme Frau!"

„Diese Mary Siddons hatte doch eine Tochter, Lily?"

„Ja, Sir. Wir sehen Lily noch. Schrecklich war das mit ihrer Mutter. Ertrunken ist sie." Mrs Thetch nickte in die Richtung der Klippen hinter dem Haus. „Niemand hat verstanden, warum sie diesen Weg direkt am Wasser genommen hat, wo doch die Flut kam. Es ist ein langer, schmaler Kiesstrand unten an den Klippen, der von Rackmoor bis zur Runners Bay geht. Man kann ihn aber nur bei Ebbe gehen. Viele machen das. Die arme Mary hat es wohl versucht, als die Flut einsetzte."

Wood erschien, um Jury zu sagen, dass Mr Julian im Bracewood-Salon auf ihn warte. (Anscheinend hatte der Colonel seine Räume nach seinen Pferden benannt.) Der Butler warf der redseligen Mrs Thetch einen finsteren Blick zu und führte Jury durch den Speiseraum.

Während er hinter Wood herging, dachte Jury: Eine, die spurlos verschwunden ist; zwei, die bei einem Autounfall ums Leben kamen; einer, der in einer Anstalt landete; eine, die ertrunken ist. Und nun eine, die ermordet wurde. Trotz der guten Seeluft war Rackmoor offenbar nicht der gesündeste Platz auf den Britischen Inseln.

# 6

Als er den Bracewood-Salon betrat und das Bild über dem Marmorsims des Kamins erblickte, wusste Jury sofort, dass das Lady Margaret sein musste; es beherrschte den ganzen Raum, einschließlich der Person, die sich in ihm aufhielt, Julian Crael. Die Frau auf dem Bild saß auf einer Chaiselongue oder einem Sofa mit einer geschwungenen Rückenlehne aus dunklem Holz. Der Maler schien sein Modell von hinten überrascht zu haben, da der Betrachter auf die Rückseite des Sofas blickte. Die Frau war von den Schultern an aufwärts im Profil zu sehen. Ihr Kopf war nach links gewandt. Ihr Blick folgte dem in schwarzes Tuch gehüllten Arm, der auf dem Mahagonirahmen des Sofas ruhte. Über das Sofa war ein seidig schimmerndes Stück Stoff geworfen – ein spanischer Schal vielleicht mit schwarzen Fransen. Man musste schon ganz genau hinschauen, um die Einzelheiten, die Seide, die Fransen und das Holz, erkennen zu können, da der Schal mit dem schwarzen Kleid und das Kleid mit dem dunklen Hintergrund verschmolzen, sodass alles, außer dem Haar und dem durchscheinenden Profil, dunkel war. Das blassgoldene Haar fiel lose über ihre Schultern; ein Windhauch schien es ihr aus dem Gesicht geweht zu haben. Die leicht hohle Handfläche zeigte nach oben; die Finger waren gestreckt und leicht gespreizt, als wolle sie jemanden, der sich irgendwo im Raum befand, auffordern, näher zu treten. Jury wandte den Blick ab.

„Ich bin Julian Crael", sagte der Mann unter dem Porträt, und mit einem Blick auf das Bild fügte er hinzu: „Das ist meine Mutter."

Julian Crael hätte sich nicht erst als ihr Sohn zu erkennen geben brauchen, jeder, der Augen im Kopf hatte, würde sehen, dass das ihr Sohn war. Wäre Julian Crael eine Frau, ein junges Mädchen gewesen, hätte er ihre Zwillingsschwester sein können. Der zarte Teint, die tief liegenden blauen Augen, das schimmernde blonde Haar – er sah selbst so aus, als wäre er einem Bild entstiegen.

„Es ist wunderschön", sagte Jury. Eine ziemlich überflüssige Bemerkung.

„Sieht ihr auch erstaunlich ähnlich. Wenn man bedenkt, dass Rees sie nach einem Foto gemalt hat. Rees ist ein Künstler, der hier im Dorf lebt. Gelegentlich gibt er sich dazu her, Porträts zu malen. Wahrscheinlich um seine Miete bezahlen zu können. Sie ist vor achtzehn Jahren gestorben." Crael leerte sein Glas und starrte über Jurys Schulter hinweg ins Leere.

„Eine traurige Geschichte. Ich habe mich noch nicht vorgestellt. Richard Jury. Scotland Yard. Ich möchte Ihnen ein paar Fragen stellen, Gemma Temple betreffend, Mr Crael."

Julian hatte sich vom Kamin entfernt, um sein Glas wieder aufzufüllen. Er hob die Karaffe und blickte Jury fragend an. Jury lehnte den Whisky ab. „Was ist mit ihr?", fragte Julian, während er sich einschenkte. „Sie wollen wissen, warum mein Vater sie für Dillys March hält und ich nicht? Das ist nicht weiter erstaunlich, wir sind uns auch sonst nie einig." Er hob sein Glas, schenkte Jury ein frostiges Lächeln und nahm einen Schluck. Dann postierte er sich wieder neben dem Kamin, den Arm auf dem Sims ausgestreckt, eine Geste wie die der Frau auf dem Porträt. Jury war sich jedoch sicher, dass Julian das völlig unbewusst tat.

„Sie sind sich ganz sicher, dass sie nicht Dillys March war?"

„Ja, absolut. Es war ein Schwindel. Das heißt, ein Versuch."

„Dann haben Sie sich bestimmt auch gefragt, wer mit ihr unter einer Decke steckte, Mr Crael? Diese Gemma Temple muss von jemandem, der Dillys gekannt hat, unterrichtet worden sein."

Julian rauchte und spielte mit einem silbernen Feuerzeug; die Hand lag immer noch auf dem Kaminsims. „Das ist anzunehmen."

„Aber von wem, Mr Crael?"

Julian ließ das Feuerzeug in seine Tasche gleiten, nahm den Arm von dem Kaminsims und stellte sich mit dem Rücken zum Feuer, die Zigarette in der Hand. „Keine Ahnung."

„Aber Sie würden auch sagen, dass das die einzige Erklärung ist, wenn man davon ausgeht, dass sie nicht Dillys March war." Jury wollte wenigstens diese Bestätigung von ihm haben und wunderte sich, warum Julian sich so dagegen sträubte. „Mr Crael?"

Julian nickte kurz. „Ja."

„Sagen Sie: Wie erklären Sie sich Dillys' plötzliches Verschwinden?" Julian rauchte und schüttelte den Kopf. „Colonel Crael sagte, sie wäre auch vorher schon ab und zu verschwunden?"

Er nickte. „Dillys war eigensinnig, egoistisch und verwöhnt. Sie haben ihr wohl jeden Wunsch erfüllt, um sie über den Verlust ihrer Eltern hinwegzutrösten. Ich hätte ihr alles zugetraut."

In dem Kamin brach ein Holzscheit auseinander, Funken sprühten, kleine, züngelnde Flammen schossen empor. Julians Augen loderten wie die bläulichen Enden der Flammen. Jury war aufs Neue überrascht von der Schönheit dieses Gesichts, einer Schönheit, die irgendwie nicht hierherpasste. Sie schien einer anderen Zeit, einem anderen Ort anzugehören, Arkadien vielleicht. „Sie haben Dillys March nicht besonders gemocht?"

Julian wandte sich einen Augenblick lang ab und schwieg. Jury nützte die Gelegenheit und nahm die Streichhölzer aus der Kristallschale neben seinem Stuhl, mit denen er sich eine Zigarette angezündet hatte. Streichholzmäppchen kamen von den seltsamsten Orten. Er fragte sich auch, was die Streichhölzer hier überhaupt zu suchen hatten neben den beiden Tischfeuerzeugen – das eine war aus grünem Muranoglas, das andere aus Porzellan – und Julians silbernem Feuerzeug.

„Sollten Sie mich nicht wichtigere Dinge fragen, Inspector? Zum Beispiel, wo ich mich in der Mordnacht aufgehalten habe."

Jury lächelte. Sein Vater hatte dasselbe gefragt. „Sie haben erklärt, Sie hätten sich in Ihrem Zimmer aufgehalten."

„So war es. Ich hasse diese Kostümbälle zum Dreikönigsfest. Meine Mutter hat damit angefangen. Sie mochte Partys, und der Colonel auch. Mir sind sie ein Gräuel. Ich bin auch sonst ziemlich ungesellig." Er schien darauf zu warten, dass Jury widersprach. „Ich möchte Ihnen etwas zeigen." Julian ging zu den Flügeltüren hinüber, öffnete sie und bedeutete Jury ihm zu folgen. Sie traten auf die eiskalte Terrasse hinaus. Raureif lag auf der Balustrade, an der Julian nun stand, das Meer und die Brandung im Rücken. Julian blickte die glatte Fassade hoch. Er streckte den Finger aus. „Das sind meine Fenster." Dann ging er auf die andere Seite und zeigte auf das Dorf. „Da drüben ist ein Pfad, der von den Stufen der Terrasse bis zum Dorf führt. Ein hübscher Weg an den Klippen entlang. Am andern Ende ist die Treppe zur Kaimauer. Am einfachsten und schnellsten kommt man hier hinauf, wenn man die Fuchsstiege nimmt, an der Kaimauer entlanggeht und dann dem Pfad bis zur Terrasse folgt. So sind auch die meisten gekommen und gegangen." Er trat zu Jury. „Die ganze Nacht lang, Inspector Jury." In seinen Augen blitzte zum ersten Mal so etwas wie Humor auf. „Drinnen sieht es folgendermaßen aus: Meine Räume haben zwei Türen, die beide auf den Treppenabsatz gehen, auf dem die Musiker die ganze Nacht über gespielt haben. Sie haben zwar auch mal eine Pause gemacht, aber irgendjemand stand immer rum. Ich habe mich um zehn zurückgezogen. Die Party war schon im Gang. Ich hätte mein Zimmer wohl kaum unbemerkt verlassen können. Aber nehmen wir mal an, es wäre doch möglich gewesen – zurückgekommen wäre ich bestimmt nicht auch noch, ohne dass mich jemand gesehen hätte."

„Und die Mauer hätten Sie auch nicht hinunterklettern können", sagte Jury. Sie waren in den Salon zurückgegangen, und Jury hatte sich wieder in seinen Sessel gesetzt; er zog das Streichholzmäppchen aus der Tasche und bog ein Streichholz nach dem anderen um.

Julian, der wieder vor dem Kamin stand, breitete scheinbar hilflos die Hände aus; er machte einen belustigten Eindruck. „Übernachten Sie häufig im ‚Sawry Hotel', Mr Crael?"

„Was –?"

„Im ‚Sawry'. Sehr exklusiv, in Mayfair, wenn ich mich nicht irre?"

Einen Augenblick lang schien Julian verwirrt, bis dann seine unterkühlte Sorglosigkeit wieder die Oberhand gewann. „Unsere Familie pflegt dort abzusteigen. Ich fahre gelegentlich nach London, wie alle Welt. Warum fragen Sie?"

Jury hielt das Streichholzmäppchen hoch, sodass er die bedruckte Seite sehen konnte. Julian starrte darauf und wandte den Blick wieder ab.

„Gemma Temple kam aus London."

„Ja, gut, Inspector. Adrian Rees kommt auch aus London. Und Maud Brixenham. Olive Manning war kürzlich ebenfalls dort. Jeder Zweite kommt aus London." Er trank seinen Whisky.

Er hatte sich elegant aus der Affäre gezogen. Jury wechselte wieder das Thema. „Können Sie mir etwas über Lily Siddons erzählen?"

Julian, der gerade sein Glas in die Hand genommen hatte, setzte es abrupt wieder ab. „Was um Himmels willen hat sie damit zu tun?"

„Weiß ich auch nicht. Deshalb frage ich ja. Sie hatten doch an dem Abend vor dem Ball ein paar Gäste zum Abendessen?"

„Ah, ja. Miss Temples Debüt. Vater hatte auch Lily eingeladen. Zusammen mit Rees und Maud Brixenham. Aber ich verstehe nicht –"

„Das Kostüm. Das Kostüm, das Gemma Temple trug, gehörte Lily Siddons. Irgendwie wurde getauscht."

Julian starrte ihn an. „Wollen Sie damit sagen, dass der Mörder es auf *Lily* abgesehen hatte?" Jury antwortete nicht, sondern blickte ihn einfach nur an. Julian schnaubte und schüttelte den Kopf wie ein Spürhund, der durch eine falsche Fährte verwirrt worden ist. „Ich muss gestehen, dass ich der Unterhaltung nicht richtig folgte, und ich erinnere mich auch nicht, dass von Kostümen die Rede war. Ach ja, diese Temple fing zu lamentieren an, weil sie keines hatte. Ich habe mich kurz darauf zurückgezogen. Sie müssen meinen Vater fragen. Oder Maud. Oder Lily selbst, warum fragen Sie nicht einfach Lily?"

„Das werde ich auch tun. Hat Lily Siddons nicht auch einmal hier gewohnt? Damals, als ihre Mutter noch Köchin war?"

„Ja, ein paar Jahre als Kind."

Jury dachte kurz nach. „Wissen Sie, manchmal habe ich das Gefühl, dass Morde eine lange Vorgeschichte haben. Dass der Mörder gewöhnlich schon lange gewartet hat – dass er diesen Gedanken bereits wie eine Leiche mit sich herumgeschleppt hat. Schließlich setzt er ihn dann in die Tat um. Und lässt die Leiche in der Gegenwart liegen. Auf der Engelsstiege. Oder sonst wo." Er verstummte, als er den Ausdruck auf Julians Gesicht sah: Es war aschfahl und völlig verzerrt. Er fing sich jedoch sehr schnell wieder, aber die paar Sekunden hatten genügt, um Jury zu der Überzeugung gelangen zu lassen, dass

Julian drauf und dran gewesen war, ein Geständnis abzulegen: ein Schritt über dem Abgrund, aber dann hatte er schnell wieder den Fuß zurückgezogen.

Julian bemerkte nur: „Will Papa mich mit Lily verkuppeln? Wahrscheinlich, er hatte schon immer eine Schwäche für sie. Dass sie die Tochter der Köchin ist, scheint ihn nicht zu stören."

„Ich könnte mir vorstellen, dass es ihm gefallen würde, wenn Sie heirateten. Sie müssen ja sehr begehrt sein: adlig, reich, gut aussehend, intelligent – wie konnten Sie sich überhaupt retten?"

„Und gleich in der richtigen Reihenfolge! Mit dem Adel ist es nicht weit her. Nur ein Baronstitel. Das, was unser Gast, Mr Plant, aufgegeben hat, werde ich nie erreichen. ‚Sir Julian' ist das höchste der Gefühle." Es schien ihm nicht viel daran zu liegen. „Was Lily betrifft – ja, mein Vater hat sie sehr gern. Sie erinnert ihn an früher. Sie hilft ihm, die Illusion aufrechtzuerhalten, dass noch nicht alles vorbei ist."

„Lily Siddons kann also damit rechnen, in seinem Testament bedacht zu werden, Mr Crael?"

Julian runzelte die Stirn. „Wahrscheinlich. Warum?"

„Ganz einfach, weil jeder, der irgendwelche Ansprüche zu haben glaubt – sie können legaler oder emotionaler Natur sein –, daran interessiert sein könnte, Dillys March aus dem Weg zu räumen."

Julian starrte ihn nur an. Dann lachte er. „Heiliger Strohsack! Zuerst war Lily das Opfer, und jetzt ist sie die Mörderin! Die Vorstellung, dass sie mit diesem Messer zugestochen hat, ist einfach absurd. Ganz abgesehen davon, dass das eine ziemlich mühsame Art und Weise ist, sein Erbe zu kassieren", fügte er trocken hinzu.

„Warum absurd? Es könnte durchaus eine Frau getan haben."

„Lily ist eine durch und durch *vernünftige* Person. Sie arbeitet Tag und Nacht in ihrem Restaurant. Außerdem fehlt ihr –", er schien nach einem Wort zu suchen, das diesen Mangel ausdrückte, „das Temperament dazu. Lily ist ein richtiger kleiner Eisberg. Kalt wie ein Fisch." Jury unterdrückte ein Lächeln. „Hübsch ist sie ja. Helle Haut, blondes Haar. Ja, eine durchaus attraktive Frau." Er schien darüber nachzudenken, als hätte er diese Entdeckung eben erst gemacht. „Der Colonel ist sehr demokratisch gesinnt, finden Sie nicht?"

„Wer hat es Ihrer Meinung nach getan, Mr Crael?"

Er stieß ein kurzes Lachen aus. „Keiner. Oh, schauen wir uns doch mal um: Da ist Adrian Rees. Er ist einer von der kämpferischen Sorte. Immer hat er irgendwelche Geschichten am Hals. Wirtshausschlägereien. Er bemüht sich jedenfalls redlich, seinem Image gerecht zu werden."

„Sie mögen ihn nicht?"

„Er ist mir gleichgültig."

Diese Gleichgültigkeit, die sich auf die meisten Dinge und die meisten Leute seiner Umgebung erstreckte, erschien Jury zu forciert, um echt zu sein.

„Rees würde ich auch zutrauen, dass er sich mit jemandem zusammentut, um ein Ding zu drehen. Er braucht Geld für seine Galerie, das weiß ich. Vater hat ihm schon eine ganze Menge geliehen."

„Hat er denn genug über Dillys March gewusst, um Gemma Temple instruieren zu können?"

„Das weiß ich nicht. Der Colonel vertraut sich allen möglichen Leuten an. Maud Brixenham zum Beispiel. Dass sie gerne Lady Crael wäre, springt einem geradezu ins Auge. Papa sieht ja auch noch ganz repräsentabel aus. Er ist zwar fünfzehn, zwanzig Jahre älter als sie, aber man sieht's ihm nicht an. Und schließlich ist sie auch schon fünfundfünfzig, es kommt also sowieso nicht mehr darauf an." Jury lächelte über diese jugendliche Betrachtungsweise, die dem Alter kurzerhand alle Leidenschaften absprach. „Der Colonel ist sehr aktiv. Diese verdammten Fuchsjagden!"

„Hegt Ihr Vater ihr gegenüber ähnliche Gefühle?"

„Er spricht zwar gern über seine Privatangelegenheiten, aber nicht mit mir." Julian warf Jury einen spöttischen Blick zu. „Nein, die gute alte Maud wäre bestimmt nicht begeistert, wenn Dillys zurückkäme und Ansprüche emotionaler Art, wie Sie es nannten, anmelden würde. Genauso wenig wie Olive Manning. Ich glaube, sie gibt meinem Vater insgeheim die Schuld an dieser schmutzigen Affäre zwischen Leo und Dillys. Ihr Sohn ist in einer Anstalt. Aber man sollte auch dem Teufel – in diesem Fall Dillys – Gerechtigkeit widerfahren lassen: Leo Manning war schon lange bevor sie hier auftauchte, reif dafür. Mein Vater hat ihn nur als Fahrer eingestellt, um Olive einen Gefallen zu tun. Er taugte nichts, weder als Fahrer noch als Mensch. Aber seine Mutter sieht das natürlich anders. Nein, Dillys hatte an allem schuld. Oder wir alle. Papa kommt für die Kosten der Anstalt auf. Er ist sehr großzügig. Wahrscheinlich hat er in seinem Testament allen möglichen Leuten eine Rente ausgesetzt." Julian blickte Jury an. „Nein, Inspector, er würde mich wegen Dillys March nicht enterben. Er könnte natürlich auch alles dem Hundeverein oder einer Organisation für notleidende Jäger vermachen." Er rauchte und schwieg einen Augenblick. „Vielleicht wollte diese Gemma Temple einfach nur Dillys Marchs fünfzigtausend Pfund kassieren und dann wieder verschwinden."

„Oder sich häuslich einrichten."

„Das hätte sie nicht geschafft. Niemals."

„Sie scheint sich aber ganz gut eingeführt zu haben."

„Aber sie hätte es unmöglich durchziehen können. Achtundvierzig Stunden als jemand anderes zu posieren ist nicht so schwierig. Aber ganz in die Rolle eines andern zu schlüpfen –"

Julian schüttelte ungläubig den Kopf.

„Dillys March war wohl nicht sehr beliebt?"

„Da haben Sie recht."

„Aber sie war doch erst achtzehn, als sie sich absetzte."

„Nach dem Pass, ja."

„Wie war ihr Verhältnis zu Männern?"

„Sie hatte wahrscheinlich eines mit jedem, der ihr über den Weg lief. Es machte ihr Spaß, den Männern den Kopf zu verdrehen, kleine Brände zu legen."

„Die Frage bleibt bestehen. Wenn diese Frau nicht Dillys March war, wo ist dann Dillys? Warum ist sie nie wieder aufgetaucht?"

Julian blickte auf den Boden und studierte den Teppich, als könne sein Muster darüber Aufschluss geben. „Ich dachte schon, dass sie vielleicht gar nicht mehr lebt."

Der Winter schien bei diesen Worten in den Raum einzudringen. Jury hatte das komische Gefühl, Schnee würde in die Ecken geweht, während sich Fenstersimse und Spiegel mit einer Eisschicht zu überziehen schienen und graues, ungefiltertes Licht bleischwer im Raum hing. Von seinem Platz aus blickte er auf die hohen Flügeltüren zur Terrasse. Nebelmassen drückten dagegen. Und die Melancholie, die ihn sowieso nie aus ihren Fängen ließ, hüllte ihn in ihren grauen Mantel ein.

# 7

„Alles blitzsauber – wie im ‚Bristol'." Bertie schaltete den Staubsauger aus und salutierte vor der kleinen Marienstatue, die auf dem Kaminsims über den elektrischen Holzscheiten stand. Berties religiöser Überzeugung entsprach es eher, sich durch die Erfüllung seiner Pflichten als durch die Gnade allein erlösen zu lassen.

„Komm, Arnold." Flott drehte er sich auf dem Absatz um, griff nach dem Staubsauger und legte einen Arm quer über die Brust, die Hand wie ein Messer am Hals des Staubsaugers. „Hipp, hipp!" Er marschierte mit ihm zu dem Schrank in dem kleinen dunklen Flur.

Arnold schaute immer interessiert beim Staubsaugen zu und holte manchmal auch irgendwelche Gegenstände, wie zum Beispiel altes Schokoladenpapier, unter den Sesseln hervor. Bertie marschierte in das Wohnzimmer zurück, um sich noch einmal prüfend umzuschauen.

„Froschauge kann zufrieden sein."

Arnolds Gebell klang so zackig wie Berties Gruß. Der Name „Froschauge" rief bei Arnold immer eine feindliche Reaktion hervor.

„Froschauge" oder Miss Frother-Guy, wie sie im Dorf hieß, war eine von den Frauen, die sich während der Abwesenheit seiner Mutter anscheinend dazu berufen fühlten, auf ihn aufzupassen. Außer ihr gab es noch Miss Cavendish, die Bibliothekarin, und Rose Honeybun, die Frau des Pfarrers. Sie schauten abwechselnd nach dem Rechten. Miss Frother-Guy fand er am unsympathischsten von den dreien, vor allem wegen ihrer Abneigung gegenüber Arnold. Sie betrachtete ihn als denkbar ungeeigneten Umgang für einen mutterlosen Jungen.

Dieses Gefühl beruhte auf Gegenseitigkeit. Miss Frother-Guy war für Arnold ein eher unverdaulicher Brocken. Arnold pflegte sich vor ihr aufzubauen und sie unablässig anzustarren.

Miss Frother-Guy hatte einen schmallippigen Mund und ein verdrießliches, kleines Gesicht, das Bertie an die Mäuse mit den spitzen Schnauzen in der Roly-Poly-Pudding-Geschichte erinnerte. Miss Cavendish war zwar sehr viel angenehmer, aber auch sehr viel schmutziger. Sie hinterließ immer irgendwelche Spuren; Dreck von ihren Stiefeln oder Flusen, die in ihren Kleidern hingen. Wahrscheinlich trug sie den Staub, den sie ständig von den Regalen der Leihbücherei Rackmoors wischte, mit sich herum. Stockfisch (Miss

Cavendish) schien die Aufgabe, mit der Miss Frother-Guy sie betraut hatte, keinen großen Spaß zu machen; meistens streckte sie nur den Kopf durch die Tür, und ihre blassen Augen glichen kleinen Silberfischen, die mal hier-, mal dahin schossen. Sie blieb nie bis zum Tee.

Rose Honeybun war noch die Angenehmste; sie blieb gewöhnlich bis zum Tee und brachte auch meistens etwas mit, da sie ihre christliche Pflicht als erfüllt betrachtete, wenn sie Bertie mit Kuchen und Gebäck versorgte. Obwohl sie die Frau des Pfarrers war, erfüllte sie ein lüsternes Interesse für das Sexualleben der Dorfbewohner und eine gedankenlose Gutmütigkeit, die ihre Gesellschaft sehr viel vergnüglicher machte als die der anderen. Sie setzte sich an den Tisch, trank eine Tasse Tee nach der anderen, rauchte Zigaretten und versuchte, Bertie alles Mögliche zu entlocken. Klatschgeschichten, die sie wie Rosinen aus dem Kuchen pickte. Sie hatte auch Arnold ins Herz geschlossen und brachte ihm Knochen, die er sofort versteckte.

Bertie bedauerte, dass Miss Frother-Guy und nicht Mrs Honeybun an der Reihe war. Er hätte nichts dagegen gehabt, mit ihr diesen Mord durchzuhecheln.

Es war eine Art Stafettenlauf, bei dem Bertie den Stab weitergab. Froschauge machte am meisten Ärger; sie sprach ständig von „zuständigen Stellen", die eingeschaltet werden müssten. Seine Mutter war nun schon seit sechs Wochen weg, bald würden es zwei Monate sein. Und Froschauge war der Meinung, dass sie eine „bessere Regelung" finden sollten. Er wollte nichts davon wissen und hielt sie hin – er hielt sie alle hin: Er versicherte ihnen, dass er Post von seiner Mutter bekommen hätte, einen Brief, den er nicht mehr finden könne; sie würde aber noch immer ihre todkranke Großmutter in Nordirland pflegen.

Den Brief, den seine Mutter tatsächlich geschrieben hatte, wollte er ihnen jedoch nicht zeigen. In den letzten Tagen hatte er ihn etwas seltener aus der Schublade genommen, aber doch noch so häufig, dass das Papier an den Stellen, an denen er zusammengefaltet wurde, schon ganz dünn geworden war. Entfaltet sah er wie ein in kleine Quadrate unterteiltes Fenster aus. Bertie verstand nicht, was in ihm stand, und er wusste nicht, welche Absicht sie damit verfolgte.

Ihre Abwesenheit lähmte ihn jedoch keineswegs. An seinen und Arnolds Lebensgewohnheiten hatte sich praktisch nichts geändert. Auch als seine Mutter noch bei ihnen gewesen war, hatte sich vor allem Bertie um den Haushalt gekümmert; er putzte, kochte und machte sich für die Schule fertig, während seine Mutter nur von London träumte, ihre Trauben-Nuss-Schokolade aß und Krimis las.

Er kam also sehr gut ohne sie aus. Aber er fühlte sich doch irgendwie benachteiligt, vor allem, wenn er die anderen Jungen zusammen mit ihren Müttern sah. Er glich dann einem Jungen, der sehnsüchtig auf einen Roller starrt und denkt: Alle haben einen, warum ich nicht?

Aber nach einer Weile vergaß er sogar, dass sie nicht mehr da war, und deckte wieder für drei statt für zwei. Er und Arnold aßen ihre Teller leer und starrten dann aus dem Fenster – jeder aus seinem –, bis Arnold ungeduldig wurde, gähnte und von seinem Stuhl sprang, um hinausgelassen zu werden. Manchmal gingen sie zusammen im Nieselregen spazieren, und Bertie hoffte, der Regen würde seine Gehirnzellen aktivieren und ihn eine Erklärung für die Abwesenheit seiner Mutter finden lassen, mit der sich Froschauge und

Stockfisch zufriedengeben würden. Während Arnold seine halsbrecherischen Gratwanderungen unternahm – am liebsten auf Pfaden, die nicht einmal richtige Pfade waren (vielleicht um brütende Vögel aufzustöbern, dachte Bertie) –, starrte er aufs Meer hinaus. Er stand einfach nur da, wartete auf Arnold und schien sich von den Wellen, die sich bei diesem Wetter schon ganz weit draußen brachen, inspirieren zu lassen. Während einer dieser Pausen war ihm auch die Idee mit Belfast gekommen. Weder Froschauge noch Stockfisch würden ihre langen Nasen in die Angelegenheiten Nordirlands stecken wollen. Keiner wollte das!

Bertie wusste, dass es „Heime" gab, und er wusste auch, dass es Polizeiwachen gab. Das waren die einzigen „zuständigen Stellen", von denen er annahm, dass sie sich für ihn interessieren könnten. Er war deshalb völlig aufgelöst, als Inspector Harkins an seine Tür klopfte; zum ersten Mal in seinem Leben dachte er, er würde gleich ohnmächtig werden. Wenn dieser Detektiv nicht gekommen war, um ihn in ein „Heim" zu stecken, dann könnte er ihn nur wegen der Schecks sehen wollen.

Aber es war weder das eine noch das andere. Er wollte mit ihm über einen Mord sprechen.

# 8

Heute Nachmittag stand jedoch weder Froschauge noch die Polizei, sondern Melrose Plant vor seiner Tür. Bertie versuchte sich zu konzentrieren; er kniff vor Anstrengung die Augen zusammen und fing an, Grimassen zu schneiden. Dabei enthüllte er eine Zahnlücke und mehrere reparaturbedürftige Zähne. Von einem Wirbel stieg ein Büschel brauner Haare senkrecht in die Höhe. Seine schmutzig braune Kniebundhose war am Knie gestopft und seine braune Wolljacke falsch geknöpft; sie wellte sich an seiner Schulter und verlieh ihm ein leicht buckliges Aussehen.

Alles in allem, dachte Melrose, war der karamellfarbene Terrier mit seinen glänzenden braunen Augen eindeutig der hübschere von beiden. Melrose trug einen Mantel mit Samtkragen, auf dessen Schulter sein silberbeschlagener Spazierstock lag. „Kannst du deinen Vater holen. Sei so nett."

Bertie musterte ihn argwöhnisch. „Mein Vater ist tot."

„Oh. Tut mir leid. Na ja, dann würde ich gern mit deiner Mutter sprechen."

Einen Augenblick lang herrschte Schweigen. „Meine Mami ist weggefahren. Außer mir und Arnold ist niemand zu Hause."

„Vielleicht kann mir auch Arnold weiterhelfen. Scotland Yard schickt mich", fügte Melrose mit großem Vergnügen hinzu.

Der Junge schnappte nach Luft. „Sie sind vom Yard?"

„Nein, nicht wirklich. Ich helfe nur aus. Mein Name ist Melrose Plant." Er suchte immer noch hinter dem Jungen nach einem Erwachsenen. „Und du, wie heißt du?"

„Bertie Makepiece." Er riss die Tür weit auf. Melrose sah, dass sich in dem Haus nichts rührte, und die Räume, die er sehen konnte – eine Ecke von einem Wohnzimmer, ein

Stückchen von einer Küche –, schienen leer zu sein. Zwei unerfreulich aussehende Zimmerpflanzen flankierten die enge Diele. Irgendwo tickte eine Uhr.

„Das ist Arnold."

Melrose blickte auf den Boden. „Das ist ja ein Hund."

„Ja, weiß ich."

Melrose versuchte zu lächeln, während er im Geheimen Jury verfluchte. Er fragte sich, wie er den Bengel bei Laune halten sollte.

Um ein paar Dinge hatte Melrose schon immer einen Bogen gemacht – kleine Kinder und Tiere gehörten dazu. Er wusste nie, wie er reagieren sollte, wenn sie ihn mit großen Augen anschauten, als erwarteten sie etwas ganz Tolles, eine Tafel Schokolade, einen Knochen. Gelegentlich hatte er auch irgendwelche Süßigkeiten in der Tasche, um für unerwartete Begegnungen – in Zügen zum Beispiel – gewappnet zu sein. Aber er wollte sich damit die Störenfriede nur vom Hals halten und war fassungslos, wenn es gerade die entgegengesetzte Wirkung hatte – warum nur wurde er in diese endlos langen, verwickelten Geschichten über Schulen, Kindermädchen oder innig gehasste Schwesterchen hineingezogen? Wenn man jemandem freundlich lächelnd ein Bonbon in die Hand drückte und zu dem Empfänger sagte: „Ich glaube, deine Tante hat nach dir gerufen, zisch mal los", sollte man dann nicht annehmen, dass dieser Wink verstanden würde? Dem war aber nicht so. Es bewirkte nur, dass sie einen noch aufdringlicher anlächelten oder noch heftiger mit dem Schwanz wedelten und ihre Erwartungen noch höher schraubten. Manchmal fragte er sich, ob er nicht von völlig falschen Voraussetzungen ausging.

„Hm, hm, das ist aber ein hübsches, kleines Haus", sagte Melrose mit einer Herzlichkeit, die keineswegs von Herzen kam. Er würde Jury die Sache übergeben. Auf Ardry End gab es weder Kinder noch Hunde (abgesehen von Mindy, die sich einfach an ihn rangehängt hatte) und auch keine Zimmerpflanzen. Während es in diesem Haus nur so davon wimmelte. Und all diese Dinge gruppierten sich um ihn, als wollten sie sich mit ihm ablichten lassen.

Der Junge hatte ein idiotisches Grinsen aufgesetzt, und als Melrose auf die dunkle Hundeschnauze hinunterblickte, hatte er das Gefühl, der Hund würde auch grinsen – als ob sie von ihm gleich etwas sehr Komisches erwarteten.

„Kommen Sie mit in die Küche. Ich dachte, Sie seien Frosch… Miss Frother-Guy."

Melrose warf seinen Mantel über das Geländer, stellte seinen Spazierstock in den Blumenkübel und folgte Bertie in die blitzsaubere Küche.

Der Tisch war für zwei Personen gedeckt. Arnold kroch unter den Tisch, legte den Kopf auf eine Vorderpfote und blickte trübe zu Melrose hoch. Melrose fragte sich, welche Technik der Yard bei dieser Altersgruppe anwandte. Sollte er ihn zum Beispiel hochnehmen und schütteln? Er entschied sich für einen Ton, der, wie er hoffte, sowohl freundlich als auch bestimmt war.

„Euer Haus steht gleich neben der Engelsstiege, wo die Leiche gefunden wurde. Wir dachten, vielleicht hättest du was gesehen."

„Ich hab gehört, sie hat ein gutes Dutzend Messerstiche abgekriegt. Sie soll voller Blut gewesen sein."

Melrose hätte einen weniger lüsternen Ton vorgezogen. „Das ist übertrieben. Hör zu: Hast du irgendetwas gesehen oder gehört?"

„Nein." Selbst diese eine Silbe drückte seine ganze Enttäuschung aus. Er nahm eine Schale vom Tisch und stellte sie auf den Boden. „Sei nicht beleidigt, Arnold." Zu Melrose gewandt, erklärte er: „Sie sitzen nämlich auf Arnolds Stuhl."

„Oh, *ich* kann mich ja unter den Tisch setzen."

„Nicht nötig. Trinken Sie doch eine Tasse mit. Ich mach mal den Tee nass."

Da er im Allgemeinen mit Leuten dieser Altersgruppe nie zusammentraf, dachte Melrose, er sollte die Gelegenheit nutzen und ihm etwas beibringen. „Denkst du nicht, dass ,die Blätter ziehen lassen' deiner Mutter wesentlich besser gefallen würde?"

Bertie zuckte die Achseln, und die breite weiße Schürze, die er sich umgebunden hatte, hob und senkte sich. „Kann ich auch sagen. Aber meine Mutter is' ja nicht da. Außerdem isses viel umständlicher. Und die Teeblätter werden doch dabei nass, also kann ich das genauso gut sagen. Möchten Sie was von dem Madeira oder ein Obsttörtchen?"

„Nein danke. Aber vielleicht einen Keks."

Bertie hatte den Arm in einen Karton gesteckt. „Aber die sind für Arnold. Er kriegt immer zwei zu seinem Tee." Er legte die Kekse unter den Tisch neben Arnolds Schale. Arnold ließ Melrose jedoch nicht für eine Sekunde aus den Augen. Sein Blick war nicht feindselig, sondern nur wachsam.

Melrose fand, dass sie vom Thema abgekommen waren. „Chief Inspector Jury –"

Gebannt starrte ihn Bertie an. „Das ist der Inspector vom Yard?"

„Ja. Hast du irgendetwas gesehen oder gehört?"

Bertie ließ den Teekessel kreisen. „Nein, nichts. Halt, jetzt fällt's mir wieder ein, ich hörte so was wie 'n Schrei, aber das hätte auch eine Möwe sein können."

Oder pure Einbildung, dachte Melrose. „Wann war das?"

„Weiß ich nicht genau. So gegen elf, halb zwölf."

„Solltest du um diese Zeit nicht im Bett sein? Du musst doch ziemlich früh aufstehen, wenn du Schule hast?"

„An dem Tag war aber keine Schule."

„Du hast gesagt, dein Vater sei tot. Wo ist denn deine Mutter?"

„Weggefahren." Er hielt die Teekanne noch höher. „Was ist nur mit Miss Frother-Guy heute los? Sie kümmert sich um mich, bis meine Mami wieder zurückkommt."

„Oh. Und wann kommt deine Mutter wieder zurück?"

„Bald."

Melrose wusste nicht, was er ihn noch fragen sollte. Arnolds starrer Blick irritierte ihn. Er versetzte seiner Schnauze einen kleinen Stubser, um ihn abzulenken. Aber Arnold legte sie einfach nur auf die andere Pfote. „Denkst du, hier in Rackmoor passieren irgendwelche komischen Dinge?" Jury stellte gern allgemeine Fragen wie diese. Um die Reaktionen zu sehen. Um die Leute zu melken; manchmal fielen ihnen dann wieder Dinge ein, an die sie überhaupt nicht mehr gedacht hatten.

Bertie nahm achselzuckend wieder Platz. „Nicht komischer als sonst."

„Du lieber Himmel, was heißt ,als sonst'?"

„Oh, weiß nicht." Er nahm ein Rosinenbrötchen von dem Teller und knabberte wie eine Maus daran herum. „Percy Blythe meint ... Sie kennen Percy?"

„Nein." Melrose beobachtete, wie Arnold auf seinem Keks herumkaute, ohne seine braunen Augen von ihm abzuwenden.

„Percy sagt, diese Frau, die, Sie wissen schon –", Bertie fuhr sich mit dem Zeigefinger über den Hals, „Percy sagt, sie hätte früher mal hier gelebt. Ein richtiges Luder, sagt Percy. Sie hieß March und wohnte im Old House. Es gab immer nur Ärger wegen ihr. Bis sie dann eines Tages abgehauen ist; das war vor zig Jahren, und jetzt soll sie wieder zurückgekommen sein, hat Percy erzählt. Eine böse Überraschung. Percy hat recht gehabt."

„Aber diese Frau hieß gar nicht March. Das hat dein Freund Percy wohl übersehen." Bertie zuckte mit den Schultern und zog das geriffelte Papier von einem Törtchen ab. Melrose dachte an Agatha, die ihn innerhalb der letzten vierundzwanzig Stunden zweimal angerufen hatte.

„Davon weiß ich nichts", sagte Bertie. „Percy sagt, sie hätte es ganz schlimm getrieben, als sie noch bei ihnen wohnte. Ein Luder. Deswegen ist dieser Mr Crael auch so komisch geworden, sagt Percy."

Melrose war überrascht. „Meinst du den alten oder den jungen?"

„Äh, diesen Julian. Is' doch 'n komischer Kauz. Kommt nie ins Dorf runter oder macht mal was. Spaziert nur die ganze Nacht auf den Klippen rum. Percy sagt, er sei ihm mal im Nebel begegnet, und es sei ihm kalt den Rücken runtergelaufen."

„Und was hat dieser Percy bei Nacht und Nebel dort zu suchen?"

„Er arbeitet für den Colonel. Stöbert die Füchse in ihrem Bau auf." Bertie hielt seine Tasse mit beiden Händen fest und nahm einen Schluck Tee. „Percy sagt, Mr Crael sei die ganzen Jahre schon so komisch – seit diese Frau weggelaufen ist. Und jetzt ist sie wieder da. Ich meine, sie war wieder da." Bertie fuhr sich mit dem Finger über die Kehle.

„Wenn Percy so viel weiß, dann hat er bestimmt auch einen Verdacht?"

„Is' schon möglich. Gesagt hat er nichts."

„Ich würde gern mal mit diesem Orakel sprechen." Melrose schaute auf seine Uhr. Es war noch nicht fünf, und er könnte vielleicht Jury, der ihn auf diesen seltsamen Vogel angesetzt hatte, endlich einmal zuvorkommen.

Berties Augen weiteten sich hinter seinen dicken Brillengläsern. „Wir könnten gleich mal zu ihm rübergehen. Ich hab Zeit, meine Arbeit fängt erst später an. Percy wohnt in der Dark Street. Ecke Scroop Street, bei der Leihbücherei um die Ecke. Er hat bestimmt schon seinen Tee genommen, und er quasselt überhaupt sehr gern." Bertie stand vom Tisch auf, seinen Kuchen ließ er angebissen auf dem Teller liegen.

Während Melrose noch seine Zustimmung murmelte, stand Bertie schon auf dem Flur vor der Garderobe und kämpfte mit einem riesigen schwarzen Mantel. Er warf einen unschlüssigen Blick in die Küche, auf den Tisch mit den schmutzigen Tassen und Tellern. „Abwaschen muss ich dann eben später."

„Lass das Arnold machen", sagte Melrose, der auch gerade in seinen Mantel schlüpfte und beobachtete, wie Bertie sich falsch zuknöpfte.

„Mein Gott, kannst du das nicht schön der Reihe nach machen, so wie sich's gehört?" Melrose stellte seinen Stock beiseite und knöpfte Berties Mantel zuerst auf und dann wieder zu. Er war viel zu groß für ihn. Bertie hatte eine schwarze Zipfelmütze aufgesetzt, unter der nur noch sein schmales weißes Gesicht mit den dicken Brillengläsern zu sehen war. „Wo hast du bloß deine Klamotten her. Von einem Flohmarkt für Eisbären?"

„Klamotten", sagte Bertie mit einem Blick auf Melroses Samtkragen und silberbeschlagenen Spazierstock, „sind nicht das Wichtigste im Leben. Gehn wir?"

Als sie mit Arnold vorneweg die Grape Lane hochgingen, sagte Bertie: „Bei Percy dürfen Sie nicht so genau hinschauen. Er ist nicht besonders ordentlich, nicht so wie wir. Überall stehen diese ausgestopften Dinger rum. Und so sauber ist es auch nicht. Er hat die komischsten Sachen überall, an den Wänden, in Wannen und so weiter. In Rackmoor gibt es wirklich allerhand zu sehen."

Melrose blickte auf die Schneewolke, die Arnold hinter sich aufwirbelte, und auf den kleinen schwarzen Gnom an seiner Seite und sagte: „Erzähl doch mal."

## 9

Es fehlte nur noch die Eule auf seiner Schulter.

Percy Blythe saß hinter einem monströsen Arbeitstisch aus der Zeit Jakobs I., inmitten eines dunklen, staubigen, sehr romantischen Wirrwarrs aus präparierten Fischen, ausgestopften Vögeln, Talgkerzen, Treibholz, Fischnetzen, Lumpen, alten Zeitungen und Büchern. Obwohl Bücher und Papiere seine Tätigkeit sehr seriös und wissenschaftlich erscheinen ließen, tat Percy Blythe nichts weiter, als ein paar Muschelstückchen hin und her zu schieben. Es war ein kleines, verhutzeltes Männchen mit spitzen Teufelsohren und einer randlosen Brille. Als Bertie sie einander vorstellte, blickte er Melrose ohne großes Interesse über seine Brille hinweg an. Er trug – oder ertrug – eine Jacke, einen Pullover, einen Schal und eine ähnliche Zipfelmütze wie Bertie. Danach wandte er sich wieder seinen Muscheln zu.

„Wir haben Sie hoffentlich nicht beim Essen gestört", sagte Melrose, der eine dunkle Brotrinde und ein Glas mit einem Milchrand am anderen Ende des Tischs entdeckt hatte – beides schien schon mehrere Tage alt zu sein. Percy Blythe beugte sich nur noch tiefer über seine Muscheln.

„Eine interessante Arbeitsstätte, Mr Blythe, wirklich sehr interessant."

Als auch darauf keine Antwort kam, blickte Melrose sich unschlüssig um, auf der Suche nach einem Gesprächsthema. Da kein elektrisches Licht den Raum erhellte, war es ziemlich schwierig, in der Masse der ausgestopften, von Glasglocken bedeckten oder sonst wie hinter Glas verwahrten Gegenstände noch etwas zu erkennen und eine Bemerkung darüber zu machen. Auf dem Milchglas der Gehäuse flackerten kleine, schwache Flammen und warfen bedrohliche Schatten an die Wände.

Es war das schmalste Terrassenhaus, das Melrose je gesehen hatte. Es befand sich in der Dark Street, die eigentlich eher ein privater Durchgang war als eine Straße. Sie mündete in die Scroop Street und ließ sich nur über die Dagger Alley erreichen, einen steinigen Weg, der von der „Glocke" zu einem Warenhaus führte.

„Sie sind wirklich ein Sammler, Sir", sagte Melrose, der nicht recht wusste, wie er seine Gegenwart erklären sollte. Bertie war auch keine große Hilfe; er schien sich hier ganz zu Hause zu fühlen. Im Augenblick war er damit beschäftigt, ein seeigelähnliches Gebilde auf einem Regal zu inspizieren. Arnold hatte sofort von einem alten Flickenteppich in der Ecke Besitz ergriffen. Außer dem Kratzen, das durch das Hin- und Herschieben der Muscheln verursacht wurde, war nichts zu hören. Einmal flatterten mehrere lose Blätter auf den Boden, aber Percy Blythe schien die Abfallberge, die ihn umgaben, überhaupt nicht wahrzunehmen – Papierstöße, die wie Sandbänke wegzudriften schienen; in sich zusammengefallene Büchertürme, die Tische, Fensterbänke und Boden bedeckten.

Melrose war noch nie in seinem Leben einem Menschen begegnet, der eine solche Verachtung selbst für die elementarsten Umgangsformen zeigte.

Bertie sagte: „Ich hab ihm erzählt, dass Sie alles Mögliche hier rumstehen haben. Was ist denn das?" Bertie hielt etwas Knochenähnliches in die Höhe. Percy Blythes hartnäckiges Schweigen schien ihn offensichtlich nicht zu stören, denn er legte den Gegenstand einfach wieder auf seinen Platz zurück und untersuchte einen auf einem Brett befestigten Fisch.

Melrose ließ seinen silberbeschlagenen Spazierstock von einer Hand in die andere wandern und verlagerte sein Gewicht entsprechend. Percys Schweigen wäre sehr viel erträglicher gewesen, wenn er sie aufgefordert hätte, Platz zu nehmen oder zumindest abzulegen, aber Percy Blythe schien fest entschlossen zu sein, diese wie auch alle anderen Förmlichkeiten zu ignorieren. Sie standen also immer noch in ihren Mänteln herum. Nur Arnold lag auf seinem Flickenteppich und pennte. Bertie fühlte sich jedoch ganz wohl; er untersuchte alles, was ihm unter die Finger kam, und summte dabei vor sich hin, während Melrose von Percy Blythes monumentalem Schweigen erdrückt wurde. Er räusperte sich und nahm einen neuen Anlauf.

„Mr Blythe. Ich bin bei den Craels zu Gast. Sir Titus ist ein Freund von mir." Ein kurzer, finsterer Blick streifte ihn, dann beugte sich Percys Kopf wieder über seine Muscheln.

„Percy, Sie haben mir doch erzählt, wie komisch dieser Julian Crael geworden ist, erinnern Sie sich?" Bertie hielt eine Schale mit Wasser hoch, in der etwas Dunkles schwamm. „Was ist denn das? Sieht aus, als wäre es lebendig."

Melrose bezweifelte das, aber er griff Berties indirekten Hinweis auf das Verbrechen auf. „Ein schrecklicher Gedanke, dass in einem kleinen Fischerdorf wie diesem ein so bestialisches Verbrechen begangen wurde." Keine Antwort. Melrose machte auf gut Glück weiter. „Sie waren bestimmt genauso schockiert wie alle andern hier in Rackmoor." Nichts in Percy Blythes Miene verriet, dass er einen Schock erlitten hatte. „Auch Sie", sagte Melrose, und sein Spazierstock wechselte wieder die Seite, und er verlagerte sein Gewicht, „müssen doch ganz fassungslos gewesen sein, dass in Ihrem Dorf so was passieren konnte." Ein gekrümmter Finger schob die Muscheln vor sich her und schubste dabei eine auf den Boden; Percy machte sich jedoch nicht die Mühe, sich danach zu bücken. „Vielleicht interessiert es Sie, Mr Blythe, dass wir in Northamptonshire gleich eine ganze Serie von Morden hatten. Das war letztes Jahr, ungefähr um diese Zeit. Und Chief Inspector Jury ist damals auch in unser Dorf gekommen. Ich nehme an, er wird Sie noch aufsuchen, um Ihnen ein paar Fragen zu stellen."

„Percy, krieg ich die Muschel, die du mir versprochen hast?"

Der Arm unter dem Schal führte eine vage, fahrige Bewegung aus.

„Ist Ihnen in der Nacht, in der sie ermordet wurde, irgendetwas aufgefallen?", bedrängte ihn Melrose. Percy Blythe blickte lediglich über seine Brille hinweg zu ihm auf, schüttelte den Kopf und widmete sich wieder seinen Muscheln. Vielleicht ist der Mann einfach nur krankhaft scheu, dachte Melrose. Vielleicht fühlt er sich nur bei seinen ausgestopften und sonst wie präparierten Objekten wohl.

„Klar ist dir was aufgefallen, Percy", sagte Bertie. „Du hast doch gesagt, dass dich das überhaupt nicht überraschen würde. Als diese Frau wieder aufgetaucht ist, hast du doch gleich gedacht, dass das nicht gutgehen würde."

Bertie traf ein langer, böser Blick, offensichtlich eine Warnung, Percy Blythe nicht in diese geistlose Unterhaltung hineinzuziehen.

Aber Melrose hakte sofort nach. „Wieso haben Sie das gedacht, Mr Blythe?" Natürlich kam auch darauf keine Antwort; Melrose hatte das Gefühl, mit den Muscheln und dem Treibholz ins Meer gespült zu werden. Komisch, dabei hatte er sich immer für einen guten, wenn nicht brillanten Unterhalter gehalten. „Soll Jury sich mit ihm rumschlagen", seufzte er und streifte seine Handschuhe über.

Es machte ihm Spaß, sich dieses Zusammentreffen auszumalen, er hoffte nur, Jury würde ihn mitnehmen. „Na gut, dann machen wir uns am besten mal wieder auf den Weg. Ich hab noch eine Verabredung."

„Und ich muss arbeiten, Percy. Bis später. Los, Arnold, komm schon!"

Erschrocken fuhr Melrose zusammen; eine Katze, die Berties Befehlston aus dem Schlaf gerissen hatte, war plötzlich von einem der Regale heruntergesprungen. Melrose hatte geglaubt, sie sei ausgestopft. Er ging auf die Tür zu.

„Fragen Sie Evelyn", sagte Percy Blythe.

Melrose blickte zurück, aber Percy Blythe war damit beschäftigt, die Muscheln in Beutel zu füllen; die geheimnisvolle Botschaft schien nie über seine Lippen gekommen zu sein.

# 10

Das Gesicht des Mädchens, das ihm die Tür öffnete, war zu schmal, um nach traditionellen Maßstäben noch als schön zu gelten; sie war jedoch von einer zerbrechlichen Blondheit, die etwas Durchscheinendes, Gläsernes an sich hatte. Es war fünf Uhr und bereits dunkel. Zwischen Jury und dem Mädchen waberte der Nebel. Eine Petroleumlampe hinter ihr verwischte die Umrisse ihres Kleides; es war weiß, weit und formlos und sehr tief ausgeschnitten, eine Wolke, die sie einhüllte und ihr ein seltsam geisterhaftes Aussehen verlieh. Es fehlte nur noch das Talglicht in ihrer Hand, und Jury hätte sich in ein Schauermärchen versetzt gefühlt.

„Miss Siddons?" Jury zeigte seinen Dienstausweis. „Ich bin Richard Jury. Scotland Yard. Ich hoffe, ich komme nicht sehr ungelegen. Ich hab ein paar Fragen."

„Oh." Sie nahm das Kleid in der Taille zusammen, als wäre ihr vor allem seine Weite peinlich. „Ich war gerade dabei, dieses Kleid hier abzustecken. Ich hab keine Schneiderpuppe und hab's mir deshalb selbst übergezogen. So viel gibt's da aber gar nicht abzustecken. Kommen Sie doch rein." Er leistete ihrer Aufforderung Folge, und sie schloss die Tür hinter ihm. „Ich zieh mich schnell um, wenn Sie nichts dagegen haben."

Er sah die Nadeln, die den Ausschnitt und die Schultern markierten. „Sie haben es selbst genäht?"

„Nicht für mich. Für eine Frau aus dem Dorf. Ich mach das ab und zu. Im Winter, wenn im Café nichts los ist. Mir gehört das Café ‚Zur Brücke'."

Jury nickte. „Ich weiß. Das Kleid steht Ihnen aber ausgezeichnet." Er konnte jetzt auch sehen, wie ungewöhnlich ihr Gesicht war. Dreieckig mit bernsteinfarbenen Augen. Ihre Haut schimmerte wie Perlmutt.

Ihre Hand bedeckte den Ausschnitt; offensichtlich hatte sie bemerkt, dass Jurys Blick weitergewandert war. „Es dauert nur eine Minute, wirklich", sagte sie so besorgt, als könnte nach einer Minute eine Katastrophe über sie hereinbrechen. Er nickte, und sie lief aus dem Zimmer und die Treppe hoch.

Jury schaute sich in dem Wohnzimmer um, das mit gemusterten Chintzsesseln und allem möglichen Krimskram vollgestopft war. In jeder Ecke Nippsachen und Bilder – Tische, Regale, Simse, alles war vollgestellt mit Tassen und Untertassen, Krügen aus geriffeltem Glas, kleinen Porzellandosen. Überrascht entdeckte er auf einer Unterlage aus schwarzem Samt eine Kristallkugel. Er nahm sie in die Hand, drehte sie und starrte in ihre Tiefen, konnte aber nichts Schicksalsträchtiges herauslesen. Er legte sie wieder auf ihre samtene Unterlage. Neben ihr befanden sich bemalte Souvenirs aus Bognor Regis, Tunbridge, Southend-on-Sea, alles ehemalige Seebäder, in denen früher die Damen der Gesellschaft mit ihren Sonnenschirmen und Fächern die Strandpromenade entlangspazierten; inzwischen waren sie jedoch durch Rummelplätze und dicke kleine Kinder mit Plastikeimerchen ersetzt worden. Auch Tische und Wände waren mit Fotografien bepflastert, und viele davon schienen in diesen Seebädern aufgenommen worden zu sein. Eines zeigte eine junge Frau in einem altmodischen Kleid aus den Fünfzigern; sie stand auf dem Pier und hielt ihren Hut fest. Es musste ein windiger Tag gewesen sein; die Brise hatte ihren Rock aufgebläht, und sie versuchte, ihn sittsam mit ihrer freien Hand festzuhalten. Für einen Schnappschuss war das Foto sehr gut gelungen; es war zumindest besser als die anderen, die auf dem Tisch herumstanden, da es so frisch und lebendig wirkte und das Mädchen auch außergewöhnlich hübsch war. Als er es sich aber genauer anschaute, stellte er fest, dass die Bildkomposition überhaupt nicht stimmte und dass sie praktisch am linken Bildrand klebte. Er stellte das Bild wieder an seinen Platz zurück und studierte die anderen Fotos in den rechteckigen und ovalen Rahmen. Die meisten zeigten dieselbe Frau, jedoch an verschiedenen Orten und zu verschiedenen Zeiten. Eines war im Old House aufgenommen worden; er erkannte den Hof mit den Ställen. Er nahm an, dass es sich um Lily Siddons Mutter handelte.

„Das ist meine Mutter." Ihre Stimme, die seine Vermutung bestätigte, kam von hinten. „Sie lebt nicht mehr. Sie ist jung gestorben." Jury drehte sich um. „‚Die Herzogin von Malfi'?"

„Was?"

„Ich dachte, Sie würden aus dem Stück zitieren."

Sie legte den Kopf zur Seite, und in ihren bernsteinfarbenen Augen fing sich das Licht des Feuers. „Kenn ich nicht."

„Ihr Bruder sagt das. Der Bruder der Herzogin. ‚Bedeckt ihr Gesicht; sie ist jung gestorben.'" Vorsichtig stellte Jury das Foto zurück, als könne er das Leben der Frau in Gefahr bringen. „Er war verrückt, ihr Bruder." Er fühlte sich seltsam beklommen; ein Gefühl der Angst schnürte ihm die Kehle zu; er konnte es sich nicht erklären.

„Sie meinen wie Julian Crael?" Sie kreuzte die Arme über der Brust, eine unwillkürliche, typisch weibliche Abwehrgeste.

„Julian Crael?"

„Er war schon immer ziemlich seltsam." Lily setzte sich auf ein kleines, chintzbezogenes Sofa. „Möchten Sie einen Kaffee?"

Jury schüttelte den Kopf. „Inwiefern?"

Sie zuckte die Achseln, als wolle sie Julian Crael abschütteln. Dann sagte sie: „Hat er sie umgebracht?"

Die Frage überraschte Jury genauso wie ihr unbeteiligter Ton. „Warum fragen Sie das?"

„Weil er dazu fähig wäre."

Jury lächelte. „Dazu fähig sind wir *alle*. Die Umstände müssen nur entsprechend sein."

Sie schüttelte den Kopf. „Das glaub ich nicht." Kühl blickte sie ihn aus ihren Katzenaugen an. „Könnten Sie? Ich meine, jemanden umbringen?"

„Ja. Ich denke schon. Aber Sie sprachen von Julian."

Sie strich ihr helles Haar, das von zwei Schildpattkämmen gehalten wurde, nach hinten über die Schultern zurück. „Ich hab ihn noch nie gemocht. Sie wissen bestimmt, dass ich ziemlich lange bei ihnen gewohnt habe; eigentlich meine ganze Kindheit. Bis meine Mutter ... starb." Ihre Augen wanderten von seinem Gesicht zu dem kleinen runden Chippendale-Tischchen, auf dem die Fotos standen.

„Colonel Crael hat's mir erzählt. Er hat Sie sehr gern."

„Er ist auch der Einzige, der in Ordnung ist. Ein Gentleman."

„Und Julian ist das nicht?"

„Julian!" Mit einer kurzen Handbewegung tat sie diese Möglichkeit ab. „Ganz bestimmt nicht."

Jury fragte sich, ob nicht etwas anderes dahintersteckte, Gefühle, die nicht erwidert worden waren. Aber irgendwie bezweifelte er es. „Waren Sie nicht an dem Tag vor dem Mord bei den Craels zum Abendessen?"

„Ja. Der Colonel hatte mich eingeladen. Zuerst dachte ich –", sie zögerte. „Zuerst dachte ich wirklich, sie –" Lily Siddons schien verwirrt oder auch nur in Gedanken versunken zu sein; sie fuhr sich mit der Hand über die Stirn, als wolle sie den umherirrenden Schatten eines Gedankens verscheuchen.

„Was?"

„Hat Ihnen der Colonel nicht erzählt, dass sie seiner Pflegetochter wie aus dem Gesicht geschnitten war? Der, die vor fünfzehn Jahren verschwunden ist. Hat er nichts von Dillys erzählt?"

„Erzählen Sie."

Lily blickte auf die gefalteten, in ihrem Schoß ruhenden Hände und wirkte, als läse sie eine Geschichte aus einem Buch ab. „Sie haben sie nach dem Tod ihrer Eltern bei sich aufgenommen. Als sie acht oder neun Jahre alt war. Ich war damals noch ein Baby. Obwohl uns fünf Jahre voneinander trennten, wuchsen wir trotzdem zusammen auf. Es machte ihr Spaß, mich rumzukommandieren. Ich war für sie immer nur die Tochter der Köchin. Bei unseren Spielen war ich die Küchenmagd und sie die Prinzessin. Lady Margaret hat sie maßlos verwöhnt. Natürlich gingen wir auch auf verschiedene Schulen. Dillys und Julian gingen aufs Gymnasium, ich ging auf die Hauptschule. Das war später, als wir etwas älter waren. Ich könne machen, was ich wolle, sagte sie immer, ich würde doch nie ... als ob das meine Absicht gewesen wäre ..."

„Und was dachten Sie, als Sie Gemma Temple sahen?"

„Ich hatte Angst, sie würde zurückkommen." Sie blickte ihm in die Augen. „Wenn Sie jemanden mit einem Motiv suchen, ja, ich hätte eines gehabt. Nachdem mein Vater uns verlassen hatte – meine Mutter und mich –, sind wir zu ihnen gezogen. Es war ja auch sehr anständig von den Craels, mich bei sich aufzunehmen. Aber Dillys war wie ein Baumstamm: Ich konnte sie nicht beiseiteschieben und kam auch nicht an ihr vorbei." Lily verstummte und starrte ins Feuer.

„Als der Colonel sagte, sie sei eine entfernte Verwandte, haben Sie ihm das geglaubt?"

Erstaunt blickte sie ihn an. „Warum nicht, warum hätte er lügen sollen?"

„Fanden Sie es denn nicht merkwürdig, dass Dillys einfach abhaute und das ganze Geld sausen ließ, das sie einmal geerbt hätte?"

„Wollen Sie damit sagen, dass diese Person Dillys war?"

„Nein. Es war nur eine Frage. Sie haben Inspector Harkins erzählt, der Mörder von Gemma Temple hätte es eigentlich auf Sie abgesehen. Was ist denn das für eine Geschichte, Miss Siddons, können Sie mir das erklären?"

„Irgendjemand *hat* versucht, mich umzubringen." Sie lehnte sich mit einem matten Seufzer zurück und blickte ins Feuer. Die Flammen verliehen ihrer blassen Haut einen goldenen Schimmer, ließen ihre bernsteinfarbenen Augen aufleuchten und zauberten goldene Streifen auf ihre Seidenstrümpfe. Ihre Beine waren, wie Jury bemerkte, sehr wohlgeformt. Sie reizte jedoch weniger seine Sinne als seine Neugierde. In dieser Umgebung erschien sie ihm wie ein seltener Schmetterling, der sich in ein fremdes Gebiet verirrt hatte. Eine goldgelbe Wolke in einem kalten Klima.

„Erst passierte diese Sache beim Reiten. Das war letzten Oktober, ich hatte Red Run gesattelt – das ist das Pferd, das mir der Colonel zur Verfügung gestellt hat – und sprang mit ihm bei Tan Howe über eine Mauer; dabei wäre ich beinahe in einer großen Heugabel gelandet, die jemand auf der anderen Seite liegen gelassen hatte. Ein paar Zentimeter, und das Pferd wäre darauf getreten. Das Ding lag mit den Zinken nach oben auf dem Boden."

„Aber hat denn jemand gewusst, wohin Sie reiten würden – angenommen, die Gabel wurde mit voller Absicht dort liegen gelassen?"

„Das ist es ja gerade. Ich hatte an dieser Stelle schon öfters mit Red Run geübt. Während der Jagd ist er nämlich ein paarmal vor der Mauer stehen geblieben, und ich versuchte, ihm die Angst zu nehmen. *Damals* glaubte ich natürlich, es sei purer Zufall gewesen. Ich hab dem Colonel davon erzählt, und er sagte, er wolle dafür sorgen, dass das nicht mehr passiert. Er war außer sich."

„Und was passierte als Nächstes?"

„Das war dann drei oder vier Wochen später, im November. Die Bremsen meines Autos fielen aus. Ich hatte den Wagen auf dem oberen Parkplatz gleich am Ortseingang abgestellt. Kennen Sie ihn?" Jury nickte. „Ich benutze das Auto eigentlich nie im Dorf. Es war wirklich eine Ausnahme, ich wollte etwas einladen – ein paar Torten und Kuchen für ein Kirchenfest in Pitlochary. Als ich dann im Auto saß, erinnerte ich mich, dass ich noch ein paar Einkäufe in Whitby erledigen wollte. Ich fuhr also nicht den Berg runter, sondern in die andere Richtung. Gott sei Dank. Sie haben ja gesehen, wie steil der Hang ist. Ich wäre gegen die ‚Glocke' gerast. Was das alles zu bedeuten hatte, wurde mir aber erst klar, nachdem diese Sache mit Gemma Temple passiert ist. Es waren keine Zufälle, diese ersten beiden Male. Die Leute hier haben gewusst, dass ich an diesem Tag den Wagen nehmen würde."

„Wer wusste das?"

Ungeduldig sagte sie: „Viele. Kitty Meechem und ich haben im ‚Fuchs' darüber gesprochen. Adrian stand daneben, und die Craels wussten es auch. Ich hatte es bei dem Essen erwähnt." In der Dämmerung sah ihr Gesicht wächsern aus. Das Feuer war die einzige Lichtquelle.

„Sie denken also, es war das Kostüm?" Sie nickte. „Warum hat Gemma Temple Ihr Kostüm getragen?"

„Bei diesem Essen hatte der Colonel erwähnt, dass Gemma Temple kein Kostüm habe; er fragte mich, ob ich ihr nicht eines leihen könne. Maud sagte, wir – Maud und ich – könnten auch als Sebastian und Viola aus ‚Was ihr wollt' gehen. Das kam uns ganz passend vor. Also überließ ich es ihr."

„Warum ist *sie* denn nicht als Viola mit Mrs Brixenham losgezogen?"

Lily zuckte die Achseln. „Sie war fremd hier und hat Maud ja auch kaum gekannt."

„Und warum ging sie nicht mit Ihnen zusammen auf das Fest? Kitty Meechem sagte, sie sei erst nach zehn aus dem Haus gegangen?"

Lily lachte. „Das ist doch offensichtlich. Sie wollte ihren Auftritt haben – für sich." Ihre Stimme klang bitter. „Schauspielerin! Eine aufgedonnerte kleine Verkäuferin, weiter nichts."

„Dann wussten also alle, die bei dem Essen waren, dass Sie nicht das schwarzweiße Kostüm tragen würden?"

Lily schüttelte den Kopf. „Nein. Nur Maud und der Colonel. Die andern waren gerade nicht im Raum, als wir darüber sprachen. Auf der Party wurde mir jedenfalls schlecht. Ich glaube, es waren die Brote mit der Fischpaste, ich hab sie noch nie vertragen. Oder vielleicht auch der Punsch. Das reinste Teufelszeug, was sie da im Old House zusammenbrauen. Ich hab mit kaum jemandem gesprochen. Der Colonel und Maud sind die Einzigen, die mit Sicherheit keinen Anschlag auf mich geplant hatten. Sie wussten, dass Gemma mein Kostüm trug."

Sie würden also aus dem Kreis der Verdächtigen ausscheiden, falls der Täter Lily und nicht Gemma Temple hatte beseitigen wollen.

„Wenn ich ihr nicht mein Kostüm geliehen hätte, wäre sie vielleicht ... ich fühle mich irgendwie schuldig."

Jury zog sein Notizbuch hervor. „Sie haben Inspector Harkins gesagt, Sie seien Viertel nach zehn zu Hause gewesen."

„Ja, richtig. Maud blieb noch eine Weile bei mir. Um sicherzugehen, dass ich keine Lebensmittelvergiftung hatte. Dann ist sie gegangen. Ich saß noch ein bisschen im Bademantel rum und hab gelesen, ungefähr bis elf Uhr."

„Adrian Rees hat kurz darauf Gemma Temple die Grape Lane herunterkommen sehen, ungefähr um Viertel nach elf, kurz bevor der ‚Fuchs' zumachte. In der Nähe der Engelsstiege."

Lily starrte in das Feuer und nickte. „Ich weiß."

„Ist sie hier gewesen?"

Ihr Kopf fuhr herum. „Hier? Warum sollte sie hier gewesen sein?"

Jury gab keine Antwort. Er musterte sie mit ausdruckslosem Gesicht. „Irgendwo muss sie gewesen sein. Wir wissen, wann sie aus dem Gasthof weggegangen ist – zehn nach zehn, sagt Kitty Meechem –, und wir wissen, wann Rees sie gesehen hat. Aber wo war sie in der Zwischenzeit? Auf dem Weg zum Old House war sie offensichtlich nicht."

„Wie kommen Sie darauf?"

„Weil sie die Engelsstiege hochging."

„Sie wird schließlich auch benutzt."

„Aber doch nicht im Winter? Und nicht, wenn ein Warnschild dranhängt. Sie muss sich mit jemandem getroffen haben." Jury wartete, aber Lily äußerte sich nicht dazu. „Kitty Meechem kam also kurz nach Feierabend bei Ihnen vorbei. Das war gegen halb zwölf oder etwas früher. Fünf vor halb zwölf, sagte sie."

Lily ließ den Kopf auf dem Chintzbezug des Sofas hin und her rollen und meinte mit matter Stimme: „So genau weiß ich das nicht mehr. Es wird wohl stimmen. Ich hab nicht auf die Uhr geschaut."

„Es ist aber sehr wichtig. Sie hätten sich schon mit Lichtgeschwindigkeit bewegen müssen, um die Strecke von hier bis zur Engelsstiege und wieder zurück in zehn Minuten zu schaffen."

Sie schaute ihn an, und ihre Augen verdunkelten sich, bis sie beinahe kornblumenblau waren. „Sie glauben mir nicht, stimmt's? Sie glauben nicht, dass jemand versucht hat, mich umzubringen?"

„Darum geht es nicht. Ich nehme Ihnen ab, dass Sie es glauben. Aber welches Motiv käme denn infrage? Geld? Rache? Eifersucht?"

„Geld scheidet aus. Und soviel ich weiß, hab ich auch niemandem was getan. Eifersucht – worauf?"

„Männer. Fangen wir doch mal damit an."

„Sie meinen, ein eifersüchtiger Liebhaber oder so was Ähnliches?" Sie lachte, es klang aber nicht sehr glücklich. „In Rackmoor ist das höchst unwahrscheinlich."

„Halten Sie es für möglich, dass der Colonel schon daran gedacht hat, Sie und Julian könnten ..." Ihr Gesicht überzog sich mit einer brennenden Röte, und er verstummte.

„Julian? Ich und *Julian?* Das ist doch albern! Ein Crael heiratet nicht die Tochter der Köchin."

„Was ist mit Ihrem Vater passiert, Lily?"

„Ich war ein kleines Kind, als er fortging. Ich kann mich kaum noch an ihn erinnern."

Sie lehnte sich zu dem kleinen Tischchen hinüber und nahm die Kristallkugel von dem Samtpolster. „Ein netter Zeitvertreib. Percy Blythe hat sie mir geschenkt. Im Sommer nehm ich sie mit ins Café und tu so, als könnte ich die Zukunft voraussagen, als würde ich darin etwas sehen. Die Touristen finden das ganz toll. Zeigen Sie mal Ihre Hand!" Jury streckte seine rechte Hand aus; sie ergriff sie und hielt sie fest. „Sie haben einen breiten Handteller, das heißt, Sie sind sehr großzügig. Und einen langen Daumen – das bedeutet Durchsetzungsvermögen. Gerade Finger – ein angenehmes Wesen. Eine sehr gute Hand!" Sie ließ sie wieder fallen, als wäre sie alles andere als gut, und ihre Augen wanderten zu dem Chippendale-Tischchen mit den Fotos. Sie griff nach dem Bild mit der Frau auf dem Pier.

„Sie haben Ihre Mutter wohl sehr gemocht?"

„Ja."

„Es tut mir leid, darüber zu sprechen; es muss für Sie sehr schmerzlich sein ..." Er spürte, dass er eine offene Wunde berührte, dass er den Schmerz in kleinen Dosen verteilte. „Ich spreche von dem Tag, an dem sie ertrunken ist." Lily hielt den Kopf gesenkt. „Warum ist Ihre Mutter bei Beginn der Flut diesen gefährlichen Weg gegangen?" Lily schüttelte den Kopf; offensichtlich war sie den Tränen nahe.

„War es ein Unfall?"

Lily starrte auf das Foto und weinte.

Jury ließ sich auf den Rand seines Sessels gleiten, nahm ihr das Foto aus der Hand und gab ihr stattdessen sein Taschentuch. „Tut mir leid, Lily. Ich lasse Sie jetzt in Ruhe."

Jury ging aus dem Haus und um die kleine Bucht herum zum „Alten Fuchs". Die blauen und grünen Fischerboote schaukelten auf dem dunklen Wasser wie große, exotische Blüten.

Das Foto hatte er in der Tasche.

# 11

„Ein Glas Rackmoor-Nebel", sagte Melrose Plant.

Kitty blickte zu Jury hinüber. „Und Sie, wollen Sie nicht auch einen probieren?"

„Dienst ist Dienst und Schnaps ist Schnaps. Nein, nur einen Whisky bitte, Kitty." Wiggins saß schon vor einem Teller mit Kabeljau, Chips und grünen Erbsen.

Sie ging hinaus, und Jury wandte sich wieder Melrose zu. „Nun, Mr Plant, was haben Ihre Nachforschungen ergeben?"

Melrose funkelte ihn an. „Arnold war noch am hilfreichsten. Sehr viel hilfreicher als dieser Percy Blythe."

„Percy Blythe. Diesen Namen hab ich noch nie gehört. Wer ist denn das?" Jury schnappte sich einen Chip von Wiggins' Teller.

„Das müssen Sie selbst herausfinden, Inspector. Sie müssen mitkommen und ihn vernehmen."

„Könnte ich natürlich, wenn er etwas weiß. Steht er denn auf Harkins' Liste, Wiggins?"

Den Mund voller Fisch und Erbsen, sagte Wiggins: „Ja, Sir."

„Erstaunlich, dass er bei jemandem auf der Liste steht."

Kitty brachte die Getränke. Der Rackmoor-Nebel kam in einem Römerglas – eine flockige Flüssigkeit, aus der dünne Rauchsäulen emporstiegen.

Wiggins stach mit seiner Gabel danach. „Was kommt denn da raus?"

„Nebel." Melrose führte das Gebräu an seine Lippen, nahm einen Schluck und verzog das Gesicht. „Mit Blutegeln und Haifischflossen."

„Sieht nicht so aus, als ob es besonders gesund wäre", sagte Wiggins und beäugte es misstrauisch. Sein Tee erschien ihm wohl sicherer. Jury beobachtete, wie der Sergeant ohne Rücksicht auf seine Zähne Zucker in seine Tasse löffelte.

„Sie würden die geheimnisvolle Botschaft nie erraten, die er mir mit auf den Weg gegeben hat, die Worte, die noch ganz zum Schluss über seine warzigen Lippen gekommen sind."

„Sie meinen Percy Blythe?"

„Ja: ‚Fragen Sie Evelyn!'"

„Wer ist das?" Plant schüttelte den Kopf. „Wiggins, steht auch eine Evelyn Soundso auf der Liste?" Wiggins verneinte. „Wo wohnt denn dieser Blythe?"

„In der Dark Street."

Wiggins spießte ein Stück Fisch auf, als könnte es ihm davonschwimmen. „Jetzt, wo Sie's erwähnen, fällt mir auch wieder ein, dass in Harkins' Bericht so ein Name auftaucht. Ich glaube aber kaum, dass dieser Blythe was weiß."

„Ach nein", meinte Melrose sarkastisch.

„Wir können nach dem Essen ja mal bei ihm vorbeischauen."

„Wunderbar", sagte Melrose.

„Ich meine, Sergeant Wiggins und ich können vorbeischauen."

„Könnten Sie nicht auch ohne mich auskommen, Sir? Ich sollte die Notizen sichten, die ich mir im Old House gemacht habe. Ich weiß schon nicht mehr, wohin damit."

„Richtig, lassen Sie Sergeant Wiggins seine Notizen sortieren. Und vergessen Sie bitte nicht, dass ich Percy Blythe schon einen Besuch abgestattet habe. Ich hab ihn sozusagen entdeckt." Melrose setzte ein gewinnendes Lächeln auf, zweifelte aber an seinem Erfolg und ersetzte es durch einen bekümmerten Blick.

„Na gut, Mr Plant. Ich möchte Sie nur bitten, mich nicht zu unterbrechen, wenn ich ihn vernehme."

„Oh, das würde mir nicht im Traum einfallen, Chief Inspector. Wirklich, ich würde diese Begegnung nur ungern verpassen." Melroses Blick hatte etwas Eulenhaftes.

„Ich dachte, Sie hätten den Dienst quittiert, Mr Plant. Also gut, ich bin einverstanden. Aber essen wir doch noch was, bevor wir gehen. Ich sterbe vor Hunger. Ich hab gehört, dass Kitty exzellente Steaks und prima Nierenpasteten macht."

„Ob sie wohl auch ein paar Flaschen im Keller hat? Château de Meechem, Jahrgang

1982. Im Faß gereift." Melrose blickte sich in dem Lokal um und befand: „Surtees hat wohl die Innendekoration besorgt. Schauen Sie sich doch mal diese Jagdszenen an!" Als Melrose und Jury ihre Blicke schweifen ließen, starrten mehrere Augenpaare zurück. Jury war inzwischen schon stadtbekannt; als er in dem Lokal aufgetaucht war, hatten sich die Köpfe wie geölt in seine Richtung gedreht. Die Blicke fixierten ihn, und die Gespräche verstummten. Die Leute wandten sich aber schnell wieder ab und taten so, als existiere Jurys Tisch nicht. „Es würde mich nicht wundern, wenn eine ganze Jagdgesellschaft hier durchrasen und Halali oder ähnlichen Blödsinn rufen würde. Ich komme mir vor wie in ‚Tom Jones'."

Schräg gegenüber von ihnen, bei der Küchentür, stritt Kitty sich offenbar mit Bertie Makepiece; er trug eine weiße Schürze und hatte ein Tablett unterm Arm. „Wer ist denn der Bengel?", fragte Jury.

„Bertie Makepiece." Melrose blickte auf die Tür zwischen dem Lokal und dem Speiseraum. „Und das ist Arnold, falls Sie ihm noch nicht begegnet sind." Arnold hatte sich quer über die Schwelle gelegt.

Kitty kam an ihren Tisch. „Entschuldigen Sie, Mr Jury" Sie strich sich die braunen Locken aus der hohen Stirn und war ganz rot im Gesicht. „Bertie stellt sich mal wieder an. Ich lass den Jungen hier nur arbeiten, wenn ich Gäste zum Abendessen habe. Ich weiß, er ist erst zwölf und sollte nicht in einem öffentlichen Lokal arbeiten, aber ich stell ihn auch nie hinter die Bar oder lass ihn alkoholische Getränke servieren – abgesehen vielleicht von einer Flasche Wein ab und zu. Die Sache ist – seine Mutter hat sich abgesetzt, und er kann das Geld wirklich gebrauchen. Er wollte partout Ihren Tisch haben, aber ich dachte mir, die Polizei –"

Jury unterbrach sie. „Die Jugendarbeitsschutzgesetze sind hiermit wieder aufgehoben." Er lächelte.

Melrose beobachtete, wie Kitty Meechem sich an der Lehne eines Stuhls festhielt, wahrscheinlich, um bei seinem Lächeln nicht völlig dahinzuschmelzen.

„Kalbsschnitzel und Nierenpastete, bitte", sagte Jury zu Bertie. Sie waren die einzigen Gäste in dem kleinen Speiseraum mit dem flackernden Kaminfeuer und dem schimmernden Kupfer- und Zinngeschirr an den Wänden.

Melrose entschied sich für den Grillteller. „Und eine Flasche von eurem besten Wein, Copperfield. Eine Weinkarte gibt's wohl nicht? Ich sehe, du trägst heute keinen Kellerschlüssel bei dir."

„Nein, keine Weinkarte, Sir. Aber im Keller steht 'ne Menge völlig verstaubter Flaschen rum, die so aussehen, als müssten sie bald getrunken werden." Weltmännisch fügte Bertie hinzu: „Sie sind natürlich noch völlig in Ordnung. Nur würden ihnen ein oder zwei weitere Jahre nicht gerade guttun."

„Vielleicht entdeckst du eine Flasche 64er Côte de Nuit. Bring sie her, aber nicht schütteln bitte, nur ganz vorsichtig abstauben."

„Für Sie saug ich sie mit dem Staubsauger ab, Sir." Bertie zischte davon, das Tablett hochhaltend.

„Ist das der Bengel, dessen Mutter verschwunden ist? Wo steckt sie denn?"

„Keine Ahnung. In Belfast, sagt er." Melrose breitete eine schneeweiße Serviette von Tischtuchgröße auf seinem Schoß aus. „Die Wäsche ist zumindest sauber. Noch mehr

Jagdszenen – wussten Sie, dass der Gasthof zur Hälfte Sir Titus Crael gehört? Warum wohl, denken Sie, heißt er der ‚Alte Fuchs in der Falle'? Praktisch soll ihm das ganze Dorf gehören. Jemand hat mir erzählt, dass er es ‚Foxmoor' taufen wollte, aber das haben sie nicht zugelassen. Ein passionierter Jäger, der alte Herr."

„Und wie war der Abschied von Lady Ardry, Mr Plant?"

„Äußerst schwierig, das können Sie mir glauben. Sie hing mir bis zum Schluss am Rockschoß."

Jury grinste. „Ich hab sie vermisst."

„Da sind Sie der Einzige. Sie ist in York. Ich erhalte täglich ihre Bulletins, in denen sie mir mitteilt, wie es ihr und dieser Teddy ergeht. Wenn sie wüsste, dass Sie hier sind, würde sie wie eine Lawine über die Moore von North York gerollt kommen."

Bertie brachte den ersten Gang. „Das Horsd'œuvre, Sir." Er knallte die beiden kleinen Teller auf den Tisch. „Tut mir leid, Sir, kein Räucherlachs", sagte er zu Melrose, und als hätten sie einen gemeinsamen Coup gelandet, fuhr er leise fort: „Aber Kitty hat in Whitby frischen Fisch gefunden und eine feine Sauce dazu gemacht." Er flitzte wieder davon; an der Tür blieb er stehen und schimpfte mit Arnold, der immer noch unbeweglich auf der Schwelle lag und Melrose anstarrte.

Melrose stocherte misstrauisch in der Sauce herum. „Wetten, dass es Scholle ist? Fragt sich nur, wie diese Sauce sich mit dem Rackmoor-Nebel verträgt. Kitty Meechem sollte mir das Rezept verraten. Ich könnte Agatha ein paar Drinks servieren und sie dann hinter der Kathedrale absetzen. Haben Sie bemerkt, dass dieser Hund mich pausenlos anstarrt? Sie werden es mir bestimmt nicht verraten, aber wen haben Sie denn als Hauptverdächtigen ins Auge gefasst?"

„Keinen."

Melrose seufzte. „Ich wusste, dass Sie sich ausschweigen würden."

Jury schüttelte den Kopf und nahm den Fisch in Angriff. „Es ist die Wahrheit. Keinen."

„Bei Julian Crael springt einem das Motiv ins Auge."

„Inspector Harkins ist da ganz Ihrer Meinung."

„Zu dumm! Mit ihm möchte ich nicht einer Meinung sein."

„Warum nicht? Ein cleverer Bursche."

„Ein Dandy und ein Leuteschinder – so schätze ich ihn ein. Außerdem scheint er sich Gedanken darüber zu machen, was ich – ein Fremder – bei den Craels zu suchen habe. Er hält mich für den Mörder, der über die Moore kam. Ah, hier ist der Wein." Melrose rieb sich die Hände.

Bertie war zurück, das Tablett unter dem Arm und die Weinflasche in der Hand. „Hier, schauen Sie, Sir, die werden Sie bestimmt nicht zurückgehen lassen." Er hielt Melrose das Etikett unter die Nase. „Nicht genau das, was Sie haben wollten; er hat aber eine wunderbare Farbe. Rot."

„Ja. Rot. Aber er ist von 1966. 1964 gab's wohl nicht?"

Bertie verzog den Mund. „Frischer", meinte er hoheitsvoll. „Ich mach sie mal auf." Die Flasche zwischen den Beinen, setzte Bertie den Korkenzieher an. Als er den Korken gezogen hatte, ließ er ihn über das Tischtuch kullern. „Der Korken, Sir."

„Sieht ganz so aus."

„Sollten Sie nicht daran riechen, Sir?"

„Ach ja, wie dumm von mir." Melrose bewegte den Korken unter seiner Nase. „Ein herrliches Bouquet."

Bertie presste begeistert die Flasche gegen die Brust. „Dacht ich mir doch, dass Sie damit zufrieden sein würden. Probieren Sie." Er umklammerte den Flaschenhals und goss Melrose vorsichtig etwas Wein ein. „Bewegen Sie ihn im Mund."

Melrose tat, wie ihm geheißen. „Ausgezeichnet. Etwas jung vielleicht, aber trotzdem ausgezeichnet." Er zog einen Schein aus seinem Portemonnaie und steckte ihn in Berties Tasche. „Deine Vorfahren waren wohl alle Sommeliers!"

Bertie strahlte. „Lassen Sie ihn etwas atmen, wie sich's gehört." Er verschwand, das Tablett auf der ausgestreckten Hand.

„Das ging aber schwungvoll über die Bühne, dieses Ritual."

„Ja, ich bin ganz beeindruckt", sagte Jury. „Aber sagen Sie, warum halten Sie Crael für den Täter? Sie hatten ja mehr Zeit und Gelegenheit, ihn zu beobachten."

„Ich hab nicht gesagt, dass ich das tue. Ich sagte nur, dass er das einleuchtendste Motiv hat. Mit dem Wiederauftauchen dieser Dillys March wäre sein Erbe um einiges geschrumpft. Sie haben sie ja beinahe wie ihre eigene Tochter behandelt, der Colonel und Lady Margaret."

„Und würden es auch wieder tun, wenn sie zurückkäme. Wenn diese Frau, die ihren Auftritt hier hatte, nicht Dillys March, sondern Gemma Temple war, dann muss ihr jemand eine Menge erzählt haben. Und Julian wäre der Letzte, der das getan hätte."

Melrose machte ein nachdenkliches Gesicht. „Ja, ich verstehe, was Sie meinen. Aber warum nehmen Sie Julian Crael eigentlich immer in Schutz?"

„Tu ich gar nicht. Das war nur eine Hypothese. Sie mögen ihn wohl nicht besonders?"

„Ich finde ihn kalt, hartherzig und verstockt."

„Verstockt?"

„Ungesellig." Melrose schubste sein Schnitzel auf seinem Teller herum und nahm dann einen Bissen. „Das Gegenteil von Sir Titus – der würde am liebsten die ganze Grafschaft zum Tee einladen. Das soll um Gottes willen kein Vorwurf sein ... mir fiel nur eben auf, dass man sich gleich schuldig fühlte, wenn man über den Colonel etwas nicht so Nettes sagt. Julian ist jedenfalls ein richtiger Einsiedler. Er geht nicht auf die Jagd und hasst Partys. Nicht einmal auf den Kostümball ist er gegangen. Er und der alte Herr verstehen sich überhaupt nicht. Wegen dieser Gemma Temple oder Dillys March oder wie immer sie hieß, haben sie sich ganz gewaltig in die Haare gekriegt. Na ja, so gewaltig wohl auch nicht. Julian ist nicht der Typ dafür. Er lächelt nur eisig. Colonel Crael wollte sie gleich mit Sack und Pack bei sich einziehen lassen, und Julian ist felsenfest überzeugt, dass sie eine Schwindlerin war. Aber wie konnte sie annehmen, als diese March durchzugehen?"

„Vielleicht wäre das gar nicht so schwierig: Ein Komplize und ein so leichtgläubiges Opfer wie der Colonel – mehr ist gar nicht dazu nötig. Nur Julian wäre zum Problem geworden."

Schweigend machten sie sich über ihr Essen her. Dann meinte Melrose: „Das Haus erinnert mich an Poes Usher. Ahnungslos fahre ich gegen Mitternacht die Auffahrt hoch –" Melrose hob die Hände, als wolle er ein Bild rahmen. „Die mächtige Silhouette des alten

Herrenhauses taucht im fahlen Mondlicht vor mir auf. Knorrige Eichen spiegeln sich im dunklen See. In einer Mauer klafft ein Riss. Und Roderich – Julian in unserem Fall – spielt im Kerzenschein düstere Weisen auf dem Piano."

„War es so?"

„Nicht ganz."

„Das Haus macht einen ganz realen Eindruck auf mich."

„Von Julian kann man das aber nicht behaupten. Er ist eher ein Schatten seiner selbst. Wie Nebel. Ich hab das Gefühl, ich könnte durch ihn hindurchgehen."

„Ich fand ihn zwar ziemlich melancholisch, aber nicht gerade schattenhaft."

„Vielleicht fehlt es Ihnen an Fantasie."

„Ja, wahrscheinlich. Ich bin nur ein stumpfsinniger Bulle. Aber Ihr Vergleich ist trotzdem sehr interessant: Roderich Usher." Jury erinnerte sich an Lily Siddons' Bemerkung. „Halten Sie denn Julian für leicht verrückt?"

„,Leicht verrückt.' Eine komische Formulierung. Ob man nun seinen Verstand oder seine Jungfräulichkeit verliert – in beiden Fällen bedeutet ein bisschen eigentlich alles."

„Sie können es formulieren, wie Sie wollen. Unausgeglichen, psychopathisch –"

„Imstande, einen Mord zu begehen, meinen Sie das?"

Jury winkte ab. „Man muss nicht verrückt sein, um einen Mord zu begehen. Mord ist eine ganz banale Sache. Ich versuche nur, diese Leute zu verstehen."

„Diese Familie ist mir ein Rätsel – sämtliche Craels, die lebenden und die toten." Melrose stach mit seiner Gabel in eine gegrillte Tomate. „In diesem Haus begegnet man auf Schritt und Tritt der Vergangenheit. Sie leben in der Vergangenheit."

Jury bewegte den Bodensatz in seinem Weinglas. „Tun wir das nicht alle?" Er wandte sich ab. „Reden sie denn auch die ganze Zeit darüber?"

„Nein. Sie reden über die Gegenwart, aber sie denken an Vergangenes. Als würden sie mit einem Auge ständig auf die Bilder der Verstorbenen blicken. Insbesondere auf das von Lady Margaret. Das wäre jemand, den ich gern kennengelernt hätte."

Jury lächelte. „Erwarten Sie wie in dem Fall von Lady Madeleine ein Kratzen am Sargdeckel zu hören?"

„Wie makaber! Nein, das erwarte ich nicht. Aber ihre Gegenwart ist deutlich spürbar."

„Und die Gegenwart von Dillys March, ist die auch spürbar?"

„Nicht so sehr. Vielleicht war sie zu jung, um den Dingen ihre Prägung zu geben. Aber sie gehört dazu, sie ist ein Teil dieser unheilschwangeren Atmosphäre. Und Julian führt das Leben eines Mönchs; er könnte genauso gut in einem Kloster leben. Er geht spazieren und hängt seinen Gedanken nach."

„Welchen Gedanken?"

„Er hat mir nicht sein Herz geöffnet. Falls er überhaupt eines hat."

Jury sah ihn vor sich, wie er am Kamin lehnte. „Oh, ich denke schon, dass er eines hat."

„Aber von der hiesigen Damenwelt kann bestimmt keine Anspruch darauf erheben."

Bertie war mit dem Dessert, einer Pflaumentorte, zurückgekommen. Während er die Teller wegräumte, fragte ihn Jury: „Sag mal, Bertie, wie lange ist deine Mutter schon weg?"

„Bald drei Monate."

„Eine lange Zeit, wenn man ganz allein ist."

Jury schaute ihn an; es war jedoch unmöglich, etwas von seinen Augen ablesen zu wollen, da sie von den dicken Brillengläsern völlig verdeckt wurden. Und der Rest seines kleinen, spitzen Gesichts war ziemlich ausdruckslos. Vielleicht machte es ja auch Spaß, mit zwölf Jahren einmal allein gelassen zu werden und keine ständig nörgelnde Mutter um sich herum zu haben. Vorausgesetzt, man wusste, dass sie zurückkommen würde.

„Komisch, dass deine Mutter nicht für deine Betreuung gesorgt hat."

„Oh, das hat sie, Sir", versicherte ihm Bertie schnell. „Stock... ich meine Miss Cavendish. Und Miss Frother-Guy. Sie sind auch ganz gewissenhaft – immer auf dem Posten."

Jury unterdrückte ein Lächeln. Bertie ließ keinen Zweifel daran, was er von dieser Bevormundung hielt. „Sie ist nach Irland gefahren?"

„Nach Nordirland", betonte Bertie, „zu ihrer Oma. Ich glaube, ihre Oma war für sie so was wie 'ne Mutter. Als sie krank wurde, konnte sie hier nichts halten."

„Ja, schön. Aber dich so ganz allein zu lassen –"

„So allein bin ich gar nicht. Arnold ist auch noch da. Und wie ich schon sagte, Miss Cavendish –"

„Wo in Nordirland lebt denn ihre Oma?"

„In Belfast", antwortete er wie aus der Pistole geschossen. Er warf ihm einen kurzen, prüfenden Blick zu und fügte hinzu: „Auf der Bogside." Und weg war er.

„Bogside", wiederholte Jury und lächelte auf seine Pflaumentorte hinunter.

„Eines muss man ihm lassen – er weiß sich zu helfen. Hier verschwinden die Leute ja am laufenden Band. Das reinste Bermudadreieck."

„Mary Siddons zum Beispiel. Lily Siddons Mutter, die angeblich ertrunken ist."

„Ja, davon hab ich gehört. Der Colonel macht sich Sorgen, weil Lily sich so abkapselt. Ihre Mutter ertrank, kurz nachdem Lady Margaret und Rolfe bei diesem Autounfall ums Leben gekommen waren. Muss eine schlimme Zeit für die Craels gewesen sein."

„Alles in allem ist Rackmoor anscheinend kein sehr glücklicher Ort."

Melrose bestand darauf, das Essen zu bezahlen, und Jury, der noch ein paar Worte mit Kitty wechseln wollte, entschuldigte sich.

Während Melrose seinen Mantel zuknöpfte, sagte er zu Bertie: „Das Essen wurde nur noch von dem Service übertroffen. Und der Service ist selbst bei Simpson nicht besser."

Bertie versetzte dem Tischtuch ein paar Schläge mit seiner Serviette, um die Krümel herunterzufegen. Arnold, dem die plötzliche Hektik auffiel, setzte sich auf und spitzte die Ohren.

Melrose stopfte Bertie eine Fünfpfundnote in die Tasche und sagte: „Da, Copperfield, damit du aus dem Salem-Haus rauskommst."

## 12

Percy Blythe saß immer noch an seinem Tisch, als Melrose durch das Fenster spähte. Und soweit Melrose das beurteilen konnte, war er auch noch immer damit beschäftigt, seine Muscheln zu sortieren.

„Gehn wir rein, Inspector. Ich hoffe, er lässt Sie überhaupt zu Wort kommen."
Jury lächelte nur.

Jury wartete erst gar nicht darauf, Percy vorgestellt zu werden. Er durchquerte einfach den Raum, der seit dem letzten Mal, als Melrose ihn gesehen hatte, noch voller und dunkler geworden war, streckte die Hand aus und sagte: „Hallo, Percy, ich bin Jury. Von Scotland Yard."

Melrose grinste, als Jurys Hand ungeschüttelt in der Luft hängen blieb. Der Inspector schien sich jedoch nicht aus der Fassung bringen zu lassen; er zog seine Hand einfach wieder zurück, schob einen Stapel Bücher von einem Hocker, zog ihn zum Tisch und setzte sich darauf, die Füße auf dem Querstab. Melrose wischte den Staub von einer Fensterbank, um darauf Platz zu nehmen. Er konnte nicht umhin, Jurys Unverschämtheit zu bewundern. Aber was zum Teufel hatte er denn da gerade aus der Tasche gezogen und zu Percy hinübergeschubst?

„Bedienen Sie sich, Percy."

Neugierig pirschte Melrose sich an die Regale heran und tat so, als würde er den schwarzen, leblos aussehenden Klumpen in der Wasserschüssel inspizieren. Er behielt jedoch Percy im Auge, der die Sache, die Jury ihm zugeschoben hatte, in die Hand nahm und gegen seine Zähne oder sein Zahnfleisch presste – was auch immer er im Mund hatte. Kautabak. Melrose warf Jury einen fragenden Blick zu. Seit wann kaute der Inspector Tabak? Es gab jedoch keinen Zweifel: Sein Kiefer bewegte sich rhythmisch hin und her. Beide Kiefer! Und jetzt kickte Percy einen Spucknapf in Jurys Richtung. Der Klumpen drehte sich. Melrose starrte darauf und stieß die Schüssel weg.

„Ich hab gehört, Sie sind Dachdecker, Percy? Eine vergessene Kunst! Sie kommen aus Swaledale, stimmt's?"

Melrose beobachtete, wie Percy Blythe seinen Tabak kaute; sein Gesicht glich einer Ziehharmonika, es wurde auseinandergezogen und zusammengedrückt, auseinandergezogen und zusammengedrückt.

„Swardill, stimmt. Vierzig Jahre hab ich Dächer gedeckt und Hecken geschnitten."

„So was ist rar geworden."

„Bah! Keiner macht sich mehr die Mühe; sie schneiden nicht richtig und putzen überhaupt nicht mehr aus. Keiner macht's, wie sich's gehört. Ruinieren die Rinde und lassen die Reiser eingehen. Und hauen die Pfropfen zu weit rein." Betrübt schüttelte er den Kopf. „Ich bin Strohdachdecker, Heckenmacher, Besenbinder; in Swardill konnt's keiner mit mir aufnehmen! Da drüben an der Wand hängt das Schälmesser." Er bog den Daumen nach hinten über seine Schulter und zeigte auf ein paar Werkzeuge, die sehr ordentlich aufgereiht wie Bilder an der Wand hingen. „Ich hab die Weiden im Handumdrehen zugeschnitten. Und die Bandstöcke auch. An einem Tag schaffte ich beinahe ein ganzes Feld Besenginster."

Über den Seeigel weg starrte Melrose auf Jury, der anscheinend ganz hingerissen lauschte und seinen Tabak kaute, das Kinn zwischen den Händen und die Ellbogen auf dem Tisch.

„Fünfzig Jahre halten die schwarzen Reetdächer, wie ich sie gemacht hab. Und Besenbinder bin ich auch gewesen. Gib mir mal die Besennadel." Diese Aufforderung war an Melrose gerichtet, der sich wohl nützlich machen sollte, statt nur herumzustehen.

„Besennadel?"

„An der Wand." Ungeduldig schnellte Percys Finger hervor und wies auf die Werkzeuge an der Wand. Melrose ging zu der Stelle, an der die merkwürdigsten Werkzeuge hingen. Sie waren sorgfältig beschriftet. *Traufhaken, Dreher.* Und was zum Teufel war ein Hufmesser? Er entdeckte die Besennadel und nahm sie vom Nagel. Es war ein langer, pfriemähnlicher Gegenstand mit einer Schlinge, eine Nähnadel für einen Riesen.

Percy Blythe machte sich nicht die Mühe, ihm zu danken, als er sie ihm hinüberreichte. „Ja, einer von den Besten, das können Sie mir glauben. Und mein Alter vor mir, der war der beste Schnitter, den's hier gegeben hat. Einmal hat er drei Morgen an einem Tag gemäht. Er schnitt das Gras und bündelte das Heu so schnell, wie ein anderer drüberging. Und er mähte sich einen Weg frei mit einem Sixpencestück auf dem Sensenblatt. Von ihm hab ich auch gelernt, wie man das Korn in Haufen setzt. Den ganzen Tag lang hab ich das gemacht – einen Haufen nach dem anderen –, damals, als ich noch ein ganz junger Kerl war. Man muss ganz nahe rangehen und, wie der Alte sagte, dem eigenen Schwung folgen. Sieht großartig aus, so 'n Feld voller Haufen. Nur der alte Bob Fishpool mit seinen Schaufelhänden kam an meinen Alten ran. Er legte sich erst schlafen, wenn das Korn geschnitten und aufgeschichtet war. Solche wie ihn gibt's heutzutage gar nicht mehr."

Melrose spürte, wie ihn sein zorniger Blick streifte, als wolle er damit zu verstehen geben, dass es seinesgleichen seien, die an die Stelle dieser sehr viel tüchtigeren alten Garde getreten waren.

„Was von dem Gagelbier, junger Mann?", fragte Percy Blythe Jury. „Oder vielleicht etwas Lachs?" Ohne Jurys Antwort abzuwarten, hievte er sich hoch und holte einen Krug von dem Regal herunter.

„Ihr von der Polizei dürft euch doch wohl nie einen genehmigen?" Er kicherte, als würde er das sehr komisch finden. Jury lachte und leerte sein Glas.

Melrose fragte sich, was wohl darin war; da er aber nicht aufgefordert worden war, sich zu ihnen zu setzen, bestand wenig Hoffnung, es jemals zu erfahren.

„Ausgezeichnet", sagte Jury und wischte sich den Mund mit dem Handrücken ab. „Hab ich noch nie getrunken."

„Macht ja auch keiner mehr. Die Hefe und das Geröstete schwimmen oben."

Melrose bedauerte nicht mehr, übergangen worden zu sein.

Percy Blythe bog den Daumen nach hinten und sagte: „Ihr seid wohl wegen dieser Frau gekommen, die hier abgemurkst wurde?"

„Richtig, Percy. Wenn Sie was wissen, was uns weiterhelfen könnte?"

„Vielleicht, vielleicht auch nicht." Schweigen.

„Bertie Makepiece meinte, Sie hätten sie von früher her gekannt."

„Vielleicht doch nicht. Hab sie im ‚Alten Fuchs' gesehen, dachte, wär 'n Geist. Vor fünfzehn Jahren ist sie abgehauen und hat sich seitdem nicht mehr blicken lassen."

„Sie meinen Dillys March?"

„Ja. Ein Luder war das."

„Ein Luder? Wieso?"

Percy Blythe schloss jedoch die Augen vor den Sünden der Jugend und wandte sich seinem Bier zu.

„Sie haben Mr Plant gesagt, er solle jemanden namens Evelyn fragen."

Percy Blythe drehte sich nach Melrose um, und sein Blick war wie ein Faustschlag auf die Nase. „Na ja, haben Sie doch", sagte Melrose über einen versteinerten Seestern hinweg. „Ist gerade zwei Stunden her. Sie sagten, ich soll mich wegen der kleinen March am besten an sie wenden."

Percy Blythe spuckte in den Napf. „Nich an sie, du Depp! An ihn, Tom Evelyn." Er wandte sich wieder Jury zu, als wäre er der einzig vernünftige Mensch in seiner Umgebung. „Der Aufseher der Jagdhunde. Kümmert sich um die Meute des Colonel. Wohnt auch bei den Zwingern, Richtung Pitlochary."

„Er hat Dillys March gekannt?"

Aber Percy Blythe wollte sich nicht weiter über dieses Thema auslassen. Er konzentrierte sich auf sein Bier.

„Haben Sie Lily Siddons' Mutter gekannt, Mary?"

„Sie hat doch im Old House gekocht. Klar hab ich die gekannt. Ist ertrunken. Schade." Er schüttelte den Kopf.

„Und Lily, kennen Sie die auch?"

„Ja. Wenn sie vorbeikommt, schaun wir in die Kugel. Ich hab ihr das beigebracht. Die Touristen mögen sich gern wahrsagen lassen. Aber Lily –", er schlug sich gegen die Stirn, „die sieht einiges, denk ich."

„Und was?"

Er schüttelte jedoch nur vielsagend den Kopf.

Streng bewacht von der kämpferisch aussehenden Katze mit dem einen Auge, schaute Melrose sich Percy Blythes Werkzeugsammlung an. Das Gesicht der Katze erinnerte ihn an das Schälmesser.

„Percy", fragte Jury, „halten Sie es für möglich, dass Lily etwas über jemanden in Rackmoor weiß, was gefährlich für sie werden könnte?"

„Äh, weiß ich nicht, Mann. Vielleicht." Eine längeres Schweigen senkte sich über sie, während Percy Blythe sich wieder seinen Muscheln widmete. Erleichtert bemerkte Melrose, dass Jury sich zum Gehen anschickte.

„Wir haben genug von Ihrer Zeit in Anspruch genommen. Wir machen uns jetzt mal wieder auf den Weg. Vielen Dank, Percy."

„Komm wieder vorbei, Junge – auf 'n Bier."

Melrose wurde nicht mit eingeladen, wie er sofort bemerkte.

Draußen blies Jury sich die Hände. „Ein bärbeißiger alter Knabe."

Melrose betrachtete Jury aus dem Augenwinkel. „Schwarzer Kautabak, Strohdachdecker, Heckenmacher. Sie haben doch noch nie was von dem Mann gehört, bevor ich ihn erwähnte. Woher zum Teufel wussten Sie denn das alles?"

„Ganz einfach. Ich hab Kitty gefragt, bevor wir aus dem ‚Fuchs' gingen." Jury schaute auf seine Uhr. „Ich werde mal nach Wiggins schauen. Es gibt da noch jemanden, den ich aufsuchen muss: Maud Brixenham."

„Ich bin ihr schon begegnet. Erinnert mich an eine Antilope."

„Wollen Sie mitkommen?"

„Nein, ich denke, ich werde auch mal meine Notizen sichten."

Wiggins war nicht gerade begeistert, als er aus seinem warmen Zimmer im „Fuchs" gezerrt wurde, um mit Jury im Nebel herumzulaufen.

Als sie den Gasthof verließen, erzählte er Jury, dass einige Dienstboten sich noch vage an Dillys March erinnerten, dass aber alle hieb- und stichfeste Alibis für den Abend hatten, an dem der Mord geschehen war. „Das heißt, abgesehen von Olive Manning. Sie sagt, sie sei so gegen zehn – ungefähr zur selben Zeit wie Julian Grael – auf ihr Zimmer gegangen. Ihr Zimmer liegt aber in dem andern Flügel; sie kann es auch ganz einfach wieder verlassen haben. Das bringt uns nicht weiter. Auf Dillys March ist sie nicht gerade gut zu sprechen; Leo, ihr Sohn, hat wegen Dillys wohl einiges durchgemacht."

„Ja, ich weiß. Ich muss mit ihr sprechen." Sie waren auf der anderen Seite der kleinen Bucht angelangt, und Jury fragte: „Wo ist die Lead Street?"

Wiggins zeigte auf eine halbmondförmige Häuserreihe; die Straße war so eng, dass zwei Personen gerade nebeneinander hergehen konnten. „Dort drüben. Umgebaute Fischerhäuser."

„Verdammt chic", sagte Jury.

# 13

Wo Maud Brixenham auch entlangging, hinterließ sie Schleier und Haarnadeln. Zumindest gewann Jury diesen Eindruck; er beobachtete gerade, wie das graue Tülltuch auf den Boden flatterte, während ihre knochige Gestalt sich zwischen Couch und Bücherschrank bewegte. Er fragte sich, ob sie es trug, um irgendwelche Alterserscheinungen zu verbergen – die hervortretenden Adern am Hals, die winzigen Fältchen.

„Sherry?", fragte sie über die Schulter.

Jury und Wiggins, die beide auf der Couch saßen, lehnten ab.

„Ich werd mir ein Gläschen einschenken, wenn Sie gestatten." Ihre Stimme wehte wie das Tuch zu ihnen hinüber. Die Flasche, aus der sie sich eingoss, war nicht zu sehen. Jury blickte auf das Taschentuch, das aus ihrer Tasche oder ihrem Ärmel gerutscht war, als sie sich bückte, um die Flasche zurückzustellen. Und er betrachtete die Haarnadeln, die wie die Stacheln eines Stachelschweins aus ihrem braunen, lose im Nacken geschlungenen Knoten herausragten. Sie schienen jedoch wenig zu bewirken, da aus dem Knoten lauter kleine Strähnen heraushingen wie Hühnerfedern.

Maud Brixenham kam zurück und setzte sich ihnen gegenüber, das Sherryglas auf dem Handteller. Sie seufzte. „Ich nehme an, Sie sind wegen dieser rätselhaften jungen Frau gekommen?"

Jury lächelte. Sie hatte weder „unglückselige" noch „arme" junge Frau gesagt. Offensichtlich verschwendete Maud Brixenham keine Zeit darauf, Gefühle vorzutäuschen. Sie nahm einen Schluck Sherry und stellte das geriffelte Glas auf den Tisch. Jury bemerkte, dass die Flüssigkeit eigentlich zu hell war für einen Sherry. War es Gin? „Wieso rätselhaft, Miss Brixenham?"

„Eine höfliche Umschreibung. ‚Intrigant' wäre richtiger."

„Intrigant?"

„Ja, klar. Diese ganze Dillys-March-Nummer."

„Nummer?"

Sie schaute ihn an. „Spielen Sie immer Echo, Inspector? Sie sind ja noch schlimmer als mein Psychiater, und der ist schon schlimm genug. Auch gut – ich tue so, als hielte ich Sie für völlig ahnungslos und erzähl Ihnen die ganze Geschichte: Eines Tages taucht also diese Temple im Old House auf, gibt sich als Titus' lang vermissten Schützling zu erkennen und lässt sich inmitten von Kristall und den Goldrahmen häuslich nieder, fest davon überzeugt, in den Schoß der Familie aufgenommen zu werden." Sie machte eine verächtliche Handbewegung und griff nach ihrem Glas.

„Sie haben ihr das also nicht abgenommen?"

„Keine Sekunde. Sie etwa?" Sie nahm eine Zigarette aus einer Lackdose und steckte sie in einen dreißig Zentimeter langen Halter aus Onyx. Ihre Hand war mit Ringen überladen.

„Aber Sir Titus schien keinerlei Verdacht zu hegen?"

„Er ist einfach zu leichtgläubig; ich muss das leider sagen, auch wenn er mein bester Freund ist. Er hat die Kleine als Kind ungeheuer verwöhnt, wohl aus Enttäuschung darüber, dass er selbst keine Enkelkinder hat. Julian scheint ihm diese Freude ja – nicht machen zu wollen."

„Sie sind mit Sir Titus befreundet?"

Die Antwort waren zwei leuchtend rote Flecken, die auf ihrem breiten, flächigen Gesicht erschienen. Maud Brixenham war zwar keine Schönheit, aber sie hatte Charakter. Es war anzunehmen, dass der Colonel das zu schätzen wusste; sie kam aus einem guten Stall und würde sich immer auf die richtige Seite schlagen.

„Sie waren auch auf dem Ball?"

„Ja. Ganz Rackmoor war da. Er findet einmal im Jahr statt. Ein rauschendes Fest – aber das wissen Sie ja. Sie trug dieses Kostüm, als sie ermordet wurde. Ein sehr auffallendes Kostüm, schwarz und weiß. Lily hat sich das ausgedacht. Wirklich originell und sehr seltsam, wie eine Picasso-Zeichnung mit diesen gegeneinander verschobenen Hälften ... Ich ging als Sebastian. Das fand ich ganz passend. Und Lily als Viola. Zugegeben, sie war der hübschere Zwilling von uns beiden, aber sie ist nun mal auch eine sehr hübsche junge Frau. Les – das ist mein Neffe – ging als Les. Er trägt immer ein Kostüm. Cowboyhut, Stiefel, Fransenjacke oder Jeansanzug. T-Shirts mit irgendwelchen furchtbaren Bildern drauf, eine herausgestreckte Zunge oder unerforschliche Botschaften wie Frizday. Ich hab mich immer geweigert, ihn nach der Bedeutung zu fragen. Wissen Sie denn, was das heißt?"

„Frisbee", sagte Wiggins. Beide schauten ihn an. „Das ist dieses Plastikding zum Werfen."

Wiggins konnte eine wahre Fundgrube sein, was alltägliche Banalitäten anbelangte; Jury hatte das schon des Öfteren festgestellt.

„Wie scharfsinnig, Sergeant." Sie blickte zur Decke. „Er ist oben. Ich frage mich, wieso keine Musik zu hören ist."

„Sie wollten uns mehr über die Party erzählen, Miss Brixenham."

„Ach, entschuldigen Sie. Es müssen ungefähr vierzig oder fünfzig Leute dort gewesen sein. Ein riesiges Buffet. So gegen neun ging es los. Die meisten Gäste waren im Bracewood-Salon versammelt – Titus hat die Räume nach seinen Pferden benannt, ist das nicht komisch? Der Rest war im Haus verstreut. Auf dem Treppenabsatz spielte sogar eine Band. Wie auf einer Empore sieht das aus. Und die Musiker hatten sich als fahrende Musikanten kostümiert. Manchmal mischten sie sich auch unter die Leute. Das Essen kam von ... ach, ich weiß nicht. Überall standen befrackte Kellner herum. Die Leute aus dem Dorf hatten sich die komischsten Kostüme ausgedacht. Miss Cavendish, die Bibliothekarin, kam als Madame Dubarry – stellen Sie sich das vor! Die Steeds, das junge Paar, das in der Scroop Street wohnt, entschied sich für Heinrich den Achten und eine seiner Frauen. Ich erinnere mich nicht mehr, für welche. Eine ziemlich langweilige Zusammenstellung. Und die Honeybuns –"

„Um wie viel Uhr sind Sie angekommen?"

„Ungefähr um halb zehn. Ich bin mir aber nicht ganz sicher. Vielleicht erinnert sich Les. Nein, bestimmt nicht. Er hat ein Gedächtnis wie ein Sieb. Aber Lily vielleicht. Wir sind bei ihr vorbeigegangen und haben sie abgeholt."

„Und wann sind Sie wieder gegangen?"

„Ziemlich früh. Kurz nach zehn. Lily fühlte sich nicht wohl. Das Essen ist ihr nicht bekommen. Ich hab sie nach Hause begleitet und bin noch eine Weile bei ihr geblieben."

„Haben Sie an diesem Abend auch Gemma Temple gesehen?"

„Nein, warum? Ich habe ja schon Inspector Hawkins –"

„Harkins."

„Ja. Gemma Temple ist auf dem Fest nie aufgetaucht." Ihr Blick wanderte von Jury zu Wiggins, als hätte sie eine Eingebung gehabt. „Ich dachte eben, die Umstände waren im Grunde denkbar günstig, jemanden um die Ecke zu bringen. Das ganze Dorf war im Old House, abgesehen von den Stammgästen des ‚Alten Fuchs' und der ‚Glocke'. Und die würden keine zehn Pferde da rauskriegen."

„Welchen Weg nahmen Sie und Miss Siddons – und Les, richtig? –, als Sie sie nach Hause begleiteten?"

„Wir – Lily und ich. Les ging durch den Wald, soviel ich mich erinnere. Jedenfalls kamen wir an der Kaimauer vorbei. Ist zwar ein bisschen länger, aber der andere Weg, der, den Les gegangen ist, ist so dunkel und unheimlich ..." Sie erschauerte und griff nach ihrem Glas.

„Sie waren also nicht in der Nähe der Engelsstiege?"

„Nein."

„Und sind Sie unterwegs jemandem begegnet?"

„Nein."

Sie schwiegen und musterten sich kühl; Maud leerte ihr Glas mit dem wasserklaren Sherry.

„Sie haben aber im ‚Alten Fuchs' mit Miss Temple gesprochen?"

„Ja, ich verbringe eigentlich ziemlich viel Zeit im ‚Fuchs'. Viele schwere Stunden, wenn ich nichts zu Papier bringe, wenn ich nicht inspiriert bin. Ich nehme auch ganz gern die Atmosphäre dort auf. Wenn ich doch nur Krimiautorin wäre. Aus dieser Geschichte ließe sich was machen."

Wiggins blickte von seinem Notizbuch hoch und fragte erstaunt: „Sie sind Schriftstellerin, Miss?" Er blickte sich in dem Raum um, als wäre er in Merlins Zauberhöhle. „Was schreiben Sie denn?"

„Oh, den üblichen Schund: die Fleischtöpfe Europas, Frauenhandel, Seifenopern – schwache Charaktere, aber umso stärkere Ausdrücke. Rosalind van Renseleer, das ist mein Pseudonym."

„Ich hab schon von Ihnen gehört – Sie nicht, Sir?", fragte Wiggins.

Jury war der Name neu, aber er nickte lächelnd. „Über was haben Sie sich denn mit Miss Temple unterhalten?"

„Es war nichts von Bedeutung. Sie sah nicht aus wie eine von hier, so viel steht fest. Sie trug einen Webpelz, der ihr beinahe bis zu den Knöcheln reichte. Carnaby Street. Modische Stiefel, die bei diesem Wetter überhaupt nichts taugen. Sie sprach über London, das schlechte Wetter, das Meer und so weiter. Wenn Sie mehr wissen wollen, sollten Sie Adrian Rees fragen." Maud Brixenham entfernte einen Faden von ihrer Bluse.

„Rees?"

„Ich hab sie nämlich einmal abends zusammen gesehen." Vielsagend blickte sie Jury an. „Sie gingen die High Street hoch. Wahrscheinlich hat er sie mit nach Hause genommen."

Jury sagte nichts darauf.

„Das war an dem Tag vor Titus' kleinem Abendessen. Komisch, da tat er nämlich so, als würde er sie überhaupt nicht kennen. Es war ganz intim, das Essen. Nur Titus, Lily Siddons, Adrian und diese Temple. Wir saßen im Bracewood-Salon. Ich erinnere mich, dass Miss Temple vor dem Feuer saß. Julian und ich standen mit unserem Sherry in der Hand herum. Ich glaube, in diesem Augenblick kam dann auch Lily herein. Es muss ein Schock für sie gewesen sein, die Anwesenheit dieser Temple. Sie erstarrte und blieb auf der Schwelle stehen. Starrte sie an wie eine Erscheinung."

„Hat sie die Ähnlichkeit mit Dillys March denn so überrascht?"

„Überrascht? Geschockt war sie. Ihr Gesicht war weißer als ihr Kleid. Na ja, die Ähnlichkeit soll ja auch frappierend gewesen sein. Aber deswegen muss diese Frau noch nicht Dillys March gewesen sein ..." Sie zuckte die Achseln. „Julian ist natürlich meiner Meinung. Die ganze Geschichte ist einfach absurd."

„Hat sie Ihnen gegenüber im Gasthof irgendeine Bemerkung fallen lassen, die darauf hinwies, dass sie sich in Rackmoor auskannte. Dass sie hier schon gelebt hatte?"

„Nein. Aber diesen Leckerbissen hat sie sich bestimmt für später aufgehoben. Sie machte, wie Les sagen würde, auf cool. Nicht der Typ, den man aus dem Weg räumen muss. Nicht schlau genug."

So kann man's auch sehen, dachte Jury. „Ich verstehe nicht ganz."

„Na ja, sie schien eher zu den Ausführenden als zu den Planern zu gehören. Aber vielleicht hat das gar nichts zu sagen."

„Was hat sie denn von sich gegeben?"

„Dass sie Ferien mache. Und dass sie ein paar Freunde in Rackmoor habe. Ausgerechnet die Craels, wie sich herausstellte: Mit denen hätte ich sie nie in Verbindung gebracht. Nicht eine von ihrer Sorte."

„Hat sie denn etwas über ihre Beziehung zu ihnen gesagt?"

„Nein, sie sagte nur, sie kenne sie von früher her. Aus ihrer Kindheit. Das war alles."

„Welchen Weg durchs Dorf haben Sie genommen? Ich meine, nach der Kaimauer?"

„Wenn Sie nichts dagegen haben, gieß ich mir noch einen Sherry ein. Heute Abend scheine ich eine ganz besonders trockene Kehle zu haben. Ich komme mit meiner Arbeit nicht voran." Sie sprang auf; ein paar Haarnadeln fielen zu Boden, und der Lederriemengürtel, der locker über ihrem indischen Hemd hing, löste sich ebenfalls. Am Buffet hielt sie wieder sehr geschickt die Flasche außer Sicht und kam mit einem randvollen Glas auf dem Handteller zurück. Wiggins holte sein Inhaliergerät hervor, als wolle er sich der Zecherei höflich anschließen.

„Wir sind die Fuchsstiege runtergegangen, das ist die Treppe, die zur Kaimauer führt, am Gasthof vorbei und zu Lilys Häuschen. Wie ich schon sagte, blieb ich noch ein Weilchen bei ihr; sie hätte ja vielleicht etwas brauchen –"

Ein Knall – nein, eher ein Hupen – ließ ihre Köpfe in die Höhe gehen. Was anfangs nur ein ohrenbetäubender Krach gewesen war, wurde zum Zusammenspiel verschiedener, aber kaum unterscheidbarer Instrumente: elektrische Gitarren, Trommeln, Bässe. Rhythmische Laute wurden ausgestoßen, aber obwohl alles sehr lautstark war, konnte man kein gesungenes Wort verstehen.

„Hab ich's nicht gesagt", meinte Maud. Ohne aufzustehen, beugte sie sich zu dem Bücherregal hinüber, an dem eine lange Stange lehnte, die offensichtlich einem bestimmten Verwendungszweck diente: Ein paar dumpfe Schläge gegen die Decke, und die Musik wurde leiser.

„Wunderbar. The Grateful Dead. Wenn er nicht bald in die Staaten zurückgeht, werde ich ihrem Verein beitreten."

„Ist das Ihr Neffe? Ein Amerikaner?"

„Sie brauchen ihn nur anzuschauen. Er ist der Sohn meiner Schwester. Er kommt aus Michigan oder Cincinnati oder so ähnlich; sie dachte, Weihnachten in England könnte seinen Horizont etwas erweitern. Und hier ist er nun, die Ferien sind längst vorbei, und ich kriege ihn nicht mehr los. Ich glaube, er hat eine kleine Freundin in dem neuen Wohnviertel. Er hat keine große Lust, auf seine Schule zurückzugehen, und meine Schwester scheint ihn auch nicht zu vermissen – was ich natürlich gar nicht verstehe." Sie stieß noch einmal gegen die Decke, und der Lärm nahm wieder ab. „Seit er hier ist, muss meine Geräuschempfindlichkeit dramatisch abgenommen haben. Angeblich soll das menschliche Ohr nur ungefähr fünfzehn Minuten eine Lautstärke von hundertfünfzehn Dezibel ertragen können. Ein durchschnittliches Rockkonzert – wie ich es täglich höre – erreicht ungefähr hundertvierzig. Die Schmerzschwelle." Sie schenkte ihnen ein strahlendes Lächeln, während die Stimme des Sängers langsam verröchelte und die Musik aufhörte. Auf der Treppe war das Gepolter von schweren Stiefeln zu hören.

Wiggins, immer auf der Hut vor irgendwelchen ansteckenden Krankheiten – Gehörschäden zählten auch dazu –, nahm gereizt die Hände von den Ohren.

Ein ungefähr sechzehnjähriger Bursche schob sich ins Zimmer; er hatte den Nacken eingezogen, als würde ein heftiger Regenguss auf ihn herunterprasseln. Cowboyhut, Jeans, Stiefel, Fransenjacke, dunkle Gläser waren wie einzelne Sterne hier und da an ihm angebracht wie eine seltsame Konstellation am Nachthimmel; irgendwie wirkte Les dadurch bedeutender als die Summe all dieser Teile.

„Mein Neffe, Les Aird. Das ist Chief Inspector Jury von Scotland Yard."

Jury wusste, dass er mit sechzehn genauso reagiert hätte wie Les Aird jetzt: Er gab sich redlich Mühe, unbeeindruckt zu erscheinen. Jury fragte sich, ob er wirklich selbst einmal sechzehn gewesen war. Er konnte sich nur an etwas Qualliges, Undefinierbares erinnern, an einen stumpfen, verwirrten Halbwüchsigen.

Les Aird versuchte eine bestimmte Haltung einzunehmen, die gleichzeitig gelangweilt und respektvoll wirken sollte. Die dunklen Gläser wurden zurechtgerückt, der Kaugummi am Gaumen festgeklebt, die Stimme klargemacht und die Hände in die Taschen der Jeans gesteckt. Ein Manöver, um Zeit zu gewinnen. Schließlich entschloss er sich, einfach nur die Hand auszustrecken, mit einem kurzen, bedeutungsvollen Nicken die Kiefer zusammenzuklappen und ein „Hey, geht in Ordnung, Mann" loszulassen.

Weder der Tonfall noch die Begrüßung selbst ließen den nötigen Respekt vermissen. Es entsprach dem „Wie geht's, alter Junge" eines Brigadegenerals. Les war nur gerade in der lässigen Phase eines Sechzehnjährigen.

„Ich würde dir gern ein paar Fragen stellen, Les."

Ein Mordfall kann aufregend, aber auch nervend sein; Jury bemerkte jedenfalls, dass Les' Stimme umzuschlagen drohte. „Okay, fragen Sie." Les nahm auf dem Sofa neben seiner Tante Platz; er setzte sich ganz auf die Kante, beugte sich etwas vor, legte den einen Arm auf den Schenkel in den strammsitzenden Bluejeans, winkelte den anderen an und stemmte die Hand in die Hüfte. „Schießen Sie los!"

Das hätte auch wörtlich gemeint sein können. Heftige Kaubewegungen.

„Es dreht sich um die Frau, die hier ermordet wurde. Bist du ihr auch mal über den Weg gelaufen?"

„Oh, jahhh. Eine scharfe Braut war das, Mann." Er lächelte, und seine Augenbrauen schoben sich über den Brillenrand.

„Hast du versucht, mit ihr ins Gespräch zu kommen?"

„Was?" Sein ausdrucksloser Blick wurde richtig bohrend.

„Hast du mit ihr gesprochen, Les?"

„Hmmm."

„Aber du hast sie gesehen", sagte Jury.

„Mal hier, mal da."

„Auch an dem Abend, an dem sie ermordet wurde?"

„Nein." – „Ja."

Sie sagten das beide gleichzeitig, Les Aird und Maud Brixenham. Maud machte einen höchst erstaunten Eindruck.

„Ich hab sie aber gesehen, Tante Maud."

„Davon hast du mir aber nichts erzählt!"

Les zuckte die Achseln. „Ich wusste es nur nicht."

„Und Inspector Harkins gegenüber hast du auch nichts verlauten lassen, Les."

„Weil ich es nicht wusste – ich meine, dass *sie* das war. Er hat nur gesagt, dass diese Frau abgemurkst worden sei. Nichts darüber, wie sie aussah. Woher hätte ich denn wissen sollen, dass sie diese Frau war, die ich gesehen habe. Wir kamen von dem Fest. Es muss so gegen halb elf oder Viertel vor elf gewesen sein. Da so viele in Kostümen herumrannten, dachte ich, sie sei auch eine von denen, die zum Herrenhaus hochwollten. Ich fand's ja ziemlich blöd, dieses Fest. Aber sie haben tüchtig was aufgefahren. Das Essen war nicht zu verachten. Als ich aber die ganzen Osterhasen rumhüpfen sah, hat's mir gereicht."

Jury blinzelte. „Osterhasen?"

„Ein halbes Dutzend Hasen rannte da herum. Total bescheuert."

Maud erklärte. „Drei Leute aus dem Dorf haben sich als Flopsy, Mopsy und Cottontail verkleidet."

„Auf welchem Weg bist du ins Dorf zurückgegangen?"

„Auf dem, der an der Kirche und der Psalter Lane vorbeiführt."

„Und anschließend, wie bist du da gegangen?"

„Ich bin bis zur Scroop Street die Engelsstiege runtergegangen. Arn war auch unterwegs. Wir sind also gemeinsam die Scroop Street runtergezittert. Scroop Street, Dagger Alley, High Street. Das war vielleicht komisch, Mann, als dieses Gesicht urplötzlich aus dem Nebel auftauchte. Der Ball der Vampire. Die eine Gesichtshälfte war weiß, die andere schwarz –" Er zog eine unsichtbare Linie von der Stirn bis zur Nasenspitze und bedeckte die linke Gesichtshälfte. „Sogar Arn fing an zu bellen. Und das will was heißen."

„Das war auf der High Street?"

„Ja. Ich dachte, sie sei vielleicht aus der ‚Glocke' gekommen."

„Und wohin ist sie gegangen? Die Dagger Alley hoch?"

„Kann ich nicht sagen, Mann. Entweder das oder die High runter."

„Das war gegen halb elf?"

„Ja, so um den Dreh."

„Vom Old House bis zur High Street hast du also eine halbe Stunde gebraucht?"

Les nickte unbehaglich. „Ja. Ich bin eine Straße zu weit gegangen und musste wieder zurück."

Jury hakte nicht weiter nach; wahrscheinlich hatte Les unterwegs eine Zigarettenpause eingelegt; er bezweifelte, dass etwas von Bedeutung dahintersteckte. Was aber diese Temple betraf, so fragte er sich doch, was sie in der Zwischenzeit getrieben hatte.

„Du hast sie gegen halb elf gesehen. Und Adrian Rees sah sie Viertel nach elf, kurz bevor der ‚Fuchs' zumachte. Wo war sie in der Zwischenzeit?" Die Frage war weniger an Les als an sich selbst gerichtet, aber Les sagte: „Keine Ahnung, Mann. Ich bin weitergezogen. Zu dem Strawberry-Wohnsilo. Um meiner Freundin einen Besuch abzustatten."

„Wer wohnt in diesem Viertel, Wiggins? Schauen wir doch mal auf dem Plan nach." Adrian Rees natürlich. Ein sicherer Tipp.

Wiggins zog die Karte des Dorfs hervor, die Harkins ihnen zur Verfügung gestellt hatte, und entfaltete sie. „Da ist mal Percy Blythe. Er wohnt in der Dark Street. Gegenüber von der Leihbücherei wohnen die Steeds; sie ist am Ende der Scroop Street. Die meisten Häuser stehen um diese Jahreszeit leer."

Jury beugte sich über den Plan. Noch nie in seinem Leben hatte er ein so dichtes Netz von Straßen und Gässchen gesehen. Nein, „Netz" war nicht die richtige Bezeichnung. Spinnennetze waren sehr viel symmetrischer als die Straßen von Rackmoor. Dark Street war eine Sackgasse und nur über die Scroop Street zu erreichen. Dagger Alley war nichts weiter als ein schmaler Pfad zwischen der „Glocke" und einem leeren Warenhaus.

„Gut, vielen Dank, Les. Falls dir noch was einfällt, ruf mich an."

„Ja, alles Gute." Er drückte sich seine dunkle Brille auf die Nase.

Maud Brixenham begleitete Jury und Wiggins zur Tür; zurück blieben ein Fetzen Papier, der an ihren Schuhen klebte, und ein winziger Knopf, der endlich dem Gesetz der Schwerkraft gefolgt war. Jury fragte sich, wie Maud Brixenham je einen Mord begehen wollte: Sie würde eine Spur hinterlassen, die von Rackmoor bis Scarborough reichte.

Als er wieder draußen im Nebel stand, drehte Jury sich noch einmal nach ihr um und sagte: „Vielen Dank, Miss Brixenham."

„Verlaufen Sie sich nicht in dem Nebel."

Jury lächelte: „In Rackmoor kann man sich wohl kaum verlaufen."

„Glauben Sie das mal nicht. Früher haben sich hier Seeräuber und Schmuggler versteckt. Geht leicht bei den verwinkelten kleinen Straßen."

Jury hatte den Eindruck, dass Wiggins sich nur ungern auf den Weg machte. „Haben Sie noch irgendwelche Fragen, Sergeant?"

„Sagen Sie", meinte Wiggins zu Maud Brixenham, „ist es denn sehr schwer, Bücher zu schreiben?"

Jury seufzte und zündete sich eine Zigarette an. Versuchte Wiggins in Rackmoor seine eigentliche Berufung zu entdecken?

# 14

Die Beklemmung und die Angst, die Jury in Lily Siddons' Gegenwart verspürt hatte, schlug am nächsten Morgen, als er die Augen öffnete, wie eine große, dunkle Woge über ihm zusammen; er drehte sich zum Fenster, wusste jedoch, dass er außer dem grauen Nebel, der den Raum hermetisch abdichtete, nichts sehen würde. Ein Gefühl der Schwere lastete auf seiner Brust, als hätte er einen Albtraum gehabt.

Er raffte sich auf, sprang aus dem Bett und trat an das Fenster. Er starrte auf das bleigraue Wasser, so weit der Seenebel und das trübe Licht das überhaupt erlaubten. Die kleinen grünen und blauen Boote waren kaum zu sehen.

Jury zog sich an, setzte sich wieder auf das Bett, einen Schuh in der Hand. Er starrte auf den Teppich mit dem Rankenmuster, das schon beinahe mit dem grauen Hintergrund verschmolzen war. Der Fall war ihm nicht geheuer. Gefühle, die er in den hintersten Winkel seiner Seele verbannt hatte, drohten wieder hervorzubrechen.

Er band seinen Schnürsenkel zu und ging zum Spiegel hinüber; er betrachtete sich darin und fragte sich zum hundertsten, nein, zum tausendsten Mal, warum er eigentlich Polizist geworden war und warum er seinen Beruf nicht schon längst wieder an den Nagel gehängt hatte. Er fragte sich auch, ob er, unterbewusst zumindest, nicht Superintendent Racer in die Hände arbeitete, damit diesem sein Posten als Kriminalrat erhalten blieb, obwohl Jury schon längst hätte nachrücken sollen. Während er in den Spiegel schaute, fiel ihm auf, dass er wie ein Bulle oder zumindest wie das Klischee eines Bullen aussah: groß, massig, dunkler Anzug, gediegen. Wie ein Bulle oder wie die Bank von England.

Wie immer, wenn er deprimiert war, konzentrierte er sich auf seine Garderobe, auf jedes Detail, als könne sich der Frosch in einen Prinzen verwandeln, wenn er zum Beispiel das Taschentuch von der einen in die andere Tasche steckte.

Die Verwandlung trat nicht ein. Warum zum Teufel trug er immer noch diese alte blaue Krawatte? Weg damit. Er riss sie herunter, zog sein Jackett aus und schlüpfte in einen dicken Wollpullover, über dem er eine Windjacke tragen konnte. Vom Bettpfosten nahm er einen irischen Sporthut und drückte ihn sich in die Stirn. Was war nur in ihn gefahren, warum posierte er vor diesem Spiegel und zog sich ständig um wie ein Mädchen vor seinem ersten Ball? Fehlten nur noch ein paar Hunde und ein Spazierstock, und die Wanderung übers Moor konnte beginnen.

Ein Bild tauchte vor seinem geistigen Auge auf, verschwand aber sofort wieder; etwas, was am Rand eines Schwimmbeckens kurz aufblitzte und versank; ein Name, der einem auf der Zunge lag; ein flüchtig wahrgenommenes Gesicht; ein Traumbild, das sich nicht festhalten ließ. Anscheinend hatte der Blick in den Spiegel es heraufbeschworen. Er wiederholte alle seine Gesten, aber das Bild kehrte nicht wieder zurück. Er wusste, dass dieses Detail ihn ein großes Stück weiterbringen würde, wenn er dessen nur habhaft werden könnte.

Er starrte immer noch sein Spiegelbild an und seufzte. War er denn überhaupt schlau genug für einen Kriminalbeamten?, fragte er sich und wandte sich ab, um zum Frühstück hinunterzugehen.

Das Frühstück war wesentlich angenehmer als das Ankleiden, und daran änderte selbst Wiggins' Gegenwart nichts, der seine zweifarbigen Kapseln mit Orangensaft hinunterspülte. Er erging sich an diesem Morgen auch nicht in Beschreibungen der verschiedenen Husten- und Fieberanfälle, die ihn die Nacht über geplagt hatten. Er machte vielmehr einen ganz munteren Eindruck und lobte Kittys Frühstück aus Bücklingen, Eiern, Toast und gegrillten Tomaten.

„Inspector Harkins hat heute früh angerufen – er hat was Neues über Gemma Temple in Erfahrung gebracht. Von den Raineys, der Familie, bei der sie acht Jahre lang gewohnt hat."

„Konnten Sie bestätigen, dass es sich um Gemma Temple handelte?"

„Ja und nein."

„Was soll das heißen?"

„Sie ist mit achtzehn oder neunzehn zu ihnen gekommen. Als Au-pair-Mädchen und Mädchen für alles. Sie wohnen in Lewisham." Wiggins las aus seinem Notizbuch die Adresse ab: „Kingsway Close Nummer vier."

„Haben sie denn keine Referenzen verlangt, schließlich sollte sie sich doch um ihre Kinder kümmern?"

„Oh, sie hatte schon Referenzen, aber als Harkins sie nachprüfte, stellten sie sich als gefälscht heraus."

„Und das Foto von Dillys March, wie hat das gewirkt? Hat es ihnen etwas gesagt?"

„Sie meinten, sie sei Gemma Temple wie aus dem Gesicht geschnitten. Und sie konnten Gemma Temple natürlich auch von den Fotos identifizieren, die im Leichenschauhaus aufgenommen worden waren. Dass sie Gemma Temple war, scheint mehr oder weniger bewiesen zu sein."

„Aber war sie auch Dillys? Hat Harkins über die zahnärztlichen Unterlagen was rausgekriegt?"

„Davon hat er nichts gesagt. Ich glaube, Sie sollten mal mit dieser Olive Manning reden; sie konnte Dillys March nicht ausstehen. Bei ihr müsste man nicht lange nach einem Motiv suchen."

„Vielleicht nicht. Aber es ist doch ziemlich unwahrscheinlich, dass Dillys March Leo Manning um den Verstand gebracht hat. Ich glaube nicht, dass das so einfach geht, was meinen Sie?"

Wiggins schien darüber nachzudenken. „Na ja, Charles Boyer hat Ingrid Bergman so weit gebracht. Kam kürzlich im Fernsehen."

Jury tat so, als hätte er das nicht gehört. „Hat Olive Manning denn geglaubt, es sei Dillys March gewesen, die da reumütig in den Schoß der Familie zurückkehrte?"

„Nein, natürlich nicht."

„Warum hätte sie sie dann umbringen sollen?"

„Tja, ich weiß auch nicht. Sie könnte ja auch nur so getan haben, als würde sie sie nicht wiedererkennen."

„Hmm. Schauen Sie sich das mal an, Wiggins!" Jury zeigte ihm das Foto, das er aus Lilys Sammlung mitgenommen hatte. „Mary Siddons, Lilys Mutter."

Wiggins nahm es in die Hand. „Ist sie nicht ertrunken?"

„Ja. Angeblich ein Unfall. Aber ich bin sicher, es war Selbstmord. Sie muss einfach gewusst haben, dass man bei Flut nicht dieses gefährliche Stück unterhalb der Klippen entlanggehen kann, dazu hat sie zu lange in Rackmoor gelebt. Mich interessiert aber vor allem dieses Foto. Es wurde abgeschnitten." Jury nahm es aus dem schmalen Rähmchen. „Hier auf der linken Seite, sehen Sie das? Ich fand es komisch, dass die Frau ganz am Bildrand klebte. Jemand ist mit der Schere drangegangen, aber warum wohl?"

„Um es zurechtzuschneiden."

„Ich glaube eher, um jemanden rauszuschneiden."

Wiggins schaute es sich noch einmal an. „Den Vater vielleicht? Er ist doch einfach abgehauen und hat sie sitzenlassen."

Jury zuckte die Achseln und steckte das Foto wieder in die Tasche, während Wiggins seine Nasentropfen herausholte.

Jury lehnte sich auf seinem Stuhl zurück und betrachtete die Jagdszenen an der Wand. „Ich hab über dieses Kostüm nachgedacht. Vielleicht hat es Lily aus einem ganz bestimmten Grund an Gemma Temple ausgeliehen? Lily Siddons hatte Angst, sie dachte, jemand wolle sie um die Ecke bringen. Zweimal soll das passiert sein, ich meine, zwei Mordanschläge wurden angeblich auf sie verübt. Vielleicht sollte Dillys March die Zielscheibe abgeben."

Wiggins hielt die winzige Pipette in sein rechtes Nasenloch: „Zuffiwenns." Er zog die Tropfen hoch.

Jury hatte zwar schon einige Übung darin, Wiggins' Worte trotz Taschentüchern und Medikamenten zu verstehen, aber in diesem Fall war er ratlos. „Übersetzen Sie bitte."

„Entschuldigen Sie, Sir. Dieser verdammte Nebel, er ist Gift für meine Nebenhöhlen.

Ich meinte nur, diese Geschichte enthält zu viele Wenns. Lily Siddons war sich doch nicht einmal sicher – zumindest nicht vor dem Mord –, ob tatsächlich jemand versucht hat, sie aus dem Weg zu räumen. Gemma Temple dieses Kostüm zu verpassen in der Hoffnung, der Mörder würde sie für Lily halten – das war doch irgendwie viel zu unsicher. Hatte sie denn was gegen diese Gemma Temple?"

„Gegen Gemma Temple hatte sie wohl nichts. Aber gegen Dillys March! Sie hasste sie. Ein Gefühl, das wahrscheinlich auf Gegenseitigkeit beruhte. Aber Sie haben wohl recht. Sich auf diese Weise jemanden vom Hals schaffen zu wollen ist eine verdammt unsichere Sache."

„Und was wäre für sie dabei herausgesprungen, abgesehen natürlich von der Befriedigung ihrer Rachegelüste?"

„Geld wahrscheinlich. Geld vom Colonel. Ich kann mir vorstellen, dass er sie in seinem Testament reichlich bedacht hat – das lässt sich übrigens ganz einfach nachprüfen. Wenn Dillys March jetzt auftauchte, ginge ein ganz schön großes Stück des Kuchens an sie." Jury beugte sich über den Tisch. „Schauen wir uns doch mal die Leute an, die Dillys Marchs Rückkehr in Verlegenheit bringen würde. Motive und Gelegenheiten: Wie sieht es damit bei den Einzelnen aus?"

„Julian Crael: Das Motiv liegt auf der Hand. Aber ein hieb- und stichfestes Alibi."

„Wirklich komisch, das", sagte Wiggins und faltete sorgfältig seine Serviette zusammen.

„Falls das, was er sagt, nicht doch stimmt. Dann ist da noch Adrian Rees. Er hätte reichlich Gelegenheit gehabt – er ist die Grape Lane hochgegangen und hat sie gesehen. Aber wo ist das Motiv? Ich nehme an, dass der Colonel weiterhin den Mäzen spielen würde, wenn auch vielleicht in geringerem Ausmaß.

Und dann Maud Brixenham: Motiv sowie Gelegenheit. Angenommen, der Colonel wäre daran interessiert, wieder zu heiraten – die Rückkehr der verlorenen Tochter (wie Sie sich ausdrückten) würde seine Gefühle ganz schön in Anspruch nehmen."

„Lily Siddons: Motiv vorhanden, Gelegenheit kaum. Sie scheidet mehr oder weniger aus, sie hätte schon mit affenartiger Geschwindigkeit zur Engelsstiege hochrennen, sie umbringen und dann wieder hierher zurückrasen müssen – alles in zehn Minuten. Man braucht allein schon zehn Minuten, nur um da hochzukommen. Abgesehen davon, sollte sie selbst ja vielleicht umgebracht werden."

„Kitty Meechem –"

„Oh, die bestimmt nicht, Sir!" Wiggins blickte auf die köstlichen Reste des üppigen Frühstücks, als könne er nicht glauben, dass es von einer Killerin serviert worden sei.

„Wollen Sie noch ein Ei, Wiggins?"

„Oh, nein danke. Ich bin wirklich satt." Er klopfte sich auf den Bauch.

Jury warf etwas Kleingeld auf den Tisch, das Trinkgeld für Biddy oder Billy, eine ziemlich lahme Bedienung, die sich die Zeit damit vertrieben hatte, das Silber auf dem Nachbartisch hin und her zu rücken und sie anzustarren, bis Kitty der Sache schließlich ein Ende machte. „Gehn wir!"

JURY lehnte sich mit ausgebreiteten Armen über die Kaimauer und blickte auf die glitzernden Häufchen aus Holzstückchen und Muscheln, die die Flut zurückgelassen hatte, und die Boote, von denen einige auf dem Kiesstreifen lagen. Es war heller geworden; der Horizont war dunstig und verschwommen, die Sonne noch verschleiert. Das winzige Dorf mit seinen rotbraunen, die Klippen hochkletternden Dächern sah aus, als könne es jeden Augenblick wie die Bauklötzchen eines Kindes ins Meer purzeln.

„Maud Brixenhams Beschreibung des Abendessens ... können Sie mal in dem Notizbuch nachsehen."

Wiggins holte sein Notizbuch hervor. Jury staunte immer wieder, wie viel er darin unterbringen konnte – vielleicht weil seine Schrift so klein und kritzlig war. Er fand die Stelle und las vor: „‚Es war ganz intim, das Essen, nur Titus, Lily Siddons, Adrian und diese Temple. Wir waren im Bracewood-Salon', das ist der Raum, in dem Sie mit Julian Crael gesprochen haben, ‚und Gemma Temple saß vor dem Feuer. Julian und ich standen mit unserem Sherry in der Hand herum.'"

Jury blickte auf das Wasser und ertrug die Langeweile, die Wiggins' Notizen verbreiteten. Die Tatsache, dass Wiggins' Genauigkeit einfach nicht zu überbieten war, versöhnte ihn mit seiner frustrierenden Umständlichkeit und der häufig unerträglichen Länge seiner Berichte. In diesem Fall kam auch noch Maud Brixenhams Freude am Detail hinzu. Wiggins las monoton weiter, sogar die Stoffe und die Bilder an der Wand tauchten in seinen Beschreibungen auf. Neben ihm wäre selbst Trollope verblasst. Geduldig wartete Jury auf den Teil, der ihn interessierte, und beobachtete, wie die blasse Sonne hinter den Wolken hervorkam und wieder verschwand und ein unregelmäßiges Muster aus Licht und Schatten auf das Holz malte, sodass es aussah wie mit dunklem flockigem Gold grundiert. Ein Sturmvogel schoss über das Wasser.

„... und in diesem Augenblick öffnete sich die Tür, und Lily kam herein. Sie erstarrte und blieb auf der Schwelle stehen; sie starrte Gemma Temple an."

„‚Hat sie die Ähnlichkeit mit Dillys March denn so überrascht?' Das fragten Sie, Sir. Worauf Miss Brixenham antwortete: ‚Überrascht? Geschockt war sie. Ihr Gesicht war weißer als ihr Kleid.'"

„Das verstehe ich einfach nicht", sagte Jury. „Sie reagierte, als hätte sie keine Sekunde daran gezweifelt, dass diese Person Dillys March war. Und offensichtlich war das für sie eine ziemlich unangenehme Überraschung. Trotzdem glaubte sie alles, was man ihr auftischte: die Geschichte mit der Cousine, die der Colonel erfunden hatte. Hätten Sie das geglaubt, wenn Sie Lily Siddons gewesen wären?"

„Nein, wohl kaum. Eine Cousine, die aus dem Nichts auftauchte?"

„Und dann diese Geschichte mit dem Kostüm." Jury drehte sich mit dem Rücken zur Mauer, zog eine frische Packung Zigaretten aus der Tasche und riss sie nachdenklich auf. Als bestünde zwischen ihm und seinem Chef eine geheime Kameradschaft, zog Wiggins eine frische Packung Hustenbonbons hervor.

„Nehmen wir mal an, Lily glaubte wirklich, diese sogenannte Gemma Temple sei Dillys gewesen. Sie hat sie gehasst. Als Kind spielte Lily immer nur die zweite Geige, wenn sie mit ihr zusammen war. Warum hätte sie also Dillys March ihr Kostüm überlassen sollen?"

„Colonel Crael zuliebe."

„Vielleicht. Hätte sie aber nicht genauso gut ein anderes für Miss Temple schneidern können? Ich denke, sie lügt."

„Also, was das betrifft, Sir", Wiggins' Gesicht wurde von seinem breiten, beutelüsternen Grinsen beinahe zerrissen, „die lügen bestimmt alle, durch die Bank." Er steckte sich eine Hustenpastille in den Mund, schob sie mit der Zunge hin und her und sagte: „Der Colonel steht anscheinend nicht auf Ihrer Liste. Denken Sie, er hat mit dem Ganzen nichts zu tun? Ehrlich gesagt, kann ich mir genauso wenig vorstellen, welches Motiv Kitty gehabt haben könnte."

Jury lachte. „Das scheint Ihnen ja ein großes Anliegen zu sein? Sie hat wohl auch keines gehabt. Aber glauben Sie nicht, dass der Colonel ihr einmal seinen Anteil überlassen wird? Nur scheint zwischen dieser Sache und dem Mord an Gemma Temple kein direkter Zusammenhang zu bestehen. Kitty und Lily haben jedenfalls dasselbe Alibi. Sie waren zusammen. Und was den Colonel betrifft – er hatte zwar genügend Gelegenheit, aber absolut kein Motiv, soviel mir bekannt ist."

„Sie haben Olive Manning vergessen. Sie hatte ein Motiv und auch genügend Gelegenheit."

Jury lächelte. „Sie scheinen ja Ihre ganze Hoffnung auf sie gesetzt zu haben, Wiggins. Immer wieder kommen Sie auf sie zu sprechen."

„Tatsache ist, sie hat Dillys March sehr gut gekannt. Falls das Ganze wirklich ein abgekartetes Spiel war, dann hätte sie diejenige sein können, die diese Temple aufgetrieben hat, die die Ähnlichkeit mit Dillys March festgestellt und sie in das Old House eingeschleust hat."

„Ja. Da haben Sie recht."

„Sie haben doch einen so guten Riecher, Sir. Wer hat's denn Ihrer Meinung nach getan?"

„Mit dieser Manning hab ich zwar noch nicht gesprochen, aber ..."

„Aber wie schätzen Sie die andern ein?"

Genau das hatte ihn heute Morgen auch so deprimiert und an diese Beförderung denken lassen, diesen Posten eines Superintendent, den er immer so bescheiden von der Hand gewiesen hatte, da ihm, wie er sich selbst sagte, weder am Geld noch am Prestige, noch an der Selbstbestätigung etwas lag. Inzwischen fragte er sich jedoch, wie viel ihm denn daran lag, sich ständig mit solchen Geschichten wie dieser herumschlagen zu müssen. Er wusste nicht, was er Wiggins antworten sollte. Sein Blick wanderte von dem von Möwen markierten Holz bis zu dem matten Gold des Horizonts, und nach einer längeren Pause sagte er dann: „Gar nicht."

Seine Objektivität wurde von seinen Gefühlen arg bedrängt.

# 15

Die grau gestreifte Katze sprang von der Fensterbank und verzog sich in den hinteren Teil der Rackmoor-Galerie, den sie offensichtlich als ihr Terrain betrachtete. Jury hatte sie aus dem Schlaf gerissen, als er die Hände vors Gesicht hielt und gegen die Scheiben presste.

Jury trat ein und wäre beinahe auf einen Umschlag getreten, den jemand unter der

Tür durchgeschoben hatte. Er hob ihn auf. Er war aufgegangen, und eine Pfundnote ragte heraus, eine von mehreren. Die Adresse, die auf dem billigen Papier stand, war die von Bertie Makepiece; der Brief schien jedoch schon vor Monaten abgesandt worden zu sein. Jury interessierte vor allem der Absender: R.V.H. London S.W.1. Er wollte ihn gerade genauer inspizieren, als Adrian Rees in einer völlig verschmierten Schürze und mit einer kleinen Schüssel in der Hand auftauchte. Er stellte sie auf den Hartholzfußboden, und die Katze kam angerannt.

„Hereinzubitten brauche ich Sie ja offensichtlich nicht mehr", gähnte Rees.

Jury hielt ihm den Umschlag hin. „Das lag auf dem Fußboden."

Adrian warf einen Blick darauf, und eine leichte Röte überzog seinen Hals und sein Gesicht. „Aha, ein kleines Darlehen von Bertie." Als Jury ihn einfach nur anschaute, fügte er hinzu: „Was denken Sie denn, um Himmels willen? Dass ich ihn erpresse? Bertie ist der Einzige in Rackmoor, auf den man sich verlassen kann, wenn man ein bisschen Kleingeld braucht."

„Kann ich mir vorstellen. Er scheint ja alles im Griff zu haben. Könnten Sie vielleicht diesen Umschlag erübrigen?"

Adrian sah ihn sich an, nahm die Scheine heraus und gab ihn dann Jury. „Gibt's denn im ‚Fuchs' keine Umschläge mehr?", fragte er grinsend. Dann zog er die Brauen hoch. „Verdammt, kleine Jungs sollte man nicht um Geld anhauen, ich weiß! Aber ich bin wirklich total pleite – das macht wohl keinen sehr guten Eindruck." Er seufzte und fuhr mit einem Pinsel über seine Schürze, mal in die eine, mal in die andere Richtung.

„Was halten Sie von dieser Geschichte?"

„Von welcher?"

„Der von Bertie. Dass seine Mutter nach Irland gefahren ist?" Adrian lächelte. „Kaum zu glauben, dass jemand solche Umstände macht wegen einer kranken Oma."

„Haben Sie seine Mutter gekannt?"

„Roberta? Nur vom Sehen. Ein Leichtgewicht, zumindest was intellektuelle Kraftakte betrifft. Aber unsere Betschwestern scheinen es ja geschluckt zu haben. Stockfisch, Fischauge & Co. Sie müssen zugeben, die Idee ist gar nicht so schlecht. In Belfast wird bestimmt niemand nachschauen wollen. Sind Sie deswegen gekommen?"

„Nein. Eigentlich wegen Gemma Temple. Ihre Beziehung war wohl doch etwas enger, als Sie uns glauben machen wollten."

Daraufhin erfolgte eine längere Pause, in der Adrian automatisch mit dem Pinsel über seine Schürze fuhr. Dann sagte er achselzuckend: „Jemand hat uns wohl gesehen?" Jury nickte und wartete. „Na ja, eine ‚Beziehung' würde ich es nicht nennen. Es blieb bei diesem einen Mal."

„Auch bei einem Mal kann viel passieren." Jury fand diese numerische Betrachtungsweise einfach unverständlich. Er dachte an die Frauen, die er in den letzten Jahren kennengelernt hatte. Ein einziges Mal hatte häufig genügt, um den Stein ins Rollen zu bringen. „Warum haben Sie mir das nicht erzählt, Mr Rees? Es war doch anzunehmen, dass ich es rauskriegen würde. Und wie Sie sehen, hab ich's auch rausgekriegt. Haben Sie Gemma Temple eigentlich auch an dem Abend getroffen, an dem sie ermordet wurde – ich meine, bevor Sie ihr auf der Grape Lane begegnet sind?"

„Was? Nein, glauben Sie mir! Wer das behauptet, lügt!"

„Sie wurde in der High Street gesehen, ganz in der Nähe von hier."

„Davon weiß ich nichts. Was die andere Sache betrifft: Gegen mich gab's schon so viel belastendes Material, dass ich mir dachte, es wäre besser, mich darüber auszuschweigen. Ich hab sie als Letzter gesehen, und das nach diesen blödsinnigen Tiraden über Raskolnikow und Mord im Allgemeinen."

„Sie glauben doch wohl nicht, dass ich darauf was gebe? Diese Art von Verbrechen ist vielleicht bei Dostojewski überzeugend, aber auf den Straßen von London ist derlei äußerst selten."

„Warum haben Sie das nicht gleich gesagt? Dann hätt ich Ihnen vielleicht auch was von meinem Abenteuer mit Gemma Temple erzählt."

„Wir machen hier doch keine Geschäfte, Mann. Könnte ich nun bitte etwas über Gemma Temple erfahren?"

„Na schön", sagte Adrian aufsässig. „Sie ist mir einmal hier und dann noch ein paarmal im ‚Fuchs' begegnet. Natürlich ist sie mir auch gleich ins Auge gestochen. Wem wäre sie das nicht? Sie sah ja ziemlich gut aus, und außerdem war's ein neues Gesicht. Eines Nachts, als der ‚Fuchs' gerade dichtgemacht hatte, ging sie noch spazieren, und ich folgte ihr. Sie ging an der Kaimauer entlang in Richtung Old House. Ich holte sie ein, wir sprachen miteinander, und ich schlug ihr vor, den letzten Drink bei mir zu nehmen. Nicht gerade originell, aber was anderes fiel mir nicht ein. Rackmoor ist leider nicht das Sodom und Gomorrha von England. Wir landeten also hier."

„Und dann?"

„Was ‚und dann'? Das können Sie sich doch wohl denken. So viele Möglichkeiten gibt's wohl nicht."

„Sie brauchten sie wohl nicht lange zu überreden?"

„Inspector, ich brauchte sie überhaupt nicht zu überreden. Und ich halte mich nicht gerade für unwiderstehlich."

Wie bescheiden, dachte Jury. Adrian Rees war geradezu ein Ausbund von Männlichkeit, und die Tatsache, dass er Maler war, verlieh ihm auch noch einen gewissen exotischen Zug. „An welchem Abend war das?"

„Zwei Nächte vor dem Mord." Adrian lächelte grimmig.

„Hat sie Ihnen was über sich erzählt?"

„Nichts, und das ist die reine Wahrheit. Nichts, was ich Ihnen nicht schon erzählt hätte. Sie lief mit einem Drink in der Hand im Atelier herum, sah sich meine Bilder an und machte irgendwelche blödsinnigen Bemerkungen; wahrscheinlich dachte sie, ich würde das von ihr erwarten. Und sie äußerte sich über das Dorf – etwas öde, fand sie. Aber schließlich haben wir ja nicht nur geredet." Adrian lächelte spitzbübisch.

„Sie hat nicht erwähnt, dass sie schon einmal hier gelebt hat?"

Adrian schüttelte den Kopf. „Als sie am nächsten Abend bei dem kleinen Essen auftauchte, war ich derjenige, der zu stottern anfing und rot wurde. Man hätte denken können, sie hätte mich noch nie in ihrem Leben gesehen. Ich hatte keine Ahnung, dass sie eine Cousine der Craels war."

„Was wissen Sie über Dillys March?"

„Sie meinen das Mündel der Craels, dieses Mädchen, das eines Tages verschwunden ist?" Jury nickte. „Nur, was der Colonel über sie erzählt hat. Über sie, Lady Margaret und seinen Sohn Rolfe. Als ich dieses Porträt von Lady Margaret malte, saß er häufig hier im Atelier ... Was meinen Sie denn genauer?"

Jury gab keine Antwort. „Sind Sie sicher, dass Sie Gemma Temple nicht früher schon mal gesehen haben – bevor Sie nach Rackmoor kamen?"

Adrian starrte ihn wütend an. „Verflucht, natürlich bin ich mir sicher!"

Jury lächelte kurz. „Regen Sie sich nicht auf. Es wäre nicht das erste Mal, dass Sie was verschweigen." Er blickte in die dunkle Ecke, in der sich die Katze putzte. „Haben Sie das Bild von Gemma Temple fertiggemalt? Ich würde es gerne sehen."

„Nein, aber ich war gerade dabei, als Sie kamen."

Jurys Blick wanderte nach unten. „Mit einem trockenen Pinsel?"

Der Ärger, der sich bereits aus seinem Gesicht verflüchtigt hatte, kehrte wieder zurück. „Mein Gott, Ihnen entgeht auch nichts."

„Dafür werde ich schließlich bezahlt. Bis bald."

## 16

Über der Tür des Cafés „Zur Brücke" bimmelte ein kleines Glöckchen, als Jury eintrat. Der Raum war ziemlich klein, hatte eine tiefe Holzbalkendecke und weiß getünchte Wände; um die Tische standen kleine Stühle mit leiterförmigen Rückenlehnen. Auf einer breiten Anrichte stand ordentlich gestapelt blaues und weißes Porzellan. Ein hübscher, sehr sauberer Raum, in dem niemand zu sehen war. Aber mitten im Winter waren wohl auch keine Gäste zu erwarten.

Lily Siddons erschien; sie hatte ein Kopftuch umgebunden, das ihr helles Haar verdeckte, und trug eine Schürze. Jury nahm an, dass sie aus der Küche kam. „Oh, guten Morgen."

Er tippte an seinen Hut und war überrascht, als er den weichen Stoff fühlte. Er hatte vergessen, dass er seinen Tweedhut aufgesetzt hatte. „Miss Siddons, dürfte ich Ihnen noch ein paar Fragen stellen?"

Sie wischte sich die Hände an ihrer Schürze ab. „Natürlich, ich habe nichts dagegen, wenn Sie nichts dagegen haben, mit in die Küche zu kommen; ich könnte dann dabei weiterarbeiten."

In der Küche sah er, dass sie gerade Gemüse klein geschnitten hatte. Jury zog sich einen Stuhl heran und setzte sich. Sie arbeitete an einem Holztisch, einer riesigen Fleischerbank in der Mitte des Raums. „Ich möchte mit Ihnen über Ihre Mutter sprechen."

Einen Augenblick lang schwieg sie. Dann sagte sie: „Ich kann mir nicht vorstellen, warum." Sie nahm eine Kaffeetasse vom Tisch und schüttete den kalt gewordenen Inhalt in den Ausguss.

Während er darauf wartete, dass sie sich ihm wieder zuwandte, fuhr er mit dem Finger durch ein Mehlhäufchen, das auf dem Tisch liegen geblieben war, wahrscheinlich noch vom Brotbacken. Den Teig hatte sie zum Aufgehen in große Schüsseln gefüllt und mit Tüchern bedeckt. An der Wand neben dem stattlichen Herd hingen die Kupfertöpfe und -pfannen. Von den hohen, schmalen Fenstern blickte man auf das Flüsschen, das unter einer Brücke hindurchfloss. Über die Simse strömte die Morgensonne, malte Rhomben auf den Fußboden und ließ die Böden der Kupfertöpfe funkeln.

„Sie machen alles selbst?"

Lily ging an den Tisch zurück, nickte und nahm das Messer in die Hand. „Im Winter schon, im Sommer hilft mir jemand. Es ist dann ziemlich voll hier." Noch nie in seinem Leben hatte Jury jemanden so schnell Gemüse schneiden sehen. Die Finger ihrer rechten Hand lagen auf dem Rücken des großen Messers, und mit der linken hob und senkte sie den Griff. Ihre Bewegungen waren schnell und rhythmisch, und die Karotte zerfiel in immer kleinere Teile, während das Messer auf und nieder wippte. „Sie gehen sehr geschickt mit diesem Messer um." Jury suchte in seiner Hemdtasche nach einer Zigarette und klopfte die Hosentaschen nach Streichhölzern ab.

„Der Trick dabei ist, dass die Klinge immer auf dem Holz bleibt." Ohne ihn anzublicken, fügte sie hinzu: „Oder wollen Sie damit andeuten, dass ich auch einen Menschen wie eine Karotte zerhacken könnte?"

„Wurde sie denn mit einem Messer umgebracht? Das ist mir ganz neu."

Lily hielt inne und stemmte verärgert die Hand in die Hüfte. „Kann ich bitte mein Foto zurückhaben? Das Foto, das Sie gestern Abend mitgehen ließen?"

Jury griff in seine Tasche. „Entschuldigen Sie, Lily, das war ein Versehen."

Sie wandte sich wieder dem Gemüse zu. „Ich bezweifle, dass Sie jemals etwas aus Versehen tun."

Er steckte das Foto wieder in seinen Rahmen und stellte es auf den Tisch. „Ihr Vater scheint nicht besonders zuverlässig gewesen zu sein – einfach so abzuhauen und Sie beide Ihrem Schicksal zu überlassen." Lily gab keine Antwort. „Seltsam, dass sie ihn so schnell geheiratet hat; sie kann ihn doch kaum gekannt haben. Wie lange waren sie denn verheiratet?"

Das Messer stand still. „Sie versuchen, ihr da was unterzuschieben, wahrscheinlich, dass er ihr ein Kind gemacht hat und dass sie ihn heiraten musste."

„War's so?"

„Nein." Sie verlieh dieser einen Silbe noch mehr Nachdruck, indem sie mit einer ausholenden Armbewegung das Gemüse in eine Stahlschüssel schob.

„Hat sie aufgehört zu arbeiten, als Sie geboren wurden?"

Lily wischte sich die Hände an ihrer Schürze ab. „Mr Jury, Sie wissen das doch alles, warum fragen Sie?"

Um zu sehen, ob es noch eine andere Version gibt, dachte Jury. Er beobachtete ihr Mienenspiel und sagte: „Weil es irgendeinen Grund geben muss für den Selbstmord Ihrer Mutter und diese Anschläge auf Ihr Leben, Lily." Niedergeschlagen starrte sie auf die Schüssel in ihren Händen, sagte aber nichts. „Könnte es denn wegen Ihrer Mutter sein?"

Bestürzt blickte sie auf. „Wie meinen Sie das?"

„Vielleicht ist damals, als sie noch lebte, etwas passiert. Vielleicht hat sie etwas hinterlassen – ich tappe auch im Dunkeln."

Lily wandte sich ab, schüttelte heftig den Kopf und ließ die Schüssel und das Messer in das Spülbecken fallen.

Jury drang weiter in sie: „Sie können ja völlig ahnungslos sein. Es reicht schon, wenn jemand glaubt, Sie wüssten etwas. Vielleicht sind Sie für jemanden gefährlich?"

„Gefährlich? Das ist doch lächerlich."

„Wie steht's mit den Craels?"

Sie wirbelte herum, und ihr Gesicht war so weiß wie das Mehl auf dem Tisch. „Ich und gefährlich. *Ich*." Sie presste die Handflächen gegen die altmodische Ginghamschürze, als wolle sie ihre Identität beweisen. „Ich war doch nur die Kleine der Köchin. Alle nannten mich so – die Kleine der Köchin. Nicht Lily, sondern die Kleine der Köchin." Zwei rote Flecken erschienen auf ihren Wangen, als hätte sie reingekniffen, um etwas Farbe zu kriegen. „Ich dachte sogar, ich hieße so. Meine Mutter erzählte mir, auf der Straße hätte mich mal jemand nach meinem Namen gefragt, und ich hätte geantwortet: ‚Die Kleine der Köchin.' Sie fand es komisch!"

„Aber Sie offensichtlich nicht."

Sie hatte ihm den Rücken zugewandt und den Kopf gesenkt. Er sah, wie ihre Hand zu ihrem Gesicht hochfuhr und wieder herunterfiel, und nahm an, dass sie weinte. Sie drehte den Wasserhahn auf, bespritzte sich das Gesicht und zog ein Küchenhandtuch herunter. Dann drehte sie sich wieder um und fuhr fort: „Der Colonel war der Einzige, der mich anständig behandelte. Für ihn war ich wenigstens Lily. Und er war auch der Einzige, der meine Mutter in Schutz nahm, als –" Sie stockte und wandte den Blick ab. „Dillys hasste mich, aber er hat das nie erfahren. Wir waren nur so häufig zusammen, weil der Colonel uns beide ins Herz geschlossen hatte. Ich glaube, er hätte gerne eine Tochter gehabt. Er ist auch nicht so elitär wie die andern – wie Lady Margaret, Julian, Rolfe. Rolfe, das war auch ein ziemlicher Snob, wenn auch etwas lebenslustiger. Manchmal nahm mich der Colonel mit auf Schmetterlingsjagd. Das fand ich ganz toll." Sie blickte durch das Fenster auf die Äste, die in der schwachen, winterlichen Sonne ganz golden aussahen.

Was sie wohl sah? Sommer – dieses riesige Haus mit seinen weiten, samtigen Rasenflächen, dahinter den dunkelblauen Teppich des Meeres und davor das mit Heidekraut bewachsene Moor? Als er ihr lichtumflossenes Profil betrachtete, hatte er das Gefühl, er könne in ihren Kopf schlüpfen, sie über das Gras rennen und das Netz schwingen sehen. „Sie sagten, der Colonel sei der Einzige gewesen, der Ihre Mutter verteidigt hat. Vor wem hat er sie denn in Schutz genommen?"

Lily saß ihm direkt gegenüber. Sie machte einen erschöpften Eindruck. „Vor Lady Margaret. Sie vermisste irgendwelchen Schmuck, ein paar Smaragde oder Diamanten, ich weiß nicht mehr. Und sie behauptete, meine Mutter hätte sie gestohlen. All diese Jahre hatte meine Mutter bei ihnen gearbeitet ... Sie fing als Küchenhilfe an. Und plötzlich soll sie auf den Gedanken gekommen sein, etwas zu stehlen?" Sie blickte weg und wandte ihm wieder ihr Profil zu. Sie hatte sich auf einen der hohen Hocker gesetzt, die Beine übergeschlagen und die Ellbogen mit den Händen umfasst. Man hätte denken können, sie hätte ihren Körper verlassen und sich in eine Marmorplastik verwandelt.

„Wegen so was bringt man sich doch nicht um?"

Langsam drehte sie den Kopf, und Jury bemerkte, dass ihre Bernsteinaugen sich verdunkelt hatten und wie gestern im Schein des Feuers beinahe kornblumenblau wirkten. Ihre Stimme klang ganz ruhig, obwohl sie offensichtlich sehr erregt war. „Sie wissen wohl ganz genau, wegen was man sich umbringt?"

„Nein. Aber man muss schon sehr, sehr verzweifelt sein. Auf falsche Anschuldigungen – und Sie scheinen sich ja ganz sicher zu sein, dass sie unschuldig war – reagiert man gewöhnlich empört und denkt nicht gleich an Selbstmord. Halten Sie es denn für möglich, dass sie sich deshalb das Leben genommen hat?"

Ausweichend antwortete sie: „Ich war erst elf Jahre alt, als sie starb."

„Ich weiß. Aber halten Sie es für möglich?"

„Ich weiß nicht." Ihr Gesicht, ihre Stimme waren völlig ausdruckslos.

„Was ist dann mit Ihnen geschehen? Nach ihrem Tod?"

„Ich ging zu meiner Tante Hilda nach Pitlochary. Ich fand es schrecklich. Sie wollte mich auch gar nicht haben, aber sie betrachtete sich als eine gute Christin, und es war sozusagen ihre Pflicht, mich aufzunehmen."

„Mich wundert es eigentlich, dass die Craels Sie nicht bei sich aufgenommen haben. Wo der Colonel Sie doch so gern hatte."

„Du lieber Himmel, Inspector. Ich war doch nur das Kind einer Angestellten. So weit ging die Liebe nun auch wieder nicht. Selbst wenn er gewollt hätte, die andern wären bestimmt dagegen gewesen. Julian, Olive Manning, Dillys. *Sie* hatte ihn um den Finger gewickelt, und sie war nicht einmal sein Fleisch und Blut. Aber er hat sich darum gekümmert, dass genug Geld für mich da war, dass ich anständig angezogen war und dass ich auf eine Schule ging. Er hat meiner Tante bestimmt einiges zugeschoben, sonst hätte sie mich als Kellnerin oder etwas Ähnliches arbeiten lassen, als ich alt genug war."

„Als diese Cousine, Gemma Temple, plötzlich im Old House auftauchte, hatten Sie da nicht auch das Gefühl, sie könnte den Colonel ganz einfach um ihren kleinen Finger wickeln?"

„Ich weiß nicht, was Sie damit sagen wollen."

„Wirklich nicht?"

Jury war überzeugt, dass sie log.

# 17

Die Leihbücherei von Rackmoor war ein langer, enger Schlauch, das Erdgeschoss eines früheren Wohnhauses, das sich von außen kaum von den anderen Häusern des Viertels unterschied. Das untere Stockwerk war umgebaut – sämtliche Wände und Türen waren herausgerissen worden, sodass Wohnzimmer, Speisezimmer, Gästezimmer und Küche einen Raum bildeten. Der Tisch am Eingang sah aus wie eine alte Theke. Das Schild, das darauf stand, bat den Besucher um Ruhe, bevor er sich überhaupt umschauen konnte. Die verschieden großen Regale, der abgetretene Teppich, die kleinen, zusammengewürfelten Lampen auf den im Raum verstreuten Tischen – all das erweckte den Eindruck, die Inneneinrichtung sei auf dem Flohmarkt zusammengekauft worden.

Auch Miss Cavendish erweckte diesen Eindruck: ein alter brauner Rock, der ihr beinahe bis zu den Knöcheln reichte, eine unförmige olivgrüne Strickjacke, ein Knoten, der wie ein Nadelkissen aussah. Sie schien gerade ein paar Schulkindern die Leviten zu lesen; als sie Jury hereinkommen sah und nach vorne ging, steckten die Kinder wieder ihre leuchtenden Haarschöpfe zusammen, und das Tuscheln und Kichern ging weiter. Außer ihnen war nur noch eine einzige Person anwesend, eine stattliche Frau, die aufmerksam an einem Regal entlangging.

Miss Cavendish wirkte hier sehr passend. Ihre Augen, die Jury über eine mit einem Ripsband versehene Lesebrille ansahen, machten einen sehr schwachen Eindruck, als hätte sie zu viele Nächte durchgelesen. Ihr fahles Gesicht war wie ein altes Buch mit braunen Flecken übersät. Und wenn sie sich bewegte, hörte man ein Rascheln und ein leichtes Knirschen, als würden sich ihre Seiten lösen, obwohl das Geräusch höchstwahrscheinlich von einem gestärkten Unterrock verursacht wurde.

Jury zeigte seinen Dienstausweis. „Ich hab ein paar Fragen an Sie, Miss."

„Das hab ich mir gleich gedacht." Sie musterte ihn von oben bis unten und schmatzte zufrieden mit ihren ungeschminkten Lippen. „Aber ich kann mir nicht vorstellen, wie ich Ihnen behilflich sein kann. Ich wohne am andern Ende des Dorfs, nicht dort, wo dieser brutale Mord verübt wurde. Ich habe das auch schon dem andern Kriminalbeamten erklärt."

„Ja, ich weiß. Eigentlich bin ich auch wegen einer ganz andern Sache zu Ihnen gekommen." Miss Cavendish zog die Augenbrauen hoch, erstaunt, dass es auch noch einen anderen Grund geben könnte. „Es dreht sich um Mrs Makepiece, Berties Mutter. Ich habe gehört, dass Sie sich um Bertie kümmern."

„Ja. Roberta – das ist Berties Mutter – hat mich gebeten, nach dem Kleinen zu schauen. Rose Honeybun und Laetitia Frother-Guy tun das auch. Aber hören Sie, was hat die Polizei damit zu tun? Ich will doch hoffen, dass wir nicht persönlich für sein Wohlergehen haften?" Noch bevor Jury antworten konnte, fuhr sie fort, sich zu verteidigen: „Uns kann man bestimmt keinen Vorwurf machen. Laetitia Frother-Guy hat sich *tout de suite* mit den zuständigen Stellen in Verbindung gesetzt, und sie sind auch vorbeigekommen, aber alles schien in bester Ordnung zu sein. Roberta hat sich natürlich auch schon vorher abgesetzt, wie Sie sich wohl denken können. Ich finde das einfach skandalös, Großmutter hin, Großmutter her. Ehrlich gesagt, an deren Existenz sind mir auch schon Zweifel gekommen. Der Junge behauptet, Roberta sei nach Belfast gefahren; mir hat sie aber was ganz anderes gesagt. Und es ist auch nicht das erste Mal, dass ich mich um den Jungen kümmere, während sie sich ein paar schöne Tage macht. Vier- oder fünfmal kam das schon vor. Sie haben verstanden, nicht wahr, keine kranken Omas, sondern *affaires d'amour*, das halte ich für viel wahrscheinlicher. Zugegeben, sie war noch nie so lange weg. Leute wie sie sollten keine Kinder haben; ich hab das auch meiner *confrère* Rose Honeybun gesagt. Wenn sie Gesellschaft braucht, soll sie sich einen Wellensittich kaufen. Der Kleine hat praktisch sein ganzes Leben lang auf sich selbst aufpassen müssen, und er macht das viel besser, als sie dazu in der Lage wäre. Wussten Sie, dass er schon gekocht, geputzt und eingekauft hat, als er noch in den Kindergarten ging? Aber er braucht natürlich jemanden, der ihn anleitet. Er sollte *en famille* leben. Ich hab zwar noch nie ein so selbstständiges Kind gesehen, auch wenn seine Art nicht besonders liebenswert ist; man weiß nie, was in seinem kleinen Kopf vor sich geht – er ist so etwas wie ein *enfant terrible*. Und dieser Hund, den er hat, der treibt mich glatt zur Verzweiflung. Wenn einer die Bezeichnung *bête noire* verdient, dann er. Man denkt, er könne Gedanken lesen. Wie der einen anschaut, also ..."

„Was hat Mrs Makepiece Ihnen denn erzählt?", unterbrach Jury ihren Redeschwall.

„Dass sie nach London fahren wollte. Ja, nach London, ich bin mir ziemlich sicher. Deshalb war ich ja auch so überrascht, als der Junge mir erzählte, dass diese Großmutter – die Bettlägerige – in Belfast wohne und Roberta nach Irland gefahren sei. Ausgerechnet nach Belfast!"

Wahrscheinlich sah sie im Geist eine Armee irischer Nationalisten mit schwarzen Baretten vorbeidefilieren.

„Haben Sie sich nicht gefragt, warum sie von London gesprochen hat?"

„Ja, schon. Aber wie gesagt, Roberta Makepiece hat schon immer ihre kleinen Ausflüge gemacht, und sie mag es überhaupt nicht, wenn man sich in ihre *affaires de cœur* einmischt. Ihr Mann starb, als er noch ziemlich jung war, und ich weiß nicht, ob das Zusammenleben mit Roberta nicht –"

„Diese Geschichte mit Belfast hat Sie also auch stutzig gemacht?"

„Ich dachte einfach nur, sie sei nach London gefahren und hätte von dort aus einen Zug oder einen Bus zu ihrem Schiff genommen. Oder sie sei von Heathrow aus geflogen."

Jury dachte einen Augenblick nach. Von Yorkshire aus wäre das ein Zeit- und Geldverlust. Wenn sie geplant hätte, nach Nordirland zu reisen, wäre sie nach Schottland gefahren und hätte in Stranraer die Fähre genommen.

„Inspector, warum stellt mir die Polizei all diese Fragen? Ich sagte Ihnen doch, dass ich nur ein bisschen aushelfe."

„Ich machte mir Sorgen um ihn. Meiner Meinung nach ist er doch ein bisschen zu jung, um ganz allein in diesem Haus zu leben."

Sie fasste das als einen versteckten Vorwurf auf. „Denken Sie, ich bin mir dessen nicht bewusst? Wie kann man als Mutter nur so was machen! Erst kürzlich hab ich zu Rose und Laetitia gesagt, wir sollten besser das Jugendamt anrufen. Aber die scheinen ja alles in Ordnung zu finden. Also, ich frage Sie – drei Monate sind das jetzt schon und von seiner Mutter keine Spur: Der Junge gehört in ein Heim."

Jury sah kahle, schlauchartige Räume mit langen Reihen eiserner Bettgestelle vor sich. Er versuchte, sich Bertie innerhalb der Mauern einer solchen Institution vorzustellen. Es gelang ihm nicht.

Vor dem Fenster der Leihbücherei war ein kleiner Hund angebunden; in dem dicken, zottligen Fell um seinen Hals steckte eine völlig absurde blaue Schleife. Wahrscheinlich wartete er auf die stattliche Dame, die zwischen den Regalen umherwanderte.

„Ich weiß nicht, ob das die beste Lösung für Bertie wäre", sagte Jury. „Was würde dann mit Arnold passieren? Die beiden sind doch unzertrennlich."

„Ich glaube *kaum*, dass ein *Hund* der richtige Umgang für ihn ist. Bête noire, wie ich schon sagte", meinte sie indigniert.

Jury blickte auf den Tisch. Das RUHE-BITTE-Schild musste ein Albtraum sein für Miss Cavendish. „Na schön, *delenda est Carthago*. Auf Wiedersehen, Miss Cavendish."

Sie blinzelte und starrte ihm nach, während er sich umdrehte und zur Tür ging.

Als er wieder auf der Scroop Street stand, fragte er sich, wieso er gesagt hatte, dass Karthago zu zerstören sei. Wahrscheinlich weil ihm gerade nichts anderes eingefallen war. Und Vergil war sein Lieblingsdichter.

Er ging die Scroop Street entlang und spähte durch Berties Fenster, aber weder von Bertie noch von Arnold war etwas zu sehen. Dunkle, gähnende Leere. In der Küche neben der Anrichte hing Berties Schürze. Bertie musste wohl in der Schule sein.

Bei der Engelsstiege angelangt, beschloss er, die Psalter Lane hochzugehen und den Waldweg zum Old House zu nehmen. Auf der letzten Stufe, ein paar Meter unterhalb der Kirche, drehte er sich um und blickte hinunter. Selbst mitten im Winter sah Rackmoor fantastisch unwirklich aus. Das ganze Dorf lag vor ihm, die in die Klippen gebauten Häuser, die Treppen, die verwinkelten Gassen. Die winzigen blauen und grünen Boote waren die einzigen Farbtupfer auf dem eintönigen Grau des Steins, des Himmels und des Wassers. Aber es gab nicht nur diesen einen Blick: Zu seiner Rechten konnte Jury auch die Moore sehen, Meilen unberührter Schneefelder.

Er wünschte, er könnte unter irgendeinem Vorwand über sie hinwegstapfen.

# 18

Wie ein Zugvogel schaffte es Sergeant Wiggins immer, sich in wärmere Regionen zu verziehen; Jury entdeckte ihn hinter einer Kanne Tee in der Nähe des Küchenherds. Ihm gegenüber saß Olive Manning.

Sie strahlte jedoch keine Wärme aus. Die Hand, die sie Jury hinstreckte, war trocken und kühl, und ihr Lächeln war noch kühler. Sie schien sich in ihren Kleidern nicht wohl zu fühlen – als wären sie zusammengepfuscht (was bestimmt nicht der Fall war) oder nicht für sie gemacht. So wie sie dasaß – in ihrem dunklen Kleid, an dessen Gürtel ein Schlüsselbund hing, mit ihren spitzen Ellbogen und Backenknochen und der geraden, scharf geschnittenen Nase –, schien Olive Manning nur aus Kanten und Winkeln zu bestehen. Auch ihre Stimme klang hart und metallisch. Als sie Jury begrüßt hatte, verschwand auch das pflichtschuldige Lächeln; ihre Züge erstarrten und wirkten steif wie das Porträt auf einer Münze. Ihre Augen hatten die Farbe von angelaufenem Silber; ihre Lippen waren dünn, und auf ihrem dunklen Haar lag ein grauer Schleier wie auf alter Schokolade.

Jury zog sich einen Stuhl heran; als sie ihm jedoch eine Tasse Tee anbot, lehnte er ab. „Mrs Manning, ich möchte nicht noch einmal alles durchgehen, was Sie schon Sergeant Wiggins erzählt haben. Mich interessiert vor allem, ob Sie die junge Frau für Dillys March gehalten haben."

Sehr bestimmt schüttelte sie den Kopf. „Nein, eindeutig nicht."

„Wie konnten Sie sich so sicher sein, wo für Sir Titus überhaupt kein Zweifel bestand, dass sein Mündel zurückgekehrt war?" Olive Manning schien sich jedoch immer sicher zu sein, was ihre Gedanken und Gefühle betraf.

Sie lächelte. „In diesem Fall war wohl der Wunsch der Vater des Gedankens, Inspector Jury. Julian Crael war übrigens ganz meiner Meinung, wie Sie wohl wissen." Jury nickte. „Auf den ersten Blick sahen sie sich natürlich sehr ähnlich."

„Nicht nur auf den ersten Blick. Nach den Fotos zu urteilen, die ich von Dillys March gesehen habe, hätte Gemma Temple ihre Doppelgängerin sein können."

„Das stimmt schon. Nur sind diese Fotos von Dillys fünfzehn Jahre alt. Und es ist nicht nur das Aussehen. Es gibt auch noch andere Dinge, zum Beispiel, wie jemand sich bewegt, spricht –"

„Nicht gerade aus einem guten Stall?"

„So könnte man es ausdrücken. Ich fand sie ziemlich vulgär. Eine gute Kinderstube lässt sich schließlich nicht verleugnen."

„Könnte sie in den fünfzehn Jahren nicht auch einiges vergessen haben?" Sie schwieg. „Wie ich gehört habe, Mrs Manning, ist Ihr Sohn in einer Anstalt?"

Die kalten, stahlgrauen Augen luden sich auf; aber alles, was sie sagte, war: „Ja."

„Und Sie glauben, Dillys March hat ihn so weit gebracht?"

Ihr Gesicht, ihre ganze Haltung wirkten wild entschlossen. Aber sie drehte nur an ihren Ringen, als wolle sie ihre Finger davon abhalten, sich um seinen Hals zu legen. „Sie kennen doch schon den ganzen Klatsch, Inspector, was wollen Sie denn noch von mir hören?"

„Es gibt einiges, worüber wir sprechen könnten, wenn das wirklich nur Klatsch ist. Was ist zwischen Dillys und Ihrem Sohn vorgefallen?"

„Solange Leo hier gelebt hat – ein Jahr war das, er arbeitete als Fahrer für den Colonel –, war das Mädchen hinter ihm her."

„Mit Erfolg?"

Schweigen. „Sie hat ihm die Hölle heiß gemacht, was ja nicht so schlimm gewesen wäre, wenn sie es nur auf ihn abgesehen hätte. Aber er war nur einer von vielen."

„War sie denn so attraktiv?"

Olive Manning lächelte verächtlich. „Also wirklich, Inspector. So attraktiv braucht man gar nicht zu sein, man muss nur –" Sie schaute Jury an, als müsste er es wissen. „Und wegen ihr hätte er nach einem Monat beinahe seinen Job verloren. Und dann gab es diese grässliche polizeiliche Untersuchung. Jeder dachte, Leo hätte was damit zu tun gehabt ..." Sie verstummte, und die Farbe wich aus ihrem Gesicht. Der Ärger, den sie wahrscheinlich nur mit großer Mühe unterdrückt hatte, schien sie innerlich explodieren zu lassen. „Das war zu viel für den armen Jungen; er war bis über beide Ohren in sie verliebt."

Das entsprang wohl dem besorgten Herzen einer Mutter, obwohl Olive Manning keinen sehr mütterlichen Eindruck auf Jury machte.

„Damals, vor fünfzehn Jahren, haben Sie doch beobachtet, wie Dillys March weggefahren ist. Erzählen Sie mir bitte davon."

„Ich schlafe gewöhnlich ziemlich schlecht, das war schon immer so, und ich war auch an diesem Abend noch wach. Irgendein Geräusch veranlasste mich, zum Fenster zu gehen. Vielleicht eine Autotür, die zugeschlagen wurde. Ich schaute hinaus und sah sie am Garagentor. Sie hielt den Kopf gesenkt und suchte anscheinend nach ihren Schlüsseln. Und dann sah ich, wie sie in ihr rotes Auto stieg und davonfuhr. Davonschoss. Wie immer."

„Das war das letzte Mal, dass Sie sie gesehen haben?" Sie nickte. Jury wechselte das

Thema. „Sie sind ungefähr zwei Wochen vor Weihnachten nach London zu Ihrer Schwester gefahren?"

„Ja. Ich übernachte bei ihr, wenn ich Leo besuche ... dieser Kriminalbeamte, Inspector Harkins, oder einer seiner Männer bestand darauf, mit Leo zu sprechen. Es ist wirklich schrecklich, können sie den armen Jungen denn nicht in Ruhe lassen? Er hat doch nichts getan ..."

Überrascht stellte Jury fest, dass sie den Tränen nahe war; ihr Sohn war wohl ihr schwacher Punkt. „Ja, ich weiß, sie haben mit ihm gesprochen, aber ich glaube nicht, dass Leo ihnen viel weiterhelfen konnte. Er hat sich an kaum was erinnert." An nichts, wenn man Harkins Glauben schenkte. „Die Kosten für das Heim, in dem Leo sich befindet, trägt der Colonel, nicht wahr?"

Sie blickte ihn scharf an. „Der Colonel war schon immer ein verantwortungsbewusster Mann. Ich glaube, er weiß, bei wem die Schuld zu suchen ist."

„Es wäre doch ziemlich ärgerlich, wenn Dillys March zurückkommen und ihn veranlassen würde, anders darüber zu denken." Olive Manning starrte ihn wütend an, machte den Mund auf und machte ihn wieder zu. „Ich würde gerne noch mit Ihrer Schwester sprechen, Mrs Manning. Könnten Sie mir ihre Adresse geben?"

„Warum? Was hat denn sie mit der Sache zu tun? Glauben Sie, ich hätte Sie angelogen, was diesen Besuch betrifft?"

„Nein, ein Anruf würde genügen, um das herauszufinden. Wo wohnt sie?"

Sie war verwirrt; ihre Hände flatterten wie zwei kleine Flügel. „Ich kann mir nicht vorstellen, was Sie von ihr wollen. Sie heißt Fanny Merchent. Mrs Victor Merchent. Sie wohnen in der Ebury Street, Nummer neunzehn. In der Nähe von Victoria."

„Vielen Dank, Mrs Manning." Jury stand auf, und Wiggins erhob sich mit ihm. „Vielleicht muss ich noch einmal mit Ihnen sprechen."

Olive Manning gab keine Antwort, und sie schaute sich auch nicht nach ihnen um, als sie aus der Küche gingen.

„Haben Sie heute Morgen schon Mr Plant gesehen, Wood?"

„Nein, Sir. Soviel ich weiß, ist er noch nicht heruntergekommen, Sir."

„Können Sie ihm bitte ausrichten, ich sei nach London gefahren?" Jury lächelte. „Und sagen Sie ihm bitte auch, er solle nicht den ganzen Tag im Bett verbringen."

Der Butler hatte ein kleines, verschwörerisches Lächeln aufgesetzt, als würden sie beide – Wood und Jury – die Gepflogenheiten des Landadels nur zu gut kennen.

Als sie über die schwarzweißen Marmorfliesen der Eingangshalle gingen, sagte Jury zu Wiggins: „Während Sie einen Wagen auftreiben, werde ich Tom Evelyn einen Besuch abstatten. Ich bleibe nicht lange in London – höchstens einen Tag. Ich muss mit ein paar von diesen Leuten sprechen."

„Inspector Harkins fühlt sich vielleicht auf den Schlips getreten. Als sei er seinen Pflichten nicht nachgekommen." Wiggins lächelte.

„Macht nichts. Er fühlt sich immer auf den Schlips getreten. Ich werde Sie aber in Pitlochary absetzen, dann können Sie ihm alles erklären."

„Nett von Ihnen, Sir", sagte Wiggins, ohne eine Miene zu verziehen; sein Gesicht war halb verdeckt von seinem Inhaliergerät.

# 19

Melrose Plant lag zwar im Bett oder vielmehr auf dem Bett, aber Jury hatte sich trotzdem getäuscht.

Er war voll angezogen und starrte auf die kunstvoll bemalte Decke mit ihren Göttern, Göttinnen und Putten. Er lächelte; er dachte an Julian Craels Räume – drei Türen von seinen entfernt.

Melrose hatte das Foto, das er in der Hand hielt, aus genau diesen Räumen entwendet. Und er war zufrieden mit sich.

Zuerst hatte Melrose sich vergewissert, ob Julian auch seinen Morgenspaziergang machen würde: Er bot ihm seine Begleitung an, worauf ihm Julian einen Blick zuwarf, als hätte er ihm vorgeschlagen, gemeinsam in die Badewanne zu steigen. Jemand, der es vorzog, eine Stunde lang im Moor herumzuirren (was Julians Absicht war), statt am Kaminfeuer zu sitzen und Cockburn's Very Superior Port zu trinken, konnte nicht ganz normal sein. Für Melrose war es jedoch eine gute Gelegenheit gewesen, seinen Plan durchzuführen.

Sie mochten sich nicht, das war klar. Auch Gemeinsamkeiten wie Alter, Rang, Reichtum und gesellschaftliche Stellung brachten sie einander nicht näher. Melrose fühlte sich schuldig: Es war wirklich seine Absicht gewesen, etwas über Julian in Erfahrung zu bringen, wenigstens einen Eindruck, was den Colonel beruhigt hätte. Er würde es zwar abstreiten, aber Melrose spürte, dass der alte Crael sehr besorgt um den jüngeren war. Alibi hin oder her.

Ein hoffnungsloses Unterfangen. Aus Julian Crael war nichts rauszukriegen, obwohl das wahrscheinlich seine, Melroses Schuld war. Er dachte an Jury, der wie in der Bibel Wasser aus dem Felsen schlug: Er brauchte nur den Fuß auf Percy Blythes Schwelle zu setzen, und schon fing Percy an zu reden.

Melrose beschloss, dass er sich, wenn es auf die eine Weise nicht ging, seine Informationen eben auf andere Art beschaffen würde. Und das hatte er auch getan. Es war vielleicht nicht gerade fein, die Zimmer eines Gentleman zu durchsuchen. Aber Mord war auch nicht gerade fein.

Er hatte sich in Julians Räume geschlichen, ohne recht zu wissen, welche Beweisstücke er eigentlich zu finden hoffte. Und er hatte auch nicht damit gerechnet, auf etwas zu stoßen. Er war jedoch fündig geworden.

Im Haus hatte sich nichts gerührt. Der Colonel trieb sich in seinen Hundezwingern in Pitlochary herum. Olive Manning war nach Whitby gefahren, und die Dienstboten drehten Daumen.

Melrose hatte also das Haus praktisch für sich allein gehabt. Er war aber schlau gewesen und hatte die Tür zu Julians Zimmer sperrangelweit offen stehen lassen, falls doch jemand vorbeikommen sollte. Dann wäre erst gar nicht der Verdacht aufgekommen, er würde bei ihm herumschnüffeln; er hätte einfach behaupten können, er habe sich ein

Buch ausleihen wollen oder etwas dergleichen. Julian besaß eine großartige Sammlung wertvoller, alter Bücher über Yorkshire.

Melrose hatte lautlos jede Schublade, jedes Regal, jeden Wandschrank durchsucht. Es hatte nicht viel Zeit in Anspruch genommen, da die Räume mit den moosfarbenen Vorhängen und den schweren Tudor-Möbeln sehr spartanisch, ja schon beinahe trostlos leer waren.

Melrose zog die Vorhänge auf und schaute aus den hohen Fenstern, die alle aufs Meer hinausgingen; er wollte sich vergewissern, dass Julian Crael nicht doch beschlossen hatte, wieder umzukehren. Da sich der Nebel etwas gelichtet hatte und die Sonne durchgekommen war, konnte er den Weg, der an den Klippen entlangführte, bis zur nächsten großen Biegung verfolgen. Von Julian war jedoch nichts zu sehen.

Es gab zwei Räume, ein Schlafzimmer und ein kleineres Arbeits- oder Lesezimmer. Er fing mit dem Schlafzimmer an. Die Kommode enthielt die üblichen Accessoires einer gepflegten Herrengarderobe, einschließlich einer viktorianischen Geldkassette und einer Toilettengarnitur mit zwei silbernen Haarbürsten (die Melrose in die Hand nahm und neidisch betrachtete). Außerdem lagen noch Schlüssel, ein Fläschchen Bittersalz und ein Foto von Lady Margaret herum. Sehr interessant war das alles nicht. In dem Schrank hingen ein paar tadellos geschnittene Anzüge, ein Bademantel und eine Reitjacke. Er hatte gesehen, wie Julian einmal in aller Frühe eines der Pferde aus dem Stall holte; an der Jagd selbst wollte er jedoch nicht teilnehmen.

Melrose ging in das Arbeitszimmer, wo in einer Nische zwischen den Regalen ein hübscher kleiner Sekretär stand. Er klappte die Platte hoch, fand aber nur die üblichen Schreibutensilien – keine privaten Briefe, nur ein paar Rechnungen von einem Londoner Schneider. Systematisch durchsuchte er jede Schublade, stieß aber auf nichts von Bedeutung: Briefpapier, Füllfederhalter und in einer Schublade ein paar Schnappschüsse, die er sich etwas genauer anschaute. Es waren vor allem Moorlandschaften und Ansichten von dem Haus, die schon etwas älter sein mussten. Er schloss die Schubladen und wandte sich den Bücherregalen zu. Sie machten einen sehr ordentlichen Eindruck; nichts schien sich hinter ihnen zu verbergen, keine Geheimfächer oder geheimen Dokumente.

Auf den Regalen standen mehrere gerahmte kleine Fotografien. Eigentlich waren es nur Schnappschüsse, ein Dutzend ungefähr. Sie hatten diese bräunliche Farbe, die sich im Lauf der Jahre einstellt. Auf einigen erkannte er Julian in jüngeren Jahren und die elegante Lady Margaret am Arm ihres Mannes; er wusste auch, dass das schwarzhaarige Mädchen Dillys March sein musste – er hatte die Fotos gesehen, die der Colonel der Polizei zur Verfügung gestellt hatte.

Dillys war auf mindestens einem halben Dutzend zu sehen, und wenn man die Fotos dazuzählte, auf denen sie mit den anderen zusammen posierte, waren es sogar noch mehr. Eines zeigte sie mit Lady Margaret, ein Schnappschuss, der im Garten gemacht worden war; sie war noch beinahe ein Kind, zehn oder elf Jahre vielleicht. Ein anderes mit Julian und einem jungen Mann, der Julians Bruder Rolfe sein musste. Alle drei saßen auf ihren Pferden. Neben Dillys und Julian, die sich mitten in der Pubertät befanden, sah Rolfe schon sehr erwachsen aus. Er war sehr hübsch, aber nicht vergleichbar mit Julian, abgesehen vielleicht von den blonden Haaren, die er von seiner Mutter geerbt hatte. Dann gab es noch zwei Fotos mit Dillys und Julian, die wohl etwas später aufgenommen waren: Beide standen stocksteif auf der Treppe zum Old House. Auf drei weiteren war Dillys allein zu sehen, einmal auf ihrem Pferd, die beiden anderen Male gegen die Stange eines Zauns gelehnt. Sie sah eher schüchtern aus; den Kopf hielt sie gesenkt, und ihre Augen waren von dem Pony und den Wimpern halb verdeckt. Sie konnte noch keine zwanzig gewesen sein und trug noch dasselbe leichte Seidenkleid, das sie schon auf der Treppe getragen hatte.

Er zählte zusammen: sieben Fotos von Dillys. Niemand war so häufig vertreten, und trotzdem behauptete Julian Crael, er könne sie nicht ausstehen.

Melrose wusste nicht, wieso ihm gerade jetzt ein alter Trick seiner Mutter einfiel. Wenn sie mehr Fotos als Rahmen hatte oder wenn sie eines der alten Fotos durch ein neueres ersetzen wollte, nahm sie einfach den Karton heraus und schob das neue vor das alte. Er fing mit den Fotos von Julian und Dillys an, aber hinter der samtartigen Verstärkung steckte immer nur das Stückchen Karton. Er versuchte bei vier verschiedenen Fotos sein Glück. Bei dem fünften, auf dem Dillys gegen den Zaun lehnte, entdeckte er dann noch einen zweiten Schnappschuss: Dillys in einem Park. War es der Regent's Park? Oder der Hyde Park?

Jedenfalls war dieses Mädchen kein Teenager mehr; es war eine junge Frau. Dillys March? Oder Gemma Temple? Melrose hatte die Fotos von Gemma Temple nicht gesehen, aber wenn die Ähnlichkeit wirklich so groß war ...

Auch in dem nächsten Rahmen entdeckte er noch ein zweites Foto. Sie stand vor einem Gebäude gegen ein eisernes Gitter gelehnt. Das Gebäude unterschied sich nicht von tausend anderen Backsteinbauten der Stadt. Er hätte gerne noch weitergemacht, fürchtete aber, Julian könnte zurückkommen. Seit einer guten halben Stunde war Melrose nun schon in Julians Arbeitszimmer.

Er öffnete die Schreibtischschublade mit den Schnappschüssen, nahm zwei davon heraus und schob sie hinter die Fotos von Dillys. Das war natürlich etwas riskant, aber Julian würde sich wahrscheinlich zufriedengeben, wenn er an dem Rahmen erkannte, dass zwei Fotos dahintersteckten, und er würde sich nicht die Mühe machen, die hinteren hervorzuholen. Auf jeden Fall hatte sich die Sache gelohnt. Er musste unbedingt Jury von seinem Fund unterrichten.

Als er wieder in seinem Zimmer war und sich auf dem Bett ausstreckte, wurde ihm klar, dass er auf eine heiße Spur gestoßen war. Ob diese Frau nun Dillys March oder Gemma Temple war, interessierte ihn in diesem Augenblick schon nicht mehr – egal, wer sie war, sie hätte nicht in London auftauchen dürfen. Und auch nicht in einem Bilderrahmen in Julian Craels Zimmern.

# 20

"Dillys March? Ja, die kannte ich, ist aber schon lange her. Was hat sie denn mit der Sache zu tun?"

Tom Evelyn, der Aufseher der Jagdhunde in Pitlochary, schleppte gerade mehrere Eimer mit Brei in die Zwinger, als Jury auf ihn zutrat. "Haben Sie diese Gemma Temple gesehen, als sie in Rackmoor war?" Evelyn schüttelte den Kopf. „Gemma Temple und Dillys March glichen sich wie ein Ei dem andern."

Er riss die Augen auf – sie waren auffallend blau. Er war beinahe vierzig, aber man hätte ihn auf Ende zwanzig schätzen können. Auch in zehn oder fünfzehn Jahren würde Tom Evelyn nicht viel anders aussehen – aufrecht, hager, dunkel und größer, als er in Wirklichkeit war, da er sich so gerade hielt. Und auch vor fünfzehn Jahren hatte er bestimmt schon so ausgesehen: ein Mann, der Frauen gefiel, die Männer mochten, und vielleicht auch Frauen, die Männer nicht mochten.

„Sie wollen mir doch nicht erzählen, dass die Ermordete Dillys March war, oder?"

„Nein. Aber wir würden gerne mehr über Dillys March erfahren von den Leuten, die sie gekannt haben."

Evelyn rollte seine Ärmel hinunter und knöpfte langsam seine Lederweste zu. „Ich kann Ihnen nur eines sagen, Mann, wo die auftauchte, da gab's garantiert Ärger."

„Für wen?"

„Für jeden, auf den sie es abgesehen hatte."

„Für Sie?"

Seine blauen Augen blickten über den Hof und die Hundezwinger hinweg in die Ferne. Er war verlegen, aber er zeigte seine Verlegenheit nicht. Jury fragte sich, ob seine Hölzernheit – seine aufrechte Haltung, sein starrer Gesichtsausdruck – wohl darauf zurückzuführen seien, dass er es vor allem mit Tieren und weniger mit Menschen zu tun hatte. Und dass er die Tiere den Menschen wahrscheinlich vorzog. Eine leichte Röte hatte sein sonnenverbranntes Gesicht überzogen. „Ja, für mich auch, wenn ich sie hätte machen lassen. Seit über zehn Jahren war ich Aufseher gewesen. Davor Reitknecht. Und wegen so einer wie der wollte ich das nicht aufs Spiel setzen."

Das klang nicht nur verächtlich, sondern richtig schroff. Evelyn war kein Mann, der seine Gefühle zur Schau trug; wenn Dillys ihn nach fünfzehn Jahren noch so in Rage versetzen konnte, dann musste sie tatsächlich ein Teufelsbraten gewesen sein. Tom Evelyn schien seinen Stolz zu haben, und Jury versuchte, ihm nicht auf die Füße zu treten. „Gut. Sie wollten sie sich vom Hals halten, aber hat sie das davon abgehalten, sich Ihnen an den Hals zu werfen?"

Evelyn ging in die Hocke und rührte den Brei um, der so dick war, dass der Löffel darin stecken blieb. Fünf Meter von ihnen entfernt fingen die Hunde an, nach ihrem Essen zu toben. „Sie hat's auch geschafft. Aber nur kurze Zeit."

„Was ist passiert?"

„Passiert ist nur einmal was. Lag an meiner jugendlichen Dummheit. Ich war damals der zweite Pikör. Dillys kam in den Zwinger, sie und der Colonel. Aber sie blieb etwas länger ..." Er zuckte die Achseln und überließ es Jury, sich diesen Teil der Geschichte auszumalen. „Sie wollte es zu einer Dauereinrichtung werden lassen, aber ich hatte Schiss. Das Mündel des Colonel – Allmächtiger! Aber eine Crael war das nicht – egal, wo sie herkam und wohin sie verschwunden ist, Dillys March war einfach eine Schlampe."

„Haben Sie eine Ahnung, wo sie hingegangen sein könnte? Und finden Sie es nicht komisch, dass sie einfach so verschwunden ist?"

„Mann, ich werde nicht dafür bezahlt, mir darüber Gedanken zu machen."
„Und was war mit Olive Mannings Sohn, Leo? Ich hab gehört, dass sie mit ihm auch was gehabt haben soll."
Evelyns Lachen klang so schrill wie das Signal für die Hunde. „Natürlich. Sie hatte mit jedem was. Olive Manning hätte sie umbringen können –" Evelyn warf Jury einen Blick zu. „Sie wissen, wie ich das meine. Sie war untröstlich, als Leo in die Anstalt musste."
„Aber Sie glauben doch nicht im Ernst, dass das Mädchen einen sonst völlig normalen Mann reif für eine Anstalt machen konnte?"
Evelyn antwortete nicht. Er bückte sich nach den Eimern mit dem weißen, gallertartigen Inhalt.
„Komisch, dass sie einen, den sie praktisch die ganze Zeit vor der Nase hatte, überhaupt nicht bemerkte. Er war doch bei Weitem der Attraktivste, zumindest von ihrem Standpunkt aus."
„Ich weiß nicht, Rolfe Crael interessierte sich für *Frauen*, nicht für kleine Mädchen." Evelyn lächelte, und das Lächeln war erstaunlich warm. „Aber sie hat es bestimmt probiert."
„Ich meine nicht Rolfe. Ich meine Julian."
„Wie kommen Sie denn darauf?"
„Ich weiß nicht – er konnte sie doch nicht ausstehen."
Wieder dieses schrille Lachen. „Aber das ist doch absolut blödsinnig. Julian war verrückt nach ihr. Jeder konnte das sehen."

# 21

An Melroses Tür war die Andeutung eines Klopfens zu hören. Er schob die Fotos unter sein Kissen und sagte: „Herein!" Wood, mumienhaft reserviert, sagte: „Entschuldigen Sie, Sir, Sie werden am Telefon verlangt. Und Colonel Crael würde Sie auch gern sprechen, wenn Sie herunterkommen. Er ist im Red-Run-Salon, seinem ‚Nest'."
Melrose sah den Schatten der Missbilligung auf Woods Gesicht: ein Gentleman, der vollständig angezogen um zwölf Uhr mittags auf dem Bett herumliegt und auch noch die Schuhe anhat? Sein eigener Butler, Ruthven, hätte sich nichts anmerken lassen. Er bedankte sich bei Wood und nahm die Beine vom Bett.
„Wo finde ich hier ein Vergrößerungsglas, Wood? Ich muss ein paar Dinge unter die Lupe nehmen."
„Colonel Crael hat eines für seine Schmetterlingssammlung. Ich bringe es Ihnen."
„Ich komme sofort runter. Könnten Sie etwas Tee und Toast für mich auftreiben? Ist zufällig Inspector Jury am Apparat?"
„Nein, Sir. Ich soll Ihnen ausrichten, dass der Inspector nach London gefahren ist. Es ist Lady Ardry."
Verflucht, dachte Melrose. Jury in London. Was sollte er nur mit den Fotos machen?
„Ist Sergeant Wiggins auch mitgefahren?"

„Kann ich Ihnen nicht sagen. Sie sind zumindest zusammen aus dem Haus gegangen. Ihr Tee kommt sofort, Sir." Bevor Wood sich wieder entfernte, fügte er nachdenklich hinzu: „Ein viel beschäftigt er Mann, dieser Inspector Jury."

Agathas Stimme klang erschreckenderweise so, als befände sie sich in dem Zimmer nebenan.

Wo sie auch, wie sie sagte, innerhalb der nächsten vierundzwanzig Stunden sein würde. Die gute alte Teddy war ebenfalls von Sir Titus eingeladen worden. Sie würden sich also gemeinsam auf den Weg machen.

Natürlich hatte sie sich selbst eingeladen. Melrose wusste, dass er weder durch Argumente noch durch Beleidigungen oder Drohungen etwas erreichen würde. Sie würde sich einfach taub stellen. Er könnte sie zum Schweigen bringen, indem er sie totprügelte – nur war sie leider in York, und er war hier. Alles, was er tun konnte, war, sie zu überlisten.

„Wie nett", sagte er und schloss gequält die Augen. „Hör zu, Agatha, wenn du noch ein paar Tage warten könntest, dann würde ich vorbeikommen." Er senkte die Stimme. „Du solltest nämlich noch etwas für Jury erledigen, etwas sehr Wichtiges. Er hat eigens um deine Hilfe gebeten." Jury würde ihn umbringen.

Gespanntes Schweigen. Die Leitung vibrierte förmlich. Sie erinnerte ihn daran, dass sie immer bereit war, der Polizei zu helfen. Ob er denn vergessen hatte, wie hilfreich sie in Northants gewesen war?

Als Melrose schließlich wieder auflegte, hatte er keine Ahnung, mit welcher Aufgabe er Agatha in York betrauen sollte. Er würde sich jedoch noch etwas einfallen lassen.

Aber *ein* guter Gedanke war ihm beim Telefonieren gekommen. Als Wood wie ein schwarzer Schwan in sein Gesichtsfeld schwamm, fragte ihn Melrose, ob er auch ein Londoner Telefonbuch auftreiben könne. Wood meinte, er würde es ihm zusammen mit dem Vergrößerungsglas bringen.

„Ich habe mich eben sehr angeregt mit Ihrer Tante unterhalten", sagte Sir Titus Crael und klappte sein Whythe-Melville-Buch zu. „Hier ist Ihr Tee. Sie sind wohl ein ziemlicher Langschläfer, hmm?"

Mit einem starren Lächeln nahm Melrose den Tee entgegen. „Wie nett von Ihnen, Colonel, sie hierher einzuladen. Wie ungeheuer nett."

„Melrose, Sie haben mir leider verschwiegen, dass sie ganz in unserer Nähe weilt. Von hier bis York sind es nur ein paar Stunden."

Ist mir bekannt!, dachte Melrose. Er rieb seine Goldrandbrille blank, stopfte sein Taschentuch wieder in die Tasche und ließ den Blick über die Ruinen von Rackmoor schweifen. Jemand wie Agatha konnte man einfach nicht hierher einladen, an einen Ort, der ein solches Kleinod war, dass er unter Denkmalschutz stand. Es war, als würde man eine Kuh auf die Treppen des Howard Castle stellen. Er ließ seine Augen im Zimmer umherschweifen, während er sich in Gedanken durch die Jahre mit Agatha quälte, und er fragte sich, warum ausgerechnet sie von seiner Familie übrig geblieben war.

„Halten Sie denn den Zeitpunkt für so geeignet, Colonel?"

Sir Titus blickte ihn überrascht an: „Aber sie sagte doch, sie sei eine gute alte Bekannte von Inspector Jury. Sie hätten sogar schon einmal zusammengearbeitet, damals bei den Gasthofmorden in Ihrem Dorf in Northants. Davon haben Sie mir gar nichts erzählt, Melrose!"

Melrose lächelte matt. „Ich dachte, Sie hätten schon genug am Hals ..." Er verstummte, während er hilfesuchend verschiedene Gegenstände fixierte und auf eine Eingebung wartete. Er könnte dem Colonel erzählen, sie hätte sich eine Erkältung zugezogen oder sie sei verschieden – was auch immer. Melroses Blick fiel auf eine Folge von Jagdszenen, die derjenigen im „Fuchs" sehr glich.

„Haben Sie die Jagd erwähnt, Sir Titus?"

„Hmm? Die Jagd, nein, hab ich nicht. Warum?"

Melrose schlug sich gegen die Stirn. „Ach du meine Güte, das ist wirklich zu dumm. Agatha ist nämlich allergisch gegen Pferde."

Fassungslos starrte ihn Sir Titus an. Melrose hätte ihm genauso gut sagen können, seine Tante habe eine Geschlechtskrankheit.

„Ja. Sie braucht ein Pferd nur zu riechen, und schon kriegt sie einen Anfall." Er zuckte die Achseln. „Wenn ich ihr erzähle, dass in drei Tagen hier eine Jagd stattfindet, wird sie es sich wohl wieder anders überlegen, befürchte ich. Mit Allergien ist das so eine Sache."

Er hatte Agatha einmal auf Bouncer sitzen sehen: Wo Bouncer anfing und Agatha aufhörte, ließ sich von hinten nicht erkennen. Bouncer war sie jedoch schnell wieder losgeworden.

Wenn ihm das nur auch gelänge. Melrose seufzte und trank seinen Sherry.

ALS ER WIEDER auf seinem Zimmer war, nahm Melrose sich als Erstes das Foto mit dem Backsteingebäude vor.

Zuerst dachte er, der weiße Fleck hinter der Frau sei ihr weißes Kleid, das sich in dem Fenster spiegelte. Als er aber das Vergrößerungsglas darüber hielt, erkannte er, dass es eine Gestalt in einem weißen Jackett war, ein Kellner wahrscheinlich. Auf dem Fenster, das unterhalb ihrer rechten Schulter endete, standen drei Buchstaben: A C E. War das ein Wort für sich oder nur der Teil eines Wortes? Er hielt das Vergrößerungsglas über die undefinierbaren Formen hinter dem Fenster. Laternen. Höchstwahrscheinlich diese Papierlaternen, die in billigen orientalischen Restaurants als Dekoration verwandt wurden. Das würde auch das weiße Jackett erklären. Und wie viele solcher Restaurants hatte das Gebäude auch diesen Lagerhaus-Charakter. A C E – es konnte alles bedeuten. Melrose schnappte sich das Londoner Telefonbuch, schlug die Seiten mit den Gaststätten auf, und der Mut verließ ihn. Es gab über hundert chinesische oder fernöstliche Restaurants. Als er aber die Spalten überflog, fiel ihm ein ziemlich häufiger Name auf: das Wort PALACE. Er schaute auf das Foto. Möglicherweise waren die drei Buchstaben die letzte Silbe dieses Wortes.

Er ging noch einmal die Seiten mit den Restaurants durch und schrieb sich, angefangen mit „China Palace", alle Zusammensetzungen mit Palace heraus. Als er damit fertig war, hatte er ungefähr zwanzig Namen auf seiner Liste stehen, aber das war auf jeden Fall besser als einhundert.

Melrose klappte das Telefonbuch zu und überlegte sich, was zu machen war. Da Jury und Wiggins nicht da waren, sollte er die Fotos vielleicht Harkins unterbreiten. Aber Harkins konferierte, wie er gehört hatte, mit dem Superintendent in Leeds.

Zum Teufel damit, er konnte ja zwei Fliegen mit einer Klappe schlagen: Er konnte selbst nach London fahren, New Scotland Yard die Beweisstücke übergeben, Jury bei der Suche nach jenem Palace-Restaurant behilflich sein und in York Zwischenstation machen, um sich durch irgendeinen schlauen Trick Agatha vom Hals zu schaffen. (Nicht allzu schlau, da es sich um Agatha drehte.) Er schaute auf die Uhr: noch nicht einmal ein Uhr. Er könnte in York noch zu Mittag essen oder schon seinen Tee einnehmen und um halb zehn oder zehn in London sein. Ohne sich beeilen zu müssen.

Melrose war zufrieden mit sich. Drei Fliegen auf einen Schlag.

Oder vielmehr zwei Fliegen und einen Brummer.

## 22

Der Sherry Club war ein unauffälliges, cremefarbenes Gebäude mit einer glatten Fassade ganz in der Nähe von Shambles, im Schatten der Kathedrale. Sie hatten sich offensichtlich bemüht, alles zu vermeiden, was nach Reklame aussah. Nur ein kleines Messingschild rechts neben der eichenen Eingangstür wies auf den Club hin. Er hatte das Aussehen und die Funktion eines *Men's Club*, aber in seinem Speisesaal wurden inzwischen auch Frauen zugelassen, solange sie sich weiblich-diskret verhielten und lautlos bewegten (zumindest hatte man diesen Eindruck).

Nicht der geeignete Ort, sich mit Agatha zu treffen.

Melrose war wütend, dass er eine, wenn nicht gar zwei Stunden opfern musste, um mit seiner Tante Tee zu trinken, aber er wusste, dass sie sehr viel umgänglicher war, wenn sie sich den Bauch vollgeschlagen hatte. Und dann war dieses Treffen ja nur ein kleines Opfer, wenn es ihm gelang, sie von Rackmoor fernzuhalten. Ganz zu schweigen von dieser Teddy.

Er hatte sich an einen Tisch bei einem der hohen Fenster gesetzt, um die Straße im Auge behalten zu können. Nicht, dass er scharf war auf diesen ersten Blick von seiner Tante, aber trotz seiner Anweisungen war sie durchaus in der Lage, vorbeizulaufen, denn der Sherry hatte den Club nicht gerade bekannt gemacht. Hier konnte er ans Fenster klopfen, falls es nötig sein sollte.

Er war absichtlich etwas früher gekommen, um sich die anderen Gäste anschauen zu können, bevor sie auftauchte. So kurz nach der Lunchzeit war der Saal jedoch fast leer. An einem Tisch weiter hinten entdeckte er einen Mann und zwei Frauen; sie schieden aus. Außer ihnen gab es nur noch zwei weitere Personen, ein kleines, vogelartiges Männchen, das sich mit Gebäck vollstopfte, und einen anderen Mann, der für Melroses Zwecke schon eher infrage kam: dunkler Anzug, Schirm und Melone wie ein Gardeoffizier. Er hatte habichtartige, starre Züge. Die Melone lag vor ihm auf dem Tisch; der fest zusammengerollte Schirm (der bestimmt noch nie geöffnet worden war) hing an dem Stuhl. Er las eine Zeitung.

Melrose winkte den Kellner heran. „Dieser Herr da drüben kommt mir sehr bekannt vor. Ich glaube, wir sind zusammen in Harrow gewesen, es liegt allerdings schon etwas zurück. Es ist doch Sir John Carruthers-White, nicht wahr?"

Der Kellner blickte in die Richtung des Gastes. „O nein, Sir. Das ist Mr Todd, Sir. Er isst immer bei uns zu Mittag, weil er von hier so rasch wieder in der Kathedrale ist."

„Ist doch nicht zu fassen!", sagte Melrose und starrte ihn verblüfft an. „Er sieht Carruthers-White zum Verwechseln ähnlich. Die Kathedrale? Was hat Mr Todd denn dort zu suchen?"

„Er macht die Führungen, Sir." Der Kellner fegte mit seiner weißen Serviette ein paar imaginäre Krümel vom Tisch. „Sie ist sehr populär, die Kathedrale."

Als wäre die Kathedrale von York eine neue Rockgruppe. „Kann ich mir vorstellen. Und macht Mr Todd diese Führungen auch im Winter? Ich meine, zurzeit?"

Der Kellner schien sich nicht zu fragen, warum Mr Todd, der offensichtlich nicht dieser Carruthers-White war, immer noch Melroses Interesse erregte. „O ja. Heute Nachmittag gibt es noch eine oder zwei Führungen. Ich glaube, so gegen drei."

Er würde also nicht mehr lange bleiben. Verdammt, wo blieb Agatha? „Bitte decken Sie für zwei Personen."

Der Kellner verschwand. Ein paar Minuten später tauchte er wieder mit seinem Tablett auf und stellte Kanne, Tassen und Kuchen auf den Tisch. Melrose entdeckte seine Tante. Sie stand vor dem Sherry Club und wirkte wie immer völlig fehl am Platz – wie von einem anderen Sonnensystem. Der Hut, den sie trug, verstärkte diesen Eindruck: eine wilde Mischung aus Violett und Blau mit einer langen grünen Feder. Sie verschwand.

Und tauchte im Speisesaal wieder auf; der Kellner führte sie an den Tisch. Melrose blickte zu Todd hinüber; er hoffte nur, dass er nicht gerade jetzt, wo Agatha eingetroffen war, aufbrechen würde. Nein, er schien sich mit seiner Zeitung und seinem Kaffee für längere Zeit eingerichtet zu haben.

„Wie ich sehe, Melrose, hast du schon ohne mich angefangen." Sie klappte den Deckel der silbernen Kanne hoch, spähte hinein und inspizierte dann die belegten Brote und den Kuchen. Sie stocherte mit dem Finger in jeder Platte herum und zählte dann laut auf, was sie entdeckte. „Hmm, keine Buttercremetörtchen."

„An besserem Ort gibt es sie nicht, Agatha. Oder hast du etwa schon bei Fortnum welche gekriegt? Du wirst dich mit dem Gebäck begnügen müssen."

Sie legte ihren schäbigen Fuchs ab und machte es sich bequem. „Hast du mich hierher beordert, um mit mir über Kuchen zu reden, Melrose? Du hast wohl wieder getrunken?"

Er wünschte, er hätte sich vor ihrem Treffen mit ein paar doppelten Brandys gestärkt. Mit ihr zu reden war schwieriger, als gegen einen Schwarm Karpfen anzuschwimmen. Sie leerte ihre erste Tasse Tee und verschlang ein mit Fischpastete bestrichenes Brot, das war jedoch nur der Anfang.

Melrose bestrich sich ein Brötchen. Eigentlich mochte er diese Brötchen mit den Fruchtstückchen obendrauf überhaupt nicht. „Ich – wir – wollten dich bitten, uns behilflich zu sein. Die Sache ist aber streng geheim."

„Worum handelt es sich? Und wie geht es Jury? Warum ist er nicht mitgekommen? Der Ärmste wird auch immer in die entlegensten Gegenden geschickt. Ist er denn für London nicht gut genug?"

„Du weißt ganz genau, dass er gut genug ist. Er gehört zur Mordkommission. Es tut ihm aufrichtig leid, dass der Mord nicht in einem schickeren Viertel begangen wurde, in Belgravia oder Mayfair zum Beispiel. Ich dachte immer, du würdest Jury bewundern."

„Oh, *bewundern*, das ist zu viel gesagt. Er ist schon ein ganz tüchtiger Bursche." Sie ließ einen Klacks Schlagsahne auf ihr Törtchen fallen.

Offensichtlich empfand sie Jurys Fernbleiben als grobe Beleidigung.

„Agatha, da drüben links hinter dir sitzt ein Herr – nein, dreh dich nicht um, du machst ihn sonst auf dich aufmerksam!"

Sorgsam vermied sie es. Als sie ihr Törtchen gegessen hatte, knabberte sie an einem der Plätzchen herum, überlegte es sich dann aber plötzlich wieder anders, und wie ein unartiges Kind legte sie es auf den Teller zurück und nahm sich ein Stück Obsttorte. „Was ist mit ihm?"

„Ich glaube, er verfolgt mich. Hundertprozentig sicher bin ich mir natürlich nicht, aber – nein, dreh dich nicht um! Jury hält ihn für einen *agent provocateur*."

Agatha würde, um ihre Neugierde zu befriedigen, vor nichts zurückschrecken. Melrose schob sein Besteck hin und her und fuhr fort: „Ich – äh, das heißt Jury – wollte dich und Mrs Harries-Stubbs bitten –"

„Teddy? Um was denn?"

„Ich muss gestehen, dass mir hier etwas ziemlich Peinliches passiert ist ..." Sie lächelte, zufrieden, dass er endlich in Ungnade gefallen war. „Ein Aufbewahrungsschein ist verloren gegangen. Er war in meiner Brieftasche. Ich kann nicht verstehen, wie er rausfallen konnte. Aber ich weiß, dass ich ihn bei Teddy verloren haben muss, es ist mir nämlich gleich danach aufgefallen."

„Für was ist der Zettel denn?"

Melrose erwog verschiedene Möglichkeiten und entschied sich für die Gepäckaufgabe von Victoria Station. Ließen die Leute nicht dauernd ihre Sachen dort stehen?

„Und was hat dieser Todd damit zu tun?"

„Mr Todd interessiert sich ebenfalls für den Schein." Melrose zündete sich so unbekümmert eine Zigarette an, als gebe es weit und breit keine Geheimagenten.

Agatha traten die Augen aus dem Kopf. „Ist er nicht gefährlich?"

„Ich denke nicht, schließlich hat er keine Ahnung, dass der Schein bei Teddy herumliegt." Melrose lächelte strahlend. So konnte er sichergehen, dass sie das ganze Haus auf den Kopf stellen würden, bevor Mr Todd sie heimsuchte. „Du und Teddy, ihr müsst alles gründlich durchsuchen. Man übersieht ihn leicht, weil er so klein ist."

„Und wenn ihn die Putzfrau schon rausgefegt hat?"

Melrose starrte auf den Filter seiner Zigarette. „Dann müsst ihr in den Mülltonnen nachsehen."

Als sie sich dagegen zu sträuben schien, legte er seine Hand auf ihre. Diese Geste war so ungewöhnlich für ihn, dass sie darauf starrte, als wäre ein Fisch auf ihrem Tisch gelandet. „Agatha, dieser Zettel ist verdammt wichtig. Du wirst mich – uns – doch nicht im Stich lassen?"

Sie ließ ein paar Krümel von ihrem Brötchen auf Melroses Ärmel fallen und sagte: „Na ja, was tut man nicht alles für alte Freunde ..." Anscheinend kam sie überhaupt nicht auf die Idee, dass Jury die Polizei von ganz Yorkshire zur Verfügung stand, wenn er eine Hausdurchsuchung durchführen wollte. „Wann sehe ich ihn denn? Um Bericht zu erstatten?"

Ein klarer Fall von Erpressung. Vielleicht konnte er Jury dazu überreden, auf der Rückfahrt von London kurz bei ihr vorbeizuschauen. Eigentlich musste ihm genauso viel daran gelegen sein, sich Agatha vom Leib zu halten. Nein, zum Teufel, es würde ihm überhaupt nichts ausmachen. Jury würde es schaffen, sie um den Finger zu wickeln und gleichzeitig zu ignorieren, ohne dass sie etwas merkte. Wo hatte er das nur gelernt? Percy Blythe fiel ihm wieder ein. „Jury wird mit mir zurückfahren. Morgen, übermorgen oder auch erst in drei Tagen." Oder überhaupt nicht. Es war zwar nicht anzunehmen, dass Agatha die Kathedrale besichtigen würde, aber vielleicht sollte er diese Sache vorsichtshalber auch noch abklären. „Mr Todd macht übrigens die Führungen in der Kathedrale. Um sich zu tarnen, spielt er den Fremdenführer."

„Tatsächlich? Aber was hat dieser Todd denn überhaupt mit den Craels zu tun?"

Melrose hätte ihr einen ganzen Roman über Todd und die Craels erzählen können, aber er wollte so schnell wie möglich nach London. Und er sah auch, dass Todd seine Zeitung zusammenlegte und nach seinem Regenschirm tastete. Wenn Melrose Wert darauf legte, von ihm verfolgt zu werden, musste er sich beeilen. Hinter vorgehaltener Hand sagte er zu Agatha, die sich gerade einen Brandy-Snap in den Mund schob: „Wenn wir jetzt gehen, können wir ihn vielleicht abschütteln, Agatha."

Verdrossen antwortete sie: „Ich hab meinen Tee noch nicht ausgetrunken, aber wenn es unbedingt sein muss ..." Er hakte sich bei ihr unter und half ihr hoch.

ALS SIE VOR DEM SHERRY CLUB STANDEN, versuchte Melrose etwas Zeit zu gewinnen und ließ seinen Wagenschlüssel fallen. Er beobachtete, wie sich die Tür hinter ihnen öffnete und Todd heraustrat. „Wir waren doch nicht schnell genug", flüsterte er. „Tu so, als würdest du ihn nicht sehen. Er muss dann weitergehen; er kann schlecht stehen bleiben und in den Himmel starren."

Und wie Melrose vorausgesagt hatte, ging Mr Todd völlig sorglos die Straße hinunter.

„Wirklich gerissen", sagte Agatha. „Man würde nie auf den Gedanken kommen, dass er dir folgt." Beruhigend tätschelte sie den Arm ihres Neffen. „Vergiss nie, Melrose, wenn irgendetwas passieren sollte, Ardry End ist in guten Händen."

Melrose blickte auf die plumpe Hand auf seinem Arm und zweifelte nicht an ihren Worten. Zwei von den Ringen seiner Mutter steckten bereits an ihren Fingern.

„Sehr anständig von dir, Tante." Er tippte an seinen Hut.

Und alle drei – Melrose, Agatha und Mr Todd – gingen ihrer Wege.

# Fünfter Teil
## Limehouse Blues

### 1

Jury fuhr erst einmal zu seiner Wohnung, um nach der Post zu sehen. Im Briefkasten lagen ein paar Rechnungen, diverse Prospekte und ein Brief von seiner Cousine aus den Potteries. Obwohl nur eine Cousine, war sie wie eine Schwester für ihn, woran sie ihn auch unaufhörlich erinnerte. Das Erinnern galt jedoch stets seinen brüderlichen, nie aber ihren schwesterlichen Pflichten.

Er riss den Umschlag auf und las den Brief, während er die zwei Treppen zu seiner Wohnung hinaufstieg. Wie üblich wurde sie von Alec, ihrem trunksüchtigen Ehemann, den Kindern, von der Geldnot und der vielen Arbeit fast an den Rand des Wahnsinns getrieben. Jury schaute auf den Poststempel. Der Brief hatte bereits drei Tage wimmernd im Kasten gelegen.

War er nur drei Tage weg gewesen? Müde streckte er sich aus. Er fühlte sich, als wäre er drei Wochen lang im Moor herumgelaufen. Er knipste die Schreibtischlampe an, besah sich das Durcheinander – angelesene Bücher, die über das ganze Wohnzimmer verstreut lagen, dazwischen gebrauchte Kaffeetassen – und hob das Telefon in den Schoß. Er saß in dem einzigen Sessel, den Kopf zurückgelehnt, und dachte über seine Cousine nach. Zugegeben, der Ehemann taugte nicht viel. Aber sie hatte ihn sich ja schließlich selbst ausgesucht, oder? Entscheiden wir nicht selbst über unser Leben, zumindest zum Teil? Warum müssen uns die Leute, die uns nahestehen, auch immer wieder mit Sachen überraschen, über die wir, wie über Möbelstücke im Dunkeln, stolpern und uns fragen: Wer hat dich ausgerechnet da hingestellt?

Unwillig nahm er den Hörer ab. Er wusste, es würde schon eine gute Viertelstunde in Anspruch nehmen, alle ihre Sorgen abzuhandeln. Der vielen Tränen wegen wurde daraus fast eine halbe Stunde. Er gab ihr schließlich den Rat, Ferien zu machen – eine Haushälterin zu engagieren und einfach für eine Woche wegzufahren, nach Blackpool oder anderswohin, das Geld dafür würde er ihr schicken. Als sie auflegte, klang sie beinahe fröhlich. Er wusste, er tat es nicht ihretwegen, sondern wegen ihrer Eltern. Sie hatten sich nach dem Krieg ihm gegenüber wirklich sehr anständig benommen, als sie ihn aus dem Heim holten und bei sich aufnahmen. Inzwischen waren beide tot. Und er dachte auch an ihre Kinder. Immer wenn sie mit den Nerven fertig war, mussten es die Kinder ausbaden. Er sah sie vor sich, eine Reihe blanker Gesichter. Das brachte seine Gedanken auf Bertie Makepiece. Er war überzeugt, dass Berties Mutter in London war. Jury zog den Briefumschlag, den er von Adrian bekommen hatte, aus der Tasche und prüfte den Absender: R.V.H., S.W.I. Die Initialen würden ihn nirgendwo hinführen; wer immer der Briefschreiber war, die Adresse war unvollständig. Möglicherweise eine Geschäftsadresse.

Er schlug mit dem Briefumschlag gegen seinen Daumen und überlegte. Stand das „H" vielleicht für „Hotel"? Das würde man im Yard leicht feststellen können.

Er war gerade dabei, ein paar Zeilen an seine Cousine zu schreiben, als es ganz leise an der Tür klopfte; es klang, als wollte sich der Besuch im Voraus entschuldigen. „Oh, Inspector Jury." – Es war Mrs Wasserman. Sie trug noch ihren schwarzen Mantel und schwarzen Hut und hielt ihre Handtasche fest an die Brust gepresst. Sie trug immer Schwarz. Mrs Wasserman hatte nie aufgehört zu trauern. „Verzeihen Sie, Sie sind sicher erst gekommen, aber wissen Sie, was passiert ist?"

„Kommen Sie doch rein, Mrs Wasserman."

Zaghaft trat sie ins Zimmer, ihr Blick suchte die Ecken nach Eindringlingen ab. „Ich bin auf dem Weg zu meiner Freundin, Mrs Eton, Sie wissen schon. Auf alle Fälle, heute, vorhin, ist mir jemand den ganzen Weg von der Camden Passage gefolgt. Es war dieser Mann …"

Für Mrs Wasserman waren die Straßen voller Gefahren. Überall lauerten sie wie geifernde Hunde hinter Gittern. Jury fragte sich, ob die Straßen sie wohl an das Niemandsland erinnerten, wo sie wie Vieh aus dem Eisenbahnwaggon heraus ins Lager getrieben worden waren. Die Angst, die sie damals empfand, musste sich so tief in ihre Seele eingefressen haben, dass sie sich nie mehr, weder zeitlich noch räumlich, auf ihren realen Ursprung zurückführen ließ.

„Wie sah er denn aus?", fragte Jury. Er wusste, es wäre sinnlos, die Verfolgung in Zweifel zu ziehen, es würde ihr die Angst nicht nehmen. Er zog sein kleines Notizbuch aus der Tasche und zückte den Kugelschreiber.

Sie wirkte sofort ruhiger. Sie wollte lediglich ernst genommen werden. „Nicht sehr groß …" Sie machte eine andeutende Handbewegung. „Mager und ein Kopf wie ein Totenschädel; nah beieinanderliegende Augen – irgendwie gemein, wissen Sie. Er trug einen braunen Hut und Mantel."

Während sie ihn aufmerksam betrachtete, schrieb Jury alles sorgfältig mit. „Es dürfte nicht schwer sein, ihn zu finden. Wir behalten alle Taschendiebe im Auge, die in der Passage arbeiten." Mrs Wasserman liebte es, in die Passage zu gehen und die Verkaufstische nach besonders preiswerten Sachen durchzuwühlen, die sie aber nie fand.

„Haben Sie irgendetwas gekauft? Ihr Geld gezeigt?"

„Nur das …" Sie öffnete ihre Tasche und zeigte Jury einen kleinen, in einem Papiertaschentuch eingeschlagenen Ring. Wie zu erwarten, war es ein Trauerring, in dem sich eine Haarlocke befand. Aber sehr hübsch.

„Ich habe mit einer Zehnpfundnote gezahlt."

„Nun, Sie kennen ja diese Langfinger und Taschendiebe. Sie sehen einen Geldschein, und schon glauben sie, auf eine Goldader gestoßen zu sein." Jury steckte sein Notizbuch weg. „Machen Sie sich keine Sorgen, wir finden ihn schon. Haben Sie ihn früher schon mal gesehen?" Sie schüttelte energisch den Kopf. „Die Camden Passage zieht viele kleine Ganoven an. Meistens sind sie aber ganz harmlos."

„Die Straßen sind heutzutage nicht mehr sicher, Mr Jury", sagte sie und drückte mit ihren kleinen beringten Fingern die Tasche eng an sich. „Nichts ist mehr sicher." Ihre dunklen Augen waren wie schwarze Trauerperlen.

Die Angst, die sie ergriffen hatte, als sie jung und hübsch war, hatte sich auch in ihr breitgemacht und hielt sie nun für immer gefangen, dachte Jury.

„Denken Sie nicht mehr daran, Mrs Wasserman. Ich würde mir an Ihrer Stelle einen dieser Geldgurte zulegen. Sie müssten dann keine Geldbörse mehr tragen, wenn Sie einkaufen gehen. Diese Gurte sind so gemacht, dass Sie sie unter dem Rock an ihrem Hüftband befestigen können. Es ist ganz einfach. Oder Sie könnten einen nehmen, der in ein Strumpfband eingearbeitet ist, und ihn am Schenkel tragen. Dann werden Sie natürlich noch andere Probleme als nur Taschendiebe haben, wenn Sie zahlen wollen." Er zwinkerte ihr zu.

Sie schüttelte sich vor Lachen. „Bei meinen Beinen, Inspector? Voller Krampfadern. Ich habe schon daran gedacht, sie entfernen zu lassen. Nein, Inspector, meine Beine will niemand sehen, darüber mache ich mir keine Sorgen."

Jury lächelte. „Haben Sie die Trillerpfeife, die ich Ihnen gab, mitgenommen? Haben Sie die dabeigehabt?" Sie errötete und schlug die Augen nieder. „Ich gebe zu, ich habe sie vergessen. Es war aber sehr nett von Ihnen, sie mir zu geben."

„Aber das macht doch nichts. Nehmen Sie sie das nächste Mal mit. Ich muss jetzt weg. Wollen Sie zur Angel Station?"

„Ja. Ich will auch dorthin. Mrs Eton wohnt in Chalk Farm."

Josie Thwaite wohnte in Kentish Town. „Das trifft sich ja gut, Mrs Wasserman. Ich muss nach Kentish Town, das ist nur eine Station weiter. Sie bekommen eine Polizeieskorte."

„Oh, Mr Jury, das ist wirklich wunderbar!" Ihre Hände, die die schwarze Tasche umklammert hielten, entkrampften sich sichtlich.

## 2

Die Tür, die mit einer Kette gesichert war, öffnete sich einen Spalt. Die Augen, die ihn durch den Türspalt fragend anschauten, waren von einem sanften, verletzlichen Braun. Jury nahm an, sie gehörten Josie Thwaite.

„Miss Thwaite? Ich bin Inspector Jury von ..."

Die Art, wie sie tief Luft holte, ließ ihn innehalten. „Sie kommen wohl wegen dem ‚Anfänger'-Schild."

„Nein. Ich möchte Ihnen nur ein paar Fragen stellen. Wegen Ihrer Freundin Gemma Temple."

„Oh, Verzeihung!" Die Tür ging kurz zu, als sie die Kette löste. Dann machte sie sie weit auf, wobei sie ihre langen schwarzen Haare von der Schulter nach hinten schob. Der weiße Pullover, den sie trug, betonte ihre mageren Schultern. Als sie zurücktrat und ihn mit einer Handbewegung zum Eintreten aufforderte, sah er, dass sie überhaupt mager war. Sie hielt sich auch ein wenig krumm. Ihre Haltung, ihr Blick, ihre Stimme – alles an ihr wirkte wie eine Entschuldigung. Ein trauriges Wesen.

Offenbar jedoch nicht wegen ihrer Mitbewohnerin, denn sie kam ohne Umschweife zur Sache. „Sehen Sie, Gemma hat meinen Wagen geborgt, weil sie ihr Anfänger-Schild erst vor Kurzem bekommen hatte. Sie wollte unbedingt diesen Ausflug machen, sagte aber nicht wohin und hatte Angst, mit ihrem Schild in eine Kontrolle zu geraten." Sie bemerkte, dass Jury noch stand, sagte: „Oh, entschuldigen Sie!", und bedeutete ihm, auf einem quadratischen Etwas von einem Sessel Platz zu nehmen. Der Überzug jagte ihm kalte Schauer über den Rücken. „Und so kam es, dass man meinen Wagen dort fand."

„In Rackmoor. In Yorkshire."

„Ja, richtig. Vor zwei Tagen war auch ein Polizist aus Yorkshire hier. Sie sind also nicht der Erste."

Jury musste lächeln. Es klang, als habe sie den Verlust ihrer Unschuld eingestanden. Er zog das Bild, das ihm Harkins gegeben hatte, aus der Tasche. „Ist das Gemma Temple?"

„Ja, das könnte sie sein. Obwohl da zu viel Sonne im Gesicht ist. Doch, das ist Gemma."

Jury nahm den Schnappschuss wieder an sich. „Sie sagten, Sie wüssten kaum was über ihre Vergangenheit, nur dass sie mal eine Familie namens Rainey erwähnt hat."

„Das stimmt. Ich glaube, sie hat sie ein paarmal besucht, als sie bei mir wohnte."

„Wie haben Sie Gemma kennengelernt?"

„Durch eine Annonce. Ich brauchte jemanden, mit dem ich die Miete teilen konnte." Sie blickte unsicher um sich. „Obwohl die Wohnung nicht so groß ist, nur dieses Zimmer hier und ein Schlafzimmer, aber immerhin besser als nur ein Wohnschlafzimmer, das müssen Sie zugeben."

„Sie ist viel besser als meine. Zigarette?" Er reichte ihr seine Schachtel.

Sie war offenbar keine starke Raucherin, denn sie schaute das Päckchen an, als wäre es eine exotische Vogelart. Schließlich nahm sie sich vorsichtig eine Zigarette, beugte sich ebenso vorsichtig vor und schob mit der einen Hand ihre Haare zurück, um sie vor dem Feuer, das Jury ihr anbot, zu schützen. Dann lehnte sie sich zurück und blies zaghaft kleine Rauchwölkchen in die Luft, wobei sie die Zigarette zwischen Daumen und Zeigefinger hielt. Sie sah inzwischen ganz entspannt aus, als hätte sie eine Opiumpfeife geraucht; kreuzte ihre Beine und wippte mit dem Fuß, der in einem pelzgefütterten Pantoffel steckte. Das Bild von einem kleinen Mädchen, das mit Mamas Make-up und Zigaretten spielt, war perfekt.

„Also, sie kam auf Ihre Annon…"

„Ja."

„Sagen Sie, haben Sie Gemma gemocht? Sind Sie gut miteinander ausgekommen?"

Sie sah ihn an und wandte den Blick wieder ab. „Nun, wir hatten keine Streitigkeiten in dem Sinne, wenn Sie das meinen, aber ich mochte sie nicht besonders. Und sie war, wenn es um sie selber ging, nicht sehr gesprächig. Ich hätte Referenzen von ihr verlangen müssen, nicht wahr?" Aus großen Augen blickte sie Jury entschuldigend an, als könnte er sie wegen ihrer Dummheit bestrafen.

„Nachträglich ist man immer schlauer, Josie. Auf diese Weise habe ich schon Hunderte von Fällen gelöst. Glauben Sie, Gemma Temple hatte überhaupt Referenzen vorzuweisen, oder war sie eine von denen, die so in den Tag hinein leben?"

Sie beugte sich etwas vor und senkte die Stimme, als hätte sie Angst, ihre Mama könnte jede Minute um die Ecke kommen und entdecken, dass sie hinter der Scheune rauchte und über Dinge redete, über die man nicht spricht. „Ich würde sagen, in den Tag hinein leben ist viel zu nett ausgedrückt. Sie brachte Männer herauf. Und soweit ich weiß, nicht zweimal denselben. Ich lag dadrin im Bett und hörte alles ..." Josie lehnte sich zurück. Sie schien darüber nicht empört, sondern einfach nur fassungslos zu sein. „Tatsache ist, dass Gemma mir sagte, sie sei Schauspielerin. Ich glaube aber, dass sie höchstens mal eine winzige Rolle in einem dieser Theater gehabt hat, die eigentlich nur eine Lagerhalle sind, wo die Stühle vor jeder Vorstellung erst aufgestellt werden. Also keineswegs was Großartiges. Gemma hat auch nie wirklich gearbeitet. Aber von Zeit zu Zeit bekam sie Geld ..."

„Sie wollen sagen, sie ging anschaffen? Richtig?"

Josie nickte und konzentrierte sich erneut auf die Glut ihrer Zigarette, als versuche sie, Routine zu bekommen.

„Sagte sie nie etwas über ihre Vergangenheit?"

Sie schüttelte den Kopf.

„Warum haben Sie ihr dann Ihren Wagen gegeben, wenn Sie ihr nicht trauten?"

Sie ging sofort in die Defensive. „Nun, ihr Wagen war ja so viel besser, nicht wahr? Und sie schrieb mir auch so eine Art Quittung aus. Darin steht, dass ich, wenn mit meinem irgendetwas passiert, ihren haben kann. Es ist der gelbe, der vor der Tür steht, aber ich vermute, den werden sie mir jetzt wegnehmen." Ihr Ton verriet, dass das Verschwinden Gemmas sie weniger bekümmerte als die Aussicht, den Wagen zu verlieren.

„Woher hatte sie eigentlich das Geld für den Wagen?"

Josie lächelte schief. „Wenn Sie's mir verraten, werden wir's beide wissen. Wahrscheinlich von einem dieser Kerle."

„Haben Sie je einen von ihnen getroffen?"

„Nur auf der Treppe, wenn ich zur Arbeit ging. Einmal auch hier. Am helllichten Tag, stellen Sie sich vor!" Ja, am helllichten Tag war es immer sündhafter. „Und immer einen anderen. Ich war schon so weit, sie zu bitten, sich eine andere Bleibe zu suchen."

„Sie haben keinen Namen gehört? Von jemandem, den ich nach ihr fragen könnte?"

Bekümmert meinte sie: „Nein, tut mir leid. Ich hab nie einen Namen mitgekriegt."

„Das ist doch nicht Ihre Schuld." Jury stand auf. „Wo arbeiten Sie?"

„In der Wäscherei an der Ecke." Sie stand mit dem Gesicht zur Tür und blickte zu Jury auf, als bedaure sie, dass er schon wegging. Sie schlang die Arme um sich, als friere sie, und sagte: „Also dann, auf Wiedersehn. Glauben Sie, die können mir wegen des Wagens was anhängen? Ich meine, weil ich ihr erlaubt habe, damit zu fahren?"

Er gab ihr seine Karte. „Niemand wird Ihnen was tun, Josie. Wenn jemand hier auftaucht, rufen Sie mich einfach an. Aber ich bezweifle, dass jemand kommen wird. Sie haben schließlich kein Verbrechen begangen."

Sie war sichtlich erleichtert. Sie lächelte, und ihre kleinen, weißen Zähne glänzten beinahe in der Dunkelheit. Er bemerkte das mit großer Genugtuung – zumindest hatte sie diesen einen netten Zug, der ihr über die Runden helfen würde. „Also, gute Nacht, Josie."

FEHLANZEIGE, dachte er, als er wieder allein vor dem Wohnblock stand. Er schaute nach rechts und links die Straße entlang und entdeckte an der Ecke den Pub „Three Tuns". Er war unentschieden, ob er sich ein Bier genehmigen oder in Richtung Haltestelle Chalk Farm weitergehen sollte, um auf Mrs Wasserman zu warten, der er versprochen hatte, sie dort abzuholen. Es war erst Viertel nach zehn, also noch viel zu früh. Nach einem Glas würde er sicher besser schlafen. Er warf seine Zigarette in den Rinnstein. Und in diesem Augenblick sah er im trüben Licht der Straßenlampe den kleinen schmutziggelben Wagen.

Ich bin vielleicht ein Arschloch, sagte er sich, während er das Anfänger-Schild anstarrte. Die ganze Zeit war von diesem Schild die Rede gewesen, und er war nicht darauf gekommen.

# 3

Melrose Plant hatte nicht die leiseste Ahnung, wie er noch sechs weitere chinesische Restaurants schaffen sollte. Seine Anstrengungen in den Lokalen von Soho und Kensington brachten ihm nichts weiter ein als Sodbrennen, und es war ein Irrtum gewesen, zu glauben, im Preis einer Mahlzeit seien auch irgendwelche Informationen inbegriffen. Hatte er der Bedienung das Bild Gemma Temples gezeigt, erntete er bloß unverständliche Blicke (sie gaben überdies vor, kein Englisch zu verstehen). Es war bereits nach elf, doch er wollte vor dem Schlafengehen noch einen letzten Versuch machen. Er gab sich einen Ruck, stieg an der Haltestelle Aldgate East aus und ging in Richtung Limehouse.

Er fand das Restaurant „Sun Palace" in einer heruntergekommenen Seitenstraße, in der die Sonne höchstwahrscheinlich nie zu sehen war. Das Lokal war nicht sehr groß, es hatte ein einfaches Glasfenster zur Straße hin und jenes gusseiserne Geländer, vor dem Gemma Temple posiert hatte. Die abgeblätterte Goldfarbe ergab den Schriftzug SUN PALACE. Es war geschlossen.

Melrose Plant seufzte. Er schaute sich um, doch weit und breit war kein Mensch zu sehen. Er ging die Straße hinauf, in der Hoffnung, jemandem zu begegnen, der das Restaurant kannte.

„Hallo, Süßer!", sagte eine Stimme, doch sie klang nicht übermäßig enthusiastisch. „Ein kleiner Ausflug in die Slums?" Sie gehörte einer jungen, ganz attraktiven Dame – wie jung, war schwer zu sagen. Im grellen Lichtkegel der Straßenlampe erschienen ihre bemalten Lippen schwarz und ihr Gesicht wie eine leblose Maske. Sie saß auf einer Treppe, die zu einem derart kleinen Haus hinaufführte, dass an der Fassade, außer der verschrammten Tür mit dem Oberlicht, nur noch ein Fensterschlitz Platz hatte. Das Gebäude stand eingekeilt zwischen einem Schlüsseldienst und einem anderen, ganz ähnlichen Haus. Beide Häuser schienen einst ein Gebäude gewesen zu sein, das man vor längerer Zeit in der Mitte durchgetrennt hatte. Zusammen hätten sie ein normales Backsteingebäude ergeben. Sie ähnelten sich wie Spiegelbilder, und Melrose wäre nicht erstaunt gewesen, das Duplikat des Mädchens rechts nebenan auf der Treppe sitzend vorzufinden.

Er blieb stehen, stützte sich auf das niedrige, halb verwitterte steinerne Treppengeländer, an das sich das Mädchen mit dem Rücken anlehnte. Sie saß auf einer Stufe, das eine Bein angewinkelt, das andere ausgestreckt, ihre hautengen Jeans zur Schau stellend, Jeans, die in nackten Fesseln und Pfennigabsätzen ausliefen. Darüber trug sie eine ziemlich locker sitzende Strickjacke; die Ärmel waren hochgekrempelt, die oberen vier Knöpfe waren offen, und der Ausschnitt war tief heruntergezogen. Ihre Kleider klebten an ihr wie ein Badeanzug. Sie hätte nur die Stöckelschuhe aus- und eine Badekappe überziehen müssen, um für eine Kanaldurchquerung gerüstet zu sein. Die Kappe wäre eigentlich nicht nötig, denn sie würde nur die schönen Shirley-Temple-Locken verbergen. Ihre Haare waren seidig braun, ganz natürlich – ihre eigenen, er verstand etwas davon. Sie wirkten wie ein Überbleibsel aus ihrer Kindheit, wie etwas, was sie nicht bändigen, nicht in sich auslöschen konnte. Es war merkwürdig, dieser Haarschopf ließ alles Übrige an ihr – die Pose, das ganze Sexgehabe – wie eine Verirrung erscheinen, während das kleine Mädchen wie Phönix aus der Limehouse-Asche stieg.

„Ich heiß Betsy", sagte sie, stand auf, wischte ihre Pobacken ab, drehte sich um und stieg die Hüften wiegend die Treppe hoch. Er blieb stehen. Als sie merkte, dass er ihr nicht folgte, machte sie eine ungeduldige Handbewegung. „Na, komm schon, Schatz!"

Melrose folgte ihr.

Hinter der Tür befand sich ein langer, dunkler Flur, der mit altem Linoleum ausgelegt war. Von der Decke hing an einer langen Schnur eine Birne mit einem fliegenverdreckten Schirm. Er fragte sich, ob sich hinter den Türen, die rechts und links abgingen, noch weitere Betsys verbargen. Eine Tür ging auf, eine rote Haarmähne erschien, erfasste, was vorging, und verschwand wieder.

Betsy führte ihn in das erste Zimmer links; in ebendas mit dem hohen, schmalen Fenster. Es blickte auf ein Lagerhaus. Wie zu erwarten, wurde das Zimmer von einem enormen Bett beherrscht. Melrose verschlug es den Atem – eine Antiquität, Tudor oder Renaissance, ein Himmelbett mit Intarsieneinlagen. Außer dem Bett gab es noch einen Toilettentisch mit einem dreiteiligen Spiegel, von dem die hellgrüne Farbe teilweise abblätterte, eine Kommode nicht identifizierbarer Herkunft und einen einzigen, bemalten Stuhl. Auf der schmuddeligen Tapete krochen kleine gebundene Sträußchen auf und ab, als wollten sie längst verblasste Erinnerungen an Blumenmädchen wachrufen.

Mit der einen Hand schloss sie die Tür, die andere streckte sie mechanisch nach ihm aus – ohne Zweifel, um etwas zu entfernen. „Warum nimmst du deine Brille nicht ab? Du hast hübsche Augen, grün wie eine Flasche Abbot."

Er glaubte nicht recht, dass das zur Routine gehörte – Komplimente waren hier wohl kaum notwendig. Sie lächelte ein wenig, was ihre Kindlichkeit nur betonte: Sie hatte ganz kleine Zähne, von denen einer fehlte.

Als er ihre Hand beiseiteschob (wohl wissend, dass sie ihm nach der Brille auch noch andere Sachen abnehmen würde), zuckte sie mit den Schultern und wandte sich ab. „Mach dir's bequem." Sie warf sich aufs Bett und begann, an ihren Jeans zu zerren. Ihr Blick verfinsterte sich, was nicht ihm, sondern den Jeans galt, die an ihrem Körper klebten. Es war klar, dass sie sich hinlegen musste, um sie überhaupt ausziehen zu können. „Komm her, Schatz, hilf mir aus den verdammten Hosen raus." Sie hatte sie bereits so weit runter, dass er ihr geblümtes Bikinihöschen sehen konnte.

„Betsy, wäre es möglich, dass wir uns unterhalten?"

„Unterhalten?" Sie hörte mit dem Gezerre auf und sah ihn an, als finde sie die Idee ganz neu und ziemlich ausgefallen. „Über was denn?" Sie kämpfte ungeduldig weiter mit ihren Hosen: Sie brauchte beim Jeans-Ausziehen genauso Hilfe wie John Wayne beim Umgang mit seinen Stiefeln. Melrose fragte sich, ob sie das je allein schaffte; aber das muss sie wohl auch nie, dachte er dann.

„Ich suche jemanden."

Uninteressiert zuckte sie die Achseln, gab die Sache mit den Hosen auf und wandte sich den Knöpfen ihrer Jacke zu. „Tun wir das nicht alle?"

Ihre metaphorische Auslegung dieser nüchternen Feststellung verblüffte ihn. Er zog sein Zigarettenetui heraus und bot ihr eine Zigarette an.

Sie schüttelte ihre Locken und begann ihre Strickjacke wie ein kleines Kind mit zusammengezogenen Augenbrauen aufzuknöpfen. Es war klar, dass Betsy, einmal in Fahrt geraten, nicht mehr zu halten war. Aber er war mehr an Informationen als an Betsy interessiert. Er war in seinem Leben nur wenigen faszinierenden Frauen begegnet, Frauen, die intelligent und interessant waren. Die meisten waren bestenfalls reizvoll, so wie Betsy, die jetzt mit den Knöpfen beinahe fertig war und versuchte, sich der Strickjacke zu entledigen, wobei ihre Shirley-Temple-Locken in Aufruhr gerieten. Es war ein schwieriges Unternehmen, da ihre Jeans sie wie in einer Zwangsjacke festhielten. Unter der Jacke trug sie einen Mini-BH, geblümt wie ihr Slip. Einer der Träger wurde von einer Sicherheitsnadel festgehalten. Ihn überkam ein Gefühl der Trostlosigkeit – er wusste nicht, warum.

Als ihre Hände nach hinten langten, um den BH zu lösen, sagte er: „Lassen Sie das, Betsy!"

Sie wandte ihm ihr jungenhaftes Gesicht zu: „Bist du schwul, oder was? Willst nur zugucken? Bist du so eine Art Wojer?"

Melrose nahm an, sie meinte Voyeur. „Schon möglich", sagte er und zog den Schnappschuss, den er aus Julian Craels Zimmer entwendet hatte, zusammen mit einer Zehnpfundnote aus seiner Brieftasche. Er reichte ihr beides. „Ich will wirklich nur eine Information haben."

Sie schaute erst ihn, dann das Geld an. Sie lächelte, und ihr abgebrochener Zahn wurde sichtbar. „Arm sind wir nicht gerade, was? Und feine Klamotten hast du auch." Sie stopfte das Geld in ihren BH. Ihre Augen verengten sich: „Verflixt! Bist du ein Polyp?" Sie kämpfte wie wild mit ihren Jeans, um sie wieder hochzukriegen.

„Nein. Sehen Sie sich das Bild an. Haben Sie diese Frau je in den ‚Sun Palace' reingehen oder rauskommen sehen?"

Sie schüttelte ihre Locken und schaute sich das Bild genau an. „Ein Luxusfummel, was? Sieht teuer aus."

„Das Kleid ist teuer, die Dame aber nicht."

„Ist sie im Gewerbe?"

Melrose rauchte, den Ellbogen auf das Knie gestützt. „Würde mich nicht wundern."

Geistesabwesend spielte Betsy mit einer Locke und drehte sie zu einem Korkenzieher um ihren Finger. „Sieht ein bisschen überkandidelt aus, wenn Sie mich fragen."

„Das sind nur die Kleider, Betsy."
Sie blickte ihm in die Augen. „Klingt nett, wie Sie meinen Namen sagen."
„Wie viele Möglichkeiten gibt es denn, ihn zu sagen?"
„Die meisten sagen ihn gar nicht." Sie lehnte sich zurück, noch immer ohne Strickjacke, und merkte gar nicht, dass die Träger des BHs herunterrutschten und ihre Brüste freilegten. Sie hatte jedes Interesse an dem Foto verloren. Stattdessen schien sie ihm gleich ihre Lebensgeschichte erzählen zu wollen.

Er kam ihr zuvor: „Vielleicht weiß eine andere etwas – ich nehme an, es gibt hier noch andere?"

„Sie sind aber hartnäckig", sagte sie, ohne zu lächeln. Sie schob die Träger des BHs hoch und schwang ihre Beine, die jetzt wieder in den Jeans steckten, vom Bett. „Soll ich rumfragen?"

„Ich wäre Ihnen sehr dankbar. Zeigen Sie das Bild herum, vielleicht erkennt sie jemand wieder."

Betsy gähnte. Er fügte noch hinzu: „Für denjenigen, der über sie was herausfindet – wer sie ist und wo sie gelebt hat –, ist ein Fünfziger drin."

Das brachte sie schnellstens auf die Beine: „Ein Fuffziger? Heiliger Strohsack! Bin gleich zurück." Sie wackelte kokett mit den Hüften. „Gehen Sie ja nicht weg."

Er hätte auch kaum dafür Zeit gehabt. Fünf Minuten später hörte er ein Geschnatter an der Tür. Drei andere, alle größer als Betsy, standen davor: die Rothaarige, eine Afrikanerin mit langen lila Ohrringen und eine Dicke, die ihre vierzig Lenze schon längst überschritten hatte. Alle trugen kimonoartige Wickelkleider, als hätten sie gerade ihren Bühnenauftritt hinter sich. Und alle fingen gleichzeitig an zu reden. Aber der Dicken gelang es, sich durchzusetzen.

„Ich hab sie gesehen", sagte sie, als sie sich nach Atem ringend auf dem Bett niederließ und einen ihrer fetten Schenkel hochzog.

Dabei kam ein Strumpf zum Vorschein, der unter dem Knie zu einem Wulst gerollt war und von einem Strumpfband gehalten wurde. „Ich kann nicht behaupten, dass ich sie kenne, aber ich hab sie gesehen."

„Wo?"

Die Dicke nahm eine gebleichte Haarsträhne zwischen ihre kirschroten Lippen und kaute sichtlich angestrengt darauf. „Ich muss nachdenken."

Das, dachte Melrose, musste an sich schon anstrengend sein. Sie schnalzte mit ihren Wurstfingern. „Das war im ‚Sun …'" Sie schlug sich mit der Hand auf den Mund. Dann setzte sie ein geziertes Lächeln auf und fragte: „Krieg ich den Fuffziger, wenn ich Ihnen sage, wer sie kennt?"

„Fünfundzwanzig", sagte Melrose. „Und die Person, die etwas über sie weiß, bekommt die restlichen fünfundzwanzig. Das ist doch fair."

Aber weder die Schwarze noch der Rotschopf fanden das – sie schienen zu glauben, dass sie allein durch ihre Verbindung zu der Dicken eine Belohnung verdient hätten. Er gab beiden eine Fünfpfundnote, und ihre Gesichter leuchteten auf. Die Dicke nahm ihre fünfundzwanzig Pfund und stopfte sie in den Wulst ihres Strumpfes. „Jane Yang kennt sie. Sie arbeitet im Restaurant. Da hab ich die hier auch gesehen. Als Bedienung im ‚Sun

Palace'. Kann sein, dass sie auch auf den Strich geht, weiß ich aber nicht genau. Aber Jane Yang kann's Ihnen sagen."

Melrose stand auf. „Ich danke Ihnen. Was kann ich Miss Yang sagen, wer hat mich geschickt?"

„Sagen Sie einfach die dicke Bertha, dann weiß sie Bescheid."

„Dicke Bertha. In Ordnung, danke." Die Mädchen standen alle an der Tür herum. Zu Betsy sagte er: „Ist das Ihr Bett?" Er griff nach seinem Spazierstock mit dem Silberknauf und schob seinen Mantel zurecht.

Sie schaute verdutzt. „Ich hab doch drauf gelegen, oder? Ja, es ist meins."

„Ich meine, gehört es Ihnen?"

„Nein, der Wirtin."

Melrose konnte sich vorstellen, wovon die Wirtin lebte. „Denken Sie, sie würde es verkaufen?"

„Sicher, die würde ihre Großmutter verkaufen, wenn sie eine hätte."

„Was glauben Sie, wie viel sie verlangen würde?"

„Wieso, wollen Sie's haben? Für fünfzig bis sechzig hat sie's mir schon angeboten."

„Nein, ich will es nicht. Aber wenn Sie fünfzig aufbringen können, kaufen Sie es, Betsy." Er zog seine Visitenkarte hervor, schrieb einen Namen auf die Rückseite und gab sie ihr. „Dann rufen Sie diesen Herrn an und lassen es schätzen. Ich weiß es zwar nicht genau, aber ich glaube, dass Sie leicht tausend dafür bekommen können."

Ihre großen Augen wurden noch größer. „Wollen Sie mich auf 'n Arm nehmen?" Er schüttelte den Kopf. „Heiliger Strohsack!" Die Mädchen standen an der Tür Spalier, als er an ihnen vorbeiging. Betsy schlang ihre Arme um ihn und küsste ihn. Die anderen kicherten.

# 4

Das Klingeln des Telefons vermischte sich in Jurys Traum mit dem traurigen Wehklagen des Whitby Bull. Als er die Augen endlich aufbekam und zum Fenster sah, wunderte er sich, warum draußen kein Nebel war. Er tastete nach dem Telefon neben seinem Bett.

„London hat Glück." Die Stimme Chief Superintendent Racers tönte aus der Muschel. „Sie sind zurück, die Frage ist nur, warum Sie noch immer nicht hier sind, um Bericht zu erstatten. Wenn Sergeant Wiggins nicht wäre, der sich Gott sei Dank nicht nur die Nase putzt, sondern gelegentlich auch hier anruft, hätte ich keine Ahnung, wo Sie sich rumtreiben."

Jurys Wecker auf dem Nachttisch zeigte zehn Minuten vor acht. War Racer schon so früh im Büro? Jury nahm die Uhr und schüttelte sie. „Ich muss nach Lewisham, Sir ..."

„Von mir aus können Sie nach Lewisham oder auch zur Hölle gehen, Jury, aber vorher kommen Sie hierher. Ich will, dass Sie innerhalb der nächsten Stunde hier auftauchen. Machen Sie sich also auf die Socken." Das Telefon verstummte.

# 5

Fiona Clingmore war eine blasse Blondine, die Schwarz bevorzugte. Heute trug sie einen engen schwarzen Pullover, der in einem engen schwarzen Rock steckte. Sie war Racers Sekretärin und Mädchen für alles. Jury hoffte nur, dass sie nicht auch für anderes missbraucht wurde.

Fiona lebte in den vierziger Jahren. Sie wirkte wie eine Figur aus einem alten Theaterstück, die sich auf eine moderne Bühne verirrt hatte. Jedes Mal, wenn er sie ansah – ihre altmodische Frisur, ihre rot nachgezogenen Lippen, ihre Pillbox-Hüte, die sie mit Vorliebe trug –, überkam Jury ein nostalgisches Gefühl, das er sich nicht ganz erklären konnte. Ein paarmal schon hatte er Fiona zum Essen ausgeführt und dabei insgeheim gehofft, dass etwas von dieser Vergangenheit auf ihn abfärben würde. Immer wenn er die Rede auf den Krieg brachte, tat sie so, als hätte sie keine Erinnerungen daran, dennoch vermutete er, dass sie älter war als er. Einmal, als sie ihre Brieftasche herausgenommen hatte, sah er zwischen Kreditkarten und anderen Fotos das alte Bild eines gut aussehenden jungen Mannes in Fliegeruniform. Er hatte sie gefragt, ob das jener Joe sei, von dem sie immer sprach; hochrot im Gesicht hatte sie geantwortet, es sei ein Freund ihrer Mutter. Für Fiona wäre er jedenfalls viel zu alt.

Jury fragte sich, ob Fiona vielleicht nicht doch in zwei verschiedenen Welten lebte. Ob die Sachen, die sie trug, vielleicht gar nicht der letzte Schrei waren, sondern wirklich noch aus jener Zeit stammten: Kleider, die damals eingemottet worden waren.

„Wie läuft's mit der Arbeit, Fiona?", fragte Jury, während er ihr die Zigarette anzündete.

„Mich haben schon Bessere rumgejagt als der da."

„Das glaub ich Ihnen gern." Jury nahm einen Briefumschlag aus der Tasche und gab ihn ihr: „Bitte finden Sie heraus, was diese Initialen bedeuten. Es könnte ein Hotel in S.W.I. sein."

„Für Sie tue ich doch alles", sagte Fiona und überreichte ihm einen beigen Briefumschlag.

„Was ist das?"

Fiona, die damit beschäftigt war, ihre Fingernägel sorgfältig zu feilen, zuckte die Achseln. „Woher soll ich das wissen? Einer von den diensthabenden Polizisten brachte ihn herauf. Er sagte, er sei gestern Nacht abgegeben worden, war irgend so ein feiner Pinkel in einem teuren Schlitten, der meinte, dass da unten ein öffentlicher Parkplatz ist, und beinahe Ärger bekam. Der Polizist sagte ihm, dass er abhauen soll ..."

Jury riss den Umschlag auf, zog das Notizblatt heraus und bückte sich nach dem Foto, das auf den Boden gefallen war. Er las:

Lieber Inspector Jury,
ich hoffe, der Inhalt wird Sie interessieren – ich fand es in Julian Craels Zimmer. Ich hoffe auch, Sie haben nichts dagegen, wenn ich das andere zwecks weiterer Nachforschungen

behalte. Sie und Wiggins waren offensichtlich schon auf dem Weg nach London, noch bevor ich Sie erreichen konnte. Aber so hatte ich die Möglichkeit, in York haltzumachen, um Agatha zu treffen: Sie werden sicher erfreut sein, zu erfahren, dass sie nun für Sie arbeitet. Sie gibt einen ausgezeichneten Maulwurf ab. Ich werde im „Connaught" sein und dachte, dass wir uns dort später treffen könnten, um gemeinsam nach Rackmoor zurückzufahren. Ich habe einen sehr schnellen Wagen.
Plant.

Jury betrachtete aufmerksam das Bild. Es konnte ein Foto von Gemma Temple sein – oder eins von Dillys March? –, aber eines, das erst vor Kurzem aufgenommen worden war, keines aus einem alten Fotoalbum. Er nahm an, Plant hatte sich dieselbe Frage gestellt: Was hatte das Bild in Craels Zimmer zu suchen?

„EIN SCHÖNES DURCHEINANDER", sagte Superintendent Racer, nachdem Jury den Rackmoor-Fall geschildert hatte. Die Bemerkung war nicht Ausdruck seines Mitgefühls, sondern eher die Unterstellung, Jury sei für das Durcheinander verantwortlich. „Warum zum Teufel sind Sie nicht in diesem gottverlassenen Nest und kümmern sich um die Sache? Was haben Sie eigentlich hier in London verloren?"

„Ich sagte es doch. Ich muss Erkundigungen einziehen ..."

Racer, die Arme ausgebreitet, schaute ihn mit gespieltem Entsetzen an: „Merkwürdig, ich hätte schwören können, dass wir hier eine ganze Polizeieinheit haben, alle möglichen Leute, die Erkundigungen einziehen können." Seine Miene veränderte sich, auf seiner Stirn traten wieder die bekannten Furchen zutage. „Wenn schon jemand nach London kommen musste, warum haben Sie dann nicht Wiggins geschickt?"

Jury suchte nach einem Grund. „Ich brauchte ihn dort, es gab da was, worauf er sich besser verstand."

Racer wieherte. „Es gibt nichts, worauf sich Wiggins besser versteht als ein anderer, Sie eingeschlossen, Jury." Racer setzte ein mörderisches Lächeln auf, als hätte er nur gescherzt.

Mit unschuldiger Miene fragte Jury: „Warum geben Sie ihn mir dann immer mit? Sie müssen ja denken, dass ein Blinder den Blinden führt?"

Obwohl Jury geschworen hatte, sich in keinerlei Wortgefecht mit Racer einzulassen, brachte der ihn doch immer wieder so weit, dass er seinen Schwur brach.

„Er steht doch noch in der Ausbildung, oder? Ich nehme an, Sie sind der Ansicht, einer Ihrer Kollegen sollte Sergeant Wiggins erdulden, wollen Sie das sagen? Immer nur die anderen, was?"

Racers verquere Logik war auf ihre Weise so perfekt wie der tadellose Schnitt seines Anzugs aus der Savile Row. „Einzelgänger zu sein ist nicht gut, Jury. Immer im Team arbeiten. Meine Politik ist, zwei Mann bei jeder Ermittlung. Wie würde es in diesem Land aussehen, wenn die Premierministerin überall selbst hinrennen würde, statt einen Untergebenen zu schicken."

„Ich wusste gar nicht, dass Sie mich so hoch einschätzen", sagte Jury und lächelte.

„Sehr witzig!" Racer spuckte einen Tabakrest aus. „So meine ich das nicht, aber Sie spielen sich ganz schön auf, nicht? Zu dumm, dass Sie nicht mehr Ehrgeiz haben."

Jury ahnte, woher der Spruch über den Ehrgeiz kam. „Ist noch mal über meine Beförderung gesprochen worden?"

„Ja, der Vize hat Sie erwähnt." Es klang neidisch.

Jury machte sich nicht die Mühe zu lächeln. Als Racer, die Daumen in die Westentasche gesteckt, von seinem Schreibtisch aufsah, wusste Jury, dass jetzt der Vortrag kam. Die Abrechnung. Racer würde in blumigen und klischeegeschwängerten Worten Jurys gesamte Laufbahn bis ins Kleinste analysieren. Er fing damit an, dass er um seinen Schreibtisch herumwanderte, wobei die rote Nelke in seinem Knopfloch bei jedem seiner federnden Schritte erzitterte.

Während Racer sich endlos über Jurys Schwächen ausließ, starrte Jury aus dem Fenster und über die verrußten Schornsteine hinweg, zwischen den hohen Gebäuden hindurch, wie durch einen Tunnel, an dessen Ende ein kleines Stück von der Themse zu sehen war. Der Himmel war taubengrau, und ein paar Schneeflocken schmolzen auf der Scheibe.

„... Geben Sie auf, Jury, wenn Sie keine Beförderung anstreben." Er hielt in seiner Wanderung inne und bedachte Jury mit einem dünnen Lächeln. „Oder haben Sie kalte Füße bekommen?"

Jury hatte keine Lust, darauf einzugehen. „Ich werde es tun. Irgendwann mal."

„Irgendwann mal? Irgendwann mal? Warum nicht jetzt? Wenn ich an Ihrer Stelle wäre ..."

Er tönte weiter. Jury nahm an, dass dieses fürsorgliche Gerede Racer im Grunde nur als Vorwand diente, über seine eigene, ziemlich steile Karriere zu sprechen. Es gelang ihm immer, sie hier und da noch aufzupolieren, indem er sie mit Jurys verglich. Racer schien zu vermuten, dass Jury sich vor einer Schlappe fürchtete; Jury war jedoch nur seiner eigenen Unschlüssigkeit wegen noch nicht vor dem Beförderungsausschuss erschienen.

Der Vortrag über Jurys Karriere war ein jährliches – vor einiger Zeit noch halbjährliches – Ritual. Es war vielleicht ein wenig abartig, aber Jury genoss Racers Verhalten. Es faszinierte ihn, welch übertriebene Bedeutung Racer diesem Thema, über das er so gerne sprach, beimaß. Die schwierige Balance zwischen Wort und Handlung hielt Racer beinahe tänzelnd. Wie ein Mann, der ein Ziergitter hochsteigt und immer neue Löcher für Zehen und Fingerspitzen im Ornament findet. Seit der stellvertretende Polizeipräsident sich um Jurys Zukunft kümmerte, musste Racer immer neue Gründe finden, dagegen anzugehen. Warum er das tat, war aber nicht einfach mit Rachsucht zu erklären. Jury fragte sich manchmal, ob Racer in ihm nicht sein jüngeres Ebenbild sah, ein unbeschriebenes Blatt, auf dem er seine Fehler vermerkte, um sich ihrer zu entledigen.

Racer sprach noch immer, während er im Raum auf und ab ging. Über seiner bunt karierten Weste erblühte, wie eine seltene Blume, eine Krawatte, in der eine Saphirnadel steckte. Das verschönte aber nur seine Kleidung. Woher er nur das Geld hatte? Jury erinnerte sich, gehört zu haben, dass Racers Frau vermögend war. Racer blieb vor einem Gemälde stehen. Es war eins der beiden schlechten Bilder, die er aus Regierungsbeständen erstanden hatte; eine erbärmliche Skizze von Westminster Bridge. Mit dem Rücken zu Jury fing er an, alle Fälle aufzuzählen, die Jury im Laufe der Zeit bearbeitet hatte; bei einem Fall, den Jury vor Jahren verpfuscht hatte, hielt er sich besonders lange auf. Das war so seine Art: Er brütete über Jurys Fehlern, als wären sie Gemälde, die er mit Muße bis in alle Einzelheiten untersuchte.

„... Ich wäre Ihnen also sehr verbunden, wenn Sie mir Bericht erstatten würden. Sie brauchen nur den Hörer abzuheben und zu wählen."

Racer machte mit dem Zeigefinger eine kleine Kreisbewegung in der Luft. „Es ist ganz einfach. Sie werden nie Superintendent werden, wenn Sie die Spielregeln der Teamarbeit nicht einhalten, Jury."

Jury verließ Racers erfrischende Gesellschaft und suchte Fiona Clingmore auf, die gerade dabei war, sich ihren schwarzen Hut aufzusetzen. Ihr schwarzer Mantel lag neben ihr auf dem Schreibtisch. „Hier, das habe ich für Sie rausgekriegt." Sie nahm einen Block vom Tisch, riss ein Blatt ab und reichte es Jury. „Royal Victoria Hotel. In Victoria."

„Fiona, Sie sind wunderbar! Ich würde Sie zum Lunch einladen, aber ich muss noch ein paar Leute aufsuchen."

Sie winkte ihn mit verschwörerischer Miene und gekrümmtem Finger zu sich und sagte dann: „Eigentlich sollte ich darüber nicht sprechen, aber der Vize und der Super haben sich vor ein paar Tagen Ihretwegen ziemlich gestritten."

„Sehr schmeichelhaft."

„Sie wissen, Sie werden zum Superintendent befördert."

„Ich wäre da nicht so sicher." Jury nahm einen Schluck von Fionas bitterem Kaffee und setzte die Tasse wieder ab.

„Diesmal ist es anders. Sie hätten schon längst befördert werden sollen, das weiß doch jeder. Ich muss sagen, ich finde, es ist eine Schande, wie er sich Ihnen in den Weg stellt." Sie zeigte mit dem Daumen zu Racers Tür. „Alle reden darüber." Sie schloss ihre Tasche mit einem energischen „Klick" und legte sie samt ihrem Arm auf den schwarzen Mantel. „Ja, ich habe sogar jemanden sagen gehört, Sie sollten Commander werden. Komisch ..."

„Was ist komisch?"

Sie zuckte die Achseln. „Es scheint Sie so gar nicht zu kümmern."

Jury blickte auf ihren Arm. Die weiße Haut hob sich gegen den schwarzen Wollstoff ihres Mantels ab.

„Das mag schon sein", war alles, was er sagte.

# 6

Die Raineys wohnten in einer winzigen Maisonettewohnung in Lewisham, in einer Straße, die reichlich hochtrabend Kingsman's Close hieß. Lewisham war ein ziemlich heruntergekommener, lauter Stadtteil, aber Jury hatte diesen Teil Londons auf der anderen Seite der Themse schon immer gemocht. Auf dem Weg dorthin kam man durch Greenwich und Blackheath mit ihren vielen Grünflächen und Bäumen – und dem Schnee im Winter.

Der Efeu an der Vordertür, der sich mühsam einen Weg nach oben bahnte, sah nicht gerade gesund aus. Die Tür wurde auf sein Klopfen hin schließlich von einem sechs- oder siebenjährigen Jungen mit verschmiertem Gesicht geöffnet. „Meine Mami ist nicht da!", verkündete er und schlug die Tür wieder zu.

Jury klopfte erneut und hörte jemand rufen: „Gerrard! Wer war das?" Nach einigem Hin und Her wurde die Tür von einer jungen Frau aufgerissen, die mit ihrer freien Hand das Kind verprügelte. „Du ungezogener Junge!"

„Ich bin Inspector Jury von Scotland Yard." Sie schaute seinen Ausweis an, als verspüre sie ein unstillbares Verlangen auf alles Lesbare. „Ich möchte zu Mrs Rainey."

„Also, ich gehör dazu", sagte sie, blähte ihre Backen auf und strich sich die braunen Haare aus dem Gesicht. „Aber ich vermute, Sie wollen zu Mama. Zu meiner Schwiegermutter, Gwen. Aber Gwen ist heute nicht da. Sie ist ins Kino gegangen. Kommen Sie doch rein." Sie wischte sich ihre rauen, roten Hände an ihrer Schürze ab, hielt mit der einen Hand die Tür auf und schlug mit der anderen nach den Fingern ihres Sohnes, der, während er Jury anstarrte, unentwegt in der Nase bohrte.

„Mama sagte mir, dass vorgestern schon mal ein Polizist hier war." Sie schaute sich ratlos in dem kleinen, vollgestopften Wohnzimmer nach einer Sitzgelegenheit für Jury um. Die Couch war von einem großen Wäschekorb besetzt. Eine Katze sprang vom Korb herunter und strich genüsslich um die vielen Beine. Gerrard gab der Katze einen Fußtritt und bekam einen zweiten Klaps. Jury nahm an, dass Mutter und Sohn sich meistens auf diese Art verständigten.

„Wir könnten vielleicht in die Küche gehen? Wenn die Zwillinge aufwachen, ist es hier wie im Irrenhaus."

Sie schliefen in einem Laufstall hinter der Couch. Gerrard tat sein Bestes, sie wieder aufzuwecken, indem er mit einem Stock auf die Sofakissen einschlug. „Hör damit auf!" Er bekam von seiner Mutter eine Ohrfeige. „Kommen Sie", sagte sie freundlich zu Jury. Wahrscheinlich war sie für jede Abwechslung dankbar.

Jury folgte ihr in die Küche, mit Gerrard im Schlepptau, der aus vollem Hals brüllte: „Mami, du hast versprochen, mir ein Brot zu machen!"

Jury fasste ihn an den Trägern seines Overalls. „Du bist verhaftet, alter Junge."

Das Heulen schlug in Gekicher um. Die jüngere Mrs Rainey drehte sich um und schenkte Jury einen etwas dümmlichen, aber sehr dankbaren Blick dafür, dass er sich des Kindes annahm. Er fand, sie könne ein wenig Hilfe gebrauchen.

Während das Wohnzimmer wie ein Schlachtfeld aussah, strahlte die Küche – vermutlich der einzige Ort, an den sie sich zurückziehen konnte – vor Sauberkeit. Auf dem Küchenbord standen ein Glas Marmite, Brotscheiben und eine Biskuitrolle als Lunch für den Jungen. Während sie den Tee aufgoss, bestrich Jury eine Brotscheibe und schob sie dem Jungen ohne viel Getue einfach in den Mund. Gerrard würgte und kicherte wieder. Er schien es ulkig zu finden, von einem Fremden und noch dazu von einem Polizisten so hart angefasst zu werden.

Mrs Rainey drückte Jury einen Becher Tee mit viel Milch in die Hand. „Ach, übrigens, ich heiße Angela. Sie kommen wegen Gemma, nicht wahr? Der andere Polizist, der hier war, hat Mama irrsinnig viele Fragen gestellt."

„Ja, es tut mir wirklich leid, dass ich Sie noch einmal belästige, aber ich dachte, vielleicht ist Ihrer Schwiegermutter oder Ihnen noch etwas eingefallen, was uns weiterhelfen könnte."

Angela Rainey schüttelte den Kopf. „Wirklich, ich glaube, da war nichts weiter. Glauben Sie mir, wir haben es zigmal durchgesprochen. Wissen Sie, Gwen meinte, dass ihr erst jetzt, nachdem das alles passiert ist, auffällt, wie wenig sie eigentlich über Gemma Temple wusste. Ich weiß auch nicht viel mehr, und ich glaube, ich habe sie besser gekannt als Mama. Wissen Sie, Gemma und ich waren ungefähr im selben Alter. Wir wohnten Tür an Tür. Ich meine, vor Jahren, als wir noch alle in Dulwich wohnten."

Gerrard brüllte: „Ich will Schoko in die Milch!", und seine Mutter ging zum Kühlschrank, nahm eine Flasche und eine kleine Dose mit Hershey-Schokolade heraus.

„Hat Gemma Temple denn nie über die Zeit gesprochen, bevor sie als Au-pair-Mädchen zu Ihnen kam?"

Angela schüttelte den Kopf, als sie Gerrards Hand von der Biskuitrolle schlug. „Sie sagte, sie sei bei einer alten Tante aufgewachsen, und die wäre tot. Danach war sie für eine Weile im Heim. Aber wir können uns an den Namen nicht erinnern. Wenn es überhaupt stimmt..."

Gerrard, dem es mal mit Geheul, mal mit Gejuchze gelungen war, den Geräuschpegel aufrechtzuerhalten, sah, dass seine Mühen nicht gebührend beachtet wurden; er gab auf und schlief ein. Sein Kinn sank auf seine Brust.

„Wie alt war sie, als sie zu den Raineys kam?"

Angela dachte nach. „Ich würde sagen, knapp neunzehn."

„Was war mit ihrem Geburtstag?"

„Geburtstag?"

„Ja, hat sie ihn nie gefeiert?"

„Komisch. Ich glaube nicht, dass sie das tat. Komisch, ich kann mich nicht daran erinnern, dass überhaupt von ihrem Geburtstag die Rede war."

„Nie von Verwandten gesprochen?"

„Nein. Sie sagte, sie sei Waise."

„Auch Waisen haben eine Vergangenheit."

„Nicht Gemma. Glauben Sie mir, das hat mich auch gewundert. Gemma war sehr verschwiegen."

„Gab es denn etwas Ungewöhnliches, etwas, woran man sich erinnert? Ich meine, besondere Gewohnheiten, auffälliges Verhalten, Neigungen, Abneigungen – diese Art Dinge."

Angela schaute Jury über den Rand ihrer Tasse an. „Nur Männer. Es schien, ihre einzige ‚Neigung' waren die Männer. Glauben Sie, es gab in ihrer Vergangenheit etwas, weshalb sie umgebracht wurde?"

„Ja, das könnte schon sein. Treffen – trafen Sie sich mit ihr?"

„Ja, sie kam ein- bis zweimal im Jahr vorbei. Vor einem Monat war sie noch hier. Wir haben recht nett geplaudert. Gemma bildete sich ein, sie sei Schauspielerin, und sie hatte gerade eine kleine Rolle in einem Stück ergattert. Das war noch im Sommer. Es war das letzte Mal, dass ich sie sah. Arme Gemma."

„Und die Männer. Haben Sie welche gekannt?" Angela schüttelte den Kopf. „Etwas anderes: Konnte sie fahren?" Angela sah verwirrt aus. „Ich meine, hatte sie einen Führerschein?"

„Ah ja, jetzt, wo Sie das fragen, fällt es mir ein: Nein, sie konnte nicht fahren. Das alles ist so komisch. Die ganze Zeit, während sie hier war, hat sie nicht fahren gelernt. Aber es hieß doch, sie hätten ihren Wagen gefunden, oder?"

„Ja."

Angela schaute zum Küchenbord und knallte ihre Tasse auf den Tisch. „Nun sieh dir das an! Willst du wohl! Wo ist meine Biskuitrolle geblieben?"

Gerrards Mund war verschmiert mit Schokolade; er tat, als würde er schlafen, und versuchte, nicht zu lachen.

Als nach einer gewaltigen Ohrfeige ein noch gewaltigeres Geschrei einsetzte, verabschiedete sich Jury und verließ das Haus.

# 7

Victor Merchent saß ohne Jackett, nur in Unterhemd und Hosenträger, da und streichelte abwechselnd seinen Bauch und seinen Hund, als wäre der eine die Fortsetzung des anderen. Der Hund lag ausgestreckt auf den Kacheln vor dem Kamin, in dem elektrische Holzscheite glühten. Um Victor Merchents Füße, die in Hausschuhen steckten, waren die Seiten der *Times* drapiert. Er selbst war in die Wetterergebnisse vertieft.

Fanny Merchent saß aufrecht in der Mitte der Couch. Sie schien für die Unterbrechung der täglichen Routine empfänglicher zu sein als ihr Ehemann.

Das Wohnzimmer in der Ebury Street war – genau wie Victor – vollgestopft. Die Einrichtung war ein Sammelsurium von Stilmöbeln und modernen Einrichtungsgegenständen schlimmster Art; nicht die leiseste Spur von dem üblichen Chintz-Charme englischer Wohnzimmer. Zudem war Mrs Merchent eine Liebhaberin von Nippes. Diverse Mitbringsel aus Brighton, Weston-super-Mare, Blackpool und aus anderen Badeorten der Mittelklasse füllten Fensterbretter und Regale. Seemuscheln, gerahmte Erinnerungsfotos und Alben, sentimentale Relikte eines langen Lebens, überfluteten alle Tische. Den Kaminsims über dem schlafenden Hund zierten unzählige Porzellanfigürchen.

„Sie fragten nach dem Sohn meiner Schwester, Inspector. Olive war kurz vor Weihnachten hier. Sie trägt ihr Kreuz wie eine aufrechte Christin."

Jury tat so, als wäre das Interesse an der Mutter rein nebensächlich und der ausschließliche Grund seines Besuches, einige Informationen über Olive Mannings Sohn zu bekommen.

Victor Merchent blickte von der Wettliste auf: „Ist sie nicht immer um Weihnachten hier?" Seine Unterlippe schob sich vor, und seine Mundwinkel verzogen sich nach unten, um zu zeigen, was er von Olives Besuchen hielt.

„Aber Vic, ich bitte dich! Wenn ich mir deine Familie ansehe!"

„Von denen lebt keiner auf Kosten der anderen, gib's zu, mein Schatz!" Er nahm wieder seine Zeitung auf. „Und wo bleibt mein Tee?"

„Kannst du nicht fünf Minuten warten, Vic?"
„Ich will meinen Tee zur gewohnten Zeit haben." Er blickte Jury mürrisch an.
„Sie sagten eben, Inspector ..."
„Der Sohn Ihrer Schwester ist in einer Anstalt?"
Bevor die arme Frau antworten konnte, schaltete sich ihr Mann ein: „Irrenanstalt. Der ist ja nicht ganz dicht." Er stupste sich gegen die Stirn.
„Vic, das ist wirklich nicht nett. Er ist schließlich dein Neffe."
„Ein angeheirateter." Sein Blick ließ keinen Zweifel daran, dass derartige Krankheiten nur in ihrer Familie lagen.

Zu Jury sagte sie: „Es war eine Tragödie. Der Junge hatte vor langer Zeit mal einen Nervenzusammenbruch. Olive kommt mehrmals im Jahr hierher, um ihn zu besuchen. Eine unglaublich teure Anstalt, aber sie will es nicht anders. Leo bekommt die beste Behandlung, die es gibt."

„Das muss Mrs Mannings Geldbeutel ganz schön belasten."

Das war für Victor das Stichwort, sich erneut einzuschalten: „Unseren Geldbeutel. Unsere liebe Verwandte, die meint, was Besseres zu sein, kommt hierher, isst unser Essen, trinkt unseren Whisky." Victors Augen wanderten zu einem kleinen Schrank neben dem Fenster. „Nehmen Sie ein Schlückchen, Inspector?" Mit Daumen und Zeigefinger deutete er seiner Frau an, wie winzig das Schlückchen sein würde. Diese unerwartet freundliche Geste diente offensichtlich dazu, selbst in den Genuss eines Schlückchens zu kommen. Lehnte er den Drink ab, würde Victor seine Mitarbeit aufkündigen. „Danke, ich nehme einen. Aber wirklich nur einen kleinen."

Victor grinste. „Ich leiste Ihnen Gesellschaft. Ich sage immer, allein trinken ist nix." Er erhob sich, ging zum Schränkchen und machte die untere Tür auf. „Wie steht's mit dir, Mutter? Ein Glas Sherry vielleicht?"

Ihre Miene zeigte, dass sie einen Drink zu so früher Stunde nicht billigen konnte. Sie schüttelte den Kopf. Als Victor Merchent mit der Flasche und den Gläsern zurückkam, wurde er fast freundlich. Ermunternd sagte er zu Jury: „Schießen Sie los, Inspector. Sie sagten eben, dass Leo ..." Er drückte Jury ein Glas in die Hand.

„Wie dachte Mrs Manning über die Craels? Ich meine, damals?"
„Ich fürchte, ich habe Ihre Frage nicht verstanden", sagte Fanny.
„Fangen wir doch mit deren Mündel an. Vielleicht erinnern Sie sich noch an das Mädchen. Dillys March. Sie ist offenbar vor fünfzehn Jahren weggelaufen."
„Die!", zischte Fanny. „Natürlich erinnere ich mich an sie. Olive hat das Mädchen gehasst. Wissen Sie, sie gab ihr die Schuld an allem, was mit Leo passiert ist."
„Wer ist diese Dillys March, wenn sie nicht gerade von zu Hause wegläuft?", fragte Victor, während er mürrisch sein bereits leeres Glas und die Flasche musterte, als würde er sich fragen, ob er sich noch einen Drink genehmigen dürfte.
„Oh, aber du erinnerst dich doch, Vic. Olive sprach doch über nichts anderes damals, als Leo das erste Mal Schwierigkeiten bekam."
„Ich kümmere mich nicht um die Angelegenheiten dieser Frau. Wenn man mich fragt, so war Leo noch nie richtig im Kopf", sagte Victor und wandte sich wieder den Wettergebnissen zu.

„Möglicherweise gab sie den Craels die Hauptschuld", warf Jury ein.

„Ja, ich glaube, so war es. Sie war der Meinung, sie hätten das Mädchen nie ins Haus nehmen dürfen." Es musste Fanny Merchent plötzlich klargeworden sein, dass dieser Punkt doch eher etwas mit Olive als mit Leo zu tun hatte. Jury sah die Frage in ihren Augen, noch bevor sie sie aussprach. „Warum fragen Sie Olive nicht selbst danach?", sagte sie und richtete sich steif auf.

„Ich würde es gern tun, Mrs Merchent", antwortete Jury und schenkte ihr ein entwaffnendes Lächeln. „Nur bin ich im Moment in London, und sie ist in Yorkshire. Als ich in der Gegend von Victoria herumlief, fiel mir wieder ein, dass sie hier ab und zu ihre Schwester besucht ..." Jury zuckte mit den Schultern. Er dachte, wenn Polizisten sich wirklich nur so ziellos und gleichgültig verhalten würden, hätten sie viel zu tun.

Sein Gleichmut schien Fanny bereits zu beruhigen. Sie war offensichtlich nicht abgeneigt, über diese Angelegenheit zu reden. „Ich verstehe. Also, wie ich schon sagte, Olive war sehr erbost, dass die Craels diese Dillys zu sich nahmen. Sie sagte, das Mädchen hätte von Anfang an nichts als Ärger gemacht und sie trauere ihr nicht nach. Obwohl es Sir Titus fast das Herz brach. Der arme Mann. Wissen Sie, er hatte schon seine Frau und seinen Sohn verloren."

Jury nickte. „Was hat Dillys sich denn geleistet? Was meinte Ihre Schwester?"

„Wohl Männergeschichten. Sie war noch sehr jung, wissen Sie. Und sie war hinterlistig. ‚Eine kleine Schlange', sagte Olive immer."

„War sie vielleicht eifersüchtig auf den Platz, den das Mädchen einnahm?"

Fanny Merchent schloss diese Möglichkeit nicht aus. „Ich weiß es nicht. Aber Olive ist schon eine merkwürdige Person –"

„Du sagst es", schnaufte Victor. „Sie hat 'ne Menge Geld, aber kommt hierher und lebt auf unsere Kosten. Mir gegenüber ist sie hochnäsig. Ich möchte wissen, wieso. Wer, glaubt sie eigentlich, wer sie ist, verflucht noch mal? Eine Haushälterin, weiter nichts."

Und er goss sich einen zweiten Drink ein, als wolle er damit Olive Manning herausfordern.

„Das ist doch kein Grund, ihr böse zu sein. Bei all dem Kummer, den sie hat –"

„Kummer! Ich sage dir, was Kummer ist, meine Liebe. Schau nur mich an, was man mit mir gemacht hat ..."

Noch bevor Victor in Selbstmitleid versinken konnte, sagte Jury: „Während Mrs Manning bei Ihnen war, ist doch nichts geschehen, was sie hätte aufregen können, oder? Wirkte sie verändert?" Jury, der eine verneinende Antwort erwartet hatte, war ganz erstaunt, als Fanny sagte: „Ja, es gab da etwas. Das war nach dem Anruf. Erinnerst du dich, Vic, du bist einmal rangegangen. Das war der zweite Anruf." Sie streckte ihre Hand aus und klopfte mit den Fingernägeln gegen die Zeitung, um seine Aufmerksamkeit zu erregen. Er antwortete nicht. Er starrte wie gebannt auf die Flasche, als ob ihr in jedem Moment ein Geist entsteigen könnte.

„Was war das für ein Anruf?"

Sie sah düster von ihrem Mann zur Whiskyflasche und wandte sich dann zu Jury. „Irgendeine Frau hatte angerufen. Die Stimme war mir nicht bekannt, und ich war erstaunt, dass jemand Olive sprechen wollte. Soviel ich weiß, kennt sie hier doch niemanden. Zuerst dachte ich, es sei das Krankenhaus. Aber sie reagierte in einer Weise, dass es jemand anders sein musste. Nach einer Weile nahm sie den Apparat mit ins Nebenzimmer und schloss die Tür." Fanny Merchent ließ erkennen, dass sie Geheimnisse zwischen Schwestern missbilligte. „Danach war sie ganz aufgedreht. Zwei Wochen lang ging das so. Angespannt irgendwie, aber aufgeregt, wissen Sie. Sie fing an auszugehen. Nicht ins Krankenhaus, dahin bin ich gewöhnlich mitgegangen. Sie ging woandershin, und das jeden Tag ungefähr zur gleichen Zeit. Als ich sie darauf ansprach, hat sie mich damit abgespeist, dass sie Einkäufe machen müsse. Sie wollte nicht, dass ich mitkomme."

„Sie erwähnten zwei Anrufe."

„Richtig. Das zweite Mal hat Vic abgenommen. Er sagte nur, jemand wolle Olive sprechen und was Olive sich denn dächte, ob das hier eine Pension sei oder was und ob er dazu da sei, für sie Anrufe entgegenzunehmen und überhaupt."

Victor Merchent hob die Flasche, die die ganze Zeit in seinem Schoß gelegen hatte, und goss sich einen weiteren Drink ein. Da er Jury als Vorwand nicht mehr benötigte, hatte er auch aufgehört, ihn in das Ritual mit einzubeziehen. „Sie benahm sich wie im Hotel. In einem gottverdammten Hotel." Plötzlich veränderte sich sein Gesichtsausdruck. Er sah erstaunt aus, als sei ihm plötzlich ein Licht aufgegangen. Er starrte mit leerem Blick in die Luft, wie ein seniler alter Mann, an dem glasklare Bilder aus längst vergangenen Zeiten vorbeiziehen. „Das war's also; ein Hotel. Es war jemand, der von einem Hotel aus anrief, denn als ich sagte, Olive sei nicht da, bat sie darum, sie solle sie im Hotel ‚Sawry' zurückrufen."

Seine Frau schnalzte mit der Zunge. „Das hast du mir nie erzählt, Vic."

„Du hast mich nie danach gefragt, oder?", sagte er und leerte hastig sein Glas.

# 8

Jane Yang war ein feines, zierlich gebautes Mädchen. Sie trug ein türkisfarbenes Kleid mit Stehkragen. Ihre schwarzen Haare lagen wie ein Helm um ihren Kopf. Als Melrose das „Sun Palace" betrat, stand sie an der Kasse hinter dem Tresen. Es war noch nicht Mittag, aber das kleine, enge Restaurant war bereits voll. Mürrisch dreinblickende Kellner mit Tabletts voller Speisen unter silbernen Warmhalteglocken hasteten zwischen den Tischen hindurch und gingen durch die Schwingtüren, die zur Küche führten, ein und aus. Von der Atmosphäre konnte die Beliebtheit des Lokals nicht herrühren, also musste es am Essen liegen. Geheimnisvolle Gewürzmischungen erfüllten die Luft.

Melrose stellte sich in die Schlange hinter das halbe Dutzend Leute, die ihre Rechnungen bezahlen wollten. Als er an die Reihe kam, hielt er dem Mädchen eine Zwanzigpfundnote und das Foto hin. „Sie sind Jane Yang? Die dicke Bertha sagte mir, Sie würden die Frau auf dem Bild vielleicht kennen."

Miss Yang sah verwirrt aus: Wäre es nicht ratsam, dieses Geschäft und die zahlenden Gäste auseinanderzuhalten? Aber sie behielt den Geldschein in der Hand.

Ein stämmiger Mann hinter Melrose seufzte: „Mach schon, Kumpel. Wir sind hier nicht bei der Blumenschau von Kew Gardens." Mit dem Zahnstocher führte er zwischen seinen Zähnen geradezu akrobatische Bewegungen aus.

„Könnten Sie dort drüben warten?", sagte Miss Yang entschuldigend. „Ich bin gerade sehr beschäftigt."

Melrose ignorierte einfach das hörbare Aufatmen der Leute in der Schlange hinter sich und legte ihr eine zweite Zwanzigpfundnote hin. „Und ich sehr reich."

Bass erstaunt blickte sie auf das Geld, das plötzlich vor ihr lag, und auf Melroses Chesterfield. Zugleich nahm sie die Rechnung des Mannes mit dem tanzenden Zahnstocher entgegen.

Mit der Schulter gab sie Melrose ein Zeichen, er möge hinter den Tresen gehen, und winkte eine kleine Frau herbei, deren Gesicht so verschrumpelt war wie ein chinesisches Tee-Ei. Die Alte kam schlurfend herbei und ließ mit ausdruckslosem Gesicht den chinesischen Redeschwall des Mädchens über sich ergehen – wahrscheinlich waren es Anweisungen, was sie als Kassiererin zu tun hatte.

Das Mädchen führte Melrose in eine Ecke neben der Küche, nahm den zweiten Zwanziger entgegen, faltete sorgfältig beide Scheine zu einem sauberen Quadrat zusammen und ließ sie zwischen einem Paar schwarzer Frösche, die als Verschluss ihres türkisfarbenen Kleides dienten, verschwinden. Er fragte sich, warum Frauen gerade diese Stelle als so sicher betrachteten.

Sie hielt das Foto in der Hand. „Ich kenne sie, ja. Sie Bedienung hier, oh, ich denken, es war drei Wochen." Und sie hielt drei Finger hoch, als wolle sie Melrose eine neue Sprache lehren.

„Wie hieß sie?"

„Gemma, Gemma Temple."

„Und dann, was geschah mit ihr? Ich meine, nachdem sie wegging?"

„Sie treffen einen Mann. Ich glaube, sie zu ihm ziehen."

„Hat sie ihn hier getroffen, als sie hier arbeitete?"

Jane Yang schüttelte den Kopf, und der seidene Haarhelm tanzte auf ihren Schultern. „Irgendwo – ich vergessen – in London. Vielleicht Bahnhof? Sie geht einmal Freunde besuchen. Hören Sie –", sie breitete ihre Arme aus. „Wir nicht sehr befreundet, wissen Sie. Sie mir nicht viel über Privatleben sagen."

Melrose nickte. „Sie wissen also nicht, wer dieser Mann war? Aber da Sie wissen, dass sie mit ihm wegging, muss sie Ihnen doch etwas gesagt haben."

„Nein, ich sah ihn nur."

„Sie *sahen* ihn?"

„Ja. Er kommen ins Restaurant. Sehr vornehm war er." Sie musterte Melrose von oben bis unten. „Wie Sie." Sie lächelte.

„Der Prinz." Als Melrose fragend die Augenbrauen hochzog, sagte sie: „So hat sie ihn genannt: der Prinz. Es war Spaß. Aber er sah aus ..." Sie schien nach Wörtern zu suchen, und dabei fielen ihre Augen auf ein Bild über der Kasse, das zu dem Drachendekor des Restaurants überhaupt nicht passte. Es war eine Reproduktion des Gemäldes von Millais, das dieser für den Seifenfabrikanten Pears gemalt hatte. „Wie er. Ich meine, der Prinz so ausgesehen haben muss, als er klein war."

Die Beschreibung passte genau auf Julian Crael. Ein wunderschönes Kind in grünem Samtanzug mit langen goldenen Locken: Genauso mochte Julian einmal ausgesehen haben.

„Kam er hierher, um sie zu treffen?"

Sie nickte. „Er kommen hier mit ihr. Sie aufhören zu arbeiten hier, wissen Sie. Ich glaube, sie ihn den anderen Mädchen zeigen wollen. Der Prinz aber verlegen. Der Gentleman ein anderes Leben gewöhnt."

Melrose musste über ihre knappe, sehr anschauliche Ausdrucksweise lächeln.

„Hat sie Ihnen erzählt, wohin sie gehen würde?"

Sie überlegte, und ihre makellose Haut kräuselte sich. „Da war was. Sie mir sagen, er wohnen in elegantem Hotel …" Sie schüttelte den Kopf. „Ich kann Namen nicht erinnern."

In diesem Augenblick stürmte ein kleiner Mann aus der Küche, der der Zwillingsbruder der kleinen alten Frau hätte sein können. Als er sah, dass Jane sich mit einem Gast unterhielt, ließ er eine Tirade auf Chinesisch los, wobei er heftig gestikulierend auf die Kasse zeigte. Im Laufe ihrer Unterhaltung war die Schlange an der Kasse mal kleiner, mal größer geworden, hatte sich aber niemals völlig aufgelöst. Zu ihrer Rechten waren die Küchenschwingtüren in ständiger Bewegung. Der Lärm, der aus der Küche kam, übertönte sogar den Lärm, den die Gäste machten. Wahrscheinlich waren sie in der Küche dabei, Hühner zu schlachten, dachte Melrose.

„Entschuldigung", sagte sie zu Melrose. „Papa sehr böse, ich verlassen die Kasse. Ich muss gehen."

Melrose zog eine Visitenkarte hervor und schrieb ihr mit seinem goldenen Füllfederhalter sowohl die Nummer seines Hotels als auch die vom Old House auf. „Hören Sie, sollte Ihnen noch etwas zu dieser Gemma Temple einfallen, ihrem Leben, ihrer Familie –" Jane Yang schüttelte den Kopf. „Sie hat keine. Ich glaube, sie im Heim groß worden. Das war alles, was sie mir sagen."

„Und Sie können sich auch nicht an das Hotel, in dem er wohnte, erinnern?"

Sie waren wieder an der Kasse, und das Mädchen löste ihre Mutter ab. „Wenn ich mich erinnere, ich anrufen." Sie zog ihre türkisfarbenen Schultern hoch, und auf ihrem Gesicht erschien ein Lächeln, das ihr Gesicht, die Maske aus Porzellan, aufblühen ließ wie eine Lotosblüte auf einem blauen See. Sie war wirklich sehr hübsch, aber so zerbrechlich, dass ein Mann Angst haben musste, sie anzufassen. „Entschuldigung", sagte sie erneut und zuckte mit den Schultern.

Melrose drehte sich um und ging. Er hatte bereits die Hand an der Tür, als er durch den Lärm der Gäste hinter sich ihre Stimme vernahm: „Mister!", sie winkte ihn mit einem breiten Lächeln zurück. Als er am Tresen ankam, sagte sie: „Ich hab's. Das Hotel. Sawry. Das ‚Sawry Hotel'."

Sie sprach es fast wie „sorry" aus, das „r" kaum hörbar. Melrose grinste. Nur die grimmigen Blicke der Gäste hielten ihn davon ab, ein weiteres Mal seine Brieftasche zu zücken. Er dachte, sie könnten sich vielleicht alle auf einmal auf ihn stürzen, also verließ er das Restaurant.

Als er draußen war, fing er an, den „Limehouse Blues" zu pfeifen.

# 9

Das Hotel „Sawry" war eines dieser gutgehüteten Geheimnisse von London; die klugen Besitzer wussten, was passieren würde, wenn das Geheimnis publik würde. Es war nicht billig; außerordentlich teuer war es allerdings auch nicht. Geld schien hier einfach kein Thema zu sein, als lasse Erlesenheit sich nicht in Zahlen ausdrücken.

Als die Tür kaum hörbar hinter ihm ins Schloss fiel, wurde Melrose von einer Woge der Wehmut überwältigt. Vor mehr als dreißig Jahren waren seine Eltern mit ihm zu Weihnachten hierhergefahren, und nichts, aber auch gar nichts hatte sich in der Zwischenzeit verändert. Das „Sawry" hielt an seiner Vergangenheit fest, was Melroses Beifall fand. Auch sein eigenes Haus hatte er in dem Zustand belassen, in dem er es übernommen hatte. Nur wenige Gegenstände waren hinzugekommen, entfernt wurden keine. In seinen Augen war die Vergangenheit, so wie sie unter der Glasglocke von Ardry End erhalten geblieben war, vollkommen. Das war auch einer der Gründe, warum er nicht geheiratet hatte; wie sehr sie auch immer beteuern würde, weder ihn noch die Wohnung verändern zu wollen – mit der Zeit würde eine Frau doch damit anfangen, die Möbel herumzurücken.

Ein Perserläufer in den Farben Blau, Gold und Rosa führte geradewegs auf eine Treppe im Stil der Brüder Adam zu. Sie wand sich nach oben, als schwebe sie im Raum. Im Foyer hatte man die Rezeption diskret zurückversetzt; hinter ihr stand ein Gentleman in der für das „Sawry" üblichen Uniform – schwarzer Anzug und weiße Handschuhe.

„Kann ich Ihnen behilflich sein, Sir?"

„Das können Sie", sagte Melrose. „Ich möchte zu Mr Crael. Könnten Sie ihn vielleicht anrufen und ihm sagen, Mr Carruthers-Todd sei hier. Danke."

Der Hotelangestellte, dessen Miene sich normalerweise auch nach einer Schüssel mit kaltem Wasser ins Gesicht nicht verändern würde, zeigte sich erstaunt. „Oh, es tut mir sehr leid, Sir. Aber Mr Crael ist nicht bei uns."

Melroses geheucheltes Staunen übertraf noch das des Angestellten. „Sie müssen sich irren. Ich habe einen Brief von Mr Crael, der besagt, dass er am Elften im ‚Sawry' absteigen wolle ..."

Melrose klopfte demonstrativ seine Taschen ab, als suche er den Brief.

Auf dem Gesicht des Angestellten erschien ein kurzes Lächeln. „Es tut mir leid, Mr Carruthers-Todd. Könnte es vielleicht sein, dass Sie sich im Datum irren?"

Melrose Carruthers-Todd richtete sich auf und bedachte den Angestellten mit einem ziemlich frostigen Blick, der keinen Zweifel darüber ließ, dass sich die Carruthers-Todds äußerst selten, wenn überhaupt, in etwas irrten. „Es war der Elfte, ich erinnere mich genau." Seinem Tonfall war anzuhören, dass der Angestellte besser daran täte, Mr Crael umgehend und heil herbeizuschaffen, sonst würde es Ärger geben.

Er wusste, dass Häuser wie das „Sawry" nur in Notfällen Informationen über ihre

Gäste herausgaben. Da er den Mann aber in die unglückliche Position hineinmanövriert hatte, beweisen zu müssen, dass Mr Crael nicht doch in der Besenkammer eingeschlossen worden war, konnte Melrose getrost darauf warten, dass er das Gästebuch hervorholte.

„Sehen Sie selbst, Sir: Mr Crael war in der Tat bei uns am *11. Dezember*, nicht *Januar*, Sir." Der Angestellte unterdrückte ein selbstzufriedenes Lächeln, als er das Gästebuch wieder zuklappte.

„Verflucht!", sagte Melrose und holte tief Luft. „Dann ist also auch Miss March nicht hier?"

Der Angestellte hob fragend eine Augenbraue. „Miss March? Ich glaube nicht, mich an jemanden dieses Namens erinnern zu können."

„Temple", sagte Melrose und schnippte mit den Fingern. „Ich meine Miss Temple. Eine Freundin von Mr Crael."

„Ach ja. Nein, Sir. Sie ist auch nicht hier, Sir."

„Hmmm. Ich nehme an, sie ist zur gleichen Zeit wie er abgereist." Melrose bemühte sich, diesen Satz nicht wie eine Frage klingen zu lassen. Der Mann, den der in Gedanken versunkene Mr Carruthers-Todd langsam zu ermüden anfing, nickte. „Wirklich eine verflixte Lage. Wenn ich das richtig sehe, bedeutet das auch, dass der arme alte Benderby sie nicht zu Gesicht bekommen wird. Er wird über dieses Durcheinander ganz schön verärgert sein." Melrose zog einen goldenen Stift und sein kleines Notizbuch aus der Tasche. „Würden Sie ihm das bitte geben, wenn er kommt. Sehr nett von Ihnen, danke."

Die Verwirrung im Gesicht des Angestellten war echt. „Verzeihen Sie, Sir. *Wem* soll ich das geben?"

„Benderby. Er wird wahrscheinlich hier aufkreuzen und nach Crael fragen. Ich habe ihm gesagt, dass er uns beide hier antreffen wird, und wahrscheinlich wird er über die ganze Angelegenheit ziemlich verärgert sein. Eustace Benderby. Der Name steht hier auf der Vorderseite." Melrose blickte den Mann an, als halte er ihn für einen Analphabeten. Der Ärmste war nicht einmal imstande, den Empfänger der Nachricht zu entziffern.

Der Angestellte schob den Zettel in eines der Postfächer. „Ich werde das gewiss für Sie erledigen, Sir."

Melrose murmelte geistesabwesend noch etwas und marschierte hinaus.

Als er auf der Straße war, pfiff er wieder den „Limehouse Blues".

# 10

Die Verwirrung des Hotelangestellten erreichte ihren Höhepunkt, als zwei Stunden später Chief Inspector Richard Jury auftauchte.

„Es gibt doch hoffentlich keine Probleme, Chief Inspector?"

Im „Sawry" pflegte es keine Probleme zu geben. „Nein, ich glaube nicht. Es dreht sich um einen Ihrer Gäste." Jury holte das Foto von Dillys March hervor, das sie als junges Mädchen zeigte. „Kommt Ihnen diese Frau bekannt vor?"

Der Angestellte nahm das Bild zwischen seine behandschuhten Finger und betrachtete es einen Moment lang, bevor er sagte: „Etwas an ihr kommt mir bekannt vor. Aber ich bin mir nicht sicher. Ein ziemlich altes Bild, nicht?"

„Das ist richtig. Ich habe auch ein neueres." Jury zeigte das Foto, das Melrose Wiggins gegeben hatte. „Sagt Ihnen das etwas?"

„Oh, ja. Sie war eine gute Freundin von … von einem unserer Gäste."

Das „Sawry" fühlte sich für das Wohlergehen seiner Gäste in jeder Hinsicht verantwortlich; ohne einen zwingenden Grund würde man keine Auskunft geben, erst recht keine Indiskretion begehen. Das Haus war wie ein Heiligtum oder ein Banksafe; die hässlichen Tatsachen dieser Welt prallten an ihm förmlich ab.

„Eine Freundin von Julian Crael?"

Der Mann wirkte erleichtert. Wenn die Polizei von dieser Verbindung bereits wusste, war es vielleicht kein Vertrauensbruch, sie zu bestätigen. „Ja, das ist richtig." Er war allerdings nicht bereit, ausführlicher zu werden, sofern er nicht musste.

„Wie oft kam sie hierher?"

Er überlegte kurz. „Einige Male. Seit ungefähr einem Jahr. Sie besuchte Mr Crael."

„Ihr Name?"

Der Angestellte machte einen perplexen Eindruck. „Temple. Miss Temple." Er holte wieder das Gästebuch hervor. „Erst vor einem Monat – im Dezember. Sehen Sie." Er drehte das Buch zu Jury hin, damit dieser sich selbst vergewissern konnte. „Am 10. Dezember. Eine Miss Temple. Ich glaube, sie verließ uns noch am selben Abend, nachdem Mr Crael abgereist war."

„Hat sie Besucher empfangen?" Jury half ihm, indem er Olive Manning beschrieb. Der Angestellte schüttelte den Kopf. „Irgendwelche Anrufe?"

„Keine, soviel ich weiß, aber das kann ich überprüfen."

„Bitte tun Sie es. Und geben Sie mir Bescheid." Jury gab ihm seine Karte und wollte gehen, als ihn der Mann zurückhielt.

„Da ist noch etwas, Sir. Ein anderer Gentleman war hier – ein Mr Carruthers-Todd –, erst heute Nachmittag. Er fragte nach Mr Crael und Miss Temple und hinterließ eine Nachricht –" Der Angestellte nahm die Nachricht aus dem Postfach.

„Und wie sah dieser Mr Carruthers-Todd aus?"

„Ziemlich wohlhabend, würde ich sagen. Kultivierte Sprache." Nachdem er die wichtigsten Punkte abgehandelt hatte, fuhr er fort: „Nicht ganz so groß wie Sie, helles Haar. Auffallend grüne Augen. Die Nachricht war für …", er sah nach unten, „einen Mr Benderby. Eustace Benderby."

„Ich bin Benderby", sagte Jury und streckte seine Hand hin, um die Nachricht in Empfang zu nehmen.

## 11

Das Hotel „Royal Victoria" machte seinem Namen keine Ehre. Es stand eingekeilt zwischen zwei Gebäuden, von denen das eine den Namen „Arab Star" trug; ein Krummsäbel und ein Stern waren auf ein Schild gemalt, dessen Farbe bereits abblätterte. Aus der Tür traten zwei junge Männer mit schwarzen Schnurrbärten, die sich gestikulierend unterhielten.

In einem kleinen Raum mit einer Tür im Cottage-Stil saß ein Mädchen, das der Bemalung ihrer Lippen sichtlich mehr Aufmerksamkeit als ihren potenziellen Kunden widmete. Schließlich schlenderte sie auf ihn zu und musterte ihn aus ihren lila geschminkten Augen. Sie blies eine Kaugummiblase und sog sie zurück in den Mund. Er zeigte seinen Ausweis. „Ich suche eine Frau, die möglicherweise hier gewohnt hat. Ihr Name ist Roberta Makepiece."

„Kann mich, glaube ich, an niemand mit dem Namen erinnern. Sie kommen und gehen." Sie bemühte sich, ihren Busen unter der blauen Strickjacke zur Geltung zu bringen. Unter Jurys Kinn erschien eine zweite Kaugummiblase. Dann sagte sie: „Dotty könnte was wissen."

„Wer ist Dotty?"

„Die Besitzerin."

„Und wo ist Dotty?"

„In Manchester. Sie ist mit ihrem Kerl da hingefahren." Ihre Wimpern flatterten. Die dick aufgetragene Mascara hatte unter ihren Augen schwarze Tupfer hinterlassen.

„Und wann wird Dotty wieder zurück sein?"

„Wie soll ich das wissen?"

„Und wie soll ich dann Dotty fragen?"

Der Sarkasmus wirkte. „Nun, Sie können ja Mary fragen. Wenn diese Person hier gearbeitet hat, dann weiß es Mary."

„Wo ist diese Mary?"

Sie hielt jetzt einen kleinen Taschenspiegel in der Hand und inspizierte erneut ihren Mund. Jury, der sich nur noch für Mary interessierte, langweilte sie. „Mary Riordan. Irgendwo dort ..." Sie machte eine vage Handbewegung. „Ich nehme an, sie deckt die Tische im Esszimmer."

Im Esszimmer waren zwei Mädchen, besagte Mary und ein zweites träges Mädchen vom Lande mit zwei dünnen braunen Zöpfen und rötlicher Gesichtsfarbe, die mit lethargischen Bewegungen Servietten und das Besteck auflegte.

Mary sah zum Glück weniger einfältig aus. Sie hatte eine weiche, rauchige Stimme und einen irischen Akzent, der gut zu ihren auffallend blauen Augen passte. „Roberta Makepiece? Also, jetzt ... ja. Ich erinnere mich jetzt. Sie hat aber nicht lange hier gearbeitet." Mary hielt ihr Metalltablett wie einen Panzer vor ihre Brust. „Sie ist mit einem Kerl abgehauen."

Das „Royal Victoria" schien für Liebespaare gut zu sorgen. „Sie wissen nicht, wohin?" Jury hatte die Hoffnung schon aufgegeben, als Mary nickte und sagte:
„Könnte sein. Wissen Sie, ich habe einen Brief von ihr bekommen ... eigentlich war es das Geld, das ich ihr geliehen hatte und das sie mir zurückschickte. Da stand eine Adresse drauf. Wenn Sie einen Moment warten, dann lauf ich hinauf und hole ihn."
„Wenn es sein muss, warte ich hier den ganzen Tag auf Sie." Er lächelte. Er hätte Mary küssen können; sie wurde mit jedem Moment hübscher, und ihre Wangen schienen rosiger.
Jurys Lächeln ließ sie rücklings gegen den Türpfosten prallen. Sie errötete, drehte sich um und eilte hinaus, das Tablett noch immer in der Hand. Als sie weg war, las er noch einmal Plants Nachricht. Wenigstens war sie kurz:

Rufen Sie mich im „Connaught" an,
wenn Sie noch sprechen können.
Plant

Das Mädchen mit den Zöpfen, das wie eine Schnecke um die Tische strich, schien an Polypen in der Nase zu leiden. Ihr Schnaufen erinnerte Jury an Sergeant Wiggins. Mary kam mit einem Brief in der Hand zurück. „Ich hab's gefunden. Sie heißt jetzt nicht mehr Makepiece, sondern Cory. Hier ist die Adresse." Sie hielt Jury den Zettel hin. Die Wohnung lag in Wanstead.
„Muss geheiratet haben", sagte Mary.
Jury lächelte. „Oder sonst was. Danke schön, Mary. Sie wissen gar nicht, wie sehr Sie mir geholfen haben. Gibt es hier ein öffentliches Telefon? Ich muss jemanden anrufen."
Marys blaue Augen glitzerten, als sie zu ihm hinaufblickte. Sie führte Jury zum Telefon, und es war ihr deutlich anzumerken, dass sie nur zu glücklich darüber war, Scotland Yard behilflich zu sein.

## 12

Der Blick, mit dem sie ihn von oben bis unten musterte, hätte den Lack von einem Stuhl abkratzen können.
„Roberta Makepiece."
Über die Türkette hinweg sah er, wie ihre Kiefer den Kaugummi bearbeiteten, den sie schon die ganze Zeit über langsam hin und her bewegt hatte. „Ich heiße Cory. Mrs Cory. Sie haben sich in der Tür geirrt." Sie versuchte, die Tür zu schließen, aber Jury hielt seine Hand dagegen.
„Scotland Yard, Mrs Cory. Chief Inspector Richard Jury." Er schob ihr seine in Plastik eingeschweißte Ausweiskarte unter die Nase.
„Was ist los ...?" Ihre Augen weiteten sich. „Joey? Ist es wegen Joey?" Ihre Stimme klang weniger besorgt als erleichtert, was Jury veranlasste, sich über Liebe und Loyalität Gedanken zu machen.
„Dürfte ich vielleicht hereinkommen ...? Es wird nicht lange dauern."

Sie schloss die Tür für einen kurzen Moment, um die Kette zu entfernen. Dann hielt sie die Tür auf und bedeutete ihm mit einem kurzen Nicken hereinzukommen. „Ich wollte gerade einkaufen gehen."

„Es wird nicht lange dauern. Können wir uns setzen?"

Sie zuckte die Achseln. „Machen Sie sich's bequem." Jury setzte sich auf den Rand eines glänzenden Kunstledersessels. Sie nahm auf einer weißen Couch aus Webpelz Platz. Alles in dieser Wohnung – die Möbel, die Gardinen, die Kleidung, die sie trug –, alles sah billig, neu und sauber aus, als sei das Leben, das hier gelebt wurde, unmittelbar den Steinen von Wanstead entsprungen. Die Wohnung glich einem Schaustück in einem Kaufhausschaufenster – einschließlich der Puppe. Roberta Makepiece war zwar ganz hübsch, aber ausgesprochen steif und hölzern – eine abweisende, starre Frau. Behindert durch einen engen, wadenlangen Rock, hatte sie sich mit kleinen, gezierten Schritten auf die weiße Couch zurückgezogen. Über dem Rock trug sie einen engen, gestreiften Pullover, unter dem sich ihre kleinen, spitzen Brüste abzeichneten. Die kunstvollen, mit Schildpattkämmen hochgehaltenen und mit Haarspray fixierten Locken ließen ihr Gesicht noch schmaler erscheinen.

Jury fragte sich, was Cory wohl an diesem Gebilde gefiel. Sie ständig um sich zu haben musste schlimmer als Zahnschmerzen sein. Er vermutete auch, dass sie nicht wirklich Mrs Cory war; wie die Möbel war auch sie jederzeit austauschbar.

Mit einem leuchtend lackierten Daumen und Zeigefinger nahm sie den Kaugummi aus dem Mund und ließ ihn in einen riesigen Glasaschenbecher fallen. Dort lag er dann traurig – das einzige Ding im Raum, das gebraucht aussah.

Neben ihr auf der weißen Couch lagen ihre Tasche und ihr Mantel. Dass sie im Begriff war wegzugehen, schien die Wahrheit zu sein. Jury bezweifelte allerdings, dass sie häufig die Wahrheit sagte.

Warum hatte er sich die Szenerie so anders ausgemalt? Eine schlampige, hübsche Frau in einem Morgenrock, ein ungemachtes Bett, Schnappschüsse von Bertie, die an der Spiegelkommode steckten ... Er schien hier überhaupt nicht zu existieren, kein einziges Foto und nichts in ihrem Gesicht erinnerte an ihn. „Also, worum dreht's sich denn?" Die Hand mit den rot lackierten Fingernägeln fuhr hoch zum Haar, um sich zu vergewissern, dass das künstliche Gebilde durch diesen unwillkommenen Eindringling auch nicht in Unordnung geraten war.

„Ich bin gekommen, um mit Ihnen über Ihren Sohn zu sprechen, Mrs Cory."

Sie sah schnell weg und nahm den Kaugummi aus dem Aschenbecher. „Ich habe" – sie steckte ihn in den Mund – „keinen Sohn. Ich weiß nicht, wovon Sie reden."

Jury fühlte, wie ihm kalt wurde, wie sein Griff um die Kante der Armlehne härter wurde. „Ich rede von Bertie. Bertie Makepiece." Er kam sich wie ein Idiot vor, weil er es sagte, als müsste der Name in ihr eine Erinnerung wachrufen. Als würde sie „Oh, ja, der" sagen und mit den Fingern schnippen.

Seine Miene musste sie eingeschüchtert haben, denn sie sagte: „Hören Sie mal, was hat eigentlich Scotland Yard damit zu tun? Was hat die Polizei hier zu suchen? Haben Sie es mit dem Jugendamt zu tun, oder was?" Ihre Stimme wurde eindringlicher. „Ich nehme an, Sie wollen mich dazu bringen, dass ich zurückgehe?"

„Ich bin nicht dienstlich hier. Nur aus Interesse. Ich traf Bertie, als ich an einem Fall arbeitete, und fand, dass die Geschichte, mit der er Ihre Abwesenheit erklärte, irgendwie seltsam klang. Bertie behauptet, dass seine Mutter wegfahren musste, um eine kranke Großmutter zu pflegen. In Nordirland. Sieht aber so aus, als seien Sie in London, nicht?"

„Nordirland? Ich hab nie was von Irland gesagt! Ich hab zwar eine alte Oma, die da lebt, aber ich hab nie gesagt, dass ich dahin fahre." Jetzt war ihrer Meinung nach wohl Bertie der schuldige Teil. „Also, so was!"

„Bertie erzählt jedem, dass die alte Oma in Nordirland lebt, auf der Bogside." Jury musste gegen seinen Willen lächeln. Aber sie blickte nur stumpf vor sich hin. War er gekommen, um zu sehen, ob sie genug Humor besaß, um über den Einfallsreichtum ihres Sohnes zu lachen? Um noch etwas von einer Mutter in ihr zu entdecken?

„Er erfand immer irgendwelche Geschichten. Er fantasierte alles Mögliche zusammen ..." Ihre Stimme verlor sich, während sie an dem Couchfell zupfte.

„Bertie? Ich habe genau das Gegenteil festgestellt. Vernünftig, ausgeglichen, umsichtig." Wenn jemand von den beiden ein Fantasieleben führte, dann war es die Mutter und nicht der Sohn. Und was für eine dürftige Fantasie noch dazu, dachte er, als er sich noch einmal im Zimmer umsah.

„Ja, das stimmt. Umsichtiger als ich. Bertie konnte alles, machte auch alles, wenn ich arbeitete. Kochen, abwaschen, putzen. Er hat sogar den alten Köter dazu gebracht, dass er einkaufen ging. Er ist doch noch da, oder? Arnold?"

Es klang, als würde sie nach einem Bekannten aus ihrer Kindheit fragen. Jury nickte. Ihre Stimme wurde kriegerisch, sie lehnte sich vor, und ihre Hände umklammerten ihre Knie. „Hören Sie. Bert kriegt Geld, dafür sorge ich. Ich hab ihm gesagt, er soll nur weiterhin die Schecks mit der Rente einlösen ..."

„Dazu muss er aber unterschreiben. Das ist Urkundenfälschung."

„Nun, trotzdem. Sehen Sie, das müssen Sie verstehen: Ich hab ihm einige Male geschrieben. Ich habe es ihm erklärt, ich meine, dass ich es dort nicht aushalten kann. Ich bin nicht einfach weggegangen und hab ihn seinem Schicksal überlassen."

Versuch nicht, mir was weiszumachen, dachte Jury. „Sie haben also Miss Cavendish und einige andere gebeten, sich um ihn zu kümmern. Sie erzählten Miss Cavendish, dass Sie nach London fahren würden, stimmt das?"

Sie nickte eifrig, als spreche er jetzt ihre Sprache. „Sehen Sie, ich gebe ja zu, dass ich keine gute Mutter bin." Sie lächelte grimmig, als werde durch dieses Eingeständnis alles geklärt. „Glauben Sie mir – ich wollte keine Kinder. Ich hab zu früh geheiratet. War erst achtzehn ..."

Ihre Rechtfertigung glich dem Zelebrieren einer alten, bedeutungslos gewordenen Messe: langweilig und zur Genüge bekannt, da er diese oder ähnliche Geschichten schon zu oft gehört hatte: die schwierigen Umstände in ihrem Leben, in dem kleinen Fischerdorf. Eine gescheiterte Ehe mit einem nichtsnutzigen Kerl. Und immer das leidige Geld. Nur Ärger, keine Zukunftsperspektiven, und sie, die doch noch so jung war ... Und dann Rackmoor selbst. Die fürchterliche Langeweile dort oben im Norden, keine Neonlichter, keine Unterhaltung, nichts. Ihre Begegnung mit Joey Cory. Ein gut aussehender Mann, der sie zum Lachen brachte und Geld hatte. Aber er wollte sie nicht mit Kind. Keine Kinder, sagte er.

„Sehen Sie, alles neu! Cory kauft immer alles neu. Wenn irgendetwas kaputtgeht oder schmutzig wird, dann schmeißen wir es einfach weg und kaufen es neu." Ihr verkrampftes, schiefes Lächeln war triumphierend, als hätte sie einen Weg gefunden, das Haus zu überlisten.

Ein Wegwerfleben. Jury konnte sich vorstellen, dass die Tage in diesem Zimmer genauso aussahen wie die einzelnen Blätter eines Kalenders – unbeschrieben, kein einziger Eintrag. Er stand aus dem Sessel auf. „Und was macht er mit Ihnen, wenn Sie kaputt und schmutzig sind?"

Zornig sprang sie von der Couch auf; ihr schmales Gesicht glich einer weißen, kalten Flamme. Der Schlag, den sie ihm versetzte, ließ ihn zwar zurückweichen, tat aber kaum weh. Ihre Hand war so leicht, dass er sich eher wie die hysterische Berührung eines Vogelflügels anfühlte. Sie hatte sich damit nur selbst erschreckt. Sie fing die schuldige Hand mit der anderen ein. Er sah jetzt, wie dünn ihre Hände waren, dünn und blau geädert. Er wunderte sich über ihre Hagerkeit, über die einst sicher hübsch gerundeten Linien, die immer eckiger wurden. Die Wangen unter den Backenknochen wirkten schon richtig eingefallen.

„Sie haben kein Recht, hierherzukommen und mir solche Dinge zu sagen!" Ihre Wut flackerte noch einmal auf. „Und ich vermute, dass Sie jetzt gleich zum Jugendamt gehen und denen alles brühwarm erzählen. Ich werde nicht nach Rackmoor zurückgehen, so viel kann ich Ihnen sagen. Wenn ich ihn nehmen muss, dann muss er schon hierherkommen und …" Sie fuhr sich mit der Hand über die Stirn, als ob sie Kopfschmerzen hätte. Diese Idee wurde offensichtlich durch den Gedanken an Cory infrage gestellt.

„Ich werde nichts weitermelden", sagte Jury. „Ich will nicht, dass man Sie findet."

Sie blinzelte und starrte ihn in der sich ausbreitenden Stille an. Sie wirkte jedoch nicht erleichtert. Ihre Augenbrauen zogen sich zusammen. Es war, als hätte sich ihr Leben lediglich in ein neues, schwieriges Puzzle verwandelt, das aus noch kleineren Gras- und Himmelsteilchen bestand, deren Farben verblasst waren und die sich deshalb noch schwerer zusammensetzen ließen.

Jury dachte daran, wie Bertie sich bei ihr fühlen würde. Ihr Ärger darüber, ihn wie ein sperriges Gepäckstück an ihrer schmerzenden Hand mit sich schleppen zu müssen, würde ihn erdrücken. Jeder und nahezu alles wäre besser als sie: selbst Einsamkeit, Entbehrung, Mangel, Verlust. Verlässlicher, fühlbarer, etwas, wonach er die Hand ausstrecken konnte, um es anzufassen. Wohingegen Roberta Makepiece keine Person zu sein schien, die man anfassen konnte. In ihren sauberen dunklen Kleidern stand sie vor dem weißen Hintergrund wie ein zorniger Hieb, den ein Künstler seiner Komposition versetzt hat, weil er sie nicht mehr sehen kann.

„Was Sie tun werden, ist Folgendes", sagte Jury. „Sie werden drei Briefe schreiben. Einen an Bertie – ihm werden Sie die Wahrheit schreiben; das, was Sie mir erzählt haben. Achten Sie darauf, dass Sie nicht lügen, nichts beschönigen oder ihm irgendwelche Hoffnungen machen. Außer der einen Hoffnung: dass er nie, unter keinen Umständen, in ein Heim kommen wird. Dass Sie ihm vorübergehend bei den Lügen helfen werden, die er gezwungenermaßen erzählen muss. Das ist auch der Zweck des zweiten Briefes: Sie werden Miss Cavendish genau das schreiben, was Bertie den Leuten erzählt. Sie seien in Nordirland, in Belfast, und pflegten Ihre Großmutter. Formulieren Sie es so, dass es zu Herzen geht, und sagen Sie, dass sich die Krankheit noch lange hinziehen wird – so lange, dass Sie nicht wüssten, ob Sie in absehbarer Zeit zurückkommen können. Das bedeutet, dass Sie in Rackmoor jemanden brauchen, der sich um Bertie kümmert. Und darum geht es im dritten Brief, den an Kitty Meechem. Ich würde sagen, dass Kitty dazu recht geeignet ist –"

„Kitty! Sie meinen die, die den ‚Fuchs' betreibt? Hören Sie, ich will nicht, dass mein Junge in einem Pub lebt –"

Jury konnte sich über dieses „mein Junge", über diese merkwürdig verdrehte Moral nicht mal ärgern, da er schon halb erwartet hatte, dass Roberta Makepiece protestieren würde, weil sie den drohenden Verlust jetzt als real empfand.

„Das ist ein durchaus respektabler Laden, und Kitty ist eine großartige Person. Sie mag Bertie sehr. Und Arnold auch. Natürlich gibt es da immer noch Froschauge und Stockfisch, wenn Sie lieber wollen, dass –"

Ein Lächeln huschte über ihr Gesicht, das sie aber schnell unterdrückte. „Nein, die wohl kaum. Aber sehen Sie ..."

Jury überging ihre Einwände: „Dann nehmen Sie die Briefe und stecken sie in einen Umschlag und schicken sie zu dieser alten Oma, damit sie in Irland gestempelt werden. Das wird uns mindestens so lange weiterhelfen, bis die Sache geklärt ist ..."

„Auf legalem Wege", wollte er nicht hinzufügen, das hätte für sie zu unabänderlich geklungen. Es war merkwürdig. Obwohl sie so kalt war und dieses schneeweiße Zimmer sie noch kälter machte – kalt, berechnend und egoistisch –, spürte er trotz allem die Furcht in ihr, etwas ganz zu verlieren, was sie in Wirklichkeit schon längst weggeworfen hatte.

„Und wenn ich es nicht tue?" Ihre Stimme verriet, dass die Herausforderung nur vorgetäuscht war.

„Dann komme ich zurück. Auf Wiedersehen, Mrs Cory."

Als er die Tür öffnete, zog sie ihn am Ärmel. „Warten Sie noch ..." Sie schien nicht zu wollen, dass er ging, aber auch nicht zu wissen, warum er bleiben sollte. Sie versuchte Zeit zu gewinnen und sagte: „Robert. Er heißt eigentlich Robert."

„Was?" Jury wusste nicht, was er davon halten sollte.

Sie lächelte vage; in Gedanken schien sie ein altes Album durchzublättern. „Er wird Bertie gerufen. Aber er heißt Robert. Hab ihn nach mir genannt. Ja, so war's."

Es traf Jury wie ein winziger Pfeil, dass sie doch einmal das Bedürfnis gehabt haben musste, ihr Kind als einen Teil ihrer selbst auszugeben – Robert und Roberta.

Sein Ärger über sie war lange zuvor verflogen. „Ich werde es mir merken." Er lächelte. Ein Lächeln, das diesmal auch bei Roberta Makepiece ein Lächeln hervorrief. „Auf Wiedersehen."

Die Tür schloss sich hinter ihm.

Er ging die Straße zur Underground Station zurück. Die Gegend war wie ausgestorben, mit Ausnahme einer räudigen Katze mit rötlichem Fell, die sich auf einer Veranda putzte. Das Fell sah hoffnungslos struppig aus, dennoch ließ die Katze nicht davon ab. Ein Wind kam plötzlich auf und blies eine Zeitungsseite an Jurys Bein. Sie wurde weitergetrieben, gegen einen Baum geweht und blieb dann schließlich an einem Eisengeländer hängen, wie ein alter Rentner, der seine Haustür sucht und nicht findet.

Er ging die Straße entlang – die Zeitung wurde immer weiter durch die Gegend geweht – und fragte sich, warum er hierhergekommen war. Er hatte das Gefühl, nur wenig erreicht zu haben. Dennoch schien etwas in ihm sein Tun zu billigen. Er erinnerte sich an eine Lehrerin, die er als kleiner Junge gehabt hatte. Diese Lehrerin hatte er mit der Leidenschaft eines Kindes geliebt. Sie hatte ihm die Hand auf den Kopf gelegt, auf ihn heruntergelächelt und ihn gelobt, weil er eine kreideverschmierte Tafel besonders sauber gewischt hatte.

# 13

Als Jury um sechs Uhr ins „George" kam, sah er Jimi Haggis an der Bar sitzen. Seine langen Beine waren um einen Hocker geschlungen, und er spießte gerade ein Stück kalte Fleischpastete auf.

„Hallo, Jimi", sagte Jury und setzte sich neben ihm.

„He, Richard." Jimi klopfte ihm auf die Schulter und wandte sich wieder den Silberzwiebeln zu, die er mit der Gabel auf seinem Teller herumschubste. Jimi war vom Rauschgiftdezernat, und Jury vermutete, dass es ihm da so gefiel, weil er bei der Arbeit sein Haar lang und sein Hemd offen tragen konnte. Jimi wischte sich einen Krümel aus dem herunterhängenden Schnauzer.

Für ein paar Minuten saßen sie schweigend nebeneinander. Der Pub füllte sich mit den Stammgästen, die nach der Arbeit hierherkamen, und mit vielen zufälligen Besuchern. Eine besonders attraktive junge Dame machte es sich auf dem Hocker rechts neben Jimi bequem.

„'tschuldigung, Süße", sagte Jimi und streckte den Arm nach dem Senftopf vor ihr aus; die Gelegenheit war günstig, da sie noch damit beschäftigt war, sich auf ihrem Sitz zu installieren. Er schaffte es, ihren Busen zu streifen, und Jury sah, dass sich ihre Augenbrauen in mildem Ärger zusammenzogen, als sie Jimi ansah. Als sie bemerkte, dass Jury sie beobachtete, sah sie weg und dann gleich wieder zu ihm hin. Jury lächelte sie an, als teilten sie ein Geheimnis. Durch den Rauch ihrer Zigarette hindurch erwiderte sie es. Es war jedoch schon mehr als ein Lächeln.

Jimi machte sich ganz viele Senfpünktchen auf seine Pastete und sagte: „Was ich nicht verstehe, ist: Hier bin ich mit meiner Alten und drei Kindern, zwei davon noch in den Windeln. Also hier bin ich –" Er breitete seine Arme aus, streifte erneut den Busen neben sich und murmelte: „Tut mir leid, Süße – jung, sexy, gut aussehend, ein freier Geist, jedenfalls fühle ich mich so. Und da bist du … groß, solide, zuverlässig wie ein Safe – deine Augen erinnern mich an die Londoner Silberschätze, weißt du das? – egal, da also bist du, hast keine Verpflichtungen, und die Frauen liegen dir zu Füßen. Da kommt eine von ihnen." Jimi zeigte mit seiner Gabel auf Polly, das Barmädchen.

„Hallo", sagte sie zu Jury, ohne Jimi dabei anzusehen. „Was soll's sein?"

„Ein Bitter und eins von den Soleiern, Polly." Zwischen Jury und Jimi stand unter einer hohen Plastikhaube eine Platte. Polly fasste die Haube am Knauf, hob sie hoch und rollte ein Ei auf einen kleinen Teller. Sie lehnte sich über den Tresen, wodurch sie einen noch größeren Einblick in ihr Dekolleté gewährte. „Wo bist du denn gewesen? Dieser Typ ist fast jeden Tag hier. Arbeitet der nie?"

Jimi blickte finster auf ihren tiefen, gerüschten Ausschnitt.

„Er arbeitet gerade."

Polly bemerkte Jimis Blickrichtung, winkte Jury zu, zwinkerte mit den Augen und ging an die andere Seite des Tresens.

„Das ist es, was ich meine", sagte Jimi. „Ich versteh das einfach nicht."

„Ich auch nicht."

„Du musst zugeben, dass ich einen gewissen Charme habe." Er hielt inne, als wäre sein ganzes Identitätsgefühl abhängig von Jurys Nicken. „Gestern Abend, das muss ich dir erzählen, hatte ich eine mit ein Paar Titten wie …" Er hielt seine Handflächen nach oben und bewegte sie, als würde er Kürbisse wiegen, dann packte er die Haube, unter der die Pyramide von Soleiern aufgebaut war, und presste seine Stirn gegen das Plastik.

Jury schüttelte den Kopf. Jimi war einer der besten Männer, die sie hatten, wahrscheinlich sogar der Beste im Rauschgiftdezernat, obwohl er jünger als die meisten von ihnen war, ungefähr zehn Jahre jünger als Jury. Bei der Arbeit strahlte er äußerstes Selbstvertrauen aus; aber außerhalb brauchte er jede Krücke, die sich ihm anbot, und Jury war derjenige, der das meiste Gewicht tragen konnte.

„Diese Rothaarige, mit der du mal gegangen bist", fragte Jimi. „Was ist mit der passiert?"

Maggie war ein Foto in Jurys Schreibtischschublade. Da hatte er sie vergraben. Aber hin und wieder exhumierte er die Leiche. „Sie hat einen anderen geheiratet, einen Australier."

Jimi schaute ihn total ungläubig an. „Verheiratet mit einem anderen? Und auch noch mit einem Australier? Jesus! Gab es nicht irgendeinen …?"

„Warum lassen wir das Thema nicht fallen, Jimi?" Jury sah das Mädchen neben Jimi an. Sie war bordeauxrot gekleidet, ihr Arm hob sich wie Seide gegen das dunkle Mahagoniholz ab.

„Okay, Mann, okay." Jimi hielt die Hände hoch und wandte sich wieder seinem Essen zu. „Habe gehört, dass du jetzt endlich befördert wirst."

„Verdammt unwahrscheinlich, wie das Blumenmädchen sagen würde." Jury hatte keine Lust mehr, über Frauen oder Beförderungen zu reden; er warf einige Münzen auf den Tresen und stand auf. „Ich habe eine Verabredung, Jimi. Wir sehen uns später."

Auf dem Weg durch den Raum spürte er, wie der Samtblick des Mädchens in Bordeauxrot ihm folgte.

Die Tür öffnete sich, und Melrose Plant kam herein. Er ließ seinen Blick über die Köpfe schweifen, entdeckte Jury und kämpfte sich einen Weg durch die Menge, die sich mittlerweile schon an der Bar drängte. „Benderby, alter Knabe!", sagte Melrose.

Jury stieß einen Stuhl vor. „Setzen Sie sich, Mr Plant, Benderby und ich danken Ihnen für Ihre Benachrichtigung. Und für das Bild. Also, erzählen Sie schon, wie Sie das gemacht haben!"

„Scotland Yard meine Methoden verraten? Warum um Himmels willen sollte ich? Ich bin dafür, dass ich einen Drink bekomme. Wollen Sie auch noch einen?" Plant zeigte mit dem Silberknauf seines Stocks auf Jurys Glas.

„Ich hab nichts dagegen."

Melrose nahm das Glas, legte seinen Stock auf den Tisch und kämpfte sich zurück durch die Menge. Jury zog unter dem Tisch einen Stuhl heran und legte seine Füße darauf. Hundemüde war er. Er rollte den Stock hin und her, hob ihn hoch, wurde neugierig und spielte an dem Knauf herum. Er zog daran. Ein Stockdegen. Himmel noch mal.

Melrose kam mit den Getränken zurück, setzte sich und erzählte, was sich in den letzten vierundzwanzig Stunden zugetragen hatte; er begann mit dem Bild, das er Jury hinüberschob. „Wir wissen also, dass Crael sie kannte. Aber welche von beiden kannte er? Ich meine, welche von beiden war sie?"

„Gemma Temple", antwortete Jury und steckte das Bild in seine Tasche. „Sie fuhr mit dem Wagen ihrer Zimmergenossin nach Rackmoor, weil ihrer ein Anfängerschild hatte. Gemma Temple hatte gerade ihren Führerschein gemacht."

„Du lieber Himmel, und Dillys March fuhr immer diesen roten Wagen."

Jury nickte, und dann starrten beide schweigend in ihr Bier.

Jury lehnte sich zurück und schaute durch den oberen Teil des bleiverglasten Fensters, durch den die Lampen draußen zu sehen waren. Das aprikosenfarbene Licht eines ungewöhnlich sonnigen, aber kalten Tages war von den Tulpenornamenten der Scheibe verschwunden, und London dämmerte in den frühen Abend hinein. Aber es erzeugte kein Gefühl der Melancholie in Jury, der sogar in dem verrauchten Pub den Schnee riechen konnte, der bald fallen würde.

London im Winter war für Jury die beste Jahreszeit. Die Straßen feucht wie alte Handschuhe, der Geruch von Gummistiefeln; dampfende Pferde mit ihren Reitern vor dem Palast. Er liebte London und wurde manchmal von diesem Gefühl geradezu überwältigt.

„Ich glaube, dass Julian Crael Gemma Temple irgendwo begegnet ist und von ihrer Ähnlichkeit mit Dillys March völlig geblendet war. Ich vermute, Dillys bedeutete Julian mehr, als er je zugeben würde. Er fing also mit Gemma ein Verhältnis an. Gemma sah darin die Möglichkeit, an ein Vermögen ranzukommen. Er muss ihr viel erzählt haben von sich, seiner Familie und seinem Zuhause – und von Olive Manning. Ich glaube, er wollte sie verlassen; vielleicht, weil er gemerkt hatte, wie fadenscheinig sein Fantasiegebilde war. Also setzte sich Gemma mit Olive in Verbindung, und die beiden arbeiteten diesen Schwindel aus."

„Warten Sie mal. Olive Manning bestritt vom ersten Augenblick an, dass die Frau Dillys March sei. Wie konnte sie da gleichzeitig den Colonel glauben machen wollen, Dillys sei zurückgekommen?"

„Stimmt. Das verstehe ich auch nicht. Ich weiß nur, dass Gemma und sie gemeinsame Sache gemacht haben. Und wenn die Sache mit dem Diebstahl schiefging, dann hätte das ja ein verdammt gutes Motiv für einen Mord ..."

„Es gibt noch ein besseres, oder? Julian Craels Motiv."

„Ich weiß, er ist Ihr Kandidat. Aber warum sollte er sie ermorden? Warum nicht seinem Vater die ganze Geschichte erzählen? Julian wusste, dass die Frau nicht Dillys March war. Und vergessen Sie nicht sein Alibi ..."

„Sie glauben also wirklich nicht, dass er es war, oder? Immer verteidigen Sie ihn."

„Ich weiß nicht, wer es getan hat, mehr kann ich Ihnen nicht sagen. Und ich ‚verteidige' ihn nicht." Jury fragte sich, ob er nicht doch recht hatte. Was lag ihm an diesem

Mann, der so distanziert, so kalt war und – genau genommen – das einleuchtendste Motiv hatte. Julian Crael beschäftigte ihn, und wahrscheinlich wollte er Plants vollkommen berechtigten Verdacht einfach mit Argumenten aus der Welt schaffen. Er dachte an Julian, wie er im winterlichen Licht des Wohnzimmers stand, seine Arme auf dem Kaminsims, unter dem Bild jener schönen Frau mit dem Seidenschal, die seine Mutter gewesen war. Und er fühlte in dem Lärm des verrauchten Pubs das gleiche Frösteln wie dort in der Stille des Wohnzimmers, als er Julian Crael zugehört hatte. „Ich dachte, Sie wüssten, dass sie tot sein könnte." In den Worten schwang eine leise Frage mit, als verstehe der Sprecher selber nicht, was er gesagt hatte, als erwarte Julian eine Antwort von etwas, was außerhalb lag, von etwas Großem – von den Mooren vielleicht oder der See.

Wer könnte denn tot sein, fragte sich Jury.

„Sie wollen nicht, dass er schuldig ist." Plants Bemerkung unterbrach seine Gedanken, und er bemerkte, dass er die ganze Zeit über das Mädchen in Bordeauxrot, das immer noch an der Bar saß, angestarrt hatte.

Verärgert über sich selbst, leerte er schnell sein Glas und sagte: „Es ist fast sieben. Wir sollten lieber losfahren. Die Fahrt zurück nach Rackmoor dauert sechs Stunden. Ich würde ganz gern noch mit Olive Manning sprechen."

Plants Blick glich einem Pfeil. „Ja, ich habe gehört, was Sie sagten. Ob ich will, dass jemand schuldig oder unschuldig ist, steht nicht zur Debatte. Vergessen Sie nicht, dass Crael ein Alibi hat."

Plant saß immer noch da und fixierte seinen Spazierstock. „Ist das alles? Es soll schon mal vorgekommen sein, dass ein Alibi durchlöchert worden ist."

## 14

„Sollen wir anhalten und Agatha aufstöbern? Sie wird nur Ihnen Bericht erstatten. Ich würde gerne wissen, wie sie mit der Suche nach dem Aufbewahrungsschein vorangekommen ist."

Unter seinem Hut hervor erwiderte Jury: „Ich glaube, ich werde auf dieses kleine Vergnügen verzichten, wenn Sie nichts dagegen haben."

Sie wechselten sich beim Fahren ab und lagen gut in der Zeit. Melrose fuhr, seitdem sie in einem Café einen Kaffee getrunken hatten mit einem fürchterlichen Stück Pie. „Es könnte ja auch sein", sagte Melrose, „dass der Mörder Gemma Temple mit Lily Siddons verwechselt hat. Aber welches Motiv könnte da dahinterstecken?"

„Der Colonel hat Lily Siddons sehr gern", sagte Jury, seine Stimme wurde durch den heruntergezogenen Hut gedämpft. „Genauso gern wie Dillys March, glaube ich."

„Meine Güte, er hat ja die halbe Grafschaft gern. Ich hoffe, dass wir nicht überall in Yorkshire Leichen finden werden."

Jury gab keine Antwort.

Melrose nahm an, er sei eingenickt, und beschleunigte den Jaguar auf hundertfünfundvierzig Stundenkilometer.

# 15

Plant hatte sich diskret entschuldigt und war auf sein Zimmer gegangen. Wood, der seine Überraschung kaum verbergen konnte, ging Olive Manning holen.

Alle anderen im Haus schienen zu schlafen, worüber Jury ganz froh war; er wollte so wenig Aufsehen erregen wie möglich.

Jury stand im Red-Run-Salon, dem „Nest" des Colonel, als Olive Manning erschien. Im Bademantel, ohne Schlüsselbund und ohne ihre kunstvolle Frisur sah sie fast menschlich aus. Sie verschwendete auch keine Zeit, wie Jury mit Erleichterung feststellte.

„Fanny hat schon immer zu viel geredet", war das Erste, was sie sagte. Wie Jury zog sie es vor, beim Reden zu stehen.

„Wie hat Gemma Temple Sie ausfindig gemacht?"

„Durch Julian natürlich. Er war höchst indiskret. Wie auch immer, die ganze Sache hatte sich zu meinem Vorteil entwickelt – oder hätte es getan, sollte ich vielleicht lieber sagen, wenn nicht irgendjemand diese Frau ermordet hätte."

„‚Irgendjemand'? Nicht Sie, Mrs Manning?"

„Ich ganz bestimmt nicht. Obwohl es bestimmt schwierig wird, Sie davon zu überzeugen, da bin ich sicher."

„Ihre Verbindung zu Gemma Temple würde das vermuten lassen. Aber alles schön der Reihe nach, die Details zuerst: Woher wusste Gemma Temple, dass Sie Ihre Schwester besuchten?"

„Sie rief erst hier an. Wood oder sonst jemand sagte ihr, ich sei in London bei meiner Schwester. Daraufhin rief sie mich dort an und sagte, sie hätte mir etwas von großer Wichtigkeit über Dillys March mitzuteilen. Ich war überrascht. Wer war diese Fremde, die etwas über ein Mädchen wusste, das vor fünfzehn Jahren verschwunden war? Sie wohnte im Hotel ‚Sawry'. Julian war an diesem Morgen gerade nicht da, wie ich später herausfand. Als ich sie sah –" Olive Manning schloss die Augen. „Die Ähnlichkeit war frappierend. Nun, ich dachte natürlich, sie sei Dillys. Die Frau war wenigstens so schlau einzusehen, dass die Informationen, die sie über Dillys und über ihre Vergangenheit im Old House hatte, einer genaueren Prüfung nicht standgehalten hätten. Sonst hätte sie es wohl auf eigene Faust versucht. Sie brauchte sozusagen noch den letzten Schliff; da musste so einiges ausgebügelt werden, damit sie sich als Dillys ausgeben konnte." Olive Manning sagte das gleichmütig und ohne Reue.

„Und Sie übernahmen das Ausbügeln?"

„Ja."

„Wie dachten Sie, damit bei Julian durchzukommen? Er hätte es nie zugelassen, dass die Frau sich hier *einnisten* würde und die Rolle seiner Cousine –"

„Hier einnisten. Um Gottes willen. Das hätte ich auch nicht gewollt. Sie hätte die fünfzigtausend bekommen, und wir hätten sie uns dann geteilt. Das ist alles. Warum Julian das zugelassen hätte? ‚Zulassen' ist vielleicht nicht ganz der richtige Ausdruck.

Hätte er denn den Colonel überzeugen können, dass sie nicht Dillys March war? Gemma hätte sich immer herausreden können und hätte zudem ihren Spaß an dem ganzen Schauspiel gehabt."

„Warum haben Sie es sich nicht einfacher gemacht und Julian erpresst?"

„Zum einen glaube ich nicht, dass Julian bezahlt hätte. Er gehört eher zu der Sorte, die sich stellen und dann verreißen lässt. Zum anderen hätte er gar nicht so schnell das Geld auftreiben können." Sie lächelte kurz. „Dichterische Gerechtigkeit, verstehen Sie. Die Craels ließen es zu, dass Dillys March meinen Sohn zugrunde richtete. Ich dachte, ich hätte es verdient, zu sehen, wie ‚sie' Julian in die Knie zwingt."

Was für eine zartfühlende Frau, dachte Jury. „Wie hatten Gemma und Julian sich überhaupt kennengelernt?"

„Durch Zufall. Auf einem Bahnhof – Victoria Station, glaube ich."

„Zuerst haben Sie bestritten, dass sie Dillys ist. Sie haben also erst ganz zum Schluss die Möglichkeit eingeräumt, dass sie vielleicht doch Dillys sei, um Ihrer Meinung mehr Gewicht zu verleihen?"

„Ganz recht, Inspector. Ich dachte, es sei besser, nicht gleich darauf einzugehen."

„Es gab keine Beweise."

„Ich hatte Zugang zu einigen Papieren. Der Geburtsurkunde von Dillys March und anderen. Falls ich sie wirklich gebraucht hätte. Aber Sie kennen Colonel Crael schlecht, wenn Sie glauben, dass es dazu gekommen wäre. Er hätte ihr ihre ‚Erbschaft' gegeben, keine Angst. Trotzdem hatte ich etwas in der Hand, was diese Dillys im passenden Moment hätte vorzeigen können."

„Dieser Moment ist nie gekommen."

Es folgte ein langes Schweigen. Sie seufzte. „Gut, Inspector. Bevor Sie die Hunde auf mich hetzen, möchte ich Ihnen einen kleinen Handel vorschlagen."

Dass sie gar nicht mehr dazu in der Lage war, schien ihr überhaupt nicht in den Sinn zu kommen. Sie hätte ebenso gut über den Preis des grünen Samtsofas feilschen können, auf das sie ihre Hand gelegt hatte. In dem trüben Schein der Milchglaskugel – der einzigen Lampe, die Wood angemacht hatte – glitzerte der rosa Topasring an ihrem Finger.

„Was für einen Handel, Mrs Manning?"

„Wissen Sie, ich habe mich offen zu dem Betrug – so nennen Sie das doch – bekannt. Und ich werde Ihnen da auch keine Schwierigkeiten bereiten. Dennoch denke ich, dass ich das Recht habe, meinen Namen von der Mordanklage reinzuwaschen. Das kann ich aber nicht, wenn Sie mich jetzt mitnehmen."

Jury lächelte. „Das ist unsere Aufgabe – ich meine, Sie von der Anklage reinzuwaschen, falls es möglich ist."

Sie schüttelte den Kopf. „Es gibt da keine Erfolgsgarantie. Inspector, ich möchte nur vier bis fünf Stunden Zeit haben. Morgen findet eine Jagd statt – ich sollte wohl eher heute Morgen sagen. Wenn Sie mir bis dahin meine Bewegungsfreiheit lassen könnten –"

„In vier bis fünf Stunden können Sie über alle Berge sein –"

Sie schnaubte. „Ich bitte Sie, Inspector. Ich wüsste nicht, wohin ich gehen wollte. Mein

Leben ist das Old House und mein Sohn, und wie könnte ich ihn jemals wiedersehen, wenn ich abhaue?"

Ihm gefiel, wie sie das Wort aussprach. Er lächelte. „Was haben Sie vor? Was habe ich davon, wenn ich Ihnen diese Stunden zugestehe?"

„Vielleicht gelingt es mir, Ihnen einen Fuchs aus dem Bau zu scheuchen. Morgen holen wir, um eine Lieblingsformulierung des Colonel zu gebrauchen" – sie lächelte –, „das gute alte Stück hervor."

# Sechster Teil

## Das gute alte Stück

### 1

Um Punkt halb neun rappelte sich Melrose Plant wieder auf. Er hatte noch nicht gefrühstückt, nur von dem betäubenden Satteltrunk hatte er einen Schluck genommen, um Körper und Geist zu stärken. Vor einer halben Stunde war er schon einmal heruntergefallen, als sein Pferd den Sprung über eine Mauer nicht geschafft hatte. Diesmal war es ein kleiner Bach, der ihn zu Fall brachte. Melrose klopfte sich ab und stieg wieder aufs Pferd. Es schadete nichts, dass sein Kopf wie betäubt war – seinen Händen und Füßen erging es nicht anders. Er wusste schon nicht mehr, welches nebulöse Pflichtgefühl seinem Gastgeber gegenüber seinem kränklichen Knie zur Heilung verholfen und ihn um sechs Uhr früh aus dem warmen Bett in die kalte Morgenluft gezerrt hatte. Prost und Waidmanns Heil hatte der Colonel zigmal wiederholt.

Melrose stieg wieder auf sein Pferd. Das Ganze konnte ihm gestohlen bleiben. Er war weder an Hunden noch an Füchsen interessiert. Allein die Menschen interessierten ihn. Sie ritten über die Moore, rot berockt, mit Schwalbenschwänzen, ganz in Tweed, als gäbe es keine Schürfwunden oder zerfetzte Jagdröcke (von beidem gab es genügend), von dem Mord ganz zu schweigen.

Er musterte die Reiter, die in sein Blickfeld kamen – rote Jagdanzüge, Meltons, Derbies; die Frauen trugen Samtkappen, Halsbinden, handgearbeitete Stiefel, Jeans und Pullover. Eine bunt zusammengewürfelte Gesellschaft, die sich in diesem gottverlassenen Moor hier draußen, in Nässe, Nebel und Schnee köstlich zu amüsieren schien. Eine verwegene Schar unberittener Teilnehmer krönte den in der Ferne liegenden Hügel; die Leute sahen aus wie die Zuschauer bei einem Kricketspiel. Der Huntsman war nirgendwo zu sehen. Melrose hatte ihn zuletzt entdeckt, als sie zu dem Bau geritten waren, den Tom Evelyn vor einer halben Stunde aufgespürt hatte.

Er spähte durch den Nebel und glaubte, den Colonel zu erkennen. Da von Evelyn keine Spur war, dachte Melrose, ein Teil der Jagdgesellschaft würde einem anderen Fuchs nachjagen, denn Colonel Crael hatte seinen Hut abgenommen und damit das Signal gegeben.

Im Gegensatz zu Melrose schien seinem Schimmel das Ganze zu gefallen, und als die

Hundemeute zu bellen anfing, fiel er wieder in Galopp. Zum Glück war es ein freies Feld mit wenigen Mauern und ohne Stacheldraht. Melrose hielt sich tapfer, als sein Pferd einen doppelten Graben übersprang. Die Schlusshunde waren im Nebel verschwunden, und sie mussten jetzt nach Gehör reiten, da man nichts sehen konnte.

Der Schimmel nahm einen weiteren Graben, und Melrose sah sich jeden Moment schon wieder am Boden liegen. Außer dem Geräusch der Hufe, die über den gefrorenen Boden dahinstoben, hörte er nur noch das Bellen der Meute. Durch ein Loch im Nebel sah er eine Gruppe von Pferden und Reitern, die an einer langen Steinmauer standen. Er nahm an, der Colonel habe einen Fang gemacht, und freute sich darüber – vielleicht konnten sie jetzt umkehren, etwas essen und sich wieder wie zivilisierte Menschen benehmen. Er brachte sein Pferd zum Traben, ritt heran und stieg mit zehn oder zwölf anderen bei der Mauer ab.

Die Mauer, die vor ihnen lag, schien aus dem Nebel herauszuwachsen. Soweit Melrose das beurteilen konnte, war es eine ziemlich sinnlose Umzäunung. Die Hunde bellten auf derart ungewohnte Art und Weise, dass sogar Melroses ungeschultes Ohr heraushören konnte, dass dies keinen Fang bedeutete. Colonel Crael schien sie zurückhalten zu wollen, und der zweite Pikör stand kreidebleich da, offenbar nicht der Kälte wegen. Du großer Gott!, dachte Melrose, als er sie schließlich entdeckte. Olive Manning lag ausgestreckt mit dem Gesicht nach unten über der Mauer, wie eine große Stoffpuppe. Auf der einen Seite hingen ihre Füße herunter, auf der anderen die Arme. Alles war voller Blut; es rann die Steine herunter und verfärbte den Schnee; die Reithosen, der schwarze Melton und die Stiefel waren blutverschmiert. Es sah aus, als hätte sie noch, bevor sie starb, versucht, sich aufzusetzen, um von den mörderischen Steinen wegzukommen. Den Sprung über diese Einzäunung hätte jeder Reiter und jedes Pferd verweigert, um stattdessen nach einer Schranke oder einem anderen Zugang zu suchen. Aber es war nicht die Höhe, die einen Sprung unmöglich machte, sondern die Tatsache, dass die Mauer mit diagonal angebrachten messerscharfen Kalksteinen bestückt war. Es war, als würde man auf Spikes fallen.

„Holen Sie Jury", sagte Melrose zu den Umstehenden.

## 2

„Ich war es, der sie gefunden hat, Inspector Jury; oder vielmehr Jimmy und ich." Colonel Crael stand an die Mauer gelehnt, als würden seine Beine sich weigern, ihn zu tragen.

In der Zeit zwischen dem Davongaloppieren des zweiten Pikörs, der im „Fuchs" anrufen wollte, und Jurys Eintreffen hatte Melrose Plant erfolgreich den Platz abgesichert. Tom Evelyn hatte die Hunde zusammengetrieben.

Außer Jury, Wiggins, Colonel Crael und Olive Mannings Leiche befand sich niemand mehr in den Mooren.

Jury verfluchte sich leise, während er die Leiche untersuchte und auf Harkins und den Mann von der Spurensicherung wartete. Hätte er Olive Manning für die Dauer der Jagd nicht freigelassen, wäre das hier nicht passiert. „Wann haben Sie sie zuletzt gesehen?"

„Ich erinnere mich nicht, sie überhaupt gesehen zu haben, Inspector. Die Jagdgesellschaft bestand aus ungefähr fünfzig Personen; das sind ziemlich viele Leute für die Jahreszeit. Ich habe eigentlich gar nicht nach Olive Ausschau gehalten."

„Wieso ist sie allein losgeritten? Sie muss vor den Hunden gewesen sein."

„Ehrlich gesagt, ich weiß es nicht. Vielleicht ist sie dem ersten Fuchs, Toms Fuchs, gefolgt."

„Erzählen Sie, was dann passiert ist."

„Wir ritten in schnellem Galopp. Die Hunde mussten seit ungefähr einer halben Stunde gelaufen sein, ohne die Fährte zu verlieren. Nun, der Wind liegt ja auch günstig, und die Hunde rannten also weiter geradewegs auf Dane Hole zu. Danach, eine halbe Meile weiter, teilte sich die Meute in der Nähe von Kier Howe. Das liegt auf der anderen Seite von Cold Asby. Jedenfalls sah ich dann diesen jungen Fuchs aus dem Badsby Hole herauskommen. Der zweite Pikör – das ist Jimmy – gab ein Signal, und wir jagten hinterher. Als wir uns dieser verfluchten Mauer hier näherten, fragte ich mich, warum sie denn so plötzlich haltmachten? Ich dachte, sie hätten die Fährte verloren, vielleicht weil Schafe den Weg überquert hatten. Schafe sind manchmal schlimmer als Rinder; es gelingt ihnen, die Witterung vollständig wegzuwischen."

Jury unterbrach ihn: „Fahren Sie fort, bitte."

„Die Hunde rannten die Einzäunung entlang. Ich dachte, sie wollten die Öffnung auskundschaften – sie befindet sich etwas weiter weg, und dann ... nun ja ... Jimmy war im selben Moment neben mir, als die Hunde anfingen zu bellen. Wir erreichten die Stelle – Olive – beinahe gleichzeitig. Und wenige Augenblicke später kam Evelyn dort den Hügel runter mit der laut bellenden Meute." Der Colonel zuckte mit den Schultern und starrte in das graue Licht. „Das ist alles. Evelyn brachte die Jagdhunde unter Kontrolle und führte sie weg."

Jury wandte sich von Olive Mannings leblosem Körper ab.

„Sergeant Wiggins, Sie nehmen den Jeep und fahren mit Colonel Crael zurück zum Old House und sehen zu, dass niemand das Haus verlässt."

„Das wird nicht so einfach sein, Inspector", sagte Crael.

„Einige müssen noch bis nach Pitlochary reiten, und ich bin sicher ..."

„Es ist mir scheißegal, wie weit sie reiten müssen."

# 3

Dr. Dudley wischte sich die Hände ab und schüttelte den Kopf. „Raffiniert eingefädelt – aber so kann es nicht passiert sein."

„Das habe ich mir schon gedacht", sagte Jury und beobachtete, wie Harkins' Männer beinahe wie Hunde ausschwärmten und sich entlang der Steinmauer verteilten. Sie kämmten die ganze Gegend nach Spuren ab.

Harkins stand in seinem mit Schafsfell gefütterten Mantel herum und rauchte. „Raffiniert ist der richtige Ausdruck." Harkins fuhr mit seiner behandschuhten Hand über die Steine. „Ich würde nicht gerne darauf fallen wollen, weiß Gott nicht."

Der Arzt war gerade dabei, seine Sachen wieder in die Tasche zu verstauen. „Sie könnten ruhig darauf fallen. Es würde Sie nicht töten, obwohl es einigen Schaden anrichten würde." Er klappte seine Tasche zu und erhob sich. „Diese Steine könnten Sie zwar ganz schön zerfetzen, aber nicht wie eine Reihe von Messern durchbohren. Die Verletzungen stammen nicht von den Steinen, das ist sicher."

„Ich wage kaum, Sie zu fragen, von was sonst", sagte Jury und sah Dudley an.

„Es war wohl die gleiche Waffe wie bei dem Temple-Mord."

„Und da wir noch immer nicht wissen, was es war ..." Harkins ging zu der Stelle, wo man Olive Mannings Pferd gefunden hatte. Es stand da, als warte es darauf, dass sie wieder aufsitzen würde. Die Leiche wurde gerade auf Jurys Anweisung hin in einer Plastikhülle zu dem wartenden Kombi geschafft, dessen Blaulicht gespenstisch aufleuchtete. Die Männer aus Pitlochary hatten diesen abgelegenen Tatort über einen alten Feldweg erreicht, der von der Straße nach Pitlochary abging und über das Howl-Moor führte. Von da an waren die Wegverhältnisse ziemlich schwierig. „Jemand hat sie also erstochen und über diese Mauer geworfen, damit es so aussieht, als hätte das Pferd sie abgeworfen, und ist dann weggeritten. In der Tat raffiniert. Nur hat dieser Jemand das Pferd nicht bedacht. Es stand auf der falschen Seite der Mauer." Harkins schnitt das Mundstück von seiner handgerollten Zigarre ein.

Jury sah ihn an. Harkins wäre ihm zwar bedeutend sympathischer gewesen, wenn er seine Leute weniger geschunden hätte. Aber er war zweifellos ein guter Polizist.

Der Arzt sagte: „Es könnte vor ungefähr vier oder fünf Stunden passiert sein. Ich kann Ihnen genaue Angaben machen, sobald ich sie im Leichenschauhaus habe."

„Es muss also kurz vor Jagdbeginn geschehen sein. Soviel ich weiß, fing sie um sieben oder halb acht an."

„Ein höllischer Zeitpunkt", sagte Harkins und ließ den Blick über das kalte, öde Moor schweifen. „Und ein höllischer Ort für ein Rendezvous."

„Das stimmt. Aber wir wissen jetzt, warum er gewählt wurde", sagte Jury.

Jury musste durch ein braunes Meer von Hunden waten, deren Schwänze wie Wimpel hin und her gingen und die gerade von zwei Jagdhelfern in einen wartenden Wagen getrieben wurden. Tom Evelyn näherte sich ihm auf einem rötlich schimmernden Pferd. Jury stellte erstaunt fest, dass manche Menschen für ihren Beruf wie gemacht zu sein schienen. Es sah aus, als wäre Evelyn in seinem roten Jagdanzug und mit den Reitstiefeln auf sein Pferd gemalt worden.

„Ich möchte, dass Sie noch eine Weile hierbleiben, Tom."

Evelyn tippte mit den Fingern gegen seinen Hut, sagte aber nichts.

UM DAS OLD HOUSE HERUM standen Pferdewagen, Wohnwagen, Kombis, Lastwagen, Autos und Land Rover. Jury ging über den Hof, vorbei an den noch dampfenden Pferden und an den dort versammelten Frauen und Männern, die je nach Menge des gereichten Satteltrunks besser oder schlechter gelaunt waren. Jury wollte gerade die Treppe hinaufgehen, als er hinter sich eine Stimme hörte: „Inspector Jury, ich habe was für Sie."

Lily Siddons saß auf Red Run, ihrer haselnussbraunen Stute, und sah einfach umwerfend aus. Sie hatte nichts mehr gemein mit dem Mädchen, das er in der Küche des Cafés

„Zur Brücke" gesehen hatte. Sie trug weder den schwarzen Melton noch den einfachen Tweed der anderen Frauen. Lily hatte einen jagdgrünen samtenen Reitanzug an. Es war kaum zu fassen, dass es ein und dieselbe Person war. Ihre bernsteinfarbenen Augen schimmerten sogar in der fahlen Morgendämmerung. Sie hatte ihre Kappe abgenommen und an den Zügeln befestigt, und ihr goldenes Haar wehte in der sanften Brise. Sie war nicht mehr „die Kleine der Köchin". Das hier war ihr eigentliches Milieu. Sie sah elegant, gelassen und sehr sicher aus.

Wahrhaftig wie eine echte Crael.

Er nahm den silbernen Becher, den sie ihm herunterreichte.

„Was ist das?" Jury versuchte zu lächeln, aber es gelang ihm nicht so recht.

„Ein Satteltrunk, zum Aufwärmen." Ihre Augen wurden dunkler, wie er es bereits zuvor gesehen hatte, wenn sie etwas bedrückte. „Schrecklich. Aber wenn ich ehrlich bin – ich habe Olive Manning nie gemocht. Und es gibt keinen Grund –" Sie zuckte leicht mit den Schultern und ritt auf Red Run über den Hof, wobei die Hufe auf den Steinen hallten. Jury trank nichts, sondern hielt nur wie gelähmt den Becher in der Hand. Er sah, wie sie im Stall vom Pferd stieg, und fragte sich, wie er nur hatte so blind sein können.

Während er sie betrachtete, schien der Nebel aufzusteigen, sich aufzulösen und in die Bäume zurückzuziehen. Die Sonne war noch nicht zu sehen, aber es war heller geworden. Der Morgen hatte eine Farbe wie altes Zinn. Für ihn setzte sich Lily Siddons' Leben plötzlich zu einem einheitlichen Ganzen zusammen, vergleichbar den kleinen Stückchen in einem Kaleidoskop, die ein Muster bilden.

Da waren die Goldjungen: Julian und sein Bruder Rolfe. Mary Siddons war von Lady Margaret einfach ausgebootet und Rolfe, der Frauenheld (meist Held der falschen Frau), nach Italien verfrachtet worden. Daraufhin Mary Siddons' Selbstmord. Die Goldkinder. Dieses unbeschreibliche Haar, das ihm schon am ersten Abend, als sie im Gegenlicht stand, aufgefallen war. Lily Siddons hatte Lady Margarets Haare geerbt. Sie war Colonel Craels Enkelin.

# 4

Ian Harkins schälte sich gleichsam aus seinen Hüllen; er knöpfte seinen teuren, mit Schafsfell gefütterten Wildledermantel auf, um den Blick auf einen graublauen Anzug freizugeben. Er lehnte sich zurück, legte einen seidig bestrumpften Knöchel über das Knie, machte es sich übertrieben langsam bequem, während alle Übrigen warten mussten.

Sie befanden sich im Arbeitszimmer des Colonel – Jury, Harkins, der Colonel und Wiggins. Jury hatte Harkins soeben erzählt, was er in London herausgefunden hatte, und Harkins war verärgert, dass es nicht der Fund seiner Männer – das heißt sein Verdienst war. Da ihn Jury mit dem Ergebnis in London überrundet hatte (so wenigstens betrachtete Harkins die Angelegenheit), hatte Jury beschlossen, Harkins mit dem Verhör beginnen zu lassen.

Die gute Zigarre, die ihm der Colonel anbot, lehnte Harkins zugunsten seiner eigenen, besseren ab. Er entfernte die Zellophanhülle, zündete sie sich mit einem silbernen Feuerzeug an und zog daran, bis sie rot aufglühte. Jury ließ ihm Zeit, ließ ihn seinen Auftritt vorbereiten. Er musste wohl seine Tücken haben, denn Jury nahm eigentlich an, dass Harkins es vorgezogen hätte, Leuten mit Rang und Namen nicht auf die Füße zu treten – in diesem Fall auf die des Colonel. Allerdings würde er vor Jury nicht als Kriecher erscheinen wollen, indem er vor Sir Titus katzbuckelte. Umgekehrt gehörte er zu denen, die glaubten, sie müssten ausfällig werden, um etwas zu erreichen. Jury vermutete, dass für Harkins der Übergang zwischen beiden Verhaltensweisen fließend war. Er wünschte sich, dass Harkins' Persönlichkeit da weniger gespalten wäre, denn er spürte, dass er eigentlich ein scharfsinniger Polizist war. Als er Harkins beobachtete, wie er dasaß und den Colonel betrachtete, spürte er, dass er den wirklichen, den eigentlichen Inspector Harkins vor sich hatte – Harkins in Aspik.

„Sir Titus", sagte Harkins, „fragten Sie sich nicht, warum sie, wo sie doch eine so gute Reiterin war, über die Mauer gesprungen ist?"

Die Frage schien den Colonel zu verwirren. „Was?"

„Aus welchem Grund hätte Olive versuchen sollen, über diese Mauer zu springen?"

Jury lächelte kurz. Offenbar stand Harkins, wenn nicht mit Jury, dann doch mit dem Tod auf du.

„Ich weiß es nicht."

„Würden Sie es tun?" Bei dieser Frage zog Harkins leicht eine Augenbraue hoch.

„Nein."

„Würde überhaupt jemand an dieser Stelle springen?"

Colonel Crael runzelte die Stirn. „Ich kenne niemanden, der das je getan hat, nein."

„Sie hat es" – Harkins klopfte mit seinem kleinen Finger die Asche von seiner Zigarre – „auch nicht getan." Der Colonel sah ihn verwundert an. „Aber Sir Titus, haben Sie das nicht schon längst vermutet? Sie fiel nicht über diese Steine. Jemand hat sie da hingelegt."

„Hingelegt –?"

Harkins unterbrach ihn. „Wo war Ihr Sohn heute Morgen?"

Die Frage kam höchst unerwartet und wirkte wie ein Schlag ins Gesicht. „Nun, ich nehme an, Julian befand sich im Bett. Oder er machte einen Spaziergang. Manchmal geht er ganz früh –"

„Vielleicht im Howl-Moor spazieren?" Harkins knisterte mit der Zellophanhülle, in die seine Zigarre eingewickelt gewesen war. Das unangenehme Geräusch passte gut zu seiner Stimme. Dem Colonel stieg die Röte ins Gesicht, und er wollte etwas einwenden, wozu ihm Harkins aber keine Gelegenheit gab. „Sir Titus, haben Sie unter diesen Umständen nicht auch daran gedacht, dass Ihre Haushälterin vielleicht ermordet worden ist?"

„Wie meinen Sie das?"

Harkins schnaufte ungeduldig über diese Begriffsstutzigkeit. „Den Mord an dieser Temple, natürlich. Sie sagten, Sie ritten der Spur eines anderen Fuchses nach, ist das richtig?" Der Colonel nickte. „Natürlich sind Sie mit dem Zeremoniell einer Jagd weitaus besser vertraut als ich. Dennoch erscheint mir das, was Sie taten, eher als eine Verletzung des Zeremoniells." Das Gesicht des Colonel zeigte wieder nur Ratlosigkeit.

„Sir Titus, Ihr Huntsman hat doch die Spur des ersten Fuchses verfolgt. Ist es nicht ziemlich ungewöhnlich für einen Jagdherrn, die Spur des zweiten aufzunehmen? Ist es nicht" – auf Harkins' Gesicht war plötzlich ein Lächeln zu sehen, das er wie eine Freikarte vorzeigte – „unhöflich? Sie müssen das doch am besten wissen." Er entfernte eine Fluse von seiner seidenen Socke. „Und der zweite Fuchs hat Sie dann unverzüglich zu jener Stelle geführt."

Das Gesicht des Colonel wurde puterrot. Er erhob sich aus seinem Stuhl, setzte sich aber wieder und sagte: „Wollen Sie damit sagen, Inspector Harkins, dass ich gewusst habe, dass Olive Mannings Leiche auf der Mauer liegen würde?"

„Der Gedanke ist mir durch den Kopf geschossen."

In der darauffolgenden Stille machte sich Wiggins daran, eine frische Packung Hustenbonbons aufzureißen, ließ aber nach einem Blick auf Harkins davon ab und lutschte weiter auf dem Bonbon herum, das sich noch in seinem Mund befand. Jury brach das Schweigen, was ihm einen finsteren Blick von Harkins eintrug. „Colonel Crael, wir wissen inzwischen, dass Gemma Temple nicht Ihr Mündel Dillys war. Ihre ganze Geschichte war eine Lüge. Sie kam hierher in der Absicht, sich die Erbschaft unter den Nagel zu reißen."

Harkins warf Jury einen vernichtenden Blick zu, weil er Informationen preisgegeben hatte. Jury konnte ihm das nicht übel nehmen; trotzdem war er der Meinung, der Colonel habe ein Recht, es zu erfahren.

Der Colonel schloss kurz die Augen. Dann sagte er: „Also gut. Dennoch verstehe ich nicht ganz, woher sie so viel über Dillys und über uns wissen konnte."

„Sie war genauestens informiert worden." Jury brachte es beinahe nicht heraus: „Von Olive Manning."

Das Gesicht des Colonel schien um Jahre zu altern.

„Von Olive? Olive?"

„Ich fürchte, ja. Sie ist nicht über die Tatsache hinweggekommen, dass Dillys March ihren Sohn in den Wahnsinn getrieben hat, zumindest nahm sie das an. Sie tat es aus Rache – und Geldgier. Olive Manning war also gefährlich für jemanden ... Sie wusste, wer Gemma Temple ermordet hatte." In Harkins' Stimme lag die Autorität eines *Deus ex Machina*, der auf die Bühne herabgestiegen ist, um das traurige Durcheinander, das die Schauspieler verursacht haben, wieder in Ordnung zu bringen.

„Vielleicht", sagte Jury. „Vielleicht war es aber auch etwas anderes ..." Er dachte an die Anschläge auf Lily Siddons. Da er aber über Lily und über den Zusammenhang, den er zwischen ihr und der Familie Crael vermutete, keine kühnen Behauptungen aufstellen wollte, unterbrach er sich. „Die Reise, die Ihre Frau und Ihr Sohn vorhatten, war sie nicht ein wenig plötzlich?"

„Das ist so lange her ..."

„Kann es sein, dass Lady Margaret ihren Sohn von jemandem trennen wollte? Von einer Frau?"

„Ich verstehe nicht, worauf Sie hinauswollen."

Auch Harkins verstand es nicht. Er saß da und sah höchst unglücklich aus über den Verlauf, den das Verhör genommen hatte.

„Ich meine Mary Siddons."

Sein Erstaunen war nicht geheuchelt.

Wenn es eine Beziehung zwischen Rolfe und Mary gegeben hatte, der Colonel hatte nichts davon gewusst. Lady Margaret hingegen war bestens informiert gewesen, das hätte Jury schwören können. „Sie war ein hübsches, liebenswertes Mädchen, Mary Siddons, oder?" Der Colonel schwieg. „War es nicht möglich, dass die beiden ein Verhältnis hatten?" Der Ausdruck im Gesicht des alten Mannes verriet Jury, dass es nicht nur möglich, sondern sogar wahrscheinlich war.

„Mein Gott." Der Colonel holte tief Luft. „Margaret wollte das Mädchen rausschmeißen. Das war kurz bevor sie und Rolfe abfuhren. Ich habe mich immer gefragt, warum. Dass Mary etwas gestohlen haben sollte, daran habe ich nie geglaubt. Nun, ich wollte sie nicht gehen lassen, ich wollte es einfach nicht, und in dem Punkt habe ich mich durchgesetzt, aber –"

Aber auch nur in diesem, dachte Jury. „Sie hatten keine Ahnung von dieser Verbindung?"

„Chief Inspector, ich denke, es wäre vielleicht besser, wenn wir uns wieder den gegenwärtigen Problemen zuwenden würden." Harkins war frustriert.

„Das sind indirekt die gegenwärtigen Probleme", sagte Jury. „Wäre es möglich, Colonel Crael, dass Olive Manning von der Beziehung zwischen Rolfe und Mary etwas gewusst hat?"

„Olive? Ja, das ist gut möglich. Margaret stand sie jedenfalls sehr nahe."

„Wie alt war Lily damals?" Er bemühte sich, der Frage einen so beiläufigen Ton wie nur möglich zu geben.

„Sie muss zehn oder zwölf Jahre gewesen sein."

Mary Siddons hatte all die Jahre geschwiegen. Man hatte ihr entweder Geld angeboten oder sie eingeschüchtert, einen Mann für sie gefunden, und Rolfe war zu schwach oder zu desinteressiert gewesen, um seiner Mutter zu widersprechen. Mary Siddons musste aber ein letztes Mal versucht haben, ihn an sich zu binden, und dabei kläglich gescheitert sein. Rolfe wurde von seiner Mutter abgeschleppt. Jury wusste nicht genau, ob es Ian Harkins' Gegenwart oder einfach seine Intuition war, die ihn davon abhielt, all das laut auszusprechen. Er tat es jedenfalls nicht.

„Was geschieht jetzt?", fragte der Colonel.

„Es wird neu ermittelt. Ihr Sohn geht nicht auf die Jagd, oder?"

Die Art und Weise, wie Harkins die Frage herausschleuderte, erschreckte sogar Jury. Der Colonel wurde ganz blass, als die Frage erneut auf Julian kam. „Nein."

„Wo war er dann heute Morgen?"

„Ich weiß es nicht. Sie haben mich das bereits gefragt, Inspector." Seine Stimme klang schwach.

„Und folgte er der Jagd nicht zu Fuß?"

„Nein. Julian mag nicht jagen", antwortete der Colonel niedergeschlagen.

„Aber lange Spaziergänge mag er. Ich nehme an, er kennt sich im Howl-Moor ziemlich gut aus."

„Inspector Harkins", fuhr ihn Colonel Crael an, „ich mag Ihre Unterstellungen nicht."

Jury hatte die Anschnauzereien satt. „Jeder hätte ein Treffen mit Olive Manning da draußen arrangieren können, ob zu Fuß oder als Reiter der Jagdgesellschaft. Spaziergänge über das Moor beweisen noch gar nichts."

Die Äußerung trug ihm zwei sehr unterschiedliche Blicke ein.

Nachdem er eine Weile überlegt hatte, sagte Colonel Crael: „Aber es dürfte für den Mörder doch äußerst schwierig gewesen sein, Olive dort draußen im Moor, an dieser Mauer aufzuspüren?"

„Offensichtlich nicht", entgegnete Harkins bissig, „Sie selbst haben es auch geschafft."

„Ich glaube, der alte Mann war etwas durcheinander", sagte Harkins, als sie in dem langen Gang standen. Eine Frau kam aufgeregt aus dem Esszimmer. Dort wurden gerade die Teilnehmer der Jagd von Harkins' Männern befragt.

„Ja, den Eindruck hatte ich auch", sagte Jury. „Mir ging es nicht viel anders."

Harkins lächelte grimmig. „Soll das ein Kompliment sein, oder gefällt Ihnen mein Vorgehen nicht?" Er zündete sich eine neue Zigarre an und sagte dann: „Wen ich aber eigentlich ausquetschen möchte, ist Julian Crael. Und ich bezweifle sehr, dass er für den fraglichen Zeitpunkt ein Alibi hat."

„Ich werde Julian Crael selbst befragen."

„Ich wäre gern dabei."

„Sprechen Sie doch später mit ihm. Geben Sie mir nur ein paar Minuten –"

„Hören Sie, Jury, das ist immerhin mein Amtsbezirk –"

„Ihr Amtsbezirk!" Jury vergaß seinen Schwur, niemals die Beamten einer ländlichen Polizeieinheit zurechtzuweisen. „Ihr Leute, ihr ruft London an und bittet um Hilfe. Okay, daraufhin bekommt ihr einen Mann wie mich. Euer Pech. Aber solange ich hier bin, ist das mein Amtsbezirk, und ich bestimme, wie diese Untersuchung durchgeführt wird."

„Schon gut, schon gut", sagte Harkins beruhigend. Sein Lächeln wirkte auf irritierende Weise überlegen. Mit seinen schweinsledernen Handschuhfingern fuhr er über den gepflegten Schnauzer, als wollte er damit sein Lächeln löschen. „Bis später." Harkins drehte sich um und enteilte.

# 5

Im Bracewood-Salon saßen Jury und Julian sich auf der Couch gegenüber. Julian saß nach vorn gebeugt, die Hände gefaltet, und sah auf den Boden, sodass Jury lediglich seinen hellen Haarschopf sehen konnte. Er wirkte verletzbar – der Kopf eines jungen Mannes. „Zigarette?"

Julian schüttelte den Kopf und stand auf. „Ich könnte aber einen Drink vertragen. Sie auch?"

„Warum nicht? Aber nur einen kleinen." In Anbetracht der Einsamkeit, in der Julian all die Jahre gelebt haben musste, und des Schmerzes, der ihm unmittelbar bevorstand, brachte Jury es nicht übers Herz, ihn auch noch allein trinken zu lassen.

Julian füllte zwei Gläser mit Whisky und fügte seinem noch ein wenig Soda hinzu. „Es tut mir leid wegen Olive. Ich kannte sie fast so lange, wie ich lebe." Er stellte sich vor den Kamin. „Aber das nehmen Sie mir wohl nicht ab?"

„Warum sollte ich nicht?"

„Weil ich den Eindruck habe, dass Sie trotz meines Alibis glauben, ich hätte diese Temple ermordet." So wie er dastand, den Arm auf dem Kaminsims, bedeckt von dem dunklen Stoff seines Blazers, schien seine Pose identisch mit der seiner Mutter zu sein. Er sah wirklich jung aus. Obwohl er kaum jünger war als Jury, wirkte Julian immer noch unberührt.

Jury überging seine Bemerkung. „Wo waren Sie heute Morgen?"

„Ich bin ausgeritten. Ich kam so gegen neun zurück. Und ich war nicht draußen im Howl-Moor. Bis zu der Mauer wäre es ohne Frühstück im Bauch etwas weit."

„Waren Sie allein?"

Julian starrte ihn an. „Nein, ich hatte mein Pferd dabei."

„Haben Sie Olive Manning heute Morgen gesehen?"

„Nein."

„Ich wollte Sie wegen Dillys March fragen."

„Zum hundertsten Male, diese Frau war nicht Dillys March."

„Ich weiß." Jury nahm einen Schluck Whisky; er brannte ihm auf der Zunge. „Olive Manning hat sie hierhergebracht, damit sie sich als Dillys March ausgibt."

Diese Enthüllung schien ihn genauso aus der Fassung zu bringen wie den Colonel. Er musste seine Stellung am Kamin aufgeben, um sich hinsetzen zu können. „Olive? Oh, mein Gott, aber warum –?"

„Wegen des Geldes und aus Rache, nehme ich an. Ihrer Meinung nach hatten die Craels schuld an Leos traurigem Schicksal."

„Es fällt mir schwer zu glauben, dass sie meinen Vater auf diese Art betrogen hat. Wie haben Sie es herausgefunden?"

„Indem ich ins Hotel ‚Sawry' ging." Julian erblasste.

„Vielleicht war es Miss Temple, die die Streichhölzer liegen ließ. Mit Absicht, natürlich."

Es entstand ein langes Schweigen, das nur von einem funkensprühenden, berstenden Holzscheit im Kamin unterbrochen wurde. „Sie wissen es also", sagte Julian.

Er holte das Bild aus seiner Tasche, das Melrose gefunden hatte, und legte es auf den kleinen Tisch neben Julians Stuhl. Julian betrachtete es eine ganze Weile und murmelte leise: „Wie dumm von mir." Er ließ den Kopf zurückfallen und sagte: „Es war dumm, die Bilder aufzuheben. Ich erspar mir die Frage, wie Sie an die Fotos gekommen sind. Es ändert schließlich nichts an der Sache. Ich nehme an, das beantwortet alle Ihre Fragen?"

„Nein. Haben Sie sie in London kennengelernt?"

„An der Victoria Station. Ich hatte den Zug nach London genommen … das war letztes Jahr. Ich ging in das Café, um eine Tasse Kaffee zu trinken. Sie saß da, aß ein Stück Kuchen und trank Tee. Ich konnte es nicht fassen, jenes Mädchen, das Dillys hätte sein können, da sitzen zu sehen. Natürlich nur ein wenig älter. Man sah es ihr allerdings kaum an." Sein Lächeln war schwach, nervös. „Es ist nicht meine Art, Frauen anzusprechen, wirklich, aber ich nahm all meinen Mut zusammen, und es ging gut. Ein albernes Gespräch über die Züge und das Wetter. Sie war sehr freundlich."

„Prostituierte sind bekannt dafür."

Julian wurde rot. „Aber sie war keine, ich meine, nicht wirklich."

Jury lächelte. „Nur so ein bisschen."

„Denken Sie, was Sie wollen. Eigentlich war sie eine arbeitslose Schauspielerin. Dafür gibt es Beweise, wenn ich nicht irre?"

„Ja. Sie kannten Gemma Temple also ungefähr ein Jahr. All ihre Reisen nach London ..."

„Offensichtlich eine unkluge, gefährliche Liaison. Aber ich konnte mir nicht helfen. Ich frage mich, wie viele Männer das schon gesagt haben? Aber es war – als würde mir etwas wiedergegeben. Als Mutter und Rolfe und dann auch Dillys verschwanden, fühlte ich mich beraubt. Ich war nicht nur allein, sondern auch, nun ja, beraubt, verletzt. Als ob man dieses Haus geplündert und alles entfernt hätte. Ich kann es nicht erklären. Aber mit ihr zusammen war es ... als ob alles wieder gut wäre." Er verstummte. Julian ließ die Vergangenheit weniger los als seinen Vater.

„Sie müssen Dillys sehr gemocht haben, sonst hätten Sie wohl nicht versucht, sie in der Person von Gemma Temple wiederauferstehen zu lassen."

Julian warf ihm einen Blick zu. „Eine fixe Idee, meinen Sie das? Eine Art Verrücktheit?" Er wandte sich um und starrte auf das Porträt Lady Margarets. „Ich war ihr Schoßhündchen. Schoßhündchen, objet d'art – sie reichte mich herum wie eine vollendet geschnittene Gemme. Ich war schön." In seiner Stimme lag eher Verachtung und Bitterkeit als Eitelkeit und Stolz. „Ich war jemand, der verhätschelt und geputzt wurde, den sie aber, sobald sie damit fertig war, wieder in das Schmuckkästchen zurücklegte – eine Puppe mit Flachshaar und Saphiraugen. Ich glaube nicht, dass sie mich überhaupt zur Kenntnis nahm, außer wenn ich der Öffentlichkeit vorgeführt wurde. Es war, als existierte ich einfach nicht, wenn es niemanden gab, dem ich vorgezeigt werden konnte. Aber ich habe sie vergöttert, sie über alles geliebt. Nachts lag ich wach und habe darauf gewartet, dass sie nach Hause kommt, von einer Party zurückkehrt. Wenn ich den Wagen kommen hörte, schlich ich mich ans Fenster, um sie zu sehen. Wenn es zu finster war, um etwas erkennen zu können, dann horchte ich; sie trug diese raschelnden Kleider. Es ist merkwürdig, wie die Kleider anderer Frauen einfach nur an ihnen hingen, ohne ein Geräusch zu machen. Aber an dem Rascheln erkannte ich immer, dass sie es war." Er hatte die Augen geschlossen. „Warum musste sie mit Rolfe zusammen sterben? Eigentlich hätte ich es sein sollen."

„Aber was ist mit Dillys March? Wir sprachen von ihr. Sah sie Ihrer Mutter wirklich so ähnlich?"

„Nein, nicht äußerlich. Aber in allem anderen erinnerte sie mich an Mutter. Sie war der Schützling meiner Mutter, beinahe ihr anderes Ich."

„Ihre frühere Aussage – dass Sie Dillys nicht mochten – entsprach also nicht ganz der Wahrheit."

Julian drehte den Kopf beiseite und lächelte ein wenig. „Es war aber auch nicht gerade eine Lüge." Seine Augen schimmerten im Licht des Kaminfeuers, ein Schimmern, das von Tränen oder vom Aufblitzen eines Säbels hätte herrühren können.

„Sie war faszinierend, ja, das schon, aber überhaupt nicht liebenswert. Sie hätte einen Tag wie heute gemocht: die Jagd und den anschließenden Tötungsakt, um es metaphorisch auszudrücken. Der Tod hat sie fasziniert. Ich glaube, sie war jemand, der einen Selbstmordpakt wundervoll gefunden hätte. Bereits mit sechzehn, ja schon mit vierzehn, hatte sie Liebhaber und reichlich davon."

„Sie haben Gemma Temple sehr viel über sich erzählt, oder?"

„Ja, sehr viel."

„Auch über Olive Manning und ihren Sohn?"

„Das floss an einem Punkt auch in die Unterhaltung ein, ja. Die Geschichte meines Lebens. Ich erzähle sie nur selten."

„Haben Sie daran gedacht, sie zu heiraten, Mr Crael?"

„Vollkommen undenkbar." Es klang wie das Zuschnappen des Zigarettenetuis, aus dem er sich eine Zigarette genommen hatte.

„Vielleicht nicht für Gemma Temple. Sie hat bestimmt gedacht, dass sie einen dicken Fisch an Land gezogen hat."

„Ich glaube, ich weiß, was Sie sich zurechtgelegt haben, Inspector. Gemma Temple, die durch mich einiges erfahren hatte und der Olive Manning die übrigen Einzelheiten erzählt hatte – Gemma kam also hierher, in der Absicht, sich als Dillys auszugeben. Und aus Wut, Rache oder was auch immer habe ich sie getötet. Ganz einfach."

„Nein, Sir, ganz so einfach nicht. Es gibt da noch den Mord an Olive Manning. Warum sollten Sie Olive Manning umbringen, sie wäre doch noch am ehesten für die Mörderin von Gemma Temple gehalten worden. Ein Raubmord wird es wohl kaum gewesen sein."

„Aber Inspector, wollen Sie etwa doch noch meinen Kopf retten?"

„Tun Sie doch nicht so, als wäre es Ihnen völlig egal. Ihnen ist vieles nicht egal, mehr als Sie verkraften können, fürchte ich. Erzählen Sie mir, was passiert ist, nachdem die Temple hier auftauchte."

„Ich sah sie zum ersten Mal, als ich in dieses Zimmer trat; sie waren alle hier versammelt – mein Vater, Gemma und Olive Manning. Wood hatte gerade den Sherry serviert. Ich öffnete die Tür und blickte ihr direkt in die Augen." Er sah Jury an. „Da saß die Frau, die ich, wie ich meinte, zum letzten Mal gesehen hatte, als ich sie in Tränen aufgelöst und völlig hysterisch verließ, weil ich sie nicht heiraten wollte. Und sie lächelte", sagte Julian, als wolle er damit sagen, dass ihr Lächeln alles Unheil dieser Welt mit sich gebracht hätte. „Ich glaube, jedes Wort, das an diesem Nachmittag gesprochen wurde, hat sich in mein Gedächtnis eingeätzt. ‚Hallo, Julian', sagte sie und streckte mir die Hand entgegen. ‚Was zum Teufel machst du denn hier?', sagte ich.

‚Ich kann verstehen, dass du fassungslos bist', sagte mein Vater. ‚Ich konnte es auch nicht glauben.' Er war völlig außer sich vor Freude. ‚Sie ist zurückgekommen – Dillys ist wieder da.'"

Julian schloss die Augen. „Beinahe wäre ich herausgeplatzt – vor versammelter Mannschaft, aber etwas in ihren Augen hielt mich zurück. Die ganze verdammte Situation war so unmöglich, dass ich lachen musste. Der Gedanke, dass sie sich als Dillys ausgeben könnte ..."

„Sie haben sie getötet, nicht?"

Müde drehte Julian den Kopf, um Jury anzusehen. „Nein, aber ich weiß, Sie werden mir nicht glauben –"

Jury schüttelte den Kopf. „Nicht Gemma Temple. Dillys March."

Das Tageslicht war so schnell aus dem Zimmer gewichen, als hätte jemand mit den Fingern eine Kerze ausgelöscht. Außer dem halbrunden Lichtschein des Kaminfeuers war das Zimmer in Dunkelheit getaucht. Die verschwommenen Konturen der Stühle und Tische ließen sie wie Überbleibsel aus einer anderen Welt erscheinen. Julian schwieg eine Weile, dann sagte er: „Wie zum Teufel sind Sie darauf gekommen?"

„Ich habe es schon länger vermutet. Sie schien nicht jemand zu sein, der eine größere Summe Geld einfach so sausen lässt. Aber eigentlich haben Sie es mir selbst vor ein paar Minuten gesagt."

„Inwiefern?"

„Wie Sie Ihre Begegnung in der Victoria Station beschrieben haben. Bisher wurde doch immer angenommen, dass Dillys nach London weggelaufen sei. Da fand man auch ihren Wagen. Warum haben Sie also nicht angenommen, dass diese junge Dame, ihre Doppelgängerin, tatsächlich Dillys war? Doch nur weil Sie wussten, dass sie tot ist."

„Mein Gott", sagte Julian kaum hörbar und schloss wieder die Augen.

Jury nahm Julians Glas, goss ihm noch einen Whisky mit Soda ein und hielt es ihm hin. Einen Augenblick lang stand er über ihm. „Erzählen Sie." Abwesend nahm Julian Drink und Zigarette entgegen und sagte dann: „Als wir jünger waren, haben Dillys und ich einen Pakt geschlossen, dass wir keine Geheimnisse voreinander haben würden. Wir haben ihn sogar mit Blut besiegelt, indem wir uns in die Finger schnitten – das war Dillys' Idee; sie hatte eine Vorliebe für dramatische Dinge. Sie wollte, dass wir unser Blut mischen. Ich bin beinahe in Ohnmacht gefallen. Wörtlich. Ich kann kein Blut sehen, und Dillys fand das furchtbar komisch ... Aber ich nehme an, dass Sie das alles gar nicht hören wollen –"

„Doch, erzählen Sie weiter."

Er lehnte sich zurück, seine Finger umschlossen das Glas, als wäre es ein Gesangbuch, das er an seine Brust drückte. „Dillys war auf Lily eifersüchtig, das war ganz offensichtlich; nur wäre sie eher gestorben, als dass sie das zugegeben hätte. Der Colonel hatte Lily sehr gern, und Lily war eigentlich auch hübscher als Dillys. Aber Dillys war ,jenseits' von hübsch, wenn Sie verstehen, was ich meine. In dieser Hinsicht war sie wie meine Mutter. Sie hatten beide ein – inneres Feuer, ja, so könnte man es wohl nennen. Aber dieses Feuer war nicht immer so wunderbar. Manchmal war es auch das reinste Höllenfeuer. Mama konnte furchtbar wütend werden. Dann warf sie mit Dingen um sich und kreischte wie ein Fischweib. Armer Vater, dachte ich dann. Andererseits war es irgendwie aufregend …

Dillys war klug und sehr überzeugend – sie konnte einem alles einreden. Die Geschichte, dass Mary Siddons den Schmuck, diesen Ring oder was es auch war, gestohlen hat, war eine glatte Lüge. Mary hätte so etwas nie getan. Wenn etwas gestohlen wurde, dann hat es Dillys getan, glauben Sie mir. Die Geschichte mit Leo Manning brachte dann das Fass zum Überlaufen. Der arme Kerl war ziemlich hinüber. Olive hat entweder gelogen oder sich selbst etwas vorgemacht, als sie behauptete, Dillys sei für seinen Zusammenbruch verantwortlich. Dillys war durchaus imstande, jemand an den Rand des Wahnsinns zu treiben, und dass sie keine Wohltat für ihn war, steht außer Zweifel. Aber Leo war schon in einem schlimmen Zustand, als er hierherkam. Manchmal kam er mir vor wie ein schmeichlerischer Heuchler, ein moderner Uriah Heep; dann wieder sah ich sein Lächeln und dachte, dass es so scharf wie eine Rasierklinge sei. Er erinnerte mich an eine Figur aus einem Stück, an einen Mann, der mit seinem Kopf in der Hutschachtel herumspaziert. Das war genau der seelische Zustand, den Dillys als eine Herausforderung begriff, sie konnte ihn formen wie ein Bildhauer Lehm, ihn einmal in die eine und dann wieder in die andere

Richtung biegen. Nun, die beiden hatten ein Verhältnis. Es gab ein Sommerhaus in der Nähe der Klippen, wo sie sich trafen ... da waren sie auch in jener Nacht.

Ich machte einen Spaziergang. Nein, ich habe Dillys gesucht. Ich sah ein schwaches Licht im Sommerhaus und ging ein Stück weiter auf dem Pfad zwischen den Klippen und spähte durch das Fenster. Und da stand sie, vollkommen nackt. In dem Moment fiel es mir wie Schuppen von den Augen. Zuerst dachte ich, sie spielte nur mit ihm; ich dachte nicht, dass sie wirklich ... Sie können sich nicht vorstellen, was ich in diesem Moment empfand. Der Ausdruck, jemand ‚sieht rot', trifft es genau. Es kam mir so vor, als stünde ich da und sähe durch eine Fensterscheibe aus Blut. Ich stand da und habe in der Kälte gewartet; wie lange, weiß ich nicht mehr. Ich werde nie das Geräusch des Windes vergessen, der von der See kam und die Äste wie Säbel klirren ließ. Ich spürte, wie eine Welle des Hasses über mir zusammenschlug, aber sie war nicht kalt, sondern ganz warm und weich.

Schließlich kam sie aus dem Haus und nahm den Pfad zum Haus zurück. Ich höre noch heute ihre Schritte auf dem Kies und wie sie irgendein blödes Lied summt, als wäre nichts geschehen, während für mich eine Welt zusammengebrochen war. Ich versperrte ihr den Weg und fing an, sie anzuschreien. Dillys hat nur gelacht.

‚Wie lange geht das schon mit euch?', fragte ich sie.

‚Das geht dich zwar nichts an – aber ungefähr seit Leo hier ist.'

‚Dann wird er nicht mehr sehr lange hierbleiben. Zumindest nicht, wenn ich es Vater sage. Und du auch nicht. Das wird er nicht dulden.'

Darüber hat sie erst recht gelacht. ‚Dann erzähl es wie ein petzender Schuljunge. Aber mir wird er eher glauben als dir. Ich werde ihm sagen, dass Leo versucht hat, sich an mich ranzumachen. Was tatsächlich auch stimmt. Auf dem Gebiet ist er ziemlich erfahren.'

Dann hat sie mir bis in alle Einzelheiten geschildert, was sie bei ihren Treffen im Laufe des Jahres alles getrieben hatten. Ich war gelähmt vor Wut. Das Ironische war, dass sie diesen knöchellangen Mantel und einen Hut trug und eher wie eine Nonne aussah. Ich nahm den nächstbesten Stein und zerschmetterte ihr damit den Schädel. Sie fiel zu Boden. Ich stand da und starrte eine Ewigkeit auf sie herab. Ich glaube, ich wartete darauf, dass sie einfach wieder aufstehen, sich den Staub abklopfen und lachen würde. Heute denke ich, mir war die Tatsache, dass sie tot dalag, gar nicht richtig bewusst."

Julian saß nach vorne gebeugt und fixierte Jury, als würde er gerade einen sehr komplexen juristischen Sachverhalt erklären. „Ich wusste, ich musste sie wegschaffen – nicht weil ich Angst hatte – die kam später. Nein, ich musste sie aus meinem Leben und aus meinen Gedanken entfernen, das Geschehene auslöschen. Ich wollte sie vor allem vor mir verstecken und nicht vor den anderen, auch nicht vor der Polizei. In dem Augenblick habe ich nicht einmal an die Polizei gedacht.

Unterhalb von dem Pfad gibt es zwischen den Felsen eine Stelle mit einer teuflischen Strömung. Sie ist so gefährlich, dass sich nicht einmal ein Taucher dort hinunterwagt. Sie würde dort einfach verschwinden, und der Körper würde nie gefunden werden. Ich stand genau darüber. Ich brauchte sie nur hinunterzurollen ...

Ich lief zum Haus zurück, ging auf ihr Zimmer, packte ein paar Sachen von ihr in einen Koffer und warf mir dann eines ihrer Lieblingscapes um. Es war kaum etwas von mir zu sehen. Als Olive zum Fenster hinaussah, dachte sie natürlich, es sei Dillys, die in ihr Auto

stieg. Ich fuhr den Wagen zum Parkplatz, der oberhalb von Rackmoor liegt, und stellte ihn dort ab; er war dort einer von vielen. Dann ging ich zurück. Niemand hat mich gesehen, niemand hat mich vermisst." Er sagte das, als werde ihn nie mehr jemand vermissen. „Am nächsten Morgen herrschte natürlich Aufregung, weil Dillys abgehauen war, andererseits tat sie das öfter. Ich sagte, ich würde den Tag über nach York fahren. Ich nahm mein Auto und fuhr zum Parkplatz. Dort stieg ich in Dillys' Wagen, fuhr damit nach London und ließ ihn einfach stehen. Dann nahm ich den Zug zurück nach York und von dort den Bus nach Pitlochary und ging am selben Abend zu Fuß nach Rackmoor, um meinen Wagen zu holen."
Er sah Jury an. „Glauben Sie mir, ich weiß, wie das klingt. Sehr kaltblütig und bis ins letzte Detail geplant: der Umhang, das Auto, die Fahrt nach London – aber zu dem Zeitpunkt war es nicht so. Es war der reinste Irrsinn; ein Gefühl, als wäre alles vom Zufall gesteuert, sofern man überhaupt von einem Gefühl sprechen kann. Ich hätte mich auch unter Wasser bewegen können, alles war schwer wie Blei. Nur Teile meines Gehirns funktionierten noch. Das Übrige fühlte sich wie ... eingeschlafen an. Danach war ich eine Woche lang krank, ich meine buchstäblich krank. Als würde sich alles in mir sträuben gegen das, was passiert war; wie der Organismus nach einer Herztransplantation. Ich habe es einfach abgestoßen. Diese Nacht war etwas, was es nicht geben durfte, wie ein Baum, der plötzlich über den Weg fällt, auf dem man geht, wie – oh, mein Gott, ich weiß nicht, wie ich es erklären soll."

Jury stand wieder auf, nahm sein leeres Glas und goss sich ein. „Sie haben das schon ganz gut hingekriegt, würde ich sagen." Er zündete sich eine Zigarette an und setzte sich wieder hin. „Und nachdem sich die Aufregung gelegt hatte, musste der Verdacht natürlich auf Leo fallen – fehlte nur die Leiche."

„Daran habe ich überhaupt nicht gedacht. Sie fragen sich wohl, ob ich schweigend zugelassen hätte, dass sie ihn dafür aufknöpften, falls es dazu gekommen wäre?"

„Ich frage mich nicht viel."

„Das würde ich Ihnen gern glauben."

„Zurück zu Gemma."

„Die ich nicht getötet habe."

„Dafür hatten Sie allerdings ein handfestes Motiv. Sie wusste von Dillys, oder?" Julians aschfahles Gesicht beantwortete seine Frage. „Das ist auch der Grund, warum Sie ihre wahre Identität nicht verraten wollten, nicht wahr?"

„Ich hätte es getan. Ich war drauf und dran, dem Colonel die ganze erbärmliche Geschichte zu erzählen –"

„Nur brauchten Sie es nicht zu tun, so wie die Dinge sich entwickelten."

Es entstand ein langes Schweigen. In dem schummrigen Licht sah Jury, wie eine Träne langsam über Julians Gesicht rollte. Er sah zum Porträt seiner Mutter auf. „Ich habe gehört, dass sie nicht aus dem Auto rauskommen konnte. Und dieser gottverfluchte Rolfe war betrunken, als sie abfuhren. Ich frage mich, ob ich sie hätte retten können, wenn ich dabei gewesen wäre?"

Jury sah an Julian vorbei, ohne das Gemälde anzusehen. Er sah zum Fenster, in den unerbittlichen Nebel hinaus, der vorbeidriftete und sich ständig veränderte, als würde er nach einer passenden Form suchen und dabei gespenstisch an das Fenster pochen.

„Nein", sagte er nur.

## 6

„Ein Verbrechen aus Leidenschaft?", sagte Melrose Plant und schob seine Augenbrauen hoch, als wären es Flügel, auf denen sein belustigtes Gesicht vor lauter Überraschung gleich in den grauen Himmel fliegen würde. „Und Julian Crael?"

„Dann ist er also gar nicht – dieser Eisberg, für den wir ihn hielten, oder?"

Mit den Rücken an die Mauer gelehnt, standen sie auf der Molen-Promenade und sahen zum „Fuchs" hin. Jury beobachtete, wie ein Fenster aufging und zwei Pulloverarme – vermutlich Kittys – einen Wassereimer ausschütteten. Das Leben geht weiter, dachte Jury. „Sie haben ihn eigentlich nie gemocht."

„Nein, wohl nicht. Was geschieht jetzt mit ihm?"

„Im Augenblick noch gar nichts. Ich muss erst die anderen Dinge klären. Ein fünfzehn Jahre alter Mord aus Leidenschaft ..." Jury zuckte mit den Schultern.

„Es muss wirklich fürchterlich sein, wenn man so vernarrt ist in eine Frau, dass man jede Perspektive verliert."

Jury lächelte über Plants Art, sich auszudrücken. „Gewalt ist ihm schon zuzutrauen. Aber nicht unbedingt vorsätzliche Gewalt."

„Sie verteidigen ihn ja wirklich. Aber wer ist es dann, der oder die über Leichen geht, um an das Vermögen der Craels zu kommen?"

„Ich weiß es noch nicht." Jury beobachtete, wie ein Kormoran auf Frühstückssuche ging. „Sagen Sie, Mr Plant, was halten Sie eigentlich von Lily Siddons?"

„Von Lily Siddons? Ich weiß nicht. Ich bin kaum mit ihr in Berührung gekommen. Nur zwei- oder dreimal vielleicht. Ich muss zugeben, sie ist eine faszinierende Frau. Sie hat etwas von einem Chamäleon. Wenn man sie so mit ihrem Kopftuch im Café sieht, wie sie den Brotteig knetet, fällt sie einem nicht weiter auf. Als ich sie dann aber heute sah, ich muss schon sagen ..." Melrose pfiff lautlos durch die Zähne. „Hoch zu Ross sah sie aus, wie ..." Er schien nach den richtigen Worten zu suchen.

„Als wäre sie mit einem Adelstitel geboren."

„Jetzt, wo Sie es sagen, ja."

„Ich glaube, das wurde sie auch." Melrose starrte ihn an.

„Erinnern Sie sich an Rolfe, den anderen Sohn, der von Lady Margaret weggeschleppt wurde? Ich glaube, Rolfe war ihr Vater. Ich möchte auch behaupten, dass Lady Margaret sich große Mühe gegeben hat, damit ihr Mann nichts davon erfuhr. Sie können sich vorstellen, wie er sich seiner Enkelin gegenüber verhalten hätte – dass sie die Kleine der Köchin war, hätte keine Rolle mehr gespielt. Also entführte ihn die Mutter nach Italien."

„Großer Gott. Aber was ist mit Lily, weiß sie es?", fragte Melrose.

„Offenbar nicht. Aber es könnte der Grund sein, warum jemand sie töten wollte."

„Beispielsweise Julian Crael."

„Oder Maud Brixenham oder Adrian Rees. Es würde mich nicht wundern, wenn er als Maler, mit einem Blick für solche Dinge, das schon lange entdeckt hätte."

„Aber wie dumm von ihm! Warum nicht küssen statt killen – er hätte sie doch heiraten können, um an die Beute ranzukommen?"

„Lily hätte damit einverstanden sein müssen. Und Männer scheinen sie seltsamerweise kaltzulassen."

„Aber warum wurde Olive Manning dann getötet? Oder wusste sie, dass Lily eine Crael ist?"

„Ich glaube, ja. Olive war die Vertraute von Lady Margaret, und ich vermute, dass ihr nichts daran lag, dieses Geheimnis auszuplaudern."

Plant schüttelte den Kopf. „Die Rechnung geht nicht auf."

„Vorläufig noch nicht, aber sie wird. Gemma hatte, nachdem sie von Julian abserviert worden war, umso mehr Grund, diesen Schwindel aufzuziehen: Geld und Rachsucht. Für sie muss es geradezu ein Spaß gewesen sein. Sie brauchte nur mehr Informationen und jemanden im Haus, der sie unterstützte, falls Colonel Crael an ihrer Identität Zweifel kommen sollten. Es war sehr klug von Olive, zuerst zu bestreiten, dass es Dillys sei. Nach dem Mord musste sie natürlich ihre Aussage aufrechterhalten."

„Sie müssen zugeben, dass Julian Crael durch die ganze Geschichte nicht gerade entlastet wird."

„Er hat aber auch ein Alibi. Glauben Sie mir, Harkins hat es überprüft."

„Das hat er nicht." Melrose sagte den Satz so beiläufig, als würde er den Möwen ein paar Brotbrocken zuwerfen. „Ich habe mich mit der Dienerschaft unterhalten. Erinnern Sie sich an die vielen Aushilfen, die der Colonel engagiert hatte?"

„Erzählen Sie mir ja nicht, Julian Crael sei inkognito als Diener verkleidet herumgelaufen –"

Plant schüttelte ungeduldig den Kopf. „Vielleicht erinnern Sie sich, dass der Treppenabsatz vor Julians Zimmer wie eine Empore aussieht. Dort spielte die Kapelle – auch kostümiert." Melrose lächelte.

„Und die Musiker mischten sich unter die Gäste. Angenommen, Julian hatte etwas an, einen Mantel oder etwas, um seine Haare zu verbergen, eine Maske, und trug eine, o ja, eine Zither? Du lieber Himmel, ich würde nicht mal meine Tante erkennen, wenn sie eine Zither trüge. Er brauchte ja gar nicht darauf zu spielen. Er brauchte nur diese Treppe hinunterzugehen – oder hinauf. Wen kümmert schon ein Musiker in einem Kostüm. Warum schütteln Sie den Kopf?"

„Julian hat mir dieses Alibi kein einziges Mal unter die Nase gerieben, als ich mit ihm sprach. Es war beinahe so, als würde er seine Schuld als vollendete Tatsache akzeptieren. Oder wenigstens, dass ich ihn für schuldig hielte. Außerdem ist Julian nicht –"

„Wenn Sie jetzt sagen, ‚er ist nicht der Typ, der einen Mord begeht', dann muss mich Harkins wegen Beamtenbeleidigung verhaften."

„Harkins würde Ihnen im Gegenteil einen ausgeben." Jury blickte ihn nachdenklich an. „Ich muss allerdings zugeben, dass das, was Sie da sagen, eine Möglichkeit darstellt – obwohl es meiner Meinung nach ziemlich unwahrscheinlich ist."

„Also, ich habe Julians ‚perfektes Alibi' satt. Warum fällt es Ihnen so schwer zu glauben, dass er der Schuldige ist?"

Jury sah die Stufen hinunter. Sergeant Wiggins kam angerannt und nahm jeweils zwei

Stufen auf einmal. „Um Ihnen die Wahrheit zu sagen, ich glaube, keiner von ihnen hat es getan. Hier kommt Wiggins."

Sergeant Wiggins war außer Atem. „Inspector, es ist ... Les Aird ... Miss Brixenham ... sagt, er sei ... heute Morgen draußen im Howl-Moor gewesen ... er möchte ... dass Sie mitkommen und mit ihm über die Sache sprechen." Wiggins musste sich nach dieser Anstrengung an die Mole lehnen.

„Meinen Sie, er hat was gesehen, Wiggins?"

Wiggins nickte, fuhr sich mit einem Taschentuch über das Gesicht und legte eine Tablette unter seine Zunge.

„Na, dann mal los."

„Dürfte ich mitkommen, Inspector? Ich weiß, es ist Sache der Polizei, aber ..."

„Nach allem, was Sie getan haben, Mr Plant, sehe ich keinen Grund, warum Sie nicht mitkommen sollten. Und ich bin sicher, dass Sie mir helfen können, mit Les zu sprechen. Immerhin beherrschen Sie die romanischen Sprachen."

# 7

„Er ist wirklich ganz aus dem Häuschen", überbrüllte Maud Brixenham den Lärm der Rockmusik. Alle drei standen wie vom Blitz gerührt da, während die Aschenbecher auf den Tischen tanzten. Maud hämmerte gegen die Decke. Der Lärm wurde zu einem Brausen, als böge ein Zug, von dem man gedacht hat, er würde einen überfahren, plötzlich auf ein Nebengleis ab.

Melrose Plant, der sich anscheinend ganz zu Hause fühlte, setzte sich, holte sein goldenes Zigarettenetui hervor und hielt es ihnen hin. Er sah zur Decke hoch, während er mit der Zigarette gegen das Etui klopfte und sagte: „Ihr Neffe hat ja einen ziemlich konservativen Geschmack. Das sind doch die Rolling Stones, wenn ich nicht irre?"

Jury und Maud Brixenham starrten ihn an, er lächelte jedoch nur und zündete sich eine Zigarette an.

„Was ist heute Morgen passiert, Miss Brixenham?"

„Mir war vollkommen neu, dass Les sich für die Jagd interessiert. Daher war ich auch ganz verblüfft, als er mir sagte, er sei draußen gewesen und hätte gesehen – oder meinte gesehen zu haben –, wie zwei Leute an der Mauer entlanggingen, wo sie ... Olive ... lag." Sie spielte mit einem Knopf herum, der nur noch an einem Faden hing. Wenige Sekunden später hielt sie ihn in der Hand.

„Sie folgten der Jagd zu Fuß?"

„Ja, ich reite nicht. Ich finde es einen fürchterlichen Sport."

„Ich würde gerne mit Les sprechen. Können wir raufgehen?" Sie nickte. „Vielleicht könnten Sie Sergeant Wiggins inzwischen erzählen, wo Sie waren." Unglücklich nickte sie wieder.

„Hallo, Les", sagte Jury, als sich die Tür öffnete und Les Aird, nichts Gutes ahnend, durch den Türspalt blickte. „Das ist Mr Plant. Dürfen wir reinkommen?"

Als sie im Zimmer waren, ging Les zur Stereoanlage, drehte sie um ein oder zwei Dezibel leiser und warf sich dann auf das Bett – oder was davon noch zu sehen war. Bündel mit schmutziger Wäsche türmten sich wie Grabhügel hier und da auf. Die verblasste Blümchentapete war unter den Schichten von Postern kaum noch zu erkennen. Auf den Postern waren Gruppen – Rockgruppen, wie Jury vermutete –, aber waren es verschiedene? Oder war es nur eine in unterschiedlicher Kostümierung? Auf allen herrschte das gleiche Verhältnis zwischen glatt rasierten und bärtigen Gesichtern, zwischen Weißen und Schwarzen, zwischen Schlapphüten und Afros.

Zuerst dachte Jury, die Nadel würde hängen. Dann aber hörte er, dass der Sänger nur immer wieder den gleichen Text herausschrie. Sein Gesichtsausdruck musste ihn verraten haben, denn Les fragte ihn in leicht säuerlichem Ton: „Sie können wohl mit dieser Musik nichts anfangen?"

Bevor Jury antworten konnte, sagte Melrose Plant: „Ganz im Gegenteil, seit Ron Wood in der Gruppe ist, spielen sie erheblich besser. Dürfen wir uns setzen?"

Les Aird starrte Melrose mit offenem Mund an. Dann grinste er breit und sagte: „Richtig, Mann. Viel abgeklärter." Er fegte einen Haufen unappetitlicher Socken vom Stuhl. „Sind Sie ein Bulle?" Er schien bereit, die Pluspunkte, die er Melrose soeben erteilt hatte, wieder rückgängig zu machen.

„Ich? Lieber Gott, nein, das wäre unter meiner Würde."

Les grinste wieder. „Sie sehen auch nicht aus wie einer."

„Das will ich hoffen." Melrose nahm im Sessel Platz. Jury musste sich seinen Holzstuhl selbst holen. Les lag auf dem Bett und hatte seine kurzen muskulösen Arme vor die Brust gelegt, sodass der halbkreisförmige Schriftzug *The Grateful Dead* kaum noch zu sehen war.

„Zigarette?" Melrose hielt ihm sein Goldetui hin.

Les schien nicht abgeneigt, schüttelte dann aber energisch den Kopf. „Ich rauche nicht. Zu jung."

Jury bemerkte, wie ihn Les von der Seite ansah, als fürchtete er, Scotland Yard würde einen Bericht über ihn schreiben. In Anbetracht des Rauchgestanks im Zimmer unterdrückte Jury nur mit Mühe ein Lächeln über diese Verzichterklärung.

„Also, das bin ich auch, aber ich tue es trotzdem." Melrose hielt ihm noch immer die Zigaretten hin. Les schnappte sich eine, so schnell und gierig, als wäre es ein Joint.

„Danke, Mann." Die Musik hämmerte weiter.

„Macht es dir was aus, die Musik ein bisschen leiser zu stellen?", fragte Jury.

Les warf Jury einen Blick zu, als hätte er genau das von ihm erwartet. Er erhob sich widerwillig vom Bett und ging in Socken zur Stereoanlage hinüber.

„Du hast nicht zufällig die Platte ‚The Wall'?", fragte Melrose Plant. „Pink Floyd ist zwar nicht genau mein Fall, aber irgendwie ganz passend für ein Verhör."

„Ist cool, Mann." Les kauerte über seinen Plattenalben und suchte danach. „Ich dachte, ich hätte sie, aber is' nicht. Wie wär's mit ‚Atom Heart Mother'?"

„Die tut's auch", sagte Melrose. Jury sah ihn entgeistert an. Er schien nur der Musik wegen gekommen zu sein.

„Der andere Typ", sagte Les, während er die Platte wechselte, „sah auch nicht wie ein Bulle aus. Tolle Klamotten."

„Inspector Harkins."

„Ja, der führte hier 'nen Affentanz auf, als ob ich es getan hätte. War mir schleierhaft, was in dem seinen Kopf vorging."

„Was geschah heute Morgen, Les?", fragte Jury.

„Was?"

Les hatte sich mit unschuldiger Miene Melrose zugewandt.

„Inspector Jury fragte nach deinem Spaziergang im Howl-Moor."

„Ah, ja." Les sandte einen Rauchring in die Luft und steckte seine Zigarette hindurch. „Ein ziemlich irrer Ort", sagte er. „Dort scheint immer irgendjemand hopszugehen."

„Wie in Dodge City", sagte Jury.

„Du bist also zum Howl-Moor gegangen, und was geschah dann?", fragte Plant.

„Ja. Ich ging so zwischen halb sieben und sieben raus. Tante Maud hatte mich belabert, ich sollte doch hingehen und mir die Jagd ansehen. Ein schönes Vergnügen, im Dunkeln draußen im Moor zu stehen und sich die Eier abfrieren lassen. Nicht gerade stockdunkel, aber fast. Na ja, mir wurde es jedenfalls zu langweilig, da herumzustehen und auf die Rotröcke zu warten, deshalb ging ich los, mir die Gegend ansehen. Ich kam schließlich an die Mauer, wo man sie gefunden hat. Es dämmerte inzwischen, und in dem Nebel konnte ich zwar nichts sehen, dafür aber hören. Es war keine normale Unterhaltung, eher ein Flüstern."

„Aus welcher Richtung kamst du? Warum bist du ausgerechnet in diesem Teil des Moors gelandet?"

„Über die High. Auf der anderen Seite des Parkplatzes gibt es einen Pfad, der zum Schluss auf die Hauptstraße trifft. Den nehmen ganz viele; Tante Maud erzählte mir, dass die meisten von den Leuten, die der Jagd zu Fuß folgten, ihn gegangen sind. Sie schienen zu wissen, wo die Jagdgesellschaft vorbeikommt. Mir ist das alles ziemlich egal. Aber ich dachte, dass dieser eine Morgen mich nicht umbringen würde."

„Warum hast du nicht gewartet und bist mit deiner Tante gegangen?"

„Was?" Les sah Jury verständnislos an.

„Warum bist du allein losgegangen?", fragte Plant.

Beiläufig klopfte er die Asche von seiner Zigarette. „Keine Ahnung." Nervös blickte er von dem einen zum anderen. „Okay, okay, ich werd's Ihnen sagen. Ich dachte, meine Freundin würde dort auf mich warten – sie wohnt in Strawberry Flats. Das sind die Sozialwohnungen nicht weit von der Pitlochary Road. Sie tauchte aber nicht auf."

„Erzähl weiter. Du hast Stimmen gehört. Waren es Frauen- oder Männerstimmen?"

„Keine Ahnung. Die waren zu weit weg."

„Sie konnten aber auch von den Leuten kommen, die zu Fuß gingen, nicht wahr?", schlug Jury vor. „Die auf die Jagdgesellschaft warteten?"

Les setzte die Füße auf den Boden und beugte sich nach vorne. Das Thema schien ihn zu interessieren, und Plants Zigaretten rückten damit in seine Reichweite. „Also, ich hörte dieses Geräusch. Es war ein Zwischending zwischen einem Schrei und einem Stöhnen. Ich hab vor Angst fast in die Hosen gemacht. Ich hab herumgeschaut, aber, wie ich schon sagte, bei diesem Nebel hätte man nicht einmal einen Elefanten neben sich erkennen können." Er nahm die Zigarette, die ihm Melrose anbot, und zog daran, als wollte er alle, die er verpasst hatte, dadurch wettmachen. „Also, ich bin schnellstens von dort abgehauen, Mann. Gott, das ist vielleicht ein komischer Ort. Wenn einem dort jemand die Hand auf die Schulter legt, weiß man nicht, ob es dazu auch einen Körper gibt. Geisterstadt. Scheiße, Mann, ich dachte, das darf doch nicht wahr sein. Und nicht genug damit, dann kommt auch noch dieser andere Bulle heute Morgen, nachdem man sie gefunden hatte, und schnüffelt hier herum und fragt mich einen Haufen Fragen. Und wissen Sie, was er zu mir gesagt hat: ‚Sie waren vielleicht die letzte Person, die Olive Manning lebend gesehen hat.' O Mann, das hat mir wirklich den Rest gegeben. Ich mit einem Mörder in diesem Scheißmoor da draußen."

Als Jury und Melrose Plant in das Wohnzimmer zurückkehrten, trank Maud Brixenham gerade einen Schluck ihres wässrig aussehenden Sherrys und erteilte Wiggins abgehackte Antworten auf seine Fragen.

„Der arme Junge", sagte sie. „Er war ganz fertig mit den Nerven."

Die Musik, die oben wieder mit voller Lautstärke gespielt wurde, bot dafür keinerlei Anhaltspunkte, dachte Jury. Und Les Aird selbst auch nicht. Ihn zu entnerven würde ziemlich schwierig sein.

„Sind Sie allein zum Moor gegangen, Miss Brixenham?", fragte Jury.

„Nein, ich bin mit den Steeds hinaufgelaufen. Einem jungen Paar, das in der Scroop Street wohnt."

„Blieben Sie die ganze Zeit bei ihnen?"

Sie seufzte. „Nein. Wenn ich's doch nur getan hätte. Kurze Zeit danach habe ich aber Adrian Rees gesehen. Ich war ziemlich erstaunt, ihn dort anzutreffen, weil er die Jagd eigentlich schrecklich findet. Aber da war er. Er sagte, er sei auf der Suche nach einem Sujet für ein Bild. Warum will er die Jagd denn malen, wenn er sie nicht ausstehen kann?"

Maud zuckte mit den Schultern und nippte an ihrem Sherry.

„Wo befanden Sie sich, als Sie ihn sahen?"

„Am Momsby Cross. In der Nähe von Cold Asby. Der Boden dort ist sumpfig. An der Stelle fließt nämlich ein kleiner Bach durch, aber die Stelle ist so gut wie jede andere, wenn man was sehen will."

„Wo genau liegt das im Verhältnis zur Mauer?"

Ihr Gesicht war genauso blass wie der Sherry, den sie trank. „Momsby Cross ist, warten Sie mal, ungefähr eine viertel Meile davon entfernt. Aber ich weiß es nicht genau. Fragen Sie Adrian. Er ging genau in die Richtung –" Ihre Hand fuhr zu ihrem Mund hoch, eine Geste, die Jury reichlich theatralisch vorkam. „Das soll nicht heißen ... also, er ging einfach weiter."

„Um welche Uhrzeit war das?"

„Ungefähr um halb acht, glaube ich. Ziemlich früh."

„Wie gut kannten Sie Olive Manning, Miss Brixenham?"

Sie seufzte. „Inspector Jury, dieselben Fragen habe ich soeben Ihrem Sergeant und der Polizei von Yorkshire beantwortet. Es war wieder dieser Inspector Harkins."

„Ich weiß. Aber bei den vielen Leuten musste die Befragung zwangsläufig oberflächlich ausfallen."

„Oberflächlich? Der Ansicht bin ich ganz und gar nicht. Ich glaube, dass der Mann abends nach Hause geht und noch seinen Teddybären ausfragt."

„Inspector Harkins ist zweifelsohne gründlich", sagte Jury. Sie sah ihn nur an. „Nur, es gibt ein paar Leute, die besonders in diesen Fall verwickelt sind –"

Maud setzte sich kerzengerade auf. „Damit meinen Sie doch ‚Hauptverdächtige', oder?"

„Wie gut kannten Sie Mrs Manning?"

„Nicht sehr gut. Ich versuchte, nett zu ihr zu sein, hatte damit aber wenig Erfolg."

„Sie wissen nicht, welches Interesse jemand haben könnte, sie aus dem Weg zu räumen?"

„Du großer Gott, nein!"

Die ganze Zeit über hatte sie Plant und Wiggins, nicht aber Jury angesehen – als ob sie und nicht er die Vernehmung durchführten.

„Sie sagten, Adrian Rees sei mit Ihnen zusammen am Momsby Cross gewesen und dann weitergegangen. Und was ist mit Mr und Mrs Steed, wohin sind die gegangen?"

„Sie sagten, sie wollten zum Dane Hole. Dort hat Tom Evelyn schon häufiger einen Fang gemacht. Aber mir war nicht danach zumute. Nach Dane Hole ist es noch eine halbe Meile."

„Haben Sie Mr Rees dann noch einmal gesehen? Nach dem Momsby Cross?"

„Nein."

„Wann haben Sie erfahren, dass Olive Manning ermordet wurde?"

„Heute Morgen, als Mr Harkins uns seinen Besuch abstattete."

Jury stand auf, und auch Plant und Wiggins erhoben sich. „Recht schönen Dank, Miss Brixenham."

Sie begleitete sie an die Tür. Auf dem Weg dorthin war ihr Halstuch zu Boden geflattert.

„Pink Floyd?", sagte Jury und hielt Melrose auf dem Weg vor dem Haus fest. „Wann sind Sie je mit Pink Floyd in Berührung gekommen, können Sie mir das verraten?"

Aus seiner Tasche zog Melrose eine gefaltete Ausgabe des *New Musical Express* und reichte sie Jury. „Also wirklich, Inspector, Sie werden es in Ihrem Beruf nie zu etwas bringen, wenn Sie nur Vergil lesen." Er warf einen Blick auf seine flache Golduhr. „Ich sehe, für unseren Tee ist es bereits zu spät. Gentlemen, darf ich Sie zu einem Rackmoor-Nebel einladen?"

# 8

„Vampir-Fledermäuse!", schrie Bertie, während er mit einer alten Steppdecke über dem Kopf durch die Küche sauste und mit seinen Ellbogen kleine hektische Flugbewegungen machte. Dabei wirbelte er die Rauchschwaden durcheinander, die aus der Pfanne mit dem Frühstücksspeck aufstiegen; er war angebrannt, weil Bertie anscheinend lieber flog als kochte. Er stieß einen hohen, durchdringenden Ton aus, wie ihn seiner Meinung nach die Fledermäuse von sich gaben.

Arnold ging einen Schritt zurück. Wenn das ein neues Spiel sein sollte, dann wollte Arnold nicht daran teilnehmen.

Mit der Steppdecke wedelnd, fing Bertie an, auf Zehenspitzen zu gehen. „Sie saugen Blut, lieber Arnold, ja, das tun sie!" Er hatte seine Zähne über die Unterlippe gepresst, damit sie wie die Zähne eines Vampirs aussahen. Jedem anderen Hund hätte sich bei Berties kreischendem Lachen das Fell gesträubt. Arnold gähnte nur.

Seufzend nahm Bertie die Steppdecke vom Kopf und inspizierte den angebrannten Frühstücksspeck. Sie mussten sich eben mit Toast begnügen. Speck wie diesen gab es dreimal wöchentlich: zwei Streifen für ihn, einen für Arnold. Bertie war sehr sparsam.

„Jedenfalls", sagte er und spießte den Toast auf eine Toastgabel auf, „hörte sich das für mich so an. Mit dem Haufen Löcher im Leib muss sie ja wie ein Sieb ausgesehen haben." Er hielt den Toast übers Feuer und drehte ihn behutsam. Dann hielt er ihn Arnold hin, damit er ihn begutachtete. „Braun und knusprig. Ich denke, wir werden ein gekochtes Ei zum Tee essen." Er setzte einen kleinen Topf mit Wasser aufs Feuer, nahm zwei Eier aus einer Schüssel im Regal, legte sie hinein und spießte noch ein Brotstück auf die Toastgabel. „Toast und Eier." Er summte vor sich hin und dachte: Aber ich glaube, die Löcher sind zu groß und zu weit auseinander ... Er drehte das Brot auf die andere Seite und summte noch ein wenig, während der Toast goldbraun wurde. Er nahm ihn von der Gabel und spießte ein neues Stück auf. Plötzlich hielt er abrupt inne und betrachtete die Gabel. Zinken. „Was es auch war, es machte zwei Löcher, nicht, Arnold?"

Arnold schnupperte. Die Toastgabel interessierte ihn nicht. Er wollte Toast und Speck. Plötzlich bekam Bertie große Augen und flüsterte: „Arnold!"

Arnold, der sich unter seinem Halsband gekratzt hatte, horchte auf. Etwas in Berties Tonfall hatte seine Aufmerksamkeit erregt, als wäre eine Katze auf das Fensterbrett gesprungen. „Arnold! Der Schwalbenschwanz!"

# 9

Am selben Abend nahmen Melrose Plant und Sir Titus Crael ihre Drinks im Bracewood-Salon zu sich. Julian blieb unsichtbar. Vielleicht war er spazieren, was Melrose nicht traurig stimmte. Inzwischen tat er ihm eher leid. Julians Reaktionen waren seit heute Morgen besonders dumpf; er schien schon mit seinem Leben abgeschlossen zu haben. Aber auch das Mitgefühl, das Melrose für ihn empfand, änderte nichts an seiner Überzeugung. Für ihn war er der Schuldige. Wer hatte ein besseres Motiv als er? Julian hätte sie auf keinen Fall gewähren lassen. Vielleicht hatte Gemma Temple eine Art Erpressung vorgeschwebt: Wenn du mir das und das gibst, gehe ich weg.

Colonel Craels Stimme unterbrach ihn in seinen Überlegungen: „Mein Junge, es tut mir leid, dass Sie in all die Schwierigkeiten hineingezogen wurden."

Melrose errötete ein wenig. Ihm schoss durch den Kopf, dass er bei „all diesen Schwierigkeiten" seine Hand mit im Spiel hatte. „Ich müsste mich eigentlich bei Ihnen entschuldigen, Sir Titus, weil ich Sie obendrein noch mit meiner Gegenwart belästige. Ich habe vor, Sie heute zu verlassen." Letzteres war eine Lüge.

Der Colonel gluckste und wedelte die Worte weg, als wären sie Rauch. „Aber keineswegs. Es freut mich außerordentlich, dass Sie hier sind. Haben Sie eine Ahnung, was eigentlich mit Julian los ist? Ich kann nicht glauben, dass er wegen der armen Olive so erschüttert ist. Er hat sie eigentlich nie gemocht, und sie war auch nicht unbedingt jemand, den man mochte ... Aber ich will nicht schlecht von einer Toten sprechen." Er nahm einen Schluck Whisky und fuhr sich mit einem riesigen Taschentuch übers Gesicht, wie ein Bauer, der auf seinem Feld steht. „Mein Gott, ich weiß es nicht. Es ist einfach zu viel."

„Das ist es in der Tat."
„Lassen Sie uns über etwas anderes sprechen."
„Wann wird Ihre nächste Jagd stattfinden?"
„Nach dem, was geschehen ist, weiß ich nicht, ob es überhaupt noch eine geben wird."
„Aber es kommen doch noch so viele schöne Jagdtage. Man kann hier doch viel länger jagen als in Northants, nicht wahr?"
„O ja. Bis weit in den April hinein." Er nahm den roten Reitrock, den er über einen Stuhl mit der Lehne zum Feuer gehängt hatte, und schüttelte ihn aus.

Melrose wunderte sich, warum er eine so häusliche Aufgabe wie das Trocknen der feuchten Kleider nicht den Dienstboten überließ. Aber vielleicht war dies ein kleines Ritual, das der Colonel am liebsten selbst durchführte.

Sir Titus sagte etwas von einem kleinen Loch im Ärmel. „Das gute alte Stück. Ich muss es zum Schneider in der Jermyn Street schicken. Eine Weile muss es der Schwalbenschwanz tun, obwohl der Jagdherr normalerweise keinen trägt. Was soll's, heutzutage noch auf der Etikette zu bestehen hat ja keinen Sinn mehr. Kennen Sie Jorrocks?", fragte er Melrose, dessen Gedanken nicht bei der Jagd, sondern bei dem zerfetzten Körper Olive Mannings waren. Melrose schüttelte den Kopf.

Der Colonel zitierte: „Ich kenne keinen wehmütigeren Augenblick als den, wenn ich am Ende der Saison die Schnur von meiner Kappe entferne und das gute alte Stück zusammenfalte – ein Stück, mit keinem anderen vergleichbar; je älter und nutzloser es wird, desto mehr wächst es einem ans Herz."

„Schwalbenschwanz?", sagte Melrose plötzlich und starrte den Colonel an.
„Wie bitte?"
„Sie sagten gerade ,Schwalbenschwanz'."
„Ja, warum? Das ist mein Reitrock, den ich benutze, wenn –"
Der Colonel verstummte, weil Melrose so abrupt aufgestanden war, dass er seinen Drink verschüttet hatte, und dann beinahe aus dem Zimmer rannte.

## 10

Die grau gestreifte Katze saß verschlafen im Galeriefenster. Sie war es offenbar inzwischen gewohnt, in ihrem Schlaf gestört zu werden, denn als Jury die Hände an das Gesicht hielt und durchs Fenster spähte, rührte sie sich überhaupt nicht, sondern drehte sich nur traumwandlerisch auf die andere Seite. Es war niemand da – die Geschäfte schienen im Winter nicht gerade gut zu gehen.

Drinnen war es dunkel, da aber das OFFEN-Schild im Fenster hing, nahm Jury an, dass Rees im Haus war, und machte die Tür auf. Die Türglocke klingelte, die Katze rekelte sich, drehte sich mehrmals im Kreis und kehrte dann in ihre ursprüngliche Schlafposition zurück.

Jury rief: „Hallo, ist jemand da?", und hörte daraufhin Stiefel die Hintertreppe herunterpoltern. Adrian erschien in seinem farbenverschmierten Kittel. Das schwarze Haar, das ihm in die Stirn fiel, sah ein wenig verfilzt aus, als hätte er so intensiv gearbeitet, dass er ins Schwitzen geraten war. Er strich sich die Haare mit dem Arm zurück, denn er hielt noch immer seinen Kamelhaarpinsel in der Hand.

„Ah, Inspector Jury. Dachte ich mir doch, dass Sie noch mal vorbeischauen würden. Wollen wir nach hinten in die Küche gehen?"

Da in der Küche kein Platz für zwei nebeneinanderstehende Personen war, setzte sich Jury an einen Klapptisch, während Adrian das Fenster öffnete und zwei Flaschen kaltes Bier hereinholte.

„Ich möchte keins, danke –"

Adrian stellte eine Flasche zurück in das schmutzige Schneehäufchen. „Ich nehme an, Sie sind wegen Olive Manning gekommen. Inspector Harkins hat mich beinahe davon überzeugt, dass ich sie getötet habe." Adrian bedachte Jury mit einem kurzen Lächeln. „Aber eben nicht ganz."

„Sie sind heute Morgen der Jagd gefolgt. Warum? Ich habe gehört, Sie verabscheuen die Jagd."

„So, so. Sie sind ja bestens über meine Vorlieben und Abneigungen informiert. Wer hat Ihnen das gesagt?"

„Ein kleines Vögelchen."

Adrian öffnete seine Flasche, setzte sich, kippte mit dem Stuhl nach hinten und nahm einen tüchtigen Schluck. Er wischte sich den Mund ab und sagte: „Das ist wahr. Die Fuchsjagd ist meiner Ansicht nach eine der dümmsten Sportarten, die es gibt. Eigentlich hat es überhaupt nichts mit Sport zu tun."

„Warum sind Sie dann heute Morgen draußen gewesen?"

„Weil der Colonel ein Bild haben wollte. Ein großes Gemälde von der Pitlochary-Jagd, für die Halle. Ich war lediglich Beobachter."

„Maud Brixenham sagt, Sie hätten sie am Momsby Cross getroffen. Danach sind Sie in Richtung Cold Asby weitergegangen."

„Ach, das ist also Ihr kleines Vögelchen. Maud ist nicht gerade eine Freundin von mir."

„Davon habe ich nichts gemerkt. Sie hat nichts Schlechtes über Sie verlauten lassen."

Adrian brachte seinen Stuhl geräuschvoll nach vorne und brummte: „Na, hören Sie, Inspector. Dafür ist sie zu klug. Ein Frontalangriff ist nicht Mauds Art."

„Was könnte sie denn gegen Sie haben?"

„Ich glaube, dass sie auf jeden eifersüchtig ist, der beim Colonel ein Stein im Brett hat. Er mag mich; er bewundert mich sogar –" Adrian lächelte, neigte seinen Kopf nach vorne und klopfte die Asche von der Zigarre.

„Ich verstehe nicht, warum Sie das so erstaunt. Sie sind ein ausgezeichneter Maler, soweit ich das beurteilen kann. Befanden Sie sich irgendwo in der Nähe der Mauer?"

„Ich weiß es nicht genau. Ich kenne mich nicht so gut aus im Moor, jedenfalls nicht so gut wie die, die der Jagd gefolgt sind."

Jury holte eine Generalstabskarte hervor, breitete sie auf dem Tisch aus und zeigte auf Momsby Cross. „Sie und Maud befanden sich hier." Jury fuhr mit dem Finger über die Karte – Dane Hole, Cold Asby und Momsby Cross. „Die Leiche wurde hier gefunden. Das ist ungefähr eine viertel Meile von Momsby Cross entfernt."

Adrian nahm die Karte in die Hand und warf einen kurzen Blick auf die verschiedenen Linien, Punkte und Schattierungen. Er schüttelte den Kopf. „Vielleicht diese Hügel da ... an denen könnte ich vorbeigegangen sein. Aber die scheinen nicht in der Nähe der Mauer zu liegen."

Jury faltete die Karte zusammen und steckte sie wieder in die Tasche. „Und dann sind Sie ins Dorf zurückgegangen?"

„Ja. Ich habe von alldem erst erfahren, als Inspector Harkins vor ein paar Stunden an meine Tür klopfte."

„Was das Gemälde betrifft – wenn Sie so gegen die Jagd sind, warum haben Sie dann den Auftrag angenommen?"

„Wollen Sie mir etwas über Kunst und Moral erzählen? Inspector, ich würde jeden Auftrag annehmen. Ich habe da keinerlei Skrupel. Wenn Scotland Yard mich beauftragen würde, Phantombilder zu malen, dann würde ich das auch tun, glauben Sie mir. Und da wir schon davon sprechen –" Adrian knarrte mit seinem Stuhl, schob sich eine Zigarre zwischen die Lippen und stand auf. „Kommen Sie doch mal mit nach oben."

Adrian enthüllte das Gemälde, das in einer Ecke seines Ateliers stand. Es war das Bild, an dem er gerade gearbeitet hatte. „Es ist natürlich nach dem Gedächtnis gemalt, aber ziemlich detailgetreu, glaube ich. Gefällt es Ihnen?"

Jury war verblüfft. Die Frau auf dem Bild schien eher in die Dunkelheit und den Nebel gehüllt zu sein als in den schwarzen Umhang, der sie umwehte. Ihre Haltung war so starr, als hätte sie ihm Modell gestanden. Jury nahm an, dass sie nicht gerade so ausgesehen hatte, als Adrian ihr in der Nacht zum Dreikönigsfest begegnet war. Die Gestalt war sehr langgliedrig; Hals und Hände schimmerten blässlich, und das Gesicht mit der schwarzen Maske wirkte richtig erschreckend: die linke Gesichtshälfte leuchtete gespenstisch, die rechte hingegen war völlig schwarz und verschmolz beinahe mit dem dunklen Hintergrund. Das Licht – das Spiel zwischen Hell und Dunkel – war meisterhaft wiedergegeben. Der Nebel lag wie eine silbrige Aureole um die Straßenlampen. Auf seine Art war dieses Bild ebenso eindrucksvoll wie das von Lady Margaret.

Das Bild war nicht sehr groß. Jury streckte die Hand aus, um es hochzunehmen, und sagte: „Darf ich?"

„Natürlich."

Er ging damit zur Lampe und betrachtete es eingehend. „Es ist bemerkenswert. Ich wünschte nur, Sie wären schneller damit fertig geworden. Haben Sie es Harkins gezeigt?"

Adrian ging gerade einen Topf mit Pinseln durch. Er schmiss sie auf den Boden und drehte sich um. „Großer Gott, was für Banausen ihr seid! Ihr denkt doch nur an Mord und Totschlag."

„Ganz recht. Ich verbringe einen Großteil meiner Zeit damit. Ist das die Engelsstiege im Hintergrund?"

Adrian, der seine Pinsel säuberte, nickte.

„Verdammt, wenn es dem entspricht, was Sie gesehen haben, ist das hundertmal besser als ein Phantombild."

„Sie vergessen, dass ich Maler bin. Genau zu beobachten gehört zu meinem Beruf."
Unten läutete es an der Tür. Erstaunt spähte Adrian hinunter. „Bestimmt kein Kunde. Ich hab ganz vergessen, wie sie aussehen. Und Sie können es auch nicht sein, da Sie ja schon hier sind. Jemand muss sich im Nebel verirrt haben."
„Sehen Sie doch einfach mal nach."
Adrian machte Anstalten, seine Haare in Ordnung zu bringen, und ging hinunter.
Jury hörte gedämpfte Stimmen von unten; er war noch immer in das Bild versunken. Er runzelte die Stirn.
Etwas stimmte nicht. Ein dunkles, verschwommenes Bild tauchte vor seinem geistigen Auge auf. Er sah ein Gesicht in einer Welle, eine Spiegelung in einem Schwimmbecken. Und plötzlich sah er auch sich selbst, wie er im „Fuchs" vor dem Spiegel stand ...
„Mr Jury", schrie Adrian die Treppe hoch. „Kommen Sie runter, Sie haben Besuch."
Behutsam stellte er die Leinwand auf die Staffelei zurück. Das Gesicht, die Spiegelung, war wieder verschwunden. Aber etwas stimmte nach wie vor nicht.
Mit Percy Blythe hatte er überhaupt nicht gerechnet: Er steckte in einem schweren Mantel, mehreren Pullovern und hatte sich fast bis zur Nasenspitze in Schals gewickelt. Krampfhaft hielt er seine Strickmütze fest und beäugte verstohlen die Bilder an den Wänden.
„Hallo, Percy. Sie wollen mich sprechen?"
„Ja, will ich." Er warf Adrian Rees einen finsteren Blick zu. „Allein."
Adrian entschuldigte sich ausgesucht höflich. Als seine Schritte nicht mehr zu hören waren und Percy Blythe sich vergewissert hatte, dass er selbst auch außer Hörweite war, sagte er: „Es ist wegen Bertie. Der Bengel ist bei mir gewesen und hat was gestohlen."
„*Bertie?* Das kann nicht sein –"
„Hab's mit eigenen Augen gesehen." Er zeigte auf seine Augen, um Jury zu beweisen, dass er zwei davon hatte. „Ich kam gerade die Dagger Alley hoch, als ich ihn und Arnold bei mir rausgehen sah. Hab mich versteckt."
„Vielleicht wollten sie Sie nur besuchen, Percy? Und sind einfach reingegangen –" Jury unterbrach sich, als er Percys Kopfschütteln sah.
„Gegen das Reingehen hab ich nix, aber gegen das Rausgehen. Und wie verschlagen die beiden aussahen, wie zwei Aale schlichen sie sich davon –"
(Bei der Vorstellung von Arnold als einem Aal hätte Jury beinahe laut aufgelacht.)
„– mit der Mordwaffe."
„*Was?*"
„Der Mordwaffe, junger Mann. Mit der sie erstochen wurde. Wenn ich gewusst hätte, dass es Stiche waren, hätte ich Ihnen das gleich sagen können."

# 11

Nicht einmal bei Tag mochte Bertie diesen Weg, geschweige denn bei Nacht.
Er hielt den Schwalbenschwanz mit der Spitze nach unten und achtete genau auf seine Schritte. Er wollte sich nicht die Augen ausstechen, wenn er hinfiel, was bei dem Nebel

und dem sumpfigen Boden durchaus möglich war. Die Baumwurzeln, die wie Füße prähistorischer Monster über den Weg krochen, waren in dem vorbeidriftenden Nebel kaum sichtbar, und ein paarmal wäre er auch beinahe darüber gestolpert.

Er wollte zu einer bestimmten Stelle, einem Loch in den Klippen, das zwischen dem Old House und der Mole lag. Dort konnte man, laut Percy Blythe, alles ins Meer werfen, ohne dass es je wieder auftauchte. Und auf diese Weise sollte der Schwalbenschwanz verschwinden. Selbstverständlich wusste er, dass Percy mit dem Mord nichts zu tun hatte. Aber die Polizei würde vielleicht anderer Ansicht sein, wenn sie dieses Ding in seinem Haus fand. Jemand musste ins Haus geschlichen sein, es genommen und später wieder zurückgebracht haben. Bertie wusste, dass er möglicherweise Beweismaterial vernichtete. Er hatte genügend amerikanische Filme gesehen, um das zu wissen. Er hatte stundenlang am Küchentisch vor einer Tasse Tee gesessen, den Kopf zwischen den Händen, und hatte über das Problem nachgedacht. Sogar Arnolds Futter hatte er darüber vergessen. Schließlich hatte er das Problem in den Griff bekommen: Es gab keine Beweise, dass der Mord mit dem Schwalbenschwanz ausgeführt worden war. Es gab viele Gegenstände, die Zinken hatten. Die Toastgabel beispielsweise. Unendlich viele.

Sein Fuß stieg gegen etwas Hartes – er nahm an, es war eine Wurzel –, und beinahe wäre er wieder hingefallen. „Komm schon, alter Arnold", flüsterte er und fragte sich, warum er flüsterte. Niemand konnte ihn hören. Und Arnold musste er nicht auffordern mitzukommen, denn der wich nicht von seiner Seite. Wahrscheinlich wollte er nur seine eigene Stimme hören. Um sicherzugehen, dass Arnold nicht zurückblieb, hatte er ihm einen Finger ins Halsband gesteckt. „Komm schon", sagte er erneut. Er hörte den Whitby Bull; in dieser Stille kam es ihm vor, als wäre das Nebelhorn ganz nah an seinem Ohr. Vielleicht war er schon in der Nähe der See.

Er steckte den Schwalbenschwanz in die Regenmanteltasche, damit er die Hände frei hatte, um sich im Nebel voranzutasten. Er hätte seinen schwarzen Mantel anziehen sollen; dieses alte gelbe Ölzeug war viel zu kalt. Und seine Taschenlampe war auch nicht besonders nützlich. Das trübe, gelbe Licht war eher gruselig als hilfreich, weil es die Äste wie Skelettarme und die Büsche wie kauernde Tiere aussehen ließ. Wenn ihm Percy bloß nicht diese dummen Witze erzählt hätte – dass Arnold ein Kobold sei; es war überhaupt nicht komisch. Hätte er bloß nicht über die verwunschenen Seelen geredet. Und über die tödlichen Höhlen der Druiden. Das hörte sich alles ganz gut an, wenn man bei Percy im Warmen saß; wenn man aber hier draußen an solche Dinge dachte, war das nicht gerade beruhigend. Er hätte den Weg von der Mole ausnehmen sollen, aber vielleicht wäre ihm dann auf der High oder in der Grape Lane jemand begegnet. Wenn er nur noch etwas anderes hören würde als immer nur das Geräusch seiner Füße, die quietschend in den sumpfigen Boden einsanken, oder Arnold, der den nassen Boden beschnupperte, als folge er einer Fährte. Bertie zog ihn am Halsband. Jetzt hörte er den Sog der Wellen und ging ein wenig schneller. Als er die Brandung hörte, war er erleichtert; gleich würde er es los sein ...

Etwas bewegte sich.

Bertie drehte sich ruckartig um und beschrieb dabei mit seiner Taschenlampe einen Kreis. „Wer ist da?", schrie er. Aber zwischen den hin und her gepeitschten Ästen und dem vorbeidriftenden Nebel ließ sich kaum unterscheiden, ob sich etwas bewegte oder nicht. Er stand mit dem Rücken zur See und konnte linker Hand an der Spitze der Bucht die Lichter von Rackmoor erkennen. Arnold knurrte tief und leise, als hätte ihn Bertie angesteckt. Sie drehten sich beide wieder um und gingen auf den Rand der Klippen zu. Es kam alles nur von diesen dummen Geschichten von Kobolden und verwunschenen Seelen. Etwas näherte sich ihm von hinten. Diesmal hörte er ganz deutlich Schritte oder etwas, was sich einen Weg durch das Unterholz bahnte. In der Dunkelheit und dem Nebel nahmen aber selbst die Bäume menschliche Formen an, und es war schwer zu sagen, ob dieses Etwas nun ein Mensch war.

Arnold ließ wieder ein tiefes Knurren hören. Im Gebüsch raschelte es; es klang, wie wenn der Wind durch einen Korridor fuhr. Arnold hatte richtig zu bellen angefangen, und Bertie liefen kalte Schauer über den Rücken, als wäre er in einem Tunnel eingesperrt und der Zug käme geradewegs auf ihn zu. Plötzlich fiel ein Lichtstrahl auf sein Gesicht; geblendet von dem Zyklopenauge der Taschenlampe, schloss er die Augen. Noch bevor Bertie seinen Arm hochreißen konnte, hatte ihm eine Hand die Brille von der Nase geschlagen.

Arnold bellte wütend. Bertie, der nur noch seine Umrisse erkennen konnte, raste auf die verschwommene Gestalt zu, die seine Brille auf den Boden geschmissen hatte und jetzt versuchte, ihm seinen Regenmantel vom Leib zu zerren. Jemand hatte es auf den Schwalbenschwanz abgesehen, da war er sicher.

Bertie hörte ein Rascheln und Trippeln und Arnolds beinahe hysterisches Bellen. Es glich dem Geräusch zweier Hunde, die sich gegenseitig an die Gurgel wollten. Nur war von dem einen Hund außer dem schweren Atem kein Geräusch, keine Stimme zu hören. Er hatte Angst, sich ohne seine Brille zu bewegen. Ohne sie konnte er nichts sehen; er wusste aber, dass er in der Nähe der Klippenkante stand, denn unter sich hörte er das Tosen der Wellen.

Wie nahe er daran gestanden hatte, bemerkte er erst, als ihn zwei Hände hinunterstießen.

ES IST EIN WERKZEUG, das beim Decken von Strohdächern benutzt wird, teilte Percy Blythe Jury mit, als sie in seinem Haus angelangt waren. Er wies auf die Wand, an der die anderen beschilderten Werkzeuge hingen. Der Schwalbenschwanz fehlte.

„Wenn er reingeht, um irgendwelchen Kram zu holen, dagegen hab ich nix. Warum haben Bertie und Arnold aber gerade das genommen?" Er beschrieb es als einen ungefähr vierzig Zentimeter langen Gegenstand mit Zinken, die nach Belieben geschärft werden konnten.

Jury fragte ihn, wer davon wüsste, und er sagte jeder, sogar die Craels. „Die war'n hier. Der Alte wollte von mir einen Fuchsbau zugestopft oder Hecken angepflanzt haben. Und der Junge war auch schon hier, ein- oder zweimal." Nein, er schließe nie seine Tür ab, und die Dark Street sei um diese Jahreszeit leer. Jeder hätte hereinspazieren können.

Obwohl es in dem Häuschen warm war und er zwei Pullover und eine Windjacke anhatte, spürte Jury, wie ihm ein kalter Schauer den Rücken herunterlief. Bertie lief mit einem Gerät herum, das sehr wahrscheinlich die Mordwaffe war.

DER STURZ konnte ein paar Sekunden oder ein paar Stunden zurückliegen; er hatte jegliches Zeitgefühl verloren. Seine Hände hatten in der Felswand etwas gefunden, das einem dicken Stumpf glich – er konnte ihn nicht sehen, vielleicht war es eine alte Baumwurzel. Jedenfalls war er fest genug, um sich ranzuhängen.

Das Schwierige war nur, dass er keinen Halt für seine Füße fand, eine Ritze, in der er sich abstützen konnte. Er hing genau über einem Felsvorsprung, und seine Füße fuhren nur über Flechten und dann – ins Leere. Obwohl er nur kurze Zeit so gehangen hatte, waren seine Arme bereits müde. Die Augen hielt er fest zusammengepresst; er konnte ja sowieso nichts sehen. Er dachte, seine Arme würden gleich aus den Gelenken springen. In seinen Ohren sauste es so laut, dass er nicht einmal mehr die Wellen hörte. Er fing an zu beten: „Heilige Maria Mutter Gottes ..." An mehr konnte er sich nicht erinnern, die Fortsetzung war ihm entglitten wie das Stück Schiefer, das den gottverlassenen Felsen herunterglitt. Er hörte ein scharrendes Geräusch, das langsam näher kam, und ein schweres Atmen. Er spürte plötzlich den vertrauten Geruch von nassem Hundefell. Er drückte sein Gesicht gegen die Felswand und weinte. Wenigstens hatte man aus Arnold nicht auch ein Sieb gemacht. Wie durch ein Wunder spürte er im gleichen Moment etwas unter seinen Füßen. Er wurde ein klein wenig emporgehoben, genug, um seine Arme von dem entsetzlichen Gewicht zu befreien. Es bewegte sich unter ihm, und mit der Entlastung seiner Arme hörte auch das Sausen in seinen Ohren auf, und er vernahm Arnolds Keuchen – Arnold, der all die kleinen schmalen Felspfade kannte und sich wie eine Bergziege auf ihnen bewegte. Unter ihm musste ein kleiner Vorsprung sein, gerade breit genug für Arnold, und vielleicht auch ein schmaler Pfad. Womöglich ein Überbleibsel aus der Zeit, als Teile der Klippen zusammen mit drei Häusern ins Meer gestürzt waren. Er durfte gar nicht daran denken.

Bertie, der weder richtig hing noch stand, drückte sein Gesicht an die Felsen und presste seinen Körper gegen die kalten, harten Klippen, als wären sie weiche, menschliche Formen, die seiner Mutter gehören könnten, wenn sie ihn nicht im Stich gelassen hätte. Auch daran durfte er nicht denken. Und er vergaß völlig, die heilige Maria, Jesus, den Engel Gabriel, die Sterne, die Sonne und den Mond in sein Gebet einzuschließen. Nur Arnold schloss er ein.

In dem Haus in der Scroop Street war offensichtlich niemand da. Die Fenster waren dunkel, und die Tür war zu. Da sie nicht abgeschlossen war, ging Jury hinein und tastete nach dem Lichtschalter. Er sah das Telefon, das auf einem niedrigen Ständer stand. Er rief ein paarmal Berties Namen, erwartete aber keine Antwort.

Er wählte die Nummer des Old House, und Wood nahm ab. Nein, Bertie habe er nicht gesehen, und Mr Plant sei auch nicht im Haus. Er habe vor einer knappen Stunde überstürzt das Haus verlassen – und er, Wood, nehme an, er sei auf der Suche nach Inspector Jury.

Auch Kitty hatte Bertie nicht gesehen. Sie kam ans Telefon im „Fuchs". Als er Wiggins am Apparat hatte, erzählte ihm Jury, was geschehen war, und wies ihn an, Harkins anzurufen; er solle genügend Männer mitbringen, um das Dorf, Howl Moor, die Wälder in der Nähe des Old House und auch die Klippen am Meer absuchen zu lassen.

„Was ist ein Schwalbenschwanz?", fragte Wiggins. Seine Stimme klang rau und kratzig. Das bedeutete leider, dass er wieder etwas ausbrütete. „Warum hat Bertie das Ding genommen?"

„Wer weiß? Vielleicht wollte er der Polizei helfen oder Privatdetektiv spielen oder

Percy schützen. Zu viele amerikanische Fernsehserien. Ich will, dass er gefunden wird – sofort. Ich werde die Engelsstiege hochgehen und den Weg durch den Wald nehmen. Der Gedanke, dass Bertie mit diesem Ding herumläuft, gefällt mir gar nicht."

„Ist Arnold bei ihm, Sir?"

„Ich weiß nicht, ist er das nicht immer?"

„Dann kann ja nichts passieren", sagte Wiggins in einem armseligen Versuch, humorvoll zu sein.

EIN FELSBROCKEN, ein Erdklumpen – etwas hatte sich gelöst und fiel die Felswand herunter. Arnold verlagerte geringfügig sein Gewicht. Bertie konnte die Nägel seiner Pfoten gegen den Stein schaben hören und war überzeugt, dass sie beide im nächsten Moment abstürzen würden. Er presste seinen Körper gegen die nassen Steine und versuchte, sich an der Wurzel ein wenig hochzuziehen, um Arnolds Rücken zu entlasten. Es war bitterkalt; er konnte seine Finger kaum noch spüren; mit gekreuzten Handgelenken hing er in der Luft.

Arnold bellte. Bertie schloss daraus, dass Arnold wieder festen Boden unter sich hatte, und ließ seine Füße so weit herunter, bis sie wieder auf Arnolds Rücken standen.

Dann aber hörte er ein anderes Geräusch, das von oben kam. Es war ein Scharren über der Erde und dem Stein, und er begriff, dass jemand im Begriff war, den gleichen Abstieg zu versuchen, den er vorhin Arnold hatte machen hören.

Ein warmes Gefühl der Erleichterung stieg in ihm hoch. Jemand hatte Arnold bellen hören und kam jetzt zu Hilfe – aber vielleicht kam auch jemand zurück, um das Angefangene zu Ende zu führen.

Das Blut erstarrte ihm in den Adern, aber gleich darauf hörte er ganz in seiner Nähe eine Stimme, die ihn eher barsch als freundlich aufforderte: „Gib mir deine Hand."

Eine kalte, unbekannte Stimme. Bertie konnte den ausgestreckten Arm eher spüren als sehen. Wer immer es war, viel näher konnte er nicht kommen, da er kaum Platz zum Stehen und auch keinen sicheren Halt für seine Füße hatte.

*„Gib mir deine Hand!"*

Die Stimme klang schneidend. Er hatte plötzlich vor etwas ganz anderem Angst – nicht mehr vor der Felswand, an die er sich klammerte, als wäre es der Körper seiner Mutter. Panik ergriff ihn, und er fürchtete, dass sein Zittern ihn in die Tiefe befördern könnte.

In diesem Moment kroch Arnold unter ihm weg.

Bertie streckte blitzschnell seine Hand der Stimme und dem Atmen des anderen entgegen. Er dachte nur an diesen einen letzten Augenblick seines Lebens; gleich würde die Hand, die jetzt noch die seine umklammert hielt, ihn in das Dunkel fallen lassen.

Es gab nur das: diesen letzten Augenblick seines Lebens. Dann hörte er jedoch andere Geräusche über sich. Stimmen. Hunde. Während die Hand, die die seine hielt, ihn von seinem Halt herunterschwang und ein anderer Arm ihn an den Schultern packte, überlegte er einen Moment lang, ob diese verfluchten Idioten mit den Hunden ausritten.

„Bertie!"

Diese Stimme kam von der Felskante oben und war ihm bekannt; sie gehörte Inspector Jury. Er wurde langsam hochgehievt, was wohl harte Arbeit war, nach dem keuchenden

Atem der verschwommenen Gestalt neben ihm zu urteilen. Ein letzter Ruck – und er stand wieder auf festem Boden.

Bertie konnte nur Lichtpunkte und formlose Umrisse erkennen, die sich wie im Traum in seinem Blickfeld bewegten. Aber sie interessierten ihn überhaupt nicht.

„Arnold!", schrie er. Der Terrier bellte, und Bertie fiel auf die Knie und schlang seine Arme um das nasse Fell des Tieres.

Jemand stand neben ihm und wischte ihm das Gesicht mit einem Taschentuch ab. „Bertie, alter Junge." Es war Inspector Jury. „Schau, wir haben deine Brille gefunden." Er setzte sie Bertie auf die Nase.

Das Geschehen um ihn nahm plötzlich Formen an, als wäre ein Vorhang hochgezogen worden. So musste sich ein Blinder fühlen, der plötzlich wieder sehen konnte, dachte Bertie. In der pechschwarzen Nacht wirkten die Menschen wie weiße Statuen in einem dunklen Garten.

Einer von ihnen trat einen Schritt vor, und er erkannte Inspector Harkins, der sich eine Zigarre anzünden wollte und die Hand schützend vor ein Streichholz hielt. Jury sprach mit jemandem, der hinter Bertie stand – nicht mit Harkins, sondern mit einem anderen. „Ein Glück, dass Sie hier draußen waren."

Bertie drehte sich um und sah Julian Crael hinter sich. Er stand nicht in dem Licht der Taschenlampe. Er säuberte sich gerade die Hände mit einem Taschentuch. In seinem Hemdsärmel war ein großer Riss. Dann hob er den Mantel auf, den er auf den Boden geworfen hatte, damit er ihn beim Abstieg nicht behindere, und zog ihn an.

„So ein Zufall", sagte Harkins.

Julian schwieg.

Jury schluckte, als hätte er selbst diese bittere Pille verpasst bekommen. Nicht gerade einfach zu verdauen – des versuchten Mordes an jemandem beschuldigt zu werden, dem man gerade das Leben gerettet hatte.

„Ich glaube, es ist besser, wir gehen zum Haus zurück und unterhalten uns dort", sagte Harkins.

„Ich begleite Bertie nach Hause", sagte Jury.

„Wir müssen den Jungen aber vernehmen", warf Harkins ein.

„Das kann ich machen, wenn er zu Hause ist. Nicht hier." Harkins wandte sich unwillig ab, und Jury zog Wiggins beiseite. „Gehen Sie mit ihnen zum Old House und sorgen Sie dafür, dass er von Harkins nicht gelyncht wird. Danach kommen Sie zu Berties Haus."

Harkins gab zweien seiner Männer Anweisungen, nach der Waffe zu suchen, und ging mit Julian fort.

„Mr Crael!" Bertie riss sich von Jury los, rannte zu Julian hinüber und schlang seine Arme um ihn, als hätte auch Julian ein dichtes, nasses Fell.

Als er ihn losließ, hob Julian die Hand und salutierte kurz: „Jederzeit, Sportsfreund."

Arnold bellte und ließ den Schwanz wie eine Peitsche durch die Luft sausen.

Das sieht ja beinahe nach Wedeln aus, dachte Jury.

# Siebter Teil

## Simon sagt …

### 1

Da Bertie beinahe im Stehen einschlief, steckten sie ihn gleich ins Bett. Jury bestand darauf, bei ihm zu bleiben und auf der Couch zu übernachten. Großzügig verzichtete Wiggins auf sein Zimmer im „Fuchs" und blieb auch. Und Melrose, der nichts verpassen wollte, erwachte am frühen Morgen mit schmerzender Schulter, weil er auf einem Sessel eingeschlafen war.

Nun saßen sie alle um den Küchentisch mit dem Wachstuch: Jury, Bertie, Melrose, Wiggins und Arnold. Melrose hatte den letzten freien Stuhl Arnold überlassen und sich selbst auf einen Hocker gesetzt.

Während sie Bertie mit Tee und Toast fütterten, wiederholte er immer wieder: Nein, er hätte nichts gesehen; nein, er hätte nichts gehört; nein, er hätte nichts gerochen, was ihm einen Hinweis darauf geben könnte, wer ihn gestoßen hatte.

Um seinem Gedächtnis etwas nachzuhelfen, schob Jury noch ein paar Speckstreifen auf Berties und auch auf Arnolds Teller. „Du musst dich doch an irgendetwas erinnern, Bertie."

„An überhaupt nichts", sagte Bertie entschieden und spießte den Speck auf. „Wer bezahlt denn das hier?" Er hielt einen aufgespießten Speckstreifen hoch.

„Das geht auf mich", sagte Melrose. „Sergeant Wiggins hat in aller Frühe den alten Kaufmann aus dem Bett geholt."

Wiggins sah nach der schlaflosen Nacht gar nicht gut aus. Er stocherte mit einem Stück Toast in dem Eigelb herum.

„Na, dann vielen Dank. Wir mögen Speck, Arnold und ich."

„Jemand muss dir gefolgt sein", sagte Jury. „Wer immer es war, er muss gedacht haben, dass du dieses Dachdeckerwerkzeug ins Old House oder zur Polizei bringen wolltest und dass du gesehen hättest, wer es aus Percys Haus mitgehen ließ."

„Aber das hab ich ja nicht, oder?"

„Das wusste der Mörder aber nicht. Warum hast du es denn eigentlich mitgenommen?"

„Um zu verhindern, dass Percy Ärger kriegt."

„Das ist zwar sehr nobel von dir", sagte Wiggins, den Mund voller Toast, „aber das bedeutet Unterschlagung von Beweismaterial, Junge." Er zeigte mit der Gabel auf Bertie.

Bertie wurde eine Spur blasser. „Was wird man mit mir machen?"

„Oh, dir einen Orden geben, wahrscheinlich", sagte Melrose und versuchte, es sich auf dem Hocker bequem zu machen. Dann seufzte er: „Ich habe mal wieder die Gelegenheit verpasst, im rechten Moment an Ort und Stelle zu sein. Ich denke, es ist besser, wenn ich mich pensionieren lasse."

Jury lächelte und trank seinen Tee. „Ich sollte mich pensionieren lassen. Ich habe nicht einmal an Percys Werkzeuge gedacht."

„Na ja, Sie haben sie sich auch nicht so genau angesehen wie ich. Sie hingen an der Wand. Und da es an dem Abend damals nichts anderes zu tun gab ..." Er hatte diese Niederlage immer noch nicht verwunden.

„Der alte Arnold verdient den Orden", sagte Bertie.

„Das stimmt", sagte Melrose Plant. „Vielleicht solltest du ihm eine dieser Krawatten besorgen, von denen du mir erzählt hast. Eine Krawatte von der Mordkommission. Die würde Arnold gut stehen."

Bertie schaute ihn an. „Ich kann Ihnen nur sagen, wer es nicht war. Inspector Harkins ist bescheuert. Es war nicht Mr Crael."

Melrose, der sich gerade eine Zigarre ansteckte, hielt inne und blickte über die flackernde Flamme seines Feuerzeugs auf Bertie. „Du meinst, weil er da hinuntergekrochen ist und dich hochgehievt hat? Das wäre in der Tat sehr lobenswert, wenn er dich vorher nicht hinuntergeschubst hätte. Als er uns da oben hörte, konnte er dich ja wohl kaum fallen lassen."

Bertie schüttelte den Kopf. „Es ist wegen Arnold."

„Ich kapier nicht", sagte Jury. „Erklär mir das mal."

„Arnold kroch weg. Als Mr Crael mir sagte, ich soll loslassen, hörte Arnold auf zu bellen und kam unter mir hervorgekrochen. Ich musste loslassen. Hatte gar keine andere Wahl, oder? Sie glauben doch nicht, dass er das gemacht hätte, wenn es dieselbe Person gewesen wäre, die mit dem Schwalbenschwanz auf uns losgegangen ist, oder? Sie glauben doch nicht, dass Arnold so blöd ist, oder?"

„Ganz bestimmt nicht", sagte Melrose und blätterte in der Morgenzeitung, auf der Suche nach einem Kreuzworträtsel.

„Bertie hat recht", sagte Jury.

Wiggins sagte: „Aber man kann sich doch nicht immer auf einen Hund verlassen, oder?"

Jury warf ihm einen Blick zu. Es war jedoch kein Scherz – Wiggins' Gesicht war so ernst wie das eines Heiligen, während er sich Zucker in den Tee löffelte. Jury zündete sich eine Zigarette an; sie schmeckte nach alten Socken.

„Auf Arnold kann man sich aber verlassen", sagte Bertie zu Wiggins. „Er ist der klügste Hund, den ich kenne." Bertie stopfte sich noch ein Stück Toast in den Mund. „Er kann sogar ‚Simon sagt' spielen."

„Wie reizend", sagte Melrose, der gerade ein Wort mit neun Buchstaben für „Verwirrung" suchte.

„Schauen Sie mal her! Arnold: Simon sagt, mach das." Bertie sprang von seinem Stuhl hoch.

Arnold machte die Bewegung nach, indem er sein Hinterteil hochhob.

„Sehen Sie?", fragte Bertie. Dann wieder zu Arnold: „Arnold: Simon sagt, mach das!" Vergnügt legte er die Hand auf die eine Gesichtshälfte.

Arnold hob die Pfote zum Auge.

„Na mach schon, Arnold!"

„Aber er hat es doch schon gemacht", sagte Melrose. Er konnte sich nicht erklären, warum ihn das, was der Hund machte, so faszinierte.

Mit einer missbilligenden Geste sagte Bertie: „War die falsche Seite."
Melrose schlug sich mit der Hand an die Stirn. „Um Himmels willen, du kannst doch von Arnold nicht verlangen, dass er spiegelverkehrt denkt, oder?" Melrose kramte in der Zwiebackschachtel und packte noch zwei Stück auf Arnolds leeren Teller. Bertie gab sich ganz nonchalant. „Von diesem Hund doch."
Wiggins kicherte.
Jury starrte vor sich hin.
Wie ein Sturmvogel, der mit seiner kostbaren Beute aus den Fluten auftaucht, stieg das schemenhafte Bild aus den Tiefen von Jurys Bewusstsein auf. Es war Jury, wie er vor dem Spiegel stand und sein Taschentuch einmal auf der einen Seite, dann auf der anderen anbrachte … und ein zweites Bild … die Hand, die sich Les Aird aufs Gesicht gelegt hatte, um das merkwürdige Aussehen der Person im Nebel zu beschreiben … und vor allem Adrian Rees. Das Bild. Ja, jeder hatte den gleichen Fehler begangen. Und er selbst war der größte Idiot gewesen. Seine Gedanken wanderten zurück zu dem Polizeibericht, in dem Gemma Temples Leiche beschrieben wurde … oder hatte er die Antwort, die längst verschwommen in seinem Hinterkopf vorhanden war, einfach verdrängt?
Sie sahen ihn alle an.
Ohne es zu merken, war er aufgestanden. „Ich muss telefonieren. Wiggins, Sie kommen in fünfzehn Minuten nach. Frühstücken Sie erst zu Ende." Geistesabwesend steckte er seine Zigaretten in die Tasche.
Wiggins blickte ihn erstaunt an. „Nachkommen, Sir? Wohin? Ist irgendetwas nicht in Ordnung?"
„Doch, doch. Ich möchte, dass wir uns in einer Viertelstunde bei Adrian Rees treffen."

## 2

„Was war denn das?", sagte Melrose und blickte fragend in die Runde; selbst Arnold blickte er an.
„Sah so aus, als hätte er einen Geist gesehen oder so was", sagte Wiggins und trank seinen Tee aus.
Melrose wandte sich wieder seinem Kreuzworträtsel zu. Es war vielleicht etwas leichtfertig, aber er hatte genug vom Detektivspielen; er konnte also wieder zu einer Freizeitbeschäftigung zurückkehren, für die er besser geeignet schien. Man kann auf ihrem Namen Musik spielen. Eine Figur Shakespeares. Fünf senkrecht. Er kaute an seinem Bleistift. Fünfzehn waagerecht war Idiot. Wie passend, dachte er. Musik spielen. Piano. Nein, es gab kein Piano bei Shakespeare. Wenn das so weiterging, würde er es nie in seiner üblichen Zeit von fünfzehn Minuten schaffen. Oh, verdammt, dachte er. Viola aus „Was ihr wollt". Na, immerhin ganz gut.
Viola und Sebastian. Zwillinge …
Es fing an, in seinem Kopf zu arbeiten. Die nächste Viertelstunde dachte er darüber nach. Schließlich wandte er sich an Bertie und fragte: „Kann ich mir mal Arnold ausleihen?"

## 3

Sie tauchte in der Grape Lane aus dem Nebel auf und ging langsam auf ihn zu. Sie war ohne Hut, und der Wind von der See fuhr ihr durch das helle Haar.

„Kitty hat mir gerade die Sache mit Bertie erzählt", sagte Lily. „Ich habe im ‚Fuchs' mit ihr einen Kaffee getrunken. Schrecklich, einfach schrecklich."

Tränen glänzten in ihren Augen. „Wer kann nur so was tun?"

Sie sah ihn traurig und zugleich erwartungsvoll an. Und wie immer war er berührt von ihrer blassen Schönheit und der Tragik, die ihr anhaftete. Er versuchte, ihr zu antworten, aber seine Lippen waren ganz taub. Endlich sagte er: „Wir wissen es nicht."

„Ich wollte gerade ins Café. Sie auch?"

„Nein, nein. Ich bin auf dem Weg in die Galerie."

„Kommen Sie danach doch auf einen Kaffee vorbei, bitte."

Jury bedankte sich und blickte ihr nach. Hatte er sie nicht erst gestern in einem eleganten grünen Samtanzug auf einer braunen Stute gesehen? Er blickte noch immer auf die Stelle, wo sie, vom Nebel verschlungen, verschwunden war.

## 4

Die grau gestreifte Katze versuchte, die Schneeflocken zu fangen, die gegen die Fenster der Galerie Rackmoor stoben und zerschmolzen. Sie fuhr mit den Pfoten immer wieder gegen das Glas und ließ sich bei diesem frustrierenden Unterfangen auch dann nicht stören, als es an der Tür klingelte und Jury hereinkam.

Drinnen war es kaum dunkler als draußen. Es hatte zu schneien angefangen, als Jury Berties Haus verlassen hatte, und Rackmoor lag nun in dämmrig-düsteres Dunkel gehüllt da.

Aus der kleinen Küche im hinteren Teil hörte man Gepolter – vielleicht war eine Pfanne heruntergefallen –, danach einen Schwall von Obszönitäten, gefolgt von ein paar falschen Pfeiftönen. „Mr Rees!", rief Jury.

Adrian erschien. In dem schwachen gelben Licht der Küche war nur seine Silhouette zu erkennen. „Ah, Inspector! Gerade zur rechten Zeit, um mein bescheidenes Frühstück aus getrocknetem Haferkuchen mit mir zu teilen. Das, was die arme kleine Jane Eyre in ihrer fürchterlichen Schule essen musste. Na ja, eigentlich brate ich mir ja Eier mit Speck, aber Tage wie diese schlagen mir immer ein wenig aufs Gemüt. Was gibt's?"

„Ich würde gern noch einmal das Bild sehen, das Sie von der Temple gemalt haben."

„Endlich ein Kunde! Wie viel wollen Sie dafür zahlen?", sagte Adrian grinsend und führte ihn nach oben.

Das Ölgemälde stand auf der Staffelei, die Adrian in die Nähe eines Fensters gerückt hatte, um das schwache Licht so gut wie möglich zu nutzen. Die Wirkung auf Jury war wieder dieselbe; es spukte in seinem Kopf.

„Sind Sie sicher, dass sie genau so aussah?"

Adrian seufzte, nahm einen Schluck aus der Kaffeetasse und versuchte dabei, nicht mit dem Löffel in Konflikt zu kommen. „Sie fragen mich immer das Gleiche. Ja, ja und noch mal ja."

„Das ist nicht Gemma Temple."

Jury drehte sich um und ging nach unten. Adrian blieb oben zurück und starrte mit offenem Mund auf die leere Treppe und dann wieder auf das Bild.

JURY zog seine irische Mütze aus der Tasche und schob sie sich auf den Kopf. Der Schnee schmolz sofort wieder weg. Als er die Hauptstraße entlangging, wünschte er sich, dass da große Haufen Schnee liegen würden – trocken, weiß, unberührt ...

Hinter sich hörte er eine Stimme, die seinen Namen rief. Er drehte sich um und sah Wiggins, der auf ihn zurannte.

„Was ist mit Adrian Rees?" Der Sergeant atmete schwer und holte seinen Inhalator heraus, während sie Seite an Seite weitergingen.

„Nichts. Ich wollte nur das Gemälde sehen."

„Gemälde? Welches Gemälde? Ich dachte, Sie seien los, um ihn zu verhaften. Sie sahen aus wie ..." Wiggins fand nicht die richtigen Worte. Er hob den Inhalator an seine Nasenlöcher.

„Das von Gemma Temple. Das heißt von dieser Frau, die er für Gemma Temple gehalten hat. Ich erkläre Ihnen das mal ..."

Sie waren in die Bridge Walk eingebogen und die kleine, enge Treppe hinaufgestiegen. Plötzlich blieb Jury stehen und schaute zur Brücke. „Wer zum Teufel ist das?"

Wiggins blinzelte durch den Schnee, der inzwischen stärker fiel. „Sieht aus wie Mr Plant und Arnold."

# 5

Melrose Plant lehnte an der Mauer des Cafés „Zur Brücke" und rauchte. Er zeigte auf ein kleines Schild hinter der Scheibe. GESCHLOSSEN. „Um zehn wird geöffnet. Wir müssen noch ein paar Minuten warten."

Keineswegs unfreundlich fragte Jury: „Was zum Teufel tun Sie denn hier? Und auch noch mit Arnold?" Arnold an der Leine? Er konnte es kaum glauben.

„Ich dachte schon, Sie würden gar nicht mehr fragen. Oh, es macht einfach Spaß, einmal vor Ihnen an einem Ort zu sein. Zigarette?" Jury schüttelte den Kopf. „Soll ich jetzt eine lange, ermüdende, wenngleich brillante Erklärung vom Stapel lassen, oder warten wir lieber, bis es sich von selbst klärt? Aber an Ihrem wild entschlossenen Gesicht sehe ich, dass es jetzt sofort sein muss. Also gut, Arnold ..."

Die Jalousie an der Tür schnappte nach oben. Das kleine Schild wurde umgedreht und zeigte nun: OFFEN. Lilys lächelndes Gesicht erschien. Sie öffnete die Tür und sagte: „Entschuldigung, ich wusste nicht ..." Dann fiel ihr Blick auf Arnold.

Und Arnolds Blick fiel auf sie; Arnold knurrte.

Nicht laut, aber das Knurren durch das fast geschlossene Maul schien aus der Tiefe seines Bauches zu kommen. Es klang gleichmäßig, und es klang gefährlich.

Lily wich einen Schritt zurück. Sie versuchte zu lachen. „Um Himmels willen, was ist denn nur mit Arnold los?"

Melrose sah zu Jury hin, und Jury nickte. Melrose zog etwas an der Leine, aber Arnold rührte sich nicht; er blieb einfach sitzen, unnachgiebig wie ein Stein. Jetzt erkannte Jury auch den Grund für die Leine, die Melrose ein paarmal um sein Handgelenk gewickelt hatte. Er zog daran. „Komm schon, Alter." Zuerst reagierte Arnold nicht, aber dann drehte sich der Terrier um, und mit einer Selbstbeherrschung, die Jury noch bei keinem menschlichen Wesen erlebt hatte, trottete er neben Melrose den Bridge Walk entlang.

Ein Gentleman und sein Hund auf ihrem morgendlichen Spaziergang.

Lily machte Anstalten, die Tür zu schließen, aber Wiggins setzte seinen Fuß dazwischen und drückte seine schmale Hand gegen den Rahmen. „Wir hätten gern einen Morgenkaffee, Miss."

Jury hätte fast gelacht. Humor war nicht gerade Wiggins' Stärke. Und Wiggins musste sich über diesen Besuch sehr gewundert haben. Lily stand kerzengerade und kreidebleich in der Mitte des Raums.

„Sie sind Lily Siddons", stellte Jury mit unterkühlter Förmlichkeit fest. Er erhielt natürlich keine Antwort. „Wir sind hier, um Sie wegen Mordes an Gemma Temple und Olive Manning und wegen versuchten Mordes an Bertie Makepiece zu verhaften. Ich muss Sie darauf aufmerksam machen, dass alles, was Sie ab jetzt sagen, zu Protokoll genommen wird und vor Gericht gegen Sie verwendet werden kann."

Einen Moment lang ließ ihr Schweigen den Raum ganz weiß erscheinen. Allein das Geräusch der Schneeflocken, die gegen die Scheibe klatschten, unterbrach die Stille. Wiggins hatte sein Notizbuch hervorgeholt.

Dann fing sie an zu lachen. Ein Lachen, bei dem man eine Gänsehaut bekam. Sie schien unter dem Gelächter zusammenzubrechen und ließ sich auf einen Stuhl fallen. „Und wer wird Ihr Kronzeuge sein, Inspector?" Sie schluckte mehrmals. „Dieser *Hund?*"

Das Gelächter klang echt. Das war es auch, was Jury so schrecklich daran fand. „Nein. Obwohl er einen besseren abgeben würde als so mancher, den ich kenne."

Als sie vom Stuhl aufsprang, sagte Jury: „Setzen Sie sich."

„Ich hätte gern ein Glas Wasser."

„Sergeant Wiggins wird Ihnen welches holen." Auf dem Esstisch neben dem Seitenfenster standen ein Krug mit Wasser und Gläser. Wiggins goss ihr ein Glas ein und brachte es ihr.

Während sie daran nippte, sah sie Jury über den Rand des Glases an. Noch nie hatte er so veränderliche Augen gesehen – blass wie das Mondlicht, golden wie ein Schmetterling, blau wie Kornblumen.

„Sie scheinen vergessen zu haben, dass mich jemand töten wollte." Ihre Stimme war weich; auf ihren Lippen spielte ein Lächeln.

„Das war Ihr geschicktester Zug. Sich selbst als Opfer hinzustellen. Wer würde schon darauf kommen, dass das Opfer der Mörder ist? Aber diese Geschichte haben Sie uns erzählt, nicht wahr?"

Lily lächelte enervierend gelassen. „Ich hatte aber kein Motiv, oder? Ganz zu schweigen von einer Gelegenheit ..." Sie war aufgestanden; Jury ließ sie zwischen den Tischen umhergehen, hier mal ein Glas zurechtrücken, dort mal das Besteck, als ob Jury und Wiggins tatsächlich nur gekommen seien, um einen Kaffee zu trinken. Jury hätte jetzt sowieso keinen trinken können; seine Kehle war wie zugeschnürt, sein Mund ausgetrocknet.

„Sie hatten das beste Motiv von allen. Als die Enkelin von Colonel Crael hätten Sie Millionen geerbt."

Sie sah von einer Serviette zu ihm auf, die sie mit vollkommener Selbstbeherrschung gerade neu faltete. „Das ist ja absurd."

Er war beeindruckt; sie zuckte nicht einmal mit der Wimper. „Wie lange wissen Sie es schon? Noch nicht sehr lange, würde ich sagen. Aber Olive Manning wusste es; sie war ja Lady Margarets Vertraute gewesen. Ihre Mutter brachte sich wegen Rolfe Crael um, nicht wahr? Rolfe, der sich von seiner Mutter so einfach wegschleppen ließ. Und der Diebstahl der Juwelen ..."

Sie riss sich derart schnell und wütend den Ring vom Finger und warf ihn nach Jury, dass dieser erst bemerkte, was geschehen war, als er das „Ping" auf dem Boden hörte. „Er hat ihn ihr geschenkt! Geschenkt! Ein Datum und ihre Initialen sind eingraviert, die meiner Mutter und ... von Rolfe Crael! Zur Hölle mit ihnen, sie haben sie in den Tod getrieben. Und wenn jemand einen Anspruch auf das Geld, das Haus, die gesellschaftliche Stellung, den Namen hat, dann ich. Ich bin Lily Crael!"

Jury packte sie an den Schultern. Sie war vollkommen steif. Er dachte schon, dass sie sich wieder unter Kontrolle hatte, als ihre Hand hochfuhr und ihre Nägel wie kleine Messer sein Gesicht zerkratzten. Er fühlte das Blut hervorsickern. Wortlos drückte er sie auf einen Stuhl, während Wiggins den seinen umwarf, um Jury zu Hilfe zu eilen. „Schon gut." Jury nahm das Taschentuch, das Wiggins ihm hinhielt.

Sie saß schweigend da. Wie bei einer Wahrsagerin stand in der Mitte des Tisches die Kristallkugel, die sie zur Unterhaltung der Kunden mitgebracht hatte. Sie lag auf einem kleinen Ebenholzfuß in einer Mulde aus schwarzem Samt. Lily betrachtete sie, als könne sie darin ihre Zukunft sehen.

Jury presste das Taschentuch gegen sein Gesicht und nahm sie sich wieder vor. Wiggins hatte sich an den nächsten Tisch zurückgezogen und hörte aufmerksam zu, sein Notizbuch aufgeschlagen vor sich. „Es war kein Problem für Sie, das Dachdeckerwerkzeug aus Percy Blythes Haus zu holen; Sie sind ja schließlich Freunde."

Lily zerrte eine Zigarette aus einem kleinen Zigarettenhalter und hielt sie an ihre Lippen. „Ich weiß nicht, wovon Sie reden."

„Natürlich wissen Sie das. Ich gebe Ihnen Feuer, wenn es Ihnen möglich ist, Ihre Hände von meinem Gesicht fernzuhalten." Er lächelte fast und zündete ein Streichholz an.

„Sie sind ein sehr cleverer Bulle." Sie ließ ihren Blick über sein Gesicht gleiten und sagte: „Es tut mir leid, wirklich." Sie legte ihr Kinn in die Hand und weinte lautlos. Tränen rollten über ihre blassen Wangen. „Sie haben recht. Als ich diese Schachtel mit ihren Sachen fand, wusste ich Bescheid. Der Ring, das Bild, das Sie genommen haben. Ich habe sein Gesicht rausgeschnitten ... Rolfes Gesicht, er war mit ihr zusammen auf dem Bild." Sie bückte sich, hob den Ring auf, starrte darauf und ließ ihn auf den Tisch fallen. „Ich habe ihn nie bei den Craels getragen. Mein Gott! Dabei sehe ich ihnen auch noch so ähnlich! Warum hat das nie einer gesehen?" Ihre Stimme klang schrill und verzweifelt.

„Sie haben sich mit Olive Manning an der Mauer verabredet. Und Sie dachten, Bertie hätte Sie gesehen, wie Sie den Schwalbenschwanz nahmen, oder?" Sie erwiderte nichts.

„Sie müssen Gemma Temple eine Nachricht geschickt haben – etwas, was sie veranlasste, zur Engelsstiege zu gehen. Haben Sie ihr ausrichten lassen, Julian wolle sie treffen? Oder Adrian Rees? Ich vermute, Adrian. Deshalb hat Les Aird Gemma die Hauptstraße entlangkommen sehen; sie wusste nicht, dass Adrian im ‚Fuchs' saß, weil sie nicht durch die Bar gegangen war. Ich kann mir vorstellen, dass Maud Brixenham die eine oder andere Bemerkung über ihre Beziehung fallen gelassen hat."

Lilys hartnäckiges Schweigen war für ihn der Beweis, dass er auf der richtigen Spur war; es war, als würde sie jedem Wort zustimmen. „Sie können mir auch alles erzählen, Lily. Es ist vorbei, und Sie wissen es."

„Es ist doch völlig unmöglich, so schnell von hier zur Engelsstiege zu kommen. Sogar Sie haben das gesagt."

„Sie waren nicht zu Hause, als Gemma getötet wurde. Und es war nicht Gemma Temple, die Adrian in der Grape Lane sah. Sie waren es. Gemma Temple war bereits tot. Sie haben sie, kurz nachdem Les sie gesehen hat, ermordet. Und danach ist Ihnen dann Adrian in der Grape Lane begegnet."

Lilys Gesicht war weiß, ihre Stimme brüchig. „Was soll denn das?"

„Wie ich sagte: Sie wurde vor elf Uhr fünfzehn getötet. Nicht danach, wie wir dachten." Jury beugte sich vor, ohne daran zu denken, dass Lily kurz zuvor auf ihn losgegangen war. Er glaubte, die letzten Spuren von Lady Margarets Schönheit aus ihrem Gesicht weichen zu sehen.

„Lily ..."

Es passierte schneller als die Attacke mit den Fingernägeln: der erhobene Arm, die Kristallkugel gerade einen Zentimeter von seinem Kopf entfernt und der blitzschnelle Fuß Wiggins', der alles umwarf – Tisch, Stühle, Gläser, Bestecke und auch Jury – bei dem Versuch, ihre Hand von Jurys Kopf fernzuhalten. „Mein Gott!", sagte Jury und stand vom Boden auf. „Wo haben Sie denn das gelernt?"

„Karate, Sir." Wiggins atmete schwer. „Gut für die Nebenhöhlen, habe ich festgestellt."

Jury kniete neben Lily, die bewusstlos auf dem Steinfußboden lag. „Sie muss mit dem Kopf aufgeschlagen sein. Gibt es überhaupt einen Arzt in Rackmoor? Sehen Sie zu, dass Sie einen auftreiben. Ich bleibe bei ihr." Jury schob seinen Anorak unter ihren Kopf. „Haben Sie Aspirin, Wiggins? Meine Kopfschmerzen bringen mich um."

Er wusste, dass er sich in dieser einen Sache auf ihn verlassen konnte; Sergeant Wiggins würde immer Aspirin bei sich haben.

Vom Fenster aus beobachtete Jury, wie Wiggins in der Abenddämmerung die Straße entlanglief. Er sah durch das Schneegestöber auf die Brücke über das Flüsschen. Auf dem Geländer lag eine weiße Schneedecke.

Jury ging zum Tisch zurück, setzte sich hin und betrachtete Lilys Gesicht in der Dunkelheit. Aschfahl und wie aus Marmor. Sie bewegte sich etwas und stieß ein leises Stöhnen aus. Er überlegte, ob er ihr einen Brandy geben sollte. Ob es hier überhaupt welchen gab? Es war wohl besser, auf den Arzt zu warten. Er saß da und betrachtete ihre Züge, die Spuren von Lady Margarets Schönheit.

Jury legte den Kopf in die Hände. Welch eine Verschwendung, dachte er.

## 6

„Lily?", sagte Colonel Crael. „Lily? Ausgerechnet ... das kann doch nicht Ihr Ernst sein!" Er blickte zu Jury auf, der in der Mitte des Bracewood-Salons stand, als müsse ihm ein Irrtum unterlaufen sein, als hätte er Lily mit jemandem verwechselt.

„Tut mir leid, Colonel Crael."

Einen Moment lang herrschte Schweigen. „Ich würde sie gerne sehen, wenn ich darf."

„Nein, jedenfalls nicht jetzt." Niemals, wenn die Entscheidung von Jury abhinge. Vielleicht würde eines Tages doch alles herauskommen, ihre Beziehung zu der Familie. Aber Jury hatte nicht vor, es ans Tageslicht zu bringen. Wenn der Colonel ausgerechnet jetzt, wo er nichts unternehmen konnte, erfahren würde, dass Lily seine Enkelin war, wäre das nach all den Verlusten, die der alte Mann hatte hinnehmen müssen, bestimmt zu viel für ihn.

Wenigstens konnte der Colonel sich damit trösten, dass Julian unschuldig war. „Dann ist Julian ... also Gott sei Dank nicht mehr in Gefahr."

Julian, der am Kaminsims lehnte, schaute Jury mit einem sonderbaren Lächeln an.

Nachdem der Colonel gegangen war, gestärkt und beruhigt durch einige Whiskys und Melrose Plants Begleitung, sagte Julian zu Jury: „Leider bin ich das nicht, was meinen Sie? Aber was soll's. Ich bin froh, dass alles vorbei ist."

Jury fragte sich, wie Julian wohl auf die Nachricht reagieren würde, dass Lily Rolfes Tochter war. Es würde ihm die Bürde der familiären Bindungen, unter denen er sein ganzes Leben gelitten hatte, bestimmt noch schwerer machen. Jury hoffte, er würde es nie erfahren. „Wissen Sie, Mr Crael, ich glaube nicht, dass das Gericht sehr streng mit Ihnen verfahren wird. Einem fünfzehn Jahre alten ..." Jury zuckte die Achseln. „Mord" wollte er nicht sagen. „Und Sie haben Bertie das Leben gerettet."

„Es klingt fast, als wollten Sie sich entschuldigen, Inspector. Bertie ist wirklich ein cleveres Bürschchen. Zu dumm, dass seine Mutter ihn so schmählich im Stich gelassen hat. Ich werde ab und zu bei ihm vorbeischauen. Falls ich die Freiheit dazu habe."

Ironisch hatte er das hinzugefügt, in dem Versuch, seine alte Gleichgültigkeit wiederzuerlangen; eine Attitüde, die in den letzten vierundzwanzig Stunden zusammengebrochen war.

Julian warf seine Zigarette ins Feuer und streckte ihm wortlos die Hand hin. Jury schüttelte sie.

An der Tür drehte sich Julian noch einmal um und sagte: „Ich habe mich entschlossen, auf meine Beschwerde bei Scotland Yard zu verzichten."

„Worüber wollten Sie sich beschweren?"

„Über Brutalität vonseiten der Polizei."

Mit einem Lächeln, das Jury zum ersten Mal aufrichtig erschien, schloss Julian die Tür hinter sich.

„ICH WEISS NICHT, was ich sagen soll, Sir ... Mein Gott ..." Wiggins' Stimme am Apparat klang unnatürlich hoch und vor Angst richtig gequetscht.

Jury schloss die Augen angesichts dieser Nachricht. „Wie ist es passiert?"

„Sie sagte, sie wollte sich einen Tee machen, und ich sagte ja, aber ich müsse mit ihr kommen. Ich habe sie nicht aus den Augen gelassen, glauben Sie mir. Ich hab sie beobachtet wie ein Habicht eine Maus ..."

„Weiter. Was passierte dann?"

„Wir waren in der Küche. Sie benutzte nicht den Elektrokessel. Ich glaube, spätestens da hätte ich Verdacht schöpfen müssen. Sie setzte einen Topf mit Wasser auf. Ich stand am Herd dicht neben ihr. Und bevor ich überhaupt wusste, was sich abspielte, hatte sie schon das Ganze nach mir geworfen – den Topf, das Wasser und so weiter."

„Sind Sie verletzt? Haben Sie sich schlimm verbrüht?"

„Nein, im ersten Augenblick tat es natürlich weh, und ich riss deshalb die Arme hoch. Das nutzte sie aus, um sich aus dem Staub zu machen. Sie rannte zur Tür hinaus und schob den Riegel vor. Ich brauchte fünf Minuten, um sie aufzubrechen, aber ..."

Sie war verschwunden. „Ist Harkins schon da?"

„Sie kamen gerade bevor ich Sie anrief. Ich glaube, der wird mich umbringen, Sir." Er sagte das so nüchtern, dass Jury beinahe lachen musste.

„Na, wahrscheinlich braucht er mehr Männer. Aber als Erstes schicken Sie jemanden zum oberen Parkplatz. Er soll nachsehen, ob ihr Wagen noch da ist."

„Das habe ich bereits gemacht, Sir, ich dachte, dass sie dahin gehen würde, aber anscheinend hat sie das doch nicht getan. Der Wagen ist noch da. Es gibt nur eine Ausfahrtstraße, und die hat Harkins sperren lassen."

„Es gibt eine Menge Wege, auf denen man zu Fuß rauskommt. Wir müssen das ganze Dorf abriegeln." Jury verabschiedete sich. Er wollte gerade den Hörer auflegen, als er Wiggins' Stimme hörte: „Sir?"

„Ja?"

„Ich will mich nicht rausreden. Aber sie war wirklich verdammt schnell, Sir. Ich meine, ich habe noch nie jemanden gesehen, der sich so schnell bewegen konnte."

„Ist schon in Ordnung, Wiggins. Hätte jedem passieren können. Ich weiß, dass sie schnell ist. Ich habe sie beobachtet, wie sie mit einem Messer hantierte."

Wiggins versuchte zu lachen. „Lieber kochendes Wasser als ein Messer."

# 7

Den ganzen Vormittag durchkämmten sie das Dorf; vor allem konzentrierten sie sich auf das leere Lagerhaus neben der „Glocke" und die leer stehenden Häuser, die nur im Sommer von Urlaubern bewohnt waren. Jury dachte an Maud Brixenhams Worte: Das war mal ein Schlupfwinkel für Schmuggler. Man kann sich in den verwinkelten kleinen Straßen gut verstecken."

Wie recht sie hatte! Die Straßen, Gässchen, Sackgassen verschlangen sich zu einem komplizierten Muster, gingen mal rauf, mal runter und änderten dann plötzlich wieder die Richtung. Ein gutes Dutzend Männer, einschließlich Melrose und Bertie, streiften in und um Rackmoor umher, befragten die Leute und drangen bis in die hintersten Ecken vor.

Nach Jurys Meinung befand sich Lily Siddons schon längst in York oder auf dem Weg nach London.

Es war inzwischen schon fast dunkel. Jury und Harkins, die den ganzen Tag über nichts gegessen hatten, saßen im „Fuchs" und schlangen ihr Dinner hinunter. Trotz ihres Schocks war Kitty noch in der Lage gewesen, zwei Teller mit Käse, Brot und Silberzwiebeln herzurichten.

„Rees und ich haben den gleichen Fehler gemacht", sagte Jury. „Auf dem Bild, das er gemalt hat, ist die linke Gesichtshälfte weiß. Was auch stimmte, wenn man sie betrachtete. Und wenn Les Aird die rechte Seite als weiß bezeichnet hat, dann nur, weil er Gemma Temple und nicht Lily gesehen hat. In dem Polizeibericht hieß es ‚die linke Seite'. Sie gingen aber davon aus, genauso wie ich es hätte tun sollen, es sei die linke Seite des Opfers. Adrian Rees begegnete also Lily Siddons in der Grape Lane. Sie achtete darauf, dass sie gesehen wurde; sie wollte, dass wir dachten, Gemma Temple sei zu diesem Zeitpunkt noch am Leben gewesen. Sie wusste, dass Kitty irgendwo in der Nähe war, um ihr ein Alibi zu liefern."

„Spiegelverkehrt", sagte Harkins, eindeutig erfreut darüber, dass zumindest der Polizeibericht genau war, wenn es schon keiner der Zeugen war. „Nahm sie die Leinwand mit, um den Verdacht auf Rees zu lenken?"

„Vielleicht, ich bin mir nicht sicher. Aber ich hätte die weiße Farbe an der linken Mauer der Engelsstiege sehen müssen. Gemma Temple hatte den Fleck hinterlassen, als sie da kopfüber hinfiel. Ihre linke Gesichtshälfte hinterließ die Spuren."

Harkins schnitt die Spitze einer Zigarre ab. „Ich muss sagen, Miss Siddons hat verdammt gute Nerven bewiesen: den Verdacht von sich abzulenken und einen imaginären Mörder zu erfinden, der es auf sie abgesehen hatte."

„Die Bremsen an ihrem Wagen, der Heuhaufen. Wir hatten aber lediglich ihre Aussage. Sie nähte zwei identische Kostüme. Das Einzige, was sie nicht wissen konnte, war, welche Seite sich Gemma Temple nun weiß und welche sie schwarz schminken würde. Es würde mich nicht wundern, wenn ihr überhaupt nicht aufgefallen ist, dass sie den gleichen Fehler gemacht hat wie ich. Wie wir alle. Obwohl ich nicht glaube, dass Sie diesen Fehler gemacht hätten. Ihnen wäre es sofort aufgefallen, wenn Sie Adrians Porträt gesehen hätten."

Harkins schwieg und betrachtete die schweinslederne Zigarrenschachtel, als sähe er sie zum ersten Mal. „Ich war Ihnen gegenüber allerdings im Vorteil. Ich habe die Leiche, ich habe das Gesicht gesehen – Sie nicht." Er hielt Jury die Schachtel hin. „Zigarre?"

Jury lächelte. Der Kreis hatte sich geschlossen.

Sie standen gerade auf, um zu gehen, als Wiggins in den „Fuchs" gestürmt kam, um ihnen zu sagen, dass Lily Siddons gefunden worden sei.

## 8

Mindestens zwei Dutzend Leute – einige Polizisten, ein paar Dorfbewohner sowie Melrose Plant und Bertie – standen am Rand der Klippen, ungefähr an derselben Stelle, an der in der vorherigen Nacht Bertie gehangen hatte. Alle schauten nach unten.

Zwei von Harkins' Männern hatten sich Taue um die Hüften gebunden und stiegen langsam die Klippenwand hinunter. Aber die Felsstruktur, die verhindert hatte, dass Bertie einen Halt fand, verhinderte auch, dass die Männer weiterkamen. Es gab keinen Weg hinunter, selbst für Arnold nicht, den Bertie fest am Halsband hielt.

Lily war genau demselben schmalen Kiesstreifen zwischen Rackmoor und Runner's Bay gefolgt, den ihre Mutter vor vielen Jahren gegangen sein musste. Jury konnte sie kaum erkennen; sie stand unten und blickte hoch, das Wasser ging ihr schon bis zu den Knöcheln und würde bald bis zu den Knien reichen und dann –

Sie hob den Arm. Sie hätte eine badende Urlauberin sein können, die ihren Freunden am Strand zuwinkte.

Jury hatte seinen Mantel abgeworfen und war schon halb über den Klippenrand geklettert, noch bevor es jemand merkte, noch bevor Wiggins schreien konnte: „Mein Gott! Sie kommen da nicht hinunter!"

Die Leute, die sich oben auf den Klippen versammelt hatten, protestierten lauthals, unter ihnen auch Harkins und Melrose Plant, die beide in ihrer jeweiligen Ausdrucksweise Jury zuriefen: „Kommen Sie zurück, Sie verdammter Idiot!"

Aber nur Berties Aufschrei erwies sich als wirkungsvoll: „Hol ihn, Arnold, schnell!"

Noch bevor Jury einen Zentimeter weitergehen konnte, fühlte er, wie der Terrier ihn am Unterarm packte. Und das gab Plant, Harkins und Wiggins gerade genug Zeit, ihn wieder über den Rand der Klippen zu ziehen.

„Bitte, Richard, keine Heldentaten, die Ihnen das Genick brechen." Harkins warf Jury den Mantel über die Schultern.

„Darum ging's nicht ...", sagte Jury, strich sich die Haare aus der Stirn und schaute benommen über den Klippenrand. Er sah gerade noch, wie die letzte Welle über Lilys Kopf schwappte und wie sie ihre weißen Arme gegen das winterlich dunkle Wasser ausstreckte.

Es sah aus, als hätte sie noch einmal zum Abschied gewinkt.

## 9

Sie verabschiedeten sich von Bertie.

„Der Château de Meechem war heute Abend besonders gut, Copperfield", sagte Melrose, während er ein unglaublich hohes Trinkgeld in Berties Tasche schob. „Und auch das

Essen war ausgezeichnet, obwohl der versprochene Räucherlachs mal wieder durch seine Abwesenheit glänzte."

Bertie ließ sein Handtuch, das er zum Abwischen der Tische benutzte, knallen und legte es sich über den Arm. „Is' wohl nich' die Saison, nehm ich an."

„Bertie", sagte Jury. „Ich hab so eine Ahnung, dass deine Mutter noch für einige Zeit in Nordirland bleiben wird. Auf jeden Fall wirst du bald von ihr hören. Wie auch Miss Cavendish. Wenn also eine von ihnen – Froschauge, Stockfisch oder wer auch immer – dir mit ihren Fragen lästig wird, sag ihnen nur, dass für sie bald was im Briefkasten liegen wird. Und wenn auch das sie nicht zufriedenstellt, sollen sie mich anrufen." Er steckte eine Visitenkarte mit der Nummer von Scotland Yard in dieselbe Tasche, in die Melrose vorher das Geld geschoben hatte.

Berties Augen strahlten und schielten abwechselnd. „Woher wissen Sie …" Dann besann er sich anscheinend eines Besseren und fing an, Arnolds Kopf zu kraulen.

„Mach dir keine Sorgen", sagte Jury und streckte ihm seine Hand hin. „Auf Wiedersehen, Bertie."

Bertie schüttelte die Hand. „Bleiben Sie denn nicht noch über Nacht, Sir?"

„Nein, ich nehme in York den Nachtzug. Aber ruf mich mal an, ja? Damit ich weiß, was hier so passiert."

„Darauf können Sie sich verlassen, Sir. Gib die Hand, Arnold. Hast du denn keine Manieren?"

Arnold hielt die Pfote hoch.

„Auf Wiedersehen, Bertie", sagte Melrose Plant. „Ich wünsche dir, dass du nie dreizehn wirst."

DRAUSSEN spazierten Jury und Plant die Mole entlang, um noch einen letzten Blick auf das Dorf zu werfen.

„Ich glaube nicht, dass es das Geld war", sagte Jury. „Ich glaube nicht, dass sie das Geld wollte oder die Privilegien, die mit dem Namen Crael verbunden sind. Ich glaube, sie wollte einfach zur Familie gehören." Plant sagte nichts, und Jury wandte sich um und starrte auf die dunklen Wellen, die heranrollten. „Manchmal denke ich, ich habe den falschen Beruf. Nun soll ich auch noch zum Superintendent befördert werden. Es kommt mir so vor, als solle ich Recht sprechen. Wie soll man das bloß tun? Zum Beispiel im Fall von Julian Crael oder Lily, die genauso Opfer sind wie wir auch … dennoch soll sie völlig kaltblütig zu Werke gegangen sein?" Er schaute auf die See hinaus, als könnte sie Lily zurückbringen. „Es ist nicht meine Sache, das zu entscheiden, nicht wahr? Meine Aufgabe ist lediglich, solche Leute zu verhaften und sie der Justiz zu übergeben. Nur manchmal gelingt mir das einfach nicht. Ich frage mich, was das ist – Gerechtigkeit." Er schwieg eine Weile und sah auf die See hinaus. „Ich frage mich auch, was es heißen wird, Superintendent zu sein."

Plant zündete sich eine Zigarette an. „Es ist kühl."

Sie kehrten der See den Rücken zu und gingen zurück in die Nebel von Rackmoor.

# Inspector Jury

## sucht den Kennington-Smaragd

Für Colleen und Jack

# Erster Teil
## London und Littlebourne

### 1

In der Londoner Underground tat sich nicht viel um diese Zeit – zwischen Mittagspause und Büroschluss –, als Katie O'Briens Violine die letzten klagenden Töne eines Nocturne von Chopin durch den gekachelten Korridor schweben ließ.

Äußerst selten schwebte in den Gängen der Wembley-Knotts-Station etwas anderes durch die Luft als ein Wind, in dem man den Ruß schmecken konnte. Katie zupfte an den Saiten und überlegte sich, was sie als Nächstes spielen sollte. Niedergeschlagen inspizierte sie den offenen Geigenkasten: Paganini hatte ihr keine einzige Zehnpencemünze eingebracht, Beethoven auch nicht. Überhaupt war zu den paar Münzen, die sie selbst hineingelegt hatte, nur eine einzige hinzugekommen, ein Fünfpencestück von einem verwahrlosten, neunjährigen Jungen, der aussah, als hätte er sich besser Milch dafür gekauft. Doch er hatte Katie zwei ganze Minuten lang seine uneingeschränkte Aufmerksamkeit geschenkt und dabei rhythmisch den Kopf hin und her gewiegt, als wäre ein kleiner Dirigent darin eingesperrt. Ohne zu lächeln hatte er dann seine Münze hingelegt und war weitergegangen, bis er schließlich vom Labyrinth der graubraunen Gänge verschluckt wurde. In der letzten Viertelstunde war der Junge ihr einziger Zuhörer gewesen. Charing Cross, King's Cross oder Piccadilly hätten bestimmt mehr eingebracht, wären aber auch viel gefährlicher gewesen. In diesen Bahnhöfen wimmelte es gewöhnlich nur so von Bullen. Sie schienen nichts Besseres zu tun zu haben, als den Straßenmusikanten das Leben schwerzumachen – den Gitarre- und Akkordeonspielern, die ständig zahlreicher wurden, mit ihren offenen Kästen, ihren Balladen und ihren Liedern.

Ein Fünfpencestück. Wenn das so weiterging, würde sie nie genügend zusammenkriegen, nicht einmal für einen neuen Lippenstift, geschweige denn für das rosarote Satinhemd, auf das sie scharf war. Allein für die Jeans und die Bluse, die sie trug, hatte sie sechs Monate lang immer wieder hier aufspielen müssen.

Sie musste bald zusammenpacken, denn sie wollte sich noch umziehen, bevor sie den Zug nach Highbury nahm. Das Kleid lag sorgfältig gefaltet in ihrer großen Schultertasche, die außerdem noch den neuesten Heartwind-Liebesroman und einen Cadbury-Schokoladenriegel enthielt. Auch eine Zeitung, den *Telegraph*, hatte sie gekauft, jedoch nur, um die Jeans und das azaleenfarbene T-Shirt damit zu bedecken, falls ihre Mutter in die Tasche schaute. Katie O'Brien zupfte an den Saiten ihrer Violine und seufzte.

In dem hohlen Tunnel hallten die Töne von den Wänden wider. In der Ferne war das Rumpeln eines Zugs zu hören, und ein weiterer Windstoß blies ihr die Haare ins Gesicht und Ruß in die Augen; er wirbelte die Papierfetzen zu ihren Füßen auf, als würde jemand am anderen Ende die ganze Luft ansaugen. Ohne auf ihre neue Bluse zu achten, lehnte sie sich gegen die Wand und fragte sich, was sie als Nächstes spielen sollte, ob es sich überhaupt lohnte, weiterzumachen. An der gegenüberliegenden Wand hing ein „Evita"-Plakat. Die ganze Wand war über und über beklebt mit Werbung für Filme, Ausstellungen und Reiseziele. Evita trug ein trägerloses Kleid, die Arme hatte sie in einer Art Siegerpose erhoben. Vor ihr war ein Wald von Mikrophonen aufgebaut. Die schimmernden Lippen verunzierte ein Schnurrbart, auf die Corsage waren zwei spitze Brustwarzen aufgemalt, und in den hoch erhobenen Händen hielt sie Hammer und Sichel.

Katie fragte sich, wie jemand die Zeit und Gelegenheit gefunden hatte, das Plakat so zu verschmieren, und sagte sich dann, dass so was überhaupt kein Problem war, zumindest nicht um diese Zeit in Wembley Knotts. Außer dem kleinen Jungen mit dem Fünfpencestück war kein Mensch vorbeigekommen.

Sie hörte Schritte in der Ferne und schob sich die Violine unters Kinn. Als die Schritte in dem zugigen Tunnel näher kamen, fing sie an zu spielen; sie hoffte, „Don't Cry for Me, Argentina" würde erfolgreicher sein als das Nocturne. Sie schloss die Augen, als wäre sie ganz in die Musik versunken. Einen Augenblick später sah sie, wie die Füße vor dem Gitter unter dem Plakat stehen blieben, und schmückte die Melodie in Erwartung des *Ping* der Münzen im Geigenkasten mit ein paar Schnörkeln. Den Blick hielt sie jedoch gesenkt, als würde das Geld sie überhaupt nicht interessieren.

Deshalb traf es sie auch völlig überraschend.

Der brutale Schlag auf den Hinterkopf ließ sie in die Knie gehen, und der schmutzige, ockerfarbene Fußboden des Tunnels sauste auf sie zu. Sie hörte noch, wie die Schritte sich entfernten, dann versank sie in dem Dunkel wie in einem Haufen Sand, tiefer und tiefer. Bevor sie völlig unter ihm begraben wurde, blieb ihr noch ein Augenblick Zeit, sich wie zum Spaß die Frage zu stellen, ob Evita vielleicht aus ihrem Plakat herabgestiegen sei, mit den Armen, die Hammer und Sichel hielten, ausgeholt habe, und dann zurück nach Argentinien enteilt sei.

*Don't cry for me –*

SEINEN NEUESTEN FUND im Maul, trottete der zottige, kleine Hund über den Rasen der Grünanlage. Er überquerte die Hauptstraße und lief das Trottoir entlang, wo er vor jedem Hauseingang stehen blieb; da aber keiner als Versteck für diesen besonderen Fund infrage kam, setzte er seine Suche fort.

Der kleine Hund gehörte niemandem, aber überall kannte man ihn. Meistens sah man ihn unter der Rosenhecke der beiden Craigie-Schwestern herumbuddeln oder im Wald von Horndean Mäuse oder Elfen jagen. Als der kleine Hund die hagere Gestalt aus dem Süßwarenladen herauskommen sah, blieb er stehen, legte den Kopf zur Seite, als frage er sich, ob die Person etwas tauge, und rannte dann ausgelassen auf sie zu. Er hatte Miss Augusta Craigie erkannt, deren Rosenbüsche er neulich ruiniert hatte. Augusta Craigie versuchte, ihn zu verscheuchen. Sie konnte den Hund nicht ausstehen.

Der Hund fasste das Herumwedeln und -fuchteln jedoch als Aufforderung zum Spielen auf. Er bellte und ließ den Knochen vor Miss Craigies Füße fallen. Sie wollte ihn schon wegkicken, aber plötzlich hielt die Spitze ihres Gesundheitsschuhs mitten in der Bewegung inne. Sie schaute sich den Knochen genauer an und kam zu dem Schluss, dass es sich nicht um einen Knochen, sondern um einen Finger handelte.

Nach dem Anruf aus dem Dorf war die Hertfielder Polizei innerhalb von zehn Minuten zur Stelle. Aber sie konnten machen, was sie wollten – ihm rohes Fleisch geben, ihn am Kopf kraulen und was sonst noch alles –, der kleine Hund führte sie nicht zu der dazugehörigen Leiche.

Superintendent Richard Jury stopfte gerade ein zweites Paar Socken in einen Seesack – seine Reisevorbereitung für ein Wochenende bei seinem Freund Melrose Plant in Northamptonshire –, als das Telefon klingelte.

Er starrte auf den Apparat. Kein normaler Mensch würde ihn an einem Samstagmorgen um Viertel nach sieben anrufen, es sei denn, um ihm etwas mitzuteilen, was er bestimmt nicht hören wollte. Er ließ es viermal klingeln, fest entschlossen, nicht ranzugehen, aber dann wurde er, wie die meisten Leute, doch schwach – ein nicht beantworteter Anruf war für ihn inzwischen zur entscheidenden Botschaft aus dem All geworden – und nahm den Hörer ab. „Jury am Apparat."

„Su-per-in-ten-dent Jury." Die Stimme zitterte. Es war auch keineswegs die Stimme Gottes, obwohl der Mann vom Scotland Yard, dem sie gehörte, das glatt behauptet hätte.

Mit sehr viel Gusto bereitete Chief Superintendent Racer Jury auf die Hiobsbotschaft vor. „Nanu, junger Mann, immer noch in der Stadt? Ich frage mich, was London die Ehre verschafft."

„Mein Koffer ist gepackt", sagte Jury, ohne sich provozieren zu lassen.

Die verbindliche Stimme wurde scharf. „Den Jagdrock können Sie wieder auspacken, Jury. Sie werden nicht nach Northants fahren."

Racer, der sich selbst wie ein Landadliger fühlte, nahm selbstverständlich an, dass jemand mit einem Adelstitel und einem Gut von der Größe von Ardry End auch Fuchsjagden veranstaltete.

„Ich verstehe nicht ganz", sagte Jury, der sehr wohl verstanden hatte. Das Telefon war in der Küche, Jury lehnte an der offenen Tür des Kühlschranks und blickte in das nicht sehr einladende Innere. Ein Hühnerschlegel und ein halber Liter Milch.

„Ganz einfach, Jury – Sie fahren nach Hertfield und nicht nach Northants; in einen Ort namens ..."

Während Racer sich vom Telefon abwandte, um sich am anderen Ende der Leitung gedämpft mit jemandem zu besprechen, nahm Jury den Hühnerschlegel heraus und fragte sich, ob die Rolle des armen, einsamen und möglicherweise auch noch hungernden Polizisten wirklich seinem Image entsprach; er kam zu dem Schluss, dass dem nicht so war, und warf die Kühlschranktür zu. Mit dem Teller in der Hand und dem Hörer am Ohr ging er ins Wohnzimmer und wartete darauf, dass Racer zur Sache kam.

„Littlebourne", ließ sich die unwirsche Stimme vernehmen, und als Jury nicht sofort reagierte, rief sie: „Jury!"

„Sir!"

Eine Pause. „Das meinen Sie wohl ironisch, Jury?"

„Sir?"

„Hören Sie auf mit Ihrem Sir, junger Mann. Als Sie noch Inspector waren, haben Sie mich auch nie mit Sir angeredet, warum dann zum Teufel jetzt? Ich habe keine Zeit für Ihren abartigen, und wenn ich das noch hinzufügen darf, *unprofessionellen* Sinn für Humor." Papiere raschelten. „Littlebourne. Haben Sie verstanden? So heißt das Kaff, in das Sie sich begeben. Ist ungefähr fünf Kilometer von Hertfield entfernt, wo Leute mit dem nötigen Kleingeld ihre Antiquitäten kaufen. Von Islington fährt jede halbe Stunde ein Zug –"

Jury unterbrach ihn. „Ich bin nicht an der Reihe. Es gibt einen Dienstplan, wissen Sie das?"

Der Draht schien in seinem Ohr zu knistern, als Racer zischte: „Dienstplan. Natürlich weiß ich, dass es einen Dienstplan gibt. Das Ei will mal wieder klüger sein als die Henne. Perkins liegt im Krankenhaus, und Jenkins hütet mit irgendeiner von den Schlitzaugen eingeschleppten Grippe das Bett. Der Polizei von Hertfield fehlt es an Leuten, und es sieht so aus, als ob dieser Mord, der ihnen da beschert wurde, besonders unangenehm wäre. Die Sache ist – sie können die Leiche nicht finden."

Eine unauffindbare Leiche? Jury blickte auf den Hühnerschlegel, der erstarrt in einer Fettlache lag. „Woher wollen Sie dann wissen, ob jemand ermordet wurde? Wird denn jemand vermisst oder was?"

„Warten Sie, ich werd's Ihnen gleich erzählen." Weiteres Geraschel. „Eine Frau, eine gewisse Craigie, führte ihren Hund spazieren. Nein, Moment mal, es war gar nicht ihr Hund …"

Jury schloss die Augen. Racer würde sich nicht mit den Tatsachen begnügen; er würde wie immer eine ganze Chronik daraus machen. Der Chief Superintendent hielt sich nämlich für einen Erzähler von bardischem Format.

„… diese Frau tritt also aus einem Laden und versucht, den Köter zu verjagen; er lässt einen Knochen fallen, nur –"

Eine dramatische Pause. Jury wartete und inspizierte den Hühnerschlegel, nichts Gutes ahnend. *Nur war es kein Knochen.* Ja, das würde gleich kommen.

„… war es kein Knochen", sagte Racer genüsslich. „Es war ein Finger. Machen Sie sich also auf die Socken, Jury. Und nehmen Sie Wiggins mit."

„Sergeant Wiggins ist in Manchester bei seiner Familie."

„Er verseucht ganz Manchester mit der Beulenpest, das tut er. Keine Angst, ich werde ihn schon ausgraben, was bei Wiggins ganz wörtlich zu nehmen ist. Tut mir ja leid, dass Sie Ihr Wochenende verschieben müssen. Keine Fuchsjagden, kein Halali. Das Leben eines Polizisten ist eben eine arge Pein."

„Klick" machte das Telefon im Scotland Yard.

Jury zog sein Adressbuch heraus und meldete ein Gespräch nach Ardry End an. Er stützte den Kopf in die Hände und wartete. Ein Finger.

ARDRY END war ein Herrenhaus aus zartrosafarbenem Stein, Sitz der Earls von Caverness (als es noch Earls von Caverness gab), das wie auf einem alten Gobelin ganz versteckt in einem septemberlich goldenen und rostroten Laubwald lag.

Aber an einem so grauen und nebligen Septembermorgen wie diesem, an dem die Regenschlieren über den Feldern von Northamptonshire hingen, wirkte der Gobelin eher verblichen. Es war so dunkel, dass hinter den kleinen Fensterquadraten eines Raums im Erdgeschoss bereits das Licht brannte.

Ein vom Regen durchnässter Spaziergänger hätte bestimmt sehnsüchtig durch die Fenster dieses im östlichen Flügel gelegenen Raums geblickt, eines Raums, der so elegant wie behaglich wirkte – Queen-Anne-Sofas, aufgeschüttelte Kissen, Kristalllüster und bequeme Sitzecken, Orientteppiche und warme Kamine.

Die beiden Personen, die sich darin aufhielten – ein gut aussehender Mann Anfang vierzig und eine untersetzte, dickliche Frau Ende sechzig –, hätte man für Mutter und Sohn, eine ältere Dame mit ihrem jungen Schützling oder eine glückliche Gastgeberin mit ihrem zufriedenen Gast halten können. Infrage kamen alle sentimentalen Verbindungen, die wir Leuten andichten, die sich in der Wärme und im Schein des Kaminfeuers befinden, während wir, die armen, durchnässten Spaziergänger, neidisch durch die blinkenden Scheiben sehen.

Man hätte das Bild, das die beiden neben dem lodernden Feuer sitzenden Personen zusammen mit dem alten, tapsigen Hund zu ihren Füßen abgaben, für ein Bild des Friedens und der Harmonie halten können.

Man hätte glauben können, dass es ein Ort war, an dem auf solche Dinge wie Freundschaft, Vertrautheit und Gespräche Wert gelegt wurde.

Und man hätte sich getäuscht.

„Du wirst allmählich zum Alkoholiker, Melrose. Das ist bereits dein zweiter Sherry", sagte Lady Agatha Ardry.

„Wenn nur die Anzahl eine Rolle spielt, dann wirst du allmählich zum Cremetörtchen. Das ist dein drittes", sagte Melrose Plant, der Letzte aus dem Geschlecht der Earls von Caverness. Und vertiefte sich wieder in seine Straßenkarte.

Sie warf ihm einen grollenden Blick zu, während sie das geriffelte Papier von dem Törtchen schälte. „Was machst du da?"

„Ich schaue mir eine Straßenkarte an."

„Wieso?"

„Weil da Straßen drauf sind." Melrose stöpselte die Karaffe zu und nippte an dem Sherry in dem Waterford-Kristallglas.

„Sehr komisch, Plant."

„Ganz schlicht und einfach die Wahrheit, liebe Tante." Melrose hatte Hertfield entdeckt, aber wo war dieses Littlebourne?

„Du weißt ganz genau, was ich meine. Du willst doch nicht wegfahren? Ich an deiner Stelle würde nicht immer nach London fahren. Du solltest mal lieber hier bleiben und nach dem Rechten sehen. Wenn es aber unumgänglich ist, komme ich natürlich mit. Ich habe eine Menge Besorgungen zu erledigen; ich würde auch mal gerne bei Fortnum reinschauen und Kuchen kaufen."

Melrose versuchte erst gar nicht, ihr zu widersprechen, da sie ihn schneller als einen fliegenden Teppich nach London und wieder zurück gehetzt hätte. Er konnte sich also wieder seiner Karte widmen. Er gähnte. „Bei Fortnum gibt's keine Cremetörtchen, Agatha."

„Natürlich gibt es da welche."

„Nun, wir werden es wohl nie erfahren."

Misstrauisch beäugte Lady Ardry ihren Neffen, als enthielte seine Bemerkung eine Bedeutung, die sie wie eine Goldfüllung aus einem Zahn herausbrechen musste.

Gold war übrigens auch etwas, womit sie sich beschäftigte. Sie hatte gerade Plants neueste Anschaffung, ein kleines, goldenes Figürchen, begutachtet. Sie nahm es noch einmal in die Hand, drehte und wendete es und meinte: „Das muss dich eine Menge gekostet haben, Melrose."

„Willst du den Kassenzettel sehen?" Er rückte die Brille auf seiner Nase zurecht und schaute sie über den Rand seines Sherryglases hinweg an.

„Wie geschmacklos, Melrose. Es ist mir völlig gleichgültig, wie viel du für deine Sachen ausgibst."

Er sah, dass sie ihre riesige Handtasche geöffnet hatte und darin herumwühlte; sie kramte alle möglichen undefinierbaren Gegenstände hervor und stellte sie auf den Tisch. Machte sie Platz für die Goldfigur? Melrose stattete ihr ab und zu einen Besuch in ihrem Häuschen in der Plague Alley ab; zum einen war das als höfliche Geste gedacht, zum anderen wollte er sein Eigentum wiedersehen. Wie sie es schaffte, reihenweise Möbelstücke aus Ardry End herauszubefördern, ohne dass er es merkte, war ihm ein Rätsel, das er nie gelöst hatte. Einmal kam er gerade mit dem Fahrrad die Einfahrt hinauf und entdeckte einen Möbelwagen vor der Tür. Nun ja, Ardry End war riesig, und es kümmerte ihn eigentlich auch nicht, solange sie die Porträts in der Ahnengalerie und die Enten im Teich ließ. Dann erspähte er etwas, was sie gerade aus ihrer Tasche auf den Tisch befördert hatte.

„Gehört das nicht mir?", fragte er.

Eine leichte Röte überzog ihr Gesicht. „Dir? Dir? Mein lieber Plant, was soll denn ich mit deinem Visitenkartenetui anfangen?"

„Weiß ich auch nicht. Deswegen frage ich ja."

„Ich frage mich, was du mir da unterstellen willst."

„Ich unterstelle gar nichts. Ich stelle nur fest, dass du mein Visitenkartenetui eingesteckt hast."

Einen Augenblick lang dachte sie angestrengt nach. „Erinnerst du dich nicht?"

„An was?"

„Deine liebe Mutter, Lady Marjorie –"

„Ich erinnere mich an meine Mutter. Ja. Dieses Etui hat ihr gehört." Melrose klappte sein goldenes Zigarettenetui auf und zündete sich eine Zigarette an. „Willst du mir weismachen, dass meine Mutter es dir geschenkt hat?"

Statt seine Frage zu beantworten, begann sie in Erinnerungen zu schwelgen. „Deine liebe Mutter, die Gräfin von Caverness –"

„Wenn man dich über die Mitglieder meiner Familie reden hört, könnte man glauben, ich sei nicht imstande, sie auseinanderzuhalten. Ich weiß, dass meine Mutter die Gräfin von Caverness war. Ich weiß auch, dass mein Vater der siebte Earl von Caverness und dein seliger Mann der Honourable Robert Ardry –"

„Lass die Späße, mein lieber Plant."

„Darf ich fortfahren – bitte. Robert Ardry war mein Onkel. Und ich bin zur allgemeinen Bestürzung nicht mehr der achte Earl. So, das wär's. Astreine Geschichte, alles paletti."

„Drück dich bitte gewählter aus. Deine liebe Mutter –"

„Lieb in der Tat. Und konnte fluchen wie ein Fischweib."

„Kein Respekt für deine Familie. So warst du schon immer."

„Aber du bist doch da, liebste Tante."

Sie versuchte Zeit zu gewinnen, indem sie den Faltenwurf eines an diesem Tag völlig unpassenden, grellbunt bedruckten Chiffontuchs ordnete und Ruthven, Melroses Butler, hereinrief.

„Du hast dich herausgeputzt, als wolltest du zum Rennen gehen, Agatha. Warum?" Melrose schaute sie sich genauer an. „Und woher hast du diese Amethystbrosche? Sie sieht auch wie die meiner Mutter aus."

Ruthven erschien, und sie verlangte mehr Törtchen. Sie würde ihr zweites Frühstück bis zum Mittagessen ausdehnen, wenn er nicht aufpasste, Melrose kannte das schon.

Ruthven sandte ihr einen Blick zu, der einem vergifteten Pfeil glich, und entschwebte.

Sie nutzte diese Unterbrechung, um ihn von dem Thema der Amethystbrosche abzulenken. „Mir ist aufgefallen, dass Lady Jane Hay-Hurt letzten Sonntag besonderes Interesse für dich gezeigt hat."

Lady Jane war eine achtundfünfzig Jahre alte Jungfer mit vorstehenden Zähnen und fliehendem Kinn, und Agatha hielt es deshalb wohl für ungefährlich, die Dame mit Melrose in Verbindung zu bringen.

„Lady Jane interessiert mich nicht. Aber ich werde schon noch jemanden finden, keine Angst. Die Ardry-Plants haben sich schon immer viel Zeit mit dem Heiraten gelassen."

Da blieb ihr die Luft weg, wie er es vorhergesehen hatte. „Heiraten! Wer spricht denn vom *Heiraten*! Du bist doch eingefleischter Junggeselle, Melrose. Mit dreiundvierzig –"

„Zweiundvierzig." Er hatte Littlebourne auf der Karte entdeckt und versuchte, die beste Route dorthin ausfindig zu machen.

„Du hast jedenfalls deine festen Gewohnheiten, und ich kann mir nicht vorstellen, dass es eine Frau gibt, die deine Marotten ertragen kann!" Triumphierend streckte sie die Arme aus und machte eine Bewegung, die den ganzen Salon umfasste, als hätten schon Dutzende von heiratsfähigen jungen Frauen auf den Sesseln, Sofas und Couchen gesessen, sich aber unglücklicherweise wieder verflüchtigt.

So wird es sein, dachte er. Sie war irgendwie zu der Überzeugung gelangt, dass Melrose nur auf sein Ende wartete, um ihr, seiner einzigen noch lebenden Verwandten, Ardry End vermachen zu können, Ardry End mit seinen Feldern, Wäldern und Gärten, seinem Kristall und seinen Visitenkartenetuis, seinen Prunkschränken und seinen Amethysten. Dabei war sie nicht einmal seine Blutsverwandte. Und keine Engländerin. Agatha war eine verpflanzte Amerikanerin, doch ohne das Einfühlungsvermögen eines Henry James.

Unter seinem Morgenmantel trug Melrose Reisekleidung. Eigentlich hatte er um neun Uhr fahren wollen, aber dann hatte er ziemlich viel Zeit damit verloren, sie hinzuhalten oder vielmehr von der Fährte abzubringen. Wenn ihr zu Ohren käme, dass er sich mit Superintendent Jury treffen wollte, würde sie sich im Kofferraum seines Rolls-

Royce verstecken. Er stand schon seit einer Ewigkeit in der Garage herum. Melrose hatte ihn als Requisit für eine Maskerade eingeplant, über die er sich jedoch noch keine weiteren Gedanken gemacht hatte. Man konnte nie wissen, wozu ein Rolls-Royce gut war. Er lächelte.

„Was hat dieses Grinsen zu bedeuten?"

„Nichts." Er faltete die Karte zusammen. Sie hielt sich für eine Expertin in Sachen Mord. Seit Jury – Inspector Jury damals – in Long Piddleton aufgetaucht war, hatte Agatha nur noch über ihren „nächsten Fall" gesprochen. Um sie von ihm fernzuhalten, musste man so gerissen sein wie ein Crippen oder ein Neil Cream …

„Warum siehst du mich so an, Plant?" Während sie sich ein weiteres Törtchen in den Mund schob, sah er im Schein des Feuers ihren Ring aufblitzen.

Wo hatte sie diesen Mondstein her?

# 2

Little Burntenham war ein ganz gewöhnliches Dorf, ungefähr sechzig Kilometer von London entfernt, dem bis vor Kurzem niemand sonderliche Beachtung geschenkt hatte. Vor ungefähr einem Jahr jedoch hatten die Londoner Little Burntenham und seine für sie äußerst günstige Lage entdeckt – und inzwischen hielten sogar Schnellzüge dort. Der Boom auf dem Immobilienmarkt ließ nicht auf sich warten, und selbst halb verfallene Häuser, die die Dorfbewohner nicht geschenkt haben wollten, wurden aufgekauft. Dicke Bündel von Scheinen waren von Hand zu Hand gegangen – aus denen der Narren, die sich die Grundstücke aufschwatzen ließen, in die der raffgierigen Makler. Eine weitere Veränderung, die die älteren Dorfbewohner besonders ärgerte, war die neue Schreibweise des Namens, die eingeführt worden war, damit die Touristen das Dorf einfacher finden konnten. Da Little Burntenham sowieso ausgesprochen wurde wie Littlebourne, hatte man beschlossen, es auch so zu schreiben. Man konnte sich also nicht mehr auf Kosten der Fremden amüsieren, die nach dem Ort fragten.

Littlebourne, das in einer hübschen, weiten Landschaft lag und auf einer Seite an den Wald von Horndean grenzte, war zwar ganz nett, aber keineswegs etwas Besonderes, da konnten seine neuen Bewohner noch so viel in Fachwerk, neue Strohdächer und pastellfarbene Tünche investieren. Im Ort gab es eine einzige Straße, die Hauptstraße, die sich ungefähr auf halber Strecke teilte und eine unregelmäßige Fläche sehr gepflegten Rasens, die Littlebourner Grünanlage, einschloss. An der Hauptstraße lagen gerade so viele Geschäfte, dass die Littlebourner nicht in den sechs Kilometer entfernten Marktflecken Hertfield mussten, es sei denn, sie wollten in den zahlreichen Antiquitätenläden dort herumstöbern.

An der Hauptstraße waren auch die vier Ps von Littlebourne angesiedelt, wie sie ein paar Witzbolde genannt hatten: der Pastor, die Post, der Pub und die Polizei. Es gab noch ein fünftes P, auf das die Dorfbewohner jedoch gern verzichtet hätten: Littlebournes „Prinz".

Das fünfte P – Sir Miles Bodenheim – machte gerade einem der anderen Ps die Hölle heiß. Er befand sich in dem Laden, der auch als Postamt diente, und schikanierte die Postmeisterin. Bevor Sir Miles Bodenheim beschlossen hatte, das britische Postsystem auf Trab zu bringen, hatte nur ein einziger Kunde darauf gewartet, bedient zu werden. Jetzt waren es zwölf, die neben den Brotregalen Schlange standen.

„Mrs Pennystevens, ich bin überzeugt, dass Sie sehr viel schneller wären im Verkauf Ihrer Briefmarken, wenn Sie die zu einem Halfpence getrennt von den andern aufbewahrten. Sie sollten System in die Sache bringen. Ich stehe schon seit zehn Minuten hier und warte darauf, einen Brief aufgeben zu können."

Mrs Pennystevens, die fünfzehn Jahre lang einen gichtgeplagten Gatten gepflegt hatte, war praktisch gegen alles gefeit. Sie unterließ es sogar, ihn darauf hinzuweisen, dass allein schon ihr Wortwechsel zehn Minuten gedauert hatte; Sir Miles hatte sich mit ihr über das Gewicht eines Briefes gestritten und behauptet, sie habe zu viel berechnet. Schließlich hatte sie ihn selbst an die Waage lassen müssen.

Weiter hinten im Schatten der Brotregale hörte man jemanden murmeln: ... „einfach bescheuert."

Sir Miles drehte sich um und lächelte selbstzufrieden, offensichtlich erfreut, dass es noch jemanden gab, der Mrs Pennystevens' Arbeitsweise bemängelte. Er wandte sich ihr wieder zu: „Ich glaube immer noch, dass Ihre Waage nicht richtig funktioniert. Aber da lässt sich ja wohl nichts machen. Die Regierung hat nun mal *Sie* mit diesem Posten betraut. Offen gestanden, Mrs Pennystevens, ich an Ihrer Stelle würde mir eine neue Brille zulegen. Gestern haben Sie mir bei einem halben Laib Brot zwei Pence zu wenig herausgegeben."

Die Leute in der Schlange fingen an, unruhig mit den Füßen zu scharren, und die Frau hinter Sir Miles stöhnte, sie habe es schrecklich eilig.

„Richtig", sagte Sir Miles, „bitte beeilen Sie sich, Mrs Pennystevens. Niemand kann es sich leisten, den ganzen Tag hier zu vertrödeln."

Mrs Pennystevens' Augen waren hart wie Stahl, als sie ihm das Wechselgeld hinschob; er zählte es genau nach, und wie immer nannte er jede Münze, die er in die Hand nahm, bei ihrem Namen. Man hätte meinen können, die Währung des britischen Königreichs oder das Dezimalsystem seien ihm nicht vertraut, so verdutzt blickte er drein. Endlich steckte er das Geld in die Tasche, bedachte die Postmeisterin mit einem kurzen Nicken und nickte erneut, als er an der Schlange vorbeiging, so als würden die Leute nicht anstehen, um Milch und Brot zu kaufen, sondern um von Sir Miles Bodenheim, dem Besitzer von Rookswood, empfangen zu werden. Dann nahm er huldvoll von allen Abschied.

Nachdem er die schwierige Aufgabe vollbracht hatte, seinen Brief aufzugeben, setzte Sir Miles seinen Bummel über die Hauptstraße fort. Er erwog, das Taschentuch zurückzugeben, das er in einem winzigen Textilladen neben dem Süßwarengeschäft erstanden hatte, weil, wie sich später herausstellte, daran bereits ein Stich aufgegangen war. Fünfzig Pence, und das Empire war nach all den Jahren immer noch nicht in der Lage, anständig genähte Säume zu liefern. Das Taschentuch hatte nur einen einzigen Fleck, einen ganz winzigen, der von der Schokolade herrührte, die er gegessen hatte, aber das dürfte wohl nichts ausmachen. Nur hatte er heute Wichtigeres zu tun. Er brannte darauf, die Tankstelle ein paar Häuser weiter aufzusuchen; der Besitzer, Mr Bister, hatte ihm gestern beim Tanken falsch herausgegeben.

So also sah ein Tag im Leben von Sir Miles Bodenheim aus. Die Polizeiwache hatte er sich für den Schluss aufgehoben; auf ihr wollte er den Rest des Vormittags verbringen, um von Peter Gere, dem Dorfpolizisten, zu erfahren, warum die Polizei von Hertfield in dieser Angelegenheit, die Littlebourne über seine nähere Umgebung hinaus bekannt gemacht hatte, nicht zügiger ermittelte.

MAN HÄTTE SIR MILES für den bestgehassten Bewohner des Dorfes halten können. Aber dem war nicht so. Seine Frau Sylvia rangierte weit vor ihm. Fünf Minuten nachdem ihr Mann die Poststelle verlassen hatte, war sie am Telefon und stritt sich mit der armen, unwissenden Pennystevens.

„Ich möchte einfach nur wissen, wie viel ein Paket kostet, Mrs Pennystevens. Das dürfte doch nicht so schwierig zu beantworten sein. Es soll heute Nachmittag abgehen ... Aber ich hab Ihnen doch gesagt, wie viel es wiegt – Sie brauchen nur nachzuschauen." Sylvia Bodenheims Hand klapperte mit der Gartenschere, mit der sie gerade ihre Blumen geschnitten hatte – schnippschnapp, als wären es die Köpfe der Dorfbewohner. „Nein, ich werde auf keinen Fall Ruth mit einer Pfundnote losschicken. Auf die Dienstboten ist heutzutage kein Verlass mehr. Ich verstehe nicht, warum Sie mir nicht den genauen Betrag nennen können ... Meine Waage ist ziemlich genau, glauben Sie mir ... Ja, nach Edinburgh." Die Schere klickte, und im Takt dazu klopfte sie mit dem Fuß auf den Boden. „Fünfzig Pence? Sind Sie *sicher*, dass das ermäßigt ist?" Sylvia presste die Lippen zu einem grimmigen Strich zusammen. „So sicher wie es unter diesen Umständen möglich ist – das ist keine sehr befriedigende Antwort. Hoffentlich muss Ruth nicht noch einmal zurückkommen, weil Sie sich verrechnet haben." Ohne sich zu verabschieden, legte sie den Hörer auf und rief nach Ruth.

DIE ANDEREN BEIDEN KANDIDATEN, die man in Littlebourne lieber tot als lebendig gesehen hätte, waren die Sprösslinge der Bodenheims, Derek und Julia. Allerdings kamen sie erst weit nach ihren Eltern, vor allem deswegen, weil sie weniger in Erscheinung traten. Derek kam nur ganz selten aus Cambridge vorbei, und Julia (deren Pferd besser zum Studium geeignet gewesen wäre als sie) war ebenfalls kaum zu sehen. Sie verbrachte ihre Zeit damit, in London die Geschäfte abzuklappern oder mit der einen oder anderen Clique aus der Gegend auf die Jagd zu gehen. Die Dorfbewohner sahen sie immer nur hoch zu Ross, in Reitjacke oder schwarzem Melton und eine Hand in die Hüfte gestemmt.

Wenn die vier Bodenheims einmal zusammen sein mussten (an Weihnachten beispielsweise), taten sie nichts weiter, als über ihre Nachbarn herzuziehen und auf ihre unantastbaren Rechte als Feudalherren zu pochen – kurz, sich aufzuspielen.

DIE NOCH UNVOLLENDETEN „Littlebourner Morde" dienten Polly Praed dazu, sich in der sanften Kunst des Mordens zu vervollkommnen. Wenn ihre Geschichten auseinanderzufallen drohten, spielte Polly, eine mäßig erfolgreiche Autorin von Kriminalromanen, am Beispiel der Bodenheims, die entweder einzeln oder gemeinsam ins Jenseits befördert wurden, die verschiedenen Möglichkeiten durch. Am besten gefiel ihr der Schluss, bei dem das ganze Dorf zusammenströmte, um die hochwohlgeborene Familie zu töten. Im Augenblick ging sie die Hauptstraße entlang und dachte über das geeignete Mordinstrument nach. Ein Dolch, der von Hand zu Hand ging, schied aus – es hatte ihn schon gegeben. Als sie an der Tankstelle vorbeikam, erwog sie allerlei tödliche Gifte und lächelte abwesend Mr Bister zu, der seine ölverschmierte Mütze lüpfte. Das fürchterliche Klischee der mit Arsen präparierten Teetasse fiel ihr ein, und sie blieb stehen.

Ungefähr zehn Meter von ihr entfernt stiegen zwei Männer aus einem Auto, das sie vor dem winzigen Gebäude, in dem Littlebournes Ein-Mann-Revier untergebracht war, abgestellt hatten. Der eine war ziemlich schlank und unauffällig, obwohl sie das nur schwer beurteilen konnte, da er sich gerade die Nase putzte. Aber der andere, der *andere* ließ sie erahnen, was es bedeutete, vom Donner gerührt zu sein. Er war groß und vielleicht auch nicht *wirklich* gut aussehend ... aber wie hätte man ihn sonst bezeichnen sollen? Als er den Arm ausstreckte, um etwas vom Rücksitz zu holen – eine Tasche? Bedeutete das, dass er *bleiben* würde? –, fuhr ihm der Wind durchs Haar. Er strich es zurück, wandte sich mit dem anderen zusammen um und ging den Weg zum Revier hoch.

Polly starrte ins Leere und fühlte sich leicht seekrank.

Es war kurz vor zehn. Sie schaute häufig im Revier vorbei, um mit Peter Gere zu plaudern; sie waren gute Freunde, manchmal gingen sie sogar über die Straße in den „Bold Blue Boy", um etwas zu essen oder einen Drink einzunehmen. Was hinderte sie also daran, einfach hinaufzugehen und sich überrascht zu zeigen: Oh. Entschuldigung, Peter, ich wusste nicht –

Die Hände in den Taschen ihrer Strickjacke vergraben, ließ sie ihre Gedanken um die Szene kreisen, die sich dadrinnen abspielen würde: das Erstaunen des Fremden darüber, dass sie *die* Polly Praed war (ein Name, der selbst bei ihrem Verleger keine großen Emotionen hervorrief), seine Bewunderung für ihren Scharfsinn (von den Kritikern immer nur im Zusammenhang mit der Handlung ihrer Geschichten erwähnt) und ihr Aussehen (über das sich selten jemand äußerte). Völlig absorbiert von dem fiktiven Schlagabtausch auf dem Polizeirevier, hatte sie ganz vergessen, dass sie sich immer noch draußen auf dem Trottoir befand, als sie die zornig erhobenen Stimmen hörte.

Sie drehte sich nach der Tankstelle um, wo Miles Bodenheim mit seinem Offiziersstöckchen in der Luft herumfuchtelte und Mr Bisters Gesicht die Farbe des kleinen, roten Minis angenommen hatte, an dem er gerade arbeitete. Sir Miles machte mit seinem Stöckchen eine abschließende Bewegung und ging geradewegs auf sie zu. Sie flüchtete auf die andere Straßenseite und verschwand im „Magic Muffin", der glücklicherweise gerade offen war. Es handelte sich dabei um eine Teestube, die Miss Celia Pettigrew gehörte, einer in sehr bescheidenen Verhältnissen lebenden Dame von Stand, die ihre Öffnungszeiten völlig willkürlich festzulegen schien. Man konnte nie von einer Woche auf die nächste schließen: Es war, als richtete Miss Pettigrew sich nach einem anderen Kalender als dem gregorianischen und nach einer anderen Zeit als der von Greenwich.

Polly sah Sir Miles die andere Straßenseite entlanggehen, bis er schließlich auf der Höhe der Polizeiwache angelangt war.

Sie hätte sich totärgern können.

Aus der Wache kamen Peter Gere und die beiden Fremden; sie steuerten geradewegs auf Miles Bodenheim zu. Bei dem Gedanken, dass Miles (der Blausäure in seinem Frühstücksei verdient hätte) und nicht sie in den Genuss dieser kurzen Begegnung kommen sollte, hätte sie am liebsten laut aufgeschrien. Sie beobachtete, wie Peter Gere und die anderen um Sir Miles herum- und dann weitergingen – eine großartige Leistung, denn es war einfacher, eine Napfschnecke von einem Fels zu reißen, als Sir Miles loszuwerden. Die drei überquerten die Straße und die Littlebourner Grünanlage und verschwanden aus ihrem Blickfeld. Sie drückte mit ihrem Gesicht beinahe die Scheibe ein.

„Wem starren Sie denn so nach, Kind?" Die durchdringende Stimme von Celia Pettigrew ließ Polly zurückfahren; ihr Hals verfärbte sich zartrosa, während sie an einem der dunklen Klapptische Platz nahm. Das blau-weiß karierte Tischtuch war aus dem gleichen Stoff wie die Vorhänge. „Kann ich eine Tasse Tee haben, Miss Pettigrew?", fragte Polly gezwungen. „Und einen Muffin?"

„Dafür sind wir da", sagte Miss Pettigrew und huschte in den hinteren Teil ihrer Teestube, zu der Tür mit dem Vorhang.

Um nicht noch einmal in Versuchung zu geraten, hatte Polly sich mit dem Rücken zum Fenster gesetzt; als sie jedoch die Türklingel hörte, schlug ihr das Herz bis zum Hals. Hatte er vielleicht eine andere Richtung eingeschlagen, als er über die Grünanlage ging? Hatte er vielleicht –?

Nein. Es war nur Sir Miles, der gekommen war, um Miss Pettigrew an den Rand eines Nervenzusammenbruchs zu treiben. Obwohl Miles Bodenheim der Rang des ersten Opfers in den „Littlebourner Morden" nur von seiner Frau streitig gemacht wurde, war Polly in diesem Augenblick beinahe froh, ihn zu sehen.

Dass jemand darüber nicht froh sein könnte, kam Miles nie in den Sinn. Wortlos ließ er Hut und Stock auf den Tisch fallen und nahm Platz. „Habe Sie reingehen sehen und gedacht, ich könnte Ihnen ja etwas Gesellschaft leisten." Er ließ seinen massigen Körper auf den Stuhl fallen und bellte: „Sie haben Kundschaft, Miss Pettigrew!"

Polly schloss die Augen, als sie hinter dem Vorhang das scheppernde Geräusch von Geschirr hörte. „Schusselig", murmelte Sir Miles. Und zu Polly gewandt: „Sagen Sie, Miss Praed, schreiben Sie denn wieder an einem neuen Krimi? Ist ja schon eine Weile her, dass Sie mit einem rauskamen, aber die Kritiken haben Sie wohl etwas verunsichert. Sie müssen das anders sehen. Auf diese Idioten kommt es doch gar nicht an. Wie sich ein Buch verkauft, das zählt, stimmt's? Aber es lief ja wohl auch etwas schleppend, nicht? Sylvia sagte, dass in der Buchhandlung in Hertfield kein einziges Exemplar verkauft worden sei. Nun ja ..." Er strich sich das Haar glatt. An seinem Revers klebte etwas trockenes Eigelb; da sie es nicht zum ersten Mal dort sah, fragte sich Polly, ob es immer dasselbe oder frisches war. „Wir werden Ihr Buch auf unsere Geschenkliste für Weihnachten setzen. Für die Haushälterin und die Köchin. Sylvia meinte zwar, dass die beiden sowieso schon zu viel Schund lesen – Filmzeitschriften und solchen Quatsch. Wo bleibt denn dieses hirnlose Geschöpf?" Er drehte sich ungeduldig auf seinem Stuhl um, als Miss Pettigrew kreidebleich hinter dem Vorhang hervortaumelt kam.

„Ja, Sir Miles?", presste sie zwischen den Lippen hervor. „Sie hätten nicht so zu brüllen brauchen. Mir einen solchen Schreck einzujagen!"

„Sie sollten was für Ihre Nerven tun. Bringen Sie mir doch einfach eine zweite Tasse. Die Kanne reicht für uns beide. Was ist denn das?" Er stupste mit dem Finger gegen die Muffins auf dem Teller, den sie Polly hingestellt hatte.

„Karottenmuffins."

„Allmächtiger! Bringen Sie mir mal ein Brötchen."

„Ich hab keine Brötchen, Sir Miles."

Er stieß einen lauten Seufzer aus. „Dann den Sardellentoast."

„Sie wissen doch, den gibt's nur nachmittags."

Umständlich zog Sir Miles eine dicke Taschenuhr aus seiner Westentasche und klappte sie auf, um ihr zu beweisen, dass sein Zeitmesser sehr viel zuverlässiger war als der ihre. Allerdings war es doch erst zehn. Also begnügte er sich damit, zu bemerken: „So viele Gäste haben Sie nun auch wieder nicht, dass Sie sich solche Haarspaltereien erlauben können, oder?"

Als Polly bemerkte, wie die schmale Gestalt der armen Miss Pettigrew zu zittern begann, schaltete sie sich ein: „Wenn es nicht zu viel Arbeit macht, Miss Pettigrew, hätte ich auch gern einen. Ihr Sardellentoast ist wirklich ausgezeichnet; die Leute schwärmen davon."

Während Miss Pettigrew etwas besänftigt nach hinten ging, sagte Sir Miles: „‚Ausgezeichnet?' Was ist denn daran so ausgezeichnet? Kommt doch nur aus der Büchse. Diese beschränkte Person braucht das Zeug nur aus der Büchse zu löffeln und auf eine Scheibe Brot zu legen. Aber es ist immerhin besser als diese Muffins –" Er stocherte wieder auf dem Teller herum. „Wie schafft sie es nur, dass ihre Muffins so mausgrau aussehen?" Er summte vor sich hin, während sie schweigend auf den Toast warteten.

Polly war drauf und dran, ihren Vorsatz, Sir Miles niemals eine Frage zu stellen, zu vergessen, als Miss Pettigrew mit dem Tablett an den Tisch kam. „Zu dumm, wirklich, dass Sie gleich zwei Bestellungen auf einmal am Hals hatten", meinte er forsch-fröhlich.

„Und dass Miss Praeds Muffins in der Zwischenzeit kalt geworden sind."

Mit steinerner Miene verschwand Miss Pettigrew hinter ihrem Vorhang.

Den Mund voller Toast, bemerkte Sir Miles: „Das ganze Dorf scheint Kopf zu stehen. Erst diese gehässigen Briefe …" Er lächelte boshaft. „Das waren doch nicht etwa Sie? Fällt irgendwie in Ihr Fach."

„Anonyme Briefe und Kriminalromane sind doch wohl nicht dasselbe."

Er zuckte die Achseln. „Na ja, Sie haben ja auch einen gekriegt, es ist also ziemlich unwahrscheinlich, dass Sie es waren. Obwohl Sie damit vielleicht nur den Verdacht von sich lenken wollten. Toast?" Großzügig hielt er ihr den Teller unter die Nase. „Dass Mainwaring und Riddley einen kriegten, wundert mich ja nicht. Die beiden hängen ständig bei dieser Wey herum. Das ist auch so eine. Jetzt werden wir bald alles in den Zeitungen nachlesen können, und die Polizei wird überall nach dieser Leiche suchen –"

Das war die Gelegenheit, auf die sie gewartet hatte. Beiläufig fragte sie: „Wer war denn das, ich meine die beiden, die mit Peter Gere zusammen waren?" Sir Miles studierte die angeknabberten Enden seines Toasts. „Polizei", sagte er nur.

Das war typisch Miles. Ständig redete er einem die Ohren voll, wenn man aber etwas von ihm wissen wollte, dann bekam man rein gar nichts aus ihm heraus.

„Von wo?"

Darauf gab er keine Antwort, sondern meinte stattdessen: „Ist auch höchste Zeit, dass sie jemanden schicken, der diese Sache in Ordnung bringt. Wenn wir uns darauf verlassen müssten, dass Peter Gere uns beschützt, lägen wir schon längst tot in unseren Betten. Ich war drauf und dran, ihm das zu sagen."

Gott sei Dank bimmelte die Glocke über der Tür, und sie brauchte ihm nicht die Muffins in den Hals zu stopfen.

Der Neuankömmling war Emily Louise Perk, eine Zehnjährige, bei der nichts darauf hinwies, dass sie in den letzten zwei Jahren gewachsen war. Ihr zartgliedriger Körper und das dreieckige Gesicht, die bekümmerten, braunen Augen, die strähnigen blonden Haare, die bei ihrem spitzen Kinn endeten, das schäbige Reitjäckchen und die Jeans – all das vermittelte den Eindruck eines bedauernswerten kleinen Geschöpfs.

Emily Louise Perk war aber alles andere als bedauernswert.

Ihr verwahrlostes Äußeres war keineswegs auf pflichtvergessene Eltern oder ärmliche Verhältnisse zurückzuführen. Wenn ihre Haare ungekämmt aussahen und sie immer dasselbe trug, so lag das nur daran, dass Emily Louise lange vor ihrer Mutter, ja lange vor allen übrigen Dorfbewohnern und selbst dem lieben Gott auf den Beinen war und ihren Interessen nachging; ihr Pony Shandy stand dabei an erster Stelle. Shandy war seltsamerweise im Stall von Rookswood, dem Gut der Bodenheims, untergebracht. Dafür, dass sie sich um die Pferde der Bodenheims kümmerte, durfte sie ihr eigenes Pony dort unterstellen. Da keiner zwischen Hertfield und Horndean sich besser mit Pferden auskannte als Emily Louise, redete ihr auch niemand drein. Dass selbst Sylvia Bodenheim sie in Ruhe ließ, war eine Meisterleistung für sich, ein Beweis für Emilys bemerkenswerte Fähigkeit, von den Erwachsenen zu kriegen, was sie wollte, oder sie mit totaler Nichtachtung zu strafen. Sie durfte sich frei in den Ställen bewegen und auch zum Tee in die Küche kommen, wo ihr die Köchin der Bodenheims, die Emily Louise ins Herz geschlossen hatte, alle möglichen Leckerbissen zuschob. Im Gegensatz zu den anderen Kindern aus dem Dorf, die von den Bodenheims eher wie streunende Hunde behandelt wurden, hatte sie sozusagen eine Existenzberechtigung.

Und sie machte ausgiebig Gebrauch davon; sie war immer auf dem Laufenden. Trotzdem war sie kein Klatschmaul; sie wusste einfach nur Bescheid. Ihre ein Meter zwanzig hohe Gestalt war wie eine Antenne, die Nachrichten empfing.

Hocherfreut rief Polly ihren Namen und zog ihr einen Stuhl heran. Wenn jemand etwas wusste, dann Emily.

Als Emily sich setzte, sagte Miles: „Solltest du nicht bei uns oben sein und dich um Julias Pferd kümmern?" Seine stahlgrauen Brauen zogen sich zusammen.

Doch niemand brachte so tiefe Furchen zustande wie Emily Louise. Man hatte bei ihr immer den Eindruck, als sei sie ganz woanders mit ihren Gedanken. „Heute ist Samstag. Samstags striegle ich nie die Pferde." Sie inspizierte den Teller mit den Muffins und seufzte: „Schon wieder Karotten. Ich hätte Lust auf ein warmes Eierbrötchen." Sie legte die Hände an den Hinterkopf und musterte Polly.

Polly rief Miss Pettigrew, die, als sie Emily sah, sofort einen Teller mit Eierbrötchen und frischen Tee brachte. Auch Miss Pettigrew war Miss Perks Charme erlegen. Sie saßen des Öfteren bei Tee und Kuchen zusammen und unterhielten sich.

„Danke", sagte Emily, die wusste, was sich gehörte. „Polente im Dorf, ich meine, ein Neuer."

„Weiß ich", zischte Sir Miles. „Ich bin dem Burschen schon begegnet." Er klopfte sich den Staub von den Knien seiner Hose und schlürfte seinen Tee.

„Von Scotland Yard."

Scotland Yard. Polly schnappte nach Luft. Sie räusperte sich. „Und was macht er hier? Ich meine, bleibt er länger?"

Da er anscheinend keine weiteren Auskünfte geben konnte, überging Sir Miles ihre Frage mit einer Bemerkung über die Unfähigkeit der Polizei im Allgemeinen. „Sie machen ein großes Trara, aber keiner scheint seine Pflichten zu kennen."

Emily verschlang ihr Brötchen. „Er findet die Leiche bestimmt. Er übernachtet im ‚Bold Blue Boy'. Da haben sie auch ihre Sachen gelassen. Er ist Superintendent."

„Hast du denn, äh, zufällig auch seinen Namen erfahren?", fragte Polly.

Damit konnte Emily jedoch nicht dienen. Stattdessen leerte sie ihre Teetasse und schob sie zu Polly hinüber. „Sagen Sie mir bitte die Zukunft voraus."

Polly wechselte nur ungern das Thema, aber vielleicht konnte sie darauf zurückkommen, wenn sie in den Teeblättern las.

Sir Miles stieß einen tiefen Seufzer aus, als hätte man ihn auf seinem Stuhl festgebunden und gezwungen, sich diesen Unsinn anzuhören.

Polly hielt die Tasse etwas schräg und betrachtete das nichtssagende Muster, das die kleinen schwarzen Teeblätter bildeten. Außer einem Umriss, der sie an einen zerfledderten Vogel erinnerte, sah sie nichts. „Ich sehe einen Mann. Einen Fremden."

„Wie sieht er denn aus?" Emilys Kinn ruhte auf ihren geballten Fäusten, ihre Stirnfalte verstärkte sich.

„Groß, gut aussehend, ungefähr vierzig –"

„Was, so alt?"

„... kastanienbraunes Haar und, äh, braune Augen."

„Grau."

„Grau?"

„Quatsch", steuerte Miles bei.

„Weiter!", sagte Emily.

Polly blickte auf den Vogel ohne Schwingen und meinte: „Irgendeine Gefahr, ein ungelöstes Rätsel." Polly zuckte die Achseln. Gewöhnlich war ihre Fantasie lebhafter, aber heute kam sie einfach nicht in Fahrt.

„Er hat ein nettes Lächeln und eine angenehme Stimme", vervollständigte Emily das Bild. Dann stand sie auf, leicht o-beinig und mit einwärtsgedrehten Zehen. Sie hatte ein Stück Schnur entdeckt, das sie nachdenklich um ihren Finger wickelte. „Verdient so 'n Polizist viel Geld?"

„Quatsch. Ist arm wie eine Kirchenmaus", sagte Sir Miles und hoffte, ihr damit einen Dämpfer zu versetzen.

Offensichtlich war ihm das gelungen. „Ich kann nur jemanden mit viel Geld heiraten. Ich brauch es für die Pferde. Ich werd mal ganz viele Pferde haben." Sie drehte sich um und ging zur Tür hinaus.

Superintendent Richard Jury hielt sich erst knapp eine Stunde in Littlebourne auf, und schon hatte er zwei Frauenherzen zum Schmelzen gebracht.

Obwohl Emily Louise Perks Schmelzpunkt etwas höher lag als der von Polly Praed.

# 3

Nicht die Polizei fand die Leiche, zu der der Finger einmal gehört hatte, sondern Miss Ernestine Craigie, die Schwester Augustas. Wie gewöhnlich war sie in Gummistiefeln, Anorak und mit einem Feldstecher um den Hals in den Wald von Horndean gezogen. Ernestine war nicht nur die Vorsitzende, sondern das Herz, die Seele und der starke Arm der Königlichen Gesellschaft der Vogelfreunde von Hertfield.

Der Wald von Horndean war ein ziemlich düsteres, mit Eichen, Eschen und Adlerfarnen bewachsenes Gebiet, dessen endlos wirkende Sümpfe und Moore sich zwischen Littlebourne und der sehr viel größeren Stadt Horndean erstreckten, ein Paradies für alle möglichen Vogelarten. Der Wald selbst war nicht gerade hübsch und auch nicht sehr einladend, denn selbst im Hochsommer wirkte er irgendwie winterlich trostlos mit seinem graubraunen Buschwerk und dem Laub, das nie jenen leuchtenden, herbstlichen Goldton aufwies. Außer im Dreck herumzustapfen, wie Miss Craigie das zu tun pflegte, gab es an diesem gottverlassenen, sumpfigen Ort nichts zu tun. Nichts, als Vögel zu beobachten und Morde zu begehen.

Polizeihunde hatten die Stelle, an der der kleine Hund herumgewühlt hatte – die Rosenbüsche der Geschwister Craigie –, gründlich abgeschnuppert. Die Schwestern konnten von Glück sagen, dass die Leiche nicht darunter begraben worden war, sonst hätten sie einiges über sich ergehen lassen müssen. Es war schon so schlimm genug. Auf die eine oder andere Weise wurde diese Leiche immer wieder im Zusammenhang mit den Craigies erwähnt. Sie war zwar nicht unter Augustas Rosenbüschen, dafür aber von Ernestine gefunden worden: Sie lag halb in dem schlammigen Wasser eines Bachs, der durch den Wald von Horndean floss.

Als Superintendent Jury und Sergeant Gere am Fundort erschienen, fanden sie einen dichten Knäuel von Polizei und Hunden vor, die anscheinend alle einen guten Platz ergattern wollten. Einer der Männer kam auf sie zu.

„Tag, Peter." Er streckte Jury die Hand hin. „Sie sind von Scotland Yard, stimmt's?" Jury nickte. „Ich bin Carstairs." Inspector Carstairs hatte eine stark gebogene Nase und etwas von einem Raubvogel an sich. „Kommen Sie. Wir haben sie vor einer halben Stunde gefunden. Das heißt, eine Frau aus dem Dorf hat sie gefunden – einer von unseren Leuten hat sie nach Hause gebracht. Muss zugeben, sie hat sich prima gehalten. Aber ein Schock war es doch für sie. Wenn Sie mit ihr sprechen wollen, sie ist dort. Oder ..."

„Nein. Ist schon gut. Ist das der Rechtsmediziner da drüben?"

„Ja. Kommen Sie mit."

Der Rechtsmediziner war eine Frau; sie war gerade dabei, die vorläufige Untersuchung der Leiche abzuschließen, und diktierte ihre Befunde über die Schulter einem Assistenten, der auf einer schematischen Zeichnung eines menschlichen Körpers seine Eintragungen machte.

„... an dieser Hand kleben Haare; packen Sie sie ein. An der andern nichts, aber ich würde sie trotzdem mitnehmen."

Der Grund, warum an ihr nichts klebte, war wohl ganz einfach der, dass sämtliche Finger fehlten.

Lässig warf die Ärztin sie wieder auf den Baumstumpf und wies ihren Assistenten an: „Bitte jeden Finger einzeln eintüten."

Jury machte einen Schritt nach vorn, wurde aber von ihrem Assistenten wieder zurückgepfiffen. „Bitte nicht auf den Finger da treten, Sir."

Er blickte auf den Boden und zog schnell den Fuß zurück. Erst jetzt bemerkte er die beiden abgetrennten Finger. Einer war von dem Baumstumpf gerollt. Das Opfer, eine jüngere Frau, Ende zwanzig oder Anfang dreißig, lag mit der einen Wange im seichten, schlammigen Wasser des Bachs. Das Wasser hatte durch das Blut eine rostigbraune Farbe angenommen. Abgesehen von der Hand schien die Leiche keine weiteren Verstümmelungen aufzuweisen; das bläulich angelaufene Gesicht verriet Jury, dass sie erwürgt worden war.

Die Rechtsmedizinerin erhob sich, klopfte sich das Laub und die kleinen Zweige von den Knien und nannte ihren Befund: „Nach erster Untersuchung seit ungefähr sechsunddreißig Stunden tot. Also am Donnerstagabend so zwischen acht Uhr und Mitternacht."

Die Polizeiambulanz war von der Horndean-Hertfield Road abgebogen und versuchte, auf dem Fußweg an den Tatort heranzukommen. Ein paar Meter vor der Leiche musste sie anhalten. Zwei Männer brachten eine Bahre und ein Gummituch.

„Was ist mit der Hand, Doc?", fragte Jury die Ärztin.

Sie schob die Unterlippe vor und blickte auf die Plastiktüte, die sie ihrem Assistenten gegeben hatte. „Eine Axt anscheinend. Nur ein Hieb. Da drüben liegt sie." Sie zeigte auf eine kleine Doppelaxt im Gras.

„Haben Sie eine Ahnung, warum der Mörder sich die Mühe machte, ihr die Finger abzuhacken?"

Sie schüttelte den Kopf und ließ ihre Tasche zuschnappen. Eine Frau, die nicht viel Worte machte. Sie trug ein strenges schwarzes Kostüm, dem eine helle Hemdbluse wohl eine etwas freundlichere Note verleihen sollte. Unter dem Kragen kam jedoch eine schmale, schwarze Krawatte zum Vorschein.

„Wegen der Fingerabdrücke kann er's nicht gemacht haben", sagte Carstairs, „sonst hätte er von beiden Händen die Finger abgehackt. Und, äh, die Finger mitgenommen. Die Axt gehört Miss Craigie, hat mir Gere erzählt. Das ist die Frau, die die Leiche gefunden hat. Sie benutzt sie, um sich einen Weg durch das Gebüsch zu bahnen, um die Zweige und so weiter durchzuhauen ... damit sie die Vögel beobachten kann. Vögel sind Miss Craigies große Leidenschaft." Inspector Carstairs zog an seinem Ohrläppchen, als wäre es ihm peinlich, ein so banales Detail erwähnen zu müssen.

„Hätte es auch eine Frau tun können?", fragte Jury die Ärztin.

Jedes ihrer Worte war ein Tropfen Säure: „‚Hätte es auch eine Frau tun können?' Ja, Superintendent. Sie werden feststellen, wir bringen alles Mögliche fertig – wir ziehen uns an, ziehen uns aus, fahren Fahrrad, bringen Leute um die Ecke."

Ein Punkt für die Emanzen, dachte er. „Entschuldigung." Sie ging, und Jury und Carstairs starrten auf die Leiche hinunter. Der schwarze Mantel war schmierig von Algen, und in den Haaren hatten sich Zweige und Blätter verfangen.

Sergeant Wiggins und Peter Gere entfernten sich von den Polizisten aus Hertfield, die das Gelände absuchten, und kamen auf sie zugestapft.

Wiggins betrachtete die verstümmelte Hand, während die Frau in das Gummituch gehüllt wurde. „Was meinen Sie – warum hat er ihr die Finger abgeschnitten?"

Jury schüttelte den Kopf. „Jedenfalls nicht, um ihr auf Wiedersehen zu sagen."

SIE SASSEN WIEDER in dem einen Dienstraum der Polizeiwache an der Hauptstraße und wärmten sich die Hände an Bechern mit heißem Tee und Kaffee.

„Die Leiche ist noch nicht identifiziert", sagte Carstairs. „Die Etiketten der Kleider stammen von Swan und Edgar und Marks und Sparks. Man kann schon am Stoff erkennen, dass sie nichts Teures bei Liberty einkaufte. Ich würde auf Verkäuferin tippen. Reichlich mit Schmuck behangen. Wir haben nur eine Sache gefunden, die uns vielleicht weiterhilft." Carstairs zog einen kleinen Umschlag aus der Tasche und schüttete den Inhalt auf den Tisch. „Mein Sergeant hat mir das gegeben, kurz bevor wir hierher zurückkamen. Eine Tagesrückfahrkarte nach London. Sie steckte im Futter des Mantels; anscheinend ist sie durch ein Loch in der Tasche gerutscht."

Jury schaute nach dem Datum – 4. September, vorgestern also. „Demnach war sie keine Einheimische."

„Nein, anscheinend nicht." Irgendwie schien Carstairs das Thema nicht ganz fallen lassen zu wollen; er fügte noch hinzu: „Trotzdem sollten wir diese Möglichkeit nicht völlig ausschließen."

„Aber selbst wenn", sagte Wiggins, die Tasse unter der Nase und den Dampf inhalierend, „ist sie doch wohl kaum im Dunkeln auf diesem Weg spazieren gegangen? Im Wald? So wie sie angezogen war?"

Carstairs warf Wiggins einen Blick zu, als wäre er ein Haufen ungewaschener Socken, konnte aber nicht umhin, ihm recht zu geben. „Diese Miss Craigie, die Frau, die sie gefunden hat, meinte, sie müsse in der Mordnacht auf einer Nachtwanderung an der Stelle vorbeigekommen sein."

„Um welche Zeit?", fragte Peter Gere.

„Sie ist sich nicht ganz sicher. Um neun oder halb zehn, vielleicht auch zehn. Auf jeden Fall nach Sonnenuntergang."

„Was hat denn *sie* um diese Zeit im Wald verloren?", fragte Wiggins und reichte Gere seine Tasse zum Nachschenken.

Peter Gere antwortete: „Eulen. Miss Craigie ist Vorsitzende der hiesigen Gesellschaft der Vogelfreunde. Verbringt sehr viel Zeit im Wald von Horndean. Ein wahres Vogelparadies, sagt sie – hübsch feucht und morastig."

„Klingt nicht sehr lustig", sagte Wiggins und zog seine Jacke fester um sich. Der Nachtspeicherofen des kleinen Dienstraums heizte für Wiggins völlig unzureichend. „Also haben wir schon mal eine Person, die sich zum Zeitpunkt des Mordes da draußen aufgehalten hat", sagte er zu Jury.

Gere lachte. „Na ja, ich muss zugeben, kräftig genug ist sie – aber, Moment mal, Sie denken doch wohl nicht, dass es einer aus dem Dorf gewesen ist?" Mit bekümmertem Stirnrunzeln stopfte er seine Pfeife.

„Vielleicht nicht, aber Sie hatten hier ja auch ein paar Sachen laufen, Peter. Wie steht's damit?" Carstairs griff in seine Tasche und warf einen braunen Packen auf den Tisch. „Schauen Sie sich das an, Superintendent." Er hatte ein geheimnisvolles Lächeln aufgesetzt, als könne er es nicht erwarten, dass Scotland Yard einen Blick darauf warf.

Es war ein gewöhnlicher brauner Umschlag, der in Hertfield abgestempelt und an die Littlebourner Poststelle geschickt worden war. Jury öffnete ihn und entnahm ihm ein Bündel Briefe, das von einem kleinen Gummiring zusammengehalten wurde. Er ging die Umschläge durch und sagte: *„Buntstift?"*

„Interessant, nicht? Viel schwieriger für die Experten als Tinte oder Schreibmaschine. Die Fachleute konnten noch keinerlei Hinweise geben."

Jury öffnete den ersten und las ihn: Er war mit grünem Buntstift geschrieben und an eine Miss Polly Praed, Sunnybank Cottage, adressiert. „Miss Praed scheint die tollsten Sachen anzustellen, ohne dass sie aus dem Haus geht. Drogen, Gin." Er legte ihn beiseite und nahm sich den nächsten, einen orangefarbenen, an eine gewisse Ramona Wey. „Ziemlich kurz, was?"

„Und ziemlich harmlos, abgesehen von denen an Augusta Craigie und Dr. Riddley. Mit Buntstiften schreibt es sich auch nicht gut."

Augusta Craigies Brief war in Lila geschrieben. „Mrs Craigie ist keine Kostverächterin. Bis jetzt wurden drei Männer in nacktem bis halb nacktem Zustand bei ihr zu Hause gesichtet."

Peter Gere grinste. „Wenn Sie Augusta kennen würden – sie ist Ernestines Schwester –, wüssten Sie, wie unwahrscheinlich das ist. Ich würde sagen, sie war eher stolz auf ihren Brief. Wir haben uns schon gefragt, ob nicht sie die Briefschreiberin war, nur damit sie sich selbst einen schicken konnte."

„So was ist ziemlich selten", sagte Jury. „Und irgendwie auch keine Erklärung für die andern Briefe. Die Verfasser anonymer Briefe verschaffen sich damit gewöhnlich ein Gefühl von Macht. Wie Voyeure oder anonyme Anrufer haben sie das Gefühl, das Leben anderer zu beherrschen." Jury öffnete den nächsten. „Wie ich sehe, haben Sie auch einen gekriegt, Peter."

Gere errötete und kratzte sich mit seinem Pfeifenstiel am Nacken. „Einen ziemlich langweiligen. In Grau. Ist wohl die passende Farbe für mein Privatleben. ‚Zotenreißer' – ganz schön altmodisches Wort, bezieht sich auf damals, als ich bei den Londoner Verkehrsbetrieben arbeitete."

In gespielter Entrüstung schnalzte Carstairs mit der Zunge: „Der an Riddley ist besonders hübsch. In Blau. Riddley, das ist unser Medizinmann, ein junger Kerl, sehr gut aussehend." Carstairs zog ihn aus dem Stoß.

Jury las die detaillierte Beschreibung der Dinge, die Doktor Riddley mit einer gewissen Ramona Wey trieb. „Ist sie denn so sexy?"

„Attraktiv", sagte Peter, „aber ein Eisberg. Sie hat einen Antiquitätenladen in Hertfield."

Auf den Umschlägen standen keine Adressen, sondern nur Namen. Sie waren alle zusammen in einen einzigen braunen Umschlag gestopft und an die Poststelle geschickt worden.

„Wer hat sie in Empfang genommen?"

„Mrs Pennystevens. Es kam ihr natürlich ziemlich komisch vor, aber sie gab den Leuten ihre Briefe, wenn sie in den Laden kamen, um Brot oder Briefmarken zu kaufen. Sie sagte, sie habe gedacht, es seien Einladungen oder so etwas."

„Nette Party", meinte Wiggins, der beim Lesen ein bisschen rot wurde.

„Gewöhnliche Buntstifte, wie man sie in jedem Papiergeschäft oder in jedem Haushalt mit Kindern findet."

„Mit und ohne Kinder." Peter Gere öffnete die seitliche Schublade seines Schreibtischs, holte ein paar Buntstiftstummel und Malbücher hervor und legte sie auf den Tisch. „Sind nicht meine. Sie gehören einem kleinen Mädchen aus dem Dorf. Sie malt gern aus. Emily heißt sie. Wo sie hinkommt, lässt sie diese Dinger liegen. Die hier habe ich auf der Fensterbank gefunden."

Jury schüttelte den Kopf, während er den Brief an Augusta Craigie noch einmal durchlas. „Diese Briefe klingen nicht echt."

Carstairs schaute ihn fragend an. „Wie meinen Sie das?"

„Ich meine, dass es sich um ein Täuschungsmanöver handelt." Er warf den Brief auf den Tisch. „Es scheint eher ein Spiel zu sein. Sie klingen nicht einmal ernst."

„Aber die Leute hier, die nehmen sie ziemlich ernst, das können Sie mir glauben", sagte Peter.

Carstairs blickte auf seine Uhr und stellte seine Tasse mit dem kalten Kaffee ab. „Hören Sie, ich muss nach Hertfield aufs Revier zurück. Wenn ich Ihnen irgendwie behilflich sein kann, lassen Sie es mich bitte wissen, Superintendent. Wir können sofort eine mobile Abteilung hierher verlegen, wenn Sie wollen. Ich dachte nur, da Hertfield in der Nähe ist –"

„Ist schon gut so. Lassen Sie Ihre Männer nur bitte weiter den Wald durchsuchen."

Carstairs nickte, legte zum Scherz zwei Finger an die Mütze und sagte: „Vielen Dank für den Kaffee, Peter. Sie machen ihn anscheinend immer noch aus Eisenspänen." Er grinste und war verschwunden.

Der Packen Briefe lag auf dem Tisch. Jury breitete sie auf der Tischplatte aus. „Anonyme Briefe in allen Regenbogenfarben. Und die Leiche eines Mädchens. Besteht Ihrer Meinung nach ein Zusammenhang zwischen dem da und ihr?"

„Kann ich mir nicht vorstellen", sagte Peter Gere. „Auf den Gedanken bin ich noch gar nicht gekommen. Denken Sie an Erpressung?"

„Nein. Das wäre keine sehr Erfolg versprechende Methode, oder? Erst die Sünden publik machen und dann kassieren wollen?"

Wiggins' Kopf erschien über dem Kragen seines Mantels, in dem er, ewig fröstelnd, über die Sache nachgedacht haben musste. „Wissen Sie, dieser Fahrschein in ihrem Mantel ist für mich kein Beweis, dass sie aus London kam. Jemand kann ihn da reingesteckt haben, damit wir glauben, sie wäre aus London."

Gere berührte den braunen Umschlag. „Die hier wurden Dienstag vor einer Woche in Hertfield abgeschickt. Aber das beweist auch nichts. Was Sie da sagen, ist natürlich durchaus möglich."

Wiggins untermauerte seine Theorie. „Ist doch komisch, dass der Mörder alles verschwinden ließ, was eine Identifikation ermöglicht hätte, aber nicht in die Taschen geschaut hat."

„Die Fahrkarte steckte aber im Futter. Offensichtlich ist sie durchgerutscht", sagte Jury.

Wiggins dachte einen Augenblick nach. „Es könnte ja sein, dass es nicht ihr Mantel war."

„Wie kommen Sie denn darauf?"

„Na ja, aufgetakelt wie sie war, in diesem grünen Kleid und schaufelweise Augen-Make-up –" Wiggins' Ton war missbilligend – „und dem ganzen Schmuck. Der schwarze Tuchmantel passte irgendwie überhaupt nicht dazu."

Wiggins und Gere woben weiter an ihrer tollen Tuchmanteltheorie. Jury ließ sie machen; er war überzeugt, dass die Fahrkarte genau das bedeutete, was sie zu bedeuten schien: dass die Frau aus London gekommen war und vorgehabt hatte, am selben Tag wieder zurückzufahren.

Jury hatte eine hohe Meinung von den Polizisten in der Provinz; ihre Unbestechlichkeit war schon legendär. Auch wenn ihre Feinde unter den Großstadtkollegen sie als einen Haufen blöder Hinterwäldler bezeichneten: Jurys Meinung nach war das nur der Neid auf ihren Ruf. Er hatte sich immer noch nicht von dem Schock erholt, den ihm die Prozesse gegen ein paar seiner Kollegen und die Gefängnisstrafen vor ungefähr zehn Jahren versetzt hatten. Er war zwar nicht gerade blauäugig, aber doch irgendwie romantisch veranlagt. An gewisse Dinge glaubte er einfach: an England, die Queen, den Fußballtoto. Wenn er Peter Gere, den Dorfpolizisten, betrachtete, empfand er echten Respekt. Es war nicht gerade einfach, auf fremdem Terrain zu operieren.

Trotzdem – ein hübsches Nest, dachte Jury, als er sich auf seinem Stuhl zurücklehnte und auf die Grünanlage blickte. Nicht einmal die Polizei, die in das Dorf eingefallen war, hatte es aus seinem goldenen Septemberschlaf geweckt. Die Hauptstraße schien mit dem grauenvollen Verbrechen, das im Wald verübt worden war, nichts zu tun zu haben; es war, als hätte jemand einen Stein durch ein sonniges Fenster geworfen. Aus dem einzigen Gasthof des Dorfes, dem „Bold Blue Boy", kam ein alter Mann herausgestolpert und schlurfte über die Grünanlage. Etwas weiter oben ging eine Frau mit einem Einkaufskorb über dem Arm in den Süßwarenladen. Nur die kleine Gruppe aus drei Dorfbewohnern, die anscheinend in der Mitte der Grünanlage aufeinandergestoßen waren, bezeugte, dass etwas im Gange war, denn es wurde eifrig gestikuliert und immer wieder auf die Polizeiwache gedeutet.

Nein, nicht drei, sondern vier Personen. Ein kleines Mädchen war aus der Gruppe herausgetreten und starrte auf die Polizeiwache oder auf den Wagen von Scotland Yard oder auch auf beides.

Jury hörte Wiggins und Gere nur mit halbem Ohr zu. Er war überzeugt, dass die Ermordete keine Einheimische war – man sah ihr London schon von Weitem an. Auf der Oxford Street und der Regent Street liefen Dutzende solcher Mädchen herum. Warum die Sache komplizierter machen?

Während Jury beobachtete, wie die Kleine mit dem blonden Strubbelkopf eine Art seitlichen Tanzschritt ausführte, sagte er zu den beiden Stimmen hinter sich: „Vielleicht war's so. Aber wo ist dann ihr eigener Mantel?"

Über den Verbleib des ursprünglichen Mantels schienen sie sich jedoch keine Gedanken gemacht zu haben. Keiner antwortete ihm.

Die Sonne, die durch die Jalousien fiel, malte zitronengelbe Streifen auf den Boden. Jury schaute wieder auf die Grünanlage hinaus. Die Gruppe hatte sich verkleinert; übrig geblieben waren der ältere Mann und das kleine Mädchen. Er löste sich von ihr und steuerte zielsicher auf die Polizeiwache zu. Das kleine Mädchen folgte ihm, aber immer in einem gewissen Abstand. Er hatte auffallend weite Kniebundhosen an; sie trug eine Reitjacke mit zu kurzen Ärmeln.

„Sir, können wir nicht in den Gasthof rübergehen?", fragte Wiggins leidend. „Im Wald war es furchtbar feucht."

„Sicher. Aber wer kommt denn da den Weg hoch, Peter?"

Ein Schwarm Drosseln, die bisher mit einer Brotrinde beschäftigt gewesen waren, flatterten über dem Kopf des älteren Mannes, als wollten sie ihr Nest dort bauen. Jury beobachtete, wie er mit seinem Stock nach ihnen schlug. Bevor er wie eine steife Septemberbrise in den Raum gefegt kam, tauchten sein Gesicht und Brustkorb in der Glastür auf, einem Wasserspeier zum Verwechseln ähnlich.

„Peter! Das ist doch wohl die Höhe! Ich höre, im Wald von Horndean ist eine Leiche gefunden worden!" Sein Tonfall verriet, dass der Ortspolizist für diesen Unfug möglichst rasch eine Erklärung zu liefern habe, da er sich sonst gezwungen sähe, ihn zur Rechenschaft zu ziehen.

Jury erkannte in Sir Miles Bodenheim (von Gere betont lustlos vorgestellt) jenen Typ des Landadligen, der mit seiner Zeit nichts anderes anzufangen weiß, als sich in den Mittelpunkt des Geschehens zu rücken. „Sind Sie im Besitz von Informationen, die Ihnen wichtig erscheinen, Sir Miles?"

„Ich weiß überhaupt nichts. Ich verstehe nur nicht, wieso die Polizei es für notwendig hält, über meine Südwiese zu trampeln. Die tun ganz so, als gehörte sie ihnen."

„Ihr Gut liegt in der Nähe des Waldes von Horndean?", fragte Jury.

„Ja, das tut es. Genauer gesagt, es grenzt daran. Rookswood ist ziemlich weitläufig."

„Haben Sie vorgestern Nacht vielleicht etwas Ungewöhnliches gesehen oder gehört?"

Miles Bodenheim lächelte süffisant. „Nur Miss Wey in Dr. Riddleys Praxis. Etwas spät für einen Arzttermin, finden Sie nicht?"

Wiggins hatte seinen Block hervorgeholt. „Um wie viel Uhr war das, Sir?"

Sir Miles' Augenbrauen gingen in die Höhe. „Um wie viel Uhr? Woher soll denn ich das wissen? Ich führe nicht Buch über die Angelegenheiten meiner Nachbarn."

„Ungefähr?", sagte Wiggins und putzte sich die Nase mit seinem überdimensionalen Taschentuch.

Sir Miles stotterte: „Oh, ich weiß nicht, so gegen sechs, nehme ich an."

„Ich dachte mehr an Vorgänge im Wald, Sir Miles", sagte Jury.

„Fehlanzeige", zischte er. „Ich treibe mich nicht nachts im Wald herum, um Nachtigallen aufzulauern, Superintendent. Ich verstehe auch nicht, warum Scotland Yard sich hierher bemühen musste", fügte er der Form halber noch hinzu; anscheinend hatte er seine Meinung über die Polizei von Hertfield geändert. „Aber ich kümmere mich wohl besser um meine eigenen Angelegenheiten", ergänzte er noch.

Das wäre bestimmt das erste Mal, dachte Jury. „Ist der Wald denn eine Art Treffpunkt?"

„Nicht dass ich wüsste. Wir gehen da nur hin, um Vögel zu beobachten. Ich bin Sekretär und Kassenverwalter der Königlichen Gesellschaft der Vogelfreunde."

„Ich möchte wahrscheinlich später noch mit Ihnen sprechen, Sir Miles. Wenn Sie etwas Zeit für mich erübrigen können."

Wie zu erwarten, gefiel Miles Bodenheim diese demütige Anfrage vonseiten der Polizei ungemein. „Ja, werde ich. Es scheint sich ja", fuhr er fort, „um ein besonders brutales Verbrechen zu handeln. Wie ich höre, wurde ihr der Arm abgehackt. Ich komme gerade von den Craigies. Ernestine steht immer noch unter Beruhigungsmitteln. Was für ein Schock! Ich hab mich mit Augusta beim Tee unterhalten, und sie hat mir alles erzählt. Entsetzlich, ihr einfach so den Arm –" Er brachte einen knackenden Laut hervor und schlug sich mit dem Stock auf den Arm. „Unverständlich, wie man so was tun kann." Erwartungsvoll blickte er zu Jury hin, der sich jedoch nicht äußerte. „Aber na ja, sie war fremd hier." Womit er wohl ausdrücken wollte, dass Fremde es sich selbst zuzuschreiben hatten, wenn sie ihre Arme einbüßten. „Hoffentlich seid ihr Burschen von Scotland Yard etwas schneller als die hiesige Polizei. Dafür bezahlen wir euch schließlich." Sir Miles monologisierte weiter. „Ist doch komisch. Was konnte einer da draußen zu suchen haben? Außer uns Vogelfreunden hat im Wald von Horndean niemand etwas zu schaffen. Sylvia, meine Frau, sagt das auch." Er erwärmte sich für sein Thema, und nun stand nicht mehr der Mord im Mittelpunkt, sondern das widerrechtliche Betreten seines Grundstücks. „Es gibt nur den einen öffentlichen Fußweg, und der ist völlig zugewachsen, weil niemand da langgeht. Es gibt auch keinen Grund, diesen Weg nach Horndean zu nehmen. Es ist ein ziemlich langer Fußmarsch; Sylvia sagt, sie ist beinahe im Schlamm versunken, als sie mit ihren Vogelfreunden da herumwanderte; man soll besser nicht so weit reingehen. Sylvia steckte schon einen halben Meter tief drin, sie sagt –"

Wie Jury an Geres Gesicht ablesen konnte, hätte Sylvia auch völlig darin versinken können, ohne dass ihr jemand eine Träne nachgeweint hätte. Er unterbrach Miles: „Sie meinen also, für Pärchen oder Picknicks ist der Wald nicht der geeignete Ort?"

Miles schnappte nach Luft. „Pärchen? Das will ich nicht hoffen!" In Littlebourne waren Pärchen anscheinend so unbekannt wie die Maul- und Klauenseuche. Sein Blick fiel wieder auf die Briefe, die Gere erfolglos mit dem Arm zu verdecken versuchte. „Dieses Dorf ist das reinste Tollhaus. Ein Verrückter, der sich frei unter Unschuldigen bewegt. Ein *paar* Unschuldigen, besser gesagt." Er grinste. „Kein Rauch ohne Feuer. Sie bleiben noch, nehme ich an, Superintendent?"

„Ja, ich hab mir ein Zimmer im ‚Blue Boy' genommen."

Sir Miles' grauer Schnurrbart zuckte. „Oh, doch nicht im ‚Blue Boy'. Die Heizung funktioniert nicht richtig; Mary O'Brien kocht zwar ganz gut, das schon, aber ich kann Frauen in der Gastronomie nicht gutheißen. Sie etwa? Ich weiß, Frauen sind heutzutage überall, aber Mary O'Brien ... Sie haben bestimmt gehört, was ihrer Tochter zugestoßen ist? Ich hab's beinahe vergessen bei dem ganzen Trubel. Die Polizei ist in dieser Sache auch noch nicht weitergekommen, was, Peter? Zwei Wochen ist das nun schon her. Na schön, Superintendent, ich würde ganz gerne noch etwas bleiben und mit Ihnen plaudern, aber ich muss leider weiter." Er klopfte mit seinem Stock dreimal auf den Boden, als wolle er irgendwelche Geister beschwören. „Wir stehen Ihnen zur Verfügung", bot er Jury an. „Zögern Sie nicht, uns in Rookswood aufzusuchen, wann immer Sie Hilfe benötigen." Nachdem er sich die Befriedigung verschafft hatte, bei der Polizei nach dem Rechten gesehen zu haben, riss Miles Bodenheim die Tür auf und segelte hinaus, während sich hinter ihm die heiße Luft mit der kalten vermischte.

„Was ist denn mit dem Mädchen passiert?", fragte Jury und ließ den Packen Briefe in die Tasche seines Regenmantels gleiten.

„Katie O'Brien. Das ist die Tochter der Wirtin vom ‚Blue Boy'. Sie ist zweimal im Monat nach London gefahren, um Geigenstunden zu nehmen. Anscheinend hat sie auch in der Underground gefiedelt, um sich ein Taschengeld zu verdienen."

„So 'n Blödsinn", sagte Sergeant Wiggins.

„Tja, und dann hat ihr jemand den Schädel eingeschlagen. Es soll ein wahres Wunder sein, dass sie noch lebt, aber ich weiß nicht, ob sie so besser dran ist. Sie liegt im Fulham Road Hospital im Koma. Schon seit beinahe zwei Wochen, und es sieht nicht gerade gut aus."

Als sie aufstanden, um sich zu verabschieden, fragte Jury: „Wo ist das passiert?"

„Im East End. In der Wembley-Knotts-Station. Ihr Musiklehrer wohnt da irgendwo in der Nähe."

Wiggins steckte sich ein Hustenbonbon in den Mund und reichte die Schachtel herum. „Keine Gegend, in der sich ein junges Mädchen herumtreiben sollte."

# 4

Sollte sie, sollte sie nicht, sollte sie doch?

Emily Louise Perk stand immer noch auf der Grünanlage, o-beinig wie immer. Emily war sozusagen stets zu Pferd. Sie hatte die Tür der Polizeiwache im Auge, aus der eben Miles Bodenheim getreten war; er war dann aber sofort abgebogen. Ihre Gedanken kreisten um Scotland Yard.

In Pollys Büchern tauchte etwas auf, was Mordkabinett hieß, und Emily Louise fragte sich, wie so was wohl aussäh. Wahrscheinlich befanden sich in ihm die Wachsfiguren von Mördern. Und Handschellen, Äxte, Blut. Sie hatte einen Horror vor Blut und hatte sich die detaillierten Beschreibungen der Leiche, die im Wald von Horndean gefunden worden war, kaum anhören können. Emily hasste es, nur an Blut zu denken. Das war auch einer der Gründe, weshalb sie eine so gute Reiterin war; sie wusste nämlich, dass sie herunterfallen und sich blutende Wunden holen konnte, wenn sie ihre Kunst nicht beherrschte. Ihre Mutter hatte einmal versucht, mit ihr über Blut und Blutungen zu reden, aber Emily hatte sich so geekelt, dass sie aus dem Zimmer gerannt war. In Pollys Büchern hatte sie die Beschreibungen von blutüberströmten Körpern immer übersprungen. In einem war von einem abgeschlagenen Kopf die Rede. Und nun war das auch noch hier passiert. Eine abgeschlagene Hand. Miss Craigie hatte gesagt, die Finger ... Nein, sie wollte nicht daran denken.

Sie hatte es auch nicht über sich gebracht, Katie im Krankenhaus zu besuchen. Schaudernd dachte sie an die Gerüche, an das Blut, auf das man überall stieß: die Operationstische, die Messer der Chirurgen, die Blutflecken, Kittel und Uniformen. Und sie wollte ihre Freundin Katie nicht wie eine Tote auf einem Tisch liegen sehen.

Die Falte auf ihrer Stirn wurde noch tiefer. Eine so tiefe Furche war selbst für Emily ungewöhnlich. Wenn sie nur rausbekäme, was die Polizei wusste, vielleicht konnte sie dann auch entscheiden, ob das, was *sie* wusste, von Bedeutung war.

Die Tür der Polizeiwache ging wieder auf, und *er* kam heraus. Sie würde vorsichtig zu Werke gehen müssen. Leute von Scotland Yard schafften es, jeden auszuquetschen. Sie konnten selbst ihr Pony Shandy zum Reden bringen, wenn sie mussten. Und die Bäume, wenn sie es darauf anlegten.

Und Emily war im Besitz eines Geheimnisses. Das Problem war nur, dass es eigentlich nicht *ihr* Geheimnis war. Es war vielmehr Katie O'Briens Geheimnis.

SOLLTE SIE, sollte sie nicht, sollte sie doch.

Polly Praed schob die Walze ihrer Schreibmaschine so heftig zurück, dass sie beinahe die ganze Maschine mitnahm.

Sie versuchte, sich zu einem Entschluss durchzuringen.

Ihr Häuschen stand direkt neben dem keltischen Kreuz, dort wo die Hauptstraße in die Hertfield Road mündete und mit ihr ein Y bildete. Von dem Fenster des winzigen Wohnzimmers, in dem sie ihre Bücher schrieb, hatte man einen guten Blick auf die Hauptstraße: Sie konnte über die Grünanlage bis zur Polizeiwache rechts davon und zum „Blue Boy" links davon sehen.

Gewöhnlich nahm sie das Treiben auf der Straße gar nicht wahr. Ihre Augen registrierten zwar das Kommen und Gehen, aber ihre Gedanken waren bei ihrer Geschichte. Das war die Regel. Heute schien es jedoch umgekehrt zu sein.

Mit etwas Zyankali in der Partybowle hatte sie gerade Julia Bodenheim ins Jenseits befördert. Ihre Finger bewegten sich wie von selbst, wenn es darum ging, einen der Bodenheims aus der Welt zu schaffen. Es entging ihr also kein Detail von dem, was sich im Umkreis der Polizeiwache abspielte. Während ihre Finger Julia vergifteten, verfolgten ihre Augen, wie der Mann von Scotland Yard mit Peter Gere den Rasen überquerte.

Polly fragte sich, was Emily dort zu suchen hatte: Emily tat das, was Polly am liebsten getan hätte. Es war zwar schon nach zwei, aber doch nicht zu spät, um noch etwas zu essen. Bestimmt waren sie zum Mittagessen gegangen. Nichts hinderte sie daran, das auch zu tun. Sollte sie, sollte sie nicht, sollte sie doch.

Ihre Finger ruhten auf einer mit Arsen gewürzten Aubergine, während sie sich ihren ersten Schachzug überlegte:

*„Scotland Yard? Oh! Ich wusste gar nicht, dass die Polizei von Hertfield sich Verstärkung geholt hat."*

Ziemlich langweilig. Wie war es mit: *„Ich kann mir vorstellen, dass Sie Krimis, in denen von Scotland Yard die Rede ist, gleich wieder aus der Hand legen, Superintendent?"*

Albern. Sollte sie ihn vielleicht fragen, wie sie im dritten Kapitel vorgehen sollte? Das wäre so plump, dass sie bestimmt keine Chancen mehr bei ihm hätte. Erwartete sie von ihm, dass er seine Ermittlungen einstellte, um ihr eine Nachhilfestunde in Kriminologie zu geben?

Frustriert ließ sie sich auf ihren Stuhl zurückfallen und drückte fast ihre Katze Barney platt. Sie hatte sich dieses Plätzchen ausgesucht, weil es am sonnigsten war.

Abgehackte Finger. Polly stützte den Kopf auf die Hände und dachte nach, fand aber keine Erklärung. Sie beugte sich wieder vor, verschränkte die Arme auf ihrer Schreibmaschine, legte das Kinn darauf und starrte aus dem Fenster. Sie sah, wie das Tor zum Garten des „Bold Blue Boy" auf- und zuging. Auf und zu, auf und zu ... und darauf saß Emily Louise, die alles noch viel genauer verfolgte als sie. Als zehnjährige Göre konnte man sich so auffällig benehmen, wie man wollte.

Das ist einfach lächerlich, sagte sie sich, stand auf und strich ihr Twinset glatt. Sie würde einfach über die Grünanlage zum Gasthof gehen.

Nein, doch nicht.

# 5

„Wer ist denn die Kleine mit dem sorgenvollen Blick?", fragte Jury, der aus dem offenen Fenster des „Bold Blue Boy" schaute. Sie saß auf dem hin- und herschwingenden Tor.

„Emily Louise Perk", antwortete Peter Gere, ein Käsebrot mit Gurkenscheibchen in der Hand. „Sie hängt immer herum. Ihre Mutter arbeitet in Hertfield, ihr Vater ist tot. Vielen Dank, Mary."

Die Frau, die ihnen das Bier hinstellte, hatte einen vagen, ausdruckslosen Blick, als schaue sie sie durch eine regennasse Scheibe an. Sie war mittleren Alters, dunkelhaarig und bestimmt einmal sehr hübsch gewesen – vielleicht noch vor zwei Wochen, bevor diese Sache mit ihrer Tochter passierte. Sie sagte nur, sie sollten es sich schmecken lassen, und entfernte sich wieder.

Peter, der Jury von Katie O'Briens Unfall erzählt hatte, fuhr fort: „Mary konnte sich nicht erklären, wieso sie nicht die Sachen trug, die sie angehabt hatte, als sie von zu Hause wegging. Mary bestand auf Kleidern und Röcken. Katie muss sich also irgendwo umgezogen haben, denn sie hatte Jeans und ein pinkfarbenes T-Shirt an. In ihrer Einkaufstasche war auch ein Päckchen Zigaretten. Und einer von diesen Schmökern, die

Mädchen in ihrem Alter verschlingen, ein Heartwind-Roman, so viel ich mich erinnere. Ihre Mutter war jedenfalls strikt dagegen, dass sie Zigaretten rauchte oder solche Schmöker las –"

„Die sind ziemlich harmlos", sagte Sergeant Wiggins, der jetzt, wo er sein Essen vor sich hatte, schon viel gesünder aussah. „Es gibt Schlimmeres –" Als er Jurys fragenden Blick bemerkte, meinte er: „Na ja, Sie erinnern sich doch bestimmt an Rosalind van Renseleer. Ich hab ein paar von ihren Romanen gelesen ..." Er verstummte und widmete sich wieder seinem Brot.

„Ihre Mutter ist wohl ziemlich streng, was?" Gere nickte.

„Und was ist mit diesem Musiklehrer? Sagten Sie nicht, er habe sie an der Station abholen und auch wieder zur Station zurückbringen sollen?"

Gere zuckte die Achseln. „Weiß ich nicht. Das Morddezernat beschäftigt sich mit diesem Fall. Sie können sich von Carstairs einen Bericht geben lassen. Ist bestimmt nicht die Erste, die in London überfallen wurde." Gere lächelte matt. „Ein schwerer Schlag für Mary. Arme Frau. Aber die Jugend heutzutage –"

„Was für Jeans?", fragte Jury.

Erstaunt blickte Peter hoch. „Was für welche? Blue Jeans. Sehen doch alle gleich aus."

„Überhaupt nicht. Die meisten Mädchen stehen heute auf Designer-Jeans, darunter machen sie es nicht. Welche Marke?"

Peter runzelte die Stirn. „Hmmm, das weiß ich nicht. Warum ist das denn so wichtig?"

„Ich frage mich nur, wie lange sie in der Underground spielen musste, um sich welche kaufen zu können."

„Jordache-Jeans", sagte Mary O'Brien und drehte am Zipfel ihrer Schürze, als wäre es der Hals des Mannes, der ihre Tochter überfallen hatte. „Und ein rosaviolettes T-Shirt. Ihr Kleid lag in der Tasche."

„Jungen? Wie stand's damit? Hatte sie einen Freund?"

Mary O'Brien schüttelte den Kopf. „Sie ist erst sechzehn. Ich hab ihr gesagt, das hätte Zeit."

Jury äußerte sich nicht dazu. „Der Musiklehrer – wie heißt der?"

„Macenery." Sie schaute zu, wie Wiggins sich den Namen notierte. „Cyril Macenery. Er wohnt in der Drumm Street, nicht weit von der Station. Das erste Mal bin ich zusammen mit Katie zu ihm hingegangen. Er behauptet, er hat sie an die Bahn gebracht. Angeblich hatte er auch keine Ahnung, dass sie dort spielte."

„Nehmen Sie ihm das nicht ab?"

„Ich weiß nicht, was ich glauben soll. Es überrascht mich, dass Sie sich überhaupt dafür interessieren. Außer Ihnen tut das keiner. Nach diesen Briefen und jetzt nach diesem Mord im Wald von Horndean ..." Mit dem Handrücken strich sie sich das dunkle Haar aus der Stirn.

„Natürlich interessiert mich das, Mrs O'Brien. Eine schreckliche Geschichte." Sie schenkte ihm ein winziges, kaum wahrnehmbares Lächeln, ein Lächeln wie ein Blatt, das an einem Stein im Wasser hängen geblieben ist. Es verflüchtigte sich sofort wieder. „Wie heißt ihr Arzt?"

"Dr. Riddley. Der Arzt aus dem Dorf. Sie können nichts tun als warten. Ich besuche sie im Krankenhaus und spreche mit ihr. Es ist schwer, mit jemandem zu sprechen, der einen nicht hört. Ich habe auch den Kassettenrecorder und ein paar von ihren Lieblingskassetten hingebracht. Katie war außergewöhnlich musikalisch", sagte Mary O'Brien, und in ihrer Stimme schwang noch etwas von dem Stolz mit, den sie empfunden haben musste. „Hier konnte ihr keiner mehr was beibringen. Sie war schon bei allen gewesen. Nur dieser Macenery war gut genug und außerdem auch nicht so teuer. Viel Geld habe ich nicht, aber sie brauchte einfach einen wirklich guten Lehrer. Katie hat getan, was sie konnte. Ihre Musik bedeutete ihr alles. Sie hat verschiedene Jobs gehabt, vor allem hat sie geputzt – für Miss Pettigrew, die Mainwarings, Peter, Dr. Riddley und andere. Manchmal hat sie auch in Rookswood nach den Pferden geschaut oder im ‚Magic Muffin' ausgeholfen, im Sommer, wenn viel los war, hat sie dort bedient ... Wenn er nicht der beste Lehrer gewesen wäre, den wir uns leisten konnten, glauben Sie, ich hätte sie in so eine Gegend von London fahren lassen?"

Sie würde gleich zusammenbrechen, wenn er nicht eingriff. Ihre Stimme nahm diesen immer schriller werdenden, hysterischen Ton an. „Die Londoner Polizei wird sich darum kümmern, Mrs O'Brien."

„Ich kann Ihnen ja mal Ihre Zimmer zeigen." Sie führte ihn eine dunkle Treppe mit alten Stichen von Vögeln und bukolischen Landschaften hinauf. „Sie sagen, man kann nie wissen, auf was Leute im Koma reagieren. Ich spreche mit ihr und spiele ihre Kassetten. Sie würden nie erraten, was ihr Lieblingslied war: ‚Rosen aus der Picardie'! Katie war so altmodisch."

Jury fragte sich, wie sie das mit den Jordache-Jeans und dem pinkfarbenen T-Shirt in Einklang brachte.

JURYS INTERESSE für die kleine Blonde wuchs. Anscheinend war es ihr auf dem Tor langweilig geworden – während seiner Unterhaltung mit Mary O'Brien war sie jedenfalls verschwunden.

Nachdem er Wiggins beauftragt hatte, die Postmeisterin und die Mainwarings zu befragen, machte Jury sich auf den Weg zu den Craigies. Jury und Emily traten gleichzeitig – ja beinahe schon verblüffend gleichzeitig – auf die Straße, er aus dem „Bold Blue Boy", sie aus dem Süßwarenladen ein paar Häuser weiter.

Jury beobachtete einen Augenblick, wie sie in die Luft starrte und ihn auf unübersehbare Weise ignorierte. Das letzte Mal, dass ihn jemand so auffällig ignoriert hatte, war in der Camden Passage gewesen, als er Jimmy Pink, den Taschendieb, der dort seiner Arbeit nachging, festnahm. Sie beugte den Kopf über eine weiße Papiertüte und überlegte anscheinend, welches Bonbon sie sich zuerst in den Mund schieben sollte. Immer noch durch ihn hindurchstarrend, obwohl er die einzige Person auf dem Trottoir war und außerdem von beträchtlicher Körpergröße, begann sie auf einem Bein herumzuhüpfen, dann machte sie einen Satz nach vorne, wobei sie die Beine, einem unsichtbaren Muster im Pflaster folgend, auseinanderspreizte. Sie wirbelte herum und wiederholte das Ganze rückwärts, die weiße Bonbontüte fest an sich pressend. Ihr ungekämmtes, strähniges Haar hatte an den Seiten ihres Kopfs zwei Bäusche gebildet, die beim Hüpfen auf- und abgingen.

Er überquerte die Hauptstraße, stieg in sein Auto und umkurvte damit das eine Ende der Grünanlage, um dann auf der anderen Seite am „Blue Boy" vorbeizufahren. Bei dem keltischen Kreuz blickte er in den Rückspiegel. Sie stand völlig regungslos da, stopfte sich den Inhalt ihrer Tüte in den Mund und starrte dem Wagen von Scotland Yard nach.

## 6

Augusta Craigie – oder die Frau in dem wild wuchernden Garten, von der Jury annahm, sie sei Augusta – schien gerade mit einem Beet Primeln beschäftigt zu sein, als er das Gartentor aufklinkte. Bis auf das kleine Fleckchen, auf dem sie gerade arbeitete, war der Garten ein einziger Dschungel. Sie fuhr mit einer kleinen Harke um die winzigen Windmühlen und Wasserfälle, die Enten, die ihre Jungen in die Schlacht führten, die gepunkteten Frösche auf den Gipsbänkchen herum. Sogar ein kleines Riesenrad war vorhanden. Es war wie auf einem Rummelplatz für Liliputaner.

„Miss Craigie?" Sie drehte sich nach ihm um, und ihre Lippen formten ein kleines o. „Ich bin Superintendent Jury von Scotland Yard." Er zeigte ihr seinen Ausweis.

Sofort rollte sie den Kragen hoch und die Ärmel herunter, als wolle sie den letzten Zentimeter unbedeckter Haut verhüllen, ein schwieriges Unterfangen, denn Miss Craigie war von den Haaren bis zu den Baumwollstrümpfen bereits ganz in Grau gehüllt. Mit ihren flinken, kleinen Augen und ihrer spitzen Nase erinnerte sie Jury an eine Feldmaus.

„Sie wollen bestimmt mit meiner Schwester sprechen. Ich glaube nicht, dass sie dazu in der Lage ist ... ich meine, nach alldem, was sie hinter sich hat. Sie können sich vorstellen, was für ein Schock das war!"

„Ja, natürlich. Aber vielleicht könnten *wir* uns unterhalten?" Wenn er erst einmal im Haus war, würde er schon fertigwerden mit den Schocks, die sie erlitten hatten.

„Wir? Oh. Ja, ich denke schon ..." Verunsichert blickte sie auf ihre Gipsdekorationen, da aber von den Enten und den Fröschen kein Zuspruch zu erwarten war, streckte sie die Waffen, wickelte ihre Strickjacke noch fester um ihren schmalen Körper und führte ihn zu einer kleinen Tür. Das Strohdach war dringend reparaturbedürftig. Von den schweren, dunklen Balken um die Fenster und die Tür war schon längst der Maschendraht abgefallen, der verhindern sollte, dass Vögel dort ihre Nester bauten.

Eine langhaarige Katze mit dem gemeinen, verdrießlichen Gesichtsausdruck eines Schurken tauchte hinter einem Busch auf und folgte ihnen auf den Fersen. Drei weitere – Jury glaubte etwas Graues und Orangefarbenes gesehen zu haben – huschten wie Schatten um die Ecke des Hauses.

Der Eindruck, den der Garten vermittelte, wurde im Innern des Hauses noch verstärkt. Die Ausschmückung ihres Heims lag den beiden Schwestern offensichtlich mehr am Herzen als der Haushalt. Von dem vorderen Zimmer gelangte man durch einen niedrigen Bogen in einen zweiten Raum – ein Studierzimmer oder eine Art Wohnzimmer. Vor dem Fenster stand ein breiter, mit Papierrollen, Schreibwerkzeugen und Zeichengeräten übersäter Schreibtisch. Über alldem thronten zwei Sperlingspapageien in einem Korbkäfig.

Auch sonst gab es überall Vögel, nur dass diese entweder ausgestopft waren, unter Glas standen oder als Porzellanfiguren den Kaminsims und die Regale zierten. Augusta Craigie hatte in einem ausladenden, kretonnebezogenen Sessel Platz genommen; sie sagte: „Ernestine ist Ornithologin. Deswegen haben wir hier so viele Vögel herumstehen. Die Sperlingspapageien gehören mir. Süß, nicht wahr? Ernestine hat schon etliche Artikel über Vögel geschrieben. Ich kümmere mich um den Haushalt." Sie breitete entschuldigend die Hände aus, als wäre sie dieser Aufgabe nicht richtig gewachsen.

Jury war sich nicht sicher, ob die drei Katzen, die sich vor ihm aufgebaut hatten und ihn anstarrten – die Pfoten ordentlich nebeneinandergestellt und gelegentlich mit den Schwänzen zuckend –, dieselben Tiere waren, die er draußen gesehen hatte, oder andere, dem Dunkel des Hauses entsprungene Geschöpfe. Sogar am helllichten Tag brauchte man elektrisches Licht, und die große Stehlampe neben Miss Craigies Sessel brannte auch. Der mit Fransen besetzte Schirm verbreitete ein trübes Licht. Die Katze mit dem gemeinen Gesichtsausdruck sprang auf ihren Schoß und versetzte ihr einen mörderischen Hieb mit der Pfote, den Miss Craigie überhaupt nicht wahrzunehmen schien.

„Ernestine ist die Vorsitzende der Vogelfreunde von Hertfield. Gewöhnlich ist sie schon vor fünf mit ihrem Feldstecher unterwegs ... Sie sehen, es ist also ganz *normal*, dass sie auf ... auf diese arme Frau gestoßen ist."

Augusta gehörte offenbar zu den Leuten, die für alles eine Erklärung parat haben müssen, und Jury ließ sie reden. Sie deutete jedoch sein Schweigen als Schuldzuweisung und schmückte eilig das Ganze noch weiter aus. „Sie war gerade dabei, eine dieser kleinen Karten für die Vogelbeobachter zu zeichnen. Wir benutzen sie, wenn wir gemeinsam losziehen; gewöhnlich in kleinen Gruppen, wenn es etwas Besonderes gibt – wie zum Beispiel das Tüpfelsumpfhuhn ..." Ein bitterer Ton schlich sich ein, als sie sagte: „Wissen Sie, für mich war das genauso schlimm – wirklich genauso schlimm!" Sogar in dem trüben Licht sah Jury die Röte, die ihr Gesicht überzogen hatte: Sie war damit herausgeplatzt, als hätte Ernestine sich nun lange genug im Rampenlicht gesuhlt. „Zu sehen, wie dieser Hund auf mich zukam mit diesem – *Ding* im Maul." Augusta sank in ihren Sessel zurück, fuhr dann aber plötzlich wieder hoch und beförderte dabei die Katze auf den Boden, die daraufhin die Sperlingspapageien zu belauern begann. „Ich versteh das alles nicht, Inspector. Offensichtlich sind wir die Sündenböcke. Als hätten die Polizisten – Sie – *uns* im Verdacht. Vor Ihnen war schon dieser andere Inspector aus Hertfield da und hat uns mit Fragen bombardiert ... Wirklich, es ist einfach ungerecht."

Jury überging seine Degradierung und sagte: „Ich hoffe, Sie verstehen, wie wichtig es für uns ist, alle, die mit der Entdeckung der Leiche zu tun hatten, zu befragen. Wir wollen Sie keineswegs belästigen. Wenn Sie und Ihre Schwester nicht gewesen wären, würde sie vielleicht immer noch da draußen im Wald liegen." Jury lächelte.

Die plötzliche Verwandlung vom Opfer zur Heldin veranlasste Augusta, sich über das Haar und anschließend über den Rock zu streichen. Sie konnte es sich nun auch erlauben, ihrer Neugier freien Lauf zu lassen. „Wer war sie denn? Wissen Sie das?" Jury schüttelte den Kopf. „Von uns hat sie keiner gekannt. Vielleicht kam sie aus Horndean oder Hertfield. Ich hab gerade eben mit Miles Bodenheim – Sir Miles – gesprochen, und wir waren uns einig, dass der Mörder höchstwahrscheinlich ein Psychopath ist, aus London vielleicht –" (Auf Urlaub, fragte sich Jury) „Man denkt sofort an Jack the Ripper." Der kleine Schauer, der sie durchlief, schien eher ein Schauer der Lust als des Entsetzens zu sein. „Erinnern Sie sich, wie er seine Opfer verstümmelt hat?"

„Nein, so würde ich den Fall hier nicht sehen."

Augusta ließ sich jedoch nicht beirren. Wie ein Spürhund war sie auf die blutigen Details aus und beschrieb den Fund der Leiche, wie ihre Schwester ihn ihr geschildert hatte. Diese schien sich erhoben zu haben; Gepolter, knarrende Dielen und Schritte auf der Treppe kündigten ihr Erscheinen an.

„Das muss Ernestine sein. Ich kann mir nicht vorstellen, warum sie schon aufgestanden ist. Das reinste Wunder, dass sie nicht ohnmächtig wurde – Ernestine! Du solltest im Bett bleiben, wirklich!"

Falls die Person, die den Durchgang blockierte, Ernestine war, stand nicht zu befürchten, dass irgendetwas sie umwerfen würde. Eine gedrungene, vierschrötige, energische Person. Jeden Einwand gegen den Kurs, den sie eingeschlagen hatte, räumte sie zweifellos mithilfe des Schwarzdornstocks in ihrer Hand aus dem Weg. Selbst die Katzen stoben auseinander. Über ihrem stattlichen Busen trug sie eine fest zugeknöpfte Segeltuchjacke, und die gestrickte Mütze hatte sie sich so energisch über die Ohren gezogen, dass nur ein graues Haarbüschel und eine Andeutung von Augenbrauen zu sehen waren.

„*Raus*, natürlich", lautete die schnippische Antwort auf die schüchterne Frage ihrer Schwester, wo sie denn hinwolle. „Ein bisschen Ruhe, mehr war nicht nötig. Ich muss mir nur noch die Gummistiefel anziehen –"

„Aber du kannst doch unmöglich in den Wald von Horndean zurück. Der Herr hier ist von Scotland Yard und möchte dir Fragen stellen."

„Warum sollte ich nicht zurückgehen? Das Tüpfelsumpfhuhn wartet nicht ewig. Ich nehme doch an, die Polizei hat inzwischen alles hübsch sauber aufgeräumt, nicht wahr, Inspector?"

„Wir haben die Leiche weggebracht, Ma'am. Trotzdem können Sie noch nicht wieder in diesen Teil des Waldes."

„Und warum nicht, bitte? Die Tüpfelsumpfhühner sind beinahe ausgestorben, Sir. Sie sind, wenn überhaupt, nur an dieser Stelle zu sehen. Sie mögen Feuchtigkeit, wissen Sie." Sie ging zu der Bank neben der Tür, wo ihre Gummistiefel warteten, stramm wie Soldaten. Ließ sie sich nur mit Gewalt aufhalten?

„Das Tüpfel–, was ist denn das?"

Sie blieb stehen, wandte sich um. „Das große Tüpfelsumpfhuhn. Sie wollen doch nicht behaupten, Sie hätten noch nie davon gehört?"

„Nein, noch nie. Ist es denn so selten?"

„Selten? *Selten?*" Sie kam wieder ein paar Schritte zurück. „In den letzten drei Jahren wurde es nur dreimal gesichtet. Einmal auf den Orkneys, einmal auf den Hebriden und einmal in Torquay. Es ist offensichtlich etwas von seinem Kurs abgekommen."

„Und Sie haben es im Wald von Horndean gesichtet?"

„Ja, ich denke doch." Sie knöpfte ihre Jacke wieder auf.

„Ich hab einen Freund, der einmal einen Spix Ara gesehen hat", sagte Jury und bot ihr eine Zigarette an, nach der sie geistesabwesend griff.

Ihre Augenbrauen gingen in die Höhe und verschwanden völlig unter der heruntergezogenen Strickmütze. „Das ist unmöglich! Spix Aras wurden nur in Brasilien gesichtet. Irgendwo im Nordwesten von Bahia. Das ist ein äußerst seltener Vogel." Sie ließ sich in den anderen kretonnebezogenen Sessel sinken, als müsse sie sich von diesem Schock erholen.

Jury schüttelte den Kopf. „Vielleicht hat er sich verirrt."

Sie betrachtete ihn mit äußerstem Misstrauen und meinte: „Ich kann nicht glauben, dass diese Person einen gesehen hat. Ich bin Ornithologin, und ich halte mich auf dem Laufenden. Von einem Spix Ara habe ich nichts berichten gehört." Ihre Augen verengten sich, als sie an der Zigarette zog, die sie zwischen Daumen und Zeigefinger festhielt. „Beschreiben Sie ihn." Als nehme sie einen Mordverdächtigen in die Zange.

„Na, blau, nach der Aussage meines Freundes. Auf dem Rücken und den Flügeln etwas dunkler. Und, hmm, ungefähr sechzig Zentimeter groß."

In der kurzen, verblüfften Pause, die daraufhin erfolgte, starrte Ernestine auf ihre Schwester. Jury dachte schon, sie würde Augusta für diese haarsträubende Spix-Ara-Geschichte verantwortlich machen. Aber sie sagte nur: „Augusta, hock hier nicht rum wie ein Huhn auf der Stange. Wir könnten eine Kleinigkeit vertragen. Wie wär's mit ein paar belegten Broten?" Und dem ergebenen Rücken ihrer Schwester rief sie noch nach: „Im Kühlschrank ist gehacktes Hühnerfleisch!" Dann machte sie es sich wieder in ihrem Sessel bequem, um mit Jury zu fachsimpeln. „Der Spix Ara ist ..."

Jury gab ihr genau drei Minuten, dann fand er es an der Zeit, sie von den Vögeln auf die Vogelbeobachter zu bringen. „Wie oft trifft sich Ihre Gruppe?"

„Einmal im Monat, am dritten Montag."

„Und wer gehört dazu?"

„Die Bodenheims – Miles und Sylvia. Mainwaring und seine Frau, wenn sie zu Hause ist." Ernestine grinste.

„Heißt das, dass sie häufig nicht zu Hause ist?"

„Da kriselt es, wenn Sie *mich* fragen."

Augusta kam mit einer Platte belegter Brote zurück, die wie eingesäumt aussahen, so akkurat waren sie geschnitten. Jury lehnte dankend ab, ließ sich aber eine Tasse Kaffee einschenken.

„Sagen Sie, Miss Craigie, Sie müssen sich doch Gedanken über dieses Mädchen gemacht haben – wer sie war oder zumindest, was sie in dem Wald verloren hatte?"

Ohne sich darum zu kümmern, dass sie den Mund voller Hühnerfleisch hatte, meinte Ernestine: „Wahrscheinlich nichts. Muss wohl eine Verkäuferin gewesen sein."

„Was veranlasst Sie, das anzunehmen?"

„Ich weiß nicht. Sie sah eben so aus. Etwas nuttig mit diesen ganzen Armreifen und Ohrringen. ‚Geschmückt wie ein Pfingstochse', pflegte unsere Mutter zu sagen. Stammte wohl von Woolworth, der ganze Kram."

„Sie haben sie sich ja genau angeschaut."

„Ich sah die Leiche zuerst hierdurch." Sie hob ihren Feldstecher hoch. „Aber ich war mir nicht sicher, was es war, und bin zu der Stelle rübergegangen. So lange hab ich sie mir auch nicht angeschaut – das können Sie sich wohl denken –, wer aber wie ich ein scharfes Auge für Details hat, braucht da nicht viel Zeit. Ich bin dann sofort zur nächsten Telefonzelle gegangen und habe die Polizei informiert."

Da die Antworten nur so aus ihr heraussprudelten, zögerte Jury etwas mit seiner nächsten Frage. „Die, äh, die Verstümmelungen wurden ihr mit einer kleinen Axt zugefügt, die neben dem Baumstumpf gefunden wurde. Es soll sich dabei um Ihre Axt handeln, Miss Craigie. Wieso hatten Sie sie da liegen?"

Eine Axt am Tatort brachte Miss Craigie noch lange nicht aus der Fassung. „Ich bahne mir damit den Weg, was sonst. Ich hacke Zweige ab und so weiter, um etwas sehen zu können."

„Wissen Sie, ob sonst noch jemand diese Axt benutzt hat?"

„Ich denke schon. Sie liegt immer rum. Nicht gerade *dort* – die Vogelbeobachter benutzen sie hin und wieder, man hätte sie also überall in der Nähe finden können."

Jury wechselte das Thema. „Sagen Sie, haben Sie Katie O'Brien gekannt?"

Einen Augenblick lang schien sie seine Frage nicht zu verstehen. „Oh, die kleine O'Brien. Die hab ich ganz vergessen. Wurde sie nicht vor zwei Wochen zusammengeschlagen? Na ja, wenn ihre Mutter sie einfach so in London rumlaufen lässt, dann wundert mich das ja nicht."

Wie Jury vermutete, verteidigte Augusta Katie wahrscheinlich nur, um ihrer Schwester widersprechen zu können. „Ein nettes Ding, diese Katie. Sie hat für einige Leute in Littlebourne geputzt. Und sie war sehr gründlich; ich hab sie auch ab und zu geholt. Richtig geschuftet hat sie; zuverlässig war sie auch und gut erzogen, nicht so wie diese andern Gören, die mit ihr zur Schule gingen."

Ernestine machte eine wegwerfende Handbewegung. „Ja, ja, immer nett, die Kleine, aber stille Wasser ... Was hab ich gesagt, wetten, dass sie bei der erstbesten Gelegenheit mit einem Jungen abhaut!"

„Vielleicht", meinte Augusta, „wollte sich dieses Mädchen auf Stonington vorstellen."

„Auf Stonington?", wiederholte Jury.

„Ja, bei den Kenningtons. Ich hab gehört, Lady Kennington suchte jemanden, der für sie tippt. Stonington liegt auf der anderen Seite des Waldes, an der Horndean Road. Ich erinnere mich genau, dass Mrs Pennystevens mir erzählt hat, sie – ich meine Lady Kennington – hätte eine Bewerberin, die sich in ein, zwei Tagen vorstellen wollte. Vielleicht war sie das, die Frau im Wald."

„Aber ist es nicht ziemlich unwahrscheinlich, dass ein Ortsfremder durch den Wald von Horndean geht?"

Augusta strahlte ihn an: „Aber Inspector, vielleicht wurde sie dorthin *geschleppt*. Sie verstehen – nachdem sie irgendwo anders umgebracht worden war. Oder *hingerichtet*. Wirklich, es sieht doch ganz nach einem *Ritual*mord aus. Haben Sie daran schon gedacht?"

Jury musste zugeben, dass ihm dieser Gedanke noch nicht gekommen war.

"Das ist doch Quatsch, Augusta. Du hast zu viele Krimis von Polly gelesen. Das ist unsere Märchentante, eine Kriminalautorin", erklärte sie Jury. "Sie ist gar nicht so schlecht. Ich hab auch schon versucht, sie für unseren Verein anzuwerben –"

Jury ging der Name Kennington im Kopf herum. Wo hatte er ihn nur schon gehört? Er konnte sich nicht erinnern, dass Carstairs oder Peter Gere ihn erwähnt hatten. "Haben Sie ein Telefon?", fragte er die Craigies.

"Natürlich", sagte Ernestine. "Ich muss wegen der Gesellschaft ständig rumtelefonieren. Ja, natürlich können Sie es benutzen", erwiderte sie auf Jurys Frage. "Es steht dahinten in meinem Arbeitszimmer. Passen Sie auf, dass Sie mir nicht die Karten durcheinanderbringen!", rief sie Jury nach.

"Stonington?", wiederholte Inspector Carstairs einigermaßen überrascht. "Nein, niemand hat die Frau im Zusammenhang mit Stonington erwähnt. Der Busfahrer sagt, er erinnert sich an eine Frau, auf die diese Beschreibung zutrifft; sie sei in Littlebourne aus dem Bus von Hertfield nach Horndean ausgestiegen. Es war der letzte Bus nach Horndean; er kam fünf nach acht in Littlebourne an. Da war's schon ziemlich dunkel."

"Kennington – ich muss den Namen schon mal gehört haben –"

"Vor ungefähr einem Jahr war er in allen Zeitungen. Lord Kennington hatte eine Schmucksammlung, darunter auch ein Smaragdcollier mit einem sehr seltenen und wertvollen Stein. Sein Sekretär, ein Bursche namens Tree, ist damit abgehauen. Ich meine, mit dem Collier. Manchmal scheint es ja noch so was wie Gerechtigkeit zu geben – ein paar Tage darauf wurde dieser Tree nämlich von einem Auto überfahren. Soviel uns bekannt ist, fehlt von dem Collier noch jede Spur." Carstairs schien sich vom Telefon abgewandt zu haben, um sich mit jemandem zu besprechen, dann sprach er wieder in die Muschel. "Ich werde sofort nachprüfen lassen, was es mit Stonington auf sich hat. Jetzt lebt nur noch Lady Kennington dort, ihr Mann ist gestorben."

Jury bedankte sich und legte auf.

Als er zurückkam, stritten die Schwestern sich wegen der Briefe. Augusta schien auf Miss Praed als Verfasserin zu tippen.

"Die gute alte Polly?", sagte Ernestine. "Um Himmels willen! Sie würde so was nie tun. Sie ist völlig mit ihren eigenen Geschichten beschäftigt, sie braucht ihre Fantasie nicht auf diese Weise auszutoben."

"Aber sie hat zumindest Fantasie", versetzte Augusta.

Ernestine packte die Katze mit dem gemeinen Gesichtsausdruck, die über die Brotreste hergefallen war, und setzte sie auf den Boden. "Für diesen Brief an dich, altes Haus, brauchte einer schon Fantasie, das musst du zugeben", wieherte Ernestine und klopfte mit ihrem Schwarzdornstock auf den Boden. "Augusta ist so unschuldig wie ein neugeborenes Lamm."

Jury bezweifelte das, als er Augustas Miene sah. Ernestine, die anscheinend immer den Löwenanteil abbekam von dem, was im Leben der beiden passierte, schien den Blick mörderischer Wut aus ihren Augen überhaupt nicht zu bemerken. Und als die Katze, die es aufgegeben hatte, etwas von dem Hühnerfleisch zu ergattern, sich wieder an die Sperlingspapageien ranmachte, dachte Jury darüber nach, wie sonderbar es doch war, dass die eine Schwester sich Katzen und Vögel hielt, während die andere Ornithologin war.

„Auf wen tippen denn Sie?", fragte er Ernestine.

Sie stützte das Kinn auf die über dem Stock gefalteten Hände und dachte nach. „Ich tippe auf Derek Bodenheim." Sie übersah den schockierten Blick ihrer Schwester. „Ein Spatzenhirn, dieser Derek. Als Kind gehörte er zu denen, die Insekten die Flügel ausreißen. Es könnte aber auch die gute alte Sylvia gewesen sein, wenn ich mir's recht überlege."

„Du beschuldigst einen deiner Vogelfreunde?", sagte Augusta.

„Unsinn. Wenn einer sich für Vögel interessiert, bedeutet das noch lange nicht, dass er nicht auch mit dem Beil auf seine alte Mutter losgehen kann!"

„Nein, da haben Sie recht", sagte Jury und steckte seinen Block in die Tasche. „Vielen Dank, dass Sie mir so viel Zeit geopfert haben. Vielleicht muss ich mich später noch einmal mit Ihnen unterhalten. Und bitte, Miss Craigie, keine Ausflüge in den Wald von Horndean." Aber nein, aber nein, lautete ihre Antwort. Jury wusste freilich, dass sie losziehen würde, sobald er außer Sichtweite war.

Als Jury ihnen an der Tür noch seine Visitenkarte gab, sagte Augusta: „Ich hoffe doch, dass wegen dieser schrecklichen Geschichte nicht unser Kirchenfest verschoben werden muss. Es soll morgen stattfinden, und ich habe mein Zelt und mein Kostüm schon fix und fertig."

Ernestine höhnte: „Sie will als Wahrsagerin auftreten, als Madame Zostra. So etwas Albernes! Wenn die Kirche Geld braucht, warum lassen sie dann nicht einfach den Klingelbeutel durchgehen?" Sie studierte Jurys Visitenkarte. „Haben Sie nicht gesagt, Sie seien Inspector? Hier steht aber Superintendent. Was ist der Unterschied? Untersteht Ihnen denn der ganze Haufen, oder was?"

Jury lächelte, während er in den blauen Himmel starrte. „Der Unterschied ist nicht so groß. Sie können es sich ungefähr so vorstellen: Nicht jeder Polizeibeamte ist Superintendent, und nicht jeder Vogel ist ein Tüpfelsumpfhuhn."

WÄHREND er die kurze Strecke zur Hauptstraße von Littlebourne zurückfuhr, versuchte Jury sich zu vergegenwärtigen, was ihm an ihren Geschichten so merkwürdig vorgekommen war. Der Wald, die Leiche, die Vögel ...?

Das Detail, auf das es ankam, lag irgendwo begraben, ein Stein auf dem Grund eines Sees. Auf dem halben Kilometer bis zu dem keltischen Kreuz erwog er die Möglichkeit, ob die Frau vielleicht zum Gut der Kenningtons unterwegs gewesen war. Während Jury in Gedanken die Liste mit den Personen durchging, die er sehen wollte – Peter Gere, den Arzt Dr. Riddley, diese Praed, die Bodenheims –, drang das hurtige Klappern von Pferdehufen in sein Bewusstsein. Als er in den Rückspiegel blickte, sah er ein braunes Pony, auf dem das kleine Mädchen mit den blonden Haaren saß.

Einer der findigsten Köpfe Littlebournes hatte sich offenbar an seine Fersen geheftet.

„DIE SACHE ist vor ungefähr einem Jahr passiert", sagte Peter Gere, die Füße auf dem Schreibtisch des Dienstzimmers. „Trevor Tree – der Sekretär von Lord Kennington – hatte mich gegen Mitternacht angerufen und gesagt, bei ihnen sei eingebrochen worden. Kennington bewahrte seine Sammlung in einem Kasten mit einem Glasdeckel in seinem

Studierzimmer auf, von dem man durch eine Flügeltür auf den Hof gelangte. Von den Fenstern auf der anderen Seite blickte man auf den Kiesweg der Auffahrt. Ich erwähne das, weil wir uns nicht vorstellen konnten, was Tree mit seiner Beute hätte machen können, außer sie einem Komplizen zuzuwerfen, jemandem, der irgendwo draußen wartete. Für alles andere hätte die Zeit nicht gereicht. Er hätte sie allenfalls noch in eine Rosenvase stecken können. Wir durchsuchten alle Anwesenden, stellten das ganze Haus auf den Kopf und suchten auch das Grundstück ab." Peter Gere zuckte die Achseln. „Außerdem haben sich die Leute alle gegenseitig im Auge behalten, als der Alarm losging –"

„War der Kasten mit einer Alarmanlage versehen?"

Gere nickte. „Das Haus auch. Außer Lord und Lady Kennington lebten dort nur noch eine alte Köchin, eine Haushälterin, die inzwischen nicht mehr bei ihnen ist, ein Gärtner und Tree. Kennington hatte auch vorher schon ab und zu was vermisst – irgendwelche alten Schmuckstücke – Broschen, ägyptisch aussehendes Zeug, einen Schlangenring, einen in Gold gefassten Diamanten, einen Lapislazuli –, die er bei Ramona Wey gekauft hatte. Sie hat einen Laden in Hertfield. So besonders wertvoll sind sie aber nicht gewesen; Kennington dachte, er hätte sie vielleicht selbst verlegt, bis dann diese andere Sache passierte."

„Ganz raffiniert, dieser Tree – er hat den Deckel zerschlagen, den Smaragd irgendwie verschwinden lassen und dann die Polizei benachrichtigt", fuhr Peter Gere fort. „Mehr als zwei Minuten hat Lord Kennington bestimmt nicht benötigt, um seinen Morgenmantel anzuziehen und in sein Studierzimmer hinunterzugehen. Und da telefonierte auch schon Tree mit der Polizei. Kennington hat ihn eigentlich erst später verdächtigt, am nächsten Morgen, als er verschwunden war. Er hätte einen noch viel größeren Vorsprung gehabt, wenn die Köchin nicht gewesen wäre; sie konnte nicht schlafen und sah ihn um sechs Uhr früh die Auffahrt hinuntergehen. Aber selbst *da* dachte sie noch, er hätte seine Gründe. Tree war ein aalglatter Bursche. Ein Charmeur, clever, kultiviert, sehr überzeugend. Ich bin ihm ein- oder zweimal im ‚Bold Blue Boy' begegnet. Sie kennen den Typ ...

Na, dann begriff auch Kennington, was los war. In seiner Londoner Wohnung wurde Tree bereits von unseren Leuten erwartet. Er hatte das Collier aber nicht bei sich. Und in der Wohnung war es auch nicht. Sie haben ihn mitgenommen, konnten ihm aber nichts nachweisen. Die Londoner Polizei hat ihn noch ein paar Tage lang beschattet. Und nun die Ironie: Tree wird von irgendeinem blöden Teenager in der Marylebone Road über den Haufen gefahren. Und keiner hat diesen Smaragd wieder gesehen. Er ist ungefähr eine viertel Million Pfund wert."

„Kühn, so viel Geld einem Komplizen anzuvertrauen. Sie vermuten doch, dass Tree das Collier einem andern zugesteckt hat – warum sollte dieser andere es nicht wieder abgestoßen haben?"

Gere kratzte sich im Nacken. „Ich hab eigentlich nie angenommen, dass er einen Kumpel hatte. Nicht er. Gerade weil er keinem über den Weg traute. Kennington muss wirklich blind gewesen sein, *ihm* zu trauen."

Jury lächelte. „Hinterher ist man immer klüger."

„Ja, da haben Sie recht. Ich mochte ihn nicht, überhaupt nicht. Ein unverschämter

Kerl. Kennington fand anscheinend, er kenne sich mit Schmuck aus, und ließ ihn all diese Sachen kaufen. Er zeigte die Stücke, die er von Ramona Wey erworben hatte, im Gasthof herum und brüstete sich damit, wie günstig er sie bekommen hätte. Um die Wahrheit zu sagen – ich hab mich gefragt, ob die beiden nicht unter einer Decke steckten. Wie Topf und Deckel, diese beiden."

„Sie halten wohl nicht viel von ihr?"

„Oh, sie ist schon in Ordnung. Aber warum interessiert Sie das überhaupt?"

„Weiß ich auch nicht", sagte Jury. „Littlebourne scheint von mehr Unheil heimgesucht zu werden, als es verdient hat."

„Altes Klatschmaul!", sagte Nathan Riddley und zog sich den Knoten seiner Krawatte wie den einer Schlinge vom Hals. Sie hatten über Augusta Craigie gesprochen. „Polly sollte ihr eine Verleumdungsklage anhängen. Zum Teufel mit ihr."

Wütend ließ Dr. Riddley seinen Drehstuhl kreisen, und bei jeder Drehung schien er wütender zu werden, zumindest hatte Jury diesen Eindruck.

„Meiner Meinung nach", fuhr Riddley fort, „brauchen Sie nicht länger nach dem Verfasser dieser blöden Briefe zu suchen. Ich weiß, Sie werden mir entgegenhalten, dass sie selbst einen bekommen hat." Riddley zuckte die Achseln. „Sie hat eben einen an die eigene Adresse geschickt. Um den Verdacht von sich abzulenken etc. *Ihrer* war ja beinahe schon schmeichelhaft: ‚Durch einen Spalt im Vorhang hab ich Sie splitternackt rumspazieren sehen. Raten Sie mal, was ich am liebsten getan hätte?' Kichern – mehr nicht – würden die meisten von uns, wenn sie Augusta splitternackt sähen." Der Drehstuhl quietschte, als er sich vorbeugte, um sich noch eine Zigarette zu nehmen. Er zündete sie an und lehnte sich wieder zurück, um sich auf dem Stuhl hin und her zu drehen. Außer dem Aluminiumtisch, auf dem er seine Patienten untersuchte, waren alle Einrichtungsgegenstände seiner Praxis aus altem, pockennarbigem Holz.

„Woher wissen Sie denn, was in ihrem Brief steht, Dr. Riddley?"

„Sie hat ihn doch überall herumgezeigt, Mann. Sie betrachtete das als ihre Bürgerpflicht." Sie schwiegen, während Riddley rauchte und mit seinem Feuerzeug spielte. Der Aschenbecher quoll schon über. Seine Finger waren vom Nikotin verfärbt. Ein sehr nervöser junger Mann. Jury schätzte ihn auf Mitte dreißig. Er fragte sich, ob ein Arzt selbst in einem so winzigen Dorf wie Littlebourne dauernd unter Stress stand. Kein Wunder, dachte Jury, dass sich die Frauen in Ärzte verlieben. Riddleys Chancen im Rennen schienen ziemlich groß zu sein: ungebunden, gut aussehend und wahrscheinlich auch Macho genug, um zu faszinieren. All das machte wohl sogar seine irische Abstammung wett – diese blauen Augen, dieses kupferfarbene Haar.

In die anhaltende Stille hinein klopfte Riddley die Asche von seiner Zigarette und sagte: „Superintendent, Ihr unbarmherziges Verhör zwingt mich zu einem Geständnis."

Jury lächelte. „Sie gestehen was?"

„Alles. Alles, was Sie wollen. Sie haben mir genau zwei Fragen gestellt, seit Sie dieses Haus betreten haben. Nein, mit der letzten sind es drei. Sie haben mich einfach quasseln lassen. Habe ich mich selbst überführt? Natürlich haben Sie auch den Brief über mich und Ramona Wey gelesen. Ganz in Blau. Der Verfasser hat nicht gerade viel Fantasie bewiesen, er hat Ramona nämlich auch mit Mainwaring in Verbindung gebracht. Als würde jemand einfach auf gut Glück seine Pfeile werfen, um zu sehen, welche ins Schwarze treffen und welche nicht."

„Haben Sie denn ein Verhältnis mit ihr?"

„Oh, jetzt geht's schon wieder los. Fragen, nichts als Fragen. Mein Verhältnis zu ihr ist das eines Arztes zu einer Patientin, Punkt. Aber Mainwaring –" Nathan Riddleys blaue Augen wandten sich ab.

„Mainwaring?"

Riddley zuckte die Achseln. „Den Tratsch lassen Sie sich besser von den Craigies und den Bodenheims erzählen."

Jury wechselte das Thema. „Wie geht es Katie O'Brien?"

Die Frage bewirkte, dass der Stuhl zum Stillstand kam. „Katie? Mein Gott, das hab ich beinahe vergessen … Sie haben bestimmt gehört, dass sie in einer Londoner Underground-Station zusammengeschlagen wurde." Jury nickte. „Sie liegt im Koma. Schon seit zwei Wochen geht das so, und je länger es dauert, desto schlechter werden die Aussichten. Wer immer das war, er muss es ernst gemeint haben. Er hat ihr einen fürchterlichen Schlag auf den Schädel versetzt. Die Folge davon war eine Hirnstammverletzung, wie man das manchmal bei Autounfällen sieht. Außer in Romanen gibt es da selten ein wunderbares Erwachen. Es ist wirklich schlimm."

„In welchem Krankenhaus liegt sie?"

„Im Royal Marsden. In der Fulham Road." Als Riddleys Hand zum Aschenbecher vorschnellte, schimmerten die hellen, rotgoldenen Haare an seinem Handgelenk in der Sonne. „Mary ist am Boden zerstört. Ich mache mir wirklich Sorgen um sie."

Seine Anteilnahme scheint über die eines Arztes hinauszugehen, fand Jury. Er hätte Riddley nie mit Mary O'Brien in Verbindung gebracht. Vielleicht war er älter, als er aussah. Aber wahrscheinlich war Mary O'Brien jünger, als sie in dieser schlimmen Phase ihres Lebens wirkte.

# 7

„Am besten lasse ich sie sich gegenseitig umbringen. So räume ich sie am schnellsten aus dem Weg."

Diesen Plan teilte Polly Praed ihrer Katze Barney mit, die wie ein Briefbeschwerer auf dem Manuskript lag. Die Mordmotive interessierten Polly nicht besonders – nur die Methode. *Tap, tap, tap* klapperten die Tasten ihrer Schreibmaschine und beschworen das Bild von Julia Bodenheim herauf, mit einer Sticknadel in der Hand, die gerade in Curare getaucht worden war.

„Oh, pass auf, Mami", sagte ihre Tochter Angela, während sie in einer Modezeitschrift blätterte. „Du weißt, du trägst keinen Fingerhut."

Natürlich trug Mami keinen Fingerhut. Polly lächelte. Angela hatte nämlich alle Fingerhüte gut versteckt.

*Angela tat nur so, als würde sie lesen. In Wirklichkeit beobachtete sie, wie die flinken Finger ihrer Mutter geschickt einen zartrosa Faden am Rand des Stickrahmens entlangführten. „Oh, Mami! Siehst du, jetzt hast du dich doch in den Finger gestochen!"*

Polly schob die Brille hoch und lehnte sich zurück. Muttermord? Würde das bei den Lesern ankommen? Oder war es zu abstoßend? Schließlich hatte schon Sophokles –

An der Tür war ein ominöses Klopfen zu vernehmen.

Sie fuhr zusammen und schob sich, verärgert über die Störung, die Brille auf die Nase. Warum musste gerade jetzt, wo Mami Sylvia sich ihrem qualvollen Ende näherte (ihre Kehle umklammernd? Wild um sich schlagend?), jemand an die Tür klopfen? Mit dem Vorsatz, mehr über die Wirkungsweise von Giften in Erfahrung zu bringen, ging sie zum Fenster, um hinauszuschauen –

Allmächtiger! Er!

Panikartig drehte sie sich um und ließ die Augen im Zimmer umherschweifen, als könnte sie da ein Goldpaillettenkleid finden – ein Goldpaillettenkleid statt ihres langweiligen Twinsets! Warum hatte sie heute Morgen auch nicht ihr Blaues angezogen ... und ihr Haar, einfach fürchterlich ... kein Lippenstift ... Jesus Maria! Schon wieder klopfte es!

„So – foart, so – foart ...", versuchte sie zu flöten, aber ihre Stimme tat nicht mit. Sie rannte ins Bad, um sich zu kämmen.

Vor sich hin summend wartete Jury auf Polly Praeds Treppe und genoss den Ausblick auf die Grünanlage. Wann würde Melrose Plant wohl eintreffen? Es wunderte Jury, dass er noch nicht aufgetaucht war, da er ihn schon in aller Frühe angerufen hatte. Wahrscheinlich hatte sich Lady Ardry an ihn gekettet, und Plant suchte noch nach einem Schweißbrenner ... Gleichzeitig hielt Jury Ausschau nach dem Mädchen mit den blonden Haaren. Er war überzeugt, dass sie irgendwo auf der Lauer lag. Hmm. Da, in der Türöffnung auf der anderen Seite der Grünanlage. Diese Teestube, die sich „Muffin" soundso nannte –

Die Tür von Sunnybank Cottage öffnete sich.

Die Frau sah aus, als röche sie nach frischer Farbe; schuld daran war ihr Make-up, das den Eindruck erweckte, sie wolle gleich mit Dreharbeiten beginnen. Aber trotz der dicken Schicht Mascara und des völlig unpassenden, grüngolden glitzernden Lidschattens konnte er erkennen, dass die Augen darunter einfach umwerfend waren. Vielleicht hatten ihn die Dreharbeiten an Elizabeth Taylor denken lassen. Das Gesicht mochte ansonsten nichtssagend sein, aber bei solchen Augen fiel es einem schwer, auf etwas anderes zu achten. Doch Jury zwang sich dazu; schließlich war das sein Job. Die Augen gehörten einer eher zierlichen, etwa fünfunddreißigjährigen Frau in einem Twinset aus graubrauner Wolle und mit einer Fülle hübscher, dunkler Locken, die anscheinend nicht zu bändigen waren.

„Miss Praed? Ich bin Superintendent Jury. Scotland Yard." Er zückte seinen Ausweis.

Sie schien so überrascht, dass sie ihre lässig verführerische Haltung – die eine Hand gegen den Türrahmen gestemmt, die andere auf der Hüfte ruhend – beinahe aufgab. Sie sagte jedoch nichts.

„Könnte ich Sie kurz sprechen?"

Ihr Arm führte eine zögernde Bewegung aus, wohl um ihn ins Haus zu bitten. Sie räusperte sich, als wolle sie etwas sagen, brachte aber keinen Ton heraus. Jury zog seinen Mantel aus und legte ihn auf ein Sofa. Er sah sich in ihrem Arbeitszimmer um, oder wie immer sie es bezeichnete. Vor dem kleinen Fenster mit dem Blick auf die Grünanlage stand ein ziemlich mitgenommener Schreibtisch, der mehr oder weniger den ganzen Raum einnahm; ein genauso mitgenommen aussehender roter Kater leckte sich die Vorderpfoten. Um den Hals trug er ein rotes Tuch, eine Siegesfahne vielleicht, als Zeichen des hart erkämpften Siegs über weniger glückliche Katzen. „Hübsches Tier", sagte Jury; ein Versuch, ihr die Befangenheit zu nehmen.

„Das ist Barney", platzte sie heraus wie eine stecken gebliebene Schauspielerin, der man ihr Stichwort zugeflüstert hat.

„Barney sieht aus, als könne er gut auf sich selbst aufpassen."

„Oh, im Grunde ist er ein ziemlicher Hasenfuß."

Barney schien diesen Kommentar nicht einfach so hinnehmen zu wollen. Er hörte auf, sich zu putzen, und setzte sich unnahbar und majestätisch in Positur, stellte die Pfoten nebeneinander und legte den Schwanz darum wie den Saum einer Staatsrobe. Er funkelte die beiden an.

Als die Katze keinen Gesprächsstoff mehr hergab, fragte Jury: „Kann ich mich einen Augenblick setzen? Es wird nicht lange dauern."

„O ja." Wie in Trance drehte sie sich um und hielt nach Stühlen Ausschau, als hätten die Möbelpacker gerade ihre Wohnung leergeräumt.

„Da drüben steht einer", informierte Jury sie. Neben dem Stuhl stand ein Beistelltischchen mit einem Imbiss aus Käse und Cracker. „Habe ich Sie gerade beim Tee gestört? Tut mir leid."

Sie schüttelte den Kopf, dass ihre Locken hüpften, und setzte sich, wobei sie auf einen anderen Stuhl deutete. Sie bot ihm sogar von dem Käse und den Crackern an, doch Jury lehnte ab.

„Wie lange leben Sie schon in Littlebourne, Miss Praed?" Es würde schwierig werden, dieses Gespräch mit ihr, das sah er bereits. Manche Leute ließen sich von der Polizei offenbar völlig verunsichern.

Sie beugte den Kopf über einen Cracker und ein Stück Käse, das sie sich von dem Teller genommen hatte. Wie schaffte sie es nur, ein Stückchen Käse wie einen kleinen Tierkadaver aussehen zu lassen?

„Äh, schon sehr lange. Äh, ich glaube, seit zehn oder fünfzehn Jahren ..." Sie stellte umständliche Berechnungen an, wie lange sie nun schon in dem Dorf lebte, und kam schließlich zu dem Ergebnis, dass es zwölfeinhalb Jahre sein mussten, ein Ergebnis, das Jury zur genaueren Prüfung unterbreitet wurde.

„Ich habe gehört, Sie sind Schriftstellerin – Kriminalromane. Anscheinend ist mir noch keiner unter die Finger gekommen."

Auf dieses Geständnis reagierte sie wie elektrisiert: „Hoffentlich nicht. Ich meine, sie würden Ihnen bestimmt nicht gefallen. Sie würden sie nur schrecklich finden. Sicher können die meisten Kriminalbeamten Krimis nicht ausstehen, vor allem nicht solche, wie ich sie schreibe, mit einem Inspector vom Scotland Yard als Helden. Keinerlei Ähnlichkeit mit lebenden Personen –" Nach diesem Wortschwall widmete sie sich wieder ihrem Cracker und dem Stück Käse.

„Das ist auch besser so. Schließlich ist der Alltag eines Polizisten ziemlich langweilig." Jury lächelte, ein Lächeln, das einmal eine Siebenjährige dazu bewegt hatte, ihm ihre restlichen Smarties aufzudrängen. Polly veranlasste es leider, nach einer hässlichen Hornbrille zu greifen, die sie sich auch prompt vor die Augen schob.

„Ich habe Sie sicher beim Schreiben unterbrochen. Das tut mir leid."

„Es braucht Ihnen aber nicht leidzutun", beeilte sie sich, ihm zu versichern. „Ich habe nur die verschiedenen Möglichkeiten durchgespielt, wie man jemand ins Jenseits befördert."

„Durchgespielt?"

„Na ja, so wie man Tonleitern übt. Meine Versuchskaninchen sind die Bodenheims. Der Titel: ‚Die Littlebourner Morde'."

„Welches Familienmitglied haben Sie sich denn erkoren?"

„Die ganze Familie. Ich hab sie alle schon mehrmals um die Ecke gebracht. Mit Revolvern, Messern, vorgetäuschten Autounfällen, bei denen das Auto über die Klippen geht. Im Augenblick experimentiere ich mit Gift. Curare ist gar nicht so schlecht. Käse?" Sie schob ihm die Platte hinüber. Er schüttelte den Kopf, während sie einen weiteren Krümel Käse auf einen Cracker setzte. Dann fragte sie beiläufig: „Wie war doch wieder Ihr Name?"

„Jury. Von Scotland Yard."

„Ach ja, wirklich? Kriminalbeamter also?"

Er hatte angenommen, das sei schon längst geklärt. „Richtig. Sie haben sicher von der Frau gehört, die heute Morgen im Wald von Horndean gefunden wurde?"

Sie nickte. „Wie brutal!"

„Wir versuchen herauszufinden, wer sie war."

„Bestimmt eine Fremde. Von den Leuten, mit denen ich gesprochen habe, hat sie keiner je gesehen. Das heißt, nach dem, was die Craigies erzählt haben."

„Finden Sie es nicht seltsam, dass eine Ortsfremde im Wald von Horndean spazieren geht?"

Mord und Verstümmelung, das war ihr Spezialgebiet – sie entspannte sich und legte sogar ihren Cracker auf den Teller zurück. „Vielleicht wurde sie ganz woanders umgebracht und anschließend in den Wald geschleppt." Sie schob sich die Brille hoch und sah ihn ganz geschäftsmäßig an.

„Das glauben wir nicht."

„Wohin wollte sie denn? Niemand geht dort spazieren, außer den Vogelfreunden."

„Vielleicht sollten wir eine Kriminalautorin in unser Team aufnehmen? Zigarette?"

Würdevoll nahm sie die Zigarette und das Kompliment entgegen; sie lehnte sich zurück, lächelte und schlug die Beine übereinander. Hübsches Lächeln, hübsche Beine, registrierte er. „Hab ich mich auch gefragt. Die ganze Zeit schon."

„Erzählen Sie mir, was Sie denken."

„Also gut: zuerst mal die Finger." Sie hielt die eigene Hand hoch und spreizte die Finger. „Warum hackt man jemandem die Finger ab? Wegen der Fingerabdrücke kann es nicht gewesen sein."

„Manche halten es für die Tat eines Geistesgestörten."

„Nein. Nein." Die dunklen Löckchen gerieten in Bewegung. „Wenn jemand die Absicht hat, sein Opfer zu zerstückeln, dann begnügt er sich nicht mit fünf mickrigen Fingern."

Ihre Betrachtungsweise war erfrischend nüchtern. „Stimmt."

„Ein Täuschungsmanöver vielleicht."

„Gut möglich."

„Damit die Leute denken, er sei ein Geistesgestörter. Es könnte natürlich auch ein Racheakt sein. Symbolische Verstümmelung wie bei der Mafia in Amerika. Als abschreckendes Beispiel für die andern." Sie lehnte sich zurück und schloss die Augen, um sich das Bild zu vergegenwärtigen. „Der Wald von Horndean. Am frühen Morgen. Nein, es war Abend, oder? Nebelschwaden; weicher, sumpfiger Boden; die Füße sinken beim Gehen ein. Sumpfvögel. Er wartet – oder sie. Ich könnte mir vorstellen, dass es eine Frau war, warum, weiß ich auch nicht. Das Opfer bleibt stehen, lauscht auf ein Geräusch. Es ist aber nur die Eule. Nebel hüllt die Frau ein. Die Mörderin nähert sich von hinten und –" Polly Praed riss die Arme hoch und ließ die imaginäre Mordwaffe heruntersausen: Der Schlag wäre tödlich gewesen, wenn sie wirklich eine Axt in der Hand gehalten hätte. Jury und Barney fuhren zusammen. „Oh, tut mir leid. Wenn ich richtig in Fahrt komme ..." Sie seufzte, zog an ihrer Zigarette und wippte mit dem Fuß. „Ich frage mich, ob diese Sache mit den Briefen zusammenhängt –" Sie verstummte plötzlich und schaute ihn an, als hätte sie sich am liebsten in die Zunge gebissen. „Sie haben, äh, Sie haben sie nicht gelesen ...?"

„Doch. Ziemlich albern. Meiner Meinung nach von jemandem, der den Leuten wahllos irgendwelche Sachen anhängt."

Das schien sie zu beruhigen. „Na ja, ich hätte gut darauf verzichten können. Ein Erpressungsversuch, was denken Sie?" Gere hatte auch diese Vermutung geäußert. Jury schüttelte den Kopf. „Angenommen, jemand hat herausgefunden, dass Sie etwas auf dem Gewissen haben. Er droht, es publik zu machen." Sie lehnte sich zu Jury hinüber, so gefesselt von dem neuen Stoff, dass sie ihre Befangenheit vergaß. „In so einem Fall lässt man am besten einen ganzen Schwung Briefe los, in denen man den Leuten alles Mögliche unterschiebt. Und wenn derjenige, der es auf einen abgesehen hat, dann mit *seiner* Enthüllung auftritt, wird ihm niemand glauben." Sie hatte sich die Brille auf den Kopf hochgeschoben, und die amethystfarbenen Augen leuchteten. „Gar nicht so dumm, so ein Plan."

Er musste zugeben, dass ihm ihre Augen mehr imponierten als der Plan. „Hmm, ich verstehe."

Sie betrachtete ihre Nägel. „Sie sind wohl zu mir gekommen, weil Sie denken, ich hätte sie geschrieben. Wahrscheinlich denken das auch noch einige andere Leute. Da Schreiben nun mal mein Beruf ist."

„So fantasieloses Zeug würden Sie nicht schreiben."

Das verwirrte sie. Sie fragte noch einmal: „Wie war noch Ihr Name?"

„Jury. Außerdem, wenn Sie es gewesen wären, dann hätte jeder Bodenheim bestimmt mehrere bekommen." Er lächelte. „Glauben Sie, einer von ihnen hat sie geschrieben?"

„Ich glaube kaum, dass die überhaupt schreiben können."

„Wo haben Sie sich vorgestern Abend aufgehalten, Miss Praed?"

„Oh, jetzt geht's los. Ich kann natürlich mit keinem Alibi aufwarten. Ich saß hier an meiner Schreibmaschine und habe getippt." Sie blickte weg.

„Haben Sie Katie O'Brien gekannt?"

„Katie? Warum fragen Sie?"

„Littlebourne scheint unter keinem glücklichen Stern zu stehen, was?"

„Meinen Sie etwa, sie hatte etwas mit diesen Briefen zu tun?"

Jury zuckte die Achseln. „Ist eigentlich kaum anzunehmen, denn sie sind einen Tag nach dem Überfall auf sie abgestempelt worden."

„Ich gebe zu, sie sind ziemlich pubertär, und Katie wurde von Mary furchtbar gegängelt. Ich meine, unterdrückt. Aber anonyme Briefe, nein, dazu war sie einfach zu anständig. Ich meine, *ist* – wir reden schon so, als ob sie tot wäre. Es ist schrecklich. Wenn Sie mehr über sie erfahren wollen, sollten Sie mit Emily Louise Perk sprechen. Der Altersunterschied zwischen den beiden ist zwar ziemlich groß, sie waren aber trotzdem immer zusammen, nach der Schule oder Samstag nachmittags. Wahrscheinlich, weil sie beide solche Pferdenarren sind. Obwohl Katie sich natürlich nicht mit Emily messen kann, was das betrifft. Niemand kann das. Sie kümmert sich auch um die Gäule der Bodenheims. Emily weiß über alles Bescheid. Aber man kriegt nicht so einfach was aus ihr heraus – nur, wenn man sich auf irgendeinen Tauschhandel einlässt."

„Tauschhandel?"

„Hmm. Wenn Sie was wissen wollen, müssen Sie ihr was spendieren. Sie haben mich heute Morgen zwei Eierbrötchen gekostet."

„Ich?"

„Sie wusste schon, wer Sie waren, noch bevor Sie aus dem Wagen gestiegen sind."

Dann hätte sie ihn also wirklich nicht zweimal nach seinem Namen zu fragen brauchen. „Ich weiß es zu schätzen, dass ich Ihnen zwei Eierbrötchen wert gewesen bin."

Errötend senkte sie den Blick auf die Käseplatte. „Und eine Tasse Tee", sagte sie matt.

# 8

„Über jeden Verdacht erhaben, Sir!", antwortete Sir Miles, als Jury ihn nach den Briefen fragte, und das verkniffene Lächeln, das Sir Miles' bescheidene Einschätzung der Bodenheim'schen Familie begleitete, erfüllte einen doppelten Zweck: Scotland Yard konnte es entweder für bare Münze nehmen oder als einen Beweis für Miles Bodenheims Fähigkeit, über sich selbst zu scherzen. So oder so waren die Bodenheims allen in Littlebourne überlegen.

Jury brauchte nur den Fuß über die Schwelle ihres Salons zu setzen, und schon wusste er, warum Polly Praed die „Littlebourner Morde" schrieb. Drei Köpfe – Miles', Sylvias und der ihrer Tochter – hatten sich nach ihm umgedreht, als würde ihnen ein ganz besonderes Spektakel geboten; der vierte bewegte sich jedoch kaum. Er war viel zu sehr damit beschäftigt, eine gelangweilte Miene zur Schau zu tragen. Derek Bodenheim hing in seinem Sessel und drehte ein Glas mit irgendeiner Flüssigkeit in der Hand; sein Gesichtsausdruck hatte etwas Herausforderndes, als wartete er nur darauf, sich mit Jury anzulegen.

Nachdem er Jury einen Fingerhut voll Sherry angeboten hatte, ließ Miles Bodenheim sich sofort wieder nieder und wandte sich seinem Tee zu. Er trug ein lohfarbenes Jackett und ein schwarzes Ascottuch mit kleinen, weißen Punkten, in dessen Falten sein Frühstücksei trocknete. Als Jury den Sherry ablehnte, schien Sylvia Bodenheim sich verpflichtet zu fühlen, ihm eine Tasse Tee anzubieten. Aber ihre Hand tat sich so schwer, an die Teekanne zu kommen, und ihre Stimme klang so matt, dass Jury sich nicht einmal die Mühe machte, dankend abzulehnen.

„Wer war sie, haben Sie das inzwischen rausgefunden?", fragte Derek und versank noch tiefer in seinen Sessel. Was immer er vom Aussehen seines Vaters ererbt hatte, bei ihm war es völlig verwässert; seine Züge wirkten so weich und formbar, dass man den Eindruck hatte, man könne auf seinem Gesicht mit dem Daumen einen Abdruck hinterlassen.

„Das versuchen wir gerade. Hier im Dorf scheint sie niemand gesehen zu haben."

„Außer Daddy und dem dämlichen Vogelverein geht keiner in diesem Wald spazieren", sagte Julia. Sie hob den Kopf, als wäre er die hübscheste Sache, die Jury in Littlebourne zu Gesicht bekommen würde. Seit seiner Ankunft war sie pausenlos mit ihrem Gesicht und ihren Posen beschäftigt gewesen. Sie hatte ihm rätselhafte Blicke zugeworfen und ihre lange Mähne geschüttelt, als säße sie einem Modefotografen gegenüber.

„Dämlich? Nichts ist dämlich an den Königlichen Vogelfreunden. Du solltest auch beitreten, meine Liebe", sagte ihr Vater.

Julias Augäpfel rollten nach oben, und sie versuchte, eine noch verführerischere Pose auf dem blauen Veloursofa einzunehmen, das sie bestimmt nur seiner Farbe wegen gewählt hatte; das Blau passte nämlich genau zu ihrem Hemd und ihren Augen.

Sylvia setzte ihre Teetasse ab und griff nach ihrem Strickzeug. Ihre dünnen Hände flogen hin und her, während sie bemerkte: „Diese Frau hatte absolut nichts dort verloren. Nichts." Ergo (schien sie zu folgern) gab es sie überhaupt nicht.

„Jemand äußerte die Vermutung, sie sei vielleicht auf dem Weg nach Stonington gewesen."

Sylvia bedachte Jury mit einem Lächeln so dünn wie die Gurkenscheiben auf den Sandwiches. „Was um Himmels willen hatte sie denn *dort* verloren? Und auch noch durch den Wald. Das Ganze ist absurd. Ich wette, sie war *nicht* auf dem Weg zu Lady Kennington. Ich selbst war vor drei Tagen dort, um sie zu fragen, ob sie etwas für unser Kirchenfest tun könne. Wie immer hatte ich kein Glück. Die Frau ist eine richtige Einsiedlerin. Während ihr Mann, Lord Kennington, ganz angenehm war ... Sie haben bestimmt von dem Juwelenraub vor ungefähr einem Jahr gehört?"

„Ja. Der Verdacht scheint auf den Sekretär gefallen zu sein."

Sylvia rümpfte die Nase. „Hat mich nicht gewundert. Ein unangenehmer Bursche das. Du hast ihn doch kennengelernt, Derek?" Sie wandte sich zu ihrem Sohn um, der nicht reagierte. „Ja, die Polizei nahm an, dass er es war, obwohl sie ihm nichts nachweisen konnten, weil der Smaragd nie gefunden wurde. Er war ungeheuer wertvoll. Ägyptisch, glaube ich. Einer der alten Steine." Das klang, als befänden sich sämtliche neuen im Besitz der Bodenheims.

„Ein cleverer Typ", sagte Derek, entschlossen, den Rest der Familie zu schockieren. „Hab ich schon immer gedacht. Der Stein ist nie wieder aufgetaucht. Und er selbst ist tot. Ein Smaragd im Wert von einer viertel Million ist verschwunden, und der Bursche, der das Versteck kannte, wird von einem Auto überfahren. Was für eine Ironie."

„Clever?", sagte Sylvia. „Ich fand ihn ziemlich gewöhnlich."

„Sind Sie ihm begegnet?"

Sylvia verzog das Gesicht. „Lord Kennington gab einmal eine kleine Party, um seine Sammlung vorzuführen. Er schien sich auf Ägypten spezialisiert zu haben. *Sie* ist sicher nicht das, was man unter einer Gastgeberin versteht."

„Wie kam es, dass Tree für Lord Kennington arbeitete?"

„Soviel ich weiß, war er bei Christie's angestellt gewesen. Wir haben immer Sotheby's vorgezogen. Da ist man viel kulanter." Jury lächelte nur und blickte auf die Drucke, den Lackparavent, die Stuckreliefs. Es war ihnen offensichtlich gelungen, auch ohne die beiden berühmten Auktionshäuser jeder Eleganz den Garaus zu machen. Sie nahm ihre Erzählung wieder auf, dazu ein paar fallen gelassene Maschen. „Ich weiß überhaupt nicht, wie die Witwe dieses Haus eigentlich führt. Als ich dort war, war weit und breit niemand zu sehen, sodass ich schließlich an die Fensterscheiben klopfte und den Kopf durch die Flügeltür streckte, als auf mein Klopfen hin keiner kam. Endlich ist sie dann aufgetaucht. Eine ziemlich unscheinbare Person. Wir bekommen sie kaum zu Gesicht, weil sie ihre Einkäufe in Horndean erledigt. Ich erzählte ihr von unserem Fest und bat sie, den Wühltisch zu übernehmen. Aber die Frau hat einfach kein Gemeinschaftsgefühl."

Derek gähnte. „Warum sollte sie auch, wo sie doch gar nicht in Littlebourne wohnt."

„So weit weg wohnt sie auch wieder nicht", sagte Sylvia und heftete ihren klammen Blick wieder auf Jury. Ihre Augen hatten die Farbe jener Pilze, vor denen man beim Sammeln immer zurückschreckt. „Und stellen Sie sich vor, sie hat doch tatsächlich ihre Geldbörse gezückt und mir eine Zwanzigpfundnote in die Hand gedrückt! Als wäre ich auf Betteltour. Die schreckliche Person hatte dann auch noch die Nerven zu sagen, mehr als zwanzig Pfund würde der Wühltisch sowieso nicht einbringen, warum also den ganzen Kram aufbauen, wenn es auch so ginge und wir auf den Tisch verzichten könnten. Stellt euch das vor, meine Lieben!" Sylvia breitete die Arme aus, jeden, sogar „ihren lieben Inspector" einschließend, „wo wir doch *immer* einen Wühltisch hatten!"

Lady Kenningtons Argumente kamen Jury sehr vernünftig vor, und er versuchte, das Gespräch wieder auf den Mord zu bringen. Sylvia war jedoch schneller als er.

„Und dabei habe ich schon alle Hände voll zu tun – außerdem bin ich ja noch Vorsitzende des Frauenvereins. Den Kauf- und Tauschtisch habe ich bereits übernommen, und jetzt soll ich mich noch um den Wühltisch kümmern." Unterstützung heischend blickte sie ihren Gatten an, aber Miles war damit beschäftigt, die Eierreste von seinem Ascottuch zu kratzen, und schien überhaupt nicht zugehört zu haben.

Derek sagte: „Ist doch mehr oder weniger dasselbe. Das lässt sich doch alles in einen Topf werfen."

„Nein, es sind ganz verschiedene Dinge, Derek. Vergiss bitte nicht, dass du das Ringwerfen beaufsichtigen musst."

„Um Himmels willen, nicht schon wieder!"

„Julia kümmert sich um die Kutschfahrten."

„Nicht ich. Emily macht das. Ich hab keine Lust, einen Haufen plärrender Kinder rumzukutschieren."

„Ich meinte doch nur, dass du sie *beaufsichtigen* sollst, mein Liebes. Polly Praed führt das Imbisszelt –"

„Zum Glück nicht diese Pennystevens. Die hat mich letztes Jahr um zehn Pence beschissen. Und was tut der alte Finsbury?", fuhr Miles fort. „Schließlich ist es *seine* Kirche. Er könnte doch mit anpacken, statt rumzustehen und den Heiligen zu spielen."

„Ich hoffe nur, Ramona Wey kriegt diesmal keinen Stand", sagte Julia. „Ich finde es nicht richtig, dass die Antiquitätenhändler aus Hertfield auf unserem Fest auch noch Geschäfte machen."

„Aber das ist nicht der einzige Grund, warum du dagegen bist, was, Schwesterlein?", sagte ihr Bruder und verschränkte die Arme hinter dem Kopf. „Es ist wegen Riddley, stimmt's? Du willst nicht –"

„Halt die Klappe!", schrie Julia.

„Kinder, Kinder", sagte Sylvia beschwichtigend. Jury fragte sich, ob sie sie gleich zum Spielen hinausschicken würde. Zum Glück hatte er keine Kinder. Es brauchte ihm aber nur ein richtiges über den Weg zu laufen, dann tat es ihm wieder einmal leid.

„Was diese Briefe betrifft, Superintendent", sagte Sylvia und klapperte mit ihren Nadeln, „so kann ich mir gut vorstellen, warum Ramona Wey einen erhalten hat. Sie nennt sich ‚Designerin' und hat einen aufgemotzten kleinen Laden an der Row, dabei ist sie nichts weiter als eine aufgedonnerte, kleine Sekretärin aus London. Es heißt, sie und Freddie Mainwaring hätten ein Verhältnis, aber ich hoffe doch, er hat so viel Verstand und –"

„Ich finde sie gar nicht so übel", sagte Derek. Sein schwammiges Gesicht verzog sich zu einem spöttischen Grinsen.

„Ich war immer in der Lage, solche Dinge unvoreingenommen zu betrachten", sagte Sir Miles, das Gesicht zur Decke erhoben, als wolle er den Segen des Himmels empfangen. „Und ich würde euch empfehlen, meinem Beispiel zu folgen. Ich billige auch nicht, was diese Person treibt, nein, das nicht, aber zumindest ist sie diskret, so diskret, dass sie ihre Vorhänge zuzieht. Mrs Pennystevens sagte mir, als ich sie danach fragte, dass diese Wey irgendwo ein Postfach haben muss; sie erhält nämlich nie Post. Ich finde es erstaunlich genug, dass wir welche bekommen, so langsam, wie sie hier sind. Aber wir müssen wohl gute Miene zum bösen Spiel machen." Er lächelte milde und öffnete den Mund, um fortzufahren.

Aber Jury hinderte ihn daran mit einem noch milderen Lächeln, das außerdem die Autorität des hochrangigen Londoner Polizeibeamten ausstrahlte. „Wo waren Sie alle am Donnerstagabend? Das heißt, vorgestern?"

Sie blickten einander an und dann auf Jury, als wäre er ein ungezogenes Kind, das sich in Dinge mischt, die es nichts angehen. Nachdem er einen Augenblick lang Verwirrung geheuchelt hatte, schien Derek sich über die Frage immens zu amüsieren.

„Der Super denkt anscheinend, dass einer von uns die Hände im Spiel hatte! Also, was mich betrifft – lassen Sie mich überlegen –, ich war im ‚White Heart' in Hertfield. Und dafür lassen sich bestimmt auch ein paar Zeugen auftreiben, obwohl wir alle stockbesoffen –"

„Derek! Ich muss doch bitten! Der Superintendent denkt bestimmt nichts dergleichen. Ich war bei einer Zusammenkunft des Frauenverbands. Wir treffen uns an jedem ersten Donnerstag des Monats um halb neun. Ich war etwas spät dran, weil ich noch mal zurückmusste, um meine Unterlagen zu holen."

Der Bus des Opfers war um 20.05 Uhr angekommen. Was hat die Gute aufgehalten, dachte Jury und grinste. Sylvia wusste entweder nicht, welcher Zeitraum für die Tat infrage kam, oder war einfach die Unschuld in Person. „Allein?"

„Ja, natürlich. Ich habe den Führerschein, Superintendent." Das gehörte wohl zu den Leistungen ihres Lebens – neben Stricken und Kindergroßziehen.

Als Sir Miles Jurys offenes Notizbuch sah, war er wieder versucht, eine Rede vom Stapel zu lassen. Man konnte schließlich nie wissen, in welcher Gestalt einem der buchführende Engel begegnete. „Ich habe wie immer am Donnerstagabend einen kleinen Ausflug in den ‚Bold Blue Boy' gemacht. Meiner Meinung nach kann es nicht schaden, wenn man sich ab und zu unter die Einheimischen mischt und ein Gläschen mit ihnen trinkt. Man muss mit dem Volk in Berührung bleiben. Sie können dort nachfragen. Jeder wird Ihnen bestätigen, dass ich da war. Haha, ein Alibi, mit dem Sie zufrieden sein können, Superintendent."

„Der Pub schließt um elf, nicht?"

Sir Miles zwinkerte. „Nun ja, diese Dorfgaststätten, Sie wissen schon, die nehmen's nicht so genau. Elf oder Viertel nach. Das soll nicht heißen, dass Mary O'Brien nach der Polizeistunde noch aufhat –" Ein ziemlich überflüssiger Kommentar, da er Mary O'Brien eben genau das unterstellt hatte. „Und natürlich, seit dem Unfall der Kleinen –"

Julia sah anscheinend eine Möglichkeit, Derek eins auszuwischen, und sagte: „Ärgerlich, was, Derek? Kein Rumfummeln mehr in den Ställen." Sie lachte unangenehm.

Derek wurde puterrot. „Ach, halt's Maul." Seine weichen Züge verhärteten sich.

„Sprechen Sie von Katie O'Brien?", fragte Jury. Abgesehen von Miles, dessen Augen einen Punkt irgendwo im Raum fixierten und der wohl seine nächste Rede entwarf oder verwarf, starrten ihn alle an. Sie wirkten peinlich berührt, selbst Julia, die das Gespräch auf dieses Thema gebracht hatte.

„Sie, Miss Bodenheim, haben mir noch nicht erzählt, wo Sie Ihren Donnerstagabend verbracht haben."

„In den Ställen, arbeiten." Derek kicherte kindisch, was ziemlich abstoßend klang aus dem Mund eines vierundzwanzig- oder fünfundzwanzigjährigen Mannes. „Dass ich nicht lache. Du und arbeiten."

„Und ob ich gearbeitet habe."

„Zurück zu der kleinen O'Brien. Haben Sie sie gut gekannt?"

„Nein. Sie hat manchmal meine Stute bewegt."

„Ich dachte, diese andere Kleine, Emily Perk, kümmere sich um die Pferde auf Rookswood."

„Tut sie auch. Nur ist meine Stute für Emily zu groß, deshalb haben wir Katie dafür angestellt."

„Sie liegt im Krankenhaus", sagte Sylvia und schnitt einen Wollfaden ab. „Wirklich ein Jammer, aber warum muss das Mädchen sich auch in London rumtreiben ... Und nicht nur das –" Sylvia funkelte Jury an, denn für die Straßen von London war schließlich er verantwortlich –, „sie wurde auch noch in einer Underground-Station überfallen. Sie spielte da für Geld, mein Gott –"

Sir Miles blickte auf die Kirchturmspitze, die seine Finger bildeten, und säuselte: „Wirklich, meine Liebe, wir sollten nicht zu hart ins Gericht gehen mit der Kleinen. Schließlich ist sie in einem Gasthof aufgewachsen und hat nicht die Privilegien genossen, die unsere ..."

Jury hörte sich seinen Sermon an. Die Engel im Himmel waren sicher beeindruckt.

Es war kurz nach drei, als Jury im „Bold Blue Boy" auftauchte und Sergeant Wiggins vor einem Teller Suppe antraf.

„Ochsenschwanz", sagte Wiggins. „Hat mir Mrs O'Brien zukommen lassen. Sie ist eben zum Einkaufen nach Hertfield gefahren. Es gibt bestimmt noch –"

Wiggins schien sich wie zu Hause zu fühlen. „Nein, danke", sagte Jury.

„Sie essen nicht richtig. Zum Lunch haben Sie auch nichts gegessen. Wenn ich mir wie Sie immer nur im Gehen was in den Mund stopfen würde, hätte ich überhaupt keine Widerstandskraft. Sie schmeckt sehr gut, diese Suppe."

„Und was gab's sonst, abgesehen von der Suppe?"

Ungerührt schnitt Wiggins sein Brötchen in vier gleiche Teile und bestrich sie mit Butter. „Mainwaring hat die Ermordete nicht gekannt und konnte sich auch nicht vorstellen, was sie in dem Wald verloren hatte –"

„Keiner kann das. Weiter."

„Er hat einen Job in London, in der City, bei einer Versicherung. Und nebenbei betreibt er ein Immobiliengeschäft in Littlebourne."

„Er fährt also an bestimmten Tagen in die Stadt?"

„Ja, richtig."

„Haben Sie ihm die Fotos von der Ermordeten gezeigt?"

„Ja. Er sagte, er habe sie noch nie gesehen. Und er meinte, er sei am Donnerstagabend mit dieser Wey zusammengewesen, was sie auch bestätigt hat. Wollen Sie, dass er sich die Leiche anschaut?"

„Warum er und nicht die andern? Was ist mit Mrs Pennystevens? Haben Sie da was erfahren?"

Wiggins schüttelte den Kopf. „Es war so, wie Carstairs sagte. Sie kriegte den Packen Briefe und dachte, jemand hätte sich einen Scherz erlaubt. Die andern, Mainwaring und diese Wey, dachten das übrigens auch."

„Warum, ist wohl klar. In den Briefen steht nämlich, dass sie ein Verhältnis haben. Was meinen Sie, haben sie eines?"

Für Wiggins, der seinen Suppenteller zur Seite geschoben hatte und sich seine Medizin verabreichte, war das ein Problem, das zwei Hustenpastillen erforderte. Jedenfalls klebten zwei zusammen, und er schob sich beide in den Mund. „Schwer zu sagen. Sie sieht schon sehr gut aus, das muss man ihr lassen."

„Wie hat sie reagiert?"

„Wie alle andern. Wusste von nichts und konnte sich auch nicht vorstellen, was die Frau in dem Wald tat und so weiter. Carstairs war auch schon da gewesen."

„Hat Carstairs angerufen?"

„Nein, warum?"

„Augusta Craigie meint, die Frau sei vielleicht auf dem Weg nach Stonington gewesen, dem Gut der Kenningtons, etwas außerhalb von Littlebourne." Jury blickte zur Decke. „Wissen Sie, welches Zimmer ihrer Tochter gehört?" Er wusste, dass Wiggins sich in allen Räumen umgeschaut hatte, um sich die bequemste Matratze zu besorgen.

Wiggins nickte. „Das erste rechts. Viele Volants und Stofftiere."

„Ich schau's mir mal an."

Es war ein hübsches Zimmer mit einer schrägen Decke und knarrenden, unebenen Dielen, weiß gestrichenen Möbeln und, wie Wiggins schon bemerkt hatte, einer gerüschten Bettdecke und gerüschten Kissen. Es ging auf die Grünanlage hinaus; die Flügel der kleinen Fenster oberhalb der Sitzbank waren nach außen geöffnet und behinderten die Kletterrosen, die sich auf der einen Seite des Hauses hochrankten. Jury schaute sich die Bücher auf dem Regal neben der Sitzbank an: unberührte Bände von Klassikern wie „Middlemarch", dazwischen und dahinter abgegriffene Liebesromane. Nicht sehr raffiniert, dachte Jury, ihre Mutter hätte sie beim Saubermachen bestimmt sofort entdeckt. Aber vielleicht war die Ordnung, die hier herrschte, Katie O'Briens Werk. Jury öffnete den Schrank und sah fein säuberlich aufgehängte Kleider. Er schaute sich die Etiketten an und bemerkte, dass zwei von Laura Ashley stammten, also ziemlich teuer gewesen sein mussten. Ihre Mutter hätte viele Biere zapfen müssen, um sie zu bezahlen.

Auf einem kleinen Schreibtisch lag ein Album, das Jury in die Hand nahm und durchblätterte. Schnappschüsse von Katie O'Brien und ihrer Familie. Ein Foto behielt er. Es zeigte ein blasses, junges Mädchen mit einem herzförmigen Gesicht, das nicht lächelte. Das dichte, schwarze Haar war aus dem Gesicht gekämmt und wahrscheinlich zu einem Knoten oder einem Zopf zusammengefasst. Die Frisur war so altmodisch wie das Kleid, das sie trug – ein einfaches, gemustertes Baumwollkleid mit einem kleinen Spitzenkragen. Sah das kleine, hübsche Gesicht nur deshalb so kummervoll drein, weil das Haar zu schwer und der Kragen zu eng war? Jury steckte das Foto ein und klappte das Album zu.

„Cora Binns", sagte Inspector Carstairs. „Kurz nachdem Sie angerufen hatten, wurde sie identifiziert. Nicht von Lady Kennington – wir überprüfen das gerade –, sondern von einer Mrs Beavers. Das ist die Hauswirtin dieser Cora Binns. Sie war wohl etwas beunruhigt, als Cora am Donnerstag nicht zurückkam. Cora Binns hatte Mrs Beavers gesagt, dass sie in Hertfield jemanden besuchen wolle und wahrscheinlich gegen elf Uhr wieder zurück sei. Cora wohnte über den Beavers, und die Hauswirtin behält ihre Mieter anscheinend im Auge. Als Cora auch am Freitag nicht zurückkam, war ihr das wohl nicht geheuer. Vielleicht war sie aber auch nur neugierig. Sie gab eine Vermisstenanzeige auf, und eben hat mich das Morddezernat angerufen. Es scheint sich um dieselbe Person zu handeln. Aussehen, Kleidung, alles passt. Ich dachte, Sie würden vielleicht sofort mit ihr sprechen wollen. Die Adresse –" Die Stimme wurde leiser, als Carstairs sich vom Telefon wegdrehte, um dann zu verkünden: „Catchcoach Street 22."

„Welcher Stadtteil ist das?", fragte Jury, während er sich die Adresse notierte.

„Ich glaube, die Gegend um Forest Gate, einen Augenblick bitte … Ja, ich hab's. Also." Einen Augenblick lang herrschte Stille. „Wembley Knotts. Ein Zufall, was? Da wurde doch auch die kleine O'Brien überfallen. Komisch."

Als Jury den Hörer zurücklegte, hatte Sergeant Wiggins Katie O'Briens Foto in die Hand genommen und betrachtete es.

„Hübsches Ding."

„Ja. Hinterlassen Sie Mrs O'Brien einen Zettel, schreiben Sie, dass wir heute Abend erst später zurückkommen. Und sie soll Mr Plant sagen, ich könne mir nicht erklären, warum er noch nicht hier sei."

Überrascht blickte Wiggins hoch. „Wohin fahren wir denn?"

„Nach London."

# 9

Hätte ihn nicht Sylvia Bodenheims behandschuhte Hand aufgehalten, die mit der Gartenschere auf sein Revers deutete, wäre Melrose Plant schon längst im „Bold Blue Boy" aufgetaucht. „Das ist *kein* öffentliches Grundstück, junger Mann. Sie befinden sich auf Privatgelände."

Da er zweiundvierzig war, wusste Melrose den „jungen Mann" zu schätzen. Auf das Übrige erwiderte er: „Das weiß ich nicht. Der Weg ist jedenfalls öffentlich." Mit seinem silberbeschlagenen Spazierstock deutete Melrose auf den Weg, den er gekommen war. „Da drüben steht ein Schild."

Ungeduldig schüttelte sie den Kopf. Unter dem chartreusefarbenen Strohhut wirkte ihr Teint noch fahler – grüngelb und wabernd, wie unter Wasser. „Auf dem Schild kann stehen, was will, der Weg verläuft durch unser Grundstück."

„Dann hätten Sie sich eben kein Haus auf einem Stückchen Land mit einem öffentlichen Weg kaufen sollen", grinste er.

Sylvia Bodenheim wich zwei Schritte zurück, als hätte er ihr einen Schlag versetzt. Augenscheinlich war „ein Haus auf einem Stückchen Land" keine sehr glückliche Formulierung. „Rookswood ist nicht einfach ein Haus!"

Melrose blickte nach links auf die eindrucksvolle, wenn auch etwas hochstaplerische Fassade mit den beiden kurzen Säulen, auf denen aus Stein gehauene Vögel saßen. „Oh? Ist es denn eine Schule oder ein Sanatorium oder so etwas?"

„Wohl kaum! Das Gut gehört Sir Miles Bodenheim. Der Stammsitz der Familie. Ich bin Lady Bodenheim. Und wer sind Sie?"

„Melrose Plant", antwortete er mit einer leichten Verbeugung. „Ich komme eben aus einem Ort namens Horndean – ich war mir nicht sicher, ob ich mich noch auf dem Weg nach Littlebourne befand. Mein Auto steht dahinten –" Sein Kopf wies auf eine Stelle irgendwo hinter ihm. „Deshalb wollte ich erst mal fragen."

Sie blinzelte in die angezeigte Richtung, um festzustellen, ob auch der Wagen auf ihrem Grundstück stand, dann fing sie wieder an, mit ihrer Gartenschere zu klappern. „Gehen Sie nur immer geradeaus, und sie stoßen am keltischen Kreuz auf die Grünanlage. Und wenn Sie zurückkommen, gehen Sie bitte um unser Grundstück herum, nicht quer durch."

Zum Teufel mit ihr. Er war fest entschlossen, den öffentlichen Fußweg so oft wie möglich zu benutzen. „Vielleicht können Sie mir noch sagen, wie ich zum ‚Bold Blue Boy', dem Dorfgasthof, komme?"

Sie wandte den Kopf in die Richtung seines Wegs und schaute ihn nicht an, als sie sagte: „Da entlang."

Melrose entfernte ein Blütenblatt von seinem Jackett. „Ich habe gehört, dass hier etwas Schreckliches passiert ist. Da werden die Immobilienpreise leiden, was?"

Sie funkelte ihn an. „Littlebourne hat nichts damit zu tun. Irgendein Ortsfremder –" Mit leicht gerötetem Gesicht wich sie zurück.

Er fragte sich, ob sie gleich mit klappernder Schere davonrennen würde. Ihre Flucht wurde jedoch vereitelt durch das Auftauchen einer schimmernden Fuchsstute, die über den weiten Rasen auf sie zugetrabt kam. Auf ihr saß eine junge Frau, die Melrose auf den ersten Blick sehr attraktiv fand – und die es auch war, wenn man derlei an Merkmalen wie ausgeprägten Backenknochen, mandelförmigen Augen und einem wohlgeformten Mund messen mag.

Aber dann sagte sich Melrose, dass sie nicht ansprechender als die übrigen Frauen war, die er in den vierzig Jahren seines Lebens gesehen hatte. Der Schwung der Backenknochen kam gegen den harten, gereizten Ausdruck ihres Gesichts nicht an. Unter der jungen Haut konnte er die scharfen Züge der älteren Frau erkennen, die ihre Mutter sein musste. Die Stiefel der jungen Dame glänzten wie lackiert; ihre Reitjacke war aus einem grell karierten Stoff, den jeder Schotte verschmäht hätte.

„Wer ist das, Mami?"

„Niemand", sagte ihre Mutter und rückte ihren Rosen wieder zu Leibe.

„Stimmt nicht ganz", sagte Melrose, der sich noch einmal mit einer leichten Verbeugung vorstellte. „Und ich habe das Vergnügen mit –?"

Der sanfte, gebieterische Ton musste ihr imponiert haben, da er nur eine Nuance weniger bestimmt war als der ihre; sie lächelte frostig. „Sind Sie gerade hier angekommen oder was?"

Eine neugierige Familie. „Richtig. Ich kenne niemanden hier. Aber das wird sich doch sicher bald ändern." Er warf ihr ein Lächeln zu, das ihn, so hoffte er, als Herzensbrecher zu erkennen gab.

Miss Bodenheim saß von ihrem Pferd ab und begab sich im wörtlichen wie im übertragenen Sinn auf sein Niveau. „Was haben Sie denn hier vor?" Ihre Finger spielten mit den Zügeln ihres Pferdes. Das Pferd blickte kummervoll in die Runde, und für Melrose bestand kein Zweifel, dass es mehr Verstand besaß als die Frauen zusammen.

„Ich wollte mir eine Immobilie anschauen." Er hielt das für einen guten Vorwand, um ein wenig herumschnüffeln zu können, ohne sich als Superintendent Jurys Freund zu erkennen zu geben.

Die ältere der beiden Bodenheim-Damen kam mit ihrer Schere zu ihm herüber und gab gleich ihren Senf dazu. „Da handelt es sich wahrscheinlich um dieses baufällige, kleine Haus neben dem ‚Bold Blue Boy'. Sie werden ganz schön enttäuscht sein, glauben Sie mir. Sie sollten sich das gut überlegen; es ist schon seit einem Jahr auf dem Markt, obwohl inzwischen Hinz und Kunz nach Littlebourne kommt, um ein Haus zu ergattern. Das Dach ist undicht; es ist halb verrottet, und der Garten ist einfach eine Schande. Die Familie, die zuletzt dort wohnte –" Sie erschauerte. „Sie werden selbst sehen, in welchem Zustand es ist. Das Dach müssen Sie auf jeden Fall neu decken lassen; offen gestanden – ich an Ihrer Stelle würde Ziegel nehmen. Im Stroh nisten sich doch nur Vögel ein, und die Versicherung kostet auch mehr. Schauen Sie sich das Dach der beiden Craigie-Schwestern an. Ich rate Ihnen wirklich davon ab. Aber wenn Sie glauben, Sie *müssten* Stroh haben, dann gibt es hier nur einen, der das kann – Hemmings. Ich kann Ihnen seine Nummer geben. Er ist zwar meiner Meinung nach viel zu teuer, aber zumindest versteht er sein Handwerk, was sich von Lewisjohn nicht behaupten lässt. Sie wollten doch nicht etwa Lewisjohn nehmen? Schlagen Sie sich das mal aus dem Kopf; ein Dieb ist das! Nein, wirklich, Hemmings ist der Einzige, auf den Verlass ist. Aber Sie sollten Ziegel nehmen. Sie werden sich über Ihr Strohdach nur ärgern." Mit gerümpfter Nase arbeitete sie sich etwas weiter vor und überließ es ihrer Tochter, die Dachfrage mit Melrose zu regeln.

„Ach, Willow Cottage", sagte Julia. „Es liegt auf der anderen Seite der Grünanlage, da, wo der ‚Blue Boy' ist." Sie wies mit ihrer Reitpeitsche über die Hecke. „Da ist wirklich viel zu tun. Aber offen gestanden, für die Arbeiten würde ich niemanden von hier nehmen."

Er betrachtete die lackierten Nägel der Hand, in der sie die Peitsche hielt, und zweifelte an ihrer Kompetenz.

Melrose hatte sich endgültig gegen Willow Cottage entschieden. „Das ist wohl nicht das, was ich suche." Er blickte zur Horndean Road hinüber; dort hatte er etwas gesehen, was ihm schon eher zusagen würde. Die Steinmauer, die auf beiden Seiten der Straße verlief, war gut einen Kilometer lang. Das Haus selbst konnte man von der Straße aus nicht sehen, aber er nahm an, dass es wesentlich größer und imposanter war als Rookswood. An dem hohen, schmiedeeisernen Tor war ein diskretes Namensschild aus Bronze angebracht, und daneben hing ein ebenso diskretes Schild – Zu verkaufen.

„Stonington – das wollte ich mir anschauen." Melrose schnipste gelangweilt ein vertrocknetes Blatt von seinem Mantel.

Sogar das Pferd schüttelte seine Mähne, als er das verkündete. Auch Lady Bodenheim schien sich in Hörweite aufgehalten zu haben; ein aufgeregtes Durcheinander weiblicher Stimmen ließ sich vernehmen.

„Stonington! ... Oh, das ist doch absurd ... Völlig ungeeignet für Ihre Zwecke ... Ich kann mir nicht vorstellen ... Es ist viel zu groß für einen Junggesellen ... Sie sind doch Junggeselle?"

„Meiner Meinung nach ist es genau das Richtige", fuhr Melrose dazwischen. „Es ist zwar nicht ganz so groß, wie ich's gewohnt bin. Und Tante Agatha wird wahrscheinlich ihre Volieren und Zierhaine vermissen. Und die Schwäne. Die Quartiere für das Personal sind wohl auch etwas klein. Und ob die Ställe für die Meute reichen. Und ..." Er seufzte unglücklich. „Meine Schwester, ach ja, Madeleine braucht einen Flügel für sich. Sie ist etwas eigen, Sie verstehen." Das konnte alles bedeuten, von Schwangerschaft bis schlichter Verrücktheit. „Aber mein Architekt wird das schon hinkriegen – man kann schließlich nicht alles haben." An dieser Stelle gelang es ihm, charmant zu lächeln und bedauernd die Achseln zu zucken. „Ist aber doch ein ganz nettes altes Häuschen, nicht wahr?"

Ihre Mienen ließen erkennen, dass Stonington um einiges netter war als Rookswood. Wie magisch angezogen folgten die Blicke der beiden Bodenheim-Damen dem von Melrose, der auf die Horndean Road gerichtet war, an der irgendwo in blauer Ferne Stonington, das Traumschloss, lag. Als sie sich wieder umwandten, sah Julia Melrose mit ganz anderen Augen an – die Situation musste offensichtlich neu eingeschätzt werden. Aber Melrose ließ sie erst gar nicht zu Wort kommen. Vergnügt rief er: „Und wer kommt denn da?"

Miles Bodenheim stapfte über den Rasen. Vielleicht hatte er sie von dem oberen Fenster aus gesehen und seine Neugierde nicht länger bezähmen können, oder er hatte Wind davon bekommen, dass die erste Familie von Littlebourne demnächst auf den zweiten Platz abrutschen könnte, und eilte herbei, um dies zu verhindern.

„Sylvia! Julia!"

Statt zurückzurufen, sagte Sylvia zu Melrose: „Nein, ich kann nicht glauben, dass das Ihr Ernst ist. Das kann einfach nicht sein. Lady Kennington hat das Anwesen völlig verwahrlosen lassen. Sie wissen bestimmt, dass er gestorben ist – ich meine Lord Kennington. Meiner Meinung nach passten sie überhaupt nicht zusammen. Sie ist äußerst ungesellig. Ich nehme an, es hält sie nichts mehr hier. Aber wenn Stonington schon verkauft werden soll, dann besser an irgendeine Gesellschaft. Oder man könnte es in ein Heim umwandeln. Es würde Ihnen bestimmt nicht gefallen, dort zu leben." Sie wandte sich ab, und die Art und Weise, wie sie eine braune Knospe vom Stängel knipste, erinnerte ihn an ein Kind, das eine Katze kneift.

„Plant. Melrose Plant", sagte er zu dem Neuankömmling.

„Mr Plant trägt sich mit dem Gedanken, Stonington zu erwerben, Miles, aber wir haben ihm erklärt, dass er da einen großen Fehler machen würde."

„Stonington! Großer Gott, Mann. Sie würden sich wundern. So groß und so kalt wie eine Scheune. Nein, das wäre bestimmt nicht nach Ihrem Geschmack. Erst kürzlich ist dort jemand gestorben, Lord Kennington, der Eigentümer. Wer zieht schon gern in ein Haus, in dem jemand gestorben ist."

„Irgendwo muss man sterben", erwiderte Melrose; er fragte sich, ob Jury im Gasthof war und wie viele Mitglieder dieser Familie wohl noch wie Pusteblumensamen auf ihn zugeschwebt kommen würden.

„Ich habe ihm gesagt, er soll sich das aus dem Kopf schlagen", sagte Sylvia abschließend. Ihr großer Hut wippte, während sie sich langsam an der Hecke entlangbewegte; ihre Züge wirkten nun noch verkniffener und ihr Teint noch grünlicher.

„Mr Plant geht auf die Jagd", sagte Julia. „Sie haben Ihre Meute erwähnt. Und Sie haben von Ställen gesprochen."

Melrose kickte eine Knospe aus dem Weg. Sie landete auf dem Schuh des Bodenheim'schen Familienoberhaupts. Vorsicht war geboten; er hatte keine Ahnung von der Jagd, ein fürchterlicher Sport seiner Meinung nach. „Ja, ich gehe gelegentlich auf die Jagd. Aber nur in Irland. Mit den *Black and Tans*." Er fragte sich im Nachhinein, ob das Jagdhunde waren oder eine eingegangene Splittergruppe der IRA.

„Wann wollen Sie denn einziehen?", fragte Julia.

„Ist wohl noch ein bisschen verfrüht, darüber zu reden. Wenn Sie mich jetzt entschuldigen wollen? Nett, Sie kennengelernt zu haben." Melrose tippte mit dem Stock gegen seine Mütze und ging pfeifend auf dem öffentlichen Weg weiter. Er hoffte nur, dass es in Littlebourne – von Jury einmal abgesehen – auch liebenswürdigere Leute gab als diese hier.

ALS *LIEBENSWÜRDIG* hätte er die nächste Person, der er begegnete, jedoch auch nicht bezeichnet. Sie stand mitten auf dem Grünstreifen und beobachtete, wie er ihn überquerte. Tiefe Furchen durchzogen ihre Stirn, und Melrose fühlte sich etwas unbehaglich bei dem Gedanken, einem so winzigen Gesicht zu solchen Kummerfalten Anlass gegeben zu haben.

Es beunruhigte ihn so, dass er sich auf der anderen Seite nach ihr umschaute. Ein Fehler, den schon Lots Frau begangen hatte. *Sie* hatte sich nämlich auch umgedreht und starrte *ihm* nach – ein kleines Mädchen, das mit einwärtsgedrehten Füßen dastand; ihr blondes Haar hing in Strähnen um das spitze Gesicht. Auch ihre Reitjacke hatte schon bessere Tage gesehen.

Als er die Hauptstraße entlangging, folgte sie ihm; er spürte es eher, als dass er es sah. Die Bewohner von Littlebourne wussten wohl nichts mit ihrer Zeit anzufangen, wenn seine Gegenwart im Dorf solches Aufsehen erregen konnte.

Um vier Uhr nachmittags war es im „Bold Blue Boy" gähnend leer. Obwohl Pubs um diese Zeit noch nicht öffnen durften, stand die Tür zur Bar auf. Er ging hinein und fand einen langen, niedrigen Raum mit einem riesigen Kamin vor, in dem jedoch kein Feuer brannte. Rechts von diesem Raum gab es noch einen weiteren, dessen Tür so niedrig war, dass man ihn nur gebückt betreten konnte. Er war klein und gemütlich, voll mit blitzendem Kupfergeschirr, und in dem etwas kleineren Kamin loderte ein Feuer; auf den bequemen Fenstersitzen lagen geblümte und schon leicht verblichene Chintzkissen.

Melrose setzte sich an einen der Tische, um auf den Wirt zu warten, der ihm bestimmt sagen konnte, wo Jury sich aufhielt. Er hatte immer ein Buch bei sich – gewöhnlich einen Rimbaud-Band, aber in der letzten Zeit waren Krimis an die Stelle der französischen Dichter getreten –, und auch jetzt zog er einen Krimi hervor. Bevor er jedoch anfing zu lesen, schob er den geblümten Vorhang vor dem kleinen Fenster zurück und blickte auf die Grünanlage. Er sah niemanden außer einem alten, gichtgeplagten Rentner auf dem Weg zur Poststelle.

Als er sein Buch aufschlagen wollte, hörte er ein schmatzendes Geräusch, von dem er Gänsehaut bekam. Er drehte sich um. Das kleine Mädchen stand in dem niedrigen

Durchgang, sog die Wangen ein, stülpte die Lippen nach außen und machte diese kleinen Schmatzlaute.

„Mary ist einkaufen gegangen", sagte sie.

„Mary?"

„Mary O'Brien. Der gehört der ‚Blue Boy'."

„Aha", sagte Melrose und nahm sich seine Lektüre vor. „Dann muss ich eben warten." Er fragte sich, warum die Kleine nicht wegging.

Sie zeigte nicht die geringste Absicht, im Gegenteil, sie war gerade hinter die Bar gegangen. Da die Bar so hoch und sie so klein war, konnte er sie dort eher hören als sehen. Kurz darauf tauchte jedoch ihr heller Haarschopf über dem Tresen auf. Wahrscheinlich hatte sie sich einen Barhocker geholt, auf dem sie knien konnte.

„Möchten Sie was? Es gibt Bass und Bitter und Abbot." Sie berührte die emaillierten Griffe der Zapfhähne.

War er hier in Littlebourne auf ein Überbleibsel aus dem Zeitalter Dickens' gestoßen, in dem Kinder Schuhe putzten, Schornsteine fegten und Alkohol ausschenkten? „Das ist wohl kaum die richtige Arbeit für dich", sagte er so salbungsvoll, dass es selbst ihm auffiel.

„Ich mach das immer."

Er seufzte und schüttelte den Kopf. „Na schön, dann gib mir mal einen trockenen Cockburns."

Sie drehte sich zu den Flaschen um und maß den Sherry ab. „75 Pence, bitte", sagte sie und stellte das Glas vor ihn hin.

„Fünfundsiebzig? Du lieber Himmel. In Littlebourne ist wohl die Inflation ausgebrochen!"

„Wollen Sie was zum Knabbern?"

„Nein, danke." Er legte eine Pfundnote auf den Tisch. Sie stand da, zog die Wangen ein und gab wieder diesen Schmatzlaut von sich.

„Hör auf damit. Das verdirbt die Kieferstellung, und dein Biss leidet darunter. Außerdem fallen dir die Zähne aus", fügte er der Vollständigkeit halber hinzu.

„Tun sie auch so." Sie schob die Oberlippe hoch und entblößte zwei Zahnlücken.

„Was hab ich gesagt!"

„Wollen Sie wirklich keine Chips? Die da sind ganz prima."

„Ich mag keine Chips. Aber wenn –" Melrose suchte in seinen Taschen nach Kleingeld.

Sie kletterte auf einen Barhocker und nahm eine Packung Chips von einem runden Ständer. Sie riss sie auf und verschlang sie mit gerunzelter Stirn. „Möchten Sie was davon?" Anscheinend wollte sie sich von ihrer großzügigen Seite zeigen.

„Nein. Gibt es in diesem Dorf auch eine Polizeiwache?"

„Wenn Sie über die Grünanlage gehen." Sie hatte es sich auf dem Fenstersitz bequem gemacht. „Sind Sie von der Polizei?"

„Nein, natürlich nicht."

„Hier ist einer von Scotland Yard." Obwohl es ihm widerstrebte, eine so winzige Person auszufragen, hakte Melrose nach: „Weißt du zufällig auch, wo er sich aufhält?"

Melrose fand die Art und Weise, wie sie mit ihren Hacken gegen die Bank trommelte, ziemlich unerträglich. „Wieder in London. Er musste zurück. Wahrscheinlich ist er wegen dem Mord nach Littlebourne gekommen."

Über den Rand seiner Brille sah Melrose, wie sie auf seine Reaktion lauerte. „Mord? Was ist denn passiert?"

Sie hatte ihre Chips gegessen und faltete die fettige Tüte in kleine Quadrate. „Weiß ich nicht. Möchten Sie noch eine Tüte?"

„Ich wollte nie eine. Was hat es mit diesem Mord auf sich?"

Sie zuckte die Achseln, und ihre Hacken trommelten noch schneller gegen das Holz.

„Na, *wer* ist denn ermordet worden?" Austern mit einem Streichholz zu öffnen ist einfacher, dachte er, als er ihr betont gleichgültiges Gesicht sah.

Sie hatte aus der Chipspackung einen Papierflieger gemacht, den sie durch den Raum sandte. „Mami möchte nicht, dass ich darüber spreche."

Er war überzeugt, dass sie sich das gerade eben ausgedacht hatte. Melrose ließ fünfzig Pence auf den Tisch fallen und sagte: „Dann doch noch eine Tüte Chips."

Sie schnellte hoch, sauste zur Bar und kam mit einer neuen Packung zurück. „Ganz schön gruslig, dieser Mord."

„Morde sind immer gruslig. Was war an diesem denn so besonders gruslig?"

Sie hielt ihre kleine, durchscheinende Hand hoch; in dem staubigen Licht des späten Nachmittags schimmerten die Nägel wie Opale. „Die Finger wurden ihr abgehackt."

Melrose musste ihr recht geben. Das war tatsächlich gruslig.

„Keiner weiß, wieso sie in dem Wald war. Es war keine Frau aus dem Dorf; sie denken, sie ist vielleicht aus London hierher gekommen. Die Leute hier gehen nicht im Wald spazieren, nur die Vogelbeobachter sind so doof. Manchmal reite *ich* mit Shandy da durch. Mögen Sie Pferde?"

„Nein. Na, doch. Oh, ich weiß nicht. Wahrscheinlich."

„Sollten Sie aber. Pferde sind viel besser als Menschen." Sie musterte ihn von oben bis unten, als kenne sie mindestens einen, der sich mit Pferden nicht messen konnte.

„Diesen Kriminalbeamten von Scotland Yard, hast du den gesehen?"

„Nein." Sie war beinahe völlig unter den Tisch gerutscht, sodass er nur noch den gelben Haarschopf und den Arm mit dem Flieger aus der zweiten Chipspackung sehen konnte. „Ich hab Durst; muss von dem Salz kommen."

„Was möchtest du denn, ein Guinness?"

„Zitronenlimonade."

Erneut wechselte Geld in ihre Hände. Mit ein paar seitlichen Schritten tänzelte sie zur Bar und hinter den Tresen und klapperte mit Flaschen und Gläsern.

„Vielleicht hab ich ihn doch gesehen", sagte sie, als sie zum Tisch zurückgetänzelt kam. „Ich glaube, sie übernachten hier. Er und der andere Kriminalbeamte." Sorgfältig füllte sie ihr Glas mit Zitronenlimonade. Sie hätten ganze Tage hier verbringen können, mit Chips, Cockburn's Very Dry und Zitronenlimonade, ohne dass es bemerkt worden wäre. Er blickte aus dem unterteilten Fenster und sah die verwelkten Blütenblätter der Rosen vorbeiwirbeln. Sonst rührte sich nichts.

„Vielleicht kriegt er auch raus, wer diese Briefe geschrieben hat." Sie hatte den Sitz der Bank hochgeklappt und wühlte in dem Kasten.

„Was für Briefe?"

„Gemeine Briefe", ließ sich ihre Stimme aus dem Innern des Kastens vernehmen.

Das ließ Melrose aufhorchen. Jury hatte ihm keine Einzelheiten erzählt. „Großer Gott, in euerm Dorf ist ja einiges los."

Als sie sich mit einem Malbuch und einer Schachtel Buntstifte an den Tisch setzte, sagte sie: „Ich hab meine Mami gefragt, was da drinstand, aber sie hat gesagt, ich soll nicht darüber sprechen." Sie saugte mit ihrem Strohhalm die letzten Tropfen Zitronenlimonade aus und machte dabei gurgelnde Geräusche auf dem Boden ihres Glases. „Sie waren alle in Farbe." Sie schlug eine Seite mit einer Waldidylle auf und fing an, eines der Rehe blau auszumalen.

„Hast du gesagt, dass diese, hmm, diese gemeinen Briefe in *Farbe* geschrieben waren?" Sie nickte. „Wirklich komisch, das." Sie nickte wieder und machte sich mit ihrem blauen Buntstift an das nächste Reh. Irritierend, wie sie sich einfach über alle Konventionen wegsetzte. „Und sonst weißt du nichts darüber?"

„Worüber?"

„Über die *Briefe*." Sie schüttelte den Kopf. Als sie mit den beiden Rehen fertig war, nahm sie einen roten Stift und zog einen dicken, krummen Strich, der quer über den Waldboden verlief. Sie betrachtete ihr Werk und hob es hoch, damit Melrose es begutachten konnte. „Sieht das aus wie ein Bach?"

„Nein. Ein Bach ist nicht rot."

„Es könnte ein Bach voller Blut sein, oder?"

„Blut? Ein grässlicher Gedanke." Sie starrte auf das Blatt, ihr spitzes Kinn zwischen den Fäusten. „Wie kommst du denn auf so was?"

„Sie haben gesagt, das Wasser sei ganz rot gewesen an der Stelle, wo sie sie gefunden haben. Haben Sie Geheimnisse?"

In den Furchen auf ihrer Stirn hätte man Bohnen pflanzen können, so tief waren sie. „Geheimnisse? Äh, ja doch, ich glaube schon." War das die richtige Antwort?

Sie musterte ihn streng. „Würden Sie die jemandem erzählen?"

Großer Gott, ein moralisches Dilemma. Er musste auf der Hut sein. Er versuchte Zeit zu gewinnen, zündete sich eine Zigarette an, starrte auf die glühende Spitze und sagte: „Das hängt wohl ganz davon ab." Sie hatte sich wieder in ihren Sitz rutschen lassen, und nur ihre Augen blickten ihn über den Tischrand hinweg an. Er hatte keine Ahnung, von was es eigentlich abhing. „Wenn ich durch mein Schweigen Schaden anrichtete, dann würde ich reden."

Die Furchen wurden tiefer. Die falsche Antwort also. Sie stand unvermittelt auf und warf das Buch und die Buntstifte in den Kasten der Bank. „Ich muss jetzt gehen. Aber ich kann Ihnen das Dorf zeigen, wenn Sie wollen."

Damit hatte sich die Sache mit dem Geheimnis wohl erledigt. Er erinnerte sich an den angeblichen Grund seines Kommens. „Gibt's denn hier auch einen Makler?"

„Ist das jemand, der Häuser verkauft? Ja, gibt es, aber ein Haus kaufen ist doch doof."

„Das denkst du. Ich hab vor, mir eines zu kaufen."

Dass Melrose ihr erhalten bleiben würde, schien sie nicht besonders zu interessieren. „Da ist Mr Mainwaring. Ich kann Ihnen zeigen, wo er sein Büro hat. An der Hauptstraße gleich neben dem Süßwarenladen. Es gibt verschiedene Läden dort. Die Post ist auch in einem, aber der ist langweilig. Einer heißt ‚Ginger Nut'. Sie verkaufen Klamotten. Im ‚Magic Muffin' ist es ganz nett. Und dann gibt's noch ‚Conckles', den Süßwarenladen."

Als sie mit ihm durch die Bar ging, sagte er: „Kann man bei Mrs O'Brien auch essen?"

„Ja. Sie hat heute was für den Sergeant gekocht. Ochsenschwanzsuppe."

„Du bist ja wirklich auf dem Laufenden."

„Sie wollen heute Nacht zurückkommen, hat Mary gesagt. Sie sind bestimmt sein Freund?"

Melrose blieb bei der Tür stehen und starrte sie an. Fiel sie denn auf keine List herein? „Das eigentlich nicht, ich hab nur gehört, dass er –"

Sie tanzte jedoch schon mit ihren seitlichen Schritten das Trottoir entlang. Er kam an dem unmöglichen Willow Cottage vorbei, das wirklich nur ein Haufen weiß getünchter Steine mit einem Gitter verblühter Rosen davor war. Sie war schon drei Türen weiter, als Melrose ihr nachbrüllte: „Vergiss nicht, dass wir zu dem Makler wollen!"

Es war jedoch schon zu spät; sie war bereits durch die Tür des Ladens mit dem Erkerfenster getanzt; das Schild besagte: CONCKLES – SÜSS- UND TABAKWAREN.

„Du irrst dich", sagte Melrose auf der Schwelle zu „Conckles", „wenn du glaubst, du könntest mich weiter erpressen."

Sie irrte sich jedoch nicht.

FREDDIE MAINWARING hatte es sich in seinem ledernen Drehsessel bequem gemacht und schien es als einen gelungenen Witz zu betrachten, dass gerade er etwas mit Immobilien zu tun haben sollte. Sein Verhalten änderte sich jedoch, als Melrose erwähnte, was er ins Auge gefasst hatte.

„Stonington?" Der Drehsessel kam abrupt zum Stillstand, und Mainwaring blätterte einen Stapel Karteikarten durch. „Sie wird wahrscheinlich noch etwas runtergehen; sie braucht das Geld."

Diese Bemerkung kam Melrose sehr unprofessionell vor. Er fragte sich, wessen Seite der Mann vertrat. Mainwaring machte ihn nervös; er hatte ein gepflegtes, ansprechendes Äußeres und so einschmeichelnde Umgangsformen, dass er bei den Frauen bestimmt immer Hahn im Korb war. Das Foto auf dem Schreibtisch zeigte wohl seine Ehefrau; sie sah aus wie mit Karamellmasse überzogen: Make-up, hochgetürmte und mit Haarspray fixierte Locken. Kinderfotos waren nicht zu sehen.

„Das Gut gehörte Lord Kennington. Er ist vor ein paar Monaten gestorben, und seine Witwe lebt nur noch mit ein oder zwei Dienstboten dort. Zweihundertfünfundzwanzig will sie haben."

Melroses wegwerfende Handbewegung besagte, dass Geld keine Rolle spielte. „Ich brauche ziemlich viel Platz." Während Mainwaring über Salons, Empfangsräume, Parkett, Küchen und Badezimmer, Koppeln und Nebengebäude, Grenzen und Mauern sprach, zerbrach Melrose sich den Kopf, wie er das Gespräch auf den Mord bringen könne. „Ja, das klingt ganz gut. Ich möchte nämlich etwas näher bei London wohnen, Northants ist wirklich zu abgelegen. Geschäftliche Angelegenheiten …" Er wusste nicht, was er zu diesem Thema noch sagen sollte. Der letzte Handel, den er abgeschlossen hatte, lag ein paar Jahre zurück – er hatte damals seinen Jaguar gegen einen Bentley eingetauscht. Melrose erinnerte sich, dass er seinen Rolls in der Nähe des Bodenheim'schen Besitzes geparkt hatte.

„Ich könnte Lady Kennington sofort anrufen und mit ihr einen Termin vereinbaren." Mainwaring streckte den Arm nach dem Telefon aus. „Wann möchten Sie es anschauen?"

Melrose war schon drauf und dran gewesen, *jetzt* zu sagen, dann erinnerte er sich jedoch, dass er nicht das geringste Interesse hatte, etwas zu kaufen – und dass er, wenn er nicht aufpasste, sowohl Stonington als auch Willow Cottage am Hals hätte. „Lassen Sie mich überlegen. Heute muss ich noch einiges erledigen. Morgen ist Sonntag, und ... nein, morgen geht's auch nicht. Wie wär's mit Montag?"

„Montags fahre ich nach London ... Ich weiß nicht, ob das so günstig ist."

„Machen Sie sich keine Sorgen. Dienstag ist ausgezeichnet." Bis dahin würde Jury alles erledigt haben. „Das Dorf ist wirklich sehr hübsch."

„Es erfreut sich zumindest großer Beliebtheit. Nahe an London und trotzdem sehr ländlich, das ist natürlich begehrt."

Melrose hatte sich auf einen längeren Vortrag gefasst gemacht und war überrascht, als Mainwaring es dabei beließ und sich nicht weiter über Littlebournes ländliche Reize ausließ. „Also ein Ort, wo nie etwas geschieht."

„Das würde ich nicht sagen." Mainwaring lehnte sich grinsend zurück. „Wie kommt es, dass Sie in der Viertelstunde, die Sie hier sind, noch nichts von der Frau gehört haben, die hier im Wald gefunden wurde? Ermordet."

„Allmächtiger! Deshalb dieser Polizeiwagen auf der Straße von ... wie heißt die nächste Stadt?"

„Horndean. Im Wald von Horndean wurde sie gefunden. Wir nennen ihn zumindest so. Der größere Teil gehört zu Littlebourne. Ich frage mich, ob sie uns zufällt oder denen."

Eine sarkastische Weise, über einen Mord zu sprechen, dachte Melrose.

„Erstaunlich, dass Emily Louise Ihnen das noch nicht erzählt hat."

„Emily Louise?"

„Die Kleine, die mit Ihnen hierhergekommen ist. Emily Perk." Mainwaring schien ihn etwas misstrauischer zu betrachten. Melrose hoffte, er würde sich nicht als zu scharfsinnig entpuppen. Nach einer halben Stunde mit Emily Perk hatte er sein Selbstvertrauen verloren.

„Ja, sie hat irgendetwas dahergeplappert, aber ich habe nicht richtig zugehört. Muss ja eine Plage für ihre Mami, ich meine, für ihre Mutter sein."

„Hört und sieht alles. Und ist auch überall dabei." Ein Schatten flog über Mainwarings Gesicht, als wäre Emily zur falschen Zeit und am falschen Ort aufgetaucht.

Melrose wollte gerade wieder auf den Mord zu sprechen kommen, als die Tür aufgestoßen wurde und zwei Frauen hereinkamen. Die eine war hager und mausfarben; die andere groß, stämmig, grauhaarig und offenbar die Wortführerin.

„Ah! Da sind Sie ja, Freddie ... Oh, Sie sind gerade beschäftigt." Es folgte eine vage, nicht sehr aufrichtig klingende Entschuldigung. „Ich möchte Ihnen nur das hier geben und mich vergewissern, ob Sie am Montag in einer Woche mitkommen." Sie zog ein Blatt aus dem Papierstoß auf ihrem Arm und legte es auf Mainwarings Schreibtisch. Eine politische Aktivistin?, fragte sich Melrose. „Betsy soll auch kommen, falls sie bis dahin wieder zurück ist. Keine Ausreden bitte! Sie und Miles bilden ein Team; ich möchte immer zwei losschicken, auf diese Weise können wir den Wald gründlich inspizieren." Nein, nicht politisch, aber doch sehr aktiv. Melrose blickte auf das Blatt Papier und sah die bunten Linien einer Lageskizze. „Wir treffen uns bei Spoke Rock und gehen dann jeweils zu zweit los. Ziehen Sie Ihre Gummistiefel an oder besser noch Ihre Anglerstiefel; Sie wissen ja, wie sumpfig es dort um diese Jahreszeit ist, und der Bach ist durch den Regen bestimmt noch etwas angestiegen. Das Tüpfelsumpfhuhn ist äußerst scheu und vorsichtig, ich hab's aber so geplant, dass wir überall hinkommen, wenn die Teams zusammenbleiben und die vorgesehenen Routen einhalten." In ihrem Ton lag eine deutliche Warnung, als seien ihre Pläne schon einmal auf Grund mangelnder Sorgfalt durcheinandergekommen. „Sie und Miles folgen der gelben Route. Sie führt von Spoke Rock zu Windy Hill hinüber und um das Moor herum. Schauen Sie, hier." Sie stieß mit einem gedrungenen Finger auf das Blatt. „Wir treffen uns um fünf, und ich möchte, dass alle da sind, und zwar pünktlich." Melrose befürchtete, dass sie fünf Uhr morgens meinte, denn um die Cocktailzeit machte wohl niemand auf ein Tüpfelsumpfhuhn Jagd. Die Frau war von einer Robustheit, die ihm auf die Nerven ging, und ihre Stimme dröhnte aus Lungen, die unerschöpflich zu sein schienen. Ihrer Begleiterin konnte man diesen Vorwurf nicht machen – schüchtern und ergeben bog sie ihren Gürtelzipfel um, als wolle sie sich eine Schlinge daraus drehen. Der Blick der Hageren schweifte im Zimmer umher, blieb an Melrose hängen und wandte sich wie ertappt wieder ab.

„Sind Sie denn sicher, Ernestine, dass die Polizei den Wald nicht absperren lässt?"

„Bah. In ein paar Tagen sind die wieder verschwunden. Sie können sich ja nicht ewig da rumtreiben."

„Sie können sich so lange rumtreiben, wie es ihnen passt", sagte Mainwaring; es hörte sich nicht gerade glücklich an.

„Machen Sie kein Theater, Freddie. Das Tüpfelsumpfhuhn wird nicht ewig auf uns warten, Mord hin, Mord her. Also Punkt fünf. Es wird ein sensationeller Morgen, wenn wir uns *alle* an die Routen halten." Sie wedelte Melrose mit ihren Plänen vor dem Gesicht herum. „Man trifft nicht alle Tage auf ein Tüpfelsumpfhuhn." Es klang, als kämpften sie und der Vogel um die Weltmeisterschaft im Boxen – Weltergewicht.

„Kann man wohl sagen", meinte Melrose; er nahm die Brille ab und rieb sie mit seinem Taschentuch blank. „Ich hab auch nur einmal in meinem Leben eines gesehen." Verblüfftes Schweigen. Dann sagte sie: „Das kann gar nicht sein. Es wurde in den letzten zehn Jahren nur dreimal gesichtet: auf den Orkneys, den Hebriden und in Torquay. Wo, meinen Sie, hätten Sie es gesehen? Und sind Sie sicher, dass es ein Tüpfelsumpfhuhn war?"

Er hätte sich noch so sehr anstrengen können, es wäre ihm nicht viel zu dem Vogel eingefallen. „In Salcombe."

„In Salcombe! Das ist unmöglich!" Torquay war schon außergewöhnlich genug. Und nun auch noch in Salcombe! Der Vogel hatte wohl den Verstand verloren.

„Na ja, weit entfernt ist das ja nicht, das müssen Sie zugeben."

Mainwaring versuchte zu vermitteln, indem er sie einander vorstellte. Mr Plant wurde mit Ernestine und Augusta Craigie bekannt gemacht.

Sie waren also Schwestern? Seltsam. Aber es gab wohl doch eine Ähnlichkeit zwischen ihnen, die Spuren eines Stempels, den die Eltern auf ihren Gesichtern hinterlassen hatten. Er neigte höflich den Kopf, während er sich erhob, um Ernestines Hand zu ergreifen, die wie auf Knopfdruck hervorgeschnellt kam. Sie bewegte Melroses Hand auf und ab wie einen Pumpenschwengel.

„Bleiben Sie länger? Sind Sie auf Besuch hier? Sie müssen mitkommen. Sie können die grüne Route übernehmen." Sie blickte auf ihren Plan. „Wunderbar. Sie können sich Sylvia und Augusta anschließen. Da haben Sie Glück – die beiden sind nämlich richtige Profis."

Sylvia Bodenheim um fünf Uhr morgens – womit hatte er das verdient?

„Ernestine, Mr Plant will sich in Littlebourne nur Häuser anschauen. Er ist bestimmt schon wieder abgereist, wenn wir uns treffen."

„Ich danke Ihnen trotzdem für die Einladung. Was für ein Fernglas benutzen Sie eigentlich?" Es baumelte an einem Riemen über ihrem Busen. Er glaubte bemerkt zu haben, dass es ein besonders gutes war. In seinem Leben hatte es einmal eine unglückliche Phase gegeben, in der er einen Sommer lang die Rennen von Newmarket besuchte. Damals hatte er eine ganze Reihe von Ferngläsern ausprobiert.

„Dieses hier? Das ist ein Zeissglas." Sie gab Melrose eine Kopie ihres Plans und sagte: „Da, nehmen Sie, falls Sie doch noch hier sind. Viel zu erklären gibt es da nicht. Auf Wiedersehen, Freddie!" Mit Papiergewedel verabschiedete sie sich.

„Vögel scheinen hier ja eine große Rolle zu spielen, wenn sie sogar einen Mord in den Hintergrund drängen."

Mainwaring lächelte. „Ernestines Begeisterung reicht für uns alle. Sie kennt jeden Quadratzentimeter Wald. Kein Wunder, dass sie die Leiche gefunden hat. Sie ist ständig dort."

„Sie hat die Leiche gefunden?" Melrose drehte sich nach der Tür um, die sie gerade hinter sich geschlossen hatte. „Dann hat sie sich aber schnell von dem Schock erholt."

Durch das Fenster sah er eine dunkelhaarige Frau vorbeigehen, die Mainwaring zuwinkte und etwas zögerte, als frage sie sich, ob sie eintreten sollte oder nicht; sie wandte sich jedoch wieder ab, um eingehend den Baum vor der Tür zu betrachten.

„Ich muss weiter", sagte Melrose.

„Sie rufen mich zurück?"

„Aber sicher. Stonington scheint genau das Richtige zu sein."

Als er aus der Tür ging, dachte er schon gar nicht mehr an Stonington. Er dachte vielmehr an diese Craigie. Seltsam, dass jemand mit einer solchen Vorliebe für den Wald keine Bedenken hatte, für alle Welt sichtbar mit diesem Feldstecher um den Hals herumzulaufen.

DIE DUNKELHAARIGE FRAU betrachtete noch immer den Obstbaum.

„Ich mag keine gestutzten Bäume. Und Sie?", fragte Melrose.

„Hm? Oh –" Ihre Überraschung war offensichtlich geheuchelt. „Ich dachte gerade, er scheint eine Krankheit zu haben."

„Sieht doch ganz gesund aus. Wohnen Sie hier?" Es war wohl kaum anzunehmen, dass ein Ortsfremder sich die Mühe machen würde, die Rinden der Bäume zu untersuchen.

„Ja, da drüben." Sie zeigte über die Grünanlage. Dann klappte sie ein Notizbuch auf und schrieb sich offenbar etwas zu dem Baum auf. In Littlebourne schien es von Naturfreunden nur so zu wimmeln.

„Sind Sie Blau, Rot, Grün oder Gelb?", fragte er, seiner Meinung nach eine sehr geschickte Eröffnung.

Daraufhin wurde ihr Gesicht tiefrot, und sie schnappte nach Luft, eine Reaktion, die er nicht erwartet hatte. Als sie das Gleichgewicht wieder gefunden hatte, sagte sie: „Soll das heißen, dass Augusta nun schon mit Wildfremden darüber redet? Sie muss wirklich übergeschnappt sein."

Melrose war verwirrt. „Augusta? Nein, die andere Miss Craigie."

„Ernestine? Aber sie hat doch gar keinen gekriegt."

„Sie hat was nicht gekriegt?"

„Einen *Brief*! Sprachen Sie denn nicht über die Briefe?"

Melrose erinnerte sich: Die kleine Perk hatte etwas von anonymen Briefen gesagt, die mit Buntstiften geschrieben worden waren. „Um Himmels willen, nein. Ich meinte diesen Plan für die Vogelbeobachter." Melrose hielt ihn ihr wie einen Ausweis unter die Nase.

„Ach so!" Sie setzte zu einem Lächeln an, und er benutzte die Gelegenheit, sie zum Tee einzuladen. Er hoffte nur, dass die Bodenheims nicht in der Zwischenzeit seinen Rolls auseinandernahmen.

Als sie sich im „Magic Muffin" an einem wackligen Tisch mit Blick auf die Hauptstraße niedergelassen hatten, stellten sie sich einander vor. Polly Praed fragte: „Was taten Sie denn in Freddies Büro? Wollen Sie hier ein Haus kaufen?"

„Ich, hm, ich interessiere mich für Stonington."

„Das kann doch nicht Ihr Ernst sein! Das Gut der Kenningtons? Er ist vor Kurzem gestorben, wissen Sie."

Der Tod schien in Littlebourne ziemlich selten in Erscheinung zu treten, sonst wären die Leute nicht so überrascht, wenn einer von ihnen dran glauben musste. Melrose sah eine ziemlich große, dünne Frau an ihren Tisch treten. Polly Praed bestellte Tee und fragte, was für Muffins es heute gebe.

„Auberginenmuffins."

„Mit Auberginen?" Polly sah etwas zweifelnd drein. „Ich habe noch nie von Auberginenmuffins gehört." Als die Frau wieder gegangen war, schob Polly sich die Brille ins Haar und sagte zu Melrose: „Ob sie wohl gelb sind, so ein fürchterlich kitschiges Gelb?"

„Wahrscheinlich." Zugleich stellte er fest, dass ihre Augen diese Farbe nicht aufwiesen: Sie waren kornblumenblau oder violett, je nachdem wie sie den Kopf hielt und das Licht einfiel.

„Will Ernestine Craigie denn mit ihrem verrückten Verein wirklich im Wald von Horndean herumwandern – nach dem, was geschehen ist? Sie haben doch bestimmt schon von dem Mord gehört?"

„Miss Craigie ist entschlossen, das Tüpfelsumpfhuhn zu sichten. Ich glaube, dafür würde sie auch über Berge von Leichen steigen."

Muffins und Tee wurden vor ihnen auf den Tisch gestellt. Sie sahen aus wie ganz gewöhnliche Muffins, Muffins von einer frischen, gesunden Farbe.

Polly bestrich sich eine Hälfte mit Butter. „Sogar Scotland Yard hat sich herbemüht." Sie hielt nachdenklich und stumm ihren Muffin in der Hand. Krümel rieselten auf ihren Pullover. Melrose hatte den Eindruck, dass sie innerlich ganz woanders war. Schließlich schien sie zurückzukehren und biss in das Gebäck.

„Sie haben also auch einen von diesen Briefen bekommen?"

Sie nickte. „Einen grünen. Fragen Sie mich bitte nicht, was drinsteht."

„Wie käme ich dazu. Hat die Polizei eine Ahnung, wer sie geschrieben haben könnte?" Sie schüttelte den Kopf. „Gab's denn viele von der Sorte?"

„Ein halbes Dutzend. Sie kamen alle auf einmal." Polly erzählte von dem Packen, den Mrs Pennystevens erhalten hatte.

„Seltsam. Irgendwie nicht zu vereinbaren mit den Motiven, die man einem Verfasser anonymer Briefe unterstellt."

„Wie meinen Sie das?", fragte sie stirnrunzelnd.

„Stellen Sie sich vor, Sie hätten dieses Laster. Sie möchten die Leute in die Zange nehmen. Deshalb versuchen Sie, das Ganze möglichst in die Länge zu ziehen. Versetzen Sie sich mal in die alte Augusta Craigie, der jedes Mal, wenn sie ihre Post holen geht oder wenn die Post unter ihrer Tür durchgeschoben wird oder was weiß ich, der kalte Schweiß ausbricht. Ständig fragt sie sich: ‚Wann bin ich dran?' Der Verfasser kann die Leute ewig so zappeln lassen. Verstehen Sie? Wer würde also schon den ganzen Packen auf einmal losschicken? Die geheimen Qualen, die man in der Vorstellung genießt, würden völlig wegfallen."

„Sie kennen sich auf diesem Gebiet ja gut aus. Sie haben sie doch nicht etwa geschrieben, oder?"

Melrose überging diese Bemerkung. „So wie diese Person vorgegangen ist, weiß jeder, wer alles einen Brief bekommen hat, und die Polizei wurde sofort eingeschaltet. Sobald der erste Schock vorbei ist, macht sich bestimmt keiner mehr Gedanken darüber. Und dann noch mit Buntstiften! Wer nimmt das schon ernst. Komisch. Glauben Sie, die Briefe haben mit dem Mord zu tun?"

„Das hab ich mich auch schon gefragt. Ich schreibe Kriminalromane –"

„Ach, tatsächlich?"

„Ja. So toll ist das aber gar nicht. Reine Routine, glauben Sie mir. Es ist nur ziemlich frustrierend, dass mir zu diesem Fall nichts einfällt. Dieser Superintendent von Scotland Yard muss mich für ziemlich dumm halten." Bekümmert blickte sie auf ihre Muffinhälfte. „Die Sache ist – man kann eine rege Fantasie haben, aber für die Realität nicht taugen. Wie ich zum Beispiel. Ich habe sogar Schwierigkeiten, mich auch nur mit jemandem zu unterhalten, wie Sie bestimmt schon bemerkt haben."

„Ich habe nichts dergleichen bemerkt."

„Müssen Sie aber. In Gesellschaft bin ich ein absoluter Versager. Ich gehe deshalb auch nicht zu Partys, weil ich da doch nur stocksteif in der Ecke herumstehe und mir krampfhaft überlege, was ich sagen soll." Kauend beschrieb sie sämtliche Lebenslagen, in denen sie versagte. Dann tat sie alles mit einem Achselzucken ab und fragte: „Darf ich mir den letzten Muffin nehmen?"

„Ja, nehmen Sie nur. Ich finde das, was Sie eben gesagt haben, völlig absurd. Es klang, als würden Sie eine andere Person beschreiben. Ich meine, Sie haben doch pausenlos geredet, seit wir hier sitzen."

„Ach, Sie." Sie winkte ab.

War das ein Kompliment? Oder wollte sie damit sagen, dass sie von derselben Sorte seien – beide Versager?

Sie schob Teller und Tasse zur Seite und beugte sich zu ihm vor. „Hören Sie, ich weiß, dass Sie nicht nach Littlebourne gekommen sind, um Stonington zu kaufen. Sie müssten ja steinreich sein. Obwohl ich nichts dagegen hätte, wenn Sie es kauften. Die Bodenheims wären am Boden zerstört, wenn jemand sie hier überflügelte. Es gibt nur noch eine Sache, die schlimmer für sie wäre – wenn jemand von Adel dort einzöge." Hoffnungsvoll blickte Polly ihn an. „Sie sind doch nicht vielleicht adlig?"

Melrose starrte auf seine Tasse. „Na ja …"

„Oh, Sie sind es! Sagen Sie, dass Sie es sind!" Ihr Gesicht war ganz nahe an seines herangekommen, so gespannt war sie. Kein unangenehmes Gefühl.

„Ich bin nicht adlig." Das Gesicht wich wieder zurück, und er hatte beinahe das Gefühl, sie verraten zu haben. „Aber ich war es mal", fügte er strahlend hinzu.

„Sie *waren* es? Was soll das heißen?"

„Der Earl von Caverness. Und zwölfter Viscount Ardry und so weiter. Aber jetzt bin ich nur noch Melrose Plant."

Wer er jetzt war, schien sie nicht weiter zu interessieren. Doch über den Verlust seiner Titel staunte sie mit offenem Mund. „Wie konnte Ihnen denn das passieren?"

„Oh, ich habe darauf verzichtet."

„Warum?" Wütend starrte sie ihn an; offensichtlich fand sie es unverzeihlich, dass er eine Sache, die so nützlich hätte sein können, einfach fallen gelassen hatte. Dann wurde ihre Miene wieder etwas freundlicher. „Ah, ich verstehe. Sie hatten Spielschulden oder sonst etwas auf dem Gewissen und wollten den Namen der Familie nicht beflecken." Ihre Augen glitzerten, sie hatte sich eine Geschichte für ihn ausgedacht. Gleich würde sie ihn in eine Ritterrüstung stecken.

„Es ist leider nicht so romantisch." Er fragte sich, warum er das Bedürfnis verspürte, sich ihr gegenüber zu rechtfertigen. Sie verwirrte ihn, und er wusste nicht warum – veilchenblaue Augen hin, veilchenblaue Augen her. Ihre übrige Erscheinung war keineswegs überwältigend; dieser unvorteilhafte Braunton ihres Twinsets, diese wirren Locken, diese ausladende Brille und dieser Bleistift, der irgendwo steckte – all das machte sie nicht gerade attraktiver. „Ich wollte sie einfach nicht mehr", sagte er matt.

Sie zuckte die Achseln. „Na ja, auch ohne Titel wird Julia Bodenheim sich Ihnen hoch zu Ross von allen Seiten zeigen. Am besten, Sie bringen sich in Sicherheit. Sie sind *die* Partie."

Geschmeichelt sagte er: „Oh, freut mich, dass Sie das denken."

„Ich hab nicht gesagt, dass *ich* das denke", sagte sie kauend.

„Ich bin gekommen", sagte Sir Miles Bodenheim zu Melrose Plant, „um Sie zum Cocktail nach Rookswood einzuladen."

Er sagte das in jenem Ton, den der Erzengel Gabriel wohl bei der Verkündigung gebraucht hatte. Man hatte offenbar dankbar stammelnd anzunehmen. Und Sir Miles hatte anscheinend auch schon eine Erklärung parat, als dies nicht sogleich geschah. „Sie sollten nicht denken, dass Sie nicht annehmen können, nur weil Sie hier fremd sind. Es stimmt schon, dass wir eine gewisse Auslese treffen, aber unser kleiner Kreis wird Sie bestimmt nicht enttäuschen. Wir werden *alle* da sein." Bei dieser wundervollen Enthüllung schwang er seinen Spazierstock über die Schulter und versetzte den Tiffany-Imitationen des „Bold Blue Boy" einen kräftigen Stoß. „Auch Derek ist zu Hause. Derek, unseren Sohn, haben Sie noch nicht kennengelernt. Er studiert Geschichte. Außer uns werden die beiden Craigie-Schwestern kommen. Ich bin ihnen gerade auf dem Weg hierhin begegnet. Ernestine ist richtig darauf erpicht, Sie bei unserer nächsten Wanderung dabeizuhaben – den Plan hat sie Ihnen ja schon gegeben. Sie sehen, eine wunderbare Gelegenheit, sich kennenzulernen. Wir müssen auch noch ein paar Details im Zusammenhang mit dem Kirchenfest besprechen. Es findet morgen statt: Also keine Widerrede. Kommen Sie." Sir Miles kratzte an den Eiresten auf seinem Ascottuch und fügte noch hinzu: „Ich weiß, Sie haben gerade mit Miss Praed Ihren Tee eingenommen; aber da Sie im ‚Magic Muffin' bestimmt nichts Anständiges zu essen bekommen haben, sind ein paar Kanapees genau das Richtige für Sie. Wo sind Sie denn Miss Praed begegnet?" Sir Miles schien etwas pikiert darüber zu sein, dass dieser Fremde sich schon über die Grenzen hinausbewegte, die er ihm gesteckt hatte. „Die Frau schreibt miserable Krimis, aber wenn man sich für so etwas interessiert ..." Er zuckte die Achseln, als wolle er diese Möglichkeit von vornherein ausschließen. „Ernestine wird Sie bestimmt sehr interessant unterhalten. Sie ist –"

„Ich wünschte, ich wäre clever genug, um Krimis zu schreiben."

„Clever? Ich kann nichts Cleveres daran entdecken. Jemand wird um die Ecke gebracht, und alle geraten aus dem Häuschen und versuchen herauszufinden, wer's war – ist das eine besondere Intelligenzleistung? Meiner Meinung nach reine Zeitverschwendung. Und wie Sie sehen, verläuft in Wirklichkeit alles ganz anders. Einem Inspector, der so gerissen und auf Zack ist wie der in den Büchern von Miss Praed, werden Sie in diesem Fall hier wohl kaum begegnen. Haha, mit Sicherheit nicht."

„Sie haben ihre Bücher also gelesen", sagte Melrose lächelnd.

Sir Miles hatte es aufgegeben, das Eigelb zu entfernen, und starrte über Melroses Kopf hinweg ins Leere. „Oh, ich habe mal in eines hineingeschaut, das wir unserer Köchin zu Weihnachten schenken wollten. Aber es würde mich wirklich wundern, wenn die Leute, die sie uns da geschickt haben, etwas herausfinden. Dieser Carstairs scheint ziemlich schwer von Begriff zu sein, während der Bursche von Scotland Yard sich ja mächtig ins Zeug legt, das muss man ihm lassen. Aber kommen Sie, alter Freund, kommen Sie." Sir Miles bedeutete Melrose, sich zu erheben. „Es ist schon nach fünf, wir können uns gleich zusammen auf den Weg machen."

Melrose seufzte innerlich, dachte aber, dass er sich vielleicht doch besser nach Rookswood mitschleifen lassen sollte, wenn er Wert auf weitere Bekanntschaften legte. Und

Mrs O'Brien hatte gesagt, Jury werde erst in ein paar Stunden zurück sein; das Abendessen würde also auch sehr spät serviert werden. „Und womit wird Miss Craigie uns unterhalten?", fragte er, als sie den „Bold Blue Boy" verließen.

„Mit Mausergewohnheiten und Flugmustern des Tüpfelsumpfhuhns."

„Wie reizvoll", sagte Melrose.

„DIE MAUSERGEWOHNHEITEN des Tüpfelsumpfhuhns entsprechen ganz und gar nicht dem, was man erwarten würde ...", informierte Ernestine Craigie sie mit monotoner Stimme.

Erstaunlich, dachte Melrose, ein Glas mit lauwarmem Whisky in der Hand. Eigentlich hatte er überhaupt nichts von dem Tüpfelsumpfhuhn erwartet, nicht einmal, dass es sich mauserte.

Es war ein Lichtbildervortrag.

Gab es Schlimmeres, abgesehen vielleicht von herumgereichten Ferien- oder Babyfotos?

Derek Bodenheim war ungefähr vor einer Stunde hereingeplatzt, hatte sich einen sehr großen Whisky eingeschenkt, das „Hallo", das er Melrose zukommen ließ, so gelangweilt wie nur möglich hervorgestoßen und sich dann wieder zurückgezogen, die Flasche in der Hand: all dies entgegen den Versicherungen seines Vaters auf dem Weg vom „Bold Blue Boy" nach Rockswood, dass Melrose von seinem Sohn nur die beste Unterhaltung zu erwarten hätte.

Augusta Craigie hatte einen Stuhl in Armeslänge von dem Getränketisch entdeckt und schien mit der Sherrykaraffe vollkommen glücklich zu sein, was außer Melrose niemand bemerkt hatte.

Ein Dienstmädchen, eine schmächtige Person mit olivfarbener Haut und lautlosen, sparsamen Bewegungen, reichte eine Platte mit Kanapees herum, die wie Pappe schmeckten.

Die einzige Abwechslung stellten Julia Bodenheims Versuche dar, Melrose in etwas anderes als ein Gespräch zu verwickeln – sie schlug abwechselnd ein schimmerndes Bein über das andere und lehnte ihren seidig glänzenden Busen mal gegen ein Glas, mal gegen einen Aschenbecher oder die Platte mit den Kanapees.

Sosehr er sich auch bemühte, es gelang Melrose nicht, das Gespräch auf den Mord zu bringen. Von Sylvias Erklärung, dass so nahe an ihrem Grundstück eigentlich gar kein Mord hätte passieren dürfen, bis zu Augustas schauerndem Schweigen und dem kurzen Exkurs von Sir Miles über die Unfähigkeit und Penetranz der Polizei – sie pickten nur wie ein Schwarm Blaumeisen an dem Thema herum, um dann schnell wieder davonzuflattern. Selbst Ernestine – in ihrem grauen Kostüm so handfest und solide wie ein Bierhumpen – schien sich gegen das Thema zu sträuben.

Die Pläne für das Kirchenfest wurden jedoch umso leidenschaftlicher diskutiert – Melrose konnte sich die Festzelte, Wurfbuden und Kutschfahrten bereits lebhaft vorstellen. Das Karussell war angekommen, und auch die Stände waren schon zum größten Teil aufgebaut.

Konnte Emily Perk wirklich mit der Aufgabe des Kutschers betraut werden (hatte

Miles gefragt), würde sie die Kinder auch nicht zu früh wieder absetzen? „Du weißt doch, meine Liebe, sie ist eigentlich strikt dagegen, dass Leute sich von Pferden ziehen lassen." – „Ja, Daddy, sie ist aber die Einzige, die das machen kann und will", hatte Julia geantwortet und dabei in *Country Life* geblättert; kurz darauf flog die Zeitung in die Ecke, wahrscheinlich, weil sie sich nicht darin entdeckt hatte. Danach waren Sylvia Bodenheims Stricknadeln wie zwei Rapiere hin und her geschossen, als sie von Lady Kenningtons Weigerung berichtete, den Wühltisch zu übernehmen.

Wenn man sie alle so sprechen hörte, hätte man denken können, dass es entweder überhaupt keinen Mord gegeben hatte oder dass sie schon so daran gewöhnt waren, im Wald von Horndean Leichen ohne Finger zu finden, dass es auf eine mehr wirklich nicht mehr ankam.

Oder aber, eine dritte Möglichkeit: Jemand hatte hier ein sehr schlechtes Gewissen.

Der Lichtbildervortrag ging weiter: Auf der Leinwand erschien ein Muster bunter Linien, die von Westen nach Osten oder von Norden nach Süden verliefen oder irgendwelche Kurven beschrieben. Die Tüpfelsumpfhühner schienen wahre Flugorgien zu feiern – von den Äußeren Hebriden waren sie über Manchester bis nach Torquay gezogen.

Melrose war gerade dabei, einzunicken, als Miss Craigies Markierungsstift eine horizontal verlaufende rote Linie zog, anscheinend eine der beliebtesten Flugrouten des Tüpfelsumpfhuhns. Er kniff die Augen zusammen und versuchte herauszufinden, an was diese Linie ihn erinnerte. An Emilys blutroten Bach vielleicht? Oder lediglich an eine Reklame der British Air ...

Er gähnte und fragte sich, wann Jury zurück sein würde. So lange brauchte man nicht von London nach Littlebourne. Er stellte sich vor, das Große Tüpfelsumpfhuhn hielte irgendwo einen Lichtbildervortrag und erklärte einem Saal voll eingesperrter, gelangweilter Tüpfelsumpfhühner das englische Autobahnnetz: *Das ist Ihre Flugroute. Wie Sie sehen, endet die rote Linie in einem Kleeblatt. Das ist die Ausfahrt nach Doncaster ...*

# Zweiter Teil
## Magier und Kriegsherren
## 10

Es lag auf der Hand, wie die Catchcoach Street zu ihrem Namen gekommen war: eine dolchförmig verlaufende Sackgasse, die mit den eleganten Cul-de-Sacs von Belgravia oder Mayfair nichts gemeinsam hatte. Die schmalen, heruntergekommenen Häuser standen dicht nebeneinander und drängten sich an dem klingenförmigen Ende noch enger zusammen. Es roch nach Fisch und brackigem Themsewasser.

Die Nummer zweiundzwanzig unterschied sich von den übrigen Häusern nur durch eine etwas gepflegtere Fassade und einen saubereren Hof. Von Nell Beavers, der Eigentümerin dieser Straße in dem Slum (sie hatte sich damit gebrüstet, dass ihr dieses und die beiden Häuser links und rechts davon gehörten), hatten sie Näheres über Cora Binns erfahren. Sie war am Donnerstagabend gegen sechs aus dem Haus gegangen und hatte noch gesagt, sie hoffe, der Berufsverkehr sei vorbei, wenn sie zur Highbury-Station käme.

„Es war gegen sechs. Ich spioniere den Leuten nicht nach."

Jury wollte dafür nicht die Hand ins Feuer legen. Sie schien ganz der Typ zu sein, der in den Mülltonnen nachsieht, wie viele Flaschen drinliegen. Cora Binns hatte die Wohnung über ihr, und Jury war überzeugt, dass ihre Wirtin auf jedes Knarren in den Dielen achtete.

„Etwas spät für ein Vorstellungsgespräch, oder?", fragte Wiggins.

Nell Beavers zuckte die Achseln. „Was weiß ich! Ich nehme an, sie wollte keinen Arbeitstag opfern. Sie sagte jedenfalls, sie wolle nach Hertfield fahren", fuhr Nell Beavers fort, in ihrem Stuhl schaukelnd und stolz auf ihre Selbstbeherrschung. Sie gehörte nicht zu der Sorte, die gleich zusammenbricht, wenn es ernst wird: Sie wussten das, weil sie es ihnen bereits dreimal versichert hatte. „Sie hat gesagt, ihre Agentur – Cora war Aushilfssekretärin – habe angerufen, weil in Hertfield jemand eine Stenotypistin suchte. Sie brauchen nur diese Agentur zu fragen. Sie heißt ‚The Smart Girls Secretarial Service'. Ich würde an Ihrer Stelle gleich mal hingehen."

Jury dankte ihr. Seine Landsleute fühlten sich des Öfteren bemüßigt, ihm gute Ratschläge zu erteilen. „Sie haben Inspector Carstairs erzählt, dass sie am selben Abend zurückkommen wollte."

„Richtig, das hat Cora gesagt. Am nächsten Tag hat ihre Agentur angerufen und mich gefragt, ob ich wisse, wo sie sei. Sie sei nie bei den Leuten aufgetaucht, bei denen sie sich hätte vorstellen sollen. Richtig frech ist diese Frau geworden. Ich sagte nur, dass ich meinen Mietern nicht nachspionieren würde, ich wäre schließlich nicht ihre Mutter." Nell Beavers schmatzte mit trockenen Lippen. „Als Cora aber auch am Freitagabend nicht zurückkam, sagte ich mir, Nell, jetzt rufst du mal besser die Polizei an. Beavers – mein verstorbener Mann, Gott hab ihn selig – sagte immer, Probleme lösen sich nicht von selbst."

„Sie haben genau das Richtige getan, Mrs Beavers." Sie verzog jedoch keine Miene; auch dieses, wie sie wusste, wohlverdiente Lob konnte ihr kein Lächeln abringen. Sie schaukelte nur etwas schneller und sagte: „Ich an Ihrer Stelle würde mal mit den Cripps reden." Sie wies mit dem Daumen nach rechts. „Gleich die nächste Tür. Warum Cora sich gerade mit ihnen angefreundet hat, ist mir ein Rätsel. Man hat in diesem Land als Hausbesitzer keine Rechte mehr, es ist eine Schande. Die Mieter können machen, was sie wollen. Seit Jahren versuche ich, sie rauszukriegen. Man weiß nie, was dieser Ash im Schilde führt." Sittsam faltete sie die Hände im beschürzten Schoß. „Ich hab's hier nicht zum ersten Mal mit der Polizei zu tun. Die kommt immer wieder wegen Ash Cripps. Beavers hat auch gesagt, dass mit dem perversen Kerl was nicht stimmt." Sie schlug ihre alte blaue Strickjacke auseinander und schloss sie schnell wieder, während Jury und Wiggins sie entgeistert anstarrten. „Sie haben kapiert? Er hat schon alle Parks und öffentlichen Toiletten im East End unsicher gemacht, und die im West End kennt er sicher auch."

„Wo ist Cora eingestiegen?"

„Wo wir alle einsteigen: in Wembley Knotts. Cora hat sich immer über die Underground beklagt. Ein Skandal, wie teuer sie geworden ist. Von Wembley Knotts bis King's Cross kostet es inzwischen achtzig Pence. Aber immer wird gebaut, stimmt's? Na ja, die Polizei braucht ja nicht damit zu fahren." Das schien sie ihnen besonders übel zu nehmen: In diesem Staat war nicht nur für die Mieter gesorgt, sondern auch für die Polizei – nicht einmal die U-Bahn mussten sie benutzen.

VOR DER NUMMER VIERUNDZWANZIG hielten sich ein paar schmuddelige Kinder an den Händen und tanzten um einen ramponierten Kinderwagen herum. Keines trug einen Mantel, obwohl es ein ziemlich kühler Septemberabend war, und eines hatte sogar nur ein Hemdchen an.

Bei ihrem Ringelreihen um den Kinderwagen sangen sie zwar die Melodie von „Ringel Ringel Reihen", den Text hatten sie jedoch durch einen etwas handfesteren ersetzt, zum größten Teil durch irgendwelche wüsten Beschimpfungen, die dem unschuldigen Geschöpf in dem Wagen galten.

„Ist eure Mutter zu Hause?", fragte Jury, nachdem er sich vergewissert hatte, dass das Baby nicht erstickt war oder auf eine andere Art den Tod gefunden hatte. Es lag schlafend auf dem Bauch, die winzigen Hände zu Fäusten geballt, während die runden Wangen wie kleine Flammen glühten, denen selbst der Ruß der Catchcoach Street nichts anhaben konnte.

Die Kinder ersetzten ihr „Fick dich, Fick dich" durch „Mam's zu Hause, Mam's zu Hause", ohne ihren Singsang und ihr Ringelreihen zu unterbrechen. Sie kicherten nur vor Begeisterung darüber, dass sie, ohne eine Sekunde aufzuhören, auch noch Auskünfte geben konnten. Auf diese Weise ging es weiter, nur dass sie jetzt, von ihrem Erfolg angespornt, noch höher hüpften mit ihren nackten Füßen und kurzen Haaren und dass der Text inzwischen „Macht Brei, Brei, Brei, Brei" lautete. Diese neue Auskunft über „Mams" Aktivitäten führte zu weiterem Gelächter und Gekicher und auch dazu, dass die Tür aufging.

„Nu reicht's aber – ziehst du dir wohl deine Hose an! Und was ist mit Ihnen?" Die Frage war an Jury und Wiggins gerichtet.

Ein Hund mit einem Kopf wie eine Ratte sah endlich eine Möglichkeit zu entwischen und quetschte sich durch den Türspalt. Durch diese Öffnung sah Jury eine Gesichts- und Körperhälfte; die andere, befürchtete er, würde auch nicht vorteilhafter aussehen als das fettige Haar, das metallische Auge und der hängende Busen, die er bereits sah. Als die Frau die Tür vollends öffnete, füllte ihre massige Gestalt den ganzen Rahmen aus. Sie steckte in einer Kittelschürze, deren Knöpfe abzuspringen drohten.

„Polizei", sagte Jury und zeigte seinen Ausweis.

„Kommen Sie wegen Ashley? Na ja, wundert mich nicht. Kommen Sie rein." Bevor er den Irrtum berichtigen konnte, brüllte sie den Kindern zu, ins Haus zu kommen und ihren Brei zu essen.

„Haben Sie denn die Polizei erwartet?", fragte Wiggins.

„Wer soll's schon sonst sein. Mit euern Regenmänteln und blauen Anzügen könnt ihr ja wohl kaum die beiden Ronnies sein. Nur immer reinspaziert." Verärgert über so viel Begriffsstutzigkeit winkte sie ihn durch die Tür. „So, was hat Ashley wieder ausgefressen? Hat er sich wieder den Damen gezeigt? Lasst das!", rief sie der Gnomenschar zu, die über den Kinderwagen kletterte. „Euer Essen ist fertig."

Zwei von ihnen hatten sich zu dem Baby in den Wagen gelegt, während die anderen wie wild daran rüttelten. Als das Wort Essen fiel, rannten sie den Kinderwagen – und auch Wiggins – beinahe über den Haufen.

„Gebt endlich Ruhe, und Joey, du ziehst dir sofort deine Hose an!" Sie versetzte dem blanken Hinterteil des Kleinen einen Klaps, während er zwischen Wiggins' und Jurys Beinen durchrannte.

„Dahinten rein", sagte sie gebieterisch wie eine Fremdenführerin.

„Dahinten" befand sich die schmutzigste Küche, die Jury je gesehen hatte. Jeder Quadratzentimeter war bedeckt mit verkrusteten Tellern, dreckigem Geschirr und pockennarbigen Töpfen. Vom Herd hingen lange Fettzapfen. Gebannt starrte Wiggins auf eine Bratpfanne mit einem fingerdicken Belag von erstarrtem Fett.

„Mrs Beavers von nebenan meinte, Sie könnten uns vielleicht weiterhelfen, Mrs Cripps."

„Was, die Beavers is' nicht in der Kneipe und kippt sich ihr zehntes Bier runter, ihren Nachmittagssherry, wie sie's nennt?" Sie machte eine Handbewegung, als wolle sie Ordnung schaffen, und beugte sich dann über das Gas, um sich einen Zigarettenstummel anzuzünden.

An dem wackligen Küchentisch stießen die Kinder wilde Drohungen und Verwünschungen aus; gleichzeitig hämmerten sie mit ihrem Besteck auf dem Tisch herum. Ohne sich darum zu kümmern, ließ die Frau den Kartoffelbrei in die Schüsseln plumpsen. Die Kinder grapschten nach dem Ketchup, um es über ihren Brei zu kippen. Wiggins stand neben dem Tisch, fasziniert von der rot-weißen Mischung.

Von ihrer Zigarette fiel etwas graue Asche in die Pfanne, während sie bemerkte: „Na, ich hab's ihm ja gesagt. Zeigt ewig sein kleines Ding, dasses auch alle sehen ..."

Sie schien Übung im Umgang mit der Polizei zu haben, ja sogar zu einer gewissen Gelassenheit darin gefunden zu haben. Lächelnd schüttelte Jury den Kopf, als sie ihm von dem Kartoffelbrei anbot. Wiggins wich einen Schritt zurück.

Sie hörte auf, vor sich hin zu brabbeln, und meinte: „Direkt vor meiner Nase hat er's getrieben" – sie wies nach hinten auf die dunkleren Regionen der Wohnung –, „aber mit mir kann er das nich' machen. Ich hab auch meinen Stolz. Ich bin einfach aufs Arbeitsamt gegangen. Eine Scheißarbeit für knapp sechzig Eier die Woche. Und dafür, dass ich auf ihrer Couch pennen darf, nimmt mir die Screeborough-Bande allein schon vierzig ab; zwanzig gehn fürs Frühstück drauf. Ich sag's Ihnen!" Sie ging um den Tisch und ließ einen weiteren Klacks Brei in die Schüsseln fallen. „So, das war's. Maul halten. Und Hände weg von Sookeys Schüssel." Sie versetzte einer Hand, die mit dem Löffel auf Eroberungen ausging, einen kräftigen Klaps. Dann blickte sie in die Runde verschmierter Gesichter und fragte: „Wo ist denn Friendly?"

„Drüben auf dem Schulhof. Hat gesagt, er will Fiona was zeigen." Wieder fingen sie zu kichern an, und Sookey nutzte die Gelegenheit, um blitzschnell seinen Löffel in Joeys Kartoffelbrei zu tauchen.

„Ich werd ihm auch was zeigen, darauf könnt ihr euch verlassen. Ganz wie der Alte, dieser Kerl."

Wiggins betrachtete die verschossene, vollgekritzelte Tapete – die langen Gladiolenstängel waren zu einem Peniswald umgestaltet worden – und zog sich mit seinem Notizbuch in den Flur zurück.

„Mrs Beavers sagte, Sie seien mit Cora Binns befreundet gewesen, Mrs Cripps."

„Cora? Ja, ja, ich kenn Cora. Warum fragen Sie? Hat Ashley sich wieder an Cora rangemacht?"

„Ich will von dem Ribena, Mam", brüllte Sookey.

„Sei still. Is' doch keines da."

„Äh, Scheiße."

„Cora Binns wurde ermordet", sagte Jury.

„Was? – Was sagten Sie da, ermordet?" Jurys Miene bewies ihr, dass es kein Witz war. „Also, ich hätte nie ..." Die Zigarette zitterte in ihrem Mundwinkel. Der Rest ging in Geschrei und dem ohrenbetäubenden Lärm von klapperndem Geschirr unter. Falls die Cripps'sche Brut es überhaupt gehört hatte, so schien sie sich doch weitaus mehr für ihre eigenen Angelegenheiten zu interessieren; sie schubsten und drängten sich bereits wieder vom Tisch. Eines der Kinder – das Mädchen mit dem verschmiertesten Gesicht und den klebrigsten Händen – blieb im Gang stehen und musterte Sergeant Wiggins.

„Passiert ist es", fuhr Jury fort, „in einem Dorf nicht weit von London, Littlebourne. Cora wollte sich anscheinend um eine Stelle bewerben. Haben Sie eine Ahnung, ob jemand sie aus dem Weg räumen wollte? Vielleicht der Freund? Eifersucht ist ein ziemlich häufiges Motiv." Sie hatte keine Ahnung. Jury zog das Foto von Katie O'Brien aus der Tasche. „Haben Sie dieses Mädchen schon einmal gesehen, Mrs Cripps?"

Sie wischte sich die Hände an ihrer Kittelschürze ab – vielleicht aus Achtung vor der Toten –, bevor sie den Schnappschuss nahm. „Hübsche Kleine. Nein, is' mir nich' übern Weg gelaufen. Was hat sie denn mit Cora zu tun?"

„Vielleicht nichts. Aber sie ist vor zwei Wochen in der U-Bahn-Station Wembley Knotts überfallen worden. Und sie kommt aus Littlebourne, wo der Mord verübt wurde. Wissen Sie, wo die Drumm Street ist, Mrs Cripps?"

„Sicher. Gleich zwei Straßen weiter."

„Die Kleine auf dem Foto hat in der Drumm Street bei einem gewissen Cyril Macenery Geigenstunden genommen. Sie kennen ihn nicht zufällig?"

„Den Fiedler? Klar kenn ich Cyril. Am besten, Sie gehen in die Kneipe am Ende der Straße, da drüben." Ihr Kopf ging nach links. „Da hängen die alle rum, Ashley auch. Ein alter vergammelter Schuppen. Gleich neben dem Süßwarenladen."

Wiggins versuchte, die Kleine abzuschütteln, die mit ihren klebrigen Fingern seine Hosenbeine umklammert hielt; sein Blick schien zu besagen, dass im Vergleich zu der Cripps'schen Küche selbst eine alte, vergammelte Kneipe ein wahrer Palast sei. Er klappte sein Notizbuch zu und steckte seinen Kugelschreiber in die Tasche. „Wenn Sie wollen, geh ich mal rüber, Sir."

„Wir gehen zusammen; vielen Dank, Mrs Cripps."

„Wenn Sie Ashley sehen, sagen Sie ihm, er wird hier gebraucht. Der blöde Kerl hockt den ganzen Tag nur in dieser Kneipe rum. Is' zu nichts anderm zu gebrauchen, das kann ich Ihnen gleich sagen. Nach einem Abbot kann er nicht mehr geradeaus blicken."

„Mach ich. Vielen Dank, dass Sie mir Ihre Zeit geopfert haben. Und erzählen Sie bitte niemand von der Sache, Mrs Cripps."

„White Ellie nenn' sie mich." Sie legte einen Finger an die Lippen. „Meine Lippen sind versiegelt", flüsterte sie.

„Haben Sie die Pfanne gesehen, Sir?", fragte Wiggins auf dem Weg zur Kneipe. „In dem Fett waren ein paar kleine Pfotenabdrücke." Wiggins erschauerte.

# 11

Das Schild des „Anodyne Necklace" knarrte im Regen, der in Böen auf die heruntergekommene Straße prasselte. Der schorfige Anstrich war einmal grün gewesen, inzwischen waren jedoch die Details des Bildes verblichen und die Farbe abgeblättert, sodass Jury gerade noch den Umriss eines Perlenhalsbandes erkennen konnte, dem der Gasthof wohl seinen Namen verdankte. Es war ein unauffälliges, schmales Gebäude von einem stumpfen Bordeauxrot, das in der Dämmerung wie getrocknetes Blut aussah. Die Scheiben, deren untere Hälften aus Milchglas bestanden, schimmerten gelblich und ließen die Schatten drinnen nur undeutlich erkennen. Die Kneipe teilte sich das spitz zulaufende Ende der Straße mit einem winzigen Süßwarenladen, in dem es, abgesehen von dem flackernden Licht eines Fernsehers, völlig dunkel war, und einem verstaubt aussehenden Kiosk zu seiner Rechten. Im „Anodyne Necklace" mussten früher einmal die Reisekutschen Station gemacht haben, obwohl man sich kaum vorstellen konnte, wie eine Kutsche mit vier Pferden durch den halb verfallenen Torbogen gekommen war. Der Name des Gasthofs, auf den Stein des Torbogens gemalt, war kaum noch zu entziffern.

„Ich glaube, das bedeutet ‚Heilmittel'", antwortete Jury auf Wiggins' gemurmelte Frage, was es denn mit dem Namen auf sich habe. Niemand schien dringender eines gebrauchen zu können als Wiggins. Er stand mit eingezogenen Schultern da und nieste in sein Taschentuch.

Der gelbe Schimmer der Fenster rührte nicht von elektrischen Deckenlampen, sondern von den Gasleuchten an der Wand her. Es gab noch weitere Überbleibsel viktorianischer Eleganz: den Wandschirm am einen Ende der Bar, die so lang war wie der ganze Raum; den alten Spiegelrahmen, der dringend einen neuen Silberbelag benötigt hätte. Ansonsten gab es einen mit Sägemehl bestreuten Boden, runde Tischchen aus Kiefernholz und harte Bänke an den Wänden. Eine völlig absurd aussehende Girlande mit elektrischen Weihnachtskerzen hing zur Erinnerung an das Fest oder in Erwartung des Festes herum. Frauen mittleren Alters saßen zu zweit oder dritt vor ihren Biergläsern und verfolgten so wachsam wie Gefängniswärterinnen, was ihre Männer machten; offenbar nicht gerade viel. Die meisten klammerten sich an ihre Gläser wie an nicht eingelöste Versprechen. Die Aktivitäten verteilten sich auf das Dartspiel im rückwärtigen Teil und einen Tisch, an dem eine Gruppe von fünf oder sechs Personen saß, der anscheinend ein beleibter Mann mit einem Zwicker vorstand; sie schienen sehr vertieft in ein Spiel zu sein.

„Machst du 'nen Ausflug in die Slums, Süßer?"

Das Mädchen, das Jury angesprochen hatte, trug über einer flammend roten, tief ausgeschnittenen Bluse ein Samtband um den Hals, und unter den schwarz getuschten und mit blauem Lidschatten geschmückten Augen hatte sie sich einen Schönheitsfleck aufgemalt. Jury konnte sich nicht vorstellen, was für Kundschaft sie hier aufzutreiben hoffte. Wahrscheinlich lebte sie sowohl auf als auch von der Straße.

Der Mann hinter der Bar, der sich gerade umdrehte, um den weichen Schaum von einem Glas Stout zu streifen, schien sie bestens zu kennen. „Geh nach Hause, Shirl, und mach dein Schönheitsschläfchen. Du hast's nötig, Mädchen. Was soll's denn sein, Kumpel?"

„Eine Auskunft", sagte Jury und beobachtete Shirls Abgang, die den Wink entgegengenommen hatte, ohne mit der Wimper zu zucken.

Der Wirt warf einen gelangweilten Blick auf Jurys Ausweis. „Ist wohl wieder wegen Ash, was?" Er nickte in die Richtung der Männer an dem Tisch. „Da drüben."

„Nein, nicht wegen Ash. Wegen Cora Binns. Wie heißen Sie, bitte?"

„Harry Biggins." Erstaunt zog er die Augenbrauen leicht in die Höhe, während er zwei Stammgästen, die in den Spiegel hinter der Bar starrten und so taten, als hörten sie nichts, die Biergläser hinschob. „Wegen Cora also? Kam mir immer ganz harmlos vor."

„Aber jemand anders war nicht harmlos. Sie wurde ermordet. Was wissen Sie über sie?"

„Cora? Das ist doch nicht zu fassen." Kaum war ihr Name über seine Lippen gekommen, schien er sich an rein gar nichts mehr zu erinnern; er wischte seinen Tresen und bestritt, Cora Binns je näher gekannt zu haben. Auch Wiggins' Fragen ergaben nichts.

Jury zog das Foto von Katie O'Brien aus seiner Tasche. „Und wie steht's mit dieser da?"

Er behauptete noch sturer, er habe nie etwas von einem Mädchen namens O'Brien gehört; von seinem Gesicht ließ sich unmöglich ablesen, ob er log oder nicht. Auch der Überfall in der U-Bahn-Station Wembley Knotts war ihm nicht zu Ohren gekommen, was Jury für äußerst unwahrscheinlich hielt. Er ließ es ihm aber durchgehen. „Sie hatte einen Musiklehrer, der hier ziemlich häufig zu Gast sein soll. Macenery. Bitte erzählen Sie mir nicht, dass Sie auch den noch nie gesehen haben, sonst müsste ich mich wirklich fragen, Mr Biggins, ob Sie Ihre Kneipe noch lange betreiben – da Sie so gut wie niemanden kennen. Lange könnten Sie sich so nicht über Wasser halten, denke ich." Jury lächelte.

„Ich hab nie behauptet, dass ich ihn nicht kenne, oder? Er sitzt da drüben an Doc Chamberlens Tisch. Chamberlen ist nicht sein richtiger Name; er benutzt ihn nur fürs Spiel. Cyril ist der mit dem Bart."

„Was ist das für ein Spiel?"

„‚Magier und Kriegsherren' heißt es. Die ganze Zeit hocken sie darüber. Ziemlich blöd, wenn Sie mich fragen. Aber über Geschmack lässt sich nicht streiten, hab ich recht?" Harry Biggins ließ einen Goldzahn aufblitzen, um Jury zu beweisen, wie kooperativ er sein konnte.

"Vielen Dank. Also, wer hier drin hätte Cora Binns kennen können? Da Sie ihr ja nie begegnet sind." Jury erwiderte sein Lächeln.

"Versuchen Sie doch mal Ihr Glück bei Maud; sie sitzt dahinten." Biggins zeigte auf eine Frau mit goldblondem Haar, das wie ein Korb Zitronen auf ihrem Kopf saß. Sie war mit zwei anderen Frauen zusammen, und alle drei trugen Mäntel und Schals.

"Sie kümmern sich um Maud, Wiggins; ich nehm mir den Tisch vor."

Auf dem Weg dorthin fing Jury ein paar Gesprächsfetzen auf. "... spielten Strip Poker mit ihr. Und ham verloren." Schallendes Gelächter, nur der stattliche Herr mit dem Zwicker war anscheinend zu sehr in das Spiel vertieft. Er warf einen seltsamen, kristallblauen Würfel mit vielen Flächen.

Ein bleicher junger Mann in Jeans stöhnte auf.

"Schaut euch Keith an, er wird schon ganz aufgeregt."

Keith hätte auf dem Totenbett liegen können, so leidenschaftslos war seine Miene. Der Mann, den Jury für Cripps hielt, hatte ein breites, eingefallenes Gesicht, als wäre ihm ein Auto reingefahren. Er rollte seine Zigarre im Mund und starrte auf einen Bogen Millimeterpapier. Alle hatten solche Bögen vor sich; der ganze Tisch war damit bedeckt. Der Dicke hatte jedoch einen sehr viel größeren und mehrfach gefalteten. Das Spiel schien eher etwas zum Zuschauen zu sein, nach dem Verhalten der Leute zu urteilen, die mit einem Bier in der Hand an den Tisch traten, einen Augenblick lang darauf starrten und dann wieder weggingen.

Einer von ihnen sagte: "Wir sind den Gang entlanggegangen und haben nach einem versteckten Eingang in der nördlichen Mauer gesucht." Dieser Beitrag kam von dem bärtigen jungen Mann, der Cyril Macenery sein musste.

"Gut, ihr findet eine Tür", sagte der Dicke.

"Wir horchen vor der Tür", setzte Macenery hinzu.

Der Dicke würfelte wieder. "Ihr hört ein Schnauben und ein Stampfen."

"Gorgon versucht, das Schloss aufzubrechen", sagte Ash Cripps mit einem selbstgefälligen Lächeln.

"Nein, falsch", erwiderte der Dicke und würfelte weiter.

"Wir treten ein", sagte Macenery.

Die anderen schwiegen und blickten Macenery an, der ihnen anscheinend aus der Klemme helfen sollte. Er sagte: "Manticore benutzt einen Schild aus Silber, um die Strahlen der Sonne aufzufangen. Der Schild wird zu einem Flammenwerfer gegen die Hengste –"

"Polizei", sagte Jury und warf seinen Ausweis auf die Blätter, wie ein Spieler, der seinen Einsatz erhöht.

Ihre Reaktion wirkte wie eingeübt. Alle blickten auf Ash Cripps, der die Achseln zuckte, den Bleistift auf den Tisch warf und seinen Mantel von der Stuhllehne ziehen wollte.

"Nicht Sie, Mr Cripps." Jury nickte in Macenerys Richtung. "Sie."

Die Verblüffung auf ihren Gesichtern ließ Cripps' Gesicht aufleuchten wie ein neuer Tag. "Nicht ich?" Er blickte zu Cyril hinüber. "Was hast denn du ausgefressen, Cy?"

"Mit Ihnen würde ich mich gerne später unterhalten, Mr Cripps. Einstweilen können

Sie gehen." Damit war auch Ash der Tag verdorben. „Ich komme gerade von Ihrer Frau", sagte Jury.

„Vom Elefanten? Hat ein großes Maul, die Alte. Zum Teufel mit der ganzen Blase." Er leerte sein Glas und verschwand.

„Es dreht sich um Katie, nicht?", fragte Cyril Macenery, als er sich mit Jury an einem Tisch außer Hörweite niederließ.

„Unter anderem."

„Ich hab Ihrem Kollegen schon alles erzählt, was ich weiß. Wie oft soll ich denn noch dieselben Fragen beantworten?"

„Sooft sie Ihnen gestellt werden, fürchte ich. Der andere war von der Mordkommission, Mr Macenery. Ich bin von Scotland Yard. Es ist noch etwas passiert."

„Oh, was denn?" Er machte auf Jury einen äußerst misstrauischen, zugleich auch sehr jungen und nervösen Eindruck. Wahrscheinlich war er älter, als er aussah, aber die Jeans, der Rollkragenpullover und das intensive Blau seiner Augen ließen ihn wie Ende zwanzig aussehen, wenn man von den beginnenden Falten im Gesicht absah. Haare und Bart waren sehr sorgfältig und ordentlich geschnitten.

„Wie lange waren Sie Katie O'Briens Lehrer?"

„Ungefähr acht, neun Monate. Zweimal im Monat. Was hat Scotland Yard mit der Sache zu tun?"

Jury gab keine Antwort darauf. „Ich habe gehört, dass Sie ein sehr guter Lehrer sind. Zumindest so gut, dass Katies Mutter, die ja sehr besorgt um ihre Tochter ist, sie nach London fahren ließ, damit sie bei Ihnen Stunden nehmen konnte. War – ist – sie denn so begabt?"

„Ja. Ich hätte es sonst auch gar nicht gemacht. Ich kann das Geld zwar gebrauchen, aber ich würde mir nicht jeden Balg aufhalsen lassen. Sie muss noch zehn, fünfzehn Jahre üben, dann kann sie sich hören lassen." Er lächelte niedergeschlagen.

„Da, wo sie jetzt ist, kann sie nicht viel üben", sagte Jury und versuchte so, Cyril Macenerys Einstellung zu dem Anschlag auf Katie O'Briens Leben zu ergründen. Er spürte, wie unglücklich dieser Mann war, der mit seinem Glas kleine Kreise auf der zerkratzten Tischplatte beschrieb.

„Da war doch auch noch was mit ihren Kleidern?"

Macenery knallte das Glas auf den Tisch. „Hören Sie, ich weiß nur, dass Katie in Jeans bei mir aufgetaucht ist. Von diesem Inspector Hound hab ich dann erfahren, dass sie in ihrer Tasche ein Kleid gefunden haben. Daraus ergibt sich natürlich, dass sie sich bei mir umgezogen haben muss. Hat sie aber nicht. Ob Katie ein Kleid anhatte, als sie von zu Hause wegging, weiß ich nicht. Was wollen Sie damit sagen – dass sie nach Wembley Knotts gekommen ist, sich in Schale geworfen hat und sich den Schädel –"

„Wenn jemand Jeans anzieht und etwas Rouge auflegt, wirft er sich ja noch nicht in Schale. Ich glaube, für sie war das einfach eine Gelegenheit, sich nach ihrem eigenen Geschmack zu kleiden. Sie haben nicht gewusst, dass sie in der Underground spielte, um sich etwas Taschengeld zu verdienen?"

Ein kurzes Zögern. „Nein." Jury blickte ihn an. Es war ein sehr defensives Nein.

„Ich hab es wirklich nicht gewusst. Ich hätte das nie zugelassen. Aber wer weiß, vielleicht hab ich sie auf die Idee gebracht. Ich hab das nämlich auch schon gemacht. Verdiente mir auf diese Weise zwanzig oder dreißig Eier dazu. Ist aber schon lange her."

„Sie begleiteten sie von Ihrer Wohnung in der Drumm Street zur Station, stimmt das?" Macenery nickte. „Gibt es dort in der Nähe eine Toilette, wo sie sich hätte umziehen können?"

„Es gibt eine öffentliche Toilette in dem kleinen Park gegenüber."

„Sie hat sich bestimmt auch für *Sie* umgezogen, Mr Macenery. Vielleicht dachte sie, in Jeans sähe sie erwachsener aus?" Der junge Mann schwieg. „War sie denn in Sie verliebt?"

Er funkelte Jury an. „Verliebt! Sie ist doch erst sechzehn, Superintendent."

Jury lächelte. „Das hat wohl noch niemanden davon abgehalten, sich zu verlieben."

Jury schaute ihn einen Augenblick lang prüfend an, bevor er ihn fragte: „Kennen Sie Cora Binns?"

Das brachte Macenery aus der Fassung. „Cora Binns? Die Blonde, die hier ab und zu aufkreuzt? Ja, ich kenn sie, aber auch nicht besser als Sie. Nicht mein Typ." Was wohl bedeutete, dass Jury genauso wenig sein Typ war.

„Sie wurde ermordet. Aber da können Sie mir wohl kaum weiterhelfen, oder?"

Macenery machte einen schockierten Eindruck. „Oh, mein Gott! Wo? Wann?"

„In Littlebourne. Wo auch Katie herkommt. Beide scheinen Ihnen bekannt gewesen zu sein."

„Bin ich vielleicht ein Glückspilz!"

„Haben sie einander gekannt?"

„Woher, zum Teufel, soll ich das wissen?" Der alte Ärger kehrte zurück.

„Ich meine, ist Katie auch ab und zu hierhergekommen?" Jury war überzeugt, dass er es abstreiten würde, aber dann schien er sich doch eines Besseren zu besinnen. „Ja, ein-, zweimal."

„Ein bisschen jung, um in einer Kneipe rumzuhängen, oder?"

Ein tiefer Seufzer entrang sich dem Violinspieler. „Großer Gott, wir haben ihr keine Drinks spendiert, Mann; sie wollte nur bei dem Spiel zuschauen."

„Hat sie auch mitgespielt?"

„Nein, glauben Sie mir, sie war nur ganz kurz hier."

„Hat sie mit jemandem gesprochen außer mit Ihnen?"

„Nein. Und ich kann mir auch nicht vorstellen, dass sie Cora Binns hier kennengelernt hat; soviel ich mich erinnere, waren die beiden nie zur selben Zeit hier."

Jury blickte zu dem Tisch hinüber, von dem die anderen Spieler, anscheinend bei ihrer Partie gestört, nach und nach aufgestanden waren. Nur der Dicke, Chamberlen, saß noch auf seinem Platz. „Ein seltsames Spiel!"

„Die Magier? Ein Zeitvertreib. Wir sind eine Art Club. Treffen uns ein paarmal in der Woche. Manchmal ist es ganz spannend." Macenery schaute auf seine Uhr. „Hören Sie, in fünf Minuten habe ich eine Stunde. Sind Sie fertig mit mir?"

„Wo waren Sie am Donnerstagabend?"

„Hier." Er war mit seinem Stuhl zurückgerutscht, um aufzustehen, schien aber nicht recht zu wissen, was er tun sollte. „Warum?"

Jury nickte. „Sie können gehen. Ich werde später noch einmal mit Ihnen reden." Als Macenery aufstand, fragte Jury: „Haben Sie Katie schon besucht?"

Er blickte überallhin, nur nicht auf Jury. „Nein. Zu was auch? Ich weiß, dass sie im Koma liegt." Er sah äußerst unglücklich aus. „Ich meine, sie würde mich doch nicht hören, wenn ich mit ihr spreche. Und was sollte ich auch sagen?"

„Irgendwas würde Ihnen schon einfallen." Er beobachtete, wie Cyril Macenery zur Tür ging, und sah Wiggins vom Tisch von Maud und ihren beiden Begleiterinnen auf sich zukommen. Auch wenn er nicht wusste, welcher Art Katie O'Briens Gefühle gewesen waren, die von Macenery kannte er nun ganz gut.

DR. CHAMBERLEN saß an dem Tisch wie ein dicker Götze; er hatte die Hände über dem Bauch gefaltet, und der Zwicker baumelte ihm an einem dünnen, schwarzen Band von der Weste. „Ich nenne mich nur so", erwiderte er auf Jurys Frage. „Aus Gewohnheit. Nur so zum Spaß. Sie verstehen." Zu Wiggins, der seinen Block hervorgezogen hatte, sagte Chamberlen: „Ich bin ein unbeschriebenes Blatt, Sergeant. Mein richtiger Name ist für Sie völlig uninteressant."

„Trotzdem, nur so zum Spaß", sagte Jury lächelnd.

Chamberlen seufzte. „Na schön, Aaron Chambers, Catchcoach Street neunundvierzig. Vielleicht haben Sie schon einmal von dem berühmten Dr. Chamberlen gehört? Außer den Stammgästen des ‚Anodyne Necklace' kennen ihn nur wenige. Dr. Chamberlen schwor darauf, dass ein einfaches Knochencollier – so eines wie auf dem Schild über dem Eingang –, dass ein solches Halsband einfach alles heilen könne, vom Zahnweh kleiner Kinder und der Gicht bis –" Er zuckte die Achseln. „Weiß der Himmel, wie viele er davon verkauft hat, jedes in einer luftdicht verschlossenen Packung. Luftdicht, damit die Energie nicht entweichen konnte. Man kriegte sie bei einer alten Frau in dem Laden da drüben. Den Laden gibt es noch, die Frau ist natürlich schon lange tot. Viele hielten es für einen Schwindel. Was meinen Sie, Superintendent?" Eine rein rhetorische Frage. Chamberlen fuchtelte mit der Hand, und die Asche seiner Zigarre wurde über die Papiere geweht. „Von unserem Spiel haben Sie wahrscheinlich auch noch nichts gehört? ‚Magier und Kriegsherren'. Es gibt da einen Schatz. Und wir sind schon seit Wochen auf der Suche nach diesem Schatz. Das Ganze existiert natürlich nur auf dem Papier. Ich hab die Kette zum Schatz gemacht – das ‚Heilende Halsband'. Das kann ich, weil ich ein Meister bin. Und ich hab ihm magische Kräfte verliehen, die so außergewöhnlich sind, meine Herren, dass ich Sie beide vor meinen Augen verschwinden lassen könnte." Er spitzte vergnügt die Lippen und schnipste mit den Fingern.

„Leider würden wir aber vor Ihren Augen genauso schnell wieder Gestalt annehmen, Dr. Chamberlen."

Chamberlen zuckte mit den Schultern. „Sie verstehen, für mich ist das ‚Heilende Halsband' weit mehr als nur ein Mittel gegen Zahnfleischentzündung. Es ist etwas nicht Greifbares, noch nicht Erschaffenes. Ich allein entscheide, welche Eigenschaften es haben wird. Dr. Chamberlen, der richtige Dr. Chamberlen" – bescheiden presste er die Hände gegen seine Weste – „hatte viele Konkurrenten. Einmal gab es da diesen Besenbinder aus Long Acre, dann einen gewissen Mr Oxspring vom Hand and Shears, der um 1720 Halsketten aus Päonienholz herstellte, soviel ich mich erinnere. Ja, an Konkurrenten fehlte es ihm nicht, aber ich schmeichle mir, dass nur mein Collier echte Kräfte besitzt." Er hielt das Millimeterpapier hoch. Als Jury die Hand danach ausstreckte, zog Dr. Chamberlen den Bogen schnell wieder zurück. „Sie werden es doch nicht verraten, nicht wahr? Den Plan darf eigentlich nur der Meister sehen."

„Eher würde ich mir die Zunge abbeißen", sagte Jury und schnappte sich den Plan. Es war eine Skizze mit mehreren Ansichten eines riesigen Schlosses. Einige Räume waren vergrößert dargestellt – vor allem das Verlies; aber auch die Türme, der Burggraben und die Brücken waren in allen Einzelheiten wiedergegeben.

„Wir spielen dieses Spiel seit zwei Monaten", sagte Chamberlen. „Mit dem Halsband ist man gegen beinahe alles gefeit – gegen Krankheiten, Schicksalsschläge, Manticores Silberschild, Unholde, Diebe und selbst gegen die Kriegsherren."

Jury studierte immer noch den Plan. „Nur leider nicht gegen Mord."

„HAB IHM NUR GESAGT, dass Sie zurückkommen", kicherte White Ellie. „Sonst nichts. Geschieht ihm recht, wenn er ins Schwitzen kommt. Der Rumtreiber."

„Halt's Maul, Elefant, und gib mir meine Fluppen."

Sie nahm ein Päckchen Zigaretten vom Herd und warf es auf den ketchupbekleckerten Tisch, auf dem noch die leeren Schüsseln der Kinder herumstanden. Bis auf das kleine Mädchen, das sich inzwischen seiner Hose entledigt hatte und mit dem Finger im Mund zu Wiggins hochstarrte, war die Horde wieder auf der Straße. Als sie ihre ketchupverschmierte Hand nach Wiggins' Hosenbein ausstreckte, versetzte er ihr mit seinem Kugelschreiber einen kräftigen Klaps. Daraufhin fing die Kleine an zu brüllen, ließ aber nicht locker. Ihre Eltern waren offensichtlich nicht darauf erpicht, einen Polizisten wegen Kindesmisshandlung anzuzeigen.

„Was wollen Sie?", fragte Ash Cripps. „Hören Sie, wenn's wegen dieser Sache ist, die ich hinter der Kneipe gemacht haben soll – das ist erstunken und erlogen." Er richtete seine Zigarette wie eine winzige Pistole auf Jury.

„Nicht deswegen, Ash", sagte Jury.

„Dann wegen der Screeborough-Bande?" Er blickte wütend zu seiner Frau hinüber, die sich über eine brutzelnde Pfanne beugte. „Ich hab's dir gesagt, Elefant, das gibt nur Ärger, und du pennst da auch noch. Hören Sie –" Er wandte sich wieder Jury zu. „Ich hab mit dieser Bande nichts zu tun. Seit letztem Juli auch kein Bruch. Ich hab meine Zeit abgesessen, also kommen Sie mir nicht damit –"

„Es hat auch nichts mit einem Bruch zu tun, Ash –"

Verwirrt blinzelte Ash zu ihm hoch. Die Weiber waren's nicht, ein Bruch war es auch nicht, was war es dann? White Ellie breitete ein Küchentuch über einen Stuhlsitz und sagte zu Jury: „Hier, setzen Sie sich doch. Wolln Sie auch was von dem Gebratenen?"

Sergeant Wiggins machte ein entsetztes Gesicht. Offensichtlich befürchtete er, dass Jury annehmen könnte.

„Nein, vielen Dank." Er wandte sich wieder Ash zu. „Es ist wegen Cora Binns. Ich hab es bereits Ihrer Frau erzählt, Cora wurde ermordet."

„Cora? Die kleine Blonde mit den dicken –" Er hielt die Hände vor die Brust. „Der

Teufel soll sie alle holen." Er wirkte eher erstaunt als betroffen. Da für ihn offensichtlich alles mit Sex zu tun hatte, fügte er hinzu: „Hat sich jemand an ihr vergangen?"

„Nein. Wir wollen nur etwas über ihre Freunde und Bekannten erfahren, ihre männlichen Bekanntschaften, genauer gesagt. Gibt es da einen, mit dem sie sich gestritten hat? Wissen Sie was?"

„Ich weiß nur, dass sie's auf Dick abgesehen hatte", sagte White Ellie und ließ die fettige Masse auf einen Teller plumpsen.

„Auf Dick? Auf welchen Dick?", fragte ihr Mann.

„Du kennst doch Dick. Er hat mal hier übernachtet; wir waren schon im Bett, da ist er plötzlich aufgetaucht und hat mir 'n Mordsschrecken eingejagt. Erinnerst du dich nicht?"

Ash kniff die Augen zusammen. „Ach, *der* Dick. Freund von Trev. Ein schlauer Fuchs war das, dieser Trev. Der beste Meister, den wir je hatten. Aber sagen Sie das mal nicht dem Doc." Er klemmte sich die Serviette unters Kinn und nahm das Bratwursthack in Angriff. „Könnte auch sein, dass Trev und Cora mal was miteinander hatten."

White Ellie schnaubte und wischte einen Teller mit ihrem Ärmel ab, bevor sie ein Kotelett, etwas von dem Bratwursthack und ein paar Kartoffeln daraufhäufte. „Auf Trevor waren alle scharf. Dass das auch passieren musste. Aber so isses nu' mal, das Leben", philosophierte sie.

Jury ließ den Blick zwischen ihnen hin und her wandern. „Trevor?"

„Ja. Trevor Tree. Ein prima Kerl."

Sergeant Wiggins, noch immer damit beschäftigt, sein Bein von der Vierjährigen zu befreien, hielt überrascht inne und sah Jury an.

Jury nickte und sagte dann zu Ash Cripps: „Wie gut haben Sie Trevor Tree gekannt?"

Ash zeigte mit dem Daumen über die Schulter. „Trevor hat da drüben in der Drumm Street gewohnt, wo auch Cyril wohnt. Cleverer Bursche, hat für 'ne viertel Million Schmuck geklaut. Und dann wird die arme Sau von einem Auto überfahren." Bedauernd schüttelte Ash den Kopf. „Der Sünde Lohn."

„Sie haben nicht zufällig was von dem Lohn abgekriegt, Ash?"

Er hörte auf, die Luft durch die Zähne zu saugen, und sah so schockiert drein, als hätte er sein Leben in einem Kloster verbracht. „Also darauf wollen Sie hinaus? Sie denken, ich hänge da mit drin. Das isses also?"

White Ellie zischte verächtlich und rieb mit einem Stück Brot den Teller aus, den sie gerade im Stehen leergegessen hatte. „Ashley ist viel zu blöd, um bei so was mitzumachen."

„Haben die andern im ‚Anodyne Necklace' Trevor gekannt?"

„Nicht alle. Aber ein paar schon. Keith vielleicht. Und Doc Chamberlen natürlich. Ich weiß nich', ob die beiden sich vertragen ham. Ich meine, bei dem Spiel. Der Doc war bestimmt eifersüchtig auf Trev. Trev war nämlich ein richtiger Künstler. Sie sollten mal die Pläne sehen, die der gemacht hat. Ausgefeilt bis ins Letzte. Na ja, Doc Chamberlen is' auch ganz gut, aber Trev war besser. 'ne Religion is' das für den Doc. Manchmal sitzt er stundenlang über seinen Plänen. Es dreht sich um einen Schatz. Im Augenblick suchen wir nach dem ‚Anodyne Necklace'. Das geht so –"

„Ach, halt's Maul, Ashley. So 'n blödes Spiel interessiert den Super doch nicht. Kannst du mir mal deine Hosen leihen, ich muss zum Waschsalon."

„Mensch, zu was brauchst du meine Hosen? Ich hab's satt, dir meine Hosen zu leihen."
„Ich brauch sie aber. Wenn ich mich hinsetze, sieht man mir sonst die Beine hoch."
„Dann kneif sie zusammen, deine Beine."
„Geht nicht. Bin zu dick."

Jury erhob sich, wofür Sergeant Wiggins ihm unendlich dankbar zu sein schien. Er wurde nämlich inzwischen nicht nur von der Kleinen, sondern auch von dem Hund mit dem Rattenkopf bedrängt.

„Wir sehen uns noch, Ash. Sie bleiben doch in London?"

„Darauf können Sie sich verlassen. Ich wär schon längst abgehauen, wenn ich's gekonnt hätte."

Als sie aus dem Haus gingen, drängte sich der Hund zwischen ihren Beinen durch und wartete am Ende des Wegs auf sie.

Wiggins warf ihm einen bösen Blick zu und sagte: „Was meinen Sie, Sir? Ist doch komisch, dass dieser Tree in der Gegend hier gewohnt hat, nicht?"

„Ja. Lassen wir das Auto stehen, Wiggins, und gehen wir zu Fuß. Ich möchte mir die Underground-Station anschauen, in der Katie überfallen wurde, und dann zur Drumm Street gehen."

Als Jury das Trottoir entlangging, hörte er zu seinem Erstaunen, wie sein Sergeant, der seine Ausdrucksweise sonst so sauber hielt wie seine Nebenhöhlen, den Hund anzischte: „Verpiss dich, Toto, wir sind hier nicht in Kansas." Und um dem noch Nachdruck zu verleihen, versetzte er ihm einen Fußtritt.

DER EINGANG zur Underground-Station Wembley Knotts wurde von den Geschäften links und rechts beinahe völlig blockiert. Jury und Wiggins zeigten der gelangweilten Schwarzen hinter dem Schalter ihre Ausweise; sie nickte, ohne überhaupt hinzuschauen, und winkte sie durch.

Außer ein paar Verkäuferinnen und ein paar Hausfrauen, die vom Einkaufsbummel zurückkehrten, war an einem Samstagabend um halb sieben in der Station kaum jemand zu sehen. Da die Rolltreppen abgeschaltet waren, mussten Jury und Wiggins zu Fuß die Treppen zu den Tunneln hinuntersteigen, von denen zwei wie eine Wünschelrute nach links und rechts abbogen. In der Ferne war ein Zug zu hören.

Sie folgten der Kurve der graubraun gekachelten Wände. Zwei Punks bogen um die Ecke und gingen an ihnen vorbei. Der Junge hatte einen Tomahawk-Haarschnitt, das Mädchen einen orangerot gefärbten Haarschopf. Sie schoben sich eher den Gang entlang, als dass sie gingen, und streiften Wiggins und Jury mit einem verächtlichen Blick.

„Sie scheinen die Polizei irgendwie zu riechen. Ich habe das Gefühl, meine Dienstmarke am Revers zu tragen."

An der Stelle, an der Carstairs' Skizze zufolge Katie überfallen worden war, blieben sie stehen. Der Zug, der die beiden Punks ausgespuckt hatte, beschleunigte seine Geschwindigkeit und rumpelte aus dem Tunnel.

Man konnte die Stelle vom Bahnsteig aus nicht sehen, obwohl man nur die paar Stufen bis zum ersten Treppenabsatz hochzugehen brauchte. Jury betrachtete das Plakat für das Musical „Evita"; es hatte sich im Lauf der Zeit teilweise von der Wand gelöst. Eine

Ecke bewegte sich in dem Luftzug, der durch den Zug entstanden war. Evita befand sich zwischen einem Sonnenuntergang, vor dem ein Glas Gin Tonic stand, und einer Reklame für Hustensaft.

„Taugt überhaupt nichts", bemerkte Wiggins in Bezug auf den Hustensaft. „Ich bin neulich nachts vor Husten bald umgekommen, und das Zeug hat kein bisschen geholfen."

Jury gab keinen Kommentar dazu ab; er drehte sich um und blickte den Gang entlang bis zur Kurve: kein Mensch weit und breit. Auch auf der Treppe war niemand; der Bahnsteig lag nicht in seinem Blickfeld. An einem für jeden zugänglichen Ort wie diesem war es überraschend einfach, jemanden zu überfallen.

„Sie denken, es war ein und derselbe, nicht wahr? Aber warum hat er nicht versucht, sie so wie diese Binns um die Ecke zu bringen? Warum hat er sie nicht in den Wald von Horndean geschleppt oder an einen andern, weniger öffentlichen Ort? Ist doch ziemlich riskant, hier jemanden zu überfallen?"

Jury schüttelte den Kopf. „Keine Ahnung. Anscheinend hatte er einfach nicht die Zeit, mit ihr irgendwohin zu gehen. War wohl eine Kurzschlusshandlung." Jury starrte abwesend auf das „Evita"-Plakat, auf das darübergeschmierte Hammer-und-Sichel-Zeichen. „Ich geh mal in das Krankenhaus in der Fulham Road und besuch sie."

Unter ihnen, auf einem tiefer liegenden Bahnsteig, war das dumpfe Rumpeln eines Zugs zu hören, und etwas weniger weit entfernt quietschten die Bremsen eines Zugs, der gerade in Wembley Knotts eingefahren war. Wieder wurde Staub aufgewirbelt, und die Abfälle, die sich im Lauf der Woche angesammelt hatten, trieben an den gekachelten Wänden entlang.

„Man könnte genauso gut in einem Kohlebergwerk arbeiten", meinte Wiggins hustend.

„Hmm. Gut, dass wir einer so gesunden Tätigkeit nachgehen. Immer an der frischen Luft."

Wiggins nickte ganz ernsthaft.

„Wenn sie nur reden könnte", sagte Jury und blickte zu Evita hoch.

„Man könnte meinen", bemerkte Wiggins, „die Gören hätten nichts Besseres zu tun, als die Plakate zu verschmieren. Sieht ja toll aus, was?"

Im Scheinwerferlicht funkelten Evitas Collier, Ringe, Armbänder und Haare; ja selbst die Mikrophone um sie herum. In diesem Augenblick fiel Jury die Bemerkung von Ernestine Craigie wieder ein, an die er sich zu erinnern versucht hatte, als er das Haus verließ. Auf Evita traf das zu: *Geschmückt wie ein Pfingstochse.*

Ich Trottel, verfluchte sich Jury, warum ist mir das nicht gleich aufgefallen? „Wiggins, gehen Sie bitte zu dieser Jobvermittlung namens ‚Smart Girls' und treiben Sie den Manager auf. Fragen Sie ihn, was es mit diesem Job für Cora Binns auf sich hatte, und rufen Sie mich im Krankenhaus an."

„Glauben Sie, da ist noch jemand? Es ist schon nach sechs. Wenn ich den Manager zu Hause aufspüren muss, kann das etwas länger dauern."

„Ist in Ordnung. Warum nehmen Sie nicht den Wagen? Ich kann genauso gut mit der Bahn fahren. Sogar schneller, von hier nach South Kensington muss ich nicht mal umsteigen." Sie standen nun auf dem Bahnsteig im Bauch des Tunnels; Jury hörte, wie der Zug näher kam. Über die Geleise führte eine Brücke zu einem Ausgang auf eine andere Straße. Das Drahtgeflecht war kaputt und notdürftig durch ein paar Planken ersetzt worden. Der Zug lief ein, Wiggins salutierte andeutungsweise und entfernte sich.

Jury nahm zwischen zwei *Times*-Lesern Platz. Er mochte die Anonymität der Untergrundbahn; sie half ihm, sich zu konzentrieren. Seine Blicke streiften die Reklametafeln über den Köpfen der Fahrgäste auf der gegenüberliegenden Bank. Neben einem Plan des Streckennetzes war ein Schild angebracht, das vor Taschendieben warnte. Es zeigte ein jeansbedecktes Hinterteil – der Schwung der Hüften verriet, dass das Opfer eine Frau war. Eine Hand zog ein Portemonnaie aus der Gesäßtasche. Ein Detail gefiel ihm besonders: Die Fingernägel dieser Hand waren lackiert.

Als der Zug durch den dunklen Tunnel rumpelte, dachte er: Wie nett, selbst unter den Taschendieben herrscht nun Gleichberechtigung.

# 12

Das Royal Marsden Hospital verschmolz mit seiner Umgebung, als wären Krankheit und Tod nichts als gewöhnliche Bedürfnisse, die befriedigt werden mussten. Auf der gegenüberliegenden Straßenseite befanden sich die üblichen Geschäfte, Waschsalons, Kneipen, Boutiquen, Restaurants.

Die Schwester, die Jury schließlich zu Katie O'Briens Zimmer führte, war außergewöhnlich hübsch, und daran änderte auch die Uniform nichts – das gestreifte Kleid, die schwarzen Strümpfe, das weiße Häubchen und die gestärkte Schürze, die höchstens eingedellt werden, nicht aber knittern konnte. Sie stieß die Tür zu dem Zimmer auf und sagte mit einer Stimme, die ebenfalls frisch gestärkt zu sein schien: „Nicht zu lange, Superintendent." Mit knisternder Uniform entfernte sie sich.

Auf diesen Anblick war er nicht gefasst gewesen – eine Haut wie Porzellan und dichtes, schwarzes Haar, das so lange und sorgfältig gebürstet worden war, dass es wie gemalt auf dem Kissen lag. Die zarten, schlanken Hände waren gefaltet und ruhten auf dem über die Brust hochgezogenen Laken. Auf der einen Seite ihres Betts stand ein Sauerstoffzelt, das ihn an eine Glasglocke erinnerte, gegen die im Herbst welkes Laub, im Frühjahr Blütenblätter und im Winter Schnee geweht werden würden. Auf ihrem Gesicht lag der Abglanz eines Lächelns.

„Hallo, Katie", sagte Jury.

Neben dem Nachttischchen lehnte der schwarze Geigenkasten an der Wand. Seltsam, dass ihre Mutter ihn nicht mitgenommen hatte. Er fragte sich, wie lange sie in diesen zugigen Tunnels – Victoria, Wembley, Knotts, Piccadilly – hatte stehen müssen, bis sie genügend Geld verdient hatte, um sich diese Jeans und den Hund kaufen zu können. Sicher Monate.

Er ging zum Fenster und sah auf die allmählich dunkel werdende Fulham Road hinab. In der Nähe lag eine Kneipe, deren Fenster geheimnisvoll dunkelrot schimmerten. Direkt gegenüber befand sich ein Gemüseladen; die gestreiften Markisen waren schon für die Nacht hochgezogen. Und neben dem Gemüsehändler ein Waschsalon. Erinnerte er sich wirklich noch an diese Straße, wie sie in den Kriegsjahren ausgesehen hatte, als er ein kleiner Junge gewesen war, oder bildete er sich das nur ein?

„Dort, wo der Lebensmittelladen ist", sagte er mehr zu sich selbst und der Fensterscheibe als zu Katie, „gab es früher Süßigkeiten. Es war Krieg, und ich konnte meistens nur durchs Fenster gucken. Das war lange vor deiner Zeit. Ich erinnere mich, dass eine unserer Nachbarinnen in ihrem Keller lauter Konservendosen gestapelt hatte – mit Suppen, goldgelbem Sirup und Tee. Es war wie ein Laden bei ihr, sogar Süßigkeiten gab es. Ich hab sie immer besucht, und sie hat mir die ganzen Sachen gezeigt – all die gefüllten Regale ..."

Vor dem Waschsalon schaukelte ein kleines Mädchen ihren Puppenwagen. Wahrscheinlich wartete es auf seine Mutter. Es nahm die Puppe aus dem Wagen und hielt sie in die Luft. Jury konnte die Umrisse der Frauen erkennen, die im Waschsalon saßen und zuschauten, wie ihre Wäsche herumgewirbelt wurde. Doch dann wurde ihm die Sicht durch ein Laken oder eine Decke versperrt, die eine Frau wie einen Vorhang gegen die Scheibe hielt.

Jury sah sich damals als kleiner Junge in seinem Zimmer stehen und das Gesicht gegen die Scheibe pressen. Die Verdunklungsvorhänge hätten eigentlich vorgezogen sein müssen, da aber kein Licht in seinem Zimmer brannte, hielt er es für sicher, wenn er hinausschaute. Außer einem großen, blassen Mond war nichts zu sehen; kein Geräusch, kein Warnsignal war zu hören, bis sich dann plötzlich Wände und Fenster in nichts auflösten. Er erinnerte sich, dass er durch die Luft gewirbelt worden war, als hätte er versucht, zur Decke hochzuspringen. Unbegreiflicherweise war er mit ein paar Schrammen davongekommen. Seine Mutter jedoch nicht.

Eine Frau kam aus der Wäscherei, schnappte sich den Kinderwagen und schob ihn an den mit einer Plane bedeckten Gemüsekisten vorbei. Saubere Wäsche, Lebensmittel: Das Leben ging weiter in der Fulham Road. In dem burgunderroten Licht, das aus der Kneipe „Saracen's Head" fiel, schien ein junger Mann ungeduldig auf jemanden zu warten. Er hatte eine Gitarre bei sich und blickte die Straße hinauf und hinunter.

Nicht einmal die Luft bewegte sich über Katie O'Briens Bett. Wie eine aus Marmor gehauene Skulptur lag sie da. Auf dem Nachttischchen stand der Kassettenrecorder, den ihre Mutter ihr mitgebracht hatte. Er fragte sich, ob die Schwestern sich überhaupt die Mühe machten, etwas für sie zu spielen. Jury drückte auf die Taste, und die scheppernden Töne einer alten Aufnahme von „Rosen aus der Picardie" erfüllten das Zimmer.

Dunkelheit senkte sich auf die Fulham Road. Das kleine Mädchen und ihr Puppenwagen waren verschwunden.

„Auf Wiedersehen, Katie." Er ging aus dem Zimmer.

Verärgert sagte die hübsche Schwester zu Jury: „Ein Anruf für Sie, Superintendent." Sie fand es wohl unerhört, dass die Polizei nicht nur das Krankenhaus unsicher machte, sondern dann auch noch aus der gefährlichen Außenwelt jenseits der Krankenhausmauern Anrufe empfing.

„Sie ist in King's Cross, Sir", sagte Wiggins, der anrief, um Jury die erfreuliche Mitteilung zu machen, dass er die Jobvermittlung „Smart Girls" ausfindig gemacht hatte. „Und Sie würden nie drauf kommen, was ich noch herausgefunden habe." Wiggins legte eine Pause ein, als wolle er Jury etwas Zeit zum Überlegen geben. „Miss Teague – das ist die Frau, der dieser Laden gehört – schaute in ihren Unterlagen nach den Jobs, die sie Cora Binns schon vermittelt hat. Und bei dem letzten war der Auftraggeber anscheinend nicht Lady Kennington, sondern Mainwaring."

„Mainwaring?"

„Ja, richtig. Außerdem stellte sich heraus, dass Cora Binns schon einmal für ihn gearbeitet hatte."

„Wollte er denn ausdrücklich Cora Binns haben?"

„Das wusste sie nicht. Eins der Mädchen hat den Anruf entgegengenommen. Sie hat sich jedoch krankschreiben lassen. Miss Teague glaubt aber nicht, dass ihr was fehlt. Ihrer Meinung nach ist sie mit einem Mann unterwegs. Bunny Sweet heißt sie."

„Versuchen Sie, sie zu finden. Die Mordkommission soll Ihnen helfen. Aber wir sagen Miss Teague besser nicht, wo wir sie finden. Bunny Sweet – wer so heißt, ist bestimmt kein unbeschriebenes Blatt."

## 13

„Cora Binns?"

Freddie Mainwaring schien nicht zu verstehen, warum Scotland Yard ihm diese Frage stellte.

„Die Frau, die im Wald von Horndean gefunden wurde, Mr Mainwaring."

„Hieß sie so? Nein, ich kenne – ich habe nie eine Cora Binns gekannt. Das habe ich auch Carstairs gesagt."

„Inspector Carstairs wusste nicht, wie sie hieß, als er mit Ihnen sprach. Vor ein paar Monaten haben Sie Cora Binns als Stenotypistin engagiert." Mainwaring sagte nichts, anscheinend wartete er darauf, dass Jury weiterredete. „Sie haben die Jobvermittlung ‚Smart Girls' angerufen und für Stonington eine Stenotypistin angefordert."

„Und Sie meinen ...?" Als kein Zweifel mehr möglich war, dass Jury genau das meinte, sagte er: „Ich glaube, ich brauche erst mal einen Drink."

Als Mainwaring die Whiskykaraffe entstöpselte, fragte Jury: „Sie haben sie nicht erkannt auf dem Foto, das Ihnen Carstairs gezeigt hat?"

Freddie drückte den Stöpsel wieder in die Karaffe – nicht gerade sanft für ein so elegantes Kristallgefäß – und starrte Jury an. „Nein, natürlich nicht, sonst hätte ich das doch gesagt, oder?" Dass genau das die Frage war, auf diesen Gedanken schien er nicht zu kommen. „Heiliger Strohsack! Ich habe sie wohl nur einmal dagehabt, und das liegt schon ein paar Monate zurück. Sie sehen doch alle gleich aus, oder? Sie war unbedeutend für mich."

Stenotypistinnen verdienten anscheinend keine Beachtung. „Für irgendjemanden war sie offenbar wichtig."

Mainwaring bekam einen roten Kopf und ließ sich in das üppige Brokatsofa sinken. Er wohnte in einem sehr alten, renovierten Haus am Ende der Hauptstraße. „Na schön. Ich hab also diese Agentur angerufen –"

„Die Jobvermittlung ‚Smart Girls' –"

„Blödsinniger Name. Ich rief an und arrangierte die Sache. Aus Gefälligkeit für Lady Kennington. Ich war in Stonington gewesen, um ein paar Dinge mit ihr zu besprechen, und sie meinte, sie könnte jemanden gebrauchen, der ihr den Papierkram ordnen hilft, den ihr Mann hinterlassen hat. Ich weiß nicht, um was es sich handelt. Um Rechnungen wahrscheinlich. Ich nehme an, Sie haben von dem Collier gehört, das ihm gestohlen wurde. Das und ein paar andere Stücke aus seiner Kollektion. Lady Kennington wäre eine reiche Frau, wenn sie es hätte. Das Collier ist noch immer nicht gefunden, oder?"

„Lady Kennington hat Geldsorgen, will sie deshalb verkaufen?"

„Das nehme ich an."

„Auf wie viel Uhr hatten Sie Cora Binns bestellt?"

„Hören Sie, ich hab mit dieser Binns überhaupt nicht gesprochen. Ich sprach mit irgendeiner Frau von der Agentur. Moment mal: Sie fragte mich noch, wen ich vorher gehabt hätte, und ich sagte, ich könne mich nicht mehr erinnern." Er entspannte sich, sichtlich mit sich zufrieden. „Hören Sie, Superintendent, rufen Sie doch die Agentur an und sprechen Sie mit der Person, die damals am Apparat war. Dann wird sich hoffentlich herausstellen, dass es sich um einen bloßen Zufall handelt."

„Haben wir schon gemacht. Das Mädchen hat Urlaub."

Frustriert sagte Mainwaring: „Und was zum Teufel hat diese Binns veranlasst, durch den Wald von Horndean zu gehen?"

„Wie haben Sie denn der Dame von der Agentur den Weg beschrieben?"

„Ich hab gesagt, sie soll den Zug nach Hertfield nehmen; die fünf Pfund für das Taxi sollen sie ihr vorstrecken, Lady Kennington wird dafür aufkommen."

„Cora Binns hat aber kein Taxi genommen. Sie nahm den Bus von Hertfield nach Horndean und ist dann in Littlebourne ausgestiegen."

„Schön, aber davon weiß ich nichts. Wie sollte ich auch?" Sein Gesicht war puterrot.

„Ihre Frau ist wohl nicht zu Hause, Mr Mainwaring?", fragte Jury, plötzlich das Thema wechselnd.

Das irritierte Mainwaring noch mehr. Die Hand mit dem Glas blieb in der Luft hängen. „Nein, ist sie nicht. Sie ist zu ihrer Mutter gefahren." Die Beziehung zwischen Mutter und Tochter war dem Ehemann offensichtlich ein Dorn im Auge.

„Diese anonymen Briefe – können Sie sich dazu äußern?"

Nun beinahe lächelnd, sagte er: „Wie ich Ihrem Sergeant schon erklärte, nein. Ist ja Quatsch, das Ganze."

„Sie scheinen sich da ziemlich sicher zu sein. Warum? Ich meine, was Sie selbst betrifft, können Sie das ja sein, aber wie sieht es zum Beispiel mit Dr. Riddley oder Ramona Wey aus?"

Mainwaring gefiel diese Verquickung nicht, das war nicht zu übersehen. „Einfach absurd."

„Können Sie sich für die beiden verbürgen?"

„Gewiss, zumindest was –"

Für was er sich auch immer verbürgen wollte, es ging unter im melodischen Läuten des Glockenzugs an der Tür, dessen hohe, silberne Töne den dunklen Korridor erfüllten. Nervös blickte Mainwaring zur Tür. „Entschuldigen Sie mich bitte."

Die Stimme einer Frau ließ sich im Korridor vernehmen; zuerst klang sie ganz normal, dann jedoch fing sie an zu flüstern.

DIE HAND, die Ramona Wey Jury hinstreckte, war so weiß und kühl wie Marmor. Sie trug ein kurzes, schwarzes Samtcape über einem weißen Wollkleid und mehrere Schnüre Jettperlen um den Hals. Jury nahm an, dass die weiße Haut und der schwarze Helm des Haares zu solchen Zusammenstellungen verführten. Offensichtlich war sie eine Frau, die dramatische Effekte liebte; im Augenblick probierte sie deren Wirkung auf Jury aus, ohne jedoch zu bemerken, dass sie keinen Erfolg damit hatte. Abgesehen vielleicht davon, dass er sich an Katie O'Brien erinnert fühlte, die wie Schneewittchen in ihrem Glassarg lag: Wenn er Ramona Wey ansah, dachte er automatisch an die Königin mit dem vergifteten Apfel.

Die Gegenwart eines Mannes von Scotland Yard schien sie nicht daran zu hindern, sich wie zu Hause zu fühlen. Sie wusste, wo der Schrank mit den Flaschen und wo die Zigaretten waren, und sie wartete nicht ab, bis sie ihr angeboten wurden. Jury schloss daraus, dass sie Besitzrechte demonstrieren wollte. Mit ihrer Zigarette und einem Glas Whisky ließ sie sich in einen bequemen Sessel neben dem Feuer sinken.

„Schön, dass Sie noch vorbeigekommen sind, Miss Wey", sagte Jury. Mainwaring schien davon weniger begeistert zu sein. Ihm war offensichtlich klar, wie diese Selbstverständlichkeit, mit der sie sich in seinem Haus bewegte, interpretiert werden würde.

„Wie ich höre, haben Sie einen Antiquitätenladen in Hertfield."

„Ja. ‚Die Schatztruhe'. Ich handle ausschließlich mit altem Schmuck und Halbedelsteinen. Sie sind wohl wegen diesem Mord gekommen?"

„Sie haben die Frau nicht gekannt?"

„Natürlich nicht. Ich habe dem Inspector aus Hertfield schon alles erzählt, was ich weiß – das heißt, so gut wie nichts. Ich nehme an, es war jemand auf der Durchreise, eine Fremde, die sich etwas umsehen wollte."

„Ein komischer Ort, um sich umzusehen, dieser Wald." Jury wartete, aber Ramona Wey zuckte nur vage die Achseln.

„Sie hieß Cora Binns."

„Ach ja?" Ihre Stimme klang tonlos und gelangweilt.

Eine solche Gleichgültigkeit gegenüber einem Mord, der praktisch vor ihrer Haustür stattgefunden hatte, konnte nur gespielt sein.

„Sie gehören auch zu den Leuten, die einen anonymen Brief bekommen haben?"

„Ja. Aber die sind ja nicht ernst zu nehmen."

„Sie sollen sowohl mit Dr. Riddley als auch mit Mr Mainwaring ein Verhältnis haben."

Sie lachte. „Derjenige, der das geschrieben hat, ist offensichtlich nicht auf dem Laufenden."

Mainwaring schien zu ahnen, dass sie gleich mit einer Enthüllung aufwarten würde. „Ramona –" Er versuchte, sie daran zu hindern, jedoch ohne Erfolg.

„Sei doch nicht albern, Freddie. Der Superintendent braucht sich ja nur mit Stella in Verbindung zu setzen."

Düster wandte sich Mainwaring wieder dem Feuer zu.

Sie bedachte Jury mit einem Blick, dem er entnahm, dass sie darauf brannte, ihm ihre Geschichte zu erzählen, ob er nun danach fragte oder nicht. „Freddie und Stella wollen sich scheiden lassen. Deshalb ist sie auch zu ihrer Mutter gefahren. Wir haben vor zu heiraten."

„Deswegen brauchst du doch nicht so blass zu werden, Liebling", sagte Ramona zu Mainwaring. „Es wäre sowieso bald publik geworden. Außerdem verschafft uns das ein Alibi, nicht?" Kokett lächelte sie Jury an. „Ich meine, diese ‚Wo-waren-Sie-in-der-Mordnacht?'-Frage, mit der uns der Inspector zugesetzt hat. Nun, wir waren ganz einfach zusammen. Anscheinend dachte er, dieser Mord und die anonymen Briefe hätten was miteinander zu tun. Denken Sie das auch?"

„Indirekt schon. Seit wann leben Sie in Littlebourne, Miss Wey?"

Sie dachte nach. „Oh, seit ungefähr anderthalb Jahren. Ich hatte Glück: Meine Tante ist gestorben und hat mir ein bisschen Geld hinterlassen. Und weil ich mich schon immer für alten Schmuck interessiert habe, kaufte ich diesen kleinen Laden. Ich bin nicht schlecht im Geschäft, wenn ich das sagen darf."

„Und Lord Kennington gehörte zu Ihren Kunden?" Es schien sie zu überraschen, dass er darauf zu sprechen kam. Bevor sie ihm antwortete, hielt sie Mainwaring ihr Glas hin, um sich einen weiteren Drink eingießen zu lassen. „Ja. Er hatte eine tolle Schmucksammlung. Er kaufte im Lauf der Monate immer wieder etwas – keine besonders wertvollen Sachen; so etwas wie dieses Smaragdcollier, das ihm gestohlen wurde, führe ich nicht. Ich nehme an, Sie haben gehört, dass sein Sekretär damit abgehauen ist?" Jury nickte. „Trevor Tree." Sie sah weg.

Mainwaring gab ihr das Glas zurück und sagte: „Ich wusste gar nicht, dass du ihn gekannt hast, Ramona."

„Na ja, habe ich auch nicht, nicht gut zumindest. Er kam ein-, zweimal in meinen Laden, um für Kennington einzukaufen. Ich würde sagen, dass er ganz gut aussah, wenn auch etwas gewöhnlich."

Jury bezweifelte, dass dieses „gewöhnliche" Aussehen Ramona, von der man durchaus dasselbe sagen konnte, daran gehindert hatte, sich mit Trevor Tree einzulassen. „Und haben Sie ihn gekannt, Mr Mainwaring?"

„Nein. Nein, ich nicht. Er ist ein paarmal in Littlebourne gewesen, wie ich hinterher erfahren habe – im ‚Blue Boy', wo er sich anscheinend mit einigen Stammgästen angefreundet hat. Mit Derek Bodenheim, genauer gesagt, der da auch häufiger auftaucht. Aber ich glaube nicht, dass seine Familie Tree gekannt hat. Aber warum interessiert Sie denn das jetzt?"

„Dieser Smaragd war doch ziemlich wertvoll?" Sie nickte. „Warum? Weil er so groß war?"

„Nein, so groß war er gar nicht. Es war die Qualität des Steins. Er hatte vielleicht sechs oder sieben Karat. Ein ägyptischer Stein, und völlig makellos. Kein Defekt, nicht die geringste Unregelmäßigkeit. Von einem sanften, intensiven Grün, leicht blaustichig. Und er war graviert. Sehr alt und wirklich erlesen. Mindestens eine viertel Million Pfund wert."

Jury blickte sie an. „Sie scheinen sich den Stein ja sehr genau angeschaut zu haben."

Sie erwiderte seinen Blick und entgegnete kühl: „Fällt doch in mein Fach, oder nicht?"

„Und was hat Lord Kennington bei Ihnen gekauft?"

Sie überlegte kurz. „Mehrere Broschen. Trauerschmuck. Ein paar Ringe, über die Monate verteilt. Ein Lapislazuliarmband und ein Halsband. Und andere Kleinigkeiten. Ich kann mich nicht mehr an alles erinnern. Aber was hat das mit der anderen Geschichte zu tun?" Sie lächelte ihn an; ihre purpurrot geschminkten Lippen schimmerten im Schein des Feuers dunkel. „Sollten Sie uns nicht fragen: ‚Wo waren Sie in der Mordnacht?'"

Jury lächelte: „Das haben Sie doch bereits gesagt." Er blickte von einem zum anderen. „Sie waren zusammen. Aber wo waren Sie am Dienstagnachmittag vor vierzehn Tagen?"

Mainwaring und Ramona starrten ihn verblüfft an. „Was zum Teufel ist denn da passiert?", fragte sie.

## 14

Jury blickte auf seine Hand, die er Melrose Plant eben zum Gruß gegeben hatte, und fragte: „Warum würden Sie jemandem die Finger abhacken, Mr Plant?"

Im „Bold Blue Boy" schlug es gerade halb zehn, als Melrose Plant die Serviette ausbreitete und erwiderte: „Sie sind noch keine fünf Minuten hier und haben weder nach der Speisekarte noch nach Tante Agatha gefragt, aber schon sprechen Sie von abgehackten Fingern. Ich muss sagen, Sie verlieren keine Zeit, selbst wenn Sie zwei Stunden zu spät zum Abendessen kommen. Mrs O'Brien ist die Freundlichkeit in Person, obwohl sie auch ihre Sorgen hat – sie hat jedenfalls die Küche offen gehalten, während Molly, unsere Serviererin, sich nur ungern bereit zeigte, auf Sie zu warten. Bis ich ihr dann etwas in die Hand drückte. Ich habe mir erlaubt, schon einmal zu bestellen. Sie nehmen mir das hoffentlich nicht übel. Es gibt Steaks und Pommes frites, Seebarbe und Pommes frites, Scholle und Pommes frites. Eine verwirrende Speisekarte, aber Molly half mir bei der Wahl, indem sie mich wissen ließ, dass Seebarbe aus und Scholle verdorben seien. Ich entschied mich also für das Steak. Wie geht's Ihnen, Superintendent? Ich gratuliere Ihnen zu der längst überfälligen Beförderung."

Jury lächelte. „Tut mir leid, dass ich so spät komme. Und noch mehr bedaure ich, dass es mit dem Wochenende in Northants nicht geklappt hat. Mein Boss hat irgendwie Wind davon gekriegt, dass ich ein paar Tage Ferien machen wollte, und sofort alle andern Namen auf dem Dienstplan gestrichen."

„Wie geht es denn ihrem Boss Racer? Beschissen, hoffe ich."

„Vielleicht wird er uns bald verlassen. Die Unzufriedenheit in der Chefetage scheint zu wachsen."

„Kann mir nicht vorstellen, warum. Da kommt Molly ja mit dem Wein!" Melrose reckte den Hals nach einer stämmigen, jungen Frau mit einem dicken Zopf und einem Tablett, die eben aus der Küche kam.

Molly stellte schwungvoll eine Flasche Wein auf den Tisch. „Das Etikett brauchen wir uns nicht anzuschauen", sagte Melrose und füllte ihre Gläser. „Sollen wir uns wieder den abgehackten Fingern zuwenden? Agatha wird untröstlich sein, so etwas verpasst zu haben. Ich hab ihr natürlich nicht erzählt, dass ich hierherfahre. Wenn sie es erfährt, wird sie heiße Tränen über ihren Cremetörtchen vergießen. Erinnert mich an das Walross, das über seinen Austern weinte, bevor es sie verschlang ... Aber zu Ihrer Frage: Warum ich eine Hand abhacken würde? Zuerst wüsste ich gerne, um welche Hand handelt es sich?"

„Um die linke."

„Ich dachte zuerst an Leichenstarre – dass sie vielleicht etwas in der Hand hielt und er die Finger nicht aufkriegte. Aber ich bin wieder davon abgekommen, weil es doch ziemlich lange dauert, bis die Leichenstarre eintritt. Also scheidet das aus –"

„Im Gegenteil, es gibt so etwas wie eine kataleptische Starre: Schlagartiges Erstarren der Muskulatur nach Eintritt des Todes. Ist nicht gerade häufig, aber bei einem gewaltsamen Tod, bei heftiger Erregung, tritt manchmal im Augenblick des Todes ein solcher Spasmus ein. Es soll vor allem im Krieg vorgekommen sein. Ich erinnere mich an ein paar Beispiele: Männer mit ihren Gewehren im Anschlag. Oder die sogenannte ‚Teegesellschaft' – Soldaten in einem Graben, die von einer Bombenexplosion überrascht worden waren und bei ihrer letzten Tätigkeit erstarrten. Einer hatte eine Feldflasche an die Lippen gesetzt. Wenn jedoch die richtige Leichenstarre eingesetzt hat, lässt sich so etwas nicht mehr feststellen."

„Sie denken also, sie hielt etwas in der Hand? Etwas Belastendes?"

Jury schüttelte den Kopf. „Nein, ich denke, dass sie etwas Belastendes anhatte. Oder zumindest etwas, was nicht bei ihr gefunden werden sollte."

Melroses nächste Frage wurde durch Mollys Erscheinen unterbrochen. Sie beugte sich zu ihnen hinunter; ihren durch die Arbeit abgehärteten Händen schienen die heißen Teller, die sie trug, überhaupt nichts auszumachen.

„Die Steaks." Sie stellte die Teller auf den Tisch und warf ihren langen Zopf über die Schulter. „Wir machen Schluss. Was wolln Sie zum Nachtisch?"

Melrose entfaltete die Serviette auf seinem Schoß. „Soufflé Grand Marnier, bitte."

Gelassen meinte Molly: „Wir haben nur Brotpudding."

„Nicht für mich, danke."

Jury verzichtete ebenfalls auf den Nachtisch.

„Wie Sie wollen", sagte sie mit einem Achselzucken, das zu besagen schien, dass nur ein Schwachkopf diesen Pudding ablehnen würde.

Als Molly wieder gegangen war, sagte Jury: „Fassen wir mal zusammen: Als Vorspeise – wie Molly sagen würde – hatten wir diese anonymen Briefe. Und zum Nachtisch den Mord an Cora Binns. Was mich jedoch interessiert, ist das Hauptgericht: Katie O'Brien und ein gewisser Trevor Tree. Sie erinnern sich wahrscheinlich nicht mehr an die Geschichte. Sie machte keine Schlagzeilen, es war aber ein schlauer kleiner Trick, dem dieser Lord Kennington aufgesessen ist. Da Sie sich schon einen ganzen halben Tag hier rumtreiben, haben Sie wahrscheinlich von seinem Landsitz Stonington gehört –"

„Hab ich", sagte Melrose. „Es sieht so aus, als würde ich ihn erwerben." Melrose strahlte. „Ich musste meine Anwesenheit schließlich irgendwie rechtfertigen."

„Gute Idee. Jedenfalls hat dieser Tree sich mit Schmuck im Wert von einer viertel Million aus dem Staub gemacht. Das kostbarste Beutestück war ein Collier. Aber anscheinend hat der Hausherr immer wieder etwas vermisst in den paar Monaten, die Tree bei ihm war. Nichts sehr Wertvolles, nur Trödel. Offenbar machte Tree einen so vertrauenswürdigen Eindruck, dass er nie verdächtigt wurde. Kennington dachte, er habe die Dinge selbst verlegt. Ich vermute, Tree hat das gemacht, um zu testen, wie weit ihm sein Arbeitgeber vertraute."

Melrose schüttelte den Kopf. „Mir bleibt auch nur blindes Vertrauen übrig. Immer wieder entdecke ich an Agatha Schmuckstücke meiner Mutter. Heute Morgen trug sie einen Mondsteinring am Finger. Weiß der Himmel, wie sie das macht."

„Und dann ging mir endlich ein Licht auf."

„Ein Licht, das Agathas Finger angeknipst hat?"

„Nein. Cora Binns' Finger. Ernestine Craigie, die die Leiche gefunden hat, meinte, die Tote sei geschmückt gewesen ‚wie ein Pfingstochse'! Cora Binns trug eine Halskette, Armbänder, bombastische Ohrringe. Aber keine Ringe. Zumindest nicht an der Rechten. Der Ring oder auch die Ringe, die sie getragen haben könnte, stammten vielleicht aus Kenningtons Kollektion. Es waren bestimmt keine sehr wertvollen Sachen, sondern einfach alter Schmuck, der sich nicht leicht identifizieren ließ."

„Aber wieso die Frau umbringen, wenn die Polizei sich gar nicht für die Sache interessierte?"

„Die Polizei vielleicht nicht, aber Lady Kennington! Cora wollte sich bei ihr vorstellen, und jemand, dem sie auf dem Weg nach Stonington begegnet ist, hat den Ring oder die Ringe erkannt. Und hat sich gefragt, wie viel Cora Binns wusste."

„Aber was hatte die Frau in dem Wald verloren?"

„Die Chefin der Agentur hat ihr fünf Pfund gegeben, damit sie sich ein Taxi nach Stonington nehmen konnte. Aber sie hat das Geld eingesteckt und ist stattdessen mit dem Bus gefahren. In Littlebourne ist sie dann ausgestiegen, anscheinend dachte sie, Stonington sei von dort aus zu Fuß erreichbar. Es sind aber beinahe vier Kilometer. Der Weg durch den Wald ist bedeutend kürzer."

„Und woher hätte sie das wissen sollen?"

„Jemand, den sie nach dem Weg fragte, muss es ihr gesagt haben."

Melrose, der mit dem zähen Steak kämpfte, legte schließlich Messer und Gabel zur Seite. „Und dieser Jemand ist ihr dann gefolgt, da er, wenn ich recht verstehe, die Ringe gesehen hatte und wusste ... Aber würde das nicht auch bedeuten, dass diese Person von Anfang an in die Sache verwickelt war?"

Jury nickte. „Das Collier ist nie wieder aufgetaucht. Tree hat es irgendwie verschwinden lassen und jemandem – seinem Komplizen vielleicht – das Versteck verraten. Ich tappe da völlig im Dunkeln. Trees Autounfall liegt schon ein ganzes Jahr zurück."

„Aber was hat das mit der kleinen O'Brien zu tun?"

„Katie wurde in der Underground-Station Wembley Knotts überfallen. Sowohl Trevor Tree als auch Cora Binns wohnten in diesem Teil des East End. Beide verkehrten in einer bestimmten Kneipe, dem ‚Anodyne Necklace'. Auch Katie ist ein paarmal mit ihrem Musiklehrer dort gewesen. All diese Leute, die sich unter demselben Dach einfanden, wenn auch zu unterschiedlichen Zeiten – das kann kein Zufall sein. Irgendjemand ist hinter dem Smaragd her, und er ist ungeheuer scharf darauf – kein Wunder, wenn man bedenkt, um welche Summe es da geht."

Melrose schob seinen Teller von sich. „Ich kann nur hoffen, dass Sie das alles aufgeklärt haben, bevor man mich zwingt, meine Gummistiefel anzuziehen, um nach diesem fürchterlichen Tüpfelsumpfhuhn Ausschau zu halten."

„Oh, ich sehe, Sie haben Miss Craigies Bekanntschaft gemacht."

„Ja. Ich habe das Gefühl, diesen Vogel in- und auswendig zu kennen. Ich bin überzeugt, ich würde ihn bei einer Gegenüberstellung sofort wiedererkennen. Obwohl ich mich, offen gestanden, etwas unbehaglich fühlen würde, wenn ich wie Ernestine mit diesem Superfeldstecher um den Hals im Dorf herumliefe. Jemand könnte auf den Gedanken kommen, sie damit zu strangulieren. Und noch etwas. Wenn Sie vermuten, die kleine O'Brien wurde zusammengeschlagen, weil sie etwas wusste – es gibt hier eine Göre, die mit ihr befreundet war und die meiner Meinung nach mit etwas hinterm Berg hält ..."

DIE BETREFFENDE GÖRE trat durch den puppenstubenähnlichen Durchgang zur Bar, ohne Jury und Plant auch nur eines Blickes zu würdigen, obwohl sie sich direkt in ihrem Blickfeld befanden. Schnell verschwand sie hinter dem Tresen, worauf einiges in Bewegung geriet – Gläser klirrten, Papier raschelte, bis sie mit einer Schachtel Buntstifte und einem Malbuch in der Hand wieder auftauchte. Diese beiden Gegenstände schienen ihre Aufmerksamkeit völlig gefangen zu nehmen.

„Was, um diese Zeit treibst du dich noch in öffentlichen Lokalen herum? Es ist beinahe zehn. Solltest du nicht schon längst zu Hause bei deiner Mutter sein?"

Geistesabwesend blickte Emily Louise zu Melrose auf und sagte: „Ach, Sie sind's." Dann konzentrierte sie sich wieder auf ihre Buntstifte.

„So 'ne Überraschung, was? Ich hab dich gefragt, ob du nicht schon längst zu Hause sein solltest. Deine Mutter macht sich bestimmt Sorgen."

Ihre Lippen formten stumm die Namen der Farben: *Blau, Gelb, Rot.* „Mum is' im Kino in Hertfield."

„Deswegen brauchst du hier nicht Nachtwächter zu spielen. Aber da du schon mal da bist, setz dich doch zu uns. Superintendent Jury würde sich gern mit dir unterhalten."

Sie hob die gerunzelten Brauen von der Schachtel mit den Buntstiften und ließ den Blick auf Jurys Gesicht ruhen. „Wer?" Sie blinzelte, als versuchte sie, etwas an einem fernen Horizont zu erkennen.

„Dieser Herr, der mir gegenübersitzt."

Ohne von dem tollen Herrn, dessen Bekanntschaft sie machen sollte, Notiz zu nehmen, kletterte Emily Louise unwillig auf den Stuhl neben ihm, schlug ihr Malbuch auf und nahm einen Buntstift aus der Schachtel.

Melrose konnte es sich nicht verkneifen, ihr über die Schulter zu schauen. Es war wieder eines dieser grässlichen Bilder, ein Bauernhof diesmal. Mit einem orangefarbenen Buntstift machte sie sich daran, eine Ente auszumalen. Er versuchte, seinen Ärger zu unterdrücken.

„Nett, dich kennenzulernen", sagte Jury und streckte die Hand aus. Ihre kühle, kleine Hand lag wie ein Blütenblatt in der seinen. „Ich habe gehört, du bist eine Freundin von Katie O'Brien."

Sie hatte sich auf die Entenmutter gestürzt und nickte nur.

„Katie soll eine ziemlich gute Reiterin gewesen sein."

„Ja, ganz gut." Sie hatte die Ente orangefarben ausgemalt und machte sich mit einem blauen Farbstift an die Schwimmhäute. Plant starrte darauf.

„Schön, wenn man Freunde hat", sagte Jury. „Es ist nur schlimm, wenn ihnen was passiert."

Emily nickte und fuhr die Umrisse der Entchen blau nach, passend zu den Schwimmhäuten der Mutter.

Jury fuhr fort: „Manchmal erzählen sie uns auch ihre Geheimnisse ... Ich erinnere mich, als ich ein kleiner Junge war, hatte ich einen ganz tollen Freund, Jimmy Poole hieß er. Wir waren immer zusammen. Jimmy Poole und ich tauschten auch Geheimnisse aus, manchmal stachen wir uns sogar mit einer Nadel in die Finger, um bei unseerm Blut zu schwören, dass –"

„Kein Blut, bitte."

„Schon gut." Jury zündete sich eine Zigarette an und warf das Streichholz in den Aschenbecher. „Jimmy Poole und ich rauchten Zigaretten im Wald und taten auch sonst alles Mögliche, was wir nicht hätten tun sollen. Eine Menge verbotener Dinge –"

„Was zum Beispiel?", fragte sie, ohne von ihrem Buch aufzublicken. Sie hatte jedoch aufgehört zu malen.

„Oh, was man so tut. Wir sind geschwommen, wo es zu tief war. Und wir waren unterwegs, wenn es schon dunkel war. Die Kopfkissen stopften wir unter die Decke, damit es so aussah, als würden wir darunter schlafen, dann kletterten wir aus dem Fenster. Jimmy Poole war wirklich auf Zack, wenn es sich darum drehte, Verstecke zu finden, wo niemand uns aufstöbern konnte. Er führte die Leute in die Irre. Es gab da eine Höhle, in der wir alles Mögliche versteckten, Dinge, die unsere Mütter nicht finden sollten. Ich weiß noch, einmal hab ich beim Zeitungshändler ein Comicheft geklaut." Er beobachtete, wie Emily Louise und Melrose ihn überrascht musterten. „Tja, so was hab ich auch gemacht. Ehrlichkeit hab ich erst später gelernt. Jimmy Poole musste schwören, nichts zu verraten." Jury warf Emily einen Blick zu. „Er hat nichts gesagt, es ist also auch nie rausgekommen." Er bemerkte, dass Emily mit großer Hingabe die Entchen nachfuhr. „In der Höhle hatten wir Ruhe vor unseren Alten."

„Konntet ihr sie nicht leiden?" Emily hatte ihren Buntstift aus der Hand gelegt und starrte mit einem tiefen Stirnrunzeln auf das Buch.

„Na ja, manchmal ja, manchmal nein. Wir dachten uns die tollsten Geschichten aus, um zu erklären, wo wir gewesen waren und was wir gemacht hatten. Wenn wir völlig verdreckt oder mit kaputten Jacken nach Hause kamen, mussten wir ihnen ja irgendwas erzählen."

„Wer hat sich das dann ausgedacht, Sie oder Jimmy Poole?"
Jury überlegte. „Jimmy Poole. Er war schlauer."
„Warum ist er dann nicht bei Scotland Yard?"
Sie sah ihn an. Ein harter, fordernder Blick. „Ich hätte zu gerne eine Limonade."
„Mr Plant holt dir bestimmt eine."
Melrose, der sich schlafend gestellt hatte, öffnete ein Auge und sagte: „Ich möchte aber keine Fortsetzung verpassen." Seufzend erhob er sich.
„Erzählen Sie weiter", sagte Emily Louise und knuffte ihn in den Arm.
„Na ja. Jimmy Poole hat mir eine Menge seltsamer Dinge erzählt, und ich musste schwören, nie jemandem was zu sagen. Aber dann ist diese Sache passiert." Emily Louise presste sich die ineinander verschränkten Hände gegen den Kopf, als wolle sie sich unter den Tisch drücken. „Eine Frau aus dem Dorf hatte einen ... na ja, einen Unfall."
Emily rutschte auf ihrem Stuhl herum. „War es schlimm?"
„Ziemlich schlimm. Sie ist die Treppe runtergefallen. Das heißt, *vielleicht* ist sie gefallen. Es gab Leute, die dachten, sie wurde *gestoßen*. Wir konnten aber keinen festnageln."
Jury studierte das glühende Ende seiner Zigarette.
„Ist denn die Polizei nicht gekommen?" Emily blickte Jury mit gerunzelter Stirn an, anscheinend völlig fassungslos, dass Englands berühmte Gesetzeshüter so pflichtvergessen sein konnten.
„Nein, nicht Scotland Yard."
Emily schüttelte enttäuscht den Kopf, weil Jurys Dorfbewohner nicht so umsichtig gewesen waren, Scotland Yard zu holen.
„Sie hätten es vielleicht getan", sagte Jury, „wenn Jimmy Poole was gesagt hätte."
Daraufhin breitete sich tiefes Schweigen aus, das nur von dem Klirren der Gläser unterbrochen wurde, die Melrose vor sie hinstellte. Eine Limonade und zwei Brandys. Emily nahm einen Schluck aus ihrem und sagte: „Aber er hat nichts gesagt?"
„Nein, aber ich."
„Sie! Es war doch ein Geheimnis."
„Ich weiß. Du kannst mir glauben – ich hab mir's hin und her überlegt. Es war nur so – Jimmy Poole war krank, und ich konnte ihn nicht fragen, ob es auch in Ordnung war."
„Was hatte er denn?"
„Mumps. Sein Hals war so dick, dass er nicht reden konnte."
„Ist er gestorben?"
„Nein. Aber solange wir nicht darüber reden konnten, konnte ich ihn auch nicht fragen, ob ich das Geheimnis verraten durfte. Ich musste selbst eine Entscheidung treffen, und so was ist immer schwer. Ich meine, *selbst* was zu entscheiden. Und weißt du, was mich schließlich dazu gebracht hat?"
Emily schüttelte den Kopf unter den verschränkten Händen und starrte Jury gebannt an.
„Ich hatte Angst, noch jemand könnte die Treppe runtergeschubst werden. Oder dass die, die schon mal runtergestoßen worden war, noch einmal gestoßen würde."
„Ist sie nicht gestorben?"
Jury schüttelte den Kopf. „Nein."

„Gut. Wem haben Sie es denn erzählt?"
„Dem Pfarrer. Der schien mir der Richtige zu sein."
„Warum nicht dem Wachtmeister? Gab's denn keinen in Ihrem Dorf?"
„Doch. Ich hatte aber Angst vor der Polizei."
„Ich nicht!", posaunte sie heraus.
„Nein, du nicht. Ich weiß."
Sie ließ den blauen Buntstift vor- und zurückrollen. „War Jimmy Poole böse auf Sie?"
„Nein. Er war froh. Er meinte, er hätte es auch gesagt, er konnte nur nicht."
„Weil er Mumps hatte." Jury nickte. Emily Louise blies ihre Backen auf und stupste mit dem Finger dagegen. Alle drei schwiegen – Melroses Augen hatten sich zu Schlitzen verengt, Jury starrte aus dem Fenster, Emily pumpte Luft in ihre Backen und ließ sie wieder entweichen. Schließlich sagte sie: „Hat Ihnen Jimmy Poole mal was gegeben?"

Jury dachte einen Augenblick nach, drückte seine Zigarette aus und sagte: „Ja, hat er."

Nach einer kurzen Pause fragte sie: „Und hat er Ihnen gesagt, Sie dürften es niemandem zeigen?"

„Ja."

„War das, bevor er krank wurde?"

„Ja."

„Was war es?"

„Eine Blechdose."

„Was war drin?"

„Geld. Ein paar Briefe. Schmuck. Und eine seltsame Botschaft."

„Was für eine Botschaft?"

Jury schüttelte den Kopf. „Ich bin nie daraus schlau geworden."

Emilys Augen erschienen über der Tischkante und fixierten Jury. Dann sprang sie auf, schnappte sich ihre Buntstifte und das Malbuch und sagte: „Ich muss jetzt gehen." Als wären ihr plötzlich zehn verschiedene Verabredungen eingefallen.

Als sie verschwunden war, sagte Melrose: „Das war absolut faszinierend."

Jury unterbrach ihn. „Behalten Sie sie bitte im Auge. Ich glaube, Sie haben recht. Sie scheint etwas zu wissen."

„Aber *mir* wird sie's bestimmt nicht verraten!" Als Jury nichts darauf antwortete, fuhr er fort: „Sie soll die Kinder in einem Pferdewagen herumkutschieren. Morgen findet hier nämlich ein Fest statt, wussten Sie das schon?"

Jury schüttelte den Kopf. „Als Nächstes muss ich mit dieser Lady Kennington sprechen. Aber zuerst werde ich ein Schläfchen halten, mein Gott, bin ich müde!"

„Jimmy Poole hat Sie wohl geschafft."

Jury lächelte und gähnte, während er das Fenster aufdrückte und dabei mit den braun umrandeten Kletterrosen ins Gehege kam.

„Ich erinnere mich vage", sagte Plant, „dass Sie mir erzählt haben, Sie seien in London geboren und aufgewachsen. Dieses Dorf hat es wohl nie gegeben, oder? Genauso wenig wie Jimmy Poole?"

Jury dachte an die bläulichen, kalten Lichter, die in der Fulham Street angegangen waren, an das Mädchen mit der Puppe, die Frau mit dem Kinderwagen, an den Jungen, der mit seiner Gitarre vor der Kneipe stand. Die verschwommenen Umrisse von Rosenblättern drifteten in der Dunkelheit vorbei.

„Einen Jimmy Poole gibt es immer." Er leerte sein Brandyglas und wünschte Melrose gute Nacht.

## 15

Melrose sog den schweren Duft der Rosen ein, die Sylvia Bodenheims Schere entgangen waren, als er auf der anderen Seite der Ligusterhecke einen gellenden Schrei hörte. Da die Ställe sich dahinter befanden, zwängte er sich einfach durch die Hecke, sehr zum Ärger des Gärtners, der den Hals verrenkte, um zu sehen, was dieser Fremde seiner kunstvoll geschnittenen Hecke antat.

Melrose wusste nicht genau, was ihn beim ersten Sonnenstrahl geweckt hatte; da es ihm aber nicht gelungen war, wieder einzuschlafen – vielleicht teilte er Jurys Unbehagen, Emilys Sicherheit betreffend –, hatte er sich angezogen, gemächlich ein paar Tassen Tee getrunken und sich dann auf den Weg nach Rookswood gemacht. Er wusste, dass er sie dort antreffen würde, da sie die Pferde für das Fest herrichten musste.

Es war auch eindeutig ihre Stimme, die da nun brüllte: „Gib's her, gib's her!" Und das ziemlich unangenehme Lachen, das darauf folgte, war eindeutig das eines Mannes.

Als Melrose um die Stallecke bog, sah er den weißen Pulloverärmel von Derek Bodenheim, der ein Buch hochhielt. Weder Derek noch Emily konnten Melrose sehen, da er seitlich neben der Stalltür stand. Sie waren auch viel zu sehr in ihr Fangspiel vertieft – obwohl es schien, als wäre es für Emily kein Spiel.

Derek wandte Melrose den Rücken zu, als dieser auf ihn zuging, seinen silberbeschlagenen Stock erhob und ihn geradewegs auf Dereks Armbeuge heruntersausen ließ. „Also wirklich, alter Junge, sie hat Sie höflich darum gebeten."

„Was zum Teufel –?", stieß Derek hervor, rieb sich den Arm und starrte Melrose wütend an.

Emily hatte sich schnell ihr Buch geschnappt. Ihr Gesicht war ganz rot vor Anstrengung.

„Dumme Gans", sagte Derek zu ihr. Dann konzentrierte sich sein Ärger auf Melrose. „Was fuchteln Sie denn auf fremder Leute Grund und Boden mit Ihrem Stock herum? Was haben Sie hier überhaupt verloren?"

Melrose ging darauf nicht ein. Er fragte sich, was für ein Kerl das war, der sich einen Spaß daraus machte, eine Zehnjährige zu ärgern. „Sie gehn jetzt brav nach Hause!"

„Ich soll gehen! Wer glauben Sie denn, wer Sie sind?" Und zu Emily gewandt: „Warte nur, ich werd deiner Mutter sagen, dass du solchen Schweinkram liest."

„Hau ab! Das ist kein Schweinkram. Außerdem hab ich's gar nicht gelesen."

Wütend ging Derek über den Hof und ließ den Kies unter seinen Füßen knirschen.

Emily blickte von dem silberbeschlagenen Spazierstock auf Melrose. „Haben Sie schon mal jemanden umgebracht?", fragte sie hoffnungsvoll.

"Nur damals in der Fremdenlegion. Was zum Teufel war eigentlich hier los?"

Das Buch fest unter den Arm geklemmt, suchte sie nach ihrer Heugabel. „Er ist unausstehlich." Dann schleppte sie Gabel und Buch zum Stall, in dem ein prächtiger Falbe stand, der anscheinend vor den Wagen gespannt werden sollte.

Melrose setzte sich auf einen Ballen Heu und zündete sich eine dünne Zigarre an. „Ist er immer so?" Er fragte sich, was es wohl mit dem Buch auf sich hatte und warum ihr so viel daran lag, es nicht aus der Hand zu geben.

„Ja." Sie stapfte aus dem Stall zu den Futterbehältern hinüber und verschwand zur Hälfte in einem von ihnen, sodass von ihren Ausführungen über Dereks Unausstehlichkeit nur noch ein schwaches Echo zu hören war. Als sie den Eimer gefüllt hatte und wieder in den Stall kam, sagte sie: „Alle Jungen sind unausstehlich."

„Oh, da bin ich mir nicht so sicher. Sie können auch ganz nett sein. Schließlich werden aus ihnen einmal Leute wie ich."

Ihre Augen erschienen über der Stalltür und betrachteten ihn angewidert.

„Hatte Katie O'Brien eigentlich keinen Freund?"

„Warum müssen wir immer über Jungen sprechen? Ist doch bescheuert." Sie ging wieder zu den Futtertonnen zurück. Die Tonne, über die sie sich beugte, war so groß, dass sie sich über den Rand hängen musste, um an den Hafer zu kommen.

„Soll ich dir helfen?"

„Nein." Ihre Beine baumelten in der Luft.

„Für einen jungen Mann von gut zwanzig benimmt sich Derek Bodenheim schon reichlich seltsam." Sie schleppte den nächsten Eimer in Shandys Stall und gab bei der Erwähnung von Dereks Namen ein paar Würgelaute von sich. „Ob er wohl ganz richtig im Kopf ist?"

„Nein. Katie hat er auch immer geärgert. Sie hasste ihn."

„Hat er sie auch geneckt?" Melroses Interesse erwachte.

„Ach, das Übliche. Hat sich von hinten an sie rangeschlichen, sie gepackt und versucht, sie zu küssen." Sie erschauerte, während sie eine Gabel Heu in Shandys Heuraufe warf. „Sie sagte, er habe einen ganz nassen Mund ... Ich möchte lieber nicht davon reden."

Darauf folgte ein längeres Schweigen, nur von dem Scharren der Gabel unterbrochen. Melrose spürte jedoch ihr Interesse, auch wenn sie es nicht zugeben wollte. Er wusste, dass sie mit etwas hinterm Berg hielt; es musste mit dem Buch zu tun haben.

„Lass uns mal so tun, als ob."

Keine Antwort; außer den Kaugeräuschen des Ponys ließ sich nichts vernehmen.

„Als lebten wir in einem wunderschönen Land – sagen wir in einem Königreich. Rundherum grüne Felder und darüber ein amethystblauer Himmel." Er stutzte; wie kam er auf den Amethyst? „Und du bist eine wunderschöne Prinzessin." Er bemerkte, dass das Scharren aufgehört hatte. „Und ich –" Großer Gott, welche Rolle sollte er sich zuteilen? Warum hatte er sich die Geschichte nicht schon im Voraus zurechtgelegt? Er wusste, er musste etwas Abstoßendes verkörpern, damit sie anbiss. „Ich bin ein blöder, hässlicher, dummer Zwerg."

Eine Samtkappe und ein Paar Augen erschienen über der Stalltür. Hinter ihr kaute das Pony sein Futter, ohne sich von den Prinzessinnen und Zwergen beeindrucken zu lassen.

„Ja, ich bin also ein unausstehlicher Zwerg, der allen möglichen Blödsinn anstellt in diesem Königreich. Ich klaue dem Bäcker die Obsttörtchen und Muffins aus den Regalen. Ich bin so klein – und natürlich auch so hässlich –, dass sie mich meistens gar nicht bemerken." Er legte eine Pause ein, um nachzudenken und seine Zigarre wieder anzuzünden. „Und du bist diese herrliche Prinzessin, die im Königreich Nirgendwo lebt." Melrose erwärmte sich allmählich für seine Geschichte und begann in dem kleinen Hof auf und ab zu gehen. „Deine Gewänder sind ungeheuer prunkvoll. Eines ist violett und mit Amethysten übersät." Melrose warf ihr einen kurzen Blick zu, um zu sehen, ob seine barock-verschlungene Erzählung ihre Aufmerksamkeit erregte. Sie tat es. „Der Zwerg – das bin ich – ist sehr eingebildet. Ich hab einen Bruder, und der ist ein noch schlimmerer Zwerg –" Kam dieses kurze Schnauben von Emily oder dem Pony? „Noch eingebildeter. Obwohl er sich unmöglich benimmt, hält er sich für unwiderstehlich. Dabei ist er nicht größer als ein Tischbein; sein Kopf ist ganz platt, und die Backen treten gewaltig hervor –"

„Vielleicht hat er Mumps."

Irritiert blieb Melrose stehen. „Zwerge haben nicht dieselben Krankheiten wie Menschen. Sie haben ihre eigenen. Er hat –"

„Was zum Beispiel?"

„Ist nicht wichtig. Er ist jedenfalls nicht krank; er ist einfach nur – unausstehlich." Sie hatte ihn aus dem Konzept gebracht. Derek musste irgendwie eingeschleust werden. Ach ja, das Stichwort war Eitelkeit. „Weil er so eingebildet ist und weil sein Vater und seine Mutter ihn immer alles machen lassen ... Hab ich schon seine Familie erwähnt? Vater, Mutter, Schwester – sie sind alle grässlich. Sie behandeln die andern Dorfbewohner – ich meine, ihre Untertanen – wie den letzten Dreck. Eines Tages schleicht sich dieser schreckliche Zwerg in die Ställe des Palastes, wo die Prinzessin in ihrem perlenbesetzten Kleid auf und ab geht und *ein Buch liest.*" Er schaute sie an. Sie starrte zurück. „Er nähert sich der Prinzessin von hinten, packt sie und will sie küssen." Offensichtlich missbilligte sie das Vorgehen des Zwerges. Ihre Miene verfinsterte sich. Melrose spann seine Geschichte weiter. „Er will herausfinden, was in dem Buch steht, der Tölpel. Es ist aber ein Staatsgeheimnis, und die Prinzessin will nicht, dass er es erfährt. Sie hält ihn nämlich für einen Spion. Und weißt du, was sie macht?"

Mit ausdrucksloser Miene starrte sie ihn an.

„Sie geht zur königlichen Garde!" Melrose war zufrieden mit sich. Auf diese Weise hatte er auch die Polizei ins Spiel gebracht.

„Taucht Jimmy Poole noch in dieser Geschichte auf?"

„Jimmy Poole? Natürlich nicht. Was zum Teufel hat denn Jimmy Poole damit zu tun?"

Das schmale Gesicht verschwand, und er hörte wieder das Scharren der Gabel.

Was war los mit ihr? Seine Geschichte war doch fantastisch. „Der Zwerg, weißt du –"

„Ich trage keine Gewänder, und ich küsse keine Zwerge."

„Lass mich doch weitererzählen. Das Ende gefällt dir bestimmt." Nur, wie sah es aus – das Ende?

„Ich will es nicht hören. Sie ist blöd, Ihre Geschichte."

Zum Teufel mit ihr. Das Beste war wohl, sie einfach zu fragen. „Was steht denn in dem Buch, das Derek dir wegnehmen wollte? Warum hat er gesagt, es sei Schweinkram?"

Eine kurze Pause. „Weil es über Männer und Frauen ist."

„Davon handeln 99 Prozent aller Bücher. Aber warum interessiert dich das? Wo du doch keine Zwerge küsst."

„Ich lese es auch gar nicht. Ich will's dem von Scotland Yard geben."

Als ob Jurys Name sich ihr nicht für immer und ewig eingeprägt hätte.

„Superintendent Jury hat gesagt, er wolle nach Stonington. Wenn du mit den Pferden fertig bist, können wir ja zusammen zum ‚Blue Boy' zurückgehen. Du mit deinem Buch. Es ist zwar erst neun, aber eine Limonade kriegt man bestimmt schon." Er wusste nun, wie das Spiel ging, obwohl er erkannte, dass er einen Fehler gemacht hatte. Er musste das Buch in seinen Besitz bringen, *bevor* sie ihn mit Chips und Limonade erpressen konnte. „Das heißt, am besten, du gibst es mir jetzt sofort, und anschließend gehen wir dann zum ‚Blue Boy'."

Sie streichelte die Mähne des Falben. Offensichtlich wollte sie Zeit gewinnen. Ein völlig unpassendes blaues Schleifchen, das in der Mähne befestigt war, erregte ihren Zorn; sie riss es ab und warf es auf den Boden. „Wenn er *das* tragen soll, mach ich nicht mit." Sie blickte in Melroses Richtung, und als sie sein entschlossenes Gesicht sah, sagte sie: „Na gut." Sie stapfte zu ihm hinüber und warf ihm das Buch in den Schoß.

Es war offensichtlich eine Bürde, die sie nur zu gern loswurde. „Es gehört Katie", sagte sie.

„Ein Buch, das Katie O'Brien gehört? Warum die ganze Geheimnistuerei?"

„Ich weiß nicht. Sie hat gesagt, ich soll es aus ihrem Zimmer holen, falls was passiert."

„Hat sie denn damit gerechnet?"

Emily zuckte die Achseln und blickte über seine Schulter auf das Buch.

Es war in weißes Millimeterpapier eingebunden; quer über dem Einband stand GEOMETRIE. Er entfernte das Papier und sah, dass es einer der üblichen Liebesromane war, mit dem Titel „Irrgärten der Liebe". „Wollte sie es vor ihrer Mutter verstecken?"

Emily hielt Melrose offensichtlich für ziemlich begriffsstutzig, denn sie sagte: „Es geht nicht um das *Buch*, sondern um den Einband." Sie nahm es ihm aus der Hand, glättete das Papier und hielt es hoch. „Hier, sehen Sie?"

Es war ein seltsamer, sehr sorgfältig mit Bleistift und Tinte gezeichneter Plan, unter dem in Druckbuchstaben DER WALD VON HORNDEAN stand. Ein dichter Wald umgab ein Bild in der Mitte, auf dem verschiedene Orte und die zu ihnen führenden Wege und Schleichpfade eingezeichnet waren. Es gab einen Bärenpfad, einen Fußpfad, eine Grotte, die Schleimspur einer riesigen Schnecke. Zum Teil waren sie von einem Festungsgraben und einer „Gelben Steinstraße" umgeben.

Eine kleine Brücke führte zur St-Pancras-Kirche. Und mittendurch verlief der Bach des Bluts.

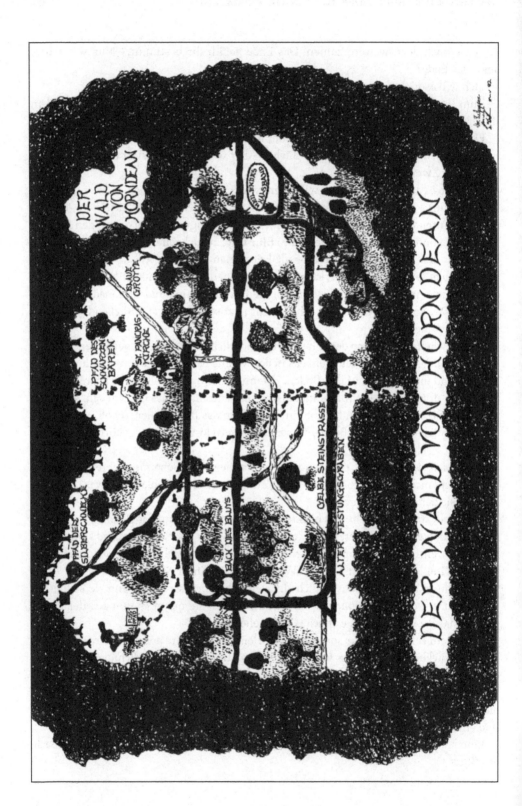

## 16

Die Frau, die gerade aus der Eingangstür von Stonington gelaufen kam, als Jury auf der kreisförmigen Auffahrt anhielt, trug einen in eine Decke gehüllten Gegenstand. Als er über den knirschenden Kies auf sie zuging, rief sie: „Können Sie bitte mit mir zum Tierarzt fahren? Ich kann nicht gleichzeitig fahren und die Katze halten."

Aus dem einen Ende der Decke spitzte ein schwarzes, dreieckiges Katzengesicht hervor; ein winziges Blutgerinnsel verklebte das Fell zwischen Nase und Maul.

„Natürlich – nur, können wir meinen Wagen nehmen? Sie halten die Katze, und ich fahre."

Sie schwieg, als er ihr die Tür aufhielt. Er stieß zurück, fuhr den langen Kiesweg hinunter und an einem niedrigen Pförtnerhäuschen vorbei. Als sie auf die Horndean Road kamen, fragte er: „Wohin?"

„Nach links. Richtung Horndean." Sie wandte den Kopf ab und schaute aus dem Fenster; so wurde jedes Gespräch unmöglich. Ein im Nacken geknotetes Tuch hielt ihr dunkelblondes Haar zusammen. Er wusste, dass Lady Kennington kaum noch Personal hatte – nur einen Gärtner und eine Köchin. Die Frau neben ihm schien weder das eine noch das andere; sie musste also die Dame des Hauses sein. Jury war verwirrt. Er hatte eine gebieterische ältere Frau erwartet, hager und grauhaarig, vielleicht in einem Kleid aus lavendelfarbener Seide mit einer Kamee. Die Wirklichkeit entsprach überhaupt nicht diesem Bild.

„Was ist mit der Katze los?"

„Ich weiß es nicht. Vielleicht wurde sie angefahren, aber ich bin mir nicht sicher. Ich sah sie vor ungefähr einer Stunde die Auffahrt hochrennen, hatte aber nicht den Eindruck, sie sei verletzt." Sie sah aus dem Fenster, als sie das sagte.

Er drehte sich nach der Katze um, die ihn mit glasigen Augen anstarrte und einen schwachen Laut von sich gab, als teile sie mit Jury das geheime Wissen über das Schicksal von Katzen, die sich in einem solchen Zustand befanden. Die Gedanken der Frau neben ihm waren wahrscheinlich nicht weniger betrüblich.

„Es sind ungefähr noch zwei Kilometer", sagte sie, und ihre Aufmerksamkeit galt den nebelverhangenen Feldern und Hecken, die an ihnen vorbeiflogen. Er konnte nur ein Stück Kopftuch sehen, nicht ihr Gesicht, aber das, was er gesehen hatte, ließ ihn vermuten, dass es ein schönes Gesicht war: blass, grauäugig, intelligent. Er wäre nie auf den Gedanken gekommen, sie als „unscheinbar" zu bezeichnen, wie Sylvia Bodenheim das getan hatte.

„Die Katze fühlt sich schon ganz kalt an." Sie hatte ihre Hand unter die Decke gesteckt. „Ich glaube, sie stirbt." Das hörte sich sehr bedrückt an.

„Das ist nur der Schock. Die Temperatur fällt etwas." Jury hatte keine Ahnung, wie Katzen bei Schock reagierten; er kannte nur die menschlichen Reaktionen. Er sah nach den Augen der Katze, doch die waren fest geschlossen. „Sie schläft bestimmt nur." Aber eigentlich sah sie eher tot aus.

Sie antwortete nicht. Selbst die Luft zwischen ihnen schien von Elend erfüllt zu sein. Er hatte das Gefühl, sie und ihre Katze im Stich zu lassen. Es war einfach absurd. Anscheinend gehörte sie zu den Menschen, in deren Gegenwart man sich immer schuldig fühlt, ohne dass sie das überhaupt wollen.

„Ist es Ihre Lieblingskatze?" Eine dumme Frage. Er verfluchte sich, während er eine scharfe Kurve nahm, die aus dem Nichts vor ihm aufgetaucht war.

„Nein. Einfach nur eine zugelaufene alte Katze."

Jury sah aus dem Augenwinkel nach der Katze, so verstohlen, als könnte sein Blick allein sie schon töten. Der Kopf hing schlaff herunter. Er widerstand der Versuchung, sie anzutupsen, um zu sehen, ob sie noch lebte.

Die Stimme der Frau klang irgendwie herausfordernd, als sie hinzufügte: „Ich mag sie nicht einmal besonders."

„Natürlich nicht."

Sie warf ihm einen kurzen Blick zu und schaute dann wieder aus dem Fenster. „Ach, seien Sie still und fahren Sie."

Er hatte ihr angeboten, sie in die Praxis zu begleiten. Seinem Gefühl nach brauchte sie wenigstens moralischen Halt, sie hatte ihn jedoch gebeten, auf sie zu warten. Und sie hatte es immer noch nicht für nötig befunden, sich vorzustellen oder nach seinem Namen zu fragen.

Er war schließlich aus dem Auto gestiegen und auf dem nassen Hof umhergewandert. Die Tierarztpraxis befand sich in einem winzigen, hell getünchten Gebäude, das zu einem größeren Bauernhof zu gehören schien. Jury lehnte sich gegen den Zaun und blickte auf die fernen Umrisse der Eschen und Eichen, die den Wald von Horndean auf dieser Seite säumten. Ihm war ganz schlecht bei dem Gedanken an all die Fragen, die er ihr stellen musste.

Als sie dann wieder auftauchte, betrübter als zuvor, waren vielleicht zwanzig Minuten vergangen; Jury kam es wie eine Ewigkeit vor. „Der Kiefer ist gebrochen, ein ziemlich komplizierter Bruch, und das Becken ist ausgerenkt oder so was Ähnliches. Man wird ja nie schlau aus dem, was die einem erzählen. Eine teure Angelegenheit. Hundert Pfund oder mehr, meinte er und wiederholte ständig, es sei einzig und allein meine Entscheidung." Sie stand neben ihm am Zaun und starrte in die Ferne, auf die Schafe und Kühe, die vor dem Wald von Horndean grasten. Sie runzelte die Stirn, als wären sie ihr eine Erklärung schuldig, als hätte das gesamte Tierreich sie im Stich gelassen.

„Sie hätten sie wohl auch einschläfern lassen können. Das wollte er doch damit sagen, oder?"

„Er vermittelte mir eher den Eindruck, als wolle er die Katze retten."

„Aber es ist Ihre Katze. Wie heißt sie eigentlich?"

„Tom oder so ähnlich. Es ist im Grunde auch nicht ‚meine' Katze." Sie sah ihn immer noch nicht an; irgendwie wirkte sie so enttäuscht oder verärgert wie über einen Verwandten, der eines Tages davonläuft und dann ohne Erklärung für sein rücksichtsloses Verhalten wieder auftaucht. „Es ist nicht ‚meine' in dem Sinn, dass ich darüber entscheiden kann, ob sie leben soll oder nicht. Dazu kommt, dass ich sie nicht einmal besonders mag. Das macht die Sache nur noch schlimmer. Sie verstehen ..." Sie blickte ihm nun direkt in die Augen, als wäre es von größter Wichtigkeit, dass er sie in diesem Punkt verstünde. „Man kann doch Dinge, die man nicht mag, nicht einfach aus dem Weg räumen lassen." Ihr Ton war belehrend, als gehörte Jury zu den Leuten, die über Leichen gingen.

Sie saßen nun wieder im Auto und fuhren durch die Wasserlachen auf dem Feldweg, dass der Schlamm links und rechts hochspritzte. Er wandte sich ihr zu, sah aber wieder nur das Kopftuch, unter dem ein paar helle Löckchen hervorlugten, während sie hartnäckig aus dem Fenster starrte. Sie schien mit den Hecken und Feldern kommunizieren zu wollen, und ihre Stimme war so verhangen wie die Landschaft, als sie wiederholte: „Ich mag diese Katze nicht einmal."

Jury äußerte sich nicht dazu.

STONINGTONS GRAUE, QUADRATISCHE FASSADE erinnerte Jury an ein Gefängnis. Die große, eintönige Fläche wurde nur von einer monotonen Reihe länglicher, in Blei gefasster Fenster unterbrochen, die den Eindruck vergitterter Luken erweckten. Strenges, düsteres Mittelalter. Die breite Treppe war von leeren, urnenförmigen Gefäßen flankiert. Links und rechts von der Auffahrt standen ein paar vernachlässigte Bäume, keine Blumenbeete, keine gepflegten Rasenflächen, nichts, was die Monotonie unterbrochen hätte. Und kein Lebenszeichen, weder von Mensch noch Tier. Direkt gegenüber auf der anderen Straßenseite begann der Wald von Horndean, eine dunkle, schweigende, undurchdringliche Masse.

Auf der Rückfahrt hatten sie sich dann schließlich vorgestellt; seine Position schien sie jedoch nicht besonders zu beeindrucken. Im Haus angelangt, hängte sie ihren Mantel über einen Kleiderständer aus Messing, nachdem sie sorgfältig die Wassertropfen abgeschüttelt hatte. Es hatte endlich aufgehört zu nieseln. In der riesigen Eingangshalle des Hauses war es eiskalt; sie gemahnte Jury mit ihren stuckverzierten Wänden und den kleinen Nischen für die Statuen an ein Kloster.

„Ich hätte ein Feuer machen sollen", sagte sie und blickte auf die kalte Feuerstelle. „Aber in den übrigen Räumen ist es nicht so schlimm." Ihre Stimme klang entschuldigend, als sei sie persönlich verantwortlich für die Kälte, als müsse sie ihren Besucher davor schützen. Sie führte Jury in einen sehr viel kleineren Raum, in dem es jedoch kaum wärmer war. Der Kamin sah genauso unbenutzt aus wie der in der Eingangshalle. Außer den vom Boden bis zur Decke reichenden Bücherregalen und viel kaltem Leder enthielt der Raum nichts, kein einziges Möbelstück, das gemütlich wirkte. Durch die Scheiben drangen ein paar schwache, kränkliche Sonnenstrahlen, die den Winter anzukündigen schienen. Die Fenster gingen auf eine Art Klosterhof oder Atrium hinaus, das eingeschlossen war von den Mauern des Gebäudes. Jury war überrascht; das Gefängnis verwandelte sich für ihn in eine Abtei; nicht einmal die Säulengänge fehlten. Es hätte ihn nicht gewundert, ins Gebet versunkene Mönche oder Nonnen auf und ab wandeln zu sehen. In der Mitte des Hofs befanden sich ein großes, trockenes Becken und die Statue einer verhüllten Frau mit gesenktem Haupt. Vielleicht kein großes Kunstwerk, aber doch sehr wirkungsvoll in dieser Umgebung.

„Wenn es Ihnen recht ist, gehen wir in einen anderen Raum", sagte Lady Kennington. „Ich fand diesen hier schon immer grässlich."

Der andere Raum war noch kleiner; durch eine Flügeltür sah er wieder die Statue, jedoch aus einem anderen Blickwinkel. Das Kaminfeuer brannte. Außer ein paar Kisten und einem chintzbezogenen Sessel, auf dem ein Umschlagtuch lag, war der Raum leer. Neben dem Sessel stand eine Teetasse auf dem Boden.

„Ich saß hier, als ich die Katze sah." Sie zeigte auf das Fenster auf der anderen Seite.

Jury blickte auf die dunklen Stellen auf der Wand, wo einmal Bilder gehangen haben mussten.

„Die Leute von Sotheby waren da und haben das ganze Mobiliar abgeholt, bis auf diesen Sessel hier, den wollten sie nicht haben. Sie sind sicher wegen der Frau gekommen, die im Wald gefunden wurde?" Jury nickte, sie blickte ihn stumm an und wandte sich dann ab, als versuche sie die Antwort auf eine Preisfrage zu finden. Sie nahm ihr Kopftuch ab und fuhr sich mit der Hand wie mit einem Kamm durch das Haar. „Ich glaube, sie wollte sich hier vorstellen."

„Und als sie nicht auftauchte, haben Sie sich da nicht gewundert?"

„Doch, natürlich. Aber dann dachte ich mir, dass auf diese Leute eben kein Verlass ist. Am Freitag habe ich schließlich die Jobvermittlung angerufen. Die Frau, die für den Auftrag zuständig war, war überrascht, aber na ja ... für sie war sie eben auch ein Mädchen, auf das kein Verlass ist. Sie hat sich tausendmal entschuldigt und wollte mir eine andere vorbeischicken. Ich sagte, das sei nicht nötig, so dringend sei die Sache nicht. Ich würde mich wieder bei ihr melden ..." Sie verstummte und schüttelte den Kopf, als könne sie das alles nicht begreifen.

„Wann haben Sie von dem Mord gehört?"

„Eigentlich erst heute Morgen. Gestern Abend war ich nicht zu Hause. Ich war in Hertfield im Kino, und als ich zurückkam, fand ich einen Zettel von Annie vor – das ist meine Köchin. Ich solle sofort die Polizei in Hertfield anrufen. Deshalb habe ich auch ein Polizeiauto erwartet; Sie müssen es recht seltsam finden, dass man sich so wegen einer Katze aufregt, wenn gerade ein Mord passiert ist." Sie ging zu der Flügeltür hinüber, und ihr weiter, grauer Pullover schimmerte im schwachen Licht der Sonne metallisch. „Ich habe Sie wirklich nicht mit der Polizei in Verbindung gebracht. Tut mir leid."

„Sie brauchen sich nicht zu entschuldigen. Ich finde das auch gar nicht so seltsam, ich meine, das mit der Katze." Jury hatte das Gefühl, als liege die Fahrt zum Tierarzt Jahre und nicht erst fünfzehn Minuten zurück. „Mr Mainwaring sagt, er habe das Mädchen hierherbestellt."

„Ja, Freddie wollte mir damit einen Gefallen tun. Er sagte, er kenne die Agentur und habe einen guten Eindruck von ihr. Hören Sie, wollen Sie nicht Platz nehmen?" Sie zeigte in die Richtung der einzigen Sitzgelegenheit.

„Nicht nötig. Setzen Sie sich doch." Sie schüttelte den Kopf und schob den Ärmel ihres Pullovers zurück. „Wäre es denn nicht einfacher gewesen, jemanden aus dem Dorf damit zu beauftragen?"

„Ja, sicher. Ich hab nur niemanden gefunden. Und Freddie sagte, diese Agentur sei auch nicht sehr teuer."

Sie schien sich gut mit Freddie zu verstehen. „Hatten Sie den Eindruck, Mr Mainwaring läge diese Sache irgendwie besonders am Herzen?"

„‚Am Herzen –?' Ich weiß nicht, wie Sie das meinen." Es wurde ihr jedoch schnell klar, wie es gemeint war. „Wollen Sie damit sagen, dass Freddie Mainwaring das Mädchen irgendwoher kannte?"

„Das wäre ja möglich."

Sie blickte ihn an, während sie sich die Sache durch den Kopf gehen ließ. Ihre grauen Augen wurden in dem abnehmenden Licht immer dunkler. „Sie scheinen nicht auszuschließen, dass er etwas mit ihrem Tod zu tun hat?"

„Zumindest gibt es da eine seltsame Zufälligkeit."

Lächelnd schüttelte sie den Kopf. „Ich glaube nicht, dass er darin verwickelt ist. Freddie ist viel zu schlau, um sich eine Frau auf diese Weise vom Hals zu schaffen. Ich bin sicher, er bekäme auch so, was er will."

„Denken Sie an Ramona Wey?" Sie legte den Kopf zurück, ohne sich dazu zu äußern. „Ihr verstorbener Gatte hatte geschäftlich mit ihr zu tun, nicht?" Sie nickte. „Es ging um alten Schmuck." Sie nickte wieder; irgendwie hatte er das unangenehme Gefühl, sie könne seine Gedanken lesen. „Lady Kennington, ich wäre Ihnen sehr dankbar, wenn Sie mir etwas über den Diebstahl dieses Smaragdcolliers erzählen könnten."

Das schien sie zu überraschen. „Was hat denn das mit dieser Sache zu tun?"

„Wie Sie wissen, wurde Trevor Tree, kurz nachdem die Polizei ihn wieder auf freien Fuß gesetzt hatte, von einem Auto überfahren. Das Collier ist nie wieder aufgetaucht. Es muss aber irgendwo sein."

Sie griff sich an die Kehle, wie im Reflex auf die Erwähnung des Colliers. „Ja, das muss es wohl. John ließ sich zu allem Möglichen hinreißen, wenn es um Schmuck ging. Er war richtig besessen davon. Er hat eine Hypothek nach der andern aufgenommen, um seiner Leidenschaft frönen zu können. Eigentlich sollte man annehmen, er wäre so schlau gewesen, das Collier versichern zu lassen. Aber er meinte, Versicherungen für Schmuck seien unbezahlbar. Ist das nicht absurd? Ich glaube, John – mein Mann – war so etwas wie ein Spieler. Selbstzerstörerisch."

„Und Sie müssen nun verkaufen, um seine Schulden zu begleichen. Trotzdem sind Sie nicht verbittert –"

Sie sah so verständnislos drein, als wüsste sie nicht, was das Wort bedeutet. „Ich hätte sowieso verkauft. Ich hätte das schon längst tun sollen." Sie wandte den Blick ab. „Mir lag nie viel an Schmuck."

Eine Meisterin des Understatements, dachte er; sie sprach von dem Smaragd, als käme er aus dem Warenhaus. „Es soll aber ein ziemlich seltenes Exemplar sein, ägyptisch."

„Ja. John interessierte sich besonders für ägyptische Sachen. In den Stein ist eine Krähe eingraviert und darunter eine Krabbe oder etwas Ähnliches. Sie sollten einen schützen vor ‚Unannehmlichkeiten, Albträumen und Dummheit'." Ein Lächeln huschte über ihr Gesicht. „Sie haben es aber nicht getan. Ich bin immer noch nicht schlauer geworden. Und meine Träume –", sie verschränkte die Hände hinter dem Kopf und sah weg – „sind noch genauso schlimm."

„Wurde der Kasten, in dem Lord Kennington seinen Schmuck aufbewahrte, ebenfalls verkauft?"

„Nein. Er ist nebenan." Er folgte ihr zu der Tür auf der anderen Seite.

Die Ausmaße sowie die gähnende Leere des Raums, in den sie ihn führte, versetzten Jury einen Schock. Auch hier war kein einziges Möbelstück vorhanden. Es musste einst das Speisezimmer gewesen sein. Am Ende führte eine ganze Phalanx von Flügeltüren auf den Hof hinaus und gestattete dem Besucher, die Trauernde aus verschiedenen Blickwinkeln zu betrachten. Sie waren inzwischen in einem anderen Flügel des Gebäudes angelangt, demjenigen mit dem Säulengang. Er hatte das Gefühl, durch dicke, runde Stäbe auf die Statue zu blicken. Bis auf die schweren, grünen Vorhänge an den Fenstern und den Schaukasten mit dem Glasdeckel, der in eine Ecke neben den marmornen Kamin geschoben worden war, war der Raum leer. Der seltsame Rundgang – mit der Statue als einzigem Orientierungspunkt – hatte Jury durcheinandergebracht. Er beugte sich über den Schaukasten und fragte: „Fanden Sie Trevor Tree sympathisch?" Er blickte zu ihr auf.

„Ich hatte nichts gegen ihn. Allerdings war ich selten mit ihm zusammen. Wir standen uns nicht sehr nahe." Er glaubte einen Anflug von Ärger herauszuhören. Vielleicht antwortete sie aber auch nur mit leisem Humor auf seine unausgesprochene Frage.

„Was ist in jener Nacht passiert, Lady Kennington?"

Wieder dieses flüchtige Lächeln. „Ich möchte lieber nicht so genannt werden. Jenny Kennington genügt. John hat auch nur den Familiennamen geführt. Er fand das praktischer. In mancher Hinsicht war er wirklich sehr vernünftig. Ich glaube, ich habe mich als Lady nicht gerade bewährt."

Jury sah sie an. „Ich könnte mir vorstellen, dass Sie Ihre Rolle recht gut gespielt haben. Erzählen Sie, was in der Nacht passiert ist, als das Collier gestohlen wurde."

Sie erzählte ihm dieselbe Geschichte, die er schon von Carstairs gehört hatte. „Als wir entdeckten, dass Trevor verschwunden war, wussten wir natürlich Bescheid. Wir hätten es gar nicht so schnell bemerkt, wenn unsere Köchin nicht so früh aufgestanden wäre."

„Ich verstehe. Es sind doch noch ein paar andere Schmuckstücke verschwunden in der Zeit, in der Trevor Tree bei Ihnen gearbeitet hat – offenbar hat er auch die mitgehen lassen. Würden Sie sie wiedererkennen?"

„O ja. Da war einmal diese Kamee. Ziemlich ungewöhnlich und sehr hübsch. Und dann dieser kleine Brillant mit dem ‚europäischen Schliff', wie man das nennt. Nicht wirklich wertvoll. Und ein goldener Ring, gewunden wie eine Schlange. Der gefiel mir." Sie warf ihm einen kurzen Blick zu. „Sie haben diese Sachen doch nicht etwa gefunden?"

Jury schüttelte den Kopf. „Nein, aber Cora Binns hat möglicherweise Trevor Tree gekannt. Und es ist durchaus möglich, dass sie einen Ring aus Lord Kenningtons Kollektion getragen hat – vielleicht den, den Sie gerade beschrieben haben. Vielleicht hat er diese Sachen nur gestohlen, um zu sehen, wie weit er gehen konnte. Wie haben Sie ihn eingeschätzt?"

„Als sehr gerissen. Aber das geht ja schon daraus hervor, wie er das Ganze geplant hat."

„Wo ist Ihr Mann auf ihn gestoßen?"

„Bei Sotheby's. Oder vielleicht auch bei Christie's. John stand mit beiden Häusern in Verbindung. Deshalb wusste Trevor wohl auch von dem Smaragd. John suchte einen Sekretär, und dieser Tree wurde ihm als sehr zuverlässig empfohlen. Er war entweder bei Sotheby's oder Christie's angestellt. Natürlich kannte er sich sehr gut aus. John hat ihm sein volles Vertrauen geschenkt." Sie zuckte die Achseln. „Vielleicht geht auch das auf das Konto seiner Spielernatur. Warum hätte er ihm auch sonst vertraut? Ich hielt Trevor Tree für einen viel zu gerissenen Burschen, ehrlich gesagt."

Die Sonne war wieder herausgekommen und warf breite Streifen auf das blanke Parkett, als fielen ihre Strahlen auf eine Wasserfläche. Obwohl Jury recht weit von ihr entfernt stand – er bei dem Schaukasten und sie am Fenster –, fiel ihm das leuchtende Silbergrau ihrer Augen auf. Sie zog die langen Ärmel ihres Pullovers herunter; die Metallfäden ließen die grob gestrickten Maschen wie die Glieder eines Kettenhemds schimmern. „Mir ist schrecklich kalt", sagte sie. „Ich hätte gerne eine Tasse Tee. Und Sie?"

„Ich hätte auch nichts dagegen", sagte er.

„Dann mache ich schnell einen." Sie überquerte das eichene Parkett und verschwand durch die Tür am anderen Ende. Sie fiel hinter ihr ins Schloss.

Kaum war sie aus dem Raum gegangen, vermisste er sie auch schon.

## 17

„Warum malst du denn diesen Hund lila an?"

„Weil mir Lila gefällt." Emily Louise schaute nicht einmal von ihrem Malbuch auf.

Abgesehen von Melrose und Emily war der „Bold Blue Boy" völlig leer, nicht gerade verwunderlich um neun Uhr morgens.

Melrose besah sich die verrückten Farben der Bauernhofszene, dann den Plan und erinnerte sich an Miss Craigies fürchterlichen Lichtbildervortrag. Da war irgendetwas. Er hatte das Gefühl, irgendwo in den Tiefen seines Unterbewusstseins des Rätsels Lösung parat zu haben.

„Kennst du die Craigies?"

„Ja. Ernestine ist die mit den Vögeln – wirklich langweilig. Sie stapft mit ihrem Feldstecher im Wald herum und beobachtet sie." Emily befeuchtete mit der Zunge ihren Buntstift, um eine Schar Gänse auszumalen. Rosa.

„Nimm die Stifte nicht in den Mund. Du kriegst sonst eine Buntstiftvergiftung." Melrose blickte auf den Plan, der ausgebreitet vor ihm lag. All diese kreuz und quer verlaufenden Linien. Allmächtiger, würde er Ernestine um eine Wiederholung ihres Vortrags über die Flugrouten des Tüpfelsumpfhuhns bitten müssen? War er bei seiner Jagd nach Beweisstücken nicht bereits bis an die Grenze des Zumutbaren gegangen? Sein Blick wanderte zu Emilys Malbuch hinüber. Er platzte heraus: „Deine Gänse sind ja rosa!"

„Ja. Sind sie nicht hübsch?", flötete sie. Sie warf den Buntstift auf den Tisch und hielt ihr Kunstwerk hoch. Ein Bauernhof mit Tieren in allen Regenbogenfarben. Mit Ausnahme des Pferds, stellte Melrose fest; das Pferd war braun, ganz wie es sich für ein Pferd gehörte. Das irritierte ihn besonders. „Alle andern Viecher sind in den unsinnigsten Farben angemalt, nur das Pferd ist braun."

„Klar ist es braun. Pferde *sind* braun; manche Pferde. Das hier soll jedenfalls Shandy sein."

Er weigerte sich, darauf einzugehen. „Kann ich eine Seite aus diesem Buch haben?"

Sie hielt beim Kolorieren einer Kuh inne, die sie anscheinend vergessen hatte. Ein leuchtendes Zitronengelb war die Farbe ihrer Wahl. Misstrauisch blickte sie zu Melrose auf. „Na schön ..." Sie blätterte ihr Buch durch, bis sie auf eine Seite mit dem Bild eines aschenputtelähnlichen jungen Mädchens stieß, dessen winziger Fuß von einem jungen Mann mit einem Pagenkopf in einen gläsernen Schuh gesteckt wurde. „Da. Das können Sie ausmalen. Gefällt mir sowieso nicht."

„Ausmalen? Du lieber Himmel, ich will nichts ausmalen. Ich brauche nur die Rückseite, um etwas aufzuzeichnen."

„Sie meinen, ich soll das Blatt rausreißen?" Skandal!

„Ich kauf dir ein neues Buch."

Sie sah von dem Prinzen mit dem Schuh in der Hand zu Melrose hoch. „Ist schon gut. Er sieht auch zu blöd aus."

Sorgfältig falzte sie die Seite, fuhr an dem Kniff entlang und riss sie aus dem Buch.

„Danke", sagte Melrose kühl. Er nahm einen roten Farbstift und zog damit eine Gerade auf der Rückseite des Blattes. Mit einem blauen Farbstift zog er eine zweite Linie, die sich mit der roten schnitt.

Emily zeigte sich interessiert. „Was machen Sie da?"

„Die Flugrouten des Tüpfelsumpfhuhns aufzeichnen."

Sie vergaß ihre zitronengelbe Kuh, nahm das Kinn zwischen die Hände und beobachtete, wie Melrose die rote Linie mit einer steil nach oben verlaufenden grünen Linie halbierte. Einen Augenblick später war das ganze Blatt mit Linien bedeckt, die in alle Richtungen verliefen. „Das ist es nicht", sagte er.

„Sieht blöd aus."

„Streitet euch nicht, Kinder", ließ sich Jurys Stimme hinter ihnen vernehmen. „Er soll sich sein eigenes Malbuch kaufen", fuhr Jury fort, der neben Emily Platz nahm und sofort in den Genuss ihrer ungeteilten Aufmerksamkeit kam. „Was ist denn das?" Jury schob das von Melrose buntlinierte Blatt über den Tisch. „Wohl von Jackson Pollock inspiriert."

Emily hielt ihm ihren Bauernhof unter die Nase. „Ist das nicht hübsch?"

„Sehr hübsch. Ich hatte auch mal einen lila Hund."

Erstaunen breitete sich auf Emilys Gesicht aus. „Tatsächlich?"

„Er ist natürlich nicht lila auf die Welt gekommen. Aber in der Gasse, in der er immer herumstöberte, hatte mal jemand ein paar Farbdosen abgestellt. Mein Hund streckte immer überall seine Schnauze rein und hat sich von oben bis unten bekleckert. In einer Dose war etwas grüne Farbe; als sie umkippte, hat er von der auch was abgekriegt. Aber nur an ein paar Haarspitzen."

„Das muss ein toller Hund gewesen sein. Ist er daran gestorben?"

„Nein. Aber die Farbe ist nicht mehr rausgegangen."
„War er auch noch lila und grün, als er starb?"
„Ja. Zwar etwas verblasst, aber immer noch ziemlich bunt."
Sie hatte einen grünen Farbstift hervorgekramt und strichelte damit auf dem lila Hund herum.
Melrose schob Katie O'Briens Plan zu Jury hinüber, frustriert, weil die Antwort ihm nicht einfach in die Augen stach wie die Lichtreflexe auf den Flügeln einer Möwe. Schon wieder diese vogelkundlichen Metaphern!
Verständnislos starrte Jury darauf: „Woher haben Sie denn das?"
Emily erzählte ihm von Katie.
„Falls was passiert, hat sie gesagt?"
Emily nickte und machte sich daran, die Buntstifte und das Buch zusammenzupacken. „Ich muss um halb elf auf dem Fest sein." Offensichtlich wollte sie mit der Sache nichts mehr zu tun haben, nachdem sie Scotland Yard ihr Geheimnis anvertraut hatte.
Jury hielt sie jedoch am Handgelenk fest. „Ist das wirklich *alles*, was sie zu dir gesagt hat?" Emily nickte. „Hast du das nicht merkwürdig gefunden?" Wieder nickte sie, und ihre Stirn legte sich in tiefe Falten, während sie Melrose einen Blick zuwarf, als wäre er an allem schuld. Jury bohrte: „Hat sie vielleicht auch mal London oder ihren Musiklehrer erwähnt? Oder ein Spiel, das Magier und Kriegsherren heißt?"
„Ja, aber ein anderes Mal."
„Und was hat sie bei diesem anderen Mal gesagt?", fragte Jury geduldig, ohne ihr Handgelenk loszulassen.
„Sie sagte, es sei ein Spiel, das sie in London gesehen hätte. Es soll sehr viel Spaß gemacht haben."
„Und sonst hat sie nichts weiter erzählt? Von einer Kneipe in London, wo es gespielt wurde?"
Emily schüttelte heftig den Kopf. Der Ausdruck auf dem kleinen Gesicht war mitleidregend und Jurys Meinung nach genauso einstudiert wie das Stirnrunzeln. „Bitte, lassen Sie mich los. Ich muss mich um die Pferde kümmern."
Jury lockerte seinen Griff. „Gut. Vielen Dank, Emily."
Als sie Jurys Lächeln sah, schien sie es plötzlich nicht mehr so eilig zu haben. Sie zögerte, ging dann schließlich doch auf die niedrige Türöffnung zu und huschte an Peter Gere vorbei, der sich gerade unter dem Balken durchduckte.
„Was hat es denn mit diesem Spiel auf sich?", fragte Melrose.
Jury breitete den Plan vor ihm aus. „Das ist ein Plan, wie sie ihn für ihr Spiel benutzen – hallo, Peter."
Ächzend nahm Peter Platz. „Dachte mir doch, ich hätte Sie reinkommen sehen. Die Bodenheims machen mich ganz verrückt mit ihrem Fest. Sie finden anscheinend, es ist meine Schuld, dass das Karussell nicht funktioniert. Hallo, guten Tag", sagte er, als Jury ihm Melrose Plant vorstellte.
„Schauen Sie sich das mal an, Peter." Jury zeigte ihm den Plan. Gere studierte ihn, legte die Stirn in Falten, drehte und wendete ihn und meinte schließlich: „Was wollen Sie damit?"

„Es könnte uns einmal im Fall Katie O'Briens weiterhelfen. Und dann vielleicht auch in dieser Sache mit dem Collier, das Lord Kennington vor einem Jahr gestohlen wurde."

Ungläubig starrte ihn Peter an. „Wie denn das?"

„Sie haben doch gesagt, dass Sie Trevor Tree und Derek Bodenheim ein paarmal bei einem Spiel gesehen haben, das Magier und Kriegsherren hieß." Peter nickte. „Erinnert Sie das nicht an die Pläne, die sie dabei benutzen?"

„Ja, kann schon sein. Wo haben Sie ihn denn gefunden?"

„Nicht ich, sondern Katie O'Brien hat ihn gefunden. Ob in London oder in Littlebourne, weiß ich nicht. Erzählen Sie ihm die Geschichte, Mr Plant." Melrose berichtete Peter Gere von seinen morgendlichen Aktivitäten.

„Sie glauben doch nicht im Ernst, dass Tree diesen Smaragd irgendwo im Wald von Horndean versteckt hat?"

„Ich weiß es nicht. Aber es scheint doch mehr als nur ein Zufall zu sein – Katie O'Brien, Cora Binns, Trevor Tree, das ‚Heilende Halsband' – "

„Was hat es denn mit diesem ‚Heilenden Halsband' für eine Bewandtnis?"

„Eine Kneipe im East End, in der Tree Stammgast war. Die Kneipe, in der sie auch dieses Spiel spielen."

Gere versuchte seine Pfeife anzuzünden und zog die Wangen ein, warf aber nach ein paar vergeblichen Versuchen die Streichhölzer auf den Tisch und ließ die Pfeife mit dem Kopf voran in seine Tasche gleiten. „Vielleicht hat er es wirklich da versteckt. Es sieht tatsächlich so aus, als hätte jemand versucht, den Wald von Horndean zu zeichnen. Da ist der Bach und dort die Kirche ..." Er zeigte mit dem Finger darauf. „Es ist mir aber immer noch ein Rätsel, wie er diesen Smaragd überhaupt verschwinden lassen konnte. Er hatte gar nicht die Zeit, sich aus dem Haus zu stehlen und ihn irgendwo zu verstecken. Und bei sich hatte er ihn auch nicht. Ich hab den Kerl gründlich durchsucht. Das da könnte Spoke Rock sein." Er zeigte wieder auf die Karte, auf die Höhle des Schwarzen Bären.

„Es muss noch einen gegeben haben, einen Komplizen oder zumindest jemanden, der wusste, dass Tree diesen Smaragd hatte."

Dass Jury einen der Dorfbewohner verdächtigte, schien Peter Geres Missfallen zu erregen. „Das ist doch Blödsinn. Obwohl ich Derek Bodenheim schon einiges zutraue ..."

„Ich halte das keineswegs für Blödsinn, Peter. Katie liegt im Krankenhaus, und Cora Binns ist tot."

## 18

Der Friedhof sah richtig heiter aus. Auf dem Feld nebenan hatten sich ein paar Luftballons vom Haken losgerissen und wurden vom Wind über die alten Gräber getrieben. Ein Herr mit einem weißen Stehkragen, den Melrose für Pfarrer Finsbury hielt, hatte die Arme auf dem Rücken verschränkt und blickte sich zufrieden um. Sylvia Bodenheim, die schon etwas früher gekommen war, um sich mit Emily herumzustreiten, stritt sich inzwischen mit einem jungen Mann, einem Arbeiter in Hemdsärmeln, der die Wurfbuden aufbauen half.

Das Fest sollte um zwölf Uhr mittags beginnen, und Melrose beobachtete, wie zu seiner Linken die Schaulustigen ihre fünfzig Pence Eintritt bei Sir Miles entrichteten, der sie daraufhin durch das Tor trieb und ihnen die nötigen Verhaltensmaßregeln mit auf den Weg gab. Vor allem wollte er verhindern, dass sie vom öffentlichen Weg abwichen und auf Rookswood herumstreunten. Aus der Entfernung konnte Melrose zwar nicht verstehen, was Sir Miles zu den Leuten sagte, denen er den Spaß verderben wollte, bevor sie überhaupt welchen hatten; er schloss es nur aus den Bewegungen, die Bodenheim senior mit seinem Stock ausführte. Die Leute zahlten jedoch und durften den durch seine Gegenwart geheiligten Boden betreten.

Inzwischen ließen sich auch die begeisterten Schreie der Kinder vernehmen, die wieder einmal, wie Melrose annahm, viel zu zahlreich vertreten waren; alles Kinder, die sich auf dem schmalen Stück Land drängen würden, das Emily für Pferd und Wagen am Rand des Waldes von Horndean abgesteckt hatte. Melrose war gekommen, um Emily Louise seine (unerwünschte, wie sie ihm gleich zu verstehen gab) Hilfe anzubieten; sie war gerade dabei, Pferd und Wagen für die Ausfahrten fertig zu machen. (Obwohl der Wagen geschlossen war, sprach Sylvia Bodenheim immer von ‚ihrem Phaeton'.) Ein paar Minuten hatte die Auseinandersetzung zwischen Emily Louise und Sylvia Bodenheim gedauert; es ging um eine Schleife, die aus der goldenen Mähne der Stute verschwunden war. Emily bestritt, jemals eine solche Schleife gesehen zu haben. Nachdem Sylvia über die Wiese den Rückzug angetreten hatte, machten sich Emily und Melrose wieder am Wagen zu schaffen, und Emily wies ihn bei jeder Gelegenheit darauf hin, dass er die Schleifen und Girlanden völlig falsch anbringe. Der Wagen war aus edlem, wenn auch an einen Sarg erinnerndem Ebenholz; die hohen Türen hatten einen goldenen Rand und waren außerdem noch mit goldenen Bändern geschmückt. Alles in allem ein spektakulärer Anblick, eines Königs würdig – sei es als Hochzeitskutsche oder als Leichenwagen. Das goldene Band passte zu dem Fell des Pferds, eines außergewöhnlich eleganten Tiers, das der stolze Besitzer Emilys treusorgenden Händen anvertraut hatte.

Auch deswegen war es zum Streit gekommen: Emily hatte darauf bestanden, dass das Pferd seine Ruhepausen brauche. Sie würde die Kinder nicht länger als zwanzig Minuten herumkutschieren; danach müssten Pferd und Wagen bei den Eschen am Waldrand abgestellt werden, damit das Pferd Gelegenheit zum Grasen hätte. Die Bodenheims meinten jedoch, das sei Unsinn: Die Ausfahrten seien eine der Hauptattraktionen des Festes; mit ihnen ließe sich am meisten verdienen. Wäre das Pferd aber nur zwei Drittel der Zeit im Einsatz, so bedeute das beträchtlich schmälere Einnahmen zugunsten des Kirchenfonds.

An Emily Louises christliches Gewissen zu appellieren war jedoch ebenso wirkungsvoll wie ein Aufruf an die Toten, sich zu erheben und sich einmal an den Wurfbuden zu versuchen. Natürlich setzte sie sich durch – wie immer, soweit Melrose das beurteilen konnte (er fragte sich, wie ihre Mutter das aushielt). Keine Pause, keine Ausfahrten, hatte sie immer nur wiederholt. Sie hatte die Bodenheims in der Hand und wusste das auch, denn der Besitzer des Pferds ließ niemand anderen an das Tier.

Sie hatte eine hübsche, schattige Stelle für Pferd und Wagen ausgesucht und aus Holzscheiten und Brettern eine Art Barrikade errichtet, an der sie ein Schild anbrachte: ZUTRITT VERBOTEN. Melrose, der den Wagen fertig dekoriert hatte, schenkte ihren Worten keine weitere Beachtung – sie unterhielt sich sowieso nicht mit ihm, sondern mit dem Pferd und über so langweilige Dinge wie Gerste und Bremsen.

Er schaute zum Wald von Horndean hinüber und dachte an Ernestine Craigie und ihren Feldstecher. Es gab wohl kein Fleckchen Wald, das Ernestine nicht vertraut war – bestimmt kannte sie jedes Blatt, jede Feder, jeden Sumpf und jeden Kiesel in dem Bach, in dem die Leiche von Cora Binns mit dem Gesicht nach unten aufgefunden worden war. Der Bach interessierte ihn besonders: Wie lang war er, und in welche Richtung floss er? Der Bach des Bluts? Er runzelte die Stirn.

Vor allem störte ihn die Tatsache, dass der Plan, den Jury nach London mitgenommen hatte, auch nicht die einfachsten Schlüsse zuließ: Selbst bei erfundenen Lageplänen verborgener Schätze bestand zwischen den Einzelheiten ein gewisser logischer Zusammenhang. Den gab es sogar zwischen dem Zwerg und der Prinzessin ...

... die gerade düsteren Blicks die Schlange erwartungsfreudiger Knirpse musterte, die sich für die erste Ausfahrt angestellt hatten. Sie verkündete, mehr als drei könne sie pro Fuhre nicht mitnehmen (obwohl Platz für sechs vorhanden war), weil das Pferd nicht überanstrengt werden dürfe. Worauf die Kinder in der Schlange lange Gesichter machten und tiefe Seufzer von sich gaben. Inzwischen hatte sich ein gutes Dutzend angestellt, und Emily sammelte die Karten ein, als fahre sie mit ihnen zu einem Begräbnis. Die drei, die zugelassen wurden, bekamen auch gleich einen Rüffel, weil der Wagen zu schaukeln anfing, als sie auf ihre Sitze kletterten.

Melrose beobachtete, wie Emily sich auf den Kutschbock schwang, sich missgelaunt nach dem Wagen umschaute und dann mit der Zunge schnalzte, um die Fuhre in Bewegung zu setzen.

Es würde eine kurze Fahrt werden, davon war er überzeugt.

Melrose lehnte sich an den nächstbesten Baum und blickte zum Wald hinüber, auf die kupferfarbenen Äste der Bäume, durch die die Sonne ihre flachen Strahlen sandte. Er zog die Kopie von Ernestine Craigies Plan aus der Tasche, eine ziemlich primitive Zeichnung, auf der eigentlich nur die Orte eingezeichnet waren, von denen aus das Tüpfelsumpfhuhn möglicherweise seine nächste Attacke auf die Königlichen Vogelfreunde starten würde. Er entdeckte Coomb Bog, dann einen besonders großen Felsbrocken mit einem unleserlichen Namen, eine Gruppe Eschen und eine Stelle mit Lorbeerbüschen. Der Bach war natürlich auch eingezeichnet. Und, ziemlich weit oben auf dem Plan, eine Höhle. Die Höhle des Schwarzen Bären? Er studierte die Spuren, die der Bär hinterlassen hatte. Warum führten sie über den Festungsgraben, am Versteck mit dem Goldschatz und der Grotte vorbei? Für einen Bären ein ziemlich beschwerlicher Weg!

Katies Plan war einfach unsinnig. Der Festungsgraben schützte nichts, kein Schloss, keine Burg. Nur der Bach, die Grotte und die Spuren des Bären befanden sich in der Einfriedung. Und die Kirche von St Pancras. Melrose schaute sich nach ihr um und sah sie auf ihrem kleinen Hügel thronen, alles überblickend.

Während er so dastand und an Cora Binns dachte, bemerkte er, wie in der Ferne ein dunkler Anzug in einer Baumgruppe verschwand. Einer von Carstairs' Männern. Inzwischen durchsuchten sie den Wald nicht nur nach Mordspuren, sondern gingen auch den Hinweisen nach, die ihnen der Plan lieferte (oder vielmehr nicht lieferte, wie Melrose befürchtete). Wenn der Wald von Horndean der Schauplatz eines Mordes war und zugleich das Versteck für einen Smaragd von unschätzbarem Wert, lag es allerdings ziemlich nahe, zwischen beidem eine Verbindung herzustellen. Cora Binns war vielleicht ermordet worden, weil sie hinter demselben Schatz her war wie der Mörder. Aber ihr Motiv, nach Littlebourne zu kommen, schien diese These zu entkräften: Sie war hergeschickt worden, um sich um eine Stelle zu bewerben, und es war kaum anzunehmen, dass sie in der Bärenhöhle über jenes Collier gestolpert war und dass man ihr zum Dank dafür die Finger abgehackt hatte ...

Noch eine andere Gestalt bewegte sich zwischen den Bäumen. Er erkannte Peter Gere, der sich mit einem Taschentuch das Gesicht abwischte. Als er näher kam, sah Melrose, wie Gere den Kopf schüttelte, als wolle er sagen, *kein Glück.*

War ja auch nicht zu erwarten, dachte Melrose ... Aber warum kam ihm Katie O'Briens Plan nur so bekannt vor, wo er doch wahrhaftig noch nie mit Gummistiefeln und einem Feldstecher bewaffnet da draußen im Wald herumgestapft war!

Als Peter in Hörweite kam, bekräftigte er seine Gesten mit Worten: „Nichts, wir hatten kein Glück. Allmächtiger, denkt er denn –", gemeint war Jury –, „dass wir jedes Fleckchen Erde umgraben, in jedes Loch schauen und in jede gottverdammte Höhle kriechen können? Er glaubt wohl, dieses Collier baumelt an einem Ast!"

„Er weiß es eben nicht. Sie an seiner Stelle würden es doch wohl auch so versuchen?"

Widerstrebend stimmte Peter zu. „Na ja, so 'n alter Knochen von Dorfpolizist wie ich – meine Aufgabe besteht sonst vor allem darin, Augustas Katzen von irgendwelchen Bäumen herunterzuholen und Miss Naseweis nach Hause zu bringen." Peter sandte einen dünnen Strahl Tabaksaft in die Richtung des Adlerfarns. „Ich weiß auch nicht. Vielleicht passt es mir nur nicht, dass Scotland Yard in meinem Revier herumschnüffelt."

Sie mussten zur Seite springen, da der Phaeton mit Karacho zurückkam. Unter lautstarken Protesten fuhr Emily hinter die selbst errichtete Barrikade, während die kleinen, zornigen Gesichter der drei Insassen aus dem Wagen auftauchten – eines war ganz rot und verheult – und eine weitere Runde verlangten. Emily zog ein Gesicht, als würde sie Melrose und Peter am liebsten unter den Rädern ihres Gefährts zermalmen; unverkennbar, dass sie es bereits satthatte.

„Zweimal", schrie der Kleine mit dem roten Gesicht, „zweimal hättest du rumfahren müssen, wir haben aber nur eine Runde gedreht!" Die anderen beiden stimmten in das Geheul ein und nickten zustimmend. Die Mütter waren herbeigeschlendert und sahen fast so unglücklich drein wie ihre Kleinen, wahrscheinlich nur, weil sie sie so schnell wieder zurückbekommen hatten. Sie würden sie wieder einsammeln und zur nächsten Attraktion schleppen müssen.

Emily war vom Kutschbock geklettert und riss die Wagentür auf. Als die Kinder immer noch herumstänkerten und nicht aussteigen wollten, packte sie eine kleine Dicke am Rock und zerrte sie vom Trittbrett. „Du hast im Wagen geschaukelt", sagte sie. Melrose wartete mit Peter Gere auf das Ende ihrer Strafpredigt, während sie die restlichen Insassen unsanft aus dem Wagen beförderte. Dass sie nach dem Pferd gespuckt hatten, schien sie ihnen am meisten zu verübeln.

Inzwischen mischten sich auch die Mütter ein; sie waren aber eher zaghaft und zogen sich gleich wieder zurück, als sie die mächtige Zornfalte auf der Stirn der Kutscherin bemerkten. Anscheinend wagte es keine, sich mit Emily Louise Perk anzulegen. Die drei heulenden Kinder wurden weggeführt.

Die nächsten drei erschienen. Stumm zockelten sie im Gänsemarsch auf die Kutsche zu.

„Zwei Runden, wenn ihr artig seid", verhieß ihnen die Fahrerin. Drei eingeschüchterte kleine Gesichter blickten sie an und nickten engelhaft, bevor sie ganz brav und sittsam in den Wagen kletterten. Er setzte sich in Bewegung.

„Ein richtiger kleiner Drache, was?", sagte Peter Gere und nahm sich eine Zigarette aus dem goldenen Etui, das ihm Melrose hinhielt.

„Sie würde selbst dem Schwarzen Bären eine Abreibung verpassen. Haben Sie diesen Tree eigentlich gekannt, Mr Gere?"

„Nicht gut, eigentlich nur in Ausübung meines Berufs, wenn man so will. Ein durchtriebener Hund, zumindest hatte ich diesen Eindruck. Und aalglatt. Aber das musste er wohl auch sein, sonst hätte das bei den Kenningtons nicht so geklappt. Lord Kennington war nämlich nicht gerade auf den Kopf gefallen, so viel ich mitgekriegt habe. Armer Kerl." Gere seufzte. „Ich hab mich ganz schön blamiert bei dieser Sache, stimmt's?"

„Es war nicht Ihre Schuld."

„Ich habe Tree mit seiner Beute entwischen lassen. Und jetzt das." Er nickte in die Richtung des Waldes.

„Sie sind doch wohl etwas zu hart gegen sich." Melrose empfand beinahe Mitleid mit dem Polizisten. Er hielt Gere weder für besonders schlau noch für besonders dumm, aber der Mann schien mehr Skrupel zu haben, als gut für ihn war. Vielleicht wollte er aber auch nur sein „Revier" schützen, wie er es nannte.

„Ich war dabei, Mann, als es passierte. Wie konnte Tree dieses Collier bloß so schnell verschwinden lassen? Das geht mir immer noch im Kopf rum." Gere trat mit seinem Stiefel eine Kippe aus. „Ich hab ihn ein paarmal in Littlebourne gesehen, im ‚Blue Boy', zusammen mit Derek Bodenheim; sie spielten dieses verfluchte Spiel. Ich hab mich oft gefragt ... Na ja, ist nicht so wichtig." Melrose nahm an, dass er sich über Dereks Rolle Gedanken gemacht hatte. „Trevor Tree war schon eine Type. Er erinnerte mich an diese Zocker in alten amerikanischen Filmen, die sich mit dem Gesicht zur Tür setzen, damit sie keine Kugel in den Rücken kriegen."

Sie standen noch zehn Minuten lang herum, unterhielten sich und starrten in den Wald. Melrose fand, dass der Wald von Horndean genau das richtige Symbol für die ganze Sache war – zu dicht, um Einsicht oder Durchblick zuzulassen. Carstairs' Männer tauchten nur flüchtig daraus auf, Silhouetten zeichneten sich vor der Sonne ab, die durch das Laub der Bäume funkelnde Goldstücke auf einen Teppich von Nadeln fallen ließ. Die Farben waren gedämpft, und die Gestalten verschmolzen mit ihnen. „Ich glaube nicht, dass sie was finden –"

Melrose wurde wieder von dem heranrollenden Wagen unterbrochen; diesmal ging die Ankunft jedoch sehr viel lautloser vonstatten, da die drei Passagiere sich offenbar mustergültig an die Anordnungen der Kutscherin gehalten hatten. Ohne zu murren, gingen sie zu ihren Müttern zurück.

Emily Louise hüpfte von ihrem Sitz, warf einen prüfenden Blick in den Wagen und brüllte der Schlange von wartenden Kindern zu, das Pferd müsse sich nun ausruhen und die nächste Fuhre gehe erst in zwanzig Minuten ab. Trauer senkte sich über die Wartenden, Emily spannte das Pferd aus und band es an einem Baum fest. Sie ließ ein paar Münzen in ihrer Tasche klimpern und sagte zu Melrose: „Teepause." Emily hatte mit Mr Finsbury ausgehandelt, dass sie ein Viertel ihrer Einnahmen behalten dürfe. Sie hatte die abgerissenen Karten abgeliefert, und er hatte ihr ihren Anteil ausbezahlt. Die Bodenheims waren fassungslos gewesen.

„Zurück an die Arbeit", sagte Peter Gere und ging waldeinwärts. Aus der anderen Richtung näherte sich, wie Moses das Wasser teilend, Miles Bodenheim. Kein Wunder, dass Peter so abrupt aufgebrochen war.

„Rücksichtslose, dummdreiste Leute dieses Jahr", sagte Miles, auf jede Vorbemerkung verzichtend, als er auf Melrose zusegelte. „Wie ich sehe, ist diese schreckliche Winterbourner Bande auch da." Er blickte über die Menge. „Na, alter Junge, wie finden Sie unser Fest? Nicht schlecht, was wir dieses Jahr wieder auf die Beine gestellt haben. Und solange sie nicht in Rookswood einfallen, würde ich es durchaus als Erfolg bezeichnen. Der alte Finsbury steht mal wieder mit dem Hut in der Hand herum – wenn wir uns auf ihn verlassen würden, gäb's nie ein neues Kirchenfenster. Ist immer dasselbe. Jedes Jahr. Wir rackern uns ab, und Gott wird dafür gedankt. Julia ist übrigens im Teezelt, falls Sie das interessiert." Er zwinkerte überdeutlich.

Melroses Interesse erwachte jedoch erst, als er Polly Praed etwas ins Zelt schleppen sah, was allem Anschein nach ein von Servietten gekrönter Stapel Teller war. „Wenn man bedenkt, was im Wald von Horndean passiert ist, Sir Miles, ist es doch einigermaßen verwunderlich, dass die Leute sich von seiner Nähe überhaupt nicht stören lassen."

Verständnislos blickte ihn Miles an; selbst Mord schien für ihn seinen festen Platz zu haben und hatte – wie die Winterbournes – gefälligst aus dem Spiel zu bleiben, solange man nicht ausdrücklich das Gegenteil wünschte. „Ach, na ja, wird auch bald aufgeklärt sein. Da drüben ist Derek. Macht seine Sache am Wurfstand einfach großartig. Cleverer Junge."

Melrose fragte sich, wie viel Cleverness es wohl erforderte, eine Reihe von Flaschen aufzustellen, damit die Leute Ringe darüber werfen konnten.

„... Und Sylvia hat schon für mindestens fünfzig Pfund Trödel verkauft." Er zeigte auf eine Gruppe von Frauen, die wie aufgescheuchte Hühner durcheinanderkreischten. Wahrscheinlich hatte Sylvia wieder einmal die Preise heraufgesetzt.

Während sie durch die zusammenströmende Menge gingen, ließ Sir Miles sein Stöckchen auf eines der Kinder heruntersausen, das es gewagt hatte, mit seinen Patschen, an denen noch die Zuckerwatte klebte, Sir Miles' Knickerbocker zu berühren. Mit seinen karierten Kniestrümpfen und seinem karierten Barett sah er richtig flott aus, aber die Wirkung dieser Aubrey-Beardsley-Aufmachung wurde durch das verkrustete

Eigelb auf seinem Kaschmirpullover etwas beeinträchtigt. „Wohin soll's denn gehen?", fragte er Melrose, als wären sie einander gerade auf einem Bahnsteig begegnet.

„Ich dachte an den Teepavillon."

Wieder zwinkerte Sir Miles. „Dachte ich mir doch, alter Junge, dachte ich mir doch."

„ICH HATTE EBEN eine wundervolle Idee", sagte Polly Praed, und ihre violetten Augen glitzerten, als sie Melrose seine Tasse Tee hinschob, „wie man Derek Bodenheim aus dem Weg räumen könnte."

„Setzen Sie sich doch zu mir und erzählen Sie."

Sie schüttelte den Kopf. „Danke, aber ich muss hier bedienen. Hören Sie gut zu: Derek, der Blödmann, ist doch fürs Ringewerfen zuständig. Jeder bringt eine Flasche mit irgendetwas drin, aber mit was, weiß keiner. Auf der Flasche steht nur der Name von dem, der sie gestiftet hat. Der Mörder versieht seine Flasche ganz einfach mit einem falschen Namen – entschuldigen Sie ..." Polly ging zum anderen Ende des Tischs, um ein paar Kinder zu bedienen beziehungsweise daran zu hindern, dass sie sich selbst bedienten. Als sie sie sich vom Hals geschafft hatte, kam sie wieder zu Melrose zurück und spann ihre Geschichte weiter. „... mit einem falschen Namen, und in dieser Flasche ist Strychnin. Derek wirft, sein Ring landet auch prompt auf ihr, und schon ist das Ding gelaufen. Können Sie sich vorstellen ..."

„Moment mal, woher wollen Sie wissen, dass er mit dem Ring gerade diese Flasche trifft?"

„... wie er sich auf dem Boden krümmt? Strychnin tut einem so fürchterliche Dinge an – entschuldigen Sie." Strahlend schenkte sie drei Tassen Tee ein, die von drei Damen mit missbilligender Miene in Empfang genommen wurden.

„Ein sehr reizvolles Verfahren", meinte Melrose, der die einladende Handbewegung der an einem Nachbartisch sitzenden Julia Bodenheim zu ignorieren versuchte und sich auf seinen Tee konzentrierte.

„Reizvoll? Ich stelle es mir besonders qualvoll vor. Das Bild gefällt mir: Die in Reih und Glied aufgestellten Flaschen, jede in einer andern Farbe. Und dieses anscheinend so harmlose Kirchenfest. Niemand denkt auch nur im Entferntesten daran, dass – entschuldigen Sie." Polly entfernte sich wieder, und Melrose konnte Julias Finger nicht länger ignorieren, die sich in der Luft bewegten, als übten sie Tonleitern.

Als er an ihren Tisch kam, sagte sie: „Nehmen Sie Platz, Lord Ardry."

„Melrose Plant, das genügt. Ich führe keinen Titel."

Sie setzte ein verschwörerisches Lächeln auf, als wäre dieses *Melrose Plant* genauso falsch wie der Name des Mörders auf Pollys Flasche. „Natürlich. Finden Sie es nicht sterbenslangweilig hier?"

„Sie meinen das Fest? Ich habe solche Feste schon immer äußerst interessant gefunden. Eine wunderbare Gelegenheit, die menschliche Natur zu studieren."

Julia seufzte. „Sie mussten sie bestimmt nicht jedes Jahr über sich ergehen lassen. Ich begreife nicht, warum Mummy sich mit diesem verdammten Quatsch abgibt; Derek und mich bringt das in eine äußerst unangenehme Lage ..." Sie schwatzte weiter, während Melrose sich fragte, was an ihrer Lage so unangenehm war; offensichtlich saß sie nur herum, trank Tee und rauchte Balkan Sobranies. Er ließ seine Gedanken schweifen, und Katies Plan fiel ihm wieder ein. Woher hatte sie ihn nur? Durch die zurückgeschlagene Zeltplane sah er, dass der Wagen sich wieder in Bewegung gesetzt hatte und aus dem dunklen Schatten am anderen Ende des Friedhofs herausrollte. Emily würde bestimmt einmal mit ihren Stiefeln begraben werden. Sie zog sie offenbar nie aus.

Melrose konnte gerade noch zehn weitere Minuten von Julias Lebensgeschichte ertragen, in der das Spannendste ein Sturz war, bei dem sie sich den Kiefer gebrochen hatte und infolgedessen eine Zeit lang nicht reden konnte. Dann sagte er, nun wolle er sich die Zukunft voraussagen lassen. Er musste irgendwie wegkommen.

„Von der guten, alten Augusta? Wozu denn das?"

„Um zu erfahren, ob eine rätselhafte Unbekannte in mein Leben tritt." Er mühte sich, ein geheimnisvolles Lächeln aufzusetzen. Sie war entzückt. Als er sich erhob, fragte er sie unvermittelt: „Sagen Sie, Miss Bodenheim – kannten Sie Lord Kenningtons Sekretär sehr gut?"

„Trev –?" Sie sprach nur die erste Silbe seines Namens aus, und er glaubte gesehen zu haben, wie ein Schatten über ihr Gesicht flog. „Nein, natürlich nicht. Wir hatten kaum etwas mit den Kenningtons zu tun und schon gar nichts mit ihrem Sekretär."

Melrose überlegte. „Aber Ihr Bruder hat ihn doch recht gut gekannt, nicht wahr?"

Sie zog die Brauen hoch. „Was, um Himmels willen, kümmert Sie das? Wer hat Ihnen denn von dieser Sache erzählt?"

„Oh … da ich mich mit dem Gedanken trage, das Gut zu erwerben, höre ich eben so einiges. Na ja … Sie verstehen schon."

Sie verstand wohl kaum, aber die leichte Röte verschwand aus ihrem Gesicht, als sie die Haltung wiedererlangte – oder vielmehr die Bodenheim'sche Arroganz, die als Haltung ausgegeben wurde. Sie sagte: „Ich hoffe nur, dass Sie etwas geselliger sein werden als jene Dame da."

Melrose teilte diese Hoffnung ganz und gar nicht.

MADAME ZOSTRA, die mit einer Kristallkugel, einem mit Steinen besetzten Turban und einem haarsträubenden Akzent ihr Gewerbe ausübte, hatte kaum etwas mit jener Augusta Craigie gemeinsam, die ihrer Schwester wie ein Schoßhund folgte. Vielleicht erlaubte ihr das Kostüm, eine skrupellose Seite ihres Wesens zu enthüllen, denn sie hatte nicht die mindesten Bedenken, Melroses Hoffnungen für die Zukunft in Grund und Boden zu stampfen. Er hatte immer gedacht, Wahrsagerinnen seien dazu da, Hoffnungen zu wecken, Mut schöpfen zu lassen, die Ratsuchenden mit verführerischen Fremden, Geld und exotischen Zielen wie mit Herbstlaub zu überschütten. Aber nachdem er Madame Zostra seinen Obolus entrichtet hatte, bestand Melroses Zukunft nur noch aus zerstörten Träumen. Er würde kein Vermögen machen, sondern eines verlieren, und zwar höchstwahrscheinlich an eine gefährliche (aber nicht verführerische) fremde Person, die sich wie ein toter Baumstamm quer über seinen Weg legen würde. Von herabwehendem Herbstlaub keine Spur.

Als Melrose aus dem Zelt trat, wunderte er sich nicht mehr über ihren Mangel an Kundschaft. Es musste sich herumgesprochen haben, dass man mit dem Betreten ihres

Zeltes alle Hoffnungen fahren lassen konnte. Wenn der Erfolg des Festes von Madame Zostras Begabung abhing, würde das Kirchenfenster warten müssen, bis selbst in der Hölle Eiseskälte herrschte – an dem Ort, wo sich alle ihre Kunden wiederbegegnen würden, wenn man ihr Glauben schenkte.

Sylvia Bodenheim, die mit einer hageren Frau um den Preis eines schäbig aussehenden, aber selbst gestrickten Wollschals feilschte, war offensichtlich ganz in ihrem Element. Da sie nicht nur für den An- und Verkaufstisch, sondern auch für den Tisch mit dem Trödel zuständig war, flatterte sie wie ein riesiger Aasgeier zwischen beiden hin und her, und das bereitete ihr anscheinend großes Vergnügen.

Der Verkauf von Backwaren oblag Miss Pettigrew, der Besitzerin des „Magic Muffin". Stocksteif stand sie hinter ihrem Tisch, die Arme rechts und links von ihren Produkten aufgestützt. Sie sahen aus, als wären sie alle aus demselben Teig. Der Geruch von Muffins lag in der Luft – eine seltsame Kreuzung aus Karotten und Zimtgeruch.

Das kleine Karussell mit vier Pferden, zwei Schweinen, einem Lamm und einer Gans drehte sich langsam zu einer undefinierbaren Melodie, und die Knirpse, die auf den Tieren mit der abblätternden Farbe saßen, versuchten, sie mit imaginären Peitschen anzutreiben. Nach Emilys Phaeton (der sich, wie Melrose feststellte, am äußeren Rand des Geländes entlangbewegte) hatte das Karussell den größten Zulauf. Melrose beobachtete, wie der Falbe, auf den gerade ein Sonnenstrahl fiel, mit dem Wagen im Schlepptau herumtrottete. Zwei kleine Köpfe tauchten daraus auf; offensichtlich wollten die beiden ihren Spielkameraden auf dem Karussell etwas zurufen. Als aber die Kutscherin, die Peitsche in der Hand, sich nach ihnen umwandte, zogen sie sich schnell wieder zurück.

DEREK BODENHEIM las gerade die kleinen Plastikringe auf, als Melrose an seinen Stand geschlendert kam. Melrose übersah seine mürrische Miene und sagte strahlend: „Ich will's mal versuchen. Wie viel?"

„Drei für fünfundzwanzig."

Er gab ihm das Geld und bekam drei Ringe. Alle drei Würfe gingen jedoch daneben, und er ließ sich drei weitere Ringe geben. Erst nachdem Melrose seine zwölfte Flasche verfehlt hatte, wich Dereks mürrischer Blick der vertrauten Überheblichkeit.

„Anscheinend hab ich kein Talent dafür", sagte Melrose bescheiden. In Wirklichkeit war er ausgezeichnet im Dart- und Hufeisenwerfen – in allem, was ein gutes Augenmaß erforderte. Aber so hatte er Derek nun etwas gesprächiger gestimmt.

„Es ist eigentlich ganz einfach, man braucht nur etwas Koordinationsvermögen", bemerkte Derek mit großem Feingefühl. „Mainwaring hat drei hintereinander geschafft."

Melrose drückte sein Erstaunen über Mainwarings Heldentat aus und fragte: „Was ist in den Flaschen?"

„Wein, Whisky, Haarwasser –"

Und Strychnin, dachte Melrose und grinste. „Ich bin bei allen Spielen, die Geschicklichkeit erfordern, eine vollkommene Niete. Schach ist was anderes. Das ist schon eher mein Spiel." Melrose erinnerte sich, dass er als Zehnjähriger zum letzten Mal Schach gespielt hatte. „Ein Spiel, das Konzentration erfordert ... und etwas Fantasie." Er blickte zum Nebenstand hinüber und sah Emily ihre kaum erworbenen Pennys verspielen. Auf der anderen Seite des Friedhofs graste das Pferd. Eine ihrer Ruhepausen. „Jemand hat mir von einem Spiel erzählt, das zurzeit sehr populär sein soll, ‚Magier und Kriegsherren' heißt es. Haben Sie das schon mal gespielt?"

Dereks Gesichtsausdruck veränderte sich nicht, als er erwiderte: „Ja, in Cambridge. Macht Spaß. Ist aber ziemlich kompliziert. Man braucht viel Fantasie dazu; man spielt es und entwickelt beim Spielen sein Konzept."

„Hier gibt's bestimmt keinen, mit dem Sie das spielen können? Ich würde es ganz gern lernen." Er hoffte, er würde recht behalten mit der Annahme, dass Derek sich kaum anbieten würde, ihm das neue Spiel beizubringen.

Er behielt recht. „Der Letzte, mit dem ich es hier gespielt habe, war der Sekretär von Kennington. Der Typ, der mit einer viertel Million Schmuck abgehauen ist. Davon haben Sie bestimmt schon gehört?" Melrose nickte. „Tree war wirklich gut darin. Wir haben gewöhnlich im ‚Blue Boy' gespielt. Die Sache war natürlich von Anfang an so geplant."

„Wie meinen Sie das?"

„Ich meine, dass er sich nur wegen des Colliers um den Job beworben hat. Es würde mich nicht wundern, wenn sie auch mit von der Partie war."

„Welche ‚sie'?"

„Die hochwohlgeborene, gottverdammte Lady Kennington. Tree war ja auch ein ganz gut aussehender Bursche. Ich hätte ihm zwar nicht über den Weg getraut; er war einfach viel zu gerissen. Irgendwie brachte er es immer fertig, dass ich für seine Drinks bezahlen musste."

Gerissen in der Tat, dachte Melrose. Er zählte den jüngsten Spross der Bodenheims zu der Sorte von Kneipengängern, die ständig andere anpumpen.

„Er war Magiermeister." Auf Melroses fragenden Blick hin erklärte Derek: „Das ist derjenige, der bestimmt, was gemacht wird, der die Spielregeln festlegt."

„Nach allem, was ich gehört habe, muss er einen Partner gehabt haben. Jemanden aus dem Dorf."

Derek war vielleicht nicht ganz so dumm, wie sein ausdrucksloser Blick und seine schlaffen Züge vermuten ließen. „Sie brauchen mich nicht so anzuschauen, mein Guter."

„Hab ich das?"

Verärgert stellte Derek dieselbe Frage wie Julia: „Was zum Teufel interessiert Sie das? Haben Sie davon gehört, als Sie sich Stonington anschauten, oder was? Denken Sie, es liegt ein Fluch auf dem Haus? Diese Frau soll ja auf dem Weg dorthin gewesen sein. Armes Luder. Nicht gerade angenehm, so zu enden, mit der Nase im Dreck."

MELROSE ließ sich noch ein paar Minuten in der Menge dahintreiben. Der Geruch von Popcorn vermischte sich mit dem eklig süßen Geruch von Zuckerwatte; sogar die Luft kam Melrose rosa und klebrig vor. Er stellte fest, dass das Teezelt noch voller geworden war und dass Miss Pettigrew immer noch ihre Kuchen bewachte: nichts Neues in der Backwarenabteilung. Die Stimmen der Kinder wurden – ähnlich wie die Sonne – immer greller und unangenehmer. Um ihnen zu entgehen, beschloss Melrose, zur St-Pancras-

Kirche hinaufzugehen und sich das Fenster anzuschauen, das den Anlass für dieses ganze Treiben abgab.

Als er, dort angekommen, sich von dem kleinen Hügel aus umsah, entdeckte er in der Ferne die Frau in Schwarz-Weiß; sie stand am Tor zum Festgelände und unterhielt sich mit Peter Gere, während sie in ihrer Tasche nach Kleingeld suchte. Peter hatte anscheinend Miles Bodenheims Platz eingenommen. Das Kleid, das sie trug, war sehr auffallend: schwarz-weiße Zebrastreifen, die diagonal von den kurzen, seidenen Ärmeln bis zum Rocksaum verliefen. Die durchscheinende Blässe ihrer Haut wurde von dem rabenschwarzen Haar noch unterstrichen. Hoheitsvoll schritt sie durch das Tor und durch die Menge, und ihre Art, sich zu bewegen, passte zu diesem Anlass ebenso wenig wie ihr Kleid zu dem kühlen Septembernachmittag. An verschiedenen Tischen nahm sie Dinge in die Hand und legte sie wieder zurück. Melrose fragte sich, wer sie wohl war. Er bemerkte, dass sie längere Zeit mit Derek Bodenheim plauderte, wobei dieser seine gelangweilte Miene ablegte und einen sehr aufmerksamen Eindruck machte – für ihn höchst ungewöhnlich. Am An- und Verkaufstisch wurde sie von Sylvia Bodenheim ostentativ geschnitten; dann sagte die Frau in Schwarz-Weiß etwas zu Miles, was ihn nicht gerade zu beglücken schien. Schließlich sah er, wie sie sich bei Freddie Mainwaring unterhakte, der peinlich berührt den Kopf abwandte. Melrose hatte den Eindruck, dass ihre Gegenwart den meisten Anwesenden nicht gerade lieb war.

Er betrat die kleine Kirche, in der die Luft angenehm kühl war und frei von Gerüchen nach Limonade, Eis und Zuckerwatte. Und es herrschte angenehme Stille. Er sah sich in dem schlichten Raum um. Kein Wunder, dass Pfarrer Finsbury sich auf ein farbiges Glasfenster freute. Das Fenster war ziemlich klein, aber sehr hübsch, wenn wie jetzt die Sonne darauffiel.

Auf Katies Plan bildete die Kirche eine Art Fixstern, der auf den Bach des Bluts ausgerichtet war, wenn man etwas Fantasie aufbrachte. Melrose stand an dem nach Osten gehenden Fenster und ließ den Blick schweifen. Ein Polizist stocherte in dem ziemlich weit entfernten Bach mit einem Stock herum.

Melrose hielt sich noch ein paar Minuten in der Kirche auf, starrte aus dem Fenster und wanderte ein wenig umher; obwohl er eigentlich nicht damit rechnete, etwas zu finden, schaute er sich doch nach möglichen Verstecken um. Als es vier Uhr schlug, fuhr er zusammen.

Im selben Augenblick hörte er auch die Schreie.

Ihre Kinder hinter sich herzerrend, strömten die Leute zusammen, und einen Augenblick lang nahm er an, sie würden sich um Dereks Stand versammeln. Pollys Strychninwein hatte sich so in seinem Kopf festgesetzt, dass er eine ganze Minute brauchte, um festzustellen, dass sie sich in Wirklichkeit auf den Wagen zubewegten, der an dem schattigen Waldrand stand. Als er hinsah, glaubte er Emily Louise vom Kutschbock fallen zu sehen.

ABER EMILY PERK war zu sehr daran gewöhnt, fest im Sattel zu sitzen – sie plumpste nicht einfach so herunter. Sie war nicht gefallen, sondern gesprungen.

Das Geschrei kam von den Kindern im Innern des Wagens. Melrose hatte sich einen Weg durch die Menge gebahnt und sah zwei kreidebleiche Gesichter aus dem Wagen auftauchen; ein Kind brüllte wie am Spieß und versuchte mit kraftlosen Händen die Tür zu öffnen. Emily Louise, wie immer Herr der Lage, riss sie auf, und eine ganze Schar von Kindern schien herauszupurzeln, obwohl sich nur die drei offiziell zugelassenen Passagiere im Wagen befanden. Mit Armen und Beinen rudernd, zeigten sie auf den Wagen und flüchteten sich heulend und am ganzen Leib zitternd in die Arme ihrer Mütter.

Alles deutete darauf hin, dass sich in dem Wagen etwas befinden musste, etwas nicht Geheures.

Den weiteren Verlauf der Ereignisse konnte er nicht aus nächster Nähe verfolgen, denn er war an den Rand der Menge gedrängt worden und musste den Leuten über die Schultern schauen. Peter Gere, dem es gelungen war, sich einen Weg zu bahnen, versuchte, die Leute zurückzudrängen. Melrose konnte einen kurzen Blick in das Innere des Wagens werfen, als Gere die Menschen zur Seite schob: Aus dem Teppich, der aufgerollt auf dem Boden des schwarzen Phaetons lag, baumelte ein Arm, weiß und (so nahm er an) kalt wie Marmor. Er sah die Hand mit den rotlackierten Fingernägeln und den Saum eines schwarz-weiß gestreiften Ärmels.

Welch kurze Bekanntschaft.

# 19

Das Fest war verdorben. Angst, Panik und Entsetzen führten dazu, dass Büsche zertrampelt, Grabsteine umgeworfen und Tische umgekippt wurden, dass Hunde davonstoben und Kinder zu brüllen anfingen, weil ihre Eltern sie fortzerrten, sobald die Polizei aus Hertfield eintraf.

An Polizisten bestand glücklicherweise kein Mangel. Ganze Scharen von Rechtsmedizinern und Tatortexperten schienen aus dem Wald zu strömen. Nathan Riddley war als Erster erschienen und hatte Ramona Wey für mausetot erklärt. Abgesehen von dem dünnen Rinnsal, das an ihrem Arm heruntergelaufen war und sich zu einem schmalen, dunklen Band verkrustet hatte, war kaum Blut zu sehen.

Melrose konnte in der allgemeinen Verwirrung gerade noch in Erfahrung bringen, dass die Mordwaffe ein kleiner, silberner Gegenstand gewesen war, mit dem man um die Jahrhundertwende Löcher in Stickleinen stanzte. Anscheinend hatte er sich auf Sylvias Tisch befunden. Sylvia hatte ihn nämlich selbst gestiftet, und sie bedauerte ihre Freigebigkeit inzwischen. Der silberne Lochstecher hatte ihr das Fest verdorben.

Melrose staunte über die Kaltblütigkeit des Mörders, der die Frau einfach erstochen hatte, ohne sich um den Wald voller Polizisten zu kümmern. Der Wagen hatte es ihm ermöglicht, sein Vorhaben unbemerkt durchzuführen – die Tür zu öffnen, die Leiche hineinzuschieben und mit dem Teppich zu bedecken. Das Ganze war während einer der Ruhepausen geschehen.

„Verdammt kaltblütig", sagte Riddley zu Carstairs, der rasch aus Hertfield an den Tatort gekommen war. „Kaum zu fassen, die Unverschämtheit dieses Kerls."

„Oder seine Verzweiflung", hörte Melrose Carstairs antworten.

Zufrieden beobachtete Melrose, wie das Bodenheim'sche Domizil von der Polizei in Beschlag genommen wurde und sich bald als zu klein erwies. Inspector Carstairs hatte Rookswood zum Vernehmungsort erklärt, und Miles Bodenheim, der versuchte, die Leute wie eine Herde Schafe auf den öffentlichen Weg zu treiben, war außer sich.

„Einfach unerhört, das", sagte er zu Melrose, als er mit ihm in der Eingangshalle von Rookswood stand. Anscheinend dachte er, der Mord sei nur begangen worden, um ihm das Fest zu verderben. „Sylvia hat eine fürchterliche Migräne, und Julia ist mit den Nerven am Ende. Dass so etwas in unserem Dorf passieren kann – und auch noch *zweimal*, wohlgemerkt –" (als hätte Melrose den ersten Mord vergessen). „Und jetzt trampeln da einfach Polizisten in unserem Salon herum, und diese ganzen *Leute*... Ah! Da kommen die beiden Craigies, ich muss sofort mit ihnen sprechen... Ernestine! Augusta!" Er segelte davon.

Die meisten Besucher des Kirchenfestes waren nur kurz von der Polizei befragt und dann wieder entlassen worden. Eine Handvoll blieb im Salon von Rookswood zurück – die Craigies, Mainwaring, die Bodenheims, Polly Praed und natürlich die Kinder, die den grässlichen Fund gemacht hatten, sowie ihre Mütter, von denen sich eine lautstark beklagte. „Unerhört ist das", erklärte sie jedem, der es hören wollte; sie war ganz der Meinung von Sir Miles. „Unerhört, sage ich. Neun Jahre ist sie erst, unsere kleine Betty, und wird von der Polizei vernommen!" Klein Bettys Mutter hievte eine riesige Tasche auf ihren Schoß und sah so feindselig drein wie die Vorfahren der Bodenheims, deren Porträts die Wände zierten. Klein Betty war ein mondgesichtiges Kind mit kleinen, braunen Knopfaugen, dem es anscheinend großen Spaß machte, den klebrigen Blutfleck auf seinem Schuh zu betrachten.

Ohne Rücksicht auf ihre Migräne hatte man Sylvia aus dem Bett geholt und zur Befragung in den Salon zitiert. Unter ihren Augen waren dunkle Ringe, ihr Gesicht wurde immer grünlicher, und sie zerknüllte nervös ihr Taschentuch. Schuld an ihrer Verfassung war wohl, wie Melrose befand, weniger der Gegenstand, der von ihrem Trödeltisch entwendet worden war, oder die Tragödie, die sich im Anschluss daran abgespielt hatte, als die Tragödie, die sich da in ihrem Salon abspielte, in der nun schlichte Dorfbewohner und, schlimmer noch, völlig fremde Leute eingefallen waren.

Der Salon war ein mit rubinrotem Samt, cremefarbenem Brokat und viel Gold ausgestatteter Raum, der aus einer Zeitschrift für Innenarchitektur zu stammen schien. Auch die Gemälde fehlten nicht: Porträts Bodenheim'scher Ahnen und Ansichten des Versailler Parks, die einen so scheußlich wie die anderen. Die Polizei hatte den Raum gewählt, weil sich an ihn Sir Miles' gemütliches kleines Studierzimmer anschloss, in dem Inspector Carstairs die Zeugen vernehmen konnte. Ein Polizist bewachte die Tür. Das Kleinod von Rookswood war so zu einer Art Wartesaal degradiert.

Melrose bemerkte, wie Sylvia eines der schmuddligen Kinder aus dem Wagen zurechtwies. Es hatte anscheinend den mit Brokatstoff verkleideten Klingelzug als Spielzeug betrachtet. Seine Mutter schnappte sich die Kleine mit einem „Komm her, Schätzchen" und einem giftigen Blick auf Sylvia.

Das Schätzchen tat so, als vergrabe es das Gesicht im Schoß seiner Mutter, in Wirklichkeit streckte es jedoch Melrose oder Emily Louise die Zunge heraus. Diese erwiderte die Geste, und das ging so lange, bis die Mami ihrem Schätzchen eine so kräftige Ohrfeige versetzte, dass es beinahe auf das kleine brokatbezogene Sofa flog.

Die übrigen Bodenheims trugen empörte und gelangweilte Mienen zur Schau; die beiden Craigies saßen stocksteif an der Wand, Miss Pettigrew zog die Brauen zusammen, als knete sie im Geist den Teig für ihre Muffins. Einige der Dorfbewohner wie Mrs Pennystevens, die hinter den anderen Buden gestanden hatten, waren vernommen und entlassen worden.

Die Tür ging auf, und Freddie Mainwaring kam aus dem Studierzimmer getaumelt – aschgrau, von den grauen Hosen bis zum bleichen Gesicht. Als Nächster wurde Derek in das Zimmer gerufen. Es war, als würde man zum Schuldirektor zitiert.

Unbestrittener Star des Ganzen, wenngleich sie so ungnädig reagierte wie immer, wenn Anspruch auf ihre kostbare Zeit und Person erhoben wurde, war Emily Louise Perk. Schließlich war es *ihr* Wagen gewesen, *ihr* goldbraunes Pferd, das am Waldrand gegrast hatte, und also auch *ihre* Leiche. Sie hatte ihren kleinen Auftritt gehabt, als sie von Inspector Carstairs vernommen wurde – und wenn Melrose mit einem Mitleid hatte, dann mit Carstairs. Er fragte sich, was der arme Kerl mit seinem anbiedernden „Na, kleines Fräulein" wohl aus Emily Louise herausgeholt hatte. Seiner Meinung nach hatte Emily auch erst etwas bemerkt, als die Kinder zu brüllen anfingen. Da ihre Mutter (man hatte vergebens versucht, sie zu erreichen) wieder einmal nicht zur Stelle war, hatte sie sich auf den vergoldeten Stuhl neben Melrose fallen lassen; da saß sie und wartete, die Arme über der Brust verschränkt und die Kappe bis über die Augen gezogen.

„Deine Mutter sollte mal nach dir schauen. Wo ist sie denn?"

„Im Kino wahrscheinlich."

„Warum war sie denn nicht auf dem Fest? Sonst waren doch alle aus dem Dorf da?"

„Sie mag keine Feste und ist nun mal nicht hier. Wo steckt denn dieser Mann von Scotland Yard? *Er* muss das doch in die Hand nehmen."

Melrose gefiel diese Formulierung. „Er ist in London. Aber er ist bestimmt benachrichtigt worden. Was ist eigentlich passiert?"

„Woher soll ich das wissen? Ich hörte nur, wie diese ekligen Winterbournes plötzlich anfingen zu brüllen, und hab sofort kehrtgemacht."

Er wollte ihr gerade eine weitere Frage stellen, als er sah, wie der Polizist ihm auffordernd zunickte.

Dass Melrose nach Littlebourne gekommen war, um ein Haus zu erwerben, schien Inspector Carstairs ganz und gar nicht zu befriedigen, da Melrose nicht die geringste Eile bekundet hatte, sich eines der Angebote anzuschauen. Da Mainwaring aber den Besuch Plants in seinem Maklerbüro bestätigt hatte, akzeptierte er die Erklärung mit so viel gutem Willen, wie er aufbringen konnte. Und das war nicht viel. „Sie sagten, Sie hätten die Tote auf dem Fest beobachtet?"

Diese Frage hatte er schon ein Dutzend Mal gehört, in allen möglichen Formulierungen. „Sie war da noch nicht tot, Inspector."

„Keine Scherze, bitte, Mr Plant. Wir ermitteln hier in einem Mordfall."

Genau so drücken sie sich in Büchern aus, dachte Melrose, und seufzte innerlich: Die Wände troffen von Blut, und die Leichen stapelten sich auf dem Boden, worauf unweigerlich jemand den Schauplatz betrat und sagte: „Wir ermitteln hier in einem Mordfall."

„Entschuldigung. Aber Sie scheinen anzunehmen, ich hätte diese Frau aus bestimmten Gründen beobachtet."

„Und haben Sie das?", zischte Carstairs.

„Nein. Ich hatte sie noch nie gesehen und fand sie sehr auffällig."

„Inwiefern?"

„Oh, ich weiß nicht ... schwarz-weiß gekleidet und unheilschwanger."

„Wieso unheilschwanger?"

„Das war, wie gesagt, nur der Eindruck, den ich hatte. Sie bewegte sich inmitten der Leute, schien aber nicht dazuzugehören. Als würde sie das Fest überhaupt nicht interessieren."

„Und Sie sahen sie an dem Tisch mit dem Trödel?"

„Ja."

„Wie sie sich mit Mrs Bodenheim unterhielt?"

„Unterhalten ist vielleicht nicht die richtige Bezeichnung." Die gute alte Sylvia, die im falschen Augenblick im Besitz eines silbernen Lochstechers gewesen war, tat ihm beinahe leid.

Carstairs musterte ihn lange und gründlich und sagte dann: „Ich danke Ihnen, Mr Plant. Für den Augenblick genügt das."

Melrose erhob sich und wagte eine Frage: „Ist, äh, Superintendent Jury über diese jüngsten Entwicklungen informiert?"

Carstairs' Miene war in der Tat sehr finster, und Melrose war überrascht, dass er überhaupt antwortete: „Wir versuchen, ihn ausfindig zu machen." Daraufhin wandte er sich wieder seinen Papieren zu.

Sie versuchen es?, fragte sich Melrose, als er den Blick über den Brokat und das Gold schweifen ließ: Der Raum war leer bis auf ein paar Polizisten, die in einer Ecke zusammenstanden und rauchten, und eine dünne Frau mit Haaren wie Zuckerwatte, die stocksteif auf ihrem Stuhl saß. Sie versuchen es – konnte ein Superintendent von Scotland Yard sich einfach verflüchtigen?

Verdammt, dachte er und ließ sich Stock und Mantel geben. Wenn die Polizei von Hertfordshire nicht in der Lage war, Jury ausfindig zu machen, so würde eben er das übernehmen.

## 20

Durch einen Spalt schlüpfen wäre eine angemessene Beschreibung dafür gewesen, wie es einem vorkam, sich auf der Sperrmüllhalde des Cripps'schen Wohnzimmers wiederzufinden, wo Jury gerade so weit entfernt von Gold und Brokat war, wie es nur ging, wenn man nicht gerade in einer anderen Galaxie gelandet war.

Vor diesem Besuch hatte er gleich nach seiner Ankunft in London zwei weitere erledigt. Und einer davon hatte ihn vor Chief Superintendent Racers Schreibtisch geführt.

Bei Scotland Yard fragte man sich nicht, ob der Chief Superintendent schlechter Laune war, sondern nur, ob seine Laune schlechter als sonst war. Racer mochte sich vielleicht Gott widersetzen, dem Willen seines obersten Vorgesetzten aber musste er sich beugen, und der war, wie alle anderen, gespannt, wann Racer endgültig abtreten würde.

Jury war der Einzige, der so etwas wie Geduld aufbrachte und ihm zuhörte, jedoch weniger aus Menschenliebe als aus Neugier: Er fragte sich, wie oft Racer noch obenauf schwimmen würde, bevor die Strudel ihn endgültig in die Tiefe zögen. Racer schien anzunehmen, dass sein Rücktritt den Untergang des britischen Empires zur Folge haben würde, war aber auch davon überzeugt, dass es sich mithilfe seiner Geniestreiche wieder aus der Asche erheben würde. Die letzten fünf Minuten hatte er darauf verwandt, einen seiner früheren Fälle in sämtlichen Verästelungen zu beschreiben; einen Fall, der nicht das Geringste mit dem vorliegenden zu tun hatte.

Das sagte Jury ihm auch. „Ich sehe nicht, inwiefern das hier von Bedeutung ist, Sir."

Racer, der sich erhoben hatte, um das Revers seines Savile-Row-Jacketts zu glätten, setzte sich wieder. Betrübt schüttelte er den Kopf.

„Kennen Sie den Unterschied zwischen Ihnen und Sherlock Holmes, Jury?" Racer schnappte sich den Plan, den Jury ihm zur Inspektion vorgelegt hatte.

Jury tat so, als denke er über diese Frage nach, bevor er antwortete: „Ja, doch, es gibt da einige Unterschiede."

Racer schüttelte den Kopf. Selbst wenn Jury einer Meinung mit ihm war, ging er davon aus, dass Jury ihm widersprach. Eine Niete bleibt eine Niete, schien der Blick zu besagen, den er Jury zuwarf. „Die Fähigkeit zur Synthese!" Racer griff in die Luft. „Sie verlieren sich in einem Wust von Details, Jury. Das war schon immer so."

„Dabei haben Sie mir immer vorgeworfen, ich würde mich über zu viele Details hinwegsetzen."

„Das auch", sagte Racer, ohne zu zögern. Hätte Moses eines der Zehn Gebote zurückgenommen, wenn Gott der Herr mit einem elften angekommen wäre, das die ersten zehn infrage gestellt hätte? Er blickte von dem Plan auf. „Sie lassen also die Polizei von Hertfordshire jeden Stein und jeden Zweig in diesem gottverlassenen Wald umdrehen, da vielleicht das Collier darunter zum Vorschein kommen könnte." Racer schob Cyril, den Kater, von seinem Schreibtisch. Er war eines Tages in den Korridoren von Scotland Yard gesichtet worden; niemand wusste, wie er hereingekommen war, aber offenbar war er in der Absicht gekommen, etwas zu melden. Jury war überzeugt, dass der Kater seine Gründe hatte, sich Chief Superintendent Racer anzuschließen – vielleicht gefiel es ihm, dass Racer ihn nicht ausstehen konnte. Er setzte sich mit Vorliebe auf Racers Schreibtisch, den Schwanz dekorativ um die Pfoten gelegt, als wäre er Teil einer Schreibtischgarnitur.

Diese Stellung nahm er auch auf der Erde wieder ein, aber er lauerte auf eine günstige Gelegenheit, den alten Platz zurückzuerobern.

„Dieses Collier", sagte Jury, „ist eine Sache. Sie suchen außerdem nach Hinweisen, die uns im Fall Cora Binns weiterhelfen sollen. Was hätte ich denn Ihrer Meinung nach tun sollen, Sir?"

Anscheinend hatte Racer auf dieses Stichwort nur gewartet. „Was Sie meiner Meinung nach hätten tun sollen?" Er lächelte andeutungsweise und erhob sich von seinem Schreibtisch, um im Zimmer auf und ab zu gehen. „Ich fasse zusammen: Folgendes liegt vor – erstens ein Packen anonymer Briefe; zweitens ein Mädchen, dem in einer Underground-Station der Schädel eingeschlagen wurde; drittens eine weitere Frau, deren Leiche in einem Wald etwas außerhalb dieses Kaffs gefunden wurde; viertens ein Collier, das ein Vermögen wert ist und das vor einem Jahr von irgendeinem Amateurdieb geklaut wurde."

„Ich würde Trevor Tree nicht gerade als Amateur bezeichnen."

Racer überging diesen Einwand. „Und fünftens dieser verdammte Wisch, ein Plan, der für irgendein blödsinniges Spiel benutzt wird. Wir haben es also mit völlig disparaten Elementen zu tun." Racer war hinter Jurys Stuhl getreten. Cyril zuckte mit den Ohren, als wollte er Jury warnen.

„Völlig disparate Elemente", wiederholte er, zufrieden mit seiner Formulierung. „Und Sie haben einfach alles aneinandergereiht, Jury, und zweifeln überhaupt nicht daran, dass es auch zusammengehört, stimmt's? Aber ..."

Wollte Racer das Ganze wieder von vorne aufrollen? Anscheinend.

„... wenn es nun nicht zusammengehört? Wäre es nicht auch möglich, dass der Fall O'Brien überhaupt nichts mit dem Rest zu tun hat?"

„Es besteht aber ein Zusammenhang. Und das Mädchen ist ein Glied in der Kette." Jury wiederholte gelangweilt dieses Glaubensbekenntnis. Racer in seinem Büro aufzusuchen, war wie in einen Beichtstuhl zu treten, hinter dessen Gitter ein verrückter Priester hockt. Jury beobachtete Cyril, der seinen nächsten Angriff auf den Schreibtisch vorbereitete. Er schlich gerade um die Kante, und während Racer sich über die disparaten Elemente ausließ, landete er mit allen vieren auf der Schreibtischplatte und begann sich zu putzen.

„Und was sagen die Mediziner?" Racer war wieder an seinen Schreibtisch getreten und hielt den Plan hoch.

„Gar nichts, bis jetzt. Der Bericht steht noch aus."

Racer schubste Cyril wieder vom Tisch und schaltete die Gegensprechanlage ein. Er fragte Fiona Clingmore, ob der Bericht über den Fall Littlebourne eingetroffen sei. „Dann setzen Sie sich mal gefälligst in Bewegung, Mädchen."

Fiona trat ein, ohne sich im Geringsten zu beeilen. Sie ließ eine Kaugummiblase platzen, während sie ihrem Chef die Unterlagen hinschob und Jury mit einem Tausend-Watt-Lächeln bedachte. Sie trug ein langärmeliges, hochgeschlossenes schwarzes Kleid, das über dem Busen spannte. Zusammengehalten wurde es von unzähligen kleinen schwarzen Knöpfen mit den dazugehörigen kleinen Schlaufen. Es gab aber auch ein paar Lücken; zwei oder drei Knöpfe hatten sich befreit und enthüllten etwas schwarze Spitze. Jury sah zu, wie Racers Blick über die Knopfreihe wanderte. Dann schob er die Unterlagen zu Jury hinüber. „Nichts, was wir nicht schon wussten. Und wenn Sie beide sich genügend schöne Augen gemacht haben, dann hauen Sie ab. Und nehmen Sie dieses mottenzerfressene Tier mit! Ich habe zu tun!"

Alle drei waren glücklich, sich entfernen zu dürfen. Nur Cyril würde nicht davon abzubringen sein, sich wieder zurückzuschleichen.

Zwanzig Minuten später war Jury im Krankenhaus, wo die unwirsche, hübsche Krankenschwester in ihrem Stationszimmer Berichte verfasste. Sie nickte Jury ungnädig zu. Als er nach Sergeant Wiggins fragte, erwiderte sie: „Ich glaube, er ist unten in der Kantine. Er wollte, dass ich ihm eine Tasse Tee bringe, aber schließlich hab ich noch anderes zu tun, als Besuchern Tee zu servieren."

„Tut mir leid, wenn wir Sie bei Ihrer Arbeit gestört haben. Niemand verlangt von Ihnen, dass Sie Sergeant Wiggins mit Tee versorgen. Und Sie brauchen auch nicht zu seinen Wehwehchen Stellung zu nehmen." Es war vorauszusehen, dass Wiggins seine Chance nützte, wenn ihm einmal ein ganzes Krankenhaus zur Verfügung stand.

Ihre Mundwinkel zuckten; sie versuchte, sich ein Lächeln zu verkneifen. Aber der gestärkte Busen hob sich etwas. Frauen in gestärkten Uniformen hatten Jury noch nie eingeschüchtert; beim Waschen ging das Zeug sowieso wieder raus. Sie presste ihre Schreibunterlage gegen die Brust, als wolle sie alles unter Kontrolle behalten, und sagte: „Ist schon gut. Es macht mich nur etwas nervös, wenn hier dauernd Polizei ein und aus geht. Als ob gleich etwas Schreckliches passieren würde."

„Nicht gerade schmeichelhaft für mich." Er lächelte und tippte gegen die Unterlage. „Steht da was über Katie O'Brien?"

Sie nickte, blätterte die Seiten durch und zeigte ihm den Krankenbericht. „Alles beim Alten. Sie hoffen wohl immer noch, es könnte sich etwas ändern." Sie schien traurig zu sein.

„Ach, wissen Sie, wir Polizisten sind einfach unverbesserliche Optimisten. Hat sie Besuch bekommen?"

„Von ihrer Mutter heute Morgen. Und von ihrem Musiklehrer."

Von Macenery? Jury war überrascht. Er hatte sich also doch dazu aufgerafft. „Wann?"

„Ich glaube, er ist noch da." Sie nickte in die Richtung des Korridors hinter ihr.

In Katies Zimmer war jedoch niemand, obwohl es eindeutige Hinweise darauf gab, dass Sergeant Wiggins sich dort aufgehalten hatte – eine Flasche Nasentropfen und eine Schachtel Hustenbonbons.

Jury ging zum Fenster. Die Kneipe auf der gegenüberliegenden Straßenseite war geschlossen. Ein Windstoß bewegte den Bogenrand der gestreiften Markise über dem Gemüseladen. Eine fröstelnde Frau mit Schal zog einen Einkaufswagen über die Straße. Obwohl es Sonntag war, brannte im Waschsalon Licht, und er sah jemanden in einer Zeitschrift blättern.

Er wandte sich vom Fenster ab und blickte auf die regungslose Gestalt von Katie O'Brien. Der Gedanke an das beschädigte Gehirn in diesem makellosen Körper erschütterte ihn aufs Neue. Sie lag noch immer mit gefalteten Händen und ausgestreckten Beinen da – eine Skulptur, wie man sie auf mittelalterlichen Gräbern sieht. Es fehlte nur der kleine Hund zu ihren Füßen.

Jury drückte die Taste des Kassettenrecorders, und die scheppernde Stimme der Music-Hall-Sängerin erfüllte den Raum mit „Rosen aus der Picardie".

SIE SASSEN ZUSAMMEN in der Kantine, Sergeant Wiggins und Cyril Macenery. Jury drückte auf den Knopf der Kaffeemaschine, und eine trübe Brühe schoss heraus, mit der er zu ihrem Tisch hinüberging.

Wiggins fing sofort an, sich zu entschuldigen. Manchmal hatte Jury den Eindruck, das Gewissen des Sergeants zu sein. „Mein Kopf! Ich dachte, er würde gleich platzen, glauben Sie mir, Sir. Ich hätte mir eine Thermosflasche Tee mitbringen sollen. Die Schwester kann mich anscheinend nicht ausstehen."

„Uns", verbesserte ihn Jury. „Sie kann die Polizei nicht ausstehen. Nehmen Sie es nicht persönlich. Hallo, Mr Macenery, schön, dass Sie gekommen sind."

Macenery sah aus seinen blauen Augen kurz auf und wandte sich schnell wieder ab. „Da lässt sich wohl nicht viel machen, was?" Alle drei blickten auf ihre mit Tee oder Kaffee gefüllten Plastikbecher.

„Ihre Mutter war heute Morgen da", sagte Wiggins. „Sie hat mit ihr gesprochen. Manchmal hilft das, sagt die Schwester. Sie hat ihr erzählt, was sich im Dorf so tut. Dass heute das Kirchenfest stattfindet. Und von ihren Klassenkameraden, dass die Schule bald wieder anfängt ..." Wiggins verstummte. Obwohl er eher dazu neigte, über körperliche Leiden als über seelische Nöte zu sprechen, fügte er noch hinzu: „Deprimierend, was?"

Sie sahen einander bei ihrem stockenden Gespräch nicht an, es war, als würden sie zu einem unsichtbaren Vierten am anderen Ende des Tisches sprechen, der ihnen Antworten geben konnte, auf die sie selbst nicht kamen.

Schließlich erhob sich Macenery. „Ich denke, ich gehe noch mal kurz zu ihr hinauf."

Jury zögerte. „Okay."

Als Macenery den Raum verließ, machte auch Wiggins Anstalten aufzustehen. „Möchten Sie, dass ich –?"

Jury legte ihm die Hand auf den Arm und drückte ihn auf seinen Stuhl. „Nein." Jury dachte an das, was Riddley gesagt hatte. Irreversibel. Ein Gedanke, der ihm das Blut in den Adern erstarren ließ: Katie O'Brien würde niemals wieder aus dem Koma erwachen, oder wenn, dann mit einem dermaßen geschädigten Gehirn, dass der Tod einem Wiedererwachen vorzuziehen wäre. „Warten Sie einen Augenblick. Ich wollte Ihnen noch von meiner Unterredung mit unserem Chef berichten. Racer scheint der Meinung zu sein, dass ich mich in Littlebourne verzettle, dass ich mich in London verzettle, dass ich mich überall verzettle. Das hat man davon, wenn man ihm Bericht erstattet."

Wiggins lächelte trübe. „Immer noch besser, Sie tun's, als wenn ich es tue."

„Ja. Er ist jedenfalls der Meinung, wir sollten die Sache in ein, zwei Tagen erledigt haben, sonst müsste er einen andern auf den Fall ansetzen." Jury grinste.

Wiggins, dem als Kind wohl der Mund zu häufig mit Seifenlauge ausgespült worden war und der dementsprechend sparsam mit Flüchen umging, hielt sich diesmal nicht zurück.

„Er hat sämtliche ‚disparaten Elemente', wie er es nannte, wie Dominosteine aneinandergereiht und fragt sich, warum ich nicht einen umstoße – alle anderen fielen dann von selbst in sich zusammen. Probieren wir das doch mal!" Jury baute den Salz- und Pfefferstreuer, zwei leere Plastikbecher und einen Serviettenhalter vor sich auf. „Nummer eins: die Briefe – als solche völlig uninteressant. Sie bewirkten nur, dass die Leute nicht mehr an Katie O'Brien dachten: Kaum einer, der nicht erstaunt reagierte, wenn ich auf sie zu sprechen kam. Natürlich gab es inzwischen auch diesen Mordfall, aber Katies Mutter hatte ganz recht, als sie sagte, die Briefe hätten die Leute alles Übrige vergessen lassen. Die Aufmerksamkeit der Polizei von Hertfield war auf etwas anderes gelenkt. Dominostein Nummer zwei ist –" Jury stieß einen Becher um – „der Mord an Cora Binns. Ich vermute, sie ist dem Mörder begegnet, und er hat einen oder mehrere der Ringe an ihrer Hand gesehen, die ihn an den Smaragd der Kenningtons erinnerten. An etwas, dem er schon seit über einem Jahr auf der Spur war und das er oder sie bald zu finden glaubte."

„Aber kommt es Ihnen nicht seltsam vor, dass die Person, der Cora Binns zufällig begegnet ist, auch prompt zu ihrem Mörder wurde? Irgendwie zu unglückselig, dieser Zufall. Und ist es nicht kurios, dass sie in Littlebourne keiner gesehen hat?"

Jury dachte einen Augenblick lang nach. „Nein, das finde ich nicht." Wiggins zog die Augenbrauen hoch, aber Jury fuhr einfach fort: „Wer auch immer versucht hat, Katie umzubringen und Cora Binns dann tatsächlich umbrachte – er muss befürchtet haben, die Polizei würde wieder herumzuschnüffeln beginnen. Was, wenn zum Beispiel dieser Plan in ihre Hände gelangte? Katie hatte ihn offensichtlich irgendwo gefunden. Wollte sie damit zur Polizei gehen? Wissen wir nicht. Das wäre also Domino Nummer drei. Nummer vier –" Jury stieß den anderen Becher um – „ist die verstümmelte Hand. Ich kann mir das nur durch kataleptische Totenstarre erklären. Vielleicht hätte er die Finger auch brechen können, da aber Ernestine Craigies kleines Beil gerade zur Hand war –" Jury zuckte die Achseln.

„Miss Craigie hat offenbar mehr mit der ganzen Sache zu tun, als gut für sie ist."

„Haben Sie sie zu Ihrer Hauptverdächtigen erkoren?"

„Jedenfalls ein zähes altes Huhn. Entschuldigung, das Wortspiel war nicht beabsichtigt." Wiggins kippte den Pfefferstreuer um. „Wunderbar, Sir, Sie haben es geschafft. Alle Dominosteine sind gekippt, bis auf den Serviettenhalter. Der Mörder – stimmt's?"

Jury blickte darauf. „Stimmt." Er wollte ihm schon einen Stups geben, ließ ihn dann aber doch stehen. „Es gibt einen, der sämtliche Voraussetzungen erfüllt."

Erstaunt blickte Wiggins ihn an. „Sie meinen, Sie wissen es? Warum, um Himmels willen –"

„Ich glaube, es zu wissen." Jury erhob sich schwerfällig.

„Sie scheinen aber nicht allzu glücklich darüber zu sein."

Nein, das war er nicht, ganz und gar nicht. „Ich hab keinerlei Beweise, Wiggins. Nichts, rein gar nichts, und auch wenig Hoffnung, ihn zu schnappen, außer auf frischer Tat. Was höchstwahrscheinlich bedeutet, dass wir zugleich in den Besitz des Colliers gelangen." Er zog den Plan aus der Tasche, faltete ihn in der Mitte und lehnte ihn gegen den Serviettenhalter. „Trevor Trees Kumpel, Komplize oder was auch immer muss wissen, wo dieses Collier ist. Und er wird jeden umlegen, der ihm in die Quere kommt. Ich hoffe nur, keiner tut das."

Als sie aufstanden, fegte Wiggins etwas von dem verschütteten Salz auf seinen Handteller und warf es sich über die Schulter. „Man kann nie wissen, Sir."

Sie waren ungefähr in der Mitte des langen, kühlen Korridors angelangt, als die unwirsche Krankenschwester mit knisternder Uniform auf sie zugestürzt kam, ihre Schreibunterlage an sich gepresst. Jury wusste sofort, warum: Es war wegen der Musik.

Während Jury nicht viel für Musik übrighatte – obwohl nun auch er stehen blieb und lauschte –, war Wiggins ein Musiknarr. Die Musik war seine große Leidenschaft – eine der wenigen, die er hatte. „Mein Gott, das ist ja wunderbar ..."

Die Patienten schienen das auch zu finden. Sie standen in den Türrahmen, saßen in

Rollstühlen, stützten sich auf ihre Stöcke. Cyril Macenery spielte auf der Geige – Katies Lieblingslied „Rosen aus der Picardie". Was Jury immer für einen sentimentalen alten Schlager gehalten hatte, klang nun wie Sphärenmusik.

Die Krankenschwester schien auch weniger wütend als besorgt zu sein. „Wirklich, ich weiß nicht, was die Oberschwester dazu sagen wird." Sie schüttelte den Kopf; ihr weißes Häubchen ging auf und ab. „Keine Ahnung, wie sie darauf reagiert. Er hat wohl einfach ihre Geige genommen und angefangen zu spielen ..."

Sie hätte natürlich einschreiten können, nur – sie hatte es nicht getan. Wahrscheinlich war sie von den wundervollen Klängen, die den sterilen, weißen Korridor erfüllten, genauso verzaubert wie alle anderen. Jurys Vermutung, dass sich hinter dem gestärkten Äußeren noch etwas anderes verbarg, war also doch nicht so falsch gewesen. Er zückte seinen Kugelschreiber und kritzelte etwas auf seinen Block, dann riss er die Seite ab und gab sie ihr. „Ich weiß, das hier ist *Ihr* Revier. Aber vielleicht nützt es Ihnen, wenn Sie Scotland Yard hinter sich haben. Sagen Sie Ihrer Oberschwester – falls sie vorbeikommt –, dass der zuständige Superintendent es für eine gute Idee hielt. Und dass niemand sich beschwert hat."

Jury blickte den Korridor entlang. Einige Frauen schienen den Text des Lieds mit den Lippen zu formen oder in Gedanken zu tanzen. Die Krankenschwester nahm Jurys Zettel entgegen. Entschuldigend meinte sie: „Ich muss ihm leider bald sagen, dass er aufhören soll."

„Ja, ich verstehe. Sergeant Wiggins wird dafür sorgen."

„Aber erst", sagte die Krankenschwester und blickte Jury mit Sternenaugen an, „wenn das Lied zu Ende ist." Sie lächelte.

Als Scotland Yard im Krankenhaus anrief, war Jury bereits ins East End gefahren.

Ash Cripps, der in seinem verschossenen Morgenmantel und mit einer Zigarre im Mund – aus einer Kiste, die Jury in weiser Voraussicht mitgebracht hatte – im Wohnzimmer auf und ab ging, hielt in der einen Hand den Plan, den Jury ihm gegeben hatte, und in der anderen eine Flasche White Shield. Wenn er einen Schluck daraus nahm, störte ihn der Bodensatz offenbar kaum. Er stellte die Flasche auf den Sims des vorgetäuschten Kamins, in dem bei kühlerem Wetter künstliche Kohlen glühten. Papier und ein Aluminiumaschenbecher voller Zigarrenstumpen fielen herunter. Er schob sie mit dem Fuß in die winzige Feuerstelle.

Ein Teil der Cripps'schen Nachkommenschaft saß in der Küche und aß Kartoffelbrei; ein anderer war auf der Straße und focht, bewaffnet mit Besenstielen und den Deckeln von Abfalleimern, eine erbitterte Schlacht aus.

Ash ließ sich jedoch bei seiner Tätigkeit nicht stören. Er trug seinen Morgenmantel wie eine Staatsrobe; die Kordel schleifte auf dem Teppich mit dem Pfingstrosenmuster. Sie warteten auf die Rückkehr White Ellies, die in seinen Hosen zur Wäscherei gegangen war.

„Hmm, stimmt, Trevor hätte sich so was ausdenken können." Er kratzte sich am Kopf. „Es ergibt nur keinen Sinn."

„Ist das denn sonst anders? Ich dachte, das Spiel bestehe darin, die Spieler auf eine falsche Fährte zu locken."

„Ja, schon, nur ... Schauen Sie." Ash wühlte in den Schubladen eines alten Schreibtisches; gelegentlich hielt er inne, um die kleinen Schreihälse durch die Küchentür hindurch anzubrüllen. Schließlich warf er die Tür zu, was den Lärm jedoch kaum dämpfte. Er gab Jury einen Plan. „Den da hat Trevor vor ungefähr zwei Jahren gemacht. Ein Fantasiedorf, in dem ein Schatz versteckt ist. In der Schmiede, wie sich dann herausstellte." Es war die sehr ausgefeilte Skizze eines Dorfs, mit allerlei Geschäften, einer Kirche, einem Gasthof, Bauernhäusern und Scheunen. Die Bäume sahen aus wie Wattebäusche. Es gab auch einen Teich und einen See. Das Ganze glich einer Luftaufnahme und war sehr sauber und klar gezeichnet. „Er dachte sich Abenteuer aus, für die wir Monate brauchten."

Die beiden Pläne sahen sich sehr ähnlich, vor allem, was den Zeichenstil anging.

„Ich hab auch andere von ihm gesehen, den mit dem Collier zum Beispiel. Da spielte die Geschichte in einer Stadt. Trevor hatte alles haargenau aufgezeichnet, die Kneipe glich unserer hier aufs Haar – sogar die Tische, Stühle und so weiter. Er hat auch einen Plan mit 'ner Schlossruine gemacht. Der war wirklich gut. Ratten und Ruinen waren Trevors Spezialität." Er klopfte auf Jurys Plan. „Deshalb kommt mir der hier irgendwie komisch vor – er hat mit nichts 'ne Ähnlichkeit. Ist aber auch nicht frei erfunden..."

Jury beließ es im Augenblick dabei. „Und Frauen, Ash? Wie sah es da bei Trevor aus?"

Ash fing an zu lachen, und sein Morgenmantel fiel auseinander. Umständlich hüllte er sich wieder darin ein und verknotete die Kordel. „Trevor hat's mit allem getrieben, was zwei Beine hatte. Elefant behauptet, er hätte sich auch mal an sie rangemacht, aber wahrscheinlich reißt sie nur das Maul auf. Irgendwo hört's ja mal auf."

„Ich habe Fotos von ihm gesehen. Er sah recht gut aus."

„Äh, doch, kann man schon sagen. Mit *dem* Aussehen und *dem* Verstand hätt' er's zu was bringen können. Ein Jammer."

„War Cora Binns eines seiner Mädchen?"

„Na ja, Cora scharwenzelte schon um ihn herum. Wo Trevor war, da gab's immer 'ne Menge Weiber. Aber Cora war nicht sein Typ. Ich meine, Cora war eine, die auf lebenslänglich aus war. Bescheuert." Als sollte der Beweis geliefert werden, welchen Trost die Ehe für die Seele bedeutet, hörte man aus der Küche ein ohrenbetäubendes Klirren von Geschirr und das Scheppern eines brutal aufgestoßenen Fensters.

Das Gesicht von White Ellie erschien. Sie überschrie den Lärm der Mülleimerdeckel: „Warum passt du nicht auf das verfluchte Kroppzeug auf. Sammy und Sookey laufen splitternackt herum, und Friendly hat wieder auf Mrs Lilybanks Rosen gepisst!" Dann sah sie Jury, und ihre Brauen zogen sich noch unheilvoller zusammen. „Du hast's also wieder gemacht!"

Das Fenster wurde wieder zugestoßen, und die Scheiben schepperten noch gefährlicher. Ash verdrehte die Augen, als White Ellie, die ihrem Namen wirklich alle Ehre machte, einen Kinderwagen vor sich herschiebend ins Wohnzimmer gestapft kam. Auf dem Baby lag ein Berg Wäsche, und Jury war wieder einmal versucht nachzuschauen, ob das Baby noch atmete.

„Nichts hab ich gemacht. Der Super und ich müssen zur Kneipe rüber, um was zu besprechen, wenn du mir also meine Hosen geben könntest –"

White Ellies Garderobe bestand aus verschiedenen Schichten: Über einem Baumwollkleid trug sie einen blauen Pullover, der wiederum über Ashs Hosen hing.

Als sie sie ausziehen wollte, sagte er jedoch: „Nein, warte, ich zieh die neuen an."

„Kommt nicht infrage, die sind für die Kirche."

Er verschwand im Dunkel des hinteren Zimmers und sagte stur: „Mann, heut sind die neuen Buxen dran."

Fred Astaire hätte das auch nicht besser hingekriegt, dachte Jury, als sie fünf Minuten später zum „Anodyne Necklace" schlenderten.

SIE SCHIENEN ALLE noch auf denselben Plätzen zu sitzen wie vor vierundzwanzig Stunden, als Jury sie verlassen hatte, im trüben, gelben Licht der Gaslampen gefangen wie Fliegen in Bernstein. Die Frauen – alle mit Schals – hockten auf den Bänken, während die Männer um die Tische herum saßen oder am Tresen lehnten.

„Na, wenn das mal nicht Ash ist", sagte einer namens Nollie. „Herausgeputzt wie zu 'ner Hochzeit. Was ist denn der Anlass?"

„Da is' gar kein Anlass. Ich helf nur der Polizei 'n bisschen aus. Ihr wisst schon."

Jury breitete den Plan auf dem Tisch aus. „Kommt das jemandem bekannt vor?"

Keith runzelte die Stirn, schüttelte den Kopf und gab den Plan Chamberlen. Der studierte ihn gründlich, nachdem er seinen Zwicker wie ein Juwelier seine Lupe angehaucht und blank gerieben hatte. Schließlich sagte er: „Prima gemacht, wirklich sehr gut."

„Was sollen denn die blöden Bärenstapfen?", fragte Nollie, als er den Plan in der Hand hielt. „Und wo ist dieser Wald von Horndean?" Er blickte zu Jury auf.

„Ich dachte, ich könnte das von *euch* erfahren."

Nollie drehte sich misstrauisch nach Ash um. „Ist das eine Falle, Ash?" Er schlüpfte in seinen Mantel.

„Nein, is' es nicht. Was ich zu sagen habe, könnt ich auch vor meiner alten Mutter sagen."

Keith höhnte: „Die is' wohl stocktaub, die alte Schlampe, was?"

Dass seine alte Mutter beleidigt wurde, konnte Ash nicht dulden. Er begann, seine Jacke auszuziehen. Jury klopfte ihm auf die Schulter und drückte ihn auf seinen Stuhl. Dr. Chamberlen seufzte nur und schüttelte den Kopf. Harry Biggins stellte einen Teller mit Aal in Aspik vor ihn hin, und er stopfte sich eine riesige weiße Serviette in den Kragen.

Jury fragte Chamberlen: „Könnte Trevor Tree das gemacht haben?"

Während er Zitronensaft über den Aal träufelte, angelte sich Chamberlen mit einem dicken Zeigefinger den Plan und begutachtete ihn noch einmal. Jury gefiel die Art und Weise, wie er eine Situation studierte, bevor er sich dazu äußerte. „Ja, doch, das könnte durchaus sein. Trevor dachte sich immer ganz schlaue Sachen aus. Sehr einfallsreich, dieser Trevor."

„Was heißt das?" Jury beobachtete, wie der glitschige Aal in Dr. Chamberlens Mund verschwand.

„All diese Einzelheiten, die einen in die Irre führen sollen. Aber was soll das, Superintendent? Suchen Sie auch nach dem ‚Heilenden Halsband'?" Chamberlen sah aus wie ein Uhu. Die Gläser seiner Brille funkelten.

„Nein, nach was Konkreterem, nach dem Smaragd, den Trevor Tree vor ungefähr einem Jahr den Kenningtons gestohlen hat. Ist ein Vermögen wert. Und ich weiß, dass Trevor hier Stammgast war."

Chamberlen nickte. „Tree war Magiermeister. Wie ich." Er hielt einen großen Bogen Millimeterpapier hoch. „Von dem Smaragdcollier hab ich gehört. Wurde nie gefunden, was?" Chamberlen wischte sich die Finger ab. „Ein gerissener Bursche, dieser Trevor."

„Ein Gauner." Jury sah Jenny Kennington vor sich, wie sie verloren in einem leeren Raum stand. „Lady Kennington muss deswegen ihr Haus verkaufen." Chamberlen fuhr sich mit dem Finger über die Wange, als wollte er sich eine Träne wegwischen.

„O Gott, o Gott, die feine Lady. Steht die Ärmste jetzt im Schnee und hat die armen Kleinen am Rockzipfel?"

„Keine Kleinen am Rockzipfel. Sie ist zwar adlig, aber deswegen hat sie genauso ein Recht auf ihr Eigentum wie wir auch."

Dr. Chamberlen hielt seinen leeren Teller hoch. „Nollie, sei so nett und bring mir noch eine Portion Aal. Die hochmoralischen Reden des Superintendent machen mich richtig hungrig." Gehorsam nahm Nollie den Teller entgegen.

„Sie wissen also nichts über Trevor Tree, was uns weiterhelfen könnte? Er ist ja nicht mehr am Leben. Sie würden also keinen Kumpel verpfeifen. Und es ist ziemlich klar, dass *er* einen Kumpel hatte."

„Aber ich war das nicht, falls Sie das meinen." Säuberlich wischte er sich den Mund mit dem Zipfel seiner Serviette ab.

„Ich nehme an, Sie waren auch letzten Donnerstag hier?"

Chamberlen nickte. „Dafür gibt es Zeugen, Superintendent, Zeugen."

Jury blickte in die Runde. Feierliches Kopfnicken.

„Und alle Übrigen sind auch hier gewesen, und jeder kann das Alibi des andern bestätigen?"

Feierliches Kopfnicken.

„Und keiner hat die geringste Ahnung, warum Cora Binns ermordet wurde?"

Wieder feierliches Kopfnicken.

# 21

Als Melrose schließlich in die Gegend von Wembley Knotts kam, hatte er zwei gebührenpflichtige polizeiliche Verwarnungen bekommen, eine auf der A 10 und eine in Chigwell, wo er auf der Suche nach dem richtigen Weg ein Rotlicht überfahren hatte. Eine alte Frau, die er auf dem Fußgängerübergang beinahe gestreift hätte, gab einen Schwall von Kraftausdrücken von sich, während Melrose an seinen Hut tippte und weiterfuhr.

Der Anblick eines Silver Shadow, der die Catchcoach Street entlangglitt, rief bei den wenigen Passanten, die noch unterwegs waren, unterschiedliche Reaktionen hervor. Die Frauen meinten, Prinzessin Di sei gekommen, um eine Hilfsaktion für die Armen des East End zu starten; die Männer – zumindest die beiden, die aus dem „Three Tuns" heraustaumelten – nahmen an, diese Halluzination hätte etwas mit den zehn Flaschen Abbot zu tun, die sie auf eine Wette hin zusammen geleert hatten. Um das, was sie für eine Halluzination hielten, zu verscheuchen, kehrten sie schnurstracks in die Kneipe zurück, um sich mit ein paar weiteren Gläsern wieder klare Sicht zu verschaffen.

Melrose hatte zweimal angehalten und gefragt, welche der Bruchbuden am Ende der Straße denn das „Anodyne Necklace" sei, und jedes Mal nur staunend aufgerissene Münder zu Gesicht bekommen. Er fragte sich gerade, wo er seinen Wagen abstellen sollte, als er Jurys Dienstwagen entdeckte. Es gelang ihm, den Rolls in eine Lücke zwischen dem Ford und einem völlig verrosteten Mini ohne Windschutzscheibe zu bugsieren.

Als er ausstieg, sah er, dass Jurys Auto vor einem Haus parkte, das seinen beiden Nachbarn beinahe aufs Haar glich, nur dass es noch heruntergekommener aussah. Nur die abblätternde Farbe ließ erahnen, dass es einmal ganz einladend ausgesehen haben musste. Hinter dem vorhanglosen Fenster bewegte sich eine dunkle Gestalt wie ein Fisch in einem Aquarium. Das dreckigste Rudel Kinder, das ihm je zu Gesicht gekommen war – fünf, nein sechs, da in ihrer Mitte auch noch der Kopf eines Babys auftauchte –, hatte sich über einen alten Kinderwagen hergemacht, aber sofort wieder davon abgelassen, als der Silver Shadow auftauchte, um zu beobachten, wie er in die Lücke einparkte, ein sehr kompliziertes Manöver. Melrose vergewisserte sich, ob die Tür abgeschlossen war.

„Könnt ihr mir bitte sagen, wo das ‚Anodyne Necklace' ist?" Ein schielendes Kind wollte antworten, bekam aber von einem der Großen sofort einen Stoß in die Magengrube. Er sagte: „Klar, könn' wer schon, was isses Ihnen wert?" Er blickte zu Melrose hoch, und sein Mondgesicht nahm den frechsten Ausdruck an, der ihm zu Gebote stand; seine Wimpern waren so hell, dass die Augen lidlos wirkten.

Melrose warf ihm eine Fünfzigpencemünze zu, nach der er schnappte wie ein Frosch nach einer Fliege. Der Junge zeigte auf die Häuser am Ende der Straße: „Dahinten."

Am spitz zulaufenden Ende der Straße schienen ein paar Geschäfte zu sein; dazwischen stand ein schmales Gebäude mit einer unauffälligen Fassade, von der auch ein Schild hing. Melrose wandte sich nach dem Haus hinter ihm um. „Wohnt ihr da?"

„Schon möglich", sagte der mondgesichtige Junge.

„Und habt ihr den Herrn gesehen, dem dieses Auto gehört?" Melrose zeigte mit seinem Spazierstock auf den Ford.

Er wurde mit einem weiteren schlauen Lächeln belohnt: „Schon möglich."

„Mama is' zu Haus!", piepste das einzige Mädchen unter ihnen, das geräuschvoll am Finger gelutscht hatte und nun einen Tritt ans Schienbein bekam, weil es Melrose diese Information hatte zukommen lassen. Die anderen vier, die Melroses Auto zuerst nur aus respektvoller Ferne betrachtet hatten, rutschten inzwischen wie eine Schar Schnecken darauf herum.

Es gelang ihm, das Kleinste mit seinem Spazierstock zu angeln und auf den Bürgersteig zu befördern. Dann ließ er alle sechs der Reihe nach antreten und gab jedem ein Geldstück. „Vielleicht liegt noch mehr drin. Wenn ihr aber mein Auto trotzdem nicht in Ruhe lasst", fügte er mit einem gewinnenden Lächeln hinzu, „dann muss ich euch die kleinen Ärmchen und Beinchen brechen."

Diese Drohung schien sie eher zu belustigen als einzuschüchtern. Der Mondgesichtige, der auf den Namen „Sookey" hörte, öffnete den Mund zu einer Erwiderung, aber da hatte Melrose schon seinen Spazierstock gegen das von ihnen gebildete Mäuerchen vorschnellen lassen, sodass sie umpurzelten wie Dominosteine, wobei sie nicht aufhörten zu kichern. Dann sprangen sie die Straße hinunter zu den Läden; Sookey versuchte, den Kleineren ihr Geldstück abzunehmen, was ihm mehrere Tritte in die Leistengegend eintrug.

Melrose begab sich zum Haus Nummer vierundzwanzig.

Die Frau, die auf sein Klopfen hin geöffnet hatte und nun den Türrahmen ausfüllte, war die dickste Frau, die Melrose je gesehen hatte. Ihr voluminöses Hauskleid bauschte sich über den von Hosen bedeckten Beinen. Eine interessante Zusammenstellung, dachte er. Sie hatte sich jedoch offensichtlich einige Mühe mit ihrer Aufmachung gegeben: Das Haar war nach hinten gekämmt und wurde von einem grün glänzenden Band zusammengehalten; Lippenstiftrot sickerte in die Linien um ihren Mund.

Sie musterte ihn eingehend. „Wenn Sie wegen Friendly kommen – das ist leider ein hoffnungsloser Fall. Ich hab gar nicht gewusst, dass die Leute vom Sozialamt auch sonntags unterwegs sind. Der Junge schlägt seinem blöden Pa nach." Sie schob sich an Melrose vorbei und steuerte auf den Kinderwagen zu. Er war bedeckt mit Wäsche, die sauber oder auch schmutzig sein konnte. Darunter schien ein Baby zu schlafen. Als sie damit zurückkam, sagte sie: „Ashs Alter war noch schlimmer, das können Sie mir glauben. Was hätt' ich denn machen sollen – er lag da draußen auf dem Treppenabsatz und gab so komische Geräusche von sich. Wären Sie da rausgegangen?" Sie funkelte Melrose an. „Woher hätt' ich wissen sollen, dass er am Abkratzen war?"

„Ja, woher auch?" Melrose warf einen Blick in den Raum, der wohl einmal als Wohnzimmer gedient hatte, und hoffte, dass dies nicht der letzte Ort gewesen war, den Jury lebend gesehen hatte.

Mit seiner Antwort offenbar sehr zufrieden, zog sie ein Bündel Wäsche – nein, es war das Baby – aus dem Wagen, schüttelte es und legte es wieder hinein. „Die ganzen Stufen is' er runtergefallen. Und ich sollte in dem gottverdammten Haus bleiben?" Sie sah genauso herausfordernd drein wie Sookey. Der Kleine war offensichtlich seiner Mutter nachgeschlagen. „Na, kommen Sie!"

Fasziniert folgte ihr Melrose. Ein bissig aussehender Hund mit schmalem Kopf und krummen Beinen blickte zu ihm auf, als er sich in der Küche umschaute. Ein Löffel steckte in einer Schüssel, deren Inhalt ein Eigenleben zu führen schien; er warf Blasen, brach auf, bildete Risse. Sie nahm sich diese explosive Masse vor und schien jetzt erst zu bemerken, dass sich ein Fremder in ihrer Küche befand. Sie fragte: „Wer sind Sie eigentlich? Sie kommen einfach so reinspaziert."

Melrose verneigte sich leicht. „Melrose Plant, Gnädigste, ein Freund von Superintendent Jury; ich sah sein Auto vor dem Haus und dachte, er sei vielleicht hier."

„Sie sind also gar nicht vom Jugendamt?" Sie schien überrascht. „Na schön. Ich heiße Cripps. Und Sie sind ein Freund vom Super?" Als ob Jury zur Familie gehörte, dachte Melrose. „Er ist mit Ashley in die Kneipe rübergegangen. Gerade eben. Ich geh auch gleich, wenn die Kinder ihr Essen gekriegt haben. Setzen Sie sich doch."

Mitgehangen, mitgefangen, dachte Melrose und fegte die Brotkrumen von seinem Stuhl. „Die Sache ist sehr dringend, Mrs Cripps."

„White Ellie. Fünf Minuten, dann gehen wir zusammen." Ihr Ton schien zu besagen, dass er dieses Angebot unmöglich ausschlagen könne.

Melrose fragte sich, was wohl in der Schüssel war, immerhin wollte sie eine ganze Mahlzeit damit bestreiten. Sie zog eine Pfanne auf den Herdring, wischte sie aus, zündete das Gas an und ließ aus einem Glas Fett hineintropfen. Melrose glaubte etwas hinter dem Spülstein hervorhuschen zu sehen, einen Schatten, der sich in die dunklen Ecken flüchtete. Er blickte schnell weg und öffnete sein Zigarettenetui. „Nehmen Sie eine?"

„Vielen Dank", sagte White Ellie, nahm sich eine Zigarette und zündete sie an der Gasflamme an. Dicke Klumpen Teig tropften von ihrem Löffel, die Pfannkuchen zischten in der Pfanne. „Wolln Sie einen?" Melrose lehnte dankend ab. „Wo die Kinder bloß wieder stecken?"

Noch bevor er ihr sagen konnte, sie hätten den Laden an der Ecke gestürmt, um sein Geld auszugeben, kündigten sie mit viel Gejohle, Gejauchze und Getrampel ihre Rückkehr an; mit verschmierten Gesichtern fielen sie in die Küche ein und ließen sich und ihre Bonbonpapierchen auf die Hocker und Stühle fallen, die um den Tisch herum standen. Eines fehlte, wie Melrose bemerkte. Auch White Ellie fiel das auf, als sie die Teller austeilte. „Wo ist Friendly?"

Sookey, der es anscheinend darauf abgesehen hatte, den Besucher zu vergraulen, Bonbons hin, Bonbons her, verkündete: „Friendly hat gesagt, er will an die Radkappen pinkeln."

Sie kicherten – eine Bande von Verrätern.

Melrose erhob sich lächelnd und drückte dabei auf einen Knopf an seinem Spazierstock, worauf eine dünne Klinge aus dem Schaft hervorschnellte. „Ich an deiner Stelle würde mal ganz schnell zu Friendly rüberrennen und ihm ausrichten, dass der Herr hier drinnen ihm dringend rät, sich ein anderes Betätigungsfeld zu suchen."

Sie ließen Gabeln, Löffel und Ketchupflasche fallen. Sookey wurde noch blasser, als er schon von Natur aus war. „Verdammt!", flüsterte er, rutschte von seinem Stuhl und flitzte wie ein Pfeil aus der Tür.

Nur White Ellie zeigte sich völlig ungerührt. Sie ließ ihre Zigarette auf den Boden fallen, zertrat sie wie einen Käfer und inspizierte die Klinge. „Sapperlot. So was könnte ich auch gebrauchen. Sind Sie so weit? Ich zieh mir noch schnell die Hosen aus, dann gehn wir zum ‚Necklace' rüber."

Während er wartete, betrachtete Melrose die Tapete.

Er sagte sich, dass er zu lange mit seiner Tante Agatha gelebt hatte, um sich noch von irgendwelchen Unregelmäßigkeiten im Ablauf des Weltgeschehens erschüttern zu lassen. Noch ein, zwei Jahrtausende, und dieser Mikrokosmos würde keine Geheimnisse mehr für ihn bergen.

HÄTTE JURY Tagebuch geführt, hätte er als Erstes White Ellie beschrieben, wie sie am Arm von Melrose Plant im trüben Licht des „Anodyne Necklace" auftauchte.

Er hatte gerade den Hörer aufgelegt, als sie hereinkamen und sich dann trennten: White Ellie ging zu den Frauen auf den Bänken (und warf einen Bierkrug um, als sie sich zwischen den Tischen durchquetschte), Plant zu Jury an die Bar.

„Darf ich Sie zu einem Drink einladen, Superintendent?"

Er nickte in die Richtung des Telefons. „Ich nehme an, Sie haben von dem Mord an Ramona Wey gehört?"

Jury nickte. „Wiggins war dran. Sie haben im Krankenhaus angerufen. Was ist passiert?"

Melrose erzählte Jury von dem kleinen Bummel, den Ramona unternommen hatte. „Sie schien sich nicht gerade allgemeiner Beliebtheit zu erfreuen, soweit ich das feststellen konnte." Plant legte eine Pfundnote auf den Tresen und winkte Harry Biggins heran. „Ich habe mich gefragt, welche Rolle sie wohl spielte. Wenn Ramona Wey Lord Kennington Schmuck verkauft hat, wäre es dann nicht möglich, dass *sie* den Ring, den Cora Binns trug, wiedererkannte? Vorausgesetzt natürlich, dass sie ihr überhaupt in Littlebourne begegnet ist." Harry Biggins kam zu ihnen, und Melrose bat ihn, Mrs Cripps reichlich mit dem, was für ihr Wohlbefinden notwendig sei, zu versorgen. Erstaunt stellte er fest, dass der Wirt seine Bestellung einer Flasche Old Peculier mit der größten Selbstverständlichkeit entgegennahm.

„Ramona Wey und Cora Binns, das erinnert mich an etwas. Bestellen Sie mir ein Bier, ich telefoniere mal rasch."

„Gut. Ich sehe so lange bei dem Spiel zu. Ist das da drüben der Tisch?"

Jury lächelte. „Ein äußerst kompliziertes Spiel, Mr Plant. Der Dicke heißt Dr. Chamberlen. Zumindest nennt er sich so. Er ist der Meister, er bestimmt, was läuft. Ich glaube nicht, dass Sie viel aus ihm rauskriegen – weder aus ihm noch aus den anderen."

„Wir werden sehen. Können Sie mir mal Ihre Kopie von Emilys Plan leihen, Superintendent?"

„Sicher."

Melrose bestellte Jurys Bier und ging mit Handschuhen, Spazierstock und seinem Glas Old Peculier zum Spieltisch hinüber. All diese Dinge legte er auf der großen, runden Tischplatte ab. Die Männer blickten mit gespielter Überraschung zu ihm auf; Melrose war jedoch sicher, dass sie ihn die ganze Zeit über beobachtet hatten. Nur Dr. Chamberlen war entweder zu klug oder zu eitel, um Erstaunen zu heucheln.

„Wer von den Herren ist der Meister?", fragte Melrose.

Dr. Chamberlen hielt seinen dicken rosa Zeigefinger hoch und fragte ironisch: „Und mit wem habe ich die Ehre, Sir?" Der Blick, der Melroses Kaschmirmantel streifte, ließ keinen Zweifel daran, dass dies an einem Ort wie dem „Anodyne Necklace" eine recht fragwürdige Ehre war.

Melrose zog aus der Innentasche seines Mantels ein Etui mit Visitenkarten, die er für solche Notfälle bei sich hatte. Er schob ihm seine Karte hin.

Dr. Chamberlen setzte seinen Zwicker auf, beugte sich darüber und las; dann lehnte er sich wieder zurück, wahrte aber nur mit sichtlicher Mühe seine gleichgültige Haltung.

Den Übrigen war es alles andere als gleichgültig. „Ein Earl! Verdammt, ein Earl im ‚Necklace'?", sagte Ash Cripps. „Und woher kennen Sie Elefant?"

Melrose brauchte einen Augenblick, bis er begriff, dass damit Mrs Cripps gemeint war. „Sie war so freundlich, mich hierherzubegleiten."

„Und Superintendent Jury", sagte Dr. Chamberlen, „scheint ein Freund von Ihnen zu sein."

„Richtig. Aber ich bin kein als Aristokrat verkleideter Polizist, falls Sie das annehmen."

Chamberlen schnappte sich einen Würfel und ließ ihn in der Hand hin und her kullern. „Was führt Sie dann zu uns?"

„Das Spiel", erwiderte Plant lächelnd. Sie sahen einander an, und Melrose stocherte mit seinem Spazierstock in den verstreuten Blättern Millimeterpapier herum. „Ich bin selbst Meister, dreizehnter Grad."

Daraufhin drehten sich alle Köpfe nach Chamberlen um, der keinen sonderlich erfreuten Eindruck machte. „Teufel!", sagte Keith, „der höchste ist doch fünfzehn, stimmt's, Doc?"

Melrose beglückwünschte sich, nicht der Versuchung nachgegeben und zwanzig gesagt zu haben.

„Sehr interessant", sagte Chamberlen, scheinbar ganz auf den Teller Aal in Aspik konzentriert, den Biggins vor ihn hingestellt hatte. Er stopfte sich die Serviette in den Kragen. „Aber wenn ich meine Frage wiederholen darf: Was hat das mit uns zu tun?"

„Mich interessiert das hier", sagte Melrose und legte den Plan auf den Tisch.

„Sie meinen den Plan, für den sich auch Superintendent Jury interessiert?" Chamberlen presste ein Stück Zitrone über seinem Aal aus und streute Pfeffer darüber. „Mich interessiert er überhaupt nicht."

Melrose nahm ein paar Scheine aus seiner Brieftasche und breitete sie wie einen Fächer auf dem Tisch aus. „Fünfhundert Pfund. Kann ich jetzt mitspielen?"

Allen außer Chamberlen, der den Mund voller Aal hatte, fiel vor Staunen der Kiefer herunter.

Ein kurzes Zögern, ein schneller Blick auf das Geld, dann sagte Chamberlen: „Wir spielen nicht um Geld."

Ein Mann von Prinzipien, dachte Melrose, aber er wusste, wie schnell sich solche Prinzipien ändern konnten. „Mein Vorschlag lautet: Wenn Sie es schaffen, vor mir herauszufinden, was dieser Plan bedeutet, gehören die fünfhundert Pfund Ihnen. Ich meine damit natürlich Sie alle."

„Kein guter Handel für Sie, was? Wir sind nämlich im Augenblick etwas knapp bei Kasse. Keiner von uns kann fünfhundert Pfund einsetzen."

Melrose zuckte die Achseln. „Macht nichts. Wenn ich gewinne, lassen Sie mich eben immer mitspielen, wenn ich in London bin." Melrose nahm an, dass Chamberlen mehr daran lag, ihn aus dem Spiel herauszuhalten als das Geld zu kassieren.

„Ich komm da nicht ganz mit: Wenn Sie ein Freund des Superintendent sind, warum hat er sich dann nicht gleich an Sie gewandt?"

„Oh, das hat er." Melrose nahm den Plan in die Hand. „Aber ich bin nicht dahintergekommen."

Das gefiel Dr. Chamberlen offensichtlich. „Unter einer Bedingung."

„Und die wäre?"

„Dieser Ort –" Chamberlen stieß mit dem Finger gegen den Plan – „ist wahrscheinlich frei erfunden, und Sie können nicht von mir erwarten, dass ich Trevor Trees Gedanken lese. Deshalb sollte die Wette so aussehen, dass nur der Code entschlüsselt werden muss."

Was für ein Code, zum Teufel, fragte sich Melrose. „Schön, ich bin einverstanden."

IN DER DARAUFFOLGENDEN VIERTELSTUNDE bekam Melrose, der mit dem Bleistift in der Hand vor einem Bogen Millimeterpapier saß und nicht wusste, was er damit anfangen sollte, den verrücktesten oder sinnlosesten Wortwechsel zu hören, den er in seinem Leben vernommen hatte. Gelegentlich machte er sich ein paar Notizen, da die anderen wie wild drauflosskritzelten. Auch die übrigen Gäste schien das Geld auf dem Tisch magisch anzuziehen.

„... und holt sich zwölf Goldstücke aus der Höhle des Schwarzen Bären."

An diesem Punkt war Jury hinter ihn getreten. Melrose las den Zettel, den er ihm hinschob: *Ramona Wey arbeitete für die Jobvermittlung „Smart Girls".*

Als Keith und Nollie in der Höhle des Schwarzen Bären festsaßen und nicht mehr weiterwussten, legte Chamberlen den Bleistift auf den Tisch und blickte zu Melrose hinüber. „Inzwischen muss Ihnen der Code ja klar geworden sein." Sein vergnügtes Grinsen bewies Melrose, dass Chamberlen gewonnen hatte oder zumindest fest davon überzeugt war. Als Melrose nichts darauf erwiderte, erklärte er, offensichtlich sehr zufrieden mit sich selbst: „Der Schlüssel ist das, was immer wiederkehrt – gewöhnlich sind das Namen, Orte, Zahlen. Aber so elementare Dinge brauche ich Ihnen wohl nicht zu erklären, wo Sie selbst Meister sind. Als Schlüssel kommen hier offensichtlich nur die Farben infrage."

„Vielleicht können Sie das doch noch etwas erläutern", sagte Melrose und legte seinen Spazierstock auf die Pfundnoten, nach denen sich bereits eine Hand ausstreckte.

Dr. Chamberlen faltete die Hände über dem Bauch: „Der Bach des Bluts ist offensichtlich rot. Dazu braucht man nicht viel Fantasie. Eindeutig sind auch der Schwarze Bär, die Gelbe Steinstraße und die Blaue Grotte. Bei dem Pfad bin ich mir nicht ganz sicher – braun vielleicht? Der Festungsgraben ist wahrscheinlich grün oder blau oder blaugrün."

„Und der Königsweg?"

„Lila natürlich." Chamberlen zuckte die Achseln und blickte von Plant zu Jury. „Glauben Sie mir, meine Herren, wenn ich mehr wüsste, würde ich es Ihnen sagen. Aber das ist der Schlüssel. Da bin ich mir ganz sicher."

Melrose hob seinen silberbeschlagenen Stock von den Pfundnoten, die Chamberlen flugs einsammelte und erstaunlich großzügig an die Spieler austeilte.

Die Catchcoach Street wurde nicht so häufig von Adligen und Superintendenten besucht, als dass die Gäste des „Anodyne Necklace" sie so einfach ziehen lassen konnten, besonders nachdem Melrose Plant mehrere Runden ausgegeben hatte. Einen solchen Wohltäter ließ man ungern gehen, und White Ellie, die mehr als alle anderen von seiner Großzügigkeit profitiert hatte, fühlte sich zu einer Gegenleistung verpflichtet. „Na, wie wär's, wollt ihr beide nicht mit zu uns kommen und ein paar aufgewärmte Pfannkuchen futtern?"

Sie standen unter dem Schild des „Anodyne Necklace" und schauten die Catchcoach Street entlang. In dem blauen Licht der Dämmerung waren die Straßenlampen angegangen, und die schmalen Häuser warfen lange Schatten auf das Pflaster. Ein Stück weiter tobte eine Horde Kinder herum.

„Farben", sagte Melrose Plant und zündete sich eine dünne Zigarre an. „Was zum Teufel hat das zu bedeuten? Wenn nur Emily mit ihren Buntstiften da wäre … Hat Ihr Telefonanruf etwas erbracht?"

„Ja. Ich erinnerte mich daran, dass Sylvia Bodenheim Ramona Wey als aufgedonnerte kleine Sekretärin aus London beschrieben hatte. In London gibt es zwar jede Menge aufgedonnerter kleiner Sekretärinnen, aber es ist anzunehmen, dass nur wenige für die Jobvermittlung ‚Smart Girls' in King's Cross arbeiten oder gearbeitet haben. Ramona war eine davon, wie mir die Geschäftsführerin mitgeteilt hat. Sie kündigte, als eine alte Tante von ihr starb und Ramona nicht mehr zu tippen brauchte – vor gut einem Jahr."

„Sie hat also Cora Binns gekannt?"

„Bestimmt. Aber ich kann verstehen, wenn sie das unter diesen Umständen nicht zugeben wollte. Obwohl sie es besser getan hätte. Ich nehme an, sie hatte sich ihren eigenen kleinen Plan zurechtgelegt, Erpressung vermutlich. Das arme dumme Ding."

Einen Augenblick lang schwiegen beide. Auch auf der Straße war es still geworden, eine Stille, die nur von den hellen Stimmen der Kinder unterbrochen wurde. Alle übrigen Anwohner mussten in der Kneipe sein.

„Sagten Sie, diese Agentur befinde sich irgendwo in der Nähe von King's Cross?"

Jury nickte. „Warum?"

„Und wo ist die Underground-Station Wembley Knotts?"

„Nicht weit. Nur ein paar Minuten von hier."

„Was halten Sie davon, wenn wir kurz reinschauen?"

„Na schön. Ich muss nur bald wieder nach Littlebourne."

„Dauert keine fünf Minuten." Melrose ließ seine Zigarre in den Rinnstein fallen und blickte zum Schild des „Anodyne Necklace" hoch. „Sägespäne, Gaslicht, Chamberlen und Cripps. Das hier könnte für den Rest seines Lebens von seinem Schick leben."

Sie waren bei ihren Autos angelangt. Plants Spazierstock hatte offensichtlich die gewünschte Wirkung gehabt: Der Silver Shadow war unversehrt, keine Menschenhand und keine Cripps-Pfote hatten ihn angetastet.

Jury indessen seufzte. Quer über seine Windschutzscheibe war mit Seife das Wort RATE geschmiert, gefolgt von der etwas kleiner geschriebenen Aufforderung, von hier abzuhauen.

Melrose schüttelte den Kopf. „Lernen sie auf der Schule denn keine Orthografie mehr?"

Als Melrose seinen Rolls vorsichtig die Straße entlangchauffierte, sah Jury, wie die Cripps-Kinder ihr Spiel unterbrachen, zu winken anfingen und ihm auf dem gepflasterten Trottoir nachliefen. Auch Friendly winkte, nur nicht mit der Hand.

Die schwarze Kontrolleurin beugte sich gerade aus ihrer Dienstkabine und legte sich mit einer Familie klein gewachsener Orientalen an. Jury zeigte seinen Ausweis, und sie ließ sie mürrisch passieren. Von den Orientalen verlangte sie noch dreißig Pence.

In der Ferne fuhr ein Zug ab, und der Wind schob sie wie eine Hand im Rücken den

Gang entlang. Von dessen anderen Ende her waren, durch die Wölbung der gekachelten Wände verstärkt, die Klänge einer Gitarre und einer Stimme zu vernehmen, die ein melancholisches Lied von Heimweh und Heimkehr sang; es klang so traurig, als hätte der Sänger bereits jede Hoffnung aufgegeben. Jury hatte das seltsame Gefühl, dies alles schon einmal erlebt zu haben. Sie bogen um die Kurve, und Melrose warf ein paar Münzen in den offenen Gitarrenkasten; der Gitarrist nickte und spielte als Zeichen des Dankes ein wenig lauter.

„Hier wurde sie gefunden", sagte Jury und blieb vor dem „Evita"-Plakat stehen, das inzwischen bis zur Mitte eingerissen war. Ein glitzernder Arm war erhoben, der andere hatte sich von der Schulter abgelöst. Verstümmelt und mit einem Schnurrbart verunziert, behauptete Evita noch immer ihren Platz an der Wand, wie sie ihn auch im Leben behauptet hatte.

Neben ihnen hallten Schritte, und zwei Teenager bogen um die Ecke. Sie sahen völlig identisch aus – lange Haare, tiefe Schatten um die Augen, Jeans, Kaugummi.

„Ein so belebter Ort", sagte Melrose, „es muss ziemlich riskant gewesen sein, sie hier zu überfallen."

„Wahrscheinlich blieb dem Betreffenden gar nichts anderes übrig. Da er in der Nähe von Wembley Knotts und des ‚Anodyne Necklace' nicht gesehen werden wollte."

Sie gingen die Treppe hinunter und den Bahnsteig entlang. Die gegenüberliegende Wand war mit riesigen Plakaten vollgeklebt. Kristallklarer Gin; ein Rock, der über einem wohlgerundeten, in Strumpfhosen verpackten Po aufflatterte; die flehenden Augen einer alten Frau, die um eine Spende für ein Heim für mittellose Witwen baten; die noch flehenderen Augen eines Spaniels, der (wie der Tierschutzverein bekanntgab) nur noch kurze Zeit zu leben hatte. Die beiden Teenager standen am anderen Ende des Bahnsteigs. Ein paar Jungen in Lederjacken und mit altmodischen Entenschwanzfrisuren kamen durch einen der gewölbten Gänge. Sie wechselten abschätzende Blicke mit den Teenagern.

Jury blickte auf die Wand hinter sich, in die Richtung, in die Melroses Spazierstock wies.

In diesem Augenblick hätten ihre Gedanken ein und demselben Gehirn entsprungen sein können. Plant zeigte mit seinem Spazierstock auf einen dunklen Punkt auf dem Plan des Underground-Netzes, der die größte Station Londons markierte. „King's Cross St Pancras."

Jede Linie hatte eine andere Farbe, damit sich der Benutzer in diesem Labyrinth zurechtfand. Plants Spazierstock folgte dem dünnen roten Strich, der die Stadt in zwei Hälften teilte. „Der Bach des Blutes, nicht? Die Central Line. Blau die Victoria Line; Schwarz die Northern Line; Grün die District Line – vergleichen wir das doch mal mit Ihrem Plan."

Jury zog ihn aus der Tasche. Die Kirche von St Pancras war an der Stelle eingezeichnet, die dem dunklen Punkt auf dem Plan des Underground-Netzes entsprach. „Und hier haben wir das Collier, genau da, wo wir stehen, in der Station Wembley Knotts."

„Wenn man die Augen schließt, sieht es wie einer von Ernestines Plänen aus."

Jury fragte sich, wie oft er diesen Plan allein in den letzten zwei Tagen gesehen hatte – die lackierten Fingernägel der Taschendiebin gleich daneben. Immer der gleiche Plan, in jedem Wagen, an jeder Station. Es gab praktisch keinen Tag in seinem Leben, an dem er nicht einen Plan der Londoner Underground gesehen hatte.

„Meinen Sie", meinte Melrose, „Tree hat es irgendwo hier versteckt? In einer Underground-Station?" Er blickte sich um, während ein Zug angedonnert kam, ein paar Fahrgäste ausspuckte und die Teenager samt den Jungen in den Lederjacken verschluckte.

Der Gitarrenspieler ging mit seinem schwarzen Kasten den Bahnsteig auf und ab. Erst jetzt merkte Jury, dass die Musik aufgehört hatte. Der Gitarrenspieler zündete sich eine Zigarette an, lehnte sich gegen eine Wand und wartete.

Jury warf ihm einen Blick zu und sagte zu Melrose Plant: „Wenn Sie wie Tree den Verdacht hätten, dass die Polizei schon auf der Straße oder in Ihrer Wohnung auf Sie wartet, und hier stünde Ihr Komplize –" Der Rest verlor sich in dem Wind, der aufkam, als der Zug beschleunigte und in dem dunklen Tunnel verschwand.

„– dann kämen Sie vielleicht auch auf den Gedanken, dieses Collier in eine Pfundnote zu wickeln und einfach in den Kasten mit den Münzen zu werfen. Allerdings hätte der schon jemandem sehr Vertrauenswürdigen gehören müssen."

Jury blickte von dem Underground-Plan wieder zu dem unglücklichen Hund hoch, dessen Augen niemandem vertrauten. Täuschte er sich völlig? Es fiel ihm schwer zu glauben, dass Cyril Macenery der Täter gewesen sein sollte. Wichtig war zunächst nur, dass er im Krankenhaus war – allein mit Katie. „Bitte setzen Sie mich am Krankenhaus ab, wenn Sie nach Littlebourne zurückfahren."

Plant versuchte, mit ihm Schritt zu halten; sie rannten beinahe durch die Gänge. „Fahre ich denn nach Littlebourne zurück?"

„Ja. Um auf Emily Louise Perk aufzupassen. Ihr hat Katie diesen Plan gegeben."

„Ich würde mich viel sicherer fühlen", sagte Melrose, der hinter Jury die Rolltreppe hochrannte, „wenn Emily Louise Perk auf mich aufpasste."

## 22

Emily Louise saß auf der Polizeiwache von Littlebourne, ihr Malbuch aufgeschlagen vor sich, und wünschte, Superintendent Jury würde zurückkommen. Peter Gere war zwar auch bei der Polizei, aber er war doch nur der Dorfpolizist. Außerdem war er dauernd mit dem Telefon und dieser quietschenden Box beschäftigt, die ihn mit der Polizei von Hertfield verband; es hätte hereinkommen können, wer wollte, ihr eine überziehen und dann wieder verschwinden können, ohne dass Peter etwas bemerkt hätte.

Emily Louise hätte sich eher einen Zahn ziehen lassen, als zuzugeben, dass die Ereignisse von heute Nachmittag sie sehr nervös gemacht hatten. Sie hatte das Gefühl, sie brauche den Schutz der Polizei. Aber Peter schien ihr den nicht geben zu wollen. Zweimal schon hatte er sie aufgefordert zu gehen und gesagt, er habe sehr viel zu tun.

Und nun sagte er es wieder. Er legte die Hand über die Sprechmuschel und erklärte: „Emily, ich hab 'ne Menge zu tun; am besten, du gehst jetzt." Und bevor er die Hand von der Sprechmuschel nahm, um der Stimme am anderen Ende der Leitung zu antworten, fügte er automatisch hinzu: „Deine Mutter möchte, dass du nach Hause kommst. – Ja, hier ist Gere ..." Er wandte sich wieder ab.

Warum sagten sie ihr das immer? Man hätte meinen können, Gott habe einen Knopf auf der Box gedrückt, und eine gewaltige Stimme habe daraus gesprochen: *Hier spricht deine Mami.* Dabei wusste Peter, dass ihre Mutter in Hertfield war; sie hatte ihm das selbst erzählt. Von ein paar Ausnahmen abgesehen – sie dachte an Polly und Superintendent Jury –, schienen die Erwachsenen nie zuzuhören.

Angewidert betrachtete sie das letzte Bild in ihrem Malbuch. Schneewittchen tätschelte Zwerg Dopeys polierten Schädel und hatte ein Lächeln aufgesetzt, das aussah, als wäre es in Klebstoff getaucht. Emily streckte dem Bild die Zunge heraus, klappte das Buch zu und sah sich im Zimmer um.

An dem Plan, der mit einer Reißzwecke auf Peter Geres Filztafel befestigt war, blieb ihr Blick hängen. Es gab sogar mehrere davon. Da inzwischen jeder Polizist, der hier herumschwirrte, einen hatte, war der Plan sozusagen ein offenes Geheimnis.

Peter Gere hatte ihr den Rücken zugewandt; sie rutschte von ihrem Stuhl herunter, riss eines der Blätter ab und setzte sich wieder auf ihren Platz. Es würde sich prima ausmalen lassen. Sie reihte die Stummel ihrer Buntstifte neben sich auf und machte sich daran, die Grotte blau zu färben. Nach ein paar Minuten prüfte sie das Ergebnis, war aber nicht sehr zufrieden. Da ihre Stifte so stumpf waren, sah alles – die Grotte, der Bach, der Festungsgraben und die Straße – grob vereinfacht aus. Sie nahm das Kinn zwischen die Hände und starrte darauf. An was erinnerte sie das nur? Sie runzelte die Stirn. Als sie Peter den Mantel von der Stuhllehne nehmen sah, griff sie schnell nach dem Blatt, schob es in ihr Malbuch und tat so, als wäre sie eingeschlafen. Er würde ihr den Hals umdrehen, wenn er wüsste, dass sie an seiner Tafel gewesen war! Er hatte ihr streng verboten, sie zu berühren.

„Ich muss nach Hertfield, Emily, und du gehst jetzt schön brav nach Hause."

Sie gähnte. „Ich muss noch die Pferde füttern."

„Na schön, dann füttere sie; eigentlich solltest du um diese Zeit nicht mehr unterwegs sein ..." Er brummte etwas über ihre Mutter. „Es ist schon nach acht. Was ist denn das?"

Pech. Der Plan war herausgerutscht, als sie das Malbuch vom Tisch genommen hatte.

„Emily! Das ist Beweismaterial, und du schmierst darauf herum."

Sie versuchte, ihn abzulenken. „Es erinnert mich an was, ich komm nur nicht drauf." Sie zog die Brauen zusammen. „Farbig sieht's irgendwie ganz anders aus, nicht?"

Peter drehte den Plan hin und her. „Für mich ist das irgendein blödsinniger Plan für Schatzsucher, sonst nichts. An was erinnert er dich denn?"

Emily sah mit zusammengekniffenen Augen zur Decke hoch und verfolgte eine Motte, die über die Deckenlampe flatterte. „Ich komm schon noch drauf."

Sein Gesicht glich einer Gewitterwolke. „Bei mir läuft das nicht. Ich stopfe dich nicht mit Chips und Süßigkeiten voll."

Als er sich umdrehte, um das Papier zusammenzuknüllen und in den Papierkorb zu werfen, streckte sie seinem Rücken die Zunge heraus. Der Plan war kein Spiel. Sie würde rauskriegen, was er bedeutete!

Peter schob sie zur Tür hinaus, warf ihr einen bösen Blick zu, stieg in sein Auto und brauste die Hauptstraße hinunter. Als er außer Sichtweite war, schlich Emily sich auf die Wache zurück, holte den Plan aus dem Papierkorb und glättete ihn sorgfältig.

Auf dem Weg nach Rookswood schaute sie noch bei Polly Praed vorbei und war sehr viel zufriedener mit dem Empfang, der ihr dort zuteilwurde. Polly hatte sie sogar einmal nach London in den Zoo mitgenommen und ihr erlaubt, mit der Underground in der ganzen Stadt herumzufahren.

In der Küche von Rookswood wurde sie noch freundlicher empfangen: Gleich mehrere frische Sahnetörtchen wurden ihr aufgedrängt, damit sie ihre Geschichte erzählte.

„SIE SIND *WAHNSINNIG*", sagte Cyril Macenery, während er sich von seinem Stuhl aufrichtete, bis Jury ihn wieder zurückstieß.

Jury hatte den Spießrutenlauf vorbei an der sauren kleinen Krankenschwester, diversen Helfern, einem Wägelchen mit medizinischem Gerät und einer Frau, die sehr wohl fähig schien, ihn zu packen und an den Füßen aus dem Krankenhaus zu schleifen, hinter sich gebracht. Bestimmt die Oberschwester. Doch als er ihr seinen Ausweis unter die Nase hielt, blieb ihr nichts anderes übrig, als ihn mit zusammengekniffenem Mund zu akzeptieren.

Katie lag da wie bei seinem letzten Besuch. Er widerstand der Versuchung, ihr einen Spiegel an den Mund zu halten, bevor er Cyril Macenery aus dem Zimmer führte.

Nun waren sie in einem Raum, der trauernden Hinterbliebenen vorbehalten war. Wiggins, der unter einer Krankenhauslampe saß, hatte sein Notizbuch aufgeschlagen. Er hatte alles mitgeschrieben.

„Hören Sie, ich war hier in diesem Krankenhaus – Sie haben mich gesehen. Ich kann ja wohl kaum in Littlebourne gewesen sein und jemand umgebracht haben."

„Davon rede ich im Augenblick nicht. Wir sprechen darüber, was mit dem Halsband geschah. Die Polizei wusste, dass Tree es gestohlen hat, aber gefunden haben wir es nicht."

Macenery wirkte völlig fertig. „Dass Trevor mir so weit vertraut haben soll, um mir Schmuck im Wert von einer viertel Million in den Geigenkasten zu werfen und sich davonzumachen, ist doch lächerlich. Er hat keinem getraut."

„Aber eben doch. Es war noch jemand anderes an dem Diebstahl beteiligt. Der Jemand, dem er die Underground-Skizze geschickt oder dagelassen hat."

Wiggins hatte aufgehört zu schreiben und rollte den Stift zwischen den Fingern, klopfte damit auf sein Notizbuch. „Die Sache ist die, Sir, mit Macenery kommt das nicht hin. Tree wurde von der Polizei festgenommen und dann bis zu seinem Autounfall rund um die Uhr überwacht. Er wusste, dass er unter Beobachtung stand. Da er also nicht selbst an das Halsband herankam, schickte er seinem Komplizen den Magierplan. Ziemlich mieser Trick, würde ich sagen – ihn den Komplizen enträtseln zu lassen. Und das können daher nicht Sie gewesen sein", sagte Wiggins zu Macenery. „Nicht, wenn Sie das Halsband schon vorher gehabt hätten. Es sei denn, Sie haben es ihm zurückgegeben, aber das ist nach den gegebenen Umständen unwahrscheinlich."

Macenerys Erleichterung war mit Händen greifbar. „Da haben Sie verdammt recht, ich kann's gar nicht gewesen sein."

Jury lächelte. „Dann habe ich wohl schneller geredet als gedacht, was, Wiggins?"

Wiggins saß da unter der Krankenhauslampe, badete in seinem kleinen Glanz und zog das kleine rote Band von einer frischen Schachtel Hustenbonbons ab.

DURCH DIE ANGELEHNTE STALLTÜR fiel ein schmaler, nicht sehr heller Lichtstrahl in Shandys Box, wo Emily gerade absattelte. Sie war zwanzig Minuten lang mit ihrem Pony ausgeritten – bis die Sahnetörtchen in ihrem Bauch zu rumoren anfingen. Dann war sie wieder in den Stall zurückgekehrt.

Als sie die Gurte löste, ging die Stalltür langsam zu, und es gab überhaupt kein Licht mehr.

Nichts war dunkler als der Stall bei Nacht und bei geschlossener Tür. Keine Fenster, keine Ritzen zwischen den Brettern, keine Astlöcher, durch die Licht hätte dringen können. Der Stall war so solide gebaut wie ein Haus. Und sie hatte erst gar nicht das elektrische Licht angeschaltet, weil sie sich in diesem Stall auskannte wie ein Blinder in seinem Zimmer.

In ihrem eigenen Zimmer hatte sie schon ab und zu Angst, wenn sie allein im Dunkeln lag, aber im Stall war ihr das noch nie passiert, er war immer ein Zufluchtsort für sie gewesen.

Aber jetzt fürchtete sie sich.

Jeder, der einen triftigen Grund hatte, nachts hier aufzutauchen, würde nicht einfach die Tür zufallen lassen, sondern erst das Licht anschalten, und vor allem würde er sich nicht so lautlos hereinschleichen. Die Stille, die nach dem Knall, mit dem die Tür zugefallen war, und dem erschreckten Scharren der Pferde herrschte, war undurchdringlich. Außer dem raschelnden Geräusch der Hufe, dem leisen Wiehern und Schnauben war nichts zu vernehmen.

Emily wollte schon rufen: *Wer ist da?*, aber der Instinkt riet ihr, den Mund zu halten. Regungslos stand sie mit dem Tuch da, mit dem sie das Zaumzeug abgewischt hatte, und lauschte auf die Schritte im Stall. Wenn sie sich nur aus Shandys Box zu den Fässern hinüberschleichen könnte ... Katie hatte immer gesagt, sie erinnerten sie an Ali Babas Schatzhöhle. Nein, besser nicht, wer immer sich da herumschlich, er würde bestimmt in den Fässern nach ihr suchen – nach *ihr*? Wer suchte denn schon nach ihr? Die Schritte schienen rasch näher zu kommen, an den Boxen entlang. Emily hörte, wie die Riegel an den Türen vorgeschoben wurden – an der ersten, der zweiten, der dritten.

Jemand verriegelte die Türen, sperrte die Pferde ein. Sperrte *sie* ein. Weiter hinten musste eine Taschenlampe angeschaltet worden sein, denn auf den Brettern und der Decke war das Spiel von Lichtreflexen zu sehen.

Warum wurde sie eingesperrt?

Sie hörte die Tür am anderen Ende quietschen – wahrscheinlich an der Box der alten Nellie – und das Wiehern des Pferdes. Aus Protest gegen den Eindringling. Auch diese Tür wurde zugeschlagen. Und wieder dieses Geräusch eines Riegels, der vorgeschoben wurde.

Sie presste die Knie gegen die Brust und wagte kaum zu atmen. Dieselbe Abfolge von Geräuschen ließ sich vernehmen: Tür auf, das Scharren von Hufen, Tür zu, ein Riegel, der vorgeschoben wurde. Auch bei Jupiters Box.

Im Ganzen gab es sieben Boxen, drei davon waren leer.

Sie wusste nun, was da vor sich ging: Wer immer das war – er hatte es auf sie abgesehen, und um zu verhindern, dass sie sich durch die äußere Stalltür in die pechschwarze Nacht hinausschlich, hatte er die Riegel an den anderen Boxen vorgeschoben und inspizierte nun eine nach der anderen. Inzwischen war er schon wieder eine näher gekommen.

Sie konnte nicht hinaus. Mit fest geschlossenen Augen dachte sie angestrengt nach. Am liebsten wäre sie einfach reglos sitzen geblieben, in der Hoffnung, dass der dünne Lichtstrahl über sie hinwegginge, dass er sie für einen Sack Futter hielte.

Die vierte Box wurde geöffnet, ausgeleuchtet und verriegelt.

Ganz langsam ging sie in die Hocke, richtete sich dann ganz auf und glitt lautlos zu Shandy hinüber. Sie hielt sich an seiner Mähne fest und schwang sich auf den Rücken des Ponys. Shandy schnaubte ein paarmal, aber das war nichts im Vergleich zu dem Lärm, den die anderen Pferde machten, wenn die Tür zu ihrer Box aufging.

Nun blieb ihr nichts mehr übrig, als zu warten, flach auf Shandys Rücken ausgestreckt, die Wange gegen seinen Hals gepresst. Ihr Verfolger war in der Box nebenan.

Shandy wieherte und scharrte auf dem Boden. Das seltsame nächtliche Zwischenspiel schien ihm ganz und gar nicht zu behagen. Emily umklammerte die Zügel, legte den Kopf so nah wie möglich an sein Ohr und wartete.

Sie hörte, wie der Riegel zurückgeschoben wurde, sah, wie der Lichtstrahl der Taschenlampe über die Flanke des Pferdes glitt und sie um eine Handbreit verfehlte, sah, wie er die Ecke ausleuchtete –

„Los!", flüsterte sie dem Pony ins Ohr.

Shandy schoss aus seiner Box. Als sie an die äußere Stalltür kamen, die geschlossen, aber nicht verriegelt war, stieß sie mit ihrer Peitsche und das Pony mit dem Kopf dagegen – und draußen waren sie.

Sie hatten da jemanden zurückgelassen, der jetzt mit der Nase im Dreck liegen musste, sagte sie sich glücklich, als sie den Wind im Gesicht spürte.

In weniger als einer Minute hatte Emily den Hof überquert und die Auffahrt erreicht. In ein paar Sekunden hätte sie auch den Rasen vor dem Haus überqueren können – aber das Haus war wohl nicht der richtige Zufluchtsort, denn derjenige, der im Stall nach ihr gesucht hatte, konnte ja von dort gekommen sein. Sie konnte durch das Tor am Ende der Auffahrt reiten, um zur Hauptstraße zu gelangen ...

Zu spät erinnerte sie sich, dass es geschlossen war; man hatte ihr eingebläut, es immer hinter sich zu schließen. Und konnte sie sich denn darauf verlassen, dass diese Person (wer konnte es schon anderes sein als der widerliche Derek mit seinem sabbernden Mund?) sich nicht schon wieder aufgerappelt hatte, um sie sich genau dann zu schnappen, wenn sie sich an dem Tor zu schaffen machte? Mit jedem anderen Pferd aus dem Stall hätte sie springen können, aber nicht mit Shandy. Und die Mauer von Rookswood folgte gut einen halben Kilometer der Hertfield Road.

Blieben nur zwei Möglichkeiten – sie konnte an der Mauer entlangreiten, bis sie endete, und das bedeutete, dass sie durch den Wald von Horndean reiten musste; oder sie konnte quer über die Weide galoppieren und Rookswood hinter sich lassen ...

Sie brauchte nicht lange zu überlegen, denn das Geräusch, das sie hinter sich auf dem Kies vernahm, war nicht das Geräusch von Schritten, sondern das Klappern von Hufen.

Blieb ihr also nur der Wald von Horndean. Emily bohrte die Absätze in Shandys Flanken und versetzte ihm einen Klaps mit den Zügeln; umzukehren war jetzt ausgeschlossen.

Als sie an der Mauer entlanggaloppierte, spürte sie den kalten Wind im Gesicht, einen Wind, der nach Regen roch. Sie betete um diesen Regen. Zumindest würde er ein Geräusch machen, das ihre Geräusche überdeckte.

Bevor sie im Wald verschwand, warf sie einen Blick über die Schulter und sah eine dunkle Silhouette auf sich zukommen. Wenn die Silhouette Jupiter, Julias Pferd, war, dann hatte sie keine Chance, das wusste Emily, denn Jupiter war einfach schneller als Shandy, selbst wenn Julia draufsaß, mit deren Reitkünsten es nicht weit her war.

Als sie die vereinzelten Baumgruppen erreicht hatte, die den Wald von Horndean säumten, bog sie in einen alten Reitweg ein und zügelte Shandy. Irgendwo zu ihrer Linken hörte sie das andere Pferd vorbeigaloppieren.

Sie konnte nun nicht mehr geradeaus bis zum Ende der Mauer und der relativ sicheren Landstraße zwischen Horndean und Hertfield reiten, da der andere dort bestimmt schon auf sie wartete. Und wenn er bereits auf dem Weg nach Rookswood zurück war, konnte sie auch nicht umkehren.

Sie konnte sich auf Shandys Rücken stellen und über die Mauer klettern. Aber wenn er Shandy ohne Reiter entdeckte, dann würde er sofort Bescheid wissen und auf der anderen Seite der Mauer nach ihr suchen. Und er wäre zu Pferd und sie zu Fuß. Wahrscheinlich hatte er auch eine Taschenlampe bei sich, während sie nur eine Peitsche hatte, aber was ließ sich mit einer Peitsche schon anfangen?

*Er konnte die Leute ganz schön in die Irre führen.* Diese Worte von Superintendent Jury fielen ihr wieder ein, als sie die Zweige rascheln und knacken hörte – die Geräusche des zurückkehrenden Reiters, der sich jetzt sehr viel mehr Zeit nahm.

In die Irre führen: Es war, als ob Jimmy Poole ihr das noch schnell zuflüstern wollte, bevor er sich mit dieser schrecklichen Krankheit ins Bett legte (an der er beinahe gestorben wäre – sie war überzeugt davon).

Sie dirigierte Shandy schnell und lautlos an ein Stück Mauer, kletterte auf seinen Rücken, verschaffte sich einen sicheren Stand und kletterte dann die Mauer hoch. Sie nahm das Tuch, mit dem sie das Zaumzeug abrieb, und ließ es auf die Mauer fallen, wo es an dem wilden Wein hängen blieb. Gut. Das sah so aus, als hätte sie es verloren, als sie über die Mauer kletterte. Sie ging ein paar Meter an der Mauer entlang, griff nach dem untersten Ast eines Baumes und schwang sich daran hoch.

Sie brauchte nicht lange zu warten.

Plötzlich gerieten die Zweige und Farne in Bewegung, und der dünne Strahl der Taschenlampe suchte den Platz unter ihr ab und fuhr an den Bäumen hoch.

Der Strahl fiel auf Shandys Hinterbacken. Das andere Pferd blieb stehen, jemand sprang aus dem Sattel, stapfte über die nassen Blätter und blieb dann direkt unter ihr stehen.

Zum ersten Mal in ihrem Leben hatte Emily Louise Perks Neugierde nicht gesiegt.

Wie festgefroren klebte sie mit angehaltenem Atem an dem Baum, das Gesicht gegen die Rinde gepresst.

Sie hätte hinunterschauen sollen in den paar Sekunden, in denen dieser schreckliche Mensch das Pferd und die Mauer inspizierte; sie wusste das, aber sie konnte es einfach nicht – sie war zu feige dazu.

Emily Louise hatte in ihrem Leben nur dreimal geweint: einmal, als ihr Vater wegging; einmal, als ihre Katze starb und einmal, als Katie O'Brien ins Krankenhaus musste.

Das war das vierte Mal, und sie weinte, weil sie wusste, dass Jimmy Poole nicht so feige gewesen wäre.

Der Regen hatte aufgehört. Und das Dunkel, das sie umgab, wurde noch undurchdringlicher. Die Person war weg; sie hatte sich wieder auf ihr Pferd geschwungen (sie war überzeugt, dass es Jupiter war) und war weggeritten. Sie würde irgendwo anders nach ihr suchen.

Sie kletterte von dem Baum auf Shandys Rücken und hätte ihn gerne dafür belohnt, dass er so ruhig und geduldig gewartet hatte.

Emily ritt auf der Landstraße von Horndean bis zum Ende der Mauer. An diesem Punkt kreuzte sich die Straße mit einer anderen, sehr viel schmaleren, die zu dem Dorf St. Lyons führte.

Shandy war müde; er schnaufte heftig und schüttelte die Mähne, als wolle er alles von sich abschütteln. Sie waren jetzt auf der Straße nach St. Lyons, und wenn sie nach rechts blickte, konnte sie jenseits der Hecken und Weiden die Lichter der Häuser an der Hauptstraße von Littlebourne erkennen. Der milchige, rosarote Schein kam aus Mary O'Briens Schlafzimmer, in dem immer Licht brannte. So aus der Ferne und mit all den Bäumen davor blinkten die Lichter wie Sterne. Einen halben Kilometer noch, und sie würde an der Stelle angelangt sein, wo das Sträßchen nach St. Lyons geradeaus weiterging und ein Feldweg mit tiefen Radspuren nach rechts abzweigte; er beschrieb einen Bogen und führte auf die Straße, die schließlich zur Hauptstraße von Littlebourne wurde.

Emily war so erschöpft, dass sie ihr Gesicht in Shandys Mähne vergrub und ihn einfach weitertrotten ließ. In der Ferne hörte sie ein Auto.

Es fuhr vorbei, ein dunkler, nächtlicher Schatten. Auf der Straße nach St. Lyons gab es nur ganz wenig Verkehr.

Sie war wie betäubt vor Angst, als sie bemerkte, dass es in einiger Entfernung hinter ihr anhielt und auf der schmalen Straße zu wenden versuchte, indem es halb in die Hecke zurückstieß.

Nun wusste sie Bescheid. Sie schlug einen leichten Trab an und ging dann in den Galopp über. Shandy war ziemlich schnell, wenn Emily auf ihm saß, aber kein Pferd aus den Ställen der Bodenheims war so schnell wie ein Auto.

Dabei musste sie schneller sein, wenn sie die Nacht überleben wollte.

Der Wagen stand ein ganzes Stück hinter ihr, aber an den Scheinwerfern ließ sich erkennen, dass es ihm gelungen war zu wenden und dass er gleich auf sie losbrausen würde.

Die Gabelung der Straße lag direkt vor ihr. Wenn sie nach rechts abbog, wäre sie für ein paar Sekunden vor dem Wagen in Sicherheit. Sie ließ Shandy langsamer gehen, zog ihren Tweedmantel aus und steckte die Ärmel durch die Schlaufen des Zaumzeugs. Es war ein ziemlich plumpes Täuschungsmanöver, aber sie erinnerte sich, dass sie ihre Mutter hinters Licht geführt hatte, indem sie Kissen unter die Bettdecke stopfte, damit es so aussah, als läge sie im Bett, obwohl sie schon längst aus dem Fenster geklettert war, um irgendein mitternächtliches Abenteuer zu erleben. Jetzt tat es ihr richtig leid, dass sie in den letzten Jahren kaum auf ihre Mutter gehört hatte, auch wenn sie nicht recht wusste, was ihre Mutter eigentlich zu sagen gehabt hatte.

Sie hörte den Wagen auf der Straße nach St. Lyons näher kommen – gleich würde er die Gabelung erreicht haben. Sie glitt zu Boden, schrie „Los!" und klopfte Shandy auf die Hinterbacke. Shandy fing an zu galoppieren, und der Mantel flatterte auf dem Sattel.

Als der Strahl der Scheinwerfer auf die Beine des Ponys fiel, ließ Emily sich in die Hecke rollen; Tränen liefen ihr übers Gesicht, und sie hasste sich.

Shandy so hereinzulegen!

Mr William Francis Bevins Potts war offensichtlich so stolz auf seine Position in der technischen Abteilung der Londoner Verkehrsbetriebe, dass er bereitwillig seine Lieblingssendung ausschaltete, um einen Vortrag über die Londoner Verkehrsmittel zu halten. Während er ein Potpourri verwirrender Details über Geschichte und Entwicklung des Wagenparks auftischte, betrachtete Jury die farbenprächtigen Plakate, die die Wände von Mr Potts' Wohnung in der Edgeware Road bedeckten – elegante Herren aus der eduardianischen Zeit, denen bei ihren Ausflügen mit der Underground ebenso elegante Londoner Bobbys beistanden. Mr Potts' Wohnung, die kaum Möbel, dafür aber all diese Plakate enthielt, erinnerte Jury auch eher an eine Underground-Station.

Jury ließ ihn noch ein paar Minuten gewähren, da er die Erfahrung gemacht hatte, dass Leute, die von einer Sache besessen waren, ein Ventil dafür brauchten und dann viel schneller und präziser die Fragen beantworteten, die Jury stellen würde, wenn er sie erst hatte reden lassen.

Gelegentlich tauchte in der grauen Masse dieser atemberaubend langweiligen Details eine interessante Tatsache auf, die wie ein exotischer Fisch in einem Fischweiher wirkte. Zum Beispiel hatte Jury nicht gewusst, dass die neueren Dieselloks, die Ende der sechziger Jahre gebaut worden waren, Rolls-Royce-Motoren besaßen. Das würde Plant interessieren.

„... auf der District, der Circle und der Metropolitan Line wird der Bestand für den Oberflächenverkehr eingesetzt; auf der Northern, der Jubilee ..."

Als er die Jubilee Line erwähnte, leuchteten seine Augen. So wie er den Bau dieser Linie beschrieb, hätte man meinen können, er wäre dabei gewesen.

Wiggins schien sich prächtig zu unterhalten; seine Liebe zum Detail entsprach der von William F. B. Potts – einer der Gründe, weshalb Jury ihn so unersetzlich fand, vor allem, wenn es darum ging, Protokolle zu schreiben. Als Jury es schließlich an der Zeit fand, den schon fast zehn Minuten währenden Monolog zu unterbrechen, erntete er von Wiggins einen vorwurfsvollen Blick.

„Das ist ja alles höchst interessant, Mr Potts. Was wir wollen, hat aber eigentlich eher mit den Bahnhöfen als mit dem Wagenpark zu tun. Wir haben uns an Sie gewandt, weil man uns sagte, dass niemand so gut Bescheid wüsste wie Sie, was die technischen Einzelheiten dort betrifft."

Mr Potts nickte emphatisch; anscheinend hatte er seinem Laster genug gefrönt und war nun gewillt, sich mit Dingen von allgemeinerem Interesse zu beschäftigen. Er fuhr sich mit der Hand durch das spärliche graue Haar, presste die Fingerkuppen gegeneinander und konzentrierte sich auf Jury.

„Wenn Sie etwas verstecken müssten, einen relativ kleinen Gegenstand, für den Sie einen sicheren Ort benötigen, einen Ort, an den Sie später zurückkommen können – welche Stelle käme da in einer Underground-Station infrage?"

Mr Potts konnte anscheinend nichts, was mit der Untergrundbahn zu tun hatte, aus der Fassung bringen. Interessiert fragte er: „Wie klein ist der Gegenstand, und wie lange soll er dort bleiben?"

Jury beschrieb mit Daumen und Zeigefinger einen Kreis. „Ungefähr von der Größe einer Münze. Wie lange, ist schwer zu sagen. Einen Tag oder auch unbestimmte Zeit."

Das war, wie sich von Mr Potts' Gesicht ablesen ließ, eine ziemlich harte Nuss. „Sie meinen, der Gegenstand soll so versteckt werden, dass niemand ihn entdeckt, weder zufällig noch nach einer gezielten Suche?" Jury nickte. Mr Potts dachte eine Zeit lang nach, blickte von Jury auf Wiggins, starrte auf die Plakate an der Wand, öffnete ein paarmal den Mund, um etwas zu sagen, verschluckte aber immer wieder die Antwort und meinte dann schließlich: „Es klingt vielleicht seltsam, aber einen solchen Platz scheint es nicht zu geben, abgesehen vielleicht vom Gitter."

„Dem Gitter?"

Mr Potts nickte. „Sie haben sie bestimmt auch schon gesehen. Man bemerkt sie nur nicht. Die Gitter der Entlüftungsanlage. Es hängt natürlich von der Station ab – es gibt unterschiedliche. Da könnte man schon was reinstecken, und es würde jahrelang dort liegen bleiben. Viele davon befinden sich in Bodenhöhe. Sie müssen nur mal durch die Tunnel gehen, dann sehen Sie sie. Die Leute schauen nie auf ihre Füße, deswegen fallen sie ihnen nicht auf."

Jury erhob sich, und Wiggins klappte sein Notizbuch zu. „Mr Potts, wir sind Ihnen sehr zu Dank verpflichtet. Leider können wir Ihnen nichts Genaueres sagen."

Das störte Mr Potts jedoch nicht; wenn er nicht gerade über Wagenparks und Betriebsanlagen sprach, konnte er sich sehr kurz fassen. „Gern geschehen", sagte er nur und begleitete sie zur Tür.

Dort wandte Wiggins sich noch einmal um und fragte: „Ich wüsste gerne noch, Sir, wie sie gereinigt werden. Ich meine die Tunnel. Sie müssen doch auch gereinigt werden?"

William F. B. Potts' Brustkasten schwoll an, nicht aus Eitelkeit oder Stolz, sondern einfach, weil er sich die Lungen voll pumpte. „Ja, natürlich. Es gibt einen besonderen Zug dafür, Sergeant. An beiden Wagen und auch hinter der Führerkabine, in der der Reinigungstechniker sitzt, sind Scheinwerfer angebracht. Der eine Wagen ist mit Filtern ausgerüstet, der andere mit Ansaugpumpen. Der mit den Ansaugpumpen bläst den Staub in den Wagen mit den Filtern. Die Geschwindigkeit lässt sich regulieren. Gebaut wurde dieser Zug in den Siebzigern von den Acton Works ..."

„Vielen Dank, Mr Potts. Wir bleiben in Verbindung", sagte Jury und schob Wiggins zur Treppe.
Die Tür schloss sich hinter ihnen, und Sergeant Wiggins meinte: „Gut, dass ich das endlich erfahren habe. Ich hab mich schon immer gefragt, wie sie das machen."

DAS GITTER befand sich genau gegenüber der Stelle, an der Katie O'Brien überfallen worden war, in Bodenhöhe und unter dem „Evita"-Plakat. Mithilfe von zwei Sicherheitsbeamten der Londoner Verkehrsbetriebe fand Jury das Versteck.
Das Collier war in ein dünnes, dunkles Taschentuch gewickelt und durch das Gitter geschoben worden – mehr als ein paar Sekunden konnte das nicht gedauert haben. Dahinter hatte es dann auf einem kleinen Vorsprung gelegen und den Ruß des letzten Jahres aufgefangen. Wenn jemand genau hingeschaut hätte, wäre es ihm sofort aufgefallen. Aber wer schaute sich schon das Gitter einer Entlüftungsanlage in einer Underground-Station an?

# 23

„Dich umbringen?", rief Melrose Plant dem Häufchen Elend zu, das im „Bold Blue Boy" vor ihm stand. Sie sah aus, als hätte sie sich die ganze Nacht in irgendwelchen Dornenhecken und Sümpfen herumgetrieben, und ihr auch sonst ungekämmtes Haar war struppiger als üblich; ihr Gesicht starrte vor Dreck, und ihre Jeans waren völlig zerfetzt.
Sie nickte und starrte mit gerunzelter Stirn auf den Fußboden.
Melrose hatte die letzte Dreiviertelstunde damit verbracht, sie zu suchen. Peter Gere war nicht auf der Polizeiwache gewesen. Polly Praed hatte Emily angeblich gegen acht gesehen. Die Bodenheims behaupteten, überhaupt nichts über ihren Verbleib zu wissen. Ihre Mutter war nicht zu Hause.
Gegen zehn hatte er sich dann mit einem Glas Bitterbier und einer Zigarre niedergelassen, um zu warten, und wäre beinahe in Ohnmacht gefallen, als ihr schmales, weißes Gesicht im Fensterrahmen auftauchte und sie ihn aufforderte, ihr beim Hereinklettern zu helfen. Sie weigerte sich, durch die Bar oder den angrenzenden Raum zu gehen. Also kroch sie durchs Fenster; Melrose hatte sie unter den Schultern gepackt und hochgezogen.
Melrose erhob sich von seinem Fenstersitz, um durch den oberen Teil des Fensters auf das beleuchtete Stück Straße hinauszuschauen. Er sah ihr Pony, das an einem Laternenpfahl festgebunden war. Es schien ganz friedlich zu grasen. Aber warum hing ihr Mantel in den Schlaufen des Zaumzeugs?
Als er sie danach fragte, sagte sie voller Verachtung: „Damit's so aussah, als säße ich auf Shandy, deswegen. Dann kriegte ich aber Angst, er würde ihn über den Haufen fahren. Ich bin über die Wiese zur Hauptstraße gelaufen, und da war dann auch schon Shandy und trottete ganz gemütlich um die Grünanlage. Wirklich ein schlaues Tier." *Schlauer*

*als mancher Zweibeiner*, besagte ihr Blick. „Ich möchte zu Mr Jury." Ihre Mundwinkel gingen nach unten. Bestimmt bedeutete das, dass sie gleich anfangen würde zu heulen, obwohl er sich Emily Louise eigentlich nicht heulend vorstellen konnte.

„Im Augenblick ist er noch in London. Er wird aber bald zurückkommen. Er hat mir noch gesagt, ich soll auf dich aufpassen."

Ihr Blick verriet, was sie von dieser Idee hielt.

„Komm schon." Er zog sie zu dem Ständer mit den Chips, ging hinter den Tresen und holte eine Zitronenlimonade hervor. Vielleicht würde sie ihr Elend vergessen, wenn sie den Mund voll hatte. „Wer hat denn gewusst, dass du dort warst?"

Emily zuckte die Achseln. „Viele. Ich füttere jeden Sonntagabend die Pferde. Da." Der kolorierte Plan hatte die ganze Zeit über in ihrer Tasche gesteckt, er war ganz feucht und zerknittert und völlig verschmiert.

Er blickte von dem Plan zu ihr. „Wann hast du denn das gemacht?"

Sie erzählte es ihm, während sie den letzten Chip aus ihrem Beutel fischte.

„Hast du das jemandem gezeigt?"

„Polly. Wir haben auch rausgekriegt, was es bedeutet. Das Underground-Netz. Ich versteh nur nicht, wie jemand auf die Idee kam, das so umständlich zu zeichnen. London ist wirklich eine tolle Stadt. Ich komm nur nie hin!" Sie stieß einen dramatischen Seufzer aus und warf Melrose einen anklagenden Blick zu, als wäre er verantwortlich für ihr Landpomeranzendasein.

„Hast du mit jemandem darüber gesprochen?"

Emily hatte aus dem leeren, knisternden Beutel einen Ball geformt, den sie auf ihrer flachen Hand auf und ab hüpfen ließ.

„Hör auf damit und hör zu!"

Sie legte die Stirn in tiefe Falten und rutschte auf ihrem Stuhl herum. „Regen Sie sich mal nicht auf. Ich hab nur mit Mrs Lark darüber gesprochen."

Die Köchin der Bodenheims. Wunderbar. Wahrscheinlich hatte sie es sofort der ganzen Familie erzählt.

Er schaute sie an und fragte sich, was er tun sollte. Junge Damen in Bedrängnis fielen nicht in sein Ressort. Er erwartete, dass in solchen Fällen Mütter, Krankenschwestern oder alte Köchinnen zur Stelle waren. Emilys Mutter schien wie üblich nicht erreichbar zu sein. Mary O'Brien hatte er ebenfalls nicht gesehen. Polly Praed? Er schlug Polly vor.

„Nein!" Eine Silbe, die wie eine kleine Explosion klang. „Ich möchte mit niemandem sprechen." Sie war hinter die Bar gegangen, um nach ihrem Malbuch und den Buntstiften zu schauen. Als sie alles gefunden hatte, setzte sie sich ganz zufrieden auf einen der Hocker; die schrecklichen Stunden, die sie durchlebt hatte, schien sie völlig vergessen zu haben.

„Du sprichst doch mit *mir*."

„Das ist was anderes."

Das konnte entweder bedeuten, dass er überhaupt nicht zählte oder dass er nun der erlesenen Gesellschaft angehörte, die bislang aus Superintendent Jury und irgendwelchen Pferden bestanden hatte. „Ich weiß dein Vertrauen zu schätzen."

Ihr Blick hätte jemanden, der sie nicht kannte, zur Salzsäule erstarren lassen. „Nur weil Sie hier fremd sind und weil Sie nicht reiten – Sie können's also nicht gewesen sein."

Was bedeutete, dass er sich unter anderen Umständen als der geborene Killer entpuppen könnte.

„Du denkst doch wohl nicht, dass es *Polly* war?" Emily antwortete nicht. „Aber das ist doch –" Er wollte *lächerlich* sagen, aber das Wort blieb ihm im Hals stecken.

„Deswegen wollte ich auch nicht durch die Tür kommen. Weil ich nicht weiß, wer da alles rumsitzt." Von der anderen Seite der Wand drangen die gutmütig-brummigen, kaum unterscheidbaren Stimmen der Stammgäste zu ihnen herüber wie in Watte gehüllt.

„Na schön, du kannst heute Nacht ja auch hier schlafen. Mary O'Brien hat bestimmt ein Nachthemd –"

„Nachthemd! So was trag ich nicht! Ich schlafe in meinen Hosen." Sie hatte ihr grünes Bambi fertig ausgemalt und schlug die Seite um.

Melrose stand auf. „Ich verständige die Polizei."

„Ich spreche nur mit dem von Scotland Yard."

„Mr Jury ist in London. Ich ruf mal in Hertfield an. Vielleicht ist Peter –"

Sie sah mit stählernem Blick von dem Eichhörnchen auf, das sie gerade blau ausmalte, und sagte: „Nur mit Mr Jury."

# Dritter Teil

## Musik und Erinnerung

## 24

Um dieselbe Zeit unterhielt sich Jury mit sechs anderen Polizeibeamten, darunter auch Wiggins, die am Sonntagabend in die Station Wembley Knotts beordert worden waren.

„Schlimme Sache, das", sagte Inspector Graham. „Aber was veranlasst Sie zu der Annahme, dass dieser Schuft heute Nacht noch vorbeikommt?"

„Heute Nacht oder morgen in aller Frühe. Wahrscheinlich aber heute Nacht, weil da die Pendler noch nicht unterwegs sind. Man kann noch so früh aufstehen, immer scheint es Leute zu geben, die Punkt sechs an ihrem Arbeitsplatz sein müssen oder sonst was vorhaben."

„Trotzdem", meinte Graham, „wenn dieses Collier wirklich die ganze Zeit über dort gelegen hat –", er zeigte auf die Stelle unter dem „Evita"-Plakat –, „warum sollte er sich dann plötzlich so beeilen?"

„Weil unser Freund weiß, dass ihm nicht viel Zeit bleibt, darum. Es muss ziemlich ungemütlich für ihn geworden sein, nachdem Katie O'Brien den Plan entdeckt hat. Zwei

Tote und eine im Koma. Sie glauben doch nicht, dass diese Person so lange wartet, bis *wir* dieses Collier gefunden haben?"

„Dann hat er genau noch eine Stunde und dreiunddreißig Minuten, bis die Station schließt." Inspector Graham verstummte, als er die hallenden Schritte hörte und jemand um die Ecke bog.

Es war Cyril Macenery, der seinen Geigenkasten unterm Arm trug. Er hatte den Blick gesenkt, als suche er nach etwas.

Jury stellte ihn der versammelten Mannschaft vor. „Unser Straßenmusikant", sagte er. „Wir haben alles räumen lassen – nicht, dass es so viel zu räumen gab –, und die einzigen Anwesenden hier sind Sie –", er ließ den Blick über die Gruppe schweifen – „und Cyril, Katies Lehrer. Alles soll ganz normal aussehen, und besonders unverdächtig ist für unseren Freund, wenn einer hier unten Musik macht. Meiner Meinung nach", fügte Jury grimmig hinzu, „ist das nur ausgleichende Gerechtigkeit." Er schaute zu Cyril Macenery hinüber, der nichts darauf erwiderte. Er hatte sich nach vielem Hin und Her bereit erklärt, als Straßenmusikant aufzutreten. Als Jury es ihm im Krankenhaus vorgeschlagen hatte, waren seine Antworten zuerst sehr einsilbig ausgefallen.

Sergeant Tyrrwhit, der in Ledermantel, Hawaiihemd und Jeans an der Wand lehnte, sagte: „Zwei von uns haben sich also auf dem Bahnsteig postiert, einer im Tunnel und einer auf der Rolltreppe. Und dann Sie. Sind Sie sicher, dass dieser Kerl das Versteck kennt?"

„Ziemlich sicher", sagte Jury.

„Ziemlich sicher", wiederholte Tyrrwhit und klebte seinen Kaugummi hinter das „Evita"-Plakat. Noch immer hing sie schrecklich unsicher herab, haftete aber dennoch fest.

Jury mochte Tyrrwhit. Er war zwar nur Sergeant, aber innerhalb eines Jahres würde er bestimmt zu Grahams Rang aufgestiegen sein. Sein Sarkasmus, dachte Jury, passt zu seiner Rolle und seiner Aufmachung.

„Ein besseres habe ich nicht", sagte Jury und reichte das Foto herum, das er mitgebracht hatte. „Das ist der Mann, auf den wir warten."

Nachdem alle das Foto angeschaut hatten, gab Graham es ihm wieder zurück. „Peinlich, peinlich, eher hätte ich meine Großmutter verdächtigt."

„Seien Sie froh, dass sie es nicht ist. Sonst wären Sie vielleicht mal ohne Finger aufgewacht."

Sie waren um die Ecke gegangen und hatten sich so aufgestellt, dass man sie von dem Gitter aus nicht sehen konnte. Macenery hatte sich die Violine – es war Katies – unter das Kinn geschoben. Er zupfte an einer Saite, starrte auf die Wand und sagte: „Sie ist tot."

Sie hatten gerade darüber gesprochen, was Macenery spielen sollte, um den Männern auf dem Bahnsteig zu signalisieren, dass die Person, nach der sie schauten, aufgetaucht war. Jury, der sich schon umgewandt hatte, um den Gang zurückzugehen, glaubte nicht richtig gehört zu haben. „Was?"

„Sie ist tot. Katie. Sie ist gestorben, kurz nachdem Sie gegangen sind."

Jury schluckte. „Ich kann es nicht glauben."

Macenery zupfte wieder eine Saite. „Ich auch nicht."

Er versuchte, sich auf seine Musik zu konzentrieren; Jury starrte einen Augenblick ins Leere und ging dann den Gang entlang.

Jury und Wiggins setzten sich in eine dunkle Ecke am anderen Ende des Bahnsteigs.

„Das kann doch nicht wahr sein", sagte Wiggins so bekümmert, wie Jury ihn selten erlebt hatte.

„Leider doch." Jury zog seine Zigaretten heraus.

Wiggins schwieg eine Weile, dann sagte er: „Haben Sie keine Angst, dass Macenery ausrastet, wenn er ihn sieht?"

„Nein. Dass er hierherkam und diese Sache durchzieht, spricht eindeutig dagegen. Er hat Disziplin, deshalb ist er auch so gut."

Die beiden Fahrgäste, die aus dem nächsten Zug stiegen, schienen ebenfalls dieser Meinung zu sein. Sie blieben stehen und lauschten, bevor sie den Steg hinaufgingen und durch den Ausgang auf der anderen Seite der Station verschwanden.

Und so verbrachten sie die nächste halbe Stunde. Jury rauchte eine Zigarette nach der anderen und starrte auf den grauen Betonboden des Bahnsteigs; Graham und Tyrrwhit gingen auf und ab; die anderen standen weiter hinten im Gang oder auf der Treppe. Macenery spielte.

„Was spielt er jetzt, Wiggins?"

„Ich hab das immer nur auf dem Klavier gehört", sagte Wiggins düster. „Es heißt ‚Pavane für eine tote Prinzessin'."

„Ach", erwiderte Jury nur.

Nach weiteren zehn Minuten, als Jury schon dachte, er habe sich wohl getäuscht und diese Nacht werde doch nichts mehr passieren – hörte er das Piepsen seines Sprechfunkgeräts. Er drückte auf den Knopf und vernahm die ruhige Stimme des Sergeant auf der Treppe; der Betreffende sei gerade gesichtet worden.

Ein paar Minuten später hörten sie die ersten Klänge des Lieds, das Macenery als Zeichen hatte spielen wollen, ein Lieblingslied von Katie: „Don't Cry for Me, Argentina".

Jetzt musste der Mann nur noch das Collier aus seinem Versteck holen. Jury ließ ihm drei Minuten Zeit, dann gab er Graham und dem anderen Kriminalbeamten ein Zeichen. Tyrrwhit hatte sich im Gang postiert und lauschte ostentativ der Musik; dann setzte er sich in Bewegung und folgte dem Verdächtigen in respektvollem Abstand.

Jury hörte Tyrrwhits Befehl: „Nicht rühren, Kumpel!"

Die neben dem Gitter kauernde Gestalt erstarrte und blickte von Tyrrwhit, der mit entsicherter Pistole hinter ihm stand, zu den anderen, die sich über ihn beugten und auf ihn herabblickten.

„Hallo, Peter", sagte Jury.

Peter Gere hielt das Taschentuch mit dem Collier in der Hand und sagte: „Verdammt, ich hätt's mir denken können. Als ich dieses verdammte Lied hörte, da hätt's bei mir ticken müssen. Sie hat genau dasselbe Lied gespielt an dem verdammten Nachmittag."

Jury wusste nicht, wo Cyril Macenery war. Die Musik hatte aufgehört. Er war jedoch froh, dass Macenery das nicht hörte.

Inspector Graham belehrte Gere mit eisiger Stimme über seine Rechte. Der Dorfpolizist – einer jener Männer, deren Unbestechlichkeit schon legendär ist. Graham hätte offensichtlich gern weiter an diesen Mythos geglaubt.

Jury fragte: „Warum haben Sie Katie O'Brien getötet, Peter? Dachten Sie, sie hätte den Plan entschlüsselt?"

„Ich hab sie nicht getötet. Nur etwas unsanft angefasst."

Jury schwieg.

„Sie hat ihn beim Putzen gefunden. Ich Idiot hatte vergessen, die Schreibtischschublade abzuschließen. Ein neugieriges Ding, diese Kleine. Blödsinnigerweise hab ich viel zu heftig reagiert. Sie sah mich komisch an und ging. Aber sie ist wieder zurückgekommen und hat ihn sich geschnappt, indem sie die Schublade von der anderen Seite herausnahm. Jedenfalls durfte sie mich nicht in Wembley Knotts sehen."

„Und um die Leute von Katies Unfall abzulenken, haben Sie diese Briefe geschrieben?"

„Hat doch prima geklappt, oder? Umgebracht hab ich sie jedenfalls nicht. Sie liegt im Krankenhaus."

„Sie ist tot."

Gere erblasste. Jury wusste, dass er seine Trümpfe ausspielen musste, solange Gere noch an diesem Brocken kaute. „Und Cora Binns – wussten Sie, dass sie Trevor Trees Freundin war? Oder hat sie den Schmuck der Kenningtons getragen?"

Fast wie ein Blinder starrte ihn Gere an. „Ich wusste nur, *dass* er eine Freundin hatte. Männer wie Trevor Tree haben doch immer irgendwelche Weiber", fügte er hinzu. „Wirklich idiotisch, ihr diese Ringe zu geben. Sie stieg aus dem Bus und fragte nach Stonington. Sie sagte, sie müsse mit Lady Kennington sprechen. Woher, zum Teufel, sollte ich wissen, was sie mit ‚sprechen' meinte. Ich wusste nicht, wie viel sie wusste, wie viel Trevor ihr erzählt hatte. Jedenfalls stand sie mit all dem Schmuck behangen vor mir, den Kenningtons Witwe garantiert wiedererkannt hätte – durch Zureden allein hätte ich die Ringe wohl kaum von ihren Fingern gekriegt."

Er stieß das hervor, als hätte er nicht genügend Sauerstoff zur Verfügung; dann schien er jedoch zu merken, wie viel er preisgab.

„Und Ramona Wey?"

Gere antwortete nicht.

Jury dachte, vielleicht ließe sich an Geres Eitelkeit appellieren. „War bestimmt nicht einfach, Trevor Trees Vertrauen zu erringen?"

„Dass ich nicht lache – ganz im Gegenteil, würde ich sagen." Er verstummte wieder.

„Schafft ihn weg", sagte Jury und wandte sich ab.

Mit falscher Herzlichkeit sagte Inspector Graham: „Schön, Mr Gere. Wollen wir die Bahn nehmen?" Jury wusste, dass er sich nur einen Spaß erlaubt hatte, aber der Spaß kam nicht an.

Graham wollte Peter Gere gerade die Handschellen anlegen, als ein Zug hielt und ein paar Fahrgäste ausstiegen – eine unglücklich aussehende Frau mit Haaren bis zur Hüfte und einem weiten Zigeunerrock, an dem ein vier oder fünf Jahre altes Mädchen hing. Spät für die Kleine, dachte Jury; Emily Louise fiel ihm ein. Die Mutter schien die Phalanx von Männern nicht zu bemerken und ging einfach durch sie durch.

Jury hätte nie geglaubt, dass jemand so schnell sein könnte: Peter Gere hatte das kleine Mädchen an sich gerissen und sich rückwärts mit ihr entfernt. Das ungläubige Staunen auf dem Gesicht der Mutter verwandelte sich in Entsetzen.

Automatisch griff Tyrrwhit nach seiner Pistole, erkannte aber, dass sie ihm nichts nützen würde, solange Gere das Kind wie einen Schild vor sich hielt. Stumm verharrte er auf seinem Platz und starrte ihm nach. Keiner war nahe genug, um Gere zu packen, bevor er sich über die Fußgängerbrücke davonmachen konnte. Jury rannte ihm nach und erreichte die Brücke, als die Türen des Zugs zugingen und die Wagen sich in Bewegung setzten. Er brüllte Peter Gere durch den Lärm und den Luftwirbel zu, er solle das Mädchen loslassen, das Ganze sei sinnlos, auf der anderen Seite warte schon Polizei auf ihn. Er versuchte, das Mädchen am Rock zu packen.

Verzweifelt blickte Gere in beide Richtungen – zurück zu Jury und nach vorn zum Ausgang; dann stieß er das Mädchen von sich. Jury packte es, als Gere durch das behelfsmäßig reparierte Geländer des Stegs brach, anscheinend in der Hoffnung, auf dem Dach des Zugs zu entkommen.

Geres Hände suchten verzweifelt nach einem Halt, den es nicht mehr gab. Er verpasste den letzten Wagen um ein paar Zentimeter und fiel auf die Schienen.

Das kleine Mädchen gegen seine Schulter drückend, blickte Jury hinunter und war froh, dass William F. B. Potts nicht erwähnt hatte, wie hoch die Spannung auf der Leitschiene war.

## 25

Als Jury schließlich um zwei Uhr morgens zurückkehrte, fand er Melrose Plant mit einem französischen Gedichtband auf den Knien in einem der Sessel vor; neben ihm standen ein überquellender Aschenbecher und eine Flasche Remy.

„Mainwaring hat eine Nachricht hinterlassen. Er möchte unbedingt mit Ihnen sprechen, wann immer Sie zurückkommen."

Erschöpft ließ sich Jury nieder. „Kann ich einen Schluck davon haben?"

Melrose schob ihm die Flasche hinüber. Dann erzählte er ihm von Emily Louise.

„O mein Gott", sagte Jury. Er schwieg einen Augenblick. „Und wie geht es Mary O'Brien?"

„Dr. Riddley hat ihr ein paar Beruhigungstabletten gegeben, und das hat wohl auch was genützt, zumindest konnte er sie überreden, sich ins Bett zu legen. Ich wollte mich gerade zurückziehen, als sie mit einem schrecklich leeren Blick im Nachthemd die Treppe herunterkam. Sie trug eine Öllampe und wanderte langsam damit im Raum umher; an jedem Fenster blieb sie stehen, hielt sie hoch und schaute hinaus, als erwarte sie noch einen späten Gast ... Richtig unheimlich war das." Er zündete sich eine Zigarre an. „Ich glaube, ich weiß jetzt, was es bedeuten soll, wenn man sagt, jemand sei nur noch ein Schatten seiner selbst. Wirklich, ich hatte das Gefühl, durch sie hindurchgreifen zu können." Er schwieg einen Augenblick und fügte dann hinzu: „An den Tod kann man sich wohl nicht gewöhnen. Ich bin froh, dass ich Katie nie gesehen habe ..." Er warf seinem Freund einen kurzen Blick zu, als befürchtete er, Jury könne ihm von ihr erzählen. Jury sagte nichts, und Melrose fuhr fort: „Als Riddley mir das von Peter Gere erzählte, war ich völlig fassungslos."

„Und woher wusste es Dr. Riddley?"

„Dieser Musiklehrer von Katie – wie heißt er noch?"

„Cyril Macenery."

„Er hat Riddley angerufen. Anscheinend brauchte der arme Kerl jemanden, mit dem er sprechen konnte, jemanden, der Katie kannte. Hat ihn wohl ziemlich mitgenommen."

Jury zog das Collier aus der Tasche und ließ es auf den Tisch fallen; es war noch immer in das Taschentuch gewickelt. „Wie viele wegen diesem kleinen Häufchen ihr Leben lassen mussten!" Deprimiert zuckte er die Achseln. „Sie können es ruhig in die Hand nehmen, es wird nicht mehr als Beweismaterial benötigt."

Melrose pfiff durch die Zähne. „Wunderschön. Werden Sie es Lady Kennington zurückgeben?" Jury nickte. Melrose drehte den Stein zwischen Zeigefinger und Daumen hin und her und fuhr mit dem Daumen über die Gravur. „Peter Gere war also Trees Komplize?"

„Ich kam darauf, als ich mir die Durchsuchung der Leute, des Gebäudes und so fort vergegenwärtigte. Es war einfach das Naheliegendste. Peter Gere war natürlich sofort zur Stelle – als Erster wird der Dorfpolizist gerufen –, und er setzte sich mit der Polizei in Hertfield in Verbindung. Er durchsuchte auch Trevor Tree, das hat er uns selbst erzählt. Das Collier hat er entweder einfach in der Tasche von Trees Morgenrock gelassen, oder er hat es eingesteckt und Tree später zurückgegeben."

„Trevor Tree hatte also so viel Vertrauen zu Gere?"

„Warum nicht? Er musste ja nur warten, bis alles vorbei war, die Polizei wieder in Hertfield und die Kenningtons wieder im Bett. Gere wäre nicht weit damit gekommen, es war also ziemlich unwahrscheinlich, dass er versuchen würde, Tree hereinzulegen. Trevor wollte das Collier nur aus dem Haus schaffen und dann irgendwo sicher verstecken – was er damit vorhatte, werden wir nie erfahren. Er steht also in aller Frühe auf, geht die Auffahrt hinunter, zu Fuß, damit niemand wach wird, fährt nach Hertfield und tut das Schlauste, was er tun kann: Er mischt sich unter die Pendler. Was dann passiert ist, weiß ich nicht. Ich kann es nur vermuten: Im Zug wird er plötzlich ein wenig nervös; er befürchtet, dass sie in Stonington vielleicht doch nicht einfach annehmen würden, er schliefe noch, dass sie vielleicht die Polizei verständigt hätten und er in seiner Wohnung schon von ihr erwartet würde. Er geht also diesen Gang entlang und sieht das Gitter. Bückt sich, als wolle er sich die Schuhe binden, und schiebt es durch." Jury hielt das Collier hoch. Der Stein funkelte im Licht.

„Und später taucht dann Cora Binns auf; wir dachten ja, sie sei Gere einfach über den Weg gelaufen. Aber das wäre schon ein unglaublicher Zufall gewesen, oder? Sie hat vielmehr nur getan, was jeder in ihrer Lage getan hätte – sie fragte den Dorfpolizisten nach dem Weg. Und er hat ihn ihr nicht nur gezeigt, sondern ist ihr bis in den Wald von Horndean gefolgt. Peter Gere hat die Ringe erkannt, die sie trug, und musste sich fragen, was sie mit Lady Kennington ‚besprechen' wollte. Carstairs' Leute haben die Ringe übrigens in Geres Abstellkammer gefunden, in einem Karton mit allem möglichen Kram, der für den Basar des Kirchenfestes bestimmt war. Offensichtlich hat er ihn nie abgeliefert. Ich frage mich, warum", fügte Jury mit einem Augenzwinkern hinzu. „Wahrscheinlich hat er angenommen, sie seien dort sicher aufgehoben."

„Und wie war das mit Ramona Wey?"

Jury schüttelte den Kopf. „Ab da hat er nichts mehr gesagt. Ramona Wey muss Cora Binns gekannt haben. Vielleicht wusste sie, dass ihr Tod irgendwie mit dem Collier zusammenhing. Vielleicht erfahre ich das gleich von Mainwaring."

Melrose dachte einen Augenblick lang nach. „Was sie wohl zu Peter Gere gesagt hat, da an dem Tor, als er die Eintrittskarten verkaufte? Ich war so beeindruckt von dem kühlen Empfang, der ihr bereitet wurde – vor allem von den Bodenheims –, dass ich auf Peter Gere überhaupt nicht achtete."

Jury leerte sein Glas. „Warum auch? Er schien ein so netter, umgänglicher Kerl zu sein, dabei war er völlig am Ende. Aber er hat das wunderbar überspielt. Er versuchte unsere Aufmerksamkeit auf die anderen zu lenken. Und die Briefe waren ein schlauer, kleiner Trick: Die Leute sollten an etwas Spannenderes denken als den Überfall auf Katie O'Brien. Irgendwann muss er drauf gekommen sein, wie wertvoll dieses Collier war, und ein Menschenleben mehr oder weniger spielte angesichts von so viel Geld keine Rolle mehr."

„Aber wie kam er darauf, dass es in dem Gitter versteckt war?"

„Peter hat früher einmal bei den Londoner Verkehrsbetrieben gearbeitet. Er erwähnte das auch in dem Brief, den er erhalten hat, das heißt, den er sich selbst geschickt hat. Deshalb ist er wohl schneller als Sie oder ich darauf gekommen." Jury goss sich noch etwas ein. „Wo ist Emily jetzt?"

„Bei ihrer Mutter. Sie hat tatsächlich eine. Mrs Perk kam vorbei und nahm sie mit nach Hause. Entsetzt natürlich, obwohl Emily zu diesem Zeitpunkt schon ein Schläfchen gehalten und sich das Gesicht gewaschen hatte. Sie sah also nicht mehr ganz so wild aus. Mrs Perk sagte, Emily habe jedem Kindermädchen das Leben zur Hölle gemacht, deshalb habe sie schließlich keines mehr engagiert. Ich glaube, Emily ist meistens unterwegs, wenn ihre Mutter annimmt, sie sei zu Hause."

Jury rieb sich die Augen. „Ah, ein Schläfchen. Ich werde auch eines halten, wenn ich von Mainwaring zurückkomme. Stonington kommt morgen dran, anschließend fahre ich dann nach London zurück, um den Papierkram zu erledigen. Ich hoffe, Wiggins macht das meiste."

Plant nahm den Smaragd noch einmal in die Hand, hielt ihn gegen das Licht und rückte seine Brille zurecht. „Wenn ich nicht wüsste, dass Peter Gere der Täter ist, würde ich Ernestine Craigie verhaften lassen."

„Ach. Warum denn das?"

Das Smaragdcollier pendelte zwischen ihnen hin und her. „Dieser Vogel, der da eingraviert ist, ist offensichtlich ein Tüpfelsumpfhuhn."

Sie saßen noch zehn Minuten herum, ließen die Flasche kreisen und sprachen über alles, was ihnen so durch den Kopf ging, nur nicht über Katie O'Brien.

„Was hat sie Ihnen erzählt, Mr Mainwaring?"

Freddie Mainwaring saß in Bademantel und Hausschuhen vor ihm und sah so verletzlich aus, wie ein Mann aussieht, der mitten in der Nacht aus dem Bett geholt wird. „Dass sie Cora Binns kenne. Ich wusste vorher nicht, dass Ramona für diese Agentur gearbeitet hat. Komisch, ich kann mir das gar nicht vorstellen. Sie war viel zu ... mondän für eine Stenotypistin."

„Und weiter?"

Mainwaring schien eher zu dem Foto seiner Frau in dem Silberrahmen als zu Jury zu sprechen. Vielleicht versuchte er seinen Sündenfall zu rechtfertigen. „Ramona erzählte, sie erinnere sich, dass dieses Mädchen immer von einem gewissen ‚Trev' geredet hätte, ihrem Freund in London, obwohl Ramona es unwahrscheinlich fand, dass Cora einen Mann länger bei der Stange halten konnte. Ramona hat ihn jedenfalls nie mit dem Sekretär der Kenningtons in Verbindung gebracht. Ich glaube übrigens, dass sie ihn besser gekannt hat, als sie zugab." Das Blut schoss ihm ins Gesicht. Er strich sich das Haar aus der Stirn. „Bis sie dann das Foto der Toten sah."

„Warum hat sie uns das nicht erzählt?" Jury glaubte zu wissen, warum.

Mainwaring zog eine zerdrückte Packung Zigaretten aus der Tasche seines Bademantels. Er schien in den letzten vierundzwanzig Stunden älter, grauer und trauriger geworden zu sein. „Ramona hat anscheinend angenommen, Cora Binns wollte jemanden erpressen."

„Ein etwas sonderbarer Schluss. Schließlich ist sie auf Ihren Vorschlag hin hierhergekommen."

„Ich weiß. Aber Ramona war kein Engel, wenn ich ganz ehrlich bin. Es ist zwar nicht gerade nett, so etwas zu sagen, aber –"

„Sie sind erleichtert. Was aber nicht heißt, dass Sie einen Mord begangen hätten, um sich diese Erleichterung zu verschaffen."

Mainwaring warf ihm einen dankbaren Blick zu. Vielleicht bedeutete dieses späte Geständnis für ihn eine Art Abrechnung. „Ich konnte ihr das einfach nicht ausreden."

„Hatte sie denn eine Ahnung, wer Trees Verbündeter war? Offensichtlich hat sie ja jemanden aus Littlebourne verdächtigt."

„Ich glaube nicht, dass sie wirklich etwas wusste. Sie hat nur gelacht und gesagt, sie würde mal einen Versuchsballon starten. Oder mehrere."

„Sie meinen, einfach so aufs Geratewohl Leute beschuldigen? Kein ungefährliches Spiel."

Sie schauten einander an, und beide wussten, wie gefährlich dieses Spiel gewesen war.

# 26

Am folgenden Morgen, kurz vor zehn. Jury war nach Stonington aufgebrochen, und Melrose hatte beschlossen, durch die Grünanlage von Littlebourne zu gehen, um den Brandy der letzten Nacht aus seinem Kopf zu vertreiben. In dem Laden mit der Poststelle gab es einen Kartenständer; vielleicht würde er eine Karte kaufen und mit ein paar unsinnigen Sprüchen darauf an Agatha schicken.

Drinnen entdeckte er, dass Miles Bodenheim schon recht früh in die Niederungen des Dorfes hinabgestiegen war, um auf der Post nach dem Rechten zu sehen. Die Postmeisterin stützte sich auf den Schalter, und ihr ganzes Gewicht ruhte auf ihren Fingerknöcheln. Sie war offensichtlich auf das Schlimmste gefasst.

„Ich würde annehmen, Mrs Pennystevens, dass Sie in einem Fall wie diesem, und vor allem in Anbetracht der Tatsache, dass Sie Ihr Amt nur bekleiden, weil wir, die braven Bürger dieses Dorfes" (an dieser Stelle lächelte er spröde) „Sie hier dulden – dass Sie nicht so leichtfertig Ihre Kunden als knausrig bezeichnen würden. Der Brief an den Direktor der Ordnungsbehörde wiegt genauso viel wie dieser hier – es kann gar nicht anders sein, in beiden steht nämlich genau dasselbe. Und wenn Sie für den zweiten Brief zwei Pence mehr verlangen, dann beweist das nur, dass Ihre Waage nicht richtig funktioniert. – Ach, Sie, mein Freund!" Seine Miene hellte sich auf, als er Melrose erblickte. Ein weiteres Opfer! Und schon hatte er ihn am Ärmel gepackt und zwischen den Regalen mit Kuchenpackungen, goldflüssigem Sirup und Wasserbiskuits hindurchgezerrt. „Sie haben es natürlich auch schon gehört! Peter Gere! Wir konnten es einfach nicht fassen, keiner von uns. Sylvia ist am Boden zerstört. Kann man ihr auch nicht verdenken –"

Melrose lächelte milde. „Ich wusste gar nicht, dass sie ihn so schätzte."

„Schätzte?" Sir Miles wich etwas zurück, und ein paar Brotlaibe fielen um. „Davon kann überhaupt nicht die Rede sein. Es ist nur erschütternd, dass wir all diese Jahre einer solchen Gefahr ausgesetzt waren, dass unser Leben sozusagen an einem Faden hing – genau das waren Sylvias Worte: Unser Leben hing an einem Faden. Aber das steht alles in meinem Brief an den Polizeipräsidenten. Ich hab mich unverzüglich hingesetzt und ihm und dem Direktor der Ordnungsbehörde geschrieben; ich beabsichtige auch, Superintendent Jury das nächste Mal, wenn ich ihn sehe, darauf hinzuweisen, dass wir keine Psychopathen bei der Polizei dulden können!"

„Soviel ich weiß", sagte Melrose und nahm ein paar Packungen Kuchen für Emily heraus, „ist das auch keine Einstellungsvoraussetzung."

Miles warf ihm einen misstrauischen Blick zu, kapierte offensichtlich nicht, was er damit meinte, und setzte seine Tirade fort. „Das Problem ist, dass nicht gesiebt wird, begreifen Sie? Sie nehmen einfach jeden, und seine Vergangenheit interessiert sie überhaupt nicht. Schauen Sie sich doch nur diesen ewig kränkelnden Burschen an, der den Superintendent begleitet."

„Sergeant Wiggins ist aber ein sehr tüchtiger Polizist."

„Ein Windstoß kann ihn umblasen. Hat doch tausend –", er nahm eine Packung Cracker, schaute nach dem Preis und stellte sie wieder zurück – „Wehwehchen. Ich verstehe nicht –" Zum Glück brauchte Melrose Sergeant Wiggins nicht weiter zu verteidigen, denn Miles' Aufmerksamkeit wurde von etwas Neuem gefesselt. „Das sind doch die Craigies", sagte er und reckte den Hals, um aus dem Fenster zu schauen. „Entschuldigen Sie mich bitte, mein Lieber, aber ich muss mit den beiden sprechen. Sie sind bestimmt auch am Boden zerstört …" Und er enteilte. Melrose hörte ihn über die Hauptstraße trompeten: „Ernestine! Augusta!"

Nachdem er seine Postkarte abgeschickt hatte – eine Luftaufnahme von Hertfield, das er als einen ungewöhnlich unauffälligen Ort bezeichnete –, sah er sich unschlüssig um. Alle schienen verschwunden zu sein. Es hatte wieder angefangen zu nieseln; der Himmel war von einem monotonen Grau, und über die Grünanlage fegte der Wind. Littlebourne erinnerte Melrose in diesem Augenblick an eine alte Filmkulisse, so verlassen und trostlos wirkte es.

Als er die Grünanlage überquerte, um sich zum „Magic Muffin" zu begeben, hörte er das Klappern von Pferdehufen hinter sich.

Es war Julia Bodenheim auf Jupiter; sie hatte sich für ein in der Nähe stattfindendes Reitertreffen fein gemacht, trug blanke Stiefel und ein blendend weißes Plastron. Zu seiner Erleichterung ritt sie weiter. Sie begnügte sich damit, die Peitsche zu heben, kurz zu lächeln und sich etwas zu recken, um ihr wohlgeformtes Profil darzubieten.

Er sah ihr nach: Drei Tote in ebenso vielen Tagen, und Julia Bodenheim ging auf Fuchsjagd; so demonstrierte sie Melrose einmal wieder den erstaunlichen Hang der Engländer zu Nichtigkeiten.

GANZ LITTLEBOURNE schien sich im „Magic Muffin" versammelt zu haben, wahrscheinlich weil man Muffins und Tee für schicklicher hielt als Ale und Bier. Außerdem war der „Bold Blue Boy" geschlossen; die Elf-Uhr-Kneipengänger hatten also gar keine andere Wahl.

Polly Praed war glücklicherweise auch darunter. Sie saß an dem Tisch in der Ecke neben einer grauhaarigen alten Frau, die gerade im Begriff war aufzustehen, Melrose jedoch noch eingehend musterte, bevor sie ihm ihren Platz überließ.

„Alle sind einfach ... baff. Hätten Sie auf Peter Gere getippt?" Polly lehnte sich zu ihm hinüber, die Brille in den Haaren, die Augen funkelnd, erregt und betroffen zugleich.

Melrose beschloss, aufrichtig zu sein. „Nein. Ich frage mich, Polly –"

Es schien sie überhaupt nicht zu interessieren, was er sich fragte. „Und *Emily*! Mein Gott, der armen Kleinen so zuzusetzen!"

Melrose nickte, obwohl es ihm schwerfiel, in Emily eine arme Kleine zu sehen. „Ja, schrecklich. Ich dachte ..."

Was er dachte, interessierte sie jedoch genauso wenig. „Ich hatte Peter Gere richtig gern. Er machte einen so ... gütigen Eindruck. Und war so bescheiden. Ein Dorfpolizist wie aus dem Bilderbuch."

„Polly –"

Diesmal wurde er von Miss Pettigrew unterbrochen, die mit einem Tablett an ihren Tisch trat, um die Teetasse und den Teller seiner Vorgängerin abzuräumen. Ihre Wangen waren gerötet, und ihre Frisur hatte sich völlig aufgelöst. Es konnte im Dorf passieren, was wollte, Miss Pettigrew war zur Stelle, um mit Tee und Muffins Erste Hilfe zu leisten.

„Danke, für mich nichts", sagte Melrose, und sie entfernte sich mit ihrem Tablett.

„Jetzt, wo alles vorbei ist, werden Sie wohl auch unser Dorf wieder verlassen?"

Obwohl sie ihm endlich das Stichwort für seine Einladung gegeben hatte, war er alles andere als begeistert von dem Ton, in dem sie das sagte. Keine Spur von Trauer oder auch nur von Bedauern.

„Ja, morgen nach der Beerdigung. Ich dachte, vielleicht könnten Sie mich einmal auf Ardry End besuchen, wenn die Beseitigung der Bodenheims Sie gerade nicht völlig in Anspruch nimmt. Es ist ein hübsches, altes Anwesen und schon seit Jahrhunderten im Besitz der Familie ... der Earls von Caverness."

Sie brach ein Stück von ihrem Muffin ab und bestrich es mit Butter. „Sie müssen eine Menge Geld haben."

„Ja, jede Menge."

„Das ist sehr nett von Ihnen, aber ich weiß nicht. Ich gehe eigentlich nie von hier weg. In Gedanken reist es sich am besten, nicht?"

Er versuchte erst gar nicht, darauf einzugehen. „Wir hatten auch einmal einen Kriminalautor in Long Piddleton, aber er ist weggezogen", fügte Melrose hinzu, um anzudeuten, dass es da eine offene Stelle gab.

Sie war jedoch offenbar mit ihren Gedanken noch beim Thema Geld.

„Wie viel ein Polizist wohl verdient?" Sie blickte auf ihren Muffin.

Oh, zum Teufel!, dachte Melrose.


DIE STUFEN VON STONINGTON erschienen Jury so breit wie ein Wassergraben, und auch die graue Fassade wirkte noch abweisender als bei seinem ersten Besuch. Der Himmel war wie Schiefer; es hatte zwar aufgehört zu regnen, aber von den Bäumen tropfte noch das Wasser, und auf den Rändern der leeren Bodenvasen lag Raureif.

Da Jury sie nicht einfach überrumpeln wollte, hatte er Carstairs gebeten, Jenny Kennington anzurufen und ihr die Geschichte zu erzählen. Pure Feigheit – so zu tun, als sei er nur ein Überbringer von Neuigkeiten, die im Grunde nichts mit seiner Person zu tun hatten.

Sie musste ihn vom Fenster aus beobachtet haben, denn sie öffnete ihm die Tür, noch bevor er nach der Klinke griff. Sie trug dasselbe wie am Tag zuvor, einen Rock und diesen silbergrauen Pullover.

„Lady Kennington, ich bin gekommen, um –" Wollte er ihr das Collier auf der Schwelle überreichen?

„Ich weiß, Inspector Carstairs hat angerufen. Aber kommen Sie doch rein. Ja, gestern Abend rief er an, es war schon ziemlich spät." Sie sah aus, als hätte sie danach nicht gut geschlafen. „Es ist schrecklich. Ich konnte es einfach nicht glauben ... Ich kannte Peter Gere zwar kaum, aber ..." Wieder führte sie ihn in die kalt und ungemütlich wirkende Bibliothek, und wieder entschuldigte sie sich wegen der Kälte. „Es ist sinnlos, diese Räume heizen zu wollen. Dazu noch der Umzug und was alles damit zusammenhängt."

Die Stühle und das Ledersofa waren verhüllt. „Das lasse ich hier. Es hat mir sowieso nie gefallen." Neben den Bücherregalen standen Kisten.

Sie gingen durch den anderen, kleineren Raum. Jury verspürte ein leichtes Bedauern, als er den geblümten, chintzbezogenen Sessel nicht mehr vorfand. Es war ihm plötzlich bewusst geworden, wie sehr dieses Bild sich ihm eingeprägt hatte – der Sessel, das Tuch, die Teetasse auf dem Boden. „Wohin ziehen Sie?"

„Das weiß ich noch nicht. Wir haben einmal in Stratford gewohnt – etwas außerhalb von Stratford, im Avontal. Eine Bekannte von mir will ein Haus in der Altstadt verkaufen. Es ist winzig, zwei Zimmer oben, zwei Zimmer unten." Sie lächelte ein wenig. „Gerade das Richtige für mich."

„Glauben Sie?", fragte Jury. Er sah nicht sie an, sondern durch die Flügeltür nach draußen. In dem baumlosen Hof hatte sich in dem trockenen Springbrunnen unter der Statue rätselhafterweise ein Haufen Laub angesammelt. Dem Tag schien jede Farbe entzogen. Übrig blieb die eintönige Komposition aus weißem Marmor, grauem Stein und dunklen Blättern.

Sie gab ihm keine Antwort; vielleicht hatte sie seine Frage für rhetorisch gehalten. Sie führte ihn durch den Speisesaal. Er war unverändert, denn es gab auch nichts, was sich hätte verändern lassen. „Am besten, wir gehen in die Küche. Dort brennt ein Feuer." Sie rührte sich jedoch nicht, sondern blickte gedankenverloren aus den hohen Fenstern. Es war geradezu ein Ritual, dieses Verweilen in jedem Raum. Als wolle sie einem Hausgott ihre Verehrung bezeugen, damit ihr seine magischen Kräfte erhalten blieben.

Das Collier, das Jury wie ein kleines, grünes Feuer in seiner Tasche lodern spürte, schien ihr jedenfalls nicht sonderlich wichtig zu sein.

Einen Augenblick darauf sagte sie: „Und Katie O'Brien ist auch tot."

„Ja", sagte Jury und zog das Collier aus der Tasche. „Das hier gehört Ihnen."

Nun blieb ihr nichts anderes übrig, als die Hände auszustrecken, die sie ihm hinhielt wie jemand, der aus einer Quelle trinken will. Er legte das Collier hinein. Sie hielt es hoch und gegen das Licht. „Vier Leute mussten deswegen sterben."

„Stellen Sie sich nicht so an", sagte Jury abrupt. Überrascht sah sie ihn an. „Ich meine, es ist Ihres, es gehört Ihnen. Und wenn Sie es nicht tragen wollen, dann bringen Sie es zu Sotheby's oder sonst wohin und lassen Sie es versteigern. Sie werden so viel Geld dafür bekommen, dass Sie nicht mehr von hier wegziehen müssen, weder nach Stratford-upon-Avon noch sonst wohin."

Nichts ließ erkennen, ob sie überhaupt zugehört hatte. Als Nächstes sagte sie: „Wissen Sie, ich habe immer gefunden, dass aus den Bestattungsriten der Ägypter mehr Hoffnung sprach als aus unseren. Dem Verstorbenen Speisen, Wein und Schmuck mit ins Grab zu geben, damit er auch im Jenseits keinen Mangel litt."

„Was wollen Sie denn damit sagen? Etwa, dass auf dem Collier der Fluch der Pharaonen liegt?"

„Nein." Ihre kühlen Augen musterten ihn. „Ich habe das Gefühl, Sie halten mich für ziemlich undankbar. Aber glauben Sie mir, das stimmt nicht."

„Ich erwarte von Ihnen gar keine Dankbarkeit. Ich erwarte nur, dass Sie gut für sich sorgen." Er wandte sich ab, um die trauernde Statue zu betrachten, denn er empfand eine völlig irrationale Wut.

„Oh", sagte sie nur. Sie spielte mit dem Verschluss des Colliers und legte es sich um den Hals. „Hier, sehen Sie, ich glaube nicht, dass irgendein Fluch darauf liegt."

Jury verkniff sich ein Lächeln; er konnte sich nicht erklären, warum er plötzlich so wütend geworden war. Im Grunde sah sie sehr komisch aus in dem ausgebeulten grauen Pullover und dieser smaragdgrünen Pracht. „Na gut", sagte er, „solange Sie die Sache vernünftig betrachten."

„Ich bin sehr vernünftig."

Jury hatte da seine Zweifel. Er wollte ihr gerade einen weiteren kleinen Vortrag halten, aber das Quietschen der Tür, die am anderen Ende des Raums aufsprang, bewahrte ihn vor dieser Dummheit; ein wiederauferstandener Tom kam herein. Der schwarze Kater ließ sich in der Mitte des Zimmers nieder und fing an, sich das Gesicht zu putzen, als liege der Wettlauf mit dem Tod schon Jahre zurück.

„Die Katze ist also wieder da?"

„Ja. Nachdem er sie geröntgt hatte, meinte der Tierarzt, es sei doch nicht so schlimm. Aber gekostet hat es trotzdem eine Menge."

Jury zeigte auf das Collier. „Damit können Sie viele Tierarztrechnungen bezahlen."

Lächelnd ließ sie es durch die Finger gleiten. „Es ist eigentlich ganz hübsch, nicht? John hat mir erzählt, dass Smaragde vor allem deswegen so geschätzt wurden, weil sie die Farbe der Vegetation haben. Sie wurden mit den Überschwemmungen des Nils und dem Wiedererwachen des Lebens in Verbindung gebracht."

„Ihre Katze scheint sich jedenfalls prächtig regeneriert zu haben. Vielleicht ist das ein gutes Zeichen."

Sie blickte auf die Katze, die sie anblinzelte, als brauche sie eine Brille, und dann gähnte. „Ein hässliches altes Vieh, was?"

„Ja. Zu schade, dass Sie sie nicht mögen." Jury lächelte.

NICHT NUR POLLY PRAED beschäftigte die Frage, wie viel ein Polizist verdiente.

Emily Louise stellte sich genau dieselbe Frage, als sie an jenem Montagnachmittag mit großer Hingabe ihr Pony striegelte. Nur war ihre Neugier gezielter als Pollys: Emily wollte wissen, wie viel ein Superintendent verdiente.

„Soll ich bei Jurys Bank nachfragen?", entgegnete Melrose, der auf einem Heuballen saß.

Sein Sarkasmus kam nicht an. Emily ließ sich weiter über die Preise und Vorzüge verschiedener Pferderassen aus. „Ein richtig gutes Pferd kostet glatt mehrere tausend Pfund. Aber Rennpferde und so interessieren mich gar nicht."

„Da hat der Superintendent aber Glück, da kann er ja auch noch seinen Wagen abbezahlen." Melrose wechselte das Thema. „Hat heute nicht die Schule wieder angefangen?" Das wird ihr vielleicht einen Dämpfer versetzen, dachte er mürrisch.

Aus Shandys Box kam ein Geräusch, als würde sich jemand übergeben. „Morgen. Aber meine Mutter sagt, morgen müsste ich auf die Beerdigung. Ich hasse die Schule."

„Warum?" Aber wer unter fünfundzwanzig ging schon gern zur Schule?

„Weil es einfach blöd ist. Man muss sich extra dafür anziehen und so 'n Quatsch." Die Samtkappe und ein Augenpaar erschienen über der Tür. „Gehn Sie auch auf Katies Beerdigung?"

„Ja, und du?"

Die Falte zwischen ihren Brauen wurde tiefer. „Meine Mutter sagt, ich muss."

„Willst du denn nicht?"

„Nein. Es ist zu traurig. Ich will nicht sehen, wie Katie zugeschaufelt wird."

„Keiner von uns will das." Ihre Blicke bohrten sich in seine. Offensichtlich hatte sie etwas Tiefgründigeres erwartet. Melrose versuchte, sie von der Beerdigung abzulenken.

„Komm, wir reiten zusammen aus!" Der Enthusiasmus, den er in seine Stimme legte, war alles andere als echt.

„Sie? Ausreiten?"

„Du brauchst dich gar nicht so zu haben." Melrose stand von seinem Heuballen auf und klopfte sich die Hosen ab. „Ich habe in meinem Leben schon auf einigen Pferden gesessen."

Sie kam aus Shandys Box und musterte ihn so kritisch wie ein Schneider, der für einen Reitanzug Maß nehmen will. „Na schön ... Die Bodenheims werden wohl nichts dagegen haben, wenn ich Ihnen die alte Nellie gebe."

„Die alte Nellie! Ich wage zu behaupten, dass ich es auch mit einem lebhafteren Pferd aufnehmen könnte."

Fünfzehn Minuten später konnte man Emily Louise Perk auf Shandy und Melrose Plant auf der alten Nellie davonreiten sehen – zwar nicht in einen Sonnenaufgang, aber doch in den feinen Septembernebel, der sich wie ein Schleier auf die Horndean Road senkte.

## 27

„Ich traute meinen Augen nicht, als ich Sie den Weg hochkommen sah", sagte Mrs Wasserman, die sich bemühte, mit Jurys langen Beinen Schritt zu halten, während sie zur Station Angel hinübergingen. Sie wohnte im Erdgeschoss eines Hauses in Islington, in dem auch Jury schon seit mehreren Jahren wohnte. „Ist etwas passiert? Wo ist denn Ihr Auto? Es ist doch hoffentlich nicht kaputtgegangen. Wollten Sie nicht ein paar Tage Urlaub machen?"

Jury lächelte. Es klang, als hätte er sein Auto irgendwo verloren und seinen Urlaub vergessen. „Sie wissen doch, wie das ist, Mrs Wasserman – es kam wieder was dazwischen."

Sie waren beinahe da. Mrs Wasserman hasste diese Underground-Station. Sie hasste die verschmierten Plakate und den Aufzug, in dem man sich so eingesperrt fühlte, und die Ausländer, die dort arbeiteten. Manchmal ging sie bis zur Highbury-Islington-Station und fuhr dann mit dem Bus zurück, nur um nicht am Angel einsteigen zu müssen.

Sie gab Jury eine Pfundnote für ihren Fahrschein und erzählte ihm von ihrer letzten Begegnung mit dem Mann, der sie angeblich schon seit Jahren verfolgte. „Ich sah ihn, als ich von der Highbury-Station die Islington High Street entlangging. Dort ist nämlich ein Gemüsehändler, bei dem ich besonders gern einkaufe. Er ist mir nachgegangen. Erinnern Sie sich an den Park? Wir sind auch mal dort gewesen, und Sie fanden, die beiden Bäume an der Ecke sähen wie Tänzer aus, weil ihre Äste so ineinander verschlungen sind." Nervös klappte sie ihr schwarzes Portemonnaie auf und zu. „Dort stand er, gleich neben den Bäumen. Und solange ich im Laden war, blieb er da auch stehen." Das Portemonnaie gegen den Busen gepresst, schwankte sie leicht hin und her.

Während Jury in der kurzen Schlange vor der Fahrkartenausgabe wartete, holte er sein Notizbuch hervor. „Können Sie ihn bitte noch einmal beschreiben?" Es war ein Ritual, das sie jedes Mal wiederholten.

„Ich hab ihn schon so oft beschrieben, Mr Jury", sagte sie mit einem traurigen kleinen Kopfschütteln und einem traurigen kleinen Lächeln. Jury fühlte sich in die Rolle des pflichtvergessenen Neffen gedrängt, auf den sie sich verlassen und der sie bitter enttäuscht hatte; da er aber noch so jung und unschuldig und vielleicht auch ein bisschen einfältig war, musste man ihm einiges durchgehen lassen. Schließlich hatte er ja auch seinen Urlaub vergessen und sein Auto verloren. „Also gut, er war klein und trug einen braunen Anzug und einen braunen Mantel. Und einen braunen Filzhut. Seine Augen sahen irgendwie verschlagen aus. Ja, verschlagen."

Jury notierte es sich. Höchstwahrscheinlich gab es einen Mann, auf den diese Beschreibung zutraf – und nicht nur einen, sondern viele. Aber er wusste, dass keiner von ihnen Mrs Wasserman verfolgte. Ihr Verfolgungswahn hatte sich im Lauf der Jahre verschlimmert. In den nächsten Tagen würde sie ihren Gemüsehändler meiden und den kleinen Park mit den Bäumen, die wie Tänzer aussahen, bis sie vergessen hätte, dass der Mann ihr dort zuletzt begegnet war.

Geräuschvoll kam der neue, aluminiumverkleidete Aufzug zum Stillstand, und ein gelangweilter Pakistani wartete darauf, dass seine Insassen auf die Gasse hinaustraten.

Mrs Wasserman betrachtete ihren Fahrschein. „Ich muss in King's Cross umsteigen. Schrecklich. Wohin fahren denn Sie, Mr Jury?"

„Ins East End, nach Wembley Knotts."

„Keine gute Gegend, seien Sie nur vorsichtig. Aber einem Polizisten braucht man das wohl nicht zu sagen." Sie trat in den Aufzug. „Ich meine nur, die Underground ist ja so gefährlich geworden. Es passieren die schrecklichsten Dinge."

„Ich weiß", sagte Jury zu der sich schließenden Aufzugstür.

DIE DUNKELHEIT senkte sich schnell über die Catchcoach Street. Die Fenster des „Anodyne Necklace" warfen schmutzig gelbe Halbmonde aufs Pflaster.

Als Jury eintrat, sah er, dass die Frauen noch immer auf den Bänken Wache schoben; ihre Männer lehnten noch immer an der Bar. Shirl, in einem ärmellosen lila Samt, der so alt war, dass sein Flor schon völlig abgewetzt war, unterbrach die Ausübung ihres Gewerbes so lange, um ihm zuzulächeln und -zuwinken. Einige der anderen nickten, darunter auch Harry Biggins. Offenbar war er zu einer festen Einrichtung geworden, ein weiterer Stammkunde der Eckkneipe.

Magier und Kriegsherren – anscheinend dasselbe Spiel, das sie seit Monaten spielten – lief am hinteren Tisch. Mittlerweile hatten sie alle von der grausigen Geschichte in der Wembley-Knotts-Station gehört. Immerhin versuchten sie, eine angemessen getragene Miene aufzusetzen, in der aber immer wieder Schadenfreude aufblitzte.

„Das is' 'n Schlag ins Kontor, wie", sagte Keith und lächelte breit. „So 'n blöder Bulle, wie find ich 'n das? Blöder Bulle. Wo ich doch geglaubt hab, dass die Landgreifer immer so verdammt ehrlich sind."

„Offenbar nicht", sagte Jury und grinste zurück.

„Die sollen bloß aufpassen", sagte Dr. Chamberlen. „Sonst kriegen sie noch den gleichen Ruf wie die Londoner Polizei." Fast kicherte er.

„Ich wollte nur kurz hereinschauen und mich bei Ihnen für Ihre Mitarbeit bedanken."

Ihre verständnislosen Gesichter ließen erkennen, dass sie nicht recht wussten, wie sie damit umgehen sollten.

„Haben Sie Cyril Macenery und Ash Cripps gesehen?"

„Hab Cy den ganzen Tag noch nicht vor der Nase gehabt. Aber vor nicht mal 'ner Viertelstunde war so 'n Scheißbulle da und hat Ash gesucht. Hat sich wohl wieder was erlaubt." Gelächter am ganzen Tisch.

JURY war gerade auf dem Weg zur Nummer vierundzwanzig, als er Ash Cripps in Begleitung eines Polizisten auf sich zukommen sah. Die haarigen Beine, die aus dem zugeknöpften Mantel ragten, ließen vermuten, dass er darunter nichts anhatte.

White Ellie stand in der Tür, die Hände auf den behosten Hüften, und ließ eine Rede vom Stapel. Wie immer kam sie gleich zur Sache: „... furchtbar, wie die aus dem Damenklo gerast kam, als sei der Leibhaftige hinter ihr her. Und er splitterfasernackt, glotzte mit seiner blöden Visage über das Geländer ..."

„Halt dein verfluchtes Maul, Elefant."

Jury erkundigte sich bei dem Polizisten: „Was ist passiert, Sergeant?", während White Ellie wüste Schimpfworte von sich gab.

Mit gerunzelter Stirn musterte ihn der Polizeibeamte, bis Jury schließlich seinen Ausweis hervorzog. „Oh, entschuldigen Sie, Sir!" Er nahm Jury beiseite und erklärte: „Also ich fand ihn im Damenklo da drüben in dem kleinen Park bei der Drumm Street. Ein Exhibitionist. Er heißt Ashley Cripps. Ash the Flash nennen sie ihn hier."

„Das geht in Ordnung, Sergeant –"

„Brenneman, Sir."

„Ich muss Mr Cripps ein paar Fragen stellen. Sie können ihn mir überlassen, ich übernehme die Verantwortung für ihn."

Sergeant Brenneman schien nichts lieber zu tun, aber er fühlte sich verpflichtet, Jury zu warnen: „Die Sache ist – es ist nicht das erste Mal, dass ich ihn deswegen festnehmen muss."

Auch Jury senkte die Stimme: „Und bestimmt auch nicht das letzte Mal."

Brenneman entfernte sich pfeifend, und Ashley Cripps schritt so würdevoll wie nur möglich voraus und führte Jury ins Wohnzimmer. „Gib mir meine Buxen, Elefant."

Die Übergabe erfolgte auf der Stelle, ohne großes Zeremoniell. Dann sagte sie zu Jury: „Kommen Sie doch gleich wieder her, ich hab was in der Pfanne. Wegen dem hat's kein Abendbrot gegeben, die Kleinen haben einen Mordshunger." Was der Krach bewies: Die Küche war erfüllt von ihrem Geschrei nach mehr Brei mit Speck, vom Geklapper und Geklirr der Bestecke und Gläser. Als sie durchs Wohnzimmer gingen, beugte Jury sich über den Kinderwagen, schob ein paar Wäschestücke beiseite und legte den Kopf des Babys frei. Sein Rosenknospenmund gähnte. Es lebte!

White Ellie verteilte den restlichen Speck, und Sookey versuchte sofort, die Portion des Mädchens auf seinen Teller zu bugsieren, ließ aber schnell wieder davon ab, als sie ihn mit ihrer Gabel ins Ohr zu stechen drohte. Friendly schüttelte die Ketchupflasche, bis der Inhalt herausgeschossen kam.

„Wir ham alles gehört. Schrecklich, schrecklich." White Ellie ließ frische Speckscheiben in das brutzelnde Öl fallen.

Nachdem er den Gürtel seiner Hose zugezogen und sein Hemd zugeknöpft hatte, meinte Ash: „Ich hab gehört, er is' direkt auf den Schienen gelandet. Tja, das war's dann wohl. Gibt nur noch Perverse auf der Welt." Er schubste Sookey von seinem Stuhl. „Weg da, ihr Blagen. Gib dem Super deinen Stuhl."

Die Kinder räumten das Feld; Friendly schnappte sich seinen Napf und bedachte Jury mit einem grimmigen Blick.

„Wollen Sie nicht was essen?", fragte Ash.

„Vielen Dank, ich muss zurück zu Scotland Yard."

„Na schön, vielen Dank auch für das, was Sie da draußen für mich getan haben." Ash nickte in Richtung der Tür, dem Schauplatz des letzten Debakels.

„Ach, nicht der Rede wert. Eigentlich bin ich gekommen, um mich bei *Ihnen* zu bedanken. Eine Hand wäscht die andere. Tut mir leid, dass ich nicht bleiben kann."

An der Tür schüttelten sie sich die Hände. „Schaun Sie rein, wenn Sie in der Gegend sind", sagte White Ellie.

Jury versicherte ihnen, das werde er tun, und schaute sich besorgt nach seiner Windschutzscheibe um. Sie war jedoch sauber.

Als er ins Auto stieg, hörte er, wie Ash Cripps den Kindern befahl zu winken. Über den ketchupverschmierten Gesichtern schossen die kleinen Hände in die Höhe.

White Ellie brüllte: „Mit der Hand, Friendly, mit der Hand!"

## 28

Ein leuchtend roter Luftballon, ein Überbleibsel des Kirchenfestes, der von der Putzkolonne übersehen worden war, lugte höchst unpassend hinter einem Grabstein hervor; seine Schnur schien irgendwo hängen geblieben zu sein. Dann stieg er höher und höher. Während der Gottesdienst weiterging, verfolgte Jury, wie er von der Brise, die durch die Gräser des Friedhofs fuhr, fortgewirbelt und in den Wald von Horndean getragen wurde.

Er machte sich selten Gedanken über Gerechtigkeit und Ungerechtigkeit, aber heute tat er es. Er fand es einfach empörend, dass dieser Morgen wie eine Perle schimmerte, dass das Laub glänzte und selbst die Luft wie Goldstaub glitzerte. Dass der Himmel von einem so transparenten, milchigen Weiß war und dass dieses rotleuchtende Oval sich wie eine mit Buntstift ausgemalte Sonne davon abhob.

In der St-Pancras-Kirche waren mehr Leute gewesen als nun am Grab. Überrascht stellte Jury fest, dass selbst Derek dort war und zur Abwechslung eine eher bedrückte als gelangweilte Miene zur Schau trug; die übrige Familie war zu Hause geblieben, und das war auch gut so. Mainwaring war mit einer blonden Frau erschienen, die wohl seine Gattin war. Sie war von einer schlichten Schönheit; ihr Gesicht jedoch war so ausdruckslos, dass sich nicht einmal Trauer damit heucheln ließ.

Auch Emily Louise, die sich bis zur letzten Minute geweigert hatte, ihre Mutter zu begleiten, war da – gut getarnt saß sie etwas weiter hinten im Wald auf ihrem Pony. Sie hatte ihre Samtkappe abgenommen und hielt sie in der Armbeuge wie ein Angehöriger der königlichen Garde seine Kopfbedeckung.

Jury, Melrose Plant und Wiggins bildeten ein Grüppchen für sich, als wüssten sie nicht recht, ob sie nun dazugehörten oder nicht. Und weiter hinten, ebenfalls für sich und vielleicht noch unsicherer, stand Jenny Kennington. Die Hände hatte sie in den Taschen ihres schwarzen Mantels vergraben; das Haar war von schwarzer Spitze bedeckt.

Die Köpfe senkten sich, während der Pfarrer von St Pancras die Leiche Katie O'Briens der Erde übergab – Erde zu Erde, Asche zu Asche, Staub zu Staub. Als der Sarg unten angekommen war, trat eine völlig verschleierte Mary O'Brien an das Grab und ließ ein wenig Erde daraufallen. Die übrigen Trauergäste taten dasselbe; sie bückten sich, um eine Handvoll von der schwarzen Erde aufzuheben und auf den Sargdeckel rieseln zu lassen. Es erinnerte Jury auf traurige Weise an ein Kinderspiel.

Er sah, wie Emily ihr Pony wendete und zwischen den Bäumen verschwand. Als die anderen sich bereits zerstreut hatten und langsam den Hügel hinuntergingen, stand Jury immer noch an dem Grab. Und er rührte sich auch nicht, als Melrose und Wiggins sich zum Gehen anschickten. Melrose wandte sich nach ihm um, und Jury gab ihm durch ein Kopfnicken zu verstehen, dass er noch etwas bleiben wolle.

Er beobachtete Lady Kennington, die ebenfalls noch nicht gegangen war, sondern in einiger Entfernung auf der anderen Seite des Grabs darauf wartete, dass die anderen sich zurückzogen. Jury blieb stehen.

Schließlich trat sie an das Grab, nahm eine Handvoll Erde und ließ sie auf den Sarg fallen. Sie führte die Hand an die Stirn, und er dachte zunächst, sie werde sich bekreuzigen. Stattdessen lächelte sie und salutierte andeutungsweise.

Dann ging sie davon.